COLLECTION
FOLIO CLASSIQUE

Marcel Proust

À LA RECHERCHE DU TEMPS PERDU
IV

Sodome et Gomorrhe

*Édition présentée, établie et annotée
par Antoine Compagnon*

ÉDITION RÉVISÉE ET AUGMENTÉE

Gallimard

Les esquisses des p. 723 à 749 sont reproduites
avec l'autorisation de la Bibliothèque nationale de France.

© Éditions Gallimard,
*1988, pour l'établissement du texte ;
1989, pour la préface et le dossier ;
2022, pour la présente édition révisée et augmentée.*

PRÉFACE

Sodome et Gomorrhe, *comme on s'en doute, parle de l'inversion sexuelle. Si celle-ci traverse tout le roman de Proust, depuis la scène de Montjouvain entre Mlle Vinteuil et son amie, dans « Combray », jusqu'à la visite de Charlus à l'hôtel de Jupien, dans* Le Temps retrouvé, *ce volume-ci s'est imposé tard, pendant la guerre. N'appartenant ni à la version de la* Recherche du temps perdu *dont la publication commença en 1913 et fut interrompue aussitôt, ni au « roman d'Albertine », qui fut conçu à partir de 1914,* Sodome et Gomorrhe, *publié en deux parties, en mai 1921 et avril 1922, assure une longue transition entre ces deux cycles. L'œuvre se libère du* Côté de chez Swann *comme du* Temps retrouvé, *de l'autobiographie et de la philosophie, et l'imagination a libre cours : songeons aux aventures de Nissim Bernard ou du prince de Guermantes.*

Sodome et Gomorrhe *n'en est pas moins construit ; c'est peut-être même le tome le plus composé de toute la* Recherche. *Le titre met en évidence la symétrie des deux cités bibliques, et le roman serait inconcevable sans son prologue, publié à la fin du* Côté de Guermantes II *:* Sodome et Gomorrhe I, *c'est-à-dire la rencontre de Charlus et de Jupien, puis la dissertation sur*

« La Race des Tantes », expose le motif. Et le roman se referme quand le héros, ayant appris qu'Albertine connaît Mlle Vinteuil, décide de la ramener à Paris : La Prisonnière *et* Albertine disparue *sont du coup introduits.*

Un coup de théâtre ouvre le roman et un autre le clôt. Entre les deux, Sodome et Gomorrhe se croisent. Sodome, objet d'une caricature dès l'ouverture, donne lieu à une impitoyable étude de mœurs. Un nouveau monde a été découvert ; Sodome et Gomorrhe I *représente une initiation comparable à la madeleine au début de « Combray », et l'homosexualité masculine est désormais aperçue partout. Suggérée au héros par Saint-Loup à propos de la femme de chambre de la baronne Putbus*[1]*, Gomorrhe accompagne la liaison avec Albertine à partir de la danse de la jeune fille et d'Andrée au casino*[2]*, jusqu'à l'apothéose finale au souvenir de la scène de Montjouvain*[3]*.*

Cette symétrie n'est pas la seule. Proust en prévoyait une autre dans le plan de 1918 de la Recherche, *publié dans* À l'ombre des jeunes filles en fleurs[4] *: entre la prise de conscience par le héros de la mort de sa grand-mère pour l'arrivée à Balbec, et le souvenir de Montjouvain pour le départ. Le plan de 1918 donnait à ces deux péripéties un ancien titre de la* Recherche, *« Les Intermittences du cœur », I et II.*

Une dernière opposition s'établit peu à peu entre Morel, le violoniste, à partir de sa rencontre avec Charlus sur le quai de la gare de Doncières, et Albertine. Tous deux deviennent des messagers entre les deux cités bibliques, des intermédiaires entre les sexes.

---

1. Ici, p. 171.
2. Ici, p. 297.
3. Ici, p. 699.
4. Ce plan est donné ici p. 31.

Grâce à Morel, enfin, Proust prépare un parallèle entre l'accueil de Charlus chez les Verdurin, dans Sodome et Gomorrhe, *et son expulsion, qui aura lieu dans* La Prisonnière.

Un thème de toujours

Dès sa jeunesse, Proust avait formulé sa célèbre doctrine de l'inversion dans un conte, « Avant la nuit », publié dans La Revue blanche *en décembre 1893 et qui traitait de l'homosexualité féminine. Une femme à l'agonie se confesse à son meilleur ami, qu'elle rend responsable de son « vice » par ce qu'il lui avait dit autrefois, « quand ma pauvre amie Dorothy fut surprise avec une chanteuse dont j'ai oublié le nom*[1] *». Le discours alors rapporté préfigure l'exposé de* Sodome et Gomorrhe I *: « Comment nous indigner d'habitudes que Socrate (il s'agissait d'hommes, mais n'est-ce pas la même chose ?), qui but la ciguë plutôt que de commettre une injustice, approuvait gaiement chez ses amis préférés ? » Dès lors que la fin de l'amour n'est pas la reproduction, l'acte homosexuel ne paraît pas plus immoral que l'autre. La thèse de la fatalité congénitale suivait : « La cause de cet amour est dans une altération nerveuse qui l'est trop exclusivement pour comporter un contenu moral. » Et un argument esthétique couronnait le tout : « Chez les natures vraiment artistes l'attraction ou la répulsion physique est modifiée par la contemplation du beau. » Le ton est donc celui de l'apologie, mais l'horreur que provoque chez le corrupteur la découverte de l'influence qu'il a exercée à son insu vaut condamnation morale. Le conte finit d'ailleurs par un aveu significatif : la balle*

---

1. *Jean Santeuil*, éd. Pierre Clarac, Gallimard, « Bibliothèque de la Pléiade », 1971, p. 169.

dont la jeune femme meurt, c'est elle-même qui se l'est tirée, comme si l'inversion devait être expiée.

Cette première apparition de l'inversion, sous la forme de Gomorrhe, mieux tolérée dans la littérature que Sodome, peut sans doute être rapprochée de la biographie et s'entendre comme une méditation de Proust sur la découverte de sa propre sexualité. Un autre conte contemporain, « La Confession d'une jeune fille », publié en 1896 dans Les Plaisirs et les Jours, *insiste d'ailleurs sur la culpabilité de l'héroïne, dont la corruption a pu provoquer la mort de sa mère*[1]. *Des lettres désinvoltes à Jacques Bizet et Daniel Halévy, datant de l'automne de 1888, laissent entendre que Proust leur avait fait des propositions*[2]. *Dans une lettre d'octobre 1888 à Raoul Versini, autre condisciple au lycée Condorcet*[3], *Proust raconte une aventure homosexuelle : « D'ailleurs si dans un moment de surprise et de folie, supplié par ce garçon je me suis rendu, quand j'ai cru qu'il était temps encore j'ai eu des remords, je les lui ai dits, je l'ai prié. Mais il était plus fort que moi et je n'ai pu l'arrêter. » Son père, qui sut l'incident le soir même, « n'a considéré [sa] faute que comme une "surprise" (sens dix-septième siècle) que [lui] auraient faite [ses] sens*[4] ». *Mais après plusieurs amitiés tendres, avec Edgar Aubert et Willie Heath, qui moururent en 1892 et 1893, avec Robert de Flers,*

---

1. *Ibid.*, p. 85 et suiv.
2. *Correspondance*, éd. Ph. Kolb, Plon, 17 vol. parus depuis 1970, couvrant les années 1880-1918 (dorénavant *Corr.*), t. I, p. 103-104 et 123-124.
3. Prix d'honneur des vétérans en composition française (dissertation philosophique) en 1889, tandis que Proust obtint le premier prix des nouveaux, et futur inspecteur d'académie. Voir André Ferré, *Les Années de collège de Marcel Proust*, Gallimard, 1959, p. 198 ; et Pierre Clarac et André Ferré, *Album Proust*, Gallimard, « Bibliothèque de la Pléiade », 1965, p. 77.
4. Catalogue Boisgirard, vente du 10 juin 1988, n° 56.

Proust fit au printemps de 1893 la connaissance du comte Robert de Montesquiou-Fezensac, poète mondain et modèle du des Esseintes de Huysmans dès 1884, avant de devenir celui de Charlus. Proust, qui se commet de plus en plus du côté de Sodome, fut fasciné par Montesquiou. Dans un article de 1905[1], il l'appellera « Un professeur de beauté » et désignera sous le nom d'« idolâtrie » la manière qu'il avait de vivre sa vie comme une œuvre d'art. En 1894, il se lie avec Reynaldo Hahn, et revoit Oscar Wilde, de passage à Paris. À la fin de l'année, il rencontre encore Lucien Daudet, le fils d'Alphonse et le frère de Léon. Reynaldo et Lucien resteront ses intimes jusqu'à sa mort.

En 1893 aussi, Proust avait rédigé un article, qui ne fut pas publié, sur un recueil de Montesquiou, Le Chef des odeurs suaves[2]. *Il y parle beaucoup du poète des* Fleurs du Mal, *qu'il défend contre les reproches de dépravation et satanisme. Il l'appelle le « plus grand poète du XIXe siècle », « seul intellectuel et classique », et combat le cliché de la « maladie de la volonté » dont souffrirait sa descendance. Il ne s'agit que de distinguer Montesquiou des décadents, mais Baudelaire devait demeurer jusqu'au bout l'ange tutélaire de Proust sur le chemin de* Sodome et Gomorrhe.

Dans Jean Santeuil, *cependant, auquel Proust travailla de 1895 à 1899, l'inversion paraît masquée. Maurice Bardèche fait observer que le prétexte d'une réflexion sur le secret, la culpabilité et la déchéance, est fourni par un épisode qui ne fut pas repris dans la* Recherche, *« Le scandale Marie[3] ». La brillante*

---

1. *Contre Sainte-Beuve*, éd. Pierre Clarac et Yves Sandre, Gallimard, « Bibliothèque de la Pléiade », 1971, p. 506-520.
2. *Ibid.*, p. 405 et suiv.
3. *Jean Santeuil*, p. 579-618. Voir M. Bardèche, *Marcel Proust romancier*, Les Sept Couleurs, 1971, t. I, p. 72-78.

carrière de Charles Marie, député, ancien ministre, ami des Santeuil, est brisée par une affaire qui rappelle le scandale de Panama en 1892. L'intérêt de cet épisode mystérieux réside dans l'indulgence tendre avec laquelle la corruption est peinte, et la description, avant le scandale, de la duplicité de Marie, à la fois généreux et corrompu, ne se sentant bien qu'avec ses complices dans le vice, préfigure en effet « La Race des Tantes ». Quand Proust se demande si Mme Marie est morte dans l'ignorance de la double vie de son mari, on songe au mensonge auquel l'inverti est condamné vis-à-vis de sa mère, premier trait du grand tableau de Sodome et Gomorrhe I *: « Qui saura jamais dans quelle mesure incertaine et flottante l'extrême aveuglement se mêle, dans une tendresse profonde, à l'extrême clairvoyance[1] ? » La duplicité du coupable engage celle de la victime : « Il est difficile de supposer que la mère ou la sœur qui nous aime absolument, ne saisisse pas dans l'essence de notre nature toutes les conséquences, même mauvaises, qu'elle peut porter, difficile aussi de croire que dans son amour pour cette essence elle ne pardonne en elle ces conséquences détestables. »*

À la fin de Jean Santeuil, *Mme Santeuil a ainsi renoncé à elle-même sous l'influence de son fils : « Peu à peu, ce fils dont elle avait voulu former l'intelligence, les mœurs, la vie, avait insinué en elle son intelligence, ses mœurs, sa vie même et avait altéré celles de sa mère[2]. » Elle tolère désormais les mauvaises fréquentations de son fils ; elle n'a plus de sévérité pour la mondanité, plus de répulsion pour le vice ; comme son fils, elle est corrompue par l'habitude. Le dénouement de* Jean Santeuil *paraît confirmer le sens du « Scandale Marie » : « Nous ne pouvons approcher des êtres*

---

1. *Jean Santeuil*, p. 583.
2. *Ibid.*, p. 871.

les plus pervers sans reconnaître en eux des hommes. Et la sympathie pour leur humanité entraîne notre tolérance pour leur perversité. »

Un fragment du séjour à Réveillon, une promenade de Jean et Henri dans une vallée isolée, fournit par ailleurs une amorce de la métaphore botanique que Sodome et Gomorrhe I *développe en contrepoint de la rencontre de Charlus et de Jupien*[1]. *Ayant perdu de vue Henri, Jean contemple* « au fond de la gracieuse vallée, sur une tige élancée une digitale violette, habitante silencieuse et brillante de ce lieu ». *Il s'émeut de l'isolement du vallon et de la solitude de la digitale. Mais Henri, féru de botanique, donne à la fleur son nom courant. Cela n'interrompt pas la méditation de Jean, qui se compare à la pauvre digitale, isolée même si elle appartient à une espèce répandue.*

Mais la seule allusion directe à l'inversion dans Jean Santeuil *concerne encore Gomorrhe, avec la scène que le héros fait à Françoise sur ses liaisons féminines*[2]. *Le passage prépare l'interrogatoire d'Odette par Swann, dans* « Un amour de Swann ». *Dans la version de* Jean Santeuil, *plus dramatique encore, Françoise racontait comment, avant qu'elle eût compris la nature de son désir, elle se jugeait semblable aux autres, pensait ressentir le même trouble en écoutant les récits que les grandes faisaient de leurs rencontres avec des garçons, et lorsqu'elle se serrait contre ses amies, les embrassait, disait-elle,* « je croyais seulement m'unir à des complices dans la joie de futures voluptés communes ». *Dans* Sodome et Gomorrhe I, *l'illusion est transposée chez un garçon*[3]. *Entre* Les Plaisirs et les Jours *et* Jean

---

1. *Ibid.*, p. 469-472. Voir M. Bardèche, *op. cit.*, t. I, p. 103-104.
2. *Jean Santeuil*, p. 810-813. Voir *Du côté de chez Swann*, « Folio classique », p. 493-501.
3. Ici, p. 80.

Santeuil, *bien des traits de* Sodome et Gomorrhe I *se retrouvent ainsi dispersés et voilés*.

La carrière de Charlus

Une fois Jean Santeuil *abandonné, Proust ne se remit pas avant 1908 à un projet de roman, auquel il renonça à l'automne pour l'essai sur Sainte-Beuve. Nous savons peu de chose du roman de 1908, mais l'inversion y tenait une grande place, liée encore au motif de la profanation de la mère.*

Dans son carnet de notes, le Carnet 1, Proust dressa en juillet 1908 une liste de « Pages écrites[1] *». Certains des fragments narratifs publiés en 1954 par Bernard de Fallois, dans le* Contre Sainte-Beuve, *répondent aux titres de la liste, comme cette notation du Carnet 1, « le visage maternel dans un petit fils débauché », qui nous fait songer à cette page : « Le visage d'un fils qui vit, ostensoir où mettait toute sa foi une sublime mère morte, est comme une profanation de ce souvenir sacré. Car il est ce visage à qui ces yeux suppliants ont adressé un adieu qu'il ne devrait pas pouvoir oublier une seconde. Car c'est avec la ligne si belle du nez de sa mère que son nez est fait, car c'est avec le sourire de sa mère qu'il excite les filles à la débauche, car c'est avec le mouvement de sourcil de sa mère pour le plus tendrement regarder qu'il ment [...]*[2]. » *Dans* Sodome et Gomorrhe, *une réflexion voisine clôt le portrait de Charlus lors de sa première visite chez les Verdurin :* « *Au reste, peut-on séparer entièrement l'aspect de M. de Charlus du fait que, les fils n'ayant pas toujours la ressemblance paternelle, même sans être invertis et*

---

1. *Le Carnet de 1908*, éd. Ph. Kolb, Gallimard, « Cahiers Marcel Proust », 1976, p. 56.
2. *Contre Sainte-Beuve*, éd. Bernard de Fallois, Gallimard, 1954, chap. XIV, p. 282.

en recherchant les femmes, ils consomment dans leur visage la profanation de leur mère ? Mais laissons ici ce qui mériterait un chapitre à part : les mères profanées[1]. » Ce chapitre ne figure cependant nulle part dans la Recherche.

*Aux premières pages du Carnet 1, les allusions à l'inversion voisinent avec les témoignages de la culpabilité que Proust ressentit après la mort de ses parents. Il évoque ainsi une scène d'*Illusions perdues, *qui représente pour lui le modèle du traitement littéraire de la pédérastie :* « *Balzac rencontre de Vautrin et de Rubempré près de la Charente. Langage de Vautrin à la Montesquiou [...] "Ce que c'est que vivre seul etc." Sens physiologique de ces paroles. Langage excitant de Rubempré. Vautrin s'arrêtant pour visiter la maison Rastignac* (Tristesse d'Olympio *de la pédérastie*)[2]. » *Charlus construira toute une tirade autour de ces éléments dans* Sodome et Gomorrhe[3]. *Suivent les premières amorces autobiographiques des* « *Intermittences du cœur* », *car le héros reverra en songe sa grand-mère morte comme Proust avait rêvé de sa mère, mêlées à d'autres notations pour* « *La Race des Tantes* ». *Sodome, et non plus Gomorrhe, est au premier plan, comme si Proust pouvait désormais en parler, et ce n'est pas seulement parce que sa mère n'est plus.*

La correspondance le confirme, en particulier une fameuse lettre de mai 1908 à Louis d'Albufera, où Proust énumère ses nombreux projets. Après une étude sur la noblesse, un roman parisien, un essai sur Sainte-Beuve et Flaubert, un essai sur les Femmes, il mentionne « *un essai sur la Pédérastie (pas facile*

---

1. Ici, p. 439.
2. *Le Carnet de 1908*, p. 48-49.
3. Ici, p. 618.

à publier¹) », etc. *Quelques jours plus tard, dans une lettre à Robert Dreyfus, il semble faire allusion à un article sur le même sujet* : « *J'avais l'intention de te demander si tu trouvais que l'article défendu serait aussi inoffensif [...] au* Mercure *ou dans une autre* Revue *qu'en volume. Mais dans l'intervalle mon projet se précise. Ce sera plutôt une nouvelle et alors il y aura le temps de te reconsulter².* »

L'inversion est un sujet d'actualité. Nombreuses sont alors les lettres où Proust dénonce les rumeurs qui courent sur lui. Au printemps, il recommande à Emmanuel Bibesco la discrétion : « *Je me disais que quand on a été comme moi en butte à de constantes accusations de salaïsme, il y a de la part d'un ami manque d'une certaine délicatesse, plutôt encore intellectuelle que morale, à plaisanter avec tant d'insistance devant un inconnu sur un cas (d'ailleurs inventé de toutes pièces) de Joséphisme³.* » *Dans deux lettres d'octobre 1908, à Georges de Lauris et Albufera, il se plaint de* « *toutes les ineptes calomnies qu'on a dites autrefois* » *sur lui⁴. Cependant, il demande à Albufera des renseignements pour son roman, et comment rencontrer un jeune télégraphiste jadis employé par son correspondant, afin* « *de voir un télégraphiste dans l'exercice de ses fonctions, d'avoir "l'impression" de sa vie⁵* ». *Comme Albufera a plaisanté, Proust proteste* : « *Hélas, je voudrais être aussi sûr que tu n'as pas à cet égard de telles idées sur moi. En tous cas*

---

1. *Corr.*, t. VIII, p. 112-113, liste citée dans la préface de l'édition « Folio classique » de *Du côté de chez Swann*, p. 12.
2. *Corr.*, t. VIII, p. 122-123.
3. *Ibid.*, p. 108. Proust fait allusion aux mœurs du comte Antoine Vacaresco de Sala, ami des Bibesco, et à celles de l'empereur Joseph II (1741-1790).
4. *Ibid.*, p. 255.
5. *Ibid.*, p. 76.

ce serait plus explicable puisque tant de gens l'ont dit de moi[1]. » Il ajoute : « *Je ne suis pas assez stupide, si j'étais de ce genre de canailles, pour aller prendre toutes les précautions pour que le garçon sache mon nom, puisse me faire coffrer, t'avertisse de tout etc.* » Dans la lettre suivante, justement celle où il mentionne le projet d'« un essai sur la Pédérastie », il revient sur les insinuations d'Albufera à propos de ses relations : « *Mais peut-être y a-t-il pour les tiennes (au point de vue auquel tu fais allusion) certitude plus grande. Je ne veux me faire l'accusateur de personne d'autant plus que je sais qu'il y a de très gentils garçons qui peuvent avoir des vices, mais dans ta génération à part quelques êtres* insoupçonnables *et au-dessus de toute calomnie [...] je t'assure que ce n'est pas que dans le monde du théâtre ou de la littérature que la malveillance a à s'exercer*[2]. »

C'est l'affaire Eulenburg qui a mis l'homosexualité à la une des journaux en 1908 : la coïncidence avec le renouveau du roman n'est pas un hasard. Un journaliste allemand qui s'en était pris, en 1906 et 1907, à l'entourage pacifiste et francophile de Guillaume II, avait dénoncé les mœurs de Philipp von Eulenburg, ami du Kaiser, ancien ambassadeur à Vienne. Plusieurs procès suivirent en 1907 et 1908, sans que le prince pût rétablir sa réputation. Proust écrivit, dès novembre 1907, à Robert de Billy : « *On m'a dit quelque chose de très vilain — ou plutôt de très gracieux — relatif à deux dames qui sont je suis sûr de votre toute proche coterie, Mmes D. et de N. (deux belles-sœurs). Le saviez-vous ? C'est peut-être d'ailleurs entièrement faux. Que dites-vous*

---

1. *Ibid.*, p. 98.
2. *Ibid.*, p. 112.

de tout ce procès d'homosexualité ? Je crois qu'on a tapé un peu au hasard bien que pour certains ce soit très vrai, notamment pour le Prince, mais il y a des choses bien comiques[1]. » La chute de ce père de huit enfants fut spectaculaire. Son frère avait déjà été accusé de sodomie, le « vice allemand » comme on disait à Paris, après une longue série de scandales berlinois. La familiarité du prince avec des hommes du peuple, en particulier des bateliers du lac Starnberg, parut suspecte. Eulenburg, jeune diplomate, était en poste à Munich en 1886, quand Louis II se noya dans le lac, et il avait été l'un des premiers auprès du cadavre étendu sur la rive. Dans les articles et les conversations, la comparaison avec la déchéance de Wilde s'imposa[2].

Eulenburg n'est cité qu'une fois dans Sodome et Gomorrhe[3], *mais dans un fragment capital du Cahier 49, Proust datait de l'affaire la diffusion du terme même d'« homosexuel » en français, et justifiait par là sa préférence pour celui d'« inverti », faute de pouvoir utiliser, comme Balzac dans* Splendeurs et misères des courtisanes, *celui de « tante » :*

> Ce terme conviendrait particulièrement, dans tout mon ouvrage, où les personnages auxquels il s'appliquerait, étant presque tous vieux, et presque tous mondains, ils seraient dans les réunions mondaines où ils papotent, magnifiquement habillés et ridiculisés. Les tantes ! on voit leur solennité et toute leur toilette rien que dans ce mot qui porte jupes, on voit dans une réunion mondaine leur aigrette et leur ramage de volatiles d'un genre différent. « Mais

---

1. Corr. t. VII, p. 309.
2. Sur le procès d'Oscar Wilde, voir n. 1, p. 70.
3. Ici, p. 488. Voir aussi une allusion dans *Le Côté de Guermantes*, « Folio classique », p. 409.

le lecteur français veut être respecté[1] » et n'étant pas Balzac je suis obligé de me contenter d'inverti. Homosexuel est trop germanique et pédant, n'ayant guère paru en France — sauf erreur — et traduit sans doute des journaux berlinois, qu'après le procès Eulenbourg[2].

L'étape suivante sur le chemin de Sodome *et* Gomorrhe *correspond à l'essai sur Sainte-Beuve et aux pages célèbres publiées par Bernard de Fallois en 1954, sous le titre « La Race maudite », et extraites des Cahiers 7 et 6 de 1909*[3]*. Mais la matière devient trop diverse pour se couler dans un essai, même narratif, sur Sainte-Beuve. Le marquis de Guercy ou Gurcy, futur Charlus, est ébauché dans le Cahier 7 au printemps de 1909 : son arrivée à la plage, ses visites à l'hôtel Guermantes, la réception chez la princesse, le départ du héros avec Guercy, qui lui lâche brusquement le bras lorsqu'il aperçoit un ami. La révélation de sa vraie nature, lorsque le héros le voit assoupi, introduit enfin l'exposé de « La Race maudite », avant que le cahier revienne à Baudelaire. Le Cahier 6 contient des ajouts pour Guercy et l'inversion, entre une description du milieu Verdurin et des considérations sur Nerval.*

Un autre cahier de 1909, le Cahier 51, contient trois morceaux pour Guercy : dans le premier, il rend visite à sa tante, Mme de Villeparisis, et rencontre dans la cour Borniche, le futur Jupien ; dans le deuxième, en route pour Chatou chez les Verdurin, le héros surprend Guercy avec un musicien dans la salle des pas perdus de la gare Saint-Lazare ; dans

---

1. Boileau, *L'Art poétique*, chant II, vers 176.
2. Cahier 49, f°s 60 r°-v^o.
3. Voir le document 1, p. 723-736.

le dernier, Guercy, devenu un vieillard, se promène en compagnie de Borniche. *Les trois épisodes subsistent dans la* Recherche, *le troisième dans* Le Temps retrouvé, *lorsque le héros se rend à la matinée chez la princesse de Guermantes : la fin de la carrière de Charlus avait été prévue d'emblée. Quant aux deux premiers, la rencontre de Borniche et celle du musicien, ils devaient rejoindre* Sodome et Gomorrhe[1]. *Proust mentionne ces deux scènes scabreuses dans toutes ses lettres aux éditeurs sollicités en 1912 et 1913, afin d'avertir que si le début de son roman est chaste, la suite sera fort impudique. Ainsi à Fasquelle en octobre 1912 :* « Or dans la seconde partie, le personnage, un vieux monsieur d'une grande famille, se découvrira être un pédéraste qui sera peint d'une façon comique mais que, sans aucun mot grossier, on verra "levant" un concierge et entretenant un pianiste[2]. » *Dès août 1909, il proposait son livre à Alfred Vallette, directeur du Mercure de France, en précisant :* « Un des principaux personnages est un homosexuel[3]. » *Le baron de Charlus était conçu dans ses grandes lignes, et seule la guerre devait ajouter de nouveaux épisodes à sa carrière.*

Sodome 1913

Dans Du côté de chez Swann, *publié chez Grasset en 1913, Proust donnait le plan des deux autres volumes de la* Recherche, *à paraître en 1914,* Le Côté de Guermantes *et* Le Temps retrouvé. *La partie plus spécialement consacrée à l'inversion se trouvait alors*

---

1. Ici, p. 55 et 380. Voir le document 1, p. 736-740.
2. *Corr.*, t. XI, p. 256. Cette lettre est reproduite dans l'édition « Folio classique » de *Du côté de chez Swann*, p. 602.
3. *Corr.*, t. IX, p. 155.

au début du troisième volume, dont les premiers chapitres portaient les titres :

>   À l'ombre des jeunes filles en fleurs
>   La princesse de Guermantes
>   M. de Charlus et les Verdurin
>   Mort de ma grand-mère
>   Les Intermittences du cœur
>   Les « Vices et les Vertus » de Padoue et de Combray[1]

avant Le Temps retrouvé *proprement dit. Le programme, comme on le sait, fut modifié par l'invention d'Albertine, et un plan fort différent fut inclus dans les* Jeunes filles *après la guerre.*

En 1913, le deuxième volume annoncé existait sous la forme d'une rédaction à peu près suivie. Mais pour le troisième, le plan ébauchait seulement un montage à partir de développements discontinus, que l'on retrouve dans les cahiers de brouillon. Certains ont été intégrés au texte définitif, mais si transformés qu'il ne s'agit pas d'y identifier des fragments primitifs. Pour le milieu de la Recherche, *entre* Guermantes *et* Le Temps retrouvé, *le plan de 1913 et le texte définitif constituent vraiment deux romans distincts.*

Le dernier cahier pour Le Côté de Guermantes, *le Cahier 43, se termine par une réception chez la princesse de Guermantes, qui correspond au deuxième chapitre du troisième volume prévu en 1913. Elle s'achève par la proposition de Charlus, alors Gurcy, de diriger la vie du héros, offre qui conclut la matinée chez Mme de Villeparisis, au lieu de clore la soirée chez la princesse, dans le texte définitif. Ensuite, Proust disposait pour la fin du roman de cahiers plus anciens,*

---

1. Ce plan est reproduit dans l'édition « Folio classique » de *Du côté de chez Swann*, p. 610-611.

datant de 1910-1911, les Cahiers 49, 47, 48 et 50, 58 et 57. Le Cahier 49, qui commence où finit le Cahier 43, reprend le thème de « La Race des Tantes ». Le Cahier 47 débute par le chapitre « M. de Charlus et les Verdurin » et se poursuit avec la maladie et la mort de la grand-mère. Les Cahiers 48 et 50, qui se chevauchent, développent « Les Intermittences du cœur », « Les "Vices et les Vertus" de Padoue et de Combray », et parviennent aux mariages du jeune Cambremer avec la nièce de Jupien, et de Saint-Loup avec Gilberte Swann. Les Cahiers 58 et 57 ébauchent enfin « L'adoration perpétuelle ». Bien qu'il ne s'agisse pas, on l'a dit, d'un manuscrit continu, un scénario existe, si lâche soit-il parfois. Si les symétries manquent, un motif se répète dans une intrigue linéaire : le héros recherche une femme pour son initiation sensuelle.

Albertine élimina ainsi deux personnages qui servaient de fil conducteur au début du troisième volume de 1913 : une jeune fille aux roses rouges et la femme de chambre de la baronne Putbus, ou Picpus. Ces deux types féminins décadents, l'adolescente perverse et la femme corrompue, ébauchés depuis 1909, étaient introduits au cours de la soirée chez la princesse de Guermantes, dans le Cahier 43. Montargis, le futur Saint-Loup, parlait au héros des femmes qu'il fréquentait dans les maisons de passe, en particulier « une petite demoiselle d'un nom comme Orcheville », et « une grande personne blonde qui est première femme de chambre chez la baronne Picpus », « un Giorgione ». Mais rien encore sur l'amour de celle-ci pour les femmes, premier indice de Gomorrhe dans le texte définitif. Puis, vers la fin de la soirée, une jeune fille aux roses rouges frôlait le héros dans la foule et appuyait ses seins contre lui. Désormais, sa rêverie va de l'une à l'autre. Il se lance d'abord derrière la jeune fille, interroge le prince et la princesse sur son nom, ne la retrouve pas et quitte la soirée. C'est alors qu'il tombe sur Gurcy, qui lui propose de diriger sa vie, et le Cahier 49 prend le relais. Le héros rêve sur les noms de jeunes filles mentionnés le lendemain dans le compte rendu de la soirée donné par Le Figaro. *Espérant rencontrer le prince de Guermantes et obtenir des renseignements, il se rend à une réception chez le duc et la duchesse de Marengo, ce qui donne lieu à une belle description d'un salon Empire. Il y voit Swann, écoute auprès de lui la suite d'orchestre de son amour. Trois origines sociales successives sont envisagées pour la jeune fille, qui recouvraient déjà l'ensemble des désirs de Swann : la petite noblesse provinciale, la vieille bourgeoisie parisienne, et le milieu artiste cosmopolite.*

Curieusement, la quête de la jeune fille aux roses rouges rappelle la vie de Proust au printemps de 1908, telle qu'elle se reflète dans sa correspondance. Entre mars et juin, il mentionne souvent une jeune fille, demande des détails sur elle, voudrait sa photographie[1], *cherche à se faire inviter à des bals afin de la rencontrer : « Pour quelque chose que j'écris, pour des raisons sentimentales aussi, je voudrais aller à un bal », écrit-il à Mme de Caraman-Chimay*[2]. *Le 12 juin, il aperçoit la jeune fille chez la princesse de Polignac, mais il n'est pas présenté, dit-il, à « la plus jolie jeune fille que j'aie jamais vue*[3] ». *Le 22 juin enfin, chez la princesse Murat, dans la noblesse d'Empire comme chez les Marengo, on le présente à la jeune fille : « Cela, écrit-il à Albufera, a été pour moi une émotion énorme, […], mais aussi une assez grande déception, car de*

---

1. Lettres à Mme Léon Fould et Louis d'Albufera, *Corr.*, t. VIII, p. 63, 93, 112.
2. Lettre de juin 1908, *ibid.*, p. 135.
3. Lettre à François de Pâris, *ibid.*, p. 138.

près elle ne m'a plus paru si bien et un peu agaçante dès qu'elle parle, et plus coquette qu'aimable. Je vais repenser plus tranquillement à elle, toutes mes idées sont un peu mélangées[1]. » Il ajoute : « *J'ai des idées de travail pour des mois.* » L'émotion tombe vite. Dès la lettre suivante au même, il parle froidement : « *Le fait surtout de l'avoir trouvée mille fois moins bien que je ne croyais, tout cela m'a fait un grand bien et donné un grand calme*[2]. » Il n'en sera plus question. Dans le scénario de 1913, le cycle de la rêverie enthousiaste et de la déception se reproduit ainsi sans cesse.

La jeune fille qui hanta Proust en 1908 s'appelait Oriane de Goyon ; née en 1887, elle avait vingt ans et faisait ses débuts dans le monde. Dans le Cahier 49, elle serait au dire du prince de Guermantes une Mlle de Vigognac, et le héros rêve au Béarn. Mais Mme de Villeparisis les invite ensemble et ce n'est pas elle. La duchesse de Guermantes suggère une Mlle Tronchin, et la princesse pense enfin à Olga Czarski, la fille de son professeur de violon. C'est pourquoi le héros se rend à l'Opéra, espérant apercevoir la princesse et obtenir des nouvelles des Czarski. On joue du Wagner. Le héros, épiant l'arrivée de la princesse de Guermantes dans la loge de la princesse de Parme, aperçoit Gurcy. Celui-ci, après avoir regardé le héros sans le reconnaître, s'endort, comme la plupart des auditeurs du reste. Sa nature féminine frappe soudain le héros, et la révélation introduit la dissertation sur l'inversion. Après quoi on revient à l'intrigue, mais c'en est fini de la jeune fille aux roses rouges.

Conformément au titre suivant du plan de 1913, « M. de Charlus et les Verdurin », le Cahier 47 commence par une longue description du salon des

---

1. *Ibid.*, p. 148.
2. *Ibid.*, p. 175.

Verdurin, où le héros, introduit par un vieil ami, cherche à se lier avec la baronne Putbus, ou Picpus, qu'il souhaite connaître afin d'impressionner sa domestique. Les « fidèles » sont présentés à l'occasion d'un voyage vers la maison de campagne des Verdurin, située à Montmorency, puis à Ville-d'Avray. Comme en 1909, c'est à la gare Saint-Lazare que le héros surprend la rencontre du futur Charlus et d'une « petite tante déguisée en soldat », le futur Morel, alors un pianiste. En fait d'indécence, le passage est bref, et permet de mesurer l'audace que la guerre devait encore donner à Proust : les morceaux obscènes qu'il annonçait avec précaution aux éditeurs en 1912 n'avaient rien des grandes fresques homosexuelles d'après 1914.

Gurcy devenait un habitué des Verdurin, et de nombreuses scènes qui ont lieu à La Raspelière dans le texte définitif étaient ébauchées. Mais Mme Putbus n'apparaissait pas : la femme de chambre fournit dans le Cahier 47 une trame aussi lâche que la jeune fille aux roses rouges dans le Cahier 49. La fin du Cahier 47, suivie du début du Cahier 48, passe à la maladie et à la mort de la grand-mère, mais la quête sensuelle reprend après de plus belle, avec Mlle de Quimperlé, future Mlle de Stermaria, puis une jeune fille blonde qui, fermant la boucle, se révèle n'être autre que Gilberte Swann. Le héros se souvient pourtant de la femme de chambre grâce à un article du Figaro, *qui annonce le départ de sa patronne pour les Indes, et la suit à Venise, où elle doit embarquer. Il la rencontre enfin ; elle est originaire de Combray : c'est le chapitre « Les "Vices et les Vertus" de Padoue et de Combray ». Mais avant lui, le plan de 1913 insérait « Les Intermittences du cœur ».*

Le héros rêvait donc de sa grand-mère et prenait conscience de sa mort au cours d'un voyage en Italie à la suite de la femme de chambre. *L'épisode est redistribué dans le texte définitif : le séjour à Venise, dans* Albertine disparue, *a lieu sous le signe du deuil d'Albertine et non de la grand-mère, tandis que « la perte après coup de ma grand-mère », comme Proust dit aussi, inaugure le second séjour à Balbec. Dans le plan de 1918, « Les Intermittences du cœur I. Je sens enfin que j'ai perdu ma grand-mère », étaient, comme on l'a dit, redoublées par « Les Intermittences du cœur II. Pourquoi je quitte brusquement Balbec avec la volonté d'épouser Albertine*[1] *». Ces symétries formelles exploitent le contraste thématique ébauché avant la guerre, entre la grand-mère et la femme de chambre, entre le deuil et le désir.*

Les « intermittences du cœur », selon une expression que Proust avait envisagé de donner pour titre au roman entier en 1912, désignent la temporalité discontinue de notre sensibilité, ses longs engourdissements et ses réveils imprévus. L'idée, essentielle à la Recherche, *est plus ancienne que la théorie de la mémoire involontaire, qui justifie le roman. Le héros se penche pour se déchausser au soir de son arrivée à Balbec, il effleure le bouton de la bottine que sa grand-mère l'avait aidé jadis à ôter, il revoit la scène d'autrefois et comprend soudain le sens de la mort d'un être cher : les pages sont plus émouvantes, moins dogmatiques que lors des réminiscences. « La perte après coup de ma grand-mère » donne lieu à une description des moi multiples qui nous composent, viennent à la conscience, disparaissent, mais n'en demeurent pas moins vivants, comme retirés et prêts à ressusciter à la moindre stimulation, selon une psychologie plus authentique que la doctrine de la mémoire. Les « intermittences » sont aussi des*

---

1. Voir ce plan p. 31.

réminiscences malheureuses, que l'art jamais ne transcendera.

Quelques rêves de Proust, notés dès les premiers feuillets du Carnet 1, au début de 1908, annonçaient les « intermittences du cœur[1] *». Ils reviennent sous forme de fiction dans les Cahiers 48 et 50, comme dans le texte définitif. Proust relate d'abord un rêve où sa mère est à l'agonie :* « Toi qui m'aimes ne me laisse pas réopérer, car je crois que je vais mourir, et ce n'est pas la peine de me prolonger*[2]*. » *Dans le train qui le ramène à Venise, après son rendez-vous de Padoue avec la femme de chambre, le héros rêve ainsi de sa grand-mère dans une addition du Cahier 50. Les protagonistes du second rêve du Carnet 1 sont le père de Marcel, qui paraît vivre, et Robert, son frère, qui tient le rôle de l'intercesseur et parle à leur père :* « Papa près de nous. Robert lui parle, le fait sourire, lui fait répondre exactement à chaque chose. Illusion absolue de la vie. Donc tu vois que mort on est presque en vie. Peut-être se tromperait-il dans les réponses mais enfin simulacre de la vie. Peut-être n'est-il pas mort*[3]*. » *Un rêve ajouté dans le Cahier 48, pour un matin à Venise, substitue la grand-mère au père mort, et le père au frère, dans le rôle de l'intercesseur ; le même rêve figure encore dans le texte définitif*[4]. *Dans le troisième rêve du Carnet 1, Marcel aperçoit sa mère qui semble en*

---

1. Entre le Carnet 1 et les Cahiers 48 et 50, le Cahier 65, datant de la seconde moitié de 1909, contient un premier brouillon des souvenirs de la grand-mère : voir Jō Yoshida, « La grand-mère retrouvée. Le procédé de montage des "Intermittences du cœur" », *Bulletin d'informations proustiennes*, n° 23, 1992.
2. *Le Carnet de 1908*, p. 47. Mme Proust avait subi une grave opération en juillet 1898.
3. *Ibid.*, p. 50.
4. Ici, p. 276-277.

vie, il se demande si elle comprendrait son livre — la page datant de juillet 1908, ce livre est sans doute celui qui occupe Proust depuis le début de l'année —, et Robert est encore l'intercesseur : « voici Maman, mais elle est indifférente à ma vie, elle me dit bonjour, je sens que je ne la reverrai pas avant des mois. Comprendrait-elle mon livre ? Non. Et pourtant la puissance de l'esprit ne dépend pas du corps. Robert me dit que je devrais m'informer de son adresse, pour si on m'appelait pour sa mort, j'ignore son quartier, le nom de la personne qui la garde[1]. » Une page du Cahier 50 substitue aussi la grand-mère à la mère morte, le père au frère, et le texte définitif fait de même. La référence au livre demeure[2].

Deux pages plus loin dans le Carnet 1, une notation annonce le cadre des « Intermittences du cœur », dans le scénario de 1913 comme dans le texte définitif, une chambre d'hôtel, à Milan ou à Balbec : « Maman retrouvée en voyage, arrivée à Cabourg, même chambre qu'à Évian, la glace carrée. » La chambre de Proust à Cabourg, en juillet 1908, lui rappela sans doute Évian, où il s'était rendu avec sa mère en septembre 1905. Elle y était tombée malade et mourut peu après avoir été ramenée à Paris par Robert Proust.

Vers la fin du Carnet 1, dans des pages datant de 1909 ou 1910, trois fragments, qui ne sont plus autobiographiques, préparent encore les « intermittences du cœur ». Sur une liste de « Morceaux à ajouter », figure ce renvoi : « Après la mort de ma grand-mère, apparitions etc.[3] ». Un fragment répond à ce programme : la grand-mère demande au héros de recommander à Montargis un fleuriste, du nom de Brichot. Après la

---

1. *Le Carnet de 1908*, p. 50-51.
2. Ici, p. 254.
3. *Le Carnet de 1908*, p. 107.

mort de sa grand-mère, le héros revoit un jour son visage désolé, lorsqu'il lui refusa la recommandation, et il souffre de ne plus pouvoir la consoler. Le concept des « Intermittences du cœur » est formulé : la vision de sa grand-mère laissait le plus souvent le héros indifférent, parce qu'« elle était dépourvue de cette partie supérieure, de cette crête que les idées n'ont pour moi qu'à certains jours, les seuls qui comptent dans la vie, les seuls où elles sont complètes et non d'insipides tronçons d'idées[1] *». Un dernier fragment du Carnet 1 évoque la grand-mère : encore un rêve, mais pleinement romanesque. Le héros rêve d'elle, Françoise est là, la grand-mère renvoie le héros, refuse de le voir*[2]*. Un rêve ajouté dans le Cahier 50 reprend ces données : le héros, « par exemple en rentrant de Padoue », rêve qu'il revient d'une soirée à Balbec avec Montargis, et sa grand-mère, indisposée, le congédie. D'un bout à l'autre du Carnet 1, les « Intermittences du cœur », primitives dans la conception du roman, permettent d'assister à la transition des notations autobiographiques aux notations romanesques.*

Dans le scénario de 1913, les « intermittences du cœur » sont difficiles à suivre : les Cahiers 48 et 50 se chevauchent, avec des itinéraires contradictoires pour le voyage en Italie. Le rêve le plus célèbre du texte définitif[3]*, se terminant par les mots « Cerfs, cerfs, Francis Jammes, fourchette », est entamé dans l'un et se poursuit par erreur dans l'autre. Les « intermittences du cœur » ont encore l'air d'une greffe sur un chapitre dédié à la femme de chambre. Proust les a d'abord situées dans le train du retour, entre Venise*

---

1. *Ibid.*, p. 118-120.
2. *Ibid.*, p. 124.
3. Ici, p. 255.

et Paris, puis à l'aller, au cours d'une halte à Milan, solution qui permet qu'ensuite, à Venise, le souvenir de la grand-mère alterne avec le désir pour la femme de chambre : ainsi se répète le jeu de la sensualité et de la culpabilité, typique du roman d'alors, mais encore présent dans le second séjour à Balbec du texte définitif.

La seconde moitié du Cahier 50 introduit les chapitres suivants du plan de 1913, « Mme de Cambremer. Mariage de Robert de Saint-Loup », par le faire-part que sa mère montre au héros dans le train. Et les Cahiers 57 et 58 ferment le cycle romanesque avec « Le bal de têtes » et « L'adoration perpétuelle », qui formeront la matière du Temps retrouvé. *Depuis* Le Côté de Guermantes, *au long des Cahiers 49, 47, 48 et 50, le scénario est très différent de ce qu'il deviendra dans* Sodome et Gomorrhe. *La quête sensuelle reliait vaguement des épisodes diversement élaborés. La jeune fille aux roses rouges était oubliée pendant la dissertation sur « La Race des Tantes », et la femme de chambre pendant le chapitre « M. de Charlus et les Verdurin ». La structure des « Intermittences du cœur » était plus recherchée, mais encore tâtonnante. Contrairement aux avertissements de Proust aux éditeurs, Sodome n'était pas au premier plan : la découverte de la nature de Gurcy, assoupi à l'Opéra, n'a rien de la violence de la rencontre de Charlus et Jupien comme ouverture de « La Race des Tantes » ; et la rencontre de Gurcy et du musicien manque du romanesque de la liaison entre Charlus et Morel. Et puis nous ignorons — c'est la lacune principale dans la genèse de* Sodome et Gomorrhe *— où serait allée la rencontre de Gurcy et de Borniche. Enfin, Gomorrhe n'apparaissait pas, ni aucun parallélisme entre les deux cités bibliques. La série des jeunes filles que le héros traquait était inconsistante, jusqu'au rendez-vous de Padoue, qui refermait le cycle ouvert à Combray par les promenades solitaires* *et le geste provocant de Gilberte. Mais avec Albertine, la quête d'une initiation sexuelle ne sera plus l'axe de l'intrigue, et l'inversion deviendra un thème rigoureusement construit.*

Les travaux de la guerre

Proust disait à Grasset, en juillet 1918, que Sodome et Gomorrhe *avait été écrit « depuis la guerre[1] ». Comprenons : après la mort d'Alfred Agostinelli, modèle d'Albertine. Proust l'avait connu comme chauffeur à Cabourg en 1907. En 1913, il l'engage comme secrétaire, mais Agostinelli le quitte en décembre et meurt le 30 mai 1914 au large d'Antibes, en apprenant à piloter sous le nom de « Marcel Swann ». En 1918, Proust entend par* Sodome et Gomorrhe *tout le « roman d'Albertine », non seulement les actuels* Sodome et Gomorrhe I *et* II, *mais encore* La Prisonnière *et* Albertine disparue, *alors réunis sous le titre* Sodome et Gomorrhe II. *Le plan publié en 1918 dans les* Jeunes filles *se présentait ainsi pour le volume alors appelé* Sodome et Gomorrhe I :

> Révélation soudaine de ce qu'est M. de Charlus.
> Soirée chez la princesse de Guermantes.
> Second séjour à Balbec : Les Intermittences du cœur I.
> Je sens enfin que j'ai perdu ma grand-mère.
> M. de Charlus chez les Verdurin et dans le petit chemin de fer.
> Les Intermittences du cœur II.
> Pourquoi je quitte brusquement Balbec, avec la volonté d'épouser Albertine.

---

1. Lettre à Bernard Grasset du 18 juillet 1918 ; citée par Léon Pierre-Quint, *Proust et la stratégie littéraire*, Corrêa, 1954, p. 168.

Comment Proust était-il passé du plan de 1913 à celui-ci ?

*Deux cahiers de 1914, les Cahiers 54 et 71, révèlent la première étape. Le Cahier 54 contient un premier jet d'*Albertine disparue, *écrit peu après la mort d'Agostinelli. Le Cahier 71, rédigé ensuite, met en place le début du « roman d'Albertine » : arrivée à Balbec pour le second séjour, premiers soupçons, découverte de l'intimité d'Albertine et de Mlle Vinteuil, ébauche de* La Prisonnière, *départ de la jeune fille.*

Or, pour préparer le « roman d'Albertine » dans le Cahier 71, Proust se sert d'un personnage ancien et d'une intrigue déjà esquissée, qui auraient sans doute pris place dans le premier chapitre du troisième volume annoncé en 1913, « À l'ombre des jeunes filles en fleurs ». Il s'agit d'une certaine Maria, dont un cahier de 1910, le Cahier 64, racontait trois séjours à Querqueville, futur Balbec : le premier, où le peintre présentait les filles au héros, s'achevait sur la scène du baiser refusé, qui a rejoint les Jeunes filles *; au cours du deuxième, les soupçons du héros étaient éveillés par les tendresses de Maria et d'Andrée ; pendant le troisième, le héros séjournait avec Maria chez les Chemisey, à Rivebelle, et il embrassait enfin la jeune fille. On voit que le second séjour à Balbec avec Albertine tient des deux dernières années à Querqueville avec Maria : Rivebelle, une reprise du Réveillon de* Jean Santeuil, *préfigurait La Raspelière, où les Verdurin résident, tandis que les Chemisey ont cédé la place aux Cambremer.*

Dès avant le départ d'Agostinelli, Proust semble d'ailleurs avoir songé à amplifier le rôle de Maria au-delà du plan de 1913, et à infléchir le roman du côté de Gomorrhe. Deux indices le suggèrent. D'abord un montage pour une « deuxième année à Balbec », qui date, au moins en partie, du printemps ou de l'été de 1913. Le nom d'Albertine apparaît d'abord en correction de Maria, et le scénario introduit le personnage dans les volumes antérieurs (dans les Jeunes filles *et* Guermantes), *puis il annonce* Sodome et Gomorrhe : « *Invitation chez la princesse de Guermantes. [Visite d'Albertine* biffé.] *Je me promets de faire signe à Albertine ce soir-là. / Je vais à Balbec parce que j'y connais tout le monde. Je remarque l'attitude d'Albertine et d'Andrée. Danse contre seins*[1]. » Sodome et Gomorrhe *n'est qu'ébauché, mais le thème lesbien est incontestable.*

Le second indice est une phrase ajoutée à la scène de Montjouvain, dans Du côté de chez Swann : « *On verra plus tard que, pour de tout autres raisons, le souvenir de cette impression devait jouer un rôle important dans ma vie*[2]. » *Cette phrase paraît, dans le texte définitif, annoncer le dénouement de* Sodome et Gomorrhe, *où le souvenir de Montjouvain, provoquant le départ du héros pour Paris avec Albertine, introduit* La Prisonnière *et* Albertine disparue. *Or, encore absente des troisièmes épreuves, elle a été ajoutée au plus tôt pendant l'été de 1913, et, comme les brouillons le montrent, à cette date elle annonçait en fait la « danse contre seins » de Maria et de son amie, déjà prénommée Andrée, au casino. Ainsi, procédant à rebours à partir du dénouement du « roman d'Albertine », calqué sur le départ et la mort d'Agostinelli, Proust a identifié le nouveau personnage avec cette Maria qui appartenait à la longue série des jeunes filles désirées.*

À l'étape suivante, une série de six cahiers, datant de 1915, forment un brouillon plus ou moins suivi du roman, depuis l'arrivée à Balbec jusqu'au début

---

1. Cahier 13, f° 28 r°.
2. *Du côté de chez Swann*, « Folio classique », p. 242.

du Temps retrouvé. *Les trois premiers donnent un canevas de* Sodome et Gomorrhe *par une nouvelle intégration : commençant par la visite d'Albertine après la soirée chez la princesse de Guermantes, ils fusionnent le début du « roman d'Albertine » et les anciens chapitres « Les Intermittences du cœur » et « M. de Charlus et les Verdurin » du plan de 1913. Ce sont les Cahiers 46, 72 et 53, qui forment donc une ébauche continue du second séjour à Balbec. La « désolation au lever du soleil », qui conclut* Sodome et Gomorrhe II, *était déjà repérée en marge comme devant finir « le chapitre, ou le volume si le chapitre finit le volume ». Cette notation montre que, tôt dans la rédaction du nouveau roman, avant le stade du manuscrit, Proust faisait du départ pour Paris avec Albertine une péripétie majeure. Dès 1915, l'actuel* Sodome et Gomorrhe *était conçu comme un volume ; le second séjour à Balbec, comme un ensemble clos par les deux « Intermittences du cœur » :* Sodome et Gomorrhe *est bien un tout, en dépit de son rôle de préparation au « roman d'Albertine ».*

Gomorrhe, présente dès Les Plaisirs et les Jours, *suggérée dans la scène de Montjouvain, s'incarne enfin de façon dramatique à partir de la « danse contre seins ». Albertine débarrasse le roman de la jeune fille aux roses rouges et de la femme de chambre, ces deux côtés de la sexualité décadente, tandis qu'une nouvelle symétrie s'installe, entre la jeune fille et Morel. Ce parallélisme, qui sera accentué au-delà du manuscrit, sur la dactylographie et les épreuves, apparaît à la faveur des esquisses de la rencontre entre Charlus et le musicien.*

On trouve deux versions de celle-ci dans le Cahier 46. Selon la première, le héros, dans le train vers une station voisine de Balbec, où il entend retrouver Albertine après que la pensée de la femme de chambre lui a rendu du désir pour la jeune fille, surprend Charlus s'adressant à un militaire ; il rejoint ensuite la jeune fille, qui, enveloppée dans un caoutchouc pour la bicyclette, est comparée à un saint Georges de Mantegna. Dans la seconde, le héros retrouve d'abord Albertine, qui le raccompagne à Balbec ; elle est donc présente, toujours en caoutchouc, lorsque le baron aborde le militaire. Albertine en saint Georges, c'est, selon la lecture fin de siècle des peintres de la Renaissance italienne, l'androgyne, la jeune fille provocante aux seins serrés sous l'armure, encore un avatar de la jeune fille aux roses rouges. Or, entre le Cahier 46 et le manuscrit de Sodome et Gomorrhe, *la référence à saint Georges disparaît de la description du caoutchouc d'Albertine*[1], *de même que les allusions à la femme de chambre. Et tandis que le couple décadent se retire, un autre couple apparaît : Albertine et Morel, ou Sodome et Gomorrhe. Morel, décrit avant la guerre comme un androgyne lui aussi, subit une transformation parallèle : « Donner à ce jeune homme un bel air si mâle qu'il soit insoupçonnable », ajoute Proust dans la marge. Albertine et Morel à la place de la jeune fille et de la femme de chambre, voilà l'un des changements essentiels survenus pendant la guerre.*

La fin de la Recherche *fut mise au net dans un manuscrit continu de vingt cahiers, numérotés de I à XX par Proust :* Sodome et Gomorrhe *occupe les sept premiers, dont la rédaction était achevée au printemps de 1916.* Sodome et Gomorrhe I, *qui proclame avec fanfare la nouvelle inflexion du roman, a pu être inséré à cette date entre la visite à la duchesse, qui clôt* Le Côté de Guermantes II, *et la soirée chez*

---

1. Ici, p. 385.

la princesse de Guermantes, qui ouvre Sodome et Gomorrhe II. *La rencontre du baron et du giletier, imaginée dès 1909, annoncée à tous les éditeurs en 1912 et 1913, ne commandait pas alors, on s'en souvient,* « La Race des Tantes ». *Mais la transformation du thème de l'inversion en une vraie structure romanesque, entre 1913 et 1915, s'acheva sans doute par la découverte du moment où la fameuse rencontre serait la plus dramatique. Le choix du titre et de l'épigraphe eut d'ailleurs lieu vers la même époque. Proust les mentionne en mai 1916, dans une lettre à Gallimard, quand il envisage de rompre avec Grasset :* « Mon livre (plus long que je ne m'en rendais compte moi-même) comporte un volume que d'après le vers de Vigny (La femme aura Gomorrhe et l'homme aura Sodome) j'intitule Sodome et Gomorrhe[1]. »

Si la structure du roman devait ensuite rester stable, les différences n'en sont pas moins sensibles entre le manuscrit de 1916 et le texte publié en 1921 et 1922. Manquent encore beaucoup des anecdotes pittoresques, que Proust ajouta sur la dactylographie et les épreuves. Le manuscrit de 1916 n'est plus le scénario de 1913, concentré sur le héros, sur ses réactions devant le monde, ses désirs et ses déceptions, mais il n'est pas encore le texte définitif, de plus en plus extroverti et balzacien. Nombreux sont les traits de langue et les détails physiques notés entre 1917 et 1922, qui rendent les personnages vivants et leurs aventures comiques : le parler de Françoise et le patois de sa fille, les manières du liftier, les cuirs du directeur, la salive de Mme de Cambremer et le snobisme de sa belle-fille, les yeux, le nez de M. de Cambremer, sa sympathie pour les maux du héros, les étymologies de Brichot, la pusillanimité

---

1. *Corr.*, t. XV, p. 130.

de Saniette, le langage de Céleste et Marie. Enfin, le tableau de l'inversion devait encore s'enrichir de péripéties infinies. Dans le manuscrit, Charlus est le seul représentant de la race maudite, qui, après 1916, gagne une extension quasi universelle : Vaugoubert apparaît dans une paperole du manuscrit. La liaison de Nissim Bernard et du commis du Grand-Hôtel, le rendez-vous de Charlus avec un valet de pied, sa correspondance avec Aimé, tout cela s'accumule sur une seule longue paperole du manuscrit. Le duc de Châtellerault est inventé plus tard encore, de même que le rendez-vous du prince de Guermantes et de Morel. Celui-ci devient un premier rôle alors qu'il n'était encore qu'un comparse de Charlus dans le manuscrit.

Le dernier volume publié du vivant de Proust

La publication de Sodome et Gomorrhe *se conforma au plan donné dans les* Jeunes filles, *sauf que Proust détacha le premier chapitre, « Révélation soudaine de ce qu'est M. de Charlus », pour le donner à la fin de* Guermantes II. *Choisissant d'anticiper par un tel coup de théâtre la suite de l'œuvre, Proust se montrait sensible aux réactions des critiques, lassés par les réceptions interminables chez les Guermantes. Pourtant, au moment de publier* Sodome et Gomorrhe, *il retrouvait les inquiétudes de 1912, lorsqu'il avertissait les éditeurs de l'indécence du roman. La guerre a coïncidé avec un relâchement des mœurs, comme on l'a souvent dit, et Proust a d'ailleurs chargé complaisamment sa fresque de Sodome après 1914. Il paraît néanmoins se rappeler que la scène de Montjouvain avait choqué certains lecteurs de* Du côté de chez Swann *en 1913, comme Francis Jammes, et il redoute le scandale.*

Dès janvier 1920, il instruisait Paul Souday, le puissant chroniqueur du Temps, qui avait déjà mal accueilli Du côté de chez Swann : « *En réalité, M. de Charlus [...] est une vieille Tante (je peux dire le mot puisqu'il est dans Balzac)*[1]. » Annonçant au même, en octobre 1920, la sortie de Guermantes I, il ajoutait : « *C'est encore un livre "convenable". Après celui-là, cela va se gâter sans qu'il y ait de ma faute. Mes personnages ne tournent pas bien ; je suis obligé de les suivre là où me mène leur défaut ou leur vice aggravé*[2]. » Proust réagit vivement au compte rendu à nouveau défavorable de Souday, qui concluait une comparaison de la Recherche et des Mémoires *de Saint-Simon en ces termes :* « *Toutes proportions gardées, il y a du vrai, bien que M. Marcel Proust soit surtout un esthète nerveux, un peu morbide, presque féminin*[3]. » Proust lui écrivit : « *Une chose m'a fait de la peine où vous n'avez certainement pas mis de méchanceté ! Au moment où je vais publier* Sodome et Gomorrhe, *et où, parce que je parlerai de Sodome, personne n'aura le courage de prendre ma défense, d'avance vous frayez (sans méchanceté, j'en suis sûr) le chemin à tous les méchants, en me traitant de "féminin". De féminin à efféminé, il n'y a qu'un pas. Ceux qui m'ont servi de témoins en duel vous diront si j'ai la mollesse des efféminés. Encore une fois, je suis certain que vous l'avez dit sans préméditation*[4]. »

Dans sa préface à Tendres stocks *de Paul Morand,*

---

1. *Correspondance générale de Marcel Proust*, éd. Robert Proust, Paul Brach et Suzy Mante-Proust, Plon, 1930-1936, 6 vol. (dorénavant *Corr. g^{ale}*), t. III, p. 76.
2. *Ibid.*, p. 83.
3. *Le Temps*, 4 novembre 1920, p. 3.
4. Lettre de novembre 1920, *Corr. g^{ale}*, t. III, p. 86. Proust évoque le duel qui l'opposa en 1897 à Jean Lorrain, lequel avait fait allusion, dans son compte rendu des *Plaisirs et les Jours*, aux relations de Proust avec Lucien Daudet.

rédigée à l'automne de 1920, Proust avança une idée qui devait sans cesse revenir sous sa plume en 1921 et 1922, comme un plaidoyer pro domo *: « Baudelaire est un grand poète classique et, chose curieuse, ce classicisme de la forme s'accroît en proportion de la licence des peintures*[1]. » *Et de comparer les vers les plus libres des « Femmes damnées » à du Racine. Après coup, les « Pièces condamnées » des* Fleurs du Mal *révèlent le mieux la fraternité de Baudelaire et de Racine. L'argument sera plus net encore dans « À propos de Baudelaire », article publié dans la* NRF *en juin 1921, un mois après la mise en vente de* Sodome et Gomorrhe I. *Proust rappelait que pour Anatole France déjà, « les pièces les plus licencieuses, les plus crues, sur les amours entre femmes*[2] », *sont ce que Baudelaire a écrit de plus beau. Avant Proust, Baudelaire a donc parlé de Gomorrhe ; on l'a condamné, mais pour reconnaître à présent qu'il fut là le plus grand.*

Cherchant à expliquer la fascination de Baudelaire pour les lesbiennes, au point de songer à donner leur nom à son recueil, Proust contredit du reste le vers de Vigny qui sert d'épigraphe à Sodome et Gomorrhe I, *et qui pose comme irréparable la séparation des sexes :*

La Femme aura Gomorrhe et l'Homme aura Sodome.

Vigny, dit-on, l'écrivit par jalousie de « l'amitié de Mme Dorval pour certaines femmes », concluant à une inimitié fatale des hommes et des femmes[3]. *Mais la fascination de Baudelaire pour Gomorrhe est autrement ambiguë : « Cette "liaison" entre Sodome*

---

1. *Contre Sainte-Beuve*, éd. Pierre Clarac, p. 609.
2. *Ibid.*, p. 630.
3. *Ibid.*, p. 620.

et Gomorrhe que dans les dernières parties de mon ouvrage (et non dans la première Sodome qui vient de paraître) j'ai confiée à une brute, Charles Morel (ce sont du reste les brutes à qui ce rôle est d'habitude départi), il semble que Baudelaire s'y soit de lui-même "affecté" d'une façon toute privilégiée. Ce rôle, combien il eût été intéressant de savoir pourquoi Baudelaire l'avait choisi, comment il l'avait rempli. Ce qui est compréhensible chez Charles Morel reste profondément mystérieux chez l'auteur des Fleurs du Mal[1]. » Voilà justifiée l'importance prise par Morel dans le roman après 1915. Comme Albertine et avec elle, il devint un agent de liaison entre Sodome et Gomorrhe, selon une conception plus instable de l'inversion que celle de Vigny, qui règne encore dans Sodome et Gomorrhe I.

Au moment où Proust s'interrogeait sur l'intérêt de Baudelaire pour les lesbiennes, il semble avoir fourni de vive voix à Gide, qui le relate dans son journal à la date du 14 mai 1921, une réponse brutale : Baudelaire était un inverti. « La manière dont il parle de Lesbos, et déjà le besoin d'en parler, suffiraient seuls à m'en convaincre[2] », aurait-il dit, avant de se déclarer persuadé, face aux doutes de Gide, que Baudelaire pratiqua l'homosexualité.

L'association de Racine et de Baudelaire devint une idée fixe dans les derniers mois de la vie de Proust, jusqu'à ce paradoxe : « Dernière et légère différence : Racine est plus immoral[3]. » Proust se veut leur frère : le scandale passé, on verra en lui un classique. Or le scandale n'eut pas lieu. Sans doute l'appendice de Guermantes II surprit-il : « Je dois ajouter qu'au

---

1. *Ibid.*, p. 633.
2. Voir le document 3, p. 750.
3. Réponse à une enquête des *Annales* (26 février 1922), *Contre Sainte-Beuve*, éd. Pierre Clarac, p. 641.

dernier chapitre, jugea Souday, le récit s'engage dans une direction où il devient un peu difficile de le suivre. Il y a eu jusque dans les familles royales, d'après Saint-Simon, des personnages analogues au baron de Charlus de M. Proust ; mais l'auteur des Mémoires *se bornait à des indications plus sommaires*[1]. »

Sodome et Gomorrhe I *pouvait en vérité se lire comme une condamnation de l'inversion. Rivière, que la lecture des épreuves avait bouleversé, avoua même à Proust sa satisfaction de voir l'inversion traitée sans la complaisance habituelle de la littérature contemporaine :* « Je savoure entre autres choses, (c'est très mal à dire, vous ne le répéterez pas) une espèce de vengeance à lire les pages terribles (et rendues plus terribles encore par leur équité même), où vous avez décrit la race des Sodomistes. J'avais besoin de l'espèce de décongestion que me donnent ces pages. Sans en être nullement ébranlé, j'avais entendu trop souvent autour de moi fausser la notion de l'amour pour ne pas éprouver une détente délicieuse à écouter parler là-dessus quelqu'un d'aussi sain, d'aussi heureusement équilibré que vous*[2]. » *Et* Sodome et Gomorrhe II *a une fin morale susceptible de racheter le tout. Proust disait d'ailleurs en mai 1922 à Jacques Boulenger :* « En tous cas votre moralisme sera satisfait, car vous verrez que mon héros, contempteur de Sodome, va se marier au moment où l'ouvrage finit. Il n'y aura plus guère que des passions du héros pour des femmes dans les suivants* Sodome, *auxquels je compte du reste donner des titres moins inspirés de Vigny*[3]. » *Après* Sodome et Gomorrhe II, *Souday*

---

1. *Le Temps*, 12 mai 1921, p. 3.
2. Lettre d'avril 1921, Marcel Proust-Jacques Rivière, *Correspondance*, éd. Ph. Kolb, Gallimard, 1976, p. 174.
3. *Corr. g^{ále}*, t. III, p. 290.

revint sur les réserves que « La Race des Tantes » lui avait inspirées : « Il ne faut pas trop vous effrayer du titre de cette partie de l'immense roman », dit-il à ses lecteurs, même s'il « annonce un sujet assurément des plus scabreux[1] ». Les précédents sont nombreux depuis l'Antiquité. Sans doute « on ne peut dire que M. Proust ne traite pas son sujet, et son livre n'est certes pas à l'usage des collèges et pensionnats. Mais [...] M. Proust ne perd pas le respect de sa plume et ne rivalise aucunement avec le "divin marquis", tellement surfait, d'ailleurs [...], ni avec aucun fabricant de l'inavouable camelote pornographique qui se débite sous le manteau. » Souday n'en concluait pas moins sévèrement, estimant le livre « très hardi, et au fond sans grand intérêt, mais plus inutile que véritablement scandaleux ».

Proust se plaignit que la presse l'abandonnât. Mais les invertis ne furent pas non plus heureux : la réaction de Rivière explique assez pourquoi. Quand Gide, apportant Corydon en réponse à l'envoi de Sodome et Gomorrhe I, rencontra Proust en mai 1921, il lui reprocha d'avoir eu l'air de « stigmatiser l'uranisme », n'ayant montré Sodome que sous les espèces du grotesque et de l'abject. Une lettre de mai 1921 à Boulenger confirme le récit de Gide : « Vous savez que j'ai fâché beaucoup d'homosexuels par mon dernier chapitre. J'en ai beaucoup de peine. Mais ce n'est pas ma faute si M. de Charlus est un vieux monsieur, je ne pouvais pas brusquement lui donner l'aspect d'un pâtre sicilien comme dans les gravures de Taormine[2]. » Proust aurait alors expliqué à Gide que sa peinture était ingrate parce qu'il avait transposé les aspects heureux de Sodome : « tout ce que ses

---

1. *Le Temps*, 12 mai 1922, p. 3.
2. *Corr. g^{ale}*, t. III, p. 245-246.

souvenirs homosexuels lui proposaient de gracieux, de tendre et de charmant » aurait servi *à la partie hétérosexuelle du livre, à la description des jeunes filles, qui ne seraient donc autres que des garçons transposés.*

Quant à Montesquiou, qui s'était reconnu dans Charlus *dès les* Jeunes filles en fleurs, *mais à qui Proust assurait en mars 1921, au moment de publier* Sodome et Gomorrhe I, *que le baron était « entièrement inventé », sinon pour sa première apparition sur la plage à Balbec, inspirée du baron Doasan, habitué de Mme Aubernon*[1], *on ignore sa réaction à la lecture de* Sodome et Gomorrhe I ; *et il mourut opportunément en décembre 1921, avant de découvrir le prodigieux personnage que Proust avait tiré en partie de lui dans* Sodome et Gomorrhe II.

Les femmes ne furent pas plus séduites par Gomorrhe. Proust connaissait Natalie Clifford Barney, qui lui avait envoyé ses Pensées d'une Amazone : « *Hélas, lui écrivit-il, rien ne sera moins que* Sodome et Gomorrhe *si j'ai jamais la force d'en corriger les épreuves, un chant alterné avec votre doux chant. La paix divine des* Bucoliques, *du* Banquet, *la liberté de Lucien, n'y règnent pas, mais plutôt le sombre désespoir des deux vers de Vigny que je lui avais donnés, il y a tantôt cinq ans, comme épigraphe, et que vous citez du reste aussi*[2]. » *Natalie Barney, pourtant préparée, fut effarouchée par* Sodome et Gomorrhe I *et redouta la suite :* « *Le premier volume de* Sodome et Gomorrhe *ayant paru, je lui exprimai mes craintes sur* Gomorrhe. *Il me répondit qu'en effet ses Sodomites étaient affreux mais que ses Gomorrhéennes seraient*

---

1. *Corr.* g^{ale}, t. I, p. 282.
2. Natalie Clifford Barney, *Aventures de l'esprit*, Émile-Paul, 1929, p. 61-62.

toutes charmantes. Je les trouve surtout invraisemblables[1]. »

Mais l'explication de Sodome et Gomorrhe *par une « transposition », à laquelle le témoignage de Gide donna de l'autorité, masque la réussite du roman. Elle ignore sa construction, avec ses deux côtés, comme souvent dans la* Recherche, *opposés d'abord, comme chez Vigny, avant de se confondre, comme chez Baudelaire. Proust conçut lentement cette disposition : elle n'apparaissait pas dans le scénario de 1913, où le thème de l'inversion restait plaqué sur une histoire d'initiation sexuelle ; elle n'était encore qu'ébauchée dans le manuscrit de 1916, avant que Morel ne prît l'envergure d'un double d'Albertine. Et auprès d'eux, Charlus, nouveau Vautrin, devint l'une des créations inoubliables du roman français.*

ANTOINE COMPAGNON

---

1. *Ibid.*, p. 74.

NOTE SUR LE TEXTE

L'édition de *Sodome et Gomorrhe* dans la collection « Folio classique » a été publiée en 1989. Des corrections ont été apportées au fur et à mesure des réimpressions qui ont suivi. L'orthographe des noms de lieu est uniformisée.

Cette édition « Folio classique » reprend le texte de *Sodome et Gomorrhe* établi dans la « Bibliothèque, parue en 1988 et révisée à chaque réimpression de la Pléiade », sous la direction de Jean-Yves Tadié. Ce texte est conforme à l'édition originale parue chez Gallimard, en 1921 pour *Sodome et Gomorrhe I*, en 1922 pour *Sodome et Gomorrhe II*. Proust la corrige à partir du manuscrit, de la dactylographie, d'un exemplaire corrigé de « Jalousie », début de *Sodome et Gomorrhe II* publié dans les *Œuvres libres* en novembre 1921, et d'un exemplaire de *Sodome et Gomorrhe I* revu par Proust (que nous avaient communiqué M. et Mme Claude Mauriac).

La collation des éditions « Pléiade » et « Folio classique », le dépouillement des travaux récents portant en particulier sur les cahiers provenant de la collection Jacques Guérin, non encore inventoriés en détail en 1988-1989, la consultation des derniers volumes de l'édition de la *Correspondance* de Proust par Philip Kolb, volumes relatifs aux années 1918 à 1922 et en particulier à la publication de *Sodome et Gomorrhe* (Plon, t. XVII-XXI, 1989-1993), ainsi que de l'édition de *Sodome et Gomorrhe* publiée depuis les nôtres et procurée par Françoise Leriche (« Le Livre de poche », 1993), enfin les échanges avec le nouvel éditeur allemand de *Sodome et Gomorrhe*, Luzius Keller (Suhrkamp, 1999), et le nouveau traducteur anglais, John Sturrock (Penguin, à paraître), nous conduisent à proposer quelques aménagements, par rapport à l'édition « Pléiade » et à la précédente édition, « Folio classique ».

Ces aménagements prennent deux formes. (1) Nous soumettons une vingtaine de corrections au texte, presque toutes minimes, et pour la plupart typographiques. (2) Nous offrons ensuite une série de notes nouvelles. Ces notes sont de trois sortes. (a) Elles multiplient les renvois internes à la *Recherche*, même les plus évidents, afin de faciliter la compréhension de l'ensemble du roman et d'en illustrer la cohérence. (b) Elles donnent un échantillon restreint de variantes significatives par rapport à l'édition originale, afin de montrer que cette édition, que Proust a peu contrôlée, représente souvent un appauvrissement de ses intentions du point de vue de la richesse et de la complexité du texte. (c) Elles signalent enfin quelques difficultés singulières d'établissement du texte, notamment aux extrémités des cahiers du manuscrit, où les paperoles s'étaient accumulées dans un ordre confus, afin de faire prendre la mesure du degré d'achèvement, ou d'inachèvement, de *Sodome et Gomorrhe*.

Les renvois aux autres volumes de la *Recherche* se réfèrent à leur édition en « Folio classique ». Pour une information plus complète, on consultera la notice, la note sur le texte, les notes et les variantes de la « Bibliothèque de Pléiade ».

Sodome et Gomorrhe

I

Première apparition des hommes-femmes, descendants de ceux des habitants de Sodome qui furent épargnés par le feu du ciel.

La femme aura Gomorrhe et l'homme aura Sodome[1].
ALFRED DE VIGNY.

On sait que bien avant d'aller ce jour-là (le jour où avait lieu la soirée de la princesse de Guermantes) rendre au duc et à la duchesse la visite que je viens de raconter, j'avais épié leur retour et fait, pendant la durée de mon guet, une découverte, concernant particulièrement M. de Charlus, mais si importante en elle-même que j'ai jusqu'ici, jusqu'au moment de pouvoir lui donner la place et l'étendue voulues, différé de la rapporter[2]. J'avais, comme je l'ai dit, délaissé le point de vue merveilleux, si confortablement aménagé au haut de la maison, d'où l'on embrasse les pentes accidentées par où l'on monte jusqu'à l'hôtel de Bréquigny, et qui sont gaiement décorées à l'italienne par le rose campanile de la remise appartenant au marquis de Frécourt. J'avais trouvé plus pratique, quand j'avais pensé que le duc et la duchesse étaient sur le point de revenir, de me poster sur l'escalier. Je regrettais un peu mon séjour d'altitude. Mais à cette heure-là, qui était celle d'après le déjeuner, j'avais moins à regretter, car je n'aurais pas vu comme le matin les minuscules personnages de tableaux, que devenaient à distance les valets de pied de l'hôtel de Bréquigny et de Tresmes, faire la lente ascension de la côte abrupte, un plumeau à la main, entre les larges feuilles de mica transparentes qui se détachaient si plaisamment sur les contreforts rouges. À défaut de la contemplation du géologue, j'avais du moins celle du botaniste et regardais par les volets de l'escalier le petit arbuste de la duchesse et la plante précieuse exposés dans la cour avec cette insistance qu'on met à faire sortir les jeunes gens à marier, et je me demandais si l'insecte improbable viendrait, par un hasard providentiel, visiter le pistil offert et délaissé[1]. La curiosité m'enhardissant peu à peu, je descendis jusqu'à la fenêtre du rez-de-chaussée, ouverte elle aussi et dont les volets n'étaient qu'à moitié clos. J'entendais distinctement, se préparant à partir, Jupien qui ne pouvait me découvrir derrière mon store où je restai immobile jusqu'au moment où je me rejetai brusquement de côté par peur d'être vu de M. de Charlus, lequel allant chez Mme de Villeparisis, traversait lentement la cour, bedonnant, vieilli par le plein jour, grisonnant. Il avait fallu une indisposition de Mme de Villeparisis (conséquence de la maladie du marquis de Fierbois avec lequel il était personnellement brouillé à mort[2]) pour que M. de Charlus fît une visite, peut-être la première fois de son existence, à cette heure-là. Car avec cette singularité des Guermantes qui, au lieu de se conformer à la vie mondaine, la modifiaient d'après leurs habitudes personnelles (non mondaines, croyaient-ils, et dignes par conséquent qu'on humiliât devant elles cette chose sans valeur, la mondanité — c'est ainsi que Mme de Marsantes n'avait pas de jour, mais recevait tous les matins ses amies de 10 heures à midi), le baron, gardant ce temps pour la lecture, la recherche des vieux bibelots, etc., ne faisait jamais une visite qu'entre 4 et 6 heures du soir. À 6 heures il allait au Jockey ou se promener au Bois. Au bout d'un instant je fis un nouveau mouvement de recul pour ne pas être vu par Jupien ; c'était bientôt son heure de partir au bureau, d'où il ne revenait que pour le dîner, et même pas toujours depuis une semaine que sa nièce était allée avec ses apprenties à la campagne chez une cliente finir une robe. Puis me rendant compte que personne ne pouvait me voir, je résolus de ne plus me déranger de peur de manquer, si le miracle devait se produire, l'arrivée presque impossible à espérer (à travers tant d'obstacles, de distance, de risques contraires, de dangers) de l'insecte envoyé de si loin en ambassadeur à la vierge qui depuis longtemps prolongeait son attente. Je savais que cette attente n'était pas plus passive que chez la fleur mâle, dont les étamines s'étaient spontanément tournées pour que l'insecte pût plus facilement la recevoir ; de même la fleur femme qui était ici, si l'insecte venait, arquerait coquettement ses « styles » et pour être mieux pénétrée par lui ferait imperceptiblement, comme une jouvencelle hypocrite mais ardente, la moitié du chemin[1]. Les lois du monde végétal sont gouvernées elles-mêmes par des lois de plus en plus hautes. Si la visite d'un insecte, c'est-à-dire l'apport de la semence d'une autre fleur, est habituellement nécessaire pour féconder une fleur, c'est que l'autofécondation, la fécondation de la fleur par elle-même, comme les mariages répétés dans une même famille, amènerait la dégénérescence et la stérilité, tandis que le croisement opéré par les insectes donne aux générations suivantes de la même espèce une vigueur inconnue de leurs aînées. Cependant cet essor peut être excessif, l'espèce se développer démesurément ; alors comme une antitoxine défend contre la maladie, comme le corps thyroïde règle notre embonpoint, comme la défaite vient punir l'orgueil, la fatigue le plaisir, et comme le sommeil repose à son tour de la fatigue, ainsi un acte exceptionnel d'autofécondation vient à point nommé donner son tour de vis, son coup de frein, fait rentrer dans la norme la fleur qui en était exagérément sortie[1]. Mes réflexions avaient suivi une pente que je décrirai plus tard et j'avais déjà tiré de la ruse apparente des fleurs une conséquence sur toute une partie inconsciente de l'œuvre littéraire[2], quand je vis M. de Charlus qui ressortait de chez la marquise. Il ne s'était passé que quelques minutes depuis son entrée. Peut-être avait-il appris de sa vieille parente elle-même, ou seulement par un domestique, le grand mieux ou plutôt la guérison complète de ce qui n'avait été chez Mme de Villeparisis qu'un malaise. À ce moment, où il ne se croyait regardé par personne, les paupières baissées contre le soleil, M. de Charlus avait relâché dans son visage cette tension, amorti cette vitalité factice, qu'entretenaient chez lui l'animation de la causerie et la force de la volonté. Pâle comme un marbre, il avait le nez fort, ses traits fins ne recevaient plus d'un regard volontaire une signification différente qui altérât la beauté de leur modelé ; plus rien qu'un Guermantes, il semblait déjà sculpté, lui Palamède XV, dans la chapelle de Combray. Mais ces traits généraux de toute une famille prenaient pourtant dans le visage de M. de Charlus une finesse plus spiritualisée, plus douce surtout. Je regrettais pour lui qu'il adultérât habituellement de tant de violences, d'étrangetés déplaisantes, de potinages, de dureté, de susceptibilité et d'arrogance, qu'il cachât sous une brutalité postiche l'aménité, la bonté qu'au moment où il sortait de chez Mme de Villeparisis, je voyais s'étaler si naïvement sur son visage. Clignant des yeux contre le soleil, il semblait presque sourire, je trouvai à sa figure vue ainsi au repos et comme au naturel quelque chose de si affectueux, de si désarmé, que je ne pus m'empêcher de penser combien M. de Charlus eût été fâché s'il avait pu se savoir regardé ; car ce à quoi me faisait penser cet homme qui était si épris, qui se piquait si fort de virilité, à qui tout le monde semblait odieusement efféminé, ce à quoi il me faisait penser tout d'un coup, tant il en avait passagèrement les traits, l'expression, le sourire, c'était à une femme !

J'allais me déranger de nouveau pour qu'il ne pût m'apercevoir ; je n'en eus ni le temps, ni le besoin. Que vis-je ! Face à face, dans cette cour où ils ne s'étaient certainement jamais rencontrés (M. de Charlus ne venant à l'hôtel Guermantes que dans l'après-midi, aux heures où Jupien était à son bureau), le baron ayant soudain largement ouvert ses yeux mi-clos, regardait avec une attention extraordinaire l'ancien giletier sur le seuil de sa boutique, cependant que celui-ci, cloué subitement sur place devant M. de Charlus, enraciné comme une plante, contemplait d'un air émerveillé l'embonpoint du baron vieillissant[1]. Mais chose plus étonnante encore, l'attitude de M. de Charlus ayant changé, celle de Jupien se mit aussitôt, comme selon les lois d'un art secret, en harmonie avec elle. Le baron, qui cherchait maintenant à dissimuler l'impression qu'il avait ressentie, mais qui, malgré son indifférence affectée, semblait ne s'éloigner qu'à regret, allait, venait, regardait dans le vague de la façon qu'il pensait mettre le plus en valeur la beauté de ses prunelles, prenait un air fat, négligent, ridicule. Or Jupien, perdant aussitôt l'air humble et bon que je lui avais toujours connu, avait — en symétrie parfaite avec le baron — redressé la tête, donnait à sa taille un port avantageux, posait avec une impertinence grotesque son poing sur la hanche, faisait saillir son derrière, prenait des poses avec la coquetterie qu'aurait pu avoir l'orchidée pour le bourdon providentiellement survenu. Je ne savais pas qu'il pût avoir l'air si antipathique. Mais j'ignorais aussi qu'il fût capable de tenir à l'improviste sa partie dans cette sorte de scène des deux muets, qui (bien qu'il se trouvât pour la première fois en présence de M. de Charlus) semblait avoir été longuement répétée ; — on n'arrive spontanément à cette perfection que quand on rencontre à l'étranger un compatriote, avec lequel alors l'entente se fait d'elle-même, le truchement étant identique, et sans qu'on se soit pourtant jamais vu.

Cette scène n'était, du reste, pas positivement comique, elle était empreinte d'une étrangeté, ou si l'on veut d'un naturel, dont la beauté allait croissant. M. de Charlus avait beau prendre un air détaché, baisser distraitement les paupières, par moments il les relevait et jetait alors sur Jupien un regard attentif. Mais (sans doute parce qu'il pensait qu'une pareille scène ne pouvait se prolonger indéfiniment dans cet endroit, soit pour des raisons qu'on comprendra plus tard, soit enfin par ce sentiment de la brièveté de toutes choses qui fait qu'on veut que chaque coup porte juste, et qui rend si émouvant le spectacle de tout amour), chaque fois que M. de Charlus regardait Jupien, il s'arrangeait pour que son regard fût accompagné d'une parole, ce qui le rendait infiniment dissemblable des regards habituellement dirigés sur une personne qu'on connaît ou qu'on ne connaît pas ; il regardait Jupien avec la fixité particulière de quelqu'un qui va vous dire : « Pardonnez-moi mon indiscrétion, mais vous avez un long fil blanc qui pend dans votre dos », ou bien : « Je ne dois pas me tromper, vous devez être aussi de Zurich, il me semble bien vous avoir rencontré souvent chez le marchand d'antiquités. » Telle, toutes les deux minutes, la même question semblait intensément posée à Jupien dans l'œillade de M. de Charlus, comme ces phrases interrogatives de Beethoven, répétées indéfiniment, à intervalles égaux, et destinées — avec un luxe exagéré de préparations — à amener un nouveau motif, un changement de ton, une « rentrée[1] ». Mais justement la beauté des regards de M. de Charlus et de Jupien venait, au contraire, de ce que, provisoirement du moins, ces regards ne semblaient pas avoir pour but de conduire à quelque chose. Cette beauté, c'était la première fois que je voyais le baron et Jupien la manifester. Dans les yeux de l'un et de l'autre, c'était le ciel non pas de Zurich, mais de quelque cité orientale dont je n'avais pas encore deviné le nom, qui venait de se lever. Quel que fût le point qui pût retenir M. de Charlus et le giletier, leur accord semblait conclu et ces inutiles regards n'être que des préludes rituels, pareils aux fêtes qu'on donne avant un mariage décidé. Plus près de la nature encore — et la multiplicité de ces comparaisons est elle-même d'autant plus naturelle qu'un même homme, si on l'examine pendant quelques minutes, semble successivement un homme, un homme-oiseau ou un homme-insecte, etc. — on eût dit deux oiseaux, le mâle et la femelle, le mâle cherchant à s'avancer, la femelle — Jupien — ne répondant plus par aucun signe à ce manège, mais regardant son nouvel ami sans étonnement, avec une fixité inattentive, jugée sans doute plus troublante et seule utile, du moment que le mâle avait fait les premiers pas, et se contentant de lisser ses plumes. Enfin l'indifférence de Jupien ne parut plus lui suffire ; de cette certitude d'avoir conquis, à se faire poursuivre et désirer, il n'y avait qu'un pas et Jupien, se décidant à partir pour son travail, sortit par la porte cochère. Ce ne fut pourtant qu'après avoir retourné deux ou trois fois la tête, qu'il s'échappa dans la rue où le baron, tremblant de perdre sa piste (sifflotant d'un air fanfaron, non sans crier un « au revoir » au concierge qui, à demi saoul et traitant des invités dans son arrière-cuisine, ne l'entendit même pas), s'élança vivement pour le rattraper. Au même instant où M. de Charlus avait passé la porte en sifflant comme un gros bourdon, un autre, un vrai celui-là, entrait dans la cour. Qui sait si ce n'était pas celui attendu depuis si longtemps par l'orchidée, et qui venait lui apporter le pollen si rare sans lequel elle resterait vierge ? Mais je fus distrait de suivre les ébats de l'insecte, car au bout de quelques minutes, sollicitant davantage mon attention, Jupien (peut-être afin de prendre un paquet qu'il emporta plus tard et que dans l'émotion que lui avait causée l'apparition de M. de Charlus, il avait oublié, peut-être tout simplement pour une raison plus naturelle), Jupien revint, suivi par le baron. Celui-ci, décidé à brusquer les choses, demanda du feu au giletier, mais observa aussitôt : « Je vous demande du feu, mais je vois que j'ai oublié mes cigares. » Les lois de l'hospitalité l'emportèrent sur les règles de la coquetterie. « Entrez, on vous donnera tout ce que vous voudrez », dit le giletier, sur la figure de qui le dédain fit place à la joie. La porte de la boutique se referma sur eux et je ne pus plus rien entendre. J'avais perdu de vue le bourdon, je ne savais pas s'il était l'insecte qu'il fallait à l'orchidée, mais je ne doutais plus, pour un insecte très rare et une fleur captive, de la possibilité miraculeuse de se conjoindre, alors que M. de Charlus (simple comparaison pour les providentiels hasards, quels qu'ils soient, et sans la moindre prétention scientifique de rapprocher certaines lois de la botanique et ce qu'on appelle parfois fort mal l'homosexualité), qui, depuis des années, ne venait dans cette maison qu'aux heures où Jupien n'y était pas, par le hasard d'une indisposition de Mme de Villeparisis, avait rencontré le giletier et avec lui la bonne fortune réservée aux hommes du genre du baron par un de ces êtres qui peuvent même être, on le verra, infiniment plus jeunes que Jupien et plus beaux, l'homme prédestiné pour que ceux-ci aient leur part de volupté sur cette terre : l'homme qui n'aime que les vieux messieurs.

Ce que je viens de dire d'ailleurs ici est ce que je ne devais comprendre que quelques minutes plus tard, tant adhèrent à la réalité ces propriétés d'être invisible, jusqu'à ce qu'une circonstance l'ait dépouillée d'elles. En tous cas pour le moment j'étais fort ennuyé de ne plus entendre la conversation de l'ancien giletier et du baron. J'avisai alors la boutique à louer séparée seulement de celle de Jupien par une cloison extrêmement mince. Je n'avais pour m'y rendre qu'à remonter à notre appartement, aller à la cuisine, descendre l'escalier de service jusqu'aux caves, les suivre intérieurement pendant toute la largeur de la cour, et arrivé à l'endroit du sous-sol, où l'ébéniste il y a quelques mois encore serrait ses boiseries, où Jupien comptait mettre son charbon, monter les quelques marches qui accédaient à l'intérieur de la boutique. Ainsi toute ma route se ferait à couvert, je ne serais vu de personne. C'était le moyen le plus prudent. Ce ne fut pas celui que j'adoptai, mais longeant les murs, je contournai à l'air libre la cour en tâchant de ne pas être vu. Si je ne le fus pas, je pense que je le dois plus au hasard qu'à ma sagesse. Et au fait que j'aie pris un parti si imprudent, quand le cheminement dans la cave était si sûr, je vois trois raisons possibles, à supposer qu'il y en ait une. Mon impatience d'abord. Puis peut-être un obscur ressouvenir de la scène à Montjouvain, caché devant la fenêtre de Mlle Vinteuil[1]. De fait, les choses de ce genre auxquelles j'assistai eurent toujours, dans la mise en scène, le caractère le plus imprudent et le moins vraisemblable, comme si de telles révélations ne devaient être la récompense que d'un acte plein de risques, quoique en partie clandestin. Enfin j'ose à peine, à cause de son caractère d'enfantillage, avouer la troisième raison, qui fut, je crois bien, inconsciemment déterminante. Depuis que pour suivre — et voir se démentir — les principes militaires de Saint-Loup, j'avais suivi avec grand détail la guerre des Boers, j'avais été conduit à relire d'anciens récits d'explorations, de voyages. Ces récits m'avaient passionné et j'en faisais l'application dans la vie courante pour me donner plus de courage. Quand des crises m'avaient forcé à rester plusieurs jours et plusieurs nuits de suite non seulement sans dormir, mais sans m'étendre, sans boire et sans manger, au moment où l'épuisement et la souffrance devenaient tels que je me figurais n'en sortir jamais, alors je pensais à tel voyageur jeté sur la grève, empoisonné par des herbes malsaines, grelottant de fièvre dans ses vêtements trempés par l'eau de la mer, et qui pourtant se sentait mieux au bout de deux jours, reprenait au hasard sa route, à la recherche d'habitants quelconques qui seraient peut-être des anthropophages. Leur exemple me tonifiait, me rendait l'espoir, et j'avais honte d'avoir eu un moment de découragement. Pensant aux Boers qui, ayant en face d'eux des armées anglaises, ne craignaient pas de s'exposer au moment où il fallait traverser, avant de retrouver un fourré, des parties de rase campagne : « Il ferait beau voir, pensais-je, que je fusse plus pusillanime, quand le théâtre d'opérations est simplement notre propre cour, et quand, moi qui viens d'avoir plusieurs duels sans aucune crainte[1], à cause de l'affaire Dreyfus, le seul fer que j'aie à redouter est celui du regard des voisins qui ont autre chose à faire qu'à regarder dans la cour. »

Mais quand je fus dans la boutique, évitant de faire craquer le moins du monde le plancher, en me rendant compte que le plus léger bruit dans la boutique de Jupien s'entendait de la mienne, je songeai combien Jupien et M. de Charlus avaient été imprudents et combien la chance les avait servis.

Je n'osais bouger. Le palefrenier des Guermantes, profitant sans doute de leur absence, avait bien transféré dans la boutique où je me trouvais une échelle serrée jusque-là dans la remise. Et si j'y étais monté j'aurais pu ouvrir le vasistas et entendre comme si j'avais été chez Jupien même. Mais je craignais de faire du bruit. Du reste c'était inutile. Je n'eus même pas à regretter de n'être arrivé qu'au bout de quelques minutes dans ma boutique. Car d'après ce que j'entendis les premiers temps dans celle de Jupien et qui ne furent que des sons inarticulés, je suppose que peu de paroles furent prononcées. Il est vrai que ces sons étaient si violents que, s'ils n'avaient pas été toujours repris un octave plus haut par une plainte parallèle, j'aurais pu croire qu'une personne en égorgeait une autre à côté de moi et qu'ensuite le meurtrier et sa victime ressuscitée prenaient un bain pour effacer les traces du crime[2]. J'en conclus plus tard qu'il y a une chose aussi bruyante que la souffrance, c'est le plaisir, surtout quand s'y ajoutent — à défaut de la peur d'avoir des enfants, ce qui ne pouvait être le cas ici malgré l'exemple peu probant de la *Légende dorée*[1] — des soucis immédiats de propreté. Enfin au bout d'une demi-heure environ (pendant laquelle je m'étais hissé à pas de loup sur mon échelle afin de voir par le vasistas que je n'ouvris pas), une conversation s'engagea. Jupien refusait avec force l'argent que M. de Charlus voulait lui donner.

Puis M. de Charlus fit un pas hors de la boutique. « Pourquoi avez-vous votre menton rasé comme cela, dit-il au baron d'un ton de câlinerie. C'est si beau une belle barbe ! — Fi ! c'est dégoûtant », répondit le baron. Cependant il s'attardait encore sur le pas de la porte et demandait à Jupien des renseignements sur le quartier. « Vous ne savez rien sur le marchand de marrons du coin, pas à gauche, c'est une horreur, mais du côté pair, un grand gaillard tout noir ? Et le pharmacien d'en face, il a un cycliste très gentil qui porte ses médicaments. » Ces questions froissèrent sans doute Jupien car, se redressant avec le dépit d'une grande coquette trahie, il répondit : « Je vois que vous avez un cœur d'artichaut. » Proféré d'un ton douloureux, glacial et maniéré, ce reproche fut sans doute sensible à M. de Charlus qui, pour effacer la mauvaise impression que sa curiosité avait produite, adressa à Jupien, trop bas pour que je distinguasse bien les mots, une prière qui nécessiterait sans doute qu'ils prolongeassent leur séjour dans la boutique et qui toucha assez le giletier pour effacer sa souffrance, car il considéra la figure du baron, grasse et congestionnée sous les cheveux gris, de l'air noyé de bonheur de quelqu'un dont on vient de flatter profondément l'amour-propre, et se décidant à accorder à M. de Charlus ce que celui-ci venait de lui demander, Jupien, après des remarques dépourvues de distinction telles que : « Vous en avez un gros pétard ! », dit au baron d'un air souriant, ému, supérieur et reconnaissant : « Oui, va, grand gosse ! »

« Si je reviens sur la question du conducteur de tramway, reprit M. de Charlus avec ténacité, c'est qu'en dehors de tout, cela pourrait présenter quelque intérêt pour le retour. Il m'arrive en effet, comme le calife qui parcourait Bagdad pris pour un simple marchand[1], de condescendre à suivre quelque curieuse petite personne dont la silhouette m'aura amusé. » Je fis ici la même remarque que j'avais faite sur Bergotte. S'il avait jamais à répondre devant un tribunal, il userait non des phrases propres à convaincre les juges, mais de ces phrases bergottesques que son tempérament littéraire particulier lui suggérait naturellement et lui faisait trouver plaisir à employer. Pareillement M. de Charlus se servait avec le giletier du même langage qu'il eût fait avec des gens du monde de sa coterie, exagérant même ses tics, soit que la timidité contre laquelle il s'efforçait de lutter le poussât à un excessif orgueil, soit que l'empêchant de se dominer (car on est plus troublé devant quelqu'un qui n'est pas de votre milieu), elle le forçât de dévoiler, de mettre à nu sa nature, laquelle était en effet orgueilleuse et un peu folle, comme disait Mme de Guermantes. « Pour ne pas perdre sa piste, continua-t-il, je saute comme un petit professeur, comme un jeune et beau médecin, dans le même tramway que la petite personne, dont nous ne parlons au féminin que pour suivre la règle (comme on dit en parlant d'un prince : Est-ce que Son Altesse est bien portante ?). Si elle change de tramway, je prends, avec peut-être les microbes de la peste, la chose incroyable appelée "correspondance", un numéro, et qui, bien qu'on le remette à *moi*, n'est pas toujours le n° 1 ! Je change ainsi jusqu'à trois, quatre fois de "voiture". Je m'échoue parfois à onze

heures du soir à la gare d'Orléans, et il faut revenir !
Si encore ce n'était que de la gare d'Orléans ! Mais
une fois, par exemple, n'ayant pu entamer la conversation avant, je suis allé jusqu'à Orléans même, dans
un de ces affreux wagons où on a comme vue, entre
des triangles d'ouvrages dits de "filet", la photographie des principaux chefs-d'œuvre d'architecture
du réseau. Il n'y avait qu'une place de libre, j'avais
en face de moi, comme monument historique, une
"vue" de la cathédrale d'Orléans, qui est la plus laide
de France[1], et aussi fatigante à regarder ainsi malgré
moi que si on m'avait forcé d'en fixer les tours dans
la boule de verre de ces porte-plume optiques qui
donnent des ophtalmies. Je descendis aux Aubrais
en même temps que ma jeune personne qu'hélas, sa
famille (alors que je lui supposais tous les défauts
excepté celui d'avoir une famille) attendait sur le
quai ! Je n'eus pour consolation, en attendant le train
qui me ramènerait à Paris, que la maison de Diane
de Poitiers[2]. Elle a eu beau charmer un de mes
ancêtres royaux, j'eusse préféré une beauté plus
vivante. C'est pour cela, pour remédier à l'ennui de
ces retours seul, que j'aimerais assez connaître un
garçon des wagons-lits, un conducteur d'omnibus[3].
Du reste ne soyez pas choqué, conclut le baron, tout
cela est une question de genre. Pour les jeunes gens
du monde par exemple, je ne désire aucune possession physique, mais je ne suis tranquille qu'une fois
que je les ai touchés, je ne veux pas dire matériellement, mais touché leur corde sensible. Une fois
qu'au lieu de laisser mes lettres sans réponse, un
jeune homme ne cesse plus de m'écrire, qu'il est à
ma disposition morale, je suis apaisé ou du moins je
le serais, si je n'étais bientôt saisi par le souci d'un
autre. C'est assez curieux, n'est-ce pas ? À propos
de jeunes gens du monde, parmi ceux qui viennent

ici, vous n'en connaissez pas ? — Non, mon bébé. Ah ! si, un brun, très grand, à monocle, qui rit toujours et se retourne. — Je ne vois pas qui vous voulez dire. » Jupien compléta le portrait, M. de Charlus ne pouvait arriver à trouver de qui il s'agissait, parce qu'il ignorait que l'ancien giletier était une de ces personnes, plus nombreuses qu'on ne croit, qui ne se rappellent pas la couleur des cheveux des gens qu'ils connaissent peu. Mais pour moi qui savais cette infirmité de Jupien et qui remplaçai brun par blond, le portrait me parut se rapporter exactement au duc de Châtellerault. « Pour revenir aux jeunes gens qui ne sont pas du peuple, reprit le baron, en ce moment j'ai la tête tournée par un étrange petit bonhomme, un intelligent petit bourgeois, qui montre à mon égard une incivilité prodigieuse. Il n'a aucunement la notion du prodigieux personnage que je suis et du microscopique vibrion qu'il figure. Après tout qu'importe, ce petit âne peut braire autant qu'il lui plaît devant ma robe auguste d'évêque. — Évêque ! » s'écria Jupien qui n'avait rien compris des dernières phrases que venait de prononcer M. de Charlus, mais que le mot d'évêque stupéfia. « Mais cela ne va guère avec la religion, dit-il. — J'ai trois papes dans ma famille[1], répondit M. de Charlus, et le droit de draper en rouge à cause d'un titre cardinalice, la nièce du cardinal mon grand-oncle ayant apporté à mon grand-père le titre de duc qui fut substitué. Je vois que les métaphores vous laissent sourd et l'histoire de France indifférent. Du reste, ajouta-t-il peut-être moins en manière de conclusion que d'avertissement, cet attrait qu'exercent sur moi les jeunes personnes qui me fuient, par crainte bien entendu, car seul le respect leur ferme la bouche pour me crier qu'elles m'aiment, requiert-il d'elles un rang social éminent. Encore leur feinte indifférence peut-elle produire malgré cela l'effet directement contraire. Sottement prolongée elle m'écœure. Pour prendre un exemple dans une classe qui vous sera plus familière, quand on répara mon hôtel, pour ne pas faire de jalouses entre toutes les duchesses qui se disputaient l'honneur de pouvoir me dire qu'elles m'avaient logé, j'allai passer quelques jours à l'"hôtel", comme on dit. Un des garçons d'étage m'était connu, je lui désignai un curieux petit "chasseur" qui fermait les portières et qui resta réfractaire à mes propositions. À la fin exaspéré, pour lui prouver que mes intentions étaient pures, je lui fis offrir une somme ridiculement élevée pour monter seulement me parler cinq minutes dans ma chambre. Je l'attendis inutilement. Je le pris alors en un tel dégoût que je sortais par la porte de service pour ne pas apercevoir la frimousse de ce vilain petit drôle. J'ai su depuis qu'il n'avait jamais eu aucune de mes lettres, qui avaient été interceptées, la première par le garçon d'étage qui était envieux, la seconde par le concierge de jour qui était vertueux, la troisième par le concierge de nuit qui aimait le jeune chasseur et couchait avec lui à l'heure où Diane se levait. Mais mon dégoût n'en a pas moins persisté et, m'apporterait-on le chasseur comme un simple gibier de chasse sur un plat d'argent, je le repousserais avec un vomissement. Mais voilà le malheur, nous avons parlé de choses sérieuses et maintenant c'est fini entre nous pour ce que j'espérais. Mais vous pourriez me rendre de grands services, vous entremettre ; et puis non, rien que cette idée me rend quelque gaillardise et je sens que rien n'est fini. »

Dès le début de cette scène une révolution, pour mes yeux dessillés, s'était opérée en M. de Charlus, aussi complète, aussi immédiate que s'il avait été touché par une baguette magique. Jusque-là, parce que je n'avais pas compris, je n'avais pas vu. Le vice (on parle ainsi pour la commodité du langage), le vice de chacun l'accompagne à la façon de ce génie qui était invisible pour les hommes tant qu'ils ignoraient sa présence. La bonté, la fourberie, le nom, les relations mondaines, ne se laissent pas découvrir, et on les porte cachés. Ulysse lui-même ne reconnaissait pas d'abord Athéné[1]. Mais les dieux sont immédiatement perceptibles aux dieux, le semblable aussi vite au semblable, ainsi encore l'avait été M. de Charlus à Jupien. Jusqu'ici je m'étais trouvé en face de M. de Charlus de la même façon qu'un homme distrait, lequel, devant une femme enceinte dont il n'a pas remarqué la taille alourdie, s'obstine, tandis qu'elle lui répète en souriant : « Oui, je suis un peu fatiguée en ce moment », à lui demander indiscrètement : « Qu'avez-vous donc ? » Mais que quelqu'un lui dise : « Elle est grosse », soudain il aperçoit le ventre et ne verra plus que lui. C'est la raison qui ouvre les yeux ; une erreur dissipée nous donne un sens de plus.

Les personnes qui n'aiment pas se reporter comme exemples de cette loi aux messieurs de Charlus de leur connaissance, que pendant bien longtemps elles n'avaient pas soupçonnés, jusqu'au jour où sur la surface unie de l'individu pareil aux autres sont venus apparaître, tracés en une encre jusque-là invisible, les caractères qui composent le mot cher aux anciens Grecs, n'ont, pour se persuader que le monde qui les entoure leur apparaît d'abord nu, dépouillé de mille ornements qu'il offre à de plus instruits, qu'à se souvenir combien de fois, dans la vie, il leur est arrivé d'être sur le point de commettre une gaffe. Rien, sur le visage privé de caractères de tel ou tel homme, ne pouvait leur faire supposer qu'il était précisément le frère, ou le fiancé, ou l'amant d'une femme dont elles allaient dire : « Quel chameau ! » Mais alors, par bonheur, un mot que leur chuchote un voisin arrête sur leurs lèvres le terme fatal. Aussitôt apparaissent, comme un *Mané, Thécel, Pharès*[1], ces mots : il est le fiancé, ou il est le frère, ou il est l'amant de la femme qu'il ne convient pas d'appeler devant lui : « chameau ». Et cette seule notion nouvelle entraînera tout un regroupement, le retrait ou l'avance de la fraction des notions, désormais complétées, qu'on possédait sur le reste de la famille. En M. de Charlus un autre être avait beau s'accoupler, qui le différenciait des autres hommes, comme dans le centaure le cheval, cet être avait beau faire corps avec le baron, je ne l'avais jamais aperçu. Maintenant l'abstrait s'était matérialisé, l'être enfin compris avait aussitôt perdu son pouvoir de rester invisible et la transmutation de M. de Charlus en une personne nouvelle était si complète que non seulement les contrastes de son visage, de sa voix, mais rétrospectivement les hauts et les bas eux-mêmes de ses relations avec moi, tout ce qui avait paru jusque-là incohérent à mon esprit, devenait intelligible, se montrait évident comme une phrase, n'offrant aucun sens tant qu'elle reste décomposée en lettres disposées au hasard, exprime, si les caractères se trouvent replacés dans l'ordre qu'il faut, une pensée que l'on ne pourra plus oublier.

De plus je comprenais maintenant pourquoi tout à l'heure, quand je l'avais vu sortir de chez Mme de Villeparisis, j'avais pu trouver que M. de Charlus avait l'air d'une femme : c'en était une[2] ! Il appartenait à la race de ces êtres moins contradictoires qu'ils n'en ont l'air, dont l'idéal est viril, justement parce que leur tempérament est féminin, et qui sont dans la vie pareils, en apparence seulement, aux autres hommes ; là où chacun porte, inscrite en ces yeux à travers lesquels il voit toutes choses dans l'univers, une silhouette intaillée dans la facette de la prunelle, pour eux ce n'est pas celle d'une nymphe, mais d'un éphèbe. Race sur qui pèse une malédiction et qui doit vivre dans le mensonge et le parjure, puisqu'elle sait tenu pour punissable et honteux, pour inavouable, son désir, ce qui fait pour toute créature la plus grande douceur de vivre ; qui doit renier son Dieu, puisque, même chrétiens, quand à la barre du tribunal ils comparaissent comme accusés, il leur faut, devant le Christ et en son nom, se défendre comme d'une calomnie de ce qui est leur vie même ; fils sans mère, à laquelle ils sont obligés de mentir même à l'heure de lui fermer les yeux ; amis sans amitiés, malgré toutes celles que leur charme fréquemment reconnu inspire et que leur cœur souvent bon ressentirait ; mais peut-on appeler amitiés ces relations qui ne végètent qu'à la faveur d'un mensonge et d'où le premier élan de confiance et de sincérité qu'ils seraient tentés d'avoir les ferait rejeter avec dégoût, à moins qu'ils n'aient à faire à un esprit impartial, voire sympathique, mais qui alors, égaré à leur endroit par une psychologie de convention, fera découler du vice confessé l'affection même qui lui est la plus étrangère, de même que certains juges supposent et excusent plus facilement l'assassinat chez les invertis et la trahison chez les Juifs pour des raisons tirées du péché originel et de la fatalité de la race ? Enfin — du moins selon la première théorie que j'en esquissais alors, qu'on verra se modifier par la suite, et en laquelle cela les eût par-dessus tout fâchés si cette contradiction n'avait été dérobée à leurs yeux par l'illusion même qui les faisait voir et vivre — amants à qui est presque fermée la possibilité de cet amour dont l'espérance leur donne la force de supporter tant de risques et de solitudes, puisqu'ils sont justement épris d'un homme qui n'aurait rien d'une femme, d'un homme qui ne serait pas inverti et qui, par conséquent, ne peut les aimer ; de sorte que leur désir serait à jamais inassouvissable si l'argent ne leur livrait de vrais hommes, et si l'imagination ne finissait par leur faire prendre pour de vrais hommes les invertis à qui ils se sont prostitués. Sans honneur que précaire, sans liberté que provisoire jusqu'à la découverte du crime ; sans situation qu'instable, comme pour le poète la veille fêté dans tous les salons, applaudi dans tous les théâtres de Londres, chassé le lendemain de tous les garnis sans pouvoir trouver un oreiller où reposer sa tête[1], tournant la meule comme Samson et disant comme lui :

Les deux sexes mourront chacun de son côté[2] ;

exclus même, hors les jours de grande infortune où le plus grand nombre se rallie autour de la victime, comme les Juifs autour de Dreyfus, de la sympathie — parfois de la société — de leurs semblables, auxquels ils donnent le dégoût de voir ce qu'ils sont, dépeint dans un miroir qui, ne les flattant plus, accuse toutes les tares qu'ils n'avaient pas voulu remarquer chez eux-mêmes et qui leur fait comprendre que ce qu'ils appelaient leur amour (et à quoi, en jouant sur le mot, ils avaient, par sens social, annexé tout ce que la poésie, la peinture, la musique, la chevalerie, l'ascétisme, ont pu ajouter à l'amour) découle non d'un idéal de beauté qu'ils ont élu, mais d'une maladie inguérissable ; comme les Juifs encore (sauf quelques-uns qui ne veulent fréquenter que ceux de leur race, ont toujours à la bouche les mots rituels et les plaisanteries consacrées), se fuyant les uns les autres, recherchant ceux qui leur sont le plus opposés, qui ne veulent pas d'eux, pardonnant leurs rebuffades, s'enivrant de leurs complaisances ; mais aussi rassemblés à leurs pareils par l'ostracisme qui les frappe, l'opprobre où ils sont tombés, ayant fini par prendre, par une persécution semblable à celle d'Israël, les caractères physiques et moraux d'une race, parfois beaux, souvent affreux, trouvant (malgré toutes les moqueries dont celui qui, plus mêlé, mieux assimilé à la race adverse, est relativement, en apparence, le moins inverti, accable celui qui l'est demeuré davantage) une détente dans la fréquentation de leurs semblables, et même un appui dans leur existence, si bien que, tout en niant qu'ils soient une race (dont le nom est la plus grande injure), ceux qui parviennent à cacher qu'ils en sont, ils les démasquent volontiers, moins pour leur nuire, ce qu'ils ne détestent pas, que pour s'excuser, et allant chercher, comme un médecin l'appendicite, l'inversion jusque dans l'histoire, ayant plaisir à rappeler que Socrate était l'un d'eux, comme les Israélites disent que Jésus était juif, sans songer qu'il n'y avait pas d'anormaux quand l'homosexualité était la norme, pas d'antichrétiens avant le Christ, que l'opprobre seul fait le crime, parce qu'il n'a laissé subsister que ceux qui étaient réfractaires à toute prédication, à tout exemple, à tout châtiment, en vertu d'une disposition innée tellement spéciale qu'elle répugne plus aux autres hommes (encore qu'elle puisse s'accompagner de hautes qualités morales) que de certains vices qui y contredisent comme le vol, la cruauté, la mauvaise foi, mieux compris, donc plus excusés du commun des hommes ; formant une franc-maçonnerie bien plus étendue, plus efficace et moins soupçonnée que celle des loges, car elle repose sur une identité de goûts, de besoins, d'habitudes, de dangers, d'apprentissage, de savoir, de trafic, de glossaire, et dans laquelle les membres mêmes qui souhaitent de ne pas se connaître, aussitôt se reconnaissent à des signes naturels ou de convention, involontaires ou voulus, qui signalent un de ses semblables au mendiant dans le grand seigneur à qui il ferme la portière de sa voiture, au père dans le fiancé de sa fille, à celui qui avait voulu se guérir, se confesser, qui avait à se défendre, dans le médecin, dans le prêtre, dans l'avocat qu'il est allé trouver ; tous obligés à protéger leur secret, mais ayant leur part d'un secret des autres que le reste de l'humanité ne soupçonne pas et qui fait qu'à eux les romans d'aventure les plus invraisemblables semblent vrais ; car dans cette vie romanesque, anachronique, l'ambassadeur est ami du forçat ; le prince, avec une certaine liberté d'allures que donne l'éducation aristocratique et qu'un petit bourgeois tremblant n'aurait pas, en sortant de chez la duchesse s'en va conférer avec l'apache ; partie réprouvée de la collectivité humaine, mais partie importante, soupçonnée là où elle n'est pas, étalée, insolente, impunie là où elle n'est pas devinée ; comptant des adhérents partout, dans le peuple, dans l'armée, dans le temple, au bagne, sur le trône ; vivant enfin, du moins un grand nombre, dans l'intimité caressante et dangereuse avec les hommes de l'autre race, les provoquant, jouant avec eux à parler de son vice comme s'il n'était pas sien, jeu qui est rendu facile par l'aveuglement ou la fausseté des autres, jeu qui peut se prolonger des années jusqu'au jour du scandale où ces dompteurs sont dévorés ; jusque-là obligés de cacher leur vie, de détourner leurs regards d'où ils voudraient se fixer, de les fixer sur ce dont ils voudraient se détourner, de changer le genre de bien des adjectifs dans leur vocabulaire, contrainte sociale légère auprès de la contrainte intérieure que leur vice, ou ce qu'on nomme improprement ainsi, leur impose non plus à l'égard des autres mais d'eux-mêmes, et de façon qu'à eux-mêmes il ne leur paraisse pas un vice. Mais certains, plus pratiques, plus pressés, qui n'ont pas le temps d'aller faire leur marché et de renoncer à la simplification de la vie et à ce gain de temps qui peut résulter de la coopération, se sont fait deux sociétés dont la seconde est composée exclusivement d'êtres pareils à eux.

Cela frappe chez ceux qui sont pauvres et venus de la province, sans relations, sans rien que l'ambition d'être un jour médecin ou avocat célèbre, ayant un esprit encore vide d'opinions, un corps dénué de manières et qu'ils comptent rapidement orner, comme ils achèteraient pour leur petite chambre du Quartier latin des meubles d'après ce qu'ils remarqueraient et calqueraient chez ceux qui sont déjà « arrivés » dans la profession utile et sérieuse où ils souhaitent de s'encadrer et de devenir illustres ; chez ceux-là, leur goût spécial, hérité à leur insu comme des dispositions pour le dessin, pour la musique, à la cécité, est peut-être la seule originalité vivace, despotique — et qui tels soirs les force à manquer telle réunion utile à leur carrière avec des gens dont pour le reste ils adoptent les façons de parler, de penser, de s'habiller, de se coiffer. Dans leur quartier, où ils ne fréquentent sans cela que des condisciples, des maîtres ou quelque compatriote arrivé et protecteur, ils ont vite découvert d'autres jeunes gens que le même goût particulier rapproche d'eux, comme dans une petite ville se lient le professeur de seconde et le notaire qui aiment tous les deux la musique de chambre, les ivoires du Moyen Âge ; appliquant à l'objet de leur distraction le même instinct utilitaire, le même esprit professionnel qui les guide dans leur carrière, ils les retrouvent à des séances où nul profane n'est plus admis qu'à celles qui réunissent des amateurs de vieilles tabatières, d'estampes japonaises, de fleurs rares, et où, à cause du plaisir de s'instruire, de l'utilité des échanges et de la crainte des compétitions, règnent à la fois, comme dans une bourse aux timbres, l'entente étroite des spécialistes et les féroces rivalités des collectionneurs. Personne d'ailleurs dans le café où ils ont leur table ne sait quelle est cette réunion, si c'est celle d'une société de pêche, des secrétaires de rédaction, ou des enfants de l'Indre, tant leur tenue est correcte, leur air réservé et froid, et tant ils n'osent regarder qu'à la dérobée les jeunes gens à la mode, les jeunes « lions » qui, à quelques mètres plus loin, font grand bruit de leurs maîtresses, et parmi lesquels ceux qui les admirent sans oser lever les yeux apprendront seulement vingt ans plus tard, quand les uns seront à la veille d'entrer dans une académie, et les autres de vieux hommes de cercle, que le plus séduisant, maintenant un gros et grisonnant Charlus, était en réalité pareil à eux, mais ailleurs, dans un autre monde, sous d'autres symboles extérieurs, avec des signes étrangers, dont la différence les a induits en erreur. Mais les groupements sont plus ou moins avancés ; et comme l'« Union des gauches » diffère de la « Fédération socialiste » et telle société de musique mendelssohnienne de la Schola cantorum[1], certains soirs, à une autre table, il y a des extrémistes qui laissent passer un bracelet sous leur manchette, parfois un collier dans l'évasement de leur col, forcent par leurs regards insistants, leurs gloussements, leurs rires, leurs caresses entre eux, une bande de collégiens à s'enfuir au plus vite, et sont servis, avec une politesse sous laquelle couve l'indignation, par un garçon qui, comme les soirs où il sert des dreyfusards, aurait plaisir à aller chercher la police s'il n'avait avantage à empocher les pourboires.

C'est à ces organisations professionnelles que l'esprit oppose le goût des solitaires, et sans trop d'artifices d'une part, puisqu'il ne fait en cela qu'imiter les solitaires eux-mêmes qui croient que rien ne diffère plus du vice organisé que ce qui leur paraît à eux un amour incompris, avec quelque artifice toutefois, car ces différentes classes répondent, tout autant qu'à des types physiologiques divers, à des moments successifs d'une évolution pathologique ou seulement sociale. Et il est bien rare en effet qu'un jour ou l'autre, ce ne soit pas dans de telles organisations que les solitaires viennent se fondre, quelquefois par simple lassitude, par commodité (comme finissent ceux qui en ont été le plus adversaires par faire poser chez eux le téléphone, par recevoir les Iéna, ou par acheter chez Potin[1]). Ils y sont d'ailleurs généralement assez mal reçus, car, dans leur vie relativement pure, le défaut d'expérience, la saturation par la rêverie où ils sont réduits, ont marqué plus fortement en eux ces caractères particuliers d'efféminement que les professionnels ont cherché à effacer. Et il faut avouer que chez certains de ces nouveaux venus, la femme n'est pas seulement intérieurement unie à l'homme, mais hideusement visible, agités qu'ils sont dans un spasme d'hystérique, par un rire aigu qui convulse leurs genoux et leurs mains, ne ressemblant pas plus au commun des hommes que ces singes à l'œil mélancolique et cerné, aux pieds prenants, qui revêtent le smoking et portent une cravate noire ; de sorte que ces nouvelles recrues sont jugées, par de moins chastes pourtant, d'une fréquentation compromettante, et leur admission difficile ; on les accepte cependant et ils bénéficient alors de ces facilités par lesquelles le commerce, les grandes entreprises, ont transformé la vie des individus, leur ont rendu accessibles des denrées jusque-là trop dispendieuses à acquérir et même difficiles à trouver, et qui maintenant les submergent par la pléthore de ce que seuls ils n'avaient pu arriver à découvrir dans les plus grandes foules. Mais, même avec ces exutoires innombrables, la contrainte sociale est trop lourde encore pour certains, qui se recrutent surtout parmi ceux chez qui la contrainte mentale ne s'est pas exercée et qui tiennent encore pour plus rare qu'il n'est leur genre d'amour. Laissons pour le moment de côté ceux qui, le caractère exceptionnel de leur penchant les faisant se croire supérieurs à elles, méprisent les femmes, font de l'homosexualité le privilège des grands génies et des époques glorieuses, et quand ils cherchent à faire partager leur goût, le font moins à ceux qui leur semblent y être prédisposés, comme le morphinomane fait pour la morphine, qu'à ceux qui leur en semblent dignes, par zèle d'apostolat, comme d'autres prêchent le sionisme, le refus du service militaire, le saint-simonisme, le végétarisme et l'anarchie. Quelques-uns, si on les surprend le matin encore couchés, montrent une admirable tête de femme, tant l'expression est générale et symbolise tout le sexe ; les cheveux eux-mêmes l'affirment ; leur inflexion est si féminine, déroulés, ils tombent si naturellement en tresses sur la joue, qu'on s'émerveille que la jeune femme, la jeune fille, Galatée qui s'éveille à peine dans l'inconscient de ce corps d'homme où elle est enfermée[1], ait su si ingénieusement, de soi-même, sans l'avoir appris de personne, profiter des moindres issues de sa prison, trouver ce qui était nécessaire à sa vie. Sans doute le jeune homme qui a cette tête délicieuse ne dit pas : « Je suis une femme. » Même si — pour tant de raisons possibles — il vit avec une femme, il peut lui nier que lui en soit une, lui jurer qu'il n'a jamais eu de relations avec des hommes. Qu'elle le regarde comme nous venons de le montrer, couché dans un lit, en pyjama, les bras nus, le cou nu sous les cheveux noirs. Le pyjama est devenu une camisole de femme, la tête, celle d'une jolie Espagnole. La maîtresse s'épouvante de ces confidences faites à ses regards, plus vraies que ne pourraient être des paroles, des actes mêmes, et que d'ailleurs les actes, s'ils ne l'ont déjà fait, ne pourront manquer de confirmer, car tout être suit son plaisir[1] ; et si cet être n'est pas trop vicieux, il le cherche dans un sexe opposé au sien. Or pour l'inverti le vice commence, non pas quand il noue des relations (car trop de raisons peuvent les commander), mais quand il prend son plaisir avec des femmes. Le jeune homme que nous venons d'essayer de peindre était si évidemment une femme, que les femmes qui le regardaient avec désir étaient vouées (à moins d'un goût particulier) au même désappointement que celles qui, dans les comédies de Shakespeare, sont déçues par une jeune fille déguisée qui se fait passer pour un adolescent. La tromperie est égale, l'inverti même le sait, il devine la désillusion que, le travestissement ôté, la femme éprouvera, et sent combien cette erreur sur le sexe est une source de fantaisiste poésie. Du reste, même à son exigeante maîtresse, il a beau ne pas avouer (si elle n'est pas gomorrhéenne) : « Je suis une femme », pourtant en lui avec quelles ruses, quelle agilité, quelle obstination de plante grimpante, la femme inconsciente et visible cherche-t-elle l'organe masculin ! On n'a qu'à regarder cette chevelure bouclée sur l'oreiller blanc pour comprendre que le soir, si ce jeune homme glisse hors des doigts de ses parents, malgré eux, malgré lui, ce ne sera pas pour aller retrouver des femmes. Sa maîtresse peut le châtier, l'enfermer, le lendemain l'homme-femme aura trouvé le moyen de s'attacher à un homme, comme le volubilis jette ses vrilles là où se trouve une pioche ou un râteau[1]. Pourquoi, admirant dans le visage de cet homme des délicatesses qui nous touchent, une grâce, un naturel dans l'amabilité comme les hommes n'en ont point, serions-nous désolés d'apprendre que ce jeune homme recherche les boxeurs ? Ce sont des aspects différents d'une même réalité. Et même, celui qui nous répugne est le plus touchant, plus touchant que toutes les délicatesses, car il représente un admirable effort inconscient de la nature : la reconnaissance du sexe par lui-même, malgré les duperies du sexe, apparaît la tentative inavouée pour s'évader vers ce qu'une erreur initiale de la société a placé loin de lui. Pour les uns, ceux qui ont eu l'enfance la plus timide sans doute, ils ne se préoccupent guère de la sorte matérielle de plaisir qu'ils reçoivent, pourvu qu'ils puissent le rapporter à un visage masculin. Tandis que d'autres, ayant des sens plus violents sans doute, donnent à leur plaisir matériel d'impérieuses localisations. Ceux-là choqueraient peut-être par leurs aveux la moyenne du monde. Ils vivent peut-être moins exclusivement sous le satellite de Saturne[2], car pour eux les femmes ne sont pas entièrement exclues comme pour les premiers, à l'égard desquels elles n'existeraient pas sans la conversation, la coquetterie, les amours de tête. Mais les seconds recherchent celles qui aiment les femmes, elles peuvent leur procurer un jeune homme, accroître le plaisir qu'ils ont à se trouver avec lui ; bien plus, ils peuvent, de la même manière, prendre avec elles le même plaisir qu'avec un homme. De là vient que la jalousie n'est excitée, pour ceux qui aiment les premiers, que par le plaisir qu'ils pourraient prendre avec un homme et qui seul leur semble une trahison, puisqu'ils ne participent pas à l'amour des femmes, ne l'ont pratiqué que comme habitude et pour se réserver la possibilité du mariage, se représentant si peu le plaisir qu'il peut donner, qu'ils ne peuvent souffrir que celui qu'ils aiment le goûte ; tandis que les seconds inspirent souvent de la jalousie par leurs amours avec des femmes. Car dans les rapports qu'ils ont avec elles, ils jouent pour la femme qui aime les femmes le rôle d'une autre femme, et la femme leur offre en même temps à peu près ce qu'ils trouvent chez l'homme, si bien que l'ami jaloux souffre de sentir celui qu'il aime rivé à celle qui est pour lui presque un homme, en même temps qu'il le sent presque lui échapper, parce que, pour ces femmes, il est quelque chose qu'il ne connaît pas, une espèce de femme. Ne parlons pas non plus de ces jeunes fous qui par une sorte d'enfantillage, pour taquiner leurs amis, choquer leurs parents, mettent une sorte d'acharnement à choisir des vêtements qui ressemblent à des robes, à rougir leurs lèvres et noircir leurs yeux ; laissons-les de côté, car ce sont eux qu'on retrouvera, quand ils auront trop cruellement porté la peine de leur affectation, passant toute une vie à essayer vainement de réparer par une tenue sévère, protestante, le tort qu'ils se sont fait quand ils étaient emportés par le même démon qui pousse des jeunes femmes du faubourg Saint-Germain à vivre d'une façon scandaleuse, à rompre avec tous les usages, à bafouer leur famille, jusqu'au jour où elles se mettent avec persévérance et sans succès à remonter la pente qu'elles avaient trouvé si amusant, ou plutôt qu'elles n'avaient pas pu s'empêcher de descendre. Laissons enfin pour plus tard ceux qui ont conclu un pacte avec Gomorrhe. Nous en parlerons quand M. de Charlus les connaîtra. Laissons tous ceux, d'une variété ou d'une autre, qui apparaîtront à leur tour, et pour finir ce premier exposé, ne disons un mot que de ceux dont nous avions commencé de parler tout à l'heure, des solitaires. Tenant leur vice pour plus exceptionnel qu'il n'est, ils sont allés vivre seuls du jour qu'ils l'ont découvert, après l'avoir porté longtemps sans le connaître, plus longtemps seulement que d'autres. Car personne ne sait tout d'abord qu'il est inverti, ou poète, ou snob, ou méchant. Tel collégien qui apprenait des vers d'amour ou regardait des images obscènes, s'il se serrait alors contre un camarade, s'imaginait seulement communier avec lui dans un même désir de la femme. Comment croirait-il n'être pas pareil à tous, quand ce qu'il éprouve il en reconnaît la substance en lisant Mme de Lafayette, Racine, Baudelaire, Walter Scott, alors qu'il est encore trop peu capable de s'observer soi-même pour se rendre compte de ce qu'il ajoute de son cru, et que si le sentiment est le même l'objet diffère, que ce qu'il désire c'est Rob-Roy et non Diana Vernon[1] ? Chez beaucoup, par une prudence défensive de l'instinct qui précède la vue plus claire de l'intelligence, la glace et les murs de leur chambre disparaissent sous des chromos représentant des actrices ; ils font des vers tels que :

> *Je n'aime que Chloé au monde,*
> *Elle est divine, elle est blonde,*
> *Et d'amour mon cœur s'inonde.*

Faut-il pour cela mettre au commencement de ces vies un goût qu'on ne devait point retrouver chez eux dans la suite, comme ces boucles blondes des enfants qui doivent ensuite devenir les plus bruns ? Qui sait si les photographies de femmes ne sont pas un commencement d'hypocrisie, un commencement aussi d'horreur pour les autres invertis ? Mais les solitaires sont précisément ceux à qui l'hypocrisie est douloureuse. Peut-être l'exemple des Juifs, d'une colonie différente, n'est-il même pas assez fort pour expliquer combien l'éducation a peu de prise sur eux, et avec quel art ils arrivent à revenir, peut-être pas à quelque chose d'aussi simplement atroce que le suicide (où les fous, quelque précaution qu'on prenne, reviennent et, sauvés de la rivière où ils se sont jetés, s'empoisonnent, se procurent un revolver, etc.), mais à une vie dont les hommes de l'autre race non seulement ne comprennent pas, n'imaginent pas, haïssent les plaisirs nécessaires, mais encore dont le danger fréquent et la honte permanente leur feraient horreur. Peut-être, pour les peindre, faut-il penser sinon aux animaux qui ne se domestiquent pas, aux lionceaux prétendus apprivoisés mais restés lions, du moins aux noirs que l'existence confortable des blancs désespère et qui préfèrent les risques de la vie sauvage et ses incompréhensibles joies. Quand le jour est venu où ils se sont découverts incapables à la fois de mentir aux autres et de se mentir à soi-même, ils partent vivre à la campagne, fuyant leurs pareils (qu'ils croient peu nombreux) par horreur de la monstruosité ou crainte de la tentation, et le reste de l'humanité par honte. N'étant jamais parvenus à la véritable maturité, tombés dans la mélancolie, de temps à autre, un dimanche sans lune, ils vont faire une promenade sur un chemin jusqu'à un carrefour, où sans qu'ils se soient dit un mot, est venu les attendre un de leurs amis d'enfance qui habite un château voisin. Et ils recommencent les jeux d'autrefois, sur l'herbe, dans la nuit, sans échanger une parole. En semaine, ils se voient l'un chez l'autre, causent de n'importe quoi, sans une allusion à ce qui s'est passé, exactement comme s'ils n'avaient rien fait et ne devaient rien refaire, sauf, dans leurs rapports, un peu de froideur, d'ironie, d'irritabilité et de rancune, parfois de la haine. Puis le voisin part pour un dur voyage à cheval, et, à mulet, ascensionne des pics, couche dans la neige ; son ami, qui identifie son propre vice avec une faiblesse de tempérament, la vie casanière et timide, comprend que le vice ne pourra plus vivre en son ami émancipé, à tant de milliers de mètres au-dessus du niveau de la mer. Et en effet, l'autre se marie. Le délaissé pourtant ne guérit pas (malgré les cas où l'on verra que l'inversion est guérissable). Il exige de recevoir lui-même le matin dans sa cuisine la crème fraîche des mains du garçon laitier et, les soirs où des désirs l'agitent trop, il s'égare jusqu'à remettre dans son chemin un ivrogne, jusqu'à arranger la blouse de l'aveugle. Sans doute la vie de certains invertis paraît quelquefois changer, leur vice (comme on dit) n'apparaît plus dans leurs habitudes ; mais rien ne se perd : un bijou caché se retrouve ; quand la quantité des urines d'un malade diminue, c'est bien qu'il transpire davantage, mais il faut toujours que l'excrétion se fasse. Un jour cet homosexuel perd un jeune cousin et, à son inconsolable douleur, vous comprenez que c'était dans cet amour, chaste peut-être et qui tenait plus à garder l'estime qu'à obtenir la possession, que les désirs avaient passé par virement, comme dans un budget, sans rien changer au total, certaines dépenses sont portées à un autre exercice. Comme il en est pour ces malades chez qui une crise d'urticaire fait disparaître pour un temps leurs indispositions habituelles, l'amour pur à l'égard d'un jeune parent semble, chez l'inverti, avoir momentanément remplacé, par métastase, des habitudes qui reprendront un jour ou l'autre la place du mal vicariant et guéri.

Cependant le voisin marié du solitaire est revenu ; devant la beauté de la jeune épouse et la tendresse que son mari lui témoigne, le jour où l'ami est forcé de les inviter à dîner, il a honte du passé. Déjà dans une position intéressante, elle doit rentrer de bonne heure, laissant son mari ; celui-ci, quand l'heure est venue de rentrer, demande un bout de conduite à son ami que d'abord aucune suspicion n'effleure, mais qui au carrefour se voit renversé sur l'herbe, sans une parole, par l'alpiniste bientôt père. Et les rencontres recommencent jusqu'au jour où vient s'installer non loin de là un cousin de la jeune femme, avec qui se promène maintenant toujours le mari. Et celui-ci, si le délaissé vient le voir et cherche à s'approcher de lui, furibond, le repousse avec l'indignation que l'autre n'ait pas eu le tact de pressentir le dégoût qu'il inspire désormais. Une fois pourtant se présente un inconnu envoyé par le voisin infidèle ; mais, trop affairé, le délaissé ne peut le recevoir et ne comprend que plus tard dans quel but l'étranger était venu.

Alors le solitaire languit seul. Il n'a d'autre plaisir que d'aller à la station de bains de mer voisine demander un renseignement à un certain employé de chemin de fer. Mais celui-ci a reçu de l'avancement, est nommé à l'autre bout de la France ; le solitaire ne pourra plus aller lui demander l'heure des trains, le prix des premières, et avant de rentrer rêver dans sa tour, comme Grisélidis[1], il s'attarde sur la plage, telle une étrange Andromède qu'aucun Argonaute ne viendra délivrer[2], comme une méduse stérile qui périra sur le sable, ou bien il reste paresseusement, avant le départ du train, sur le quai, à jeter sur la foule des voyageurs un regard qui semblera indifférent, dédaigneux ou distrait à ceux d'une autre race, mais qui, comme l'éclat lumineux dont se parent certains insectes pour attirer ceux de la même espèce, ou comme le nectar qu'offrent certaines fleurs pour attirer les insectes qui les féconderont, ne tromperait pas l'amateur presque introuvable d'un plaisir trop singulier, trop difficile à placer, qui lui est offert, le confrère avec qui notre spécialiste pourrait parler la langue insolite ; tout au plus à celle-ci quelque loqueteux du quai fera-t-il semblant de s'intéresser, mais pour un bénéfice matériel seulement, comme ceux qui, au Collège de France, dans la salle où le professeur de sanscrit parle sans auditeur, vont suivre le cours, mais seulement pour se chauffer. Méduse ! Orchidée ! Quand je ne suivais que mon instinct, la méduse me répugnait à Balbec ; mais si je savais la regarder, comme Michelet, du point de vue de l'histoire naturelle et de l'esthétique, je voyais une délicieuse girandole d'azur[1]. Ne sont-elles pas, avec le velours transparent de leurs pétales, comme les mauves orchidées de la mer ? Comme tant de créatures du règne animal et du règne végétal, comme la plante qui produirait la vanille, mais qui, parce que, chez elle, l'organe mâle est séparé par une cloison de l'organe femelle, demeure stérile si les oiseaux-mouches ou certaines petites abeilles ne transportent le pollen des unes aux autres ou si l'homme ne les féconde artificiellement[2], M. de Charlus (et ici le mot fécondation doit être pris au sens moral, puisqu'au sens physique l'union du mâle avec le mâle est stérile, mais il n'est pas indifférent qu'un individu puisse rencontrer le seul plaisir qu'il soit susceptible de goûter, et « qu'ici-bas toute âme » puisse donner à quelqu'un « sa musique, sa flamme ou son parfum[3] »), M. de Charlus était de ces hommes qui peuvent être appelés exceptionnels, parce que, si nombreux soient-ils, la satisfaction, si facile chez d'autres, de leurs besoins sexuels, dépend de la coïncidence de trop de conditions, et trop difficiles à rencontrer. Pour des hommes comme M. de Charlus (et sous la réserve des accommodements qui paraîtront peu à peu et qu'on a pu déjà pressentir, exigés par le besoin de plaisir qui se résigne à de demi-consentements), l'amour mutuel, en dehors des difficultés si grandes, parfois insurmontables, qu'il rencontre chez le commun des êtres, leur en ajoute de si spéciales, que ce qui est toujours très rare pour tout le monde devient à leur égard à peu près impossible, et que si se produit pour eux une rencontre vraiment heureuse ou que la nature leur fait paraître telle, leur bonheur, bien plus encore que celui de l'amoureux normal, a quelque chose d'extraordinaire, de sélectionné, de profondément nécessaire. La haine des Capulet et des Montaigu n'était rien auprès des empêchements de tout genre qui ont été vaincus, des éliminations spéciales que la nature a dû faire subir aux hasards déjà peu communs qui amènent l'amour, avant qu'un ancien giletier, qui comptait partir sagement pour son bureau, titube, ébloui, devant un quinquagénaire bedonnant. Ce Roméo et cette Juliette peuvent croire à bon droit que leur amour n'est pas le caprice d'un instant, mais une véritable prédestination préparée par les harmonies de leur tempérament, non pas seulement par leur tempérament propre, mais par celui de leurs ascendants, par leur plus lointaine hérédité, si bien que l'être qui se conjoint à eux leur appartient avant la naissance, les a attirés par une force comparable à celle qui dirige les mondes où nous avons passé nos vies antérieures. M. de Charlus m'avait distrait de regarder si le bourdon apportait à l'orchidée le pollen qu'elle attendait depuis si longtemps, qu'elle n'avait chance de recevoir que grâce à un hasard si improbable qu'on le pouvait appeler une espèce de miracle. Mais c'était un miracle aussi auquel je venais d'assister, presque du même genre, et non moins merveilleux. Dès que j'eus considéré cette rencontre de ce point de vue, tout m'y sembla empreint de beauté. Les ruses les plus extraordinaires que la nature a inventées pour forcer les insectes à assurer la fécondation des fleurs qui, sans eux, ne pourraient pas l'être parce que la fleur mâle y est trop éloignée de la fleur femelle, ou celle qui, si c'est le vent qui doit assurer le transport du pollen, le rend bien plus facile à détacher de la fleur mâle, bien plus aisé à attraper au passage par la fleur femelle, en supprimant la sécrétion du nectar, qui n'est plus utile puisqu'il n'y a pas d'insectes à attirer, et même l'éclat des corolles qui les attirent, et celle qui, pour que la fleur soit réservée au pollen qu'il faut, qui ne peut fructifier qu'en elle, lui fait sécréter une liqueur qui l'immunise contre les autres pollens[1] — ne me semblaient pas plus merveilleuses que l'existence de la sous-variété d'invertis destinée à assurer les plaisirs de l'amour à l'inverti devenant vieux : les hommes qui sont attirés non par tous les hommes, mais — par un phénomène de correspondance et d'harmonie comparable à ceux qui règlent la fécondation des fleurs hétérostylées trimorphes comme le *Lythrum salicaria* — seulement par les hommes beaucoup plus âgés qu'eux. De cette sous-variété Jupien venait de m'offrir un exemple, moins saisissant pourtant que d'autres que tout herborisateur humain, tout botaniste moral, pourra observer, malgré leur rareté, et qui leur présentera un frêle jeune homme qui attendait les avances d'un robuste et bedonnant quinquagénaire, restant aussi indifférent aux avances des autres jeunes gens que restent stériles les fleurs hermaphrodites à court style de la *Primula veris* tant qu'elles ne sont fécondées que par d'autres *Primula veris* à court style aussi, tandis qu'elles accueillent avec joie le pollen des *Primula veris* à long style. Quant à ce qui était de M. de Charlus, du reste, je me rendis compte dans la suite qu'il y avait pour lui divers genres de conjonctions et desquelles certaines, par leur multiplicité, leur instantanéité à peine visible, et surtout le manque de contact entre les deux acteurs, rappelaient plus encore ces fleurs qui dans un jardin sont fécondées par le pollen d'une fleur voisine qu'elles ne toucheront jamais. Il y avait en effet certains êtres qu'il lui suffisait de faire venir chez lui, de tenir pendant quelques heures sous la domination de sa parole, pour que son désir, allumé dans quelque rencontre, fût apaisé. Par simples paroles la conjonction était faite aussi simplement qu'elle peut se produire chez les infusoires. Parfois, ainsi que cela lui était sans doute arrivé pour moi le soir où j'avais été mandé par lui après le dîner Guermantes, l'assouvissement avait lieu grâce à une violente semonce que le baron jetait à la figure du visiteur, comme certaines fleurs, grâce à un ressort, aspergent à distance l'insecte inconsciemment complice et décontenancé[1]. M. de Charlus, de dominé devenu dominateur, se sentait purgé de son inquiétude et calmé, renvoyait le visiteur qui avait aussitôt cessé de lui paraître désirable. Enfin, l'inversion elle-même venant de ce que l'inverti se rapproche trop de la femme pour pouvoir avoir des rapports utiles avec elle, se rattache par là à une loi plus haute qui fait que tant de fleurs hermaphrodites restent infécondes, c'est-à-dire à la stérilité de l'autofécondation. Il est vrai que les invertis à la recherche d'un mâle se contentent souvent d'un inverti aussi efféminé qu'eux. Mais il suffit qu'ils n'appartiennent pas au sexe féminin, dont ils ont en eux un embryon dont ils ne peuvent se servir, ce qui arrive à tant de fleurs hermaphrodites et même à certains animaux hermaphrodites, comme l'escargot[2], qui ne peuvent être fécondés par eux-mêmes, mais peuvent l'être par d'autres hermaphrodites. Par là les invertis, qui se rattachent volontiers à l'antique

Orient ou à l'âge d'or de la Grèce, remonteraient plus haut encore, à ces époques d'essai où n'existaient ni les fleurs dioïques ni les animaux unisexués, à cet hermaphroditisme initial dont quelques rudiments d'organes mâles dans l'anatomie de la femme et d'organes femelles dans l'anatomie de l'homme semblent conserver la trace[1]. Je trouvais la mimique, d'abord incompréhensible pour moi, de Jupien et de M. de Charlus aussi curieuse que ces gestes tentateurs adressés aux insectes, selon Darwin, par les fleurs dites composées, haussant les demi-fleurons de leurs capitules pour être vues de plus loin, comme certaine hétérostylée qui retourne ses étamines et les courbe pour frayer le chemin aux insectes, ou qui leur offre une ablution, et tout simplement même que les parfums de nectar, l'éclat des corolles, qui attiraient en ce moment des insectes dans la cour. À partir de ce jour, M. de Charlus devait changer l'heure de ses visites à Mme de Villeparisis, non qu'il ne pût voir Jupien ailleurs et plus commodément, mais parce qu'aussi bien qu'ils l'étaient pour moi, le soleil de l'après-midi et les fleurs de l'arbuste étaient sans doute liés à son souvenir. D'ailleurs, il ne se contenta pas de recommander les Jupien à Mme de Villeparisis, à la duchesse de Guermantes, à toute une brillante clientèle qui fut d'autant plus assidue auprès de la jeune brodeuse que les quelques dames qui avaient résisté ou seulement tardé furent de la part du baron l'objet de terribles représailles, soit afin qu'elles servissent d'exemple, soit parce qu'elles avaient éveillé sa fureur et s'étaient dressées contre ses entreprises de domination ; il rendit la place de Jupien de plus en plus lucrative jusqu'à ce qu'il le prît définitivement comme secrétaire et l'établît dans les conditions que nous verrons plus tard. « Ah ! en voilà un homme heureux que ce Jupien », disait

Françoise qui avait une tendance à diminuer ou à exagérer les bontés selon qu'on les avait pour elle ou pour les autres. D'ailleurs là elle n'avait pas besoin d'exagération ni n'éprouvait d'ailleurs d'envie, aimant sincèrement Jupien. « Ah ! c'est un si bon homme que le baron, ajoutait-elle, si bien, si dévot, si comme il faut ! Si j'avais une fille à marier et que j'étais du monde riche, je la donnerais au baron les yeux fermés. — Mais, Françoise, disait doucement ma mère, elle aurait bien des maris cette fille. Rappelez-vous que vous l'avez déjà promise à Jupien. — Ah ! dame, répondait Françoise, c'est que c'est encore quelqu'un qui rendrait une femme bien heureuse. Il y a beau avoir des riches et des pauvres misérables, ça ne fait rien pour la nature. Le baron et Jupien, c'est bien le même genre de personnes. »

Au reste j'exagérais beaucoup alors, devant cette révélation première, le caractère électif d'une conjonction si sélectionnée. Certes, chacun des hommes pareils à M. de Charlus est une créature extraordinaire, puisque, s'il ne fait pas de concessions aux possibilités de la vie, il recherche essentiellement l'amour d'un homme de l'autre race, c'est-à-dire d'un homme aimant les femmes (et qui par conséquent ne pourra pas l'aimer) ; contrairement à ce que je croyais dans la cour où je venais de voir Jupien tourner autour de M. de Charlus comme l'orchidée faire des avances au bourdon, ces êtres d'exception que l'on plaint sont une foule, ainsi qu'on le verra au cours de cet ouvrage, pour une raison qui ne sera dévoilée qu'à la fin, et se plaignent eux-mêmes d'être plutôt trop nombreux que trop peu[1]. Car les deux anges qui avaient été placés aux portes de Sodome pour savoir si ses habitants, dit la Genèse[2], avaient entièrement fait toutes ces choses dont le cri était monté jusqu'à l'Éternel, avaient été, on ne peut que s'en réjouir, très mal choisis par le Seigneur, lequel n'eût dû confier la tâche qu'à un Sodomiste. Celui-là, les excuses : « Père de six enfants, j'ai deux maîtresses, etc. » ne lui eussent pas fait abaisser bénévolement l'épée flamboyante[1] et adoucir les sanctions ; il aurait répondu : « Oui, et ta femme souffre les tortures de la jalousie. Mais même quand ces femmes n'ont pas été choisies par toi à Gomorrhe, tu passes tes nuits avec un gardeur de troupeaux de l'Hébron. » Et il l'aurait immédiatement fait rebrousser chemin vers la ville qu'allait détruire la pluie de feu et de soufre. Au contraire, on laissa s'enfuir tous les Sodomistes honteux, même si, apercevant un jeune garçon, ils détournaient la tête, comme la femme de Loth, sans être pour cela changés comme elle en statues de sel. De sorte qu'ils eurent une nombreuse postérité chez qui ce geste est resté habituel, pareil à celui des femmes débauchées qui, en ayant l'air de regarder un étalage de chaussures placées derrière une vitrine, retournent la tête vers un étudiant. Ces descendants des Sodomistes, si nombreux qu'on peut leur appliquer l'autre verset de la Genèse : « Si quelqu'un peut compter la poussière de la terre, il pourra aussi compter cette postérité[2] », se sont fixés sur toute la terre, ils ont eu accès à toutes les professions et entrent si bien dans les clubs les plus fermés que, quand un sodomiste n'y est pas admis, les boules noires y sont en majorité celles de sodomistes, mais qui ont soin d'incriminer la sodomie, ayant hérité le mensonge qui permit à leurs ancêtres de quitter la ville maudite. Il est possible qu'ils y retournent un jour. Certes ils forment dans tous les pays une colonie orientale, cultivée, musicienne, médisante, qui a des qualités charmantes et d'insupportables défauts. On les verra d'une façon plus approfondie au cours des pages qui suivront ; mais on a voulu provisoirement prévenir l'erreur funeste qui consisterait, de même qu'on a encouragé un mouvement sioniste, à créer un mouvement sodomiste et à rebâtir Sodome. Or, à peine arrivés, les sodomistes quitteraient la ville pour ne pas avoir l'air d'en être, prendraient femme, entretiendraient des maîtresses dans d'autres cités où ils trouveraient d'ailleurs toutes les distractions convenables. Ils n'iraient à Sodome que les jours de suprême nécessité, quand leur ville serait vide, par ces temps où la faim fait sortir le loup du bois, c'est-à-dire que tout se passerait en somme comme à Londres, à Berlin, à Rome, à Pétrograd ou à Paris.

En tous cas ce jour-là, avant ma visite à la duchesse, je ne songeais pas si loin et j'étais désolé d'avoir, par attention à la conjonction Jupien-Charlus, manqué peut-être de voir la fécondation de la fleur par le bourdon.

II

CHAPITRE PREMIER

M. de Charlus dans le monde. – Un médecin. – Face caractéristique de Mme de Vaugoubert. – Mme d'Arpajon, le jet d'eau d'Hubert Robert et la gaieté du grand-duc Wladimir. – Mme d'Amoncourt, Mme de Citri, Mme de Saint-Euverte, etc. – Curieuse conversation entre Swann et le prince de Guermantes. – Albertine au téléphone. – Visites en attendant mon deuxième et dernier séjour à Balbec. – Arrivée à Balbec. – Les intermittences du cœur.

Comme je n'étais pas pressé d'arriver à cette soirée des Guermantes où je n'étais pas certain d'être invité[1], je restais oisif dehors ; mais le jour d'été ne semblait pas avoir plus de hâte que moi à bouger. Bien qu'il fût plus de neuf heures, c'était lui encore qui sur la place de la Concorde donnait à l'obélisque de Louqsor un air de nougat rose. Puis il en modifia la teinte et le changea en une matière métallique de sorte que l'obélisque ne devint pas seulement plus précieux, mais sembla aminci et presque flexible. On s'imaginait qu'on aurait pu tordre, qu'on avait peut-être déjà légèrement faussé ce bijou. La lune était maintenant dans le ciel comme un quartier d'orange pelé délicatement quoique un peu entamé[2].

Mais elle devait plus tard être faite de l'or le plus résistant. Blottie toute seule derrière elle, une pauvre petite étoile allait servir d'unique compagne à la lune solitaire, tandis que celle-ci, tout en protégeant son amie, mais plus hardie et allant de l'avant, brandirait comme une arme irrésistible, comme un symbole oriental, son ample et merveilleux croissant d'or.

Devant l'hôtel de la princesse de Guermantes, je rencontrai le duc de Châtellerault ; je ne me rappelais plus qu'une demi-heure auparavant me persécutait encore la crainte — laquelle allait du reste bientôt me ressaisir — de venir sans avoir été invité. On s'inquiète, et c'est parfois longtemps après l'heure du danger, oubliée grâce à la distraction, que l'on se souvient de son inquiétude. Je dis bonjour au jeune duc et pénétrai dans l'hôtel. Mais ici il faut d'abord que je note une circonstance minime, laquelle permettra de comprendre un fait qui suivra bientôt.

Il y avait quelqu'un qui, ce soir-là comme les précédents, pensait beaucoup au duc de Châtellerault, sans soupçonner du reste qui il était : c'était l'huissier (qu'on appelait dans ce temps-là « l'aboyeur ») de Mme de Guermantes. M. de Châtellerault, bien loin d'être un des intimes — comme il était l'un des cousins — de la princesse, était reçu dans son salon pour la première fois. Ses parents, brouillés avec elle depuis dix ans, s'étaient réconciliés depuis quinze jours, et forcés d'être ce soir absents de Paris, avaient chargé leur fils de les représenter. Or, quelques jours auparavant, l'huissier de la princesse avait rencontré dans les Champs-Élysées un jeune homme qu'il avait trouvé charmant mais dont il n'avait pu arriver à établir l'identité[1]. Non que le jeune homme ne se fût montré aussi aimable que généreux. Toutes les faveurs que l'huissier s'était figuré avoir à accorder à un monsieur si jeune, il les avait au contraire reçues. Mais M. de Châtellerault était aussi froussard qu'imprudent ; il était d'autant plus décidé à ne pas dévoiler son incognito qu'il ignorait à qui il avait à faire ; il aurait eu une peur bien plus grande — quoiquè mal fondée — s'il l'avait su. Il s'était borné à se faire passer pour un Anglais, et à toutes les questions passionnées de l'huissier désireux de retrouver quelqu'un à qui il devait tant de plaisir et de largesses, le duc s'était borné à répondre, tout le long de l'avenue Gabriel : « *I do not speak french.* »

Bien que, malgré tout — à cause de l'origine maternelle de son cousin[1] — le duc de Guermantes affectât de trouver un rien de Courvoisier[2] dans le salon de la princesse de Guermantes-Bavière, on jugeait généralement l'esprit d'initiative et la supériorité intellectuelle de cette dame d'après une innovation qu'on ne rencontrait nulle part ailleurs dans ce milieu. Après le dîner, et quelle que fût l'importance du raout qui devait suivre, les sièges, chez la princesse de Guermantes, se trouvaient disposés de telle façon qu'on formait de petits groupes, qui, au besoin, se tournaient le dos. La princesse marquait alors son sens social en allant s'asseoir, comme par préférence, dans l'un d'eux. Elle ne craignait pas du reste d'élire et d'attirer le membre d'un autre groupe. Si, par exemple, elle avait fait remarquer à M. Detaille[3], lequel avait naturellement acquiescé, combien Mme de Villemur, que sa place dans un autre groupe faisait voir de dos, possédait un joli cou, la princesse n'hésitait pas à élever la voix : « Madame de Villemur, M. Detaille, en grand peintre qu'il est, est en train d'admirer votre cou. » Mme de Villemur sentait là une invite directe à la conversation ; avec l'adresse que donne l'habitude du cheval, elle faisait lentement pivoter sa chaise selon un arc de trois quarts de cercle et sans déranger en rien ses voisins, faisait presque face à la princesse. « Vous ne connaissez pas M. Detaille ? » demandait la maîtresse de maison, à qui l'habile et pudique conversion de son invitée ne suffisait pas. « Je ne le connais pas, mais je connais ses œuvres », répondait Mme de Villemur, d'un air respectueux, engageant, et avec un à-propos que beaucoup enviaient, tout en adressant au célèbre peintre, que l'interpellation n'avait pas suffi à lui présenter d'une manière formelle, un imperceptible salut. « Venez, monsieur Detaille, disait la princesse, je vais vous présenter à Mme de Villemur. » Celle-ci mettait alors autant d'ingéniosité à faire une place à l'auteur du *Rêve* que tout à l'heure à se tourner vers lui. Et la princesse s'avançait une chaise pour elle-même ; elle n'avait en effet interpellé Mme de Villemur que pour avoir un prétexte de quitter le premier groupe où elle avait passé les dix minutes de règle, et d'accorder une durée égale de présence au second. En trois quarts d'heure, tous les groupes avaient reçu sa visite, laquelle semblait n'avoir été guidée chaque fois que par l'improviste et les prédilections, mais avait surtout pour but de mettre en relief avec quel naturel « une grande dame sait recevoir ». Mais maintenant les invités de la soirée commençaient d'arriver et la maîtresse de maison s'était assise non loin de l'entrée — droite et fière, dans sa majesté quasi royale, les yeux flambant par leur incandescence propre — entre deux altesses sans beauté et l'ambassadrice d'Espagne.

Je faisais la queue derrière quelques invités arrivés plus tôt que moi. J'avais en face de moi la princesse, de laquelle la beauté ne me fait pas seule sans doute, entre tant d'autres, souvenir de cette fête-là. Mais ce visage de la maîtresse de maison était si parfait, était frappé comme une si belle médaille, qu'il a gardé pour moi une vertu commémorative. La princesse avait l'habitude de dire à ses invités, quand elle les rencontrait quelques jours avant une de ses soirées : « Vous viendrez, n'est-ce pas ? » comme si elle avait un grand désir de causer avec eux. Mais comme au contraire elle n'avait à leur parler de rien, dès qu'ils arrivaient devant elle, elle se contentait, sans se lever, d'interrompre un instant sa vaine conversation avec les deux altesses et l'ambassadrice et de remercier en disant : « C'est gentil d'être venu », non qu'elle trouvât que l'invité eût fait preuve de gentillesse en venant, mais pour accroître encore la sienne ; puis aussitôt le rejetant à la rivière, elle ajoutait : « Vous trouverez M. de Guermantes à l'entrée des jardins », de sorte qu'on partait visiter et qu'on la laissait tranquille. À certains même elle ne disait rien, se contentant de leur montrer ses admirables yeux d'onyx, comme si on était venu seulement à une exposition de pierres précieuses.

La première personne à passer avant moi était le duc de Châtellerault.

Ayant à répondre à tous les sourires, à tous les bonjours de la main qui lui venaient du salon, il n'avait pas aperçu l'huissier. Mais dès le premier instant l'huissier l'avait reconnu. Cette identité qu'il avait tant désiré d'apprendre, dans un instant il allait la connaître. En demandant à son « Anglais » de l'avant-veille quel nom il devait annoncer, l'huissier n'était pas seulement ému, il se jugeait indiscret, indélicat. Il lui semblait qu'il allait révéler à tout le monde (qui pourtant ne se douterait de rien) un secret qu'il était coupable de surprendre de la sorte et d'étaler publiquement. En entendant la réponse de l'invité : « Le duc de Châtellerault », il se sentit troublé d'un tel orgueil qu'il resta un instant muet. Le duc le regarda, le reconnut, se vit perdu, cependant que le domestique, qui s'était ressaisi et connaissait assez son armorial pour compléter de lui-même une appellation trop modeste, hurlait avec l'énergie professionnelle qui se veloutait d'une tendresse intime : « Son Altesse Monseigneur le duc de Châtellerault ! » Mais c'était maintenant mon tour d'être annoncé. Absorbé dans la contemplation de la maîtresse de maison qui ne m'avait pas encore vu, je n'avais pas songé aux fonctions terribles pour moi — quoique d'une autre façon que pour M. de Châtellerault — de cet huissier habillé de noir comme un bourreau, entouré d'une troupe de valets aux livrées les plus riantes, solides gaillards prêts à s'emparer d'un intrus et à le mettre à la porte. L'huissier me demanda mon nom, je le lui dis aussi machinalement que le condamné à mort se laisse attacher au billot. Il leva aussitôt majestueusement la tête et, avant que j'eusse pu le prier de m'annoncer à mi-voix pour ménager mon amour-propre si je n'étais pas invité, et celui de la princesse de Guermantes si je l'étais, il hurla les syllabes inquiétantes avec une force capable d'ébranler la voûte de l'hôtel.

L'illustre Huxley (celui dont le neveu occupe actuellement une place prépondérante dans le monde de la littérature anglaise) raconte qu'une de ses malades n'osait plus aller dans le monde parce que souvent, dans le fauteuil même qu'on lui indiquait d'un geste courtois, elle voyait assis un vieux monsieur[1]. Elle était bien certaine que, soit le geste inviteur, soit la présence du vieux monsieur, était une hallucination, car on ne lui aurait pas ainsi désigné un fauteuil déjà occupé. Et quand Huxley, pour la guérir, la força à retourner en soirée, elle eut un instant de pénible hésitation en se demandant si le signe aimable qu'on lui faisait était la chose réelle, ou si, pour obéir à une vision inexistante, elle allait en public s'asseoir sur les genoux d'un monsieur en chair et en os. Sa brève incertitude fut cruelle. Moins peut-être que la mienne. À partir du moment où j'avais perçu le grondement de mon nom, comme le bruit préalable d'un cataclysme possible, je dus, pour plaider en tous cas ma bonne foi et comme si je n'étais tourmenté d'aucun doute, m'avancer vers la princesse d'un air résolu.

Elle m'aperçut comme j'étais à quelques pas d'elle et, ce qui ne me laissa plus douter que j'avais été victime d'une machination, au lieu de rester assise comme pour les autres invités, elle se leva, vint à moi. Une seconde après, je pus pousser le soupir de soulagement de la malade d'Huxley, quand ayant pris le parti de s'asseoir dans le fauteuil, elle le trouva libre et comprit que c'était le vieux monsieur qui était une hallucination. La princesse venait de me tendre la main en souriant. Elle resta quelques instants debout, avec le genre de grâce particulier à la stance de Malherbe qui finit ainsi :

Et pour leur faire honneur les Anges se lever[1].

Elle s'excusa de ce que la duchesse ne fût pas encore arrivée comme si je devais m'ennuyer sans elle. Pour me dire ce bonjour, elle exécuta autour de moi, en me tenant la main, un tournoiement plein de grâce, dans le tourbillon duquel je me sentais emporté. Je m'attendais presque à ce qu'elle me remît alors, telle une conductrice de cotillon, une canne à bec d'ivoire, ou une montre-bracelet. Elle ne me donna à vrai dire rien de tout cela, et comme si au lieu de danser le boston elle avait plutôt écouté un sacro-saint quatuor de Beethoven dont elle eût craint de troubler les sublimes accents, elle arrêta là la conversation, ou plutôt ne la commença pas et radieuse encore de m'avoir vu entrer, me fit part seulement de l'endroit où se trouvait le prince.

Je m'éloignai d'elle et n'osai plus m'en rapprocher, sentant qu'elle n'avait absolument rien à me dire et que dans son immense bonne volonté, cette femme merveilleusement haute et belle, noble comme l'étaient tant de grandes dames qui montèrent si fièrement à l'échafaud, n'aurait pu, faute d'oser m'offrir de l'eau de mélisse, que me répéter ce qu'elle m'avait déjà dit deux fois : « Vous trouverez le prince dans le jardin. » Or, aller auprès du prince, c'était sentir renaître sous une autre forme mes doutes.

En tous cas fallait-il trouver quelqu'un qui me présentât. On entendait, dominant toutes les conversations, l'intarissable jacassement de M. de Charlus, lequel causait avec Son Excellence le duc de Sidonia, dont il venait de faire la connaissance. De profession à profession, on se devine, et de vice à vice aussi. M. de Charlus et M. de Sidonia avaient chacun immédiatement flairé celui de l'autre, et qui, pour tous les deux, était dans le monde d'être monologuistes, au point de ne pouvoir souffrir aucune interruption. Ayant jugé tout de suite que le mal était sans remède, comme dit un célèbre sonnet[1], ils avaient pris la détermination, non de se taire, mais de parler chacun sans s'occuper de ce que dirait l'autre. Cela avait réalisé ce bruit confus, produit dans les comédies de Molière par plusieurs personnes qui disent ensemble des choses différentes[2]. Le baron, avec sa voix éclatante, était du reste certain d'avoir le dessus, de couvrir la voix faible de M. de Sidonia, sans décourager ce dernier pourtant, car, lorsque M. de Charlus reprenait un instant haleine, l'intervalle était rempli par le susurrement du grand d'Espagne qui avait continué imperturbablement son discours. J'aurais bien demandé à M. de Charlus de me présenter au prince de Guermantes, mais je craignais (avec trop de raison) qu'il ne fût fâché contre moi. J'avais agi envers lui de la façon la plus ingrate en laissant pour la seconde fois tomber ses offres et en ne lui donnant pas signe de vie depuis le soir où il m'avait si affectueusement reconduit à la maison[1]. Et pourtant je n'avais nullement comme excuse anticipée la scène que je venais de voir, cet après-midi même, se passer entre Jupien et lui. Je ne soupçonnais rien de pareil. Il est vrai que peu de temps auparavant, comme mes parents me reprochaient ma paresse et de n'avoir pas encore pris la peine d'écrire un mot à M. de Charlus, je leur avais violemment reproché de vouloir me faire accepter des propositions déshonnêtes[2]. Mais seuls la colère, le désir de trouver la phrase qui pouvait leur être le plus désagréable m'avaient dicté cette réponse mensongère. En réalité, je n'avais rien imaginé de sensuel, ni même de sentimental, sous les offres du baron. J'avais dit cela à mes parents comme une folie pure. Mais quelquefois l'avenir habite en nous sans que nous le sachions, et nos paroles qui croient mentir dessinent une réalité prochaine.

M. de Charlus m'eût sans doute pardonné mon manque de reconnaissance. Mais ce qui le rendait furieux, c'est que ma présence ce soir chez la princesse de Guermantes, comme depuis quelque temps chez sa cousine, paraissait narguer la déclaration solennelle : « On n'entre dans ces salons-là que par moi. » Faute grave, crime peut-être inexpiable, je n'avais pas suivi la voie hiérarchique. M. de Charlus savait bien que les tonnerres qu'il brandissait contre ceux qui ne se pliaient pas à ses ordres, ou qu'il avait pris en haine, commençaient à passer, selon beaucoup de gens, quelque rage qu'il y mît, pour des tonnerres en carton, et n'avaient plus la force de chasser n'importe qui de n'importe où. Mais peut-être croyait-il que son pouvoir amoindri, grand encore, restait intact aux yeux des novices tels que moi. Aussi ne le jugeai-je pas très bien choisi pour lui demander un service dans une fête où ma présence seule semblait un ironique démenti à ses prétentions.

Je fus à ce moment arrêté par un homme assez vulgaire, le professeur E***[1]. Il avait été surpris de m'apercevoir chez les Guermantes. Je ne l'étais pas moins de l'y trouver car jamais on n'avait vu, et on ne vit dans la suite, chez la princesse, un personnage de sa sorte. Il venait de guérir le prince, déjà administré, d'une pneumonie infectieuse, et la reconnaissance toute particulière qu'en avait pour lui Mme de Guermantes était cause qu'on avait rompu avec les usages et qu'on l'avait invité. Comme il ne connaissait absolument personne dans ces salons et ne pouvait y rôder indéfiniment seul comme un ministre de la mort, m'ayant reconnu, il s'était senti, pour la première fois de sa vie, une infinité de choses à me dire, ce qui lui permettait de prendre une contenance, et c'était une des raisons pour lesquelles il s'était avancé vers moi. Il y en avait une autre. Il attachait beaucoup d'importance à ne jamais faire d'erreur de diagnostic. Or son courrier était si nombreux qu'il ne se rappelait pas toujours très bien, quand il n'avait vu qu'une fois un malade, si la maladie avait bien suivi le cours qu'il lui avait assigné. On n'a peut-être pas oublié qu'au moment de l'attaque de ma grand-mère, je l'avais conduite chez lui, le soir où il se faisait coudre tant de décorations[2]. Depuis le temps écoulé, il ne se rappelait plus le faire-part qu'on lui avait envoyé à l'époque. « Madame votre grand-mère est bien morte, n'est-ce pas ? » me dit-il d'une voix où une quasi-certitude calmait une légère appréhension. « Ah ! En effet ! Du reste dès la première minute où je l'ai vue, mon pronostic avait été tout à fait sombre, je me souviens très bien. »

C'est ainsi que le professeur E*** apprit ou rapprit la mort de ma grand-mère, et je dois le dire à sa louange, qui est celle du corps médical tout entier, sans manifester, sans éprouver peut-être de satisfaction. Les erreurs des médecins sont innombrables. Ils pèchent d'habitude par optimisme quant au régime, par pessimisme quant au dénouement. « Du vin ? en quantité modérée, cela ne peut vous faire du mal, c'est en somme un tonifiant... Le plaisir physique ? après tout c'est une fonction. Je vous le permets sans abus, vous m'entendez bien. L'excès en tout est un défaut. » Du coup quelle tentation pour le malade de renoncer à ces deux résurrecteurs, l'eau et la chasteté ! En revanche si l'on a quelque chose au cœur, de l'albumine, etc., on n'en a pas pour longtemps. Volontiers, des troubles graves, mais fonctionnels, sont attribués à un cancer imaginé. Il est inutile de continuer des visites qui ne sauraient enrayer un mal inéluctable. Que le malade livré à lui-même s'impose alors un régime implacable, et ensuite guérisse ou tout au moins survive, le médecin, salué par lui avenue de l'Opéra quand il le croyait depuis longtemps au Père-Lachaise, verra dans ce coup de chapeau un geste de narquoise insolence. Une innocente promenade effectuée à son nez et à sa barbe ne causerait pas plus de colère au président d'assises qui, deux ans auparavant, a prononcé contre le badaud, qui semble sans crainte, une condamnation à mort. Les médecins (il ne s'agit pas de tous, bien entendu, et nous n'omettons pas, mentalement, d'admirables exceptions) sont en général plus mécontents, plus irrités de l'infirmation de leur verdict que joyeux de son exécution. C'est ce qui explique que le professeur E***, quelque satisfaction intellectuelle qu'il ressentît sans doute à voir qu'il ne s'était pas trompé, sut ne me parler que tristement du malheur qui nous avait frappés. Il ne tenait pas à abréger la conversation, qui lui fournissait une contenance et une raison de rester. Il me parla de la grande chaleur qu'il faisait ces jours-ci, mais, bien qu'il fût lettré et eût pu s'exprimer en bon français, il me dit : « Vous ne souffrez pas de cette hyperthermie ? » C'est que la médecine a fait quelques petits progrès dans ses connaissances depuis Molière, mais aucun dans son vocabulaire. Mon interlocuteur ajouta : « Ce qu'il faut, c'est éviter les sudations que cause, surtout dans les salons surchauffés, un temps pareil. Vous pouvez y remédier, quand vous rentrez et avez envie de boire, par la chaleur » (ce qui signifie évidemment des boissons chaudes).

À cause de la façon dont était morte ma grand-mère, le sujet m'intéressait et j'avais lu récemment dans un livre d'un grand savant que la transpiration était nuisible aux reins, en faisant passer par la peau ce dont l'issue est ailleurs. Je déplorais ces temps de canicule par lesquels ma grand-mère était morte et n'étais pas loin de les incriminer. Je n'en parlai pas au docteur E*** mais de lui-même il me dit : « L'avantage de ces temps très chauds, où la transpiration est très abondante, c'est que le rein en est soulagé d'autant. » La médecine n'est pas une science exacte.

Accroché à moi le professeur E*** ne demandait qu'à ne pas me quitter. Mais je venais d'apercevoir, faisant à la princesse de Guermantes de grandes révérences de droite et de gauche, après avoir reculé d'un pas, le marquis de Vaugoubert. M. de Norpois m'avait dernièrement fait faire sa connaissance et j'espérais que je trouverais en lui quelqu'un qui fût capable de me présenter au maître de maison. Les proportions de cet ouvrage ne me permettent pas d'expliquer ici à la suite de quels incidents de jeunesse M. de Vaugoubert était un des seuls hommes du monde (peut-être le seul) qui se trouvât ce qu'on appelle à Sodome être « en confidences » avec M. de Charlus[1]. Mais si notre ministre auprès du roi Théodose avait quelques-uns des mêmes défauts que le baron, ce n'était qu'à l'état de bien pâle reflet. C'était seulement sous une forme infiniment adoucie, sentimentale et niaise qu'il présentait ces alternances de sympathie et de haine par où le désir de charmer, et ensuite la crainte — également imaginaire — d'être, sinon méprisé, du moins découvert, faisait passer le baron. Rendues ridicules par une chasteté, un « platonisme » (auxquels en grand ambitieux il avait, dès l'âge du concours, sacrifié tout plaisir), par sa nullité intellectuelle surtout, ces alternances, M. de Vaugoubert les présentait pourtant. Mais tandis que chez M. de Charlus les louanges immodérées étaient clamées avec un véritable éclat d'éloquence, et assaisonnées des plus fines, des plus mordantes railleries et qui marquaient un homme à jamais, chez M. de Vaugoubert au contraire, la sympathie était exprimée avec la banalité d'un homme de dernier ordre, d'un homme du grand monde, et d'un fonctionnaire, les griefs (forgés généralement de toutes pièces comme chez le baron) par une malveillance sans trêve mais sans esprit et qui choquait d'autant plus qu'elle était d'habitude en contradiction avec les propos que le ministre avait tenus six mois avant et tiendrait peut-être à nouveau dans quelque temps : régularité dans le changement qui donnait une poésie presque astronomique aux diverses phases de la vie de M. de Vaugoubert, bien que sans cela personne moins que lui ne fît penser à un astre.

Le bonsoir qu'il me rendit n'avait rien de celui qu'aurait eu M. de Charlus. À ce bonsoir M. de

Vaugoubert, outre les mille façons qu'il croyait celles du monde et de la diplomatie, donnait un air cavalier, fringant, souriant pour sembler d'une part ravi de l'existence — alors qu'il remâchait intérieurement les déboires d'une carrière sans avancement et menacée d'une mise à la retraite — d'autre part jeune, viril et charmant, alors qu'il voyait et n'osait même plus aller regarder dans sa glace les rides se figer aux entours d'un visage qu'il eût voulu garder plein de séductions. Ce n'est pas qu'il eût souhaité des conquêtes effectives dont la seule pensée lui faisait peur à cause du qu'en-dira-t-on, des éclats, des chantages. Ayant passé d'une débauche presque infantile à la continence absolue datant du jour où il avait pensé au quai d'Orsay et voulu faire une grande carrière, il avait l'air d'une bête en cage, jetant dans tous les sens des regards qui exprimaient la peur, l'appétence et la stupidité. La sienne était telle qu'il ne réfléchissait pas que les voyous de son adolescence n'étaient plus des gamins et que, quand un marchand de journaux lui criait en plein nez : « *La Presse !* » plus encore que de désir il frémissait d'épouvante, se croyant reconnu et dépisté.

Mais à défaut des plaisirs sacrifiés à l'ingratitude du quai d'Orsay, M. de Vaugoubert — et c'est pour cela qu'il aurait voulu plaire encore — avait de brusques élans de cœur. Dieu sait de combien de lettres il assommait le ministère, quelles ruses personnelles il déployait, combien de prélèvements il opérait sur le crédit de Mme de Vaugoubert (qu'à cause de sa corpulence, de sa haute naissance, de son air masculin, et surtout à cause de la médiocrité du mari, on croyait douée de capacités éminentes et remplissant les vraies fonctions de ministre), pour faire entrer sans aucune raison valable un jeune homme dénué de tout mérite dans le personnel de la légation. Il est vrai que quelques mois, quelques années après, pour peu que l'insignifiant attaché parût, sans l'ombre d'une mauvaise intention, avoir donné des marques de froideur à son chef, celui-ci se croyant méprisé ou trahi mettait la même ardeur hystérique à le punir que jadis à le combler. Il remuait ciel et terre pour qu'on le rappelât et le directeur des Affaires politiques recevait journellement une lettre : « Qu'attendez-vous pour me débarrasser de ce lascar-là ? Dressez-le un peu dans son intérêt. Ce dont il a besoin c'est de manger un peu de vache enragée. » Le poste d'attaché auprès du roi Théodose était à cause de cela peu agréable. Mais pour tout le reste, grâce à son parfait bon sens d'homme du monde, M. de Vaugoubert était un des meilleurs agents du gouvernement français à l'étranger. Quand un homme prétendu supérieur, jacobin, qui était savant en toutes choses, le remplaça plus tard, la guerre ne tarda pas à éclater entre la France et le pays dans lequel régnait le roi.

M. de Vaugoubert comme M. de Charlus n'aimait pas dire bonjour le premier. L'un et l'autre préféraient « répondre », craignant toujours les potins que celui auquel ils eussent sans cela tendu la main avait pu entendre sur leur compte depuis qu'ils ne l'avaient vu. Pour moi, M. de Vaugoubert n'eut pas à se poser la question, j'étais en effet allé le saluer le premier, ne fût-ce qu'à cause de la différence d'âge. Il me répondit d'un air émerveillé et ravi, ses deux yeux continuant à s'agiter comme s'il y avait eu de la luzerne défendue à brouter de chaque côté. Je pensai qu'il était convenable de solliciter de lui ma présentation à Mme de Vaugoubert, avant celle au prince dont je comptais ne lui parler qu'ensuite. L'idée de me mettre en rapports avec sa femme parut le remplir de joie pour lui comme pour elle et il me mena d'un pas délibéré vers la marquise. Arrivé devant elle et me désignant de la main et des yeux, avec toutes les marques de considération possibles, il resta néanmoins muet et se retira au bout de quelques secondes, d'un air frétillant, pour me laisser seul avec sa femme. Celle-ci m'avait aussitôt tendu la main, mais sans savoir à qui cette marque d'amabilité s'adressait, car je compris que M. de Vaugoubert avait oublié comment je m'appelais, peut-être même ne m'avait pas reconnu, et n'ayant pas voulu, par politesse, me l'avouer, avait fait consister la présentation en une simple pantomime. Aussi je n'étais pas plus avancé ; comment me faire présenter au maître de la maison par une femme qui ne savait pas mon nom ? De plus, je me voyais forcé de causer quelques instants avec Mme de Vaugoubert. Et cela m'ennuyait à deux points de vue. Je ne tenais pas à m'éterniser dans cette fête car j'avais convenu avec Albertine (je lui avais donné une loge pour *Phèdre*[1]) qu'elle viendrait me voir un peu avant minuit. Certes je n'étais nullement épris d'elle ; j'obéissais en la faisant venir ce soir à un désir tout sensuel, bien qu'on fût à cette époque torride de l'année où la sensualité libérée visite plus volontiers les organes du goût, recherche surtout la fraîcheur. Plus que du baiser d'une jeune fille, elle a soif d'une orangeade, d'un bain, voire de contempler cette lune épluchée et juteuse qui désaltérait le ciel. Mais pourtant je comptais me débarrasser aux côtés d'Albertine — laquelle du reste me rappelait la fraîcheur du flot — des regrets que ne manqueraient pas de me laisser bien des visages charmants (car c'était aussi bien une soirée de jeunes filles que de dames que donnait la princesse). D'autre part, celui de l'imposante Mme de Vaugoubert, bourbonien et morose, n'avait rien d'attrayant.

On disait au ministère, sans y mettre ombre de malice, que dans le ménage, c'était le mari qui portait les jupes et la femme les culottes. Or il y avait plus de vérité là-dedans qu'on ne le croyait. Mme de Vaugoubert, c'était un homme. Avait-elle toujours été ainsi, ou était-elle devenue ce que je la voyais, peu importe, car dans l'un et l'autre cas on a affaire à l'un des plus touchants miracles de la nature et qui, le second surtout, font ressembler le règne humain au règne des fleurs. Dans la première hypothèse — si la future Mme de Vaugoubert avait toujours été aussi lourdement hommasse — la nature, par une ruse diabolique et bienfaisante, donne à la jeune fille l'aspect trompeur d'un homme. Et l'adolescent qui n'aime pas les femmes et veut guérir trouve avec joie ce subterfuge de découvrir une fiancée qui lui représente un fort aux halles. Dans le cas contraire, si la femme n'a d'abord pas les caractères masculins, elle les prend peu à peu pour plaire à son mari, même inconsciemment, par cette sorte de mimétisme qui fait que certaines fleurs se donnent l'apparence des insectes qu'elles veulent attirer. Le regret de ne pas être aimée, de ne pas être homme, la virilise. Même en dehors du cas qui nous occupe, qui n'a remarqué combien les couples les plus normaux finissent par se ressembler, quelquefois même par interchanger leurs qualités ? Un ancien chancelier allemand, le prince de Bülow, avait épousé une Italienne. À la longue, sur le Pincio, on remarqua combien l'époux germanique avait pris de finesse italienne, et la princesse italienne de rudesse allemande[1]. Pour sortir jusqu'à un point excentrique des lois que nous traçons, chacun connaît un éminent diplomate français dont l'origine n'était rappelée que par son nom, un des plus illustres de l'Orient[2]. En mûrissant, en vieillissant, s'est révélé en lui l'Oriental qu'on n'avait jamais soupçonné, et en le voyant on regrette l'absence du fez qui le compléterait.

Pour en revenir à des mœurs fort ignorées de l'ambassadeur dont nous venons d'évoquer la silhouette ancestralement épaissie, Mme de Vaugoubert réalisait le type acquis ou prédestiné dont l'image immortelle est la princesse Palatine[1], toujours en habit de cheval et qui, ayant pris de son mari plus que la virilité, épousant les défauts des hommes qui n'aiment pas les femmes, dénonce dans ses lettres de commère les relations qu'ont entre eux tous les grands seigneurs de la cour de Louis XIV. Une des causes qui ajoutent encore à l'air masculin des femmes telles que Mme de Vaugoubert est que l'abandon où elles sont laissées par leur mari, la honte qu'elles en éprouvent, flétrissent peu à peu chez elles tout ce qui est de la femme. Elles finissent par prendre les qualités et les défauts que le mari n'a pas. Au fur et à mesure qu'il est plus frivole, plus efféminé, plus indiscret, elles deviennent comme l'effigie sans charme des vertus que l'époux devrait pratiquer.

Des traces d'opprobre, d'ennui, d'indignation, ternissaient le visage régulier de Mme de Vaugoubert. Hélas, je sentais qu'elle me considérait avec intérêt et curiosité comme un de ces jeunes hommes qui plaisaient à M. de Vaugoubert et qu'elle aurait tant voulu être, maintenant que son mari vieillissant préférait la jeunesse. Elle me regardait avec l'attention de ces personnes de province qui dans un catalogue de magasin de nouveautés copient la robe tailleur si seyante à la jolie personne dessinée (en réalité la même à toutes les pages, mais multipliée illusoirement en créatures différentes grâce à la différence des poses et à la variété des toilettes). L'attrait végétal qui poussait vers moi Mme de Vaugoubert était si fort qu'elle alla jusqu'à m'empoigner le bras pour que je la conduisisse boire un verre d'orangeade. Mais je me dégageai en alléguant que moi qui allais bientôt partir, je ne m'étais pas fait présenter encore au maître de la maison.

La distance qui me séparait de l'entrée des jardins où il causait avec quelques personnes n'était pas bien grande. Mais elle me faisait plus peur que si pour la franchir il eût fallu s'exposer à un feu continu.

Beaucoup de femmes par qui il me semblait que j'eusse pu me faire présenter étaient dans le jardin où, tout en feignant une admiration exaltée, elles ne savaient pas trop que faire. Les fêtes de ce genre sont en général anticipées. Elles n'ont guère de réalité que le lendemain, où elles occupent l'attention des personnes qui n'ont pas été invitées. Un véritable écrivain, dépourvu du sot amour-propre de tant de gens de lettres, si, lisant l'article d'un critique qui lui a toujours témoigné la plus grande admiration, il voit cités les noms d'auteurs médiocres mais pas le sien, n'a pas le loisir de s'arrêter à ce qui pourrait être pour lui un sujet d'étonnement : ses livres le réclament. Mais une femme du monde n'a rien à faire et en voyant dans *Le Figaro* : « Hier le prince et la princesse de Guermantes ont donné une grande soirée, etc. », elle s'exclame : « Comment ! j'ai, il y a trois jours, causé une heure avec Marie-Gilbert sans qu'elle m'en dise rien ! » et elle se casse la tête pour savoir ce qu'elle a pu faire aux Guermantes. Il faut dire qu'en ce qui concernait les fêtes de la princesse, l'étonnement était quelquefois aussi grand chez les invités que chez ceux qui ne l'étaient pas. Car elles explosaient au moment où on les attendait le moins, et faisaient appel à des gens que Mme de Guermantes avait oubliés pendant des années. Et presque tous les gens du monde sont si insignifiants que chacun de leurs pareils ne prend, pour les juger, que la mesure de leur amabilité, invité les chérit, exclu les déteste. Pour ces derniers, si, en effet, la princesse, même s'ils étaient de ses amis, ne les conviait pas, cela tenait souvent à sa crainte de mécontenter « Palamède » qui les avait excommuniés. Aussi pouvais-je être certain qu'elle n'avait pas parlé de moi à M. de Charlus, sans quoi je ne me fusse pas trouvé là. Il s'était maintenant accoudé devant le jardin, à côté de l'ambassadeur d'Allemagne, à la rampe du grand escalier qui ramenait dans l'hôtel, de sorte que les invités, malgré les trois ou quatre admiratrices qui s'étaient groupées autour du baron et le masquaient presque, étaient forcés de venir lui dire bonsoir. Il y répondait en nommant les gens par leur nom. Et on entendait successivement : « Bonsoir, monsieur du Hazay, bonsoir, madame de La Tour du Pin-Verclause, bonsoir, madame de La Tour du Pin-Gouvernet, bonsoir, Philibert, bonsoir, ma chère ambassadrice, etc. » Cela faisait un glapissement continu qu'interrompaient des recommandations bénévoles ou des questions (desquelles il n'écoutait pas la réponse), et que M. de Charlus adressait d'un ton radouci, factice afin de témoigner l'indifférence, et bénin : « Prenez garde que la petite n'ait pas froid, les jardins c'est toujours un peu humide. Bonsoir, madame de Brantes. Bonsoir, madame de Mecklembourg[1]. Est-ce que la jeune fille est venue ? A-t-elle mis la ravissante robe rose ? Bonsoir, Saint-Géran. » Certes il y avait de l'orgueil dans cette attitude. M. de Charlus savait qu'il était un Guermantes occupant une place prépondérante dans cette fête. Mais il n'y avait pas que de l'orgueil, et ce mot même de fête évoquait, pour l'homme aux dons esthétiques, le sens luxueux, curieux, qu'il peut avoir si cette fête est donnée non chez des gens du monde, mais dans un tableau de Carpaccio ou de Véronèse[1]. Il est même plus probable que le prince allemand qu'était M. de Charlus devait plutôt se représenter la fête qui se déroule dans *Tannhäuser*, et lui-même comme le Margrave, ayant à l'entrée de la Warburg une bonne parole condescendante pour chacun des invités, tandis que leur écoulement dans le château ou le parc est salué par la longue phrase, cent fois reprise, de la fameuse « Marche[2] ».

Il fallait pourtant me décider. Je reconnaissais bien sous les arbres des femmes avec qui j'étais plus ou moins lié, mais elles semblaient transformées parce qu'elles étaient chez la princesse et non chez sa cousine, et que je les voyais assises non devant une assiette de Saxe mais sous les branches d'un marronnier. L'élégance du milieu n'y faisait rien. Eût-elle été infiniment moindre que chez « Oriane », le même trouble eût existé en moi. Que l'électricité vienne à s'éteindre dans notre salon et qu'on doive la remplacer par des lampes à huile, tout nous paraît changé. Je fus tiré de mon incertitude par Mme de Souvré. « Bonsoir, me dit-elle en venant à moi. Y a-t-il longtemps que vous n'avez vu la duchesse de Guermantes ? » Elle excellait à donner à ce genre de phrases une intonation qui prouvait qu'elle ne les débitait pas par bêtise pure comme les gens qui, ne sachant pas de quoi parler, vous abordent mille fois en citant une relation commune, souvent très vague. Elle eut au contraire un fin fil conducteur du regard qui signifiait : « Ne croyez pas que je ne vous aie pas reconnu. Vous êtes le jeune homme que j'ai vu chez la duchesse de Guermantes. Je me rappelle très bien. » Malheureusement cette protection qu'étendait sur moi cette phrase d'apparence stupide et d'intention délicate était extrêmement fragile et s'évanouit aussitôt que je voulus en user. Mme de Souvré avait l'art, s'il s'agissait d'appuyer une sollicitation auprès de quelqu'un de puissant, de paraître à la fois aux yeux du solliciteur le recommander, et aux yeux du haut personnage ne pas recommander ce solliciteur, de manière que ce geste à double sens lui ouvrait un crédit de reconnaissance envers ce dernier sans lui créer aucun débit vis-à-vis de l'autre. Encouragé par la bonne grâce de cette dame à lui demander de me présenter à M. de Guermantes, elle profita d'un moment où les regards du maître de maison n'étaient pas tournés vers nous, me prit maternellement par les épaules et, souriant à la figure détournée du prince qui ne pouvait pas la voir, elle me poussa vers lui d'un mouvement prétendu protecteur et volontairement inefficace qui me laissa en panne presque à mon point de départ. Telle est la lâcheté des gens du monde.

Celle d'une dame qui vint me dire bonjour en m'appelant par mon nom fut plus grande encore. Je cherchais à retrouver le sien tout en lui parlant ; je me rappelais très bien avoir dîné avec elle, je me rappelais des mots qu'elle avait dits. Mais mon attention, tendue vers la région intérieure où il y avait ces souvenirs d'elle, ne pouvait y découvrir ce nom[1]. Il était là pourtant. Ma pensée avait engagé comme une espèce de jeu avec lui pour saisir ses contours, la lettre par laquelle il commençait, et l'éclairer enfin tout entier. C'était peine perdue, je sentais à peu près sa masse, son poids, mais pour ses formes, les confrontant au ténébreux captif blotti dans la nuit intérieure, je me disais : « Ce n'est pas cela. » Certes mon esprit aurait pu créer les noms les plus difficiles. Par malheur il n'avait pas à créer mais à reproduire. Toute action de l'esprit est aisée si elle n'est pas soumise au réel. Là, j'étais forcé de m'y soumettre. Enfin d'un coup le nom vint tout entier :

« Madame d'Arpajon[1]. » J'ai tort de dire qu'il vint, car il ne m'apparut pas, je crois, dans une propulsion de lui-même. Je ne pense pas non plus que les légers et nombreux souvenirs qui se rapportaient à cette dame, et auxquels je ne cessais de demander de m'aider (par des exhortations comme celle-ci : « Voyons, c'est cette dame qui est amie de Mme de Souvré, qui éprouve à l'endroit de Victor Hugo une admiration si naïve, mêlée de tant d'effroi et d'horreur[2] »), je ne crois pas que tous ces souvenirs, voletant entre moi et son nom, aient servi en quoi que ce soit à le renflouer. Dans ce grand « cache-cache » qui se joue dans la mémoire quand on veut retrouver un nom, il n'y a pas une série d'approximations graduées. On ne voit rien puis tout d'un coup apparaît le nom exact et fort différent de ce qu'on croyait deviner. Ce n'est pas lui qui est venu à nous. Non, je crois plutôt qu'au fur et à mesure que nous vivons, nous passons notre temps à nous éloigner de la zone où un nom est distinct, et c'est par un exercice de ma volonté et de mon attention, qui augmentait l'acuité de mon regard intérieur, que tout d'un coup j'avais percé la demi-obscurité et vu clair. En tous cas s'il y a des transitions entre l'oubli et le souvenir, alors ces transitions sont inconscientes. Car les noms d'étape par lesquels nous passons, avant de trouver le nom vrai, sont, eux, faux, et ne nous rapprochent en rien de lui. Ce ne sont même pas à proprement parler des noms, mais souvent de simples consonnes et qui ne se retrouvent pas dans le nom retrouvé. D'ailleurs ce travail de l'esprit passant du néant à la réalité est si mystérieux, qu'il est possible après tout que ces consonnes fausses soient des perches préalables, maladroitement tendues pour nous aider à nous accrocher au nom exact. « Tout ceci, dira le lecteur, ne nous apprend rien sur le manque de complaisance de cette dame ; mais puisque vous vous êtes si longtemps arrêté, laissez-moi, monsieur l'auteur, vous faire perdre une minute de plus pour vous dire qu'il est fâcheux que, jeune comme vous l'étiez (ou comme était votre héros s'il n'est pas vous), vous eussiez déjà si peu de mémoire, que de ne pouvoir vous rappeler le nom d'une dame que vous connaissiez fort bien. » C'est très fâcheux en effet, monsieur le lecteur. Et plus triste que vous croyez quand on y sent l'annonce du temps où les noms et les mots disparaîtront de la zone claire de la pensée, et où il faudra, pour jamais, renoncer à se nommer à soi-même ceux qu'on a le mieux connus[1]. C'est fâcheux en effet qu'il faille ce labeur dès la jeunesse pour retrouver des noms qu'on connaît bien. Mais si cette infirmité ne se produisait que pour des noms à peine connus, très naturellement oubliés et dont on ne voulût pas prendre la fatigue de se souvenir, cette infirmité-là ne serait pas sans avantages. « Et lesquels, je vous prie ? » Hé, monsieur, c'est que le mal seul fait remarquer et apprendre et permet de décomposer les mécanismes que sans cela on ne connaîtrait pas. Un homme qui chaque soir tombe comme une masse dans son lit et ne vit plus jusqu'au moment de s'éveiller et de se lever, cet homme-là songera-t-il jamais à faire, sinon de grandes découvertes, au moins de petites remarques sur le sommeil ? À peine sait-il s'il dort. Un peu d'insomnie n'est pas inutile pour apprécier le sommeil, projeter quelque lumière dans cette nuit. Une mémoire sans défaillance n'est pas un très puissant excitateur à étudier les phénomènes de mémoire. « Enfin, Mme d'Arpajon vous présenta-t-elle au prince ? » Non, mais taisez-vous et laissez-moi reprendre mon récit[2].

Mme d'Arpajon fut plus lâche encore que Mme de Souvré, mais sa lâcheté avait plus d'excuses. Elle savait qu'elle avait toujours eu peu de pouvoir dans la société. Ce pouvoir avait été encore affaibli par la liaison qu'elle avait eue avec le duc de Guermantes ; l'abandon de celui-ci y porta le dernier coup. La mauvaise humeur que lui causa ma demande de me présenter au prince détermina chez elle un silence, qu'elle eut la naïveté de croire un semblant de n'avoir pas entendu ce que j'avais dit. Elle ne s'aperçut même pas que la colère lui faisait froncer les sourcils. Peut-être au contraire s'en aperçut-elle, ne se soucia pas de la contradiction, et s'en servit pour la leçon de discrétion qu'elle pouvait me donner sans trop de grossièreté, je veux dire une leçon muette et qui n'était pas pour cela moins éloquente.

D'ailleurs, Mme d'Arpajon était fort contrariée ; beaucoup de regards s'étant levés vers un balcon Renaissance à l'angle duquel, au lieu des statues monumentales qu'on y avait appliquées si souvent à cette époque, se penchait, non moins sculpturale qu'elles, la magnifique duchesse de Surgis-le-Duc, celle qui venait de succéder à Mme d'Arpajon dans le cœur de Basin de Guermantes. Sous le léger tulle blanc qui la protégeait de la fraîcheur nocturne on voyait, souple, son corps envolé de Victoire. Je n'avais plus recours qu'auprès de M. de Charlus, rentré dans une pièce du bas, laquelle accédait au jardin. J'eus tout le loisir (comme il feignait d'être absorbé dans une partie de whist simulée qui lui permettait de ne pas avoir l'air de voir les gens) d'admirer la volontaire et artiste simplicité de son frac qui, par des riens qu'un couturier seul eût discernés, avait l'air d'une « Harmonie » noir et blanc de Whistler[1] ; noir, blanc et rouge plutôt, car M. de Charlus portait, suspendue à un large cordon au jabot de l'habit, la croix en émail blanc, noir et rouge de chevalier de l'ordre religieux de Malte. À ce moment la partie du baron fut interrompue par Mme de Gallardon, conduisant son neveu, le vicomte de Courvoisier, jeune homme d'une jolie figure et d'un air impertinent : « Mon cousin, dit Mme de Gallardon, permettez-moi de vous présenter mon neveu Adalbert. Adalbert, tu sais, le fameux oncle Palamède dont tu entends toujours parler. — Bonsoir, madame de Gallardon », répondit M. de Charlus. Et il ajouta sans même regarder le jeune homme : « Bonsoir, monsieur », d'un air bourru et d'une voix si violemment impolie que tout le monde en fut stupéfait. Peut-être M. de Charlus, sachant que Mme de Gallardon avait des doutes sur ses mœurs et n'avait pu résister une fois au plaisir d'y faire une allusion, tenait-il à couper court à tout ce qu'elle aurait pu broder sur un accueil aimable fait à son neveu, en même temps qu'à faire une retentissante profession d'indifférence à l'égard des jeunes gens ; peut-être n'avait-il pas trouvé que ledit Adalbert eût répondu aux paroles de sa tante par un air suffisamment respectueux ; peut-être, désireux de pousser plus tard sa pointe avec un aussi agréable cousin, voulait-il se donner les avantages d'une agression préalable, comme les souverains qui, avant d'engager une action diplomatique, l'appuient d'une action militaire.

Il n'était pas aussi difficile que je le croyais que M. de Charlus accédât à ma demande de me présenter. D'une part, au cours de ces vingt dernières années, ce Don Quichotte s'était battu contre tant de moulins à vent (souvent des parents qu'il prétendait s'être mal conduits à son égard), il avait avec tant de fréquence interdit « comme une personne impossible à recevoir » d'être invité chez tels ou telles Guermantes, que ceux-ci commençaient à avoir peur de se brouiller avec tous les gens qu'ils aimaient, de se priver jusqu'à leur mort de la fréquentation de certains nouveaux venus dont ils étaient curieux, pour épouser les rancunes tonnantes mais inexpliquées d'un beau-frère ou cousin qui aurait voulu qu'on abandonnât pour lui femme, frère, enfants. Plus intelligent que les autres Guermantes, M. de Charlus s'apercevait qu'on ne tenait plus compte de ses exclusives qu'une fois sur deux et, anticipant l'avenir, craignant qu'un jour ce fût de lui qu'on se privât, il avait commencé à faire la part du feu, à baisser, comme on dit, ses prix. De plus, s'il avait la faculté de donner pour des mois, des années, une vie identique à un être détesté — à celui-là il n'eût pas toléré qu'on adressât une invitation, et se serait plutôt battu comme un portefaix avec une reine, la qualité de ce qui lui faisait obstacle ne comptant plus pour lui —, en revanche il avait de trop fréquentes explosions de colère pour qu'elles ne fussent pas assez fragmentaires. « L'imbécile, le méchant drôle ! on va vous remettre cela à sa place, le balayer dans l'égout où malheureusement il ne sera pas inoffensif pour la salubrité de la ville », hurlait-il même seul chez lui, à la lecture d'une lettre qu'il jugeait irrévérente, ou en se rappelant un propos qu'on lui avait redit. Mais une nouvelle colère contre un second imbécile dissipait l'autre, et pour peu que le premier se montrât déférent, la crise occasionnée par lui était oubliée, n'ayant pas assez duré pour faire un fond de haine où construire. Aussi, peut-être eussé-je — malgré sa mauvaise humeur contre moi — réussi auprès de lui quand je lui demandai de me présenter au prince, si je n'avais pas eu la malheureuse idée d'ajouter par scrupule, et pour qu'il ne pût pas me supposer l'indélicatesse d'être entré à tout hasard en comptant sur lui pour me faire rester : « Vous savez que je les connais très bien, la princesse a été très gentille pour moi. — Hé bien, si vous les connaissez, en quoi avez-vous besoin de moi pour vous présenter ? » me répondit-il d'un ton claquant, et me tournant le dos, il reprit sa partie feinte avec le nonce, l'ambassadeur d'Allemagne et un personnage que je ne connaissais pas.

Alors, du fond de ces jardins où jadis le duc d'Aiguillon faisait élever les animaux rares[1], vint jusqu'à moi, par les portes grandes ouvertes, le bruit d'un reniflement qui humait tant d'élégances et n'en voulait rien laisser perdre. Le bruit se rapprocha, je me dirigeai à tout hasard dans sa direction, si bien que le mot « bonsoir » fut susurré à mon oreille par M. de Bréauté, non comme le son ferrailleux et ébréché d'un couteau qu'on repasse pour l'aiguiser, encore moins comme le cri du marcassin dévastateur des terres cultivées, mais comme la voix d'un sauveur possible. Moins puissant que Mme de Souvré, mais moins foncièrement atteint qu'elle d'inserviabilité, beaucoup plus à l'aise avec le prince que ne l'était Mme d'Arpajon, se faisant peut-être des illusions sur ma situation dans le milieu des Guermantes, ou peut-être la connaissant mieux que moi, j'eus pourtant les premières secondes quelque peine à capter son attention, car les papilles du nez frétillantes, les narines dilatées, il faisait face de tous côtés, écarquillant curieusement son monocle comme s'il s'était trouvé devant cinq cents chefs-d'œuvre. Mais ayant entendu ma demande, il l'accueillit avec satisfaction, me conduisit vers le prince et me présenta à lui d'un air friand, cérémonieux et vulgaire, comme s'il lui avait passé en les recommandant une assiette de petits fours. Autant l'accueil du duc de Guermantes était, quand il le voulait, aimable, empreint de camaraderie, cordial et familier, autant je trouvai celui du prince compassé, solennel, hautain. Il me sourit à peine, m'appela gravement : « Monsieur. » J'avais souvent entendu le duc se moquer de la morgue de son cousin. Mais aux premiers mots qu'il me dit et qui, par leur froideur et leur sérieux faisaient le plus entier contraste avec le langage de Basin, je compris tout de suite que l'homme foncièrement dédaigneux était le duc qui vous parlait dès la première visite de « pair à compagnon », et que des deux cousins celui qui était vraiment simple c'était le prince. Je trouvai dans sa réserve un sentiment plus grand, je ne dirai pas d'égalité, car ce n'eût pas été concevable pour lui, au moins de la considération qu'on peut accorder à un inférieur, comme il arrive dans tous les milieux fortement hiérarchisés, au Palais par exemple, dans une faculté, où un procureur général ou un « doyen » conscients de leur haute charge cachent peut-être plus de simplicité réelle, et quand on les connaît davantage, plus de bonté, de simplicité vraie, de cordialité, dans leur hauteur traditionnelle que de plus modernes dans l'affectation de la camaraderie badine. « Est-ce que vous comptez suivre la carrière de monsieur votre père ? » me dit-il d'un air distant, mais d'intérêt. Je répondis sommairement à sa question, comprenant qu'il ne l'avait posée que par bonne grâce, et je m'éloignai pour le laisser accueillir les nouveaux arrivants.

J'aperçus Swann, voulus lui parler, mais à ce moment je vis que le prince de Guermantes, au lieu de recevoir sur place le bonsoir du mari d'Odette, l'avait aussitôt, avec la puissance d'une pompe aspirante, entraîné avec lui au fond du jardin, mais me dirent certaines personnes, « afin de le mettre à la porte ».

Tellement distrait dans le monde que je n'appris que le surlendemain, par les journaux, qu'un orchestre tchèque avait joué toute la soirée et que, de minute en minute, s'étaient succédé les feux de Bengale, je retrouvai quelque faculté d'attention à la pensée d'aller voir le célèbre jet d'eau d'Hubert Robert[1].

Dans une clairière réservée par de beaux arbres dont plusieurs étaient aussi anciens que lui, planté à l'écart, on le voyait de loin, svelte, immobile, durci, ne laissant agiter par la brise que la retombée plus légère de son panache pâle et frémissant. Le XVIIIe siècle avait épuré l'élégance de ses lignes, mais, fixant le style du jet, semblait en avoir arrêté la vie ; à cette distance on avait l'impression de l'art plutôt que la sensation de l'eau. Le nuage humide lui-même qui s'amoncelait perpétuellement à son faîte gardait le caractère de l'époque comme ceux qui dans le ciel s'assemblent autour des palais de Versailles. Mais de près on se rendait compte que tout en respectant, comme les pierres d'un palais antique, le dessin préalablement tracé, c'était des eaux toujours nouvelles qui, s'élançant et voulant obéir aux ordres anciens de l'architecte, ne les accomplissaient exactement qu'en paraissant les violer, leurs mille bonds épars pouvant seuls donner à distance l'impression d'un unique élan. Celui-ci était en réalité aussi souvent interrompu que l'éparpillement de la chute, alors que, de loin, il m'avait paru infléchissable, dense, d'une continuité sans lacune. D'un peu près, on voyait que cette continuité, en apparence toute linéaire, était assurée, à tous les points de l'ascension du jet, partout où il aurait dû se briser, par l'entrée en ligne, par la reprise latérale d'un jet parallèle qui montait plus haut que le premier et était lui-même, à une plus grande hauteur, mais déjà fatigante pour lui, relevé par un troisième. De près, des gouttes sans force retombaient de la colonne d'eau en croisant au passage leurs sœurs montantes et, parfois, déchirées, saisies dans un remous de l'air troublé par ce jaillissement sans trêve, flottaient avant d'être chavirées dans le bassin. Elles contrariaient de leurs hésitations, de leur trajet en sens inverse, et estompaient de leur molle vapeur la rectitude et la tension de cette tige, portant au-dessus de soi un nuage oblong fait de mille gouttelettes, mais en apparence peint en brun doré et immuable, qui montait, infrangible, immobile, élancé et rapide, s'ajouter aux nuages du ciel. Malheureusement un coup de vent suffisait à l'envoyer obliquement sur la terre ; parfois même un simple jet désobéissant divergeait et, si elle ne s'était pas tenue à une distance respectueuse, aurait mouillé jusqu'aux moelles la foule imprudente et contemplative.

Un de ces petits accidents, qui ne se produisaient guère qu'au moment où la brise s'élevait, fut assez désagréable. On avait fait croire à Mme d'Arpajon que le duc de Guermantes — en réalité non encore arrivé — était avec Mme de Surgis dans les galeries de marbre rose où on accédait par la double colonnade, creusée à l'intérieur, qui s'élevait de la margelle du bassin. Or, au moment où Mme d'Arpajon allait s'engager dans l'une des colonnades, un fort coup de chaude brise tordit le jet d'eau et inonda si complètement la belle dame que, l'eau dégoulinant de son décolletage dans l'intérieur de sa robe, elle fut aussi trempée que si on l'avait plongée dans un bain. Alors non loin d'elle, un grognement scandé retentit assez fort pour pouvoir se faire entendre à toute une armée et pourtant prolongé par périodes comme s'il s'adressait non pas à l'ensemble, mais successivement à chaque partie des troupes ; c'était le grand-duc Wladimir[1] qui riait de tout son cœur en voyant l'immersion de Mme d'Arpajon, une des choses les plus gaies, aimait-il à dire ensuite, à laquelle il eût assisté de toute sa vie. Comme quelques personnes charitables faisaient remarquer au Moscovite qu'un mot de condoléances de lui serait peut-être mérité et ferait plaisir à cette femme qui, malgré sa quarantaine bien sonnée, et tout en s'épongeant avec son écharpe, sans demander le secours de personne, se dégageait malgré l'eau qui mouillait malicieusement la margelle de la vasque, le grand-duc, qui avait bon cœur, crut devoir s'exécuter et les derniers roulements militaires du rire à peine apaisés, on entendit un nouveau grondement plus violent encore que l'autre. « Bravo, la vieille[1] ! » s'écriait-il en battant des mains comme au théâtre. Mme d'Arpajon ne fut pas sensible à ce qu'on vantât sa dextérité aux dépens de sa jeunesse. Et comme quelqu'un lui disait, assourdi par le bruit de l'eau, que dominait pourtant le tonnerre de Monseigneur : « Je crois que Son Altesse Impériale vous a dit quelque chose. — Non ! c'était à Mme de Souvré », répondit-elle.

Je traversai les jardins et remontai l'escalier où l'absence du prince, disparu à l'écart avec Swann, grossissait autour de M. de Charlus la foule des invités, de même que quand Louis XIV n'était pas à Versailles, il y avait plus de monde chez Monsieur, son frère[2]. Je fus arrêté au passage par le baron, tandis que derrière moi deux dames et un jeune homme s'approchaient pour lui dire bonjour.

« C'est gentil de vous voir ici », me dit-il, en me tendant la main. « Bonsoir, madame de La Trémoïlle, bonsoir, ma chère Herminie. » Mais sans doute le souvenir de ce qu'il m'avait dit sur son rôle de chef dans l'hôtel Guermantes lui donnait le désir de paraître éprouver à l'endroit de ce qui le mécontentait mais qu'il n'avait pu empêcher, une satisfaction à laquelle son impertinence de grand seigneur et son égaillement d'hystérique donnèrent immédiatement une forme d'ironie excessive : « C'est gentil, reprit-il, mais c'est surtout bien drôle. » Et il se mit à pousser des éclats de rire qui semblèrent à la fois témoigner de sa joie et de l'impuissance où la parole humaine était de l'exprimer, cependant que certaines personnes, sachant combien il était à la fois difficile d'accès et propre aux « sorties » insolentes, s'approchaient avec curiosité et, avec un empressement presque indécent, prenaient leurs jambes à leur cou. « Allons, ne vous fâchez pas, me dit-il, en me touchant doucement l'épaule, vous savez que je vous aime bien. Bonsoir, Antioche, bonsoir, Louis-René. Avez-vous été voir le jet d'eau ? » me demanda-t-il sur un ton plus affirmatif que questionneur. « C'est bien joli, n'est-ce pas ? C'est merveilleux. Cela pourrait être encore mieux, naturellement, en supprimant certaines choses, et alors il n'y aurait rien de pareil en France. Mais tel que c'est, c'est déjà parmi les choses les mieux. Bréauté vous dira qu'on a eu tort de mettre des lampions, pour tâcher de faire oublier que c'est lui qui a eu cette idée absurde. Mais, en somme, il n'a réussi que très peu à enlaidir. C'est beaucoup plus difficile de défigurer un chef-d'œuvre que de le créer. Nous nous doutions du reste déjà vaguement que Bréauté était moins puissant qu'Hubert Robert. »

Je repris la file des visiteurs qui entraient dans l'hôtel. « Est-ce qu'il y a longtemps que vous avez vu ma délicieuse cousine Oriane ? » me demanda la princesse qui avait depuis peu déserté son fauteuil à l'entrée, et avec qui je retournais dans les salons. « Elle doit venir ce soir, je l'ai vue dans l'après-midi, ajouta la maîtresse de maison. Elle me l'a promis. Je crois du reste que vous dînez avec nous deux chez la reine d'Italie, à l'ambassade, jeudi. Il y aura toutes les altesses possibles, ce sera très intimidant. » Elles ne pouvaient nullement intimider la princesse de Guermantes, de laquelle les salons en foisonnaient et qui disait : « Mes petits Cobourg[1] » comme elle eût dit : « Mes petits chiens. » Aussi, Mme de Guermantes dit-elle : « Ce sera très intimidant », par simple bêtise, qui, chez les gens du monde, l'emporte encore sur la vanité. À l'égard de sa propre généalogie, elle en savait moins qu'un agrégé d'histoire. Pour ce qui concernait ses relations elle tenait à montrer qu'elle connaissait les surnoms qu'on leur avait donnés. M'ayant demandé si je dînais la semaine suivante chez la marquise de la Pommelière, qu'on appelait souvent « la Pomme », la princesse, ayant obtenu de moi une réponse négative, se tut pendant quelques instants. Puis, sans aucune autre raison qu'un étalage voulu d'érudition involontaire, de banalité et de conformité à l'esprit général, elle ajouta : « C'est une assez agréable femme, la Pomme ! »

Tandis que la princesse causait avec moi, faisaient précisément leur entrée le duc et la duchesse de Guermantes. Mais je ne pus d'abord aller au-devant d'eux, car je fus happé au passage par l'ambassadrice de Turquie[2], laquelle, me désignant la maîtresse de maison que je venais de quitter, s'écria en m'empoignant par le bras : « Ah ! quelle femme délicieuse que la princesse ! Quel être supérieur à tous ! Il me semble que si j'étais un homme », ajouta-t-elle, avec un peu de bassesse et de sensualité orientales, « je vouerais ma vie à cette céleste créature. » Je répondis qu'elle me semblait charmante en effet, mais que je connaissais plus sa cousine la duchesse. « Mais il n'y a aucun rapport, me dit l'ambassadrice. Oriane est une charmante femme du monde qui tire son esprit de Mémé et de Babal, tandis que Marie-Gilbert, c'est *quelqu'un.* »

Je n'aime jamais beaucoup qu'on me dise ainsi sans réplique ce que je dois penser des gens que je connais. Et il n'y avait aucune raison pour que l'ambassadrice de Turquie eût sur la valeur de la duchesse de Guermantes un jugement plus sûr que le mien. D'autre part, ce qui expliquait aussi mon agacement contre l'ambassadrice, c'est que les défauts d'une simple connaissance, et même d'un ami, sont pour nous de vrais poisons, contre lesquels nous sommes heureusement « mithridatés ». Mais, sans apporter le moindre appareil de comparaison scientifique et parler d'anaphylaxie, disons qu'au sein de nos relations amicales ou purement mondaines, il y a une hostilité momentanément guérie, mais récurrente, par accès. Habituellement on souffre peu de ces poisons tant que les gens sont « naturels ». En disant « Babal », « Mémé », pour désigner des gens qu'elle ne connaissait pas, l'ambassadrice de Turquie suspendait les effets du « mithridatisme » qui d'ordinaire me la rendait tolérable. Elle m'agaçait, ce qui était d'autant plus injuste qu'elle ne parlait pas ainsi pour faire mieux croire qu'elle était intime de « Mémé », mais à cause d'une instruction trop rapide qui lui faisait nommer ces nobles seigneurs selon ce qu'elle croyait la coutume du pays. Elle avait fait ses classes en quelques mois et n'avait pas suivi la filière. Mais en y réfléchissant je trouvais à mon déplaisir de rester auprès de l'ambassadrice une autre raison. Il n'y avait pas si longtemps que chez « Oriane » cette même personnalité diplomatique m'avait dit, d'un air motivé et sérieux, que la princesse de Guermantes lui était franchement antipathique. Je crus bon de ne pas m'arrêter à ce revirement : l'invitation à la fête de ce soir l'avait amené. L'ambassadrice était parfaitement sincère en me disant que la princesse de Guermantes était une créature sublime. Elle l'avait toujours pensé. Mais n'ayant jamais été jusqu'ici invitée chez la princesse, elle avait cru devoir donner à ce genre de non-invitation la forme d'une abstention volontaire par principes. Maintenant qu'elle avait été conviée et vraisemblablement le serait désormais, sa sympathie pouvait librement s'exprimer. Il n'y a pas besoin, pour expliquer les trois quarts des opinions qu'on porte sur les gens, d'aller jusqu'au dépit amoureux, jusqu'à l'exclusion du pouvoir politique. Le jugement reste incertain : une invitation refusée ou reçue le détermine. Au reste l'ambassadrice de Turquie, comme disait la duchesse de Guermantes qui passa avec moi l'inspection des salons, « faisait bien ». Elle était surtout fort utile. Les étoiles véritables du monde sont fatiguées d'y paraître. Celui qui est curieux de les apercevoir doit souvent émigrer dans un autre hémisphère, où elles sont à peu près seules. Mais les femmes pareilles à l'ambassadrice ottomane, toutes récentes dans le monde, ne laissent pas d'y briller, pour ainsi dire partout à la fois. Elles sont utiles à ces sortes de représentations qui s'appellent une soirée, un raout, et où elles se feraient traîner, moribondes, plutôt que d'y manquer. Elles sont les figurantes sur qui on peut toujours compter, ardentes à ne jamais manquer une fête. Aussi, les sots jeunes gens, ignorant que ce sont de fausses étoiles, voient-ils en elles les reines du chic, tandis qu'il faudrait une leçon pour leur expliquer en vertu de quelles raisons Mme Standish, ignorée d'eux et peignant des coussins, loin du monde, est au moins une aussi grande dame que la duchesse de Doudeauville[1].

Dans l'ordinaire de la vie, les yeux de la duchesse de Guermantes étaient distraits et un peu mélancoliques ; elle les faisait briller seulement d'une flamme spirituelle chaque fois qu'elle avait à dire bonjour à quelque ami, absolument comme si celui-ci avait été quelque mot d'esprit, quelque trait charmant, quelque régal pour délicats dont la dégustation a mis une expression de finesse et de joie sur le visage du connaisseur. Mais pour les grandes soirées, comme elle avait trop de bonjours à dire, elle trouvait qu'il eût été fatigant, après chacun d'eux, d'éteindre à chaque fois la lumière. Tel un gourmet de littérature, allant au théâtre voir une nouveauté d'un des maîtres de la scène, témoigne sa certitude de ne pas passer une mauvaise soirée en ayant déjà, tandis qu'il remet ses affaires à l'ouvreuse, sa lèvre ajustée pour un sourire sagace, son regard avivé pour une approbation malicieuse ; ainsi c'était dès son arrivée que la duchesse allumait pour toute la soirée. Et tandis qu'elle donnait son manteau du soir, d'un magnifique rouge Tiepolo[1], lequel laissa voir un véritable carcan de rubis qui enfermait son cou, après avoir jeté sur sa robe ce dernier regard rapide, minutieux et complet de couturière qui est celui d'une femme du monde, Oriane s'assura du scintillement de ses yeux non moins que de ses autres bijoux. Quelques « bonnes langues » comme M. de Jouville eurent beau se précipiter sur le duc pour l'empêcher d'entrer : « Mais vous ignorez donc que le pauvre Mama est à l'article de la mort ? On vient de l'administrer. — Je le sais, je le sais, répondit M. de Guermantes en refoulant le fâcheux pour entrer. Le viatique a produit le meilleur effet », ajouta-t-il en souriant de plaisir à la pensée de la redoute[2] à laquelle il était décidé de ne pas manquer après la soirée du prince[3]. « Nous ne voulions pas qu'on sût que nous étions rentrés », me dit la duchesse. Elle ne se doutait pas que la princesse avait d'avance infirmé cette parole en me racontant qu'elle avait vu un instant sa cousine qui lui avait promis de venir. Le duc, après un long regard dont pendant cinq minutes il accabla sa femme : « J'ai raconté à Oriane les doutes que vous aviez. » Maintenant qu'elle voyait qu'ils n'étaient pas fondés et qu'elle n'avait aucune démarche à faire pour essayer de les dissiper, elle les déclara absurdes, me plaisanta longuement. « Cette idée de croire que vous n'étiez pas invité ! On est toujours invité ! Et puis, il y avait moi. Croyez-vous que je n'aurais pas pu vous faire inviter chez ma cousine[1] ? » Je dois dire qu'elle fit, souvent dans la suite, des choses bien plus difficiles[2] pour moi ; néanmoins je me gardai de prendre ses paroles dans ce sens que j'avais été trop réservé. Je commençais à connaître l'exacte valeur du langage parlé ou muet de l'amabilité aristocratique, amabilité heureuse de verser un baume sur le sentiment d'infériorité de ceux à l'égard desquels elle s'exerce mais pas pourtant jusqu'au point de la dissiper, car dans ce cas elle n'aurait plus de raison d'être. « Mais vous êtes notre égal, sinon mieux », semblaient, par toutes leurs actions, dire les Guermantes ; et ils le disaient de la façon la plus gentille que l'on puisse imaginer, pour être aimés, admirés, mais non pour être crus ; qu'on démêlât le caractère fictif de cette amabilité, c'est ce qu'ils appelaient être bien élevés ; croire l'amabilité réelle, c'était la mauvaise éducation. Je reçus du reste à peu de temps de là une leçon qui acheva de m'enseigner, avec la plus parfaite exactitude, l'extension et les limites de certaines formes de l'amabilité aristocratique. C'était à une matinée donnée par la duchesse de Montmorency[3] pour la reine d'Angleterre ; il y eut une espèce de petit cortège pour aller au buffet et en tête marchait la souveraine ayant à son bras le duc de Guermantes. J'arrivai à ce moment-là. De sa main libre, le duc me fit au moins à quarante mètres de distance mille signes d'appel et d'amitié et qui avaient l'air de vouloir dire que je pouvais m'approcher sans crainte, que je ne serais pas mangé tout cru à la place des sandwichs. Mais moi qui commençais à me perfectionner dans le langage des cours, au lieu de me rapprocher même d'un seul pas, à mes quarante mètres de distance je m'inclinai profondément, mais sans sourire, comme j'aurais fait devant quelqu'un que j'aurais à peine connu, puis continuai mon chemin en sens opposé. J'aurais pu écrire un chef-d'œuvre, les Guermantes m'en eussent moins fait d'honneur que de ce salut. Non seulement il ne passa pas inaperçu aux yeux du duc, qui ce jour-là pourtant eut à répondre à plus de cinq cents personnes, mais à ceux de la duchesse, laquelle ayant rencontré ma mère le lui raconta et se gardant bien de lui dire que j'avais eu tort, que j'aurais dû m'approcher, elle lui dit que son mari avait été émerveillé de mon salut, qu'il était impossible d'y faire tenir plus de choses. On ne cessa de trouver à ce salut toutes les qualités, sans mentionner toutefois celle qui avait paru la plus précieuse, à savoir qu'il avait été discret, et on ne cessa pas non plus de me faire des compliments dont je compris qu'ils étaient encore moins une récompense pour le passé qu'une indication pour l'avenir, à la façon de celle délicatement fournie à ses élèves par le directeur d'un établissement d'éducation : « N'oubliez pas, mes chers enfants, que ces prix sont moins pour vous que pour vos parents, afin qu'ils vous renvoient l'année prochaine. » C'est ainsi que Mme de Marsantes, quand quelqu'un d'un monde différent entrait dans son milieu, vantait devant lui les gens discrets « qu'on trouve quand on va les chercher et qui se font oublier le reste du temps », comme on prévient sous une forme indirecte un domestique qui sent mauvais que l'usage des bains est parfait pour la santé.

Pendant que, avant même qu'elle eût quitté le vestibule, je causais avec Mme de Guermantes, j'entendis une voix d'une sorte qu'à l'avenir je devais, sans erreur possible, discerner. C'était, dans le cas particulier, celle de M. de Vaugoubert causant avec M. de Charlus. Un clinicien n'a même pas besoin que le malade en observation soulève sa chemise ni d'écouter la respiration, la voix suffit[1]. Combien de fois plus tard fus-je frappé dans un salon par l'intonation ou le rire de tel homme, qui pourtant copiait exactement le langage de sa profession ou les manières de son milieu, affectant une distinction sévère ou une familière grossièreté, mais dont la voix fausse suffisait pour apprendre : « C'est un Charlus » à mon oreille exercée comme le diapason d'un accordeur. À ce moment tout le personnel d'une ambassade passa, lequel salua M. de Charlus. Bien que ma découverte du genre de maladie en question datât seulement du jour même (quand j'avais aperçu M. de Charlus et Jupien), je n'aurais pas eu besoin, pour donner un diagnostic, de poser des questions, d'ausculter. Mais M. de Vaugoubert causant avec M. de Charlus parut incertain. Pourtant il aurait dû savoir à quoi s'en tenir après les doutes de l'adolescence. L'inverti se croit seul de sa sorte dans l'univers ; plus tard seulement, il se figure — autre exagération — que l'exception unique, c'est l'homme normal. Mais ambitieux et timoré, M. de Vaugoubert ne s'était pas livré depuis bien longtemps à ce qui eût été pour lui le plaisir. La carrière diplomatique avait eu sur sa vie l'effet d'une entrée dans les ordres. Combinée avec l'assiduité à l'École des sciences politiques, elle l'avait voué depuis ses vingt ans à la chasteté du chrétien. Aussi comme chaque sens perd de sa force et de sa vivacité, s'atrophie quand il n'est plus mis en usage, M. de Vaugoubert, de même que l'homme civilisé qui ne serait plus capable des exercices de force, de la finesse d'ouïe de l'homme des cavernes, avait perdu la perspicacité spéciale qui se trouvait rarement en défaut chez M. de Charlus ; et aux tables officielles, soit à Paris, soit à l'étranger, le ministre plénipotentiaire n'arrivait même plus à reconnaître ceux qui, sous le déguisement de l'uniforme, étaient au fond ses pareils. Quelques noms que prononça M. de Charlus, indigné si on le citait pour ses goûts, mais toujours amusé de faire connaître ceux des autres, causèrent à M. de Vaugoubert un étonnement délicieux. Non qu'après tant d'années il songeât à profiter d'aucune aubaine. Mais ces révélations rapides, pareilles à celles qui dans les tragédies de Racine apprennent à Athalie et à Abner que Joas est de la race de David, qu'Esther assise dans la pourpre[1] a des parents youpins, changeant l'aspect de la légation de X... ou de tel service du ministère des Affaires étrangères, rendaient rétrospectivement ces palais aussi mystérieux que le temple de Jérusalem ou la salle du trône de Suse[2]. Pour cette ambassade dont le jeune personnel vint tout entier serrer la main de M. de Charlus, M. de Vaugoubert prit l'air émerveillé d'Élise s'écriant dans *Esther* :

> *Ciel ! quel nombreux essaim d'innocentes beautés*
> *S'offre à mes yeux en foule et sort de tous côtés !*
> *Quelle aimable pudeur sur leur visage est peinte*[3] *!*

Puis désireux d'être plus « renseigné », il jeta en souriant à M. de Charlus un regard niaisement interrogateur et concupiscent : « Mais voyons, bien entendu », dit M. de Charlus, de l'air docte d'un érudit parlant à un ignare. Aussitôt M. de Vaugoubert (ce qui agaça beaucoup M. de Charlus) ne détacha plus ses yeux de ces jeunes secrétaires, que l'ambassadeur de X en France, vieux cheval de retour, n'avait pas choisis au hasard[4]. M. de Vaugoubert se taisait, je voyais seulement ses regards. Mais habitué dès mon enfance à prêter, même à ce qui est muet, le langage des classiques, je faisais dire aux yeux de M. de Vaugoubert les vers par lesquels Esther explique à Élise que Mardochée a tenu, par zèle pour sa religion, à ne placer auprès de la reine que des filles qui y appartinssent.

> *Cependant son amour pour notre nation*
> *A peuplé ce palais de filles de Sion,*
> *Jeunes et tendres fleurs par le sort agitées,*
> *Sous un ciel étranger comme moi transplantées.*
> *Dans un lieu séparé de profanes témoins,*
> *Il* (l'excellent ambassadeur) *met à les former son étude et ses soins*[1].

Enfin M. de Vaugoubert parla, autrement que par ses regards. « Qui sait, dit-il avec mélancolie, si dans le pays où je réside, la même chose n'existe pas ? — C'est probable, répondit M. de Charlus, à commencer par le roi Théodose, bien que je ne sache rien de positif sur lui. — Oh ! pas du tout ! — Alors il n'est pas permis d'en avoir l'air à ce point-là. Et il fait des petites manières. Il a le genre "ma chère", le genre que je déteste le plus. Je n'oserais pas me montrer avec lui dans la rue. Du reste, vous devez bien le connaître pour ce qu'il est, il est connu comme le loup blanc. — Vous vous trompez tout à fait sur lui. Il est du reste charmant. Le jour où l'accord avec la France a été signé, le roi m'a embrassé. Je n'ai jamais été si ému. — C'était le moment de lui dire ce que vous désiriez. — Oh ! mon Dieu, quelle horreur, s'il avait seulement un soupçon ! Mais je n'ai pas de crainte à cet égard. » Paroles que j'entendis car j'étais peu éloigné, et qui firent que je me récitai mentalement :

> *Le roi jusqu'à ce jour ignore qui je suis,*
> *Et ce secret toujours tient ma langue enchaînée*[2].

Ce dialogue moitié muet, moitié parlé, n'avait duré que peu d'instants, et je n'avais encore fait que quelques pas dans les salons avec la duchesse de Guermantes quand une petite dame brune, extrêmement jolie, l'arrêta :

« Je voudrais bien vous voir. D'Annunzio vous a aperçue d'une loge, il a écrit à la princesse de T*** une lettre où il dit qu'il n'a jamais rien vu de si beau. Il donnerait toute sa vie pour dix minutes d'entretien avec vous. En tous cas, même si vous ne pouvez pas ou ne voulez pas, la lettre est en ma possession. Il faudrait que vous me fixiez un rendez-vous. Il y a certaines choses secrètes que je ne puis dire ici. Je vois que vous ne me reconnaissez pas, ajouta-t-elle en s'adressant à moi ; je vous ai connu chez la princesse de Parme (chez qui je n'étais jamais allé). L'empereur de Russie voudrait que votre père fût envoyé à Petersbourg. Si vous pouviez venir mardi, justement Isvolski[1] sera là, il en parlerait avec vous. J'ai un cadeau à vous faire, chérie, ajouta-t-elle en se tournant vers la duchesse, et que je ne ferais à personne qu'à vous. Les manuscrits de trois pièces d'Ibsen, qu'il m'a fait porter par son vieux garde-malade. J'en garderai une et vous donnerai les deux autres. »

Le duc de Guermantes n'était pas enchanté de ces offres. Incertain si Ibsen ou d'Annunzio étaient morts ou vivants, il voyait déjà des écrivains, des dramaturges allant faire visite à sa femme et la mettant dans leurs ouvrages. Les gens du monde se représentent volontiers les livres comme une espèce de cube dont une face est enlevée, si bien que l'auteur se dépêche de « faire entrer » dedans les personnes qu'il rencontre. C'est déloyal évidemment, et ce ne sont que des gens de peu. Certes, ce ne serait pas ennuyeux de les voir « en passant », car grâce à eux, si on lit un livre ou un article, on connaît « le dessous des cartes », on peut « lever les masques ». Malgré tout le plus sage est de s'en tenir aux auteurs morts. M. de Guermantes trouvait seulement « parfaitement convenable » le monsieur qui faisait la nécrologie dans *Le Gaulois*[1]. Celui-là, du moins, se contentait de citer le nom de M. de Guermantes en tête des personnes remarquées « notamment » dans les enterrements où le duc s'était inscrit. Quand ce dernier préférait que son nom ne figurât pas, au lieu de s'inscrire il envoyait une lettre de condoléances à la famille du défunt en les assurant de ses sentiments bien tristes. Que si cette famille faisait mettre dans le journal : « Parmi les lettres reçues, citons celle du duc de Guermantes, etc. », ce n'était pas la faute de l'échotier, mais du fils, frère, père de la défunte, que le duc qualifiait d'arrivistes, et avec qui il était désormais décidé à ne plus avoir de relations (ce qu'il appelait, ne sachant pas bien le sens des locutions, « avoir maille à partir »). Toujours est-il que les noms d'Ibsen et d'Annunzio, et leur survivance incertaine, firent se froncer les sourcils du duc, qui n'était pas encore assez loin de nous pour ne pas avoir entendu les amabilités diverses de Mme Timoléon d'Amoncourt. C'était une femme charmante, d'un esprit, comme sa beauté, si ravissant, qu'un seul des deux eût réussi à plaire. Mais, née hors du milieu où elle vivait maintenant, n'ayant aspiré d'abord qu'à un salon littéraire, amie successivement — nullement amante, elle était de mœurs fort pures — et exclusivement de chaque grand écrivain qui lui donnait tous ses manuscrits, écrivait des livres pour elle, le hasard l'ayant introduite dans le faubourg Saint-Germain, ces privilèges littéraires l'y servirent. Elle avait maintenant une situation à n'avoir pas à dispenser d'autres grâces que celles que sa présence répandait. Mais habituée jadis à l'entregent, aux manèges, aux services à rendre, elle y persévérait bien qu'ils ne fussent plus nécessaires. Elle avait toujours un secret d'État à vous révéler, un potentat à vous faire connaître, une aquarelle de maître à vous offrir. Il y avait bien dans tous ces attraits inutiles un peu de mensonge, mais ils faisaient de sa vie une comédie d'une complication scintillante et il était exact qu'elle faisait nommer des préfets et des généraux.

Tout en marchant à côté de moi, la duchesse de Guermantes laissait la lumière azurée de ses yeux flotter devant elle, mais dans le vague, afin d'éviter les gens avec qui elle ne tenait pas à entrer en relations et dont elle devinait parfois, de loin, l'écueil menaçant. Nous avancions entre une double haie d'invités, lesquels, sachant qu'ils ne connaîtraient jamais « Oriane », voulaient au moins, comme une curiosité, la montrer à leur femme : « Ursule, vite, vite, venez voir madame de Guermantes qui cause avec ce jeune homme. » Et on sentait qu'il ne s'en fallait pas de beaucoup pour qu'ils fussent montés sur des chaises, pour mieux voir, comme à la revue du 14 juillet ou au Grand Prix[1]. Ce n'est pas que la duchesse de Guermantes eût un salon plus aristocratique que sa cousine. Chez la première fréquentaient des gens que la seconde n'eût jamais voulu inviter, surtout à cause de son mari. Jamais elle n'eût reçu Mme Alphonse de Rothschild, qui, intime amie de Mme de La Trémoïlle et de Mme de Sagan, comme Oriane elle-même, fréquentait beaucoup chez cette dernière. Il en était encore de même du baron Hirsch[2] que le prince de Galles avait amené chez elle, mais non chez la princesse à qui il aurait déplu, et aussi de quelques grandes notoriétés bonapartistes ou même républicaines, qui intéressaient la duchesse mais que le prince, royaliste convaincu, n'eût pas voulu recevoir. Son antisémitisme étant aussi de principe ne fléchissait devant aucune élégance, si accréditée fût-elle, et s'il recevait Swann dont il était l'ami de tout temps, étant d'ailleurs le seul des Guermantes qui l'appelât Swann et non Charles, c'est que, sachant que la grand-mère de Swann, protestante mariée à un juif, avait été la maîtresse du duc de Berri[1], il essayait, de temps en temps, de croire à la légende qui faisait du père de Swann un fils naturel du prince. Dans cette hypothèse, laquelle était d'ailleurs fausse, Swann, fils d'un catholique, fils lui-même d'un Bourbon et d'une catholique, n'avait rien que de chrétien.

« Comment, vous ne connaissez pas ces splendeurs ? » me dit la duchesse, en me parlant de l'hôtel où nous étions. Mais après avoir célébré le « palais » de sa cousine, elle s'empressa d'ajouter qu'elle préférait mille fois « son humble trou ». « Ici, c'est admirable pour *visiter*. Mais je mourrais de chagrin s'il me fallait rester à coucher dans des chambres où ont eu lieu tant d'événements historiques. Ça me ferait l'effet d'être restée après la fermeture, d'avoir été oubliée, au château de Blois, de Fontainebleau ou même au Louvre, et d'avoir comme seule ressource contre la tristesse de me dire que je suis dans la chambre où a été assassiné Monaldeschi[2]. Comme camomille, c'est insuffisant. Tiens, voilà Mme de Saint-Euverte. Nous avons dîné tout à l'heure chez elle. Comme elle donne demain sa grande machine annuelle, je pensais qu'elle serait allée se coucher. Mais elle ne peut pas rater une fête. Si celle-ci avait eu lieu à la campagne, elle serait montée sur une tapissière plutôt que de ne pas y être allée. »

En réalité, Mme de Saint-Euverte était venue, ce soir, moins pour le plaisir de ne pas manquer une fête chez les autres que pour assurer le succès de la sienne, recruter les derniers adhérents, et en quelque sorte passer *in extremis* la revue des troupes qui devaient le lendemain évoluer brillamment à sa garden-party. Car depuis pas mal d'années, les invités des fêtes Saint-Euverte n'étaient plus du tout les mêmes qu'autrefois. Les notabilités féminines du milieu Guermantes, si clairsemées alors, avaient — comblées de politesses par la maîtresse de la maison — amené peu à peu leurs amies. En même temps, par un travail parallèlement progressif, mais en sens inverse, Mme de Saint-Euverte avait d'année en année réduit le nombre des personnes inconnues au monde élégant. On avait cessé de voir l'une, puis l'autre. Pendant quelque temps fonctionna le système des « fournées » qui permettait, grâce à des fêtes sur lesquelles on faisait le silence, de convier les réprouvés à venir se divertir entre eux, ce qui dispensait de les inviter avec les gens bien. De quoi pouvaient-ils se plaindre ? N'avaient-ils pas *(panem et circenses*[1]*)* des petits fours et un beau programme musical ? Aussi, en symétrie en quelque sorte avec les deux duchesses en exil, qu'autrefois, quand avait débuté le salon Saint-Euverte, on avait vues en soutenir, comme deux cariatides, le faîte chancelant, dans les dernières années on ne distingua plus, mêlées au beau monde, que deux personnes hétérogènes, la vieille Mme de Cambremer et la femme à belle voix d'un architecte à laquelle on était souvent obligé de demander de chanter. Mais ne connaissant plus personne chez Mme de Saint-Euverte, pleurant leurs compagnes perdues, sentant qu'elles gênaient, elles avaient l'air prêtes à mourir de froid comme deux hirondelles qui n'ont pas émigré à temps. Aussi l'année suivante ne furent-elles pas invitées ; Mme de Franquetot tenta une démarche en faveur de sa cousine qui aimait tant la musique. Mais comme elle ne put pas obtenir pour elle une réponse plus explicite que ces mots : « Mais on peut toujours entrer écouter de la musique si ça vous amuse, ça n'a rien de criminel ! », Mme de Cambremer ne trouva pas l'invitation assez pressante et s'abstint.

Une telle transmutation, opérée par Mme de Saint-Euverte, d'un salon de lépreux en un salon de grandes dames (la dernière forme, en apparence ultra-chic, qu'il avait prise), on pouvait s'étonner que la personne qui donnait le lendemain la fête la plus brillante de la saison eût eu besoin de venir la veille adresser un suprême appel à ses troupes. Mais c'est que la prééminence du salon Saint-Euverte n'existait que pour ceux dont la vie mondaine consiste seulement à lire le compte rendu des matinées et soirées, dans *Le Gaulois* ou *Le Figaro*, sans être jamais allés à aucune. À ces mondains qui ne voient le monde que par le journal, l'énumération des ambassadrices d'Angleterre, d'Autriche, etc., des duchesses d'Uzès[1], de La Trémoïlle, etc., etc., suffisait pour qu'ils s'imaginassent volontiers le salon Saint-Euverte comme le premier de Paris, alors qu'il était un des derniers. Non que les comptes rendus fussent mensongers. La plupart des personnes citées avaient bien été présentes. Mais chacune était venue à la suite d'implorations, de politesses, de services, et en ayant le sentiment d'honorer infiniment Mme de Saint-Euverte. De tels salons, moins recherchés que fuis, et où on va pour ainsi dire en service commandé, ne font illusion qu'aux lectrices de « Mondanités ». Elles glissent sur une fête, vraiment élégante celle-là, où la maîtresse de la maison pouvant avoir toutes les duchesses, lesquelles brûlent d'être « parmi les élus », ne demande qu'à deux ou trois, et ne fait pas mettre le nom de ses invités dans le journal. Aussi ces femmes, méconnaissant ou dédaignant le pouvoir qu'a pris aujourd'hui la publicité, sont-elles élégantes pour la reine d'Espagne, mais méconnues de la foule, parce que la première sait et que la seconde ignore qui elles sont.

Mme de Saint-Euverte n'était pas de ces femmes, et en bonne butineuse elle venait cueillir pour le lendemain tout ce qui était invité. M. de Charlus ne l'était pas, il avait toujours refusé d'aller chez elle. Mais il était brouillé avec tant de gens, que Mme de Saint-Euverte pouvait mettre cela sur le compte du caractère.

Certes, s'il n'y avait eu là qu'Oriane, Mme de Saint-Euverte eût pu ne pas se déranger, puisque l'invitation avait été faite de vive voix, et d'ailleurs acceptée avec cette charmante bonne grâce trompeuse dans l'exercice de laquelle triomphent ces académiciens de chez lesquels le candidat sort attendri et ne doutant pas qu'il peut compter sur leur voix. Mais il n'y avait pas qu'elle. Le prince d'Agrigente viendrait-il ? Et Mme de Durfort ? Aussi pour veiller au grain, Mme de Saint-Euverte avait-elle cru plus expédient de se transporter elle-même ; insinuante avec les uns, impérative avec les autres, pour tous elle annonçait à mots couverts d'inimaginables divertissements qu'on ne pourrait revoir une seconde fois, et à chacun promettait qu'il trouverait chez elle la personne qu'il avait le désir, ou le personnage qu'il avait le besoin de rencontrer. Et cette sorte de fonction dont elle était investie pour une fois dans l'année — telles certaines magistratures du monde antique — de personne qui donnera le lendemain la plus considérable garden-party de la saison lui conférait une autorité momentanée. Ses listes étaient faites et closes, de sorte que tout en parcourant les salons de la princesse avec lenteur pour verser successivement dans chaque oreille : « Vous ne m'oublierez pas demain », elle avait la gloire éphémère de détourner les yeux en continuant à sourire, si elle apercevait un laideron à éviter ou quelque hobereau qu'une camaraderie de collège avait fait admettre chez « Gilbert », et duquel la présence à sa garden-party n'ajouterait rien. Elle préférait ne pas lui parler pour pouvoir dire ensuite : « J'ai fait mes invitations verbalement, et malheureusement je ne vous ai pas rencontré[1]. » Ainsi elle, simple Saint-Euverte, faisait-elle de ses yeux fureteurs un « tri » dans la composition de la soirée de la princesse. Et elle se croyait, en agissant ainsi, une vraie duchesse de Guermantes.

Il faut dire que celle-ci n'avait pas non plus tant qu'on pourrait croire la liberté de ses bonjours et de ses sourires. Pour une part, sans doute, quand elle les refusait, c'était volontairement : « Mais elle m'embête, disait-elle, est-ce que je vais être obligée de lui parler de sa soirée pendant une heure ? »

On vit passer une duchesse fort noire, que sa laideur et sa bêtise, et certains écarts de conduite, avaient exilée non de la société, mais de certaines intimités élégantes. « Ah ! » susurra Mme de Guermantes, avec le coup d'œil exact et désabusé du connaisseur à qui on montre un bijou faux, « on reçoit ça ici ! » Sur la seule vue de la dame à demi tarée, et dont la figure était encombrée de trop de grains de poils noirs, Mme de Guermantes cotait la médiocre valeur de cette soirée. Elle avait été élevée, mais avait cessé toutes relations avec cette dame ; elle ne répondit à son salut que par un signe de tête des plus secs. « Je ne comprends pas », me dit-elle, comme pour s'excuser, « que Marie-Gilbert nous invite avec toute cette lie. On peut dire qu'il y en a ici de toutes les paroisses. C'était beaucoup mieux arrangé chez Mélanie Pourtalès. Elle pouvait avoir le Saint synode et le temple de l'Oratoire[1] si ça lui plaisait, mais au moins, on ne nous faisait pas venir ces jours-là. » Mais[2], pour beaucoup, c'était par timidité, peur d'avoir une scène de son mari, qui ne voulait pas qu'elle reçût des artistes, etc. (« Marie-Gilbert » en protégeait beaucoup, il fallait prendre garde de ne pas être abordée par quelque illustre chanteuse allemande), par quelque crainte aussi à l'égard du nationalisme qu'en tant que, détenant comme M. de Charlus l'esprit des Guermantes, elle méprisait au point de vue mondain (on faisait passer maintenant, pour glorifier l'état-major, un général plébéien avant certains ducs), mais auquel pourtant, comme elle se savait cotée mal pensante, elle faisait de larges concessions, jusqu'à redouter d'avoir à tendre la main à Swann dans ce milieu antisémite. À cet égard elle fut vite rassurée, ayant appris que le prince n'avait pas laissé entrer Swann et avait eu avec lui « une espèce d'altercation ». Elle ne risquait pas d'avoir à faire publiquement la conversation avec « pauvre Charles » qu'elle préférait chérir dans le privé.

« Et qu'est-ce encore que celle-là ? » s'écria Mme de Guermantes en voyant une petite dame l'air un peu étrange, dans une robe noire tellement simple qu'on aurait dit une malheureuse, lui faire, ainsi que son mari, un grand salut. Elle ne la reconnut pas et, ayant de ces insolences, se redressa comme offensée, et regarda sans répondre : « Qu'est-ce que c'est que cette personne, Basin ? » demanda-t-elle d'un air étonné, pendant que M. de Guermantes, pour réparer l'impolitesse d'Oriane, saluait la dame et serrait la main du mari. « Mais, c'est Mme de Chaussepierre, vous avez été très impolie. — Je ne sais pas ce que c'est Chaussepierre. — Le neveu de la vieille mère Chanlivault. — Je ne connais rien de

tout ça. Qui est la femme, pourquoi me salue-t-elle ?
— Mais, vous ne connaissez que ça, c'est la fille de
Mme de Charleval, Henriette Montmorency. — Ah !
mais j'ai très bien connu sa mère, elle était charmante, très spirituelle. Pourquoi a-t-elle épousé tous
ces gens que je ne connais pas ? Vous dites qu'elle
s'appelle Mme de Chaussepierre ? » dit-elle en épe-
lant ce dernier mot d'un air interrogateur et comme
si elle avait peur de se tromper. Le duc lui jeta un
regard dur. « Cela n'est pas si ridicule que vous avez
l'air de croire de s'appeler Chaussepierre ! Le vieux
Chaussepierre était le frère de la Charleval[1] déjà
nommée, de Mme de Sennecour et de la vicomtesse
du Merlerault. Ce sont des gens bien. — Ah ! assez »,
s'écria la duchesse qui, comme une dompteuse, ne
voulait jamais avoir l'air de se laisser intimider par
les regards dévorants du fauve. « Basin, vous faites
ma joie. Je ne sais pas où vous avez été dénicher ces
noms, mais je vous fais tous mes compliments. Si
j'ignorais Chaussepierre, j'ai lu Balzac, vous n'êtes
pas le seul, et j'ai même lu Labiche. J'apprécie Chanlivault, je ne hais pas Charleval, mais j'avoue que
du Merlerault est le chef-d'œuvre. Du reste, avouons
que Chaussepierre n'est pas mal non plus. Vous avez
collectionné tout ça, ce n'est pas possible. Vous qui
voulez faire un livre, me dit-elle, vous devriez retenir
Charleval et du Merlerault. Vous ne trouverez pas
mieux. — Il se fera faire tout simplement procès,
et il ira en prison ; vous lui donnez de très mauvais conseils, Oriane. — J'espère pour lui qu'il a à
sa disposition des personnes plus jeunes s'il a envie
de demander des mauvais conseils, et surtout de
les suivre. Mais s'il ne veut rien faire de plus mal
qu'un livre ! » Assez loin de nous, une merveilleuse et
fière jeune femme se détachait doucement dans une
robe blanche, toute en diamants et en tulle. Mme

de Guermantes la regarda qui parlait devant tout un groupe aimanté par sa grâce. « Votre sœur est partout la plus belle ; elle est charmante ce soir », dit-elle, tout en prenant une chaise, au prince de Chimay[1] qui passait. Le colonel de Froberville (il avait pour oncle le général du même nom) vint s'asseoir à côté de nous, ainsi que M. de Bréauté, tandis que M. de Vaugoubert se dandinant (par un excès de politesse qu'il gardait même quand il jouait au tennis où à force de demander des permissions aux personnages de marque avant d'attraper la balle, il faisait inévitablement perdre la partie à son camp) retournait auprès de M. de Charlus (jusque-là quasi enveloppé par l'immense jupe de la comtesse Molé, qu'il faisait profession d'admirer entre toutes les femmes), et par hasard au moment où plusieurs membres d'une nouvelle mission diplomatique à Paris saluaient le baron. À la vue d'un jeune secrétaire à l'air particulièrement intelligent, M. de Vaugoubert fixa sur M. de Charlus un sourire où s'épanouissait visiblement une seule question. M. de Charlus eût peut-être volontiers compromis quelqu'un, mais se sentir, lui, compromis par ce sourire partant d'un autre et qui ne pouvait avoir qu'une signification, l'exaspéra. « Je n'en sais absolument rien, je vous prie de garder vos curiosités pour vous-même. Elles me laissent plus que froid. Du reste, dans le cas particulier, vous faites un impair de tout premier ordre. Je crois ce jeune homme absolument le contraire. » Ici, M. de Charlus, irrité d'avoir été dénoncé par un sot, ne disait pas la vérité. Le secrétaire eût, si le baron avait dit vrai, fait exception dans cette ambassade. Elle était, en effet, composée de personnalités fort différentes, plusieurs extrêmement médiocres, en sorte que si l'on cherchait quel avait pu être le motif du choix qui s'était porté sur elles, on ne pouvait découvrir que l'inversion. En mettant à la tête de ce petit Sodome diplomatique un ambassadeur aimant au contraire les femmes avec une exagération comique de compère de revue qui faisait manœuvrer en règle son bataillon de travestis, on semblait avoir obéi à la loi des contrastes. Malgré ce qu'il avait sous les yeux, il ne croyait pas à l'inversion. Il en donna immédiatement la preuve en mariant sa sœur à un chargé d'affaires qu'il croyait bien faussement un coureur de poules. Dès lors il devint un peu gênant et fut bientôt remplacé par une excellence nouvelle qui assura l'homogénéité de l'ensemble. D'autres ambassades cherchèrent à rivaliser avec celle-là, mais elles ne purent lui disputer le prix (comme au concours général, où un certain lycée l'a toujours) et il fallut que plus de dix ans se passassent avant que, des attachés hétérogènes s'étant introduits dans ce tout si parfait, une autre pût enfin lui arracher la funeste palme et marcher en tête.

Rassurée sur la crainte d'avoir à causer avec Swann, Mme de Guermantes n'éprouvait plus que de la curiosité au sujet de la conversation qu'il avait eue avec le maître de maison. « Savez-vous à quel sujet ? demanda le duc à M. de Bréauté. — J'ai entendu dire, répondit celui-ci, que c'était à propos d'un petit acte que l'écrivain Bergotte avait fait représenter chez eux. C'était ravissant, d'ailleurs. Mais il paraît que l'acteur s'était fait la tête de Gilbert, que d'ailleurs le sieur Bergotte aurait voulu en effet dépeindre. — Tiens, cela m'aurait amusée de voir contrefaire Gilbert, dit la duchesse en souriant rêveusement. — C'est sur cette petite représentation, reprit M. de Bréauté en avançant sa mâchoire de rongeur, que Gilbert a demandé des explications à Swann, qui s'est contenté de répondre, ce que tout le monde trouva très spirituel : "Mais, pas du tout, cela ne vous ressemble en rien, vous êtes bien plus ridicule que ça !" Il paraît, du reste, reprit M. de Bréauté, que cette petite pièce était ravissante. Mme Molé y était, elle s'est énormément amusée. — Comment, Mme Molé va là ? dit la duchesse étonnée. Ah ! c'est Mémé qui aura arrangé cela. C'est toujours ce qui finit par arriver avec ces endroits-là. Tout le monde, un beau jour, se met à y aller, et moi qui me suis volontairement exclue par principe, je me trouve seule à m'ennuyer dans mon coin. » Déjà, depuis le récit que venait de leur faire M. de Bréauté, la duchesse de Guermantes (sinon sur le salon Swann, du moins sur l'hypothèse de rencontrer Swann dans un instant) avait comme on voit adopté un nouveau point de vue. « L'explication que vous nous donnez, dit à M. de Bréauté le colonel de Froberville, est de tout point controuvée. J'ai mes raisons pour le savoir. Le prince a purement et simplement fait une algarade à Swann et lui a fait assavoir, comme disaient nos pères, de ne plus avoir à se montrer chez lui, étant donné les opinions qu'il affiche. Et selon moi, mon oncle Gilbert a eu mille fois raison, non seulement de faire cette algarade, mais aurait dû en finir il y a plus de six mois avec un dreyfusard avéré. »

Le pauvre M. de Vaugoubert, devenu cette fois-ci de trop lambin joueur de tennis une inerte balle de tennis elle-même qu'on lance sans ménagements, se trouva projeté vers la duchesse de Guermantes à laquelle il présenta ses hommages. Il fut assez mal reçu, Oriane vivant dans la persuasion que tous les diplomates — ou hommes politiques — de son monde étaient des nigauds.

M. de Froberville avait forcément bénéficié de la situation de faveur qui depuis peu était faite aux militaires dans la société. Malheureusement, si la femme qu'il avait épousée était parente très véritable des Guermantes, c'en était une aussi extrêmement pauvre, et comme lui-même avait perdu sa fortune, ils n'avaient guère de relations et c'étaient de ces gens qu'on laissait de côté hors des grandes occasions, quand ils avaient la chance de perdre ou de marier un parent. Alors, ils faisaient vraiment partie de la communion du grand monde, comme les catholiques de nom qui ne s'approchent de la sainte table qu'une fois l'an. Leur situation matérielle eût même été malheureuse si Mme de Saint-Euverte, fidèle à l'affection qu'elle avait eue pour feu le général de Froberville, n'avait pas aidé de toutes façons le ménage, donnant des toilettes et des distractions aux deux petites filles. Mais le colonel, qui passait pour un bon garçon, n'avait pas l'âme reconnaissante. Il était envieux des splendeurs d'une bienfaitrice qui les célébrait elle-même sans trêve et sans mesure. La garden-party annuelle était pour lui, sa femme et ses enfants, un plaisir merveilleux qu'ils n'eussent pas voulu manquer pour tout l'or du monde, mais un plaisir empoisonné par l'idée des joies d'orgueil qu'en tirait Mme de Saint-Euverte. L'annonce de cette garden-party dans les journaux qui, ensuite, après un récit détaillé, ajoutaient machiavéliquement : « Nous reviendrons sur cette belle fête », les détails complémentaires sur les toilettes, donnés pendant plusieurs jours de suite, tout cela faisait tellement mal aux Froberville, qu'eux, assez sevrés de plaisirs et qui savaient pouvoir compter sur celui de cette matinée, en arrivaient chaque année à souhaiter que le mauvais temps en gênât la réussite, à consulter le baromètre et à anticiper avec délices les prémices d'un orage qui pût faire rater la fête.

« Je ne discuterai pas politique avec vous, Froberville, dit M. de Guermantes, mais pour ce qui concerne Swann, je peux dire franchement que sa conduite à notre égard a été inqualifiable. Patronné jadis dans le monde par nous, par le duc de Chartres[1], on me dit qu'il est ouvertement dreyfusard. Jamais je n'aurais cru cela de lui, de lui un fin gourmet, un esprit positif, un collectionneur, un amateur de vieux livres, membre du Jockey, un homme entouré de la considération générale, un connaisseur de bonnes adresses qui nous envoyait le meilleur porto qu'on puisse boire, un dilettante, un père de famille. Ah ! j'ai été bien trompé. Je ne parle pas de moi, il est convenu que je suis une vieille bête, dont l'opinion ne compte pas, une espèce de va-nu-pieds, mais rien que pour Oriane, il n'aurait pas dû faire cela, il aurait dû désavouer ouvertement les Juifs et les sectateurs du condamné. »

« Oui, après l'amitié que lui a toujours témoignée ma femme », reprit le duc, qui considérait évidemment que condamner Dreyfus pour haute trahison, quelque opinion qu'on eût dans son for intérieur sur sa culpabilité, constituait une espèce de remerciement pour la façon dont on avait été reçu dans le faubourg Saint-Germain, « il aurait dû se désolidariser. Car, demandez à Oriane, elle avait vraiment de l'amitié pour lui. » La duchesse, pensant qu'un ton ingénu et calme donnerait une valeur plus dramatique et sincère à ses paroles, dit d'une voix d'écolière, comme laissant sortir simplement la vérité de sa bouche et en donnant seulement à ses yeux une expression un peu mélancolique : « Mais c'est vrai, je n'ai aucune raison de cacher que j'avais une sincère affection pour Charles ! — Là, vous voyez, je ne lui fais pas dire. Et après cela, il pousse l'ingratitude jusqu'à être dreyfusard ! »

« À propos de dreyfusards, dis-je, il paraît que le prince Von l'est. — Ah ! vous faites bien de me parler de lui, s'écria M. de Guermantes, j'allais oublier qu'il m'a demandé de venir dîner lundi. Mais qu'il soit dreyfusard ou non, cela m'est parfaitement égal puisqu'il est étranger. Je m'en fiche comme de colin-tampon. Pour un Français c'est autre chose. Il est vrai que Swann est juif. Mais jusqu'à ce jour — excusez-moi, Froberville — j'avais eu la faiblesse de croire qu'un Juif peut être français, j'entends un Juif honorable, homme du monde. Or, Swann était cela dans toute la force du terme. Hé bien ! il me force à reconnaître que je me suis trompé, puisqu'il prend parti pour ce Dreyfus (qui, coupable ou non, ne fait nullement partie de son milieu, qu'il n'aurait jamais rencontré) contre une société qui l'avait adopté, qui l'avait traité comme un des siens. Il n'y a pas à dire, nous nous étions tous portés garants de Swann, j'aurais répondu de son patriotisme comme du mien. Ah ! il nous récompense bien mal. J'avoue que de sa part je ne me serais jamais attendu à cela. Je le jugeais mieux. Il avait de l'esprit (dans son genre bien entendu). Je sais bien qu'il avait déjà fait l'insanité de son honteux mariage. Tenez, savez-vous quelqu'un à qui le mariage de Swann a fait beaucoup de peine ? C'est à ma femme. Oriane a souvent ce que j'appellerai une affectation d'insensibilité. Mais au fond, elle ressent avec une force extraordinaire. » Mme de Guermantes, ravie de cette analyse de son caractère, l'écoutait d'un air modeste mais ne disait pas un mot, par scrupule d'acquiescer à l'éloge, surtout par peur de l'interrompre. M. de Guermantes aurait pu parler une heure sur ce sujet qu'elle eût encore moins bougé que si on lui avait fait de la musique. « Hé bien ! je me rappelle quand elle a appris le mariage de Swann, elle s'est sentie froissée ; elle a trouvé que c'était mal de quelqu'un à qui nous avions témoigné tant d'amitié. Elle aimait beaucoup

Swann ; elle a eu beaucoup de chagrin. N'est-ce pas, Oriane ? » Mme de Guermantes crut devoir répondre à une interpellation aussi directe, sur un point de fait qui lui permettrait, sans en avoir l'air, de confirmer des louanges qu'elle sentait terminées. D'un ton timide et simple, et un air d'autant plus appris qu'il voulait paraître « senti », elle dit avec une douceur réservée : « C'est vrai, Basin ne se trompe pas. — Et pourtant ce n'était pas encore la même chose. Que voulez-vous, l'amour est l'amour, quoique à mon avis il doive rester dans certaines bornes. J'excuserais encore un jeune homme, un petit morveux, se laissant emballer par les utopies. Mais Swann, un homme intelligent, d'une délicatesse éprouvée, un fin connaisseur en tableaux, un familier du duc de Chartres, de Gilbert lui-même ! » Le ton dont M. de Guermantes disait cela était d'ailleurs parfaitement sympathique, sans ombre de la vulgarité qu'il montrait trop souvent. Il parlait avec une tristesse légèrement indignée, mais tout en lui respirait cette gravité douce qui fait le charme onctueux et large de certains personnages de Rembrandt, le bourgmestre Six par exemple[1]. On sentait que la question de l'immoralité de la conduite de Swann dans l'Affaire ne se posait même pas pour le duc tant elle faisait peu de doute ; il en ressentait l'affliction d'un père voyant un de ses enfants, pour l'éducation duquel il a fait les plus grands sacrifices, ruiner volontairement la magnifique situation qu'il lui a faite et déshonorer par des frasques que les principes ou les préjugés de la famille ne peuvent admettre, un nom respecté. Il est vrai que M. de Guermantes n'avait pas manifesté autrefois un étonnement aussi profond et aussi douloureux quand il avait appris que Saint-Loup était dreyfusard. Mais d'abord il considérait son neveu comme un jeune homme dans une mauvaise voie et de qui rien jusqu'à ce qu'il se soit amendé ne saurait étonner, tandis que Swann était ce que M. de Guermantes appelait « un homme pondéré, un homme ayant une position de premier ordre ». Ensuite et surtout, un assez long temps avait passé pendant lequel, si, au point de vue historique, les événements avaient en partie semblé justifier la thèse dreyfusiste, l'opposition antidreyfusarde avait redoublé de violence, et de purement politique d'abord était devenue sociale. C'était maintenant une question de militarisme, de patriotisme, et les vagues de colère soulevées dans la société avaient eu le temps de prendre cette force qu'elles n'ont jamais au début d'une tempête. « Voyez-vous, reprit M. de Guermantes, même au point de vue de ses chers Juifs, puisqu'il tient absolument à les soutenir, Swann a fait une boulette d'une portée incalculable. Il prouve qu'ils sont tous unis secrètement et qu'ils sont en quelque sorte forcés de prêter appui à quelqu'un de leur race, même s'ils ne le connaissent pas. C'est un danger public. Nous avons évidemment été trop coulants, et la gaffe que commet Swann aura d'autant plus de retentissement qu'il était estimé, même reçu, et qu'il était à peu près le seul Juif qu'on connaissait. On se dira : *Ab uno disce omnes*[1]. » (La satisfaction d'avoir trouvé à point nommé, dans sa mémoire, une citation si opportune, éclaira seule d'un orgueilleux sourire la mélancolie du grand seigneur trahi.)

J'avais grande envie de savoir ce qui s'était exactement passé entre le prince et Swann et de voir ce dernier, s'il n'avait pas encore quitté la soirée. « Je vous dirai », me répondit la duchesse, à qui je parlais de ce désir, « que moi je ne tiens pas excessivement à le voir parce qu'il paraît, d'après ce qu'on m'a dit tout à l'heure chez Mme de Saint-Euverte, qu'il voudrait avant de mourir que je fasse la connaissance de sa femme et de sa fille. Mon Dieu, ça me fait une peine infinie qu'il soit malade, mais d'abord j'espère que ce n'est pas aussi grave que ça. Et puis enfin ce n'est tout de même pas une raison, parce que ce serait vraiment trop facile. Un écrivain sans talent n'aurait qu'à dire : "Votez pour moi à l'Académie parce que ma femme va mourir et que je veux lui donner cette dernière joie." Il n'y aurait plus de salons si on était obligé de faire la connaissance de tous les mourants. Mon cocher pourrait me faire valoir : "Ma fille est très mal, faites-moi recevoir chez la princesse de Parme." J'adore Charles, et cela me ferait beaucoup de chagrin de lui refuser, aussi est-ce pour cela que j'aime mieux éviter qu'il me le demande. J'espère de tout mon cœur qu'il n'est pas mourant, comme il le dit, mais vraiment si cela devait arriver, ce ne serait pas le moment pour moi de faire la connaissance de ces deux créatures qui m'ont privée du plus agréable de mes amis pendant quinze ans, et qu'il me laisserait pour compte une fois que je ne pourrais même pas en profiter pour le voir lui, puisqu'il serait mort ! »

Mais M. de Bréauté n'avait cessé de ruminer le démenti que lui avait infligé le colonel de Froberville. « Je ne doute pas de l'exactitude de votre récit, mon cher ami, dit-il, mais je tenais le mien de bonne source. C'est le prince de La Tour d'Auvergne qui me l'avait narré. — Je m'étonne qu'un savant comme vous dise encore le prince de La Tour d'Auvergne, interrompit le duc de Guermantes, vous savez qu'il ne l'est pas le moins du monde. Il n'y a plus qu'un seul membre de cette famille. C'est l'oncle d'Oriane, le duc de Bouillon[1]. — Le frère de Mme de Villeparisis ? » demandai-je, me rappelant que celle-ci était une demoiselle de Bouillon. « Parfaitement. Oriane, Mme de Lambresac vous dit bonjour. »

En effet, on voyait par moments se former et passer comme une étoile filante un faible sourire destiné par la duchesse de Lambresac à quelque personne qu'elle avait reconnue. Mais ce sourire, au lieu de se préciser en une affirmation active, en un langage muet mais clair, se noyait presque aussitôt en une sorte d'extase idéale qui ne distinguait rien, tandis que la tête s'inclinait en un geste de bénédiction béate rappelant celui qu'incline vers la foule des communiantes un prélat un peu ramolli. Mme de Lambresac ne l'était en aucune façon. Mais je connaissais déjà ce genre particulier de distinction désuète. À Combray et à Paris toutes les amies de ma grand-mère avaient l'habitude de saluer, dans une réunion mondaine, d'un air aussi séraphique que si elles avaient aperçu quelqu'un de connaissance à l'église, au moment de l'Élévation ou pendant un enterrement, et lui jetaient mollement un bonjour qui s'achevait en prière. Or, une phrase de M. de Guermantes allait compléter le rapprochement que je faisais. « Mais vous avez vu le duc de Bouillon, me dit M. de Guermantes. Il sortait tantôt de ma bibliothèque comme vous y entriez, un monsieur court de taille et tout blanc. » C'était celui que j'avais pris pour un petit bourgeois de Combray[1], et dont maintenant, à la réflexion, je dégageais la ressemblance avec Mme de Villeparisis. La similitude des saluts évanescents de la duchesse de Lambresac avec ceux des amies de ma grand-mère avait commencé de m'intéresser, en me montrant que dans les milieux étroits et fermés, qu'ils soient de petite bourgeoisie ou de grande noblesse, les anciennes manières persistent, nous permettant comme à un archéologue de retrouver ce que pouvait être l'éducation, et la part d'âme qu'elle reflète, au temps du vicomte d'Arlincourt et de Loïsa Puget[2]. Mieux maintenant la parfaite conformité d'apparence entre un petit bourgeois de Combray de son âge et le duc de Bouillon me rappelait (ce qui m'avait déjà tant frappé quand j'avais vu le grand-père maternel de Saint-Loup, le duc de La Rochefoucauld[1], sur un daguerréotype où il était exactement pareil comme vêtements, comme air et comme façons à mon grand-oncle) que les différences sociales, voire individuelles, se fondent à distance dans l'uniformité d'une époque. La vérité est que la ressemblance des vêtements et aussi la réverbération par le visage de l'esprit de l'époque tiennent, dans une personne, une place tellement plus importante que sa caste, qui en occupe une grande seulement dans l'amour-propre de l'intéressé et l'imagination des autres, que pour se rendre compte qu'un grand seigneur du temps de Louis-Philippe est moins différent d'un bourgeois du temps de Louis-Philippe que d'un grand seigneur du temps de Louis XV, il n'est pas nécessaire de parcourir les galeries du Louvre.

À ce moment, un musicien bavarois à grands cheveux que protégeait la princesse de Guermantes salua Oriane. Celle-ci répondit par une inclinaison de tête, mais le duc, furieux de voir sa femme dire bonsoir à quelqu'un qu'il ne connaissait pas, qui avait une touche singulière, et qui, autant que M. de Guermantes croyait le savoir, avait fort mauvaise réputation, se retourna vers sa femme d'un air interrogateur et terrible, comme s'il disait : « Qu'est-ce que c'est que cet ostrogoth-là ? » La situation de la pauvre Mme de Guermantes était déjà assez compliquée, et si le musicien eût eu un peu pitié de cette épouse martyre, il se serait au plus vite éloigné. Mais, soit désir de ne pas rester sur l'humiliation qui venait de lui être infligée en public, au milieu des plus vieux amis du cercle du duc, desquels la présence avait peut-être bien motivé un peu sa silencieuse inclinaison, et pour montrer que c'était à bon droit, et non sans la connaître, qu'il avait salué Mme de Guermantes, soit obéissant à l'inspiration obscure et irrésistible de la gaffe qui le poussa — dans un moment où il eût dû se fier plutôt à l'esprit — à appliquer la lettre même du protocole, le musicien s'approcha davantage de Mme de Guermantes et lui dit : « Madame la duchesse, je voudrais solliciter l'honneur d'être présenté au duc. » Mme de Guermantes était bien malheureuse. Mais enfin, elle avait beau être une épouse trompée, elle était tout de même la duchesse de Guermantes et ne pouvait avoir l'air d'être dépouillée de son droit de présenter à son mari les gens qu'elle connaissait. « Basin, dit-elle, permettez-moi de vous présenter M. d'Herweck. » « Je ne vous demande pas si vous irez demain chez Mme de Saint-Euverte », dit le colonel de Froberville à Mme de Guermantes pour dissiper l'impression pénible produite par la requête intempestive de M. d'Herweck. « Tout Paris y sera. » Cependant, se tournant d'un seul mouvement et comme d'une seule pièce vers le musicien indiscret, le duc de Guermantes, faisant front, monumental, muet, courroucé, pareil à Jupiter tonnant, resta immobile ainsi quelques secondes, les yeux flambant de colère et d'étonnement, ses cheveux crespelés semblant sortir d'un cratère. Puis, comme dans l'emportement d'une impulsion qui seule lui permettait d'accomplir la politesse qui lui était demandée, et après avoir semblé par son attitude de défi attester toute l'assistance qu'il ne connaissait pas le musicien bavarois, croisant derrière le dos ses deux mains gantées de blanc, il se renversa en avant et assena au musicien un salut si profond, empreint de tant de stupéfaction et de rage, si brusque, si violent, que l'artiste tremblant recula tout en s'inclinant pour ne pas recevoir un formidable coup de tête dans le ventre. « Mais c'est que justement je ne serai pas à Paris, répondit la duchesse au colonel de Froberville. Je vous dirai (ce que je ne devrais pas avouer) que je suis arrivée à mon âge sans connaître les vitraux de Montfort-l'Amaury[1]. C'est honteux mais c'est ainsi. Alors pour réparer cette coupable ignorance, je me suis promis d'aller demain les voir. » M. de Bréauté sourit finement. Il comprit en effet que, si la duchesse avait pu rester jusqu'à son âge sans connaître les vitraux de Montfort-l'Amaury, cette visite artistique ne prenait pas subitement le caractère urgent d'une intervention « à chaud » et eût pu sans péril, après avoir été différée pendant plus de vingt-cinq ans, être reculée de vingt-quatre heures. Le projet qu'avait formé la duchesse était simplement le décret rendu, dans la manière des Guermantes, que le salon Saint-Euverte n'était décidément pas une maison vraiment bien, mais une maison où on vous invitait pour se parer de vous dans le compte rendu du *Gaulois*, une maison qui décernerait un cachet de suprême élégance à celles, ou en tous cas, à celle, si elle n'était qu'une, qu'on n'y verrait pas. Le délicat amusement de M. de Bréauté, doublé de ce plaisir poétique qu'avaient les gens du monde à voir Mme de Guermantes faire des choses que leur situation moindre ne leur permettait pas d'imiter, mais dont la vision seule leur causait le sourire du paysan attaché à sa glèbe qui voit des hommes plus libres et plus fortunés passer au-dessus de sa tête, ce plaisir délicat n'avait aucun rapport avec le ravissement dissimulé mais éperdu, qu'éprouva aussitôt M. de Froberville.

Les efforts que faisait M. de Froberville pour qu'on n'entendît pas son rire l'avaient fait devenir rouge comme un coq, et malgré cela c'est en entrecoupant ses mots de hoquets de joie qu'il s'écria d'un ton miséricordieux : « Oh ! pauvre tante Saint-Euverte, elle va en faire une maladie ! Non ! la malheureuse femme ne va pas avoir sa duchesse, quel coup ! mais il y a de quoi la faire crever ! » ajouta-t-il, en se tordant de rire. Et dans son ivresse il ne pouvait s'empêcher de faire des appels de pied et de se frotter les mains. Souriant d'un œil et d'un seul coin de la bouche à M. de Froberville dont elle appréciait l'intention aimable mais ne sentait pas moins le mortel ennui, Mme de Guermantes finit par se décider à le quitter.

« Écoutez, je vais être *obligée* de vous dire bonsoir », lui dit-elle en se levant d'un air de résignation mélancolique, et comme si ç'avait été pour elle un malheur. Sous l'incantation de ses yeux bleus, sa voix doucement musicale faisait penser à la plainte poétique d'une fée. « Basin veut que j'aille voir un peu Marie. » En réalité, elle en avait assez d'entendre Froberville, lequel ne cessait plus de l'envier d'aller à Montfort-l'Amaury quand elle savait fort bien qu'il entendait parler de ces vitraux pour la première fois, et que d'autre part, il n'eût pour rien au monde lâché la matinée Saint-Euverte. « Adieu, je vous ai à peine parlé, c'est comme ça dans le monde, on ne se voit pas, on ne dit pas les choses qu'on voudrait se dire ; du reste, partout, c'est la même chose dans la vie. Espérons qu'après la mort ce sera mieux arrangé. Au moins on n'aura toujours pas besoin de se décolleter. Et encore qui sait ? On exhibera peut-être ses os et ses vers pour les grandes fêtes. Pourquoi pas ? Tenez, regardez la mère Rampillon, trouvez-vous une très grande différence entre ça et un squelette en robe ouverte ? Il est vrai qu'elle a tous les droits, car elle a au moins cent ans. Elle était déjà un des monstres sacrés devant lesquels je refusais de m'incliner quand j'ai fait mes débuts dans le monde. Je la croyais morte depuis très longtemps ; ce qui serait d'ailleurs la seule explication du spectacle qu'elle nous offre. C'est impressionnant et liturgique. C'est du "Camposanto[1]" ! » La duchesse avait quitté Froberville ; il se rapprocha : « Je voudrais vous dire un dernier mot. » Un peu agacée : « Qu'est-ce qu'il y a encore ? » lui dit-elle avec hauteur. Et lui, ayant craint qu'au dernier moment elle ne se ravisât pour Montfort-l'Amaury : « Je n'avais pas osé vous en parler à cause de Mme de Saint-Euverte, pour ne pas lui faire de peine, mais puisque vous ne comptez pas y aller, je puis vous dire que je suis heureux pour vous, car il y a de la rougeole chez elle ! — Oh ! Mon Dieu ! » dit Oriane qui avait peur des maladies. « Mais pour moi ça ne fait rien, je l'ai déjà eue. On ne peut pas l'avoir deux fois. — Ce sont les médecins qui disent ça ; je connais des gens qui l'ont eue jusqu'à quatre. Enfin, vous êtes avertie. » Quant à lui, cette rougeole fictive, il eût fallu qu'il l'eût réellement et qu'elle l'eût cloué au lit pour qu'il se résignât à manquer la fête Saint-Euverte attendue depuis tant de mois. Il aurait le plaisir d'y voir tant d'élégances ! le plaisir plus grand d'y constater certaines choses ratées, et surtout celui de pouvoir longtemps se vanter d'avoir frayé avec les premières et, en les exagérant ou en les inventant, de déplorer les secondes.

Je profitai de ce que la duchesse changeait de place, pour me lever aussi, afin d'aller vers le fumoir, m'informer de Swann. « Ne croyez pas un mot de ce qu'a raconté Babal, me dit-elle. Jamais la petite Molé ne serait allée se fourrer là-dedans. On nous dit ça pour nous attirer. Ils ne reçoivent personne et ne sont invités nulle part. Lui-même l'avoue : "Nous restons tous les deux seuls au coin de notre feu." Comme il dit toujours *nous*, non pas comme le roi, mais pour sa femme, je n'insiste pas. Mais je suis très renseignée », ajouta la duchesse. Elle et moi nous croisâmes deux jeunes gens dont la grande et dissemblable beauté tirait d'une même femme son origine. C'étaient les deux fils de Mme de Surgis, la nouvelle maîtresse du duc de Guermantes. Ils resplendissaient des perfections de leur mère, mais chacun d'une autre. En l'un avait passé, ondoyante en un corps viril, la royale prestance de Mme de Surgis, et la même pâleur ardente, roussâtre et sacrée affluait aux joues marmoréennes de la mère et de ce fils ; mais son frère avait reçu le front grec, le nez parfait, le cou de statue, les yeux infinis ; ainsi faite de présents divers que la déesse avait partagés, leur double beauté offrait le plaisir abstrait de penser que la cause de cette beauté était en dehors d'eux ; on eût dit que les principaux attributs de leur mère s'étaient incarnés en deux corps différents ; que l'un des jeunes gens était la stature de sa mère et son teint, l'autre son regard comme les êtres divins qui n'étaient que la Force et la Beauté de Jupiter ou de Minerve. Pleins de respect pour M. de Guermantes dont ils disaient : « C'est un grand ami de nos parents », l'aîné cependant crut qu'il était prudent de ne pas venir saluer la duchesse dont il savait, sans en comprendre peut-être la raison, l'inimitié pour sa mère, et à notre vue il détourna légèrement la tête. Le cadet, qui imitait toujours son frère, parce qu'étant stupide et de plus myope, il n'osait pas avoir d'avis personnel, pencha la tête selon le même angle, et ils se glissèrent tous deux vers la salle de jeux, l'un derrière l'autre, pareils à deux figures allégoriques.

Au moment d'arriver à cette salle, je fus arrêté par la marquise de Citri, encore belle mais presque l'écume aux dents. D'une naissance assez noble, elle avait cherché et fait un brillant mariage en épousant M. de Citri, dont l'arrière-grand-mère était Aumale-Lorraine. Mais aussitôt cette satisfaction éprouvée, son caractère négateur lui avait fait prendre les gens du grand monde en une horreur qui n'excluait pas absolument la vie mondaine. Non seulement dans une soirée elle se moquait de tout le monde, mais cette moquerie avait quelque chose de si violent que le rire même n'était pas assez âpre et se changeait en guttural sifflement : « Ah ! » me dit-elle, en me montrant la duchesse de Guermantes qui venait de me quitter et qui était déjà un peu loin, « ce qui me renverse c'est qu'elle puisse mener cette vie-là. » Cette parole était-elle d'une sainte furibonde, et qui s'étonne que les gentils ne viennent pas d'eux-mêmes à la vérité, ou bien d'une anarchiste en appétit de carnage ? En tous cas cette apostrophe était aussi peu justifiée que possible. D'abord, la « vie que menait » Mme de Guermantes différait très peu (à l'indignation près) de celle de Mme de Citri. Mme de Citri était stupéfaite de voir la duchesse capable de ce sacrifice mortel : assister à une soirée de Marie-Gilbert. Il faut dire dans le cas particulier que Mme de Citri aimait beaucoup la princesse, qui était en effet très bonne, et qu'elle savait en se rendant à sa soirée lui faire grand plaisir. Aussi avait-elle décommandé, pour venir à cette fête, une danseuse à qui elle croyait du génie et qui devait l'initier aux mystères de la chorégraphie russe. Une autre raison qui ôtait quelque valeur à la rage concentrée qu'éprouvait Mme de Citri en voyant Oriane dire bonjour à tel ou telle invité est que Mme de Guermantes, bien qu'à un état beaucoup moins avancé, présentait les symptômes du mal qui ravageait Mme de Citri. On a du reste vu qu'elle en portait les germes de naissance. Enfin plus intelligente que Mme de Citri, Mme de Guermantes aurait eu plus de droits qu'elle à ce nihilisme (qui n'était pas que mondain), mais il est vrai que certaines qualités aident plutôt à supporter les défauts du prochain qu'elles ne contribuent à en faire souffrir ; et un homme de grand talent prêtera d'habitude moins d'attention à la sottise d'autrui que ne ferait un sot. Nous avons assez longuement décrit le genre d'esprit de la duchesse pour convaincre que s'il n'avait rien de commun avec une haute intelligence, il était du moins de l'esprit, de l'esprit adroit à utiliser (comme un traducteur) différentes formes de syntaxe. Or, rien de tel ne semblait qualifier Mme de Citri à mépriser des qualités tellement semblables aux siennes. Elle trouvait tout le monde idiot, mais dans sa conversation, dans ses lettres, se montrait plutôt inférieure aux gens qu'elle traitait avec tant de dédain. Elle avait du reste un tel besoin de destruction que lorsqu'elle eut à peu près renoncé au monde, les plaisirs qu'elle rechercha alors subirent l'un après l'autre son terrible pouvoir dissolvant. Après avoir quitté les soirées pour des séances de musique elle se mit à dire : « Vous aimez entendre cela, de la musique ? Ah ! mon Dieu, cela dépend des moments. Mais ce que cela peut être ennuyeux ! Ah ! Beethoven, la barbe ! » Pour Wagner, puis pour Franck, pour Debussy, elle ne se donnait même pas la peine de dire « la barbe » mais se contentait de faire passer la main comme un barbier sur son visage. Bientôt, ce qui fut ennuyeux, ce fut tout. « C'est si ennuyeux les belles choses ! Ah ! les tableaux, c'est à vous rendre fou. Comme vous avez raison, c'est si ennuyeux d'écrire des lettres ! » Finalement ce fut la vie elle-même qu'elle nous déclara une chose rasante sans qu'on sût bien où elle prenait son terme de comparaison.

Je ne sais si c'est à cause de ce que la duchesse de Guermantes, le premier soir que j'avais dîné chez elle, avait dit de cette pièce[1], mais la salle de jeux ou fumoir, avec son pavage illustré, ses trépieds, ses figures de dieux et d'animaux qui vous regardaient, les sphinx allongés aux bras des sièges, et surtout l'immense table en marbre ou en mosaïque émaillée, couverte de signes symboliques plus ou moins imités de l'art étrusque et égyptien, cette salle de jeux me fit l'effet d'une véritable chambre magique. Or, sur un siège approché de la table étincelante et augurale, M. de Charlus, lui, ne touchant à aucune carte, insensible à ce qui se passait autour de lui, incapable de s'apercevoir que je venais d'entrer, semblait précisément un magicien appliquant toute la puissance de sa volonté et de son raisonnement à tirer un horoscope. Non seulement comme à une Pythie sur son trépied les yeux lui sortaient de la tête, mais pour que rien ne vînt le distraire de travaux qui exigeaient la cessation des mouvements les plus simples, il avait (pareil à un calculateur qui ne veut rien faire d'autre tant qu'il n'a pas résolu son problème) posé auprès de lui le cigare qu'il avait un peu auparavant dans la bouche et qu'il n'avait plus la liberté d'esprit nécessaire pour fumer. En apercevant les deux divinités accroupies que portait à ses bras le fauteuil placé en face de lui, on eût pu croire que le baron cherchait à découvrir l'énigme du Sphinx, si ce n'avait pas été plutôt celle d'un jeune et vivant Œdipe, assis précisément dans ce fauteuil où il s'était installé pour jouer. Or, la figure à laquelle M. de Charlus appliquait et avec une telle contention toutes ses facultés spirituelles et qui n'était pas à vrai dire de celles qu'on étudie d'habitude *more geometrico*, c'était celle que lui proposaient les lignes de la figure du jeune marquis de Surgis ; elle semblait, tant M. de Charlus était profondément absorbé devant elle, être quelque mot en losange, quelque devinette, quelque problème d'algèbre dont il eût cherché à percer l'énigme ou à dégager la formule. Devant lui les signes sibyllins et les figures inscrites sur cette table de la Loi semblaient le grimoire qui allait permettre au vieux sorcier de savoir dans quel sens s'orientaient les destins du jeune homme. Soudain, il s'aperçut que je le regardais, leva la tête comme s'il sortait d'un rêve et me sourit en rougissant. À ce moment l'autre fils de Mme de Surgis vint auprès de celui qui jouait, regarder ses cartes. Quand M. de Charlus eut appris de moi qu'ils étaient frères, son visage ne put dissimuler l'admiration que lui inspirait une famille créatrice de chefs-d'œuvre aussi splendides et aussi différents. Et ce qui eût ajouté à l'enthousiasme du baron, c'est d'apprendre que les deux fils de Mme de Surgis-le-Duc n'étaient pas seulement de la même mère mais du même père. Les enfants de Jupiter sont dissemblables, mais cela vient de ce qu'il épousa d'abord Métis, dans le destin de qui il était de donner le jour à de sages enfants, puis Thémis, et ensuite Eurynome, et Mnémosyne, et Léto, et en dernier lieu seulement Junon. Mais d'un seul père Mme de Surgis avait fait naître deux fils qui avaient reçu des beautés d'elle, mais des beautés différentes[1].

J'eus enfin le plaisir que Swann entrât dans cette pièce qui était fort grande, si bien qu'il ne m'aperçut pas d'abord. Plaisir mêlé de tristesse, d'une tristesse que n'éprouvaient peut-être pas les autres invités, mais qui chez eux consistait dans cette espèce de fascination qu'exercent les formes inattendues et singulières d'une mort prochaine, d'une mort qu'on a déjà, comme dit le peuple, sur le visage. Et c'est avec une stupéfaction presque désobligeante, où il entrait de la curiosité indiscrète, de la cruauté, un retour à la fois quiet et soucieux sur soi-même (mélange à la fois de *suave mari magno* et de *memento quia pulvis*[1], eût dit Robert), que tous les regards s'attachèrent à ce visage duquel la maladie avait si bien rongé les joues, comme une lune décroissante, que sauf sous un certain angle, celui sans doute sous lequel Swann se regardait, elles tournaient court comme un décor inconsistant auquel une illusion d'optique peut seule ajouter l'apparence de l'épaisseur. Soit à cause de l'absence de ces joues qui n'étaient plus là pour le diminuer, soit que l'artériosclérose, qui est une intoxication aussi, le rougît comme eût fait l'ivrognerie ou le déformât comme eût fait la morphine, le nez de polichinelle de Swann, longtemps résorbé dans un visage agréable, semblait maintenant énorme, tuméfié, cramoisi, plutôt celui d'un vieil Hébreu que d'un curieux Valois. D'ailleurs peut-être chez lui en ces derniers jours la race faisait-elle reparaître plus accusé le type physique qui la caractérise, en même temps que le sentiment d'une solidarité morale avec les autres Juifs, solidarité que Swann semblait avoir oubliée toute sa vie, et que greffées les unes sur les autres, la maladie mortelle, l'affaire Dreyfus, la propagande antisémite, avaient réveillée. Il y a certains Israélites, très fins pourtant et mondains délicats, chez lesquels restent en réserve et dans la coulisse, afin de faire leur entrée à une heure donnée de leur vie, comme dans une pièce, un mufle et un prophète. Swann était arrivé à l'âge du prophète. Certes avec sa figure d'où, sous l'action de la maladie, des segments entiers avaient disparu comme dans un bloc de glace qui fond et dont des pans entiers sont tombés, il avait bien changé. Mais je ne pouvais m'empêcher d'être frappé combien davantage il avait changé par rapport à moi. Cet homme, excellent, cultivé, que j'étais bien loin d'être ennuyé de rencontrer, je ne pouvais arriver à comprendre comment j'avais pu l'ensemencer autrefois d'un mystère tel que son apparition dans les Champs-Élysées me faisait battre le cœur au point que j'avais honte de m'approcher de sa pèlerine doublée de soie, qu'à la porte de l'appartement où vivait un tel être, je ne pouvais sonner sans être saisi d'un trouble et d'un effroi infinis ; tout cela avait disparu non seulement de sa demeure mais de sa personne, et l'idée de causer avec lui pouvait m'être agréable ou non, mais n'affectait en quoi que ce fût mon système nerveux.

Et de plus combien il était changé depuis cet après-midi même où je l'avais rencontré — en somme quelques heures auparavant — dans le cabinet du duc de Guermantes ! Avait-il vraiment eu une scène avec le prince et qui l'avait bouleversé ? La supposition n'était pas nécessaire. Les moindres efforts qu'on demande à quelqu'un qui est très malade deviennent vite pour lui un surmenage excessif. Pour peu qu'on l'expose, déjà fatigué, à la chaleur d'une soirée, sa mine se décompose et bleuit comme fait en moins d'un jour une poire trop mûre, ou du lait près de tourner. De plus, la chevelure de Swann était éclaircie par places, et comme disait Mme de Guermantes, avait besoin du fourreur, avait l'air camphrée, et mal camphrée. J'allais traverser le fumoir et parler à Swann quand malheureusement une main s'abattit sur mon épaule : « Bonjour, mon petit, je suis à Paris pour quarante-huit heures. J'ai passé chez toi, on m'a dit que tu étais ici, de sorte que c'est toi qui vaux à ma tante l'honneur de ma présence à sa fête. » C'était Saint-Loup. Je lui dis combien je trouvais la demeure belle. « Oui, ça fait assez monument historique. Moi, je trouve ça assommant. Ne nous mettons pas près de mon oncle Palamède, sans cela nous allons être happés. Comme Mme Molé (car c'est elle qui tient la corde en ce moment) vient de partir, il est tout désemparé. Il paraît que c'était un vrai spectacle, il ne l'a pas quittée d'un pas, il ne l'a laissée que quand il l'a eu mise en voiture. Je n'en veux pas à mon oncle, seulement je trouve drôle que mon conseil de famille, qui s'est toujours montré si sévère pour moi, soit composé précisément des parents qui ont le plus fait la bombe, à commencer par le plus noceur de tous, mon oncle Charlus, qui est mon subrogé tuteur, qui a eu autant de femmes que don Juan et qui à son âge ne détèle pas. Il a été question à un moment qu'on me nomme un conseil judiciaire. Je pense que quand tous ces vieux marcheurs se réunissaient pour examiner la question et me faisaient venir pour me faire de la morale et me dire que je faisais de la peine à ma mère, ils ne devaient pas pouvoir se regarder sans rire. Tu examineras la composition du conseil, on a l'air d'avoir choisi exprès ceux qui ont le plus retroussé de jupons. » En mettant à part M. de Charlus au sujet duquel l'étonnement de mon ami ne me paraissait pas plus justifié, mais pour d'autres raisons et qui devaient d'ailleurs se modifier plus tard dans mon esprit, Robert avait bien tort de trouver extraordinaire que des leçons de sagesse fussent données à un jeune homme par des parents qui ont fait les fous, ou le font encore.

Quand l'atavisme, les ressemblances familiales seraient seules en cause, il est inévitable que l'oncle qui fait la semonce ait à peu près les mêmes défauts que le neveu qu'on l'a chargé de gronder. L'oncle n'y met d'ailleurs aucune hypocrisie, trompé qu'il est par la faculté qu'ont les hommes de croire à chaque nouvelle circonstance qu'il s'agit « d'autre chose », faculté qui leur permet d'adopter des erreurs artistiques, politiques, etc., sans s'apercevoir que ce sont les mêmes qu'ils ont prises pour des vérités, il y a dix ans, à propos d'une autre école de peinture qu'ils condamnaient, d'une autre affaire politique qu'ils croyaient mériter leur haine, dont ils sont revenus, et qu'ils épousent sans les reconnaître sous un nouveau déguisement. D'ailleurs même si les fautes de l'oncle sont différentes de celles du neveu, l'hérédité peut n'en être pas moins dans une certaine mesure la loi causale, car l'effet ne ressemble pas toujours à la cause, comme la copie à l'original, et même si les fautes de l'oncle sont pires, il peut parfaitement les croire moins graves[1].

Quand M. de Charlus venait de faire des remontrances indignées à Robert, qui d'ailleurs ne connaissait pas les goûts véritables de son oncle, à cette époque-là, et même si c'eût encore été celle où le baron flétrissait ses propres goûts, il eût parfaitement pu être sincère en trouvant, du point de vue de l'homme du monde, que Robert était infiniment plus coupable que lui. Robert n'avait-il pas failli, au moment où son oncle avait été chargé de lui faire entendre raison, se faire mettre au ban de son monde ? ne s'en était-il pas fallu de peu qu'il ne fût blackboulé au Jockey ? n'était-il pas un objet de risée par les folles dépenses qu'il faisait pour une femme de la dernière catégorie, par ses amitiés avec des gens, auteurs, acteurs, Juifs, dont pas un n'était du monde, par ses opinions qui ne se différenciaient pas de celles des traîtres, par la douleur qu'il causait à tous les siens ? En quoi cela pouvait-il se comparer, cette vie scandaleuse, à celle de M. de Charlus qui avait su, jusqu'ici, non seulement garder, mais grandir encore sa situation de Guermantes, étant dans la société un être absolument privilégié, recherché, adulé par la société la plus choisie, et qui, marié à une princesse de Bourbon[2], femme éminente, avait su la rendre heureuse, avait voué à sa mémoire un culte plus fervent, plus exact qu'on n'a l'habitude dans le monde, et avait ainsi été aussi bon mari que bon fils ?

« Mais es-tu sûr que M. de Charlus ait eu tant de maîtresses ? » demandai-je, non certes dans l'intention diabolique de révéler à Robert le secret que j'avais surpris, mais agacé cependant de l'entendre soutenir une erreur avec tant de certitude et de suffisance. Il se contenta de hausser les épaules en réponse à ce qu'il croyait de ma part de la naïveté. « Mais d'ailleurs, je ne l'en blâme pas, je trouve qu'il a parfaitement raison. » Et il commença à m'esquisser une théorie qui lui eût fait horreur à Balbec (où il ne se contentait pas de flétrir les séducteurs, la mort lui paraissant le seul châtiment proportionné au crime). C'est qu'alors il était encore amoureux et jaloux. Il alla jusqu'à me faire l'éloge des maisons de passe. « Il n'y a que là qu'on trouve chaussure à son pied, ce que nous appelons au régiment son gabarit. » Il n'avait plus pour ce genre d'endroits le dégoût qui l'avait soulevé à Balbec quand j'avais fait allusion à eux, et en l'entendant maintenant, je lui dis que Bloch m'en avait fait connaître, mais Robert me répondit que celle où allait Bloch devait être « extrêmement purée, le paradis du pauvre ». « Ça dépend, après tout : où était-ce ? » Je restai dans le vague, car je me rappelai que c'était là, en effet, que se donnait pour un louis cette Rachel que Robert avait tant aimée[1]. « En tous cas, je t'en ferai connaître de bien mieux, où il va des femmes épatantes. » En m'entendant exprimer le désir qu'il me conduisît le plus tôt possible dans celles qu'il connaissait et qui devaient en effet être bien supérieures à la maison que m'avait indiquée Bloch, il témoigna d'un regret sincère de ne le pouvoir pas cette fois puisqu'il repartait le lendemain. « Ce sera pour mon prochain séjour, dit-il. Tu verras, il y a même des jeunes filles, ajouta-t-il d'un air mystérieux. Il y a une petite demoiselle de... je crois d'Orgeville[1], je te dirai exactement, qui est la fille de gens tout ce qu'il y a de mieux ; la mère est plus ou moins née La Croix-l'Évêque[2], ce sont des gens du gratin, même un peu parents, sauf erreur, à ma tante Oriane. Du reste, rien qu'à voir la petite, on sent que c'est la fille de gens bien (je sentis s'étendre un instant sur la voix de Robert l'ombre du génie des Guermantes qui passa comme un nuage, mais à une grande hauteur et ne s'arrêta pas). Ça m'a tout l'air d'une affaire merveilleuse. Les parents sont toujours malades et ne peuvent s'occuper d'elle. Dame, la petite se désennuie et je compte sur toi pour lui trouver des distractions, à cette enfant ! — Oh ! quand reviendras-tu ? — Je ne sais pas ; si tu ne tiens pas absolument à des duchesses (le titre de duchesse étant pour l'aristocratie le seul qui désigne un rang particulièrement brillant, comme on dirait dans le peuple des princesses), dans un autre genre il y a la première femme de chambre de Mme Putbus[3]. »

À ce moment, Mme de Surgis entra dans le salon de jeu pour chercher ses fils. En l'apercevant M. de Charlus alla à elle avec une amabilité dont la marquise fut d'autant plus agréablement surprise que c'est une grande froideur qu'elle attendait du baron, lequel s'était posé de tout temps comme le protecteur d'Oriane et seul de la famille — trop souvent complaisante aux exigences du duc à cause de son héritage et par jalousie à l'égard de la duchesse — tenait impitoyablement à distance les maîtresses de son frère. Aussi Mme de Surgis eût-elle fort bien compris les motifs de l'attitude qu'elle redoutait chez le baron, mais ne soupçonna nullement ceux de l'accueil tout opposé qu'elle reçut de lui. Il lui parla avec admiration du portrait que Jacquet avait fait d'elle autrefois[4]. Cette admiration s'exalta même jusqu'à un enthousiasme qui, s'il était en partie intéressé pour empêcher la marquise de s'éloigner de lui, pour « l'accrocher », comme Robert disait des armées ennemies dont on veut forcer les effectifs à rester engagés sur un certain point, était peut-être aussi sincère. Car si chacun se plaisait à admirer dans les fils le port de reine et les yeux de Mme de Surgis, le baron pouvait éprouver un plaisir inverse mais aussi vif à retrouver ces charmes réunis en faisceau chez leur mère, comme en un portrait qui n'inspire pas lui-même de désirs, mais nourrit de l'admiration esthétique qu'il inspire, ceux qu'il réveille. Ceux-ci venaient rétrospectivement donner un charme voluptueux au portrait de Jacquet lui-même et en ce moment le baron l'eût volontiers acquis pour étudier en lui la généalogie physiologique des deux jeunes Surgis.

« Tu vois que je n'exagérais pas, me dit Robert. Regarde un peu l'empressement de mon oncle auprès de Mme de Surgis. Et même là, cela m'étonne. Si Oriane le savait elle serait furieuse. Franchement il y a assez de femmes sans aller juste se précipiter sur celle-là », ajouta-t-il ; comme tous les gens qui ne sont pas amoureux, il s'imaginait qu'on choisit la personne qu'on aime après mille délibérations et d'après des qualités et convenances diverses. Du reste, tout en se trompant sur son oncle qu'il croyait adonné aux femmes, Robert, dans sa rancune, parlait de M. de Charlus avec trop de légèreté. On n'est pas toujours impunément le neveu de quelqu'un. C'est très souvent par son intermédiaire qu'une habitude héréditaire est transmise tôt ou tard. On pourrait faire ainsi toute une galerie de portraits, ayant le titre de la comédie allemande *Oncle et neveu*[1], où l'on verrait l'oncle veillant jalousement, bien qu'involontairement, à ce que son neveu finisse par lui ressembler. J'ajouterai même que cette galerie serait incomplète si l'on n'y faisait pas figurer les oncles qui n'ont aucune parenté réelle, n'étant que les oncles de la femme du neveu. Les messieurs de Charlus sont en effet tellement persuadés d'être les seuls bons maris, en plus les seuls dont une femme ne soit pas jalouse, que généralement, par affection pour leur nièce, ils lui font épouser aussi un Charlus. Ce qui embrouille l'écheveau des ressemblances. Et à l'affection pour la nièce se joint parfois de l'affection aussi pour son fiancé. De tels mariages ne sont pas rares, et sont souvent ce qu'on appelle heureux.

« De quoi parlions-nous ? Ah ! de cette grande blonde, la femme de chambre de Mme Putbus. Elle aime aussi les femmes, mais je pense que cela t'est égal ; je peux te dire franchement, je n'ai jamais vu créature aussi belle. — Je me l'imagine assez Giorgione[1] ? — Follement Giorgione ! Ah ! si j'avais du temps à passer à Paris, ce qu'il y a de choses magnifiques à faire ! Et puis, on passe à une autre. Car pour l'amour, vois-tu, c'est une bonne blague, j'en suis bien revenu. » Je m'aperçus bientôt, avec surprise, qu'il n'était pas moins revenu de la littérature, alors que c'était seulement des littérateurs qu'il m'avait paru désabusé à notre dernière rencontre (« C'est presque tous fripouille et compagnie », m'avait-il dit), ce qui se pouvait expliquer par sa rancune justifiée à l'endroit de certains amis de Rachel. Ils lui avaient en effet persuadé qu'elle n'aurait jamais de talent si elle laissait Robert, « homme d'une autre race », prendre de l'influence sur elle, et avec elle se moquaient de lui, devant lui, dans les dîners qu'il leur donnait. Mais en réalité l'amour de Robert pour les Lettres n'avait rien de profond, n'émanait pas de sa vraie nature, il n'était qu'un dérivé de son amour pour Rachel, et il s'était effacé avec celui-ci, en même temps que son horreur des gens de plaisir et que son respect religieux pour la vertu des femmes.

« Comme ces deux jeunes gens ont un air étrange ! Regardez cette curieuse passion du jeu, marquise », dit M. de Charlus, en désignant à Mme de Surgis ses deux fils, comme s'il ignorait absolument qui ils étaient. « Ce doivent être deux Orientaux, ils ont certains traits caractéristiques, ce sont peut-être des Turcs », ajouta-t-il à la fois pour confirmer encore sa feinte innocence, témoigner d'une vague antipathie, qui, quand elle ferait place ensuite à l'amabilité, prouverait que celle-ci s'adresserait seulement à la qualité de fils de Mme de Surgis, n'ayant commencé que quand le baron avait appris qui ils étaient. Peut-être aussi M. de Charlus, de qui l'insolence était un don de nature qu'il avait joie à exercer, profitait-il de la minute pendant laquelle il était censé ignorer qui étaient ces deux jeunes gens pour se divertir aux dépens de Mme de Surgis, et se livrer à ses railleries coutumières, comme Scapin met à profit le déguisement de son maître pour lui administrer des volées de coups de bâton[1].

« Ce sont mes fils », dit Mme de Surgis, avec une rougeur qu'elle n'aurait pas eue si elle avait été plus fine sans être plus vertueuse. Elle eût compris alors que l'air d'indifférence absolue ou de raillerie que M. de Charlus manifestait à l'égard d'un jeune homme n'était pas plus sincère que l'admiration toute superficielle qu'il témoignait à une femme n'exprimait le vrai fond de sa nature. Celle à qui il pouvait tenir indéfiniment les propos les plus complimenteurs aurait pu être jalouse du regard que, tout en causant avec elle, il lançait à un homme qu'il feignait ensuite de n'avoir pas remarqué. Car ce regard-là était un regard autre que ceux que M. de Charlus avait pour les femmes ; un regard particulier, venu des profondeurs, et qui même dans une soirée ne pouvait s'empêcher d'aller naïvement aux jeunes gens, comme les regards d'un couturier qui décèlent sa profession par la façon immédiate qu'ils ont de s'attacher aux habits.

« Oh ! comme c'est curieux », répondit non sans insolence M. de Charlus, en ayant l'air de faire faire à sa pensée un long trajet pour l'amener à une réalité si différente de celle qu'il feignait d'avoir supposée. « Mais je ne les connais pas », ajouta-t-il, craignant d'être allé un peu loin dans l'expression de l'antipathie et d'avoir paralysé ainsi chez la marquise l'intention de lui faire faire leur connaissance. « Est-ce que vous voudriez me permettre de vous les présenter ? demanda timidement Mme de Surgis. — Mais mon Dieu ! comme vous penserez, moi, je veux bien, je ne suis pas peut-être un personnage bien divertissant pour d'aussi jeunes gens », psalmodia M. de Charlus avec l'air d'hésitation et de froideur de quelqu'un qui se laisse arracher une politesse. « Arnulphe, Victurnien, venez vite », dit Mme de Surgis. Victurnien se leva avec décision. Arnulphe, sans voir plus loin que son frère, le suivit docilement.

« Voilà le tour des fils, maintenant, me dit Robert. C'est à mourir de rire. Jusqu'au chien du logis, il s'efforce de complaire[1]. C'est d'autant plus drôle que mon oncle déteste les gigolos. Et regarde comme il les écoute avec sérieux. Si c'était moi qui avais voulu les lui présenter, ce qu'il m'aurait envoyé dinguer. Écoute, il va falloir que j'aille dire bonjour à Oriane. J'ai si peu de temps à passer à Paris que je veux tâcher de voir ici tous les gens à qui j'aurais été sans cela mettre des cartes. » « Comme ils ont l'air bien élevés, comme ils ont de jolies manières, était en train de dire M. de Charlus. — Vous trouvez ? » répondait Mme de Surgis, ravie.

Swann m'ayant aperçu s'approcha de Saint-Loup et de moi. La gaieté juive était chez Swann moins fine que les plaisanteries de l'homme du monde. « Bonsoir, nous dit-il. Mon Dieu ! tous trois ensemble, on va croire à une réunion du Syndicat[1]. Pour un peu on va chercher où est la caisse ! » Il ne s'était pas aperçu que M. de Beaucerfeuil était dans son dos et l'entendait. Le général fronça involontairement les sourcils. Nous entendions la voix de M. de Charlus tout près de nous : « Comment ? vous vous appelez Victurnien, comme dans *Le Cabinet des Antiques* », disait le baron pour prolonger la conversation avec les deux jeunes gens. « De Balzac, oui », répondit l'aîné des Surgis qui n'avait jamais lu une ligne de ce romancier, mais à qui son professeur avait signalé, il y avait quelques jours, la similitude de son prénom avec celui de d'Esgrignon. Mme de Surgis était ravie de voir son fils briller et M. de Charlus extasié devant tant de science.

« Il paraît que Loubet[2] est en plein pour nous, de source tout à fait sûre », dit à Saint-Loup, mais cette fois à voix plus basse pour ne pas être entendu du général, Swann pour qui les relations républicaines de sa femme devenaient plus intéressantes depuis que l'affaire Dreyfus était le centre de ses préoccupations. « Je vous dis cela parce que je sais que vous marchez à fond avec nous.

— Mais, pas tant que ça ; vous vous trompez complètement, répondit Robert. C'est une affaire mal engagée dans laquelle je regrette bien de m'être fourré. Je n'avais rien à voir là-dedans. Si c'était à recommencer, je m'en tiendrais bien à l'écart. Je suis soldat et avant tout pour l'armée. Si tu restes un moment avec M. Swann, je te retrouverai tout à l'heure, je vais près de ma tante. » Mais je vis que c'était avec Mlle d'Ambresac qu'il allait causer et j'éprouvai du chagrin à la pensée qu'il m'avait menti sur leurs fiançailles possibles[1]. Je fus rasséréné quand j'appris qu'il lui avait été présenté une demi-heure avant par Mme de Marsantes, qui désirait ce mariage, les Ambresac étant très riches.

« Enfin, dit M. de Charlus à Mme de Surgis, je trouve un jeune homme instruit, qui a lu, qui sait ce que c'est que Balzac. Et cela me fait d'autant plus de plaisir de le rencontrer là où c'est devenu le plus rare, chez un de mes pairs, chez un des nôtres », ajouta-t-il en insistant sur ces mots. Les Guermantes avaient beau faire semblant de trouver tous les hommes pareils, dans les grandes occasions où ils se trouvaient avec des gens « nés », et surtout moins bien « nés », qu'ils désiraient et pouvaient flatter, ils n'hésitaient pas à sortir les vieux souvenirs de famille. « Autrefois, reprit le baron, aristocrates voulait dire les meilleurs, par l'intelligence, par le cœur. Or, voilà le premier d'entre nous que je vois sachant ce que c'est que Victurnien d'Esgrignon. J'ai tort de dire le premier. Il y a aussi un Polignac et un Montesquiou[2] », ajouta M. de Charlus qui savait que cette double assimilation ne pouvait qu'enivrer la marquise. « D'ailleurs vos fils ont de qui tenir, leur grand-père maternel avait une collection célèbre du XVIIIe siècle. Je vous montrerai la mienne si vous voulez me faire le plaisir de venir déjeuner un jour, dit-il au jeune Victurnien. Je vous montrerai une curieuse édition du *Cabinet des Antiques* avec des corrections de la main de Balzac. Je serai charmé de confronter ensemble les deux Victurnien. »

Je ne pouvais me décider à quitter Swann. Il était arrivé à ce degré de fatigue où le corps d'un malade n'est plus qu'une cornue où s'observent des réactions chimiques. Sa figure se marquait de petits points bleu de Prusse, qui avaient l'air de ne pas appartenir au monde vivant, et dégageait ce genre d'odeur qui, au lycée, après les « expériences », rend si désagréable de rester dans une classe de « Sciences ». Je lui demandai s'il n'avait pas eu une longue conversation avec le prince de Guermantes et s'il ne voulait pas me raconter ce qu'elle avait été. « Si, me dit-il, mais allez d'abord un moment avec M. de Charlus et Mme de Surgis, je vous attendrai ici. »

En effet, M. de Charlus ayant proposé à Mme de Surgis de quitter cette pièce trop chaude et d'aller s'asseoir un moment avec elle dans une autre, n'avait pas demandé aux deux fils de venir avec leur mère, mais à moi. De cette façon, il se donnait l'air, après les avoir amorcés, de ne pas tenir aux deux jeunes gens. Il me faisait de plus une politesse facile, Mme de Surgis-le-Duc étant assez mal vue.

Malheureusement, à peine étions-nous assis dans une baie sans dégagements, que Mme de Saint-Euverte, but des quolibets du baron, vint à passer. Elle, peut-être pour dissimuler, ou dédaigner ouvertement les mauvais sentiments qu'elle inspirait à M. de Charlus, et surtout montrer qu'elle était intime avec une dame qui causait si familièrement avec lui, dit un bonjour dédaigneusement amical à la célèbre beauté, laquelle lui répondit tout en regardant du coin de l'œil M. de Charlus avec un sourire moqueur. Mais la baie était si étroite que Mme de Saint-Euverte quand elle voulut, derrière nous, continuer de quêter ses invités du lendemain, se trouva prise et ne put facilement se dégager, moment précieux dont M. de Charlus, désireux de faire briller sa verve insolente aux yeux de la mère des deux jeunes gens, se garda bien de ne pas profiter. Une niaise question que je lui posai sans malice lui fournit l'occasion d'un triomphal couplet dont la pauvre Saint-Euverte, quasi immobilisée derrière nous, ne pouvait guère perdre un mot. « Croyez-vous que cet impertinent jeune homme, dit-il en me désignant à Mme de Surgis, vient de me demander, sans le moindre souci qu'on doit avoir de cacher ces sortes de besoins, si j'allais chez Mme de Saint-Euverte, c'est-à-dire, je pense, si j'avais la colique[1]. Je tâcherais en tous cas de m'en soulager dans un endroit plus confortable que chez une personne qui, si j'ai bonne mémoire, célébrait son centenaire quand je commençai à aller dans le monde, c'est-à-dire pas chez elle. Et pourtant qui plus qu'elle serait intéressante à entendre ? Que de souvenirs historiques, vus et vécus du temps du Premier Empire et de la Restauration, que d'histoires intimes aussi qui n'avaient certainement rien de "saint", mais devaient être très "vertes", si l'on en croit la cuisse restée légère de la vénérable gambadeuse ! Ce qui m'empêcherait de l'interroger sur ces époques passionnantes, c'est la sensibilité de mon appareil olfactif. La proximité de la dame suffit. Je me dis tout d'un coup : "Oh ! mon Dieu, on a crevé ma fosse d'aisances", c'est simplement la marquise qui dans quelque but d'invitation vient d'ouvrir la bouche. Et vous comprenez que si j'avais le malheur d'aller chez elle, la fosse d'aisances se multiplierait en un formidable tonneau de vidange. Elle porte pourtant un nom mystique qui me fait toujours penser avec jubilation quoiqu'elle ait passé depuis longtemps la date de son jubilé, à ce stupide vers dit "déliquescent" : *Ah ! verte, combien verte était mon âme ce jour-là*[2]... Mais il me faut une plus propre verdure. On me dit que l'infatigable marcheuse donne des "garden-parties", moi j'appellerais ça "des invites à se promener dans les égouts". Est-ce que vous allez vous crotter là ? » demanda-t-il à Mme de Surgis, qui cette fois se trouva ennuyée. Car voulant feindre de n'y pas aller vis-à-vis du baron, et sachant qu'elle donnerait des jours de sa propre vie plutôt que de manquer la matinée Saint-Euverte, elle s'en tira par une moyenne, c'est-à-dire l'incertitude. Cette incertitude prit une forme si bêtement dilettante et si mesquinement couturière, que M. de Charlus, ne craignant pas d'offenser Mme de Surgis à laquelle pourtant il désirait plaire, se mit à rire pour lui montrer que « ça ne prenait pas ».

« J'admire toujours les gens qui font des projets, dit-elle ; je me décommande souvent au dernier moment. Il y a une question de robe d'été qui peut changer les choses. J'agirai sous l'inspiration du moment. »

Pour ma part j'étais indigné de l'abominable petit discours que venait de tenir M. de Charlus. J'aurais voulu combler de biens la donneuse de garden-parties. Malheureusement dans le monde, comme dans le monde politique, les victimes sont si lâches qu'on ne peut pas en vouloir bien longtemps aux bourreaux. Mme de Saint-Euverte qui avait réussi à se dégager de la baie dont nous barrions l'entrée, frôla involontairement le baron en passant, et, par un réflexe de snobisme qui annihilait chez elle toute colère, peut-être même dans l'espoir d'une entrée en matière d'un genre dont ce ne devait pas être le premier essai : « Oh ! pardon, monsieur de Charlus, j'espère que je ne vous ai pas fait mal », s'écria-t-elle comme si elle s'agenouillait devant son maître. Celui-ci ne daigna répondre autrement que par un large rire ironique et concéda seulement un « bonsoir », qui, comme s'il s'apercevait seulement de la présence de la marquise une fois qu'elle l'avait salué la première, était une insulte de plus. Enfin, avec une platitude suprême dont je souffris pour elle, Mme de Saint-Euverte s'approcha de moi et, m'ayant pris à l'écart, me dit à l'oreille : « Mais, qu'ai-je fait à M. de Charlus ? On prétend qu'il ne me trouve pas assez chic pour lui », dit-elle, en riant à gorge déployée. Je restai sérieux. D'une part, je trouvais stupide qu'elle eût l'air de croire ou de vouloir faire croire que personne n'était, en effet, aussi chic qu'elle. D'autre part, les gens qui rient si fort de ce qu'ils disent, et qui n'est pas drôle, nous dispensent par là, en prenant à leur charge l'hilarité, d'y participer.

« D'autres assurent qu'il est froissé que je ne l'invite pas. Mais il ne m'encourage pas beaucoup. Il a l'air de me bouder (l'expression me parut faible). Tâchez de le savoir et venez me le dire demain. Et s'il a des remords et veut vous accompagner, amenez-le. À tout péché miséricorde. Cela me ferait même assez plaisir, à cause de Mme de Surgis que cela ennuierait. Je vous laisse carte blanche. Vous avez le flair le plus fin de toutes ces choses-là et je ne veux pas avoir l'air de quémander des invités. En tous cas, sur vous, je compte absolument. »

Je songeai que Swann devait se fatiguer à m'attendre. Je ne voulais pas, du reste, rentrer trop tard à cause d'Albertine, et, prenant congé de Mme de Surgis et de M. de Charlus, j'allai retrouver mon malade dans la salle de jeux. Je lui demandai si ce qu'il avait dit au prince dans leur entretien au jardin était bien ce que M. de Bréauté (que je ne lui nommai pas) nous avait rendu et qui était relatif à un petit acte de Bergotte. Il éclata de rire : « Il n'y a pas un mot de vrai, pas un seul, c'est entièrement inventé et aurait été absolument stupide. Vraiment c'est inouï, cette génération spontanée de l'erreur. Je ne vous demande pas qui vous a dit cela, mais ce serait vraiment curieux dans un cadre aussi délimité que celui-ci de remonter de proche en proche pour savoir comment cela s'est formé. Du reste, comment cela peut-il intéresser les gens, ce que le prince m'a dit ? Les gens sont bien curieux. Moi, je n'ai jamais été curieux, sauf quand j'ai été amoureux et quand j'ai été jaloux. Et pour ce que cela m'a appris ! Êtes-vous jaloux ? » Je dis à Swann que je n'avais jamais éprouvé de jalousie, que je ne savais même pas ce que c'était. « Hé bien ! je vous en félicite. Quand on l'est peu, cela n'est pas tout à fait désagréable à deux points de vue. D'une part, parce que cela permet aux gens qui ne sont pas curieux de s'intéresser à la vie des autres personnes, ou au moins d'une autre. Et puis, parce que cela fait assez bien sentir la douceur de posséder, de monter en voiture avec une femme, de ne pas la laisser aller seule. Mais cela, ce n'est que dans les tout premiers débuts du mal ou quand la guérison est presque complète. Dans l'intervalle, c'est le plus affreux des supplices. Du reste, même les deux douceurs dont je vous parle, je dois vous dire que je les ai peu connues : la première, par la faute de ma nature qui n'est pas capable de réflexions très prolongées ; la seconde, à cause des circonstances, par la faute de la femme, je veux dire des femmes, dont j'ai été jaloux. Mais cela ne fait rien. Même quand on ne tient plus aux choses, il n'est pas absolument indifférent d'y avoir tenu, parce que c'était toujours pour des raisons qui échappaient aux autres. Le souvenir de ces sentiments-là, nous sentons qu'il n'est qu'en nous ; c'est en nous qu'il faut rentrer pour le regarder. Ne vous moquez pas trop de ce jargon idéaliste, mais ce que je veux dire, c'est que j'ai beaucoup aimé la vie et que j'ai beaucoup aimé les arts. Hé bien ! maintenant que je suis un peu trop fatigué pour vivre avec les autres, ces anciens sentiments si personnels à moi que j'ai eus, me semblent, ce qui est la manie de tous les collectionneurs, très précieux. Je m'ouvre à moi-même mon cœur comme une espèce de vitrine, je regarde un à un tant d'amours que les autres n'auront pas connus. Et de cette collection à laquelle je suis maintenant plus attaché encore qu'aux autres, je me dis, un peu comme Mazarin pour ses livres, mais, du reste, sans angoisse aucune, que ce sera bien embêtant de quitter tout cela. Mais venons à l'entretien avec le prince, je ne le raconterai qu'à une seule personne, et cette personne, cela va être vous. » J'étais gêné pour l'entendre par la conversation que, tout près de nous, M. de Charlus, revenu dans la salle de jeux, prolongeait indéfiniment. « Et vous lisez vous aussi ? Qu'est-ce que vous faites ? » demanda-t-il au comte Arnulphe qui ne connaissait même pas le nom de Balzac. Mais sa myopie, comme il voyait tout très petit, lui donnait l'air de voir de très loin, de sorte que, rare poésie en un sculptural dieu grec, dans ses prunelles s'inscrivaient comme de distantes et mystérieuses étoiles.

« Si nous allions faire quelques pas dans le jardin, Monsieur », dis-je à Swann, tandis que le comte Arnulphe, avec une voix zézayante qui semblait indiquer que son développement, au moins mental, n'était pas complet, répondait à M. de Charlus avec une précision complaisante et naïve : « Oh ! moi, c'est plutôt le golf, le tennis, le ballon, la course à pied, surtout le polo. » Telle Minerve, s'étant subdivisée, avait cessé, dans certaine cité, d'être la déesse de la Sagesse et avait incarné une part d'elle-même en une divinité purement sportive, hippique, « Athénè Hippia ». Et il allait aussi à Saint-Moritz faire du ski, car Pallas Tritogeneia fréquente les hauts sommets et rattrape les cavaliers[1]. « Ah ! » répondit M. de Charlus avec le sourire transcendant de l'intellectuel qui ne prend même pas la peine de dissimuler qu'il se moque, mais qui, d'ailleurs, se sent si supérieur aux autres et méprise tellement l'intelligence de ceux qui sont le moins bêtes, qu'il les différencie à peine de ceux qui le sont le plus, du moment qu'ils peuvent lui être agréables d'une autre façon. En parlant à Arnulphe, M. de Charlus trouvait qu'il lui conférait par là même une supériorité que tout le monde devait envier et reconnaître. « Non, me répondit Swann, je suis trop fatigué pour marcher, asseyons-nous plutôt dans un coin, je ne tiens plus debout. » C'était vrai, et pourtant, commencer à causer lui avait déjà rendu une certaine vivacité. C'est que dans la fatigue la plus réelle il y a, surtout chez les gens nerveux, une part qui dépend de l'attention et qui ne se conserve que par la mémoire. On est subitement las dès qu'on craint de l'être, et pour se remettre de sa fatigue, il suffit de l'oublier. Certes, Swann n'était pas tout à fait de ces infatigables épuisés qui, arrivés défaits, flétris, ne se soutenant plus, se raniment dans la conversation comme une fleur dans l'eau et peuvent pendant des heures puiser dans leurs propres paroles des forces qu'ils ne transmettent malheureusement pas à ceux qui les écoutent et qui paraissent de plus en plus abattus au fur et à mesure que le parleur se sent plus réveillé. Mais Swann appartenait à cette forte race juive, à l'énergie vitale, à la résistance à la mort de qui les individus eux-mêmes semblent participer. Frappés chacun de maladies particulières, comme elle l'est, elle-même, par la persécution, ils se débattent indéfiniment dans des agonies terribles qui peuvent se prolonger au-delà de tout terme vraisemblable, quand déjà on ne voit plus qu'une barbe de prophète surmontée d'un nez immense qui se dilate pour aspirer les derniers souffles, avant l'heure des prières rituelles et que commence le défilé ponctuel des parents éloignés s'avançant avec des mouvements mécaniques, comme sur une frise assyrienne.

Nous allâmes nous asseoir, mais avant de s'éloigner du groupe que M. de Charlus formait avec les deux jeunes Surgis et leur mère, Swann ne put s'empêcher d'attacher sur le corsage de celle-ci de longs regards de connaisseur dilatés et concupiscents. Il mit son monocle pour mieux apercevoir, et tout en me parlant, de temps à autre il jetait un regard vers la direction de cette dame. « Voici mot pour mot, me dit-il quand nous fûmes assis, ma conversation avec le prince, et si vous vous rappelez ce que je vous ai dit tantôt, vous verrez pourquoi je vous choisis pour confident. Et puis aussi, pour une autre raison que vous saurez un jour[1]. "Mon cher Swann, m'a dit le prince de Guermantes, vous m'excuserez si j'ai paru vous éviter depuis quelque temps. (Je ne m'en étais nullement aperçu, étant malade et fuyant moi-même tout le monde.) D'abord, j'avais entendu dire, et je prévoyais bien, que vous aviez dans la malheureuse affaire qui divise le pays, des opinions entièrement opposées aux miennes. Or, il m'eût été excessivement pénible que vous les professiez devant moi. Ma nervosité était si grande que la princesse ayant entendu, il y a deux ans, son beau-frère, le grand-duc de Hesse, dire que Dreyfus était innocent, elle ne s'était pas contentée de relever le propos avec vivacité, mais ne me l'avait pas répété pour ne pas me contrarier. Presque à la même époque, le prince royal de Suède était venu à Paris, et ayant probablement entendu dire que l'impératrice Eugénie était dreyfusiste[2], avait confondu avec la princesse (étrange confusion, vous l'avouerez, entre une femme du rang de ma femme et une Espagnole, beaucoup moins bien née qu'on ne dit, et mariée à un simple Bonaparte) et lui avait dit : 'Princesse, je suis doublement heureux de vous voir, car je sais que vous avez les mêmes idées que moi sur l'affaire Dreyfus, ce qui ne m'étonne pas puisque Votre Altesse est bavaroise.' Ce qui avait attiré au prince cette réponse : 'Monseigneur, je ne suis plus qu'une princesse française, et je pense comme tous mes compatriotes.' Or, mon cher Swann, il y a environ un an et demi, une conversation que j'eus avec le général de Beaucerfeuil me donna le soupçon que, non pas une erreur, mais de graves illégalités avaient été commises dans la conduite du procès." »

Nous fûmes interrompus (Swann ne tenait pas à ce qu'on entendît son récit) par la voix de M. de Charlus qui (sans se soucier de nous, d'ailleurs) passait en reconduisant Mme de Surgis et s'arrêta pour tâcher de la retenir encore, soit à cause de ses fils, ou de ce désir qu'avaient les Guermantes de ne pas voir finir la minute actuelle, lequel les plongeait dans une sorte d'anxieuse inertie. Swann m'apprit à ce propos, un peu plus tard, quelque chose qui ôta pour moi au nom de Surgis-le-Duc toute la poésie que je lui avais trouvée. La marquise de Surgis-le-Duc avait une beaucoup plus grande situation mondaine, de beaucoup plus belles alliances que son cousin, le comte de Surgis qui, pauvre, vivait dans ses terres. Mais le mot qui terminait le titre, « le Duc », n'avait nullement l'origine que je lui prêtais et qui m'avait fait le rapprocher, dans mon imagination, de Bourg-l'Abbé, Bois-le-Roi, etc.[1]. Tout simplement, un comte de Surgis avait épousé, pendant la Restauration, la fille d'un richissime industriel, M. Leduc, ou Le Duc, fils lui-même d'un fabricant de produits chimiques, l'homme le plus riche de son temps, et qui était pair de France. Le roi Charles X avait créé pour l'enfant issu de ce mariage, le marquisat de Surgis-le-Duc, le marquisat de Surgis existant déjà dans la famille. L'adjonction du nom bourgeois n'avait pas empêché cette branche de s'allier, à cause de l'énorme fortune, aux premières familles du royaume. Et la marquise actuelle de Surgis-le-Duc, d'une grande naissance, aurait pu avoir une situation de premier ordre. Un démon de perversité[1] l'avait poussée, dédaignant la situation toute faite, à s'enfuir de la maison conjugale, à vivre de la façon la plus scandaleuse. Puis, le monde dédaigné par elle à vingt ans, quand il était à ses pieds, lui avait cruellement manqué à trente, quand, depuis dix ans, personne, sauf de rares amies fidèles, ne la saluait plus, et elle avait entrepris de reconquérir laborieusement pièce par pièce ce qu'elle possédait en naissant (aller et retour qui ne sont pas rares).

Quant aux grands seigneurs ses parents, reniés jadis par elle, et qui l'avaient reniée à leur tour, elle s'excusait de la joie qu'elle aurait à les ramener à elle sur des souvenirs d'enfance qu'elle pourrait évoquer avec eux. Et en disant cela, pour dissimuler son snobisme, elle mentait peut-être moins qu'elle ne croyait. « Basin, c'est toute ma jeunesse ! » disait-elle le jour où il lui était revenu. Et, en effet, c'était un peu vrai. Mais elle avait mal calculé en le choisissant comme amant. Car toutes les amies de la duchesse de Guermantes allaient prendre parti pour elle et ainsi Mme de Surgis descendrait pour la deuxième fois cette pente qu'elle avait eu tant de peine à remonter. « Hé bien ! » était en train de lui dire M. de Charlus, qui tenait à prolonger l'entretien, « vous mettrez mes hommages au pied du beau portrait. Comment va-t-il ? Que devient-il ? — Mais, répondit Mme de Surgis, vous savez que je ne l'ai plus : mon mari n'en a pas été content. — Pas content ! d'un des chefs-d'œuvre de notre époque, égal à la duchesse de Châteauroux de Nattier[2] et qui du reste ne prétendait pas à fixer une moins majestueuse et meurtrière déesse ! Oh ! le petit col bleu !

C'est-à-dire que jamais Ver Meer n'a peint une étoffe avec plus de maîtrise, ne le disons pas trop haut pour que Swann ne s'attaque pas à nous dans l'intention de venger son peintre favori, le maître de Delft[1]. » La marquise se retournant adressa un sourire et tendit la main à Swann qui s'était soulevé pour la saluer. Mais presque sans dissimulation, qu'une vie déjà avancée lui en eût ôté soit la volonté morale, par l'indifférence à l'opinion, soit le pouvoir physique, par l'exaltation du désir et l'affaiblissement des ressorts qui aident à le cacher, dès que Swann eut, en serrant la main de la marquise, vu sa gorge de tout près et de haut, il plongea un regard attentif, sérieux, absorbé, presque soucieux, dans les profondeurs du corsage, et ses narines, que le parfum de la femme grisait, palpitèrent comme un papillon prêt à aller se poser sur la fleur entrevue. Brusquement il s'arracha au vertige qui l'avait saisi, et Mme de Surgis elle-même, quoique gênée, étouffa une respiration profonde, tant le désir est parfois contagieux. « Le peintre s'est froissé, dit-elle à M. de Charlus, et l'a repris. On avait dit qu'il était maintenant chez Diane de Saint-Euverte. — Je ne croirai jamais, répliqua le baron, qu'un chef-d'œuvre ait si mauvais goût. »

« Il lui parle de son portrait. Moi, je lui en parlerais aussi bien que Charlus, de ce portrait, me dit Swann, affectant un ton traînard et voyou et suivant des yeux le couple qui s'éloignait. Et cela me ferait sûrement plus de plaisir qu'à Charlus », ajouta-t-il. Je lui demandai si ce qu'on disait de M. de Charlus était vrai, en quoi je mentais doublement, car si je ne savais pas qu'on eût jamais rien dit, en revanche je savais fort bien depuis tantôt que ce que je voulais dire était vrai. Swann haussa les épaules, comme si j'avais proféré une absurdité. « C'est-à-dire que c'est un ami délicieux[2]. Mais ai-je besoin d'ajouter que c'est purement platonique. Il est plus sentimental que d'autres, voilà tout ; d'autre part, comme il ne va jamais très loin avec les femmes, cela a donné une espèce de crédit aux bruits insensés dont vous voulez parler. Charlus aime peut-être beaucoup ses amis, mais tenez pour assuré que cela ne s'est jamais passé ailleurs que dans sa tête et dans son cœur. Enfin, nous allons peut-être avoir deux secondes de tranquillité. Donc, le prince de Guermantes continua : "Je vous avouerai que cette idée d'une illégalité possible dans la conduite du procès m'était extrêmement pénible à cause du culte que vous savez que j'ai pour l'armée ; j'en reparlai avec le général, et je n'eus plus, hélas ! aucun doute à cet égard. Je vous dirai franchement que dans tout cela, l'idée qu'un innocent pourrait subir la plus infamante des peines ne m'avait même pas effleuré. Mais tourmenté par cette idée d'illégalité, je me mis à étudier ce que je n'avais pas voulu lire, et voici que des doutes, cette fois non plus seulement sur l'illégalité mais sur l'innocence, vinrent me hanter. Je ne crus pas en devoir parler à la princesse. Dieu sait qu'elle est devenue aussi française que moi. Malgré tout, du jour où je l'ai épousée, j'eus tant de coquetterie à lui montrer dans toute sa beauté notre France, et ce que pour moi elle a de plus splendide, son armée, qu'il m'était trop cruel de lui faire part de mes soupçons qui n'atteignaient, il est vrai, que quelques officiers. Mais je suis d'une famille de militaires, je ne voulais pas croire que des officiers pussent se tromper. J'en reparlai encore à Beaucerfeuil, il m'avoua que des machinations coupables avaient été ourdies, que le bordereau n'était peut-être pas de Dreyfus, mais que la preuve éclatante de sa culpabilité existait. C'était la pièce Henry[1]. Et quelques jours après, on apprenait que c'était un faux. Dès lors, en cachette de la princesse je me mis à lire tous les jours *Le Siècle*, *L'Aurore*[1] ; bientôt je n'eus plus aucun doute, je ne pouvais plus dormir. Je m'ouvris de mes souffrances morales à notre ami, l'abbé Poiré[2], chez qui je rencontrai avec étonnement la même conviction, et je fis dire par lui des messes à l'intention de Dreyfus, de sa malheureuse femme et de ses enfants. Sur ces entrefaites, un matin que j'allais chez la princesse, je vis sa femme de chambre qui cachait quelque chose qu'elle avait dans la main. Je lui demandai en riant ce que c'était, elle rougit et ne voulut pas me le dire. J'avais la plus grande confiance dans ma femme, mais cet incident me troubla fort (et sans doute aussi la princesse à qui sa camériste avait dû le raconter), car ma chère Marie me parla à peine pendant le déjeuner qui suivit. Je demandai ce jour-là à l'abbé Poiré s'il pourrait dire le lendemain ma messe pour Dreyfus." Allons, bon ! » s'écria Swann à mi-voix en s'interrompant. Je levai la tête et vis le duc de Guermantes qui venait à nous. « Pardon de vous déranger mes enfants. Mon petit, dit-il en s'adressant à moi, je suis délégué auprès de vous par Oriane. Marie et Gilbert lui ont demandé de rester à souper à leur table avec cinq ou six personnes seulement : la princesse de Hesse, Mme de Ligne, Mme de Tarente, Mme de Chevreuse, la duchesse d'Arenberg. Malheureusement, nous ne pouvons pas rester, parce que nous allons à une espèce de petite redoute. » J'écoutais, mais chaque fois que nous avons quelque chose à faire à un moment déterminé, nous chargeons en nous-même un certain personnage habitué à ce genre de besogne de surveiller l'heure et de nous avertir à temps. Ce serviteur interne me rappela, comme je l'en avais prié il y a quelques heures, qu'Albertine, en ce moment bien loin de ma pensée, devait venir chez moi aussitôt après le théâtre. Aussi, je refusai le souper. Ce n'est pas que je ne me plusse chez la princesse de Guermantes. Ainsi les hommes peuvent avoir plusieurs sortes de plaisirs. Le véritable est celui pour lequel ils quittent l'autre. Mais ce dernier, s'il est apparent, ou même seul apparent, peut donner le change sur le premier, rassure ou dépiste les jaloux, égare le jugement du monde. Et pourtant, il suffirait pour que nous le sacrifiions à l'autre d'un peu de bonheur ou d'un peu de souffrance. Parfois un troisième ordre de plaisirs plus graves, mais plus essentiels, n'existe pas encore pour nous chez qui sa virtualité ne se traduit qu'en éveillant des regrets, des découragements. Et c'est à ces plaisirs-là pourtant que nous nous donnerons plus tard. Pour en donner un exemple tout à fait secondaire, un militaire en temps de paix sacrifiera la vie mondaine à l'amour, mais la guerre déclarée (et sans qu'il soit même besoin de faire intervenir l'idée d'un devoir patriotique), l'amour à la passion, plus forte que l'amour, de se battre. Swann avait beau dire qu'il était heureux de me raconter son histoire, je sentais bien que sa conversation avec moi, à cause de l'heure tardive, et parce qu'il était trop souffrant, était une de ces fatigues dont ceux qui savent qu'ils se tuent par les veilles, par les excès, ont en rentrant un regret exaspéré, pareil à celui qu'ont de la folle dépense qu'ils viennent encore de faire, les prodigues qui ne pourront pourtant pas s'empêcher le lendemain de jeter l'argent par les fenêtres. À partir d'un certain degré d'affaiblissement, qu'il soit causé par l'âge ou par la maladie, tout plaisir pris aux dépens du sommeil, en dehors des habitudes, tout dérèglement, devient un ennui. Le causeur continue à parler par politesse, par excitation, mais il sait que l'heure où il aurait pu encore s'endormir est déjà passée, et il sait aussi les reproches qu'il s'adressera au cours de l'insomnie et de la fatigue qui vont suivre. Déjà d'ailleurs, même le plaisir momentané a pris fin, le corps et l'esprit sont trop démeublés de leurs forces pour accueillir agréablement ce qui paraît un divertissement à votre interlocuteur. Ils ressemblent à un appartement un jour de départ ou de déménagement, où ce sont des corvées que les visites que l'on reçoit assis sur des malles, les yeux fixés sur la pendule. « Enfin seuls, me dit-il ; je ne sais plus où j'en suis. N'est-ce pas, je vous ai dit que le prince avait demandé à l'abbé Poiré s'il pourrait faire dire sa messe pour Dreyfus. "'Non, me répondit l'abbé'" (je vous dis *me*, me dit Swann, parce que c'est le prince qui me parle, vous comprenez ?) "'car j'ai une autre messe qu'on m'a chargé de dire également ce matin pour lui. — Comment, lui dis-je, il y a un autre catholique que moi qui est convaincu de son innocence ? — Il faut le croire. — Mais la conviction de cet autre partisan doit être moins ancienne que la mienne. — Pourtant, ce partisan me faisait déjà dire des messes quand vous croyiez encore Dreyfus coupable. — Ah ! je vois bien que ce n'est pas quelqu'un de notre milieu. — Au contraire ! — Vraiment, il y a parmi nous des dreyfusistes ? Vous m'intriguez ; j'aimerais m'épancher avec lui, si je le connais, cet oiseau rare. — Vous le connaissez. — Il s'appelle ? — La princesse de Guermantes[1].' Pendant que je craignais de froisser les opinions nationalistes, la foi française de ma chère femme, elle, avait eu peur d'alarmer mes opinions religieuses, mes sentiments patriotiques. Mais de son côté, elle pensait comme moi, quoique depuis plus longtemps que moi. Et ce que sa femme de chambre cachait en entrant dans sa chambre, ce qu'elle allait lui acheter tous les jours, c'était *L'Aurore*. Mon cher Swann, dès ce moment je pensai au plaisir que je vous ferais en vous disant combien mes idées étaient sur ce point parentes des vôtres ; pardonnez-moi de ne l'avoir pas fait plus tôt. Si vous vous reportez au silence que j'avais gardé vis-à-vis de la princesse, vous ne serez pas étonné que penser comme vous m'eût alors encore plus écarté de vous que penser autrement que vous. Car ce sujet m'était infiniment pénible à aborder. Plus je crois qu'une erreur, que même des crimes ont été commis, plus je saigne dans mon amour de l'armée. J'aurais pensé que des opinions semblables aux miennes étaient loin de vous inspirer la même douleur, quand on m'a dit l'autre jour que vous réprouviez avec force les injures à l'armée et que les dreyfusistes acceptassent de s'allier à ses insulteurs. Cela m'a décidé, j'avoue qu'il m'a été cruel de vous confesser ce que je pense de certains officiers, peu nombreux heureusement, mais c'est un soulagement pour moi de ne plus avoir à me tenir loin de vous et surtout que vous sentiez bien que si j'avais pu être dans d'autres sentiments, c'est que je n'avais pas un doute sur le bien-fondé du jugement rendu. Dès que j'en eus un, je ne pouvais plus désirer qu'une chose, la réparation de l'erreur." Je vous avoue que ces paroles du prince de Guermantes m'ont profondément ému. Si vous le connaissiez comme moi, si vous saviez d'où il a fallu qu'il revienne pour en arriver là, vous auriez de l'admiration pour lui, et il en mérite. D'ailleurs, son opinion ne m'étonne pas, c'est une nature si droite ! » Swann oubliait que dans l'après-midi, il m'avait dit au contraire que les opinions en cette affaire Dreyfus étaient commandées par l'atavisme. Tout au plus avait-il fait exception pour l'intelligence, parce que chez Saint-Loup elle était arrivée à vaincre l'atavisme et à faire de lui un dreyfusard. Or, il venait de voir que cette victoire avait été de courte durée et que Saint-Loup avait passé dans l'autre camp. C'était donc maintenant à la droite du cœur qu'il donnait le rôle dévolu tantôt à l'intelligence. En réalité, nous découvrons toujours après coup que nos adversaires avaient une raison d'être du parti où ils sont et qui ne tient pas à ce qu'il peut y avoir de juste dans ce parti, et que ceux qui pensent comme nous, c'est que l'intelligence, si leur nature morale est trop basse pour être invoquée, ou leur droiture, si leur pénétration est faible, les y a contraints.

Swann trouvait maintenant indistinctement intelligents ceux qui étaient de son opinion, son vieil ami le prince de Guermantes, et mon camarade Bloch qu'il avait tenu à l'écart jusque-là, et qu'il invita à déjeuner. Swann intéressa beaucoup Bloch en lui disant que le prince de Guermantes était dreyfusard. « Il faudrait lui demander de signer nos listes pour Picquart[1] ; avec un nom comme le sien, cela ferait un effet formidable. » Mais Swann, mêlant à son ardente conviction d'Israélite la modération diplomatique du mondain, dont il avait trop pris les habitudes pour pouvoir si tardivement s'en défaire, refusa d'autoriser Bloch à envoyer au prince, même comme spontanément, une circulaire à signer. « Il ne peut pas faire cela, il ne faut pas demander l'impossible, répétait Swann. Voilà un homme charmant qui a fait des milliers de lieues pour venir jusqu'à nous. Il peut nous être très utile. S'il signait votre liste, il se compromettrait simplement auprès des siens, serait châtié à cause de nous, peut-être se repentirait-il de ses confidences et n'en ferait-il plus. » Bien plus, Swann refusa son propre nom. Il le trouvait trop hébraïque pour ne pas faire mauvais effet. Et puis, s'il approuvait tout ce qui touchait à la révision, il ne voulait être mêlé en rien à la campagne antimilitariste. Il portait, ce qu'il n'avait jamais fait jusque-là, la décoration qu'il avait gagnée comme tout jeune mobile, en 70, et ajouta à son testament un codicille pour demander que, contrairement à ses dispositions précédentes, des honneurs militaires fussent rendus à son grade de chevalier de la Légion d'honneur. Ce qui assembla autour de l'église de Combray tout un escadron de ces cavaliers sur l'avenir desquels pleurait autrefois Françoise, quand elle envisageait la perspective d'une guerre[1]. Bref Swann refusa de signer la circulaire de Bloch de sorte que s'il passait pour un dreyfusard enragé aux yeux de beaucoup, mon camarade le trouva tiède, infecté de nationalisme, et cocardier.

Swann me quitta sans me serrer la main pour ne pas être obligé de faire des adieux dans cette salle où il avait trop d'amis, mais il me dit : « Vous devriez venir voir votre amie Gilberte. Elle a réellement grandi et changé, vous ne la reconnaîtriez pas. Elle serait si heureuse ! » Je n'aimais plus Gilberte. Elle était pour moi comme une morte qu'on a longtemps pleurée, puis l'oubli est venu, et si elle ressuscitait, elle ne pourrait plus s'insérer dans une vie qui n'est plus faite pour elle. Je n'avais plus envie de la voir, ni même cette envie de lui montrer que je ne tenais pas à la voir et que chaque jour, quand je l'aimais, je me promettais de lui témoigner quand je ne l'aimerais plus.

Aussi, ne cherchant plus qu'à me donner, vis-à-vis de Gilberte, l'air d'avoir désiré de tout mon cœur la retrouver, et d'en avoir été empêché par des circonstances dites « indépendantes de ma volonté » et qui ne se produisent en effet, au moins avec une certaine suite, que quand la volonté ne les contrecarre pas, bien loin d'accueillir avec réserve l'invitation de Swann, je ne le quittai pas qu'il ne m'eût promis d'expliquer en détail à sa fille les contretemps qui m'avaient privé, et me priveraient encore d'aller la voir. « Du reste, je vais lui écrire tout à l'heure en rentrant, ajoutai-je. Mais dites-lui bien que c'est une lettre de menaces, car dans un mois ou deux, je serai tout à fait libre, et alors qu'elle tremble, car je serai chez vous aussi souvent même qu'autrefois. »

Avant de laisser Swann, je lui dis un mot de sa santé. « Non, ça ne va pas si mal que ça, me répondit-il. D'ailleurs comme je vous le disais, je suis assez fatigué et accepte d'avance avec résignation ce qui peut arriver. Seulement, j'avoue que ce serait bien agaçant de mourir avant la fin de l'affaire Dreyfus. Toutes ces canailles-là ont plus d'un tour dans leur sac. Je ne doute pas qu'ils soient finalement vaincus, mais enfin ils sont très puissants, ils ont des appuis partout. Dans le moment où ça va le mieux, tout craque. Je voudrais bien vivre assez pour voir Dreyfus réhabilité et Picquart colonel[1]. »

Quand Swann fut parti, je retournai dans le grand salon où se trouvait cette princesse de Guermantes avec laquelle je ne savais pas alors que je dusse être un jour si lié. La passion qu'elle eut pour M. de Charlus ne se découvrit pas d'abord à moi. Je remarquai seulement que le baron, à partir d'une certaine époque et sans être pris contre la princesse de Guermantes d'aucune de ces inimitiés qui chez lui n'étonnaient pas, tout en continuant à avoir pour elle autant, plus d'affection peut-être encore, paraissait mécontent et agacé chaque fois qu'on lui parlait d'elle. Il ne donnait plus jamais son nom dans la liste des personnes avec qui il désirait dîner.

Il est vrai qu'avant cela, j'avais entendu un homme du monde très méchant dire que la princesse était tout à fait changée, qu'elle était amoureuse de M. de Charlus, mais cette médisance m'avait paru absurde et m'avait indigné. J'avais bien remarqué avec étonnement que quand je racontais quelque chose qui me concernait, si au milieu intervenait

M. de Charlus, l'attention de la princesse se mettait aussitôt à ce cran plus serré qui est celui d'un malade qui, nous entendant parler de nous, par conséquent d'une façon distraite et nonchalante, reconnaît tout d'un coup qu'un nom est celui du mal dont il est atteint, ce qui à la fois l'intéresse et le réjouit. Telle, si je lui disais : « Justement M. de Charlus me racontait... », la princesse reprenait en mains les rênes détendues de son attention. Et une fois ayant dit devant elle que M. de Charlus avait en ce moment un assez vif sentiment pour une certaine personne, je vis avec étonnement s'insérer dans les yeux de la princesse ce trait différent et momentané qui trace dans les prunelles comme le sillon d'une fêlure et qui provient d'une pensée que nos paroles à leur insu ont agitée en l'être à qui nous parlons, pensée secrète qui ne se traduira pas par des mots, mais qui montera des profondeurs remuées par nous, à la surface un instant altérée du regard. Mais si mes paroles avaient ému la princesse, je n'avais pas soupçonné de quelle façon.

D'ailleurs, peu de temps après, elle commença à me parler de M. de Charlus, et presque sans détours. Si elle faisait allusion aux bruits que de rares personnes faisaient courir sur le baron, c'était seulement comme à d'absurdes et infâmes inventions. Mais d'autre part, elle disait : « Je trouve qu'une femme qui s'éprendrait d'un homme de l'immense valeur de Palamède devrait avoir assez de hauteur de vues, assez de dévouement, pour l'accepter et le comprendre en bloc, tel qu'il est, pour respecter sa liberté, ses fantaisies, pour chercher seulement à lui aplanir les difficultés et à le consoler de ses peines. » Or, par ces propos pourtant si vagues, la princesse de Guermantes révélait ce qu'elle cherchait à magnifier, de la même façon que faisait parfois M. de Charlus lui-même. N'ai-je pas entendu à plusieurs reprises ce dernier dire à des gens qui jusque-là étaient incertains si on le calomniait ou non : « Moi, qui ai eu bien des hauts et bien des bas dans ma vie, qui ai connu toute espèce de gens, aussi bien des voleurs que des rois, et même je dois dire, avec une légère préférence pour les voleurs, qui ai poursuivi la beauté sous toutes ses formes, etc.[1] », et par ces paroles qu'il croyait habiles, et en démentant des bruits dont on ne soupçonnait pas qu'ils eussent couru (ou pour faire à la vérité, par goût, par mesure, par souci de la vraisemblance une part qu'il était seul à juger minime), il ôtait leurs derniers doutes sur lui aux uns, inspirait leurs premiers à ceux qui n'en avaient pas encore. Car le plus dangereux de tous les recels, c'est celui de la faute elle-même dans l'esprit du coupable. La connaissance permanente qu'il a d'elle l'empêche de supposer combien généralement elle est ignorée, combien un mensonge complet serait aisément cru, et en revanche de se rendre compte à quel degré de vérité commence pour les autres, dans des paroles qu'il croit innocentes, l'aveu. Et d'ailleurs il aurait eu de toute façon bien tort de chercher à le taire, car il n'y a pas de vices qui ne trouvent dans le grand monde des appuis complaisants et l'on a vu bouleverser l'aménagement d'un château pour faire coucher une sœur près de sa sœur dès qu'on eut appris qu'elle ne l'aimait pas qu'en sœur. Mais ce qui me révéla tout d'un coup l'amour de la princesse, ce fut un fait particulier et sur lequel je n'insisterai pas ici, car il fait partie du récit tout autre où M. de Charlus laissa mourir une reine plutôt que de manquer le coiffeur qui devait le friser au petit fer pour un contrôleur d'omnibus devant lequel il se trouva prodigieusement intimidé[2]. Cependant, pour en finir avec l'amour de la princesse, disons quel rien m'ouvrit les yeux. J'étais ce jour-là, seul en voiture avec elle. Au moment où nous passions devant une poste, elle fit arrêter. Elle n'avait pas emmené de valet de pied. Elle sortit à demi une lettre de son manchon et commença le mouvement de descendre pour la mettre dans la boîte. Je voulus l'arrêter, elle se débattit légèrement, et déjà nous nous rendions compte l'un et l'autre que notre premier geste avait été, le sien compromettant en ayant l'air de protéger un secret, le mien indiscret en m'opposant à cette protection. Ce fut elle qui se ressaisit le plus vite. Devenant subitement très rouge, elle me donna la lettre, je n'osai plus ne pas la prendre, mais en la mettant dans la boîte, je vis, sans le vouloir, qu'elle était adressée à M. de Charlus.

Pour revenir en arrière et à cette première soirée chez la princesse de Guermantes, j'allai lui dire adieu, car son cousin et sa cousine me ramenaient et étaient fort pressés. M. de Guermantes voulait cependant dire au revoir à son frère. Mme de Surgis ayant eu le temps, dans une porte, de dire au duc que M. de Charlus avait été charmant pour elle et pour ses fils, cette grande gentillesse de son frère et la première que celui-ci eût eue dans cet ordre d'idées, toucha profondément Basin et réveilla chez lui des sentiments de famille qui ne s'endormaient jamais longtemps. Au moment où nous disions adieu à la princesse, il tint, sans dire expressément ses remerciements à M. de Charlus, à lui exprimer sa tendresse, soit qu'il eût en effet peine à la contenir, soit pour que le baron se souvînt que le genre d'action qu'il avait eu ce soir ne passait pas inaperçu aux yeux d'un frère, de même que dans le but de créer pour l'avenir des associations de souvenirs salutaires, on donne du sucre à un chien qui a fait le beau. « Hé bien ! petit frère », dit le duc en arrêtant

M. de Charlus et en le prenant tendrement sous le bras, « voilà comment on passe devant son aîné sans même un petit bonjour. Je ne te vois plus, Mémé, et tu ne sais pas comme cela me manque. En cherchant de vieilles lettres j'en ai justement retrouvé de la pauvre maman qui sont toutes si tendres pour toi. — Merci, Basin », répondit M. de Charlus d'une voix altérée car il ne pouvait jamais parler sans émotion de leur mère. « Tu devrais te décider à me laisser t'installer un pavillon à Guermantes », reprit le duc. « C'est gentil de voir les deux frères si tendres l'un avec l'autre, dit la princesse à Oriane. — Ah ! çà, je ne crois pas qu'on puisse trouver beaucoup de frères comme cela. Je vous inviterai avec lui, me promit-elle. Vous n'êtes pas mal avec lui ?... Mais qu'est-ce qu'ils peuvent avoir à se dire ? », ajouta-t-elle d'un ton inquiet, car elle entendait imparfaitement leurs paroles. Elle avait toujours eu une certaine jalousie du plaisir que M. de Guermantes éprouvait à causer avec son frère d'un passé à distance duquel il tenait un peu sa femme. Elle sentait que, quand ils étaient heureux d'être ainsi l'un près de l'autre et que ne retenant plus son impatiente curiosité elle venait se joindre à eux, son arrivée ne leur faisait pas plaisir. Mais ce soir, à cette jalousie habituelle s'en ajoutait une autre. Car si Mme de Surgis avait raconté à M. de Guermantes les bontés qu'avait eues son frère afin qu'il l'en remerciât, en même temps des amies dévouées du couple Guermantes avaient cru devoir prévenir la duchesse que la maîtresse de son mari avait été vue en tête à tête avec le frère de celui-ci. Et Mme de Guermantes en était tourmentée. « Rappelle-toi comme nous étions heureux jadis à Guermantes, reprit le duc en s'adressant à M. de Charlus. Si tu y venais quelquefois l'été, nous reprendrions notre bonne vie. Te rappelles-tu le vieux père Courveau[1] : "Pourquoi est-ce que Pascal est troublant ? Parce qu'il est trou... trou..." — Blé », prononça M. de Charlus comme s'il répondait encore à son professeur. « "Et pourquoi est-ce que Pascal est troublé ? parce qu'il est trou... parce qu'il est trou..." — Blant. — "Très bien, vous serez reçu, vous aurez certainement une mention, et Mme la duchesse vous donnera un dictionnaire chinois". Car tu te rappelles, Basin, à ce moment-là, Basin, j'avais une toquade de chinois. — Si je me rappelle, mon petit Mémé ! Et la vieille potiche que t'avait rapportée Hervey de Saint-Denis[2], je la vois encore. Tu nous menaçais d'aller passer définitivement ta vie en Chine tant tu étais épris de ce pays ; tu aimais déjà faire de longues vadrouilles. Ah ! tu as été un type spécial car on peut dire qu'en rien tu n'as jamais eu les goûts de tout le monde... » Mais à peine avait-il dit ces mots que le duc piqua ce qu'on appelle un soleil, car il connaissait sinon les mœurs, du moins la réputation de son frère. Comme il ne lui en parlait jamais, il était d'autant plus gêné d'avoir dit quelque chose qui pouvait avoir l'air de s'y rapporter, et plus encore d'avoir paru gêné. Après une seconde de silence : « Qui sait, dit-il pour effacer ses dernières paroles, tu étais peut-être amoureux d'une Chinoise avant d'aimer tant de blanches et de leur plaire, si j'en juge par une certaine dame à qui tu as fait bien plaisir ce soir en causant avec elle. Elle a été ravie de toi. » Le duc s'était promis de ne pas parler de Mme de Surgis, mais au milieu du désarroi que la gaffe qu'il avait faite venait de jeter dans ses idées, il s'était jeté sur la plus voisine qui était précisément celle qui ne devait pas paraître dans l'entretien, quoiqu'elle l'eût motivé. Mais M. de Charlus avait remarqué la rougeur de son frère. Et comme les coupables qui ne veulent pas avoir l'air embarrassé qu'on parle devant eux du crime qu'ils sont censés ne pas avoir commis et croient devoir prolonger une conversation périlleuse : « J'en suis charmé, lui répondit-il, mais je tiens à revenir sur ta phrase précédente qui me semble profondément vraie. Tu disais que je n'ai jamais eu les idées de tout le monde, tu ne disais pas les idées, tu disais les goûts. Comme c'est juste ! Je n'ai jamais eu en rien les goûts de tout le monde, comme c'est juste ! Tu disais que j'avais des goûts spéciaux. — Mais non », protesta M. de Guermantes, qui en effet n'avait pas dit ces mots et ne croyait peut-être pas chez son frère à la réalité de ce qu'ils désignent. Et d'ailleurs, se croyait-il le droit de le tourmenter pour des singularités qui en tous cas étaient restées assez douteuses ou assez secrètes pour ne nuire en rien à l'énorme situation du baron ? Bien plus, sentant que cette situation de son frère allait se mettre au service de ses maîtresses, le duc se disait que cela valait bien quelques complaisances en échange ; eût-il à ce moment connu quelque liaison « spéciale » de son frère que, dans l'espoir de l'appui que celui-ci lui prêterait, espoir uni au pieux souvenir du temps passé, M. de Guermantes eût passé dessus, fermant les yeux sur elle, et au besoin prêtant la main. « Voyons, Basin ; bonsoir, Palamède », dit la duchesse qui, rongée de rage et de curiosité, n'y pouvait plus tenir, « si vous avez décidé de passer la nuit ici, il vaut mieux que nous restions à souper. Vous nous tenez debout, Marie et moi, depuis une demi-heure. » Le duc quitta son frère après une significative étreinte et nous descendîmes tous trois l'immense escalier de l'hôtel de la princesse.

Des deux côtés, sur les marches les plus hautes, étaient répandus des couples qui attendaient que leur voiture fût avancée. Droite, isolée, ayant à ses côtés son mari et moi, la duchesse se tenait à gauche de l'escalier, déjà enveloppée dans son manteau à la Tiepolo, le col enserré dans le fermoir de rubis, dévorée des yeux par des femmes, des hommes, qui cherchaient à surprendre le secret de son élégance et de sa beauté. Attendant sa voiture sur le même degré de l'escalier que Mme de Guermantes, mais à l'extrémité opposée, Mme de Gallardon, qui avait perdu depuis longtemps tout espoir d'avoir jamais la visite de sa cousine, tournait le dos pour ne pas avoir l'air de la voir, et surtout pour ne pas offrir la preuve que celle-ci ne la saluait pas. Mme de Gallardon était de fort méchante humeur parce que des messieurs qui étaient avec elle avaient cru devoir lui parler d'Oriane : « Je ne tiens pas du tout à la voir, leur avait-elle répondu, je l'ai du reste aperçue tout à l'heure, elle commence à vieillir ; il paraît qu'elle ne peut pas s'y faire. Basin lui-même le dit. Et dame ! je comprends ça, parce que comme elle n'est pas intelligente, qu'elle est méchante comme une teigne et qu'elle a mauvaise façon, elle sent bien que, quand elle ne sera plus belle, il ne lui restera rien du tout. »

J'avais mis mon pardessus, ce que M. de Guermantes, qui craignait les refroidissements, blâma, en descendant avec moi, à cause de la chaleur qu'il faisait. Et la génération de nobles qui a plus ou moins passé par monseigneur Dupanloup[1] parle un si mauvais français (excepté les Castellane[2]), que le duc exprima ainsi sa pensée : « Il vaut mieux ne pas être couvert avant d'aller dehors, du moins *en thèse générale*. » Je revois toute cette sortie, je revois, si ce n'est pas à tort que je le place sur cet escalier, portrait détaché de son cadre, le prince de Sagan[3] duquel ce dut être la dernière soirée mondaine, se découvrant pour présenter ses hommages à la duchesse, avec une si ample révolution du chapeau haut de forme dans sa main gantée de blanc, qui répondait au gardénia de la boutonnière, qu'on s'étonnait que ce ne fût pas un feutre à plume de l'ancien régime, duquel plusieurs visages ancestraux étaient exactement reproduits dans celui de ce grand seigneur. Il ne resta qu'un peu de temps auprès d'elle, mais ses poses même d'un instant suffisaient à composer tout un tableau vivant et comme une scène historique. D'ailleurs comme il est mort depuis, et que je ne l'avais de son vivant qu'aperçu, il est tellement devenu pour moi un personnage d'histoire, d'histoire mondaine du moins, qu'il m'arrive de m'étonner en pensant qu'une femme, qu'un homme que je connais sont sa sœur et son neveu.

Pendant que nous descendions l'escalier, le montait, avec un air de lassitude qui lui seyait, une femme qui paraissait une quarantaine d'années bien qu'elle eût davantage. C'était la princesse d'Orvillers, fille naturelle, disait-on, du duc de Parme[1], et dont la douce voix se scandait d'un vague accent autrichien. Elle s'avançait, grande, inclinée, dans une robe de soie blanche à fleurs, laissant battre sa poitrine délicieuse, palpitante et fourbue, à travers un harnais de diamants et de saphirs. Tout en secouant la tête comme une cavale de roi qu'eût embarrassée son licol de perles, d'une valeur inestimable et d'un poids incommode, elle posait çà et là ses regards doux et charmants, d'un bleu qui, au fur et à mesure qu'il commençait à s'user, devenait plus caressant encore, et faisait à la plupart des invités qui s'en allaient un signe de tête amical. « Vous arrivez à une jolie heure, Paulette ! dit la duchesse. — Ah ! j'ai un tel regret ! Mais vraiment il n'y a pas eu la possibilité matérielle », répondit la princesse d'Orvillers qui avait pris à la duchesse de Guermantes ce genre de phrases, mais y ajoutait sa douceur naturelle et l'air de sincérité donné par l'énergie d'un accent lointainement tudesque dans une voix si tendre. Elle avait l'air de faire allusion à des complications de vie trop longues à dire, et non vulgairement à des soirées, bien qu'elle revînt en ce moment de plusieurs. Mais ce n'était pas elles qui la forçaient de venir si tard. Comme le prince de Guermantes avait pendant de longues années empêché sa femme de recevoir Mme d'Orvillers, celle-ci, quand l'interdit fut levé, se contenta de répondre aux invitations, pour ne pas avoir l'air d'en avoir soif, par de simples cartes déposées. Au bout de deux ou trois ans de cette méthode, elle venait elle-même, mais très tard, comme après le théâtre. De cette façon, elle se donnait l'air de ne tenir nullement à la soirée, ni à y être vue, mais simplement de venir faire une visite au prince et à la princesse, rien que pour eux, par sympathie, au moment où, les trois quarts des invités déjà partis, elle « jouirait mieux d'eux ». « Oriane est vraiment tombée au dernier degré, ronchonna Mme de Gallardon. Je ne comprends pas Basin de la laisser parler à Mme d'Orvillers. Ce n'est pas M. de Gallardon qui m'eût permis cela. » Pour moi, j'avais reconnu en Mme d'Orvillers la femme qui, près de l'hôtel Guermantes, me lançait de longs regards langoureux, se retournait, s'arrêtait devant les glaces des boutiques[1]. Mme de Guermantes me présenta, Mme d'Orvillers fut charmante, ni trop aimable, ni piquée. Elle me regarda comme tout le monde de ses yeux doux... Mais je ne devais plus jamais, quand je la rencontrerais, recevoir d'elle une seule de ces avances où elle avait semblé s'offrir. Il y a des regards particuliers et qui ont l'air de vous reconnaître, qu'un jeune homme ne reçoit jamais de certaines femmes — et de certains hommes — que jusqu'au jour où ils vous connaissent et apprennent que vous êtes l'ami de gens avec qui ils sont liés aussi.

On annonça que la voiture était avancée. Mme de Guermantes prit sa jupe rouge comme pour descendre et monter en voiture, mais saisie peut-être d'un remords, ou du désir de faire plaisir et surtout de profiter de la brièveté que l'empêchement matériel de le prolonger imposait à un acte aussi ennuyeux, regarda Mme de Gallardon ; puis, comme si elle venait seulement de l'apercevoir, prise d'une inspiration, elle retraversa avant de descendre toute la longueur du degré et arrivée à sa cousine ravie, lui tendit la main. « Comme il y a longtemps ! » lui dit la duchesse qui, pour ne pas avoir à développer tout ce qu'était censé contenir de regrets et de légitimes excuses cette formule, se tourna d'un air effrayé vers le duc, lequel en effet descendu avec moi vers la voiture, tempêtait en voyant que sa femme était partie vers Mme de Gallardon et interrompait la circulation des autres voitures. « Oriane est tout de même encore bien belle ! dit Mme de Gallardon. Les gens m'amusent quand ils disent que nous sommes en froid ; nous pouvons pour des raisons où nous n'avons pas besoin de mettre les autres rester des années sans nous voir, nous avons trop de souvenirs communs pour pouvoir jamais être séparées, et au fond, elle sait bien qu'elle m'aime plus que tant de gens qu'elle voit tous les jours et qui ne sont pas de son sang. » Mme de Gallardon était en effet comme ces amoureux dédaignés qui veulent à toute force faire croire qu'ils sont plus aimés que ceux que choie leur belle. Et (par les éloges que, sans souci de la contradiction avec ce qu'elle avait dit peu avant, elle prodigua en parlant de la duchesse de Guermantes) elle prouva indirectement que celle-ci possédait à fond les maximes qui doivent guider dans sa carrière une grande élégante, laquelle, dans le moment même où sa plus merveilleuse toilette excite, à côté de l'admiration, l'envie, doit savoir traverser tout un escalier pour la désarmer. « Faites au moins attention de ne pas mouiller vos souliers » (il avait tombé une petite pluie d'orage), dit le duc, qui était encore furieux d'avoir attendu.

Pendant le retour, à cause de l'exiguïté du coupé, les souliers rouges[1] se trouvèrent forcément peu éloignés des miens, et Mme de Guermantes, craignant même qu'ils ne les eussent touchés, dit au duc : « Ce jeune homme va être obligé de me dire comme dans je ne sais plus quelle caricature : "Madame, dites-moi tout de suite que vous m'aimez, mais ne me marchez pas sur les pieds comme cela[2]." » Ma pensée d'ailleurs était assez loin de Mme de Guermantes. Depuis que Saint-Loup m'avait parlé d'une jeune fille de grande naissance qui allait dans une maison de passe et de la femme de chambre de la baronne Putbus, c'était dans ces deux personnes que, faisant bloc, s'étaient résumés les désirs que m'inspiraient chaque jour tant de beautés de deux classes, d'une part les vulgaires et magnifiques, les majestueuses femmes de chambre de grande maison enflées d'orgueil et qui disent « nous » en parlant des duchesses, d'autre part ces jeunes filles dont il me suffisait parfois, même sans les avoir vues passer en voiture ou à pied, d'avoir lu le nom dans un compte rendu de bal pour que j'en devinsse amoureux et qu'ayant consciencieusement cherché dans l'*Annuaire des châteaux*[3] où elles passaient l'été (bien souvent en me laissant égarer par un nom similaire) je rêvasse tour à tour d'aller habiter les plaines de l'Ouest, les dunes du Nord, les bois de pins du Midi. Mais j'avais beau fondre toute la matière charnelle la plus exquise pour composer, selon l'idéal que m'en avait tracé Saint-Loup, la jeune fille légère et la femme de chambre de Mme Putbus, il manquait à mes deux beautés possédables ce que j'ignorais tant que je ne les aurais pas vues : le caractère individuel. Je devais m'épuiser vainement à chercher à me figurer, pendant les mois où mon désir se portait plutôt sur les jeunes filles, comment était faite, qui était, celle dont Saint-Loup m'avait parlé, et pendant les mois où j'eusse préféré une femme de chambre, celle de Mme Putbus. Mais quelle tranquillité, après avoir été perpétuellement troublé par mes désirs inquiets pour tant d'êtres fugitifs dont souvent je ne savais même pas le nom, qui étaient en tous cas si difficiles à retrouver, encore plus à connaître, impossibles peut-être à conquérir, d'avoir prélevé sur toute cette beauté éparse, fugitive, anonyme, deux spécimens de choix munis de leur fiche signalétique et que j'étais du moins certain de me procurer quand je le voudrais ! Je reculais l'heure de me mettre à ce double plaisir, comme celle du travail, mais la certitude de l'avoir quand je voudrais me dispensait presque de le prendre, comme ces cachets soporifiques qu'il suffit d'avoir à la portée de la main pour n'avoir pas besoin d'eux et s'endormir. Je ne désirais dans l'univers que deux femmes dont je ne pouvais, il est vrai, arriver à me représenter le visage, mais dont Saint-Loup m'avait appris les noms et garanti la complaisance. De sorte que s'il avait par ses paroles de tout à l'heure fourni un rude travail à mon imagination, il avait par contre procuré une appréciable détente, un repos durable à ma volonté.

« Hé bien ! me dit la duchesse, en dehors de vos bals[1], est-ce que je ne peux vous être d'aucune utilité ? Avez-vous trouvé un salon où vous aimeriez que je vous présente ? » Je lui répondis que je craignais que le seul qui me fît envie ne fût trop peu élégant pour elle. « Qui est-ce ? » demanda-t-elle d'une voix menaçante et rauque sans presque ouvrir la bouche. « La baronne Putbus. » Cette fois-ci elle feignit une véritable colère. « Ah ! non, çà, par exemple, je crois que vous vous fichez de moi. Je ne sais même pas par quel hasard je sais le nom de ce chameau. Mais c'est la lie de la société. C'est comme si vous me demandiez de vous présenter à ma mercière. Et encore non, car ma mercière est charmante. Vous êtes un peu fou, mon pauvre petit. En tous cas, je vous demande en grâce d'être poli avec les personnes à qui je vous ai présenté, de leur mettre des cartes, d'aller les voir et de ne pas leur parler de la baronne Putbus, qui leur est inconnue. » Je demandai si Mme d'Orvillers n'était pas un peu légère. « Oh ! pas du tout, vous confondez, elle serait plutôt bégueule. N'est-ce pas, Basin ? — Oui, en tous cas je ne crois pas qu'il y ait jamais rien eu à dire sur elle », dit le duc.

« Vous ne voulez pas venir avec nous à la redoute ? me demanda-t-il. Je vous prêterais un manteau vénitien et je sais quelqu'un à qui cela ferait bougrement plaisir, à Oriane d'abord, cela ce n'est pas la peine de le dire, mais à la princesse de Parme. Elle chante tout le temps vos louanges, elle ne jure que par vous. Vous avez la chance — comme elle est un peu mûre — qu'elle soit d'une pudicité absolue. Sans cela elle vous aurait certainement pris comme sigisbée, comme on disait dans ma jeunesse, une espèce de cavalier servant. »

Je ne tenais pas à la redoute, mais au rendez-vous avec Albertine. Aussi je refusai. La voiture s'était arrêtée, le valet de pied demanda la porte cochère, les chevaux piaffèrent jusqu'à ce qu'elle fût ouverte toute grande, et la voiture s'engagea dans la cour. « À la revoyure, me dit le duc. — J'ai quelquefois regretté de demeurer aussi près de Marie, me dit la duchesse, parce que si je l'aime beaucoup, j'aime un petit peu moins la voir. Mais je n'ai jamais regretté cette proximité autant que ce soir puisque cela me fait rester si peu avec vous. — Allons, Oriane, pas de discours. »

La duchesse aurait voulu que j'entrasse un instant chez eux. Elle rit beaucoup, ainsi que le duc, quand je dis que je ne pouvais pas parce qu'une jeune fille devait précisément venir me faire une visite maintenant. « Vous avez une drôle d'heure pour recevoir vos visites, me dit-elle. — Allons, mon petit, dépêchons-nous, dit M. de Guermantes à sa femme. Il est minuit moins le quart et le temps de nous costumer... » Il se heurta devant sa porte, sévèrement gardée par elles, aux deux dames à canne qui n'avaient pas craint de descendre nuitamment de leur cime afin d'empêcher un scandale. « Basin, nous avons tenu à vous prévenir, de peur que vous ne soyez vu à cette redoute : le pauvre Amanien vient de mourir, il y a une heure[1]. » Le duc eut un instant d'alarme. Il voyait la fameuse redoute s'effondrer pour lui du moment que, par ces maudites montagnardes, il était averti de la mort de M. d'Osmond. Mais il se ressaisit bien vite et lança aux deux cousines ce mot où il faisait entrer, avec la détermination de ne pas renoncer à un plaisir, son incapacité d'assimiler exactement les tours de la langue française : « Il est mort ! Mais non, on exagère, on exagère[2] ! » Et sans plus s'occuper des deux parentes qui, munies de leurs alpenstocks, allaient faire l'ascension dans la nuit, il se précipita aux nouvelles en interrogeant son valet de chambre : « Mon casque est bien arrivé ? — Oui, Monsieur le duc. — Il y a bien un petit trou pour respirer ? Je n'ai pas envie d'être asphyxié, que diable ! — Oui, Monsieur le duc. — Ah ! tonnerre de Dieu, c'est un soir de malheur. Oriane, j'ai oublié de demander à Babal si les souliers à la poulaine étaient pour vous ! — Mais, mon petit, puisque le costumier de l'Opéra-Comique est là, il nous le dira. Moi, je ne crois pas que ça puisse aller avec vos éperons. — Allons trouver le costumier, dit le duc. Adieu, mon petit, je vous dirais bien d'entrer avec nous pendant que nous essaierons, pour vous amuser. Mais nous causerions, il va être minuit et il faut que nous n'arrivions pas en retard pour que la fête soit complète. »

Moi aussi j'étais pressé de quitter M. et Mme de Guermantes au plus vite. *Phèdre* finissait vers onze heures et demie. Le temps de venir, Albertine devait être arrivée. J'allai droit à Françoise : « Mlle Albertine est là ? — Personne n'est venu. » Mon Dieu, cela voulait-il dire que personne ne viendrait ? J'étais tourmenté, la visite d'Albertine me semblant maintenant d'autant plus désirable qu'elle était moins certaine. Françoise était ennuyée aussi, mais pour une tout autre raison. Elle venait d'installer sa fille à table pour un succulent repas. Mais en m'entendant venir, voyant le temps lui manquer pour enlever les plats et disposer des aiguilles et du fil comme s'il s'agissait d'un ouvrage et non d'un souper : « Elle vient de prendre une cuillère de soupe, me dit Françoise, je l'ai forcée de sucer un peu de carcasse », pour diminuer ainsi jusqu'à rien le souper de sa fille, et comme si ç'avait été coupable qu'il fût copieux. Même au déjeuner ou au dîner, si je commettais la faute d'entrer dans la cuisine, Françoise faisait semblant qu'on eût fini et s'excusait même en disant : « J'avais voulu manger un *morceau* » ou « une *bouchée* ». Mais on était vite rassuré en voyant la multitude des plats qui couvraient la table et que Françoise, surprise par mon entrée soudaine, comme un malfaiteur qu'elle n'était pas, n'avait pas eu le temps de faire disparaître. Puis elle ajouta : « Allons, va te coucher, tu as assez travaillé comme cela aujourd'hui (car elle voulait que sa fille eût l'air non seulement de ne nous coûter rien, de vivre de privations, mais encore de se tuer au travail pour nous). Tu ne fais qu'encombrer la cuisine et surtout gêner Monsieur qui attend de la visite. Allons, monte », reprit-elle, comme si elle était obligée d'user de son autorité pour envoyer coucher sa fille qui, du moment que le souper était raté, n'était plus là que pour la frime, et si j'étais resté cinq minutes encore, eût d'elle-même décampé. Et se tournant vers moi, avec ce beau français populaire et pourtant un peu individuel qui était le sien : « Monsieur ne voit pas que l'envie de dormir lui coupe la figure. » J'étais resté ravi de ne pas avoir à causer avec la fille de Françoise.

J'ai dit qu'elle était d'un petit pays qui était tout voisin de celui de sa mère, et pourtant différent par la nature du terrain, les cultures, le patois, par certaines particularités des habitants, surtout. Ainsi la « bouchère » et la nièce de Françoise s'entendaient fort mal, mais avaient ce point commun, quand elles partaient faire une course, de s'attarder des heures « chez la sœur » ou « chez la cousine », étant d'elles-mêmes incapables de terminer une conversation, conversation au cours de laquelle le motif qui les avait fait sortir s'évanouissait au point que si on leur disait à leur retour : « Hé bien, M. le marquis de Norpois sera-t-il visible à six heures un quart ? », elles ne se frappaient même pas le front en disant : « Ah ! j'ai oublié », mais : « Ah ! je n'ai pas compris que Monsieur avait demandé cela, je croyais qu'il fallait seulement lui donner le bonjour. » Si elles « perdaient la boule » de cette façon pour une chose dite une heure auparavant, en revanche il était impossible de leur ôter de la tête ce qu'elles avaient une fois entendu dire par la sœur ou par la cousine. Ainsi, si la bouchère avait entendu dire que les Anglais nous avaient fait la guerre en 70 en même temps que les Prussiens (et j'avais eu beau expliquer que ce fait était faux), toutes les trois semaines la bouchère me répétait au cours d'une conversation : « C'est cause à cette guerre que les Anglais nous ont faite en 70 en même temps que les Prussiens. — Mais je vous ai dit cent fois que vous vous trompez. » Elle répondait, ce qui impliquait que rien n'était ébranlé dans sa conviction : « En tous cas, ce n'est pas une raison pour leur en vouloir. Depuis 70, il a coulé de l'eau sous les ponts, etc. » Une autre fois, prônant une guerre avec l'Angleterre, que je désapprouvais, elle disait : « Bien sûr, vaut toujours mieux pas de guerre ; mais puisqu'il le faut, vaut mieux y aller tout de suite. Comme l'a expliqué tantôt la sœur, depuis cette guerre que les Anglais nous ont faite en 70, les traités de commerce nous ruinent. Après qu'on les aura battus, on ne laissera plus entrer en France un seul Anglais sans payer trois cents francs d'entrée, comme nous maintenant pour aller en Angleterre. »

Tel était, en dehors de beaucoup d'honnêteté et, quand ils parlaient, d'une sourde obstination à ne pas se laisser interrompre, à reprendre vingt fois là où ils en étaient si on les interrompait, ce qui finissait par donner à leurs propos la solidité inébranlable d'une fugue de Bach, le caractère des habitants dans ce petit pays qui n'en comptait pas cinq cents et que bordaient ses châtaigniers, ses saules, ses champs de pommes de terre et de betteraves.

La fille de Françoise, au contraire, parlait, se croyant une femme d'aujourd'hui et sortie des sentiers trop anciens, l'argot parisien et ne manquait aucune des plaisanteries adjointes. Françoise lui ayant dit que je venais de chez une princesse : « Ah ! sans doute une princesse à la noix de coco[1]. » Voyant que j'attendais une visite, elle fit semblant de croire que je m'appelais Charles. Je lui répondis naïvement que non, ce qui lui permit de placer : « Ah ! je croyais ! Et je me disais Charles attend (charlatan). » Ce n'était pas de très bon goût. Mais je fus moins indifférent lorsque comme consolation du retard d'Albertine, elle me dit : « Je crois que vous pouvez l'attendre à perpète. Elle ne viendra plus. Ah ! nos gigolettes d'aujourd'hui ! »

Ainsi son parler différait de celui de sa mère ; mais ce qui est plus curieux, le parler de sa mère différait de celui de sa grand-mère, native de Bailleau-le-Pin[1], qui était si près du pays de Françoise. Pourtant les patois différaient légèrement comme les deux paysages. Le pays de la mère de Françoise, en pente et descendant à un ravin, était fréquenté par les saules. Et, très loin de là, au contraire, il y avait en France une petite région où on parlait presque tout à fait le même patois qu'à Méséglise. J'en fis la découverte en même temps que j'en éprouvai l'ennui. En effet, je trouvai une fois Françoise en grande conversation avec une femme de chambre de la maison, qui était de ce pays et parlait ce patois. Elles se comprenaient presque, je ne les comprenais pas du tout, elles le savaient et ne cessaient pas pour cela, excusées, croyaient-elles, par la joie d'être payses quoique nées si loin l'une de l'autre, de continuer à parler devant moi cette langue étrangère, comme lorsqu'on ne veut pas être compris. Ces pittoresques études de géographie linguistique et de camaraderie ancillaire se poursuivirent chaque semaine dans la cuisine, sans que j'y prisse aucun plaisir.

Comme chaque fois que la porte cochère s'ouvrait, le concierge appuyait sur un bouton électrique qui éclairait l'escalier, et comme il n'y avait pas de locataires qui ne fussent rentrés, je quittai immédiatement la cuisine et revins m'asseoir dans l'antichambre, épiant, là où la tenture un peu trop étroite qui ne couvrait pas complètement la porte vitrée de notre appartement, laissait passer la sombre raie verticale faite par la demi-obscurité de l'escalier. Si tout d'un coup cette raie devenait d'un blond doré, c'est qu'Albertine viendrait d'entrer en bas et serait dans deux minutes près de moi ; personne d'autre ne pouvait plus venir à cette heure-là. Et je restais, ne pouvant détacher mes yeux de la raie qui s'obstinait à demeurer sombre ; je me penchais tout entier pour être sûr de bien voir ; mais j'avais beau regarder, le noir trait vertical, malgré mon désir passionné, ne me donnait pas l'enivrante allégresse que j'aurais eue si je l'avais vu changé, par un enchantement soudain et significatif, en un lumineux barreau d'or. C'était bien de l'inquiétude pour cette Albertine à laquelle je n'avais pas pensé trois minutes pendant la soirée Guermantes ! Mais, réveillant les sentiments d'attente jadis éprouvés à propos d'autres jeunes filles, surtout de Gilberte, quand elle tardait à venir, la privation possible d'un simple plaisir physique me causait une cruelle souffrance morale.

Il me fallut rentrer dans ma chambre. Françoise m'y suivit. Elle trouvait, comme j'étais revenu de ma soirée, qu'il était inutile que je gardasse la rose que j'avais à la boutonnière et vint pour me l'enlever. Son geste, en me rappelant qu'Albertine pouvait ne plus venir, et en m'obligeant aussi à confesser que je désirais être élégant pour elle, me causa une irritation qui fut redoublée du fait qu'en me dégageant violemment, je froissai la fleur et que Françoise me dit : « Il aurait mieux valu me la laisser ôter plutôt que non pas la gâter ainsi. » D'ailleurs, ses moindres paroles m'exaspéraient. Dans l'attente, on souffre tant de l'absence de ce qu'on désire qu'on ne peut supporter une autre présence.

Françoise sortie de la chambre, je pensai que si c'était pour en arriver maintenant à avoir de la coquetterie à l'égard d'Albertine, il était bien fâcheux que je me fusse montré tant de fois à elle si mal rasé, avec une barbe de plusieurs jours, les soirs où je la laissais venir pour recommencer nos caresses. Je sentais qu'insoucieuse de moi, elle me laissait seul. Pour embellir un peu ma chambre, si Albertine venait encore, et parce que c'était une des plus jolies choses que j'avais, je remis pour la première fois depuis des années, sur la table qui était auprès de mon lit, ce portefeuille orné de turquoises que Gilberte m'avait fait faire pour envelopper la plaquette de Bergotte[1] et que, si longtemps, j'avais voulu garder avec moi pendant que je dormais, à côté de la bille d'agate. D'ailleurs, autant peut-être qu'Albertine, toujours pas venue, sa présence en ce moment dans un « ailleurs » qu'elle avait évidemment trouvé plus agréable et que je ne connaissais pas, me causait un sentiment douloureux qui, malgré ce que j'avais dit, il y avait à peine une heure, à Swann, sur mon incapacité d'être jaloux, aurait pu, si j'avais vu mon amie à des intervalles moins éloignés, se changer en un besoin anxieux de savoir où, avec qui, elle passait son temps. Je n'osais pas envoyer chez Albertine, il était trop tard, mais dans l'espoir que soupant peut-être avec des amies, dans un café, elle aurait l'idée de me téléphoner, je tournai le commutateur et, rétablissant la communication dans ma chambre, je la coupai entre le bureau de postes et la loge du concierge à laquelle il était relié d'habitude à cette heure-là. Avoir un récepteur dans le petit couloir où donnait la chambre de Françoise eût été plus simple, moins dérangeant, mais inutile. Les progrès de la civilisation permettent à chacun de manifester des qualités insoupçonnées ou de nouveaux vices qui les rendent plus chers ou plus insupportables à leurs amis. C'est ainsi que la découverte d'Edison avait permis à Françoise d'acquérir un défaut de plus, qui était de se refuser, quelque utilité, quelque urgence qu'il y eût, à se servir du téléphone. Elle trouvait le moyen de s'enfuir quand on voulait le lui apprendre, comme d'autres au moment d'être vaccinés. Aussi le téléphone était-il placé dans ma chambre, et pour qu'il ne gênât pas mes parents, sa sonnerie était remplacée par un simple bruit de tourniquet. De peur de ne pas l'entendre, je ne bougeais pas. Mon immobilité était telle que, pour la première fois depuis des mois, je remarquai le tic-tac de la pendule. Françoise vint arranger des choses. Elle causait avec moi, mais je détestais cette conversation, sous la continuité uniformément banale de laquelle mes sentiments changeaient de minute en minute, passant de la crainte à l'anxiété, de l'anxiété à la déception complète. Différent des paroles vaguement satisfaites que je me croyais obligé de lui adresser, je sentais mon visage si malheureux que je prétendis que je souffrais d'un rhumatisme pour expliquer le désaccord entre mon indifférence simulée et cette expression douloureuse ; puis je craignais que les paroles prononcées, d'ailleurs à mi-voix, par Françoise (non à cause d'Albertine, car elle jugeait passée depuis longtemps l'heure de sa venue possible) risquassent de m'empêcher d'entendre l'appel sauveur qui ne viendrait plus. Enfin Françoise alla se coucher ; je la renvoyai avec une rude douceur, pour que le bruit qu'elle ferait en s'en allant ne couvrît pas celui du téléphone. Et je recommençai à écouter, à souffrir ; quand nous attendons, de l'oreille qui recueille les bruits à l'esprit qui les dépouille et les analyse, et de l'esprit au cœur à qui il transmet ses résultats, le double trajet est si rapide que nous ne pouvons même pas percevoir sa durée, et qu'il semble que nous écoutions directement avec notre cœur.

J'étais torturé par l'incessante reprise du désir toujours plus anxieux, et jamais accompli, d'un bruit d'appel ; arrivé au point culminant d'une ascension tourmentée dans les spirales de mon angoisse solitaire, du fond du Paris populeux et nocturne approché soudain de moi, à côté de ma bibliothèque, j'entendis tout à coup, mécanique et sublime, comme dans *Tristan* l'écharpe agitée ou le chalumeau du pâtre, le bruit de toupie du téléphone[1]. Je m'élançai, c'était Albertine. « Je ne vous dérange pas en vous téléphonant à une pareille heure ? — Mais non... », dis-je en comprimant ma joie, car ce qu'elle disait de l'heure indue était sans doute pour s'excuser de venir dans un moment, si tard, non parce qu'elle n'allait pas venir. « Est-ce que vous venez ? demandai-je d'un ton indifférent. — Mais... non, si vous n'avez pas absolument besoin de moi. »

Une partie de moi à laquelle l'autre voulait se rejoindre était en Albertine. Il fallait qu'elle vînt, mais je ne le lui dis pas d'abord ; comme nous étions en communication, je me dis que je pourrais toujours l'obliger à la dernière seconde soit à venir chez moi, soit à me laisser courir chez elle. « Oui, je suis près de chez moi, dit-elle, et un peu loin de chez vous ; je n'avais pas bien lu votre mot. Je viens de le retrouver et j'ai eu peur que vous ne m'attendiez. » Je sentais qu'elle mentait et c'était maintenant, dans ma fureur, plus encore par besoin de la déranger que de la voir que je voulais l'obliger à venir. Mais je tenais d'abord à refuser ce que je tâcherais d'obtenir dans quelques instants. Mais où était-elle ? À ses paroles se mêlaient d'autres sons : la trompe d'un cycliste, la voix d'une femme qui chantait, une fanfare lointaine, retentissaient aussi distinctement que la voix chère, comme pour me montrer que c'était bien Albertine dans son milieu actuel qui était près de moi en ce moment, comme une motte de terre avec laquelle on a emporté toutes les graminées qui l'entourent.

Les mêmes bruits que j'entendais frappaient aussi son oreille et mettaient une entrave à son attention : détails de vérité, étrangers au sujet, inutiles en eux-mêmes, d'autant plus nécessaires à nous révéler l'évidence du miracle ; traits sobres et charmants, descriptifs de quelque rue parisienne, traits perçants aussi et cruels d'une soirée inconnue qui, au sortir de *Phèdre*, avaient empêché Albertine de venir chez moi. « Je commence par vous prévenir que ce n'est pas pour que vous veniez, car à cette heure-ci vous me gênerez beaucoup..., lui dis-je, je tombe de sommeil. Et puis, enfin, mille complications. Je tiens à vous dire qu'il n'y avait pas de malentendu possible dans ma lettre. Vous m'avez répondu que c'était convenu. Alors, si vous n'aviez pas compris, qu'est-ce que vous entendiez par là ? — J'ai dit que c'était convenu, seulement je ne me souvenais plus trop de ce qui était convenu. Mais je vois que vous êtes fâché, cela m'ennuie. Je regrette d'être allée à *Phèdre*. Si j'avais su que cela ferait tant d'histoires... » ajouta-t-elle, comme tous les gens qui, en faute pour une chose, font semblant de croire que c'est une autre qu'on leur reproche. « *Phèdre* n'est pour rien dans mon mécontentement, puisque c'est moi qui vous ai demandé d'y aller. — Alors, vous m'en voulez, c'est ennuyeux qu'il soit trop tard ce soir, sans cela je serais allée chez vous, mais je viendrai demain ou après-demain pour m'excuser. — Oh ! non, Albertine, je vous en prie, après m'avoir fait perdre une soirée, laissez-moi au moins la paix les jours suivants. Je ne serai pas libre avant une quinzaine de jours ou trois semaines. Écoutez, si cela vous ennuie que nous restions sur une impression de colère, et au fond, vous avez peut-être raison, alors j'aime encore mieux, fatigue pour fatigue, puisque je vous ai attendue jusqu'à cette heure-ci et que vous êtes encore dehors, que vous veniez tout de suite, je vais prendre du café pour me réveiller. — Ce ne serait pas possible de remettre cela à demain ? parce que la difficulté... » En entendant ces mots d'excuse, prononcés comme si elle n'allait pas venir, je sentis qu'au désir de revoir la figure veloutée qui déjà à Balbec dirigeait toutes mes journées vers le moment où, devant la mer mauve de septembre, je serais auprès de cette fleur rose, tentait douloureusement de s'unir un élément bien différent. Ce terrible besoin d'un être, à Combray, j'avais appris à le connaître au sujet de ma mère, et jusqu'à vouloir mourir si elle me faisait dire par Françoise qu'elle ne pourrait pas monter. Cet effort de l'ancien sentiment pour se combiner et ne faire qu'un élément unique avec l'autre, plus récent, et qui, lui, n'avait pour voluptueux objet que la surface colorée, la rose carnation d'une fleur de plage, cet effort aboutit souvent à ne faire (au sens chimique) qu'un corps nouveau, qui peut ne durer que quelques instants. Ce soir-là, du moins, et pour longtemps encore, les deux éléments restèrent dissociés. Mais déjà aux derniers mots entendus au téléphone, je commençai à comprendre que la vie d'Albertine était située (non pas matériellement sans doute) à une telle distance de moi qu'il m'eût fallu toujours de fatigantes explorations pour mettre la main sur elle, mais de plus, organisée comme des fortifications de campagne et, pour plus de sûreté, de l'espèce de celles que l'on a pris plus tard l'habitude d'appeler « camouflées ». Albertine, au reste, faisait, à un degré plus élevé de la société, partie de ce genre de personnes à qui la concierge promet à votre porteur de faire remettre la lettre quand elle rentrera — jusqu'au jour où vous vous apercevez que c'est précisément elle, la personne rencontrée dehors et à laquelle vous vous êtes permis d'écrire, qui est la concierge, de sorte qu'elle habite bien — mais dans la loge — le logis qu'elle vous a indiqué (lequel, d'autre part, est une petite maison de passe dont la concierge est la maquerelle) — ou bien qui donne comme adresse un immeuble où elle est connue par des complices qui ne vous livreront pas son secret, d'où on lui fera parvenir vos lettres, mais où elle n'habite pas, où elle a tout au plus laissé des affaires. Existences disposées sur cinq ou six lignes de repli de sorte que quand on veut voir cette femme, ou savoir, on est venu frapper trop à droite, ou trop à gauche, ou trop en avant, ou trop en arrière, et qu'on peut pendant des mois, des années, tout ignorer. Pour Albertine, je sentais que je n'apprendrais jamais rien, qu'entre la multiplicité entremêlée des détails réels et des faits mensongers je n'arriverais jamais à me débrouiller. Et que ce serait toujours ainsi, à moins que de la mettre en prison (mais on s'évade) jusqu'à la fin. Ce soir-là, cette conviction ne fit passer à travers moi qu'une inquiétude, mais où je sentais frémir comme une anticipation de longues souffrances.

« Mais non, répondis-je, je vous ai déjà dit que je ne serais pas libre avant trois semaines, pas plus demain qu'un autre jour. — Bien, alors... je vais prendre le pas de course... c'est ennuyeux, parce que je suis chez une amie qui... » Je sentais qu'elle n'avait pas cru que j'accepterais sa proposition de venir, laquelle n'était donc pas sincère, et je voulais la mettre au pied du mur. « Qu'est-ce que ça peut me faire, votre amie ? venez ou ne venez pas, c'est votre affaire, ce n'est pas moi qui vous demande de venir, c'est vous qui me l'avez proposé. — Ne vous fâchez pas, je saute dans un fiacre et je serai chez vous dans dix minutes. » Ainsi, de ce Paris des profondeurs nocturnes duquel avait déjà émané jusque dans ma chambre, mesurant le rayon d'action d'un être lointain, le message invisible, ce qui allait surgir et apparaître, après cette première annonciation, c'était cette Albertine que j'avais connue jadis sous le ciel de Balbec, quand les garçons du Grand-Hôtel, en mettant le couvert, étaient aveuglés par la lumière du couchant, que les vitres étant entièrement tirées, les souffles imperceptibles du soir passaient librement de la plage où s'attardaient les derniers promeneurs à l'immense salle à manger où les premiers dîneurs n'étaient pas assis encore, et que dans la glace placée derrière le comptoir passait le reflet rouge de la coque et s'attardait longtemps le reflet gris de la fumée du dernier bateau pour Rivebelle. Je ne me demandais plus ce qui avait pu mettre Albertine en retard, et quand Françoise entra dans ma chambre me dire : « Mademoiselle Albertine est là », si je répondis sans même bouger la tête, ce fut seulement par dissimulation : « Comment mademoiselle Albertine vient-elle aussi tard ? » Mais levant alors les yeux sur Françoise comme dans une curiosité d'avoir sa réponse qui devait corroborer l'apparente sincérité de ma question, je m'aperçus avec admiration et fureur que, capable de rivaliser avec la Berma elle-même dans l'art de faire parler les vêtements inanimés et les traits du visage, Françoise avait su faire la leçon à son corsage, à ses cheveux dont les plus blancs avaient été ramenés à la surface, exhibés comme un extrait de naissance, à son cou courbé par la fatigue et l'obéissance. Ils la plaignaient d'avoir été tirée du sommeil et de la moiteur du lit, au milieu de la nuit, à son âge, obligée de se vêtir quatre à quatre, au risque de prendre une fluxion de poitrine. Aussi, craignant d'avoir eu l'air de m'excuser de la venue tardive d'Albertine : « En tous cas, je suis bien content qu'elle soit venue, tout est pour le mieux », et je laissai éclater ma joie profonde. Elle ne demeura pas longtemps sans mélange, quand j'eus entendu la réponse de Françoise. Celle-ci, sans proférer aucune plainte, ayant même l'air d'étouffer de son mieux une toux irrésistible, et croisant seulement sur elle son châle comme si elle avait froid, commença par me raconter tout ce qu'elle avait dit à Albertine, n'ayant pas manqué de lui demander des nouvelles de sa tante. « Justement j'y disais, Monsieur devait avoir crainte que Mademoiselle ne vienne plus, parce que ce n'est pas une heure pour venir, c'est bientôt le matin. Mais elle devait être dans des endroits qu'elle s'amusait bien car elle ne m'a pas seulement dit qu'elle était contrariée d'avoir fait attendre Monsieur, elle m'a répondu d'un air de se ficher du monde : "Mieux vaut tard que jamais !" » Et Françoise ajouta ces mots qui me percèrent le cœur : « En parlant comme ça elle s'est vendue. Elle aurait peut-être bien voulu se cacher, mais... »

Je n'avais pas de quoi être bien étonné. Je viens de dire que Françoise rendait rarement compte, dans les commissions qu'on lui donnait, sinon de ce qu'elle avait dit et sur quoi elle s'étendait volontiers, du moins de la réponse attendue. Mais, si par exception elle nous répétait les paroles que nos amis avaient dites, si courtes qu'elles fussent, elle s'arrangeait généralement, au besoin grâce à l'expression, au ton dont elle assurait qu'elles avaient été accompagnées, à leur donner quelque chose de blessant. À la rigueur, elle acceptait d'avoir subi d'un fournisseur chez qui nous l'avions envoyée une avanie, d'ailleurs probablement imaginaire, pourvu que s'adressant à elle qui nous représentait, qui avait parlé en notre nom, cette avanie nous atteignît par ricochet. Il n'eût resté qu'à lui répondre qu'elle avait mal compris, qu'elle était atteinte de délire de persécution et que tous les commerçants n'étaient pas ligués contre elle. D'ailleurs leurs sentiments m'importaient peu. Il n'en était pas de même de ceux d'Albertine. Et en me redisant ces mots ironiques : « Mieux vaut tard que jamais ! », Françoise m'évoqua aussitôt les amis dans la société desquels Albertine avait fini sa soirée, s'y plaisant donc plus que dans la mienne. « Elle est comique, elle a un petit chapeau plat, avec ses gros yeux, ça lui donne un drôle d'air, surtout avec son manteau qu'elle aurait bien fait d'envoyer chez l'estoppeuse car il est tout mangé. Elle m'amuse », ajouta, comme se moquant d'Albertine, Françoise qui partageait rarement mes impressions, mais éprouvait le besoin de faire connaître les siennes. Je ne voulais même pas avoir l'air de comprendre que ce rire signifiait le dédain et la moquerie, mais pour rendre coup pour coup, je répondis à Françoise, bien que je ne connusse pas le petit chapeau dont elle parlait : « Ce que vous appelez "petit chapeau plat" est quelque chose de simplement ravissant... — C'est-à-dire que c'est trois fois rien », dit Françoise en exprimant, franchement cette fois, son véritable mépris. Alors (d'un ton doux et ralenti pour que ma réponse mensongère eût l'air d'être l'expression non de ma colère mais de la vérité, en ne perdant pas de temps cependant, pour ne pas faire attendre Albertine), j'adressai à Françoise ces paroles cruelles : « Vous êtes excellente, lui dis-je mielleusement, vous êtes gentille, vous avez mille qualités, mais vous en êtes au même point que le jour où vous êtes arrivée à Paris, aussi bien pour vous connaître en choses de toilette que pour bien prononcer les mots et ne pas faire de cuirs. » Et ce reproche était particulièrement stupide, car ces mots français que nous sommes si fiers de prononcer exactement ne sont eux-mêmes que des « cuirs » faits par des bouches gauloises qui prononçaient de travers le latin ou le saxon, notre langue n'étant que la prononciation défectueuse de quelques autres. Le génie linguistique à l'état vivant, l'avenir et le passé du français, voilà ce qui eût dû m'intéresser dans les fautes de Françoise. L'« estoppeuse » pour la « stoppeuse » n'était-il pas aussi curieux que ces animaux survivants des époques lointaines, comme la baleine ou la girafe, et qui nous montrent les états que la vie animale a traversés ? « Et, ajoutai-je, du moment que depuis tant d'années vous n'avez pas su apprendre, vous n'apprendrez jamais. Vous pouvez vous en consoler, cela ne vous empêche pas d'être une très brave personne, de faire à merveille le bœuf à la gelée, et encore mille autres choses. Le chapeau que vous croyez simple est copié sur un chapeau de la princesse de Guermantes qui a coûté cinq cents francs. Du reste, je compte en offrir prochainement un encore plus beau à Mlle Albertine. » Je savais que ce qui pouvait le plus ennuyer Françoise c'est que je dépensasse de l'argent pour des gens qu'elle n'aimait pas. Elle me répondit par quelques mots que rendit peu intelligibles un brusque essoufflement. Quand j'appris plus tard qu'elle avait une maladie de cœur, quel remords j'eus de ne m'être jamais refusé le plaisir féroce et stérile de riposter ainsi à ses paroles ! Françoise détestait du reste Albertine parce que, pauvre, Albertine ne pouvait accroître ce que Françoise considérait comme mes supériorités. Elle souriait avec bienveillance chaque fois que j'étais invité par Mme de Villeparisis. En revanche elle était indignée qu'Albertine ne pratiquât pas la réciprocité. J'en étais arrivé à être obligé d'inventer de prétendus cadeaux faits par celle-ci et à l'existence desquels Françoise n'ajouta jamais l'ombre de foi. Ce manque de réciprocité la choquait surtout en matière alimentaire. Qu'Albertine acceptât des dîners de maman, si nous n'étions pas invités chez Mme Bontemps (laquelle pourtant n'était pas à Paris la moitié du temps, son mari acceptant des « postes » comme autrefois quand il avait assez du ministère), cela lui paraissait de la part de mon amie une indélicatesse qu'elle flétrissait indirectement en récitant ce dicton courant à Combray :

> *Mangeons mon pain.*
> — *Je le veux bien.*
> — *Mangeons le tien.*
> — *Je n'ai plus faim.*

Je fis semblant d'être en train d'écrire. « À qui écriviez-vous ? me dit Albertine en entrant. — À une jolie amie à moi, à Gilberte Swann. Vous ne la connaissez pas ? — Non. » Je renonçai à poser à Albertine des questions sur sa soirée, je sentais que je lui ferais des reproches et que nous n'aurions plus le temps, vu l'heure qu'il était, de nous réconcilier suffisamment pour passer aux baisers et aux caresses. Aussi ce fut par eux que je voulais dès la première minute commencer. D'ailleurs si j'étais un peu calmé, je ne me sentais pas heureux. La perte de toute boussole, de toute direction, qui caractérise l'attente, persiste encore après l'arrivée de l'être attendu, et substituée en nous au calme à la faveur duquel nous nous peignions sa venue comme un tel plaisir, nous empêche d'en goûter aucun. Albertine était là : mes nerfs démontés, continuant leur agitation, l'attendaient encore. « Je peux prendre un bon, Albertine[1] ? — Tant que vous voudrez », me dit-elle avec toute sa bonté. Je ne l'avais jamais vue aussi jolie. « Encore un ? Mais vous savez que ça me fait un grand, grand plaisir. — Et à moi encore mille fois plus, me répondit-elle. Oh ! le joli portefeuille que vous avez là !

— Prenez-le, je vous le donne en souvenir. — Vous êtes trop gentil... » On serait à jamais guéri du romanesque si l'on voulait, pour penser à celle qu'on aime, tâcher d'être celui qu'on sera quand on ne l'aimera plus. Le portefeuille, la bille d'agate de Gilberte, tout cela n'avait reçu jadis son importance que d'un état purement intérieur, puisque maintenant c'était pour moi un portefeuille, une bille quelconques.

Je demandai à Albertine si elle voulait boire. « Il me semble que je vois là des oranges et de l'eau, me dit-elle. Ce sera parfait. » Je pus goûter ainsi avec ses baisers cette fraîcheur qui me paraissait supérieure à eux, chez la princesse de Guermantes. Et l'orange pressée dans l'eau semblait me livrer au fur et à mesure que je buvais, la vie secrète de son mûrissement, son action heureuse contre certains états de ce corps humain qui appartient à un règne si différent, son impuissance à le faire vivre, mais en revanche les jeux d'arrosage par où elle pouvait lui être favorable, cent mystères dévoilés par le fruit à ma sensation, nullement à mon intelligence.

Albertine partie, je me rappelai que j'avais promis à Swann d'écrire à Gilberte et je trouvai plus gentil de le faire tout de suite. Ce fut sans émotion et comme mettant la dernière ligne à un ennuyeux devoir de classe, que je traçai sur l'enveloppe le nom de Gilberte Swann dont je couvrais jadis mes cahiers pour me donner l'illusion de correspondre avec elle. C'est que si autrefois, ce nom-là, c'était moi qui l'écrivais, maintenant la tâche en avait été dévolue par l'habitude à l'un de ces nombreux secrétaires qu'elle s'adjoint. Celui-là pouvait écrire le nom de Gilberte avec d'autant plus de calme que placé récemment chez moi par l'habitude, récemment entré à mon service, il n'avait pas connu Gilberte et savait seulement, sans mettre aucune réalité sous ces mots, parce qu'il m'avait entendu parler d'elle, que c'était une jeune fille de laquelle j'avais été amoureux.

Je ne pouvais l'accuser de sécheresse. L'être que j'étais maintenant vis-à-vis d'elle était le « témoin » le mieux choisi pour comprendre ce qu'elle-même avait été. Le portefeuille, la bille d'agate, étaient simplement devenus pour moi à l'égard d'Albertine ce qu'ils avaient été pour Gilberte, ce qu'ils eussent été pour tout être qui n'eût pas fait jouer sur eux le reflet d'une flamme intérieure. Mais maintenant un nouveau trouble était en moi qui altérait à son tour la puissance véritable des choses et des mots. Et comme Albertine me disait pour me remercier encore : « J'aime tant les turquoises ! », je lui répondis : « Ne laissez pas mourir celles-là », leur confiant ainsi comme à des pierres l'avenir de notre amitié qui pourtant n'était pas plus capable d'inspirer un sentiment à Albertine qu'il ne l'avait été de conserver celui qui m'unissait autrefois à Gilberte.

Il se produisit à cette époque un phénomène qui ne mérite d'être mentionné que parce qu'il se retrouve à toutes les périodes importantes de l'histoire. Au moment même où j'écrivais à Gilberte, M. de Guermantes, à peine rentré de la redoute, encore coiffé de son casque, songeait que le lendemain il serait bien forcé d'être officiellement en deuil, et décida d'avancer de huit jours la cure d'eaux qu'il devait faire. Quand il en revint trois semaines après (et pour anticiper puisque je viens seulement de finir ma lettre à Gilberte), les amis du duc qui l'avaient vu, si indifférent au début, devenir un antidreyfusard forcené, restèrent muets de surprise en l'entendant (comme si la cure n'avait pas agi seulement sur la vessie) leur répondre : « Hé bien, le procès sera révisé et il sera acquitté ; on ne peut pas condamner un homme contre lequel il n'y a rien. Avez-vous jamais vu un gaga comme Froberville ? Un officier préparant les Français à la boucherie[1] (pour dire la guerre) ! Étrange époque ! » Or dans l'intervalle, le duc de Guermantes avait connu aux eaux trois charmantes dames (une princesse italienne et ses deux belles-sœurs). En les entendant dire quelques mots sur les livres qu'elles lisaient, sur une pièce qu'on jouait au Casino, le duc avait tout de suite compris qu'il avait à faire à des femmes d'une intellectualité supérieure et avec lesquelles, comme il le disait, il n'était pas de force. Il n'en avait été que plus heureux d'être invité à jouer au bridge par la princesse. Mais à peine arrivé chez elle, comme il lui disait, dans la ferveur de son antidreyfusisme sans nuances : « Hé bien, on ne nous parle plus de la révision du fameux Dreyfus », sa stupéfaction avait été grande d'entendre la princesse et ses belles-sœurs dire : « On n'en a jamais été si près. On ne peut pas retenir au bagne quelqu'un qui n'a rien fait. — Ah ? Ah ? » avait d'abord balbutié le duc, comme à la découverte d'un sobriquet bizarre qui eût été en usage dans cette maison pour tourner en ridicule quelqu'un qu'il avait cru jusque-là intelligent. Mais au bout de quelques jours, comme par lâcheté et esprit d'imitation, on crie : « Eh ! là, Jojotte[2] », sans savoir pourquoi, à un grand artiste qu'on entend appeler ainsi, dans cette maison, le duc, encore tout gêné par la coutume nouvelle, disait cependant : « En effet, s'il n'y a rien contre lui. » Les trois charmantes dames trouvaient qu'il n'allait pas assez vite et le rudoyaient un peu : « Mais au fond personne d'intelligent n'a pu croire qu'il y eût rien. » Chaque fois qu'un fait « écrasant » contre Dreyfus se produisait et que le duc croyant que cela allait convertir les trois dames charmantes, venait le leur annoncer, elles riaient beaucoup et n'avaient pas de peine, avec une grande finesse de dialectique, à lui montrer que l'argument était sans valeur et tout à fait ridicule. Le duc était rentré à Paris dreyfusard enragé. Et certes nous ne prétendons pas que les trois dames charmantes ne fussent pas, dans ce cas-là, messagères de vérité. Mais il est à remarquer que tous les dix ans, quand on a laissé un homme rempli d'une conviction véritable, il arrive qu'un couple intelligent, ou une seule dame charmante, entrent dans sa société et qu'au bout de quelques mois on l'amène à des opinions contraires. Et sur ce point il y a beaucoup de pays qui se comportent comme l'homme sincère, beaucoup de pays qu'on a laissés remplis de haine pour un peuple et qui, six mois après, ont changé de sentiment et renversé leurs alliances.

Je ne vis plus de quelque temps Albertine, mais continuai, à défaut de Mme de Guermantes qui ne parlait plus à mon imagination, à voir d'autres fées et leurs demeures, aussi inséparables d'elles que, du mollusque qui la fabriqua et s'en abrite, la valve de nacre ou d'émail ou la tourelle à créneaux de son coquillage. Je n'aurais pas su classer ces dames, la difficulté du problème étant qu'autant qu'insignifiant il était impossible non seulement à résoudre mais à poser. Avant la dame il fallait aborder le féerique hôtel. Or l'une recevant tous les jours après déjeuner les mois d'été, même avant d'arriver chez elle, il avait fallu faire baisser la capote du fiacre, tant tapait dur le soleil dont le souvenir, sans que je m'en rendisse compte, allait entrer dans l'impression totale. Je croyais seulement aller au Cours-la-Reine ; en réalité, avant d'être arrivé dans la réunion dont un homme pratique se fût peut-être moqué, j'avais comme dans un voyage à travers l'Italie, un éblouissement, des délices, dont l'hôtel ne serait plus séparé dans ma mémoire. De plus, à cause de la chaleur de la saison et de l'heure, la dame avait clos hermétiquement les volets dans les vastes salons rectangulaires du rez-de-chaussée où elle recevait. Je reconnaissais mal d'abord la maîtresse de maison et ses visiteurs, même la duchesse de Guermantes, qui de sa voix rauque me demandait de venir m'asseoir auprès d'elle, dans un fauteuil de Beauvais représentant *L'Enlèvement d'Europe*[1]. Puis je distinguais sur les murs les vastes tapisseries du XVIIIe siècle représentant des vaisseaux aux mâts fleuris de roses trémières, au-dessous desquels je me trouvais comme dans le palais non de la Seine mais de Neptune, au bord du fleuve Océan, où la duchesse de Guermantes devenait comme une divinité des eaux. Je n'en finirais pas si j'énumérais tous les salons différents de celui-là. Cet exemple suffit à montrer que je faisais entrer dans mes jugements mondains des impressions poétiques que je ne faisais jamais entrer en ligne de compte au moment de faire le total, si bien que, quand je calculais les mérites d'un salon, mon addition n'était jamais juste.

Certes ces causes d'erreur étaient loin d'être les seules, mais je n'ai plus le temps, avant mon départ pour Balbec (où pour mon malheur je vais faire un second séjour qui sera aussi le dernier[2]), de commencer des peintures du monde qui trouveront leur place bien plus tard. Disons seulement qu'à cette première fausse raison (ma vie relativement frivole et qui faisait supposer l'amour du monde) de ma lettre à Gilberte et du retour aux Swann qu'elle semblait indiquer, Odette aurait pu en ajouter tout aussi inexactement une seconde. Je n'ai imaginé jusqu'ici les aspects différents que le monde prend pour une même personne qu'en supposant que le monde ne change pas : si la même dame qui ne connaissait personne va chez tout le monde, et que telle autre qui avait une position dominante est délaissée, on est tenté d'y voir uniquement de ces hauts et bas purement personnels qui de temps à autre amènent dans une même société, à la suite de spéculations de bourse, une ruine retentissante ou un enrichissement inespéré. Or ce n'est pas seulement cela. Dans une certaine mesure les manifestations mondaines (fort inférieures aux mouvements artistiques, aux crises politiques, à l'évolution qui porte le goût public vers le théâtre d'idées, puis vers la peinture impressionniste, puis vers la musique allemande et complexe, puis vers la musique russe et simple, ou vers les idées sociales, les idées de justice, la réaction religieuse, le sursaut patriotique) en sont cependant le reflet lointain, brisé, incertain, trouble, changeant. De sorte que même les salons ne peuvent être dépeints dans une immobilité statique qui a pu convenir jusqu'ici à l'étude des caractères, lesquels devront eux aussi être comme entraînés dans un mouvement quasi historique. Le goût de nouveauté qui porte les hommes du monde plus ou moins sincèrement avides de se renseigner sur l'évolution intellectuelle à fréquenter les milieux où ils peuvent suivre celle-ci, leur fait préférer d'habitude quelque maîtresse de maison jusque-là inédite, qui représente encore toutes fraîches les espérances de mentalité supérieure si fanées et défraîchies chez les femmes qui ont exercé depuis longtemps le pouvoir mondain, desquelles ils connaissent le fort et le faible et qui ne parlent plus à leur imagination. Et chaque époque se trouve ainsi personnifiée dans des femmes nouvelles, dans un nouveau groupe de femmes, qui, rattachées étroitement à ce qui pique les curiosités les plus neuves, semblent, dans leur toilette, apparaître seulement à ce moment-là, comme une espèce inconnue, née du dernier déluge, beautés irrésistibles de chaque nouveau Consulat, de chaque nouveau Directoire. Mais très souvent les maîtresses de maison nouvelles sont tout simplement, comme certains hommes d'État dont c'est le premier ministère mais qui depuis quarante ans frappaient à toutes les portes sans se les voir ouvrir, des femmes qui n'étaient pas connues de la société mais n'en recevaient pas moins, depuis fort longtemps, et faute de mieux, quelques « rares intimes ». Certes, ce n'est pas toujours le cas, et quand avec l'efflorescence prodigieuse des Ballets russes, révélatrice coup sur coup de Bakst, de Nijinski, de Benois, du génie de Stravinski[1], la princesse Yourbeletieff[2], jeune marraine de tous ces grands hommes nouveaux, apparut portant sur la tête une immense aigrette tremblante inconnue des Parisiennes et qu'elles cherchèrent toutes à imiter, on put croire que cette merveilleuse créature avait été apportée dans leurs innombrables bagages et comme leur plus précieux trésor, par les danseurs russes ; mais quand à côté d'elle, dans son avant-scène, nous verrons, à toutes les représentations des « Russes », siéger comme une véritable fée, ignorée jusqu'à ce jour de l'aristocratie, Mme Verdurin, nous pourrons répondre aux gens du monde qui croiront aisément Mme Verdurin fraîchement débarquée avec la troupe de Diaghilev, que cette dame avait déjà existé dans des temps différents, et passé par divers avatars dont celui-là ne différait qu'en ce qu'il était le premier qui amenait enfin, désormais assuré, et en marche d'un pas de plus en plus rapide, le succès si longtemps et si vainement attendu par la Patronne. Pour Mme Swann, il est vrai, la nouveauté qu'elle représentait n'avait pas le même caractère collectif. Son salon s'était cristallisé autour d'un homme, d'un mourant, qui avait presque tout d'un coup passé, aux moments où son talent s'épuisait, de l'obscurité à la grande gloire. L'engouement pour les œuvres de Bergotte était immense. Il passait toute la journée, exhibé, chez Mme Swann[1] qui chuchotait à un homme influent : « Je lui parlerai, il vous fera un article. » Il était du reste en état de le faire, et même un petit acte pour Mme Swann. Plus près de la mort, il allait un peu moins mal qu'au temps où il venait prendre des nouvelles de ma grand-mère. C'est que de grandes douleurs physiques lui avaient imposé un régime. La maladie est le plus écouté des médecins : à la bonté, au savoir on ne fait que promettre ; on obéit à la souffrance.

Certes le petit clan des Verdurin avait actuellement un intérêt autrement vivant que le salon légèrement nationaliste, plus encore littéraire, et avant tout bergottique, de Mme Swann. Le petit clan était en effet le centre actif d'une longue crise politique arrivée à son maximum d'intensité : le dreyfusisme. Mais les gens du monde étaient pour la plupart tellement antirévisionnistes, qu'un salon dreyfusien semblait quelque chose d'aussi impossible qu'à une autre époque un salon communard. La princesse de Caprarola[2], qui avait fait la connaissance de Mme Verdurin à propos d'une grande exposition qu'elle avait organisée, avait bien été rendre à celle-ci une longue visite, dans l'espoir de débaucher quelques éléments intéressants du petit clan et de les agréger à son propre salon, visite au cours de laquelle la princesse (jouant au petit pied les duchesses de Guermantes) avait pris la contrepartie des opinions reçues, déclaré les gens de son monde idiots, ce que Mme Verdurin avait trouvé d'un grand courage. Mais ce courage ne devait pas aller plus tard jusqu'à oser, sous le feu des regards de dames nationalistes, saluer Mme Verdurin aux courses de Balbec. Pour Mme Swann, les antidreyfusards lui savaient, au contraire, gré d'être « bien pensante », ce à quoi, mariée à un Juif, elle avait un mérite double. Néanmoins les personnes qui n'étaient jamais allées chez elle s'imaginaient qu'elle recevait seulement quelques Israélites obscurs et des élèves de Bergotte. On classe ainsi des femmes autrement qualifiées que Mme Swann au dernier rang de l'échelle sociale, soit à cause de leurs origines, soit parce qu'elles n'aiment pas les dîners en ville et les soirées où on ne les voit jamais, ce qu'on suppose faussement dû à ce qu'elles n'auraient pas été invitées, soit parce qu'elles ne parlent jamais de leurs amitiés mondaines mais seulement de littérature et d'art, soit parce que les gens se cachent d'aller chez elles, ou que pour ne pas faire d'impolitesse aux autres elles se cachent de les recevoir, enfin pour mille raisons qui achèvent de faire de telle ou telle d'entre elles, aux yeux de certains, la femme qu'on ne reçoit pas. Il en était ainsi pour Odette. Mme d'Épinoy, à l'occasion d'un versement qu'elle désirait pour la « Patrie française[1] », ayant eu à aller la voir, comme elle serait entrée chez sa mercière, convaincue d'ailleurs qu'elle ne trouverait que des visages, non pas même méprisés mais inconnus, resta clouée sur la place quand la porte s'ouvrit, non sur le salon qu'elle supposait mais sur une salle magique où, comme grâce à un changement à vue dans une féerie, elle reconnut dans des figurantes éblouissantes, à demi étendues sur des divans, assises sur des fauteuils, appelant la maîtresse de maison par son petit nom, les altesses, les duchesses qu'elle-même, la princesse d'Épinoy, avait grand-peine à attirer chez elle, et auxquelles en ce moment, sous les yeux bienveillants d'Odette, le marquis du Lau, le comte Louis de Turenne, le prince Borghèse, le duc d'Estrées[2], portant l'orangeade et les petits fours, servaient de panetiers et d'échansons. La princesse d'Épinoy, comme elle mettait, sans s'en rendre compte, la qualité mondaine à l'intérieur des êtres, fut obligée de désincarner Mme Swann et de la réincarner en une femme élégante. L'ignorance de la vie réelle que mènent les femmes qui ne l'exposent pas dans les journaux, tend ainsi sur certaines situations (contribuant par là à diversifier les salons) un voile de mystère. Pour Odette, au commencement, quelques hommes de la plus haute société, curieux de connaître Bergotte, avaient été dîner chez elle dans l'intimité. Elle avait eu le tact récemment acquis de n'en pas faire étalage ; ils trouvaient là — souvenir peut-être du petit noyau dont Odette avait gardé, depuis le schisme, les traditions — le couvert mis, etc. Odette les emmenait avec Bergotte que cela achevait d'ailleurs de tuer, aux « premières » intéressantes. Ils parlèrent d'elle à quelques femmes de leur monde capables de s'intéresser à tant de nouveauté. Elles étaient persuadées qu'Odette, intime de Bergotte, avait plus ou moins collaboré à ses œuvres, et la croyaient mille fois plus intelligente que les femmes les plus remarquables du Faubourg, pour la même raison qu'elles mettaient tout leur espoir politique en certains républicains bon teint comme M. Doumer et M. Deschanel[1], tandis qu'elles voyaient la France aux abîmes si elle était confiée au personnel monarchiste qu'elles recevaient à dîner, aux Charette, aux Doudeauville[2], etc. Ce changement de la situation d'Odette s'accomplissait de sa part avec une discrétion qui le rendait plus sûr et plus rapide, mais ne le laissait nullement soupçonner du public enclin à s'en remettre aux chroniques du *Gaulois* des progrès ou de la décadence d'un salon, de sorte qu'un jour, à une répétition générale d'une pièce de Bergotte donnée dans une salle des plus élégantes au bénéfice d'une œuvre de charité, ce fut un vrai coup de théâtre quand on vit dans la loge de face, qui était celle de l'auteur, venir s'asseoir à côté de Mme Swann, Mme de Marsantes et celle qui par l'effacement progressif de la duchesse de Guermantes (rassasiée d'honneurs, et s'annihilant par moindre effort), était en train de devenir la lionne, la reine du temps, la comtesse Molé. « Quand nous ne nous doutions pas même qu'elle avait commencé à monter », se dit-on d'Odette au moment où on vit entrer la comtesse Molé dans la loge, « elle a franchi le dernier échelon. » De sorte que Mme Swann pouvait croire que c'était par snobisme que je me rapprochais de sa fille. Odette, malgré ses brillantes amies, n'écouta pas moins la pièce avec une extrême attention comme si elle eût été là seulement pour l'entendre, de même que jadis elle traversait le Bois par hygiène et pour faire de l'exercice. Des hommes qui étaient jadis moins empressés autour d'elle vinrent au balcon, dérangeant tout le monde, se suspendre à sa main pour approcher le cercle imposant dont elle était environnée. Elle, avec un sourire plutôt encore d'amabilité que d'ironie, répondait patiemment à leurs questions, affectant plus de calme qu'on n'aurait cru et qui était peut-être sincère, cette exhibition n'étant que l'exhibition tardive d'une intimité habituelle et discrètement cachée. Derrière ces trois dames attirant tous les yeux était Bergotte entouré par le prince d'Agrigente, le comte Louis de Turenne, et le marquis de Bréauté. Et il est aisé de comprendre que, pour des hommes qui étaient reçus partout et qui ne pouvaient plus attendre une surélévation que de recherches d'originalité, cette démonstration de leur valeur qu'ils croyaient faire en se laissant attirer par une maîtresse de maison réputée de haute intellectualité et auprès de qui ils s'attendaient à rencontrer tous les auteurs dramatiques et tous les romanciers en vogue, était plus excitante et vivante que ces soirées chez la princesse de Guermantes, lesquelles, sans aucun programme et attrait nouveau, se succédaient depuis tant d'années, plus ou moins pareilles à celle que nous avons si longuement décrite. Dans ce grand monde-là, celui des Guermantes, d'où la curiosité se détournait un peu, les modes intellectuelles nouvelles ne s'incarnaient pas en divertissements à leur image, comme en ces bluettes de Bergotte écrites pour Mme Swann, comme en ces véritables séances de Salut Public (si le monde avait pu s'intéresser à l'affaire Dreyfus) où chez Mme Verdurin se réunissaient Picquart, Clemenceau, Zola, Reinach et Labori[1].

Gilberte servait aussi à la situation de sa mère, car un oncle de Swann venait de laisser près de quatre-vingts millions à la jeune fille, ce qui faisait que le faubourg Saint-Germain commençait à penser à elle[2]. Le revers de la médaille était que Swann d'ailleurs mourant avait des opinions dreyfusistes, mais cela même ne nuisait pas à sa femme et même lui rendait service. Cela ne lui nuisait pas parce qu'on disait : « Il est gâteux, idiot, on ne s'occupe pas de lui, il n'y a que sa femme qui compte et elle est charmante. » Mais même le dreyfusisme de Swann était utile à Odette. Livrée à elle-même elle se fût peut-être laissée aller à faire aux femmes chic des avances qui l'eussent perdue. Tandis que les soirs où elle traînait son mari dîner dans le faubourg Saint-Germain, Swann, restant farouchement dans son coin, ne se gênait pas, s'il voyait Odette se faire présenter à quelque dame nationaliste, de dire à haute voix : « Mais voyons, Odette, vous êtes folle. Je vous prie de rester tranquille. Ce serait une platitude de votre part de vous faire présenter à des antisémites. Je vous le défends. » Les gens du monde après qui chacun court ne sont habitués ni à tant de fierté ni à tant de mauvaise éducation. Pour la première fois ils voyaient quelqu'un qui se croyait « plus » qu'eux. On se racontait ces grognements de Swann, et les cartes cornées pleuvaient chez Odette. Quand celle-ci était en visite chez Mme d'Arpajon, c'était un vif et sympathique mouvement de curiosité. « Ça ne vous a pas ennuyée que je vous l'aie présentée, disait Mme d'Arpajon. Elle est très gentille. C'est Marie de Marsantes qui me l'a fait connaître. — Mais non, au contraire, il paraît qu'elle est tout ce qu'il y a de plus intelligente, elle est charmante. Je désirais au contraire la rencontrer ; dites-moi donc où elle demeure. » Mme d'Arpajon disait à Mme Swann qu'elle s'était beaucoup amusée chez elle l'avant-veille et avait lâché avec joie pour elle Mme de Saint-Euverte. Et c'était vrai, car préférer Mme Swann c'était montrer qu'on était intelligent, comme d'aller au concert au lieu d'aller à un thé. Mais quand Mme de Saint-Euverte venait chez Mme d'Arpajon en même temps qu'Odette, comme Mme de Saint-Euverte était très snob et que Mme d'Arpajon tout en la traitant d'assez haut tenait à ses réceptions, Mme d'Arpajon ne présentait pas Odette pour que Mme de Saint-Euverte ne sût pas qui c'était. La marquise s'imaginait que ce devait être quelque princesse qui sortait très peu pour qu'elle ne l'eût jamais vue, prolongeait sa visite, répondait indirectement à ce que disait Odette, mais Mme d'Arpajon restait de fer. Et quand Mme de Saint-Euverte vaincue s'en allait : « Je ne vous ai pas présentée, disait la maîtresse de maison à Odette, parce qu'on n'aime pas beaucoup aller chez elle et elle invite énormément ; vous n'auriez pas pu vous en dépêtrer. — Oh ! cela ne fait rien », disait Odette avec un regret. Mais elle gardait l'idée qu'on n'aimait pas aller chez Mme de Saint-Euverte, ce qui dans une certaine mesure était vrai, et elle en concluait qu'elle avait une situation très supérieure à Mme de Saint-Euverte bien que celle-ci en eût une très grande, et Odette encore aucune.

Elle ne s'en rendait pas compte, et bien que toutes les amies de Mme de Guermantes fussent liées avec Mme d'Arpajon, quand celle-ci invitait Mme Swann, Odette disait d'un air scrupuleux : « Je vais chez Mme d'Arpajon, mais vous allez me trouver bien vieux jeu ; cela me choque, à cause de Mme de Guermantes » (qu'elle ne connaissait pas du reste). Les hommes distingués pensaient que le fait que Mme Swann connût peu de gens du grand monde tenait à ce qu'elle devait être une femme supérieure, probablement une grande musicienne, et que ce serait une espèce de titre extra-mondain, comme pour un duc d'être docteur ès sciences, que d'aller chez elle. Les femmes complètement nulles étaient attirées vers Odette par une raison contraire ; apprenant qu'elle allait au concert Colonne[1] et se déclarait wagnérienne, elles en concluaient que ce devait être une « farceuse », et elles étaient fort allumées par l'idée de la connaître. Mais peu assurées dans leur propre situation, elles craignaient de se compromettre en public en ayant l'air liées avec Odette et si dans un concert de charité elles apercevaient Mme Swann, elles détournaient la tête, jugeant impossible de saluer sous les yeux de Mme de Rochechouart une femme qui était bien capable d'être allée à Bayreuth[2] — ce qui voulait dire faire les cent dix-neuf coups.

Chaque personne en visite chez une autre devenait différente. Sans parler des métamorphoses merveilleuses qui s'accomplissaient ainsi chez les fées, dans le salon de Mme Swann, M. de Bréauté, soudain mis en valeur par l'absence des gens qui l'entouraient d'habitude, par l'air de satisfaction qu'il avait de se trouver là aussi bien que si au lieu d'aller à une fête il avait chaussé des besicles pour s'enfermer à lire *La Revue des Deux Mondes*, par le rite mystérieux qu'il avait l'air d'accomplir en venant voir Odette, M. de Bréauté lui-même semblait un homme nouveau. J'aurais beaucoup donné pour voir quelles altérations la duchesse de Montmorency-Luxembourg aurait subies dans ce milieu nouveau. Mais elle était une des personnes à qui jamais on ne pourrait présenter Odette. Mme de Montmorency, beaucoup plus bienveillante pour Oriane que celle-ci n'était pour elle, m'étonnait beaucoup en me disant à propos de Mme de Guermantes : « Elle connaît des gens d'esprit, tout le monde l'aime, je crois que si elle avait eu un peu plus d'esprit de suite, elle serait arrivée à se faire un salon. La vérité est qu'elle n'y tenait pas, elle a bien raison, elle est heureuse comme cela, recherchée de tous. » Si Mme de Guermantes n'avait pas un « salon », alors qu'est-ce que c'était qu'un « salon » ? La stupéfaction où me jetèrent ces paroles n'était pas plus grande que celle que je causai à Mme de Guermantes en lui disant que j'aimais bien aller chez Mme de Montmorency. Oriane la trouvait une vieille crétine. « Encore moi, disait-elle, j'y suis forcée, c'est ma tante ; mais vous ! Elle ne sait même pas attirer les gens agréables. » Mme de Guermantes ne se rendait pas compte que les gens agréables me laissaient froid, que quand elle me disait « salon Arpajon » je voyais un papillon jaune, et « salon Swann » (Mme Swann était chez elle l'hiver de six à sept) un papillon noir aux ailes feutrées de neige. Encore ce dernier salon, qui n'en était pas un, elle le jugeait, bien qu'inaccessible pour elle, excusable pour moi, à cause des « gens d'esprit ». Mais Mme de Luxembourg ! Si j'eusse déjà « produit » quelque chose qui eût été remarqué, elle eût conclu qu'une part de snobisme peut s'allier au talent. Et je mis le comble à sa déception ; je lui avouai que je n'allais pas chez Mme de Montmorency (comme elle croyait) pour « prendre des notes » et « faire une étude ». Mme de Guermantes ne se trompait du reste pas plus que les romanciers mondains qui analysent cruellement du dehors les actes d'un snob ou prétendu tel, mais ne se placent jamais à l'intérieur de celui-ci, à l'époque où fleurit dans l'imagination tout un printemps social. Moi-même, quand je voulus savoir quel si grand plaisir j'éprouvais à aller chez Mme de Montmorency, je fus un peu désappointé. Elle habitait, dans le faubourg Saint-Germain, une vieille demeure remplie de pavillons que séparaient de petits jardins. Sous la voûte, une statuette, qu'on disait de Falconet, représentait une source[1] d'où, du reste, une humidité perpétuelle suintait[2]. Un peu plus loin la concierge, toujours les yeux rouges, soit chagrin, soit neurasthénie, soit migraine, soit rhume, ne vous répondait jamais, vous faisait un geste vague indiquant que la duchesse était là et laissait tomber de ses paupières quelques gouttes au-dessus d'un bol rempli de « ne m'oubliez pas ». Le plaisir que j'avais à voir la statuette, parce qu'elle me faisait penser à un petit jardinier en plâtre qu'il y avait dans un jardin de Combray, n'était rien auprès de celui que me causaient le grand escalier humide et sonore, plein d'échos, comme celui de certains établissements de bains d'autrefois, aux vases remplis de cinéraires — bleu sur bleu — dans l'antichambre, et surtout le tintement de la sonnette, qui était exactement celui de la chambre d'Eulalie. Ce tintement mettait le comble à mon enthousiasme mais me semblait trop humble pour que je le pusse expliquer à Mme de Montmorency, de sorte que cette dame me voyait toujours dans un ravissement dont elle ne devina jamais la cause.

LES INTERMITTENCES DU CŒUR[1]

Ma seconde arrivée à Balbec fut bien différente de la première[2]. Le directeur était venu en personne m'attendre à Pont-à-Couleuvre[3], répétant combien il tenait à sa clientèle titrée, ce qui me fit craindre qu'il m'anoblît jusqu'à ce que j'eusse compris que dans l'obscurité de sa mémoire grammaticale, titrée signifiait simplement attitrée. Du reste au fur et à mesure qu'il apprenait de nouvelles langues, il parlait plus mal les anciennes. Il m'annonça qu'il m'avait logé tout en haut de l'hôtel. « J'espère, dit-il, que vous ne verrez pas là un manque d'impolitesse, j'étais ennuyé de vous donner une chambre dont vous êtes indigne, mais je l'ai fait rapport au bruit, parce que comme cela vous n'aurez personne au-dessus de vous pour vous fatiguer le trépan (pour tympan). Soyez tranquille, je ferai fermer les fenêtres pour qu'elles ne battent pas. Là-dessus je suis intolérable » (ces mots n'exprimant pas sa pensée, laquelle était qu'on le trouverait toujours inexorable à ce sujet, mais peut-être bien celle de ses valets d'étage). Les chambres étaient d'ailleurs celles du premier séjour. Elles n'étaient pas plus bas mais j'avais monté dans l'estime du directeur. Je pourrais faire faire du feu si cela me plaisait (car sur l'ordre des médecins j'étais parti dès Pâques), mais il craignait qu'il n'y eût des « fixures » dans le plafond. « Surtout attendez toujours pour rallumer une flambée que la précédente soit consommée (pour consumée). Car l'important c'est d'éviter de ne pas mettre le feu à la cheminée, d'autant plus que pour égayer un peu j'ai fait placer dessus une grande postiche en vieux Chine, que cela pourrait abîmer. »

Il m'apprit avec beaucoup de tristesse la mort du bâtonnier de Cherbourg : « C'était un vieux routinier », dit-il (probablement pour roublard) et me laissa entendre que sa fin avait été avancée par une vie de déboires, ce qui signifiait de débauches. « Déjà depuis quelque temps je remarquais qu'après le dîner il s'accroupissait dans le salon (sans doute pour s'assoupissait). Les derniers temps, il était tellement changé que si l'on n'avait pas su que c'était lui, à le voir il était à peine reconnaissant » (pour reconnaissable sans doute).

Compensation heureuse, le premier président de Caen venait de recevoir la « cravache » de commandeur de la Légion d'honneur. « Sûr et certain qu'il a des capacités mais paraît qu'on la lui a donnée surtout à cause de sa grande impuissance. » On revenait du reste sur cette décoration dans *L'Écho de Paris*[1] de la veille, dont le directeur n'avait encore lu que « le premier paraphe » (pour paragraphe). La politique de M. Caillaux y était bien arrangée. « Je trouve du reste qu'ils ont raison, dit-il. Il nous met trop sous la coupole de l'Allemagne » (sous la coupe)[2]. Comme ce genre de sujet traité par un hôtelier me paraissait ennuyeux, je cessai d'écouter. Je pensais aux images qui m'avaient décidé de retourner à Balbec. Elles étaient bien différentes de celles d'autrefois, la vision que je venais chercher était aussi éclatante que la première était brumeuse ; elles ne devaient pas moins me décevoir. Les images choisies par le souvenir sont aussi arbitraires, aussi étroites, aussi insaisissables que celles que l'imagination avait formées et la réalité détruites. Il n'y a pas de raison pour qu'en dehors de nous, un lieu réel possède plutôt les tableaux de la mémoire que ceux du rêve. Et puis une réalité nouvelle nous fera peut-être oublier, détester même les désirs à cause desquels nous étions partis.

Ceux qui m'avaient fait partir pour Balbec tenaient en partie à ce que les Verdurin (des invitations de qui je n'avais jamais profité, et qui seraient certainement heureux de me recevoir, si j'allais à la campagne m'excuser de n'avoir jamais pu leur faire une visite à Paris), sachant que plusieurs fidèles passeraient les vacances sur cette côte, et ayant à cause de cela loué pour toute la saison un des châteaux de M. de Cambremer (La Raspelière[1]), y avaient invité Mme Putbus. Le soir où je l'avais appris (à Paris), j'envoyai, en véritable fou, notre jeune valet de pied s'informer si cette dame emmènerait à Balbec sa camériste. Il était onze heures du soir. Le concierge mit longtemps à ouvrir et par miracle n'envoya pas promener mon messager, ne fit pas appeler la police, se contenta de le recevoir très mal, tout en lui fournissant le renseignement désiré. Il dit qu'en effet la première femme de chambre accompagnerait sa maîtresse, d'abord aux eaux en Allemagne, puis à Biarritz, et pour finir, chez Mme Verdurin. Dès lors j'avais été tranquille et content d'avoir ce pain sur la planche. J'avais pu me dispenser de ces poursuites dans les rues où j'étais dépourvu auprès des beautés rencontrées de cette lettre d'introduction que serait auprès du « Giorgione » d'avoir dîné le soir même, chez les Verdurin, avec sa maîtresse. D'ailleurs elle aurait peut-être meilleure idée de moi encore en sachant que je connaissais non seulement les bourgeois locataires de La Raspelière mais ses propriétaires, et surtout Saint-Loup qui, ne pouvant me recommander à distance à la femme de chambre (celle-ci ignorant le nom de Robert), avait écrit pour moi une lettre chaleureuse aux Cambremer. Il pensait qu'en dehors de toute l'utilité dont ils me pourraient être, Mme de Cambremer, la belle-fille née Legrandin, m'intéresserait en causant avec moi. « C'est une femme intelligente », m'avait-il assuré. « Jusqu'à un certain point, naturellement. Elle ne te dira pas des choses définitives » (les choses « définitives » avaient été substituées aux choses « sublimes » par Robert qui modifiait, tous les cinq ou six ans, quelques-unes de ses expressions favorites tout en conservant les principales), « mais c'est une nature, elle a une personnalité, de l'intuition, elle jette à propos la parole qu'il faut. De temps en temps elle est énervante, elle lance des bêtises pour "faire gratin", ce qui est d'autant plus ridicule que rien n'est moins élégant que les Cambremer, elle n'est pas toujours *à la page*, mais, somme toute, elle est encore dans les personnes les plus supportables à fréquenter. »

Aussitôt que la recommandation de Robert leur était parvenue, les Cambremer, soit snobisme qui leur faisait désirer d'être indirectement aimables pour Saint-Loup, soit reconnaissance de ce qu'il avait été pour un de leurs neveux à Doncières, et plus probablement surtout par bonté et traditions hospitalières, avaient écrit de longues lettres demandant que j'habitasse chez eux, et si je préférais être plus indépendant, s'offrant à me chercher un logis. Quand Saint-Loup leur eut objecté que j'habiterais le Grand-Hôtel de Balbec, ils répondirent que, du moins, ils attendaient une visite dès mon arrivée et si elle tardait trop, ne manqueraient pas de venir me relancer pour m'inviter à leurs garden-parties.

Sans doute rien ne rattachait d'une façon essentielle la femme de chambre de Mme Putbus au pays de Balbec ; elle n'y serait pas pour moi comme la paysanne que seul sur la route de Méséglise[1], j'avais si souvent appelée en vain, de toute la force de mon désir.

Mais j'avais depuis longtemps cessé de chercher à extraire d'une femme comme la racine carrée de son inconnu, lequel ne résistait pas souvent à une simple présentation. Du moins à Balbec où je n'étais pas allé depuis longtemps, j'aurais cet avantage, à défaut du rapport nécessaire qui n'existait pas entre le pays et cette femme, que le sentiment de la réalité n'y serait pas supprimé pour moi par l'habitude comme à Paris où, soit dans ma propre maison, soit dans une chambre connue, le plaisir auprès d'une femme ne pouvait pas me donner un instant l'illusion, au milieu des choses quotidiennes, qu'il m'ouvrait accès à une nouvelle vie. (Car si l'habitude est une seconde nature, elle nous empêche de connaître la première dont elle n'a ni les cruautés ni les enchantements.) Or cette illusion, je l'aurais peut-être dans un pays nouveau où renaît la sensibilité, devant un rayon de soleil, et où justement achèverait de m'exalter la femme de chambre que je désirais : or on verra les circonstances faire non seulement que cette femme ne vint pas à Balbec, mais que je ne redoutai rien tant qu'elle y pût venir, de sorte que ce but principal de mon voyage ne fut ni atteint ni même poursuivi. Certes Mme Putbus ne devait pas aller aussi tôt dans la saison chez les Verdurin ; mais ces plaisirs qu'on a choisis peuvent être lointains si leur venue est assurée et que dans leur attente on puisse se livrer d'ici là à la paresse de chercher à plaire et à l'impuissance d'aimer. Au reste, à Balbec, je n'allais pas dans un esprit aussi peu pratique que la première fois ; il y a toujours moins d'égoïsme dans l'imagination pure que dans le souvenir ; et je savais que j'allais précisément me trouver dans un de ces lieux où foisonnent les belles inconnues ; une plage n'en offre pas moins qu'un bal, et je pensais d'avance aux promenades devant l'hôtel, sur la digue, avec ce même genre de plaisir que Mme de Guermantes m'aurait procuré si, au lieu de me faire inviter dans des dîners brillants, elle avait donné plus souvent mon nom pour leurs listes de cavaliers aux maîtresses de maison chez qui l'on dansait. Faire des connaissances féminines à Balbec me serait aussi facile que cela m'avait été malaisé autrefois, car j'y avais maintenant autant de relations et d'appuis que j'en étais dénué à mon premier voyage.

Je fus tiré de ma rêverie par la voix du directeur dont je n'avais pas écouté les dissertations politiques. Changeant de sujet, il me dit la joie du premier président en apprenant mon arrivée et qu'il viendrait me voir dans ma chambre, le soir même. La pensée de cette visite m'effraya si fort, car je commençais à me sentir fatigué, que je le priai d'y mettre obstacle (ce qu'il me promit) et pour plus de sûreté de faire, pour le premier soir, monter la garde à mon étage par ses employés. Il ne paraissait pas les aimer beaucoup. « Je suis tout le temps obligé de courir après eux parce qu'ils manquent trop d'inertie. Si je n'étais pas là ils ne bougeraient pas. Je mettrai le liftier de planton à votre porte. » Je demandai s'il était enfin « chef des chasseurs ». « Il n'est pas encore assez vieux dans la maison, me répondit-il. Il a des camarades plus âgés que lui, cela ferait crier. En toutes choses il faut des granulations. Je reconnais qu'il a une bonne aptitude (pour attitude) devant son ascenseur. Mais c'est encore un peu jeune pour des situations pareilles. Avec d'autres qui sont trop anciens, cela ferait contraste. Ça manque un peu de sérieux, ce qui est la qualité primitive (sans doute la qualité primordiale, la qualité la plus importante). Il faut qu'il ait un peu plus de plomb dans l'aile (mon interlocuteur voulait dire dans la tête). Du reste il n'a qu'à se fier à moi. Je m'y connais. Avant de prendre mes galons comme directeur du Grand-Hôtel, j'ai fait mes premières armes sous M. Paillard[1]. » Cette comparaison m'impressionna et je remerciai le directeur d'être venu lui-même jusqu'à Pont-à-Couleuvre. « Oh ! de rien. Cela ne m'a fait perdre qu'un temps infini » (pour infime). Du reste nous étions arrivés.

Bouleversement de toute ma personne. Dès la première nuit, comme je souffrais d'une crise de fatigue cardiaque, tâchant de dompter ma souffrance, je me baissai avec lenteur et prudence pour me déchausser. Mais à peine eus-je touché le premier bouton de ma bottine, ma poitrine s'enfla, remplie d'une présence inconnue, divine, des sanglots me secouèrent, des larmes ruisselèrent de mes yeux. L'être qui venait à mon secours, qui me sauvait de la sécheresse de l'âme, c'était celui qui, plusieurs années auparavant, dans un moment de détresse et de solitude identiques, dans un moment où je n'avais plus rien de moi, était entré, et qui m'avait rendu à moi-même, car il était moi et plus que moi (le contenant qui est plus que le contenu et me l'apportait). Je venais d'apercevoir, dans ma mémoire, penché sur ma fatigue, le visage tendre, préoccupé et déçu de ma grand-mère, telle qu'elle avait été ce premier soir d'arrivée[2] ; le visage de ma grand-mère, non pas de celle que je m'étais étonné et reproché de si peu regretter et qui n'avait d'elle que le nom, mais de ma grand-mère véritable dont, pour la première fois depuis les Champs-Élysées où elle avait eu son attaque, je retrouvais dans un souvenir involontaire et complet la réalité vivante. Cette réalité n'existe pas pour nous tant qu'elle n'a pas été recréée par notre pensée (sans cela les hommes qui ont été mêlés à un combat gigantesque seraient tous de grands poètes épiques) ; et ainsi, dans un désir fou de me précipiter dans ses bras, ce n'était qu'à l'instant — plus d'une année après son enterrement, à cause de cet anachronisme qui empêche si souvent le calendrier des faits de coïncider avec celui des sentiments — que je venais d'apprendre qu'elle était morte. J'avais souvent parlé d'elle depuis ce moment-là et aussi pensé à elle, mais sous mes paroles et mes pensées de jeune homme ingrat, égoïste et cruel, il n'y avait jamais rien eu qui ressemblât à ma grand-mère, parce que, dans ma légèreté, mon amour du plaisir, mon accoutumance à la voir malade, je ne contenais en moi qu'à l'état virtuel le souvenir de ce qu'elle avait été. À n'importe quel moment que nous la considérions, notre âme totale n'a qu'une valeur presque fictive, malgré le nombreux bilan de ses richesses, car tantôt les unes, tantôt les autres sont indisponibles, qu'il s'agisse d'ailleurs de richesses effectives aussi bien que de celles de l'imagination, et pour moi par exemple, tout autant que de l'ancien nom de Guermantes, de celles combien plus graves, du souvenir vrai de ma grand-mère. Car aux troubles de la mémoire sont liées les intermittences du cœur[1]. C'est sans doute l'existence de notre corps, semblable pour nous à un vase où notre spiritualité serait enclose, qui nous induit à supposer que tous nos biens intérieurs, nos joies passées, toutes nos douleurs sont perpétuellement en notre possession. Peut-être est-il aussi inexact de croire qu'elles s'échappent ou reviennent. En tous cas si elles restent en nous, c'est la plupart du temps dans un domaine inconnu où elles ne sont de nul service pour nous, et où même les plus usuelles sont refoulées par des souvenirs d'ordre différent et qui excluent toute simultanéité avec elles dans la conscience. Mais si le cadre de sensations où elles sont conservées est ressaisi, elles ont à leur tour ce même pouvoir d'expulser tout ce qui leur est incompatible, d'installer seul en nous, le moi qui les vécut. Or comme celui que je venais subitement de redevenir n'avait pas existé depuis ce soir lointain où ma grand-mère m'avait déshabillé à mon arrivée à Balbec, ce fut tout naturellement, non pas après la journée actuelle que ce moi ignorait, mais — comme s'il y avait dans le temps des séries différentes et parallèles — sans solution de continuité, tout de suite après le premier soir d'autrefois, que j'adhérai à la minute où ma grand-mère s'était penchée vers moi. Le moi que j'étais alors et qui avait disparu si longtemps, était de nouveau si près de moi qu'il me semblait encore entendre les paroles qui avaient immédiatement précédé et qui n'étaient pourtant plus qu'un songe, comme un homme mal éveillé croit percevoir tout près de lui les bruits de son rêve qui s'enfuit. Je n'étais plus que cet être qui cherchait à se réfugier dans les bras de sa grand-mère, à effacer les traces de ses peines en lui donnant des baisers, cet être que j'aurais eu à me figurer, quand j'étais tel ou tel de ceux qui s'étaient succédé en moi depuis quelque temps, autant de difficulté que maintenant il m'eût fallu d'efforts, stériles d'ailleurs, pour ressentir les désirs et les joies de l'un de ceux que, pour un temps du moins, je n'étais plus. Je me rappelais comme, une heure avant le moment où ma grand-mère s'était penchée ainsi, dans sa robe de chambre, vers mes bottines, errant dans la rue étouffante de chaleur, devant le pâtissier, j'avais cru que je ne pourrais jamais dans le besoin que j'avais de l'embrasser, attendre l'heure qu'il me fallait encore passer sans elle. Et maintenant que ce même besoin renaissait, je savais que je pouvais attendre des heures après des heures, qu'elle ne serait plus jamais auprès de moi, je ne faisais que de le découvrir parce que je venais, en la sentant pour la première fois, vivante, véritable, gonflant mon cœur à le briser, en la retrouvant enfin, d'apprendre que je l'avais perdue pour toujours. Perdue pour toujours ; je ne pouvais comprendre et je m'exerçais à subir la souffrance de cette contradiction : d'une part, une existence, une tendresse, survivantes en moi telles que je les avais connues, c'est-à-dire faites pour moi, un amour où tout trouvait tellement en moi son complément, son but, sa constante direction, que le génie de grands hommes, tous les génies qui avaient pu exister depuis le commencement du monde n'eussent pas valu pour ma grand-mère un seul de mes défauts ; et d'autre part, aussitôt que j'avais revécu, comme présente, cette félicité, la sentir traversée par la certitude, s'élançant comme une douleur physique à répétition, d'un néant qui avait effacé mon image de cette tendresse, qui avait détruit cette existence, aboli rétrospectivement notre mutuelle prédestination, fait de ma grand-mère, au moment où je la retrouvais comme dans un miroir, une simple étrangère qu'un hasard a fait passer quelques années auprès de moi, comme cela aurait pu être auprès de tout autre, mais pour qui, avant et après, je n'étais rien, je ne serais rien.

Au lieu des plaisirs que j'avais eus depuis quelque temps, le seul qu'il m'eût été possible de goûter en ce moment c'eût été, retouchant le passé, de diminuer les douleurs que ma grand-mère avait autrefois ressenties. Or, je ne me la rappelais pas seulement dans cette robe de chambre, vêtement approprié, au point d'en devenir presque symbolique, aux fatigues, malsaines sans doute, mais douces aussi, qu'elle prenait pour moi ; peu à peu voici que je me souvenais de toutes les occasions que j'avais saisies, en lui laissant voir, en lui exagérant au besoin mes souffrances, de lui faire une peine que je m'imaginais ensuite effacée par mes baisers comme si ma tendresse eût été aussi capable que mon bonheur de faire le sien ; et pis que cela, moi qui ne concevais plus de bonheur maintenant qu'à en pouvoir retrouver répandu dans mon souvenir sur les plans de ce visage modelés et inclinés par la tendresse, j'avais mis autrefois une rage insensée à chercher d'en extirper jusqu'aux plus petits plaisirs, tel ce jour où Saint-Loup avait fait la photographie de grand-mère et où ayant peine à dissimuler à celle-ci la puérilité presque ridicule de la coquetterie qu'elle mettait à poser, avec son chapeau à grands bords, dans un demi-jour seyant, je m'étais laissé aller à murmurer quelques mots impatientés et blessants, qui, je l'avais senti à une contraction de son visage, avaient porté, l'avaient atteinte ; c'était moi qu'ils déchiraient maintenant qu'était impossible à jamais la consolation de mille baisers[1].

Mais jamais je ne pourrais plus effacer cette contraction de sa figure, et cette souffrance de son cœur ou plutôt du mien ; car comme les morts n'existent plus qu'en nous, c'est nous-mêmes que nous frappons sans relâche quand nous nous obstinons à nous souvenir des coups que nous leur avons assenés. Ces douleurs, si cruelles qu'elles fussent, je m'y attachais de toutes mes forces, car je sentais bien qu'elles étaient l'effet du souvenir de ma grand-mère, la preuve que ce souvenir que j'avais était bien présent en moi. Je sentais que je ne me la rappelais vraiment que par la douleur et j'aurais voulu que s'enfonçassent plus solidement encore en moi ces clous qui y rivaient sa mémoire. Je ne cherchais pas à rendre la souffrance plus douce, à l'embellir, à feindre que ma grand-mère ne fût qu'absente et momentanément invisible, en adressant à sa photographie (celle que Saint-Loup avait faite et que j'avais avec moi) des paroles et des prières comme à un être séparé de nous mais qui, resté individuel, nous connaît et nous reste relié par une indissoluble harmonie. Jamais je ne le fis, car je ne tenais pas seulement à souffrir, mais à respecter l'originalité de ma souffrance telle que je l'avais subie tout d'un coup sans le vouloir, et je voulais continuer à la subir, suivant ses lois à elle, à chaque fois que revenait cette contradiction si étrange de la survivance et du néant entrecroisés en moi. Cette impression douloureuse et actuellement incompréhensible, je savais, non certes pas si j'en dégagerais un peu de vérité un jour, mais que si ce peu de vérité je pouvais jamais l'extraire, ce ne pourrait être que d'elle, si particulière, si spontanée, qui n'avait été ni tracée par mon intelligence, ni infléchie ni atténuée par ma pusillanimité, mais que la mort elle-même, la brusque révélation de la mort, avait comme la foudre creusée en moi, selon un graphique surnaturel et inhumain, comme un double et mystérieux sillon. (Quant à l'oubli de ma grand-mère où j'avais vécu jusqu'ici, je ne pouvais même pas songer à m'attacher à lui pour en tirer de la vérité ; puisqu'en lui-même il n'était rien qu'une négation, l'affaiblissement de la pensée incapable de recréer un moment réel de la vie et obligée de lui substituer des images conventionnelles et indifférentes.) Peut-être pourtant l'instinct de conservation, l'ingéniosité de l'intelligence à nous préserver de la douleur, commençant déjà à construire sur des ruines encore fumantes, à poser les premières assises de son œuvre utile et néfaste, goûtais-je trop la douceur de me rappeler tels et tels jugements de l'être chéri, de me les rappeler comme si elle eût pu les porter encore, comme si elle existait, comme si je continuais d'exister pour elle. Mais dès que je fus arrivé à m'endormir, à cette heure, plus véridique, où mes yeux se fermèrent aux choses du dehors, le monde du sommeil (sur le seuil duquel l'intelligence et la volonté momentanément paralysées ne pouvaient plus me disputer à la cruauté de mes impressions véritables) refléta, réfracta la douloureuse synthèse de la survivance et du néant, dans la profondeur organique et devenue translucide des viscères mystérieusement éclairés[1]. Monde du sommeil où la connaissance interne, placée sous la dépendance des troubles de nos organes, accélère le rythme du cœur ou de la respiration, parce qu'une même dose d'effroi, de tristesse, de remords, agit avec une puissance centuplée si elle est ainsi injectée dans nos veines ; dès que pour y parcourir les artères de la cité souterraine nous nous sommes embarqués sur les flots noirs de notre propre sang comme sur un Léthé[2] intérieur aux sextuples replis, de grandes figures solennelles nous apparaissent, nous abordent et nous quittent, nous laissant en larmes. Je cherchai en vain celle de ma grand-mère dès que j'eus abordé sous les porches sombres ; je savais pourtant qu'elle existait encore, mais d'une vie diminuée, aussi pâle que celle du souvenir ; l'obscurité grandissait, et le vent ; mon père n'arrivait pas qui devait me conduire à elle. Tout d'un coup la respiration me manqua, je sentis mon cœur comme durci, je venais de me rappeler que depuis de longues semaines j'avais oublié d'écrire à ma grand-mère. Que devait-elle penser de moi ? « Mon Dieu, me disais-je, comme elle doit être malheureuse dans cette petite chambre qu'on a louée pour elle, aussi petite que pour une ancienne domestique, où elle est toute seule avec la garde qu'on a placée pour la soigner et où elle ne peut pas bouger, car elle est toujours un peu paralysée et n'a pas voulu une seule fois se lever ! Elle doit croire que je l'oublie depuis qu'elle est morte, comme elle doit se sentir seule et abandonnée ! Oh ! il faut que je coure la voir, je ne peux pas attendre une minute, je ne peux pas attendre que mon père arrive, mais où est-ce ? comment ai-je pu oublier l'adresse ? pourvu qu'elle me reconnaisse encore ! Comment ai-je pu l'oublier pendant des mois ? » Il fait noir, je ne trouverai pas, le vent m'empêche d'avancer ; mais voici mon père qui se promène devant moi ; je lui crie : « Où est grand-mère ? dis-moi l'adresse. Est-elle bien ? Est-ce bien sûr qu'elle ne manque de rien ? — Mais non, me dit mon père, tu peux être tranquille. Sa garde est une personne ordonnée. On envoie de temps en temps une toute petite somme pour qu'on puisse lui acheter le peu qui lui est nécessaire. Elle demande quelquefois ce que tu es devenu. On lui a même dit que tu allais faire un livre. Elle a paru contente. Elle a essuyé une larme. » Alors je crus me rappeler qu'un peu après sa mort, ma grand-mère m'avait dit en sanglotant d'un air humble, comme une vieille servante chassée, comme une étrangère : « Tu me permettras bien de te voir quelquefois tout de même, ne me laisse pas trop d'années sans me visiter. Songe que tu as été mon petit-fils et que les grands-mères n'oublient pas. » En revoyant le visage si soumis, si malheureux, si doux qu'elle avait, je voulais courir immédiatement et lui dire ce que j'aurais dû lui répondre alors : « Mais, grand-mère, tu me verras autant que tu voudras, je n'ai que toi au monde, je ne te quitterai plus jamais. » Comme mon silence a dû la faire sangloter depuis tant de mois que je n'ai été là où elle est couchée ! Qu'a-t-elle pu se dire ? Et c'est en sanglotant que moi aussi je dis à mon père : « Vite, vite, son adresse, conduis-moi. » Mais lui : « C'est que... je ne sais si tu pourras la voir. Et puis, tu sais, elle est très faible, très faible, elle n'est plus elle-même, je crois que ce te sera plutôt pénible. Et je ne me rappelle pas le numéro exact de l'avenue. — Mais dis-moi, toi qui sais, ce n'est pas vrai que les morts ne vivent plus. Ce n'est pas vrai tout de même, malgré ce qu'on dit, puisque grand-mère existe encore. » Mon père sourit tristement : « Oh ! bien peu, tu sais, bien peu. Je crois que tu ferais mieux de n'y pas aller. Elle ne manque de rien. On vient tout mettre en ordre. — Mais elle est souvent seule ? — Oui, mais cela vaut mieux pour elle. Il vaut mieux qu'elle ne pense pas, cela ne pourrait que lui faire de la peine. Cela fait souvent de la peine de penser. Du reste, tu sais, elle est très éteinte. Je te laisserai l'indication précise pour que tu puisses y aller ; je ne vois pas ce que tu pourrais y faire et je ne crois pas que la garde te la laisserait voir. — Tu sais bien pourtant que je vivrai toujours près d'elle, cerfs, cerfs, Francis Jammes, fourchette[1]. » Mais déjà j'avais retraversé le fleuve aux ténébreux méandres, j'étais remonté à la surface où s'ouvre le monde des vivants ; aussi si je répétais encore : « Francis Jammes, cerfs, cerfs », la suite de ces mots ne m'offrait plus le sens limpide et la logique qu'ils exprimaient si naturellement pour moi il y a un instant encore et que je ne pouvais plus me rappeler[2]. Je ne comprenais plus même pourquoi le mot *Aias*[3], que m'avait dit tout à l'heure mon père, avait immédiatement signifié : « Prends garde d'avoir froid », sans aucun doute possible. J'avais oublié de fermer les volets et sans doute le grand jour m'avait éveillé. Mais je ne pus supporter d'avoir sous les yeux ces flots de la mer que ma grand-mère pouvait autrefois contempler pendant des heures ; l'image nouvelle de leur beauté indifférente se complétait aussitôt par l'idée qu'elle ne les voyait pas ; j'aurais voulu boucher mes oreilles à leur bruit, car maintenant la plénitude lumineuse de la plage creusait un vide dans mon cœur ; tout semblait me dire comme ces allées et ces pelouses d'un jardin public où je l'avais autrefois perdue, quand j'étais tout enfant : « Nous ne l'avons pas vue », et sous la rotondité du ciel pâle et divin je me sentais oppressé comme sous une immense cloche bleuâtre fermant un horizon où ma grand-mère n'était pas. Pour ne plus rien voir, je me tournai du côté du mur, mais hélas ! ce qui était contre moi c'était cette cloison qui servait jadis entre nous deux de messager matinal, cette cloison qui, aussi docile qu'un violon à rendre toutes les nuances d'un sentiment, disait si exactement à ma grand-mère ma crainte à la fois de la réveiller, et si elle était éveillée déjà, de n'être pas entendu d'elle et qu'elle n'osât bouger, puis aussitôt comme la réplique d'un second instrument, m'annonçant sa venue et m'invitant au calme. Je n'osais pas approcher de cette cloison plus que d'un piano où ma grand-mère aurait joué et qui vibrerait encore de son toucher. Je savais que je pourrais frapper maintenant, même plus fort, que rien ne pourrait plus la réveiller, que je n'entendrais aucune réponse, que ma grand-mère ne viendrait plus. Et je ne demandais rien de plus à Dieu, s'il existe un paradis, que d'y pouvoir frapper contre cette cloison les trois petits coups que ma grand-mère reconnaîtrait entre mille, et auxquels elle répondrait par ces autres coups qui voulaient dire : « Ne t'agite pas, petite souris, je comprends que tu es impatient, mais je vais venir », et qu'il me laissât rester avec elle toute l'éternité, qui ne serait pas trop longue pour nous deux.

Le directeur vint me demander si je ne voulais pas descendre. À tout hasard il avait veillé à mon « placement » dans la salle à manger. Comme il ne m'avait pas vu, il avait craint que je ne fusse repris de mes étouffements d'autrefois. Il espérait que ce ne serait qu'un tout petit « maux de gorge » et m'assura avoir entendu dire qu'on les calmait à l'aide de ce qu'il appelait : le « calyptus ».

Il me remit un petit mot d'Albertine. Elle n'avait pas dû venir à Balbec cette année mais ayant changé de projets, elle était depuis trois jours, non à Balbec même, mais à dix minutes par le tram, à une station voisine. Craignant que je ne fusse fatigué par le voyage elle s'était abstenue pour le premier soir, mais me faisait demander quand je pourrais la recevoir. Je m'informai si elle était venue elle-même, non pour la voir, mais pour m'arranger à ne pas la voir. « Mais oui, me répondit le directeur. Mais elle voudrait que ce soit le plus tôt possible, à moins que vous n'ayez pas de raisons tout à fait nécessiteuses. Vous voyez, conclut-il, que tout le monde ici vous désire, en définitif. » Mais moi, je ne voulais voir personne.

Et pourtant la veille à l'arrivée, je m'étais senti repris par le charme indolent de la vie de bains de mer. Le même lift silencieux, cette fois par respect, non par dédain, et rouge de plaisir, avait mis en marche l'ascenseur. M'élevant le long de la colonne montante, j'avais retraversé ce qui avait été autrefois pour moi le mystère d'un hôtel inconnu, où quand on arrive, touriste sans protection et sans prestige, chaque habitué qui rentre dans sa chambre, chaque jeune fille qui descend dîner, chaque bonne qui passe dans les couloirs étrangement délinéamentés, et la jeune fille venue d'Amérique avec sa dame de compagnie et qui descend dîner, jettent sur vous un regard où l'on ne lit rien de ce qu'on aurait voulu. Cette fois-ci au contraire j'avais éprouvé le plaisir trop reposant de faire la montée d'un hôtel connu, où je me sentais chez moi, où j'avais accompli une fois de plus cette opération toujours à recommencer, plus longue, plus difficile que le retournement de la paupière, et qui consiste à poser sur les choses l'âme qui nous est familière au lieu de la leur qui nous effrayait. Faudrait-il maintenant, m'étais-je dit, ne me doutant pas du brusque changement d'âme qui m'attendait, aller toujours dans d'autres hôtels où je dînerais pour la première fois, où l'habitude n'aurait pas encore tué à chaque étage, devant chaque porte, le dragon terrifiant qui semblait veiller sur une existence enchantée, où j'aurais à approcher de ces femmes inconnues que les palaces, les casinos, les plages ne font, à la façon des vastes polypiers[1], que réunir et faire vivre en commun ?

J'avais ressenti du plaisir même à ce que l'ennuyeux premier président fût si pressé de me voir ; je voyais, pour le premier jour, des vagues, les chaînes de montagnes d'azur de la mer, ses glaciers et ses cascades, son élévation et sa majesté négligente — rien qu'à sentir pour la première fois depuis si longtemps, en me lavant les mains, cette odeur spéciale des savons trop parfumés du Grand-Hôtel — laquelle semblant appartenir à la fois au moment présent et au séjour passé, flottait entre eux comme le charme réel d'une vie particulière où l'on ne rentre que pour changer de cravate. Les draps du lit, trop fins, trop légers, trop vastes, impossibles à border, à faire tenir, et qui restaient soufflés autour des couvertures en volutes mouvantes, m'eussent attristé autrefois. Ils bercèrent seulement sur la rondeur incommode et bombée de leurs voiles, le soleil glorieux et plein d'espérances du premier matin. Mais celui-ci n'eut pas le temps de paraître. Dans la nuit même l'atroce et divine présence avait ressuscité. Je priai le directeur de s'en aller, de demander que personne n'entrât. Je lui dis que je resterais couché et repoussai son offre de faire chercher chez le pharmacien l'excellente drogue. Il fut ravi de mon refus car il craignait que des clients ne fussent incommodés par l'odeur du « calyptus ». Ce qui me valut ce compliment : « Vous êtes dans le mouvement » (il voulait dire : « dans le vrai »), et cette recommandation : « Faites attention de ne pas vous salir à la porte, car, rapport aux serrures, je l'ai faite "induire" d'huile ; si un employé se permettait de frapper à votre chambre, il serait "roulé" de coups. Et qu'on se le tienne pour dit, car je n'aime pas les "répétitions" (évidemment cela signifiait : je n'aime pas répéter deux fois les choses). Seulement, est-ce que vous ne voulez pas pour vous remonter un peu du vin vieux dont j'ai en bas une bourrique (sans doute pour barrique) ? Je ne vous l'apporterai pas sur un plat d'argent comme la tête de Ionathan[1] et je vous préviens que ce n'est pas du château-lafite, mais c'est à peu près équivoque (pour équivalent). Et comme c'est léger, on pourrait vous faire frire une petite sole. » Je refusai le tout, mais fus surpris d'entendre le nom du poisson (la sole) être prononcé comme l'arbre « le saule », par un homme qui avait dû en commander tant dans sa vie.

Malgré les promesses du directeur on m'apporta un peu plus tard la carte cornée de la marquise de Cambremer. Venue pour me voir, la vieille dame avait fait demander si j'étais là, et quand elle avait appris que mon arrivée datait seulement de la veille, et que j'étais souffrant, elle n'avait pas insisté, et (non sans s'arrêter sans doute devant le pharmacien ou la mercière, chez lesquels le valet de pied, sautant du siège, entrait payer quelque note ou faire des provisions) la marquise était repartie pour Féterne, dans sa vieille calèche à huit ressorts attelée de deux chevaux. Assez souvent d'ailleurs, on entendait le roulement et on admirait l'apparat de celle-ci dans les rues de Balbec et de quelques autres petites localités de la côte, situées entre Balbec et Féterne. Non pas que ces arrêts chez des fournisseurs fussent le but de ces randonnées. Il était au contraire quelque goûter, ou garden-party, chez un hobereau ou un bourgeois fort indignes de la marquise. Mais celle-ci, quoique dominant de très haut, par sa naissance et sa fortune, la petite noblesse des environs, avait dans sa bonté et sa simplicité parfaites, tellement peur de décevoir quelqu'un qui l'avait invitée qu'elle se rendait aux plus insignifiantes réunions mondaines du voisinage. Certes, plutôt que de faire tant de chemin pour venir entendre, dans la chaleur d'un petit salon étouffant, une chanteuse généralement sans talent et qu'en sa qualité de grande dame de la région et de musicienne renommée il lui faudrait ensuite féliciter avec exagération, Mme de Cambremer eût préféré aller se promener ou rester dans ses merveilleux jardins de Féterne au bas desquels le flot assoupi d'une petite baie vient mourir au milieu des fleurs. Mais elle savait que sa venue probable avait été annoncée par le maître de maison, que ce fût un noble ou un franc-bourgeois de Maineville-la-Teinturière ou de Chattoncourt-l'Orgueilleux. Or, si Mme de Cambremer était sortie ce jour-là sans faire acte de présence à la fête, tel ou tel des invités venu d'une des petites plages qui longent la mer avait pu entendre et voir la calèche de la marquise, ce qui eût ôté l'excuse de n'avoir pu quitter Féterne. D'autre part, ces maîtres de maison avaient beau avoir vu souvent Mme de Cambremer se rendre à des concerts donnés chez des gens où ils considéraient que ce n'était pas sa place d'être, la petite diminution qui à leurs yeux était de ce fait infligée à la situation de la trop bonne marquise, disparaissait aussitôt que c'était eux qui recevaient, et c'est avec fièvre qu'ils se demandaient s'ils l'auraient ou non à leur petit goûter. Quel soulagement à des inquiétudes ressenties depuis plusieurs jours, si après le premier morceau chanté par la fille des maîtres de la maison ou par quelque amateur en villégiature, un invité annonçait (signe infaillible que la marquise allait venir à la matinée) avoir vu les chevaux de la fameuse calèche arrêtés devant l'horloger ou le droguiste ! Alors Mme de Cambremer (qui en effet n'allait pas tarder à entrer suivie de sa belle-fille, des invités en ce moment à demeure chez elle, et qu'elle avait demandé la permission, accordée avec quelle joie, d'amener) reprenait tout son lustre aux yeux des maîtres de maison, pour lesquels la récompense de sa venue espérée avait peut-être été la cause déterminante et inavouée de la décision qu'ils avaient prise il y a un mois : s'infliger les tracas et faire les frais de donner une matinée. Voyant la marquise présente à leur goûter, ils se rappelaient non plus sa complaisance à se rendre à ceux de voisins peu qualifiés, mais l'ancienneté de sa famille, le luxe de son château, l'impolitesse de sa belle-fille née Legrandin qui, par son arrogance, relevait la bonhomie un peu fade de la belle-mère. Déjà ils croyaient lire, au courrier mondain du *Gaulois*, l'entrefilet qu'ils cuisineraient eux-mêmes en famille, toutes portes fermées à clef, sur « le petit coin de Bretagne où l'on s'amuse ferme, la matinée ultra-select où l'on ne s'est séparé qu'après avoir fait promettre aux maîtres de maison de bientôt recommencer ». Chaque jour ils attendaient le journal, anxieux de ne pas avoir encore vu leur matinée y figurer, et craignant de n'avoir eu Mme de Cambremer que pour leurs seuls invités et non pour la multitude des lecteurs. Enfin le jour béni arrivait : « La saison est exceptionnellement brillante cette année à Balbec. La mode est aux petits concerts d'après-midi, etc. » Dieu merci, le nom de Mme de Cambremer avait été bien orthographié et « cité au hasard », mais en tête. Il ne restait plus qu'à paraître ennuyé de cette indiscrétion des journaux qui pouvait amener des brouilles avec les personnes qu'on n'avait pu inviter, et à demander hypocritement, devant Mme de Cambremer, qui avait pu avoir la perfidie d'envoyer cet écho dont la marquise, bienveillante et grande dame, disait : « Je comprends que cela vous ennuie mais pour moi je n'ai été que très heureuse qu'on me sût chez vous. »

Sur la carte qu'on me remit, Mme de Cambremer avait griffonné qu'elle donnait une matinée le surlendemain. Et certes il y a seulement deux jours, si fatigué de vie mondaine que je fusse, c'eût été un vrai plaisir pour moi que de la goûter transplantée dans ces jardins où poussaient en pleine terre, grâce à l'exposition de Féterne, les figuiers, les palmiers, les plants de rosiers, jusque dans la mer souvent d'un calme et d'un bleu méditerranéens et sur laquelle le petit yacht des propriétaires allait, avant le commencement de la fête, chercher dans les plages de l'autre côté de la baie, les invités les plus importants, servait, avec ses vélums tendus contre le soleil, quand tout le monde était arrivé, de salle à manger pour goûter, et repartait le soir reconduire ceux qu'il avait amenés. Luxe charmant, mais si coûteux que c'était en partie afin de parer aux dépenses qu'il entraînait que Mme de Cambremer avait cherché à augmenter ses revenus de différentes façons, et notamment en louant, pour la première fois, une de ses propriétés, fort différente de Féterne : La Raspelière. Oui, il y a deux jours, combien une telle matinée, peuplée de petits nobles inconnus, dans un cadre nouveau, m'eût changé de la « haute vie » parisienne ! Mais maintenant les plaisirs n'avaient plus aucun sens pour moi. J'écrivis donc à Mme de Cambremer pour m'excuser, de même qu'une heure avant j'avais fait congédier Albertine : le chagrin avait aboli en moi la possibilité du désir aussi complètement qu'une forte fièvre coupe l'appétit. Ma mère devait arriver le lendemain. Il me semblait que j'étais moins indigne de vivre auprès d'elle, que je la comprendrais mieux, maintenant que toute une vie étrangère et dégradante avait fait place à la remontée des souvenirs déchirants qui ceignaient et ennoblissaient mon âme comme la sienne de leur couronne d'épines. Je le croyais ; en réalité il y a bien loin des chagrins véritables comme était celui de maman — qui vous ôtent littéralement la vie pour bien longtemps, quelquefois pour toujours, dès qu'on a perdu l'être qu'on aime — à ces autres chagrins, passagers malgré tout comme devait être le mien, qui s'en vont vite comme ils sont venus tard, qu'on ne connaît que longtemps après l'événement parce qu'on a eu besoin pour les ressentir de le « comprendre » ; chagrins comme tant de gens en éprouvent et dont celui qui était actuellement ma torture ne se différenciait que par cette modalité du souvenir involontaire.

Quant à un chagrin aussi profond que celui de ma mère, je devais le connaître un jour, on le verra dans la suite de ce récit, mais ce n'était pas maintenant, ni ainsi que je me le figurais[1]. Néanmoins comme un récitant qui devrait connaître son rôle et être à sa place depuis bien longtemps mais qui est arrivé seulement à la dernière seconde et n'ayant lu qu'une fois ce qu'il a à dire, sait dissimuler assez habilement quand vient le moment où il doit donner la réplique, pour que personne ne puisse s'apercevoir de son retard, mon chagrin tout nouveau me permit quand ma mère arriva, de lui parler comme s'il avait toujours été le même. Elle crut seulement que la vue de ces lieux où j'avais été avec ma grand-mère (et ce n'était d'ailleurs pas cela) l'avait réveillé. Pour la première fois alors, et parce que j'avais une douleur qui n'était rien à côté de la sienne, mais qui m'ouvrait les yeux, je me rendis compte avec épouvante de ce qu'elle pouvait souffrir. Pour la première fois je compris que ce regard fixe et sans pleurs (ce qui faisait que Françoise la plaignait peu) qu'elle avait depuis la mort de ma grand-mère, était arrêté sur cette incompréhensible contradiction du souvenir et du néant. D'ailleurs, quoique toujours dans ses voiles noirs, plus habillée dans ce pays nouveau, j'étais plus frappé de la transformation qui s'était accomplie en elle. Ce n'est pas assez de dire qu'elle avait perdu toute gaieté ; fondue, figée en une sorte d'image implorante, elle semblait avoir peur d'offenser d'un mouvement trop brusque, d'un son de voix trop haut, la présence douloureuse qui ne la quittait pas. Mais surtout, dès que je la vis entrer dans son manteau de crêpe, je m'aperçus — ce qui m'avait échappé à Paris — que ce n'était plus ma mère que j'avais sous les yeux, mais ma grand-mère. Comme dans les familles royales et ducales, à la mort du chef le fils prend son titre et de duc d'Orléans, de prince de Tarente ou de prince des Laumes, devient roi de France, duc de La Trémoïlle, duc de Guermantes[1], ainsi souvent, par un avènement d'un autre ordre et de plus profonde origine, le mort saisit le vif qui devient son successeur ressemblant, le continuateur de sa vie interrompue. Peut-être le grand chagrin qui suit chez une fille telle qu'était maman, la mort de sa mère, ne fait-il que briser plus tôt la chrysalide, hâter la métamorphose et l'apparition d'un être qu'on porte en soi et qui, sans cette crise qui fait brûler les étapes et sauter d'un seul coup des périodes, ne fût survenu que plus lentement. Peut-être dans le regret de celle qui n'est plus y a-t-il une espèce de suggestion qui finit par amener sur nos traits des similitudes que nous avions d'ailleurs en puissance, et y a-t-il surtout arrêt de notre activité plus particulièrement individuelle (chez ma mère, de son bon sens, de la gaieté moqueuse qu'elle tenait de son père), que nous ne craignions pas, tant que vivait l'être bien-aimé, d'exercer, fût-ce à ses dépens, et qui contrebalançait le caractère que nous tenions exclusivement de lui. Une fois qu'elle est morte, nous aurions scrupule à être autre, nous n'admirons plus que ce qu'elle était, ce que nous étions déjà, mais mêlé à autre chose, et ce que nous allons être désormais uniquement. C'est dans ce sens-là (et non dans celui si vague, si faux où on l'entend généralement) qu'on peut dire que la mort n'est pas inutile, que le mort continue à agir sur nous. Il agit même plus qu'un vivant parce que, la véritable réalité n'étant dégagée que par l'esprit, étant l'objet d'une opération spirituelle, nous ne connaissons vraiment que ce que nous sommes obligés de recréer par la pensée, ce que nous cache la vie de tous les jours... Enfin dans ce culte du regret pour nos morts, nous vouons une idolâtrie à ce qu'ils ont aimé. Non seulement ma mère ne pouvait se séparer du sac de ma grand-mère, devenu plus précieux que s'il eût été de saphirs et de diamants, de son manchon, de tous ces vêtements qui accentuaient encore la ressemblance d'aspect entre elles deux, mais même des volumes de Mme de Sévigné que ma grand-mère avait toujours avec elle, exemplaires que ma mère n'eût pas changés contre le manuscrit même des *Lettres*. Elle plaisantait autrefois ma grand-mère qui ne lui écrivait jamais une fois sans citer une phrase de Mme de Sévigné ou de Mme de Beausergent[1]. Dans chacune des trois lettres que je reçus de maman avant son arrivée à Balbec, elle me cita Mme de Sévigné, comme si ces trois lettres eussent été non pas adressées par elle à moi, mais par ma grand-mère adressées à elle. Elle voulut descendre sur la digue voir cette plage dont ma grand-mère lui parlait tous les jours en lui écrivant. Tenant à la main l'« en-tout-cas[1] » de sa mère, je la vis de la fenêtre s'avancer toute noire, à pas timides, pieux, sur le sable que des pieds chéris avaient foulé avant elle, et elle avait l'air d'aller à la recherche d'une morte que les flots devaient ramener. Pour ne pas la laisser dîner seule, je dus descendre avec elle. Le premier président et la veuve du bâtonnier se firent présenter à elle. Et tout ce qui avait rapport à ma grand-mère lui était si sensible qu'elle fut touchée infiniment, garda toujours le souvenir et la reconnaissance de ce que lui dit le premier président, comme elle souffrit avec indignation de ce qu'au contraire la femme du bâtonnier n'eût pas une parole de souvenir pour la morte. En réalité, le premier président ne se souciait pas plus d'elle que la femme du bâtonnier. Les paroles émues de l'un et le silence de l'autre, bien que ma mère mît entre eux une telle distance n'étaient qu'une façon diverse d'exprimer cette indifférence que nous inspirent les morts. Mais je crois que ma mère trouva surtout de la douceur dans les paroles où malgré moi je laissai passer un peu de ma souffrance. Elle ne pouvait que rendre maman heureuse (malgré toute la tendresse qu'elle avait pour moi), comme tout ce qui assurait à ma grand-mère une survivance dans les cœurs. Tous les jours suivants ma mère descendit s'asseoir sur la plage, pour faire exactement ce que sa mère avait fait, et elle lisait ses deux livres préférés, les *Mémoires* de Mme de Beausergent et les *Lettres* de Mme de Sévigné. Elle, et aucun de nous, n'avait pu supporter qu'on appelât cette dernière la « spirituelle marquise », pas plus que La Fontaine « le Bonhomme[2] ». Mais quand elle lisait dans les *Lettres* ces mots : « ma fille », elle croyait entendre sa mère lui parler.

Elle eut la mauvaise chance, dans un de ces pèlerinages où elle ne voulait pas être troublée, de rencontrer sur la plage une dame de Combray, suivie de ses filles. Je crois que son nom était Mme Poussin. Mais nous ne l'appelions jamais entre nous que « Tu m'en diras des nouvelles », car c'est par cette phrase perpétuellement répétée qu'elle avertissait ses filles des maux qu'elles se préparaient, par exemple en disant à l'une qui se frottait les yeux : « Quand tu auras une bonne ophtalmie, tu m'en diras des nouvelles. » Elle adressa de loin à maman de longs saluts éplorés, non en signe de condoléance, mais par genre d'éducation. Nous n'eussions pas perdu ma grand-mère et n'eussions eu que des raisons d'être heureux qu'elle eût fait de même. Vivant assez retirée à Combray dans un immense jardin, elle ne trouvait jamais rien assez doux et faisait subir des adoucissements aux mots et aux noms mêmes de la langue française. Elle trouvait trop dur d'appeler « cuiller » la pièce d'argenterie qui versait ses sirops et disait en conséquence « cueiller » ; elle eût eu peur de brusquer le doux chantre de Télémaque en l'appelant rudement Fénelon — comme je faisais moi-même en connaissance de cause, ayant pour ami le plus cher l'être le plus intelligent, bon et brave, inoubliable à tous ceux qui l'ont connu, Bertrand de Fénelon[1] — et elle ne disait jamais que « Fénélon » trouvant que l'accent aigu ajoutait quelque mollesse. Le gendre moins doux de cette Mme Poussin et duquel j'ai oublié le nom, étant notaire à Combray, emporta la caisse et fit perdre à mon oncle, notamment, une assez forte somme. Mais la plupart des gens de Combray étaient si bien avec les autres membres de la famille qu'il n'en résulta aucun froid et qu'on se contenta de plaindre Mme Poussin. Elle ne recevait pas, mais chaque fois qu'on passait devant sa grille on s'arrêtait à admirer ses admirables ombrages, sans pouvoir distinguer autre chose. Elle ne nous gêna guère à Balbec où je ne la rencontrai qu'une fois, à un moment où elle disait à sa fille en train de se ronger les ongles : « Quand tu auras un bon panaris, tu m'en diras des nouvelles. »

Pendant que maman lisait sur la plage je restais seul dans ma chambre. Je me rappelais les derniers temps de la vie de ma grand-mère et tout ce qui se rapportait à eux, la porte de l'escalier qui était maintenue ouverte quand nous étions sortis pour sa dernière promenade[1]. En contraste avec tout cela le reste du monde semblait à peine réel et ma souffrance l'empoisonnait tout entier. Enfin ma mère exigea que je sortisse. Mais à chaque pas, quelque aspect oublié du casino, de la rue où en l'attendant, le premier soir, j'étais allé jusqu'au monument de Duguay-Trouin[2], m'empêchait, comme un vent contre lequel on ne peut lutter, d'aller plus avant ; je baissais les yeux pour ne pas voir. Et après avoir repris quelque force, je revenais vers l'hôtel, vers l'hôtel où je savais qu'il était désormais impossible que, si longtemps dussé-je attendre, je retrouvasse ma grand-mère, ma grand-mère que j'avais retrouvée autrefois, le premier soir d'arrivée. Comme c'était la première fois que je sortais, beaucoup de domestiques que je n'avais pas encore vus me regardèrent curieusement. Sur le seuil même de l'hôtel un jeune chasseur ôta sa casquette pour me saluer et la remit prestement. Je crus qu'Aimé lui avait, selon son expression, « passé la consigne » d'avoir des égards pour moi. Mais je vis au même moment que pour une autre personne qui rentrait, il l'enleva de nouveau. La vérité était que dans la vie, ce jeune homme ne savait qu'ôter et remettre sa casquette, et le faisait parfaitement bien. Ayant compris qu'il était incapable d'autre chose et qu'il excellait dans celle-là, il l'accomplissait le plus grand nombre de fois qu'il pouvait par jour, ce qui lui valait de la part des clients une sympathie discrète mais générale, une grande sympathie aussi de la part du concierge à qui revenait la tâche d'engager les chasseurs et qui, jusqu'à cet oiseau rare, n'avait pas pu en trouver un qui ne se fît renvoyer en moins de huit jours, au grand étonnement d'Aimé qui disait : « Pourtant dans ce métier-là on ne leur demande guère que d'être poli, ça ne devrait pas être si difficile. » Le directeur tenait aussi à ce qu'ils eussent ce qu'il appelait une belle « présence », voulant dire qu'ils restassent là, ou plutôt ayant mal retenu le mot prestance. L'aspect de la pelouse qui s'étendait derrière l'hôtel avait été modifié par la création de quelques plates-bandes fleuries et l'enlèvement non seulement d'un arbuste exotique, mais du chasseur qui, la première année, décorait extérieurement l'entrée par la tige souple de sa taille et la coloration curieuse de sa chevelure[1]. Il avait suivi une comtesse polonaise qui l'avait pris comme secrétaire, imitant en cela ses deux aînés et sa sœur dactylographe, arrachés à l'hôtel par des personnalités de pays et de sexe divers, qui s'étaient éprises de leur charme. Seul demeurait leur cadet dont personne ne voulait parce qu'il louchait. Il était fort heureux quand la comtesse polonaise et les protecteurs des deux autres venaient passer quelque temps à l'hôtel de Balbec. Car, malgré qu'il enviât ses frères, il les aimait et pouvait ainsi pendant quelques semaines cultiver des sentiments de famille. L'abbesse de Fontevrault n'avait-elle pas l'habitude, quittant pour cela ses moinesses, de venir partager l'hospitalité qu'offrait Louis XIV à cette autre Mortemart, sa maîtresse, Mme de Montespan[2] ? Pour lui c'était la première année qu'il était à Balbec ; il ne me connaissait pas encore, mais ayant entendu ses camarades plus anciens faire suivre quand ils me parlaient le mot de monsieur de mon nom, il les imita dès la première fois avec l'air de satisfaction, soit de manifester son instruction relativement à une personnalité qu'il jugeait connue, soit de se conformer à un usage qu'il ignorait il y a cinq minutes mais auquel il lui semblait qu'il était indispensable de ne pas manquer. Je comprenais très bien le charme que ce grand palace pouvait offrir à certaines personnes. Il était dressé comme un théâtre, et une nombreuse figuration l'animait jusque dans les cintres[1]. Bien que le client ne fût qu'une sorte de spectateur, il était mêlé perpétuellement au spectacle, non même comme dans ces théâtres où les acteurs jouent une scène dans la salle, mais comme si la vie du spectateur se déroulait au milieu des somptuosités de la scène. Le joueur de tennis pouvait rentrer en veston de flanelle blanche, le concierge s'était mis en habit bleu galonné d'argent pour lui donner ses lettres. Si ce joueur de tennis ne voulait pas monter à pied, il n'était pas moins mêlé aux acteurs en ayant à côté de lui pour faire monter l'ascenseur le lift aussi richement costumé. Les couloirs des étages dérobaient une fuite de caméristes et de courrières, belles sur la mer comme la frise des Panathénées, et jusqu'aux petites chambres desquelles les amateurs de la beauté féminine ancillaire arrivaient par de savants détours. En bas, c'était l'élément masculin qui dominait et faisait de cet hôtel, à cause de l'extrême et oisive jeunesse des serviteurs, comme une sorte de tragédie judéo-chrétienne ayant pris corps et perpétuellement représentée. Aussi ne pouvais-je m'empêcher de me dire à moi-même, en les voyant, non certes les vers de Racine qui m'étaient venus à l'esprit chez la princesse de Guermantes tandis que

M. de Vaugoubert regardait de jeunes secrétaires d'ambassade saluant M. de Charlus, mais d'autres vers de Racine, cette fois-ci non plus d'*Esther* mais d'*Athalie*[1] : car dès le hall, ce qu'au XVIIe siècle on appelait les portiques, « un peuple florissant[2] » de jeunes chasseurs se tenait, surtout à l'heure du goûter, comme les jeunes Israélites des chœurs de Racine. Mais je ne crois pas qu'un seul eût pu fournir même la vague réponse que Joas trouve pour Athalie quand celle-ci demande au prince enfant : « Quel est donc votre emploi[3] ? » car ils n'en avaient aucun. Tout au plus, si l'on avait demandé à n'importe lequel d'entre eux, comme la vieille reine :

> « *Mais tout ce peuple enfermé dans ce lieu,*
> *À quoi s'occupe-t-il*[4] *?* »

aurait-il pu dire :

> « *Je vois l'ordre pompeux de ces cérémonies*[5]

et j'y contribue. » Parfois un des jeunes figurants allait vers quelque personnage plus important, puis cette jeune beauté rentrait dans le chœur, et à moins que ce ne fût l'instant d'une détente contemplative, tous entrelaçaient leurs évolutions inutiles, respectueuses, décoratives et quotidiennes. Car sauf leur « jour de sortie », « loin du monde élevés[6] » et ne franchissant pas le parvis, ils menaient la même existence ecclésiastique que les lévites dans *Athalie*, et devant cette « troupe jeune et fidèle[7] » jouant aux pieds des degrés couverts de tapis magnifiques, je pouvais me demander si je pénétrais dans le Grand-Hôtel de Balbec ou dans le temple de Salomon.

Je remontais directement à ma chambre. Mes pensées étaient habituellement attachées aux derniers jours de la maladie de ma grand-mère, à ces souffrances que je revivais, en les accroissant de cet élément, plus difficile encore à supporter que la souffrance même des autres et auxquelles il est ajouté par notre cruelle pitié ; quand nous croyons seulement recréer les douleurs d'un être cher, notre pitié les exagère ; mais peut-être est-ce elle qui est dans le vrai, plus que la conscience qu'ont de ces douleurs ceux qui les souffrent, et auxquels est cachée cette tristesse de leur vie, que la pitié, elle, voit, dont elle se désespère. Toutefois ma pitié eût dans un élan nouveau dépassé les souffrances de ma grand-mère si j'avais su alors ce que j'ignorai longtemps, que, la veille de sa mort, dans un moment de conscience et s'assurant que je n'étais pas là, elle avait pris la main de maman et, après y avoir collé ses lèvres fiévreuses, lui avait dit : « Adieu, ma fille, adieu pour toujours. » Et c'est peut-être aussi ce souvenir-là que ma mère n'a plus jamais cessé de regarder si fixement. Puis les doux souvenirs me revenaient. Elle était ma grand-mère et j'étais son petit-fils. Les expressions de son visage semblaient écrites dans une langue qui n'était que pour moi ; elle était tout dans ma vie, les autres n'existaient que relativement à elle, au jugement qu'elle me donnerait sur eux ; mais non, nos rapports ont été trop fugitifs pour n'avoir pas été accidentels. Elle ne me connaît plus, je ne la reverrai jamais. Nous n'avions pas été créés uniquement l'un pour l'autre, c'était une étrangère. Cette étrangère, j'étais en train d'en regarder la photographie par Saint-Loup. Maman qui avait rencontré Albertine, avait insisté pour que je la visse à cause des choses gentilles qu'elle lui avait dites sur grand-mère et sur moi. Je lui avais donc donné rendez-vous. Je prévins le directeur pour qu'il la fît attendre au salon. Il me dit qu'il la connaissait depuis bien longtemps, elle et ses amies, bien avant qu'elles eussent atteint « l'âge de la pureté », mais qu'il leur en voulait de choses qu'elles avaient dites de l'hôtel. « Il faut qu'elles ne soient pas bien "illustrées" pour causer ainsi. À moins qu'on ne les ait calomniées. » Je compris aisément que « pureté » était dit pour « puberté ». En attendant l'heure d'aller retrouver Albertine, je tenais mes yeux fixés, comme sur un dessin qu'on finit par ne plus voir à force de l'avoir regardé, sur la photographie que Saint-Loup avait faite, quand tout d'un coup, je pensai de nouveau : « C'est grand-mère, je suis son petit-fils », comme un amnésique retrouve son nom, comme un malade change de personnalité. Françoise entra me dire qu'Albertine était là et voyant la photographie : « Pauvre Madame, c'est bien elle, jusqu'à son bouton de beauté sur la joue ; ce jour que le marquis l'a photographiée, elle avait été bien malade, elle s'était deux fois trouvée mal. "Surtout, Françoise, qu'elle m'avait dit, il ne faut pas que mon petit-fils le sache." Et elle le cachait bien, elle était toujours gaie en société. Seule par exemple, je trouvais qu'elle avait l'air par moments d'avoir l'esprit un peu monotone. Mais ça passait vite. Et puis elle me dit comme ça : "Si jamais il m'arrivait quelque chose, il faudrait qu'il ait un portrait de moi. Je n'en ai jamais fait faire un seul." Alors elle m'envoya dire à monsieur le marquis, en lui recommandant de ne pas raconter à Monsieur que c'était elle qui l'avait demandé, s'il ne pourrait pas lui tirer sa photographie. Mais quand je suis revenue lui dire que oui, elle ne voulait plus parce qu'elle se trouvait trop mauvaise figure. "C'est pire encore, qu'elle me dit, que pas de photographie du tout." Mais comme elle n'était pas bête, elle finit par s'arranger si bien en mettant un grand chapeau rabattu, qu'il n'y paraissait plus quand elle n'était pas au grand jour. Elle en était bien contente de sa photographie, parce qu'en ce moment-là elle ne croyait pas qu'elle reviendrait de Balbec. J'avais beau lui dire : "Madame, il ne faut pas causer comme ça, j'aime pas entendre Madame causer comme ça" c'était dans son idée. Et dame il y avait plusieurs jours qu'elle ne pouvait pas manger. C'est pour cela qu'elle poussait Monsieur à aller dîner très loin avec monsieur le marquis. Alors au lieu d'aller à table elle faisait semblant de lire et dès que la voiture du marquis était partie, elle montait se coucher. Des jours elle voulait prévenir Madame d'arriver pour la voir encore. Et puis elle avait peur de la surprendre, comme elle ne lui avait rien dit. "Il vaut mieux qu'elle reste avec son mari, voyez-vous Françoise." » Françoise, me regardant, me demanda tout à coup si je me « sentais indisposé ». Je lui dis que non ; et elle : « Et puis vous me ficelez là à causer avec vous. Votre visite est peut-être déjà arrivée. Il faut que je descende. Ce n'est pas une personne pour ici. Et avec une allant vite comme elle, elle pourrait être repartie. Elle n'aime pas attendre. Ah ! maintenant, mademoiselle Albertine, c'est quelqu'un. — Vous vous trompez, Françoise, elle est assez bien, trop bien pour ici. Mais allez la prévenir que je ne pourrai pas la voir aujourd'hui. »

Quelles déclamations apitoyées j'aurais éveillées en Françoise si elle m'avait vu pleurer ! Soigneusement je me cachai. Sans cela j'aurais eu sa sympathie. Mais je lui donnai la mienne. Nous ne nous mettons pas assez dans le cœur de ces pauvres femmes de chambre qui ne peuvent pas nous voir pleurer, comme si pleurer nous faisait mal ; ou peut-être leur faisait mal, Françoise m'ayant dit quand j'étais petit : « Ne pleurez pas comme cela, je n'aime pas vous voir pleurer comme cela. » Nous n'aimons pas les grandes phrases, les attestations, nous avons tort, nous fermons ainsi notre cœur au pathétique des campagnes, à la légende que la pauvre servante, renvoyée, peut-être injustement, pour vol, toute pâle, devenue subitement plus humble comme si c'était un crime d'être accusée, déroule en invoquant l'honnêteté de son père, les principes de sa mère, les conseils de l'aïeule. Certes ces mêmes domestiques qui ne peuvent supporter nos larmes, nous feront prendre sans scrupule une fluxion de poitrine parce que la femme de chambre d'au-dessous aime les courants d'air et que ce ne serait pas poli de les supprimer. Car il faut que ceux-là mêmes qui ont raison, comme Françoise, aient tort aussi, pour faire de la Justice une chose impossible. Même les humbles plaisirs des servantes provoquent ou le refus ou la raillerie de leurs maîtres. Car c'est toujours un rien, mais niaisement sentimental, antihygiénique. Aussi peuvent-elles dire : « Comment, moi qui ne demande que cela dans l'année, on ne me l'accorde pas. » Et pourtant les maîtres accorderaient beaucoup plus, qui ne fût pas stupide et dangereux pour elles — ou pour eux. Certes, à l'humilité de la pauvre femme de chambre, tremblante, prête à avouer ce qu'elle n'a pas commis, disant « je partirai ce soir s'il le faut », on ne peut pas résister. Mais il faut savoir aussi ne pas rester insensible, malgré la banalité solennelle et menaçante des choses qu'elle dit, son héritage maternel et la dignité du « clos », devant une vieille cuisinière drapée dans une vie et une ascendance d'honneur, tenant le balai comme un sceptre, poussant son rôle au tragique, l'entrecoupant de pleurs, se redressant avec majesté. Ce jour-là je me rappelai ou j'imaginai de telles scènes, je les rapportai à notre vieille servante, et, depuis lors, malgré tout le mal qu'elle put faire à Albertine, j'aimai Françoise d'une affection, intermittente il est vrai, mais du genre le plus fort, celui qui a pour base la pitié.

Certes, je souffris toute la journée en restant

devant la photographie de ma grand-mère. Elle me torturait. Moins pourtant que ne fit le soir la visite du directeur. Comme je lui parlais de ma grand-mère et qu'il me renouvelait ses condoléances, je l'entendis me dire (car il aimait employer les mots qu'il prononçait mal) : « C'est comme le jour où Madame votre grand-mère avait eu cette symecope, je voulais vous en avertir, parce qu'à cause de la clientèle, n'est-ce pas ? cela aurait pu faire du tort à la maison. Il aurait mieux valu qu'elle parte le soir même. Mais elle me supplia de ne rien dire et me promit qu'elle n'aurait plus de symecope ou qu'à la première elle partirait. Le chef de l'étage m'a pourtant rendu compte qu'elle en a eu une autre. Mais dame vous étiez de vieux clients qu'on cherchait à contenter, et du moment que personne ne s'est plaint... » Ainsi ma grand-mère avait des syncopes et me les avait cachées. Peut-être au moment où j'étais le moins gentil pour elle, où elle était obligée, tout en souffrant, de faire attention à être de bonne humeur pour ne pas m'irriter et à paraître bien portante pour ne pas être mise à la porte de l'hôtel. « Symecope » c'est un mot que, prononcé ainsi, je n'aurais jamais imaginé, qui m'aurait peut-être, s'appliquant à d'autres, paru ridicule, mais qui, dans son étrange nouveauté sonore, pareille à celle d'une dissonance originale, resta longtemps ce qui était capable d'éveiller en moi les sensations les plus douloureuses.

Le lendemain j'allai à la demande de maman m'étendre un peu sur le sable, ou plutôt dans les dunes, là où on est caché par leurs replis, et où je savais qu'Albertine et ses amies ne pourraient pas me trouver. Mes paupières, abaissées, ne laissaient passer qu'une seule lumière, toute rose, celle des parois intérieures des yeux. Puis elles se fermèrent tout à fait. Alors ma grand-mère m'apparut assise dans un fauteuil. Si faible, elle avait l'air de vivre moins qu'une autre personne. Pourtant je l'entendais respirer ; parfois un signe montrait qu'elle avait compris ce que nous disions, mon père et moi. Mais j'avais beau l'embrasser, je ne pouvais pas arriver à éveiller un regard d'affection dans ses yeux, un peu de couleur sur ses joues. Absente d'elle-même, elle avait l'air de ne pas m'aimer, de ne pas me connaître, peut-être de ne pas me voir. Je ne pouvais deviner le secret de son indifférence, de son abattement, de son mécontentement silencieux. J'entraînai mon père à l'écart. « Tu vois tout de même, lui dis-je, il n'y a pas à dire, elle a saisi exactement chaque chose. C'est l'illusion complète de la vie. Si on pouvait faire venir ton cousin qui prétend que les morts ne vivent pas ! Voilà plus d'un an qu'elle est morte et en somme elle vit toujours. Mais pourquoi ne veut-elle pas m'embrasser ? — Regarde, sa pauvre tête retombe. — Mais elle voudrait aller aux Champs-Élysées tantôt. — C'est de la folie ! — Vraiment, tu crois que cela pourrait lui faire mal, qu'elle pourrait mourir davantage ? Il n'est pas possible qu'elle ne m'aime plus. J'aurai beau l'embrasser, est-ce qu'elle ne me sourira plus jamais ? — Que veux-tu, les morts sont les morts. »

Quelques jours plus tard la photographie qu'avait faite Saint-Loup m'était douce à regarder ; elle ne réveillait pas le souvenir de ce que m'avait dit Françoise parce qu'il ne m'avait plus quitté et je m'habituais à lui. Mais en regard de l'idée que je me faisais de son état si grave, si douloureux ce jour-là, la photographie, profitant encore des ruses qu'avait eues ma grand-mère et qui réussissaient à me tromper même depuis qu'elles m'avaient été dévoilées, me la montrait si élégante, si insouciante, sous le chapeau qui cachait un peu son visage, que je la voyais moins malheureuse et mieux portante que je ne l'avais imaginée. Et pourtant, ses joues ayant à son insu une expression à elles, quelque chose de plombé, de hagard, comme le regard d'une bête qui se sentirait déjà choisie et désignée, ma grand-mère avait un air de condamnée à mort, un air involontairement sombre, inconsciemment tragique qui m'échappait mais qui empêchait maman de regarder jamais cette photographie, cette photographie qui lui paraissait moins une photographie de sa mère que de la maladie de celle-ci, d'une insulte que cette maladie faisait au visage brutalement souffleté de grand-mère.

Puis un jour je me décidai à faire dire à Albertine que je la recevrais prochainement. C'est qu'un matin de grande chaleur prématurée, les mille cris des enfants qui jouaient, des baigneurs plaisantant, des marchands de journaux, m'avaient décrit en traits de feu, en flammèches entrelacées, la plage ardente que les petites vagues venaient une à une arroser de leur fraîcheur ; alors avait commencé le concert symphonique mêlé au clapotement de l'eau, dans lequel les violons vibraient comme un essaim d'abeilles égaré sur la mer. Aussitôt j'avais désiré de réentendre le rire d'Albertine, de revoir ses amies, ces jeunes filles se détachant sur les flots, et restées dans mon souvenir le charme inséparable, la flore caractéristique de Balbec ; et j'avais résolu d'envoyer par Françoise un mot à Albertine, pour la semaine prochaine, tandis que montant doucement, la mer à chaque déferlement de lame recouvrait complètement de coulées de cristal la mélodie dont les phrases apparaissaient séparées les unes des autres, comme ces anges luthiers qui, au faîte de la cathédrale italienne, s'élèvent entre les crêtes de porphyre bleu et de jaspe écumant. Mais le jour où Albertine vint, le temps s'était de nouveau gâté et rafraîchi, et d'ailleurs je n'eus pas l'occasion d'entendre son rire ; elle était de fort mauvaise humeur. « Balbec est assommant cette année, me dit-elle. Je tâcherai de ne pas rester longtemps. Vous savez que je suis ici depuis Pâques, cela fait plus d'un mois. Il n'y a personne. Si vous croyez que c'est folichon. » Malgré la pluie récente et le ciel changeant à toute minute, après avoir accompagné Albertine jusqu'à Épreville, car Albertine faisait selon son expression la « navette » entre cette petite plage où était la villa de Mme Bontemps, et Incarville où elle avait été « prise en pension » par les parents de Rosemonde, je partis me promener seul vers cette grande route que prenait la voiture de Mme de Villeparisis quand nous allions nous promener avec ma grand-mère ; des flaques d'eau que le soleil qui brillait n'avait pas séchées, faisaient du sol un vrai marécage, et je pensais à ma grand-mère qui jadis ne pouvait marcher deux pas sans se crotter. Mais dès que je fus arrivé à la route ce fut un éblouissement. Là où je n'avais vu avec ma grand-mère, au mois d'août, que les feuilles et comme l'emplacement des pommiers, à perte de vue ils étaient en pleine floraison, d'un luxe inouï, les pieds dans la boue et en toilette de bal, ne prenant pas de précautions pour ne pas gâter le plus merveilleux satin rose qu'on eût jamais vu et que faisait briller le soleil ; l'horizon lointain de la mer fournissait aux pommiers comme un arrière-plan d'estampe japonaise ; si je levais la tête pour regarder le ciel entre les fleurs, qui faisaient paraître son bleu rasséréné, presque violent, elles semblaient s'écarter pour montrer la profondeur de ce paradis. Sous cet azur une brise légère mais froide faisait trembler légèrement les bouquets rougissants. Des mésanges bleues venaient se poser sur les branches et sautaient entre les fleurs, indulgentes, comme si c'eût été un amateur d'exotisme et de couleurs qui avait artificiellement créé cette beauté vivante. Mais elle touchait jusqu'aux larmes parce que, si loin qu'elle allât dans ses effets d'art raffiné, on sentait qu'elle était naturelle, que ces pommiers étaient là en pleine campagne comme des paysans, sur une grande route de France. Puis aux rayons du soleil succédèrent subitement ceux de la pluie ; ils zébrèrent tout l'horizon, enserrèrent la file des pommiers dans leur réseau gris. Mais ceux-ci continuaient à dresser leur beauté, fleurie et rose, dans le vent devenu glacial sous l'averse qui tombait : c'était une journée de printemps.

CHAPITRE DEUXIÈME

Les mystères d'Albertine. – Les jeunes filles qu'elle voit dans la glace. – La dame inconnue. – Le liftier. – Mme de Cambremer. – Les plaisirs de M. Nissim Bernard. – Première esquisse du caractère étrange de Morel. – M. de Charlus dîne chez les Verdurin.

Dans ma crainte que le plaisir trouvé dans cette promenade solitaire n'affaiblît en moi le souvenir de ma grand-mère, je cherchais de le raviver en pensant à telle grande souffrance morale qu'elle avait eue ; à mon appel cette souffrance essayait de se construire dans mon cœur, elle y élançait ses piliers immenses ; mais mon cœur sans doute était trop petit pour elle, je n'avais la force de porter une douleur si grande, mon attention se dérobait au moment où elle se reformait tout entière, et ses arches s'effondraient avant de s'être rejointes comme avant d'avoir parfait leur voûte, s'écroulent les vagues.

Cependant, rien que par mes rêves quand j'étais endormi, j'aurais pu apprendre que mon chagrin de la mort de ma grand-mère diminuait, car elle y apparaissait moins opprimée par l'idée que je me faisais de son néant. Je la voyais toujours malade, mais en voie de se rétablir ; je la trouvais mieux. Et si elle faisait allusion à ce qu'elle avait souffert, je lui fermais la bouche avec mes baisers et je l'assurais qu'elle était maintenant guérie pour toujours. J'aurais voulu faire constater aux sceptiques que la mort est vraiment une maladie dont on revient. Seulement je ne trouvais plus chez ma grand-mère la riche spontanéité d'autrefois. Ses paroles n'étaient qu'une réponse affaiblie, docile, presque un simple écho de mes paroles ; elle n'était plus que le reflet de ma propre pensée.

Incapable comme je l'étais encore d'éprouver à nouveau un désir physique, Albertine recommençait cependant à m'inspirer comme un désir de bonheur. Certains rêves de tendresse partagée, toujours flottants en nous, s'allient volontiers par une sorte d'affinité au souvenir (à condition que celui-ci soit déjà devenu un peu vague) d'une femme avec qui nous avons eu du plaisir. Ce sentiment me rappelait des aspects du visage d'Albertine, plus doux, moins gais, assez différents de ceux que m'eût évoqués le désir physique ; et comme il était aussi moins pressant que ne l'était ce dernier, j'en eusse volontiers ajourné la réalisation à l'hiver suivant sans chercher à revoir Albertine à Balbec avant son départ. Mais même au milieu d'un chagrin encore vif le désir physique renaît. De mon lit où on me faisait rester longtemps tous les jours à me reposer, je souhaitais qu'Albertine vînt recommencer nos jeux d'autrefois. Ne voit-on pas, dans la chambre même où ils ont perdu un enfant, des époux bientôt de nouveau entrelacés donner un frère au petit mort ? J'essayais de me distraire de ce désir en allant jusqu'à la fenêtre regarder la mer de ce jour-là. Comme la première année, les mers, d'un jour à l'autre, étaient rarement les mêmes. Mais d'ailleurs elles ne ressemblaient guère à celles de cette première année, soit parce que maintenant c'était le printemps avec ses orages, soit parce que, même si j'étais venu à la même date que la première fois, des temps différents, plus changeants, auraient pu déconseiller cette côte à certaines mers indolentes, vaporeuses et fragiles que j'avais vues pendant des jours ardents dormir sur la plage en soulevant imperceptiblement leur sein bleuâtre d'une molle palpitation, soit surtout parce que mes yeux instruits par Elstir à retenir précisément les éléments que j'écartais volontairement jadis, contemplaient longuement ce que la première année ils ne savaient pas voir. Cette opposition qui alors me frappait tant entre les promenades agrestes que je faisais avec Mme de Villeparisis et ce voisinage fluide, inaccessible et mythologique, de l'Océan éternel, n'existait plus pour moi. Et certains jours la mer me semblait au contraire maintenant presque rurale elle-même[1]. Les jours, assez rares, de vrai beau temps, la chaleur avait tracé sur les eaux, comme à travers champs, une route poussiéreuse et blanche derrière laquelle la fine pointe d'un bateau de pêche dépassait comme un clocher villageois. Un remorqueur dont on ne voyait que la cheminée fumait au loin comme une usine écartée, tandis que seul à l'horizon un carré blanc et bombé, peint sans doute par une voile mais qui semblait compact et comme calcaire, faisait penser à l'angle ensoleillé de quelque bâtiment isolé, hôpital ou école. Et les nuages et le vent, les jours où il s'en ajoutait au soleil, parachevaient sinon l'erreur du jugement, du moins l'illusion du premier regard, la suggestion qu'il éveille dans l'imagination. Car l'alternance d'espaces de couleurs nettement tranchées, comme celles qui résultent dans la campagne, de la contiguïté de cultures différentes, les inégalités âpres, jaunes, et comme boueuses de la surface marine, les levées, les talus qui dérobaient à la vue une barque où une équipe d'agiles matelots semblait moissonner, tout cela par les jours orageux faisait de l'océan quelque chose d'aussi varié, d'aussi consistant, d'aussi accidenté, d'aussi populeux, d'aussi civilisé que la terre carrossable sur laquelle j'allais autrefois et ne devais pas tarder à faire des promenades. Et une fois, ne pouvant plus résister à mon désir, au lieu de me recoucher, je m'habillai et partis chercher Albertine à Incarville. Je lui demanderais de m'accompagner jusqu'à Douville où j'irais faire à Féterne une visite à Mme de Cambremer, et à La Raspelière une visite à Mme Verdurin. Albertine m'attendrait pendant ce temps-là sur la plage et nous reviendrions ensemble dans la nuit. J'allai prendre le petit chemin de fer d'intérêt local dont j'avais par Albertine et ses amies appris autrefois tous les surnoms dans la région, où on l'appelait tantôt le *Tortillard* à cause de ses innombrables détours, le *Tacot* parce qu'il n'avançait pas, le *Transatlantique* à cause d'une effroyable sirène qu'il possédait pour que se garassent les passants, le *Decauville*[1] et le *Funi*, bien que ce ne fût nullement un funiculaire mais parce qu'il grimpait sur la falaise, ni même à proprement parler un Decauville mais parce qu'il avait une voie de 60, le *B.A.G.* parce qu'il allait de Balbec à Grattevast[2] en passant par Angerville, le *tram* et le *T.S.N.* parce qu'il faisait partie de la ligne des tramways du Sud de la Normandie. Je m'installai dans un wagon où j'étais seul ; il faisait un soleil splendide, on étouffait ; je baissai le Store bleu qui ne laissa passer qu'une raie de soleil. Mais aussitôt je vis ma grand-mère, telle qu'elle était assise dans le train à notre départ de Paris pour Balbec, quand, dans la souffrance de me voir prendre de la bière, elle avait préféré ne pas regarder, fermer les yeux et faire semblant de dormir[1]. Moi qui ne pouvais supporter autrefois la souffrance qu'elle avait quand mon grand-père prenait du cognac, je lui avais infligé celle, non pas même seulement de me voir prendre sur l'invitation d'un autre, une boisson qu'elle croyait funeste pour moi, mais je l'avais forcée à me laisser libre de m'en gorger à ma guise ; bien plus, par mes colères, mes crises d'étouffement, je l'avais forcée à m'y aider, à me le conseiller, dans une résignation suprême dont j'avais devant ma mémoire l'image muette, désespérée, aux yeux clos pour ne pas voir. Un tel souvenir, comme un coup de baguette, m'avait de nouveau rendu l'âme que j'étais en train de perdre depuis quelque temps ; qu'est-ce que j'aurais pu faire de Rosemonde[2] quand mes lèvres tout entières étaient parcourues seulement par le désir désespéré d'embrasser une morte ? qu'aurais-je pu dire aux Cambremer et aux Verdurin quand mon cœur battait si fort parce que s'y reformait à tout moment la douleur que ma grand-mère avait soufferte ? Je ne pus rester dans ce wagon. Dès que le train s'arrêta à Maineville-la-Teinturière, renonçant à mes projets, je descendis. Maineville avait acquis depuis quelque temps une importance considérable et une réputation particulière, parce qu'un directeur de nombreux casinos, marchand de bien-être, avait fait construire non loin de là, avec un luxe de mauvais goût capable de rivaliser avec celui d'un palace, un établissement sur lequel nous reviendrons, et qui était à franc-parler la première maison publique pour gens chic qu'on eût eu l'idée de construire sur les côtes de France. C'était la seule. Chaque port a bien la sienne, mais bonne seulement pour les marins et pour les amateurs de pittoresque que cela amuse de voir, tout près de l'église immémoriale, la patronne presque aussi vieille, vénérable et moussue, se tenir devant sa porte mal famée en attendant le retour des bateaux de pêche.

M'écartant de l'éblouissante maison de « plaisir », insolemment dressée là malgré les protestations des familles inutilement adressées au maire, je rejoignis la falaise et j'en suivis les chemins sinueux dans la direction de Balbec. J'entendis sans y répondre l'appel des aubépines. Voisines moins cossues des fleurs de pommiers, elles les trouvaient bien lourdes, tout en reconnaissant le teint frais qu'ont les filles, aux pétales rosés, de ces gros fabricants de cidre. Elles savaient que, moins richement dotées, on les recherchait cependant davantage et qu'il leur suffisait pour plaire d'une blancheur chiffonnée.

Quand je rentrai, le concierge de l'hôtel me remit une lettre de deuil où faisaient part le marquis et la marquise de Gonneville, le vicomte et la vicomtesse d'Amfreville, le comte et la comtesse de Berneville, le marquis et la marquise de Graincourt, le comte d'Amenoncourt, la comtesse de Maineville, le comte et la comtesse de Franquetot, la comtesse de Chaverny née d'Aigleville, et de laquelle je compris enfin pourquoi elle m'était envoyée quand je reconnus les noms de la marquise de Cambremer née du Mesnil La Guichard, du marquis et de la marquise de Cambremer, et que je vis que la morte, une cousine des Cambremer, s'appelait Éléonore-Euphrasie-Humbertine de Cambremer, comtesse de Criquetot. Dans toute l'étendue de cette famille provinciale dont le dénombrement remplissait des lignes fines et serrées, pas un bourgeois, et d'ailleurs pas un titre connu, mais tout le ban et l'arrière-ban des nobles de la région qui faisaient chanter leurs noms — ceux de tous les lieux intéressants du pays — aux joyeuses finales en *ville*, en *court*, parfois plus sourdes (en *tot*[1]). Habillés des tuiles de leur château ou du crépi de leur église, la tête branlante dépassant à peine la voûte ou le corps de logis, et seulement pour se coiffer du lanternon normand ou des colombages du toit en poivrière, ils avaient l'air d'avoir sonné le rassemblement de tous les jolis villages échelonnés ou dispersés à cinquante lieues à la ronde et de les avoir disposés en formation serrée, sans une lacune, sans un intrus, dans le damier compact et rectangulaire de l'aristocratique lettre bordée de noir[2].

Ma mère était remontée dans sa chambre, méditant cette phrase de Mme de Sévigné : « Je ne vois aucun de ceux qui veulent me divertir ; en paroles couvertes c'est qu'ils veulent m'empêcher de penser à vous et cela m'offense[3] », parce que le premier président lui avait dit qu'elle devrait se distraire. À moi il chuchota : « C'est la princesse de Parme. » Ma peur se dissipa en voyant que la femme que me montrait le magistrat n'avait aucun rapport avec Son Altesse Royale. Mais comme elle avait fait retenir une chambre pour passer la nuit en revenant de chez Mme de Luxembourg, la nouvelle eut pour effet sur beaucoup de leur faire prendre toute nouvelle dame arrivée pour la princesse de Parme — et pour moi, de me faire monter m'enfermer dans mon grenier. Je n'aurais pas voulu y rester seul. Il était à peine quatre heures. Je demandai à Françoise d'aller chercher Albertine pour qu'elle vînt passer la fin de l'après-midi avec moi.

Je crois que je mentirais en disant que commença déjà la douloureuse et perpétuelle méfiance que devait m'inspirer Albertine, à plus forte raison le caractère particulier, surtout gomorrhéen, que devait revêtir cette méfiance. Certes dès ce jour-là — mais ce n'était pas le premier — mon attente fut un peu anxieuse. Françoise, une fois partie, resta si longtemps que je commençai à désespérer. Je n'avais pas allumé de lampe. Il ne faisait plus guère jour. Le vent faisait claquer le drapeau du casino. Et, plus débile encore dans le silence de la grève sur laquelle la mer montait, et comme une voix qui aurait traduit et accru le vague énervant de cette heure inquiète et fausse, un petit orgue de Barbarie arrêté devant l'hôtel jouait des valses viennoises. Enfin Françoise arriva, mais seule. « Je suis été aussi vite que j'ai pu mais elle ne voulait pas venir à cause qu'elle ne se trouvait pas assez coiffée. Si elle n'est pas restée une heure d'horloge à se pommader, elle n'est pas restée cinq minutes. Ça va être une vraie parfumerie ici. Elle vient, elle est restée en arrière pour s'arranger devant la glace. Je croyais la trouver là. » Le temps fut long encore avant qu'Albertine arrivât. Mais la gaieté, la gentillesse qu'elle eut cette fois dissipèrent ma tristesse. Elle m'annonça (contrairement à ce qu'elle avait dit l'autre jour) qu'elle resterait la saison entière et me demanda si nous ne pourrions pas, comme la première année, nous voir tous les jours. Je lui dis qu'en ce moment j'étais trop triste et que je la ferais plutôt chercher de temps en temps au dernier moment, comme à Paris. « Si jamais vous vous sentez de la peine ou que le cœur vous en dise, n'hésitez pas, me dit-elle, faites-moi chercher, je viendrai en vitesse, et si vous ne craignez pas que cela fasse scandale dans l'hôtel, je resterai aussi longtemps que vous voudrez. » Françoise avait, en la ramenant, eu l'air heureuse comme chaque fois qu'elle avait pris une peine pour moi et avait réussi à me faire plaisir. Mais Albertine elle-même n'était pour rien dans cette joie et dès le lendemain Françoise devait me dire ces paroles profondes : « Monsieur ne devrait pas voir cette demoiselle. Je vois bien le genre de caractère qu'elle a, elle vous fera des chagrins. » En reconduisant Albertine, je vis par la salle à manger éclairée la princesse de Parme. Je ne fis que la regarder en m'arrangeant à n'être pas vu. Mais j'avoue que je trouvai une certaine grandeur dans la royale politesse qui m'avait fait sourire chez les Guermantes. C'est un principe que les souverains sont partout chez eux, et le protocole le traduit en usages morts et sans valeur comme celui qui veut que le maître de la maison tienne à la main son chapeau, dans sa propre demeure, pour montrer qu'il n'est plus chez lui mais chez le prince. Or cette idée, la princesse de Parme ne se la formulait peut-être pas, mais elle en était tellement imbue que tous ses actes, spontanément inventés pour les circonstances, la traduisaient. Quand elle se leva de table elle remit un gros pourboire à Aimé comme s'il avait été là uniquement pour elle et si elle récompensait en quittant un château un maître d'hôtel affecté à son service. Elle ne se contenta d'ailleurs pas du pourboire, mais avec un gracieux sourire lui adressa quelques paroles aimables et flatteuses, dont sa mère l'avait munie. Un peu plus, elle lui aurait dit qu'autant l'hôtel était bien tenu, autant était florissante la Normandie, et qu'à tous les pays du monde elle préférait la France. Une autre pièce glissa des mains de la princesse, pour le sommelier qu'elle avait fait appeler et à qui elle tint à exprimer sa satisfaction comme un général qui vient de passer une revue. Le lift était à ce moment venu lui donner une réponse ; il eut aussi un mot, un sourire et un pourboire, tout cela mêlé de paroles encourageantes et humbles destinées à leur prouver qu'elle n'était pas plus que l'un d'eux. Comme Aimé, le sommelier, le lift et les autres crurent qu'il serait impoli de ne pas sourire jusqu'aux oreilles à une personne qui leur souriait, elle fut bientôt entourée d'un groupe de domestiques avec qui elle causa bienveillamment ; ces façons étant inaccoutumées dans les palaces, les personnes qui passaient sur la plage, ignorant son nom, crurent qu'ils voyaient une habituée de Balbec, et qui à cause d'une extraction médiocre ou dans un intérêt professionnel (c'était peut-être la femme d'un placier en champagne), était moins différente de la domesticité que les clients vraiment chic. Pour moi je pensai au palais de Parme, aux conseils moitié religieux, moitié politiques donnés à cette princesse[1], laquelle agissait avec le peuple comme si elle avait dû se le concilier pour régner un jour ; bien plus, si elle régnait déjà.

Je remontai dans ma chambre, mais je n'y étais pas seul. J'entendais quelqu'un jouer avec moelleux des morceaux de Schumann. Certes il arrive que les gens, même ceux que nous aimons le mieux, se saturent de la tristesse ou de l'agacement qui émane de nous. Il y a pourtant quelque chose qui est capable d'un pouvoir d'exaspérer où n'atteindra jamais une personne : c'est un piano.

Albertine m'avait fait prendre en note les dates où elle devait s'absenter et aller chez des amies pour quelques jours, et m'avait fait inscrire aussi leur adresse pour si j'avais besoin d'elle un de ces soirs-là, car aucune n'habitait bien loin. Cela fit que pour la trouver, de jeune fille en jeune fille, se nouèrent tout naturellement autour d'elle des liens de fleurs. J'ose avouer que beaucoup de ses amies — je ne l'aimais pas encore — me donnèrent sur une plage ou une autre des instants de plaisir. Ces jeunes camarades bienveillantes ne me semblaient pas très nombreuses. Mais dernièrement j'y ai repensé, leurs noms me sont revenus. Je comptai que dans cette seule saison, douze me donnèrent leurs frêles faveurs. Un nom me revint ensuite, ce qui fit treize. J'eus alors comme une crainte enfantine de rester sur ce nombre. Hélas, je songeais que j'avais oublié la première, Albertine qui n'était plus et qui fit la quatorzième.

J'avais, pour reprendre le fil du récit, inscrit les noms et les adresses des jeunes filles chez qui je la trouverais tel jour où elle ne serait pas à Incarville, mais de ces jours-là j'avais pensé que je profiterais plutôt pour aller chez Mme Verdurin. D'ailleurs nos désirs pour différentes femmes n'ont pas toujours la même force. Tel soir nous ne pouvons nous passer d'une qui, après cela, pendant un mois ou deux ne nous troublera guère. Et puis outre les causes d'alternance que ce n'est pas le lieu d'étudier ici, après les grandes fatigues charnelles, la femme dont l'image hante notre sénilité momentanée est une femme qu'on ne ferait presque que baiser sur le front. Quant à Albertine, je la voyais rarement, et seulement les soirs fort espacés où je ne pouvais me passer d'elle. Si un tel désir me saisissait quand elle était trop loin de Balbec pour que Françoise pût aller jusque-là, j'envoyais le lift à Épreville, à La Sogne, à Saint-Frichoux, en lui demandant de terminer son travail un peu plus tôt. Il entrait dans ma chambre mais en laissait la porte ouverte car, bien qu'il fît avec conscience son « boulot », lequel était fort dur, consistant dès cinq heures du matin en nombreux nettoyages, il ne pouvait se résoudre à l'effort de fermer une porte et si on lui faisait remarquer qu'elle était ouverte, il revenait en arrière et, aboutissant à son maximum d'effort, la poussait légèrement. Avec l'orgueil démocratique qui le caractérisait et auquel n'atteignent pas dans les carrières libérales les membres de professions un peu nombreuses, avocats, médecins, hommes de lettres appelant seulement un autre avocat, homme de lettres ou médecin : « Mon confrère », lui, usant avec raison d'un terme réservé aux corps restreints comme les académies par exemple, il me disait en parlant d'un chasseur qui était lift un jour sur deux : « Je vais voir à me faire remplacer par mon *collègue*. » Cet orgueil ne l'empêchait pas, dans le but d'améliorer ce qu'il appelait *son traitement*, d'accepter pour ses courses des rémunérations qui l'avaient fait prendre en horreur à Françoise : « Oui, la première fois qu'on le voit on lui donnerait le bon Dieu sans confession, mais il y a des jours où il est poli comme une porte de prison. Tout ça c'est des tire-sous. » Catégorie où elle avait si souvent fait figurer Eulalie et où, hélas, pour tous les malheurs que cela devait un jour amener, elle rangeait déjà Albertine, parce qu'elle me voyait souvent demander à maman, pour mon amie peu fortunée, de menus objets, des colifichets, ce que Françoise trouvait inexcusable, parce que Mme Bontemps n'avait qu'une bonne à tout faire. Bien vite, le lift, ayant retiré ce que j'eusse appelé sa livrée et ce qu'il nommait sa tunique, apparaissait en chapeau de paille, avec une canne, soignant sa démarche et le corps redressé, car sa mère lui avait recommandé de ne jamais prendre le genre « ouvrier » ou « chasseur ». De même que grâce aux livres la science l'est à un ouvrier qui n'est plus ouvrier quand il a fini son travail, de même, grâce au canotier et à la paire de gants, l'élégance devenait accessible au lift qui, ayant cessé pour la soirée de faire monter les clients, se croyait, comme un jeune chirurgien qui a retiré sa blouse, ou le maréchal des logis Saint-Loup son uniforme, devenu un parfait homme du monde. Il n'était pas d'ailleurs sans ambition, ni talent non plus pour manipuler sa cage et ne pas vous arrêter entre deux étages. Mais son langage était défectueux. Je croyais à son ambition parce qu'il disait en parlant du concierge, duquel il dépendait : « Mon concierge », sur le même ton qu'un homme possédant à Paris ce que le chasseur eût appelé « un hôtel particulier », eût parlé de son portier. Quant au langage du liftier, il est curieux que quelqu'un qui entendait cinquante fois par jour un client appeler : « Ascenseur », ne dît jamais lui-même qu'« accenseur ». Certaines choses étaient extrêmement agaçantes chez ce liftier : quoi que je lui eusse dit, il m'interrompait par une locution, « Vous pensez ! » ou « Pensez ! », qui semblait signifier ou bien que ma remarque était d'une telle évidence que tout le monde l'eût trouvée, ou bien reporter sur lui le mérite comme si c'était lui qui attirait mon attention là-dessus. « Vous pensez ! » ou « Pensez ! », exclamé avec la plus grande énergie, revenait toutes les deux minutes dans sa bouche, pour des choses dont il ne se fût jamais avisé, ce qui m'irritait tant que je me mettais aussitôt à dire le contraire pour lui montrer qu'il n'y comprenait rien. Mais à ma seconde assertion, bien qu'elle fût inconciliable avec la première, il ne répondait pas moins : « Vous pensez ! », « Pensez ! », comme si ces mots étaient inévitables. Je lui pardonnais difficilement aussi qu'il employât certains termes de son métier et qui eussent à cause de cela été parfaitement convenables au propre, seulement dans le sens figuré, ce qui leur donnait une intention spirituelle assez bébête, par exemple le verbe pédaler. Jamais il n'en usait quand il avait fait une course à bicyclette. Mais si à pied, il s'était dépêché pour être à l'heure, pour signifier qu'il avait marché vite il disait : « Vous pensez si on a pédalé ! » Le liftier était plutôt petit, mal bâti et assez laid. Cela n'empêchait pas que chaque fois qu'on lui parlait d'un jeune homme de taille haute, élancée et fine, il disait : « Ah ! oui, je sais, un qui est juste de ma grandeur. » Et un jour que j'attendais une réponse de lui, comme on avait monté l'escalier, au bruit des pas j'avais par impatience ouvert la porte de ma chambre et j'avais vu un chasseur beau comme Endymion, les traits incroyablement parfaits, qui venait pour une dame que je ne connaissais pas. Quand le liftier était rentré, en lui disant avec quelle impatience j'avais attendu sa réponse, je lui avais raconté que j'avais cru qu'il montait mais que c'était un chasseur de l'hôtel de Normandie. « Ah ! oui, je sais lequel, me dit-il, il n'y en a qu'un, un garçon de ma taille. Comme figure aussi il me ressemble tellement qu'on pourrait nous prendre l'un pour l'autre, on dirait tout à fait mon frangin. » Enfin il voulait paraître avoir tout compris dès la première seconde, ce qui faisait que dès qu'on lui recommandait quelque chose il disait : « Oui, oui, oui, oui, oui, je comprends très bien », avec une netteté et un ton intelligent qui me firent quelque temps illusion ; mais les personnes, au fur et à mesure qu'on les connaît, sont comme un métal plongé dans un mélange altérant, et on les voit peu à peu perdre leurs qualités (comme parfois leurs défauts). Avant de lui faire mes recommandations, je vis qu'il avait laissé la porte ouverte ; je le lui fis remarquer, j'avais peur qu'on ne nous entendît ; il condescendit à mon désir et revint ayant diminué l'ouverture. « C'est pour vous faire plaisir. Mais il n'y a plus personne à l'étage que nous deux. » Aussitôt j'entendis passer une, puis deux, puis trois personnes. Cela m'agaçait à cause de l'indiscrétion possible, mais surtout parce que je voyais que cela ne l'étonnait nullement et que c'était un va-et-vient normal. « Oui, c'est la femme de chambre d'à côté qui va chercher ses affaires. Oh ! c'est sans importance, c'est le sommelier qui remonte ses clefs. Non, non, ce n'est rien, vous pouvez parler, c'est mon collègue qui va prendre son service. » Et comme les raisons que tous les gens avaient de passer ne diminuaient pas mon ennui qu'ils pussent m'entendre, sur mon ordre formel, il alla, non pas fermer la porte, ce qui était au-dessus des forces de ce cycliste qui désirait une « moto », mais la pousser un peu plus. « Comme ça nous sommes bien tranquilles. » Nous l'étions tellement qu'une Américaine entra et se retira en s'excusant de s'être trompée de chambre. « Vous allez me ramener cette jeune fille », lui dis-je, après avoir fait claquer moi-même la porte de toutes mes forces (ce qui amena un autre chasseur s'assurer qu'il n'y avait pas de fenêtre ouverte). « Vous vous rappelez bien : Mlle Albertine Simonet. Du reste c'est sur l'enveloppe. Vous n'avez qu'à lui dire que cela vient de moi. Elle viendra très volontiers, ajoutai-je pour l'encourager à ne pas trop m'humilier. — Vous pensez ! — Mais non, au contraire ce n'est pas du tout naturel qu'elle vienne volontiers. C'est très incommode de venir de Berneville ici. — Je comprends ! — Vous lui direz de venir avec vous. — Oui, oui, oui, oui, je comprends très bien », répondait-il de ce ton précis et fin qui depuis longtemps avait cessé de me faire « bonne impression » parce que je savais qu'il était presque mécanique et recouvrait sous sa netteté apparente beaucoup de vague et de bêtise. « À quelle heure serez-vous revenu ? — J'ai pas pour bien longtemps », disait le lift qui, poussant à l'extrême la règle édictée par Bélise d'éviter la récidive du pas avec le ne, se contentait toujours d'une seule négative[1]. « Je peux très bien y aller. Justement les sorties ont été supprimées ce tantôt parce qu'il y avait un salon de vingt couverts pour le déjeuner. Et c'était mon tour de sortir le tantôt. C'est bien juste si je sors un peu ce soir. Je prends n'avec moi mon vélo. Comme cela je ferai vite. » Et une heure après il arrivait en me disant : « Monsieur a bien attendu, mais cette demoiselle vient n'avec moi. Elle est en bas. — Ah ! merci, le concierge ne sera pas fâché contre moi ? — Monsieur Paul ? Il sait seulement pas où je suis été. Même le chef de la porte n'a rien à dire. » Mais une fois où je lui avais dit : « Il faut absolument que vous la rameniez », il me dit en souriant : « Vous savez que je ne l'ai pas trouvée. Elle n'est pas là. Et j'ai pas pu rester plus longtemps ; j'avais peur d'être comme mon collègue qui a été envoyé de l'hôtel » (car le lift qui disait rentrer pour une profession où on entre pour la première fois : « je voudrais bien rentrer[1] dans les postes », par compensation ou pour adoucir la chose s'il s'était agi de lui, ou l'insinuer plus douceureusement et perfidement s'il s'agissait d'un autre, supprimait l'*r* et disait : « Je sais qu'il a été envoyé »). Ce n'était pas par méchanceté qu'il souriait, mais à cause de sa timidité. Il croyait diminuer l'importance de sa faute en la prenant en plaisanterie. De même s'il m'avait dit : « *Vous savez* que je ne l'ai pas trouvée », ce n'est pas qu'il crût qu'en effet je le susse déjà. Au contraire il ne doutait pas que je l'ignorasse et surtout il s'en effrayait. Aussi disait-il « vous le savez » pour s'éviter à lui-même les affres qu'il traverserait en prononçant les phrases destinées à me l'apprendre. On ne devrait jamais se mettre en colère contre ceux qui, pris en faute par nous, se mettent à ricaner. Ils le font non parce qu'ils se moquent, mais tremblent que nous puissions être mécontents. Témoignons une grande pitié, montrons une grande douceur à ceux qui rient. Pareil à une véritable attaque, le trouble du lift avait amené chez lui non seulement une rougeur apoplectique mais une altération du langage devenu soudain familier. Il finit par m'expliquer qu'Albertine n'était pas à Épreville, qu'elle devait revenir seulement à neuf heures et que si des fois, ce qui voulait dire par hasard, elle rentrait plus tôt, on lui ferait la commission, et qu'elle serait en tous cas chez moi avant une heure du matin.

Ce ne fut pas ce soir-là encore d'ailleurs, que commença à prendre consistance ma cruelle méfiance. Non, pour le dire tout de suite et bien que le fait ait eu lieu seulement quelques semaines après, elle naquit d'une remarque de Cottard. Albertine et ses amies avaient voulu ce jour-là m'entraîner au casino d'Incarville et, pour ma chance, je ne les y eusse pas rejointes (voulant aller faire une visite à Mme Verdurin qui m'avait invité plusieurs fois), si je n'eusse été arrêté à Incarville même par une panne de tram qui allait demander un certain temps de réparation. Marchant de long en large en attendant qu'elle fût finie, je me trouvai tout à coup face à face avec le docteur Cottard venu à Incarville en consultation. J'hésitai presque à lui dire bonjour comme il n'avait répondu à aucune de mes lettres. Mais l'amabilité ne se manifeste pas chez tout le monde de la même façon. N'ayant pas été astreint par l'éducation aux mêmes règles fixes de savoir-vivre que les gens du monde, Cottard était plein de bonnes intentions qu'on ignorait, qu'on niait, jusqu'au jour où il avait l'occasion de les manifester. Il s'excusa, avait bien reçu mes lettres, avait signalé ma présence aux Verdurin, qui avaient grande envie de me voir et chez qui il me conseillait d'aller. Il voulait même m'y emmener le soir même, car il allait reprendre le petit chemin de fer d'intérêt local pour y aller dîner. Comme j'hésitais et qu'il avait encore un peu de temps pour son train, la panne devant être assez longue, je le fis entrer dans le petit casino, un de ceux qui m'avaient paru si tristes le soir de ma première arrivée, maintenant plein du tumulte des jeunes filles qui, faute de cavaliers, dansaient ensemble. Andrée vint à moi en faisant des glissades, je comptais repartir dans un instant avec Cottard chez les Verdurin, quand je refusai définitivement son offre, pris d'un désir trop vif de rester avec Albertine. C'est que je venais de l'entendre rire. Et ce rire évoquait aussitôt les roses carnations, les parois parfumées contre lesquelles il semblait qu'il vînt de se frotter et dont, âcre, sensuel et révélateur comme une odeur de géranium, il semblait transporter avec lui quelques particules presque pondérables, irritantes et secrètes.

Une des jeunes filles que je ne connaissais pas se mit au piano, et Andrée demanda à Albertine de valser avec elle. Heureux, dans ce petit casino, de penser que j'allais rester avec ces jeunes filles, je fis remarquer à Cottard comme elles dansaient bien. Mais lui, du point de vue spécial du médecin, et avec une mauvaise éducation qui ne tenait pas compte de ce que je connaissais ces jeunes filles à qui il avait pourtant dû me voir dire bonjour, me répondit : « Oui, mais les parents sont bien imprudents qui laissent leurs filles prendre de pareilles habitudes. Je ne permettrais certainement pas aux miennes de venir ici. Sont-elles jolies au moins ? Je ne distingue pas leurs traits. Tenez, regardez », ajouta-t-il en me montrant Albertine et Andrée qui valsaient lentement, serrées l'une contre l'autre, « j'ai oublié mon lorgnon et je ne vois pas bien, mais elles sont certainement au comble de la jouissance. On ne sait pas assez que c'est surtout par les seins que les femmes l'éprouvent. Et voyez, les leurs se touchent complètement. » En effet, le contact n'avait pas cessé entre ceux d'Andrée et ceux d'Albertine. Je ne sais si elles entendirent ou devinèrent la réflexion de Cottard, mais elles se détachèrent légèrement l'une de l'autre tout en continuant à valser. Andrée dit à ce moment un mot à Albertine et celle-ci rit du même rire pénétrant et profond que j'avais entendu tout à l'heure. Mais le trouble qu'il m'apporta cette fois ne me fut plus que cruel ; Albertine avait l'air d'y montrer, de faire constater à Andrée quelque frémissement voluptueux et secret. Il sonnait comme les premiers ou les derniers accords d'une fête inconnue. Je repartis avec Cottard, distrait en causant avec lui, ne pensant que par instants à la scène que je venais de voir. Ce n'était pas que la conversation de Cottard fût intéressante. Elle était même en ce moment devenue aigre car nous venions d'apercevoir le docteur du Boulbon, qui ne nous vit pas. Il était venu passer quelque temps de l'autre côté de la baie de Balbec, où on le consultait beaucoup. Or, quoique Cottard eût l'habitude de déclarer qu'il ne faisait pas de médecine en vacances, il avait espéré se faire sur cette côte, une clientèle de choix, à quoi du Boulbon se trouvait mettre obstacle. Certes le médecin de Balbec ne pouvait gêner Cottard. C'était seulement un médecin très consciencieux qui savait tout et à qui on ne pouvait pas parler de la moindre démangeaison sans qu'il ne vous indiquât aussitôt, dans une formule complexe, la pommade, lotion ou liniment qui convenait. Comme disait Marie Gineste dans son joli langage[1], il savait « charmer » les blessures et les plaies. Mais il n'avait pas d'illustration. Il avait bien causé un petit ennui à Cottard. Celui-ci, depuis qu'il voulait troquer sa chaire contre celle de thérapeutique, s'était fait une spécialité des intoxications. Les intoxications, périlleuse innovation de la médecine, servant à renouveler les étiquettes des pharmaciens dont tout produit est déclaré nullement toxique, au rebours des drogues similaires, et même désintoxiquant[1]. C'est la réclame à la mode ; à peine s'il survit en bas, en lettres illisibles, comme une faible trace d'une mode précédente, l'assurance que le produit a été soigneusement antiseptisé. Les intoxications servent aussi à rassurer le malade qui apprend avec joie que sa paralysie n'est qu'un malaise toxique. Or un grand-duc étant venu passer quelques jours à Balbec et ayant un œil extrêmement enflé avait fait venir Cottard lequel, en échange de quelques billets de cent francs (le professeur ne se dérangeait pas à moins), avait imputé comme cause à l'inflammation un état toxique et prescrit un régime désintoxiquant[2]. L'œil ne désenflant pas, le grand-duc se rabattit sur le médecin ordinaire de Balbec, lequel en cinq minutes retira un grain de poussière. Le lendemain il n'y paraissait plus. Un rival plus dangereux pourtant était une célébrité des maladies nerveuses. C'était un homme rouge, jovial, à la fois parce que la fréquentation de la déchéance nerveuse ne l'empêchait pas d'être très bien portant mais aussi pour rassurer ses malades par le gros rire de son bonjour et de son au revoir, quitte à aider de ses bras d'athlète à leur passer plus tard la camisole de force. Néanmoins dès qu'on causait avec lui dans le monde, fût-ce de politique ou de littérature, il vous écoutait avec une bienveillance attentive, d'un air de dire : « De quoi s'agit-il ? », sans prononcer tout de suite, comme s'il s'était agi d'une consultation. Mais enfin celui-là, quelque talent qu'il eût, était un spécialiste. Aussi toute la rage de Cottard était-elle reportée sur du Boulbon. Je quittai du reste bientôt, pour rentrer, le professeur ami des Verdurin, en lui promettant d'aller les voir.

Le mal que m'avaient fait ses paroles concernant Albertine et Andrée était profond, mais les pires souffrances n'en furent pas senties par moi immédiatement, comme il arrive pour ces empoisonnements qui n'agissent qu'au bout d'un certain temps.

Albertine, le soir où le lift était allé la chercher, ne vint pas, malgré les assurances de celui-ci. Certes les charmes d'une personne sont une cause moins fréquente d'amour qu'une phrase du genre de celle-ci : « Non, ce soir je ne serai pas libre. » On ne fait guère attention à cette phrase si on est avec des amis ; on est gai toute la soirée, on ne s'occupe pas d'une certaine image ; pendant ce temps-là elle baigne dans le mélange nécessaire ; en rentrant on trouve le cliché, qui est développé et parfaitement net. On s'aperçoit que la vie n'est plus la vie qu'on aurait quittée pour un rien la veille, parce que, si on continue à ne pas craindre la mort, on n'ose plus penser à la séparation.

Du reste, à partir, non d'une heure du matin (heure que le liftier avait fixée), mais de trois heures, je n'eus plus comme autrefois la souffrance de sentir diminuer mes chances qu'elle apparût. La certitude qu'elle ne viendrait plus m'apporta un calme complet, une fraîcheur ; cette nuit était tout simplement une nuit comme tant d'autres où je ne la voyais pas, c'est de cette idée que je partais. Et dès lors la pensée que je la verrais le lendemain ou d'autres jours, se détachant sur ce néant accepté, devenait douce. Quelquefois, dans ces soirées d'attente, l'angoisse est due à un médicament qu'on a pris. Faussement interprétée par celui qui souffre, il croit être anxieux à cause de celle qui ne vient pas. L'amour naît dans ce cas comme certaines maladies nerveuses de l'explication inexacte d'un malaise pénible. Explication qu'il n'est pas utile de rectifier, du moins en ce qui concerne l'amour, sentiment qui (quelle qu'en soit la cause) est toujours erroné.

Le lendemain, quand Albertine m'écrivit qu'elle venait seulement de rentrer à Épreville, n'avait donc pas eu mon mot à temps, et viendrait, si je le permettais, me voir le soir, derrière les mots de sa lettre comme derrière ceux qu'elle m'avait dits une fois au téléphone, je crus sentir la présence de plaisirs, d'êtres, qu'elle m'avait préférés. Encore une fois je fus agité tout entier par la curiosité douloureuse de savoir ce qu'elle avait pu faire, par l'amour latent qu'on porte toujours en soi ; je pus croire un moment qu'il allait m'attacher à Albertine, mais il se contenta de frémir sur place et ses dernières rumeurs s'éteignirent sans qu'il se fût mis en marche.

J'avais mal compris[1] dans mon premier séjour à Balbec — et peut-être bien Andrée avait fait comme moi — le caractère d'Albertine. J'avais cru que c'était frivolité naïve de sa part si toutes nos supplications ne réussissaient pas à la retenir et lui faire manquer une garden-party, une promenade à ânes, un pique-nique. Dans mon second séjour à Balbec, je soupçonnai que cette frivolité n'était qu'une apparence, la garden-party qu'un paravent, sinon une invention. Il se passait sous des formes diverses la chose suivante (j'entends la chose vue par moi, de mon côté du verre, qui n'était nullement transparent, et sans que je puisse savoir ce qu'il y avait de vrai de l'autre côté). Albertine me faisait les protestations de tendresse les plus passionnées. Elle regardait l'heure parce qu'elle devait aller faire une visite à une dame qui recevait, paraît-il, tous les jours à cinq heures à Infreville. Tourmenté d'un soupçon et me sentant d'ailleurs souffrant, je demandais à Albertine, je la suppliais de rester avec moi. C'était impossible (et même elle n'avait plus que cinq minutes à rester) parce que cela fâcherait cette dame, peu hospitalière et susceptible, et, disait Albertine, assommante.

« Mais on peut bien manquer une visite. — Non, ma tante m'a appris qu'il fallait être polie avant tout. — Mais je vous ai vue si souvent être impolie. — Là ce n'est pas la même chose, cette dame m'en voudrait et me ferait des histoires avec ma tante. Je ne suis déjà pas si bien que cela avec elle. Elle tient à ce que je sois allée une fois la voir. — Mais puisqu'elle reçoit tous les jours. » Là, Albertine sentant qu'elle s'était « coupée », modifiait la raison. « Bien entendu elle reçoit tous les jours. Mais aujourd'hui j'ai donné rendez-vous chez elle à des amies. Comme cela on s'ennuiera moins. — Alors, Albertine, vous préférez la dame et vos amies à moi, puisque pour ne pas risquer de faire une visite un peu ennuyeuse, vous préférez de me laisser seul, malade et désolé ? — Cela me serait bien égal que la visite fût ennuyeuse. Mais c'est par dévouement pour elles. Je les ramènerai dans ma carriole. Sans cela elles n'auraient plus aucun moyen de transport. » Je faisais remarquer à Albertine qu'il y avait des trains jusqu'à dix heures du soir, d'Infreville. « C'est vrai, mais vous savez, il est possible qu'on nous demande de rester à dîner. Elle est très hospitalière. — Hé bien, vous refuserez. — Je fâcherais encore ma tante. — Du reste, vous pouvez dîner et prendre le train de dix heures. — C'est un peu juste. — Alors je ne peux jamais aller dîner en ville et revenir par le train. Mais tenez, Albertine, nous allons faire une chose bien simple : je sens que l'air me fera du bien ; puisque vous ne pouvez lâcher la dame, je vais vous accompagner jusqu'à Infreville. Ne craignez rien, je n'irai pas jusqu'à la *Tour Élisabeth* (la villa de la dame), je ne verrai ni la dame ni vos amies. » Albertine avait l'air d'avoir reçu un coup terrible. Sa parole était entrecoupée. Elle dit que les bains de mer ne lui réussissaient pas. « Si ça vous ennuie que je vous accompagne ? — Mais comment pouvez-vous dire cela, vous savez bien que mon plus grand plaisir est de sortir avec vous. » Un brusque revirement s'était opéré. « Puisque nous allons nous promener ensemble, me dit-elle, pourquoi n'irions-nous pas de l'autre côté de Balbec, nous dînerions ensemble. Ce serait si gentil. Au fond, cette côte-là est bien plus jolie. Je commence à en avoir soupé d'Infreville et de tous ces petits coins vert épinard. — Mais l'amie de votre tante sera fâchée si vous n'allez pas la voir. — Hé bien, elle se défâchera. — Non, il ne faut pas fâcher les gens. — Mais elle ne s'en apercevra même pas, elle reçoit tous les jours ; que j'y aille demain, après-demain, dans huit jours, dans quinze jours, cela fera toujours l'affaire. — Et vos amies ? — Oh ! elles m'ont assez souvent plaquée. C'est bien mon tour. — Mais du côté que vous me proposez, il n'y a pas de train après neuf heures. — Hé bien, la belle affaire ! neuf heures c'est parfait. Et puis il ne faut jamais se laisser arrêter par les questions de retour. On trouvera toujours une charrette, un vélo, à défaut on a ses jambes. — On trouve toujours, Albertine, comme vous y allez ! Du côté d'Infreville, où les petites stations de bois sont collées les unes à côté des autres, oui. Mais du côté opposé ce n'est pas la même chose. — Même de ce côté-là. Je vous promets de vous ramener sain et sauf. » Je sentais qu'Albertine renonçait pour moi à quelque chose d'arrangé qu'elle ne voulait pas me dire, et qu'il y avait quelqu'un qui serait malheureux comme je l'étais. Voyant que ce qu'elle avait voulu n'était pas possible, puisque je voulais l'accompagner, elle renonçait franchement. Elle savait que ce n'était pas irrémédiable. Car, comme toutes les femmes qui ont plusieurs choses dans leur existence, elle avait ce point d'appui qui ne faiblit jamais : le doute et la jalousie. Certes elle ne cherchait pas à les exciter, au contraire. Mais les amoureux sont si soupçonneux qu'ils flairent tout de suite le mensonge. De sorte qu'Albertine n'étant pas mieux qu'une autre, savait par expérience (sans deviner le moins du monde qu'elle le devait à la jalousie) qu'elle était toujours sûre de retrouver les gens qu'elle avait plaqués un soir. La personne inconnue qu'elle lâchait pour moi souffrirait, l'en aimerait davantage (Albertine ne savait pas que c'était pour cela), et pour ne pas continuer à souffrir reviendrait de soi-même vers elle, comme j'aurais fait. Mais je ne voulais ni faire de la peine, ni me fatiguer, ni entrer dans la voie terrible des investigations, de la surveillance multiforme, innombrable. « Non, Albertine, je ne veux pas gâter votre plaisir, allez chez votre dame d'Infreville, ou enfin chez la personne dont elle est le porte-nom, cela m'est égal. La vraie raison pour laquelle je ne vais pas avec vous, c'est que vous ne le désirez pas, que la promenade que vous feriez avec moi n'est pas celle que vous vouliez faire, la preuve en est que vous vous êtes contredite plus de cinq fois sans vous en apercevoir. » La pauvre Albertine craignit que ses contradictions, qu'elle n'avait pas aperçues, eussent été plus graves, ne sachant pas exactement les mensonges qu'elle avait faits : « C'est très possible que je me sois contredite. L'air de la mer m'ôte tout raisonnement. Je dis tout le temps les noms les uns pour les autres. » Et (ce qui me prouva qu'elle n'aurait pas eu besoin, maintenant, de beaucoup de douces affirmations pour que je la crusse) je ressentis la souffrance d'une blessure en entendant cet aveu de ce que je n'avais que faiblement supposé. « Hé bien, c'est entendu, je pars », dit-elle d'un ton tragique, non sans regarder l'heure afin de voir si elle n'était pas en retard pour l'autre, maintenant que je lui fournissais le prétexte de ne pas passer la soirée avec moi. « Vous êtes trop méchant. Je change tout pour passer une bonne soirée avec vous et c'est vous qui ne voulez pas, et vous m'accusez de mensonge. Jamais je ne vous avais encore vu si cruel. La mer sera mon tombeau. Je ne vous reverrai jamais. (Mon cœur battit à ces mots bien que je fusse sûr qu'elle reviendrait le lendemain, ce qui arriva.) Je me noierai, je me jetterai à l'eau. — Comme Sapho. — Encore une insulte de plus ; vous n'avez pas seulement des doutes sur ce que je dis mais sur ce que je fais. — Mais, mon petit, je ne mettais aucune intention, je vous le jure, vous savez que Sapho s'est précipitée dans la mer[1]. — Si, si, vous n'avez aucune confiance en moi. » Elle vit qu'il était moins vingt à la pendule ; elle craignit de rater ce qu'elle avait à faire, et choisissant l'adieu le plus bref (dont elle s'excusa du reste en me venant voir le lendemain ; probablement ce lendemain-là l'autre personne n'était pas libre), elle s'enfuit au pas de course en criant : « Adieu pour jamais », d'un air désolé. Et peut-être était-elle désolée. Car sachant ce qu'elle faisait en ce moment mieux que moi, plus sévère et plus indulgente à la fois à elle-même que je n'étais pour elle, peut-être avait-elle tout de même un doute que je ne voudrais plus la recevoir après la façon dont elle m'avait quitté. Or je crois qu'elle tenait à moi, au point que l'autre personne était plus jalouse que moi-même.

Quelques jours après, à Balbec, comme nous étions dans la salle de danse du casino, entrèrent la sœur et la cousine de Bloch[2], devenues l'une et l'autre fort jolies, mais que je ne saluais plus à cause de mes amies, parce que la plus jeune, la cousine, vivait au su de tout le monde, avec l'actrice dont elle avait fait la connaissance pendant mon premier séjour. Andrée, sur une allusion qu'on fit à mi-voix à cela, me dit : « Oh ! là-dessus je suis comme Albertine, il n'y a rien qui nous fasse horreur à toutes les deux comme cela. » Quant à Albertine, se mettant à causer avec moi sur le canapé où nous étions assis, elle avait tourné le dos aux deux jeunes filles de mauvais genre. Et pourtant j'avais remarqué qu'avant ce mouvement, au moment où étaient apparues Mlle Bloch et sa cousine, avait passé dans les yeux de mon amie cette attention brusque et profonde qui donnait parfois au visage de l'espiègle jeune fille un air sérieux, même grave, et la laissait triste après. Mais Albertine avait aussitôt détourné vers moi ses regards restés pourtant singulièrement immobiles et rêveurs. Mlle Bloch et sa cousine ayant fini par s'en aller après avoir ri très fort et poussé des cris peu convenables, je demandai à Albertine si la petite blonde (celle qui était l'amie de l'actrice) n'était pas la même qui la veille avait eu le prix dans la course pour les voitures de fleurs. « Ah ! je ne sais pas, dit Albertine, est-ce qu'il y en a une qui est blonde ? Je vous dirai qu'elles ne m'intéressent pas beaucoup, je ne les ai jamais regardées. Est-ce qu'il y en a une qui est blonde ? » demanda-t-elle d'un air interrogateur et détaché à ses trois amies. S'appliquant à des personnes qu'Albertine rencontrait tous les jours sur la digue, cette ignorance me parut bien excessive pour ne pas être feinte. « Elles n'ont pas l'air de nous regarder beaucoup non plus », dis-je à Albertine, peut-être dans l'hypothèse, que je n'envisageais pourtant pas d'une façon consciente, où Albertine eût aimé les femmes, afin de lui ôter tout regret en lui montrant qu'elle n'avait pas attiré l'attention de celles-ci, et que d'une façon générale il n'est pas d'usage, même pour les plus vicieuses, de se soucier des jeunes filles qu'elles ne connaissent pas. « Elles ne nous ont pas regardées ? me répondit étourdiment Albertine. Elles n'ont pas fait autre chose tout le temps. — Mais vous ne pouvez pas le savoir, lui dis-je, vous leur tourniez le dos. — Eh bien, et cela ? » me répondit-elle en me montrant, encastrée dans le mur en face de nous, une grande glace que je n'avais pas remarquée, et sur laquelle je comprenais maintenant que mon amie, tout en me parlant, n'avait pas cessé de fixer ses beaux yeux remplis de préoccupation.

À partir du jour où Cottard fut entré avec moi dans le petit casino d'Incarville, sans partager l'opinion qu'il avait émise, Albertine ne me sembla plus la même ; sa vue me causait de la colère. Moi-même j'avais changé tout autant qu'elle me semblait autre. J'avais cessé de lui vouloir du bien ; en sa présence, hors de sa présence quand cela pouvait lui être répété, je parlais d'elle de la façon la plus blessante. Il y avait des trêves cependant. Un jour j'apprenais qu'Albertine et Andrée avaient accepté toutes deux une invitation chez Elstir. Ne doutant pas que ce fût en considération de ce qu'elles pourraient pendant le retour s'amuser comme des pensionnaires à contrefaire les jeunes filles qui ont mauvais genre, et y trouver un plaisir inavoué de vierges qui me serrait le cœur, sans m'annoncer, pour les gêner et priver Albertine du plaisir sur lequel elle comptait, j'arrivais à l'improviste chez Elstir. Mais je n'y trouvais qu'Andrée. Albertine avait choisi un autre jour où sa tante devait y aller. Alors je me disais que Cottard avait dû se tromper ; l'impression favorable que m'avait produite la présence d'Andrée sans son amie se prolongeait et entretenait en moi des dispositions plus douces à l'égard d'Albertine. Mais elles ne duraient pas plus longtemps que la fragile bonne santé de ces personnes délicates sujettes à des mieux passagers, et qu'un rien suffit à faire retomber malades. Albertine incitait Andrée à des jeux qui, sans aller bien loin, n'étaient peut-être pas tout à fait innocents ; souffrant de ce soupçon, je finissais par l'éloigner. À peine j'en étais guéri qu'il renaissait sous une autre forme. Je venais de voir Andrée dans un de ces mouvements gracieux qui lui étaient particuliers, poser câlinement sa tête sur l'épaule d'Albertine, l'embrasser dans le cou en fermant à demi les yeux ; ou bien elles avaient échangé un coup d'œil ; une parole avait échappé à quelqu'un qui les avait vues seules ensemble et allant se baigner, petits riens tels qu'il en flotte d'une façon habituelle dans l'atmosphère ambiante où la plupart des gens les absorbent toute la journée sans que leur santé en souffre ou que leur humeur s'en altère, mais qui sont morbides et générateurs de souffrances nouvelles pour un être prédisposé. Parfois même, sans que j'eusse revu Albertine, sans que personne m'eût parlé d'elle, je retrouvais dans ma mémoire une pose d'Albertine auprès de Gisèle et qui m'avait paru innocente alors ; elle suffisait maintenant pour détruire le calme que j'avais pu retrouver, je n'avais même plus besoin d'aller respirer au-dehors des germes dangereux, je m'étais, comme aurait dit Cottard, intoxiqué moi-même. Je pensais alors à tout ce que j'avais appris de l'amour de Swann pour Odette, de la façon dont Swann avait été joué toute sa vie. Au fond si je veux y penser, l'hypothèse qui me fit peu à peu construire tout le caractère d'Albertine et interpréter douloureusement chaque moment d'une vie que je ne pouvais pas contrôler tout entière, ce fut le souvenir, l'idée fixe du caractère de Mme Swann, tel qu'on m'avait raconté qu'il était. Ces récits contribuèrent à faire que dans l'avenir mon imagination faisait le jeu de supposer qu'Albertine aurait pu, au lieu d'être une jeune fille bonne, avoir la même immoralité, la même faculté de tromperie qu'une ancienne grue, et je pensais à toutes les souffrances qui m'auraient attendu dans ce cas si j'avais jamais dû l'aimer.

Un jour, devant le Grand-Hôtel où nous étions réunis sur la digue, je venais d'adresser à Albertine les paroles les plus dures et les plus humiliantes, et Rosemonde disait : « Ah ! ce que vous êtes changé tout de même pour elle, autrefois il n'y en avait que pour elle, c'était elle qui tenait la corde, maintenant elle n'est plus bonne à donner à manger aux chiens. » J'étais en train, pour faire ressortir davantage encore mon attitude à l'égard d'Albertine, d'adresser toutes les amabilités possibles à Andrée qui, si elle était atteinte du même vice, me semblait plus excusable parce qu'elle était souffrante et neurasthénique, quand nous vîmes déboucher au petit trot de ses deux chevaux, dans la rue perpendiculaire à la digue à l'angle de laquelle nous nous tenions, la calèche de Mme de Cambremer. Le premier président qui, à ce moment, s'avançait vers nous, s'écarta d'un bond quand il reconnut la voiture, pour ne pas être vu dans notre société ; puis, quand il pensa que les regards de la marquise allaient pouvoir croiser les siens, s'inclina en lançant un immense coup de chapeau. Mais la voiture, au lieu de continuer comme il semblait probable, par la rue de la Mer, disparut derrière l'entrée de l'hôtel. Il y avait bien dix minutes de cela lorsque le lift tout essoufflé vint me prévenir : « C'est la marquise de Camembert qui vient n'ici pour voir Monsieur. Je suis monté à la chambre, j'ai cherché au salon de lecture, je ne pouvais pas trouver Monsieur. Heureusement que j'ai eu l'idée de regarder sur la plage. » Il finissait à peine son récit que, suivie de sa belle-fille et d'un monsieur très cérémonieux, s'avança vers moi la marquise, arrivant probablement d'une matinée ou d'un thé dans le voisinage et toute voûtée sous le poids moins de la vieillesse que de la foule d'objets de luxe dont elle croyait plus aimable et plus digne de son rang d'être recouverte afin de paraître le plus « habillé » possible aux gens qu'elle venait voir. C'était en somme, à l'hôtel, ce « débarquage » des Cambremer[1] que ma grand-mère redoutait si fort autrefois quand elle voulait qu'on laissât ignorer à Legrandin que nous irions peut-être à Balbec. Alors maman riait des craintes inspirées par un événement qu'elle jugeait impossible. Voici qu'enfin il se produisait pourtant, mais par d'autres voies et sans que Legrandin y fût pour quelque chose. « Est-ce que je peux rester si je ne vous dérange pas, me demanda Albertine (dans les yeux de qui restaient, amenées par les choses cruelles que je venais de lui dire, quelques larmes que je remarquai sans paraître les voir, mais non sans en être réjoui), j'aurais quelque chose à vous dire. » Un chapeau à plumes, surmonté lui-même d'une épingle de saphir, était posé n'importe comment sur la perruque de Mme de Cambremer, comme un insigne dont l'exhibition est nécessaire, mais suffisante, la place indifférente, l'élégance conventionnelle, et l'immobilité inutile. Malgré la chaleur, la bonne dame avait revêtu un mantelet de jais pareil à une dalmatique, par-dessus lequel pendait une étole d'hermine dont le port semblait en relation non avec la température et la saison, mais avec le caractère de la cérémonie. Et sur la poitrine de Mme de Cambremer un tortil de baronne relié à une chaînette pendait à la façon d'une croix pectorale. Le monsieur était un célèbre avocat de Paris, de famille nobiliaire, qui était venu passer trois jours chez les Cambremer. C'était un de ces hommes à qui leur expérience professionnelle consommée fait un peu mépriser leur profession et qui disent par exemple : « Je sais que je plaide bien, aussi cela ne m'amuse plus de plaider », ou : « Cela ne m'intéresse plus d'opérer ; je sais que j'opère bien. » Intelligents, *artistes*, ils voient autour de leur maturité fortement rentée par le succès, briller cette « intelligence », cette nature d'« artiste » que leurs confrères leur reconnaissent et qui leur confère un à-peu-près de goût et de discernement. Ils se prennent de passion pour la peinture non d'un grand artiste, mais d'un artiste cependant très distingué, et à l'achat des œuvres duquel ils emploient les gros revenus que leur procure leur carrière. Le Sidaner[1] était l'artiste élu par l'ami des Cambremer, lequel était du reste très agréable. Il parlait bien des livres mais non de ceux des vrais maîtres, de ceux qui se sont maîtrisés. Le seul défaut gênant qu'offrît cet amateur était qu'il employait certaines expressions toutes faites d'une façon constante, par exemple : « en majeure partie », ce qui donnait à ce dont il voulait parler quelque chose d'important et d'incomplet. Mme de Cambremer avait profité, me dit-elle, d'une matinée que des amis à elle avaient donnée ce jour-là à côté de Balbec, pour venir me voir, comme elle l'avait promis à Robert de Saint-Loup. « Vous savez qu'il doit bientôt venir passer quelques jours dans le pays. Son oncle Charlus y est en villégiature chez sa belle-sœur, la duchesse de Luxembourg, et M. de Saint-Loup profitera de l'occasion pour aller à la fois dire bonjour à sa tante et revoir son ancien régiment, où il est très aimé, très estimé. Nous recevons souvent des officiers qui nous parlent tous de lui avec des éloges infinis. Comme ce serait gentil si vous nous faisiez le plaisir de venir tous les deux à Féterne. » Je lui présentai Albertine et ses amies. Mme de Cambremer nous nomma à sa belle-fille. Celle-ci, si glaciale avec les petits nobliaux que le voisinage de Féterne la forçait à fréquenter, si pleine de réserve de crainte de se compromettre, me tendit au contraire la main avec un sourire rayonnant, mise comme elle était en sûreté et en joie devant un ami de Robert de Saint-Loup et que celui-ci, gardant plus de finesse mondaine qu'il ne voulait le laisser voir, lui avait dit très lié avec les Guermantes. Telle, au rebours de sa belle-mère, Mme de Cambremer avait-elle deux politesses infiniment différentes. C'est tout au plus la première, sèche, insupportable, qu'elle m'eût concédée si je l'avais connue par son frère Legrandin. Mais pour un ami des Guermantes elle n'avait pas assez de sourires. La pièce la plus commode de l'hôtel pour recevoir était le salon de lecture, ce lieu jadis si terrible[1] où maintenant j'entrais dix fois par jour, ressortant librement, en maître, comme ces fous peu atteints et depuis si longtemps pensionnaires d'un asile que le médecin leur en a confié la clef. Aussi offris-je à Mme de Cambremer de l'y conduire. Et comme ce salon ne m'inspirait plus de timidité et ne m'offrait plus de charme parce que le visage des choses change pour nous comme celui des personnes, c'est sans trouble que je lui fis cette proposition. Mais elle la refusa, préférant rester dehors, et nous nous assîmes en plein air, sur la terrasse de l'hôtel. J'y trouvai et recueillis un volume de Mme de Sévigné que maman n'avait pas eu le temps d'emporter dans sa fuite précipitée, quand elle avait appris qu'il arrivait des visites pour moi. Autant que ma grand-mère elle redoutait ces invasions d'étrangers et par peur de ne plus pouvoir s'échapper si elle se laissait cerner, elle se sauvait avec une rapidité qui nous faisait toujours, à mon père et à moi, nous moquer d'elle. Mme de Cambremer tenait à la main, avec la crosse d'une ombrelle, plusieurs sacs brodés, un vide-poche, une bourse en or d'où pendaient des fils de grenats, et un mouchoir en dentelle. Il me semblait qu'il lui eût été plus commode de les poser sur une chaise ; mais je sentais qu'il eût été inconvenant et inutile de lui demander d'abandonner les ornements de sa tournée pastorale et de son sacerdoce mondain. Nous regardions la mer calme où des mouettes éparses flottaient comme des corolles blanches. À cause du niveau de simple « médium » où nous abaisse la conversation mondaine et aussi notre désir de plaire non à l'aide de nos qualités ignorées de nous-mêmes, mais de ce que nous croyons devoir être prisé par ceux qui sont avec nous, je me mis instinctivement à parler à Mme de Cambremer, née Legrandin, de la façon qu'eût pu faire son frère[1]. « Elles ont, dis-je, en parlant des mouettes, une immobilité et une blancheur de nymphéas. » Et en effet elles avaient l'air d'offrir un but inerte aux petits flots qui les ballottaient au point que ceux-ci, par contraste, semblaient dans leur poursuite, animés d'une intention, prendre de la vie. La marquise douairière ne se lassait pas de célébrer la superbe vue de la mer que nous avions à Balbec, et m'enviait, elle qui de La Raspelière (qu'elle n'habitait du reste pas cette année) ne voyait les flots que de si loin. Elle avait deux singulières habitudes qui tenaient à la fois à son amour exalté pour les arts (surtout pour la musique) et à son insuffisance dentaire. Chaque fois qu'elle parlait esthétique ses glandes salivaires, comme celles de certains animaux au moment du rut, entraient dans une phase d'hypersécrétion telle que la bouche édentée de la vieille dame laissait passer au coin des lèvres légèrement moustachues, quelques gouttes dont ce n'était pas la place[2]. Aussitôt elle les ravalait avec un grand soupir, comme quelqu'un qui reprend sa respiration. Enfin s'il s'agissait d'une trop grande beauté musicale, dans son enthousiasme elle levait les bras et proférait quelques jugements sommaires, énergiquement mastiqués et au besoin venant du nez. Or je n'avais jamais songé que la vulgaire plage de Balbec pût offrir en effet une « vue de mer » et les simples paroles de Mme de Cambremer changeaient mes idées à cet égard. En revanche, et je le lui dis, j'avais toujours entendu célébrer le coup d'œil unique de La Raspelière, située au faîte de la colline et où, dans un grand salon à deux cheminées, toute une rangée de fenêtres regarde au bout des jardins, entre les feuillages, la mer jusqu'au-delà de Balbec, et l'autre rangée, la vallée. « Comme vous êtes aimable et comme c'est bien dit : la mer entre les feuillages. C'est ravissant, on dirait... un éventail. » Et je sentis à une respiration profonde destinée à rattraper la salive et à assécher la moustache, que le compliment était sincère. Mais la marquise née Legrandin resta froide pour témoigner de son dédain non pas pour mes paroles mais pour celles de sa belle-mère. D'ailleurs elle ne méprisait pas seulement l'intelligence de celle-ci, mais déplorait son amabilité, craignant toujours que les gens n'eussent pas une idée suffisante des Cambremer. « Et comme le nom est joli, dis-je. On aimerait savoir l'origine de tous ces noms-là. — Pour celui-là je peux vous le dire, me répondit avec douceur la vieille dame. C'est une demeure de famille, de ma grand-mère Arrachepel[1], ce n'est pas une famille illustre, mais c'est une bonne et très ancienne famille de province. — Comment, pas illustre ? interrompit sèchement sa belle-fille. Tout un vitrail de la cathédrale de Bayeux est rempli par ses armes, et la principale église d'Avranches contient leurs monuments funéraires[2]. Si ces vieux noms vous amusent, ajouta-t-elle, vous venez un an trop tard. Nous avions fait nommer à la cure de Criquetot, malgré toutes les difficultés qu'il y a à changer de diocèse, le doyen d'un pays où j'ai personnellement des terres, fort loin d'ici, à Combray, où le bon prêtre se sentait devenir neurasthénique. Malheureusement l'air de la mer n'a pas réussi à son grand âge ; sa neurasthénie s'est augmentée et il est retourné à Combray. Mais il s'est amusé pendant qu'il était notre voisin, à aller consulter toutes les vieilles chartes, et il a fait une petite brochure assez curieuse sur les noms de la région[1]. Cela l'a d'ailleurs mis en goût, car il paraît qu'il occupe ses dernières années à écrire un grand ouvrage sur Combray et ses environs. Je vais vous envoyer sa brochure sur les environs de Féterne. C'est un travail de bénédictin. Vous y lirez des choses très intéressantes sur notre vieille Raspelière dont ma belle-mère parle beaucoup trop modestement. — En tous cas, cette année, répondit Mme de Cambremer douairière, La Raspelière n'est plus nôtre et ne m'appartient pas. Mais on sent que vous avez une nature de peintre ; vous devriez dessiner, et j'aimerais tant vous montrer Féterne qui est bien mieux que La Raspelière. » Car depuis que les Cambremer avaient loué cette dernière demeure aux Verdurin, sa position dominante avait brusquement cessé de leur apparaître ce qu'elle avait été pour eux pendant tant d'années, c'est-à-dire donnant l'avantage unique dans le pays d'avoir vue à la fois sur la mer et sur la vallée, et en revanche leur avait présenté tout à coup — et après coup — l'inconvénient qu'il fallait toujours monter et descendre pour y arriver et en sortir. Bref, on eût cru que si Mme de Cambremer l'avait louée, c'était moins pour accroître ses revenus que pour reposer ses chevaux. Et elle se disait ravie de pouvoir enfin posséder tout le temps la mer de si près, à Féterne, elle qui pendant si longtemps, oubliant les deux mois qu'elle y passait, ne l'avait vue que d'en haut et comme dans un panorama. « Je la découvre à mon âge, disait-elle, et comme j'en jouis ! Ça me fait un bien ! Je louerais La Raspelière pour rien afin d'être contrainte d'habiter Féterne. »

« Pour revenir à des sujets plus intéressants, reprit la sœur de Legrandin qui disait : "Ma mère" à la vieille marquise, mais avec les années avait pris des façons insolentes avec elle, vous parliez de nymphéas : je pense que vous connaissez ceux que Claude Monet a peints. Quel génie ! Cela m'intéresse d'autant plus qu'auprès de Combray, cet endroit où je vous ai dit que j'avais des terres… » Mais elle préféra ne pas trop parler de Combray. « Ah ! c'est sûrement la série dont nous a parlé Elstir, le plus grand des peintres contemporains, s'écria Albertine qui n'avait rien dit jusque-là[1]. — Ah ! on voit que Mademoiselle aime les arts », s'écria Mme de Cambremer qui, en poussant une respiration profonde, résorba un jet de salive. « Vous me permettrez de lui préférer Le Sidaner, mademoiselle », dit l'avocat en souriant d'un air connaisseur. Et, comme il avait goûté, ou vu goûter, autrefois certaines « audaces » d'Elstir, il ajouta : « Elstir était doué, il a même fait presque partie de l'avant-garde, mais je ne sais pas pourquoi il a cessé de suivre, il a gâché sa vie. » Mme de Cambremer donna raison à l'avocat en ce qui concernait Elstir, mais, au grand chagrin de son invité, égala Monet à Le Sidaner. On ne peut pas dire qu'elle fût bête ; elle débordait d'une intelligence que je sentais m'être entièrement inutile. Justement, le soleil s'abaissant, les mouettes étaient maintenant jaunes, comme les nymphéas dans une autre toile de cette même série de Monet. Je dis que je la connaissais et (continuant à imiter le langage du frère dont je n'avais pas encore osé citer le nom) j'ajoutai qu'il était malheureux qu'elle n'eût pas eu plutôt l'idée de venir la veille, car à la même heure, c'est une lumière de Poussin qu'elle eût pu admirer. Devant un hobereau normand inconnu des Guermantes et qui lui eût dit qu'elle eût dû venir la veille, Mme de Cambremer-Legrandin se fût sans doute redressée d'un air offensé. Mais j'aurais pu être bien plus familier encore qu'elle n'eût été que douceur moelleuse et fondante ; je pouvais dans la chaleur de cette belle fin d'après-midi butiner à mon gré dans le gros gâteau de miel que Mme de Cambremer était si rarement et qui remplaça les petits fours que je n'eus pas l'idée d'offrir. Mais le nom de Poussin, sans altérer l'aménité de la femme du monde, souleva les protestations de la dilettante. En entendant ce nom, Mme de Cambremer fit entendre à six reprises que ne séparait presque aucun intervalle, ce petit claquement de la langue contre les lèvres qui sert à signifier à un enfant qui est en train de faire une bêtise, à la fois un blâme d'avoir commencé et l'interdiction de poursuivre. « Au nom du ciel, après un peintre comme Monet, qui est tout bonnement un génie, n'allez pas nommer un vieux poncif sans talent comme Poussin. Je vous dirai tout nûment que je le trouve le plus barbifiant des raseurs. Qu'est-ce que vous voulez, je ne peux pourtant pas appeler cela de la peinture. Monet, Degas, Manet, oui, voilà des peintres ! C'est très curieux », ajouta-t-elle, en fixant un regard scrutateur et ravi sur un point vague de l'espace où elle apercevait sa propre pensée, « c'est très curieux, autrefois je préférais Manet. Maintenant, j'admire toujours Manet, c'est entendu, mais je crois que je lui préfère peut-être encore Monet. Ah ! les cathédrales[1] ! » Elle mettait autant de scrupules que de complaisance à me renseigner sur l'évolution qu'avait suivie son goût. Et on sentait que les phases par lesquelles avait passé ce goût n'étaient pas, selon elle, moins importantes que les différentes manières de Monet lui-même. Je n'avais pas du reste à être flatté qu'elle me fît confidence de ses admirations, car, même devant la provinciale la plus bornée, elle ne pouvait pas rester cinq minutes sans éprouver le besoin de les confesser. Quand une dame noble d'Avranches, laquelle n'eût pas été capable de distinguer Mozart de Wagner, disait devant Mme de Cambremer : « Nous n'avons pas eu de nouveauté intéressante pendant notre séjour à Paris, nous avons été une fois à l'Opéra-Comique, on donnait *Pelléas et Mélisande*[1], c'est affreux », Mme de Cambremer non seulement bouillait mais éprouvait le besoin de s'écrier : « Mais au contraire, c'est un petit chef-d'œuvre », et de « discuter ». C'était peut-être une habitude de Combray, prise auprès des sœurs de ma grand-mère qui appelaient cela : « combattre pour la bonne cause », et qui aimaient les dîners où elles savaient, toutes les semaines, qu'elles auraient à défendre leurs dieux contre des Philistins. Telle Mme de Cambremer aimait à se « fouetter le sang » en se « chamaillant » sur l'art, comme d'autres sur la politique. Elle prenait le parti de Debussy comme elle aurait fait celui d'une de ses amies dont on eût incriminé la conduite. Elle devait pourtant bien comprendre qu'en disant : « Mais non, c'est un petit chef-d'œuvre », elle ne pouvait pas improviser, chez la personne qu'elle remettait à sa place, toute la progression de culture artistique au terme de laquelle elles fussent tombées d'accord sans avoir besoin de discuter. « Il faudra que je demande à Le Sidaner ce qu'il pense de Poussin, me dit l'avocat. C'est un renfermé, un silencieux, mais je saurai bien lui tirer les vers du nez. »

« Du reste, continua Mme de Cambremer, j'ai horreur des couchers de soleil, c'est romantique, c'est opéra. C'est pour cela que je déteste la maison de ma belle-mère, avec ses plantes du Midi. Vous verrez, ça a l'air d'un parc de Monte-Carlo. C'est pour cela que j'aime mieux votre rive. C'est plus triste, plus sincère ; il y a un petit chemin d'où on ne voit pas la mer. Les jours de pluie, il n'y a que de la boue, c'est tout un monde. C'est comme à Venise, je déteste le Grand Canal et je ne connais rien de touchant comme les petites ruelles. Du reste c'est une question d'ambiance. — Mais », lui dis-je, sentant que la seule manière de réhabiliter Poussin aux yeux de Mme de Cambremer c'était d'apprendre à celle-ci qu'il était redevenu à la mode, « M. Degas assure qu'il ne connaît rien de plus beau que les Poussin de Chantilly[1]. — Ouais ? Je ne connais pas ceux de Chantilly, me dit Mme de Cambremer qui ne voulait pas être d'un autre avis que Degas, mais je peux parler de ceux du Louvre qui sont des horreurs. — Il les admire aussi énormément. — Il faudra que je les revoie. Tout cela est un peu ancien dans ma tête », répondit-elle après un instant de silence et comme si le jugement favorable qu'elle allait certainement bientôt porter sur Poussin devait dépendre, non de la nouvelle que je venais de lui communiquer, mais de l'examen supplémentaire et cette fois définitif qu'elle comptait faire subir aux Poussin du Louvre pour avoir la faculté de se déjuger. Me contentant de ce qui était un commencement de rétractation puisque si elle n'admirait pas encore les Poussin, elle s'ajournait pour une seconde délibération, pour ne pas la laisser plus longtemps à la torture je dis à sa belle-mère combien on m'avait parlé des fleurs admirables de Féterne. Modestement elle parla du petit jardin de curé qu'elle avait derrière et où le matin, en poussant une porte, elle allait en robe de chambre donner à manger à ses paons, chercher les œufs pondus, et cueillir des zinnias ou des roses qui, sur le chemin de table, faisant aux œufs à la crème ou aux fritures une bordure de fleurs, lui rappelaient ses allées[1]. « C'est vrai que nous avons beaucoup de roses, me dit-elle, notre roseraie est presque un peu trop près de la maison d'habitation, il y a des jours où cela me fait mal à la tête. C'est plus agréable de la terrasse de La Raspelière où le vent apporte l'odeur des roses, mais déjà moins entêtante. » Je me tournai vers la belle-fille : « C'est tout à fait *Pelléas*, lui dis-je, pour contenter son goût de modernisme, cette odeur de roses montant jusqu'aux terrasses. Elle est si forte dans la partition que, comme j'ai le hay-fever et la rose-fever, elle me faisait éternuer chaque fois que j'entendais cette scène[2]. — Quel chef-d'œuvre que *Pelléas* ! s'écria Mme de Cambremer, j'en suis férue » ; et s'approchant de moi avec les gestes d'une femme sauvage qui aurait voulu me faire des agaceries, s'aidant des doigts pour piquer les notes imaginaires, elle se mit à fredonner quelque chose que je supposai être pour elle les adieux de Pelléas et continua avec une véhémente insistance comme s'il avait été d'importance que Mme de Cambremer me rappelât en ce moment cette scène, ou peut-être plutôt me montrât qu'elle se la rappelait. « Je crois que c'est encore plus beau que *Parsifal*[3], ajouta-t-elle, parce que dans *Parsifal* il s'ajoute aux plus grandes beautés un certain halo de phrases mélodiques, donc caduques puisque mélodiques. — Je sais que vous êtes une grande musicienne, madame, dis-je à la douairière. J'aimerais beaucoup vous entendre. » Mme de Cambremer-Legrandin regarda la mer pour ne pas prendre part à la conversation. Considérant que ce qu'aimait sa belle-mère n'était pas de la musique, elle considérait le talent, prétendu selon elle, et des plus remarquables en réalité, qu'on lui reconnaissait, comme une virtuosité sans intérêt. Il est vrai que la seule élève encore vivante de Chopin déclarait avec raison que la manière de jouer, le « sentiment » du Maître, ne s'était transmis, à travers elle, qu'à Mme de Cambremer[1], mais jouer comme Chopin était loin d'être une référence pour la sœur de Legrandin, laquelle ne méprisait personne autant que le musicien polonais[2]. « Oh ! elles s'envolent », s'écria Albertine en me montrant les mouettes qui, se débarrassant pour un instant de leur incognito de fleurs, montaient toutes ensemble vers le soleil. « Leurs ailes de géants les empêchent de marcher », dit Mme de Cambremer, confondant les mouettes avec les albatros[3]. « Je les aime beaucoup, j'en voyais à Amsterdam[4], dit Albertine. Elles sentent la mer, elles viennent la humer même à travers les pierres des rues. — Ah ! vous avez été en Hollande, vous connaissez les Ver Meer ? » demanda impérieusement Mme de Cambremer et du ton dont elle aurait dit : « Vous connaissez les Guermantes ? », car le snobisme en changeant d'objet ne change pas d'accent. Albertine répondit non : elle croyait que c'étaient des gens vivants. Mais il n'y parut pas. « Je serais très heureuse de vous faire de la musique, me dit Mme de Cambremer. Mais vous savez, je ne joue que des choses qui n'intéressent plus votre génération. J'ai été élevée dans le culte de Chopin », dit-elle à voix basse car elle redoutait sa belle-fille et savait que celle-ci considérait que Chopin n'étant pas de la musique, le bien jouer ou le mal jouer étaient des expressions dénuées de sens. Elle reconnaissait que sa belle-mère avait du mécanisme, perlait les traits. « Jamais on ne me fera dire qu'elle est musicienne », concluait Mme de Cambremer-Legrandin. Parce qu'elle se croyait « avancée » et (en art seulement) « jamais assez à gauche », disait-elle, elle se représentait non seulement que la musique progresse, mais sur une seule ligne, et que Debussy était en quelque sorte un sur-Wagner encore un peu plus avancé que Wagner. Elle ne se rendait pas compte que si Debussy n'était pas aussi indépendant de Wagner qu'elle-même devait le croire dans quelques années, parce qu'on se sert tout de même des armes conquises pour achever de s'affranchir de celui qu'on a momentanément vaincu, il cherchait cependant, après la satiété qu'on commençait à avoir des œuvres trop complètes où tout est exprimé, à contenter un besoin contraire. Des théories, bien entendu, étayaient momentanément cette réaction, pareilles à celles qui, en politique, viennent à l'appui des lois contre les congrégations, des guerres en Orient[1] (enseignement contre nature, péril jaune etc., etc.). On disait qu'à une époque de hâte convenait un art rapide, absolument comme on aurait dit que la guerre future ne pouvait pas durer plus de quinze jours, ou qu'avec les chemins de fer seraient délaissés les petits coins chers aux diligences et que l'auto pourtant devait remettre en honneur. On recommandait de ne pas fatiguer l'attention de l'auditeur, comme si nous ne disposions pas d'attentions différentes dont il dépend précisément de l'artiste d'éveiller les plus hautes. Car ceux qui bâillent de fatigue après dix lignes d'un article médiocre avaient refait tous les ans le voyage de Bayreuth pour entendre la *Tétralogie*. D'ailleurs le jour devait venir où, pour un temps, Debussy serait déclaré aussi fragile que Massenet et les tressautements de Mélisande abaissés au rang de ceux de Manon[2]. Car les théories et les écoles, comme les microbes et les globules, s'entre-dévorent et assurent, par leur lutte, la continuité de la vie. Mais ce temps n'était pas encore venu.

Comme à la Bourse, quand un mouvement de hausse se produit, tout un compartiment de valeurs en profitent, un certain nombre d'auteurs dédaignés bénéficiaient de la réaction, soit parce qu'ils ne méritaient pas ce dédain, soit simplement — ce qui permettait de dire une nouveauté en les prônant — parce qu'ils l'avaient encouru. Et on allait même chercher, dans un passé isolé, quelques talents indépendants sur la réputation de qui ne semblait pas devoir influer le mouvement actuel, mais dont un des maîtres nouveaux passait pour citer le nom avec faveur. Souvent c'était parce qu'un maître, quel qu'il soit, si exclusive que doive être son école, juge d'après son sentiment original, rend justice au talent partout où il se trouve, et même moins qu'au talent, à quelque agréable inspiration qu'il a goûtée autrefois, qui se rattache à un moment aimé de son adolescence. D'autres fois parce que certains artistes d'une autre époque ont dans un simple morceau réalisé quelque chose qui ressemble à ce que le maître peu à peu s'est rendu compte que lui-même avait voulu faire. Alors il voit en cet ancien comme un précurseur ; il aime chez lui, sous une tout autre forme, un effort momentanément, partiellement fraternel. Il y a des morceaux de Turner dans l'œuvre de Poussin, une phrase de Flaubert dans Montesquieu[1]. Et quelquefois aussi ce bruit de la prédilection du maître était le résultat d'une erreur, née on ne sait où et colportée dans l'école. Mais le nom cité bénéficiait alors de la firme sous la protection de laquelle il était entré juste à temps, car s'il y a quelque liberté, un goût vrai, dans le choix du maître, les écoles, elles, ne se dirigent plus que suivant la théorie. C'est ainsi que l'esprit, suivant son cours habituel qui s'avance par digressions, en obliquant une fois dans un sens, la fois suivante dans le sens contraire, avait ramené la lumière d'en haut sur un certain nombre d'œuvres auxquelles le besoin de justice, ou de renouvellement, ou le goût de Debussy, ou son caprice, ou quelque propos qu'il n'avait peut-être pas tenu, avaient ajouté celles de Chopin. Prônées par les juges en qui on avait toute confiance, bénéficiant de l'admiration qu'excitait *Pelléas*, elles avaient retrouvé un éclat nouveau, et ceux mêmes qui ne les avaient pas réentendues étaient si désireux de les aimer qu'ils le faisaient malgré eux, quoique avec l'illusion de la liberté. Mais Mme de Cambremer-Legrandin restait une partie de l'année en province. Même à Paris, malade, elle vivait beaucoup dans sa chambre. Il est vrai que l'inconvénient pouvait surtout s'en faire sentir dans le choix des expressions que Mme de Cambremer croyait à la mode et qui eussent convenu plutôt au langage écrit, nuance qu'elle ne discernait pas, car elle les tenait plus de la lecture que de la conversation. Celle-ci n'est pas aussi nécessaire pour la connaissance exacte des opinions que des expressions nouvelles. Pourtant ce rajeunissement des *Nocturnes* n'avait pas encore été annoncé par la critique[1]. La nouvelle s'en était transmise seulement par des causeries de « jeunes ». Il restait ignoré de Mme de Cambremer-Legrandin. Je me fis un plaisir de lui apprendre, mais en m'adressant pour cela à sa belle-mère, comme quand au billard, pour atteindre une boule on joue par la bande, que Chopin, bien loin d'être démodé, était le musicien préféré de Debussy[2]. « Tiens, c'est amusant », me dit en souriant la belle-fille, comme si ce n'avait été là qu'un paradoxe lancé par l'auteur de *Pelléas*. Néanmoins il était bien certain maintenant qu'elle n'écouterait plus Chopin qu'avec respect et même avec plaisir. Aussi mes paroles qui venaient de sonner l'heure de la délivrance pour la douairière, mirent-elles dans sa figure une expression de gratitude pour moi, et surtout de joie. Ses yeux brillèrent comme ceux de Latude dans la pièce appelée *Latude ou trente-cinq ans de captivité*[1] et sa poitrine huma l'air de la mer avec cette dilatation que Beethoven a si bien marquée dans *Fidelio*, quand ses prisonniers respirent enfin « cet air qui vivifie[2] ». Je crus qu'elle allait poser sur ma joue ses lèvres moustachues. « Comment, vous aimez Chopin ? Il aime Chopin, il aime Chopin », s'écria-t-elle dans un nasonnement passionné, comme elle aurait dit : « Comment, vous connaissez aussi Mme de Franquetot ? » avec cette différence que mes relations avec Mme de Franquetot lui eussent été profondément indifférentes, tandis que ma connaissance de Chopin la jeta dans une sorte de délire artistique. L'hypersécrétion salivaire ne suffit plus. N'ayant même pas essayé de comprendre le rôle de Debussy dans la réinvention de Chopin, elle sentit seulement que mon jugement était favorable. L'enthousiasme musical la saisit. « Élodie ! Élodie ! il aime Chopin. » Ses seins se soulevèrent et elle battit l'air de ses bras. « Ah ! j'avais bien senti que vous étiez musicien, s'écria-t-elle. Je comprends, hhartiste comme vous êtes, que vous aimiez cela. C'est si beau ! » Et sa voix était aussi caillouteuse que si, pour m'exprimer son ardeur pour Chopin, elle eût, imitant Démosthène, rempli sa bouche avec tous les galets de la plage. Enfin le reflux vint, atteignant jusqu'à la voilette qu'elle n'eut pas le temps de mettre à l'abri et qui fut transpercée, enfin la marquise essuya avec son mouchoir brodé la bave d'écume dont le souvenir de Chopin venait de tremper ses moustaches.

« Mon Dieu, me dit Mme de Cambremer-Legrandin, je crois que ma belle-mère s'attarde un peu trop, elle oublie que nous avons à dîner mon oncle de Ch'nouville. Et puis Cancan[3] n'aime pas attendre. » Cancan me resta incompréhensible et je pensai qu'il s'agissait peut-être d'un chien. Mais pour les cousins de Ch'nouville, voilà. Avec l'âge s'était amorti chez la jeune marquise le plaisir qu'elle avait à prononcer leur nom de cette manière. Et cependant c'était pour le goûter qu'elle avait jadis décidé son mariage. Dans d'autres groupes mondains, quand on parlait des Chenouville, l'habitude était (du moins chaque fois que la particule était précédée d'un nom finissant par une voyelle, car dans le cas contraire on était bien obligé de prendre appui sur le *de*, la langue se refusant à prononcer Madam' d' Ch'nonceaux) que ce fut l'*e* muet de la particule qu'on sacrifiât. On disait : « Monsieur d' Chenouville ». Chez les Cambremer la tradition était inverse, mais aussi impérieuse. C'était l'*e* muet de Chenouville que dans tous les cas on supprimait. Que le nom fût précédé de mon cousin ou de ma cousine, c'était toujours de « Ch'nouville » et jamais de Chenouville. (Pour le père de ces Chenouville on disait notre oncle, car on n'était pas assez gratin à Féterne pour prononcer notre « onk », comme eussent fait les Guermantes dont le baragouin voulu, supprimant les consonnes et nationalisant les noms étrangers, était aussi difficile à comprendre que le vieux français ou le moderne patois.) Toute personne qui entrait dans la famille Cambremer recevait aussitôt, sur ce point des Ch'nouville, un avertissement dont Mlle Legrandin n'avait pas eu besoin. Un jour en visite, entendant une jeune fille dire : « ma tante d'Uzai », « mon onk de Rouan », elle n'avait pas reconnu immédiatement les noms illustres qu'elle avait l'habitude de prononcer : Uzès et Rohan ; elle avait eu l'étonnement, l'embarras et la honte de quelqu'un qui a devant lui à table un instrument nouvellement inventé dont il ne sait pas l'usage et dont il n'ose pas commencer à manger. Mais la nuit suivante et le lendemain, elle avait répété avec ravissement : « ma tante d'Uzai » avec cette suppression de l'*s* finale, suppression qui l'avait stupéfaite la veille, mais qu'il lui semblait maintenant si vulgaire de ne pas connaître qu'une de ses amies lui ayant parlé d'un buste de la duchesse d'Uzès, Mlle Legrandin lui avait répondu avec mauvaise humeur, et d'un ton hautain : « Vous pourriez au moins prononcer comme il faut : Marne d'Uzai. » Dès lors elle avait compris qu'en vertu de la transmutation des matières consistantes en éléments de plus en plus subtils, la fortune considérable et si honorablement acquise qu'elle tenait de son père, l'éducation complète qu'elle avait reçue, son assiduité à la Sorbonne, tant aux cours de Caro qu'à ceux de Brunetière, et aux concerts Lamoureux[1], tout cela devait se volatiliser, trouver sa sublimation dernière dans le plaisir de dire un jour : « ma tante d'Uzai ». Il n'excluait pas de son esprit qu'elle continuerait à fréquenter, au moins dans les premiers temps qui suivraient son mariage, non pas certaines amies qu'elle aimait et qu'elle était résignée à sacrifier, mais certaines autres qu'elle n'aimait pas et à qui elle voulait pouvoir dire (puisqu'elle se marierait pour cela) : « Je vais vous présenter à ma tante d'Uzai », et quand elle vit que cette alliance était trop difficile : « Je vais vous présenter à ma tante de Ch'nouville » et « Je vous ferai dîner avec les Uzai. » Son mariage avec M. de Cambremer avait procuré à Mlle Legrandin l'occasion de dire la première de ces phrases mais non la seconde, le monde que fréquentaient ses beaux-parents n'étant pas celui qu'elle avait cru et duquel elle continuait à rêver. Aussi après m'avoir dit de Saint-Loup (en adoptant pour cela une expression de Robert, car si pour causer avec elle je parlais comme Legrandin, par une suggestion inverse elle me répondait dans le dialecte de Robert, qu'elle ne savait pas emprunté à Rachel), en rapprochant le pouce de l'index et en fermant à demi les yeux comme si elle regardait quelque chose d'infiniment délicat qu'elle était parvenue à capter : « Il a une jolie qualité d'esprit » ; elle fit son éloge avec tant de chaleur qu'on aurait pu croire qu'elle était amoureuse de lui (on avait d'ailleurs prétendu qu'autrefois, quand il était à Doncières, Robert avait été son amant), en réalité simplement pour que je le lui répétasse, et aboutir à : « Vous êtes très lié avec la duchesse de Guermantes. Je suis souffrante, je ne sors guère, et je sais qu'elle reste confinée dans un cercle d'amis choisis, ce que je trouve très bien, aussi je la connais très peu, mais je sais que c'est une femme absolument supérieure. » Sachant que Mme de Cambremer la connaissait à peine, et pour me faire aussi petit qu'elle, je glissai sur ce sujet et répondis à la marquise que j'avais connu surtout son frère, M. Legrandin. À ce nom, elle prit le même air évasif que j'avais eu pour Mme de Guermantes, mais en y joignant une expression de mécontentement car elle pensa que j'avais dit cela pour humilier non pas moi, mais elle. Était-elle rongée par le désespoir d'être née Legrandin ? C'est du moins ce que prétendaient les sœurs et belles-sœurs de son mari, dames nobles de province qui ne connaissaient personne et ne savaient rien, jalousaient l'intelligence de Mme de Cambremer, son instruction, sa fortune, les agréments physiques qu'elle avait eus avant de tomber malade. « Elle ne pense pas à autre chose, c'est cela qui la tue », disaient ces méchantes dès qu'elles parlaient de Mme de Cambremer à n'importe qui, mais de préférence à un roturier, soit, s'il était fat et stupide, pour donner plus de valeur, par cette affirmation de ce qu'a de honteux la roture, à l'amabilité qu'elles marquaient pour lui, soit, s'il était timide et fin et s'appliquait le propos à soi-même, pour avoir le plaisir, tout en le recevant bien, de lui faire indirectement une insolence. Mais si ces dames croyaient dire vrai pour leur belle-sœur, elles se trompaient. Celle-ci souffrait d'autant moins d'être née Legrandin qu'elle en avait perdu le souvenir[1]. Elle fut froissée que je le lui rendisse et se tut comme si elle n'avait pas compris, ne jugeant pas nécessaire d'apporter une précision, ni même une confirmation aux miens.

« Nos parents ne sont pas la principale cause de l'écourtement de notre visite », me dit Mme de Cambremer douairière qui était probablement plus blasée que sa belle-fille sur le plaisir qu'il y a à dire : « Ch'nouville ». « Mais pour ne pas vous fatiguer de trop de monde, monsieur, dit-elle en montrant l'avocat, n'a pas osé faire venir jusqu'ici sa femme et son fils. Ils se promènent sur la plage en nous attendant et doivent commencer à s'ennuyer. » Je me les fis désigner exactement et courus les chercher. La femme avait une figure ronde comme certaines fleurs de la famille des renonculacées, et au coin de l'œil un assez large signe végétal. Et les générations des hommes gardant leurs caractères comme une famille de plantes, de même que sur la figure flétrie de la mère, le même signe, qui eût pu aider au classement d'une variété, se gonflait sous l'œil du fils. Mon empressement auprès de sa femme et de son fils toucha l'avocat. Il montra de l'intérêt au sujet de mon séjour à Balbec. « Vous devez vous trouver un peu dépaysé, car il y a ici, en majeure partie, des étrangers. » Et il me regardait tout en me parlant, car n'aimant pas les étrangers, bien que beaucoup fussent de ses clients, il voulait s'assurer que je n'étais pas hostile à sa xénophobie, auquel cas il eût battu en retraite en disant : « Naturellement, Mme X peut être une femme charmante. C'est une question de principes. » Comme je n'avais à cette époque aucune opinion sur les étrangers, je ne témoignai pas de désapprobation, il se sentit en terrain sûr. Il alla jusqu'à me demander de venir un jour chez lui, à Paris, voir sa collection de Le Sidaner, et d'entraîner avec moi les Cambremer, avec lesquels il me croyait évidemment intime. « Je vous inviterai avec Le Sidaner, me dit-il, persuadé que je ne vivrais plus que dans l'attente de ce jour béni. Vous verrez quel homme exquis. Et ses tableaux vous enchanteront. Bien entendu je ne puis rivaliser avec les grands collectionneurs, mais je crois que c'est moi qui ai le plus grand nombre de ses toiles préférées. Cela vous intéressera d'autant plus, venant de Balbec, que ce sont des marines, du moins en majeure partie[1]. » La femme et le fils, pourvus du caractère végétal, écoutaient avec recueillement. On sentait qu'à Paris leur hôtel était une sorte de temple de Le Sidaner. Ces sortes de temples ne sont pas inutiles. Quand le dieu a des doutes sur lui-même, il bouche aisément les fissures de son opinion par les témoignages irrécusables d'êtres qui ont voué leur vie à son œuvre.

Sur un signe de sa belle-fille, Mme de Cambremer allait se lever et me disait : « Puisque vous ne voulez pas vous installer à Féterne, ne voulez-vous pas au moins venir déjeuner, un jour de la semaine, demain par exemple ? » Et dans sa bienveillance, pour me décider elle ajouta : « Vous *retrouverez* le comte de Crisenoy » que je n'avais nullement perdu, pour la raison que je ne le connaissais pas. Elle commençait à faire luire à mes yeux d'autres tentations encore, mais elle s'arrêta net. Le premier président qui, en rentrant, avait appris qu'elle était à l'hôtel, l'avait sournoisement cherchée partout, attendue ensuite et feignant de la rencontrer par hasard, vint lui présenter ses hommages. Je compris que Mme de Cambremer ne tenait pas à étendre à lui l'invitation à déjeuner qu'elle venait de m'adresser. Il la connaissait pourtant depuis bien plus longtemps que moi, étant depuis des années un de ces habitués des matinées de Féterne que j'enviais tant durant mon premier séjour à Balbec. Mais l'ancienneté ne fait pas tout pour les gens du monde. Et ils réservent plus volontiers les déjeuners aux relations nouvelles qui piquent encore leur curiosité, surtout quand elles arrivent précédées d'une prestigieuse et chaude recommandation comme celle de Saint-Loup. Mme de Cambremer supputa que le premier président n'avait pas entendu ce qu'elle m'avait dit, mais pour calmer les remords qu'elle éprouvait, elle lui tint les plus aimables propos. Dans l'ensoleillement qui noyait à l'horizon la côte dorée, habituellement invisible, de Rivebelle, nous discernâmes, à peine séparées du lumineux azur, sortant des eaux, roses, argentines, imperceptibles, les petites cloches de l'*angelus* qui sonnaient aux environs de Féterne. « Ceci est encore assez *Pelléas*, fis-je remarquer à Mme de Cambremer-Legrandin. Vous savez la scène que je veux dire[1]. — Je crois bien que je sais » ; mais « je ne sais pas du tout » était proclamé par sa voix et son visage qui ne se moulaient à aucun souvenir, et par son sourire sans appui, en l'air. La douairière ne revenait pas de ce que les cloches portassent jusqu'ici et se leva en pensant à l'heure : « Mais en effet, dis-je, d'habitude, de Balbec, on ne voit pas cette côte, et on ne l'entend pas non plus. Il faut que le temps ait changé et ait doublement élargi l'horizon. À moins qu'elles ne viennent vous chercher puisque je vois qu'elles vous font partir ; elles sont pour vous la cloche du dîner. » Le premier président, peu sensible aux cloches, regardait furtivement la digue qu'il se désolait de voir ce soir aussi dépeuplée. « Vous êtes un vrai poète, me dit Mme de Cambremer. On vous sent si vibrant, si artiste ; venez, je vous jouerai du Chopin », ajouta-t-elle en levant les bras d'un air extasié et en prononçant les mots d'une voix rauque qui avait l'air de déplacer des galets. Puis vint la déglutition de la salive, et la vieille dame essuya instinctivement la légère brosse, dite à l'américaine, de sa moustache avec son mouchoir. Le premier président me rendit sans le vouloir un très grand service en empoignant la marquise par le bras pour la conduire à sa voiture, une certaine dose de vulgarité, de hardiesse et de goût pour l'ostentation dictant une conduite que d'autres hésiteraient à assumer, et qui est loin de déplaire dans le monde. Il en avait d'ailleurs, depuis tant d'années, bien plus l'habitude que moi. Tout en le bénissant je n'osai l'imiter et marchai à côté de Mme de Cambremer-Legrandin, laquelle voulut voir le livre que je tenais à la main. Le nom de Mme de Sévigné lui fit faire la moue ; et usant d'un mot qu'elle avait lu dans certains journaux, mais qui parlé et mis au féminin, et appliqué à un écrivain du XVIIe siècle, faisait un effet bizarre, elle me demanda : « La trouvez-vous vraiment talentueuse ? » La marquise donna au valet de pied l'adresse d'un pâtissier où elle avait à aller avant de repartir sur la route, rose de la poussière du soir, où bleuissaient en forme de croupes les falaises échelonnées. Elle demanda à son vieux cocher si un de ses chevaux qui était frileux avait eu assez chaud, si le sabot de l'autre ne lui faisait pas mal. « Je vous écrirai pour ce que nous devons convenir, me dit-elle à mi-voix. J'ai vu que vous causiez littérature avec ma belle-fille, elle est adorable », ajouta-t-elle, bien qu'elle ne le pensât pas, mais elle avait pris l'habitude — gardée par bonté — de le dire pour que son fils n'eût pas l'air d'avoir fait un mariage d'argent. « Et puis, ajouta-t-elle dans un dernier mâchonnement enthousiaste, elle est si hartthhisstte ! » Puis elle monta en voiture, balançant la tête, levant la crosse de son ombrelle, et repartit par les rues de Balbec, surchargée des ornements de son sacerdoce, comme un vieil évêque en tournée de confirmation.

« Elle vous a invité à déjeuner », me dit sévèrement le premier président quand la voiture se fut éloignée et que je rentrai avec mes amies. « Nous sommes en froid. Elle trouve que je la néglige. Dame, je suis facile à vivre. Qu'on ait besoin de moi, je suis toujours là pour répondre : "Présent." Mais ils ont voulu jeter le grappin sur moi. Ah ! alors, cela », ajouta-t-il d'un air fin et en levant le doigt comme quelqu'un qui distingue et argumente, « je ne permets pas ça. C'est attenter à la liberté de mes vacances. J'ai été obligé de dire : "Halte-là !" Vous paraissez fort bien avec elle. Quand vous aurez mon âge, vous verrez que c'est bien peu de chose, le monde, et vous regretterez d'avoir attaché tant d'importance à ces riens. Allons, je vais faire un tour avant dîner. Adieu les enfants », cria-t-il à la cantonade, comme s'il était déjà éloigné de cinquante pas.

Quand j'eus dit au revoir à Rosemonde et à Gisèle, elles virent avec étonnement Albertine arrêtée qui ne les suivait pas. « Hé bien, Albertine, qu'est-ce que tu fais, tu sais l'heure ? — Rentrez, leur répondit-elle avec autorité. J'ai à causer avec lui », ajouta-t-elle en me montrant d'un air soumis. Rosemonde et Gisèle me regardèrent, pénétrées pour moi d'un respect nouveau. Je jouissais de sentir que, pour un moment du moins, aux yeux mêmes de Rosemonde et de Gisèle, j'étais pour Albertine quelque chose de plus important que l'heure de rentrer, que ses amies, et pouvais même avoir avec elle de graves secrets auxquels il était impossible qu'on les mêlât. « Est-ce que nous ne te verrons pas ce soir ? — Je ne sais

pas, ça dépendra de celui-ci. En tous cas à demain.
— Montons dans ma chambre », lui dis-je, quand ses amies se furent éloignées. Nous prîmes l'ascenseur ; elle garda le silence devant le lift. L'habitude d'être obligé de recourir à l'observation personnelle et à la déduction pour connaître les petites affaires des maîtres, ces gens étranges qui causent entre eux et ne leur parlent pas, développe chez les « employés » (comme le lift appelait les domestiques) un plus grand pouvoir de divination que chez les « patrons ». Les organes s'atrophient ou deviennent plus forts ou plus subtils selon que le besoin qu'on a d'eux croît ou diminue. Depuis qu'il existe des chemins de fer, la nécessité de ne pas manquer le train nous a appris à tenir compte des minutes alors que chez les anciens Romains, dont l'astronomie n'était pas seulement plus sommaire mais aussi la vie moins pressée, la notion, non pas de minutes, mais même d'heures fixes, existait à peine. Aussi le lift avait-il compris et comptait-il raconter à ses camarades que nous étions préoccupés, Albertine et moi. Mais il nous parlait sans arrêter parce qu'il n'avait pas de tact. Cependant je voyais se peindre sur son visage, substitué à l'impression habituelle d'amitié et de joie de me faire monter dans son ascenseur, un air d'abattement et d'inquiétude extraordinaires. Comme j'en ignorais la cause, pour tâcher de l'en distraire, et quoique plus préoccupé d'Albertine, je lui dis que la dame qui venait de partir s'appelait la marquise de Cambremer et non de Camembert. À l'étage devant lequel nous passions alors, j'aperçus, portant un traversin, une femme de chambre affreuse qui me salua avec respect, espérant un pourboire au départ. J'aurais voulu savoir si c'était celle que j'avais tant désirée le soir de ma première arrivée à Balbec, mais je ne pus jamais arriver à une certitude[1]. Le lift me jura,

avec la sincérité de la plupart des faux témoins mais sans quitter son air désespéré, que c'était bien sous le nom de Camembert que la marquise lui avait demandé de l'annoncer. Et à vrai dire il était bien naturel qu'il eût entendu un nom qu'il connaissait déjà. Puis, ayant sur la noblesse et la nature des noms avec lesquels se font les titres les notions fort vagues qui sont celles de beaucoup de gens qui ne sont pas liftiers, le nom de Camembert lui avait paru d'autant plus vraisemblable que, ce fromage étant universellement connu, il ne fallait point s'étonner qu'on eût tiré un marquisat d'une renommée aussi glorieuse, à moins que ce ne fût celle du marquisat qui eût donné sa célébrité au fromage. Néanmoins, comme il voyait que je ne voulais pas avoir l'air de m'être trompé et qu'il savait que les maîtres aiment à voir obéis leurs caprices les plus futiles et acceptés leurs mensonges les plus évidents, il me promit, en bon domestique, de dire désormais Cambremer. Il est vrai qu'aucun boutiquier de la ville ni aucun paysan des environs, où le nom et la personne des Cambremer étaient parfaitement connus, n'auraient jamais pu commettre l'erreur du lift. Mais le personnel du « Grand-Hôtel de Balbec » n'était nullement du pays. Il venait en droite ligne, avec tout le matériel, de Biarritz, Nice et Monte-Carlo, une partie ayant été dirigée sur Deauville, une autre sur Dinard et la troisième réservée à Balbec.

Mais la douleur anxieuse du lift ne fit que grandir. Pour qu'il oubliât ainsi de me témoigner son dévouement par ses habituels sourires, il fallait qu'il lui fût arrivé quelque malheur. Peut-être avait-il été « envoyé ». Je me promis dans ce cas de tâcher d'obtenir qu'il restât, le directeur m'ayant promis de ratifier tout ce que je déciderais concernant son personnel. « Vous pouvez toujours faire ce que vous voulez, je rectifie d'avance. » Tout à coup, comme je venais de quitter l'ascenseur, je compris la détresse, l'air atterré du lift. À cause de la présence d'Albertine je ne lui avais pas donné les cent sous que j'avais l'habitude de lui remettre en montant. Et cet imbécile, au lieu de comprendre que je ne voulais pas faire devant des tiers étalage de pourboires, avait commencé à trembler, supposant que c'était fini une fois pour toutes, que je ne lui donnerais plus jamais rien. Il s'imaginait que j'étais tombé dans la « dèche » (comme eût dit le duc de Guermantes), et sa supposition ne lui inspirait aucune pitié pour moi, mais une terrible déception égoïste. Je me dis que j'étais moins déraisonnable que ne trouvait ma mère quand je n'osais pas ne pas donner un jour la somme exagérée mais fiévreusement attendue que j'avais donnée la veille. Mais aussi la signification donnée jusque-là par moi, et sans aucun doute, à l'air habituel de joie où je n'hésitais pas à voir un signe d'attachement, me parut d'un sens moins assuré. En voyant le liftier prêt, dans son désespoir, à se jeter des cinq étages, je me demandais si, nos conditions sociales se trouvant respectivement changées, du fait par exemple d'une révolution, au lieu de manœuvrer gentiment pour moi l'ascenseur, le lift, devenu bourgeois, ne m'en eût pas précipité[1], et s'il n'y a pas dans certaines classes du peuple plus de duplicité que dans le monde où, sans doute, l'on réserve pour notre absence les propos désobligeants, mais où l'attitude à notre égard ne serait pas insultante si nous étions malheureux.

On ne peut pourtant pas dire qu'à l'hôtel de Balbec, le lift fût le plus intéressé. À ce point de vue le personnel se divisait en deux catégories : d'une part, ceux qui faisaient des différences entre les clients, plus sensibles au pourboire raisonnable d'un vieux noble (d'ailleurs en mesure de leur éviter 28 jours en les recommandant au général de Beautreillis[1]) qu'aux largesses inconsidérées d'un rasta qui décelait par là même un manque d'usage que, seulement devant lui, on appelait de la bonté. D'autre part, ceux pour qui noblesse, intelligence, célébrité, situation, manières, était inexistant, recouvert par un chiffre. Il n'y avait pour ceux-là qu'une hiérarchie, l'argent qu'on a, ou plutôt celui qu'on donne. Peut-être Aimé lui-même, bien que prétendant, à cause du grand nombre d'hôtels où il avait servi, à un grand savoir mondain, appartenait-il à cette catégorie-là. Tout au plus donnait-il un tour social et de connaissance des familles à ce genre d'appréciation, en disant de la princesse de Luxembourg par exemple : « Il y a beaucoup d'argent là dedans ? » (le point d'interrogation étant afin de se renseigner, ou de contrôler définitivement les renseignements qu'il avait pris, avant de procurer à un client un « chef » pour Paris, ou de lui assurer une table à gauche, à l'entrée, avec vue sur la mer, à Balbec). Malgré cela, sans être dépourvu d'intérêt, il ne l'eût pas exhibé avec le sot désespoir du lift. Au reste, la naïveté de celui-ci simplifiait peut-être les choses. La commodité d'un grand hôtel, d'une maison comme était autrefois celle de Rachel, c'est que, sans intermédiaires, sur la face jusque-là glacée d'un employé ou d'une femme, la vue d'un billet de cent francs, à plus forte raison de mille, même donné pour cette fois-là à un autre, amène un sourire et des offres. Au contraire dans la politique, dans les relations d'amant à maîtresse, il y a trop de choses placées entre l'argent et la docilité. Tant de choses que ceux-là mêmes chez qui l'argent éveille finalement le sourire, sont souvent incapables de suivre le processus interne qui les relie, se croient, sont plus délicats. Et puis cela décante la conversation polie des « Je sais ce qui me reste à faire, demain on me trouvera à la Morgue ». Aussi rencontre-t-on dans la société polie peu de romanciers, de poètes, de tous ces êtres sublimes qui parlent justement de ce qu'il ne faut pas dire.

Aussitôt seuls et engagés dans le corridor, Albertine me dit : « Qu'est-ce que vous avez contre moi ? » Ma dureté avec elle m'avait-elle été pénible à moi-même ? N'était-elle de ma part qu'une ruse inconsciente se proposant d'amener vis-à-vis de moi mon amie à cette attitude de crainte et de prière qui me permettrait de l'interroger, et peut-être d'apprendre laquelle des deux hypothèses que je formais depuis longtemps sur elle était la vraie ? Toujours est-il que quand j'entendis sa question, je me sentis soudain heureux comme quelqu'un qui touche à un but longtemps désiré. Avant de lui répondre je la conduisis jusqu'à ma porte. Celle-ci en s'ouvrant fit refluer la lumière rose qui remplissait la chambre et changeait la mousseline blanche des rideaux tendus sur le soir en lampas aurore. J'allai jusqu'à la fenêtre ; les mouettes étaient posées de nouveau sur les flots ; mais maintenant elles étaient roses. Je le fis remarquer à Albertine : « Ne détournez pas la conversation, me dit-elle, soyez franc comme moi. » Je mentis. Je lui déclarai qu'il lui fallait écouter un aveu préalable, celui d'une grande passion que j'avais depuis quelque temps pour Andrée, et je le lui fis avec une simplicité et une franchise dignes du théâtre mais qu'on n'a guère dans la vie que pour les amours qu'on ne ressent pas. Reprenant le mensonge dont j'avais usé avec Gilberte avant mon premier séjour à Balbec[1] mais le variant, j'allai, pour mieux me faire croire d'elle quand je lui disais maintenant que je ne l'aimais pas, jusqu'à laisser échapper qu'autrefois j'avais été sur le point d'être amoureux d'elle, mais que trop de temps avait passé, qu'elle n'était plus pour moi qu'une bonne camarade et que, l'eussé-je voulu, il ne m'eût plus été possible d'éprouver de nouveau à son égard des sentiments plus ardents. D'ailleurs en appuyant ainsi devant Albertine sur ces protestations de froideur pour elle, je ne faisais — à cause d'une circonstance et en vue d'un but particuliers — que rendre plus sensible, marquer avec plus de force, ce rythme binaire qu'adopte l'amour chez tous ceux qui doutent trop d'eux-mêmes pour croire qu'une femme puisse jamais les aimer, et aussi qu'eux-mêmes puissent l'aimer véritablement. Ils se connaissent assez pour savoir qu'auprès des plus différentes, ils éprouvaient les mêmes espoirs, les mêmes angoisses, inventaient les mêmes romans, prononçaient les mêmes paroles, pour s'être rendu ainsi compte que leurs sentiments, leurs actions, ne sont pas en rapport étroit et nécessaire avec la femme aimée, mais passent à côté d'elle, l'éclaboussent, la circonviennent comme le flux qui se jette le long des rochers, et le sentiment de leur propre instabilité augmente encore chez eux la défiance que cette femme, dont ils voudraient tant être aimés, ne les aime pas. Pourquoi le hasard aurait-il fait, puisqu'elle n'est qu'un simple accident placé devant le jaillissement de nos désirs, que nous fussions nous-mêmes le but de ceux qu'elle a ? Aussi, tout en ayant besoin d'épancher vers elle tous ces sentiments, si différents des sentiments simplement humains que notre prochain nous inspire, ces sentiments si spéciaux que sont les sentiments amoureux après avoir fait un pas en avant, en avouant à celle que nous aimons notre tendresse pour elle, nos espoirs, aussitôt craignant de lui déplaire, confus aussi de sentir que le langage que nous lui avons tenu n'a pas été formé expressément pour elle, qu'il nous a servi, nous servira pour d'autres, que si elle ne nous aime pas elle ne peut pas nous comprendre et que nous avons parlé alors avec le manque de goût, l'impudeur du pédant adressant à des ignorants des phrases subtiles qui ne sont pas pour eux, cette crainte, cette honte, amènent le contre-rythme, le reflux, le besoin, fût-ce en reculant d'abord, en retirant vivement la sympathie précédemment confessée, de reprendre l'offensive et de ressaisir l'estime, la domination ; le rythme double est perceptible dans les diverses périodes d'un même amour, dans toutes les périodes correspondantes d'amours similaires, chez tous les êtres qui s'analysent mieux qu'ils ne se prisent haut. S'il était pourtant un peu plus vigoureusement accentué qu'il n'est d'habitude dans ce discours que j'étais en train de faire à Albertine, c'était simplement pour me permettre de passer plus vite et plus énergiquement au rythme opposé que scanderait ma tendresse.

Comme si Albertine avait dû avoir de la peine à croire ce que je lui disais de mon impossibilité de l'aimer de nouveau, à cause du trop long intervalle, j'étayais ce que j'appelais une bizarrerie de mon caractère d'exemples tirés de personnes avec qui j'avais, par leur faute ou la mienne, laissé passer l'heure de les aimer, sans pouvoir, quelque désir que j'en eusse, la retrouver après. J'avais ainsi l'air à la fois de m'excuser auprès d'elle, comme d'une impolitesse, de cette incapacité de recommencer à l'aimer, et de chercher à lui en faire comprendre les raisons psychologiques comme si elles m'eussent été particulières. Mais en m'expliquant de la sorte, en m'étendant sur le cas de Gilberte, vis-à-vis de laquelle en effet avait été rigoureusement vrai ce qui le devenait si peu appliqué à Albertine, je ne faisais que rendre mes assertions aussi plausibles que je feignais de croire qu'elles le fussent peu. Sentant qu'Albertine appréciait ce qu'elle croyait mon « franc-parler » et reconnaissait dans mes déductions la clarté de l'évidence, je m'excusai du premier, lui disant que je savais bien qu'on déplaisait toujours en disant la vérité et que celle-ci d'ailleurs devait lui paraître incompréhensible. Elle me remercia au contraire de ma sincérité et ajouta qu'au surplus elle comprenait à merveille un état d'esprit si fréquent et si naturel.

Cet aveu à Albertine d'un sentiment imaginaire pour Andrée, et pour elle-même d'une indifférence que, pour paraître tout à fait sincère et sans exagération, je lui assurai incidemment, comme par un scrupule de politesse, ne pas devoir être prise trop à la lettre, je pus enfin, sans crainte qu'Albertine y soupçonnât de l'amour, lui parler avec une douceur que je me refusais depuis si longtemps et qui me parut délicieuse. Je caressais presque ma confidente ; en lui parlant de son amie que j'aimais, les larmes me venaient aux yeux. Mais venant au fait, je lui dis enfin qu'elle savait ce qu'était l'amour, ses susceptibilités, ses souffrances, et que peut-être, en amie déjà ancienne pour moi, elle aurait à cœur de faire cesser les grands chagrins qu'elle me causait, non directement puisque ce n'était pas elle que j'aimais, si j'osais le redire sans la froisser, mais indirectement en m'atteignant dans mon amour pour Andrée. Je m'interrompis pour regarder et montrer à Albertine un grand oiseau solitaire et hâtif qui loin devant nous, fouettant l'air du battement régulier de ses ailes, passait à toute vitesse au-dessus de la plage tachée çà et là de reflets pareils à des petits morceaux de papier rouge déchirés et la traversait dans toute sa longueur, sans ralentir son allure, sans détourner son attention, sans dévier de son chemin, comme un émissaire qui va porter bien loin un message urgent et capital. « Lui du moins va droit au but ! me dit

Albertine d'un air de reproche. — Vous me dites cela parce que vous ne savez pas ce que j'aurais voulu vous dire. Mais c'est tellement difficile que j'aime mieux y renoncer ; je suis certain que je vous fâcherais ; alors cela n'aboutira qu'à ceci : je ne serai en rien plus heureux avec celle que j'aime d'amour et j'aurai perdu une bonne camarade. — Mais puisque je vous jure que je ne me fâcherai pas. » Elle avait l'air si doux, si tristement docile et d'attendre de moi son bonheur, que j'avais peine à me contenir et à ne pas embrasser — à embrasser presque avec le genre de plaisir que j'aurais eu à embrasser ma mère — ce visage nouveau qui n'offrait plus la mine éveillée et rougissante d'une chatte mutine et perverse au petit nez rose et levé, mais semblait, dans la plénitude de sa tristesse accablée, fondu, à larges coulées aplaties et retombantes, dans de la bonté. Faisant abstraction de mon amour comme d'une folie chronique sans rapport avec elle, me mettant à sa place, je m'attendrissais devant cette brave fille habituée à ce qu'on eût pour elle des procédés aimables et loyaux, et que le bon camarade qu'elle avait pu croire que j'étais pour elle, poursuivait depuis des semaines de persécutions qui étaient enfin arrivées à leur point culminant. C'est parce que je me plaçais à un point de vue purement humain, extérieur à nous deux et d'où mon amour jaloux s'évanouissait, que j'éprouvais pour Albertine cette pitié profonde, qui l'eût moins été si je ne l'avais pas aimée. Du reste, dans cette oscillation rythmée qui va de la déclaration à la brouille (le plus sûr moyen, le plus efficacement dangereux pour former par mouvements opposés et successifs un nœud qui ne se défasse pas et nous attache solidement à une personne), au sein du mouvement de retrait qui constitue l'un des deux éléments du rythme, à quoi bon distinguer encore les reflux de la pitié humaine, qui, opposés à l'amour, quoique ayant peut-être inconsciemment la même cause, produisent en tous cas les mêmes effets ? En se rappelant plus tard le total de tout ce qu'on a fait pour une femme, on se rend compte souvent que les actes inspirés par le désir de montrer qu'on aime, de se faire aimer, de gagner des faveurs, ne tiennent guère plus de place que ceux dus au besoin humain de réparer ses torts envers l'être qu'on aime, par simple devoir moral, comme si on ne l'aimait pas. « Mais enfin qu'est-ce que j'ai pu faire ? » me demanda Albertine. On frappa ; c'était le lift ; la tante d'Albertine qui passait devant l'hôtel en voiture, s'était arrêtée à tout hasard pour voir si elle n'y était pas et la ramener. Albertine fit répondre qu'elle ne pouvait pas descendre, qu'on dînât sans l'attendre, qu'elle ne savait pas à quelle heure elle rentrerait. « Mais votre tante sera fâchée ? — Pensez-vous ! Elle comprendra très bien. » Ainsi donc — en ce moment du moins, tel qu'il n'en reviendrait peut-être pas — un entretien avec moi se trouvait, par suite des circonstances, être aux yeux d'Albertine une chose d'une importance si évidente qu'on devait la faire passer avant tout, et à laquelle, se reportant sans doute instinctivement à une jurisprudence familiale, énumérant telles conjonctures où, quand la carrière de M. Bontemps était en jeu, on n'avait pas regardé à un voyage, mon amie ne doutait pas que sa tante trouvât tout naturel de voir sacrifier l'heure du dîner. Cette heure lointaine qu'elle passait sans moi, chez les siens, Albertine l'ayant fait glisser jusqu'à moi me la donnait ; j'en pouvais user à ma guise. Je finis par oser lui dire ce qu'on m'avait raconté de son genre de vie, et que malgré le profond dégoût que m'inspiraient les femmes atteintes du même vice, je ne m'en étais pas soucié jusqu'à ce qu'on m'eût nommé sa complice, et qu'elle pouvait comprendre facilement, au point où j'aimais Andrée, quelle douleur j'en avais ressentie. Il eût peut-être été plus habile de dire qu'on m'avait cité aussi d'autres femmes, mais qui m'étaient indifférentes. Mais la brusque et terrible révélation que m'avait faite Cottard était entrée en moi me déchirer, telle quelle, tout entière, mais sans plus. Et de même qu'auparavant je n'aurais jamais eu de moi-même l'idée qu'Albertine aimait Andrée, ou du moins pût avoir des jeux caressants avec elle, si Cottard ne m'avait pas fait remarquer leur pose en valsant, de même je n'avais pas su passer de cette idée à celle, pour moi tellement différente, qu'Albertine pût avoir avec d'autres femmes qu'Andrée des relations dont l'affection n'eût même pas été l'excuse. Albertine, avant même de me jurer que ce n'était pas vrai, manifesta, comme toute personne à qui on vient d'apprendre qu'on a ainsi parlé d'elle, de la colère, du chagrin et à l'endroit du calomniateur inconnu, la curiosité rageuse de savoir qui il était et le désir d'être confrontée avec lui pour pouvoir le confondre. Mais elle m'assura qu'à moi du moins, elle n'en voulait pas. « Si cela avait été vrai, je vous l'aurais avoué. Mais Andrée et moi nous avons aussi horreur l'une que l'autre de ces choses-là. Nous ne sommes pas arrivées à notre âge sans voir des femmes aux cheveux courts, qui ont des manières d'hommes et le genre que vous dites, et rien ne nous révolte autant. » Albertine ne me donnait que sa parole, une parole péremptoire et non appuyée de preuves. Mais c'est justement ce qui pouvait le mieux me calmer, la jalousie appartenant à cette famille de doutes maladifs que lève bien plus l'énergie d'une affirmation que sa vraisemblance. C'est d'ailleurs le propre de l'amour de nous rendre à la fois plus défiants et plus crédules, de nous faire soupçonner, plus vite que nous n'aurions fait une autre, celle que nous aimons, et d'ajouter foi plus aisément à ses dénégations. Il faut aimer pour prendre souci qu'il n'y ait pas que des honnêtes femmes, autant dire pour s'en aviser, et il faut aimer aussi pour souhaiter, c'est-à-dire pour s'assurer qu'il y en a. Il est humain de chercher la douleur et aussitôt à s'en délivrer. Les propositions qui sont capables d'y réussir nous semblent facilement vraies, on ne chicane pas beaucoup sur un calmant qui agit. Et puis, si multiple que soit l'être que nous aimons, il peut en tous cas nous présenter deux personnalités essentielles selon qu'il nous apparaît comme nôtre, ou comme tournant ses désirs ailleurs que vers nous. La première de ces personnalités possède la puissance particulière qui nous empêche de croire à la réalité de la seconde, le secret spécifique pour apaiser les souffrances que cette dernière a causées. L'être aimé est successivement le mal et le remède qui suspend et aggrave le mal. Sans doute j'avais été depuis longtemps, par la puissance qu'exerçait sur mon imagination et ma faculté d'être ému l'exemple de Swann, préparé à croire vrai ce que je craignais au lieu de ce que j'aurais souhaité. Aussi la douceur apportée par les affirmations d'Albertine faillit-elle en être compromise un moment parce que je me rappelai l'histoire d'Odette. Mais je me dis que s'il était juste de faire sa part au pire, non seulement quand, pour comprendre les souffrances de Swann, j'avais essayé de me mettre à la place de celui-ci, mais maintenant qu'il s'agissait de moi-même, en cherchant la vérité comme s'il se fût agi d'un autre, il ne fallait cependant pas que par cruauté pour moi-même, soldat qui choisit le poste non pas où il peut être le plus utile mais où il est le plus exposé, j'aboutisse à l'erreur de tenir une supposition pour plus vraie que les autres, à cause de cela seul qu'elle était la plus douloureuse. N'y avait-il pas un abîme entre Albertine, jeune fille d'assez bonne famille bourgeoise, et Odette, cocotte vendue par sa mère dès son enfance ? La parole de l'une ne pouvait être mise en comparaison avec celle de l'autre. D'ailleurs Albertine n'avait en rien à me mentir le même intérêt qu'Odette à Swann. Et encore à celui-ci Odette avait avoué ce qu'Albertine venait de nier. J'aurais donc commis une faute de raisonnement aussi grave — quoique inverse — que celle qui m'eût incliné vers une hypothèse parce que celle-ci m'eût fait moins souffrir que les autres, en ne tenant pas compte de ces différences de fait dans les situations, et en reconstituant la vie réelle de mon amie uniquement d'après ce que j'avais appris de celle d'Odette. J'avais devant moi une nouvelle Albertine, déjà entrevue plusieurs fois, il est vrai, vers la fin de mon premier séjour à Balbec, franche, bonne, une Albertine qui venait, par affection pour moi, de me pardonner mes soupçons et de tâcher à les dissiper. Elle me fit asseoir à côté d'elle sur mon lit. Je la remerciai de ce qu'elle m'avait dit, je l'assurai que notre réconciliation était faite et que je ne serais plus jamais dur avec elle. Je dis à Albertine qu'elle devrait tout de même rentrer dîner. Elle me demanda si je n'étais pas bien comme cela. Et attirant ma tête pour une caresse qu'elle ne m'avait encore jamais faite et que je devais peut-être à notre brouille finie, elle passa légèrement sa langue sur mes lèvres qu'elle essayait d'entrouvrir. Pour commencer je ne les desserrai pas. « Quel grand méchant vous faites ! » me dit-elle.

J'aurais dû partir ce soir-là sans jamais la revoir. Je pressentais dès lors que dans l'amour non partagé — autant dire dans l'amour, car il est des êtres pour qui il n'est pas d'amour partagé — on peut goûter du bonheur seulement ce simulacre qui m'en était donné à un de ces moments uniques dans lesquels la bonté d'une femme, ou son caprice, ou le hasard, appliquent sur nos désirs, en une coïncidence parfaite, les mêmes paroles, les mêmes actions, que si nous étions vraiment aimés. La sagesse eût été de considérer avec curiosité, de posséder avec délices cette petite parcelle de bonheur à défaut de laquelle je serais mort sans avoir soupçonné ce qu'il peut être pour des cœurs moins difficiles ou plus favorisés ; de supposer qu'elle faisait partie d'un bonheur vaste et durable qui m'apparaissait en ce point seulement ; et pour que le lendemain n'inflige pas un démenti à cette feinte, de ne pas chercher à demander une faveur de plus après celle qui n'avait été due qu'à l'artifice d'une minute d'exception. J'aurais dû quitter Balbec, m'enfermer dans la solitude, y rester en harmonie avec les dernières vibrations de la voix que j'avais su rendre un instant amoureuse, et de qui je n'aurais plus rien exigé que de ne pas s'adresser davantage à moi ; de peur que par une parole nouvelle qui n'eût pu désormais être que différente, elle vînt blesser d'une dissonance le silence sensitif où, comme grâce à quelque pédale, aurait pu survivre longtemps en moi la tonalité du bonheur[1].

Tranquillisé par mon explication avec Albertine je recommençai à vivre davantage auprès de ma mère. Elle aimait à me parler doucement du temps où ma grand-mère était plus jeune. Craignant que je ne me fisse des reproches sur les tristesses dont j'avais pu assombrir la fin de cette vie, elle revenait volontiers aux années où mes premières études avaient causé à ma grand-mère des satisfactions que jusqu'ici on m'avait toujours cachées. Nous reparlions de Combray. Ma mère me dit que là-bas du moins je lisais et qu'à Balbec je devrais bien faire de même, si je ne travaillais pas. Je répondis que pour m'entourer justement des souvenirs de Combray et des jolies assiettes peintes j'aimerais relire *Les Mille et Une Nuits*. Comme jadis à Combray quand elle me donnait des livres pour ma fête, c'est en cachette, pour me faire une surprise, que ma mère me fit venir à la fois *Les Mille et Une Nuits* de Galland et *Les Mille Nuits et Une Nuit* de Mardrus[1]. Mais après avoir jeté un coup d'œil sur les deux traductions, ma mère aurait bien voulu que je m'en tinsse à celle de Galland, tout en craignant de m'influencer à cause du respect qu'elle avait de la liberté intellectuelle, de la peur d'intervenir maladroitement dans la vie de ma pensée, et du sentiment qu'étant une femme, d'une part elle manquait, croyait-elle, de la compétence littéraire qu'il fallait, d'autre part elle ne devait pas juger d'après ce qui la choquait les lectures d'un jeune homme. En tombant sur certains contes elle avait été révoltée par l'immoralité du sujet et la crudité de l'expression. Mais surtout, conservant précieusement comme des reliques, non pas seulement la broche, l'en-tout-cas, le manteau, le volume de Mme de Sévigné, mais aussi les habitudes de pensée et de langage de sa mère, cherchant en toute occasion quelle opinion celle-ci eût émise, ma mère ne pouvait douter de la condamnation que ma grand-mère eût prononcée contre le livre de Mardrus. Elle se rappelait qu'à Combray tandis qu'avant de partir marcher du côté de Méséglise, je lisais Augustin Thierry, ma grand-mère, contente de mes lectures, de mes promenades, s'indignait pourtant de voir celui dont le nom restait attaché à cet hémistiche : « Puis règne Mérovée » appelé Merowig, refusait de dire Carolingiens pour les Carlovingiens auxquels elle restait fidèle[2]. Enfin je lui avais raconté ce que ma grand-mère avait pensé des noms grecs que Bloch, d'après Leconte de Lisle, donnait aux dieux d'Homère[1], allant même, pour les choses les plus simples, à se faire un devoir religieux en lequel il croyait que consistait le talent littéraire, d'adopter une orthographe grecque. Ayant par exemple à dire dans une lettre que le vin qu'on buvait chez lui était un vrai nectar, il écrivait un vrai nektar, avec un *k*, ce qui lui permettait de ricaner au nom de Lamartine[2]. Or si une *Odyssée* d'où étaient absents les noms d'Ulysse et de Minerve n'était plus pour elle l'*Odyssée*, qu'aurait-elle dit en voyant déjà déformé sur la couverture le titre de ses *Mille et Une Nuits*, en ne retrouvant plus, exactement transcrits comme elle avait été de tout temps habituée à les dire, les noms immortellement familiers de Shéhérazade, de Dinarzade, où[3] débaptisés eux-mêmes, si l'on ose employer le mot pour des contes musulmans, le charmant Calife et les puissants Génies se reconnaissaient à peine, étant appelés l'un le « Kalifat », les autres les « Gennis » ? Pourtant ma mère me remit les deux ouvrages et je lui dis que je les lirais les jours où je serais trop fatigué pour me promener.

Ces jours-là n'étaient pas très fréquents d'ailleurs. Nous allions goûter comme autrefois « en bande », Albertine, ses amies et moi, sur la falaise ou à la ferme Marie-Antoinette. Mais il y avait des fois où Albertine me donnait ce grand plaisir. Elle me disait : « Aujourd'hui je veux être un peu seule avec vous, ce sera plus gentil de se voir tous les deux. » Alors elle disait qu'elle avait à faire, que d'ailleurs elle n'avait pas de comptes à rendre, et pour que les autres, si elles allaient tout de même sans nous se promener et goûter, ne pussent pas nous retrouver, nous allions comme deux amants tout seuls à Bagatelle ou à La Croix d'Heulan, pendant que la bande, qui n'aurait jamais eu l'idée de nous chercher là et n'y allait jamais, restait indéfiniment, dans l'espoir de nous voir arriver, à Marie-Antoinette. Je me rappelle les temps chauds qu'il faisait alors, où du front des garçons de ferme travaillant au soleil une goutte de sueur tombait verticale, régulière, intermittente, comme la goutte d'eau d'un réservoir, et alternait avec la chute du fruit mûr qui se détachait de l'arbre dans les « clos » voisins ; ils sont restés, aujourd'hui encore, avec ce mystère d'une femme cachée, la part la plus consistante de tout amour qui se présente pour moi. Une femme dont on me parle et à laquelle je ne songerais pas un instant, je dérange tous les rendez-vous de ma semaine pour la connaître, si c'est une semaine où il fait un de ces temps-là, et si je dois la voir dans quelque ferme isolée. J'ai beau savoir que ce genre de temps et de rendez-vous n'est pas d'elle, c'est l'appât, pourtant bien connu de moi, auquel je me laisse prendre et qui suffit pour m'accrocher. Je sais que cette femme, par un temps froid, dans une ville, j'aurais pu la désirer, mais sans accompagnement de sentiment romanesque, sans devenir amoureux ; l'amour n'en est pas moins fort une fois que grâce à des circonstances il m'a enchaîné, il est seulement plus mélancolique comme le deviennent dans la vie nos sentiments pour des personnes, au fur et à mesure que nous nous apercevons davantage de la part de plus en plus petite qu'elles y tiennent et que l'amour nouveau que nous souhaiterions si durable, abrégé en même temps que notre vie même, sera le dernier.

Il y avait encore peu de monde à Balbec, peu de jeunes filles. Quelquefois j'en voyais telle ou telle arrêtée sur la plage, sans agrément et que pourtant bien des coïncidences semblaient certifier être la même que j'avais été désespéré de ne pouvoir approcher au moment où elle sortait avec ses amies du manège ou de l'école de gymnastique. Si c'était la même (et je me gardais d'en parler à Albertine), la jeune fille que j'avais crue enivrante n'existait pas. Mais je ne pouvais arriver à une certitude car le visage de ces jeunes filles n'occupait pas sur la plage une grandeur, n'offrait pas une forme permanente, contracté, dilaté, transformé qu'il était par ma propre attente, l'inquiétude de mon désir ou un bien-être qui se suffit à lui-même, les toilettes différentes qu'elles portaient, la rapidité de leur marche ou leur immobilité. De tout près pourtant, deux ou trois me semblaient adorables. Chaque fois que je voyais une de celles-là, j'avais envie de l'emmener dans l'avenue des Tamaris, ou dans les dunes, mieux encore sur la falaise. Mais bien que dans le désir, par comparaison avec l'indifférence, il entre déjà cette audace qu'est un commencement même unilatéral de réalisation, tout de même, entre mon désir et l'action que serait ma demande de l'embrasser, il y avait tout le « blanc » indéfini de l'hésitation, de la timidité. Alors j'entrais chez le pâtissier-limonadier, je buvais l'un après l'autre sept à huit verres de porto. Aussitôt, au lieu de l'intervalle impossible à combler entre mon désir et l'action, l'effet de l'alcool traçait une ligne qui les conjoignait tous deux. Plus de place pour l'hésitation ou la crainte. Il me semblait que la jeune fille allait voler jusqu'à moi. J'allais jusqu'à elle, d'eux-mêmes ces mots sortaient de mes lèvres : « J'aimerais me promener avec vous. Vous ne voulez pas qu'on aille sur la falaise, on n'y est dérangé par personne derrière le petit bois qui protège du vent la maison démontable actuellement inhabitée ? » Toutes les difficultés de la vie étaient aplanies, il n'y avait plus d'obstacles à l'enlacement de nos deux corps. Plus d'obstacles pour moi du moins. Car ils n'avaient pas été volatilisés pour elle qui n'avait pas bu de porto. L'eût-elle fait, et l'univers eût-il perdu quelque réalité à ses yeux, le rêve longtemps chéri qui lui aurait alors paru soudain réalisable n'eût peut-être pas été du tout de tomber dans mes bras.

Non seulement les jeunes filles étaient peu nombreuses mais en cette saison qui n'était pas encore « la saison », elles restaient peu. Je me souviens d'une au teint roux de coléus, aux yeux verts, aux deux joues rousses et dont la figure double et légère ressemblait aux graines ailées de certains arbres. Je ne sais quelle brise l'amena à Balbec et quelle autre la remporta. Ce fut si brusquement que j'en eus pendant plusieurs jours un chagrin que j'osai avouer à Albertine quand je compris qu'elle était partie pour toujours.

Il faut dire que plusieurs étaient ou des jeunes filles que je ne connaissais pas du tout, ou que je n'avais pas vues depuis des années. Souvent, avant de les rencontrer, je leur écrivais. Si leur réponse me faisait croire à un amour possible, quelle joie ! On ne peut pas, au début d'une amitié pour une femme, et même si elle ne doit pas se réaliser par la suite, se séparer de ces premières lettres reçues. On les veut avoir tout le temps auprès de soi, comme de belles fleurs reçues, encore toutes fraîches, et qu'on ne s'interrompt de regarder que pour les respirer de plus près. La phrase qu'on sait par cœur est agréable à relire et, dans celles moins littéralement apprises, on veut vérifier le degré de tendresse d'une expression. A-t-elle écrit : « Votre chère lettre » ? Petite déception dans la douceur qu'on respire, et qui doit être attribuée soit à ce qu'on a lu trop vite, soit à l'écriture illisible de la correspondante ; elle n'a pas mis : « et votre chère lettre », mais : « en voyant cette lettre ». Mais le reste est si tendre. Oh ! que de pareilles fleurs viennent demain ! Puis cela ne suffit plus, il faudrait aux mots écrits confronter les regards, la voix. On prend rendez-vous, et — sans qu'elle ait changé peut-être — là où on croyait, sur la description faite ou le souvenir personnel, rencontrer la fée Viviane on trouve le Chat botté. On lui donne rendez-vous pour le lendemain quand même, car c'est tout de même *elle* et ce qu'on désirait, c'est elle. Or ces désirs pour une femme dont on a rêvé ne rendent pas absolument nécessaire la beauté de tel trait précis. Ces désirs sont seulement le désir de tel être[1] ; vagues comme des parfums, comme le styrax était le désir de Prothyraïa, le safran le désir éthéré, les aromates le désir d'Héra, la myrrhe le parfum des nuages, la manne le désir de Nikè, l'encens le parfum de la mer. Mais ces parfums que chantent les Hymnes orphiques sont bien moins nombreux que les divinités qu'ils chérissent. La myrrhe est le parfum des nuages, mais aussi de Protogonos, de Neptune[2], de Nérée, de Lèto ; l'encens est le parfum de la mer, mais aussi de la belle Dikè, de Thémis, de Circé[3], des neuf Muses, d'Éos[4], de Mnémosyne, du Jour[5], de Dikaïosunè. Pour le styrax, la manne et les aromates, on n'en finirait pas de dire les divinités qui les inspirent, tant elles sont nombreuses. Amphiétès a tous les parfums excepté l'encens, et Gaïa rejette uniquement les fèves et les aromates. Ainsi en était-il de ces désirs de jeunes filles que j'avais. Moins nombreux qu'elles n'étaient, ils se changeaient en des déceptions et des tristesses assez semblables les unes aux autres. Je n'ai jamais voulu de la myrrhe. Je l'ai réservée pour Jupien et pour la princesse de Guermantes, car elle est le désir de Protogonos « aux deux sexes, ayant le mugissement du taureau, aux nombreuses orgies, mémorable, inénarrable, descendant, joyeux, vers les sacrifices des Orgiophantes[6] ».

Mais bientôt la saison battit son plein ; c'était tous les jours une arrivée nouvelle et à la fréquence subitement croissante de mes promenades, remplaçant la lecture charmante des *Mille et Une Nuits*, il y avait une cause dépourvue de plaisir et qui les empoisonnait tous. La plage était maintenant peuplée de jeunes filles, et l'idée que m'avait suggérée Cottard m'ayant, non pas fourni de nouveaux soupçons, mais rendu sensible et fragile de ce côté, et prudent à ne pas en laisser se former en moi, dès qu'une jeune femme arrivait à Balbec, je me sentais mal à l'aise, je proposais à Albertine les excursions les plus éloignées, afin qu'elle ne pût faire sa connaissance et même, si c'était possible, pût ne pas apercevoir la nouvelle venue. Je redoutais naturellement davantage encore celles dont on remarquait le mauvais genre ou connaissait la mauvaise réputation ; je tâchais de persuader à mon amie que cette mauvaise réputation n'était fondée sur rien, était calomnieuse, peut-être sans me l'avouer par une peur, encore inconsciente, qu'elle cherchât à se lier avec la dépravée, ou qu'elle regrettât de ne pouvoir le chercher à cause de moi, ou qu'elle crût, par le nombre des exemples, qu'un vice si répandu n'est pas condamnable. En le niant de chaque coupable je ne tendais pas à moins qu'à prétendre que le saphisme n'existe pas. Albertine adoptait mon incrédulité pour le vice de telle et telle : « Non, je crois que c'est seulement un genre qu'elle cherche à se donner, c'est pour faire du genre. » Mais alors je regrettais presque d'avoir plaidé l'innocence, car il me déplaisait qu'Albertine, si sévère autrefois, pût croire que ce « genre » fût quelque chose d'assez flatteur, d'assez avantageux, pour qu'une femme exempte de ces goûts eût cherché à s'en donner l'apparence. J'aurais voulu qu'aucune femme ne vînt plus à Balbec ; je tremblais en pensant que comme c'était à peu près l'époque où Mme Putbus devait arriver chez les Verdurin, sa femme de chambre dont Saint-Loup ne m'avait pas caché les préférences, pourrait venir excursionner jusqu'à la plage, et si c'était un jour où je n'étais pas auprès d'Albertine, essayer de la corrompre. J'arrivais à me demander, comme Cottard ne m'avait pas caché que les Verdurin tenaient beaucoup à moi, et tout en ne voulant pas avoir l'air, comme il disait, de me courir après, auraient donné beaucoup pour que j'allasse chez eux, si je ne pourrais pas, moyennant les promesses de leur amener à Paris tous les Guermantes du monde, obtenir de Mme Verdurin que, sous un prétexte quelconque, elle prévînt Mme Putbus qu'il lui était impossible de la garder chez elle et la fît repartir au plus vite.

Malgré ces pensées et comme c'était surtout la présence d'Andrée qui m'inquiétait, l'apaisement que m'avaient procuré les paroles d'Albertine persistait encore un peu. Je savais d'ailleurs que bientôt j'aurais moins besoin de lui, Andrée devant partir avec Rosemonde et Gisèle presque au moment où tout le monde arrivait et n'ayant plus à rester auprès d'Albertine que quelques semaines. Pendant celles-ci d'ailleurs, Albertine sembla combiner tout ce qu'elle faisait, tout ce qu'elle disait, en vue de détruire mes soupçons s'il m'en restait, ou de les empêcher de renaître[1]. Elle s'arrangeait à ne jamais rester seule avec Andrée, et insistait, quand nous rentrions, pour que je l'accompagnasse jusqu'à sa porte, pour que je vinsse l'y chercher quand nous devions sortir. Andrée cependant prenait de son côté une peine égale, semblait éviter de voir Albertine. Et cette apparente entente entre elles n'était pas le seul indice qu'Albertine avait dû mettre son amie au courant de notre entretien et lui demander d'avoir la gentillesse de calmer mes absurdes soupçons.

Vers cette époque se produisit au Grand-Hôtel

de Balbec un scandale qui ne fut pas pour changer la pente de mes tourments. La sœur de Bloch avait depuis quelque temps, avec une ancienne actrice, des relations secrètes qui bientôt ne leur suffirent plus. Être vues leur semblait ajouter de la perversité à leur plaisir, elles voulaient faire baigner leurs dangereux ébats dans les regards de tous. Cela commença par des caresses, qu'on pouvait en somme attribuer à une intimité amicale, dans le salon de jeu, autour de la table de baccara. Puis elles s'enhardirent. Et enfin un soir, dans un coin pas même obscur de la grande salle de danse, sur un canapé, elles ne se gênèrent pas plus que si elles avaient été dans leur lit. Deux officiers qui étaient non loin de là avec leurs femmes se plaignirent au directeur. On crut un moment que leur protestation aurait quelque efficacité. Mais ils avaient contre eux que venus pour un soir de Netteholme où ils habitaient, à Balbec, ils ne pouvaient en rien être utiles au directeur. Tandis que même à son insu, et quelque observation que lui fît le directeur, planait sur Mlle Bloch la protection de M. Nissim Bernard. Il faut dire pourquoi. M. Nissim Bernard pratiquait au plus haut point les vertus de famille. Tous les ans il louait à Balbec une magnifique villa pour son neveu, et aucune invitation n'aurait pu le détourner de rentrer dîner dans son chez lui, qui était en réalité leur chez eux. Mais jamais il ne déjeunait chez lui. Tous les jours il était à midi au Grand-Hôtel. C'est qu'il entretenait, comme d'autres un rat d'opéra, un « commis », assez pareil à ces chasseurs dont nous avons parlé, et qui nous faisaient penser aux jeunes israélites d'*Esther* et d'*Athalie*[1]. À vrai dire, les quarante années qui séparaient M. Nissim Bernard du jeune commis auraient dû préserver celui-ci d'un contact peu aimable. Mais comme le dit Racine avec tant de sagesse dans les mêmes chœurs :

Mon Dieu, qu'une vertu naissante
Parmi tant de périls marche à pas incertains !
Qu'une âme qui te cherche et veut être innocente
Trouve d'obstacle à ses desseins[1] *!*

Le jeune commis avait eu beau être « loin du monde élevé[2] », dans le Temple-Palace de Balbec, il n'avait pas suivi le conseil de Joad :

Sur la richesse et l'or ne mets point ton appui[3].

Il s'était peut-être fait une raison en disant : « Les pécheurs couvrent la terre[4]. » Quoi qu'il en fût et bien que M. Nissim Bernard n'espérât pas un délai aussi court, dès le premier jour,

Et soit frayeur encor ou pour le caresser,
De ses bras innocents il se sentit presser[5].

Et dès le deuxième jour, M. Nissim Bernard promenant le commis, « l'abord contagieux altérait son innocence[6] ». Dès lors la vie du jeune enfant avait changé. Il avait beau porter le pain et le sel, comme son chef de rang le lui commandait, tout son visage chantait :

De fleurs en fleurs, de plaisirs en plaisirs
                  Promenons nos désirs[7].
De nos ans passagers le nombre est incertain.
Hâtons-nous aujourd'hui de jouir de la vie[8] *!*
            L'honneur et les emplois
Sont le prix d'une aveugle et douce obéissance,
            Pour la triste innocence
        Qui viendrait élever la voix[9].

Depuis ce jour-là M. Nissim Bernard n'avait jamais manqué de venir occuper sa place au déjeuner (comme l'eût fait à l'orchestre quelqu'un qui entretient une figurante, une figurante celle-là d'un genre fortement caractérisé, et qui attend encore son Degas). C'était le plaisir de M. Nissim Bernard de suivre dans la salle à manger, et jusque dans les perspectives lointaines où sous son palmier trônait la caissière, les évolutions de l'adolescent empressé au service, au service de tous, et moins de M. Nissim Bernard depuis que celui-ci l'entretenait, soit que le jeune enfant de chœur ne crût pas nécessaire de témoigner la même amabilité à quelqu'un de qui il se croyait suffisamment aimé, soit que cet amour l'irritât ou qu'il craignît que, découvert, il lui fît manquer d'autres occasions. Mais cette froideur même plaisait à M. Nissim Bernard par tout ce qu'elle dissimulait. Que ce fût par atavisme hébraïque ou par profanation du sentiment chrétien, il se plaisait singulièrement, qu'elle fût juive ou catholique, à la cérémonie racinienne. Si elle eût été une véritable représentation d'*Esther* ou d'*Athalie* M. Bernard eût regretté que la différence de siècles ne lui eût pas permis de connaître l'auteur, Jean Racine, afin d'obtenir pour son protégé un rôle plus considérable. Mais la cérémonie du déjeuner n'émanant d'aucun écrivain, il se contentait d'être en bons termes avec le directeur et avec Aimé pour que le « jeune israélite » fût promu aux fonctions souhaitées, ou de demi-chef, ou même de chef de rang. Celles de sommelier lui avaient été offertes. Mais M. Bernard l'obligea à les refuser car il n'aurait plus pu venir chaque jour le voir courir dans la salle à manger verte et se faire servir par lui comme un étranger. Or ce plaisir était si fort que tous les ans M. Bernard revenait à Balbec et y prenait son déjeuner hors de chez lui, habitudes où M. Bloch voyait, dans la première un goût poétique pour la belle lumière, les couchers de soleil de cette côte préférée à toute autre ; dans la seconde, une manie invétérée de vieux célibataire.

À vrai dire cette erreur des parents de M. Nissim Bernard, lesquels ne soupçonnaient pas la vraie raison de son retour annuel à Balbec et de ce que la pédante Mme Bloch appelait ses découchages en cuisine, cette erreur était une vérité plus profonde et du second degré. Car M. Nissim Bernard ignorait lui-même ce qu'il pouvait entrer d'amour de la plage de Balbec, de la vue qu'on avait du restaurant sur la mer, et d'habitudes maniaques, dans le goût qu'il avait d'entretenir comme un rat d'opéra d'une autre sorte, à laquelle il manque encore un Degas, l'un de ses servants qui étaient encore des filles. Aussi M. Nissim Bernard entretenait-il avec le directeur de ce théâtre qu'était l'hôtel de Balbec, et avec le metteur en scène et régisseur Aimé — desquels le rôle en toute cette affaire n'était pas des plus limpides — d'excellentes relations. On intriguerait un jour pour obtenir un grand rôle, peut-être une place de maître d'hôtel. En attendant, le plaisir de M. Nissim Bernard, si poétique et calmement contemplatif qu'il fût, avait un peu le caractère de ces hommes à femmes qui savent toujours — Swann jadis par exemple — qu'en allant dans le monde ils vont retrouver leur maîtresse. À peine M. Nissim Bernard serait-il assis qu'il verrait l'objet de ses vœux s'avancer sur la scène portant à la main des fruits ou des cigares sur un plateau. Aussi tous les matins, après avoir embrassé sa nièce, s'être inquiété des travaux de mon ami Bloch et avoir donné à manger à ses chevaux des morceaux de sucre posés dans sa paume tendue, avait-il une hâte fébrile d'arriver pour le déjeuner au Grand-Hôtel. Il y eût eu le feu chez lui, sa nièce eût eu une attaque, qu'il fût sans doute parti tout de même. Aussi craignait-il comme la peste un rhume pour lequel il eût gardé le lit — car il était hypocondriaque — et qui eût nécessité qu'il fît demander à Aimé de lui envoyer chez lui, avant l'heure du goûter, son jeune ami.

Il aimait d'ailleurs tout le labyrinthe de couloirs, de cabinets secrets, de salons, de vestiaires, de garde-manger, de galeries qu'était l'hôtel de Balbec. Par atavisme d'Oriental il aimait les sérails et quand il sortait le soir, on le voyait en explorer furtivement les détours[1].

Tandis que se risquant jusqu'aux sous-sols et cherchant malgré tout à ne pas être vu et à éviter le scandale, M. Nissim Bernard, dans sa recherche des jeunes lévites, faisait penser à ces vers de *La Juive* :

> *Ô Dieu de nos pères,*
> *Parmi nous descends,*
> *Cache nos mystères*
> *À l'œil des méchants*[2] *!*

je montais au contraire dans la chambre de deux sœurs qui avaient accompagné à Balbec, comme femmes de chambre, une vieille dame étrangère. C'était ce que le langage des hôtels appelait deux courrières et celui de Françoise, laquelle s'imaginait qu'un courrier ou une courrière sont là pour faire des courses, deux « coursières ». Les hôtels, eux, en sont restés, plus noblement, au temps où l'on chantait : « C'est un courrier de cabinet[3]. »

Malgré la difficulté qu'il y avait pour un client à aller dans des chambres de courrières, et réciproquement, je m'étais très vite lié d'une amitié très vive quoique très pure avec ces deux jeunes personnes, Mlle Marie Gineste et Mme Céleste Albaret[4]. Nées au pied des hautes montagnes du centre de la France, au bord de ruisseaux et de torrents (l'eau passait même sous leur maison de famille où tournait un moulin et qui avait été dévastée plusieurs fois par l'inondation), elles semblaient en avoir gardé la nature. Marie Gineste était plus régulièrement rapide et saccadée, Céleste Albaret plus molle et languissante, étalée comme un lac, mais avec de terribles retours de bouillonnement où sa fureur rappelait le danger des crues et des tourbillons liquides qui entraînent tout, saccagent tout. Elles venaient souvent le matin me voir quand j'étais encore couché. Je n'ai jamais connu de personnes aussi volontairement ignorantes, qui n'avaient absolument rien appris à l'école, et dont le langage eût pourtant quelque chose de si littéraire que sans le naturel presque sauvage de leur ton, on aurait cru leurs paroles affectées. Avec une familiarité que je ne retouche pas, malgré les éloges (qui ne sont pas ici pour me louer, mais pour louer le génie étrange de Céleste) et les critiques, également faux, mais très sincères, que ces propos semblent comporter à mon égard, tandis que je trempais des croissants dans mon lait, Céleste me disait : « Oh ! petit diable noir aux cheveux de geai, ô profonde malice ! je ne sais pas à quoi pensait votre mère quand elle vous a fait, car vous avez tout d'un oiseau. Regarde, Marie, est-ce qu'on ne dirait pas qu'il se lisse ses plumes, et tourne son cou avec une souplesse ? il a l'air tout léger, on dirait qu'il est en train d'apprendre à voler. Ah ! vous avez de la chance que ceux qui vous ont créé vous aient fait naître dans le rang des riches ; qu'est-ce que vous seriez devenu, gaspilleur comme vous êtes ? Voilà qu'il jette son croissant parce qu'il a touché le lit. Allons bon, voilà qu'il répand son lait, attendez que je vous mette une serviette car vous ne sauriez pas vous y prendre, je n'ai jamais vu quelqu'un de si bête et de si maladroit que vous. » On entendait alors le bruit plus régulier de torrent de Marie Gineste qui, furieuse, faisait des réprimandes à sa sœur : « Allons, Céleste, veux-tu te taire ? Es-tu pas folle de parler à Monsieur comme cela ? » Céleste n'en faisait que sourire ; et comme je détestais qu'on m'attachât une serviette : « Mais non, Marie, regarde-le, bing ! voilà qu'il s'est dressé tout droit comme un serpent. Un vrai serpent, je te dis. » Elle prodiguait du reste les comparaisons zoologiques, car selon elle on ne savait pas quand je dormais, je voltigeais toute la nuit comme un papillon, et le jour j'étais aussi rapide que ces écureuils, « tu sais, Marie, comme on voit chez nous, si agiles que même avec les yeux on ne peut pas les suivre. — Mais, Céleste, tu sais qu'il n'aime pas avoir une serviette quand il mange. — Ce n'est pas qu'il n'aime pas ça, c'est pour bien dire qu'on ne peut pas lui changer sa volonté. C'est un seigneur et il veut montrer qu'il est un seigneur. On changera les draps dix fois s'il le faut, mais il n'aura pas cédé. Ceux d'hier avaient fait leur course, mais aujourd'hui ils viennent seulement d'être mis et déjà il faudra les changer. Ah ! j'avais raison de dire qu'il n'était pas fait pour naître parmi les pauvres. Regarde, ses cheveux se hérissent, ils se boursouflent par la colère comme les plumes des oiseaux. Pauvre *ploumissou* ! » Ici ce n'était pas seulement Marie qui protestait, mais moi, car je ne me sentais pas seigneur du tout. Mais Céleste ne croyait jamais à la sincérité de ma modestie et, me coupant la parole : « Ah ! sac à ficelles, ah ! douceur, ah ! perfidie ! rusé entre les rusés, rosse des rosses ! Ah ! Molière ! » (C'était le seul nom d'écrivain qu'elle connût, mais elle me l'appliquait, entendant par là quelqu'un qui serait capable à la fois de composer des pièces et de les jouer.) « Céleste ! » criait impérieusement Marie qui, ignorant le nom de Molière, craignait que ce ne fût une injure nouvelle. Céleste se remettait à sourire : « Tu n'as donc pas vu dans son tiroir sa photographie quand il était enfant ? Il avait voulu nous faire croire qu'on l'habillait toujours très simplement. Et là, avec sa petite canne, il n'est que fourrures et dentelles, comme jamais prince n'a eu. Mais ce n'est rien à côté de son immense majesté et de sa bonté encore plus profonde. — Alors, grondait le torrent Marie, voilà que tu fouilles dans ses tiroirs maintenant. » Pour apaiser les craintes de Marie je lui demandais ce qu'elle pensait de ce que M. Nissim Bernard faisait. « Ah ! Monsieur, c'est des choses que je n'aurais pas pu croire que ça existait : il a fallu venir ici » et, damant pour une fois le pion à Céleste par une parole plus profonde : « Ah ! voyez-vous, Monsieur, on ne peut jamais savoir ce qu'il peut y avoir dans une vie. » Pour changer le sujet, je lui parlais de celle de mon père, qui travaillait nuit et jour. « Ah ! Monsieur, ce sont des vies dont on ne garde rien pour soi, pas une minute, pas un plaisir ; tout, entièrement tout est un sacrifice pour les autres, ce sont des vies *données...* Regarde, Céleste, rien que pour poser sa main sur la couverture et prendre son croissant, quelle distinction ! il peut faire les choses les plus insignifiantes, on dirait que toute la noblesse de France, jusqu'aux Pyrénées, se déplace dans chacun de ses mouvements. »

Anéanti par ce portrait si peu véridique, je me taisais ; Céleste voyait là une ruse nouvelle : « Ah ! front qui as l'air si pur et qui caches tant de choses, joues amies et fraîches comme l'intérieur d'une amande, petites mains de satin tout pelucheux, ongles comme des griffes, etc. Tiens, Marie, regarde-le boire son lait avec un recueillement qui me donne envie de faire ma prière. Quel air sérieux ! On devrait bien tirer son portrait en ce moment. Il a tout des enfants. Est-ce de boire du lait comme eux qui vous a conservé leur teint clair ? Ah ! jeunesse ! ah ! jolie peau ! Vous ne vieillirez jamais. Vous avez de la chance, vous n'aurez jamais à lever la main sur personne car vous avez des yeux qui savent imposer leur volonté. Et puis le voilà en colère maintenant. Il se tient debout, tout droit comme une évidence. »

Françoise n'aimait pas du tout que celles qu'elle appelait les deux enjôleuses vinssent ainsi tenir conversation avec moi. Le directeur, qui faisait guetter par ses employés tout ce qui se passait, me fit même observer gravement qu'il n'était pas digne d'un client de causer avec des courrières. Moi qui trouvais les « enjôleuses » supérieures à toutes les clientes de l'hôtel, je me contentai de lui éclater de rire au nez, convaincu qu'il ne comprendrait pas mes explications. Et les deux sœurs revenaient. « Regarde, Marie, ses traits si fins. Ô miniature parfaite, plus belle que la plus précieuse qu'on verrait sous une vitrine, car il a les mouvements, et des paroles à l'écouter des jours et des nuits. »

C'est miracle qu'une dame étrangère ait pu les emmener, car sans savoir l'histoire ni la géographie, elles détestaient de confiance les Anglais, les Allemands, les Russes, les Italiens, la « vermine » des étrangers et n'aimaient, avec des exceptions, que les Français. Leur figure avait tellement gardé l'humidité de la glaise malléable de leurs rivières, que dès qu'on parlait d'un étranger qui était dans l'hôtel, pour répéter ce qu'il avait dit, Céleste et Marie appliquaient sur leurs figures sa figure, leur bouche devenait sa bouche, leurs yeux ses yeux, on aurait voulu garder ces admirables masques de théâtre. Céleste même, en faisant semblant de ne redire que ce qu'avait dit le directeur, ou tel de mes amis, insérait dans son petit récit des propos feints où étaient peints malicieusement tous les défauts de Bloch, ou du premier président, etc., sans en avoir l'air. C'était, sous la forme de compte rendu d'une simple commission dont elle s'était obligeamment chargée, un portrait inimitable. Elles ne lisaient jamais rien, pas même un journal. Un jour pourtant, elles trouvèrent sur mon lit un volume. C'étaient des poèmes admirables mais obscurs de Saint-Léger Léger. Céleste lut quelques pages et me dit : « Mais êtes-vous bien sûr que ce sont des vers, est-ce que ce ne serait pas plutôt des devinettes[1] ? » Évidemment pour une personne qui avait appris dans son enfance une seule poésie : *Ici-bas tous les lilas meurent*[2], il y avait manque de transition. Je crois que leur obstination à ne rien apprendre tenait un peu à leur pays malsain. Elles étaient pourtant aussi douées qu'un poète, avec plus de modestie qu'ils n'en ont généralement. Car si Céleste avait dit quelque chose de remarquable et que, ne me souvenant pas bien, je lui demandais de me le rappeler, elle assurait avoir oublié. Elles ne liront jamais de livres, mais n'en feront jamais non plus.

Françoise fut assez impressionnée en apprenant que les deux frères de ces femmes si simples avaient épousé, l'un la nièce de l'archevêque de Tours, l'autre une parente de l'évêque de Rodez[3]. Au directeur, cela n'eût rien dit. Céleste reprochait quelquefois à son mari de ne pas la comprendre, et moi je m'étonnais qu'il pût la supporter. Car à certains moments, frémissante, furieuse, détruisant tout, elle était détestable. On prétend que le liquide salé qu'est notre sang n'est que la survivance intérieure de l'élément marin primitif. Je crois de même que Céleste, non seulement dans ses fureurs, mais aussi dans ses heures de dépression, gardait le rythme des ruisseaux de son pays. Quand elle était épuisée, c'était à leur manière ; elle était vraiment à sec. Rien n'aurait pu alors la revivifier. Puis tout d'un coup la circulation reprenait dans son grand corps magnifique et léger. L'eau coulait dans la transparence opaline de sa peau bleuâtre. Elle souriait au soleil et devenait plus bleue encore. Dans ces moments-là elle était vraiment céleste.

La famille de Bloch avait beau n'avoir jamais soupçonné la raison pour laquelle son oncle ne déjeunait jamais à la maison et avoir accepté cela dès le début comme une manie de vieux célibataire, peut-être pour les exigences d'une liaison avec quelque actrice, tout ce qui touchait à M. Nissim Bernard était « tabou » pour le directeur de l'hôtel de Balbec. Et voilà pourquoi, sans en avoir même référé à l'oncle, il n'avait finalement pas osé donner tort à la nièce, tout en lui recommandant quelque circonspection. Or la jeune fille et son amie qui, pendant quelques jours, s'étaient figuré être exclues du casino et du Grand-Hôtel, voyant que tout s'arrangeait, furent heureuses de montrer à ceux des pères de famille qui les tenaient à l'écart qu'elles pouvaient impunément tout se permettre. Sans doute n'allèrent-elles pas jusqu'à renouveler la scène publique qui avait révolté tout le monde. Mais peu à peu leurs façons reprirent insensiblement. Et un soir où je sortais du casino à demi éteint avec Albertine, et Bloch que nous avions rencontré, elles passèrent enlacées, ne cessant de s'embrasser, et arrivées à notre hauteur poussèrent des gloussements, des rires, des cris indécents. Bloch baissa les yeux pour ne pas avoir l'air de reconnaître sa sœur, et moi j'étais torturé en pensant que ce langage particulier et atroce s'adressait peut-être à Albertine.

Un autre incident fixa davantage encore mes préoccupations du côté de Gomorrhe. J'avais vu sur la plage une belle jeune femme élancée et pâle de laquelle les yeux, autour de leur centre, disposaient des rayons si géométriquement lumineux qu'on pensait, devant son regard, à quelque constellation. Je songeais combien cette jeune fille était plus belle qu'Albertine et comme il était plus sage de renoncer à l'autre. Tout au plus le visage de cette belle jeune femme était-il passé au rabot invisible d'une grande bassesse de vie, de l'acceptation constante d'expédients vulgaires, si bien que ses yeux, plus nobles pourtant que le reste du visage, ne devaient rayonner que d'appétits et de désirs. Or le lendemain, cette jeune femme étant placée très loin de nous au casino, je vis qu'elle ne cessait de poser sur Albertine les feux alternés et tournants de ses regards. On eût dit qu'elle lui faisait des signes comme à l'aide d'un phare. Je souffrais que mon amie vît qu'on faisait si attention à elle, je craignais que ces regards incessamment allumés n'eussent la signification conventionnelle d'un rendez-vous d'amour pour le lendemain. Qui sait ? ce rendez-vous n'était peut-être pas le premier. La jeune femme aux yeux rayonnants avait pu venir une autre année à Balbec. C'était peut-être parce qu'Albertine avait déjà cédé à ses désirs ou à ceux d'une amie que celle-ci se permettait de lui adresser ces brillants signaux. Ils faisaient alors plus que réclamer quelque chose pour le présent, ils s'autorisaient pour cela des bonnes heures du passé.

Ce rendez-vous, en ce cas, ne devait pas être le premier, mais la suite de parties faites ensemble d'autres années. Et en effet les regards ne disaient pas : « Veux-tu ? » Dès que la jeune femme avait aperçu Albertine, elle avait tourné tout à fait la tête et fait luire vers elle des regards chargés de mémoire, comme si elle avait eu peur et stupéfaction que mon amie ne se souvînt pas. Albertine, qui la voyait très bien, resta flegmatiquement immobile, de sorte que l'autre, avec le même genre de discrétion qu'un homme qui voit son ancienne maîtresse avec un autre amant, cessa de la regarder et de s'occuper plus d'elle que si elle n'avait pas existé.

Mais quelques jours après j'eus la preuve des goûts de cette jeune femme et aussi de la probabilité qu'elle avait connu Albertine autrefois. Souvent, quand dans la salle du casino deux jeunes filles se désiraient, il se produisait comme un phénomène lumineux, une sorte de traînée phosphorescente allant de l'une à l'autre. Disons en passant que c'est à l'aide de telles matérialisations, fussent-elles impondérables, par ces signes astraux enflammant toute une partie de l'atmosphère, que Gomorrhe, dispersée, tend, dans chaque ville, dans chaque village, à rejoindre ses membres séparés, à reformer la cité biblique tandis que partout, les mêmes efforts sont poursuivis, fût-ce en vue d'une reconstruction intermittente, par les nostalgiques, par les hypocrites, quelquefois par les courageux exilés de Sodome.

Une fois je vis l'inconnue qu'Albertine avait eu l'air de ne pas reconnaître, juste à un moment où passait la cousine de Bloch. Les yeux de la jeune femme s'étoilèrent, mais on voyait bien qu'elle ne connaissait pas la demoiselle israélite. Elle la voyait pour la première fois, éprouvait un désir, guère de doutes, nullement la même certitude qu'à l'égard d'Albertine, Albertine sur la camaraderie de qui elle avait dû tellement compter que devant sa froideur elle avait ressenti la surprise d'un étranger habitué de Paris mais qui ne l'habite pas et qui, étant revenu y passer quelques semaines, à la place du petit théâtre où il avait l'habitude de passer de bonnes soirées, voit qu'on a construit une banque.

La cousine de Bloch alla s'asseoir à une table où elle regarda un magazine. Bientôt la jeune femme vint s'asseoir d'un air distrait à côté d'elle. Mais sous la table on aurait pu voir bientôt se tourmenter leurs pieds, puis leurs jambes et leurs mains qui étaient confondues[1]. Les paroles suivirent, la conversation s'engagea, et le naïf mari de la jeune femme qui la cherchait partout fut étonné de la trouver faisant des projets pour le soir même avec une jeune fille qu'il ne connaissait pas. Sa femme lui présenta comme une amie d'enfance la cousine de Bloch, sous un nom inintelligible, car elle avait oublié de lui demander comment elle s'appelait. Mais la présence du mari fit faire un pas de plus à leur intimité, car elles se tutoyèrent, s'étant connues au couvent, incident dont elles rirent fort plus tard, ainsi que du mari berné, avec une gaieté qui fut une occasion de nouvelles tendresses.

Quant à Albertine je ne peux pas dire que nulle part, au casino, sur la plage, elle eût avec une jeune fille des manières trop libres. Je leur trouvais même un excès de froideur et d'insignifiance qui semblait plus que de la bonne éducation, une ruse destinée à dépister les soupçons. À telle jeune fille, elle avait une façon rapide, glacée et décente, de répondre à très haute voix : « Oui, j'irai vers cinq heures au tennis. Je prendrai mon bain demain matin vers huit heures », et de quitter immédiatement la personne à qui elle venait de dire cela, qui avait un terrible air de vouloir donner le change, et soit de donner un rendez-vous, soit plutôt, après l'avoir donné bas, de dire fort cette phrase, en effet insignifiante, pour ne pas « se faire remarquer ». Et quand ensuite je la voyais prendre sa bicyclette et filer à toute vitesse, je ne pouvais m'empêcher de penser qu'elle allait rejoindre celle à qui elle avait à peine parlé.

Tout au plus lorsque quelque belle jeune femme descendait d'automobile au coin de la plage, Albertine ne pouvait-elle s'empêcher de se retourner. Et elle expliquait aussitôt : « Je regardais le nouveau drapeau qu'ils ont mis devant les bains. Ils auraient pu faire plus de frais. L'autre était assez miteux. Mais je crois vraiment que celui-ci est encore plus moche. »

Une fois Albertine ne se contenta pas de la froideur et je n'en fus que plus malheureux. Elle me savait ennuyé qu'elle pût quelquefois rencontrer une amie de sa tante, qui avait « mauvais genre » et venait quelquefois passer deux ou trois jours chez Mme Bontemps. Gentiment, Albertine m'avait dit qu'elle ne la saluerait plus. Et quand cette femme venait à Incarville, Albertine disait : « À propos vous savez qu'elle est ici. Est-ce qu'on vous l'a dit ? » comme pour me montrer qu'elle ne la voyait pas en cachette. Un jour qu'elle me disait cela elle ajouta : « Oui, je l'ai rencontrée sur la plage et exprès, par grossièreté, je l'ai presque frôlée en passant, je l'ai bousculée. » Quand Albertine me dit cela il me revint à la mémoire une phrase de Mme Bontemps à laquelle je n'avais jamais repensé, celle où elle avait dit devant moi à Mme Swann combien sa nièce Albertine était effrontée, comme si c'était une qualité, et comment elle avait dit à je ne sais plus quelle femme de fonctionnaire que le père de celle-ci avait été marmiton. Mais une parole de celle que nous aimons ne se conserve pas longtemps dans sa pureté ; elle se gâte, elle se pourrit. Un ou deux soirs après je repensai à la phrase d'Albertine et ce ne fut plus la mauvaise éducation dont elle s'enorgueillissait — et qui ne pouvait que me faire sourire — qu'elle me sembla signifier, c'était autre chose, et qu'Albertine, même peut-être sans but précis, pour irriter les sens de cette dame ou lui rappeler méchamment d'anciennes propositions, peut-être acceptées autrefois, l'avait frôlée rapidement, pensait que je l'avais appris peut-être comme c'était en public, et avait voulu d'avance prévenir une interprétation défavorable.

Au reste, ma jalousie causée par les femmes qu'aimait peut-être Albertine allait brusquement cesser[1].

*

Nous étions, Albertine et moi, devant la station Balbec du petit train d'intérêt local. Nous nous étions fait conduire par l'omnibus de l'hôtel, à cause du mauvais temps. Non loin de nous était M. Nissim Bernard, lequel avait un œil poché. Il trompait depuis peu l'enfant des chœurs d'*Athalie* avec le garçon d'une ferme assez achalandée du voisinage, *Aux Cerisiers*. Ce garçon rouge, aux traits abrupts, avait absolument l'air d'avoir comme tête une tomate. Une tomate exactement semblable servait de tête à son frère jumeau[2]. Pour le contemplateur désintéressé, il y a cela d'assez beau, dans ces ressemblances parfaites de deux jumeaux, que la nature, comme si elle s'était momentanément industrialisée, semble débiter des produits pareils. Malheureusement, le point de vue de M. Nissim Bernard était autre et cette ressemblance n'était qu'extérieure. La tomate n° 2 se plaisait avec frénésie à faire exclusivement les délices des dames, la tomate n° 1 ne détestait pas condescendre aux goûts de certains messieurs. Or chaque fois que secoué ainsi que par un réflexe, par le souvenir des bonnes heures passées avec la tomate n° 1, M. Bernard se présentait *Aux Cerisiers*, myope (et du reste la myopie n'était pas nécessaire pour les confondre), le vieil Israélite, jouant sans le savoir Amphitryon[3], s'adressait au frère jumeau et lui disait : « Veux-tu me donner rendez-vous pour ce soir ? » Il recevait aussitôt une solide « tournée ».

Elle vint même à se renouveler au cours d'un même repas, où il continuait avec l'autre les propos commencés avec le premier. À la longue elle le dégoûta tellement, par association d'idées, des tomates, même de celles comestibles, que chaque fois qu'il entendait un voyageur en commander à côté de lui au Grand-Hôtel, il lui chuchotait : « Excusez-moi, monsieur, de m'adresser à vous sans vous connaître. Mais j'ai entendu que vous commandiez des tomates. Elles sont pourries aujourd'hui. Je vous le dis dans votre intérêt car pour moi cela m'est égal, je n'en prends jamais. » L'étranger remerciait avec effusion ce voisin philanthrope et désintéressé, rappelait le garçon, feignait de se raviser : « Non, décidément, pas de tomates. » Aimé, qui connaissait la scène, en riait tout seul et pensait : « C'est un vieux malin que M. Bernard, il a encore trouvé le moyen de faire changer la commande. » M. Bernard, en attendant le tram en retard, ne tenait pas à nous dire bonjour à Albertine et à moi, à cause de son œil poché. Nous tenions encore moins à lui parler. C'eût été pourtant presque inévitable si à ce moment-là, une bicyclette n'avait fondu à toute vitesse sur nous ; le lift en sauta, hors d'haleine. Mme Verdurin avait téléphoné un peu après notre départ pour que je vinsse dîner, le surlendemain ; on verra bientôt pourquoi. Puis après m'avoir donné les détails du téléphonage, le lift nous quitta et comme ces « employés » démocrates qui affectent l'indépendance à l'égard des bourgeois, et entre eux rétablissent le principe d'autorité, voulant dire que le concierge et le voiturier pourraient être mécontents s'il était en retard, il ajouta : « Je me sauve à cause de mes chefs. »

Les amies d'Albertine étaient parties pour quelque temps. Je voulais la distraire. À supposer qu'elle eût éprouvé du bonheur à passer les après-midi rien qu'avec moi, à Balbec, je savais qu'il ne se laisse jamais posséder complètement et qu'Albertine, encore à l'âge (que certains ne dépassent pas) où on n'a pas découvert que cette imperfection tient à celui qui éprouve le bonheur, non à celui qui le donne, eût pu être tentée de faire remonter à moi la cause de sa déception. J'aimais mieux qu'elle l'imputât aux circonstances qui, par moi combinées, ne nous laisseraient pas la facilité d'être seuls ensemble, tout en l'empêchant de rester au casino et sur la digue sans moi. Aussi je lui avais demandé ce jour-là de m'accompagner à Doncières où j'irais voir Saint-Loup. Dans ce même but de l'occuper je lui conseillais la peinture, qu'elle avait apprise autrefois. En travaillant elle ne se demanderait pas si elle était heureuse ou malheureuse. Je l'eusse volontiers emmenée aussi dîner de temps en temps chez les Verdurin et chez les Cambremer qui, certainement, les uns et les autres, eussent volontiers reçu une amie présentée par moi, mais il fallait d'abord que je fusse certain que Mme Putbus n'était pas encore à La Raspelière. Ce n'était guère que sur place que je pouvais m'en rendre compte, et comme je savais d'avance que le surlendemain Albertine était obligée d'aller aux environs avec sa tante, j'en avais profité pour envoyer une dépêche à Mme Verdurin lui demandant si elle pourrait me recevoir le mercredi. Si Mme Putbus était là, je m'arrangerais pour voir sa femme de chambre, m'assurer s'il y avait un risque qu'elle vînt à Balbec, en ce cas savoir quand, pour emmener Albertine au loin ce jour-là. Le petit chemin de fer d'intérêt local, faisant une boucle qui n'existait pas quand je l'avais pris avec ma grand-mère, passait maintenant à Doncières-la-Goupil, grande station d'où partaient des trains importants et notamment l'express par lequel j'étais venu voir Saint-Loup, de Paris, et y étais rentré[1]. Et à cause du mauvais temps, l'omnibus du Grand-Hôtel nous conduisit, Albertine et moi, à la station du petit tram, Balbec-Plage.

Le petit chemin de fer n'était pas encore là, mais on voyait, oisif et lent, le panache de fumée qu'il avait laissé en route, et qui maintenant réduit à ses seuls moyens de nuage peu mobile, gravissait lentement les pentes vertes de la falaise de Criquetot. Enfin le petit tram, qu'il avait précédé pour prendre une direction verticale, arriva à son tour, lentement. Les voyageurs qui allaient le prendre s'écartèrent pour lui faire place, mais sans se presser, sachant qu'ils avaient affaire à un marcheur débonnaire, presque humain et qui, guidé comme la bicyclette d'un débutant, par les signaux complaisants du chef de gare, sous la tutelle puissante du mécanicien, ne risquait de renverser personne et se serait arrêté où on aurait voulu[2].

Ma dépêche expliquait le téléphonage des Verdurin et elle tombait d'autant mieux que le mercredi (le surlendemain se trouvait être un mercredi) était jour de grand dîner pour Mme Verdurin, à La Raspelière comme à Paris, ce que j'ignorais. Mme Verdurin ne donnait pas de « dîners », mais elle avait des « mercredis ». Les mercredis étaient des œuvres d'art. Tout en sachant qu'ils n'avaient leurs pareils nulle part, Mme Verdurin introduisait entre eux des nuances. « Ce dernier mercredi ne valait pas le précédent, disait-elle. Mais je crois que le prochain sera un des plus réussis que j'aie jamais donnés. » Elle allait parfois jusqu'à avouer : « Ce mercredi-ci n'était pas digne des autres. En revanche, je vous réserve une grosse surprise pour le suivant. » Dans les dernières semaines de la saison de Paris, avant de partir pour la campagne, la patronne annonçait la fin des mercredis. C'était une occasion de stimuler les fidèles :

« Il n'y a plus que trois mercredis, il n'y en a plus que deux, disait-elle du même ton que si le monde était sur le point de finir. Vous n'allez pas lâcher mercredi prochain pour la clôture. » Mais cette clôture était factice, car elle avertissait : « Maintenant, officiellement il n'y a plus de mercredis. C'était le dernier pour cette année. Mais je serai tout de même là le mercredi. Nous ferons mercredi entre nous ; qui sait ? ces petits mercredis intimes, ce seront peut-être les plus agréables. » À La Raspelière les mercredis étaient forcément restreints, et comme, selon qu'on avait rencontré un ami de passage, on l'avait invité tel ou tel soir, c'était presque tous les jours mercredi. « Je ne me rappelle pas bien le nom des invités, mais je sais qu'il y a Mme la marquise de Camembert », m'avait dit le lift ; le souvenir de nos explications relatives aux Cambremer n'était pas arrivé à supplanter définitivement celui du mot ancien, dont les syllabes familières et pleines de sens venaient au secours du jeune employé quand il était embarrassé pour ce nom difficile, et étaient immédiatement préférées et réadoptées par lui, non pas paresseusement et comme un vieil usage indéracinable, mais à cause du besoin de logique et de clarté qu'elles satisfaisaient.

Nous nous hâtâmes pour gagner un wagon vide où je pusse embrasser Albertine tout le long du trajet. N'ayant rien trouvé nous montâmes dans un compartiment où était déjà installée une dame à figure énorme, laide et vieille, à l'expression masculine, très endimanchée, et qui lisait *La Revue des Deux Mondes*[1]. Malgré sa vulgarité, elle était prétentieuse dans ses gestes, et je m'amusai à me demander à quelle catégorie sociale elle pouvait appartenir ; je conclus immédiatement que ce devait être quelque tenancière de grande maison de filles, une maquerelle en voyage. Sa figure, ses manières le criaient. J'avais ignoré seulement jusque-là que ces dames lussent *La Revue des Deux Mondes*. Albertine me la montra non sans cligner de l'œil en me souriant. La dame avait l'air extrêmement digne ; et comme de mon côté je portais en moi la conscience que j'étais invité pour le lendemain[1] au point terminus de la ligne du petit chemin de fer chez la célèbre Mme Verdurin, qu'à une station intermédiaire j'étais attendu par Robert de Saint-Loup, et qu'un peu plus loin j'aurais fait grand plaisir à Mme de Cambremer en venant habiter Féterne, mes yeux pétillaient d'ironie en considérant cette dame importante qui semblait croire qu'à cause de sa mise recherchée, des plumes de son chapeau, de sa *Revue des Deux Mondes*, elle était un personnage plus considérable que moi. J'espérais que la dame ne resterait pas beaucoup plus que M. Nissim Bernard et qu'elle descendrait au moins à Toutainville, mais non. Le train s'arrêta à Épreville, elle resta assise. De même à Montmartin-sur-Mer, à Parville-la-Bingard, à Incarville, de sorte que de désespoir, quand le train eut quitté Saint-Frichoux qui était la dernière station avant Doncières, je commençai à enlacer Albertine sans m'occuper de la dame. À Doncières, Saint-Loup était venu m'attendre à la gare, avec les plus grandes difficultés, me dit-il, car habitant chez sa tante, mon télégramme ne lui était parvenu qu'à l'instant et il ne pourrait, n'ayant pu arranger son temps d'avance, me consacrer qu'une heure. Cette heure me parut, hélas ! bien trop longue car à peine descendus du wagon, Albertine ne fit plus attention qu'à Saint-Loup. Elle ne causait pas avec moi, me répondait à peine si je lui adressais la parole, me repoussa quand je m'approchai d'elle. En revanche, avec Robert, elle riait de son rire tentateur, elle lui parlait avec volubilité, jouait avec le chien qu'il avait[1], et tout en agaçant la bête, frôlait exprès son maître. Je me rappelai que le jour où Albertine s'était laissé embrasser par moi pour la première fois, j'avais eu un sourire de gratitude pour le séducteur inconnu qui avait amené en elle une modification si profonde et m'avait tellement simplifié la tâche. Je pensais à lui maintenant avec horreur. Robert avait dû se rendre compte qu'Albertine ne m'était pas indifférente, car il ne répondit pas à ses agaceries, ce qui la mit de mauvaise humeur contre moi ; puis il me parla comme si j'étais seul, ce qui, quand elle l'eut remarqué, me fit remonter dans son estime. Robert me demanda si je ne voulais pas essayer de trouver parmi les amis avec lesquels il me faisait dîner chaque soir à Doncières quand j'y avais séjourné, ceux qui y étaient encore. Et comme il donnait lui-même dans le genre de prétention agaçante qu'il réprouvait : « À quoi ça te sert-il d'avoir *fait du charme* pour eux avec tant de persévérance si tu ne veux pas les revoir ? » Je déclinai sa proposition car je ne voulais pas risquer de m'éloigner d'Albertine, mais aussi parce que maintenant j'étais détaché d'eux. D'eux, c'est-à-dire de moi. Nous désirons passionnément qu'il y ait une autre vie où nous serions pareils à ce que nous sommes ici-bas. Mais nous ne réfléchissons pas que, même sans attendre cette autre vie, dans celle-ci, au bout de quelques années nous sommes infidèles à ce que nous avons été, à ce que nous voulions rester immortellement. Même sans supposer que la mort nous modifiât plus que ces changements qui se produisent au cours de la vie, si dans cette autre vie nous rencontrions le moi que nous avons été, nous nous détournerions de nous comme de ces personnes avec qui on a été lié mais qu'on n'a pas vues depuis longtemps — par exemple les amis de Saint-Loup qu'il me plaisait tant chaque soir de retrouver au Faisan Doré et dont la conversation ne serait plus maintenant pour moi qu'importunité et que gêne. À cet égard, et parce que je préférai ne pas aller y retrouver ce qui m'y avait plu, une promenade dans Doncières aurait pu me paraître préfigurer l'arrivée au paradis. On rêve beaucoup du paradis, ou plutôt de nombreux paradis successifs, mais ce sont tous, bien avant qu'on ne meure, des paradis perdus, et où l'on se sentirait perdu.

Il nous laissa à la gare. « Mais tu peux avoir près d'une heure à attendre, me dit-il. Si tu la passes ici tu verras sans doute mon oncle Charlus qui reprend tantôt le train pour Paris, dix minutes avant le tien. Je lui ai déjà fait mes adieux parce que je suis obligé d'être rentré avant l'heure de son train. Je n'ai pu lui parler de toi puisque je n'avais pas encore eu ton télégramme. » Aux reproches que je fis à Albertine quand Saint-Loup nous eut quittés, elle me répondit qu'elle avait voulu, par sa froideur avec moi, effacer à tout hasard l'idée qu'il avait pu se faire si, au moment de l'arrêt du train, il m'avait vu penché contre elle et mon bras passé autour de sa taille. Il avait en effet remarqué cette pose (je ne l'avais pas aperçu, sans cela je me fusse placé plus correctement à côté d'Albertine) et avait eu le temps de me dire à l'oreille : « C'est cela, ces jeunes filles si pimbêches dont tu m'as parlé et qui ne voulaient pas fréquenter Mlle de Stermaria parce qu'elles lui trouvaient mauvaise façon ? » J'avais dit en effet à Robert, et très sincèrement, quand j'étais allé de Paris le voir à Doncières et comme nous reparlions de Balbec, qu'il n'y avait rien à faire avec Albertine, qu'elle était la vertu même. Et maintenant que depuis longtemps, j'avais, par moi-même, appris que c'était faux, je désirais encore plus que Robert crût que c'était vrai. Il m'eût suffi de dire à Robert que j'aimais Albertine. Il était de ces êtres qui savent se refuser un plaisir pour épargner à leur ami des souffrances qu'ils ressentiraient comme si elles étaient les leurs. « Oui, elle est très enfant. Mais tu ne sais rien sur elle ? ajoutai-je avec inquiétude. — Rien, sinon que je vous ai vus posés comme deux amoureux. »

« Votre attitude n'effaçait rien du tout », dis-je à Albertine quand Saint-Loup nous eut quittés. « C'est vrai, me dit-elle, j'ai été maladroite, je vous ai fait de la peine, j'en suis bien plus malheureuse que vous. Vous verrez que jamais je ne serai plus comme cela ; pardonnez-moi », me dit-elle en me tendant la main d'un air triste. À ce moment, du fond de la salle d'attente où nous étions assis, je vis passer lentement, suivi à quelque distance d'un employé qui portait ses valises, M. de Charlus.

À Paris où je ne le rencontrais qu'en soirée, immobile, sanglé dans un habit noir, maintenu dans le sens de la verticale par son fier redressement, son élan pour plaire, la fusée de sa conversation, je ne me rendais pas compte à quel point il avait vieilli. Maintenant, dans un complet de voyage clair qui le faisait paraître plus gros, en marche et se dandinant, balançant un ventre qui bedonnait et un derrière presque symbolique, la cruauté du grand jour décomposait, sur les lèvres, en fard, en poudre de riz fixée par le cold cream sur le bout du nez, en noir sur les moustaches teintes dont la couleur d'ébène contrastait avec les cheveux grisonnants, tout ce qui aux lumières eût semblé l'animation du teint chez un être encore jeune.

Tout en causant avec lui, mais brièvement, à cause de son train, je regardais le wagon d'Albertine pour lui faire signe que je venais. Quand je détournai la tête vers M. de Charlus, il me demanda de vouloir bien appeler un militaire, parent à lui, qui était de l'autre côté de la voie exactement comme s'il allait monter dans notre train, mais en sens inverse, dans la direction qui s'éloignait de Balbec[1]. « Il est dans la musique du régiment, me dit M. de Charlus. Comme vous avez la chance d'être assez jeune, moi, l'ennui d'être assez vieux pour que vous puissiez m'éviter de traverser et d'aller jusque-là... » Je me fis un devoir d'aller vers le militaire désigné et je vis, en effet, au lyres brodées sur son col qu'il était de la musique. Mais au moment où j'allais m'acquitter de ma commission, quelle ne fut pas ma surprise et je peux dire mon plaisir en reconnaissant Morel, le fils du valet de chambre de mon oncle et qui me rappelait tant de choses[2] ! J'en oubliai de faire la commission de M. de Charlus. « Comment, vous êtes à Doncières ? — Oui et on m'a incorporé dans la musique, au service des batteries. » Mais il me répondit cela d'un ton sec et hautain. Il était devenu très « poseur » et évidemment ma vue, en lui rappelant la profession de son père, ne lui était pas agréable. Tout d'un coup je vis M. de Charlus fondre sur nous. Mon retard l'avait évidemment impatienté. « Je désirerais entendre ce soir un peu de musique, dit-il à Morel sans aucune entrée en matière, je donne cinq cents francs pour la soirée, cela pourrait peut-être avoir quelque intérêt pour un de vos amis, si vous en avez dans la musique. » J'avais beau connaître l'insolence de M. de Charlus, je fus stupéfait qu'il ne dît même pas bonjour à son jeune ami. Le baron ne me laissa pas du reste le temps de la réflexion. Me tendant affectueusement la main : « Au revoir, mon cher », me dit-il pour me signifier que je n'avais qu'à m'en aller. Je n'avais du reste laissé que trop longtemps seule ma chère Albertine. « Voyez-vous, lui dis-je en remontant dans le wagon, la vie de bains de mer et la vie de voyage me font comprendre que le théâtre du monde dispose de moins de décors que d'acteurs et de moins d'acteurs que de "situations". — À quel propos me dites-vous cela ? — Parce que M. de Charlus vient de me demander de lui envoyer un de ses amis, que juste à l'instant, sur le quai de cette gare, je viens de reconnaître pour l'un des miens. » Mais tout en disant cela, je cherchais comment le baron pouvait connaître Morel. La disproportion sociale à quoi je n'avais pas pensé d'abord était trop immense. L'idée me vint d'abord que c'était par Jupien dont la fille, on s'en souvient, avait semblé s'éprendre du violoniste[1]. Ce qui me stupéfiait pourtant c'est que, devant partir pour Paris dans cinq minutes, le baron demandât à entendre de la musique à Doncières. Mais revoyant la fille de Jupien dans mon souvenir, je commençais à trouver que les « reconnaissances », pauvre expédient des œuvres factices, exprimeraient au contraire une part importante de la vie, si on savait aller jusqu'au romanesque vrai, quand tout d'un coup j'eus un éclair et compris que j'avais été bien naïf. M. de Charlus ne connaissait pas le moins du monde Morel, ni Morel M. de Charlus, lequel, ébloui mais aussi intimidé par un militaire qui ne portait pourtant que des lyres, m'avait requis, dans son émotion, pour lui amener celui qu'il ne soupçonnait pas que je connusse. En tout cas l'offre des cinq cents francs avait dû remplacer pour Morel l'absence de relations antérieures, car je les vis qui continuaient à causer sans penser qu'ils étaient à côté de notre tram. Et me rappelant la façon dont M. de Charlus était venu vers Morel et moi, je saisissais sa ressemblance avec certains de ses parents quand ils levaient une femme dans la rue. Seulement l'objet visé avait changé de sexe. À partir d'un certain âge, et même si des évolutions différentes s'accomplissent en nous, plus on devient soi, plus les traits familiaux s'accentuent. Car la nature, tout en continuant harmonieusement le dessin de sa tapisserie, interrompt la monotonie de la composition grâce à la variété des figures intercalées. Au reste la hauteur avec laquelle M. de Charlus avait toisé le violoniste est relative selon le point de vue auquel on se place. Elle eût été reconnue par les trois quarts des gens du monde, qui s'inclinaient, non pas par le préfet de police qui, quelques années plus tard, le faisait surveiller.

« Le train de Paris est signalé, Monsieur », dit l'employé qui portait les valises. « Mais je ne prends pas de train, mettez tout cela en consigne, que diable ! » dit M. de Charlus en donnant vingt francs à l'employé stupéfait du revirement et charmé du pourboire. Cette générosité attira aussitôt une marchande de fleurs. « Prenez ces œillets, tenez, cette belle rose, mon bon Monsieur, cela vous portera bonheur. » M. de Charlus, impatienté, lui tendit quarante sous en échange de quoi la femme offrit ses bénédictions et derechef ses fleurs. « Mon Dieu, si elle pouvait nous laisser tranquilles », dit M. de Charlus en s'adressant d'un ton ironique et gémissant, et comme un homme énervé, à Morel à qui il trouvait quelque douceur de demander son appui. « Ce que nous avons à dire est déjà assez compliqué. » Peut-être, l'employé de chemin de fer n'étant pas encore très loin, M. de Charlus ne tenait-il pas à avoir une nombreuse audience, peut-être ces phrases incidentes permettaient-elles à sa timidité hautaine de ne pas aborder trop directement la demande de rendez-vous. Le musicien, se tournant d'un air franc, impératif et décidé vers la marchande de fleurs, leva vers elle une paume qui la repoussait et lui signifiait qu'on ne voulait pas de ses fleurs et qu'elle eût à fiche le camp au plus vite. M. de Charlus vit avec ravissement ce geste autoritaire et viril, manié par la main gracieuse pour qui il aurait dû être encore trop lourd, trop massivement brutal, avec une fermeté et une souplesse précoces qui donnaient à cet adolescent encore imberbe l'air d'un jeune David capable d'assumer un combat contre Goliath. L'admiration du baron était involontairement mêlée de ce sourire que nous éprouvons à voir chez un enfant une expression d'une gravité au-dessus de son âge. « Voilà quelqu'un par qui j'aimerais être accompagné dans mes voyages et aidé dans mes affaires. Comme il simplifierait ma vie ! », se dit M. de Charlus.

Le train de Paris (que le baron ne prit pas) partit. Puis nous montâmes dans le nôtre, Albertine et moi, sans que j'eusse su ce qu'étaient devenus M. de Charlus et Morel. « Il ne faut plus jamais nous fâcher, je vous demande encore pardon, me redit Albertine en faisant allusion à l'incident Saint-Loup. Il faut que nous soyons toujours gentils tous les deux, me dit-elle tendrement. Quant à votre ami Saint-Loup, si vous croyez qu'il m'intéresse en quoi que ce soit, vous vous trompez bien. Ce qui me plaît seulement en lui, c'est qu'il a l'air de tellement vous aimer. — C'est un très bon garçon », dis-je en me gardant de prêter à Robert des qualités supérieures imaginaires comme je n'aurais pas manqué de faire par amitié pour lui si j'avais été avec toute autre personne qu'Albertine. « C'est un être excellent, franc, dévoué, loyal, sur qui on peut compter pour tout. » En disant cela je me bornais, retenu par ma jalousie, à dire au sujet de Saint-Loup la vérité, mais aussi c'était bien la vérité que je disais. Or elle s'exprimait exactement dans les mêmes termes dont s'était servie pour me parler de lui Mme de Villeparisis, quand je ne le connaissais pas encore, l'imaginais si différent, si hautain et me disais : « On le trouve bon parce que c'est un grand seigneur[1]. » De même quand elle m'avait dit : « Il serait si heureux », je me figurai, après l'avoir aperçu devant l'hôtel, prêt à mener, que les paroles de sa tante étaient pure banalité mondaine, destinées à me flatter. Et je m'étais rendu compte ensuite qu'elle l'avait dit sincèrement, en pensant à ce qui m'intéressait, à mes lectures, et parce qu'elle savait que c'était cela qu'aimait Saint-Loup, comme il devait m'arriver de dire sincèrement à quelqu'un faisant une histoire de son ancêtre La Rochefoucauld, l'auteur des *Maximes*[2], et qui eût voulu aller demander des conseils à Robert : « Il sera si heureux. » C'est que j'avais appris à le connaître. Mais en le voyant la première fois je n'avais pas cru qu'une intelligence parente de la mienne pût s'envelopper de tant d'élégance extérieure de vêtements et d'attitude. Sur son plumage je l'avais jugé d'une autre espèce. C'était Albertine maintenant qui, peut-être un peu parce que Saint-Loup, par bonté pour moi, avait été si froid avec elle, me dit ce que j'avais pensé autrefois : « Ah ! il est si dévoué que cela ! Je remarque qu'on trouve toujours toutes les vertus aux gens quand ils sont du faubourg Saint-Germain. » Or, que Saint-Loup fût du faubourg Saint-Germain, c'est à quoi je n'avais plus songé une seule fois au cours de ces années où, se dépouillant de son prestige, il m'avait manifesté ses vertus. Changement de perspective pour regarder les êtres, déjà plus frappant dans l'amitié que dans les simples relations sociales, mais combien plus encore dans l'amour, où le désir met à une échelle si vaste, grandit à des proportions telles les moindres signes de froideur, qu'il m'en avait fallu bien moins que celle qu'avait au premier abord Saint-Loup pour que je me crusse tout d'abord dédaigné d'Albertine, que je m'imaginasse ses amies comme des êtres merveilleusement inhumains, et que je n'attachasse qu'à l'indulgence qu'on a pour la beauté et pour une certaine élégance le jugement d'Elstir quand il me disait de la petite bande, tout à fait dans le même sentiment que Mme de Villeparisis de Saint-Loup : « Ce sont de bonnes filles. » Or ce jugement, n'est-ce pas celui que j'eusse volontiers porté quand j'entendais Albertine dire : « En tous cas, dévoué ou non, j'espère bien ne plus le revoir puisqu'il a amené de la brouille entre nous. Il ne faut plus se fâcher tous les deux. Ce n'est pas gentil » ? Je me sentais, puisqu'elle avait paru désirer Saint-Loup, à peu près guéri pour quelque temps de l'idée qu'elle aimait les femmes, ce que je me figurais inconciliable. Et, devant le caoutchouc d'Albertine[1] dans lequel elle semblait devenue une autre personne, l'infatigable errante des jours pluvieux, et qui, collé, malléable et gris en ce moment, semblait moins devoir protéger son vêtement contre l'eau qu'avoir été trempé par elle et s'attacher au corps de mon amie comme afin de prendre l'empreinte de ses formes pour un sculpteur, j'arrachai cette tunique qui épousait jalousement une poitrine désirée, et attirant Albertine à moi :

Mais toi, ne veux-tu pas, voyageuse indolente,
Rêver sur mon épaule en y posant ton front[2] *?*

lui dis-je en prenant sa tête dans mes mains et en lui montrant les grandes prairies inondées et muettes qui s'étendaient dans le soir tombant jusqu'à l'horizon fermé par les chaînes parallèles de vallonnements lointains et bleuâtres.

Le surlendemain, le fameux mercredi, dans ce même petit chemin de fer que je venais de prendre à Balbec, pour aller dîner à La Raspelière, je tenais beaucoup à ne pas manquer Cottard à Graincourt-Saint-Vast où un nouveau téléphonage de Mme Verdurin m'avait dit que je le retrouverais. Il devait monter dans mon train et m'indiquerait où il fallait descendre pour trouver les voitures qu'on envoyait de La Raspelière à la gare. Aussi, le petit train ne s'arrêtant qu'un instant à Graincourt, première station après Doncières, d'avance je m'étais mis à la portière tant j'avais peur de ne pas voir Cottard ou de ne pas être vu de lui. Craintes bien vaines ! Je ne m'étais pas rendu compte à quel point le petit clan ayant façonné tous les « habitués » sur le même type, ceux-ci, par surcroît en grande tenue de dîner, attendant sur le quai, se laissaient tout de suite reconnaître à un certain air d'assurance, d'élégance et de familiarité, à des regards qui franchissaient, comme un espace vide où rien n'arrête l'attention, les rangs pressés du vulgaire public, guettaient l'arrivée de quelque habitué qui avait pris le train à une station précédente et pétillaient déjà de la causerie prochaine. Ce signe d'élection, dont l'habitude de dîner ensemble avait marqué les membres du petit groupe, ne les distinguait pas seulement quand, nombreux, en force, ils étaient massés, faisant une tache plus brillante au milieu du troupeau des voyageurs — ce que Brichot[1] appelait le « *pecus* » — sur les ternes visages desquels ne pouvait se lire aucune notion relative aux Verdurin, aucun espoir de jamais dîner à La Raspelière. D'ailleurs ces voyageurs vulgaires eussent été moins intéressés que moi si devant eux on eût prononcé — et malgré la notoriété acquise par certains — les noms de ces fidèles que je m'étonnais de voir continuer à dîner en ville, alors que plusieurs le faisaient déjà, d'après les récits que j'avais entendus, avant ma naissance[2], à une époque à la fois assez distante et assez vague pour que je fusse tenté de m'en exagérer l'éloignement. Le contraste entre la continuation non seulement de leur existence, mais du plein de leurs forces, et l'anéantissement de tant d'amis que j'avais déjà vus ici ou là, disparaître, me donnait ce même sentiment que nous éprouvons quand à la « dernière heure » des journaux nous lisons précisément la nouvelle que nous attendions le moins, par exemple celle d'un décès prématuré et qui nous semble fortuit parce que les causes dont il est l'aboutissant nous sont restées inconnues. Ce sentiment est celui que la mort n'atteint pas uniformément tous les hommes, mais qu'une lame plus avancée de sa montée tragique emporte une existence située au niveau d'autres que longtemps encore les lames suivantes épargneront. Nous verrons du reste, plus tard, la diversité des morts qui circulent invisiblement être la cause de l'inattendu spécial que présentent, dans les journaux, les nécrologies. Puis je voyais qu'avec le temps, non seulement des dons réels, qui peuvent coexister avec la pire vulgarité de conversation, se dévoilent et s'imposent, mais encore que des individus médiocres arrivent à ces hautes places, attachées dans l'imagination de notre enfance à quelques vieillards célèbres, sans songer que le seraient un certain nombre d'années plus tard leurs disciples devenus maîtres et inspirant maintenant le respect et la crainte qu'ils éprouvaient jadis. Mais si les noms des fidèles n'étaient pas connus du « *pecus* », leur aspect pourtant les désignait à ses yeux. Même dans le train (lorsque le hasard de ce que les uns et les autres d'entre eux avaient eu à faire dans la journée les y réunissait tous ensemble), n'ayant plus à cueillir à une station suivante qu'un isolé, le wagon dans lequel ils se trouvaient assemblés, désigné par le coude du sculpteur Ski[1], pavoisé par *Le Temps* de Cottard, fleurissait de loin comme une voiture de luxe et ralliait à la gare voulue, le camarade retardataire. Le seul à qui eussent pu échapper, à cause de sa demi-cécité, ces signes de promission, était

Brichot[1]. Mais aussi l'un des habitués assurait volontairement à l'égard de l'aveugle les fonctions de guetteur et dès qu'on avait aperçu son chapeau de paille, son parapluie vert et ses lunettes bleues, on le dirigeait avec douceur et hâte vers le compartiment d'élection. De sorte qu'il était sans exemple qu'un des fidèles, à moins d'exciter les plus graves soupçons de bamboche, ou même de ne pas être venu « par le train », n'eût pas retrouvé les autres en cours de route. Quelquefois l'inverse se produisait : un fidèle avait dû aller assez loin dans l'après-midi et en conséquence devait faire une partie du parcours seul avant d'être rejoint par le groupe ; mais même ainsi isolé, seul de son espèce, il ne manquait pas le plus souvent de produire quelque effet. Le Futur vers lequel il se dirigeait le désignait à la personne assise sur la banquette d'en face, laquelle se disait : « Ce doit être quelqu'un », et avec l'obscure perspicacité des voyageurs d'Emmaüs discernait, fût-ce autour du chapeau mou de Cottard ou du sculpteur Ski, une vague auréole, et n'était qu'à demi étonnée quand à la station suivante, une foule élégante, si c'était leur point terminus, accueillait le fidèle à la portière et s'en allait avec lui vers l'une des voitures qui attendaient, salués tous très bas par l'employé de Douville, ou bien si c'était à une station intermédiaire, envahissait le compartiment. C'est ce que fit, et avec précipitation, car plusieurs étaient arrivés en retard, juste au moment où le train déjà en gare allait repartir, la troupe que Cottard mena au pas de course vers le wagon à la fenêtre duquel il avait vu mes signaux. Brichot, qui se trouvait parmi ces fidèles, l'était devenu davantage au cours de ces années qui pour d'autres avaient diminué leur assiduité. Sa vue baissant progressivement l'avait obligé, même à Paris, à diminuer de plus en plus les travaux du soir.

D'ailleurs il avait peu de sympathie pour la Nouvelle Sorbonne où les idées d'exactitude scientifique, à l'allemande, commençaient à l'emporter sur l'humanisme[1]. Il se bornait exclusivement maintenant à son cours et aux jurys d'examen ; aussi avait-il beaucoup plus de temps à donner à la mondanité, c'est-à-dire aux soirées chez les Verdurin, ou à celles qu'offrait parfois aux Verdurin tel ou tel fidèle, tremblant d'émotion. Il est vrai qu'à deux reprises l'amour avait manqué de faire ce que les travaux ne pouvaient plus : détacher Brichot du petit clan. Mais Mme Verdurin qui « veillait au grain » et d'ailleurs, en ayant pris l'habitude dans l'intérêt de son salon, avait fini par trouver un plaisir désintéressé dans ce genre de drames et d'exécutions, l'avait irrémédiablement brouillé avec la personne dangereuse, sachant comme elle le disait « mettre bon ordre à tout » et « porter le fer rouge dans la plaie ». Cela lui avait été d'autant plus aisé pour l'une des personnes dangereuses que c'était simplement la blanchisseuse de Brichot, et Mme Verdurin, ayant ses petites entrées dans le cinquième du professeur, écarlate d'orgueil quand elle daignait monter ses étages, n'avait eu qu'à mettre à la porte cette femme de rien. « Comment, avait dit la Patronne à Brichot, une femme comme moi vous fait l'honneur de venir chez vous, et vous recevez une telle créature ? » Brichot n'avait jamais oublié le service que Mme Verdurin lui avait rendu en empêchant sa vieillesse de sombrer dans la fange, et lui était de plus en plus attaché, alors qu'en contraste avec ce regain d'affection et peut-être à cause de lui, la Patronne commençait à se dégoûter d'un fidèle par trop docile et de l'obéissance de qui elle était sûre d'avance. Mais Brichot tirait de son intimité chez les Verdurin un éclat qui le distinguait entre tous ses collègues de la Sorbonne. Ils étaient éblouis par les récits qu'il leur faisait de dîners auxquels on ne les inviterait jamais, par la mention, dans des revues, ou par le portrait exposé au Salon, qu'avaient fait de lui tel écrivain ou tel peintre réputé dont les titulaires des autres chaires de la Faculté des lettres prisaient le talent mais n'avaient aucune chance d'attirer l'attention, enfin par l'élégance vestimentaire elle-même du philosophe mondain, élégance qu'ils avaient prise d'abord pour du laisser-aller jusqu'à ce que leur collègue leur eût bienveillamment expliqué que le chapeau haute forme se laisse volontiers poser par terre, au cours d'une visite, et n'est pas de mise pour les dîners à la campagne, si élégants soient-ils, où il doit être remplacé par le chapeau mou, fort bien porté avec le smoking. Pendant les premières secondes où le petit groupe se fut engouffré dans le wagon je ne pus même pas parler à Cottard, car il était suffoqué, moins d'avoir couru pour ne pas manquer le train, que par l'émerveillement de l'avoir attrapé si juste. Il en éprouvait plus que la joie d'une réussite, presque l'hilarité d'une joyeuse farce. « Ah ! elle est bien bonne ! dit-il quand il se fut remis. Un peu plus ! nom d'une pipe, c'est ce qui s'appelle arriver à pic ! » ajouta-t-il en clignant de l'œil non pas pour demander si l'expression était juste, car il débordait maintenant d'assurance, mais par satisfaction. Enfin il put me nommer aux autres membres du petit clan. Je fus ennuyé de voir qu'ils étaient presque tous dans la tenue qu'on appelle à Paris smoking. J'avais oublié que les Verdurin commençaient vers le monde une évolution timide, ralentie par l'affaire Dreyfus, accélérée par la musique « nouvelle », évolution d'ailleurs démentie par eux, et qu'ils continueraient de démentir jusqu'à ce qu'elle eût abouti, comme ces objectifs militaires qu'un général n'annonce que lorsqu'il les a atteints, de façon à ne pas avoir l'air battu s'il les manque. Le monde était d'ailleurs, de son côté, tout préparé à aller vers eux. Il en était encore à les considérer comme des gens chez qui n'allait personne de la société mais qui n'en éprouvent aucun regret. Le salon Verdurin passait pour un temple de la musique. C'était là, assurait-on, que Vinteuil avait trouvé inspiration, encouragement. Or si la sonate de Vinteuil restait entièrement incomprise et à peu près inconnue, son nom, prononcé comme celui du plus grand musicien contemporain, exerçait un prestige extraordinaire. Enfin certains jeunes gens du Faubourg s'étant avisés qu'ils devaient être aussi instruits que les bourgeois, il y en avait trois parmi eux qui avaient appris la musique et auprès desquels la sonate de Vinteuil jouissait d'une réputation énorme. Ils en parlaient, rentrés chez eux, à la mère intelligente qui les avait poussés à se cultiver. Et s'intéressant aux études de leurs fils, au concert les mères regardaient avec un certain respect Mme Verdurin dans sa première loge, qui suivait la partition. Jusqu'ici cette mondanité latente des Verdurin ne se traduisait que par deux faits. D'une part, Mme Verdurin disait de la princesse de Caprarola : « Ah ! celle-là est intelligente, c'est une femme agréable. Ce que je ne peux pas supporter, ce sont les imbéciles, les gens qui m'ennuient, ça me rend folle. » Ce qui eût donné à penser à quelqu'un d'un peu fin que la princesse de Caprarola, femme du plus grand monde, avait fait une visite à Mme Verdurin. Elle avait même prononcé son nom au cours d'une visite de condoléances qu'elle avait faite à Mme Swann après la mort du mari de celle-ci[1], et lui avait demandé si elle les connaissait. « Comment dites-vous ? avait répondu Odette d'un air subitement triste. — Verdurin. — Ah ! alors je sais, avait-elle repris avec désolation, je ne les connais pas, ou plutôt je les connais sans les connaître, ce sont des gens que j'ai vus autrefois chez des amis, il y a longtemps, ils sont agréables. » La princesse de Caprarola partie, Odette aurait bien voulu avoir dit simplement la vérité. Mais le mensonge immédiat était non le produit de ses calculs, mais la révélation de ses craintes, de ses désirs. Elle niait non ce qu'il eût été adroit de nier, mais ce qu'elle aurait voulu qui ne fût pas, même si l'interlocuteur devait apprendre dans une heure que cela était en effet. Peu après elle avait repris son assurance et avait même été au-devant des questions en disant, pour ne pas avoir l'air de les craindre : « Mme Verdurin, mais comment, je l'ai énormément connue », avec une affectation d'humilité comme une grande dame qui raconte qu'elle a pris le tramway. « On parle beaucoup des Verdurin depuis quelque temps », disait Mme de Souvré. Odette, avec un dédain souriant de duchesse, répondait : « Mais oui, il me semble en effet qu'on en parle beaucoup. De temps en temps il y a comme cela des gens nouveaux qui arrivent dans la société », sans penser qu'elle était elle-même une des plus nouvelles. « La princesse de Caprarola y a dîné, reprit Mme de Souvré. — Ah! répondit Odette en accentuant son sourire, cela ne m'étonne pas. C'est toujours par la princesse de Caprarola que ces choses-là commencent, et puis il en vient une autre, par exemple la comtesse Molé. » Odette, en disant cela, avait l'air d'avoir un profond dédain pour les deux grandes dames qui avaient l'habitude d'essuyer les plâtres dans les salons nouvellement ouverts. On sentait à son ton que cela voulait dire qu'elle, Odette, comme Mme de Souvré, on ne réussirait pas à les embarquer dans ces galères-là.

Après l'aveu qu'avait fait Mme Verdurin de l'intelligence de la princesse de Caprarola, le second signe que les Verdurin avaient conscience du destin futur était que (sans l'avoir formellement demandé, bien entendu) ils souhaitaient vivement qu'on vînt maintenant dîner chez eux en habit du soir ; M. Verdurin eût pu maintenant être salué sans honte par son neveu, celui qui était « dans les choux[1] ».

Parmi ceux qui montèrent dans mon wagon à Graincourt se trouvait Saniette qui jadis avait été chassé de chez les Verdurin par son cousin Forcheville, mais était revenu. Ses défauts, au point de vue de la vie mondaine, étaient autrefois — malgré des qualités supérieures — un peu du même genre que ceux de Cottard, timidité, désir de plaire, efforts infructueux pour y réussir. Mais si la vie, en faisant revêtir à Cottard, sinon chez les Verdurin, où il était, par la suggestion que les minutes anciennes exercent sur nous quand nous nous retrouvons dans un milieu accoutumé, resté quelque peu le même, du moins dans sa clientèle, dans son service d'hôpital, à l'Académie de médecine, des dehors de froideur, de dédain, de gravité qui s'accentuaient pendant qu'il débitait devant ses élèves complaisants ses calembours, avait creusé une véritable coupure entre le Cottard actuel et l'ancien, les mêmes défauts s'étaient au contraire exagérés chez Saniette, au fur et à mesure qu'il cherchait à s'en corriger. Sentant qu'il ennuyait souvent, qu'on ne l'écoutait pas, au lieu de ralentir alors comme l'eût fait Cottard, de forcer l'attention par l'air d'autorité, non seulement il tâchait par un ton badin de se faire pardonner le tour trop sérieux de sa conversation, mais pressait son débit, déblayait, usait d'abréviations pour paraître moins long, plus familier avec les choses dont il parlait, et parvenait seulement, en les rendant inintelligibles, à sembler interminable. Son assurance n'était pas comme celle de Cottard qui glaçait ses malades, lesquels aux gens qui vantaient son aménité dans le monde répondaient : « Ce n'est plus le même homme quand il vous reçoit dans son cabinet, vous dans la lumière, lui à contre-jour et les yeux perçants. » Elle n'imposait pas, on sentait qu'elle cachait trop de timidité, qu'un rien suffirait à la mettre en fuite. Saniette, à qui ses amis avaient toujours dit qu'il se défiait trop de lui-même, et qui en effet voyait des gens qu'il jugeait avec raison fort inférieurs obtenir aisément les succès qui lui étaient refusés, ne commençait plus une histoire sans sourire de la drôlerie de celle-ci, de peur qu'un air sérieux ne fît pas suffisamment valoir sa marchandise. Quelquefois, faisant crédit au comique que lui-même avait l'air de trouver à ce qu'il allait dire, on lui faisait la faveur d'un silence général. Mais le récit tombait à plat. Un convive doué d'un bon cœur glissait parfois à Saniette l'encouragement, privé, presque secret, d'un sourire d'approbation, le lui faisant parvenir furtivement, sans éveiller l'attention, comme on vous glisse un billet. Mais personne n'allait jusqu'à assumer la responsabilité, à risquer l'adhésion publique d'un éclat de rire. Longtemps après l'histoire finie et tombée, Saniette, désolé, restait seul à se sourire à lui-même, comme goûtant en elle et pour soi la délectation qu'il feignait de trouver suffisante et que les autres n'avaient pas éprouvée. Quant au sculpteur, Ski, appelé ainsi à cause de la difficulté qu'on trouvait à prononcer son nom polonais, et parce que lui-même affectait depuis qu'il vivait dans une certaine société de ne pas vouloir être confondu avec des parents fort bien posés, mais un peu ennuyeux et très nombreux, il avait, à quarante-cinq ans et fort laid, une espèce de gaminerie, de fantaisie rêveuse qu'il avait gardée pour avoir été jusqu'à dix ans le plus ravissant enfant prodige du monde, coqueluche de toutes les dames. Mme Verdurin prétendait qu'il était plus artiste qu'Elstir. Il n'avait d'ailleurs avec celui-ci que des ressemblances purement extérieures. Elles suffisaient pour qu'Elstir, qui avait une fois rencontré Ski, eût pour lui la répulsion profonde que nous inspirent, plus encore que les êtres tout à fait opposés à nous, ceux qui nous ressemblent en moins bien, en qui s'étale ce que nous avons de moins bon, les défauts dont nous nous sommes guéris, nous rappelant fâcheusement ce que nous avons pu paraître à certains avant que nous fussions devenus ce que nous sommes. Mais Mme Verdurin croyait que Ski avait plus de tempérament qu'Elstir parce qu'il n'y avait aucun art pour lequel il n'eût de la facilité, et elle était persuadée que cette facilité, il l'eût poussée jusqu'au talent s'il avait eu moins de paresse. Celle-ci paraissait même à la Patronne un don de plus, étant le contraire du travail, qu'elle croyait le lot des êtres sans génie. Ski peignait tout ce qu'on voulait, sur des boutons de manchette ou sur des dessus de porte. Il chantait avec une voix de compositeur, jouait de mémoire en donnant au piano l'impression de l'orchestre, moins par sa virtuosité que par ses fausses basses signifiant l'impuissance des doigts à indiquer qu'ici il y a un piston que du reste il imitait avec la bouche. Cherchant ses mots en parlant pour faire croire à une impression curieuse, de la même façon qu'il retardait un accord plaqué ensuite en disant : « Ping », pour faire sentir les cuivres, il passait pour merveilleusement intelligent, mais ses idées se ramenaient en réalité à deux ou trois, extrêmement courtes. Ennuyé de sa réputation de fantaisiste, il s'était mis en tête de montrer qu'il était un être pratique, positif, d'où chez lui une triomphante affectation de fausse précision, de faux bon sens, aggravés parce qu'il n'avait aucune mémoire et des informations toujours inexactes. Ses mouvements de tête, de cou, de jambes, eussent été gracieux s'il eût eu encore neuf ans, des boucles blondes, un grand col de dentelles et de petites bottes de cuir rouge. Arrivés en avance avec Cottard et Brichot à la gare de Graincourt, ils avaient laissé Brichot dans la salle d'attente et étaient allés faire un tour. Quand Cottard avait voulu revenir, Ski avait répondu : « Mais rien ne presse. Aujourd'hui ce n'est pas le train local, c'est le train départemental. » Ravi de voir l'effet que cette nuance dans la précision produisait sur Cottard, il ajouta, parlant de lui-même : « Oui, parce que Ski aime les arts, parce qu'il modèle la glaise, on croit qu'il n'est pas pratique. Personne ne connaît la ligne mieux que moi. » Néanmoins ils étaient revenus vers la gare, quand tout d'un coup, apercevant la fumée du petit train qui arrivait, Cottard, poussant un hurlement, avait crié : « Nous n'avons qu'à prendre nos jambes à notre cou. » Ils étaient en effet arrivés juste, la distinction entre le train local et départemental n'ayant jamais existé que dans l'esprit de Ski. « Mais est-ce que la princesse n'est pas dans le train ? » demanda d'une voix vibrante Brichot dont les lunettes énormes, resplendissantes comme ces réflecteurs que les laryngologues s'attachent au front pour éclairer la gorge de leurs malades, semblaient avoir emprunté leur vie aux yeux du professeur, et peut-être à cause de l'effort qu'il faisait pour accommoder sa vision avec elles, semblaient, même dans les moments les plus insignifiants, regarder elles-mêmes avec une attention soutenue et une fixité extraordinaire. D'ailleurs la maladie, en retirant peu à peu la vue à Brichot, lui avait révélé les beautés de ce sens comme il faut souvent que nous nous décidions à nous séparer d'un objet, à en faire cadeau par exemple, pour le regarder, le regretter, l'admirer.

« Non, non, la princesse a été reconduire jusqu'à Maineville des invités de Mme Verdurin qui prenaient le train de Paris. Il ne serait même pas impossible que Mme Verdurin, qui avait à faire à Saint-Mars, fût avec elle ! Comme cela elle voyagerait avec nous et nous ferions route tous ensemble, ce serait charmant. Il s'agira d'ouvrir l'œil à Maineville, et le bon ! Ah ! ça ne fait rien, on peut dire que nous avons bien failli manquer le coche. Quand j'ai vu le train, j'ai été sidéré. C'est ce qui s'appelle arriver au moment psychologique. Voyez-vous ça que nous ayons manqué le train, Mme Verdurin s'apercevant que les voitures revenaient sans nous ? Tableau ! ajouta le docteur qui n'était pas encore remis de son émoi. Voilà une équipée qui n'est pas banale. Dites donc, Brichot, qu'est-ce que vous dites de notre petite escapade ? demanda le docteur avec une certaine fierté. — Par ma foi, répondit Brichot, en effet, si vous n'aviez plus trouvé le train, c'eût été, comme eût parlé feu Villemain[1], un sale coup pour la fanfare ! » Mais moi, distrait dès les premiers instants par ces gens que je ne connaissais pas, je me rappelai tout d'un coup ce que Cottard m'avait dit dans la salle de danse du petit casino, et comme si un chaînon invisible eût pu relier un organe et les images du souvenir, celle d'Albertine appuyant ses seins contre ceux d'Andrée me faisait un mal terrible au cœur. Ce mal ne dura pas : l'idée de relations possibles entre Albertine et des femmes ne me semblait plus possible depuis l'avant-veille où les avances que mon amie avait faites à Saint-Loup avaient excité en moi une nouvelle jalousie qui m'avait fait oublier la première. J'avais la naïveté des gens qui croient qu'un goût en exclut forcément un autre. À Arembouville, comme le tram était bondé, un fermier en blouse bleue, qui n'avait qu'un billet de troisième, monta dans notre compartiment. Le docteur, trouvant qu'on ne pourrait pas laisser voyager la princesse avec lui, appela un employé, exhiba sa carte de médecin d'une grande compagnie de chemins de fer et força le chef de gare à faire descendre le fermier. Cette scène peina le bon cœur et alarma à un tel point la timidité de Saniette que dès qu'il la vit commencer, craignant déjà à cause de la quantité de paysans qui étaient sur le quai qu'elle ne prît les proportions d'une jacquerie, il feignit d'avoir mal au ventre et pour qu'on ne pût l'accuser d'avoir sa part de responsabilité dans la violence du docteur, il enfila le couloir en feignant de chercher ce que Cottard appelait les « waters ». N'en trouvant pas il regarda le paysage de l'autre extrémité du tortillard. « Si ce sont vos débuts chez Mme Verdurin, monsieur, me dit Brichot, qui tenait à montrer ses talents à un "nouveau", vous verrez qu'il n'y a pas de milieu où l'on sente mieux la "douceur de vivre", comme disait un des inventeurs du dilettantisme, du je m'enfichisme, de beaucoup de mots en "isme" à la mode chez nos snobinettes, je veux dire M. le prince de Talleyrand[1]. » Car, quand il parlait de ces grands seigneurs du passé, il trouvait spirituel et « couleur de l'époque » de faire précéder leur titre de monsieur et disait monsieur le duc de La Rochefoucauld, monsieur le cardinal de Retz, qu'il appelait aussi de temps en temps : « Ce *struggle for lifer* de Gondi[2], ce "boulangiste" de Marcillac[3]. » Et il ne manquait jamais, avec un sourire, d'appeler Montesquieu, quand il parlait de lui : « Monsieur le président Secondat de Montesquieu. » Un homme du monde spirituel eût été agacé de ce pédantisme qui sent l'école. Mais dans les parfaites manières de l'homme du monde en parlant d'un prince, il y a un pédantisme aussi qui trahit une autre caste, celle où l'on fait précéder le nom de

Guillaume de « l'empereur » et où l'on parle à la troisième personne à une Altesse. « Ah ! celui-là, reprit Brichot en parlant de "monsieur le prince de Talleyrand", il faut le saluer chapeau bas. C'est un ancêtre. — C'est un milieu charmant, me dit Cottard, vous trouverez un peu de tout, car Mme Verdurin n'est pas exclusive : des savants illustres comme Brichot, de la haute noblesse comme, par exemple, la princesse Sherbatoff, une grande dame russe, amie de la grande-duchesse Eudoxie qui même la voit seule aux heures où personne n'est admis. » En effet la grande-duchesse Eudoxie, ne se souciant pas que la princesse Sherbatoff, qui depuis longtemps n'était plus reçue par personne, vînt chez elle quand elle eût pu y avoir du monde, ne la laissait venir que de très bonne heure, quand l'Altesse n'avait auprès d'elle aucun des amis à qui il eût été aussi désagréable de rencontrer la princesse que cela eût été gênant pour celle-ci. Comme depuis trois ans, aussitôt après avoir quitté, comme une manucure, la grande-duchesse, Mme Sherbatoff partait chez Mme Verdurin qui venait seulement de s'éveiller, et ne la quittait plus, on peut dire que la fidélité de la princesse passait infiniment celle même de Brichot, si assidu pourtant à ces mercredis où il avait le plaisir de se croire, à Paris, une sorte de Chateaubriand à l'Abbaye-aux-Bois[1] et où, à la campagne, il se faisait l'effet de devenir l'équivalent de ce que pouvait être chez Mme du Châtelet[2] celui qu'il nommait toujours (avec une malice et une satisfaction de lettré) : « M. de Voltaire. »

Son absence de relations avait permis à la princesse Sherbatoff de montrer depuis quelques années aux Verdurin une fidélité qui faisait d'elle plus qu'une « fidèle » ordinaire, la fidèle type, l'idéal que Mme Verdurin avait longtemps cru inaccessible et qu'arrivée au retour d'âge, elle trouvait enfin incarné en cette nouvelle recrue féminine[1]. De quelque jalousie qu'en eût été torturée la Patronne, il était sans exemple que les plus assidus de ses fidèles n'eussent « lâché » une fois. Les plus casaniers se laissaient tenter par un voyage ; les plus continents avaient eu une bonne fortune ; les plus robustes pouvaient attraper la grippe, les plus oisifs être pris par leurs vingt-huit jours, les plus indifférents aller fermer les yeux à leur mère mourante. Et c'était en vain que Mme Verdurin leur disait alors, comme l'impératrice romaine[2], qu'elle était le seul général à qui dût obéir sa légion, comme le Christ ou le Kaiser[3], que celui qui aimait son père et sa mère autant qu'elle et n'était pas prêt à les quitter pour la suivre n'était pas digne d'elle, qu'au lieu de s'affaiblir au lit ou de se laisser berner par une grue, ils feraient mieux de rester près d'elle, elle, seul remède et seule volupté. Mais la destinée, qui se plaît parfois à embellir la fin des existences qui se prolongent tard, avait fait rencontrer à Mme Verdurin la princesse Sherbatoff. Brouillée avec sa famille, exilée de son pays, ne connaissant plus que la baronne Putbus et la grande-duchesse Eudoxie, chez lesquelles, parce qu'elle n'avait pas envie de rencontrer les amies de la première, et parce que la seconde n'avait pas envie que ses amies rencontrassent la princesse, elle n'allait qu'aux heures matinales où Mme Verdurin dormait encore, ne se souvenant pas d'avoir gardé la chambre une seule fois depuis l'âge de douze ans où elle avait eu la rougeole, ayant répondu le 31 décembre à Mme Verdurin qui, inquiète d'être seule, lui avait demandé si elle ne pourrait pas rester coucher à l'improviste, malgré le jour de l'an : « Mais qu'est-ce qui pourrait m'en empêcher n'importe quel jour ? D'ailleurs, ce jour-là, on reste en famille et vous êtes ma famille », vivant dans une pension et en changeant quand les

Verdurin déménageaient, les suivant dans leurs villégiatures, la princesse avait si bien réalisé pour Mme Verdurin le vers de Vigny :

Toi seule me parus ce qu'on cherche toujours[1]

que la présidente du petit cercle, désireuse de s'assurer une « fidèle » jusque dans la mort, lui avait demandé que celle des deux qui mourrait la dernière se fît enterrer à côté de l'autre. Vis-à-vis des étrangers — parmi lesquels il faut toujours compter celui à qui nous mentons le plus parce que c'est celui par qui il nous serait le plus pénible d'être méprisé : nous-même — la princesse Sherbatoff avait soin de représenter ses trois seules amitiés — avec la grande-duchesse, avec les Verdurin, avec la baronne Putbus — comme les seules, non que des cataclysmes indépendants de sa volonté eussent laissé émerger au milieu de la destruction de tout le reste, mais qu'un libre choix lui avait fait élire de préférence à tout autre, et auxquelles un certain goût de solitude et de simplicité l'avait fait se borner. « Je ne vois *personne* d'autre », disait-elle en insistant sur le caractère inflexible de ce qui avait plutôt l'air d'une règle qu'on s'impose que d'une nécessité qu'on subit. Elle ajoutait : « Je ne fréquente que trois maisons », comme ces auteurs qui, craignant de ne pouvoir aller jusqu'à la quatrième, annoncent que leur pièce n'aura que trois représentations. Que M. et Mme Verdurin ajoutassent foi ou non à cette fiction, ils avaient aidé la princesse à l'inculquer dans l'esprit des fidèles. Et ceux-ci étaient persuadés à la fois que la princesse, entre des milliers de relations qui s'offraient à elle, avait choisi les seuls Verdurin, et que les Verdurin, sollicités en vain par toute la haute aristocratie, n'avaient consenti à faire qu'une exception, en faveur de la princesse.

À leurs yeux, la princesse, trop supérieure à son milieu d'origine pour ne pas s'y ennuyer, entre tant de gens qu'elle eût pu fréquenter ne trouvait agréables que les seuls Verdurin, et réciproquement ceux-ci, sourds aux avances de toute l'aristocratie qui s'offrait à eux, n'avaient consenti à faire qu'une seule exception, en faveur d'une grande dame plus intelligente que ses pareilles, la princesse Sherbatoff.

La princesse était fort riche ; elle avait à toutes les premières une grande baignoire où, avec l'autorisation de Mme Verdurin, elle emmenait les fidèles et jamais personne d'autre. On se montrait cette personne énigmatique et pâle qui avait vieilli sans blanchir, et plutôt en rougissant comme certains fruits durables et ratatinés des haies. On admirait à la fois sa puissance et son humilité, car ayant toujours avec elle un académicien, Brichot, un célèbre savant, Cottard, le premier pianiste du temps, plus tard M. de Charlus, elle s'efforçait pourtant de retenir exprès la baignoire la plus obscure, restait au fond, ne s'occupait en rien de la salle, vivait exclusivement pour le petit groupe, qui un peu avant la fin de la représentation se retirait en suivant cette souveraine étrange et non dépourvue d'une beauté timide, fascinante et usée. Or, si Mme Sherbatoff ne regardait pas la salle, restait dans l'ombre, c'était pour tâcher d'oublier qu'il existait un monde vivant qu'elle désirait passionnément et ne pouvait pas connaître ; la « coterie » dans une « baignoire » était pour elle ce qu'est pour certains animaux l'immobilité quasi cadavérique en présence du danger. Néanmoins le goût de nouveauté et de curiosité qui travaille les gens du monde faisait qu'ils prêtaient peut-être plus d'attention à cette mystérieuse inconnue qu'aux célébrités des premières loges chez qui chacun venait en visite. On s'imaginait qu'elle était autrement que les personnes qu'on connaissait, qu'une merveilleuse intelligence jointe à une bonté divinatrice retenaient autour d'elle ce petit milieu de gens éminents. La princesse était forcée, si on lui parlait de quelqu'un ou si on lui présentait quelqu'un, de feindre une grande froideur pour maintenir la fiction de son horreur du monde. Néanmoins, avec l'appui de Cottard ou de Mme Verdurin, quelques nouveaux réussissaient à la connaître, et son ivresse d'en connaître un était telle qu'elle en oubliait la fable de l'isolement voulu et se dépensait follement pour le nouveau venu. S'il était fort médiocre, chacun s'étonnait. « Quelle chose singulière que la princesse, qui ne veut connaître personne, aille faire une exception pour cet être si peu caractéristique ! » Mais ces fécondantes connaissances étaient rares, et la princesse vivait étroitement confinée au milieu des fidèles.

Cottard disait beaucoup plus souvent : « Je le verrai mercredi chez les Verdurin », que : « Je le verrai mardi à l'Académie. » Il parlait aussi des mercredis comme d'une occupation aussi importante et aussi inéluctable. D'ailleurs Cottard était de ces gens peu recherchés qui se font un devoir aussi impérieux de se rendre à une invitation que si elle constituait un ordre, comme une convocation militaire ou judiciaire. Il fallait qu'il fût appelé par une visite bien importante pour qu'il « lâchât » les Verdurin le mercredi, l'importance ayant trait d'ailleurs plutôt à la qualité du malade qu'à la gravité de la maladie. Car Cottard, quoique bon homme, renonçait aux douceurs du mercredi non pour un ouvrier frappé d'une attaque, mais pour le coryza d'un ministre. Encore dans ce cas disait-il à sa femme : « Excuse-moi bien auprès de Mme Verdurin. Préviens que j'arriverai en retard. Cette Excellence aurait bien pu choisir un autre jour pour être enrhumée. » Un mercredi, leur vieille cuisinière s'étant coupé la veine du bras, Cottard, déjà en smoking pour aller chez les Verdurin, avait haussé les épaules quand sa femme lui avait timidement demandé s'il ne pourrait pas panser la blessée : « Mais je ne peux pas, Léontine, s'était-il écrié en gémissant ; tu vois bien que j'ai mon gilet blanc. » Pour ne pas impatienter son mari, Mme Cottard avait fait chercher au plus vite le chef de clinique. Celui-ci, pour aller plus vite, avait pris une voiture, de sorte que la sienne entrant dans la cour au moment où celle de Cottard allait sortir pour le mener chez les Verdurin, on avait perdu cinq minutes à avancer, à reculer. Mme Cottard était gênée que le chef de clinique vît son maître en tenue de soirée. Cottard pestait du retard, peut-être par remords, et partit avec une humeur exécrable qu'il fallut tous les plaisirs du mercredi pour arriver à dissiper.

Si un client de Cottard lui demandait : « Rencontrez-vous quelquefois les Guermantes ? » c'est de la meilleure foi du monde que le professeur répondait : « Peut-être pas justement les Guermantes, je ne sais pas. Mais je vois tout ce monde-là chez des amis à moi. Vous avez certainement entendu parler des Verdurin. Ils connaissent tout le monde. Et puis eux du moins ce ne sont pas des gens chic décatis. Il y a du répondant. On évalue généralement que Mme Verdurin est riche à trente-cinq millions. Dame, trente-cinq millions, c'est un chiffre. Aussi elle n'y va pas avec le dos de la cuiller. Vous me parliez de la duchesse de Guermantes. Je vais vous dire la différence : Mme Verdurin c'est une grande dame, la duchesse de Guermantes est probablement une purée. Vous saisissez bien la nuance, n'est-ce pas ? En tous cas, que les Guermantes aillent ou non chez Mme Verdurin, elle reçoit, ce qui vaut mieux, les d'Sherbatoff, les d'Forcheville, et *tutti quanti*, des gens de la plus haute volée, toute la noblesse de France et de Navarre à qui vous me verriez parler de pair à compagnon. D'ailleurs ce genre d'individus recherche volontiers les princes de la science », ajoutait-il avec un sourire d'amour-propre béat, amené à ses lèvres par la satisfaction orgueilleuse, non pas tellement que l'expression jadis réservée aux Potain, aux Charcot[1], s'appliquât maintenant à lui, mais qu'il sût enfin user comme il convenait de toutes celles que l'usage autorise et, qu'après les avoir longtemps piochées, il possédait à fond[2]. Aussi après m'avoir cité la princesse Sherbatoff parmi les personnes que recevait Mme Verdurin, Cottard ajoutait en clignant de l'œil : « Vous voyez le genre de la maison, vous comprenez ce que je veux dire ? » Il voulait dire ce qu'il y a de plus chic. Or, recevoir une dame russe qui ne connaissait que la grande-duchesse Eudoxie, c'était peu. Mais la princesse Sherbatoff eût même pu ne pas la connaître sans qu'eussent été amoindries l'opinion que Cottard avait relativement à la suprême élégance du salon Verdurin et sa joie d'y être reçu. La splendeur dont nous semblent revêtus les gens que nous fréquentons n'est pas plus intrinsèque que celle de ces personnages de théâtre pour l'habillement desquels il est bien inutile qu'un directeur dépense des centaines de mille francs à acheter des costumes authentiques et des bijoux vrais qui ne feront aucun effet, quand un grand décorateur donnera une impression de luxe mille fois plus somptueuse en dirigeant un rayon factice sur un pourpoint de grosse toile semé de bouchons de verre et sur un manteau en papier. Tel homme a passé sa vie au milieu des grands de la terre qui n'étaient pour lui que d'ennuyeux parents ou de fastidieuses connaissances, parce qu'une habitude contractée dès le berceau les avait dépouillés à ses yeux de tout prestige. Mais en revanche il a suffi que celui-ci vînt par quelque hasard s'ajouter aux personnes les plus obscures, pour que d'innombrables Cottard aient vécu éblouis par des femmes titrées dont ils s'imaginaient que le salon était le centre des élégances aristocratiques, et qui n'étaient même pas ce qu'étaient Mme de Villeparisis et ses amies (des grandes dames déchues que l'aristocratie qui avait été élevée avec elles ne fréquentait plus) ; non, celles dont l'amitié a été l'orgueil de tant de gens, si ceux-ci publiaient leurs Mémoires et y donnaient les noms de ces femmes et de celles qu'elles recevaient, personne, pas plus Mme de Cambremer que Mme de Guermantes, ne pourrait les identifier. Mais qu'importe ! Un Cottard a ainsi sa baronne ou sa marquise, laquelle est pour lui « la baronne » ou « la marquise », comme dans Marivaux, la baronne dont on ne dit jamais le nom et dont on n'a même pas l'idée qu'elle en a jamais eu un[1]. Cottard croit d'autant plus y trouver résumée l'aristocratie — laquelle ignore cette dame — que plus les titres sont douteux, plus les couronnes tiennent de place sur les verres, sur l'argenterie, sur le papier à lettres, sur les malles. De nombreux Cottard, qui ont cru passer leur vie au cœur du faubourg Saint-Germain, ont eu leur imagination peut-être plus enchantée de rêves féodaux que ceux qui avaient effectivement vécu parmi des princes, de même que pour le petit commerçant qui, le dimanche, va parfois visiter des édifices « du vieux temps », c'est quelquefois dans ceux dont toutes les pierres sont du nôtre, et dont les voûtes ont été, par des élèves de Viollet-le-Duc, peintes en bleu et semées d'étoiles d'or, qu'ils ont le plus la sensation du Moyen Âge[2]. « La princesse sera à Maineville. Elle voyagera avec nous. Mais je ne vous présenterai pas tout de suite. Il vaudra mieux que ce soit Mme Verdurin qui fasse cela. À moins que je ne trouve un joint. Comptez alors que je sauterai dessus. — De quoi parliez-vous ? dit Saniette qui fit semblant d'avoir été prendre l'air. — Je citais à Monsieur, dit Brichot, un mot que vous connaissez bien, de celui qui est à mon avis le premier des "fins de siècle" (du siècle XVIII s'entend), le prénommé Charles-Maurice, abbé de Périgord[1]. Il avait commencé par promettre d'être un très bon journaliste. Mais il tourna mal, je veux dire qu'il devint ministre ! La vie a de ces disgrâces. Politicien peu scrupuleux au demeurant, qui, avec des dédains de grand seigneur racé, ne se gênait pas de travailler à ses heures pour le roi de Prusse, c'est le cas de le dire, et mourut dans la peau d'un centre gauche[2]. »

À Saint-Pierre-des-Ifs monta une splendide jeune fille qui, malheureusement, ne faisait pas partie du petit groupe. Je ne pouvais détacher mes yeux de sa chair de magnolia, de ses yeux noirs, de la construction admirable et haute de ses formes. Au bout d'une seconde elle voulut ouvrir une glace car il faisait un peu chaud dans le compartiment, et ne voulant pas demander la permission à tout le monde, comme seul je n'avais pas de manteau, elle me dit d'une voix rapide, fraîche et rieuse : « Ça ne vous est pas désagréable, monsieur, l'air ? » J'aurais voulu lui dire : « Venez avec nous chez les Verdurin », ou : « Dites-moi votre nom et votre adresse. » Je répondis : « Non, l'air ne me gêne pas, mademoiselle. » Et après, sans se déranger de sa place : « La fumée, ça ne gêne pas vos amis ? » et elle alluma une cigarette. À la troisième station elle descendit d'un saut. Le lendemain, je demandai à Albertine qui cela pouvait être. Car, stupidement, croyant qu'on ne peut aimer qu'une chose, jaloux de l'attitude d'Albertine à l'égard de Robert, j'étais rassuré quant aux femmes. Albertine me dit, je crois très sincèrement, qu'elle ne savait pas. « Je voudrais tant la retrouver ! m'écriai-je. — Tranquillisez-vous, on se retrouve toujours », répondit Albertine. Dans le cas particulier elle se trompait ; je n'ai jamais retrouvé ni identifié la belle jeune fille à la cigarette. On verra du reste pourquoi pendant longtemps je dus cesser de la chercher. Mais je ne l'ai pas oubliée. Il m'arrive souvent en pensant à elle d'être pris d'une folle envie. Mais ces retours du désir nous forcent à réfléchir que si on voulait retrouver ces jeunes filles-là avec le même plaisir, il faudrait revenir aussi à l'année qui a été suivie depuis de dix autres pendant lesquelles la jeune fille s'est fanée. On peut quelquefois retrouver un être, mais non abolir le temps. Tout cela jusqu'au jour imprévu et triste comme une nuit d'hiver, où on ne cherche plus cette jeune fille-là, ni aucune autre, où trouver vous effraierait même. Car on ne se sent plus assez d'attraits pour plaire, ni de force pour aimer. Non pas bien entendu qu'on soit, au sens propre du mot, impuissant. Et quant à aimer, on aimerait plus que jamais. Mais on sent que c'est une trop grande entreprise pour le peu de forces qu'on garde. Le repos éternel a déjà mis des intervalles où l'on ne peut sortir, ni parler. Mettre un pied sur la marche qu'il faut, c'est une réussite comme de ne pas manquer le saut périlleux. Être vu dans cet état par une jeune fille qu'on aime, même si l'on a gardé son visage et tous ses cheveux blonds de jeune homme ! On ne peut plus assumer la fatigue de se mettre au pas de la jeunesse. Tant pis si le désir charnel redouble au lieu de s'amortir ! On fait venir pour lui une femme à qui l'on ne se souciera pas de plaire, qui ne partagera qu'un soir votre couche et qu'on ne reverra jamais.

« On doit être toujours sans nouvelles du violoniste », dit Cottard. L'événement du jour dans le petit clan était en effet le lâchage du violoniste favori de Mme Verdurin. Celui-ci, qui faisait son service militaire près de Doncières, venait trois fois par semaine dîner à La Raspelière car il avait la permission de minuit. Or, l'avant-veille, pour la première fois, les fidèles n'avaient pu arriver à le découvrir dans le tram. On avait supposé qu'il l'avait manqué. Mais Mme Verdurin avait eu beau envoyer au tram suivant, enfin au dernier, la voiture était revenue vide. « Il a été sûrement fourré au bloc, il n'y a pas d'autre explication de sa fugue. Ah ! dame, vous savez, dans le métier militaire, avec ces gaillards-là, il suffit d'un adjudant grincheux. — Ce sera d'autant plus mortifiant pour Mme Verdurin, dit Brichot, s'il lâche encore ce soir, que notre aimable hôtesse reçoit justement à dîner pour la première fois les voisins qui lui ont loué La Raspelière, le marquis et la marquise de Cambremer. — Ce soir, le marquis et la marquise de Cambremer ! s'écria Cottard. Mais je n'en savais absolument rien. Naturellement je savais comme vous tous qu'ils devaient venir un jour, mais je ne savais pas que ce fût si proche. Sapristi, dit-il en se tournant vers moi, qu'est-ce que je vous ai dit : la princesse Sherbatoff, le marquis et la marquise de Cambremer. » Et après avoir répété ces noms en se berçant de leur mélodie : « Vous voyez que nous nous mettons bien, me dit-il. N'importe, pour vos débuts, vous mettez dans le mille. Cela va être une chambrée exceptionnellement brillante. » Et se tournant vers Brichot, il ajouta : « La Patronne doit être furieuse. Il n'est que temps que nous arrivions lui prêter main-forte. » Depuis que Mme Verdurin était à La Raspelière, elle affectait vis-à-vis des fidèles d'être en effet dans l'obligation et au désespoir d'inviter une fois ses propriétaires. Elle aurait ainsi de meilleures conditions pour l'année suivante, disait-elle, et ne le faisait que par intérêt. Mais elle prétendait avoir une telle terreur, se faire un tel monstre d'un dîner avec des gens qui n'étaient pas du petit groupe, qu'elle le remettait toujours. Il l'effrayait du reste un peu pour les motifs qu'elle proclamait, tout en les exagérant, si par un autre côté il l'enchantait pour des raisons de snobisme qu'elle préférait taire. Elle était donc à demi sincère, elle croyait le petit clan quelque chose de si unique au monde, un de ces ensembles comme il faut des siècles pour en constituer un pareil, qu'elle tremblait à la pensée d'y voir introduits ces gens de province, ignorants de la Tétralogie et des *Maîtres*[1], qui ne sauraient pas tenir leur partie dans le concert de la conversation générale et étaient capables, en venant chez Mme Verdurin, de détruire un des fameux mercredis, chefs-d'œuvre incomparables et fragiles, pareils à ces verreries de Venise qu'une fausse note suffit à briser. « De plus, ils doivent être tout ce qu'il y a de plus *anti*, et galonnards, avait dit M. Verdurin. — Ah ! çà par exemple, ça m'est égal, voilà assez longtemps qu'on en parle de cette histoire-là », avait répondu Mme Verdurin qui, sincèrement dreyfusarde, eût cependant voulu trouver dans la prépondérance de son salon dreyfusiste une récompense mondaine. Or le dreyfusisme triomphait politiquement mais non pas mondainement. Labori, Reinach, Picquart, Zola[2], restaient pour les gens du monde des espèces de traîtres qui ne pouvaient que les éloigner du petit noyau. Aussi après cette incursion dans la politique, Mme Verdurin tenait-elle à rentrer dans l'art. D'ailleurs d'Indy, Debussy, n'étaient-ils pas « mal » dans l'Affaire[3] ? « Pour ce qui est de l'Affaire, nous n'aurions qu'à les mettre à côté de Brichot, dit-elle (l'universitaire étant le seul des fidèles qui avait pris le parti de l'état-major, ce qui l'avait fait beaucoup baisser dans l'estime de Mme Verdurin). On n'est pas obligé de parler éternellement de l'affaire Dreyfus. Non, la vérité c'est que les Cambremer m'embêtent. » Quant aux fidèles, aussi excités par le désir inavoué qu'ils avaient de connaître les Cambremer, que dupes de l'ennui affecté que Mme Verdurin disait éprouver à les recevoir, ils reprenaient chaque jour en causant avec elle les vils arguments qu'elle donnait elle-même en faveur de cette invitation, tâchaient de les rendre irrésistibles. « Décidez-vous une bonne fois, répétait Cottard, et vous aurez les concessions pour le loyer, ce sont eux qui paieront le jardinier, vous aurez la jouissance du pré. Tout cela vaut bien de s'ennuyer une soirée. Je n'en parle que pour vous », ajoutait-il, bien que le cœur lui eût battu une fois que dans la voiture de Mme Verdurin il avait croisé celle de la vieille Mme de Cambremer sur la route, et surtout qu'il fût humilié pour les employés du chemin de fer, quand, à la gare, il se trouvait près du marquis. De leur côté les Cambremer, vivant bien trop loin du mouvement mondain pour pouvoir même se douter que certaines femmes élégantes parlaient avec quelque considération de Mme Verdurin, s'imaginaient que celle-ci était une personne qui ne pouvait connaître que des bohèmes, n'était même peut-être pas légitimement mariée, et en fait de gens « nés », ne verrait jamais qu'eux. Ils ne s'étaient résignés à y dîner que pour être en bons termes avec une locataire dont ils espéraient le retour pour de nombreuses saisons, surtout depuis qu'ils avaient, le mois précédent, appris qu'elle venait d'hériter de tant de millions. C'est en silence et sans plaisanteries de mauvais goût qu'ils se préparaient au jour fatal. Les fidèles n'espéraient plus qu'il vînt jamais, tant de fois Mme Verdurin en avait déjà fixé devant eux la date toujours changée. Ces fausses résolutions avaient pour but, non seulement de faire ostentation de l'ennui que lui causait ce dîner, mais de tenir en haleine les membres du petit groupe qui habitaient dans le voisinage et étaient parfois enclins à lâcher. Non que la Patronne devinât que le « grand jour » leur était aussi agréable qu'à elle-même, mais parce que, les ayant persuadés que ce dîner était pour elle la plus terrible des corvées, elle pouvait faire appel à leur dévouement. « Vous n'allez pas me laisser seule en tête à tête avec ces Chinois-là ! Il faut au contraire que nous soyons en nombre pour supporter l'ennui. Naturellement nous ne pourrons parler de rien de ce qui nous intéresse. Ce sera un mercredi de raté, que voulez-vous ! »

« En effet, répondit Brichot, en s'adressant à moi, je crois que Mme Verdurin, qui est très intelligente et apporte une grande coquetterie à l'élaboration de ses mercredis, ne tenait guère à recevoir ces hobereaux de grande lignée mais sans esprit. Elle n'a pu se résoudre à inviter la marquise douairière mais s'est résignée au fils et à la belle-fille. — Ah ! nous verrons la marquise de Cambremer ? » dit Cottard avec un sourire où il crut devoir mettre de la paillardise et du marivaudage bien qu'il ignorât si Mme de Cambremer était jolie ou non. Mais le titre de marquise éveillait en lui des images prestigieuses et galantes. « Ah ! je la connais », dit Ski qui l'avait rencontrée une fois qu'il se promenait avec Mme Verdurin. « Vous ne la connaissez pas au sens biblique ? » dit, en coulant un regard louche sous son lorgnon, le docteur, dont c'était une des plaisanteries favorites. « Elle est intelligente, me dit Ski. Naturellement », reprit-il en voyant que je ne disais rien et appuyant en souriant sur chaque mot, « elle est intelligente et elle ne l'est pas, il lui manque l'instruction, elle est frivole, mais elle a l'instinct des jolies choses. Elle se taira mais elle ne dira jamais une bêtise. Et puis elle est d'une jolie coloration. Ce serait un portrait qui serait amusant à peindre », ajouta-t-il en fermant à demi les yeux comme s'il la regardait posant devant lui. Comme je pensais tout le contraire de ce que Ski exprimait avec tant de nuances, je me contentai de dire qu'elle était la sœur d'un ingénieur très distingué, M. Legrandin. « Hé bien ! vous voyez, vous serez présenté à une jolie femme, me dit Brichot, et on ne sait jamais ce qui peut en résulter. Cléopâtre n'était même pas une grande dame, c'était la petite femme, la petite femme inconsciente et terrible de notre Meilhac[1], et voyez les conséquences non seulement pour ce jobard d'Antoine, mais pour le monde antique. — J'ai déjà été présenté à Mme de Cambremer, répondis-je. — Ah ! mais alors vous allez vous trouver en pays de connaissance. — Je serai d'autant plus heureux de la voir, répondis-je, qu'elle m'avait promis un ouvrage de l'ancien curé de Combray sur les noms de lieux de cette région-ci[2], et je vais pouvoir lui rappeler sa promesse. Je m'intéresse à ce prêtre et aussi aux étymologies. — Ne vous fiez pas trop à celles qu'il indique, me répondit Brichot ; l'ouvrage qui est à La Raspelière et que je me suis amusé à feuilleter ne me dit rien qui vaille ; il fourmille d'erreurs. Je vais vous en donner un exemple. Le mot *bricq* entre dans la formation d'une quantité de noms de lieux de nos environs. Le brave ecclésiastique a eu l'idée passablement biscornue qu'il vient de *briga*, hauteur, lieu fortifié. Il le voit déjà dans les peuplades celtiques, Latobriges, Nemetobriges, etc., et le suit jusque dans les noms comme Briand, Brion, etc. Pour en revenir au pays que nous avons le plaisir de traverser en ce moment avec vous,

Bricquebosc signifierait le bois de la hauteur, Bricqueville l'habitation de la hauteur, Bricquebec, où nous nous arrêterons dans un instant avant d'arriver à Maineville, la hauteur près du ruisseau. Or ce n'est pas du tout cela, pour la raison que *bricq* est le vieux mot norois qui signifie tout simplement un pont[1]. De même que *fleur*, que le protégé de Mme de Cambremer se donne une peine infinie pour rattacher tantôt aux mots scandinaves *floi*, *flo*, tantôt aux mots irlandais *ae* et *aer*, est au contraire, à n'en point douter, le *fiord* des Danois et signifie port[2]. De même l'excellent prêtre croit que la station de Saint-Martin-le-Vêtu, qui avoisine La Raspelière, signifie Saint-Martin-le-Vieux *(vetus).* Il est certain que le mot de *vieux* a joué un grand rôle dans la toponymie de cette région. *Vieux* vient généralement de *vadum* et signifie un gué, comme au lieu-dit Les Vieux. C'est ce que les Anglais appelaient *ford* (Oxford, Hereford[3]). Mais dans le cas particulier, *vieux* vient non pas de *vetus*, mais de *vastatus*, lieu dévasté et nu. Vous avez près d'ici Sottevast, le vast de Setold, Brillevast, le vast de Berold. Je suis d'autant plus certain de l'erreur du curé que Saint-Martin-le-Vieux[4] s'est appelé autrefois Saint-Martin-du-Gast et même Saint-Martin-de-Terregate. Or le *v* et le *g* dans ces mots sont la même lettre. On dit dévaster mais aussi gâcher. Jachères et gâtines (du haut allemand *wastinna*) ont ce même sens. Terregate, c'est donc *terra vasta*[5]. Quant à Saint-Mars, jadis (honni soit qui mal y pense !) Saint-Merd, c'est Saint-Medardus, qui est tantôt Saint-Médard, Saint-Mard, Saint-Marc, Cinq-Mars, et jusqu'à Dammas[6]. Il ne faut du reste pas oublier que tout près d'ici, des lieux portant ce même nom de Mars attestent simplement une origine païenne (le dieu Mars) restée vivace en ce pays, mais que le saint homme se refuse à reconnaître. Les hauteurs dédiées aux dieux sont en particulier fort nombreuses, comme la montagne de Jupiter (Jeumont[1]). Votre curé n'en veut rien voir et en revanche partout où le christianisme a laissé des traces, elles lui échappent. Il a poussé son voyage jusqu'à Loctudy, nom barbare, dit-il, alors que c'est *Locus sancti Tudeni*, et n'a pas davantage, dans Sammarcoles, deviné *Sanctus Martialis*[2]. Votre curé, continua Brichot en voyant qu'il m'intéressait, fait venir les mots en *bon*, *home*, *holm*, du mot *holl (hullus)*, colline, alors qu'il vient du norois *holm*, île, que vous connaissez bien dans Stockholm, et qui dans tout ce pays-ci est si répandu : La Houlme, Engohomme, Tahoume, Robehomme, Néhomme, Quettehou, etc.[3] » Ces noms me firent penser au jour où Albertine avait voulu aller à Amfreville-la-Bigot[4] (du nom de deux de ses seigneurs successifs, me dit Brichot), et où elle m'avait ensuite proposé de dîner ensemble à Robehomme. Quant à Montmartin, nous allions y passer dans un instant. « Est-ce que Néhomme, demandai-je, n'est pas près de Carquethuit et de Clitourps ? — Parfaitement, Néhomme c'est le *holm*, l'île ou presqu'île du fameux vicomte Nigel dont le nom est resté aussi dans Néville. Carquethuit et Clitourps dont vous me parlez sont pour le protégé de Mme de Cambremer l'occasion d'autres erreurs. Sans doute il voit bien que *carque*, c'est une église, la *Kirche* des Allemands. Vous connaissez Querqueville, Carquebut, sans parler de Dunkerque[5]. Car mieux vaudrait alors nous arrêter à ce fameux mot de *dun* qui pour les Celtes signifiait une élévation. Et cela vous le retrouverez dans toute la France. Votre abbé s'hypnotise devant Duneville. Mais dans l'Eure-et-Loir il eût trouvé Châteaudun ; Dun-le-Roi dans le Cher ; Duneau dans la Sarthe ; Dun dans l'Ariège ; Dune-les-Places dans la Nièvre, etc., etc.[6]

Ce *dun* lui fait commettre une curieuse erreur en ce qui concerne Douville où nous descendrons et où nous attendent les confortables voitures de Mme Verdurin[1]. Douville, en latin *donvilla*, dit-il. En effet Douville est au pied de grandes hauteurs. Votre curé qui sait tout, sent tout de même qu'il a fait une bévue. Il a lu en effet dans un ancien pouillé[2] *Domvilla*. Alors il se rétracte ; Douville, selon lui, est un fief de l'abbé, *domino abbati*, du mont Saint-Michel. Il s'en réjouit, ce qui est assez bizarre quand on pense à la vie scandaleuse que depuis le capitulaire de Saint-Clair-sur-Epte on menait au mont Saint-Michel, et ce qui ne serait pas plus extraordinaire que de voir le roi de Danemark suzerain de toute cette côte où il faisait célébrer beaucoup plus le culte d'Odin[3] que celui du Christ. D'autre part, la supposition que l'*n* a été changée en *u* ne me choque pas et exige moins d'altération que le très correct Lyon qui, lui aussi, vient de *dun (Lugdunum)*. Mais enfin l'abbé se trompe. Douville n'a jamais été Donville, mais Doville, *Eudonis Villa*, le village d'Eudes. Douville s'appelait autrefois Escalecliff, l'escalier de la pente. Vers 1233, Eudes le Bouteiller, seigneur d'Escalecliff, partit pour la Terre Sainte ; au moment de partir il fit remise de l'église à l'abbaye de Blanchelande. Échange de bons procédés : le village prit son nom, d'où actuellement Douville[4]. Mais j'ajoute que la toponymie, où je suis d'ailleurs fort ignare, n'est pas une science exacte ; si nous n'avions ce témoignage historique, Douville pourrait fort bien venir d'Ouville, c'est-à-dire : les Eaux. Les formes en *ai* (Aigues-Mortes), de *aqua*, se changent fort souvent en *eu*, en *ou*[5]. Or il y avait tout près de Douville des eaux renommées. Vous pensez que le curé était trop content de trouver là quelque trace chrétienne, encore que ce pays semble avoir été assez difficile à évangéliser puisqu'il a fallu que s'y reprissent successivement saint Ursal, saint Gofroi, saint Barsanore, saint Laurent de Brèvedent, lequel passa enfin la main aux moines de Beaubec[1]. Mais pour *tuit* l'auteur se trompe, il y voit une forme de *toft*, masure, comme dans Criquetot, Ectot, Yvetot, alors que c'est le *thveit*, essart, défrichement, comme dans Braquetuit, Le Thuit, Regnetuit, etc.[2] De même, s'il reconnaît dans Clitourps le *thorp* normand, qui veut dire village, il veut que la première partie du nom dérive de *clivus*, pente, alors qu'elle vient de *cliff*, rocher[3]. Mais ses plus grosses bévues viennent moins de son ignorance que de ses préjugés. Si bon Français qu'on soit, faut-il nier l'évidence et prendre Saint-Laurent-en-Bray pour le prêtre romain si connu, alors qu'il s'agit de saint Lawrence O'Toole, archevêque de Dublin[4] ? Mais plus que le sentiment patriotique, le parti pris religieux de votre ami lui fait commettre des erreurs grossières. Ainsi vous avez non loin de chez nos hôtes de La Raspelière deux Montmartin, Montmartin-sur-Mer et Montmartin-en-Graignes. Pour Graignes, le bon curé n'a pas commis d'erreur, il a bien vu que Graignes, en latin *grania*, en grec *crêné*, signifie étangs, marais ; combien de Cresmays, de Croen, de Grenneville, de Lengronne, ne pourrait-on pas citer[5] ? Mais pour Montmartin votre prétendu linguiste veut absolument qu'il s'agisse de paroisses dédiées à saint Martin. Il s'autorise de ce que le saint est leur patron, mais ne se rend pas compte qu'il n'a été pris pour tel qu'après coup ; ou plutôt il est aveuglé par sa haine du paganisme ; il ne veut pas voir qu'on aurait dit Mont-Saint-Martin comme on dit le mont Saint-Michel, s'il s'était agi de saint Martin, tandis que le nom de Montmartin s'applique de façon beaucoup plus païenne à des temples consacrés au dieu Mars, temples dont nous ne possédons pas, il est vrai, d'autres vestiges, mais que la présence incontestée dans le voisinage de vastes camps romains rendrait des plus vraisemblables même sans le nom de Montmartin qui tranche le doute. Vous voyez que le petit livre que vous allez trouver à La Raspelière n'est pas des mieux faits. » J'objectai qu'à Combray le curé nous avait appris souvent des étymologies intéressantes. « Il était probablement mieux sur son terrain, le voyage en Normandie l'aura dépaysé. — Et ne l'aura pas guéri, ajoutai-je, car il était arrivé neurasthénique et est reparti rhumatisant. — Ah ! c'est la faute à la neurasthénie. Il est tombé de la neurasthénie dans la philologie, comme eût dit mon bon maître Pocquelin[1]. Dites donc, Cottard, vous semble-t-il que la neurasthénie puisse avoir une influence fâcheuse sur la philologie, la philologie une influence calmante sur la neurasthénie, et la guérison de la neurasthénie conduire au rhumatisme ? — Parfaitement, le rhumatisme et la neurasthénie sont deux formes vicariantes du neuro-arthritisme. On peut passer de l'une à l'autre par métastase. — L'éminent professeur, dit Brichot, s'exprime, Dieu me pardonne, dans un français aussi mêlé de latin et de grec qu'eût pu le faire M. Purgon[2] lui-même, de moliéresque mémoire ! À moi, mon oncle, je veux dire notre Sarcey national[3]... » Mais il ne put achever sa phrase. Le professeur venait de sursauter et de pousser un hurlement : « Nom de d'là, s'écria-t-il en passant enfin au langage articulé, nous avons passé Maineville (hé ! hé !) et même Renneville. » Il venait de voir que le train s'arrêtait à Saint-Mars-le-Vieux où presque tous les voyageurs descendaient. « Ils n'ont pas dû pourtant brûler l'arrêt. Nous n'aurons pas fait attention en parlant des Cambremer. — Écoutez-moi, Ski, attendez, je vais vous dire "une bonne chose" », dit

Cottard qui avait pris en affection cette expression usitée dans certains milieux médicaux. « La princesse doit être dans le train, elle ne nous aura pas vus et sera montée dans un autre compartiment. Allons à sa recherche. Pourvu que tout cela n'aille pas amener de grabuge ! » Et il nous emmena tous à la recherche de la princesse Sherbatoff. Il la trouva dans le coin d'un wagon vide, en train de lire *La Revue des Deux Mondes*. Elle avait pris depuis de longues années, par peur des rebuffades, l'habitude de se tenir à sa place, de rester dans son coin, dans la vie comme dans le train, et d'attendre pour donner la main qu'on lui eût dit bonjour. Elle continua à lire quand les fidèles entrèrent dans son wagon. Je la reconnus aussitôt ; cette femme qui pouvait avoir perdu sa situation mais n'en était pas moins d'une grande naissance, qui en tous cas était la perle d'un salon comme celui des Verdurin, c'était la dame que dans le même train, j'avais cru, l'avant-veille, pouvoir être une tenancière de maison publique. Sa personnalité sociale si incertaine me devint claire aussitôt quand je sus son nom, comme quand après avoir peiné sur une devinette, on apprend enfin le mot qui rend clair tout ce qui était resté obscur et qui pour les personnes est le nom. Apprendre le surlendemain quelle était la personne à côté de qui on a voyagé dans le train sans parvenir à trouver son rang social est une surprise beaucoup plus amusante que de lire dans la livraison nouvelle d'une revue le mot de l'énigme proposée dans la précédente livraison. Les grands restaurants, les casinos, les « tortillards » sont le musée des familles de ces énigmes sociales. « Princesse, nous vous aurons manquée à Maineville ! Vous permettez que nous prenions place dans votre compartiment ? — Mais comment donc », fit la princesse qui, en entendant Cottard lui parler, leva seulement alors de sur sa revue des yeux qui, comme ceux de M. de Charlus, quoique plus doux, voyaient très bien les personnes de la présence de qui elle faisait semblant de ne pas s'apercevoir. Cottard, réfléchissant à ce que le fait d'être invité avec les Cambremer était pour moi une recommandation suffisante, prit, au bout d'un moment, la décision de me présenter à la princesse, laquelle s'inclina avec une grande politesse, mais eut l'air d'entendre mon nom pour la première fois. « Cré nom, s'écria le docteur, ma femme a oublié de faire changer les boutons de mon gilet blanc. Ah ! les femmes, ça ne pense à rien. Ne vous mariez jamais, voyez-vous », me dit-il. Et comme c'était une des plaisanteries qu'il jugeait convenables quand on n'avait rien à dire, il regarda du coin de l'œil la princesse et les autres fidèles, qui, parce qu'il était professeur et académicien, sourirent en admirant sa bonne humeur et son absence de morgue. La princesse nous apprit que le jeune violoniste était retrouvé. Il avait gardé le lit la veille à cause d'une migraine, mais viendrait ce soir et amènerait un vieil ami de son père qu'il avait retrouvé à Doncières. Elle l'avait su par Mme Verdurin avec qui elle avait déjeuné le matin, nous dit-elle d'une voix rapide où le roulement des r de l'accent russe était doucement marmonné au fond de la gorge, comme si c'étaient non des r mais des l. « Ah ! vous avez déjeuné ce matin avec elle », dit Cottard à la princesse ; mais en me regardant car ces paroles avaient pour but de me montrer combien la princesse était intime avec la Patronne. « Vous êtes une fidèle, vous ! — Oui, j'aime ce petit celcle intelligent, agléable, pas méchant, tout simple, pas snob et où on a de l'esplit jusqu'au bout des ongles. — Nom d'une pipe, j'ai dû perdre mon billet, je ne le retrouve pas », s'écria Cottard sans s'inquiéter d'ailleurs outre mesure. Il savait qu'à Douville, où deux landaus allaient nous attendre, l'employé le laisserait passer sans billet et ne s'en découvrirait que plus bas afin de donner par ce salut l'explication de son indulgence, à savoir qu'il avait bien reconnu en Cottard un habitué des Verdurin. « On ne me mettra pas à la salle de police pour cela, conclut le docteur. — Vous disiez, monsieur, demandai-je à Brichot, qu'il y avait près d'ici des eaux renommées ; comment le sait-on ? — Le nom de la station suivante l'atteste entre bien d'autres témoignages. Elle s'appelle Fervaches. — Je ne complends pas ce qu'il veut dile », grommela la princesse du ton dont elle m'aurait dit par gentillesse : « Il nous embête, n'est-ce pas ? » « Mais, princesse, Fervaches veut dire eaux chaudes, *fervidæ aquæ*[1]... Mais à propos du jeune violoniste, continua Brichot, j'oubliais, Cottard, de vous parler de la grande nouvelle. Saviez-vous que notre pauvre ami Dechambre, l'ancien pianiste favori de Mme Verdurin[2], vient de mourir ? C'est effrayant. — Il était encore jeune, répondit Cottard, mais il devait faire quelque chose du côté du foie, il devait avoir quelque saleté de ce côté, il avait une fichue tête depuis quelque temps. — Mais il n'était pas si jeune, dit Brichot ; du temps où Elstir et Swann allaient chez Mme Verdurin, Dechambre était déjà une notoriété parisienne, et, chose admirable, sans avoir reçu à l'étranger le baptême du succès. Ah ! il n'était pas un adepte de l'Évangile selon saint Barnum[3], celui-là. — Vous confondez, il ne pouvait aller chez Mme Verdurin à ce moment-là, il était encore en nourrice. — Mais, à moins que ma vieille mémoire ne soit infidèle, il me semblait que Dechambre jouait la sonate de Vinteuil pour Swann quand ce cercleux, en rupture d'aristocratie, ne se doutait guère qu'il serait un jour le prince consort embourgeoisé de notre Odette nationale. — C'est impossible, la sonate de Vinteuil a été jouée chez Mme Verdurin longtemps après que Swann n'y allait plus », dit le docteur qui, comme les gens qui travaillent beaucoup et croient devoir retenir beaucoup de choses qu'ils se figurent être utiles, en oublient beaucoup d'autres, ce qui leur permet de s'extasier devant la mémoire de gens qui n'ont rien à faire. « Vous faites tort à vos connaissances, vous n'êtes pourtant pas ramolli », dit en souriant le docteur. Brichot convint de son erreur. Le train s'arrêta. C'était La Sogne. Ce nom m'intriguait. « Comme j'aimerais savoir ce que veulent dire tous ces noms, dis-je à Cottard. — Mais demandez à M. Brichot, il le sait peut-être. — Mais La Sogne, c'est la Cicogne, *Siconia* », répondit Brichot que je brûlais d'interroger sur bien d'autres noms.

Oubliant qu'elle tenait à son « coin », Mme Sherbatoff m'offrit aimablement de changer de place avec moi pour que je pusse mieux causer avec Brichot à qui je voulais demander d'autres étymologies qui m'intéressaient, et elle assura qu'il lui était indifférent de voyager en avant, en arrière, debout, etc. Elle restait sur la défensive tant qu'elle ignorait les intentions des nouveaux venus, mais quand elle avait reconnu que celles-ci étaient aimables, elle cherchait de toutes manières à faire plaisir à chacun. Enfin le train s'arrêta à la station de Douville-Féterne, laquelle étant située à peu près à égale distance du village de Féterne et de celui de Douville, portait à cause de cette particularité leurs deux noms. « Saperlipopette », s'écria le docteur Cottard, quand nous fûmes devant la barrière où on prenait les billets et feignant seulement de s'en apercevoir, « je ne peux pas retrouver mon ticket, j'ai dû le perdre. » Mais l'employé, ôtant sa casquette, assura que cela ne faisait rien et sourit respectueusement. La princesse (donnant des explications au cocher, comme eût fait une espèce de dame d'honneur de Mme Verdurin, laquelle, à cause des Cambremer, n'avait pu venir à la gare, ce qu'elle faisait du reste rarement) me prit, ainsi que Brichot, avec elle dans une des voitures. Dans l'autre montèrent le docteur, Saniette et Ski.

Le cocher, bien que tout jeune, était le premier cocher des Verdurin, le seul qui fût vraiment cocher en titre ; il leur faisait faire, dans le jour, toutes leurs promenades, car il connaissait tous les chemins, et le soir allait chercher et reconduire ensuite les fidèles. Il était accompagné d'extras (qu'il choisissait) en cas de nécessité. C'était un excellent garçon, sobre et adroit, mais avec une de ces figures mélancoliques où le regard trop fixe signifie qu'on se fait pour un rien de la bile, même des idées noires. Mais il était en ce moment fort heureux car il avait réussi à placer son frère, autre excellente pâte d'homme, chez les Verdurin. Nous traversâmes d'abord Douville. Des mamelons herbus y descendaient jusqu'à la mer en amples pâtis, auxquels la saturation de l'humidité et du sel donnait une épaisseur, un moelleux, une vivacité de tons extrêmes. Les îlots et les découpures de Rivebelle, beaucoup plus rapprochés ici qu'à Balbec, donnaient à cette partie de la mer l'aspect nouveau pour moi d'un plan en relief. Nous passâmes devant de petits chalets loués presque tous par des peintres ; nous prîmes un sentier où des vaches en liberté, aussi effrayées que nos chevaux, nous barrèrent dix minutes le passage, et nous nous engageâmes dans la route de la corniche. « Mais par les dieux immortels, demanda tout à coup Brichot, revenons à ce pauvre Dechambre ; croyez-vous que Mme Verdurin *sache* ? lui a-t-on *dit* ? » Mme Verdurin, comme presque tous les gens du monde, justement parce qu'elle avait besoin de la société des autres, ne pensait plus un seul jour à eux après qu'étant morts, ils ne pouvaient plus venir aux mercredis, ni aux samedis, ni dîner en robe de chambre. Et on ne pouvait pas dire du petit clan, image en cela de tous les salons, qu'il se composait de plus de morts que de vivants, vu que dès qu'on était mort c'était comme si on n'avait jamais existé. Mais pour éviter l'ennui d'avoir à parler des défunts, voire de suspendre les dîners, chose impossible à la Patronne, à cause d'un deuil, M. Verdurin feignait que la mort des fidèles affectât tellement sa femme que dans l'intérêt de sa santé, il ne fallait pas en parler. D'ailleurs, et peut-être justement parce que la mort des autres lui semblait un accident si définitif et si vulgaire, la pensée de la sienne propre lui faisait horreur et il fuyait toute réflexion pouvant s'y rapporter. Quant à Brichot, comme il était très brave homme et parfaitement dupe de ce que M. Verdurin disait de sa femme, il redoutait pour son amie les émotions d'un pareil chagrin. « Oui, elle *sait tout* depuis ce matin, dit la princesse, on n'a *pas pu lui cacher*. — Ah ! mille tonnerres de Zeus, s'écria Brichot, ah ! ça a dû être un coup terrible, un ami de vingt-cinq ans ! En voilà un qui était des nôtres ! — Évidemment, évidemment, que voulez-vous, dit Cottard[1]. Ce sont des circonstances toujours pénibles ; mais Mme Verdurin est une femme forte, c'est une cérébrale encore plus qu'une émotive. — Je ne suis pas tout à fait de l'avis du docteur », dit la princesse, à qui décidément son parler rapide, son accent murmuré, donnait l'air à la fois boudeur et mutin. « Mme Verdurin, sous une apparence froide, cache des trésors de sensibilité. M. Verdurin m'a dit qu'il avait eu beaucoup de peine à l'empêcher d'aller à Paris pour la cérémonie ; il a été obligé de lui faire croire que tout se ferait à la campagne. — Ah ! diable, elle voulait aller à Paris. Mais je sais bien que c'est une femme de cœur, peut-être de trop de cœur même. Pauvre Dechambre ! Comme le disait Mme Verdurin il n'y a pas deux mois : "À côté de lui Planté, Paderewski, Risler même[1], rien ne tient." Ah ! il a pu dire plus justement que ce m'as-tu vu de Néron qui a trouvé le moyen de rouler la science allemande elle-même : *Qualis artifex pereo*[2] ! Mais lui du moins, Dechambre, a dû mourir dans l'accomplissement du sacerdoce, en odeur de dévotion beethovénienne ; et bravement, je n'en doute pas ; en bonne justice, cet officiant de la musique allemande aurait mérité de trépasser en célébrant la *Messe en ré*[3]. Mais il était au demeurant homme à accueillir la camarde avec un trille, car cet exécutant de génie retrouvait parfois dans son ascendance de Champenois parisianisé des crâneries et des élégances de garde-française. »

De la hauteur où nous étions déjà, la mer n'apparaissait plus, ainsi que de Balbec, pareille aux ondulations de montagnes soulevées, mais au contraire, comme apparaît d'un pic, ou d'une route qui contourne la montagne, un glacier bleuâtre, ou une plaine éblouissante, situés à une moindre altitude. Le déchiquetage des remous y semblait immobilisé et avoir dessiné pour toujours leurs cercles concentriques ; l'émail même de la mer, qui changeait insensiblement de couleur, prenait vers le fond de la baie, où se creusait un estuaire, la blancheur bleue d'un lait où de petits bacs noirs qui n'avançaient pas semblaient empêtrés comme des mouches. Il ne me semblait pas qu'on pût découvrir de nulle part un tableau plus vaste. Mais à chaque tournant une partie nouvelle s'y ajoutait et quand nous arrivâmes à l'octroi de Douville, l'éperon de falaise qui nous avait caché jusque-là une moitié de la baie, rentra, et je vis tout à coup à ma gauche un golfe aussi profond que celui que j'avais eu jusque-là devant moi, mais dont il changeait les proportions et doublait la beauté. L'air à ce point si élevé devenait d'une vivacité et d'une pureté qui m'enivraient. J'aimais les Verdurin ; qu'ils nous eussent envoyé une voiture me semblait d'une bonté attendrissante. J'aurais voulu embrasser la princesse. Je lui dis que je n'avais jamais rien vu d'aussi beau. Elle fit profession d'aimer aussi ce pays plus que tout autre. Mais je sentais bien que pour elle comme pour les Verdurin la grande affaire était non de le contempler en touristes, mais d'y faire de bons repas, d'y recevoir une société qui leur plaisait, d'y écrire des lettres, d'y lire, bref d'y vivre, laissant passivement sa beauté les baigner plutôt qu'ils n'en faisaient l'objet de leur préoccupation.

De l'octroi, la voiture s'étant arrêtée pour un instant à une telle hauteur au-dessus de la mer que, comme d'un sommet, la vue du gouffre bleuâtre donnait presque le vertige, j'ouvris le carreau ; le bruit distinctement perçu de chaque flot qui se brisait avait dans sa douceur et dans sa netteté quelque chose de sublime. N'était-il pas comme un indice de mensuration qui, renversant nos impressions habituelles, nous montre que les distances verticales peuvent être assimilées aux distances horizontales, au contraire de la représentation que notre esprit s'en fait d'habitude ; et que, rapprochant ainsi de nous le ciel, elles ne sont pas grandes ; qu'elles sont même moins grandes pour un bruit qui les franchit, comme faisait celui de ces petits flots, car le milieu qu'il a à traverser est plus pur ? Et en effet, si on reculait seulement de deux mètres en arrière de l'octroi, on ne distinguait plus ce bruit de vagues auquel deux cents mètres de falaise n'avaient pas enlevé sa délicate, minutieuse et douce précision. Je me disais que ma grand-mère aurait eu pour lui cette admiration que lui inspiraient toutes les manifestations de la nature ou de l'art dans la simplicité desquelles on lit la grandeur. Mon exaltation était à son comble et soulevait tout ce qui m'entourait. J'étais attendri que les Verdurin nous eussent envoyé chercher à la gare. Je le dis à la princesse qui parut trouver que j'exagérais beaucoup une si simple politesse. Je sais qu'elle avoua plus tard à Cottard qu'elle me trouvait bien enthousiaste ; il lui répondit que j'étais trop émotif et que j'aurais eu besoin de calmants et de faire du tricot. Je faisais remarquer à la princesse chaque arbre, chaque petite maison croulant sous ses roses, je lui faisais tout admirer, j'aurais voulu la serrer elle-même contre mon cœur. Elle me dit qu'elle voyait que j'étais doué pour la peinture, que je devrais dessiner, qu'elle était surprise qu'on ne me l'eût pas encore dit. Et elle confessa qu'en effet ce pays était pittoresque. Nous traversâmes, perché sur la hauteur, le petit village d'Englesqueville (*Engleberti Villa*, nous dit Brichot). « Mais êtes-vous bien sûre que le dîner de ce soir a lieu, malgré la mort de Dechambre, princesse ? ajouta-t-il sans réfléchir que la venue à la gare des voitures dans lesquelles nous étions était déjà une réponse. — Oui, dit la princesse, M. Veldulin a tenu à ce qu'il ne soit pas remis, justement pour empêcher sa femme de "penser". Et puis après tant d'années qu'elle n'a jamais manqué de recevoir un mercredi, ce changement dans ses habitudes aurait pu l'impressionner. Elle est très nerveuse ces temps-ci. M. Verdurin était particulièrement heureux que vous veniez dîner ce soir parce qu'il savait que ce serait une grande distraction pour Mme Verdurin », dit la princesse, oubliant sa feinte de ne pas avoir entendu parler de moi. « Je crois que vous ferez bien de ne parler de *rien devant* Mme Verdurin, ajouta la princesse. — Ah ! vous faites bien de me le dire, répondit naïvement Brichot. Je transmettrai la recommandation à Cottard. » La voiture s'arrêta un instant. Elle repartit, mais le bruit que faisaient les roues dans le village avait cessé. Nous étions entrés dans l'allée d'honneur de La Raspelière où M. Verdurin nous attendait au perron. « J'ai bien fait de mettre un smoking, dit-il, en constatant avec plaisir que les fidèles avaient le leur, puisque j'ai des hommes si chic. » Et comme je m'excusais de mon veston : « Mais, voyons, c'est parfait. Ici ce sont des dîners de camarades. Je vous offrirais bien de vous prêter un de mes smokings mais il ne vous irait pas. » Le *shake-hand* plein d'émotion que, en pénétrant dans le vestibule de La Raspelière, et en manière de condoléances pour la mort du pianiste, Brichot donna au Patron, ne provoqua de la part de celui-ci aucun commentaire. Je lui dis mon admiration pour ce pays. « Ah ! tant mieux, et vous n'avez rien vu, nous vous le montrerons. Pourquoi ne viendriez-vous pas habiter quelques semaines ici ? l'air est excellent. » Brichot craignait que sa poignée de main n'eût pas été comprise. « Hé bien ! ce pauvre Dechambre ! » dit-il, mais à mi-voix, dans la crainte que Mme Verdurin ne fût pas loin. « C'est affreux, répondit allégrement M. Verdurin. — Si jeune », reprit Brichot. Agacé de s'attarder à ces inutilités, M. Verdurin répliqua d'un ton pressé et avec un gémissement suraigu, non de chagrin, mais d'impatience irritée : « Hé bien oui, mais qu'est-ce que vous voulez, nous n'y pouvons rien, ce ne sont pas nos paroles qui le ressusciteront, n'est-ce pas ? » Et la douceur lui revenant avec la jovialité : « Allons, mon brave Brichot, posez vite vos affaires. Nous avons une bouillabaisse qui n'attend pas. Surtout, au nom du ciel, n'allez pas parler de Dechambre à Mme Verdurin ! Vous savez qu'elle cache beaucoup ce qu'elle ressent, mais elle a une véritable maladie de la sensibilité. Non, mais je vous jure, quand elle a appris que Dechambre était mort, elle a presque pleuré », dit M. Verdurin d'un ton profondément ironique. À l'entendre on aurait dit qu'il fallait une espèce de démence pour regretter un ami de trente ans, et d'autre part on devinait que l'union perpétuelle de M. Verdurin avec sa femme n'allait pas, de la part de celui-ci, sans qu'il la jugeât toujours et qu'elle l'agaçât souvent. « Si vous lui en parlez elle va encore se rendre malade. C'est déplorable, trois semaines après sa bronchite. Dans ces cas-là c'est moi qui suis le garde-malade. Vous comprenez que je sors d'en prendre. Affligez-vous sur le sort de Dechambre dans votre cœur tant que vous voudrez. Pensez-y, mais n'en parlez pas. J'aimais bien Dechambre, mais vous ne pouvez pas m'en vouloir d'aimer encore plus ma femme. Tenez, voilà Cottard, vous allez pouvoir lui demander. » Et en effet, il savait qu'un médecin de la famille sait rendre bien des petits services, comme de prescrire par exemple qu'il ne faut pas avoir de chagrin.

Cottard, docile, avait dit à la Patronne : « Bouleversez-vous comme ça et vous *me* ferez demain 39 de fièvre », comme il aurait dit à la cuisinière : « Vous me ferez demain du ris de veau. » La médecine, faute de guérir, s'occupe à changer le sens des verbes et des pronoms.

M. Verdurin fut heureux de constater que Saniette, malgré les rebuffades que celui-ci avait essuyées l'avant-veille, n'avait pas déserté le petit noyau. En effet Mme Verdurin et son mari avaient contracté dans l'oisiveté des instincts cruels à qui les grandes circonstances, trop rares, ne suffisaient plus. On avait bien pu brouiller Odette avec Swann, Brichot avec sa maîtresse. On recommencerait avec d'autres, c'était entendu. Mais l'occasion ne s'en présentait pas tous les jours. Tandis que grâce à sa sensibilité frémissante, à sa timidité craintive et vite affolée, Saniette leur offrait un souffre-douleur quotidien. Aussi, de peur qu'il lâchât, avait-on soin de l'inviter avec des paroles aimables et persuasives comme en ont au lycée les vétérans, au régiment les anciens pour un bleu qu'on veut amadouer afin de pouvoir s'en saisir, à seules fins alors de le chatouiller et de lui faire des brimades quand il ne pourra plus s'échapper. « Surtout, rappela à Brichot Cottard qui n'avait pas entendu M. Verdurin, *motus* devant Mme Verdurin. — Soyez sans crainte, ô Cottard, vous avez affaire à un sage, comme dit Théocrite[1]. D'ailleurs M. Verdurin a raison, à quoi servent nos plaintes ? » ajouta-t-il, car, capable d'assimiler des formes verbales et les idées qu'elles amenaient en lui, mais n'ayant pas de finesse, il avait admiré dans les paroles de M. Verdurin le plus courageux stoïcisme. « N'importe, c'est un grand talent qui disparaît. — Comment, vous parlez encore de Dechambre ? » dit M. Verdurin qui nous avait précédés et qui, voyant que nous ne le suivions pas, était revenu en arrière. « Écoutez, dit-il à Brichot, il ne faut d'exagération en rien. Ce n'est pas une raison parce qu'il est mort pour en faire un génie qu'il n'était pas. Il jouait bien, c'est entendu, il était surtout bien encadré ici ; transplanté, il n'existait plus. Ma femme s'en était engouée et avait fait sa réputation. Vous savez comme elle est. Je dirai plus, dans l'intérêt même de sa réputation il est mort au bon moment, à point, comme les demoiselles de Caen, grillées selon les recettes incomparables de Pampille[2], vont l'être, j'espère (à moins que vous ne vous éternisiez par vos jérémiades dans cette casbah ouverte à tous les vents). Vous ne voulez tout de même pas nous faire crever tous parce que Dechambre est mort et quand depuis un an il était obligé de faire des gammes avant de donner un concert, pour retrouver momentanément, bien momentanément, sa souplesse. Du reste vous allez entendre ce soir, ou du moins rencontrer, car ce mâtin-là délaisse trop souvent après dîner l'art pour les cartes, quelqu'un qui est un autre artiste que Dechambre, un petit que ma femme a découvert (comme elle avait découvert Dechambre, et Paderewski et le reste) : Morel. Il n'est pas encore arrivé, ce bougre-là. Je vais être obligé d'envoyer une voiture au dernier train. Il vient avec un vieil ami de sa famille qu'il a retrouvé et qui l'embête à crever, mais avec qui il aurait été obligé, pour ne pas avoir de plaintes de son père, de rester sans cela à Doncières, à lui tenir compagnie : le baron de Charlus. » Les fidèles entrèrent. M. Verdurin, resté en arrière avec moi pendant que j'ôtais mes affaires, me prit le bras en plaisantant, comme fait à un dîner un maître de maison qui n'a pas d'invitée à vous donner à conduire. « Vous avez fait bon voyage ? — Oui, M. Brichot m'a appris des choses qui m'ont beaucoup intéressé », dis-je en pensant aux étymologies et parce que j'avais entendu dire que les Verdurin admiraient beaucoup Brichot. « Cela m'aurait étonné qu'il ne vous eût rien appris, me dit M. Verdurin, c'est un homme si effacé, qui parle si peu des choses qu'il sait. » Ce compliment ne me parut pas très juste. « Il a l'air charmant, dis-je. — Exquis, délicieux, pas pion pour un sou, fantaisiste, léger, ma femme l'adore, moi aussi ! » répondit M. Verdurin sur un ton d'exagération et de réciter une leçon. Alors seulement je compris que ce qu'il m'avait dit de Brichot était ironique. Et je me demandai si M. Verdurin, depuis le temps lointain dont j'avais entendu parler, n'avait pas secoué la tutelle de sa femme.

Le sculpteur fut très étonné d'apprendre que les Verdurin consentaient à recevoir M. de Charlus. Alors que dans le faubourg Saint-Germain où M. de Charlus était si connu, on ne parlait jamais de ses mœurs (ignorées du plus grand nombre, objet de doute pour d'autres qui croyaient plutôt à des amitiés exaltées, mais platoniques, à des imprudences, et enfin soigneusement dissimulées par les seuls renseignés, qui haussaient les épaules quand quelque malveillante Gallardon risquait une insinuation), ces mœurs, connues à peine de quelques intimes, étaient au contraire journellement décriées loin du milieu où il vivait, comme certains coups de canon qu'on n'entend qu'après l'interférence d'une zone silencieuse. D'ailleurs dans ces milieux bourgeois et artistes où il passait pour l'incarnation même de l'inversion, sa grande situation mondaine, sa haute origine étaient entièrement ignorées, par un phénomène analogue à celui qui, dans le peuple roumain, fait que le nom de Ronsard est connu comme celui d'un grand seigneur, tandis que son œuvre poétique y est inconnue. Bien plus, la noblesse de Ronsard repose en Roumanie sur une erreur[1]. De même, si dans le monde des peintres, des comédiens, M. de Charlus avait si mauvaise réputation, cela tenait à ce qu'on le confondait avec un comte Leblois de Charlus qui n'avait même pas la moindre parenté avec lui, ou extrêmement lointaine, et qui avait été arrêté, peut-être par erreur, dans une descente de police restée fameuse. En somme, toutes les histoires qu'on racontait sur M. de Charlus s'appliquaient au faux. Beaucoup de professionnels juraient avoir eu des relations avec M. de Charlus et étaient de bonne foi, croyant que le faux Charlus était le vrai, et le faux peut-être favorisant, moitié par ostentation de noblesse, moitié par dissimulation de vice, une confusion qui, pour le vrai (le baron que nous connaissons), fut longtemps préjudiciable et ensuite, quand il eut glissé sur sa pente, devint commode, car à lui aussi elle permit de dire : « Ce n'est pas moi. » Actuellement en effet, ce n'était pas de lui qu'on parlait. Enfin, ce qui ajoutait à la fausseté des commentaires d'un fait vrai (les goûts du baron), il avait été l'ami intime et parfaitement pur d'un auteur qui, dans le monde des théâtres, avait, on ne sait pourquoi, cette réputation et ne la méritait nullement. Quand on les apercevait à une première ensemble, on disait : « Vous savez », de même qu'on croyait que la duchesse de Guermantes avait des relations immorales avec la princesse de Parme ; légende indestructible, car elle ne se serait évanouie qu'à une proximité de ces deux grandes dames où les gens qui la répétaient n'atteindraient vraisemblablement jamais qu'en les lorgnant au théâtre et en les calomniant auprès du titulaire du fauteuil voisin. Des mœurs de M. de Charlus, le sculpteur concluait avec d'autant moins d'hésitation que la situation mondaine du baron devait être aussi mauvaise, qu'il ne possédait sur la famille à laquelle appartenait M. de Charlus, sur son titre, sur son nom, aucune espèce de renseignement. De même que Cottard croyait que tout le monde sait que le titre de docteur en médecine n'est rien, celui d'interne des hôpitaux quelque chose, les gens du monde se trompent en se figurant que tout le monde possède sur l'importance sociale de leur nom les mêmes notions qu'eux-mêmes et les personnes de leur milieu.

Le prince d'Agrigente passait pour un « rasta » aux yeux d'un chasseur de cercle à qui il devait vingt-cinq louis, et ne reprenait son importance que dans le faubourg Saint-Germain où il avait trois sœurs duchesses, car ce ne sont pas sur les gens modestes aux yeux de qui il compte peu, mais sur les gens brillants, au courant de ce qu'il est, que fait quelque effet le grand seigneur. M. de Charlus allait du reste pouvoir se rendre compte dès le soir même que le Patron avait sur les plus illustres familles ducales des notions peu approfondies. Persuadé que les Verdurin allaient faire un pas de clerc en laissant s'introduire dans leur salon si « select » un individu taré, le sculpteur crut devoir prendre à part la Patronne. « Vous faites entièrement erreur, d'ailleurs je ne crois jamais ces choses-là, et puis quand ce serait vrai, je vous dirai que ce ne serait pas très compromettant pour moi ! » lui répondit Mme Verdurin, furieuse, car Morel étant le principal élément des mercredis, elle tenait avant tout à ne pas le mécontenter. Quant à Cottard il ne put donner d'avis car il avait demandé à monter un instant « faire une petite commission » dans le *buen retiro*[1] et à écrire ensuite dans la chambre de M. Verdurin une lettre très pressée pour un malade.

Un grand éditeur de Paris venu en visite et qui avait pensé qu'on le retiendrait, s'en alla brutalement, avec rapidité, comprenant qu'il n'était pas assez élégant pour le petit clan. C'était un homme grand et fort, très brun, studieux, avec quelque chose de tranchant. Il avait l'air d'un couteau à papier en ébène[2].

Mme Verdurin qui, pour nous recevoir dans son immense salon[3], où des trophées de graminées, de coquelicots, de fleurs des champs, cueillis le jour même, alternaient avec le même motif peint en camaïeu, deux siècles auparavant, par un artiste d'un goût exquis, s'était levée un instant d'une partie qu'elle faisait avec un vieil ami, nous demanda la permission de la finir en deux minutes et tout en causant avec nous. D'ailleurs ce que je lui dis de mes impressions ne lui fut qu'à demi agréable. D'abord j'étais scandalisé de voir qu'elle et son mari rentraient tous les jours longtemps avant l'heure de ces couchers de soleil qui passaient pour si beaux vus de cette falaise, plus encore de la terrasse de La Raspelière, et pour lesquels j'aurais fait des lieues. « Oui, c'est incomparable, dit légèrement Mme Verdurin en jetant un coup d'œil sur les immenses croisées qui faisaient porte vitrée. Nous avons beau voir cela tout le temps, nous ne nous en lassons pas », et elle ramena ses regards vers ses cartes. Or, mon enthousiasme même me rendait exigeant. Je me plaignais de ne pas voir du salon les rochers de Darnetal qu'Elstir m'avait dits adorables à ce moment où ils réfractaient tant de couleurs. « Ah ! vous ne pouvez pas les voir d'ici, il faudrait aller au bout du parc, à la "Vue de la baie". Du banc qui est là-bas vous embrassez tout le panorama. Mais vous ne pouvez pas y aller tout seul, vous vous perdriez. Je vais vous y conduire, si vous voulez, ajouta-t-elle mollement. — Mais non, voyons, tu n'as pas assez des douleurs que tu as prises l'autre jour, tu veux en prendre de nouvelles ? Il reviendra, il verra la vue de la baie une autre fois. » Je n'insistai pas, et je compris qu'il suffisait aux Verdurin de savoir que ce soleil couchant était, jusque dans leur salon ou dans leur salle à manger, comme une magnifique peinture, comme un précieux émail japonais, justifiant le prix élevé auquel ils louaient La Raspelière toute meublée, mais vers lequel ils levaient rarement les yeux ; leur grande affaire ici était de vivre agréablement, de se promener, de bien manger, de causer, de recevoir d'agréables amis à qui ils faisaient faire d'amusantes parties de billard, de bons repas, de joyeux goûters. Je vis cependant plus tard avec quelle intelligence ils avaient appris à connaître ce pays, faisant faire à leurs hôtes des promenades aussi « inédites » que la musique qu'ils leur faisaient écouter. Le rôle que les fleurs de La Raspelière, les chemins le long de la mer, les vieilles maisons, les églises inconnues, jouaient dans la vie de M. Verdurin était si grand que ceux qui ne le voyaient qu'à Paris et qui, eux, remplaçaient la vie au bord de la mer et à la campagne par des luxes citadins, pouvaient à peine comprendre l'idée que lui-même se faisait de sa propre vie, et l'importance que ses joies lui donnaient à ses propres yeux. Cette importance était encore accrue du fait que les Verdurin étaient persuadés que La Raspelière, qu'ils comptaient acheter, était une propriété unique au monde. Cette supériorité que leur amour-propre leur faisait attribuer à La Raspelière justifia à leurs yeux mon enthousiasme qui, sans cela, les eût agacés un peu, à cause des déceptions qu'il comportait (comme celles que l'audition de la Berma m'avait jadis causées) et dont je leur faisais l'aveu sincère.

« J'entends la voiture qui revient. Espérons qu'elle les a trouvés », murmura tout à coup la Patronne. Disons en un mot que Mme Verdurin, en dehors même des changements inévitables de l'âge, ne ressemblait plus à ce qu'elle était au temps où Swann et Odette écoutaient chez elle la petite phrase. Même quand on la jouait, elle n'était plus obligée à l'air exténué d'admiration qu'elle prenait autrefois, car celui-ci était devenu sa figure. Sous l'action des innombrables névralgies que la musique de Bach, de Wagner, de Vinteuil, de Debussy lui avait occasionnées, le front de Mme Verdurin avait pris des proportions énormes, comme les membres qu'un rhumatisme finit par déformer. Ses tempes, pareilles à deux belles sphères brûlantes, endolories et laiteuses, où roule immortellement l'Harmonie, rejetaient de chaque côté des mèches argentées, et proclamaient, pour le compte de la Patronne, sans que celle-ci eût besoin de parler : « Je sais ce qui m'attend ce soir. » Ses traits ne prenaient plus la peine de formuler successivement des impressions esthétiques trop fortes, car ils étaient eux-mêmes comme leur expression permanente dans un visage ravagé et superbe. Cette attitude de résignation aux souffrances toujours prochaines infligées par le Beau, et du courage qu'il y avait eu à mettre une robe quand on relevait à peine de la dernière sonate, faisait que Mme Verdurin, même pour écouter la plus cruelle musique, gardait un visage dédaigneusement impassible et se cachait même pour avaler les deux cuillerées d'aspirine.

« Ah ! oui, les voici », s'écria M. Verdurin avec soulagement en voyant la porte s'ouvrir sur Morel suivi de M. de Charlus. Celui-ci, pour qui dîner chez les Verdurin n'était nullement aller dans le monde, mais dans un mauvais lieu, était intimidé comme un collégien qui entre pour la première fois dans une maison publique et a mille respects pour la patronne. Aussi le désir habituel qu'avait M. de Charlus de paraître viril et froid fut-il dominé (quand il apparut dans la porte ouverte) par ces idées de politesse traditionnelles qui se réveillent dès que la timidité détruit une attitude factice et fait appel aux ressources de l'inconscient. Quand c'est dans un Charlus, qu'il soit d'ailleurs noble ou bourgeois, qu'agit un tel sentiment de politesse instinctive et atavique envers des inconnus, c'est toujours l'âme d'une parente du sexe féminin, auxiliatrice comme une déesse ou incarnée comme un double qui se charge de l'introduire dans un salon nouveau et de modeler son attitude jusqu'à ce qu'il soit arrivé devant la maîtresse de maison. Tel jeune peintre, élevé par une sainte cousine protestante, entrera la tête oblique et chevrotante, les yeux au ciel, les mains cramponnées à un manchon invisible, dont la forme évoquée et la présence réelle et tutélaire aideront l'artiste intimidé à franchir sans agoraphobie l'espace creusé d'abîmes qui va de l'antichambre au petit salon. Ainsi la pieuse parente dont le souvenir le guide aujourd'hui entrait il y a bien des années, et d'un air si gémissant qu'on se demandait quel malheur elle venait annoncer, quand à ses premières paroles on comprenait, comme maintenant pour le peintre, qu'elle venait faire une visite de digestion. En vertu de cette même loi qui veut que la vie, dans l'intérêt de l'acte encore inaccompli, fasse servir, utilise, dénature, dans une perpétuelle prostitution, les legs les plus respectables, parfois les plus saints, quelquefois seulement les plus innocents du passé, et bien qu'elle engendrât alors un aspect différent, celui des neveux de Mme Cottard qui affligeait sa famille par ses manières efféminées et ses fréquentations, faisait toujours une entrée joyeuse comme s'il venait vous faire une surprise ou vous annoncer un héritage, illuminé d'un bonheur dont il eût été vain de lui demander la cause qui tenait à son hérédité inconsciente et à son sexe déplacé. Il marchait sur les pointes, était sans doute lui-même étonné de ne pas tenir à la main un carnet de cartes de visite, tendait la main en ouvrant la bouche en cœur comme il avait vu sa tante le faire, et son seul regard inquiet était pour la glace où il semblait vouloir vérifier, bien qu'il fût nu-tête, si son chapeau, comme avait un jour demandé Mme Cottard à Swann, n'était pas de travers[1]. Quant à M. de Charlus à qui la société où il avait vécu fournissait, à cette minute critique, des exemples différents, d'autres arabesques d'amabilité, et enfin la maxime qu'on doit savoir dans certains cas, pour de simples petits bourgeois, mettre au jour et faire servir ses grâces les plus rares et habituellement gardées en réserve, c'est en se trémoussant, avec mièvrerie et la même ampleur dont un enjuponnement eût élargi et gêné ses dandinements, qu'il se dirigea vers Mme Verdurin avec un air si flatté et si honoré qu'on eût dit qu'être présenté chez elle était pour lui une suprême faveur. Son visage à demi incliné, où la satisfaction le disputait au comme il faut, se plissait de petites rides d'affabilité. On aurait cru voir s'avancer Mme de Marsantes, tant ressortait à ce moment la femme qu'une erreur de la nature avait mise dans le corps de M. de Charlus. Certes cette erreur, le baron avait durement peiné pour la dissimuler et prendre une apparence masculine. Mais à peine y était-il parvenu que, ayant pendant le même temps gardé les mêmes goûts, cette habitude de sentir en femme lui donnait une nouvelle apparence féminine, née celle-là non de l'hérédité mais de la vie individuelle. Et comme il arrivait peu à peu à penser, même les choses sociales, au féminin, et cela sans s'en apercevoir, car ce n'est pas qu'à force de mentir aux autres, mais aussi de se mentir à soi-même, qu'on cesse de s'apercevoir qu'on ment, bien qu'il eût demandé à son corps de rendre manifeste (au moment où il entrait chez les Verdurin) toute la courtoisie d'un grand seigneur, ce corps qui avait bien compris ce que M. de Charlus avait cessé d'entendre, déploya, au point que le baron eût mérité l'épithète de *lady-like*, toutes les séductions d'une grande dame. Au reste peut-on séparer entièrement l'aspect de M. de Charlus du fait que, les fils n'ayant pas toujours la ressemblance paternelle, même sans être invertis et en recherchant des femmes, ils consomment dans leur visage la profanation de leur mère ? Mais laissons ici ce qui mériterait un chapitre à part : les mères profanées[1].

Bien que d'autres raisons présidassent à cette transformation de M. de Charlus et que des ferments purement physiques fissent « travailler » chez lui la matière, et passer peu à peu son corps dans la catégorie des corps de femme, pourtant le changement que nous marquons ici était d'origine spirituelle. À force de se croire malade, on le devient, on maigrit, on n'a plus la force de se lever, on a des entérites nerveuses. À force de penser tendrement aux hommes on devient femme, et une robe postiche entrave vos pas. L'idée fixe peut modifier (aussi bien que dans d'autres cas la santé) dans ceux-là le sexe. Morel, qui le suivait, vint me dire bonjour. Dès ce moment-là, à cause d'un double changement qui se produisit en lui, il me donna (hélas ! je ne sus pas assez tôt en tenir compte) une mauvaise impression. Voici pourquoi. J'ai dit que Morel, échappé de la servitude de son père, se complaisait en général à une familiarité fort dédaigneuse. Il m'avait parlé, le jour où il m'avait apporté les photographies, sans même me dire une seule fois Monsieur, me traitant de haut en bas[1]. Quelle fut ma surprise chez Mme Verdurin de le voir s'incliner très bas devant moi, et devant moi seul, et d'entendre, avant même qu'il eût prononcé d'autre parole, les mots de respect, de très respectueux — ces mots que je croyais impossibles à amener sous sa plume ou sur ses lèvres — à moi adressés ! J'eus aussitôt l'impression qu'il avait quelque chose à me demander. Me prenant à part au bout d'une minute : « Monsieur me rendrait bien grand service, me dit-il, allant cette fois jusqu'à me parler à la troisième personne, en cachant entièrement à Mme Verdurin et à ses invités le genre de profession que mon père a exercé chez son oncle. Il vaudrait mieux dire qu'il était, dans votre famille, l'intendant de domaines si vastes, que cela le faisait presque l'égal de vos parents. » La demande de Morel me contrariait infiniment, non pas en ce qu'elle me forçait à grandir la situation de son père, ce qui m'était tout à fait égal, mais la fortune au moins apparente du mien, ce que je trouvais ridicule. Mais son air était si malheureux, si urgent, que je ne refusai pas. « Non, avant dîner, dit-il d'un ton suppliant, Monsieur a mille prétextes pour prendre à part Mme Verdurin. » C'est ce que je fis en effet, en tâchant de rehausser de mon mieux l'éclat du père de Morel, sans trop exagérer le « train » ni les « biens au soleil » de mes parents. Cela passa comme une lettre à la poste, malgré l'étonnement de Mme Verdurin qui avait connu vaguement mon grand-père. Et comme elle n'avait pas de tact, haïssait les familles (ce dissolvant du petit noyau), après m'avoir dit qu'elle avait autrefois aperçu mon arrière-grand-père et en avoir parlé comme de quelqu'un d'à peu près idiot qui n'eût rien compris au petit groupe et qui, selon son expression, « n'en était pas[1] », elle me dit : « C'est du reste si ennuyeux les familles, on n'aspire qu'à en sortir » ; et aussitôt elle me raconta sur le père de mon grand-père ce trait que j'ignorais, bien qu'à la maison j'eusse soupçonné (je ne l'avais pas connu, mais on parlait beaucoup de lui) sa rare avarice (opposée à la générosité un peu trop fastueuse de mon grand-oncle, l'ami de la dame en rose et le patron du père de Morel) : « Du moment que vos grands-parents avaient un intendant si chic, cela prouve qu'il y a des gens de toutes les couleurs dans les familles. Le père de votre grand-père était si avare que, presque gâteux à la fin de sa vie — entre nous il n'a jamais été bien fort, vous les rachetez tous —, il ne se résignait pas à dépenser trois sous pour son omnibus. De sorte qu'on avait été obligé de le faire suivre, de payer séparément le conducteur, et de faire croire au vieux grigou que son ami, M. de Persigny[1], ministre d'État, avait obtenu qu'il circulât pour rien dans les omnibus. Du reste, je suis très contente que le père de *notre* Morel ait été si bien. J'avais compris qu'il était professeur de lycée, ça ne fait rien, j'avais mal compris. Mais c'est de peu d'importance, car je vous dirai qu'ici nous n'apprécions que la valeur propre, la contribution personnelle, ce que j'appelle la participation. Pourvu qu'on soit d'art, pourvu en un mot qu'on soit de la confrérie, le reste importe peu. » La façon dont Morel en était — autant que j'ai pu l'apprendre — était qu'il aimait assez les femmes et les hommes pour faire plaisir à chaque sexe à l'aide de ce qu'il avait expérimenté sur l'autre ; c'est ce qu'on verra plus tard. Mais ce qui est essentiel à dire ici, c'est que dès que je lui eus donné ma parole d'intervenir auprès de Mme Verdurin, dès que je l'eus fait surtout, et sans retour possible en arrière, le « respect » de Morel à mon égard s'envola comme par enchantement, les formules respectueuses disparurent, et même pendant quelque temps il m'évita, s'arrangeant pour avoir l'air de me dédaigner, de sorte que si Mme Verdurin voulait que je lui disse quelque chose, lui demandasse tel morceau de musique, il continuait à parler avec un fidèle, puis passait à un autre, changeait de place si j'allais à lui. On était obligé de lui dire jusqu'à trois ou quatre fois que je lui avais adressé la parole, après quoi il me répondait, l'air contraint, brièvement, à moins que nous ne fussions seuls. Dans ce cas-là il était expansif, amical, car il avait des parties de caractère charmantes. Je n'en conclus pas moins de cette première soirée que sa nature devait être vile, qu'il ne reculait quand il le fallait devant aucune platitude, ignorait la reconnaissance. En quoi il ressemblait au commun des hommes. Mais comme j'avais en moi un peu de ma grand-mère et me plaisais à la diversité des hommes sans rien attendre d'eux ou leur en vouloir, je négligeai sa bassesse, je me plus à sa gaieté quand cela se présenta, même à ce que je crois avoir été une sincère amitié de sa part quand, ayant fait tout le tour de ses fausses connaissances de la nature humaine, il s'aperçut (par à-coups, car il avait d'étranges retours à sa sauvagerie primitive et aveugle) que ma douceur avec lui était désintéressée, que mon indulgence ne venait pas d'un manque de clairvoyance, mais de ce qu'il appela bonté, et surtout je m'enchantai à son art, qui n'était guère qu'une virtuosité admirable mais me faisait (sans qu'il fût au sens intellectuel du mot un vrai musicien) réentendre ou connaître tant de belle musique. D'ailleurs un manager, M. de Charlus chez qui j'ignorais ces talents (bien que Mme de Guermantes, qui l'avait connu fort différent dans leur jeunesse, prétendît qu'il lui avait fait une sonate, peint un éventail, etc.), modeste en ce qui concernait ses vraies supériorités, mais de premier ordre, sut mettre cette virtuosité au service d'un sens artistique multiple et qui la décupla. Qu'on imagine quelque artiste purement adroit des Ballets russes, stylé, instruit, développé en tous sens par M. de Diaghilev.

Je venais de transmettre à Mme Verdurin le message dont m'avait chargé Morel, et je parlais de Saint-Loup avec M. de Charlus, quand Cottard entra au salon en annonçant comme s'il y avait le feu, que les Cambremer arrivaient. Mme Verdurin, pour ne pas avoir l'air vis-à-vis de nouveaux comme M. de Charlus (que Cottard n'avait pas vu) et comme moi, d'attacher tant d'importance à l'arrivée des Cambremer, ne bougea pas, ne répondit pas à l'annonce de cette nouvelle et se contenta de dire au docteur, en s'éventant avec grâce et du même ton factice qu'une marquise du Théâtre-Français : « Le baron nous disait justement... » C'en était trop pour Cottard ! Moins vivement qu'il n'eût fait autrefois, car l'étude et les hautes situations avaient ralenti son débit, mais avec cette émotion tout de même qu'il retrouvait chez les Verdurin : « Un baron ! Où çà, un baron ? Où çà, un baron ? » s'écria-t-il en le cherchant des yeux avec un étonnement qui frisait l'incrédulité. Mme Verdurin, avec l'indifférence affectée d'une maîtresse de maison à qui un domestique vient devant les invités de casser un verre de prix, et avec l'intonation artificielle et surélevée d'un premier prix du Conservatoire jouant du Dumas fils, répondit en désignant avec son éventail le protecteur de Morel : « Mais, le baron de Charlus, à qui je vais vous nommer... monsieur le professeur Cottard. » Il ne déplaisait d'ailleurs pas à Mme Verdurin d'avoir l'occasion de jouer à la dame. M. de Charlus tendit deux doigts que le professeur serra avec le sourire bénévole d'un « prince de la science ». Mais il s'arrêta net en voyant entrer les Cambremer, tandis que M. de Charlus m'entraînait dans un coin pour me dire un mot, non sans palper mes muscles, ce qui est une manière allemande. M. de Cambremer ne ressemblait guère à la vieille marquise. Il était, comme elle le disait avec tendresse, « tout à fait du côté de son papa ». Pour qui n'avait entendu que parler de lui, ou même de lettres de lui, vives et convenablement tournées, son physique étonnait. Sans doute devait-on s'y habituer. Mais son nez avait choisi pour venir se placer de travers au-dessus de sa bouche, peut-être la seule ligne oblique, entre tant d'autres, qu'on n'eût eu l'idée de tracer sur ce visage, et qui signifiait une bêtise vulgaire, aggravée encore par le voisinage d'un teint normand à la rougeur de pommes. Il est possible que les yeux de M. de Cambremer gardassent dans leurs paupières un peu de ce ciel du Cotentin, si doux par les beaux jours ensoleillés où le promeneur s'amuse à voir, arrêtées au bord de la route, et à compter par centaines les ombres des peupliers, mais ces paupières lourdes, chassieuses et mal rabattues eussent empêché l'intelligence elle-même de passer. Aussi, décontenancé par la minceur de ce regard bleu, se reportait-on au grand nez de travers. Par une transposition de sens, M. de Cambremer vous regardait avec son nez. Ce nez de M. de Cambremer n'était pas laid, plutôt un peu trop beau, trop fort, trop fier de son importance. Busqué, astiqué, luisant, flambant neuf, il était tout disposé à compenser l'insuffisance spirituelle du regard ; malheureusement, si les yeux sont quelquefois l'organe où se révèle l'intelligence, le nez (quelle que soit d'ailleurs l'intime solidarité et la répercussion insoupçonnée des traits les uns sur les autres), le nez est généralement l'organe où s'étale le plus aisément la bêtise.

La convenance de vêtements sombres que portait toujours, même le matin, M. de Cambremer, avait beau rassurer ceux qu'éblouissait et exaspérait l'insolent éclat des costumes de plage des gens qu'ils ne connaissaient pas, on ne pouvait comprendre que la femme du premier président déclarât d'un air de flair et d'autorité, en personne qui a plus que vous l'expérience de la haute société d'Alençon, que devant M. de Cambremer on se sentait tout de suite, même avant de savoir qui il était, en présence d'un homme de haute distinction, d'un homme parfaitement bien élevé, qui changeait du genre de Balbec, un homme enfin auprès de qui on pouvait respirer. Il était pour elle, asphyxiée par tant de touristes de Balbec, qui ne connaissaient pas son monde, comme un flacon de sels. Il me sembla au contraire qu'il était des gens que ma grand-mère eût trouvés tout de suite « très mal » et comme elle ne comprenait pas le snobisme, elle eût sans doute été stupéfaite qu'il eût réussi à être épousé par Mlle Legrandin qui devait être difficile en fait de distinction, elle dont le frère était « si bien ». Tout au plus pouvait-on dire de la laideur vulgaire de M. de Cambremer qu'elle était un peu du pays et avait quelque chose de très anciennement local ; on pensait, devant ses traits fautifs et qu'on eût voulu rectifier, à ces noms de petites villes normandes sur l'étymologie desquels mon curé se trompait parce que les paysans, articulant mal ou ayant compris de travers le mot normand ou latin qui les désigne, ont fini par fixer dans un barbarisme qu'on trouve déjà dans les cartulaires, comme eût dit Brichot, un contresens et un vice de prononciation. La vie dans ces vieilles petites villes peut d'ailleurs se passer agréablement, et M. de Cambremer devait avoir des qualités, car s'il était d'une mère que la vieille marquise préférât son fils à sa belle-fille, en revanche, elle qui avait plusieurs enfants dont deux au moins n'étaient pas sans mérites, déclarait souvent que le marquis était à son avis le meilleur de la famille. Pendant le peu de temps qu'il avait passé dans l'armée, ses camarades, trouvant trop long de dire Cambremer, lui avaient donné le surnom de Cancan qu'il n'avait d'ailleurs mérité en rien. Il savait orner un dîner où on l'invitait en disant au moment du poisson (le poisson fût-il pourri) ou à l'entrée : « Mais dites donc, il me semble que voilà une belle bête. » Et sa femme, ayant adopté en entrant dans la famille tout ce qu'elle avait cru faire partie du genre de ce monde-là, se mettait à la hauteur des amis de son mari et peut-être cherchait à lui plaire comme une maîtresse et comme si elle avait jadis été mêlée à sa vie de garçon, en disant d'un air dégagé quand elle parlait de lui à des officiers : « Vous allez voir Cancan. Cancan est allé à Balbec, mais il reviendra ce soir. » Elle était furieuse de se compromettre ce soir chez les Verdurin et ne le faisait qu'à la prière de sa belle-mère et de son mari, dans l'intérêt de la location. Mais, moins bien élevée qu'eux, elle ne se cachait pas du motif et depuis quinze jours faisait avec ses amies des gorges chaudes de ce dîner. « Vous savez que nous dînons chez nos locataires. Cela vaudra bien une augmentation. Au fond, je suis assez curieuse de savoir ce qu'ils ont pu faire de notre pauvre vieille Raspelière (comme si elle y fût née, et y retrouvât tous les souvenirs des siens). Notre vieux garde m'a encore dit hier qu'on ne reconnaissait plus rien. Je n'ose pas penser à tout ce qui doit se passer là-dedans. Je crois que nous ferons bien de faire désinfecter tout avant de nous réinstaller. » Elle arriva hautaine et morose, de l'air d'une grande dame dont le château, du fait d'une guerre, est occupé par les ennemis, mais qui se sent tout de même chez elle et tient à montrer aux vainqueurs qu'ils sont des intrus. Mme de Cambremer ne put me voir d'abord car j'étais dans une baie latérale avec M. de Charlus, lequel me disait avoir appris par Morel que son père avait été « intendant » dans ma famille, et qu'il comptait suffisamment, lui Charlus, sur mon intelligence et ma magnanimité[1] (terme commun à lui et à Swann) pour me refuser l'ignoble et mesquin plaisir que de vulgaires petits imbéciles (j'étais prévenu) ne manqueraient pas à ma place de prendre en révélant à nos hôtes des détails que ceux-ci pourraient croire amoindrissants. « Le seul fait que je m'intéresse à lui et étende sur lui ma protection a quelque chose de suréminent et abolit le passé », conclut le baron. Tout en l'écoutant et en lui promettant le silence que j'aurais gardé même sans l'espoir de passer en échange pour intelligent et magnanime, je regardais Mme de Cambremer. Et j'eus peine à reconnaître la chose fondante et savoureuse que j'avais eue l'autre jour auprès de moi à l'heure du goûter, sur la terrasse de Balbec, dans la galette normande que je voyais, dure comme un galet, où les fidèles eussent en vain essayé de mettre la dent. Irritée d'avance du côté bonasse que son mari tenait de sa mère et qui lui ferait prendre un air honoré quand on lui présenterait les fidèles, désireuse pourtant de remplir ses fonctions de femme du monde, quand on lui eut nommé Brichot elle voulut lui faire faire la connaissance de son mari parce qu'elle avait vu ses amies plus élégantes faire ainsi, mais la rage ou l'orgueil l'emportant sur l'ostentation du savoir-vivre, elle dit, non comme elle aurait dû : « Permettez-moi de vous présenter mon mari », mais : « Je vous présente à mon mari », tenant haut ainsi le drapeau des Cambremer, en dépit d'eux-mêmes, car le marquis s'inclina devant Brichot aussi bas qu'elle avait prévu. Mais toute cette humeur de Mme de Cambremer changea soudain quand elle aperçut M. de Charlus qu'elle connaissait de vue. Jamais elle n'avait réussi à se le faire présenter même au temps de la liaison qu'elle avait eue avec Swann[1]. Car M. de Charlus prenant toujours le parti des femmes, de sa belle-sœur contre les maîtresses de M. de Guermantes, d'Odette, pas encore mariée alors, mais vieille liaison de Swann, contre les nouvelles, avait, sévère défenseur de la morale et protecteur fidèle des ménages, donné à Odette — et tenu — la promesse de ne pas se laisser nommer à Mme de Cambremer. Celle-ci ne s'était certes pas doutée que c'était chez les Verdurin qu'elle connaîtrait enfin cet homme inapprochable. M. de Cambremer savait que c'était une si grande joie pour elle qu'il en était lui-même attendri, et qu'il regarda sa femme d'un air qui signifiait : « Vous êtes contente de vous être décidée à venir, n'est-ce pas ? » Il parlait du reste fort peu, sachant qu'il avait épousé une femme supérieure. « Moi, indigne », disait-il à tout moment, et citait volontiers une fable de La Fontaine et une de Florian qui lui paraissaient s'appliquer à son ignorance[1], et, d'autre part, lui permettre, sous les formes d'une dédaigneuse flatterie, de montrer aux hommes de science qui n'étaient pas du Jockey qu'on pouvait chasser et avoir lu des fables. Le malheur est qu'il n'en connaissait guère que deux. Aussi revenaient-elles souvent. Mme de Cambremer n'était pas bête mais elle avait diverses habitudes fort agaçantes. Chez elle la déformation des noms n'avait absolument rien du dédain aristocratique. Ce n'est pas elle qui, comme la duchesse de Guermantes (laquelle par sa naissance eût dû être, plus que Mme de Cambremer, à l'abri de ce ridicule), eût dit pour ne pas avoir l'air de savoir le nom peu élégant (alors qu'il est maintenant celui d'une des femmes les plus difficiles à approcher) de Julien de Monchâteau : « une petite madame... Pic de la Mirandole[2] ». Non, quand Mme de Cambremer citait à faux un nom c'était par bienveillance, pour ne pas avoir l'air de savoir quelque chose, et quand par sincérité pourtant elle l'avouait, croyant le cacher en le démarquant. Si par exemple elle défendait une femme, elle cherchait à dissimuler, tout en voulant ne pas mentir à qui la suppliait de dire la vérité, que madame une telle était actuellement la maîtresse de M. Sylvain Lévy, et elle disait : « Non... je ne sais absolument rien sur elle, je crois qu'on lui a reproché d'avoir inspiré une passion à un monsieur dont je ne sais pas le nom, quelque chose comme Cahn, Kohn, Kuhn ; du reste, je crois que ce monsieur est mort depuis fort longtemps et qu'il n'y a jamais rien eu entre eux. » C'est le procédé semblable à celui des menteurs — et inverse du leur — qui en altérant ce qu'ils ont fait quand ils le racontent à une maîtresse ou simplement à un ami, se figurent que l'une ou l'autre ne verra pas immédiatement que la phrase dite (de même que Cahn, Kohn, Kuhn) est interpolée, est d'une autre espèce que celles qui composent la conversation, est à double fond.

Mme Verdurin demanda à l'oreille de son mari : « Est-ce que je donne le bras au baron de Charlus ? Comme tu auras à ta droite Mme de Cambremer, on aurait pu croiser les politesses. — Non, dit M. Verdurin, puisque l'autre est plus élevé en grade (voulant dire que M. de Cambremer était marquis), M. de Charlus est en somme son inférieur. — Eh bien ! je le mettrai à côté de la princesse. » Et Mme Verdurin présenta à M. de Charlus Mme Sherbatoff ; ils s'inclinèrent en silence tous deux, de l'air d'en savoir long l'un sur l'autre et de se promettre un mutuel secret. M. Verdurin me présenta à M. de Cambremer. Avant même qu'il n'eût parlé de sa voix forte et légèrement bégayante, sa haute taille et sa figure colorée manifestaient dans leur oscillation l'hésitation martiale d'un chef qui cherche à vous rassurer et vous dit : « On m'a parlé, nous arrangerons cela ; je vous ferai lever votre punition ; nous ne sommes pas des buveurs de sang ; tout ira bien. » Puis me serrant la main : « Je crois que vous connaissez ma mère », me dit-il. Le verbe « croire » lui semblait d'ailleurs convenir à la discrétion d'une première présentation mais nullement exprimer un doute, car il ajouta : « J'ai du reste une lettre d'elle pour vous. » M. de Cambremer était naïvement heureux de revoir des lieux où il avait vécu si longtemps. « Je me retrouve », dit-il à Mme Verdurin tandis que son regard s'émerveillait de reconnaître les peintures de fleurs en trumeaux au-dessus des portes, et les bustes en marbre sur leurs hauts socles. Il pouvait pourtant se trouver dépaysé, car Mme Verdurin avait apporté quantité de vieilles belles choses qu'elle possédait. À ce point de vue, Mme Verdurin, tout en passant aux yeux des Cambremer pour tout bouleverser, était non pas révolutionnaire mais intelligemment conservatrice, dans un sens qu'ils ne comprenaient pas. Ils l'accusaient aussi à tort de détester la vieille demeure et de la déshonorer par de simples toiles au lieu de leur riche peluche, comme un curé ignorant reprochant à un architecte diocésain de remettre en place de vieux bois sculptés laissés au rancart et auxquels l'ecclésiastique avait cru bon de substituer des ornements achetés place Saint-Sulpice. Enfin, un jardin de curé commençait à remplacer devant le château les plates-bandes qui faisaient l'orgueil non seulement des Cambremer mais de leur jardinier. Celui-ci, qui considérait les Cambremer comme ses seuls maîtres et gémissait sous le joug des Verdurin comme si la terre eût été momentanément occupée par un envahisseur et une troupe de soudards, allait en secret porter ses doléances à la propriétaire dépossédée, s'indignait du mépris où étaient tenus ses araucarias, ses bégonias, ses joubarbes, ses dahlias doubles, et qu'on osât dans une aussi riche demeure faire pousser des fleurs aussi communes que des anthémis et des cheveux de Vénus. Mme Verdurin sentait cette sourde opposition et était décidée, si elle faisait un long bail ou même achetait La Raspelière, à mettre comme condition le renvoi du jardinier auquel la vieille propriétaire au contraire tenait extrêmement. Il l'avait servie pour rien dans des temps difficiles, l'adorait ; mais par ce morcellement bizarre de l'opinion des gens du peuple, où le mépris moral le plus profond s'enclave dans l'estime la plus passionnée, laquelle chevauche à son tour de vieilles rancunes inabolies, il disait souvent de Mme de Cambremer qui, en 70, dans un château qu'elle avait dans l'Est, surprise par l'invasion, avait dû souffrir pendant un mois le contact des Allemands : « Ce qu'on a beaucoup reproché à Madame la marquise, c'est, pendant la guerre, d'avoir pris le parti des Prussiens et de les avoir même logés chez elle. À un autre moment, j'aurais compris ; mais en temps de guerre, elle n'aurait pas dû. C'est pas bien. » De sorte qu'il lui était fidèle jusqu'à la mort, la vénérait pour sa bonté et accréditait qu'elle se fût rendue coupable de trahison. Mme Verdurin fut piquée que M. de Cambremer prétendît reconnaître si bien La Raspelière. « Vous devez pourtant trouver quelques changements, répondit-elle. Il y a d'abord de grands diables de bronze de Barbedienne[1] et de petits coquins de sièges en peluche que je me suis empressée d'expédier au grenier, qui est encore trop bon pour eux. » Après cette acerbe riposte adressée à M. de Cambremer, elle lui offrit le bras pour aller à table. Il hésita un instant, se disant : « Je ne peux tout de même pas passer avant M. de Charlus. » Mais pensant que celui-ci était un vieil ami de la maison du moment qu'il n'avait pas la place d'honneur, il se décida à prendre le bras qui lui était offert et dit à Mme Verdurin combien il était fier d'être admis dans le cénacle (c'est ainsi qu'il appela le petit noyau, non sans rire un peu de la satisfaction de connaître ce terme). Cottard, qui était assis à côté de M. de Charlus, le regardait sous son lorgnon pour faire connaissance et rompre la glace, avec des clignements beaucoup plus insistants qu'ils n'eussent été jadis, et non coupés de timidités. Et ses regards engageants, accrus par leur sourire, n'étaient plus contenus par le verre du lorgnon et le débordaient de tous côtés.

Le baron, qui voyait facilement partout des pareils à lui, ne douta pas que Cottard n'en fût un et ne lui fît de l'œil. Aussitôt il témoigna au professeur la dureté des invertis, aussi méprisants pour ceux à qui ils plaisent qu'ardemment empressés auprès de ceux qui leur plaisent. Sans doute, bien que chacun parle mensongèrement de la douceur, toujours refusée par le destin, d'être aimé, c'est une loi générale et dont l'empire est bien loin de s'étendre sur les seuls Charlus, que l'être que nous n'aimons pas et qui nous aime nous paraisse insupportable. À cet être, à telle femme dont nous ne dirons pas qu'elle nous aime mais qu'elle nous cramponne, nous préférons la société de n'importe quelle autre qui n'aura ni son charme, ni son agrément, ni son esprit. Elle ne les recouvrera pour nous que quand elle aura cessé de nous aimer. En ce sens, on pourrait ne voir que la transposition, sous une forme cocasse, de cette règle universelle, dans l'irritation causée chez un inverti par un homme qui lui déplaît et le recherche. Mais elle est chez lui bien plus forte. Aussi, tandis que le commun des hommes cherche à la dissimuler tout en l'éprouvant, l'inverti la fait implacablement sentir à celui qui la provoque, comme il ne la ferait certainement pas sentir à une femme, M. de Charlus par exemple, à la princesse de Guermantes dont la passion l'ennuyait, mais le flattait. Mais quand ils voient un autre homme témoigner envers eux d'un goût particulier, alors, soit incompréhension que ce soit le même que le leur, soit fâcheux rappel que ce goût, embelli par eux tant que c'est eux-mêmes qui l'éprouvent, est considéré comme un vice, soit désir de se réhabiliter par un éclat dans une circonstance où cela ne leur coûte pas, soit par une crainte d'être devinés qu'ils retrouvent soudain quand le désir ne les mène plus, les yeux bandés, d'imprudence en imprudence, soit par la fureur de subir du fait de l'attitude équivoque d'un autre le dommage que par la leur, si cet autre leur plaisait, ils ne craindraient pas de lui causer, ceux que cela n'embarrasse pas de suivre un jeune homme pendant des lieues, de ne pas le quitter des yeux au théâtre même s'il est avec des amis, risquant par cela de le brouiller avec eux, on peut les entendre, pour peu qu'un autre qui ne leur plaît pas les regarde, dire : « Monsieur, pour qui me prenez-vous ? (simplement parce qu'on les prend pour ce qu'ils sont) je ne vous comprends pas, inutile d'insister, vous faites erreur », aller au besoin jusqu'aux gifles, et devant quelqu'un qui connaît l'imprudent, s'indigner : « Comment, vous connaissez cette horreur ? Elle a une façon de vous regarder !... En voilà des manières ! » M. de Charlus n'alla pas aussi loin, mais il prit l'air offensé et glacial qu'ont, lorsqu'on a l'air de les croire légères, les femmes qui ne le sont pas, et encore plus celles qui le sont. D'ailleurs, l'inverti mis en présence d'un inverti voit non pas seulement une image déplaisante de lui-même, qui ne pourrait, purement inanimée, que faire souffrir son amour-propre, mais un autre lui-même, vivant, agissant dans le même sens, capable donc de le faire souffrir dans ses amours. Aussi est-ce dans un sens d'instinct de conservation qu'il dira du mal du concurrent possible, soit avec les gens qui peuvent nuire à celui-ci (et sans que l'inverti n° 1 s'inquiète de passer pour menteur quand il accable ainsi l'inverti n° 2 aux yeux de personnes qui peuvent être renseignées sur son propre cas), soit avec le jeune homme qu'il a « levé », qui va peut-être lui être enlevé et auquel il s'agit de persuader que les mêmes choses qu'il a tout avantage à faire avec lui causeraient le malheur de sa vie s'il se laissait aller à les faire avec l'autre. Pour M. de Charlus, qui pensait peut-être aux dangers (bien imaginaires) que la présence de ce Cottard dont il comprenait à faux le sourire, ferait courir à Morel, un inverti qui ne lui plaisait pas n'était pas seulement une caricature de lui-même, c'était aussi un rival désigné. Un commerçant, et tenant un commerce rare, en débarquant dans la ville de province où il vient s'installer pour la vie, s'il voit que, sur la même place, juste en face, le même commerce est tenu par un concurrent, n'est pas plus déconfit qu'un Charlus allant cacher ses amours dans une région tranquille et qui, le jour de l'arrivée, aperçoit le gentilhomme du lieu, ou le coiffeur, desquels l'aspect et les manières ne lui laissent aucun doute. Le commerçant prend souvent son concurrent en haine ; cette haine dégénère parfois en mélancolie, et pour peu qu'il y ait hérédité assez chargée, on a vu dans des petites villes le commerçant montrer des commencements de folie qu'on ne guérit qu'en le décidant à vendre son « fonds » et à s'expatrier. La rage de l'inverti est plus lancinante encore. Il a compris que dès la première seconde le gentilhomme et le coiffeur ont désiré son jeune compagnon. Il a beau répéter cent fois par jour à celui-ci que le coiffeur et le gentilhomme sont des bandits dont l'approche le déshonorerait, il est obligé, comme Harpagon, de veiller sur son trésor et se relève la nuit pour voir si on ne le lui prend pas. Et c'est ce qui fait sans doute, plus encore que le désir ou la commodité d'habitudes communes, et presque autant que cette expérience de soi-même qui est la seule vraie, que l'inverti dépiste l'inverti avec une rapidité et une sûreté presque infaillibles. Il peut se tromper un moment mais une divination rapide le remet dans la vérité. Aussi l'erreur de M. de Charlus fut-elle courte. Le discernement divin lui montra au bout d'un instant que Cottard n'était pas de sa sorte et qu'il n'avait à craindre ses avances ni pour lui-même, ce qui n'eût fait que l'exaspérer, ni pour Morel, ce qui lui eût paru plus grave. Il reprit son calme et comme il était encore sous l'influence du passage de Vénus androgyne, par moments il souriait faiblement aux Verdurin sans prendre la peine d'ouvrir la bouche, en déplissant seulement un coin de lèvres, et pour une seconde allumait câlinement ses yeux, lui si féru de virilité, exactement comme eût fait sa belle-sœur la duchesse de Guermantes. « Vous chassez beaucoup, monsieur ? dit Mme Verdurin avec mépris à M. de Cambremer. — Est-ce que Ski vous a raconté qu'il nous en est arrivé une excellente ? demanda Cottard à la Patronne. — Je chasse surtout dans la forêt de Chantepie, répondit M. de Cambremer. — Non, je n'ai rien raconté, dit Ski. — Mérite-t-elle son nom ? » demanda Brichot à M. de Cambremer, après m'avoir regardé du coin de l'œil car il m'avait promis de parler étymologies, tout en me demandant de dissimuler aux Cambremer le mépris que lui inspiraient celles du curé de Combray. « C'est sans doute que je ne suis pas capable de comprendre, mais je ne saisis pas votre question, dit M. de Cambremer. — Je veux dire : Est-ce qu'il y chante beaucoup de pies ? » répondit Brichot. Cottard cependant souffrait que Mme Verdurin ignorât qu'ils avaient failli manquer le train. « Allons, voyons, dit Mme Cottard à son mari pour l'encourager, raconte ton odyssée. — En effet elle sort de l'ordinaire, dit le docteur qui recommença son récit. Quand j'ai vu que le train était en gare, je suis resté médusé. Tout cela par la faute de Ski. Vous êtes plutôt bizarroïde dans vos renseignements, mon cher ! Et Brichot qui nous attendait à la gare ! — Je croyais », dit l'universitaire en jetant autour de lui ce qui lui restait de regard et en souriant de ses lèvres minces, « que si vous vous étiez attardé à Graincourt, c'est que vous aviez rencontré quelque péripatéticienne. — Voulez-vous vous taire ? si ma femme vous entendait ! dit le professeur. La femme à moâ, il est jalouse. — Ah ! ce Brichot », s'écria Ski, en qui l'égrillarde plaisanterie de Brichot éveillait la gaieté de tradition, « il est toujours le même », bien qu'il ne sût pas à vrai dire si l'universitaire avait jamais été polisson. Et pour ajouter à ces paroles consacrées le geste rituel, il fit mine de ne pouvoir résister au désir de lui pincer la jambe. « Il ne change pas, ce gaillard-là », continua Ski, et sans penser à ce que la quasi-cécité de l'universitaire donnait de triste et de comique à ces mots, il ajouta : « Toujours un petit œil pour les femmes. — Voyez-vous, dit M. de Cambremer, ce que c'est que de rencontrer un savant. Voilà quinze ans que je chasse dans la forêt de Chantepie et jamais je n'avais réfléchi à ce que son nom voulait dire. » Mme de Cambremer jeta un regard sévère à son mari ; elle n'aurait pas voulu qu'il s'humiliât ainsi devant Brichot. Elle fut plus mécontente encore quand à chaque expression « toute faite » qu'employait Cancan, Cottard, qui en connaissait le fort et le faible parce qu'il les avait laborieusement apprises, démontrait au marquis, lequel confessait sa bêtise, qu'elles ne voulaient rien dire : « Pourquoi : bête comme chou ? Croyez-vous que les choux soient plus bêtes qu'autre chose ? Vous dites : répéter trente-six fois la même chose. Pourquoi particulièrement trente-six ? Pourquoi : dormir comme un pieu ? Pourquoi : tonnerre de Brest ? Pourquoi : faire les quatre cents coups ? » Mais alors la défense de M. de Cambremer était prise par Brichot qui expliquait l'origine de chaque locution. Mais Mme de Cambremer était surtout occupée à examiner les changements que les Verdurin avaient apportés à La

Raspelière, afin de pouvoir en critiquer certains, en importer à Féterne d'autres, ou peut-être les mêmes. « Je me demande ce que c'est que ce lustre qui s'en va tout de traviole. J'ai peine à reconnaître ma vieille Raspelière », ajouta-t-elle d'un air familièrement aristocratique, comme elle eût parlé d'un serviteur dont elle eût prétendu moins désigner l'âge que dire qu'il l'avait vue naître. Et comme elle était un peu livresque dans son langage : « Tout de même, ajouta-t-elle à mi-voix, il me semble que, si j'habitais chez les autres, j'aurais quelque vergogne à tout changer ainsi. — C'est malheureux que vous ne soyez pas venus avec eux », dit Mme Verdurin à M. de Charlus et à Morel, espérant que M. de Charlus était « de revue » et se plierait à la règle d'arriver tous par le même train. « Vous êtes sûr que Chantepie veut dire la pie qui chante, Chochotte ? » ajouta-t-elle pour montrer qu'en grande maîtresse de maison elle prenait part à toutes les conversations à la fois. « Parlez-moi donc un peu de ce violoniste, me dit Mme de Cambremer, il m'intéresse ; j'adore la musique, et il me semble que j'ai entendu parler de lui, faites mon instruction. » Elle avait appris que Morel était venu avec M. de Charlus et voulait, en faisant venir le premier, tâcher de se lier avec le second. Elle ajouta pourtant, pour que je ne pusse deviner cette raison : « M. Brichot aussi m'intéresse. » Car si elle était fort cultivée, de même que certaines personnes prédisposées à l'obésité mangent à peine et marchent toute la journée sans cesser d'engraisser à vue d'œil, de même Mme de Cambremer avait beau approfondir, et surtout à Féterne, une philosophie de plus en plus ésotérique, une musique de plus en plus savante, elle ne sortait de ces études que pour machiner des intrigues qui lui permissent de « couper » les amitiés bourgeoises de sa jeunesse et de nouer des relations qu'elle avait cru d'abord faire partie de la société de sa belle-famille et qu'elle s'était aperçu ensuite être situées beaucoup plus haut et beaucoup plus loin. Un philosophe qui n'était pas assez moderne pour elle, Leibniz, a dit que le trajet est long de l'intelligence au cœur[1]. Ce trajet Mme de Cambremer n'avait pas été plus que son frère de force à le parcourir. Ne quittant la lecture de Stuart Mill que pour celle de Lachelier[2], au fur et à mesure qu'elle croyait moins à la réalité du monde extérieur, elle mettait plus d'acharnement à chercher à s'y faire, avant de mourir, une bonne position. Éprise d'art réaliste, aucun objet ne lui paraissait assez humble pour servir de modèle au peintre ou à l'écrivain. Un tableau ou un roman mondain lui eussent donné la nausée ; un moujik de Tolstoï, un paysan de Millet étaient l'extrême limite sociale qu'elle ne permettait pas à l'artiste de dépasser. Mais franchir celle qui bornait ses propres relations, s'élever jusqu'à la fréquentation de duchesses, était le but de tous ses efforts, tant le traitement spirituel auquel elle se soumettait par le moyen de l'étude des chefs-d'œuvre, restait inefficace contre le snobisme congénital et morbide qui se développait chez elle. Celui-ci avait même fini par guérir certains penchants à l'avarice et à l'adultère auxquels étant jeune elle était encline, pareil en cela à ces états pathologiques singuliers et permanents qui semblent immuniser ceux qui en sont atteints contre les autres maladies. Je ne pouvais du reste m'empêcher en l'entendant parler de rendre justice, sans y prendre aucun plaisir, au raffinement de ses expressions. C'étaient celles qu'ont, à une époque donnée, toutes les personnes d'une même envergure intellectuelle, de sorte que l'expression raffinée fournit aussitôt comme l'arc de cercle, le moyen de décrire et de limiter toute la circonférence. Aussi ces expressions font-elles que les personnes qui les emploient m'ennuient immédiatement comme déjà connues, mais aussi passent pour supérieures, et me furent souvent offertes comme voisines délicieuses et inappréciées. « Vous n'ignorez pas, madame, que beaucoup de régions forestières tirent leur nom des animaux qui les peuplent. À côté de la forêt de Chantepie, vous avez le bois de Chantereine[1]. — Je ne sais pas de quelle reine il s'agit, mais vous n'êtes pas galant pour elle, dit M. de Cambremer. — Attrapez, Chochotte, dit Mme Verdurin. Et à part cela, le voyage s'est bien passé ? — Nous n'avons rencontré que de vagues humanités qui remplissaient le train. Mais je réponds à la question de M. de Cambremer ; reine n'est pas ici la femme d'un roi, mais la grenouille. C'est le nom qu'elle a gardé longtemps dans ce pays, comme en témoigne la station de Renneville, qui devrait s'écrire Reineville. — Il me semble que vous avez là une belle bête », dit M. de Cambremer à Mme Verdurin, en montrant un poisson. C'était là un de ces compliments à l'aide desquels il croyait payer son écot à un dîner, et déjà rendre sa politesse. (« Les inviter est inutile, disait-il souvent en parlant de tels de leurs amis à sa femme. Ils ont été enchantés de nous avoir. C'étaient eux qui me remerciaient. ») « D'ailleurs je dois vous dire que je vais presque chaque jour à Renneville depuis bien des années, et je n'y ai vu pas plus de grenouilles qu'ailleurs. Mme de Cambremer avait fait venir ici le curé d'une paroisse où elle a de grands biens et qui a la même tournure d'esprit que vous, à ce qu'il semble. Il a écrit un ouvrage. — Je crois bien, je l'ai lu avec infiniment d'intérêt », répondit hypocritement Brichot. La satisfaction que son orgueil recevait indirectement de cette réponse fit rire longuement M. de Cambremer. « Ah ! eh bien, l'auteur, comment dirais-je, de cette géographie, de ce glossaire, épilogue longuement sur le nom d'une petite localité dont nous étions autrefois, si je puis dire, les seigneurs, et qui se nomme Pont-à-Couleuvre. Or je ne suis évidemment qu'un vulgaire ignorant à côté de ce puits de science, mais je suis bien allé mille fois à Pont-à-Couleuvre pour lui une, et du diable si j'y ai jamais vu un seul de ces vilains serpents, je dis vilains, malgré l'éloge qu'en fait le bon La Fontaine ("L'Homme et la Couleuvre" était une des deux fables). — Vous n'en avez pas vu, et c'est vous qui avez vu juste, répondit Brichot. Certes, l'écrivain dont vous parlez connaît à fond son sujet, il a écrit un livre remarquable. — Voire ! s'exclama Mme de Cambremer, ce livre, c'est bien le cas de le dire, est un véritable travail de bénédictin. — Sans doute il a consulté quelques pouillés (on entend par là les listes des bénéfices et des cures de chaque diocèse), ce qui a pu lui fournir le nom des patrons laïcs et des collateurs ecclésiastiques. Mais il est d'autres sources. Un de mes plus savants amis y a puisé. Il a trouvé que le même lieu était dénommé Pont-à-Quileuvre. Ce nom bizarre l'incita à remonter plus haut encore, à un texte latin où le pont que votre ami croit infesté de couleuvres est désigné : *Pons cui aperit*. Pont fermé qui ne s'ouvrait que moyennant une honnête rétribution[1]. — Vous parlez de grenouilles. Moi, en me trouvant au milieu de personnes si savantes, je me fais l'effet de la grenouille devant l'aréopage » (c'était la seconde fable), dit Cancan qui faisait souvent en riant beaucoup, cette plaisanterie grâce à laquelle il croyait à la fois par humilité et avec à-propos, faire profession d'ignorance et étalage de savoir. Quant à Cottard, bloqué par le silence de M. de Charlus et essayant de se donner de l'air des autres côtés, il se tourna vers moi et me fit une de ces questions qui frappaient ses malades s'il était tombé juste et montraient ainsi qu'il était pour ainsi dire dans leur corps ; si au contraire il tombait à faux, lui permettaient de rectifier certaines théories, d'élargir les points de vue anciens. « Quand vous arrivez à ces sites relativement élevés comme celui où nous nous trouvons en ce moment, remarquez-vous que cela augmente votre tendance aux étouffements ? » me demanda-t-il, certain ou de faire admirer, ou de compléter son instruction. M. de Cambremer entendit la question et sourit. « Je ne peux pas vous dire comme ça m'amuse d'apprendre que vous avez des étouffements », me jeta-t-il à travers la table. Il ne voulait pas dire par cela que cela l'égayait, bien que ce fût vrai aussi. Car cet homme excellent ne pouvait cependant pas entendre parler du malheur d'autrui sans un sentiment de bien-être et un spasme d'hilarité qui faisaient vite place à la pitié d'un bon cœur. Mais sa phrase avait un autre sens, que précisa celle qui la suivit : « Ça m'amuse, me dit-il, parce que justement ma sœur en a aussi. » En somme cela l'amusait comme s'il m'avait entendu citer comme un de mes amis quelqu'un qui eût fréquenté beaucoup chez eux. « Comme le monde est petit », fut la réflexion qu'il formula mentalement et que je vis écrite sur son visage souriant quand Cottard me parla de mes étouffements. Et ceux-ci devinrent à dater de ce dîner comme une sorte de relation commune et dont M. de Cambremer ne manquait jamais de me demander des nouvelles, ne fût-ce que pour en donner à sa sœur. Tout en répondant aux questions que sa femme me posait sur Morel, je pensais à une conversation que j'avais eue avec ma mère dans l'après-midi. Comme tout en ne me déconseillant pas d'aller chez les Verdurin si cela pouvait me distraire, elle me rappelait que c'était un milieu qui n'aurait pas plu à mon grand-père et lui eût fait crier : « À la garde ! », ma mère avait ajouté : « Écoute, le président Toureuil[1] et sa femme m'ont dit qu'ils avaient déjeuné avec Mme Bontemps. On ne m'a rien demandé. Mais j'ai cru comprendre qu'un mariage entre Albertine et toi serait le rêve de sa tante. Je crois que la vraie raison est que tu leur es à tous très sympathique. Tout de même, le luxe qu'ils croient que tu pourras lui donner, les relations qu'on sait plus ou moins que nous avons, je crois que tout cela n'y est pas étranger, quoique secondaire. Je ne t'en aurais pas parlé, parce que je n'y tiens pas, mais comme je me figure qu'on t'en parlera, j'ai mieux aimé prendre les devants. — Mais toi, comment la trouves-tu ? avais-je demandé à ma mère. — Mais moi, ce n'est pas moi qui l'épouserai. Tu peux certainement faire mille fois mieux comme mariage. Mais je crois que ta grand-mère n'aurait pas aimé qu'on t'influence. Actuellement je ne peux pas te dire comment je trouve Albertine, je ne la trouve pas. Je te dirai comme Mme de Sévigné : "Elle a de bonnes qualités, du moins je le crois. Mais dans ce commencement, je ne sais la louer que par des négatives. Elle n'est point ceci, elle n'a point l'accent de Rennes. Avec le temps, je dirai peut-être : elle est cela[2]." Et je la trouverai toujours bien si elle doit te rendre heureux. » Mais par ces mots mêmes, qui remettaient entre mes mains de décider de mon bonheur, ma mère m'avait mis dans cet état de doute où j'avais déjà été quand, mon père m'ayant permis d'aller à *Phèdre* et surtout d'être homme de lettres[3], je m'étais senti tout à coup une responsabilité trop grande, la peur de le peiner, et cette mélancolie qu'il y a quand on cesse d'obéir à des ordres qui, au jour le jour, vous cachent l'avenir, de se rendre compte qu'on a enfin commencé de vivre pour de bon, comme une grande personne, la vie, la seule vie qui soit à la disposition de chacun de nous.

Peut-être le mieux serait-il d'attendre un peu, de commencer par voir Albertine comme par le passé pour tâcher d'apprendre si je l'aimais vraiment. Je pourrais l'amener chez les Verdurin pour la distraire, et ceci me rappela que je n'y étais venu moi-même ce soir que pour savoir si Mme Putbus y habitait ou allait y venir. En tout cas, elle ne dînait pas. « À propos de votre ami Saint-Loup », me dit Mme de Cambremer, usant ainsi d'une expression qui marquait plus de suite dans les idées que ses phrases ne l'eussent laissé croire, car si elle me parlait de musique elle pensait aux Guermantes, « vous savez que tout le monde parle de son mariage avec la nièce de la princesse de Guermantes[1]. Je vous dirai que pour ma part, de tous ces potins mondains je ne me préoccupe *mie*. » Je fus pris de la crainte d'avoir parlé sans sympathie devant Robert de cette jeune fille faussement originale, et dont l'esprit était aussi médiocre que le caractère était violent. Il n'y a presque pas une nouvelle que nous apprenions qui ne nous fasse regretter un de nos propos. Je répondis à Mme de Cambremer, ce qui du reste était vrai, que je n'en savais rien, et que d'ailleurs la fiancée me paraissait encore bien jeune. « C'est peut-être pour cela que ce n'est pas encore officiel ; en tous cas on le dit beaucoup. — J'aime mieux vous prévenir », dit sèchement Mme Verdurin à Mme de Cambremer, ayant entendu que celle-ci m'avait parlé de Morel, et quand elle avait baissé la voix pour me parler des fiançailles de Saint-Loup ayant cru qu'elle m'en parlait encore. « Ce n'est pas de la musiquette qu'on fait ici. En art vous savez, les fidèles de mes mercredis, mes enfants comme je les appelle, c'est effrayant ce qu'ils sont avancés », ajouta-t-elle avec un air d'orgueilleuse terreur. « Je leur dis quelquefois : "Mes petites bonnes gens, vous marchez plus vite que votre patronne à qui les audaces ne passent pas pourtant pour avoir jamais fait peur." Tous les ans ça va un peu plus loin ; je vois bientôt le jour où ils ne marcheront plus pour Wagner et pour d'Indy. — Mais c'est très bien d'être avancé, on ne l'est jamais assez », dit Mme de Cambremer, tout en inspectant chaque coin de la salle à manger, en cherchant à reconnaître les choses qu'avait laissées sa belle-mère, celles qu'avait apportées Mme Verdurin, et à prendre celle-ci en flagrant délit de faute de goût. Cependant, elle cherchait à me parler du sujet qui l'intéressait le plus, M. de Charlus. Elle trouvait touchant qu'il protégeât un violoniste. « Il a l'air intelligent. — Même d'une verve extrême pour un homme déjà un peu âgé, dis-je. — Âgé ? Mais il n'a pas l'air âgé, regardez, le cheveu est resté jeune. » (Car depuis trois ou quatre ans le mot « cheveu » avait été employé au singulier par un de ces inconnus qui sont les lanceurs des modes littéraires, et toutes les personnes ayant la longueur de rayon de Mme de Cambremer disaient « le cheveu », non sans un sourire affecté. À l'heure actuelle on dit encore « le cheveu », mais de l'excès du singulier renaîtra le pluriel.) « Ce qui m'intéresse surtout chez M. de Charlus, ajouta-t-elle, c'est qu'on sent chez lui le don. Je vous dirai que je fais bon marché du savoir. Ce qui s'apprend ne m'intéresse pas. » Ces paroles ne sont pas en contradiction avec la valeur particulière de Mme de Cambremer, qui était précisément imitée et acquise. Mais justement une des choses qu'on devait savoir à ce moment-là, c'est que le savoir n'est rien et ne pèse pas un fétu à côté de l'originalité. Mme de Cambremer avait appris, comme le reste, qu'il ne faut rien apprendre. « C'est pour cela, me dit-elle, que Brichot qui a son côté curieux, car je ne fais pas fi d'une certaine érudition savoureuse, m'intéresse pourtant beaucoup moins. » Mais Brichot, à ce moment-là, n'était occupé que d'une chose : entendant qu'on parlait musique, il tremblait que le sujet ne rappelât à Mme Verdurin la mort de Dechambre. Il voulait dire quelque chose pour écarter ce souvenir funeste. M. de Cambremer lui en fournit l'occasion par cette question : « Alors, les lieux boisés portent toujours des noms d'animaux ? — Que non pas », répondit Brichot, heureux de déployer son savoir devant tant de nouveaux, parmi lesquels je lui avais dit qu'il était sûr d'en intéresser au moins un. « Il suffit de voir combien, dans les noms de personnes elles-mêmes, un arbre est conservé, comme une fougère dans de la houille. Un de nos pères conscrits s'appelle M. de Saulces de Freycinet, ce qui signifie, sauf erreur, lieu planté de saules et de frênes, *salix et fraxinetum* ; son neveu M. de Selves réunit plus d'arbres encore, puisqu'il se nomme de Selves, *sylva*[1]. » Saniette voyait avec joie la conversation prendre un tour si animé. Il pouvait, puisque Brichot parlait tout le temps, garder un silence qui lui éviterait d'être l'objet des brocards de M. et Mme Verdurin. Et devenu plus sensible encore dans sa joie d'être délivré, il avait été attendri d'entendre M. Verdurin, malgré la solennité d'un tel dîner, dire au maître d'hôtel de mettre une carafe d'eau près de M. Saniette qui ne buvait pas autre chose. (Les généraux qui font tuer le plus de soldats tiennent à ce qu'ils soient bien nourris.) Enfin Mme Verdurin avait une fois souri à Saniette. Décidément, c'étaient de bonnes gens. Il ne serait plus torturé. À ce moment le repas fut interrompu par un convive que j'ai oublié de citer, un illustre philosophe norvégien[2] qui parlait le français très bien mais très lentement, pour la double raison, d'abord que l'ayant appris depuis peu et ne voulant pas faire de fautes (il en faisait pourtant quelques-unes), il se reportait pour chaque mot à une sorte de dictionnaire intérieur ; ensuite parce qu'en tant que métaphysicien, il pensait toujours ce qu'il voulait dire pendant qu'il le disait, ce qui, même chez un Français, est une cause de lenteur. C'était du reste un être délicieux, quoique pareil en apparence à beaucoup d'autres, sauf sur un point. Cet homme au parler si lent (il y avait un silence entre chaque mot) devenait d'une rapidité vertigineuse pour s'échapper dès qu'il avait dit adieu. Sa précipitation faisait croire la première fois qu'il avait la colique ou encore un besoin plus pressant.

« Mon cher — collègue », dit-il à Brichot, après avoir délibéré dans son esprit si « collègue » était le terme qui convenait, « j'ai une sorte de — désir pour savoir s'il y a d'autres arbres dans la — nomenclature de votre belle langue — française — latine — normande. Madame (il voulait dire Mme Verdurin quoiqu'il n'osât la regarder) m'a dit que vous saviez toutes choses. N'est-ce pas précisément le moment ? — Non, c'est le moment de manger », interrompit Mme Verdurin qui voyait que le dîner n'en finissait pas. « Ah ! bien », répondit le Scandinave baissant la tête dans son assiette, avec un sourire triste et résigné. « Mais je dois faire observer à madame que si je me suis permis ce questionnaire — pardon, ce questation — c'est que je dois retourner demain à Paris pour dîner chez la Tour d'Argent ou chez l'hôtel Meurice. Mon confrère — français — M. Boutroux[1], doit nous y parler des séances de spiritisme — pardon, des évocations spiritueuses — qu'il a contrôlées. — Ce n'est pas si bon qu'on dit, la Tour d'Argent, dit Mme Verdurin agacée. J'y ai même fait des dîners détestables. — Mais est-ce que je me trompe, est-ce que la nourriture qu'on mange chez Madame n'est pas de la plus fine cuisine française ? — Mon Dieu, ce n'est pas positivement mauvais, répondit Mme Verdurin radoucie. Et si vous venez mercredi prochain ce sera meilleur. — Mais je pars lundi pour Alger, et de là je vais à Cap. Et quand je serai à Cap de Bonne-Espérance, je ne pourrai plus rencontrer mon illustre collègue — pardon, je ne pourrai plus rencontrer mon confrère. » Et il se mit par obéissance, après avoir fourni ces excuses rétrospectives, à manger avec une rapidité vertigineuse. Mais Brichot était trop heureux de pouvoir donner d'autres étymologies végétales et il répondit, intéressant tellement le Norvégien que celui-ci cessa de nouveau de manger, mais en faisant signe qu'on pouvait ôter son assiette pleine et passer au plat suivant : « Un des Quarante, dit Brichot, a nom Houssaye, ou lieu planté de houx ; dans celui d'un fin diplomate, d'Ormesson, vous retrouvez l'orme, l'*ulmus* cher à Virgile et qui a donné son nom à la ville d'Ulm ; dans celui de ses collègues, M. de La Boulaye, le bouleau ; M. d'Aunay, l'aulne ; M. de Bussière, le buis ; M. Albaret, l'aubier (je me promis de le dire à Céleste) ; M. de Cholet, le chou ; et le pommier dans le nom de M. de La Pommeraye[1] que nous entendîmes conférencer, Saniette, vous en souvient-il, du temps que le bon Porel avait été envoyé aux confins du monde, comme proconsul en Odéonie[2] ? » Au nom de Saniette prononcé par Brichot, M. Verdurin lança à sa femme et à Cottard un regard ironique qui démonta le timide. « Vous disiez que Cholet vient de chou, dis-je à Brichot. Est-ce qu'une station où j'ai passé avant d'arriver à Doncières, Saint-Frichoux, vient aussi de chou ? — Non, Saint-Frichoux, c'est *Sanctus Fructuosus*, comme *Sanctus Ferreolus* donna Saint-Fargeau, mais ce n'est pas normand du tout[3].

— Il sait tlop de choses, il nous ennuie, gloussa doucement la princesse. — Il y a tant d'autres noms qui m'intéressent, mais je ne peux pas tout vous demander en une fois. » Et me tournant vers Cottard : « Est-ce que Mme Putbus est ici ? lui demandai-je. — Non, Dieu merci, répondit Mme Verdurin qui avait entendu ma question. J'ai tâché de dériver ses villégiatures vers Venise, nous en sommes débarrassés pour cette année. — Je vais avoir moi-même droit à deux arbres, dit M. de Charlus, car j'ai à peu près retenu une petite maison entre Saint-Martin-du-Chêne et Saint-Pierre-des-Ifs. — Mais c'est très près d'ici, j'espère que vous viendrez souvent en compagnie de Charlie Morel. Vous n'aurez qu'à vous entendre avec notre petit groupe pour les trains, vous êtes à deux pas de Doncières », dit Mme Verdurin qui détestait qu'on ne vînt pas par le même train et aux heures où elle envoyait des voitures. Elle savait combien la montée à La Raspelière, même en faisant le tour par des lacis, derrière Féterne, ce qui retardait d'une demi-heure, était dure, elle craignait que ceux qui feraient bande à part ne trouvassent pas de voitures pour les conduire, ou même étant en réalité restés chez eux, pussent prendre le prétexte de n'en avoir pas trouvé à Douville-Féterne et de ne pas s'être senti la force de faire une telle ascension à pied. À cette invitation M. de Charlus se contenta de répondre par une muette inclinaison. « Il ne doit pas être commode tous les jours, il a un air pincé », chuchota à Ski le docteur qui étant resté très simple malgré une couche superficielle d'orgueil, ne cherchait pas à cacher que Charlus le snobait. « Il ignore sans doute que dans toutes les villes d'eaux et même à Paris dans les cliniques, les médecins, pour qui je suis naturellement le "grand chef", tiennent à honneur de me présenter à tous les nobles qui sont là et qui n'en mènent pas large. Cela rend même assez agréable pour moi le séjour des stations balnéaires, ajouta-t-il d'un air léger. Même à Doncières le major du régiment, qui est le médecin traitant du colonel, m'a invité à déjeuner avec lui en me disant que j'étais en situation de dîner avec le général. Et ce général est un monsieur *de* quelque chose. Je ne sais pas si ses parchemins sont plus ou moins anciens que ceux de ce baron. — Ne vous montez pas le bourrichon, c'est une bien pauvre couronne », répondit Ski à mi-voix, et il ajouta quelque chose de confus avec un verbe, où je distinguai seulement les dernières syllabes « arder[1] », occupé que j'étais d'écouter ce que Brichot disait à M. de Charlus. « Non probablement, j'ai le regret de vous le dire, vous n'avez qu'un seul arbre, car si Saint-Martin-du-Chêne est évidemment *Sanctus Martinus juxta quercum*, en revanche le mot *if* peut être simplement la racine, *ave, eve*, qui veut dire humide comme dans Aveyron, Lodève, Yvette, et que vous voyez subsister dans nos *éviers* de cuisine. C'est l'"eau", qui en breton se dit *Ster, Stermaria, Sterlaer, Sterbouest, Ster-en-Dreuchen*[2]. » Je n'entendis pas la fin, car quelque plaisir que j'eusse eu à réentendre le nom de *Stermaria*, malgré moi j'entendais Cottard près duquel j'étais, qui disait tout bas à Ski : « Ah ! mais je ne savais pas. Alors c'est un monsieur qui sait se retourner dans la vie. Comment ! il est de la confrérie ! Pourtant il n'a pas les yeux bordés de jambon[3]. Il faudra que je fasse attention à mes pieds sous la table, il n'aurait qu'à en pincer pour moi. Du reste, cela ne m'étonne qu'à moitié. Je vois plusieurs nobles à la douche, dans le costume d'Adam, ce sont plus ou moins des dégénérés. Je ne leur parle pas parce qu'en somme je suis fonctionnaire et que cela pourrait me faire du tort. Mais ils savent parfaitement qui je suis. » Saniette, que l'interpellation de Brichot avait effrayé, commençait à respirer, comme quelqu'un qui a peur de l'orage et qui voit que l'éclair n'a été suivi d'aucun bruit de tonnerre, quand il entendit M. Verdurin le questionner tout en attachant sur lui un regard qui ne lâchait pas le malheureux tant qu'il parlait, de façon à le décontenancer tout de suite et à ne pas lui permettre de reprendre ses esprits. « Mais vous nous aviez toujours caché que vous fréquentiez les matinées de l'Odéon, Saniette ? » Tremblant comme une recrue devant un sergent tourmenteur, Saniette répondit, en donnant à sa phrase les plus petites dimensions qu'il put afin qu'elle eût plus de chance d'échapper aux coups : « Une fois, à *La Chercheuse*[1]. — Qu'est-ce qu'il dit ? » hurla M. Verdurin, d'un air à la fois écœuré et furieux, en fronçant les sourcils comme s'il n'avait pas assez de toute son attention pour comprendre quelque chose d'inintelligible. « D'abord on ne comprend pas ce que vous dites, qu'est-ce que vous avez dans la bouche ? » demanda M. Verdurin de plus en plus violent, et faisant allusion au défaut de prononciation de Saniette. « Pauvre Saniette, je ne veux pas que vous le rendiez malheureux », dit Mme Verdurin sur un ton de fausse pitié et pour ne laisser un doute à personne sur l'intention insolente de son mari. « J'étais à la Ch... — Che, che che, tâchez de parler clairement, dit M. Verdurin, je ne vous entends même pas. » Presque aucun des fidèles ne se retenait de s'esclaffer et ils avaient l'air d'une bande d'anthropophages chez qui une blessure faite à un blanc a réveillé le goût du sang. Car l'instinct d'imitation et l'absence de courage gouvernent les sociétés comme les foules[2]. Et tout le monde rit de quelqu'un dont on voit se moquer, quitte à le vénérer dix ans plus tard dans un cercle où il est admiré. C'est de la même façon que le peuple chasse ou acclame les rois. « Voyons, ce n'est pas sa faute, dit Mme Verdurin. — Ce n'est pas la mienne non plus, on ne dîne pas en ville quand on ne peut plus articuler. — J'étais à *La Chercheuse d'esprit* de Favart. — Quoi ? c'est *La Chercheuse d'esprit* que vous appelez *La Chercheuse* ? Ah ! c'est magnifique, j'aurais pu chercher cent ans sans trouver », s'écria M. Verdurin qui pourtant aurait jugé du premier coup que quelqu'un n'était pas lettré, artiste, « n'en était pas », s'il l'avait entendu dire le titre complet de certaines œuvres. Par exemple il fallait dire *Le Malade, Le Bourgeois* ; et ceux qui auraient ajouté « imaginaire » ou « gentilhomme » eussent témoigné qu'ils n'étaient pas de la « boutique », de même que dans un salon, quelqu'un prouve qu'il n'est pas du monde en disant : M. de Montesquiou-Fezensac pour M. de Montesquiou. « Mais ce n'est pas si extraordinaire », dit Saniette essoufflé par l'émotion mais souriant, quoiqu'il n'en ait pas envie. Mme Verdurin éclata : « Oh ! si, s'écria-t-elle en ricanant. Soyez convaincu que personne au monde n'aurait pu deviner qu'il s'agissait de *La Chercheuse d'esprit.* » M. Verdurin reprit d'une voix douce et s'adressant à la fois à Saniette et à Brichot : « C'est une jolie pièce d'ailleurs *La Chercheuse d'esprit.* » Prononcée sur un ton sérieux cette simple phrase, où on ne pouvait trouver trace de méchanceté, fit à Saniette autant de bien et excita chez lui autant de gratitude qu'une amabilité. Il ne put proférer une seule parole et garda un silence heureux. Brichot fut plus loquace. « Il est vrai, répondit-il à M. Verdurin, et si on la faisait passer pour l'œuvre de quelque auteur sarmate ou scandinave, on pourrait poser la candidature de *La Chercheuse d'esprit* à la situation vacante de chef-d'œuvre. Mais soit dit sans manquer de respect aux mânes du gentil Favart, il n'était pas de tempérament ibsénien.

(Aussitôt il rougit jusqu'aux oreilles en pensant au philosophe norvégien, lequel avait un air malheureux parce qu'il cherchait en vain à identifier quel végétal pouvait être le buis que Brichot avait cité tout à l'heure à propos de Bussière.) D'ailleurs, la satrapie de Porel étant maintenant occupée par un fonctionnaire qui est un tolstoïsant de rigoureuse observance, il se pourrait que nous vissions *Anna Karénine* ou *Résurrection* sous l'architrave odéonienne[1]. — Je sais le portrait de Favart[2] dont vous voulez parler, dit M. de Charlus. J'en ai vu une très belle épreuve chez la comtesse Molé. » Le nom de la comtesse Molé produisit une forte impression sur Mme Verdurin. « Ah ! vous allez chez Mme de Molé », s'écria-t-elle. Elle pensait qu'on disait « la comtesse Molé », « madame Molé », simplement par abréviation, comme elle entendait dire les Rohan, ou par dédain, comme elle-même disait : madame La Trémoïlle. Elle n'avait aucun doute que la comtesse Molé, connaissant la reine de Grèce et la princesse de Caprarola, eût autant que personne droit à la particule, et pour une fois elle était décidée à la donner à une personne si brillante et qui s'était montrée fort aimable pour elle. Aussi, pour bien montrer qu'elle avait parlé ainsi à dessein et ne marchandait pas ce « de » à la comtesse, elle reprit : « Mais je ne savais pas du tout que vous connaissiez madame de Molé ! » comme ci ç'avait été doublement extraordinaire et que M. de Charlus connût cette dame et que Mme Verdurin ne sût pas qu'il la connaissait. Or le monde, ou du moins ce que M. de Charlus appelait ainsi, forme un tout relativement homogène et clos. Autant il est compréhensible que dans l'immensité disparate de la bourgeoisie un avocat dise à quelqu'un qui connaît un de ses camarades de collège : « Mais comment diable connaissez-vous un tel ? » en revanche s'étonner qu'un Français connût le sens du mot « temple » ou « forêt » ne serait guère plus extraordinaire que d'admirer les hasards qui avaient pu conjoindre M. de Charlus et la comtesse Molé. De plus, même si une telle connaissance n'eût pas tout naturellement découlé des lois mondaines, si elle eût été fortuite, comment eût-il été bizarre que Mme Verdurin l'ignorât puisqu'elle voyait M. de Charlus pour la première fois, et que ses relations avec Mme Molé étaient loin d'être la seule chose qu'elle ne sût pas relativement à lui, de qui, à vrai dire, elle ne savait rien ? « Qu'est-ce qui jouait cette *Chercheuse d'esprit*, mon petit Saniette ? » demanda M. Verdurin. Bien que sentant l'orage passé, l'ancien archiviste hésitait à répondre : « Mais aussi, dit Mme Verdurin, tu l'intimides, tu te moques de tout ce qu'il dit, et puis tu veux qu'il réponde. Voyons, dites qui jouait ça, on vous donnera de la galantine à emporter », dit Mme Verdurin, faisant une méchante allusion à la ruine où Saniette s'était précipité lui-même en voulant en tirer un ménage de ses amis. « Je me rappelle seulement que c'était Mme Samary qui faisait la Zerbine[1], dit Saniette. — La Zerbine ? Qu'est-ce que c'est que ça ? cria M. Verdurin comme s'il y avait le feu. — C'est un emploi de vieux répertoire, voir *Le Capitaine Fracasse*, comme qui dirait le Tranche-Montagne, le Pédant[2]. — Ah ! le pédant, c'est vous. La Zerbine ! Non, mais il est toqué », s'écria M. Verdurin. Mme Verdurin regarda ses convives en riant comme pour excuser Saniette. « La Zerbine, il s'imagine que tout le monde sait aussitôt ce que cela veut dire. Vous êtes comme M. de Longepierre, l'homme le plus bête que je connaisse, qui nous disait familièrement l'autre jour "le Banat". Personne n'a su de quoi il voulait parler. Finalement on a appris que c'était une province de Serbie. » Pour mettre fin au supplice de Saniette, qui me faisait plus de mal qu'à lui, je demandai à Brichot s'il savait ce que signifiait Balbec. « Balbec est probablement une corruption de Dalbec[1], me dit-il. Il faudrait pouvoir consulter les chartes des rois d'Angleterre, suzerains de la Normandie, car Balbec dépendait de la baronnie de Douvres, à cause de quoi on disait souvent Balbec d'Outre-Mer, Balbec-en-Terre. Mais la baronnie de Douvres elle-même relevait de l'évêché de Bayeux et malgré des droits qu'eurent momentanément les templiers sur l'abbaye à partir de Louis d'Harcourt, patriarche de Jérusalem et évêque de Bayeux[2], ce furent les évêques de ce diocèse qui furent collateurs aux biens de Balbec. C'est ce que m'a expliqué le doyen de Doville, homme chauve, éloquent, chimérique et gourmet, qui vit dans l'obédience de Brillat-Savarin, et m'a exposé avec des termes un tantinet sibyllins d'incertaines pédagogies tout en me faisant manger d'admirables pommes de terre frites. » Tandis que Brichot souriait, pour montrer ce qu'il y avait de spirituel à unir des choses aussi disparates et à employer pour des choses communes un langage ironiquement élevé, Saniette cherchait à placer quelque trait d'esprit qui pût le relever de son effondrement de tout à l'heure. Le trait d'esprit était ce qu'on appelait un « à-peu-près », mais qui avait changé de forme car il y a une évolution pour les calembours comme pour les genres littéraires, les épidémies, qui disparaissent remplacées par d'autres, etc. Jadis la forme de l'« à-peu-près » était le « comble ». Mais elle était surannée, personne ne l'employait plus, il n'y avait plus que Cottard pour dire encore parfois au milieu d'une partie de « piquet » : « Savez-vous quel est le comble de la distraction ? c'est de prendre l'édit de Nantes pour une Anglaise. » Les combles avaient été remplacés par les surnoms. Au fond, c'était toujours le vieil « à-peu-près », mais comme le surnom était à la mode on ne s'en apercevait pas. Malheureusement pour Saniette, quand ces « à-peu-près » n'étaient pas de lui et d'habitude inconnus au petit noyau, il les débitait si timidement que malgré le rire dont il les faisait suivre pour signaler leur caractère humoristique, personne ne les comprenait. Et si au contraire le mot était de lui, comme il l'avait généralement trouvé en causant avec un des fidèles, celui-ci l'avait répété en se l'appropriant, le mot était alors connu, mais non comme étant de Saniette. Aussi quand il glissait un de ceux-là on le reconnaissait, mais, parce qu'il en était l'auteur, on l'accusait de plagiat. « Or donc, continua Brichot, *bec* en normand est ruisseau[1] ; il y a l'abbaye du Bec ; Mobec, le ruisseau du marais (*mor* ou *mer* voulait dire marais, comme dans Morville, ou dans Bricquemar, Alvimare, Cambremer) ; Bricquebec, le ruisseau de la hauteur, venant de *briga*, lieu fortifié, comme dans Bricqueville, Bricquebosc, Le Bric, Briand, ou bien de *brice*, pont, qui est le même que *Bruck* en allemand (Innsbruck) et qu'en anglais *bridge* qui termine tant de noms de lieux (Cambridge, etc.[2]). Vous avez encore en Normandie bien d'autres *bec* : Caudebec, Bolbec, Le Robec, Le Bec-Helloin, Becquerel. C'est la forme normande du germain *Bach*, Offenbach, Anspach[3]. Varaguebec, du vieux mot *varaigne*, équivalent de garenne, bois, étangs réservés. Quant à *dal*, reprit Brichot, c'est une forme de *Thal*, vallée : Darnetal, Rosendal, et même jusque près de Louviers, Becdal[4]. La rivière qui a donné son nom à Dalbec est d'ailleurs charmante. Vue d'une falaise (*Fels* en allemand, vous avez même non loin d'ici, sur une hauteur la jolie ville de Falaise[5]), elle voisine les flèches de l'église, située en réalité à une grande distance, et a l'air de les refléter.

— Je crois bien, dis-je, c'est un effet qu'Elstir aime beaucoup. J'en ai vu plusieurs esquisses chez lui. — Elstir ! Vous connaissez Tiche[1] ? s'écria Mme Verdurin. Mais vous savez que je l'ai connu dans la dernière intimité. Grâce au ciel je ne le vois plus. Non, mais demandez à Cottard, à Brichot, il avait son couvert mis chez moi, il venait tous les jours. En voilà un dont on peut dire que ça ne lui a pas réussi de quitter notre petit noyau. Je vous montrerai tout à l'heure des fleurs qu'il a peintes pour moi ; vous verrez quelle différence avec ce qu'il fait aujourd'hui et que je n'aime pas du tout, mais pas du tout ! Mais comment ! je lui avais fait faire un portrait de Cottard, sans compter tout ce qu'il a fait d'après moi. — Et il avait fait au professeur des cheveux mauves[2] », dit Mme Cottard oubliant qu'alors son mari n'était même pas agrégé. « Je ne sais, monsieur, si vous trouvez que mon mari a des cheveux mauves. — Ça ne fait rien », dit Mme Verdurin en levant le menton d'un air de dédain pour Mme Cottard et d'admiration pour celui dont elle parlait, « c'était d'un fier coloriste, d'un beau peintre. Tandis que, ajouta-t-elle en s'adressant de nouveau à moi, je ne sais pas si vous appelez cela de la peinture, toutes ces grandes diablesses de compositions, ces grandes machines qu'il expose depuis qu'il ne vient plus chez moi. Moi, j'appelle cela du barbouillé, c'est d'un poncif, et puis ça manque de relief, de personnalité. Il y a de tout le monde là-dedans. — Il restitue la grâce du XVIIIe, mais moderne, dit précipitamment Saniette, tonifié et remis en selle par mon amabilité. Mais j'aime mieux Helleu. — Il n'y a aucun rapport avec Helleu, dit Mme Verdurin. — Si, c'est du XVIIIe siècle fébrile. C'est un Watteau à vapeur[3], et il se mit à rire. — Oh ! connu, archiconnu, il y a des années qu'on me le ressert, dit M. Verdurin à qui en effet Ski l'avait raconté autrefois, mais comme fait par lui-même. Ce n'est pas de chance que pour une fois que vous prononcez intelligiblement quelque chose d'assez drôle, ce ne soit pas de vous. — Ça me fait de la peine, reprit Mme Verdurin, parce que c'était quelqu'un de doué, il a gâché un joli tempérament de peintre. Ah ! s'il était resté ici ! Mais il serait devenu le premier paysagiste de notre temps. Et c'est une femme qui l'a conduit si bas ! Ça ne m'étonne pas d'ailleurs, car l'homme était agréable, mais vulgaire. Au fond c'était un médiocre. Je vous dirai que je l'ai senti tout de suite. Dans le fond, il ne m'a jamais intéressée. Je l'aimais bien, c'était tout. D'abord, il était d'un sale ! Vous aimez beaucoup ça, vous, les gens qui ne se lavent jamais ? — Qu'est-ce que c'est que cette chose si jolie de ton que nous mangeons ? demanda Ski. — Cela s'appelle de la mousse à la fraise, dit Mme Verdurin. — Mais c'est ra-vis-sant. Il faudrait faire déboucher des bouteilles de château-margaux, de château-lafite, de porto. — Je ne peux pas vous dire comme il m'amuse, il ne boit que de l'eau », dit Mme Verdurin pour dissimuler sous l'agrément qu'elle trouvait à cette fantaisie l'effroi que lui causait cette prodigalité. « Mais ce n'est pas pour boire, reprit Ski, vous en remplirez tous nos verres, on apportera de merveilleuses pêches, d'énormes brugnons, là en face du soleil couché ; ça sera luxuriant comme un beau Véronèse. — Ça coûtera presque aussi cher, murmura M. Verdurin. — Mais enlevez ces fromages si vilains de ton », dit-il en essayant de retirer l'assiette du Patron, qui défendit son gruyère de toutes ses forces. « Vous comprenez que je ne regrette pas Elstir, me dit Mme Verdurin, celui-ci est autrement doué. Elstir c'est le travail, l'homme qui ne sait pas lâcher sa peinture quand il en a envie. C'est le bon élève, la bête à concours. Ski, lui, ne connaît que sa fantaisie. Vous le verrez allumer sa cigarette au milieu du dîner. — Au fait, je ne sais pas pourquoi vous n'avez pas voulu recevoir sa femme, dit Cottard, il serait ici comme autrefois. — Dites donc, voulez-vous être poli, vous ? Je ne reçois pas de gourgandines, monsieur le professeur », dit Mme Verdurin, qui avait au contraire fait tout ce qu'elle avait pu pour faire revenir Elstir, même avec sa femme. Mais avant qu'ils fussent mariés elle avait cherché à les brouiller, elle avait dit à Elstir que la femme qu'il aimait était bête, sale, légère, avait volé. Pour une fois elle n'avait pas réussi la rupture. C'est avec le salon Verdurin qu'Elstir avait rompu ; et il s'en félicitait comme les convertis bénissent la maladie ou le revers qui les a jetés dans la retraite et leur a fait connaître la voie du salut. « Il est magnifique, le professeur, dit-elle. Déclarez plutôt que mon salon est une maison de rendez-vous. Mais on dirait que vous ne savez pas ce que c'est que Mme Elstir. J'aimerais mieux recevoir la dernière des filles ! Ah ! non, je ne mange pas de ce pain-là. D'ailleurs je vous dirai que j'aurais été d'autant plus bête de passer sur la femme que le mari ne m'intéresse plus, c'est démodé, ce n'est même plus dessiné. — C'est extraordinaire pour un homme d'une pareille intelligence, dit Cottard. — Oh ! non, répondit Mme Verdurin, même à l'époque où il avait du talent, car il en a eu, le gredin, et à revendre, ce qui agaçait chez lui c'est qu'il n'était aucunement intelligent. » Mme Verdurin, pour porter ce jugement sur Elstir, n'avait pas attendu leur brouille et qu'elle n'aimât plus sa peinture. C'est que, même au temps où il faisait partie du petit groupe, il arrivait qu'Elstir passait des journées entières avec telle femme qu'à tort ou à raison Mme Verdurin trouvait « bécasse », ce qui à son avis n'était pas le fait d'un homme intelligent. « Non, dit-elle d'un air d'équité, je crois que sa femme et lui sont très bien faits pour aller ensemble. Dieu sait que je ne connais pas de créature plus ennuyeuse sur la terre et que je deviendrais enragée s'il me fallait passer deux heures avec elle. Mais on dit qu'il la trouve très intelligente. C'est qu'il faut bien l'avouer, notre *Tiche* était surtout *excessivement bête* ! Je l'ai vu épaté par des personnes que vous n'imaginez pas, par de braves idiotes dont on n'aurait jamais voulu dans notre petit clan. Hé bien ! il leur écrivait, il discutait avec elles, lui, Elstir ! Ça n'empêche pas des côtés charmants, ah ! charmants, charmants et délicieusement absurdes, naturellement. » Car Mme Verdurin était persuadée que les hommes vraiment remarquables font mille folies. Idée fausse où il y a pourtant quelque vérité. Certes les « folies » des gens sont insupportables. Mais un déséquilibre qu'on ne découvre qu'à la longue est la conséquence de l'entrée dans un cerveau humain de délicatesses pour lesquelles il n'est pas habituellement fait. En sorte que les étrangetés des gens charmants exaspèrent, mais il n'y a guère de gens charmants qui ne soient, par ailleurs, étranges. « Tenez, je vais pouvoir vous montrer tout de suite ses fleurs », me dit-elle en voyant que son mari lui faisait signe qu'on pouvait se lever de table. Et elle reprit le bras de M. de Cambremer. M. Verdurin voulut s'en excuser auprès de M. de Charlus, dès qu'il eut quitté Mme de Cambremer, et lui donner ses raisons, surtout pour le plaisir de causer de ces nuances mondaines avec un homme titré, momentanément l'inférieur de ceux qui lui assignaient la place à laquelle ils jugeaient qu'il avait droit. Mais d'abord il tint à montrer à M. de Charlus qu'intellectuellement il l'estimait trop pour penser qu'il pût faire attention à ces bagatelles : « Excusez-moi de vous parler de ces riens, commença-t-il, car je suppose bien le peu de cas que vous en faites. Les esprits bourgeois y font attention, mais les autres, les artistes, les gens qui en sont vraiment, s'en fichent. Or dès les premiers mots que nous avons échangés, j'ai compris que vous en étiez ! » M. de Charlus qui donnait à cette locution un sens fort différent, eut un haut-le-corps. Après les œillades du docteur, l'injurieuse franchise du Patron le suffoquait. « Ne protestez pas, cher monsieur, vous en êtes, c'est clair comme le jour, reprit M. Verdurin. Remarquez que je ne sais pas si vous exercez un art quelconque, mais ce n'est pas nécessaire et ce n'est pas toujours suffisant. Dechambre, qui vient de mourir, jouait parfaitement avec le plus robuste mécanisme, mais n'en était pas, on sentait tout de suite qu'il n'en était pas. Brichot n'en est pas. Morel en est, ma femme en est, je sens que vous en êtes... — Qu'alliez-vous me dire ? » interrompit M. de Charlus qui commençait à être rassuré sur ce que voulait signifier M. Verdurin, mais qui préférait qu'il criât moins haut ces paroles à double sens. « Nous vous avons mis seulement à gauche », répondit M. Verdurin. M. de Charlus, avec un sourire compréhensif, bonhomme et insolent, répondit : « Mais voyons ! Cela n'a aucune importance, *ici* ! » Et il eut un petit rire qui lui était spécial — un rire qui lui venait probablement de quelque grand-mère bavaroise ou lorraine, qui le tenait elle-même, tout identique, d'une aïeule, de sorte qu'il sonnait ainsi, inchangé, depuis pas mal de siècles dans de vieilles petites cours de l'Europe, et qu'on goûtait sa qualité précieuse comme celle de certains instruments anciens devenus rarissimes. Il y a des moments où pour peindre complètement quelqu'un il faudrait que l'imitation phonétique se joignît à la description, et celle du personnage que faisait M. de Charlus risque d'être incomplète par le manque de ce petit rire si fin, si léger, comme certaines suites de Bach ne sont jamais rendues exactement parce que les orchestres manquent de ces « petites trompettes » au son si particulier, pour lesquelles l'auteur a écrit telle ou telle partie. « Mais, expliqua M. Verdurin blessé, c'est à dessein. Je n'attache aucune importance aux titres de noblesse », ajouta-t-il avec ce sourire dédaigneux que j'ai vu tant de personnes que j'ai connues, à l'encontre de ma grand-mère et de ma mère, avoir pour toutes les choses qu'ils ne possèdent pas, devant ceux qui ainsi, pensent-ils, ne pourront pas se faire à l'aide d'elles une supériorité sur eux. « Mais enfin puisqu'il y avait justement M. de Cambremer et qu'il est marquis, comme vous n'êtes que baron... — Permettez, répondit M. de Charlus avec un air de hauteur, à M. Verdurin étonné, je suis aussi duc de Brabant, damoiseau de Montargis, prince d'Oléron, de Carency, de Viareggio et des Dunes[1]. D'ailleurs cela ne fait absolument rien. Ne vous tourmentez pas », ajouta-t-il en reprenant son fin sourire, qui s'épanouit sur ces derniers mots : « J'ai tout de suite vu que vous n'aviez pas l'habitude. »

Mme Verdurin vint à moi pour me montrer les fleurs d'Elstir. Si cet acte devenu depuis longtemps si indifférent pour moi, aller dîner en ville, m'avait au contraire, sous la forme qui le renouvelait entièrement, d'un voyage le long de la côte, suivi d'une montée en voiture jusqu'à deux cents mètres au-dessus de la mer, procuré une sorte d'ivresse, celle-ci ne s'était pas dissipée à La Raspelière. « Tenez, regardez-moi ça, me dit la Patronne, en me montrant de grosses et magnifiques roses d'Elstir, mais dont l'onctueux écarlate et la blancheur fouettée s'enlevaient avec un relief un peu trop crémeux sur la jardinière où elles étaient posées. Croyez-vous qu'il aurait encore assez de patte pour attraper ça ? Est-ce assez fort ! Et puis, c'est beau comme matière, ça serait amusant à tripoter. Je ne peux pas vous dire comme c'était amusant de les lui voir peindre. On sentait que ça l'intéressait de chercher cet effet-là. » Et le regard de la Patronne s'arrêta rêveusement sur ce présent de l'artiste où se trouvaient résumés, non seulement son grand talent, mais leur longue amitié qui ne survivait plus qu'en ces souvenirs qu'il lui en avait laissés ; derrière les fleurs autrefois cueillies par lui pour elle-même, elle croyait revoir la belle main qui les avait peintes, en une matinée, dans leur fraîcheur, si bien que, les unes sur la table, l'autre adossé à un fauteuil de la salle à manger, avaient pu figurer en tête à tête, pour le déjeuner de la Patronne, les roses encore vivantes et leur portrait à demi ressemblant. À demi seulement, Elstir ne pouvant regarder une fleur qu'en la transplantant d'abord dans ce jardin intérieur où nous sommes forcés de rester toujours. Il avait montré dans cette aquarelle l'apparition des roses qu'il avait vues et que sans lui on n'eût connues jamais ; de sorte qu'on peut dire que c'était une variété nouvelle dont ce peintre, comme un ingénieux horticulteur, avait enrichi la famille des roses. « Du jour où il a quitté le petit noyau, ça a été un homme fini. Il paraît que mes dîners lui faisaient perdre du temps, que je nuisais au développement de son *génie*, dit-elle sur un ton d'ironie. Comme si la fréquentation d'une femme comme moi pouvait ne pas être salutaire à un artiste ! » s'écria-t-elle dans un mouvement d'orgueil. Tout près de nous, M. de Cambremer qui était déjà assis, esquissa, en voyant M. de Charlus debout, le mouvement de se lever et de lui donner sa chaise. Cette offre ne correspondait peut-être dans la pensée du marquis qu'à une intention de vague politesse. M. de Charlus préféra y attacher la signification d'un devoir que le simple gentilhomme savait qu'il avait à rendre à un prince, et ne crut pas pouvoir mieux établir son droit à cette préséance qu'en la déclinant. Aussi s'écria-t-il : « Mais comment donc ! Je vous prie ! Par exemple ! » Le ton astucieusement véhément de cette protestation avait déjà quelque chose de fort « Guermantes », qui s'accusa davantage dans le geste impératif, inutile et familier avec lequel M. de Charlus pesa de ses deux mains et comme pour le forcer à se rasseoir, sur les épaules de M. de Cambremer, qui ne s'était pas levé : « Ah ! voyons, mon cher, insista le baron, il ne manquerait plus que ça ! Il n'y a pas de raison ! De notre temps on réserve ça aux princes du sang. » Je ne touchai pas plus les Cambremer que Mme Verdurin par mon enthousiasme pour leur maison. Car j'étais froid devant des beautés qu'ils me signalaient et m'exaltais de réminiscences confuses ; quelquefois même je leur avouais ma déception, ne trouvant pas quelque chose conforme à ce que son nom m'avait fait imaginer. J'indignai Mme de Cambremer en lui disant que j'avais cru que c'était plus campagne. En revanche je m'arrêtai avec extase à renifler l'odeur d'un vent coulis qui passait par la porte. « Je vois que vous aimez les courants d'air », me dirent-ils. Mon éloge du morceau de lustrine verte bouchant un carreau cassé[1] n'eut pas plus de succès : « Mais quelle horreur ! » s'écria la marquise. Le comble fut quand je dis : « Ma plus grande joie a été quand je suis arrivé. Quand j'ai entendu résonner mes pas dans la galerie, je ne sais pas dans quel bureau de mairie de village, où il y a la carte du canton, je me crus entré. » Cette fois Mme de Cambremer me tourna résolument le dos. « Vous n'avez pas trouvé tout cela trop mal arrangé ? lui demanda son mari avec la même sollicitude apitoyée que s'il se fût informé comment sa femme avait supporté une triste cérémonie. Il y a de belles choses. » Mais comme la malveillance, quand les règles fixes d'un goût sûr ne lui imposent pas de bornes inévitables, trouve tout à critiquer, de leur personne ou de leur maison, chez les gens qui vous ont supplantés : « Oui, mais elles ne sont pas à leur place. Et voire, sont-elles si belles que ça ? — Vous avez remarqué », dit M. de Cambremer avec une tristesse que contenait quelque fermeté, « il y a des toiles de Jouy qui montrent la corde, des choses tout usées dans ce salon ! — Et cette pièce d'étoffe avec ses grosses roses comme un couvre-pieds de paysanne », dit Mme de Cambremer, dont la culture toute postiche s'appliquait exclusivement à la philosophie idéaliste, à la peinture impressionniste et à la musique de Debussy. Et pour ne pas requérir uniquement au nom du luxe mais aussi du goût : « Et ils ont mis des brise-bise ! Quelle faute de style ! Que voulez-vous, ces gens, ils ne savent pas, où auraient-ils appris ? Ça doit être de gros commerçants retirés. C'est déjà pas mal pour eux. — Les chandeliers m'ont paru beaux », dit le marquis, sans qu'on sût pourquoi il exceptait les chandeliers, de même qu'inévitablement, chaque fois qu'on parlait d'une église, que ce fût la cathédrale de Chartres, de Reims, d'Amiens, ou l'église de Balbec, ce qu'il s'empressait toujours de citer comme admirable c'était : « le buffet d'orgue, la chaire et les œuvres de miséricorde ». « Quant au jardin, n'en parlons pas, dit Mme de Cambremer. C'est un massacre. Ces allées qui s'en vont tout de guingois ! » Je profitai de ce que Mme Verdurin servait le café pour aller jeter un coup d'œil sur la lettre que M. de Cambremer m'avait remise, et où sa mère m'invitait à dîner. Avec ce rien d'encre, l'écriture traduisait une individualité désormais pour moi reconnaissable entre toutes, sans qu'il y eût plus besoin de recourir à l'hypothèse de plumes spéciales que des couleurs rares et mystérieusement fabriquées ne sont nécessaires au peintre pour exprimer sa vision originale. Même un paralysé atteint d'agraphie après une attaque et réduit à regarder les caractères comme un dessin sans savoir les lire, aurait compris que Mme de Cambremer appartenait à une vieille famille où la culture enthousiaste des lettres et des arts avait donné un peu d'air aux traditions aristocratiques. Il aurait deviné aussi vers quelles années la marquise avait appris simultanément à écrire et à jouer Chopin. C'était l'époque où les gens bien élevés observaient la règle d'être aimables et celle dite des trois adjectifs. Mme de Cambremer les combinait toutes les deux. Un adjectif louangeur ne lui suffisait pas, elle le faisait suivre (après un petit tiret) d'un second, puis (après un deuxième tiret) d'un troisième. Mais ce qui lui était particulier, c'est que, contrairement au but social et littéraire qu'elle se proposait, la succession des trois épithètes revêtait dans les billets de Mme de Cambremer l'aspect non d'une progression, mais d'un *diminuendo*[1]. Mme de Cambremer me dit dans cette première lettre qu'elle avait vu Saint-Loup et avait encore plus apprécié que jamais ses qualités « uniques — rares — réelles », et qu'il devait revenir avec un de ses amis (précisément celui qui aimait la belle-fille), et que si je voulais venir avec ou sans eux dîner à Féterne, elle en serait « ravie — heureuse — contente ». Peut-être était-ce parce que le désir d'amabilité n'était pas égalé chez elle par la fertilité de l'imagination et la richesse du vocabulaire que cette dame, tenant à pousser trois exclamations, n'avait la force de donner dans la deuxième et la troisième qu'un écho affaibli de la première. Qu'il y eût eu seulement un quatrième adjectif et de l'amabilité initiale, il ne serait rien resté. Enfin, par une certaine simplicité raffinée qui n'avait pas dû être sans produire une impression considérable dans la famille et même le cercle des relations, Mme de Cambremer avait pris l'habitude de substituer au mot, qui pouvait finir par avoir l'air mensonger, de « sincère », celui de « vrai ». Et pour bien montrer qu'il s'agissait en effet de quelque chose de sincère, elle rompait l'alliance conventionnelle qui eût mis « vrai » avant le substantif, et le plantait bravement après. Ses lettres finissaient par : « Croyez à mon amitié vraie. » « Croyez à ma sympathie vraie. » Malheureusement c'était tellement devenu une formule que cette affectation de franchise donnait plus l'impression de la politesse menteuse que les antiques formules au sens desquelles on ne songe plus. J'étais d'ailleurs gêné pour lire par le bruit confus des conversations que dominait la voix plus haute de M. de Charlus n'ayant pas lâché son sujet et disant à M. de Cambremer : « Vous me faisiez penser en voulant que je prisse votre place, à un monsieur qui m'a envoyé ce matin une lettre en l'adressant "À Son Altesse le baron de Charlus", et qui la commençait par : "Monseigneur". — En effet, votre correspondant exagérait un peu », répondit M. de Cambremer en se livrant à une discrète hilarité. M. de Charlus l'avait provoquée ; il ne la partagea pas. « Mais dans le fond, mon cher, dit-il, remarquez que héraldiquement parlant, c'est lui qui est dans le vrai ; je n'en fais pas une question de personne, vous pensez bien. J'en parle comme s'il s'agissait d'un autre. Mais que voulez-vous, l'histoire est l'histoire, nous n'y pouvons rien et il ne dépend pas de nous de la refaire. Je ne vous citerai pas l'empereur Guillaume qui à Kiel n'a jamais cessé de me donner du monseigneur[1]. J'ai ouï dire qu'il appelait ainsi tous les ducs français, ce qui est abusif, et ce qui est peut-être simplement une délicate attention qui, par-dessus notre tête, vise la France. — Délicate et plus ou moins sincère, dit M. de Cambremer. — Ah ! je ne suis pas de votre avis. Remarquez que personnellement un seigneur de dernier ordre comme ce Hohenzollern[1], de plus protestant, et qui a dépossédé mon cousin le roi de Hanovre[2], n'est pas pour me plaire », ajouta M. de Charlus auquel le Hanovre semblait tenir plus à cœur que l'Alsace-Lorraine. « Mais je crois le penchant qui porte l'empereur vers nous profondément sincère. Les imbéciles vous diront que c'est un empereur de théâtre[3]. Il est au contraire merveilleusement intelligent. Il ne s'y connaît pas en peinture et il a forcé M. Tschudi[4] de retirer les Elstir des musées nationaux. Mais Louis XIV n'aimait pas les maîtres hollandais, avait aussi le goût de l'apparat, et a été somme toute un grand souverain. Encore Guillaume II a-t-il armé son pays au point de vue militaire et naval, comme Louis XIV n'avait pas fait, et j'espère que son règne ne connaîtra jamais les revers qui ont assombri sur la fin le règne de celui qu'on appelle banalement le Roi-Soleil. La République a commis une grande faute à mon avis en repoussant les amabilités du Hohenzollern ou en ne les lui rendant qu'au compte-gouttes. Il s'en rend lui-même très bien compte et dit, avec ce don d'expression qu'il a : "Ce que je veux, c'est une poignée de main, ce n'est pas un coup de chapeau[5]." Comme homme, il est vil ; il a abandonné, livré, renié ses meilleurs amis dans des circonstances où son silence a été aussi misérable que le leur a été grand », continua M. de Charlus qui, emporté toujours sur sa pente, glissait vers l'affaire Eulenbourg[6] et se rappelait le mot que lui avait dit l'un des inculpés les plus haut placés : « Faut-il que l'empereur ait confiance en notre délicatesse pour avoir osé permettre un pareil procès ! Mais d'ailleurs il ne s'est pas trompé en ayant eu foi dans notre discrétion. Jusque sur l'échafaud nous aurions fermé la bouche. » « Du reste tout cela n'a rien à voir avec ce que je voulais dire, à savoir qu'en Allemagne, princes médiatisés nous sommes *Durchlaucht*[1], et qu'en France notre rang d'Altesse était publiquement reconnu[2]. Saint-Simon prétend que nous l'avions pris par abus[3], ce en quoi il se trompe parfaitement. La raison qu'il en donne, à savoir que Louis XIV nous fit faire défense de l'appeler le Roi très Chrétien, et nous ordonna de l'appeler le Roi tout court[4], prouve simplement que nous relevions de lui et nullement que nous n'avions pas la qualité de prince. Sans quoi, il aurait fallu la dénier au duc de Lorraine et à combien d'autres ! D'ailleurs, plusieurs de nos titres viennent de la maison de Lorraine par Thérèse d'Espinoy, ma bisaïeule, qui était la fille du damoiseau de Commercy[5]. » S'étant aperçu que Morel l'écoutait, M. de Charlus développa plus amplement les raisons de sa prétention. « J'ai fait observer à mon frère que ce n'est pas dans la troisième partie du Gotha, mais dans la deuxième, pour ne pas dire dans la première, que la notice sur notre famille devrait se trouver », dit-il sans se rendre compte que Morel ne savait pas ce qu'était le Gotha. « Mais c'est lui que ça regarde, il est mon chef d'armes et du moment qu'il le trouve bon ainsi et qu'il laisse passer la chose, je n'ai qu'à fermer les yeux. — M. Brichot m'a beaucoup intéressé », dis-je à Mme Verdurin qui venait à moi, et tout en mettant la lettre de Mme de Cambremer dans ma poche. « C'est un esprit cultivé et un brave homme, me répondit-elle froidement. Il manque évidemment d'originalité et de goût, il a une terrible mémoire. On disait des "aïeux" des gens que nous avons ce soir, les émigrés, qu'ils n'avaient rien oublié[1]. Mais ils avaient du moins l'excuse, dit-elle en prenant à son compte un mot de Swann, qu'ils n'avaient rien appris. Tandis que Brichot sait tout et nous jette à la tête pendant le dîner des piles de dictionnaires. Je crois que vous n'ignorez plus rien de ce que veut dire le nom de telle ville, de tel village. » Pendant que Mme Verdurin parlait, je pensais que je m'étais promis de lui demander quelque chose, mais je ne pouvais me rappeler ce que c'était[2]. « Je suis sûr que vous parlez de Brichot, dit Ski. Hein, Chantepie, et Freycinet, il ne vous a fait grâce de rien. Je vous ai regardée, ma petite Patronne. — Je vous ai bien vu, j'ai failli éclater. » Je ne saurais dire aujourd'hui comment Mme Verdurin était habillée ce soir-là. Peut-être au moment même ne le savais-je pas davantage, car je n'ai pas l'esprit d'observation. Mais sentant que sa toilette n'était pas sans prétention, je lui dis quelque chose d'aimable et même d'admiratif. Elle était comme presque toutes les femmes, lesquelles s'imaginent qu'un compliment qu'on leur fait est la stricte expression de la vérité et que c'est un jugement qu'on porte impartialement, irrésistiblement, comme s'il s'agissait d'un objet d'art ne se rattachant pas à une personne. Aussi fut-ce avec un sérieux qui me fit rougir de mon hypocrisie qu'elle me posa cette orgueilleuse et naïve question, habituelle en pareilles circonstances : « Cela vous plaît ? — Vous parlez de Chantepie, je suis sûr », dit M. Verdurin s'approchant de nous. J'avais été seul, pensant à ma lustrine verte et à une odeur de bois, à ne pas remarquer qu'en énumérant ces étymologies, Brichot avait fait rire de lui. Et comme les impressions qui donnaient pour moi leur valeur aux choses étaient de celles que les autres personnes ou n'éprouvent pas, ou refoulent sans y penser comme insignifiantes, et que par conséquent si j'avais pu les communiquer elles fussent restées incomprises ou auraient été dédaignées, elles étaient entièrement inutilisables pour moi et avaient de plus l'inconvénient de me faire passer pour stupide aux yeux de Mme Verdurin, qui voyait que j'avais « gobé » Brichot, comme je l'avais déjà paru à Mme de Guermantes parce que je me plaisais chez Mme d'Arpajon. Pour Brichot pourtant il y avait une autre raison. Je n'étais pas du petit clan. Et dans tout clan, qu'il soit mondain, politique, littéraire, on contracte une facilité perverse à découvrir dans une conversation, dans un discours officiel, dans une nouvelle, dans un sonnet, tout ce que l'honnête lecteur n'aurait jamais songé à y voir. Que de fois il m'est arrivé, lisant avec une certaine émotion un conte habilement filé par un académicien disert et un peu vieillot, d'être sur le point de dire à Bloch ou à Mme de Guermantes : « Comme c'est joli ! » quand, avant que j'eusse ouvert la bouche, ils s'écriaient chacun dans un langage différent : « Si vous voulez passer un bon moment, lisez un conte de un tel. La stupidité humaine n'a jamais été aussi loin. » Le mépris de Bloch provenait surtout de ce que certains effets de style, agréables du reste, étaient un peu fanés ; celui de Mme de Guermantes, de ce que le conte semblait prouver justement le contraire de ce que voulait dire l'auteur, pour des raisons de fait qu'elle avait l'ingéniosité de déduire mais auxquelles je n'eusse jamais pensé. Je fus aussi surpris de voir l'ironie que cachait l'amabilité apparente des Verdurin pour Brichot que d'entendre, quelques jours plus tard à Féterne, les Cambremer me dire, devant l'éloge enthousiaste que je faisais de La Raspelière : « Ce n'est pas possible que vous soyez sincère, après ce qu'ils en ont fait. » Il est vrai qu'ils avouèrent que la vaisselle était belle.

Pas plus que les choquants brise-bise, je ne l'avais vue. « Enfin, maintenant, quand vous retournerez à Balbec, vous saurez ce que Balbec signifie », dit ironiquement M. Verdurin. C'était justement les choses que m'apprenait Brichot qui m'intéressaient. Quant à ce qu'on appelait son esprit, il était exactement le même qui avait été si goûté autrefois dans le petit clan. Il parlait avec la même irritante facilité, mais ses paroles ne portaient plus, avaient à vaincre un silence hostile ou de désagréables échos ; ce qui avait changé était, non ce qu'il débitait, mais l'acoustique du salon et les dispositions du public. « Gare ! » dit à mi-voix Mme Verdurin en montrant Brichot. Celui-ci ayant gardé l'ouïe plus perçante que la vue, jeta sur la Patronne un regard vite détourné de myope et de philosophe. Si ses yeux étaient moins bons, ceux de son esprit jetaient en revanche sur les choses un plus large regard. Il voyait le peu qu'on pouvait attendre des affections humaines, il s'y était résigné. Certes, il en souffrait. Il arrive que même celui qui un seul soir, dans un milieu où il a l'habitude de plaire, devine qu'on l'a trouvé ou trop frivole, ou trop pédant, ou trop gauche, ou trop cavalier, etc., rentre chez lui malheureux. Souvent c'est à cause d'une question d'opinions, de système, qu'il a paru à d'autres absurde ou vieux jeu. Souvent il sait à merveille que ces autres ne le valent pas. Il pourrait aisément disséquer les sophismes à l'aide desquels on l'a condamné tacitement, il veut aller faire une visite, écrire une lettre : plus sage il ne fait rien, attend l'invitation de la semaine suivante. Parfois aussi ces disgrâces au lieu de finir en une soirée, durent des mois. Dues à l'instabilité des jugements mondains, elles l'augmentent encore. Car celui qui sait que Mme X... le méprise, sentant qu'on l'estime chez Mme Y..., la déclare bien supérieure et émigre dans son salon. Au reste ce n'est pas le lieu de peindre ici ces hommes supérieurs à la vie mondaine mais n'ayant pas su se réaliser en dehors d'elle, heureux d'être reçus, aigris d'être méconnus, découvrant chaque année les tares de la maîtresse de maison qu'ils encensaient, et le génie de celle qu'ils n'avaient pas appréciée à sa valeur, quitte à revenir à leurs premières amours quand ils auront souffert des inconvénients qu'avaient aussi les secondes, et que ceux des premières seront un peu oubliés. On peut juger par ces courtes disgrâces du chagrin que causait à Brichot celle qu'il savait définitive. Il n'ignorait pas que Mme Verdurin riait parfois publiquement de lui, même de ses infirmités, et sachant le peu qu'il faut attendre des affections humaines, s'y étant soumis, il ne considérait pas moins la Patronne comme sa meilleure amie. Mais à la rougeur qui couvrit le visage de l'universitaire, Mme Verdurin comprit qu'il l'avait entendue et se promit d'être aimable pour lui pendant la soirée. Je ne pus m'empêcher de lui dire qu'elle l'était bien peu pour Saniette. « Comment, pas gentille ! Mais il nous adore, vous ne savez pas ce que nous sommes pour lui ! Mon mari est quelquefois un peu agacé de sa stupidité, et il faut avouer qu'il y a de quoi, mais dans ces moments-là, pourquoi ne se rebiffe-t-il pas davantage, au lieu de prendre ces airs de chien couchant ? Ce n'est pas franc. Je n'aime pas cela. Ça n'empêche pas que je tâche toujours de calmer mon mari parce que s'il allait trop loin, Saniette n'aurait qu'à ne pas revenir ; et cela je ne le voudrais pas parce que je vous dirai qu'il n'a plus un sou, il a besoin de ses dîners. Et puis, après tout, s'il se froisse, qu'il ne revienne pas, moi ce n'est pas mon affaire, quand on a besoin des autres on tâche de ne pas être aussi idiot. — Le duché d'Aumale[1] a été longtemps dans notre famille avant d'entrer dans la maison de France, expliquait M. de Charlus à M. de Cambremer, devant Morel ébahi et auquel à vrai dire toute cette dissertation était sinon adressée du moins destinée. Nous avions le pas sur tous les princes étrangers[1] ; je pourrais vous en donner cent exemples. La princesse de Croy[2] ayant voulu à l'enterrement de Monsieur se mettre à genoux après ma trisaïeule, celle-ci lui fit vertement remarquer qu'elle n'avait pas droit au carreau, le fit retirer par l'officier de service et porta la chose au roi, qui ordonna à Mme de Croy d'aller faire des excuses à Mme de Guermantes chez elle[3]. Le duc de Bourgogne[4] étant venu chez nous avec les huissiers, la baguette[5] levée, nous obtînmes du roi de la faire abaisser. Je sais qu'il y a mauvaise grâce à parler des vertus des siens. Mais il est bien connu que les nôtres ont toujours été de l'avant à l'heure du danger. Notre cri d'armes quand nous avons quitté celui des ducs de Brabant, a été "Passavant[6]". De sorte qu'il est en somme assez légitime que ce droit d'être partout les premiers que nous avions revendiqué pendant tant de siècles à la guerre, nous l'ayons obtenu ensuite à la cour. Et dame, il nous y a toujours été reconnu. Je vous citerai encore comme preuve la princesse de Baden[7]. Comme elle s'était oubliée jusqu'à vouloir disputer son rang à cette même duchesse de Guermantes de laquelle je vous parlais tout à l'heure, et avait voulu entrer la première chez le roi en profitant d'un mouvement d'hésitation qu'avait peut-être eu ma parente (bien qu'il n'y en eût pas à avoir), le roi cria vivement : "Entrez, entrez, ma cousine, madame de Baden sait trop ce qu'elle vous doit[8]." Et c'est comme duchesse de Guermantes qu'elle avait ce rang, bien que par elle-même elle fût d'assez grande naissance puisqu'elle était par sa mère nièce de la reine de Pologne, de la reine d'Hongrie, de l'Électeur palatin, du prince de Savoie-Carignan et du prince d'Hanovre, ensuite roi d'Angleterre[1]. — *Mœcenas atavis edite regibus*[2] ! dit Brichot en s'adressant à M. de Charlus qui répondit par une légère inclinaison de tête à cette politesse. — Qu'est-ce que vous dites ? demanda Mme Verdurin à Brichot envers qui elle aurait voulu tâcher de réparer ses paroles de tout à l'heure. — Je parlais, Dieu m'en pardonne, d'un dandy qui était la fleur du gratin (Mme Verdurin fronça les sourcils), environ le siècle d'Auguste (Mme Verdurin rassurée par l'éloignement de ce gratin prit une expression plus sereine), d'un ami de Virgile et d'Horace qui poussaient la flagornerie jusqu'à lui envoyer en pleine figure ses ascendances plus qu'aristocratiques, royales, en un mot je parlais de Mécène, d'un rat de bibliothèque qui était ami d'Horace, de Virgile, d'Auguste. Je suis sûr que M. de Charlus sait très bien à tous égards qui était Mécène. » Regardant gracieusement Mme Verdurin du coin de l'œil parce qu'il l'avait entendue donner rendez-vous à Morel pour le surlendemain et qu'il craignait de ne pas être invité : « Je crois, dit M. de Charlus, que Mécène, c'était quelque chose comme le Verdurin de l'Antiquité. » Mme Verdurin ne put réprimer qu'à moitié un sourire de satisfaction. Elle alla vers Morel. « Il est agréable l'ami de vos parents, lui dit-elle. On voit que c'est un homme instruit, bien élevé. Il fera bien dans notre petit noyau. Où donc demeure-t-il à Paris ? » Morel garda un silence hautain et demanda seulement à faire une partie de cartes. Mme Verdurin exigea d'abord un peu de violon. À l'étonnement général, M. de Charlus, qui ne parlait jamais des grands dons qu'il avait, accompagna, avec le style le plus pur, le dernier morceau (inquiet, tourmenté, schumannesque, mais enfin antérieur à la sonate de Franck) de la sonate pour piano et violon de Fauré[1]. Je sentis qu'il donnerait à Morel, merveilleusement doué pour le son et la virtuosité, précisément ce qui lui manquait, la culture et le style. Mais je songeai avec curiosité à ce qui unit chez un même homme une tare physique et un don spirituel. M. de Charlus n'était pas très différent de son frère, le duc de Guermantes. Même, tout à l'heure (et cela était rare), il avait parlé un aussi mauvais français que lui. Me reprochant (sans doute pour que je parlasse en termes chaleureux de Morel à Mme Verdurin) de n'aller jamais le voir, et moi invoquant la discrétion, il m'avait répondu : « Mais puisque c'est moi qui vous le demande, il n'y a que moi qui *pourrais m'en formaliser.* » Cela aurait pu être dit par le duc de Guermantes. M. de Charlus n'était en somme qu'un Guermantes. Mais il avait suffi que la nature déséquilibrât suffisamment en lui le système nerveux pour qu'au lieu d'une femme, comme eût fait son frère le duc, il préférât un berger de Virgile ou un élève de Platon, et aussitôt des qualités inconnues au duc de Guermantes et souvent liées à ce déséquilibre, avaient fait de M. de Charlus un pianiste délicieux, un peintre amateur qui n'était pas sans goût, un éloquent discoureur[2]. Le style rapide, anxieux, charmant avec lequel M. de Charlus jouait le morceau schumannesque de la sonate de Fauré, qui aurait pu discerner que ce style avait son correspondant — on n'ose dire sa cause — dans des parties toutes physiques, dans les défectuosités nerveuses de M. de Charlus ? Nous expliquerons plus tard ce mot de « défectuosités nerveuses » et pour quelles raisons un Grec du temps de Socrate, un Romain du temps d'Auguste, pouvaient être ce qu'on sait tout en restant des hommes absolument normaux, et non des hommes-femmes comme on en voit aujourd'hui. De même que de réelles dispositions artistiques, non venues à terme, M. de Charlus avait, bien plus que le duc, aimé leur mère, aimé sa femme, et même des années après, quand on lui en parlait il avait des larmes, mais superficielles, comme la transpiration d'un homme trop gros, dont le front pour un rien s'humecte de sueur. Avec la différence qu'à ceux-ci on dit : « Comme vous avez chaud ! » tandis qu'on fait semblant de ne pas voir les pleurs des autres. On, c'est-à-dire le monde ; car le peuple s'inquiète de voir pleurer comme si un sanglot était plus grave qu'une hémorragie. La tristesse qui suivit la mort de sa femme, grâce à l'habitude de mentir, n'excluait pas chez M. de Charlus une vie qui n'y était pas conforme. Plus tard même, il eut l'ignominie de laisser entendre que pendant la cérémonie funèbre, il avait trouvé le moyen de demander son nom et son adresse à l'enfant de chœur. Et c'était peut-être vrai.

Le morceau fini, je me permis de réclamer du Franck, ce qui eut l'air de faire tellement souffrir Mme de Cambremer que je n'insistai pas. « Vous ne pouvez pas aimer cela », me dit-elle. Elle demanda à la place *Fêtes* de Debussy[1], ce qui fit crier : « Ah ! c'est sublime ! » dès la première note. Mais Morel s'aperçut qu'il ne savait que les premières mesures et par gaminerie, sans aucune intention de mystifier, il commença une marche de Meyerbeer. Malheureusement comme il laissa peu de transitions et ne fit pas d'annonce, tout le monde crut que c'était encore du Debussy, et on continua à crier : « Sublime ! » Morel, en révélant que l'auteur n'était pas celui de *Pelléas* mais de *Robert le Diable*[2], jeta un certain froid. Mme de Cambremer n'eut guère le temps de le ressentir pour elle-même, car elle venait de découvrir un cahier de Scarlatti[3] et elle s'était jetée dessus avec une impulsion d'hystérique. « Oh ! jouez ça, tenez, ça, c'est divin », criait-elle. Et pourtant de cet auteur longtemps dédaigné, promu depuis peu aux plus grands honneurs, ce qu'elle élisait dans son impatience fébrile, c'était un de ces morceaux maudits qui vous ont si souvent empêché de dormir et qu'une élève sans pitié recommence indéfiniment à l'étage contigu au vôtre. Mais Morel avait assez de musique, et comme il tenait à jouer aux cartes, M. de Charlus pour participer à la partie aurait voulu un whist. « Il a dit tout à l'heure au Patron qu'il était prince, dit Ski à Mme Verdurin, mais ce n'est pas vrai, il est d'une simple famille bourgeoise de petits architectes. — Je veux savoir ce que vous disiez de Mécène. Ça m'amuse, moi, na ! » redit Mme Verdurin à Brichot, par une amabilité qui grisa celui-ci. Aussi pour briller aux yeux de la Patronne et peut-être aux miens : « Mais à vrai dire, madame, Mécène m'intéresse surtout parce qu'il est le premier apôtre de marque de ce Dieu chinois qui compte aujourd'hui en France plus de sectateurs que Brahma, que le Christ lui-même, le très puissant Dieu Je-Men-Fou. » Mme Verdurin ne se contentait plus dans ces cas-là de plonger sa tête dans sa main. Elle s'abattait avec la brusquerie des insectes appelés éphémères sur la princesse Sherbatoff ; si celle-ci était à peu de distance la Patronne s'accrochait à l'aisselle de la princesse, y enfonçait ses ongles, et cachait pendant quelques instants sa tête comme un enfant qui joue à cache-cache. Dissimulée par cet écran protecteur, elle était censée rire aux larmes et pouvait aussi bien ne penser à rien du tout que les gens qui, pendant qu'ils font une prière un peu longue, ont la sage précaution d'ensevelir leur visage dans leurs mains. Mme Verdurin les imitait en écoutant les quatuors de Beethoven[1] à la fois pour montrer qu'elle les considérait comme une prière et pour ne pas laisser voir qu'elle dormait.

« Je parle fort sérieusement, madame, dit Brichot. Je crois que trop grand est aujourd'hui le nombre des gens qui passent leur temps à considérer leur nombril comme s'il était le centre du monde. En bonne doctrine, je n'ai rien à objecter à je ne sais quel nirvâna qui tend à nous dissoudre dans le grand Tout (lequel, comme Munich et Oxford, est beaucoup plus près de Paris qu'Asnières ou Bois-Colombes), mais il n'est ni d'un bon Français, ni même d'un bon Européen, quand les Japonais sont peut-être aux portes de notre Byzance, que des antimilitaristes socialisés discutent gravement sur les vertus cardinales du vers libre. » Mme Verdurin crut pouvoir lâcher l'épaule meurtrie de la princesse et elle laissa réapparaître sa figure, non sans feindre de s'essuyer les yeux et sans reprendre deux ou trois fois haleine. Mais Brichot voulait que j'eusse ma part de festin et ayant retenu des soutenances de thèses qu'il présidait comme personne, qu'on ne flatte jamais tant la jeunesse qu'en la morigénant, en lui donnant de l'importance, en se faisant traiter par elle de réactionnaire : « Je ne voudrais pas blasphémer les Dieux de la Jeunesse, dit-il en jetant sur moi ce regard furtif qu'un orateur accorde à la dérobée à quelqu'un présent dans l'assistance et dont il cite le nom. Je ne voudrais pas être damné comme hérétique et relaps dans la chapelle mallarméenne, où notre nouvel ami, comme tous ceux de son âge, a dû servir la messe ésotérique, au moins comme enfant de chœur, et se montrer déliquescent ou Rose-Croix[1]. Mais vraiment nous en avons trop vu de ces intellectuels adorant l'Art avec un grand A et qui, quand il ne leur suffit plus de s'alcooliser avec du Zola, se font des piqûres de Verlaine. Devenus éthéromanes par dévotion baudelairienne, ils ne seraient plus capables de l'effort viril que la patrie peut un jour ou l'autre leur demander, anesthésiés qu'ils sont par la grande névrose littéraire dans l'atmosphère chaude, énervante, lourde de relents malsains, d'un symbolisme de fumerie d'opium. » Incapable de feindre l'ombre d'admiration pour le couplet inepte et bigarré de Brichot, je me détournai vers Ski et lui assurai qu'il se trompait absolument sur la famille à laquelle appartenait M. de Charlus ; il me répondit qu'il était sûr de son fait et ajouta que je lui avais même dit que son vrai nom était Gandin, Le Gandin. « Je vous ai dit, lui répondis-je, que Mme de Cambremer était la sœur d'un ingénieur, M. Legrandin. Je ne vous ai jamais parlé de M. de Charlus. Il y a autant de rapport de naissance entre lui et Mme de Cambremer qu'entre le Grand Condé et Racine. — Ah ! je croyais », dit Ski légèrement sans plus s'excuser de son erreur que quelques heures avant de celle qui avait failli nous[1] faire manquer le train. « Est-ce que vous comptez rester longtemps sur la côte ? » demanda Mme Verdurin à M. de Charlus, en qui elle pressentait un fidèle et qu'elle tremblait de voir rentrer trop tôt à Paris. « Mon Dieu, on ne sait jamais, répondit d'un ton nasillard et traînant M. de Charlus. J'aimerais rester jusqu'à la fin de septembre. — Vous avez raison, dit Mme Verdurin ; c'est le moment des belles tempêtes. — À bien vrai dire ce n'est pas ce qui me déterminerait. J'ai trop négligé depuis quelque temps l'archange saint Michel, mon patron, et je voudrais le dédommager en restant jusqu'à sa fête, le 29 septembre, à l'abbaye du Mont. — Ça vous intéresse beaucoup, ces affaires-là ? » demanda Mme Verdurin, qui eût peut-être réussi à faire taire son anticléricalisme blessé si elle n'avait craint qu'une excursion aussi longue ne fît « lâcher » pendant quarante-huit heures le violoniste et le baron. « Vous êtes peut-être affligée de surdité intermittente, répondit insolemment M. de Charlus. Je vous ai dit que saint Michel était un de mes glorieux patrons. » Puis, souriant avec une bienveillante extase, les yeux fixés au loin, la voix accrue par une exaltation qui me sembla plus qu'esthétique, mais religieuse : « C'est si beau à l'offertoire quand Michel se tient debout près de l'autel, en robe blanche, balançant un encensoir d'or et avec un tel amas de parfums que l'odeur en monte jusqu'à Dieu ! — On pourrait y aller en bande, suggéra Mme Verdurin malgré son horreur de la calotte. — À ce moment-là, dès l'offertoire », reprit M. de Charlus qui pour d'autres raisons mais de la même manière que les bons orateurs à la Chambre, ne répondait jamais à une interruption et feignait de ne pas l'avoir entendue, « ce serait ravissant de voir notre jeune ami palestrinisant et exécutant même une aria de Bach. Il serait fou de joie, le bon abbé aussi, et c'est le plus grand hommage, du moins le plus grand hommage public, que je puisse rendre à mon saint patron. Quelle édification pour les fidèles ! Nous en parlerons tout à l'heure au jeune Angelico musical, militaire comme saint Michel[1]. »

Saniette, appelé pour faire le mort, déclara qu'il ne savait pas jouer au whist. Et Cottard voyant qu'il n'y avait plus grand temps avant l'heure du train, se mit tout de suite à faire une partie d'écarté avec Morel. M. Verdurin, furieux, marcha d'un air terrible sur Saniette : « Vous ne savez donc jouer à rien ! » cria-t-il, furieux d'avoir perdu l'occasion de faire un whist, et ravi d'en avoir trouvé une d'injurier l'ancien archiviste. Celui-ci, terrorisé, prit un air spirituel : « Si, je sais jouer du piano », dit-il. Cottard et Morel s'étaient assis face à face. « À vous l'honneur, dit Cottard. — Si nous nous approchions un peu de la table de jeu, dit à M. de Cambremer M. de Charlus, inquiet de voir le violoniste avec Cottard. C'est aussi intéressant que ces questions d'étiquette qui, à notre époque, ne signifient plus grand-chose. Les seuls rois qui nous restent, en France du moins, sont les rois des jeux de cartes, et il me semble qu'ils viennent à foison dans la main du jeune virtuose », ajouta-t-il bientôt, par une admiration pour Morel qui s'étendait jusqu'à sa manière de jouer, pour le flatter aussi, et enfin pour expliquer le mouvement qu'il faisait de se pencher sur l'épaule du violoniste. « Ié coupe », dit, en contrefaisant l'accent rastaquouère, Cottard, dont les enfants s'esclaffèrent[1] comme faisaient ses élèves et le chef de clinique, quand le Maître, même au lit d'un malade gravement atteint, lançait, avec un masque impassible d'épileptique une de ses coutumières facéties. « Je ne sais trop ce que je dois jouer, dit Morel en consultant M. de Cambremer. — Comme vous voudrez, vous serez battu de toutes façons, ceci ou ça, c'est égal. — Égal... Galli-Marié[2] ? dit le docteur en coulant vers M. de Cambremer un regard insinuant et bénévole. C'était ce que nous appelons la véritable diva, c'était le rêve, une Carmen comme on n'en reverra pas. C'était la femme du rôle. J'aimais aussi y entendre Ingalli-Marié[3] ». Le marquis se leva avec cette vulgarité méprisante des gens bien nés qui ne comprennent pas qu'ils insultent le maître de maison en ayant l'air de ne pas être certains qu'on puisse fréquenter ses invités et qui s'excusent sur l'habitude anglaise pour employer une expression dédaigneuse : « Quel est ce monsieur qui joue aux cartes ? qu'est-ce qu'il fait dans la vie ? qu'est-ce qu'il *vend* ? J'aime assez à savoir avec qui je me trouve, pour ne pas me lier avec n'importe qui. Or je n'ai pas entendu son nom quand vous m'avez fait l'honneur de me présenter à lui. » Si M. Verdurin s'autorisant de ces derniers mots, avait en effet présenté à ses convives M. de Cambremer, celui-ci l'eût trouvé fort mauvais. Mais sachant que c'était le contraire qui avait eu lieu, il trouvait gracieux d'avoir l'air bon enfant et modeste sans péril. La fierté qu'avait M. Verdurin de son intimité avec Cottard n'avait fait que grandir depuis que le docteur était devenu un professeur illustre. Mais elle ne s'exprimait plus sous la forme naïve d'autrefois. Alors, quand Cottard était à peine connu, si on parlait à M. Verdurin des névralgies faciales de sa femme : « Il n'y a rien à faire », disait-il avec l'amour-propre naïf des gens qui croient que ce qu'ils connaissent est illustre et que tout le monde connaît le nom du professeur de chant de leur fille. « Si elle avait un médecin de second ordre on pourrait chercher un autre traitement, mais quand ce médecin s'appelle Cottard (nom qu'il prononçait comme si c'eût été Bouchard[1] ou Charcot) il n'y a qu'à tirer l'échelle. » Usant d'un procédé inverse, sachant que M. de Cambremer avait certainement entendu parler du fameux professeur Cottard, M. Verdurin prit un air simplet. « C'est notre médecin de famille, un brave cœur que nous adorons et qui se ferait couper en quatre pour nous ; ce n'est pas un médecin, c'est un ami ; je ne pense pas que vous le connaissiez ni que son nom vous dirait quelque chose ; en tous cas, pour nous c'est le nom d'un bien bon homme, d'un bien cher ami, Cottard. » Ce nom, murmuré d'un air modeste, trompa M. de Cambremer qui crut qu'il s'agissait d'un autre. « Cottard ? vous ne parlez pas du professeur Cottard ? » On entendait précisément la voix dudit professeur qui, embarrassé par un coup, disait en tenant ses cartes : « C'est ici que les Athéniens s'atteignirent[2]. — Ah ! si, justement, il est professeur, dit M. Verdurin. — Quoi ! le professeur Cottard ! Vous ne vous trompez pas ! Vous êtes bien sûr que c'est le même ! celui qui demeure rue du Bac ! — Oui, il demeure rue du Bac, 43. Vous le connaissez ? — Mais tout le monde connaît le professeur Cottard. C'est une sommité ! C'est comme si vous me demandiez si je connais Bouffe de Saint-Blaise ou Courtois-Suffit. J'avais bien vu en l'écoutant parler que ce n'était pas un homme ordinaire, c'est pourquoi je me suis permis de vous demander. — Voyons, qu'est-ce qu'il faut jouer ? atout ? » demandait Cottard. Puis brusquement, avec une vulgarité qui eût été agaçante même dans une circonstance héroïque, où un soldat veut prêter une expression familière au mépris de la mort, mais qui devenait doublement stupide dans le passe-temps sans danger des cartes, Cottard se décidant à jouer atout, prit un air sombre, « cerveau brûlé », et par allusion à ceux qui risquent leur peau, joua sa carte comme si c'eût été sa vie, en s'écriant : « Après tout, je m'en fiche ! » Ce n'était pas ce qu'il fallait jouer, mais il eut une consolation. Au milieu du salon, dans un large fauteuil, Mme Cottard, cédant à l'effet, irrésistible chez elle, de l'après-dîner, s'était soumise après de vains efforts, au sommeil vaste et léger qui s'emparait d'elle. Elle avait beau se redresser à des instants, pour sourire, soit par moquerie de soi-même, soit par peur de laisser sans réponse quelque parole aimable qu'on lui eût adressée, elle retombait malgré elle, en proie au mal implacable et délicieux. Plutôt que le bruit, ce qui l'éveillait ainsi pour une seconde seulement, c'était le regard (que par tendresse elle voyait même les yeux fermés, et prévoyait, car la même scène se produisait tous les soirs et hantait son sommeil comme l'heure où on aura à se lever), le regard par lequel le professeur signalait le sommeil de son épouse aux personnes présentes. Il se contentait pour commencer de la regarder et de sourire, car si comme médecin il blâmait ce sommeil d'après le dîner (du moins donnait-il cette raison scientifique pour se fâcher vers la fin, mais il n'est pas sûr qu'elle fût déterminante tant il avait là-dessus de vues variées), comme mari tout-puissant et taquin, il était enchanté de se moquer de sa femme, de ne l'éveiller d'abord qu'à moitié, afin qu'elle se rendormît et qu'il eût le plaisir de la réveiller de nouveau.

Maintenant Mme Cottard dormait tout à fait. « Hé bien ! Léontine, tu pionces, lui cria le professeur. — J'écoute ce que dit Mme Swann, mon ami, répondit faiblement Mme Cottard, qui retomba dans sa léthargie. — C'est insensé, s'écria Cottard, tout à l'heure elle nous affirmera qu'elle n'a pas dormi. C'est comme les patients qui se rendent à une consultation et qui prétendent qu'ils ne dorment jamais. — Ils se le figurent peut-être », dit en riant M. de Cambremer. Mais le docteur aimait autant à contredire qu'à taquiner, et surtout n'admettait pas qu'un profane osât lui parler médecine. « On ne se figure pas qu'on ne dort pas, promulgua-t-il d'un ton dogmatique. — Ah ! répondit en s'inclinant respectueusement le marquis, comme eût fait Cottard jadis. — On voit bien, reprit Cottard, que vous n'avez pas comme moi administré jusqu'à deux grammes de trional[1] sans arriver à provoquer la somnescence. — En effet, en effet, répondit le marquis en riant d'un air avantageux, je n'ai jamais pris de trional, ni aucune de ces drogues qui bientôt ne font plus d'effet mais vous détraquent l'estomac. Quand on a chassé toute la nuit comme moi dans la forêt de Chantepie, je vous assure qu'on n'a pas besoin de trional pour dormir. — Ce sont les ignorants qui disent cela, répondit le professeur. Le trional relève parfois d'une façon remarquable le tonus nerveux. Vous parlez de trional, savez-vous seulement ce que c'est ? — Mais... j'ai entendu dire que c'était un médicament pour dormir. — Vous ne répondez pas à ma question », reprit doctoralement le professeur qui, trois fois par semaine, à la Faculté, était « d'examen ». « Je ne vous demande pas si ça fait dormir ou non, mais ce que c'est. Pouvez-vous me dire ce qu'il contient de parties d'amyle et d'éthyle ? — Non, répondit M. de Cambremer embarrassé. Je préfère un bon verre de fine ou même de porto 345[1]. — Qui sont dix fois plus toxiques, interrompit le professeur. — Pour le trional, hasarda M. de Cambremer, ma femme est abonnée à tout cela, vous feriez mieux d'en parler avec elle. — Qui doit en savoir à peu près autant que vous. En tous cas, si votre femme prend du trional pour dormir, vous voyez que ma femme n'en a pas besoin. Voyons, Léontine, bouge-toi, tu t'ankyloses, est-ce que je dors après dîner, moi ? qu'est-ce que tu feras à soixante ans si tu dors maintenant comme une vieille ? Tu vas prendre de l'embonpoint, tu t'arrêtes la circulation... Elle ne m'entend même plus. — C'est mauvais pour la santé, ces petits sommes après dîner, n'est-ce pas, docteur ? dit M. de Cambremer pour se réhabiliter auprès de Cottard. Après avoir bien mangé il faudrait faire de l'exercice. — Des histoires ! répondit le docteur. On a prélevé une même quantité de nourriture dans l'estomac d'un chien qui était resté tranquille, et dans l'estomac d'un chien qui avait couru, et c'est chez le premier que la digestion était la plus avancée. — Alors c'est le sommeil qui coupe la digestion ? — Cela dépend s'il s'agit de la digestion œsophagique, stomacale, intestinale ; inutile de vous donner des explications que vous ne comprendriez pas puisque vous n'avez pas fait vos études de médecine. Allons, Léontine, en avant... harche ! il est temps de partir. » Ce n'était pas vrai car le docteur allait seulement continuer sa partie de cartes, mais il espérait contrarier ainsi de façon plus brusque le sommeil de la muette à laquelle il adressait sans plus recevoir de réponse les plus savantes exhortations. Soit qu'une volonté de résistance à dormir persistât chez Mme Cottard, même dans l'état de sommeil, soit que le fauteuil ne prêtât pas d'appui à sa tête, cette dernière fut rejetée mécaniquement de gauche à droite et de bas en haut, dans le vide, comme un objet inerte, et Mme Cottard, balancée quant au chef, avait tantôt l'air d'écouter de la musique, tantôt d'être entrée dans la dernière phase de l'agonie. Là où les admonestations de plus en plus véhémentes de son mari échouaient, le sentiment de sa propre sottise réussit : « Mon bain est bien comme chaleur, murmura-t-elle, mais les plumes du dictionnaire..., s'écria-t-elle en se redressant. Oh ! mon Dieu, que je suis sotte ! Qu'est-ce que je dis ? je pensais à mon chapeau, j'ai dû dire une bêtise, un peu plus j'allais m'assoupir, c'est ce maudit feu. » Tout le monde se mit à rire car il n'y avait pas de feu.

« Vous vous moquez de moi, dit en riant elle-même Mme Cottard, qui effaça de la main sur son front avec une légèreté de magnétiseur et une adresse de femme qui se recoiffe, les dernières traces du sommeil, je veux présenter mes humbles excuses à chère madame Verdurin et savoir d'elle la vérité. » Mais son sourire devint vite triste, car le professeur, qui savait que sa femme cherchait à lui plaire et tremblait de n'y pas réussir, venait de lui crier : « Regarde-toi dans la glace, tu es rouge comme si tu avais une éruption d'acné, tu as l'air d'une vieille paysanne. — Vous savez il est charmant, dit Mme Verdurin, il a un joli côté de bonhomie narquoise. Et puis il a ramené mon mari des portes du tombeau quand toute la Faculté l'avait condamné. Il a passé trois nuits près de lui, sans se coucher. Aussi

Cottard pour moi, vous savez, ajouta-t-elle d'un ton grave et presque menaçant en levant la main vers les deux sphères aux mèches blanches de ses tempes musicales et comme si nous avions voulu toucher au docteur, c'est sacré ! Il pourrait demander tout ce qu'il voudrait. Du reste, je ne l'appelle pas le docteur Cottard, je l'appelle le docteur Dieu ! Et encore en disant cela je le calomnie, car ce Dieu répare dans la mesure du possible une partie des malheurs dont l'autre est responsable. — Jouez atout, dit à Morel M. de Charlus d'un air heureux. — Atout, pour voir, dit le violoniste. — Il fallait annoncer d'abord votre roi, dit M. de Charlus, vous êtes distrait, mais comme vous jouez bien ! — J'ai le roi, dit Morel. — C'est un bel homme, répondit le professeur. — Qu'est-ce que c'est que cette affaire-là avec ces piquets ? demanda Mme Verdurin en montrant à M. de Cambremer un superbe écusson sculpté au-dessus de la cheminée. Ce sont vos *armes* ? ajouta-t-elle avec un dédain ironique. — Non, ce ne sont pas les nôtres, répondit M. de Cambremer. Nous portons d'or à trois fasces bretèchées et contre-bretèchées de gueules à cinq pièces chacune chargée d'un trèfle d'or. Non, celles-là ce sont celles des d'Arrachepel[1] qui n'étaient pas de notre estoc, mais de qui nous avons hérité la maison, et jamais ceux de notre lignage n'ont rien voulu y changer. Les Arrachepel (jadis Pelvilain, dit-on) portaient d'or à cinq pieux épointés de gueules. Quand ils s'allièrent aux Féterne leur écu changea mais resta cantonné de vingt croisettes recroisettées au pieu péri fiché d'or avec à droite un vol d'hermine[2]. — Attrape, dit tout bas Mme de Cambremer. — Mon arrière-grand-mère était une d'Arrachepel ou de Rachepel, comme vous voudrez, car on trouve les deux noms dans les vieilles chartes, continua M. de Cambremer, qui rougit vivement, car il eut seulement alors l'idée dont sa femme lui avait fait honneur et il craignit que Mme Verdurin ne se fût appliqué des paroles qui ne la visaient nullement. L'histoire veut qu'au XIe siècle, le premier Arrachepel, Macé, dit Pelvilain, ait montré une habileté particulière dans les sièges pour arracher les pieux[1]. D'où le surnom d'Arrachepel sous lequel il fut anobli, et les pieux que vous voyez à travers les siècles persister dans leurs armes. Il s'agit des pieux que, pour rendre plus inabordables les fortifications, on plantait, on fichait, passez-moi l'expression, en terre devant elles, et qu'on reliait entre eux. Ce sont eux que vous appeliez très bien des piquets et qui n'avaient rien des bâtons flottants du bon La Fontaine[2]. Car ils passaient pour rendre une place inexpugnable. Évidemment, cela fait sourire avec l'artillerie moderne. Mais il faut se rappeler qu'il s'agit du XIe siècle. — Cela manque d'actualité, dit Mme Verdurin, mais le petit campanile a du caractère. — Vous avez, dit Cottard, une veine de... turlututu, mot qu'il répétait volontiers pour esquiver celui de Molière[3]. Savez-vous pourquoi le roi de carreau est réformé ? — Je voudrais bien être à sa place, dit Morel que son service militaire ennuyait. — Ah! le mauvais patriote, s'écria M. de Charlus, qui ne put se retenir de pincer l'oreille au violoniste. — Non, vous ne savez pas pourquoi le roi de carreau est réformé ? reprit Cottard, qui tenait à ses plaisanteries, c'est parce qu'il n'a qu'un œil. — Vous avez affaire à forte partie, docteur, dit M. de Cambremer pour montrer à Cottard qu'il savait qui il était. — Ce jeune homme est étonnant, interrompit naïvement M. de Charlus, en montrant Morel. Il joue comme un dieu. » Cette réflexion ne plut pas beaucoup au docteur qui répondit : « Qui vivra verra. À roublard, roublard et demi. — La dame, l'as », annonça triomphalement Morel, que le sort favorisait. Le docteur courba la tête comme ne pouvant nier cette fortune et avoua, fasciné : « C'est beau. — Nous avons été très contents de dîner avec M. de Charlus, dit Mme de Cambremer à Mme Verdurin. — Vous ne le connaissiez pas ? Il est assez agréable, il est particulier, il est *d'une époque* » (elle eût été bien embarrassée de dire laquelle), répondit Mme Verdurin avec le sourire satisfait d'une dilettante, d'un juge et d'une maîtresse de maison. Mme de Cambremer me demanda si je viendrais à Féterne avec Saint-Loup. Je ne pus retenir un cri d'admiration en voyant la lune suspendue comme un lampion orangé à la voûte de chênes qui partait du château. « Ce n'est encore rien ; tout à l'heure quand la lune sera plus haute et que la vallée sera éclairée, ce sera mille fois plus beau. Voilà ce que vous n'avez pas à Féterne ! dit-elle d'un ton dédaigneux à Mme de Cambremer, laquelle ne savait que répondre, ne voulant pas déprécier sa propriété, surtout devant les locataires. — Vous restez encore quelque temps dans la région, madame ? demanda M. de Cambremer à Mme Cottard, ce qui pouvait passer pour une vague intention de l'inviter et ce qui dispensait actuellement de rendez-vous plus précis. — Oh ! certainement, monsieur, je tiens beaucoup pour les enfants à cet exode annuel. On a beau dire, il leur faut le grand air. Je suis peut-être en cela bien primitive mais je trouve qu'aucune cure ne vaut pour les enfants le bon air, quand bien même on me prouverait le contraire par A plus B. Leurs petites frimousses sont déjà toutes changées. La Faculté voulait m'envoyer à Vichy ; mais c'est trop étouffé et je m'occuperai de mon estomac quand ces grands garçons-là auront encore un peu poussé. Et puis le professeur, avec les examens qu'il fait passer, a toujours un fort coup de collier à donner et les chaleurs le fatiguent beaucoup. Je trouve qu'on a besoin d'une franche détente quand on a été comme lui toute l'année sur la brèche. De toutes façons nous resterons encore un bon mois. — Ah ! alors nous sommes gens de revue. — D'ailleurs je suis d'autant plus obligée de rester que mon mari doit aller faire un tour en Savoie et ce n'est que dans une quinzaine qu'il sera ici en poste fixe. — J'aime encore mieux le côté de la vallée que celui de la mer, reprit Mme Verdurin. Vous allez avoir un temps splendide pour revenir. — Il faudrait même voir si les voitures sont attelées, dans le cas où vous tiendriez absolument à rentrer ce soir à Balbec, me dit M. Verdurin, car moi je n'en vois pas la nécessité. On vous ferait ramener demain matin en voiture. Il fera sûrement beau. Les routes sont admirables. » Je dis que c'était impossible. « Mais en tous cas il n'est pas l'heure, objecta la Patronne. Laisse-les tranquilles, ils ont bien le temps. Ça les avancera bien d'arriver une heure d'avance à la gare. Ils sont mieux ici. Et vous, mon petit Mozart, dit-elle à Morel, n'osant pas s'adresser directement à M. de Charlus, vous ne voulez pas rester ? Nous avons de belles chambres sur la mer. — Mais il ne peut pas, répondit M. de Charlus pour le joueur attentif qui n'avait pas entendu. Il n'a que la permission de minuit. Il faut qu'il rentre se coucher, comme un enfant bien obéissant, bien sage », ajouta-t-il d'une voix complaisante, maniérée, insistante, comme s'il trouvait quelque sadique volupté à employer cette chaste comparaison et aussi à appuyer au passage sa voix sur ce qui concernait Morel, à le toucher, à défaut de la main, avec des paroles qui semblaient le palper.

Du sermon que m'avait adressé Brichot, M. de Cambremer avait conclu que j'étais dreyfusard. Comme il était aussi antidreyfusard que possible, par courtoisie pour un ennemi il se mit à me faire l'éloge d'un colonel juif qui avait toujours été très juste pour un cousin des Chevregny et lui avait fait donner l'avancement qu'il méritait. « Et mon cousin était dans des idées absolument opposées », dit M. de Cambremer, glissant sur ce qu'étaient ces idées, mais que je sentis aussi anciennes et mal formées que son visage, des idées que quelques familles de certaines petites villes devaient avoir depuis bien longtemps. « Eh bien ! vous savez, je trouve ça très beau ! » conclut M. de Cambremer. Il est vrai qu'il n'employait guère le mot « beau » dans le sens esthétique où il eût désigné pour sa mère ou sa femme, des œuvres différentes, mais des œuvres d'art. M. de Cambremer se servait plutôt de ce qualificatif en félicitant par exemple une personne délicate qui avait un peu engraissé. « Comment, vous avez repris trois kilos en deux mois ? Savez-vous que c'est très beau ! » Des rafraîchissements étaient servis sur une table. Mme Verdurin invita les messieurs à aller eux-mêmes choisir la boisson qui leur convenait. M. de Charlus alla boire son verre et vite revint s'asseoir près de la table de jeu et ne bougea plus. Mme Verdurin lui demanda : « Avez-vous pris de mon orangeade ? » Alors M. de Charlus, avec un sourire gracieux, sur un ton cristallin qu'il avait rarement et avec mille moues de la bouche et déhanchements de la taille, répondit : « Non, j'ai préféré la voisine, c'est de la fraisette, je crois, c'est délicieux. » Il est singulier qu'un certain ordre d'actes secrets ait pour conséquence extérieure une manière de parler ou de gesticuler qui les révèle. Si un monsieur croit ou non à l'Immaculée Conception, ou à l'innocence de Dreyfus, ou à la pluralité des mondes, et veuille s'en taire, on ne trouvera dans sa voix ni dans sa démarche, rien qui laisse apercevoir sa pensée. Mais en entendant M. de Charlus dire de cette voix aiguë et avec ce sourire et ces gestes de bras : « Non, j'ai préféré sa voisine, la fraisette », on pouvait dire : « Tiens, il aime le sexe fort », avec la même certitude que celle qui permet de condamner, pour un juge un criminel qui n'a pas avoué, pour un médecin un paralytique général qui ne sait peut-être pas lui-même son mal mais qui a fait telle faute de prononciation d'où on peut déduire qu'il sera mort dans trois ans. Peut-être les gens qui concluent de la manière de dire : « Non, j'ai préféré sa voisine, la fraisette » à un amour dit antiphysique, n'ont-ils pas besoin de tant de science. Mais c'est qu'ici il y a rapport plus direct entre le signe révélateur et le secret. Sans se le dire précisément on sent que c'est une douce et souriante dame qui vous répond et qui paraît maniérée parce qu'elle se donne pour un homme et qu'on n'est pas habitué à voir les hommes faire tant de manières. Et il est peut-être plus gracieux de penser que depuis longtemps un certain nombre de femmes angéliques ont été comprises par erreur dans le sexe masculin où, exilées, tout en battant vainement des ailes vers les hommes à qui elles inspirent une répulsion physique, elles savent arranger un salon, composent des « intérieurs ». M. de Charlus ne s'inquiétait pas que Mme Verdurin fût debout et restait installé dans son fauteuil pour être plus près de Morel. « Croyez-vous, dit Mme Verdurin au baron, que ce n'est pas un crime que cet être-là qui pourrait nous enchanter avec son violon, soit là à une table d'écarté. Quand on joue du violon comme lui ! — Il joue bien aux cartes, il fait tout bien, il est si intelligent », dit M. de Charlus, tout en regardant les jeux, afin de conseiller Morel. Ce n'était pas du reste sa seule raison de ne pas se soulever de son fauteuil devant Mme Verdurin. Avec le singulier amalgame qu'il avait fait de ses conceptions sociales, à la fois de grand seigneur et d'amateur d'art, au lieu d'être poli de la même manière qu'un homme de son monde l'eût été, il se faisait d'après Saint-Simon des espèces de tableaux vivants ; et en ce moment s'amusait à figurer le maréchal d'Huxelles, lequel l'intéressait par d'autres côtés encore et dont il est dit qu'il était glorieux jusqu'à ne pas se lever de son siège, par un air de paresse, devant ce qu'il y avait de plus distingué à la cour[1]. « Dites donc, Charlus, dit Mme Verdurin, qui commençait à se familiariser, vous n'auriez pas dans votre faubourg quelque vieux noble ruiné qui pourrait me servir de concierge ? — Mais si... mais si..., répondit M. de Charlus en souriant d'un air bonhomme, mais je ne vous le conseille pas. — Pourquoi ? — Je craindrais pour vous que les visiteurs élégants n'allassent pas plus loin que la loge[2]. » Ce fut entre eux la première escarmouche. Mme Verdurin y prit à peine garde. Il devait malheureusement y en avoir d'autres à Paris. M. de Charlus continua à ne pas quitter sa chaise. Il ne pouvait d'ailleurs s'empêcher de sourire imperceptiblement en voyant combien confirmait ses maximes favorites sur le prestige de l'aristocratie et la lâcheté des bourgeois, la soumission si aisément obtenue de Mme Verdurin. La Patronne n'avait l'air nullement étonnée par la posture du baron et si elle le quitta, ce fut seulement parce qu'elle avait été inquiète de me voir relancé par M. de Cambremer. Mais avant cela elle voulait éclaircir la question des relations de M. de Charlus avec la comtesse Molé. « Vous m'avez dit que vous connaissiez Mme de Molé. Est-ce que vous allez chez elle ? » demanda-t-elle en donnant aux mots : « aller chez elle » le sens d'être reçu chez elle, d'avoir reçu d'elle l'autorisation d'aller la voir. M. de Charlus répondit avec une inflexion de dédain, une affectation de précision et un ton de psalmodie : « Mais quelquefois. »

Ce « quelquefois » donna des doutes à Mme Verdurin qui demanda : « Est-ce que vous y avez rencontré le duc de Guermantes ? — Ah ! je ne me rappelle pas. — Ah ! dit Mme Verdurin, vous ne connaissez pas le duc de Guermantes ? — Mais comment est-ce que je ne le connaîtrais pas ? » répondit M. de Charlus, dont un sourire fit onduler la bouche. Ce sourire était ironique ; mais comme le baron craignait de laisser voir une dent en or, il le brisa sous un reflux de ses lèvres, de sorte que la sinuosité qui en résulta fut celle d'un sourire de bienveillance : « Pourquoi dites-vous : Comment est-ce que je ne le connaîtrais pas ? — Mais puisque c'est mon frère », dit négligemment M. de Charlus en laissant Mme Verdurin plongée dans la stupéfaction et l'incertitude de savoir si son invité se moquait d'elle, était un enfant naturel ou le fils d'un autre lit. L'idée que le frère du duc de Guermantes s'appelât le baron de Charlus ne lui vint pas à l'esprit. Elle se dirigea vers moi : « J'ai entendu tout à l'heure que M. de Cambremer vous invitait à dîner. Moi, vous comprenez, cela m'est égal. Mais dans votre intérêt j'espère bien que vous n'irez pas. D'abord c'est infesté d'ennuyeux. Ah ! si vous aimez à dîner avec des comtes et des marquis de province que personne ne connaît, vous serez servi à souhait. — Je crois que je serai obligé d'y aller une fois ou deux. Je ne suis du reste pas très libre car j'ai une jeune cousine que je ne peux pas laisser seule (je trouvais que cette prétendue parenté simplifiait les choses pour sortir avec Albertine). Mais pour les Cambremer, comme je la leur ai déjà présentée… — Vous ferez ce que vous voudrez. Ce que je peux vous dire : c'est excessivement malsain ; quand vous aurez pincé une fluxion de poitrine, ou les bons petits rhumatismes des familles, vous serez bien avancé ? — Mais est-ce que l'endroit n'est pas très joli ? — Mmmmouiii… Si on veut. Moi j'avoue franchement que j'aime cent fois mieux la vue d'ici sur cette vallée. D'abord, on nous aurait payés que je n'aurais pas pris l'autre maison parce que l'air de la mer est fatal à M. Verdurin. Pour peu que votre cousine soit nerveuse... Mais du reste vous êtes nerveux, je crois... vous avez des étouffements. Hé bien ! vous verrez. Allez-y une fois, vous ne dormirez pas de huit jours. Non ce n'est pas votre affaire. » Et sans penser à ce que sa nouvelle phrase allait avoir de contradictoire avec les précédentes : « Si cela vous amuse de voir la maison qui n'est pas mal, jolie est trop dire, mais enfin amusante, avec le vieux fossé, le vieux pont-levis, comme il faudra que je m'exécute et que j'y dîne une fois, hé bien ! venez-y ce jour-là, je tâcherai d'amener tout mon petit cercle, alors ce sera gentil. Après-demain nous irons à Arembouville en voiture. La route est magnifique, il y a du cidre délicieux. Venez donc. Vous, Brichot, vous viendrez aussi. Et vous aussi, Ski. Ça fera une partie que du reste mon mari a dû arranger d'avance. Je ne sais trop qui il a invité. Monsieur de Charlus, est-ce que vous en êtes ? » Le baron, qui n'entendit que cette phrase et ne savait pas qu'on parlait d'une excursion à Arembouville, sursauta : « Étrange question », murmura-t-il d'un ton narquois par lequel Mme Verdurin se sentit piquée. « D'ailleurs, me dit-elle, en attendant le dîner Cambremer, pourquoi ne l'amèneriez-vous pas ici, votre cousine ? Aime-t-elle la conversation, les gens intelligents ? Est-elle agréable ? Oui, eh bien alors, très bien ! Venez avec elle. Il n'y a pas que les Cambremer au monde. Je comprends qu'ils soient heureux de l'inviter, ils ne peuvent arriver à avoir personne. Ici elle aura un bon air, toujours des hommes intelligents. En tous cas je compte que vous ne me lâchez pas pour mercredi prochain. J'ai entendu que vous aviez un goûter à Rivebelle avec votre cousine,

M. de Charlus, je ne sais plus encore qui. Vous devriez arranger de transporter tout ça ici, ça serait gentil un petit arrivage en masse. Les communications sont on ne peut plus faciles, les chemins sont ravissants ; au besoin je vous ferai chercher. Je ne sais pas du reste ce qui peut vous attirer à Rivebelle, c'est infesté de moustiques[1]. Vous croyez peut-être à la réputation de la galette. Mon cuisinier les fait autrement bien. Je vous en ferai manger, moi, de la galette normande, de la vraie, et des sablés, je ne vous dis que ça. Ah ! si vous tenez à la cochonnerie qu'on sert à Rivebelle, ça je ne veux pas, je n'assassine pas mes invités, monsieur, et même si je voulais, mon cuisinier ne voudrait pas faire cette chose innommable et changerait de maison. Ces galettes de là-bas, on ne sait pas avec quoi c'est fait. Je connais une pauvre fille à qui cela a donné une péritonite qui l'a enlevée en trois jours. Elle n'avait que dix-sept ans. C'est triste pour sa pauvre mère, ajouta Mme Verdurin, d'un air mélancolique sous les sphères de ses tempes chargées d'expérience et de douleur. Mais enfin, allez goûter à Rivebelle si cela vous amuse d'être écorché et de jeter l'argent par les fenêtres. Seulement, je vous en prie, c'est une mission de confiance que je vous donne : sur le coup de six heures, amenez-moi tout votre monde ici, n'allez pas laisser les gens rentrer chacun chez soi, à la débandade. Vous pouvez amener qui vous voulez. Je ne dirais pas cela à tout le monde. Mais je suis sûre que vos amis sont gentils, je vois tout de suite que nous nous comprenons. En dehors du petit noyau, il vient justement des gens très agréables mercredi. Vous ne connaissez pas la petite Mme de Longpont ? Elle est ravissante et pleine d'esprit, pas snob du tout, vous verrez qu'elle vous plaira beaucoup. Et elle aussi doit amener toute une bande d'amis, ajouta Mme Verdurin, pour me montrer que c'était bon genre et m'encourager par l'exemple. On verra qu'est-ce qui aura le plus d'influence et qui amènera le plus de monde, de Barbe de Longpont ou de vous. Et puis je crois qu'on doit aussi amener Bergotte, ajouta-t-elle d'un air vague, ce concours d'une célébrité étant rendu trop improbable par une note parue le matin dans les journaux et qui annonçait que la santé du grand écrivain inspirait les plus vives inquiétudes[1]. Enfin vous verrez que ce sera un de mes mercredis les plus réussis, je ne veux pas avoir de femmes embêtantes. Du reste, ne jugez pas par celui de ce soir, il était tout à fait raté. Ne protestez pas, vous n'avez pas pu vous ennuyer plus que moi, moi-même je trouvais que c'était assommant. Ce ne sera pas toujours comme ce soir, vous savez ! Du reste je ne parle pas des Cambremer qui sont impossibles, mais j'ai connu des gens du monde qui passaient pour être agréables, hé bien ! à côté de mon petit noyau, cela n'existait pas. Je vous ai entendu dire que vous trouviez Swann intelligent. D'abord, mon avis est que c'était très exagéré, mais sans même parler du caractère de l'homme, que j'ai toujours trouvé foncièrement antipathique, sournois, en dessous, je l'ai eu souvent à dîner le mercredi. Hé bien ! vous pouvez demander aux autres, même à côté de Brichot qui est loin d'être un aigle, qui est un bon professeur de seconde que j'ai fait entrer à l'Institut, tout de même, Swann n'était plus rien. Il était d'un terne ! » Et comme j'émettais un avis contraire : « C'est ainsi. Je ne veux rien vous dire contre lui, puisque c'était votre ami ; du reste il vous aimait beaucoup[2], il m'a parlé de vous d'une façon délicieuse, mais demandez à ceux-ci s'il a jamais dit quelque chose d'intéressant à nos dîners. C'est tout de même la pierre de touche. Hé bien ! je ne sais pas pourquoi, mais Swann chez moi, ça ne donnait pas, ça ne rendait rien. Et encore le peu qu'il valait il l'a pris ici. » J'assurai qu'il était très intelligent. « Non, vous croyiez seulement cela parce que vous le connaissiez depuis moins longtemps que moi. Au fond on en avait très vite fait le tour. Moi, il m'assommait. (Traduction : il allait chez les La Trémoïlle et les Guermantes et savait que je n'y allais pas.) Et je peux tout supporter, excepté l'ennui. Ah ! ça non ! » L'horreur de l'ennui était maintenant chez Mme Verdurin la raison qui était chargée d'expliquer la composition du petit milieu. Elle ne recevait pas encore de duchesses parce qu'elle était incapable de s'ennuyer, comme de faire une croisière à cause du mal de mer. Je me disais que ce que Mme Verdurin disait n'était pas absolument faux, et alors que les Guermantes eussent déclaré Brichot l'homme le plus bête qu'ils eussent jamais rencontré, je restais incertain s'il n'était pas au fond supérieur sinon à Swann même, au moins aux gens ayant l'esprit des Guermantes et qui eussent eu le bon goût d'éviter et la pudeur de rougir de ses pédantesques facéties, je me le demandais comme si la nature de l'intelligence pouvait être en quelque mesure éclaircie par la réponse que je me ferais et avec le sérieux d'un chrétien influencé par Port-Royal qui se pose le problème de la grâce. « Vous verrez, continua Mme Verdurin, quand on a des gens du monde avec des gens vraiment intelligents, des gens de notre milieu, c'est là qu'il faut les voir, l'homme du monde le plus spirituel dans le royaume des aveugles n'est plus qu'un borgne ici. De plus il gèle les autres qui ne se sentent plus en confiance. C'est au point que je me demande si au lieu d'essayer des fusions qui gâtent tout, je n'aurai pas des séries rien que pour les ennuyeux de façon à bien jouir de mon petit noyau. Concluons : vous viendrez avec votre cousine. C'est convenu. Bien. Au moins, ici, vous aurez tous les deux à manger. À Féterne c'est la faim et la soif. Ah ! par exemple, si vous aimez les rats, allez-y tout de suite, vous serez servi à souhait. Et on vous gardera tant que vous voudrez. Par exemple, vous mourrez de faim. Du reste, quand j'irai, je dînerai avant de partir. Et pour que ce soit plus gai, vous devriez venir me chercher. Nous goûterions ferme et nous souperions en rentrant. Aimez-vous les tartes aux pommes ? Oui, eh bien ! notre chef les fait comme personne. Vous voyez que j'avais raison de dire que vous étiez fait pour vivre ici. Venez donc y habiter. Vous savez qu'il y a beaucoup plus de place chez moi que ça n'en a l'air. Je ne le dis pas pour ne pas attirer d'ennuyeux. Vous pourriez amener à demeure votre cousine. Elle aurait un autre air qu'à Balbec. Avec l'air d'ici, je prétends que je guéris les incurables. Ma parole, j'en ai guéri, et pas d'aujourd'hui. Car j'ai habité autrefois tout près d'ici, quelque chose que j'avais déniché, que j'avais eu pour un morceau de pain et qui avait autrement de caractère que leur Raspelière. Je vous montrerai cela si nous nous promenons. Mais je reconnais que même ici, l'air est vraiment vivifiant. Encore je ne veux pas trop en parler, les Parisiens n'auraient qu'à se mettre à aimer mon petit coin. Ça a toujours été ma chance. Enfin, dites-le à votre cousine. On vous donnera deux jolies chambres sur la vallée, vous verrez ça le matin, le soleil dans la brume ! Et qu'est-ce que c'est que ce Robert de Saint-Loup dont vous parliez ? dit-elle d'un air inquiet parce qu'elle avait entendu que je devais aller le voir à Doncières et qu'elle craignit qu'il ne me fît lâcher. Vous pourriez plutôt l'amener ici si ce n'est pas un ennuyeux. J'ai entendu parler de lui par Morel ; il me semble que c'est un de ses grands amis[1] », dit Mme Verdurin mentant complètement, car Saint-Loup et Morel ne connaissaient même pas l'existence l'un de l'autre. Mais ayant entendu que

Saint-Loup connaissait M. de Charlus, elle pensait que c'était par le violoniste et voulait avoir l'air au courant. « Il ne fait pas de médecine, par hasard, ou de littérature ? Vous savez que, si vous avez besoin de recommandations pour des examens, Cottard peut tout, et je fais de lui ce que je veux. Quant à l'Académie, pour plus tard, car je pense qu'il n'a pas l'âge, je dispose de plusieurs voix. Votre ami serait ici en pays de connaissance et ça l'amuserait peut-être de voir la maison. Ce n'est pas folichon Doncières. Enfin, vous ferez comme vous voudrez, comme cela vous arrangera le mieux », conclut-elle sans insister pour ne pas avoir l'air de chercher à connaître de la noblesse, et parce que sa prétention était que le régime sous lequel elle faisait vivre les fidèles, la tyrannie, fût appelé liberté. « Voyons, qu'est-ce que tu as ? » dit-elle, en voyant M. Verdurin qui, en faisant des gestes d'impatience, gagnait la terrasse en planches qui s'étendait d'un côté du salon au-dessus de la vallée, comme un homme qui étouffe de rage et a besoin de prendre l'air. « C'est encore Saniette qui t'a agacé ? Mais puisque tu sais qu'il est idiot, prends-en ton parti, ne te mets pas dans des états comme cela... Je n'aime pas cela, me dit-elle, parce que c'est mauvais pour lui, cela le congestionne. Mais aussi je dois dire qu'il faut parfois une patience d'ange pour supporter Saniette et surtout se rappeler que c'est une charité de le recueillir. Pour ma part j'avoue que la splendeur de sa bêtise fait plutôt ma joie. Je pense que vous avez entendu après le dîner son mot : "Je ne sais pas jouer au whist, mais je sais jouer du piano." Est-ce assez beau ! C'est grand comme le monde, et d'ailleurs un mensonge, car il ne sait pas plus l'un que l'autre. Mais mon mari, sous ses apparences rudes, est très sensible, très bon, et cette espèce d'égoïsme de Saniette, toujours préoccupé de l'effet qu'il va faire, le met hors de lui... Voyons, mon petit, calme-toi, tu sais bien que Cottard t'a dit que c'était mauvais pour ton foie. Et c'est sur moi que tout va retomber, dit Mme Verdurin. Demain Saniette va venir avoir sa petite crise de nerfs et de larmes. Pauvre homme ! il est très malade. Mais enfin ce n'est pas une raison pour qu'il tue les autres. Et puis, même dans les moments où il souffre trop, où on voudrait le plaindre, sa bêtise arrête net l'attendrissement. Il est par trop stupide. Tu n'as qu'à lui dire très gentiment que ces scènes vous rendent malades tous deux, qu'il ne revienne pas ; comme c'est ce qu'il redoute le plus, cela aura un effet calmant sur ses nerfs », souffla Mme Verdurin à son mari.

On distinguait à peine la mer par les fenêtres de droite. Mais celles de l'autre côté montraient la vallée sur qui était maintenant tombée la neige du clair de lune. On entendait de temps à autre la voix de Morel et celle de Cottard. « Vous avez de l'atout ? — Yes. — Ah ! vous en avez de bonnes, vous », dit à Morel, en réponse à sa question, M. de Cambremer, car il avait vu que le jeu du docteur était plein d'atout. « Voici la femme de carreau, dit le docteur. Ça est de l'atout, savez-vous ? Ié coupe, ié prends... Mais il n'y a plus de Sorbonne, dit le docteur à M. de Cambremer ; il n'y a plus que l'université de Paris[1]. » M. de Cambremer confessa qu'il ignorait pourquoi le docteur lui faisait cette observation. « Je croyais que vous parliez de la Sorbonne, reprit le docteur. J'avais entendu que vous disiez : tu nous la *sors bonne*, ajouta-t-il en clignant de l'œil, pour montrer que c'était un mot. Attendez, dit-il en montrant son adversaire, je lui prépare un coup de Trafalgar. » Et le coup devait être excellent pour le docteur, car dans sa joie il se mit en riant à remuer voluptueusement les deux épaules, ce qui était dans la famille, dans le « genre » Cottard, un trait presque zoologique de la satisfaction. Dans la génération précédente, le mouvement de se frotter les mains comme si on se savonnait, accompagnait le mouvement. Cottard lui-même avait d'abord usé simultanément de la double mimique, mais un beau jour, sans qu'on sût à quelle intervention, conjugale, magistrale peut-être, cela était dû, le frottement des mains avait disparu. Le docteur, même aux dominos, quand il forçait son partenaire à « piocher » et à prendre le double-six, ce qui était pour lui le plus vif des plaisirs, se contentait du mouvement des épaules. Et quand — le plus rarement possible — il allait dans son pays natal pour quelques jours, en retrouvant son cousin germain qui, lui, en était encore au frottement des mains, il disait au retour à Mme Cottard : « J'ai trouvé ce pauvre René bien commun. » « Avez-vous de la petite chaôse ? dit-il en se tournant vers Morel. Non ? Alors je joue ce vieux David[1]. — Mais alors vous en avez cinq, vous avez gagné ! — Voilà une belle victoire, docteur, dit le marquis. — Une victoire à la Pyrrhus », dit Cottard en se tournant vers le marquis et en regardant par-dessus son lorgnon pour juger de l'effet de son mot. « Si nous avons encore le temps, dit-il à Morel, je vous donne votre revanche. C'est à moi de faire... Ah ! non, voici les voitures, ce sera pour vendredi, et je vous montrerai un tour qui n'est pas dans une musette. » M. et Mme Verdurin nous conduisirent dehors. La Patronne fut particulièrement câline avec Saniette afin d'être certaine qu'il reviendrait le lendemain. « Mais vous ne m'avez pas l'air couvert, mon petit, me dit M. Verdurin, chez qui son grand âge autorisait cette appellation paternelle. On dirait que le temps a changé. » Ces mots me remplirent de joie, comme si la vie profonde, le surgissement de combinaisons différentes qu'ils impliquaient dans la nature, devait annoncer d'autres changements, ceux-là se produisant dans ma vie, et y créer des possibilités nouvelles. Rien qu'en ouvrant la porte sur le parc avant de partir, on sentait qu'un autre « temps » occupait depuis un instant la scène ; des souffles frais, volupté estivale, s'élevaient dans la sapinière (où jadis Mme de Cambremer rêvait de Chopin) et presque imperceptiblement, en méandres caressants, en remous capricieux, commençaient leurs légers nocturnes. Je refusai la couverture que les soirs suivants je devais accepter quand Albertine serait là, plutôt pour le secret du plaisir que contre le danger du froid. On chercha en vain le philosophe norvégien. Une colique l'avait-elle saisi ? Avait-il eu peur de manquer le train ? Un aéroplane était-il venu le chercher ? Avait-il été emporté dans une assomption ? Toujours est-il qu'il avait disparu sans qu'on eût eu le temps de s'en apercevoir, comme un dieu. « Vous avez tort, me dit M. de Cambremer, il fait un froid de canard. — Pourquoi de canard ? demanda le docteur. — Gare aux étouffements, reprit le marquis. Ma sœur ne sort jamais le soir. Du reste elle est assez mal hypothéquée en ce moment. Ne restez pas en tous cas ainsi tête nue, mettez vite votre couvre-chef. — Ce ne sont pas des étouffements *a frigore*, dit sentencieusement Cottard. — Ah ! alors, dit M. de Cambremer en s'inclinant, du moment que c'est votre avis... — Avis au lecteur ! » dit le docteur en glissant ses regards hors de son lorgnon pour sourire. M. de Cambremer rit, mais persuadé qu'il avait raison, il insista. « Cependant, dit-il, chaque fois que ma sœur sort le soir, elle a une crise. — Il est inutile d'ergoter, répondit le docteur, sans se rendre compte de son impolitesse. Du reste je ne fais pas de médecine au bord de la mer, sauf si je suis appelé en consultation. Je suis ici en vacances. » Il y était du reste plus encore peut-être qu'il n'eût voulu. M. de Cambremer lui ayant dit en montant avec lui en voiture : « Nous avons la chance d'avoir aussi près de nous (pas de votre côté de la baie, de l'autre, mais elle est si resserrée à cet endroit-là) une autre célébrité médicale, le docteur du Boulbon », Cottard qui d'habitude, par *déontologie*, s'abstenait de critiquer ses confrères, ne put s'empêcher de s'écrier, comme il avait fait devant moi le jour funeste où nous étions allés dans le petit casino : « Mais ce n'est pas un médecin. Il fait de la médecine littéraire, c'est de la thérapeutique fantaisiste, du charlatanisme. D'ailleurs nous sommes en bons termes. Je prendrais le bateau pour aller le voir une fois si je n'étais obligé de m'absenter. » Mais à l'air que prit Cottard pour parler de du Boulbon à M. de Cambremer, je sentis que le bateau avec lequel il fût allé volontiers le trouver eût beaucoup ressemblé à ce navire que pour aller ruiner les eaux découvertes par un autre médecin littéraire, Virgile (lequel leur enlevait aussi toute leur clientèle), avaient frété les docteurs de Salerne, mais qui sombra avec eux pendant la traversée[1]. « Adieu, mon petit Saniette, ne manquez pas de venir demain, vous savez que mon mari vous aime beaucoup. Il aime votre esprit, votre intelligence ; mais si, vous le savez bien, il aime prendre des airs brusques, mais il ne peut pas se passer de vous voir. C'est toujours la première question qu'il me pose : "Est-ce que Saniette vient ? j'aime tant le voir !" — Je n'ai jamais dit ça », dit M. Verdurin à Saniette avec une franchise simulée qui semblait concilier parfaitement ce que disait la Patronne avec la façon dont il traitait Saniette. Puis regardant sa montre, sans doute pour ne pas prolonger les adieux dans l'humidité du soir, il recommanda aux cochers de ne pas traîner, mais d'être prudents à la descente, et assura que nous arriverions avant le train. Celui-ci devait déposer les fidèles l'un à une gare, l'autre à une autre, en finissant par moi, aucun autre n'allant aussi loin que Balbec, et en commençant par les Cambremer. Ceux-ci, pour ne pas faire monter leurs chevaux dans la nuit jusqu'à La Raspelière, prirent le train avec nous à Douville-Féterne. La station la plus rapprochée de chez eux n'était pas en effet celle-ci, qui déjà un peu distante du village, l'est encore plus du château, mais La Sogne. En arrivant à la gare de Douville-Féterne, M. de Cambremer tint à donner « la pièce », comme disait Françoise, au cocher des Verdurin (justement le gentil cocher sensible, à idées mélancoliques), car M. de Cambremer était généreux, et en cela était plutôt « du côté de sa maman ». Mais, soit que « le côté de son papa » intervînt ici, tout en donnant il éprouvait le scrupule d'une erreur commise — soit par lui qui, voyant mal, donnerait par exemple un sou pour un franc, soit par le destinataire qui ne s'apercevrait pas de l'importance du don qu'il lui faisait. Aussi fit-il remarquer celle-ci : « C'est bien un franc que je vous donne, n'est-ce pas ? » dit-il au cocher en faisant miroiter la pièce dans la lumière, et pour que les fidèles pussent le répéter à Mme Verdurin. « N'est-ce pas ? c'est bien vingt sous, comme ce n'est qu'une petite course. » Lui et Mme de Cambremer nous quittèrent à La Sogne. « Je dirai à ma sœur, me répéta-t-il, que vous avez des étouffements, je suis sûr de l'intéresser. » Je compris qu'il entendait : de lui faire plaisir. Quant à sa femme, elle employa en prenant congé de moi deux de ces abréviations qui, même écrites, me choquaient alors dans une lettre, bien qu'on s'y soit habitué depuis, mais qui parlées, me semblent encore, même aujourd'hui, avoir dans leur négligé voulu, dans leur familiarité apprise, quelque chose d'insupportablement pédant : « Contente d'avoir passé la soirée avec vous, me dit-elle ; amitiés à Saint-Loup, si vous le voyez. » En me disant cette phrase, Mme de Cambremer prononça Saint-Loupe. Je n'ai jamais appris qui avait prononcé ainsi devant elle, ou ce qui lui avait donné à croire qu'il fallait prononcer ainsi. Toujours est-il que pendant quelques semaines, elle prononça Saint-Loupe, et qu'un homme qui avait une grande admiration pour elle et ne faisait qu'un avec elle, fît de même[1]. Si d'autres personnes disaient Saint-Lou, ils insistaient, disaient avec force Saint-Loupe, soit pour donner indirectement une leçon aux autres, soit pour se distinguer d'eux. Mais sans doute, des femmes plus brillantes que Mme de Cambremer lui dirent, ou lui firent indirectement comprendre qu'il ne fallait pas prononcer ainsi, et que ce qu'elle prenait pour de l'originalité était une erreur qui la ferait croire peu au courant des choses du monde, car peu de temps après Mme de Cambremer redisait Saint-Lou, et son admirateur cessait également toute résistance, soit qu'elle l'eût chapitré, soit qu'il eût remarqué qu'elle ne faisait plus sonner la finale, et se fût dit que, pour qu'une femme de cette valeur, de cette énergie et de cette ambition eût cédé, il fallait que ce fût à bon escient. Le pire de ses admirateurs était son mari. Mme de Cambremer aimait à faire aux autres des taquineries souvent fort impertinentes. Sitôt qu'elle s'attaquait de la sorte, soit à moi, soit à un autre, M. de Cambremer se mettait à regarder la victime en riant. Comme le marquis était louche — ce qui donne une intention d'esprit à la gaieté même des imbéciles — l'effet de ce rire était de ramener un peu de pupille sur le blanc sans cela complet de l'œil. Ainsi une éclaircie met un peu de bleu dans un ciel ouaté de nuages. Le monocle protégeait du reste comme un verre sur un tableau précieux, cette opération délicate. Quant à l'intention même du rire, on ne sait trop si elle était aimable : « Ah ! gredin ! vous pouvez dire que vous êtes à envier. Vous êtes dans les faveurs d'une femme d'un rude esprit » ; ou rosse : « Hé bien ! Monsieur, j'espère qu'on vous arrange, vous en avalez des couleuvres » ; ou serviable : « Vous savez, je suis là, je prends la chose en riant parce que c'est pure plaisanterie, mais je ne vous laisserais pas malmener » ; ou cruellement complice : « Je n'ai pas à mettre mon petit grain de sel, mais vous voyez, je me tords de toutes les avanies qu'elle vous prodigue. Je rigole comme un bossu, donc j'approuve, moi le mari. Aussi, s'il vous prenait fantaisie de vous rebiffer, vous trouveriez à qui parler, mon petit monsieur. Je vous administrerais d'abord une paire de claques, et soignées, puis nous irions croiser le fer dans la forêt de Chantepie. »

Quoi qu'il en fût de ces diverses interprétations de la gaieté du mari, les foucades de la femme prenaient vite fin. Alors M. de Cambremer cessait de rire, la prunelle momentanée disparaissait, et comme on avait perdu depuis quelques minutes l'habitude de l'œil tout blanc, il donnait à ce rouge Normand quelque chose à la fois d'exsangue et d'extatique, comme si le marquis venait d'être opéré ou s'il implorait du ciel, sous son monocle, les palmes du martyre.

CHAPITRE III

Tristesses de M. de Charlus. – Son duel fictif. – Les stations du « Transatlantique ». – Fatigué d'Albertine, je veux rompre avec elle.

Je tombais de sommeil. Je fus monté en ascenseur jusqu'à mon étage non par le liftier, mais par le chasseur louche qui engagea la conversation pour me raconter que sa sœur était toujours avec le monsieur si riche, et qu'une fois, comme elle avait envie de retourner chez elle au lieu de rester sérieuse, son monsieur avait été trouver la mère du chasseur louche et des autres enfants plus fortunés, laquelle avait ramené au plus vite l'insensée chez son ami. « Vous savez, Monsieur, c'est une grande dame que ma sœur. Elle touche du piano, cause l'espagnol. Et vous ne le croiriez pas, pour la sœur du simple employé qui vous fait monter l'ascenseur, elle ne se refuse rien ; Madame a sa femme de chambre à elle, je ne serais pas épaté qu'elle ait un jour sa voiture. Elle est très jolie, si vous la voyiez, un peu trop fière, mais dame ! ça se comprend. Elle a beaucoup d'esprit. Elle ne quitte jamais un hôtel sans se soulager dans une armoire, une commode, pour laisser un petit souvenir à la femme de chambre qui aura à nettoyer. Quelquefois même, dans une voiture elle fait ça, et après avoir payé sa course, se cache dans un coin, histoire de rire en voyant rouspéter le cocher qui a à relaver sa voiture. Mon père était bien tombé aussi en trouvant pour mon jeune frère ce prince indien qu'il avait connu autrefois. Naturellement c'est un autre genre. Mais la position est superbe. S'il n'y avait pas les voyages ce serait le rêve. Il n'y a que moi jusqu'ici qui suis resté sur le carreau. Mais on ne peut pas savoir. La chance est dans ma famille ; qui sait si je ne serai pas un jour président de la République ? Mais je vous fais babiller (je n'avais pas dit une seule parole et je commençais à m'endormir en écoutant les siennes). Bonsoir, Monsieur. Oh ! merci, Monsieur. Si tout le monde avait aussi bon cœur que vous, il n'y aurait plus de malheureux. Mais comme dit ma sœur, il faudra toujours qu'il y en ait pour que maintenant que je suis riche, je puisse un peu les emmerder. Passez-moi l'expression. Bonne nuit, Monsieur. »

Peut-être chaque soir acceptons-nous le risque de vivre, en dormant, des souffrances que nous considérons comme nulles et non avenues parce qu'elles seront ressenties au cours d'un sommeil que nous croyons sans conscience[1]. En effet, ces soirs où je rentrais tard de La Raspelière, j'avais très sommeil. Mais dès que les froids vinrent, je ne pouvais m'endormir tout de suite car le feu éclairait comme si on eût allumé une lampe. Seulement ce n'était qu'une flambée, et — comme une lampe aussi, comme le jour quand le soir tombe — sa trop vive lumière ne tardait pas à baisser ; et j'entrais dans le sommeil, lequel est comme un second appartement que nous aurions et où, délaissant le nôtre, nous serions allé dormir. Il a des sonneries à lui, et nous y sommes quelquefois violemment réveillés par un bruit de timbre, parfaitement entendu de nos oreilles, quand pourtant personne n'a sonné[2]. Il a ses domestiques, ses visiteurs particuliers qui viennent nous chercher pour sortir, de sorte que nous sommes prêts à nous lever quand force nous est de constater, par notre presque immédiate transmigration dans l'autre appartement, celui de la veille, que la chambre est vide, que personne n'est venu. La race qui l'habite, comme celle des premiers humains, est androgyne. Un homme y apparaît au bout d'un instant sous l'aspect d'une femme. Les choses y ont une aptitude à devenir des hommes, les hommes des amis et des ennemis. Le temps qui s'écoule pour le dormeur, durant ces sommeils-là, est absolument différent du temps dans lequel s'accomplit la vie de l'homme réveillé[1]. Tantôt son cours est beaucoup plus rapide, un quart d'heure semble une journée ; quelquefois beaucoup plus long, on croit n'avoir fait qu'un léger somme, on a dormi tout le jour. Alors, sur le char du sommeil, on descend dans des profondeurs où le souvenir ne peut plus le rejoindre et en deçà desquelles l'esprit a été obligé de rebrousser chemin. L'attelage du sommeil[2], semblable à celui du soleil, va d'un pas si égal, dans une atmosphère où ne peut plus l'arrêter aucune résistance, qu'il faut quelque petit caillou aérolithique étranger à nous (dardé de l'azur par quel Inconnu ?) pour atteindre le sommeil régulier (qui sans cela n'aurait aucune raison de s'arrêter et durerait d'un mouvement pareil jusque dans les siècles des siècles) et le faire, d'une brusque courbe, revenir vers le réel, brûler les étapes, traverser les régions voisines de la vie — où bientôt le dormeur entendra, de celle-ci, les rumeurs presque vagues encore, mais déjà perceptibles, bien que déformées — et atterrir brusquement au réveil. Alors de ces sommeils profonds on s'éveille dans une aurore, ne sachant qui on est, n'étant personne, neuf, prêt à tout, le cerveau se trouvant vidé de ce passé qui était la vie jusque-là. Et peut-être est-ce plus beau encore quand l'atterrissage du réveil se fait brutalement et que nos pensées du sommeil, dérobées par une chape d'oubli, n'ont pas le temps de revenir progressivement avant que le sommeil ne cesse. Alors du noir orage qu'il nous semble avoir traversé (mais nous ne disons même pas *nous*) nous sortons gisants, sans pensées : un « nous » qui serait sans contenu. Quel coup de marteau l'être ou la chose qui est là a-t-elle reçu pour tout ignorer, stupéfaite jusqu'au moment où la mémoire accourue lui rend la conscience ou la personnalité ? Encore pour ces deux genres de réveil, faut-il ne pas s'endormir, même profondément, sous la loi de l'habitude. Car tout ce que l'habitude enserre dans ses filets, elle le surveille ; il faut lui échapper, prendre le sommeil au moment où on croyait faire tout autre chose que dormir, prendre en un mot un sommeil qui ne demeure pas sous la tutelle de la prévoyance, avec la compagnie, même cachée, de la réflexion. Du moins dans ces réveils tels que je viens de les décrire, et qui étaient la plupart du temps les miens quand j'avais dîné la veille à La Raspelière, tout se passait comme s'il en était ainsi, et je peux en témoigner, moi l'étrange humain qui, en attendant que la mort le délivre, vit les volets clos, ne sait rien du monde, reste immobile comme un hibou et comme celui-ci, ne voit un peu clair que dans les ténèbres. Tout se passe comme s'il en était ainsi, mais peut-être seule une couche d'étoupe a-t-elle empêché le dormeur de percevoir le dialogue intérieur des souvenirs et le verbiage incessant du sommeil. Car (ce qui peut du reste s'expliquer aussi bien dans le premier système, plus vaste, plus mystérieux, plus astral) au moment où le réveil se produit, le dormeur entend une voix intérieure qui lui dit : « Viendrez-vous à ce dîner ce soir, cher ami ? comme ce serait agréable ! » et pense : « Oui, comme ce sera agréable, j'irai » ; puis le réveil s'accentuant, il se rappelle soudain : « Ma grand-mère n'a plus que quelques semaines à vivre, assure le docteur. » Il sonne, il pleure à l'idée que ce ne sera pas comme autrefois sa grand-mère, sa grand-mère mourante, mais un indifférent valet de chambre qui va venir lui répondre. Du reste, quand le sommeil l'emmenait si loin hors du monde habité par le souvenir et la pensée, à travers un éther où il était seul, plus que seul, n'ayant même pas ce compagnon où l'on s'aperçoit soi-même, il était hors du temps et de ses mesures. Déjà le valet de chambre entre, et il n'ose lui demander l'heure, car il ignore s'il a dormi, combien d'heures il a dormi (il se demande si ce n'est pas combien de jours tant il revient le corps rompu et l'esprit reposé, le cœur nostalgique, comme d'un voyage trop lointain pour n'avoir pas duré longtemps). Certes on peut prétendre qu'il n'y a qu'un temps, pour la futile raison que c'est en regardant la pendule qu'on a constaté n'être qu'un quart d'heure ce qu'on avait cru une journée. Mais au moment où on le constate on est justement un homme éveillé, plongé dans le temps des hommes éveillés, on a déserté l'autre temps. Peut-être même plus qu'un autre temps : une autre vie. Les plaisirs qu'on a dans le sommeil, on ne les fait pas figurer dans le compte des plaisirs éprouvés au cours de l'existence. Pour ne faire allusion qu'au plus vulgairement sensuel de tous, qui de nous, au réveil, n'a ressenti quelque agacement d'avoir éprouvé en dormant, un plaisir que si l'on ne veut pas trop se fatiguer, on ne peut plus, une fois éveillé, renouveler indéfiniment ce jour-là ? C'est comme du bien perdu. On a eu du plaisir dans une autre vie qui n'est pas la nôtre. Souffrances et plaisirs du rêve (qui généralement s'évanouissent bien vite au réveil), si nous les faisions figurer dans un budget, ce n'est pas dans celui de la vie courante.

J'ai dit deux temps ; peut-être n'y en a-t-il qu'un seul, non que celui de l'homme éveillé soit valable pour le dormeur, mais peut-être parce que l'autre vie, celle où on dort, n'est pas — dans sa partie profonde — soumise à la catégorie du temps. Je me le figurais quand aux lendemains des dîners à La Raspelière je m'endormais si complètement. Voici pourquoi. Je commençais à me désespérer au réveil en voyant qu'après que j'avais sonné dix fois, le valet de chambre n'était pas venu. À la onzième il entrait. Ce n'était que la première. Les dix autres n'étaient que des ébauches dans mon sommeil qui durait encore, du coup de sonnette que je voulais. Mes mains gourdes n'avaient seulement pas bougé. Or ces matins-là (et c'est ce qui me fait dire que le sommeil ignore peut-être la loi du temps), mon effort pour m'éveiller consistait surtout en un effort pour faire entrer le bloc obscur, non défini, du sommeil que je venais de vivre, aux cadres du temps. Ce n'est pas tâche facile ; le sommeil qui ne sait si nous avons dormi deux heures ou deux jours, ne peut nous fournir aucun point de repère. Et si nous n'en trouvons pas au dehors, ne parvenant pas à rentrer dans le temps, nous nous rendormons, pour cinq minutes qui nous semblent trois heures.

J'ai toujours dit — et expérimenté — que le plus puissant des hypnotiques est le sommeil. Après avoir dormi profondément deux heures, s'être battu avec tant de géants, et avoir noué pour toujours tant d'amitiés, il est bien plus difficile de s'éveiller qu'après avoir pris plusieurs grammes de véronal[1]. Aussi raisonnant de l'un à l'autre, je fus surpris d'apprendre par le philosophe norvégien[2] qui le tenait de M. Boutroux[3], « son éminent collègue — pardon, son confrère », ce que M. Bergson pensait des altérations particulières de la mémoire dues aux hypnotiques. « Bien entendu », aurait dit M. Bergson à M. Boutroux, à en croire le philosophe norvégien, « les hypnotiques pris de temps en temps à doses modérées, n'ont pas d'influence sur cette solide mémoire de notre vie de tous les jours, si bien installée en nous. Mais il est d'autres mémoires, plus hautes, plus instables aussi. Un de mes collègues fait un cours d'histoire ancienne. Il m'a dit que si la veille il avait pris un cachet pour dormir, il avait de la peine, pendant son cours, à retrouver les citations grecques dont il avait besoin. Le docteur qui lui avait recommandé ces cachets lui assura qu'ils étaient sans influence sur la mémoire. "C'est peut-être que vous n'avez pas à faire de citations grecques", lui avait répondu l'historien non sans un orgueil moqueur. »

Je ne sais si cette conversation entre M. Bergson et M. Boutroux est exacte. Le philosophe norvégien, pourtant si profond et si clair, si passionnément attentif, a pu mal comprendre. Personnellement mon expérience m'a donné des résultats opposés. Les moments d'oubli qui suivent, le lendemain, l'ingestion de certains narcotiques ont une ressemblance partielle seulement, mais troublante, avec l'oubli qui règne au cours d'une nuit de sommeil naturel et profond. Or, ce que j'oublie dans l'un et l'autre cas, ce n'est pas tel vers de Baudelaire qui me fatigue plutôt, « ainsi qu'un tympanon[1] », ce n'est pas tel concept d'un des philosophes cités, c'est la réalité elle-même des choses vulgaires qui m'entourent — si je dors — et dont la non-perception fait de moi un fou ; c'est — si je suis éveillé et sors à la suite d'un sommeil artificiel — non pas le système de Porphyre ou de Plotin[2] dont je puis discuter aussi bien qu'un autre jour, mais la réponse que j'ai promis de donner à une invitation, au souvenir de laquelle s'est substitué un pur blanc. L'idée élevée est restée à sa place ; ce que l'hypnotique a mis hors d'usage, c'est le pouvoir d'agir dans les petites choses, dans tout ce qui demande de l'activité pour ressaisir juste à temps, pour empoigner tel souvenir de la vie de tous les jours. Malgré tout ce qu'on peut dire de la survie après la destruction du cerveau, je remarque qu'à chaque altération du cerveau correspond un fragment de mort. Nous possédons tous nos souvenirs[1], sinon la faculté de nous les rappeler, dit d'après M. Bergson le grand philosophe norvégien dont je n'ai pas essayé, pour ne pas ralentir encore, d'imiter le langage. Sinon la faculté de se les rappeler. Mais qu'est-ce qu'un souvenir qu'on ne se rappelle pas ? Ou bien allons plus loin. Nous ne nous rappelons pas nos souvenirs des trente dernières années ; mais ils nous baignent tout entiers ; pourquoi alors s'arrêter à trente années, pourquoi ne pas prolonger jusqu'au-delà de la naissance cette vie antérieure ? Du moment que je ne connais pas toute une partie des souvenirs qui sont derrière moi, du moment qu'ils me sont invisibles, que je n'ai pas la faculté de les appeler à moi, qui me dit que dans cette masse inconnue de moi, il n'y en a pas qui remontent à bien au-delà de ma vie humaine ? Si je puis avoir en moi et autour de moi tant de souvenirs dont je ne me souviens pas, cet oubli (du moins oubli de fait puisque je n'ai pas la faculté de rien voir) peut porter sur une vie que j'ai vécue dans le corps d'un autre homme, même sur une autre planète. Un même oubli efface tout. Mais alors que signifie cette immortalité de l'âme dont le philosophe norvégien affirmait la réalité ? L'être que je serai après la mort n'a pas plus de raisons de se souvenir de l'homme que je suis depuis ma naissance que ce dernier ne se souvient de ce que j'ai été avant elle[2].

Le valet de chambre entrait. Je ne lui disais pas que j'avais sonné plusieurs fois, car je me rendais compte que je n'avais fait jusque-là que le rêve que je sonnais. J'étais effrayé pourtant de penser que ce rêve avait eu la netteté de la connaissance. La connaissance aurait-elle, réciproquement, l'irréalité du rêve ?

En revanche je lui demandais qui avait tant sonné cette nuit. Il me disait « personne », et pouvait l'affirmer, car le « tableau » des sonneries eût marqué. Pourtant j'entendais les coups répétés, presque furieux, qui vibraient encore dans mon oreille et devaient me rester perceptibles pendant plusieurs jours. Il est pourtant rare que le sommeil jette ainsi dans la vie éveillée des souvenirs qui ne meurent pas avec lui. On peut compter ces aérolithes. Si c'est une idée que le sommeil a forgée, elle se dissocie très vite en fragments ténus, irretrouvables. Mais là le sommeil avait fabriqué des sons. Plus matériels et plus simples, ils duraient davantage. J'étais étonné de l'heure relativement matinale que me disait le valet de chambre. Je n'en étais pas moins reposé. Ce sont les sommeils légers qui ont une longue durée, parce qu'intermédiaires entre la veille et le sommeil, gardant de la première une notion un peu effacée mais permanente, il leur faut infiniment plus de temps pour nous reposer qu'un sommeil profond, lequel peut être court. Je me sentais bien à mon aise pour une autre raison. S'il suffit de se rappeler qu'on s'est fatigué pour sentir péniblement sa fatigue, se dire : « Je me suis reposé » suffit à créer le repos. Or j'avais rêvé que M. de Charlus avait cent dix ans et venait de donner une paire de claques à sa propre mère, Mme Verdurin, parce qu'elle avait acheté cinq milliards un bouquet de violettes ; j'étais donc assuré d'avoir dormi profondément, rêvé à rebours de mes notions de la veille et de toutes les possibilités de la vie courante ; cela suffisait pour que je me sentisse tout reposé.

J'aurais bien étonné ma mère qui ne pouvait comprendre l'assiduité de M. de Charlus chez les Verdurin, si je lui avais raconté (précisément le jour où avait été commandée la toque d'Albertine, sans rien lui en dire et pour qu'elle en eût la surprise[1]) avec qui M. de Charlus était venu dîner dans un salon au Grand-Hôtel de Balbec. L'invité n'était autre que le valet de pied d'une cousine des Cambremer. Ce valet de pied était habillé avec une grande élégance, et quand il traversa le hall avec le baron, il « fit homme du monde » aux yeux des touristes, comme aurait dit Saint-Loup. Même les jeunes chasseurs, les « lévites » qui descendaient en foule les degrés du temple à ce moment, parce que c'était celui de la relève, ne firent pas attention aux deux arrivants, dont l'un, M. de Charlus, tenait en baissant les yeux à montrer qu'il leur en accordait très peu. Il avait l'air de se frayer un passage au milieu d'eux. « Prospérez, cher espoir d'une nation sainte[2] », dit-il en se rappelant des vers de Racine, cités dans un tout autre sens. « Plaît-il ? » demanda le valet de pied peu au courant des classiques. M. de Charlus ne lui répondit pas, car il mettait un certain orgueil à ne pas tenir compte des questions et à marcher droit devant lui comme s'il n'y avait pas eu d'autres clients de l'hôtel et s'il n'existait au monde que lui, baron de Charlus. Mais ayant continué les vers de Josabeth : « Venez, venez, mes filles[3] », il se sentit dégoûté et n'ajouta pas comme elle : « il faut les appeler », car ces jeunes enfants n'avaient pas encore atteint l'âge où le sexe est entièrement formé et qui plaisait à M. de Charlus. D'ailleurs, s'il avait écrit au valet de pied de Mme de Chevregny, parce qu'il ne doutait pas de sa docilité, il l'avait espéré plus viril. Il le trouvait, à le voir, plus efféminé qu'il n'eût voulu. Il lui dit qu'il aurait cru avoir affaire à quelqu'un d'autre car il connaissait de vue un autre valet de pied de Mme de Chevregny, qu'en effet il avait remarqué sur la voiture. C'était une espèce de paysan fort rustaud, tout l'opposé de celui-ci, qui estimant au contraire ses mièvreries autant de supériorités et ne doutant pas que ce fussent ces qualités d'homme du monde qui eussent séduit M. de Charlus, ne comprit même pas de qui le baron voulait parler. « Mais je n'ai aucun camarade qu'un que vous ne pouvez pas avoir reluqué, il est affreux, il a l'air d'un gros paysan. » Et à l'idée que c'était peut-être ce rustre que le baron avait vu, il éprouva une piqûre d'amour-propre. Le baron la devina et élargissant son enquête : « Mais je n'ai pas fait un vœu spécial de ne connaître que des gens de Mme de Chevregny, dit-il. Est-ce que, ici, ou à Paris puisque vous partez bientôt, vous ne pourriez pas me présenter beaucoup de vos camarades, d'une maison ou d'une autre ? — Oh ! non ! répondit le valet de pied, je ne fréquente personne de ma classe. Je ne leur parle que pour le service. Mais il y a quelqu'un de très bien que je pourrai vous faire connaître. — Qui ? demanda le baron. — Le prince de Guermantes. » M. de Charlus fut dépité qu'on ne lui offrît qu'un homme de cet âge, et pour lequel du reste il n'avait pas besoin de la recommandation d'un valet de pied. Aussi déclina-t-il l'offre d'un ton sec et, ne se laissant pas décourager par les prétentions mondaines du larbin, recommença à lui expliquer ce qu'il voudrait, le genre, le type, soit un jockey, etc. Craignant que le notaire qui passait à ce moment-là ne l'eût entendu, il crut fin de montrer qu'il parlait de tout autre chose que de ce qu'on aurait pu croire et dit avec insistance et à la cantonade, mais comme s'il ne faisait que continuer sa conversation : « Oui, malgré mon âge j'ai gardé le goût de bibeloter, le goût des jolis bibelots, je fais des folies pour un vieux bronze, pour un lustre ancien. J'adore le Beau. » Mais pour faire comprendre au valet de pied le changement de sujet qu'il avait exécuté si rapidement, M. de Charlus pesait tellement sur chaque mot, et de plus pour être entendu du notaire, il les criait tous si fort, que tout ce jeu de scène eût suffi à déceler ce qu'il cachait pour des oreilles plus averties que celles de l'officier ministériel. Celui-ci ne se douta de rien non plus qu'aucun autre client de l'hôtel, qui virent tous un élégant étranger dans le valet de pied si bien mis. En revanche, si les hommes du monde s'y trompèrent et le prirent pour un Américain très chic, à peine parut-il devant les domestiques qu'il fut deviné par eux, comme un forçat reconnaît un forçat, même plus vite, flairé à distance comme un animal par certains animaux. Les chefs de rang levèrent l'œil. Aimé jeta un regard soupçonneux. Le sommelier, haussant les épaules, dit derrière sa main, parce qu'il crut cela de la politesse, une phrase désobligeante que tout le monde entendit. Et même notre vieille Françoise dont la vue baissait et qui passait à ce moment-là au pied de l'escalier pour aller dîner « aux courriers », leva la tête, reconnut un domestique là où des convives de l'hôtel ne le soupçonnaient pas — comme la vieille nourrice Euryclée reconnaît Ulysse bien avant les prétendants assis au festin[1] — et voyant marcher familièrement avec lui M. de Charlus, eut une expression accablée, comme si tout d'un coup des méchancetés qu'elle avait entendu dire et n'avait pas crues, eussent acquis à ses yeux une navrante vraisemblance. Elle ne me parla jamais, ni à personne, de cet incident, mais il dut faire faire à son cerveau un travail considérable, car plus tard, chaque fois qu'à Paris elle eut l'occasion de voir « Julien », qu'elle avait jusque-là tant aimé, elle eut toujours avec lui de la politesse, mais qui avait refroidi et était toujours additionnée d'une forte dose de réserve. Ce même incident amena au contraire quelqu'un d'autre à me faire une confidence ; ce fut Aimé. Quand j'avais croisé M. de Charlus, celui-ci, qui n'avait pas cru me rencontrer, me cria en levant la main : « Bonsoir », avec l'indifférence, apparente du moins, d'un grand seigneur qui se croit tout permis et qui trouve plus habile d'avoir l'air de ne pas se cacher. Or Aimé, qui à ce moment l'observait d'un œil méfiant et qui vit que je saluais le compagnon de celui en qui il était certain de voir un domestique, me demanda le soir même qui c'était. Car depuis quelque temps Aimé aimait à causer ou plutôt comme il disait, sans doute pour marquer le caractère selon lui philosophique de ces causeries, à « discuter » avec moi. Et comme je lui disais souvent que j'étais gêné qu'il restât debout près de moi pendant que je dînais au lieu qu'il pût s'asseoir et partager mon repas, il déclarait qu'il n'avait jamais vu un client ayant « le raisonnement aussi juste ». Il causait en ce moment avec deux garçons. Ils m'avaient salué, je ne savais pas pourquoi ; leurs visages m'étaient inconnus, bien que dans leur conversation résonnât une rumeur qui ne me semblait pas nouvelle. Aimé les morigénait tous deux à cause de leurs fiançailles qu'il désapprouvait. Il me prit à témoin, je dis que je ne pouvais avoir d'opinion, ne les connaissant pas. Ils me rappelèrent leur nom, qu'ils m'avaient souvent servi à Rivebelle. Mais l'un avait laissé pousser sa moustache, l'autre l'avait rasée et s'était fait tondre ; et à cause de cela, bien que ce fût leur tête d'autrefois qui était posée sur leurs épaules (et non une autre, comme dans les restaurations fautives de Notre-Dame[1]), elle m'était restée aussi invisible que ces objets qui échappent aux perquisitions les plus minutieuses, et qui traînent simplement aux yeux de tous, lesquels ne les remarquent pas, sur une cheminée[2]. Dès que je sus leur nom, je reconnus exactement la musique incertaine de leur voix parce que je revis leur ancien visage qui la déterminait. « Ils veulent se marier et ils ne savent seulement pas l'anglais ! » me dit Aimé, qui ne songeait pas que j'étais peu au courant de la profession hôtelière et comprenais mal que si on ne sait pas les langues étrangères, on ne peut pas compter sur une situation. Moi qui croyais qu'il saurait aisément que le nouveau dîneur était M. de Charlus, et me figurais même qu'il devait se le rappeler, l'ayant servi dans la salle à manger quand le baron était venu pendant mon premier séjour à Balbec voir Mme de Villeparisis, je lui dis son nom. Or non seulement Aimé ne se rappelait pas le baron de Charlus, mais ce nom parut lui produire une impression profonde. Il me dit qu'il chercherait le lendemain dans ses affaires une lettre que je pourrais peut-être lui expliquer. Je fus d'autant plus étonné que M. de Charlus, quand il avait voulu me donner un livre de Bergotte, à Balbec, la première année, avait fait spécialement demander Aimé[1], qu'il avait dû retrouver ensuite dans ce restaurant de Paris où j'avais déjeuné avec Saint-Loup et sa maîtresse et où M. de Charlus était venu nous espionner[2]. Il est vrai qu'Aimé n'avait pu accomplir en personne ces missions, étant, une fois, couché, et la seconde fois, en train de servir. J'avais pourtant de grands doutes sur sa sincérité quand il prétendait ne pas connaître M. de Charlus. D'une part, il avait dû convenir au baron. Comme tous les chefs d'étage de l'hôtel de Balbec, comme plusieurs valets de chambre du prince de Guermantes, Aimé appartenait à une race plus ancienne que celle du prince, donc plus noble. Quand on demandait un salon, on se croyait d'abord seul. Mais bientôt dans l'office on apercevait un sculptural maître d'hôtel, de ce genre étrusque roux dont Aimé était le type, un peu vieilli par les excès de champagne et voyant venir l'heure nécessaire de l'eau de Contrexéville. Tous les clients ne leur demandaient pas que de les servir. Les commis qui étaient jeunes, scrupuleux, pressés, attendus par une maîtresse en ville, se dérobaient. Aussi Aimé leur reprochait-il de n'être pas sérieux. Il en avait le droit. Sérieux, lui l'était. Il avait une femme et des enfants, de l'ambition pour eux. Aussi les avances qu'une étrangère ou un étranger lui faisaient, il ne les repoussait pas, fallût-il rester toute la nuit. Car le travail doit passer avant tout. Il avait tellement le genre qui pouvait plaire à M. de Charlus que je le soupçonnai de mensonge quand il me dit ne pas le connaître. Je me trompais. C'est en toute vérité que le groom avait dit au baron qu'Aimé (qui lui avait passé un savon le lendemain) était couché (ou sorti), et l'autre fois en train de servir. Mais l'imagination suppose au-delà de la réalité. Et l'embarras du groom avait probablement excité chez M. de Charlus, quant à la sincérité de ses excuses, des doutes qui avaient blessé chez lui des sentiments qu'Aimé ne soupçonnait pas. On a vu aussi que Saint-Loup avait empêché Aimé d'aller à la voiture où M. de Charlus qui, je ne sais comment, s'était procuré la nouvelle adresse du maître d'hôtel, avait éprouvé une nouvelle déception. Aimé qui ne l'avait pas remarqué, éprouva un étonnement qu'on peut concevoir quand le soir même du jour où j'avais déjeuné avec Saint-Loup et sa maîtresse, il reçut une lettre fermée par un cachet aux armes de Guermantes et dont je citerai ici quelques passages comme exemple de folie unilatérale chez un homme intelligent s'adressant à un imbécile sensé[1]. « Monsieur, je n'ai pu réussir, malgré des efforts qui étonneraient bien des gens cherchant inutilement à être reçus et salués par moi, à obtenir que vous écoutiez les quelques explications que vous ne me demandiez pas mais que je croyais de ma dignité et de la vôtre de vous offrir. Je vais donc écrire ici ce qu'il eût été plus aisé de vous dire de vive voix. Je ne vous cacherai pas que la première fois que je vous ai vu à Balbec votre figure m'a été franchement antipathique. » Suivaient alors des réflexions sur la ressemblance — remarquée le second jour seulement — avec un ami défunt pour qui M. de Charlus avait eu une grande affection. « J'ai eu alors un moment l'idée que vous pourriez, sans gêner en rien votre profession, venir, en faisant avec moi les parties de cartes avec lesquelles sa gaieté savait dissiper ma tristesse, me donner l'illusion qu'il n'était pas mort. Quelle que soit la nature des suppositions plus ou moins sottes que vous avez probablement faites et plus à la portée d'un serviteur (qui ne mérite même pas ce nom puisqu'il n'a pas voulu servir) que la compréhension d'un sentiment si élevé, vous avez probablement cru vous donner de l'importance, ignorant qui j'étais et ce que j'étais, en me faisant répondre, quand je vous faisais demander un livre, que vous étiez couché ; or c'est une erreur de croire qu'un mauvais procédé ajoute jamais à la grâce, dont vous êtes d'ailleurs entièrement dépourvu. J'aurais brisé là si par hasard le lendemain matin je ne vous avais pu parler. Votre ressemblance avec mon pauvre ami s'accentua tellement, faisant disparaître jusqu'à la forme insupportable de votre menton proéminent, que je compris que c'était le défunt qui à ce moment vous prêtait de son expression si bonne afin de vous permettre de me ressaisir, et de vous empêcher de manquer la chance unique qui s'offrait à vous. En effet, quoique je ne veuille pas, puisque tout cela n'a plus d'objet et que je n'aurai plus l'occasion de vous rencontrer en cette vie, mêler à tout cela de brutales questions d'intérêt, j'aurais été trop heureux d'obéir à la prière du mort (car je crois à la communion des saints et à leur velléité d'intervention dans le destin des vivants), d'agir avec vous comme avec lui, qui avait sa voiture, ses domestiques, et à qui il était bien naturel que je consacrasse la plus grande partie de mes revenus puisque je l'aimais comme un fils. Vous en avez décidé autrement. À ma demande que vous me rapportiez un livre, vous avez fait répondre que vous aviez à sortir. Et ce matin quand je vous ai fait demander de venir à ma voiture, vous m'avez, si je peux parler ainsi sans sacrilège, renié pour la troisième fois. Vous m'excuserez de ne pas mettre dans cette enveloppe les pourboires élevés que je comptais vous donner à Balbec et auxquels il me serait trop pénible de m'en tenir à l'égard de quelqu'un avec qui j'avais cru un moment tout partager. Tout au plus pourriez-vous m'éviter de faire auprès de vous, dans votre restaurant, une quatrième tentative inutile et jusqu'à laquelle ma patience n'ira pas. (Et ici M. de Charlus donnait son adresse, l'indication des heures où on le trouverait, etc.) Adieu, Monsieur. Comme je crois que ressemblant tant à l'ami que j'ai perdu, vous ne pouvez être entièrement stupide, sans quoi la physiognomonie serait une science fausse, je suis persuadé qu'un jour si vous repensez à cet incident, ce ne sera pas sans éprouver quelque regret et quelque remords. Pour ma part, croyez que bien sincèrement je n'en garde aucune amertume. J'aurais mieux aimé que nous nous quittions sur un moins mauvais souvenir que cette troisième démarche inutile. Elle sera vite oubliée. Nous sommes comme ces vaisseaux que vous avez dû apercevoir parfois de Balbec, qui se sont croisés un moment ; il eût pu y avoir avantage pour chacun d'eux à stopper ; mais l'un a jugé différemment ; bientôt ils ne s'apercevront même plus à l'horizon, et la rencontre est effacée ; mais avant cette séparation définitive, chacun salue l'autre, et c'est ce que fait ici, Monsieur, en vous souhaitant bonne chance, le baron de Charlus. »

Aimé n'avait pas même lu cette lettre jusqu'au bout, n'y comprenant rien et se méfiant d'une mystification. Quand je lui eus expliqué qui était le baron, il parut quelque peu rêveur et éprouva ce regret que M. de Charlus lui avait prédit. Je ne jurerais même pas qu'il n'eût alors écrit pour s'excuser à un homme qui donnait des voitures à ses amis. Mais dans l'intervalle M. de Charlus avait fait la connaissance de Morel. Tout au plus, les relations avec celui-ci étant peut-être platoniques, M. de Charlus recherchait-il parfois pour un soir une compagnie comme celle dans laquelle je venais de le rencontrer dans le hall. Mais il ne pouvait plus détourner de Morel le sentiment violent qui, libre quelques années plus tôt, n'avait demandé qu'à se fixer sur Aimé et qui avait dicté la lettre dont j'étais gêné pour M. de Charlus et que m'avait montrée le maître d'hôtel. Elle était, à cause de l'amour antisocial qui était celui de M. de Charlus, un exemple plus frappant de la force insensible et puissante qu'ont ces courants de la passion et par lesquels l'amoureux, comme un nageur entraîné sans s'en apercevoir, bien vite perd de vue la terre. Sans doute l'amour d'un homme normal peut aussi, quand l'amoureux par l'invention successive de ses désirs, de ses regrets, de ses déceptions, de ses projets, construit tout un roman sur une femme qu'il ne connaît pas, permettre de mesurer un assez notable écartement de deux branches de compas. Tout de même un tel écartement était singulièrement élargi par le caractère d'une passion qui n'est pas généralement partagée et par la différence des conditions de M. de Charlus et d'Aimé.

Tous les jours, je sortais avec Albertine. Elle s'était

décidée à se remettre à la peinture et avait d'abord choisi, pour travailler, l'église de Saint-Jean-de-la-Haise qui n'est plus fréquentée par personne et est connue de très peu, difficile à se faire indiquer, impossible à découvrir sans être guidé, longue à atteindre dans son isolement, à plus d'une demi-heure de la station d'Épreville, les dernières maisons du village de Quetteholme depuis longtemps passées. Pour le nom d'Épreville je ne trouvai pas d'accord le livre du curé et les renseignements de Brichot. D'après l'un Épreville était l'ancienne *Sprevilla* ; l'autre indiquait comme étymologie *Aprivilla*. La première fois nous prîmes le petit chemin de fer dans la direction opposée à Féterne, c'est-à-dire vers Grattevast. Mais c'était la canicule et ç'avait déjà été terrible de partir tout de suite après le déjeuner. J'eusse mieux aimé ne pas sortir si tôt ; l'air lumineux et brûlant éveillait des idées d'indolence et de rafraîchissement. Il remplissait nos chambres, à ma mère et à moi, selon leur exposition, à des températures inégales, comme des chambres de balnéation. Le cabinet de toilette de maman, festonné par le soleil, d'une blancheur éclatante et mauresque, avait l'air plongé au fond d'un puits, à cause des quatre murs en plâtras sur lesquels il donnait, tandis que tout en haut, dans le carré laissé vide, le ciel dont on voyait glisser, les uns par-dessus les autres, les flots moelleux et superposés, semblait (à cause du désir qu'on avait), située sur une terrasse (ou vue à l'envers dans quelque glace accrochée à la fenêtre), une piscine pleine d'une eau bleue, réservée aux ablutions. Malgré cette brûlante température, nous avions été prendre le train d'une heure. Mais Albertine avait eu très chaud dans le wagon, plus encore dans le long trajet à pied, et j'avais peur qu'elle ne prît froid en restant ensuite immobile dans ce creux humide que le soleil n'atteint pas. D'autre part, et dès nos premières visites à Elstir, m'étant rendu compte qu'elle eût apprécié non seulement le luxe, mais même un certain confort dont son manque d'argent la privait, je m'étais entendu avec un loueur de Balbec afin que tous les jours une voiture vînt nous chercher. Pour avoir moins chaud nous prenions par la forêt de Chantepie[1]. L'invisibilité des innombrables oiseaux, quelques-uns à demi marins, qui s'y répondaient à côté de nous dans les arbres, donnait la même impression de repos qu'on a les yeux fermés. À côté d'Albertine, enchaîné par ses bras au fond de la voiture, j'écoutais ces Océanides[2]. Et quand par hasard j'apercevais l'un de ces musiciens qui passait d'une feuille sous une autre, il y avait si peu de lien apparent entre lui et ses chants que je ne croyais pas voir la cause de ceux-ci dans le petit corps sautillant, humble, étonné et sans regard. La voiture ne pouvait pas nous conduire jusqu'à l'église. Je la faisais arrêter au sortir de Quetteholme et je disais au revoir à Albertine. Car elle m'avait effrayé en me disant de cette église comme d'autres monuments, de certains tableaux : « Quel plaisir ce serait de voir cela avec vous ! » Ce plaisir-là je ne me sentais pas capable de le donner. Je n'en ressentais devant les belles choses que si j'étais seul, ou feignais de l'être et me taisais. Mais puisqu'elle avait cru pouvoir éprouver grâce à moi des sensations d'art qui ne se communiquent pas ainsi, je trouvais plus prudent de lui dire que je la quittais, viendrais la rechercher à la fin de la journée, mais que d'ici là il fallait que je retournasse avec la voiture faire une visite à Mme Verdurin ou aux Cambremer, ou même passer une heure avec maman à Balbec, mais jamais plus loin. Du moins, les premiers temps. Car Albertine m'ayant une fois dit par caprice : « C'est ennuyeux que la nature ait si mal fait les choses et qu'elle ait mis Saint-Jean-de-la-Haise d'un côté, La Raspelière d'un autre, qu'on soit pour toute la journée emprisonnée dans l'endroit qu'on a choisi », dès que j'eus reçu la toque et le voile, je commandai, pour mon malheur, une automobile à Saint-Fargeau (*Sanctus Ferreolus* selon le livre du curé). Albertine, laissée par moi dans l'ignorance, et qui était venue me chercher, fut surprise en entendant devant l'hôtel le ronflement du moteur, ravie quand elle sut que cette auto était pour nous. Je la fis monter un instant dans ma chambre. Elle sautait de joie. « Nous allons faire une visite aux Verdurin ? — Oui mais il vaut mieux que vous n'y alliez pas dans cette tenue puisque vous allez avoir votre auto. Tenez, vous serez mieux ainsi. » Et je sortis la toque et le voile que j'avais cachés. « C'est à moi ? Oh ! ce que vous êtes gentil ! » s'écria-t-elle en me sautant au cou. Aimé nous rencontrant dans l'escalier, fier de l'élégance d'Albertine et de notre moyen de transport, car ces voitures étaient assez rares à Balbec, se donna le plaisir de descendre derrière nous. Albertine désirant être vue un peu dans sa nouvelle toilette, me demanda de faire relever la capote qu'on baisserait ensuite pour que nous soyons plus librement ensemble. « Allons », dit Aimé au mécanicien qu'il ne connaissait d'ailleurs pas et qui n'avait pas bougé, « tu n'entends pas qu'on te dit de relever ta capote ? » Car Aimé, dessalé par la vie d'hôtel où il avait conquis du reste un rang éminent, n'était pas aussi timide que le cocher de fiacre pour qui Françoise était une « dame » ; malgré le manque de présentation préalable, les plébéiens qu'il n'avait jamais vus, il les tutoyait sans qu'on sût trop si c'était de sa part dédain aristocratique ou fraternité populaire. « Je ne suis pas libre, répondit le chauffeur qui ne me connaissait pas. Je suis commandé pour Mademoiselle Simonet. Je ne peux pas conduire Monsieur. » Aimé s'esclaffa : « Mais voyons, grand gourdiflot, répondit-il au mécanicien, qu'il convainquit aussitôt, c'est justement Mademoiselle Simonet, et Monsieur, qui te commande de lever ta capote, est justement ton patron. » Et comme Aimé, quoique n'ayant pas personnellement de sympathie pour Albertine, était à cause de moi fier de la toilette qu'elle portait, il glissa au chauffeur : « T'en conduirais bien tous les jours, hein ! si tu pouvais, des princesses comme ça ! » Cette première fois ce ne fut pas moi seul qui pus aller à La Raspelière, comme je fis d'autres jours pendant qu'Albertine peignait ; elle voulut y venir avec moi. Elle pensait bien que nous pourrions nous arrêter çà et là sur la route, mais croyait impossible de commencer par aller à Saint-Jean-de-la-Haise, c'est-à-dire dans une autre direction, et de faire une promenade qui semblait vouée à un jour différent. Elle apprit au contraire du mécanicien que rien n'était plus facile que d'aller à Saint-Jean où il serait en vingt minutes, et que nous y pourrions rester, si nous le voulions, plusieurs heures, ou pousser beaucoup plus loin, car de Quetteholme à La Raspelière il ne mettrait pas plus de trente-cinq minutes. Nous le comprîmes dès que la voiture, s'élançant, franchit d'un seul bond vingt pas d'un excellent cheval[1]. Les distances ne sont que le rapport de l'espace au temps et varient avec lui. Nous exprimons la difficulté que nous avons à nous rendre à un endroit, dans un système de lieues, de kilomètres, qui devient faux dès que cette difficulté diminue. L'art en est aussi modifié, puisqu'un village qui semblait dans un autre monde que tel autre, devient son voisin dans un paysage dont les dimensions sont changées. En tous cas, apprendre qu'il existe peut-être un univers où 2 et 2 font 5 et où la ligne droite n'est pas le chemin le plus court d'un point à un autre, eût beaucoup moins étonné Albertine que d'entendre le mécanicien lui dire qu'il était facile d'aller dans une même après-midi à Saint-Jean et à La Raspelière, Douville et Quetteholme, Saint-Mars-le-Vieux et Saint-Mars-le-Vêtu, Gourville et Balbec-le-Vieux, Tourville et Féterne, prisonniers aussi hermétiquement enfermés jusque-là dans la cellule de jours distincts que jadis Méséglise et Guermantes[1], et sur lesquels les mêmes yeux ne pouvaient se poser dans un seul après-midi, délivrés maintenant par le géant aux bottes de sept lieues, vinrent assembler autour de l'heure de notre goûter leurs clochers et leurs tours, leurs vieux jardins que le bois avoisinant s'empressait de découvrir.

Arrivée au bas de la route de la corniche, l'auto monta d'un seul trait, avec un bruit continu comme un couteau qu'on repasse, tandis que la mer abaissée s'élargissait au-dessous de nous. Les maisons anciennes et rustiques de Montsurvent accoururent en tenant serrés contre elles leur vigne ou leur rosier[2] ; les sapins de La Raspelière, plus agités que quand s'élevait le vent du soir, coururent dans tous les sens pour nous éviter, et un domestique nouveau que je n'avais encore jamais vu vint nous ouvrir au perron, pendant que le fils du jardinier, trahissant des dispositions précoces, dévorait des yeux la place du moteur. Comme ce n'était pas un lundi, nous ne savions pas si nous trouverions Mme Verdurin, car sauf ce jour-là où elle recevait, il était imprudent d'aller la voir à l'improviste. Sans doute elle restait chez elle « en principe », mais cette expression, que Mme Swann employait au temps où elle cherchait elle aussi à se faire son petit clan et à attirer les clients en ne bougeant pas, dût-elle souvent ne pas faire ses frais, et qu'elle traduisait avec contresens en « par principe », signifiait seulement « en règle générale », c'est-à-dire avec de nombreuses exceptions. Car non seulement Mme Verdurin aimait à sortir, mais elle poussait fort loin les devoirs de l'hôtesse, et quand elle avait eu du monde à déjeuner, aussitôt après le café, les liqueurs et les cigarettes (malgré le premier engourdissement de la chaleur et de la digestion où on eût mieux aimé, à travers les feuillages de la terrasse, regarder le paquebot de Jersey passer sur la mer d'émail), le programme comprenait une suite de promenades au cours desquelles les convives, installés de force en voiture, étaient emmenés malgré eux vers l'un ou l'autre des points de vue qui foisonnent autour de Douville. Cette deuxième partie de la fête n'était pas du reste (l'effort de se lever et de monter en voiture accompli) celle qui plaisait le moins aux invités, déjà préparés par les mets succulents, les vins fins ou le cidre mousseux, à se laisser facilement griser par la pureté de la brise et la magnificence des sites. Mme Verdurin faisait visiter ceux-ci aux étrangers un peu comme des annexes (plus ou moins lointaines) de sa propriété, et qu'on ne pouvait pas ne pas aller voir du moment qu'on venait déjeuner chez elle et réciproquement, qu'on n'aurait pas connus si on n'avait pas été reçu chez la Patronne. Cette prétention de s'arroger un droit unique sur les promenades comme sur le jeu de Morel et jadis de Dechambre, et de contraindre les paysages à faire partie du petit clan, n'était pas du reste aussi absurde qu'elle semble au premier abord. Mme Verdurin se moquait du manque de goût que, selon elle, les Cambremer montraient non seulement dans l'ameublement de La Raspelière et l'arrangement du jardin, mais encore dans les promenades qu'ils faisaient ou faisaient faire aux environs. De même que selon elle, La Raspelière ne commençait à devenir ce qu'elle aurait dû être que depuis qu'elle était l'asile du petit clan, de même elle affirmait que les Cambremer, refaisant perpétuellement dans leur calèche, le long du chemin de fer, au bord de la mer, la seule vilaine route qu'il y eût dans les environs, habitaient le pays de tout temps mais ne le connaissaient pas. Il y avait du vrai dans cette assertion. Par routine, défaut d'imagination, incuriosité d'une région qui semble rebattue parce qu'elle est si voisine, les Cambremer ne sortaient de chez eux que pour aller toujours aux mêmes endroits et par les mêmes chemins. Certes ils riaient beaucoup de la prétention des Verdurin de leur apprendre leur propre pays. Mais mis au pied du mur, eux et même leur cocher, eussent été incapables de nous conduire aux splendides endroits, un peu secrets, où nous menait M. Verdurin, levant ici la barrière d'une propriété privée mais abandonnée, où d'autres n'eussent pas cru pouvoir s'aventurer ; là descendant de voiture pour suivre un chemin qui n'était pas carrossable, mais tout cela avec la récompense certaine d'un paysage merveilleux. Disons du reste que le jardin de La Raspelière était en quelque sorte un abrégé de toutes les promenades qu'on pouvait faire à bien des kilomètres alentour. D'abord à cause de sa position dominante, regardant d'un côté la vallée, de l'autre la mer, et puis parce que, même d'un seul côté, de celui de la mer par exemple, des percées avaient été faites au milieu des arbres de telle façon que d'ici on embrassait tel horizon, de là tel autre. Il y avait à chacun de ces points de vue un banc ; on venait s'asseoir tour à tour sur celui d'où on découvrait Balbec, ou Parville, ou Douville. Même dans une seule direction, avait été placé un banc plus ou moins à pic sur la falaise, plus ou moins en retrait. De ces derniers, on avait un premier plan de verdure et un horizon qui semblait déjà le plus vaste possible, mais qui s'agrandissait infiniment si, continuant par un petit sentier, on allait jusqu'à un banc suivant d'où l'on embrassait tout le cirque de la mer. Là on percevait exactement le bruit des vagues qui ne parvenait pas au contraire dans les parties plus enfoncées du jardin, là où le flot se laissait voir encore, mais non plus entendre. Ces lieux de repos portaient à La Raspelière, pour les maîtres de maison, le nom de « vues ». Et en effet ils réunissaient autour du château les plus belles « vues » des pays avoisinants, des plages ou des forêts, aperçus fort diminués par l'éloignement, comme Hadrien avait assemblé dans sa villa des réductions des monuments les plus célèbres des diverses contrées[1]. Le nom qui suivait le mot « vue » n'était pas forcément celui d'un lieu de la côte, mais souvent de la rive opposée de la baie et qu'on découvrait, gardant un certain relief malgré l'étendue du panorama. De même qu'on prenait un ouvrage dans la bibliothèque de M. Verdurin pour aller lire une heure à la « vue de Balbec », de même, si le temps était clair, on allait prendre des liqueurs à la « vue de Rivebelle », à condition pourtant qu'il ne fît pas trop de vent, car, malgré les arbres plantés de chaque côté, là l'air était vif. Pour en revenir aux promenades en voiture que Mme Verdurin organisait pour l'après-midi, la Patronne, si au retour elle trouvait les cartes de quelque mondain « de passage sur la côte », feignait d'être ravie mais était désolée d'avoir manqué sa visite, et (bien qu'on ne vînt encore que pour voir « la maison » ou connaître pour un jour une femme dont le salon artistique était célèbre, mais infréquentable à Paris) le faisait vite inviter par M. Verdurin à venir dîner au prochain mercredi. Comme souvent le touriste était obligé de repartir avant, ou craignait les retours tardifs, Mme Verdurin avait convenu que le samedi[1], on la trouverait toujours à l'heure du goûter. Ces goûters n'étaient pas extrêmement nombreux et j'en avais connu à Paris de plus brillants chez la princesse de Guermantes, chez Mme de Galliffet ou Mme d'Arpajon. Mais justement ici ce n'était plus Paris et le charme du cadre ne réagissait pas pour moi que sur l'agrément de la réunion, mais sur la qualité des visiteurs. La rencontre de tel mondain, laquelle à Paris ne me faisait aucun plaisir, mais qui à La Raspelière, où il était venu de loin par Féterne ou la forêt de Chantepie, changeait de caractère, d'importance, devenait un agréable incident. Quelquefois c'était quelqu'un que je connaissais parfaitement bien et que je n'eusse pas fait un pas pour retrouver chez les Swann. Mais son nom sonnait autrement sur cette falaise, comme celui d'un acteur qu'on entend souvent dans un théâtre, imprimé sur l'affiche, en une autre couleur, d'une représentation extraordinaire et de gala où sa notoriété se multiplie tout à coup de l'imprévu du contexte. Comme à la campagne on ne se gêne pas, le mondain prenait souvent sur lui d'amener les amis chez qui il habitait, faisant valoir tout bas comme excuse à Mme Verdurin qu'il ne pouvait les lâcher, demeurant chez eux ; à ces hôtes, en revanche, il feignait d'offrir comme une sorte de politesse de leur faire connaître ce divertissement, dans une vie de plage monotone, d'aller dans un centre spirituel, de visiter une magnifique demeure et de faire un excellent goûter. Cela composait tout de suite une réunion de plusieurs personnes de demi-valeur ; et si un petit bout de jardin avec quelques arbres, qui paraîtrait mesquin à la campagne, prend un charme extraordinaire avenue Gabriel ou bien rue de Monceau, où des multimillionnaires seuls peuvent se l'offrir, inversement des seigneurs qui sont de second plan dans une soirée parisienne prenaient toute leur valeur, le lundi après-midi, à La Raspelière. À peine assis autour de la table couverte d'une nappe brodée de rouge où sous les trumeaux en camaïeu on leur servait des galettes, des feuilletés normands, des tartes en bateaux, remplies de cerises comme des perles de corail, des « diplomates », et aussitôt ces invités subissaient, de l'approche de la profonde coupe d'azur sur laquelle s'ouvraient les fenêtres et qu'on ne pouvait pas ne pas voir en même temps qu'eux, une altération, une transmutation profonde qui les changeait en quelque chose de plus précieux. Bien plus, même avant de les avoir vus, quand on venait le lundi chez Mme Verdurin, les gens qui à Paris n'avaient plus que des regards fatigués par l'habitude pour les élégants attelages qui stationnaient devant un hôtel somptueux, sentaient leur cœur battre à la vue des deux ou trois mauvaises tapissières arrêtées devant La Raspelière, sous les grands sapins. Sans doute c'était que le cadre agreste était différent et que les impressions mondaines, grâce à cette transposition, redevenaient fraîches. C'était aussi parce que la mauvaise voiture prise pour aller voir Mme Verdurin évoquait une belle promenade et un coûteux « forfait » conclu avec un cocher qui avait demandé « tant » pour la journée. Mais la curiosité légèrement émue, à l'égard des arrivants, encore impossibles à distinguer, venait aussi de ce que chacun se demandait : « Qui est-ce que cela va être ? », question à laquelle il était difficile de répondre, ne sachant pas qui avait pu venir passer huit jours chez les Cambremer ou ailleurs, et qu'on aime toujours à se poser dans les vies agrestes, solitaires, où la rencontre d'un être humain qu'on n'a pas vu depuis longtemps, ou la présentation à quelqu'un qu'on ne connaît pas, cesse d'être cette chose fastidieuse qu'elle est dans la vie de Paris, et interrompt délicieusement l'espace vide des vies trop isolées, où l'heure même du courrier devient agréable. Et le jour où nous vînmes en automobile à La Raspelière, comme ce n'était pas lundi, M. et Mme Verdurin devaient être en proie à ce besoin de voir du monde qui trouble les hommes et les femmes et donne envie de se jeter par la fenêtre au malade qu'on a enfermé loin des siens, pour une cure d'isolement. Car le nouveau domestique aux pieds plus rapides, et déjà familiarisé avec ces expressions, nous ayant répondu que « si Madame n'était pas sortie elle devait être à la "vue de Douville", qu'il allait aller voir », il revint aussitôt nous dire que celle-ci allait nous recevoir. Nous la trouvâmes un peu décoiffée, car elle arrivait du jardin, de la basse-cour et du potager, où elle était allée donner à manger à ses paons et à ses poules, chercher des œufs, cueillir des fruits et des fleurs pour « faire son chemin de table », chemin qui rappelait en petit celui du parc ; mais sur la table il donnait cette distinction de ne pas lui faire supporter que des choses utiles et bonnes à manger ; car autour de ces autres présents du jardin qu'étaient les poires, les œufs battus à la neige, montaient de hautes tiges de vipérines, d'œillets, de roses et de coréopsis entre lesquels on voyait, comme entre des pieux indicateurs et fleuris, se déplacer, par le vitrage de la fenêtre, les bateaux du large[1]. À l'étonnement que M. et Mme Verdurin, s'interrompant de disposer les fleurs pour recevoir les visiteurs annoncés, montrèrent en voyant que ces visiteurs n'étaient autres qu'Albertine et moi, je vis bien que le nouveau domestique, plein de zèle mais à qui mon nom n'était pas encore familier, l'avait mal répété et que Mme Verdurin, entendant le nom d'hôtes inconnus, avait tout de même dit de faire entrer, ayant besoin de voir n'importe qui. Et le nouveau domestique contemplait ce spectacle de la porte afin de comprendre le rôle que nous jouions dans la maison. Puis il s'éloigna en courant, à grandes enjambées, car il n'était engagé que de la veille. Quand Albertine eut bien montré sa toque et son voile aux Verdurin, elle me jeta un regard pour me rappeler que nous n'avions pas trop de temps devant nous pour ce que nous désirions faire. Mme Verdurin voulait que nous attendissions le goûter, mais nous refusâmes, quand tout à coup se dévoila un projet qui eût mis à néant tous les plaisirs que je me promettais de ma promenade avec Albertine : la Patronne, ne pouvant se décider à nous quitter, ou peut-être à laisser échapper une distraction nouvelle, voulait revenir avec nous. Habituée dès longtemps à ce que de sa part les offres de ce genre ne fissent pas plaisir, et n'étant probablement pas certaine que celle-ci nous en causerait un, elle dissimula sous un excès d'assurance la timidité qu'elle éprouvait en nous l'adressant, et n'ayant même pas l'air de supposer qu'il pût y avoir doute sur notre réponse, elle ne nous posa pas de question, mais dit à son mari, en parlant d'Albertine et de moi, comme si elle nous faisait une faveur : « Je les ramènerai, moi ! » En même temps s'appliqua sur sa bouche un sourire qui ne lui appartenait pas en propre, un sourire que j'avais déjà vu à certaines gens quand ils disaient à Bergotte d'un air fin : « J'ai acheté votre livre, c'est comme cela », un de ces sourires collectifs, universaux, que quand ils en ont besoin — comme on se sert du chemin de fer et des voitures de déménagement — empruntent les individus, sauf quelques-uns très raffinés, comme Swann ou comme M. de Charlus, aux lèvres de qui je n'ai jamais vu se poser ce sourire-là. Dès lors ma visite était empoisonnée. Je fis semblant de ne pas avoir compris. Au bout d'un instant il devint évident que M. Verdurin serait de la fête. « Mais ce sera bien long pour M. Verdurin, dis-je. — Mais non », me répondit Mme Verdurin d'un air condescendant et égayé, « il dit que ça l'amusera beaucoup de refaire avec cette jeunesse cette route qu'il a tant suivie autrefois ; au besoin il montera à côté du wattman[1], cela ne l'effraye pas, et nous reviendrons tous les deux bien sagement par le train comme de bons époux. Regardez, il a l'air enchanté. » Elle semblait parler d'un vieux grand peintre plein de bonhomie qui, plus jeune que les jeunes, met sa joie à barbouiller des images pour faire rire ses petits-enfants. Ce qui ajoutait à ma tristesse est qu'Albertine semblait ne pas la partager et trouver amusant de circuler ainsi par tout le pays avec les Verdurin. Quant à moi, le plaisir que je m'étais promis de prendre avec elle était si impérieux que je ne voulus pas permettre à la Patronne de le gâcher ; j'inventai des mensonges que les irritantes menaces de Mme Verdurin rendaient excusables, mais qu'Albertine, hélas ! contredisait. « Mais nous avons une visite à faire, dis-je. — Quelle visite ? demanda Albertine. — Je vous expliquerai, c'est indispensable. — Hé bien ! nous vous attendrons », dit Mme Verdurin résignée à tout. À la dernière minute, l'angoisse de me sentir ravir un bonheur si désiré me donna le courage d'être impoli. Je refusai nettement, alléguant à l'oreille de Mme Verdurin qu'à cause d'un chagrin qu'avait eu Albertine et sur lequel elle désirait me consulter, il fallait absolument que je fusse seul avec elle. La Patronne prit un air courroucé : « C'est bon, nous ne viendrons pas », me dit-elle d'une voix tremblante de colère. Je la sentis si fâchée que pour avoir l'air de céder un peu : « Mais on aurait peut-être pu... — Non, reprit-elle plus furieuse encore, quand j'ai dit non, c'est non. » Je me croyais brouillé avec elle, mais elle nous rappela à la porte pour nous recommander de ne pas « lâcher » le lendemain mercredi, et de ne pas venir avec cette affaire-là qui était dangereuse la nuit, mais par le train avec tout le petit groupe, et elle fit arrêter l'auto déjà en marche sur l'allée en pente du parc parce que le domestique nouveau avait oublié de mettre dans la capote le carré de tarte et les sablés qu'elle avait fait envelopper pour nous. Nous repartîmes escortés un moment par les petites maisons accourues avec leurs fleurs. La figure du pays nous semblait toute changée tant dans l'image topographique que nous nous faisions de chacun d'eux, la notion d'espace est loin d'être celle qui joue le plus grand rôle. Nous avons dit que celle du temps les écarte davantage. Elle n'est pas non plus la seule. Certains lieux que nous voyons toujours isolés nous semblent sans commune mesure avec le reste, presque hors du monde, comme ces gens que nous avons connus dans des périodes à part de notre vie, au régiment, dans notre enfance, et que nous ne relions à rien. La première année de mon séjour à Balbec, il y avait une hauteur où Mme de Villeparisis aimait à nous conduire parce que de là on ne voyait que l'eau et les bois, et qui s'appelait Beaumont[1]. Comme le chemin qu'elle faisait prendre pour y aller et qu'elle trouvait le plus joli à cause de ses vieux arbres, montait tout le temps, sa voiture était obligée d'aller au pas et mettait très longtemps. Une fois arrivés en haut nous descendions, nous nous promenions un peu, remontions en voiture, revenions par le même chemin, sans avoir rencontré aucun village, aucun château. Je savais que Beaumont était quelque chose de très curieux, de très loin, de très haut, je n'avais aucune idée de la direction où cela se trouvait n'ayant jamais pris le chemin de Beaumont pour aller ailleurs ; on mettait du reste beaucoup de temps en voiture pour y arriver. Cela faisait évidemment partie du même département (ou de la même province) que Balbec, mais était situé pour moi dans un autre plan, jouissait d'un privilège spécial d'exterritorialité. Mais l'automobile qui ne respecte aucun mystère, après avoir dépassé Incarville, dont j'avais encore les maisons dans les yeux, comme nous descendions la côte de traverse qui aboutit à Parville (*Paterni villa*), apercevant la mer d'un terre-plein où nous étions, je demandai comment s'appelait cet endroit et avant même que le chauffeur m'eût répondu, je reconnus Beaumont à côté duquel je passais ainsi sans le savoir chaque fois que je prenais le petit chemin de fer, car il était à deux minutes de Parville. Comme un officier de mon régiment qui m'eût semblé un être spécial, trop bienveillant et simple pour être de grande famille, trop lointain déjà et mystérieux pour être simplement d'une famille quelconque[1], et dont j'aurais appris qu'il était beau-frère, cousin de telles ou telles personnes avec qui je dînais en ville, ainsi Beaumont, relié tout d'un coup à des endroits dont je le croyais si distinct, perdit son mystère et prit sa place dans la région, me faisant penser avec terreur que Mme Bovary et la Sanseverina m'eussent peut-être semblé des êtres pareils aux autres si je les eusse rencontrées ailleurs que dans l'atmosphère close d'un roman. Il peut sembler que mon amour pour les féeriques voyages en chemin de fer aurait dû m'empêcher de partager l'émerveillement d'Albertine devant l'automobile qui mène, même un malade, là où il veut, et empêche — comme je l'avais fait jusqu'ici — de considérer l'emplacement comme la marque individuelle, l'essence sans succédané des beautés inamovibles. Et sans doute cet emplacement, l'automobile n'en faisait pas comme jadis le chemin de fer, quand j'étais venu de Paris à Balbec, un but soustrait aux contingences de la vie ordinaire, presque idéal au départ et qui le restant à l'arrivée, à l'arrivée dans cette grande demeure où n'habite personne et qui porte seulement le nom de la ville, la gare, a l'air d'en promettre enfin l'accessibilité comme elle en serait la matérialisation. Non, l'automobile ne nous menait pas ainsi féeriquement dans une ville que nous voyions d'abord dans l'ensemble que résume son nom, et avec les illusions du spectateur dans la salle. Il[1] nous faisait entrer dans la coulisse des rues, s'arrêtait à demander un renseignement à un habitant. Mais comme compensation d'une progression si familière, on a les tâtonnements mêmes du chauffeur incertain de sa route et revenant sur ses pas, les chassés-croisés de la perspective faisant jouer un château aux quatre coins avec une colline, une église et la mer, pendant qu'on se rapproche de lui, bien qu'il se blottisse vainement sous sa feuillée séculaire ; ces cercles de plus en plus rapprochés que décrit l'automobile autour d'une ville fascinée qui fuyait dans tous les sens pour lui échapper et sur laquelle finalement il fonce tout droit, à pic, au fond de la vallée, où elle reste gisante à terre ; de sorte que cet emplacement, point unique que l'automobile semble avoir dépouillé du mystère des trains express, il donne par contre l'impression de le découvrir, de le déterminer nous-même comme avec un compas, de nous aider à sentir d'une main plus amoureusement exploratrice, avec une plus fine précision, la véritable géométrie, la belle « mesure de la terre[2] ».

Ce que malheureusement j'ignorais à ce moment-là et que je n'appris que plus de deux ans après, c'est qu'un des clients du chauffeur était M. de Charlus, et que Morel, chargé de le payer et gardant une partie de l'argent pour lui (en faisant tripler et quintupler par le chauffeur le nombre des kilomètres), s'était beaucoup lié avec lui (tout en ayant l'air de ne pas le connaître devant le monde) et usait de sa voiture pour des courses lointaines. Si j'avais su cela alors, et que la confiance qu'eurent bientôt les Verdurin en ce chauffeur venait de là à leur insu, peut-être bien des chagrins de ma vie à Paris, l'année suivante, bien des malheurs relatifs à Albertine, eussent été évités ; mais je ne m'en doutais nullement[1]. En elles-mêmes, les promenades de M. de Charlus en auto avec Morel n'étaient pas d'un intérêt direct pour moi. Elles se bornaient d'ailleurs plus souvent à un déjeuner ou à un dîner dans un restaurant de la côte, où M. de Charlus passait pour un vieux domestique ruiné et Morel qui avait mission de payer les notes, pour un gentilhomme trop bon. Je raconte un de ces repas qui peut donner une idée des autres. C'était dans un restaurant de forme oblongue à Saint-Mars-le-Vêtu. « Est-ce qu'on ne pourrait pas enlever ceci ? » demanda M. de Charlus à Morel comme à un intermédiaire et pour ne pas s'adresser directement aux garçons. Il désignait par « ceci » trois roses fanées dont un maître d'hôtel bien intentionné avait cru devoir décorer la table. « Si..., dit Morel embarrassé. Vous n'aimez pas les roses ? — Je prouverais au contraire par la requête en question que je les aime, puisqu'il n'y a pas de roses ici (Morel parut surpris), mais en réalité je ne les aime pas beaucoup. Je suis assez sensible aux noms ; et dès qu'une rose est un peu belle, on apprend qu'elle s'appelle la *Baronne de Rothschild* ou la *Maréchale Niel*[2], ce qui jette un froid. Aimez-vous les noms ? Avez-vous trouvé de jolis titres pour vos petits morceaux de concert ? — Il y en a un qui s'appelle *Poème triste*. — C'est affreux, répondit M. de Charlus d'une voix aiguë et claquante, comme un soufflet. Mais j'avais demandé du champagne ? » dit-il au maître d'hôtel qui avait cru en apporter en mettant près des deux clients deux coupes remplies de vin mousseux. « Mais, Monsieur... — Ôtez cette horreur qui n'a aucun rapport avec le plus mauvais champagne. C'est le vomitif appelé *cup* où on fait généralement traîner trois fraises pourries dans un mélange de vinaigre et d'eau de Seltz... Oui, continua-t-il en se retournant vers Morel, vous semblez ignorer ce que c'est qu'un titre. Et même dans l'interprétation de ce que vous jouez le mieux, vous semblez ne pas apercevoir le côté médiumnimique de la chose. — Vous dites ? » demanda Morel qui, n'ayant absolument rien compris à ce qu'avait dit le baron, craignait d'être privé d'une information utile, comme, par exemple, une invitation à déjeuner. M. de Charlus ayant négligé de considérer « Vous dites ? » comme une question, Morel, n'ayant en conséquence pas reçu de réponse, crut devoir changer la conversation et lui donner un tour sensuel : « Tenez, la petite blonde qui vend ces fleurs que vous n'aimez pas ; encore une qui a sûrement une petite amie. Et la vieille qui dîne à la table du fond, aussi. — Mais comment sais-tu tout cela ? » demanda M. de Charlus émerveillé de la prescience de Morel. « Oh ! en une seconde je les devine. Si nous nous promenions tous les deux dans une foule, vous verriez que je ne me trompe pas deux fois. » Et qui eût regardé en ce moment Morel avec son air de fille au milieu de sa mâle beauté, eût compris l'obscure divination qui ne le désignait pas moins à certaines femmes qu'elles à lui. Il avait envie de supplanter Jupien, vaguement désireux d'ajouter à son « fixe » les revenus que, croyait-il, le giletier tirait du baron. « Et pour les gigolos, je m'y connais mieux encore, je vous éviterais toutes les erreurs. Ce sera bientôt la foire de Balbec, nous trouverions bien des choses. Et à Paris alors ! vous verriez que vous vous amuseriez. » Mais une prudence héréditaire de domestique lui fit donner un autre tour à la phrase que déjà il commençait. De sorte que M. de Charlus crut qu'il s'agissait toujours de jeunes filles. « Voyez-vous, dit Morel, désireux d'exalter d'une façon qu'il jugeait moins compromettante pour lui-même (bien qu'elle fût en réalité plus immorale) les sens du baron, mon rêve, ce serait de trouver une jeune fille bien pure, de m'en faire aimer et de lui prendre sa virginité. » M. de Charlus ne put se retenir de pincer tendrement l'oreille de Morel, mais ajouta naïvement : « À quoi cela te servirait-il ? Si tu prenais son pucelage, tu serais bien obligé de l'épouser. — L'épouser ? » s'écria Morel qui sentait le baron grisé ou bien qui ne songeait pas à l'homme, en somme plus scrupuleux qu'il ne croyait, avec lequel il parlait. « L'épouser ? Des nèfles ! Je le promettrais, mais dès la petite opération menée à bien, je la plaquerais le soir même. » M. de Charlus avait l'habitude quand une fiction pouvait lui causer un plaisir sensuel momentané, d'y donner son adhésion, quitte à la retirer tout entière quelques instants après quand le plaisir serait épuisé. « Vraiment, tu ferais cela ? » dit-il à Morel en riant et en le serrant de plus près. « Et comment ! » dit Morel, voyant qu'il ne déplaisait pas au baron en continuant à lui expliquer sincèrement ce qui était en effet un de ses désirs. « C'est dangereux, dit M. de Charlus. — Je ferais mes malles d'avance et je ficherais le camp sans laisser d'adresse. — Et moi ? demanda M. de Charlus. — Je vous emmènerais avec moi, bien entendu », s'empressa de dire Morel qui n'avait pas songé à ce que deviendrait le baron, lequel était le cadet de ses soucis. « Tenez, il y a une petite qui me plairait beaucoup pour ça, c'est une petite couturière qui a sa boutique dans l'hôtel de M. le duc. — La fille de Jupien[1] ! s'écria le baron pendant que le sommelier entrait. Oh ! jamais », ajouta-t-il, soit que la présence d'un tiers l'eût refroidi, soit que même dans ces espèces de messes noires où il se complaisait à souiller les choses les plus saintes, il ne pût se résoudre à faire entrer des personnes pour qui il avait de l'amitié. « Jupien est un brave homme, la petite est charmante, il serait affreux de leur causer du chagrin. » Morel sentit qu'il était allé trop loin et se tut, mais son regard continuait, dans le vide, à se fixer sur la jeune fille devant laquelle il avait voulu un jour que je l'appelasse « cher grand artiste » et à qui il avait commandé un gilet[2]. Très travailleuse, la petite n'avait pas pris de vacances, mais j'ai su depuis que tandis que le violoniste était dans les environs de Balbec, elle ne cessait de penser à son beau visage, ennobli de ce qu'ayant vu Morel avec moi, elle l'avait pris pour un « monsieur ».

« Je n'ai jamais entendu jouer Chopin, dit le baron, et pourtant j'aurais pu, je prenais des leçons avec Stamati[3], mais il me défendit d'aller entendre, chez ma tante Chimay, le maître des *Nocturnes*. — Quelle bêtise il a faite là ! s'écria Morel. — Au contraire, répliqua vivement, d'une voix aiguë, M. de Charlus. Il prouvait son intelligence. Il avait compris que j'étais une "nature" et que je subirais l'influence de Chopin. Ça ne fait rien puisque j'ai abandonné tout jeune la musique, comme tout, du reste. Et puis on se figure un peu, ajouta-t-il d'une voix nasillarde, ralentie et traînante, il y a toujours des gens qui ont entendu, qui vous donnent une idée. Mais enfin Chopin n'était qu'un prétexte pour revenir au côté médiumnimique que vous négligez. »

On remarquera qu'après une interpolation du langage vulgaire, celui de M. de Charlus était brusquement redevenu aussi précieux et hautain qu'il était d'habitude. C'est que l'idée que Morel « plaquerait » sans remords une jeune fille violée lui avait fait brusquement goûter un plaisir complet. Dès lors ses sens étaient apaisés pour quelque temps et le sadique (lui, vraiment médiumnimique) qui s'était substitué pendant quelques instants à M. de Charlus avait fui et rendu la parole au vrai M. de Charlus, plein de raffinement artistique, de sensibilité, de bonté. « Vous avez joué l'autre jour la transcription au piano du XVe *quatuor*, ce qui est déjà absurde parce que rien n'est moins pianistique[1]. Elle est faite pour les gens à qui les cordes trop tendues du glorieux Sourd font mal aux oreilles. Or c'est justement ce mysticisme presque aigre qui est divin. En tous cas vous l'avez très mal joué, en changeant tous les mouvements. Il faut jouer ça comme si vous le composiez : le jeune Morel, affligé d'une surdité momentanée et d'un génie inexistant, reste un instant immobile ; puis pris du délire sacré, il joue, il compose les premières mesures ; alors épuisé par un pareil effort d'entrance, il s'affaisse, laissant tomber la jolie mèche pour plaire à Mme Verdurin, et de plus, il prend ainsi le temps de refaire la prodigieuse quantité de substance grise qu'il a prélevée pour l'objectivation pythique ; alors, ayant retrouvé ses forces, saisi d'une inspiration nouvelle et suréminente, il s'élance vers la sublime phrase intarissable que le virtuose berlinois (nous croyons que M. de Charlus désignait ainsi Mendelssohn) devait infatigablement imiter. C'est de cette façon, seule vraiment transcendante et animatrice, que je vous ferai jouer à Paris. » Quand M. de Charlus lui donnait des avis de ce genre, Morel était beaucoup plus effrayé que de voir le maître d'hôtel remporter ses roses et son *cup* dédaignés, car il se demandait avec anxiété quel effet cela produirait à la « classe ». Mais il ne pouvait s'attarder à ces réflexions car M. de Charlus lui disait impérieusement : « Demandez au maître d'hôtel s'il a du bon chrétien. — Du bon chrétien ? je ne comprends pas. — Vous voyez bien que nous sommes au fruit, c'est une poire. Soyez sûr que Mme de Cambremer en a chez elle, car la comtesse d'Escarbagnas, qu'elle est, en avait. M. Thibaudier la lui envoie et elle dit : "Voilà du bon chrétien qui est fort beau[1]." — Non, je ne savais pas. — Je vois du reste que vous ne savez rien. Si vous n'avez même pas lu Molière... Hé bien, puisque vous ne devez pas savoir commander, plus que le reste, demandez tout simplement une poire qu'on recueille justement près d'ici, la louise-bonne d'avranches. — La... ? — Attendez, puisque vous êtes si gauche, je vais moi-même en demander d'autres, que j'aime mieux : Maître d'hôtel, avez-vous de la doyenné des comices ? Charlie, vous devriez lire la page ravissante qu'a écrite sur cette poire la duchesse Émilie de Clermont-Tonnerre[2]. — Non, monsieur, je n'en ai pas. — Avez-vous du triomphe de jodoigne ? — Non, monsieur. — De la virginie-dallet[3] ? de la passe-colmar ? Non ? eh bien, puisque vous n'avez rien nous allons partir. La duchesse-d'angoulême n'est pas encore mûre ; allons, Charlie, partons. » Malheureusement pour M. de Charlus, son manque de bon sens, peut-être la chasteté des rapports qu'il avait probablement avec Morel, le firent s'ingénier dès cette époque à combler le violoniste d'étranges bontés que celui-ci ne pouvait comprendre et auxquelles sa nature, folle dans son genre, mais ingrate et mesquine, ne pouvait répondre que par une sécheresse ou une violence toujours croissantes, et qui plongeaient M. de Charlus — jadis si fier, maintenant tout timide — dans des accès de vrai désespoir. On verra comment dans les plus petites choses, Morel qui se croyait devenu un M. de Charlus mille fois plus important, avait compris de travers en les prenant à la lettre, les orgueilleux enseignements du baron quant à l'aristocratie. Disons simplement pour l'instant, tandis qu'Albertine m'attend à Saint-Jean-de-la-Haise, que s'il y avait une chose que Morel mît au-dessus de la noblesse (et cela était en son principe assez noble, surtout de quelqu'un dont le plaisir était d'aller chercher des petites filles — « ni vu ni connu » — avec le chauffeur), c'était sa réputation artistique et ce qu'on pouvait penser à la classe de violon. Sans doute il était laid que, parce qu'il sentait M. de Charlus tout à lui, il eût l'air de le renier, de se moquer de lui, de la même façon que, dès que j'eus promis le secret sur les fonctions de son père chez mon grand-oncle, il me traita de haut en bas. Mais d'autre part, son nom d'artiste diplômé, Morel, lui paraissait supérieur à un « nom ». Et quand M. de Charlus, dans ses rêves de tendresse platonique, voulait lui faire prendre un titre de sa famille, Morel s'y refusait énergiquement.

Quand Albertine trouvait plus sage de rester à Saint-Jean-de-la-Haise pour peindre, je prenais l'auto, et ce n'était pas seulement à Gourville et à Féterne, mais à Saint-Mars-le-Vieux et jusqu'à Criquetot que je pouvais aller avant de revenir la chercher. Tout en feignant d'être occupé d'autre chose que d'elle, et d'être obligé de la délaisser pour d'autres plaisirs, je ne pensais qu'à elle. Bien souvent je n'allais pas plus loin que la grande plaine qui domine Gourville et comme elle ressemble un peu à celle qui commence au-dessus de Combray, dans la direction de Méséglise, même à une assez grande distance d'Albertine j'avais la joie de penser que si mes regards ne pouvaient pas aller jusqu'à elle, portant plus loin qu'eux, cette puissante et douce brise marine qui passait à côté de moi devait dévaler, sans être arrêtée par rien jusqu'à Quetteholme, venir agiter les branches des arbres qui ensevelissent Saint-Jean-de-la-Haise sous leur feuillage, en caressant la figure de mon amie, et jeter ainsi un double lien d'elle à moi dans cette retraite indéfiniment agrandie, mais sans risques, comme dans ces jeux où deux enfants se trouvent par moments hors de la portée de la voix et de la vue l'un de l'autre, et où tout en étant éloignés ils restent réunis. Je revenais par ces chemins d'où l'on aperçoit la mer, et où autrefois, avant qu'elle apparût entre les branches, je fermais les yeux pour bien penser que ce que j'allais voir, c'était bien la plaintive aïeule de la terre, poursuivant comme au temps qu'il n'existait pas encore d'êtres vivants sa démente et immémoriale agitation. Maintenant, ils n'étaient plus pour moi que le moyen d'aller rejoindre Albertine ; quand je les reconnaissais tout pareils, sachant jusqu'où ils allaient filer droit, où ils tourneraient, je me rappelais que je les avais suivis en pensant à Mlle de Stermaria, et aussi que la même hâte de retrouver Albertine, je l'avais eue à Paris en descendant les rues par où passait Mme de Guermantes ; ils prenaient pour moi la monotonie profonde, la signification morale d'une sorte de ligne que suivait mon caractère. C'était naturel, et ce n'était pourtant pas indifférent ; ils me rappelaient que mon sort était de ne poursuivre que des fantômes, des êtres dont la réalité pour une bonne part était dans mon imagination ; il y a des êtres en effet — et ç'avait été dès la jeunesse mon cas — pour qui tout ce qui a une valeur fixe, constatable par d'autres, la fortune, le succès, les hautes situations, ne comptent pas ; ce qu'il leur faut, ce sont des fantômes. Ils y sacrifient tout le reste, mettent tout en œuvre, font tout servir à rencontrer tel fantôme. Mais celui-ci ne tarde pas à s'évanouir ; alors on court après tel autre, quitte à revenir ensuite au premier. Ce n'était pas la première fois que je recherchais Albertine, la jeune fille vue la première année devant la mer. D'autres femmes, il est vrai, avaient été intercalées entre Albertine aimée la première fois et celle que je ne quittais guère en ce moment ; d'autres femmes, notamment la duchesse de Guermantes. Mais, dira-t-on, pourquoi se donner tant de soucis au sujet de Gilberte, prendre tant de peine pour Mme de Guermantes, si, devenu l'ami de celle-ci, c'est à seule fin de n'y plus penser, mais seulement à Albertine ? Swann, avant sa mort, aurait pu répondre, lui qui avait été amateur de fantômes. De fantômes poursuivis, oubliés, recherchés à nouveau, quelquefois pour une seule entrevue et afin de toucher à une vie irréelle laquelle aussitôt s'enfuyait, ces chemins de Balbec en étaient pleins. En pensant que leurs arbres, poiriers, pommiers, tamaris, me survivraient, il me semblait recevoir d'eux le conseil de me mettre enfin au travail pendant que n'avait pas encore sonné l'heure du repos éternel.

Je descendais de voiture à Quetteholme, courais dans la raide cavée, passais le ruisseau sur une planche et trouvais Albertine qui peignait devant l'église toute en clochetons, épineuse et rouge, fleurissant comme un rosier. Le tympan seul était uni ; et à la surface riante de la pierre affleuraient des anges qui continuaient, devant notre couple du XXe siècle, à célébrer, cierges en main, les cérémonies du XIIIe. C'était eux dont Albertine cherchait à faire le portrait sur sa toile préparée, et imitant Elstir, elle donnait de grands coups de pinceau, tâchant d'obéir au noble rythme qui faisait, lui avait dit le grand maître, ces anges-là si différents de tous ceux qu'il connaissait. Puis elle reprenait ses affaires. Appuyés l'un sur l'autre nous remontions la cavée, laissant la petite église aussi tranquille que si elle ne nous avait pas vus, écouter le bruit perpétuel du ruisseau. Bientôt l'auto filait, nous faisait prendre pour le retour un autre chemin qu'à l'aller. Nous passions devant Marcouville-l'Orgueilleuse[1]. Sur son église, moitié neuve, moitié restaurée, le soleil déclinant étendait sa patine aussi belle que celle des siècles. À travers elle les grands bas-reliefs semblaient n'être vus que sous une couche fluide, moitié liquide, moitié lumineuse ; la Sainte Vierge, sainte Élisabeth, saint Joachim, nageaient encore dans l'impalpable remous, presque à sec, à fleur d'eau ou fleur de soleil. Surgissant dans une chaude poussière, les nombreuses statues modernes se dressaient sur des colonnes jusqu'à mi-hauteur des voiles dorés du couchant. Devant l'église un grand cyprès semblait dans une sorte d'enclos consacré. Nous descendions un instant pour le regarder et faisions quelques pas. Tout autant que de ses membres, Albertine avait une conscience directe de sa toque de paille d'Italie et de l'écharpe de soie (qui n'étaient pas pour elle le siège de moindres sensations de bien-être), et recevait d'elles, tout en faisant le tour de l'église, un autre genre d'impulsion, traduite par un contentement inerte mais auquel je trouvais de la grâce ; écharpe et toque qui n'étaient qu'une partie récente, adventice, de mon amie, mais qui m'était déjà chère et dont je suivais des yeux le sillage, le long du cyprès, dans l'air du soir. Elle-même ne pouvait le voir, mais se doutait que ces élégances faisaient bien, car elle me souriait tout en harmonisant le port de sa tête avec la coiffure qui la complétait : « Elle ne me plaît pas, elle est restaurée », me dit-elle en me montrant l'église et se souvenant de ce qu'Elstir lui avait dit sur la précieuse, sur l'inimitable beauté des vieilles pierres[2]. Albertine savait reconnaître tout de suite une restauration. On ne pouvait que s'étonner de la sûreté de goût qu'elle avait déjà en architecture, au lieu du déplorable qu'elle gardait en musique. Pas plus qu'Elstir, je n'aimais cette église, c'est sans me faire plaisir que sa façade ensoleillée était venue se poser devant mes yeux, et je n'étais descendu la regarder que pour être agréable à Albertine. Et pourtant je trouvais que le grand impressionniste était en contradiction avec lui-même ; pourquoi ce fétichisme attaché à la valeur architecturale objective, sans tenir compte de la transfiguration de l'église dans le couchant ? « Non décidément, me dit Albertine, je ne l'aime pas ; j'aime son nom d'Orgueilleuse. Mais ce qu'il faudra penser à demander à Brichot, c'est pourquoi Saint-Mars s'appelle le Vêtu. On ira la prochaine fois, n'est-ce pas ? » me disait-elle en me regardant de ses yeux noirs sur lesquels sa toque était abaissée comme autrefois son petit polo. Son voile flottait. Je remontais en auto avec elle, heureux que nous dussions le lendemain aller ensemble à Saint-Mars, dont par ces temps ardents où on ne pensait qu'au bain, les deux antiques clochers d'un rose saumon, aux tuiles en losange, légèrement infléchis et comme palpitants, avaient l'air de vieux poissons aigus, imbriqués d'écailles, moussus et roux, qui sans avoir l'air de bouger s'élevaient dans une eau transparente et bleue. En quittant Marcouville, pour raccourcir, nous bifurquions à une croisée de chemins où il y a une ferme. Quelquefois Albertine y faisait arrêter et me demandait d'aller seul chercher, pour qu'elle pût le boire dans la voiture, du calvados ou du cidre, qu'on assurait n'être pas mousseux et par lequel nous étions tout arrosés. Nous étions pressés l'un contre l'autre. Les gens de la ferme apercevaient à peine Albertine dans la voiture fermée, je leur rendais les bouteilles ; nous repartions, comme afin de continuer cette vie à nous deux, cette vie d'amants qu'ils pouvaient supposer que nous avions, et dont cet arrêt pour boire n'eût été qu'un moment insignifiant ; supposition qui eût paru d'autant moins invraisemblable si on nous avait vus après qu'Albertine avait bu sa bouteille de cidre ; elle semblait alors en effet ne plus pouvoir supporter entre elle et moi un intervalle qui d'habitude ne la gênait pas ; sous sa jupe de toile ses jambes se serraient contre mes jambes, elle approchait de mes joues ses joues qui étaient devenues blêmes, chaudes et rouges aux pommettes, avec quelque chose d'ardent et de fané comme en ont les filles des faubourgs. À ces moments-là, presque aussi vite que de personnalité elle changeait de voix, perdait la sienne pour en prendre une autre, enrouée, hardie, presque crapuleuse. Le soir tombait. Quel plaisir de la sentir contre moi, avec son écharpe et sa toque, me rappelant que c'est ainsi toujours, côte à côte, qu'on rencontre ceux qui s'aiment ! J'avais peut-être de l'amour pour Albertine, mais n'osais pas le lui laisser apercevoir, si bien que s'il existait en moi, ce ne pouvait être que comme une vérité sans valeur jusqu'à ce qu'on ait pu la contrôler par l'expérience ; or il me semblait irréalisable et hors du plan de la vie. Quant à ma jalousie, elle me poussait à quitter le moins possible Albertine, bien que je susse qu'elle ne guérirait tout à fait qu'en me séparant d'elle à jamais. Je pouvais même l'éprouver auprès d'elle, mais alors m'arrangeais pour ne pas laisser se renouveler la circonstance qui l'avait éveillée en moi. C'est ainsi qu'un jour de beau temps nous allâmes déjeuner à Rivebelle. Les grandes portes vitrées de la salle à manger, de ce hall en forme de couloir qui servait pour les thés, étaient ouvertes de plain-pied avec les pelouses dorées par le soleil et desquelles le vaste restaurant lumineux semblait faire partie. Le garçon à la figure rose[1], aux cheveux noirs tordus comme une flamme, s'élançait dans toute cette vaste étendue moins vite qu'autrefois, car il n'était plus commis mais chef de rang ; néanmoins à cause de son activité naturelle, parfois au loin, dans la salle à manger, parfois plus près, mais au dehors, servant des clients qui avaient préféré déjeuner dans le jardin, on l'apercevait tantôt ici, tantôt là, comme des statues successives d'un jeune dieu courant, les unes à l'intérieur, d'ailleurs bien éclairé, d'une demeure qui se prolongeait en gazons verts, les autres sous les feuillages, dans la clarté de la vie en plein air. Il fut un moment à côté de nous. Albertine répondit distraitement à ce que je lui disais. Elle le regardait avec des yeux agrandis. Pendant quelques minutes je sentis qu'on peut être près de la personne qu'on aime et cependant ne pas l'avoir avec soi. Ils avaient l'air d'être dans un tête-à-tête mystérieux, rendu muet par ma présence, et suite peut-être de rendez-vous anciens que je ne connaissais pas, ou seulement d'un regard qu'il lui avait jeté — et dont j'étais le tiers gênant et de qui on se cache. Même quand, rappelé avec violence par son patron, il se fut éloigné, Albertine tout en continuant à déjeuner n'avait plus l'air de considérer le restaurant et les jardins que comme une piste illuminée, où apparaissait çà et là, dans des décors variés, le dieu coureur aux cheveux noirs. Un instant je m'étais demandé si pour le suivre, elle n'allait pas me laisser seul à ma table. Mais dès les jours suivants je commençai à oublier pour toujours cette impression pénible car j'avais décidé de ne jamais retourner à Rivebelle, j'avais fait promettre à Albertine, qui m'assura y être venue pour la première fois, qu'elle n'y retournerait jamais. Et je niai que le garçon aux pieds agiles n'eût eu d'yeux que pour elle, afin qu'elle ne crût pas que ma compagnie l'avait privée d'un plaisir. Il m'arriva parfois de retourner à Rivebelle, mais seul, de trop boire, comme j'y avais déjà fait. Tout en vidant une dernière coupe je regardais une rosace peinte sur le mur blanc, je reportais sur elle le plaisir que j'éprouvais. Elle seule au monde existait pour moi ; je la poursuivais, la touchais et la perdais tour à tour de mon regard fuyant, et j'étais indifférent à l'avenir, me contentant de ma rosace comme un papillon qui tourne autour d'un papillon posé, avec lequel il va finir sa vie dans un acte de volupté suprême. Or je trouvais dangereux de laisser s'installer en moi, même sous une forme légère, un mal qui ressemble à ces états pathologiques habituels auxquels on ne prend pas garde, mais qui, si survient le moindre accident, imprévisible et inévitable, qui lui arriverait, suffisent à lui donner aussitôt une extrême gravité. Le moment était peut-être particulièrement bien choisi pour renoncer à une femme à qui aucune souffrance bien récente et bien vive ne m'obligeait à demander ce baume contre un mal, que possèdent celles qui l'ont causé. J'étais calmé par ces promenades mêmes qui bien que je ne les considérasse au moment que comme une attente d'un lendemain qui lui-même, malgré le désir qu'il m'inspirait, ne devait pas être différent de la veille, avaient le charme d'être arrachées aux lieux où s'était trouvée jusque-là Albertine et où je n'étais pas avec elle, chez sa tante, chez ses amies. Charme non d'une joie positive, mais seulement de l'apaisement d'une inquiétude, et bien fort pourtant. Car à quelques jours de distance, quand je repensais à la ferme devant laquelle nous avions bu du cidre, ou simplement aux quelques pas que nous avions faits devant Saint-Mars-le-Vêtu, me rappelant qu'Albertine marchait à côté de moi sous sa toque, le sentiment de sa présence ajoutait tout d'un coup une telle vertu à l'image indifférente de l'église neuve, qu'au moment où la façade ensoleillée venait se poser ainsi d'elle-même dans mon souvenir, c'était comme une grande compresse calmante qu'on eût appliquée à mon cœur. Je déposais Albertine à Parville, mais pour la retrouver le soir et aller m'étendre à côté d'elle, dans l'obscurité, sur la grève. Sans doute je ne la voyais pas tous les jours, mais pourtant je pouvais me dire : « Si elle racontait l'emploi de son temps, de sa vie, c'est encore moi qui y tiendrais le plus de place » ; et nous passions ensemble de longues heures de suite qui mettaient dans mes journées un enivrement si doux que même quand à Parville, elle sautait de l'auto que j'allais lui renvoyer une heure après, je ne me sentais pas plus seul dans la voiture que si, avant de la quitter, elle y eût laissé des fleurs. J'aurais pu me passer de la voir tous les jours ; j'allais la quitter heureux, je sentais que l'effet calmant de ce bonheur pouvait se prolonger plusieurs jours. Mais alors j'entendais Albertine, en me quittant, dire à sa tante ou à une amie : « Alors, demain à huit heures et demie. Il ne faut pas être en retard, ils seront prêts dès huit heures un quart. » La conversation d'une femme qu'on aime ressemble à un sol qui recouvre une eau souterraine et dangereuse ; on sent à tout moment derrière les mots la présence, le froid pénétrant d'une nappe invisible ; on aperçoit çà et là son suintement perfide, mais elle-même reste cachée. Aussitôt la phrase d'Albertine entendue, mon calme était détruit. Je voulais lui demander de la voir le lendemain matin, afin de l'empêcher d'aller à ce mystérieux rendez-vous de huit heures et demie dont on n'avait parlé devant moi qu'à mots couverts. Elle m'eût sans doute obéi les premières fois, regrettant pourtant de renoncer à ses projets ; puis elle eût découvert mon besoin permanent de les déranger ; j'eusse été celui pour qui l'on se cache de tout. Et d'ailleurs, il est probable que ces fêtes dont j'étais exclu consistaient en fort peu de chose, et que c'était peut-être par peur que je trouvasse telle invitée vulgaire ou ennuyeuse qu'on ne me conviait pas. Malheureusement cette vie si mêlée à celle d'Albertine n'exerçait pas d'action que sur moi ; elle me donnait du calme ; elle causait à ma mère des inquiétudes dont la confession le détruisit. Comme je rentrais content, décidé à terminer d'un jour à l'autre une existence dont je croyais que la fin dépendait de ma seule volonté, ma mère me dit, entendant que je faisais dire au chauffeur d'aller chercher Albertine après dîner : « Comme tu dépenses de l'argent ! (Françoise, dans son langage simple et expressif, disait avec plus de force : « L'argent file. ») Tâche, continua maman, de ne pas devenir comme Charles de Sévigné, dont sa mère disait : "Sa main est un creuset où l'argent se fond[1]." Et puis je crois que tu es vraiment assez sorti avec Albertine. Je t'assure que c'est exagéré, que même pour elle cela peut sembler ridicule. J'ai été enchantée que cela te distraie, je ne te demande pas de ne plus la voir, mais enfin qu'il ne soit pas impossible de vous rencontrer l'un sans l'autre. » Ma vie avec Albertine, vie dénuée de grands plaisirs — au moins de grands plaisirs perçus — cette vie que je comptais changer d'un jour à l'autre, en choisissant une heure de calme, me redevint tout d'un coup pour un temps nécessaire, quand par ces paroles de maman elle se trouva menacée. Je dis à ma mère que ses paroles venaient de retarder de deux mois peut-être la décision qu'elles demandaient et qui sans elles eût été prise avant la fin de la semaine. Maman se mit à rire (pour ne pas m'attrister) de l'effet qu'avaient produit instantanément ses conseils, et me promit de ne pas m'en reparler pour ne pas empêcher que renaquît ma bonne intention. Mais depuis la mort de ma grand-mère, chaque fois que maman se laissait aller à rire, le rire commencé s'arrêtait net et s'achevait sur une expression presque sanglotante de souffrance, soit par le remords d'avoir pu un instant oublier, soit par la recrudescence dont cet oubli si bref avait ravivé encore sa cruelle préoccupation. Mais à celle que lui causait le souvenir de ma grand-mère, installé en ma mère comme une idée fixe, je sentis que cette fois s'en ajoutait une autre, qui avait trait à moi, à ce que ma mère redoutait des suites de mon intimité avec Albertine ; intimité qu'elle n'osa pourtant pas entraver à cause de ce que je venais de lui dire. Mais elle ne parut pas persuadée que je ne me trompais pas. Elle se rappelait pendant combien d'années ma grand-mère et elle ne m'avaient plus parlé de mon travail et d'une règle de vie plus hygiénique que, disais-je, l'agitation où me mettaient leurs exhortations m'empêchait seule de commencer, et que malgré leur silence obéissant, je n'avais pas poursuivie. Après le dîner l'auto ramenait Albertine ; il faisait encore un peu jour ; l'air était moins chaud, mais après une brûlante journée nous rêvions tous deux de fraîcheurs inconnues ; alors à nos yeux enfiévrés la lune tout étroite parut d'abord (telle le soir où j'étais allé chez la princesse de Guermantes et où Albertine m'avait téléphoné) comme la légère et mince pelure, puis comme le frais quartier d'un fruit[1] qu'un invisible couteau commençait à écorcer dans le ciel. Quelquefois aussi, c'était moi qui allais chercher mon amie, un peu plus tard alors ; elle devait m'attendre devant les arcades du marché, à Maineville. Aux premiers moments je ne la distinguais pas ; je m'inquiétais déjà qu'elle ne dût pas venir, qu'elle eût mal compris. Alors je la voyais dans sa blouse blanche à pois bleus, sauter à côté de moi dans la voiture avec le bond léger plus d'un jeune animal que d'une jeune fille. Et c'est comme une chienne encore qu'elle commençait aussitôt à me caresser sans fin. Quand la nuit était tout à fait venue et que, comme me disait le directeur de l'hôtel, le ciel était tout parcheminé d'étoiles, si nous n'allions pas nous promener en forêt avec une bouteille de champagne, sans nous inquiéter des promeneurs déambulant encore sur la digue faiblement éclairée, mais qui n'auraient rien distingué à deux pas sur le sable noir, nous nous étendions en contrebas des dunes ; ce même corps dans la souplesse duquel vivait toute la grâce féminine, marine et sportive, des jeunes filles que j'avais vues passer la première fois devant l'horizon du flot, je le tenais serré contre le mien, sous une même couverture, tout au bord de la mer immobile divisée par un rayon tremblant ; et nous l'écoutions sans nous lasser et avec le même plaisir, soit quand elle retenait sa respiration, assez longtemps suspendue pour qu'on crût le reflux arrêté, soit quand elle exhalait enfin à nos pieds le murmure attendu et retardé. Je finissais par ramener Albertine à Parville. Arrivé devant chez elle, il fallait interrompre nos baisers de peur qu'on ne nous vît ; n'ayant pas envie de se coucher, elle revenait avec moi jusqu'à Balbec, d'où je la ramenais une dernière fois à Parville ; les chauffeurs de ces premiers temps de l'automobile étaient des gens qui se couchaient à n'importe quelle heure. Et de fait je ne rentrais à Balbec qu'avec la première humidité matinale, seul cette fois, mais encore tout entouré de la présence de mon amie, gorgé d'une provision de baisers longue à épuiser. Sur ma table je trouvais un télégramme ou une carte postale. C'était d'Albertine encore ! Elle les avait écrits à Quetteholme pendant que j'étais parti seul en auto et pour me dire qu'elle pensait à moi. Je me mettais au lit en les relisant. Alors j'apercevais au-dessus des rideaux la raie du grand jour et je me disais que nous devions nous aimer tout de même pour avoir passé la nuit à nous embrasser. Quand le lendemain matin je voyais Albertine sur la digue, j'avais si peur qu'elle me répondît qu'elle n'était pas libre ce jour-là et ne pouvait acquiescer à ma demande de nous promener ensemble, que cette demande je retardais le plus que je pouvais de la lui adresser. J'étais d'autant plus inquiet qu'elle avait l'air froid, préoccupé ; des gens de sa connaissance passaient ; sans doute avait-elle formé pour l'après-midi des projets dont j'étais exclu. Je la regardais, je regardais ce corps charmant, cette tête rose d'Albertine, dressant en face de moi l'énigme de ses intentions, la décision inconnue qui devait faire le bonheur ou le malheur de mon après-midi. C'était tout un état d'âme, tout un avenir d'existence qui avait pris devant moi la forme allégorique et fatale d'une jeune fille. Et quand enfin je me décidais, quand de l'air le plus indifférent que je pouvais, je demandais : « Est-ce que nous nous promenons ensemble tantôt et ce soir ? » et qu'elle me répondait : « Très volontiers », alors tout le brusque remplacement, dans la figure rose, de ma longue inquiétude par une quiétude délicieuse, me rendait encore plus précieuses ces formes auxquelles je devais perpétuellement le bien-être, l'apaisement qu'on éprouve après qu'un orage a éclaté. Je me répétais : « Comme elle est gentille, quel être adorable ! » dans une exaltation moins féconde que celle due à l'ivresse, à peine plus profonde que celle de l'amitié, mais très supérieure à celle de la vie mondaine. Nous ne décommandions l'automobile que les jours où il y avait un dîner chez les Verdurin, et ceux où Albertine n'étant pas libre de sortir avec moi, j'en eusse profité pour prévenir les gens qui désiraient me voir que je resterais à Balbec. Je donnais à Saint-Loup autorisation de venir ces jours-là, mais ces jours-là seulement. Car une fois qu'il était arrivé à l'improviste, j'avais préféré me priver de voir Albertine plutôt que de risquer qu'il la rencontrât, que fût compromis l'état de calme heureux où je me trouvais depuis quelque temps et que fût ma jalousie renouvelée. Et je n'avais été tranquille qu'une fois Saint-Loup reparti. Aussi s'astreignait-il avec regret, mais scrupule, à ne jamais venir à Balbec sans appel de ma part. Jadis songeant avec envie aux heures que Mme de Guermantes passait avec lui, j'attachais un tel prix à le voir ! Les êtres ne cessent pas de changer de place par rapport à nous. Dans la marche insensible mais éternelle du monde, nous les considérons comme immobiles dans un instant de vision, trop court pour que le mouvement qui les entraîne soit perçu. Mais nous n'avons qu'à choisir dans notre mémoire deux images prises d'eux à des moments différents, assez rapprochés cependant pour qu'ils n'aient pas changé en eux-mêmes, du moins sensiblement, et la différence des deux images mesure le déplacement qu'ils ont opéré par rapport à nous. Il m'inquiéta affreusement en me parlant des Verdurin, j'avais peur qu'il ne me demandât à y être reçu, ce qui eût suffi, à cause de la jalousie que je n'eusse cessé de ressentir, à gâter tout le plaisir que j'y trouvais avec Albertine. Mais heureusement Robert m'avoua tout au contraire qu'il désirait par-dessus tout ne pas les connaître. « Non, me dit-il, je trouve ce genre de milieux cléricaux exaspérants. » Je ne compris pas d'abord l'adjectif « clérical » appliqué aux Verdurin, mais la fin de la phrase de Saint-Loup m'éclaira sa pensée, ses concessions à des modes de langage qu'on est souvent étonné de voir adopter par des hommes intelligents. « Ce sont des milieux, me dit-il, où on fait tribu, où on fait congrégation et chapelle. Tu ne me diras pas que ce n'est pas une petite secte ; on est tout miel pour les gens qui en sont, on n'a pas assez de dédain pour les gens qui n'en sont pas. La question n'est pas comme pour Hamlet d'être ou de ne pas être, mais d'en être ou de ne pas en être. Tu en es, mon oncle Charlus en est. Que veux-tu ? moi je n'ai jamais aimé ça, ce n'est pas ma faute. »

Bien entendu la règle que j'avais imposée à Saint-Loup de ne me venir voir que sur un appel de moi, je l'édictai aussi stricte pour n'importe laquelle des personnes avec qui je m'étais peu à peu lié à La Raspelière, à Féterne, à Montsurvent et ailleurs ; et quand j'apercevais de l'hôtel la fumée du train de trois heures qui dans l'anfractuosité des falaises de Parville, laissait son panache stable qui restait longtemps accroché au flanc des pentes vertes, je n'avais aucune hésitation sur le visiteur qui allait venir goûter avec moi et m'était encore, à la façon d'un dieu, dérobé sous ce petit nuage. Je suis obligé d'avouer que ce visiteur, préalablement autorisé par moi à venir, ne fut presque jamais Saniette, et je me le suis bien souvent reproché. Mais la conscience que Saniette avait d'ennuyer (naturellement encore bien plus en venant faire une visite qu'en racontant une histoire) faisait que bien qu'il fût plus instruit, plus intelligent et meilleur que bien d'autres, il semblait impossible d'éprouver auprès de lui, non seulement aucun plaisir, mais autre chose qu'un spleen presque intolérable et qui vous gâtait votre après-midi. Probablement si Saniette avait avoué franchement cet ennui qu'il craignait de causer, on n'eût pas redouté ses visites. L'ennui est un des maux les moins graves qu'on ait à supporter, le sien n'existait peut-être que dans l'imagination des autres, ou lui avait été inoculé grâce à une sorte de suggestion par eux, laquelle avait trouvé prise sur son agréable modestie. Mais il tenait tant à ne pas laisser voir qu'il n'était pas recherché, qu'il n'osait pas s'offrir. Certes il avait raison de ne pas faire comme les gens qui sont si contents de donner des coups de chapeau dans un lieu public, que ne vous ayant pas vu depuis longtemps et vous apercevant dans une loge avec des personnes brillantes qu'ils ne connaissent pas, ils vous jettent un bonjour furtif et retentissant en s'excusant sur le plaisir, sur l'émotion qu'ils ont eus à vous apercevoir, à constater que vous renouez avec les plaisirs, que vous avez bonne mine, etc. Mais Saniette, au contraire, manquait par trop d'audace. Il aurait pu, chez Mme Verdurin ou dans le petit tram, me dire qu'il aurait grand plaisir à venir me voir à Balbec s'il ne craignait pas de me déranger. Une telle proposition ne m'eût pas effrayé. Au contraire il n'offrait rien, mais avec un visage torturé et un regard aussi indestructible qu'un émail cuit, mais dans la composition duquel entrait, avec un désir pantelant de vous voir — à moins qu'il ne trouvât quelqu'un d'autre de plus amusant — la volonté de ne pas laisser voir ce désir, il me disait d'un air détaché : « Vous ne savez pas ce que vous faites ces jours-ci ? Parce que j'irai sans doute près de Balbec. Mais non, cela ne fait rien, je vous le demandais par hasard. » Cet air ne trompait pas, et les signes inverses à l'aide desquels nous exprimons nos sentiments par leur contraire sont d'une lecture si claire qu'on se demande comment il y a encore des gens qui disent par exemple : « J'ai tant d'invitations que je ne sais où donner de la tête » pour dissimuler qu'ils ne sont pas invités. Mais de plus cet air détaché, à cause probablement de ce qui entrait dans sa composition trouble, vous causait ce que n'eût jamais pu faire la crainte de l'ennui ou le franc aveu du désir de vous voir, c'est-à-dire cette espèce de malaise, de répulsion qui, dans l'ordre des relations de simple politesse sociale, est l'équivalent de ce qu'est dans l'amour, l'offre déguisée que fait à une dame l'amoureux qu'elle n'aime pas, de la voir le lendemain, tout en protestant qu'il n'y tient pas, ou même pas cette offre, mais une attitude de fausse froideur. Aussitôt émanait de la personne de Saniette je ne sais quoi qui faisait qu'on lui répondait de l'air le plus tendre du monde : « Non, malheureusement, cette semaine, je vous expliquerai... » Et je laissais venir à la place des gens qui étaient loin de le valoir mais qui n'avaient pas son regard chargé de la mélancolie, et sa bouche plissée de toute l'amertume de toutes les visites qu'il avait envie, en la leur taisant, de faire aux uns et aux autres. Malheureusement il était bien rare que Saniette ne rencontrât pas dans le tortillard l'invité qui venait me voir, si même celui-ci ne m'avait pas dit, chez les Verdurin : « N'oubliez pas que je vais vous voir jeudi », jour où j'avais précisément dit à Saniette ne pas être libre. De sorte qu'il finissait par imaginer la vie comme remplie de divertissements organisés à son insu, sinon même contre lui. D'autre part, comme on n'est jamais tout un, ce trop discret était maladivement indiscret. La seule fois où par hasard il vint me voir malgré moi, une lettre, je ne sais de qui, traînait sur la table. Au bout d'un instant je vis qu'il n'écoutait que distraitement ce que je lui disais. La lettre, dont il ignorait complètement la provenance, le fascinait et je croyais à tout moment que ses prunelles émaillées allaient se détacher de leur orbite pour rejoindre la lettre quelconque mais que sa curiosité aimantait. On aurait dit un oiseau qui va se jeter fatalement sur un serpent. Finalement il n'y put tenir, la changea de place d'abord comme pour mettre de l'ordre dans ma chambre. Cela ne lui suffisant plus, il la prit, la tourna, la retourna, comme machinalement. Une autre forme de son indiscrétion, c'était que rivé à vous il ne pouvait partir. Comme j'étais souffrant ce jour-là, je lui demandai de reprendre le train suivant et de partir dans une demi-heure. Il ne doutait pas que je souffrisse, mais me répondit : « Je resterai une heure un quart et après je partirai. » Depuis, j'ai souffert de ne pas lui avoir dit, chaque fois où je le pouvais, de venir. Qui sait ? Peut-être eussé-je conjuré son mauvais sort, d'autres l'eussent invité pour qui il m'eût immédiatement lâché, de sorte que mes invitations auraient eu le double avantage de lui rendre la joie et de me débarrasser de lui.

Les jours qui suivaient ceux où j'avais reçu, je n'attendais naturellement pas de visites et l'automobile revenait nous chercher, Albertine et moi. Et quand nous rentrions, Aimé, sur le premier degré de l'hôtel, ne pouvait s'empêcher, avec des yeux passionnés, curieux et gourmands, de regarder quel pourboire je donnais au chauffeur. J'avais beau enfermer ma pièce ou mon billet dans ma main close, les regards d'Aimé écartaient mes doigts. Il détournait la tête au bout d'une seconde car il était discret, bien élevé et même se contentait lui-même de bénéfices relativement petits. Mais l'argent qu'un autre recevait excitait en lui une curiosité incompressible et lui faisait venir l'eau à la bouche. Pendant ces courts instants il avait l'air attentif et fiévreux d'un enfant qui lit un roman de Jules Verne, ou d'un dîneur assis non loin de vous, dans un restaurant, et qui voyant qu'on vous découpe un faisan que lui-même ne peut pas ou ne veut pas s'offrir, délaisse un instant ses pensées sérieuses pour attacher sur la volaille un regard que font sourire l'amour et l'envie.

Ainsi se succédaient quotidiennement ces promenades en automobile. Mais une fois, au moment où je remontais par l'ascenseur, le lift me dit : « Ce monsieur est venu, il m'a laissé une commission pour vous. » Le lift me dit ces mots d'une voix absolument cassée et en me toussant et crachant à la figure. « Quel rhume que je tiens ! » ajouta-t-il, comme si je n'étais pas capable de m'en apercevoir tout seul. « Le docteur dit que c'est la coqueluche », et il recommença à tousser et à cracher sur moi. « Ne vous fatiguez pas à parler », lui dis-je d'un air de bonté, lequel était feint. Je craignais de prendre la coqueluche qui, avec ma disposition aux étouffements, m'eût été fort pénible. Mais il mit sa gloire, comme un virtuose qui ne veut pas se faire porter malade, à parler et à cracher tout le temps. « Non, ça ne fait rien, dit-il (pour vous peut-être, pensai-je, mais pas pour moi). Du reste je vais bientôt rentrer à Paris (tant mieux, pourvu qu'il ne me la passe pas avant). Il paraît, reprit-il, que Paris c'est très superbe. Cela doit être encore plus superbe qu'ici et qu'à Monte-Carlo, quoique des chasseurs, même des clients, et jusqu'à des maîtres d'hôtel qui allaient à Monte-Carlo pour la saison, m'aient souvent dit que Paris était moins superbe que Monte-Carlo. Ils se gouraient peut-être, et pourtant pour être maître d'hôtel, il ne faut pas être un imbécile ; pour prendre toutes les commandes, retenir les tables, il en faut une tête ! On m'a dit que c'était encore plus terrible que d'écrire des pièces et des livres. » Nous étions presque arrivés à mon étage quand le lift me fit redescendre jusqu'en bas parce qu'il trouvait que le bouton fonctionnait mal, et en un clin d'œil il l'arrangea. Je lui dis que je préférais remonter à pied, ce qui voulait dire et cacher que je préférais ne pas prendre la coqueluche. Mais d'un accès de toux cordial et contagieux, le lift me rejeta dans l'ascenseur. « Ça ne risque plus rien, maintenant, j'ai arrangé le bouton. » Voyant qu'il ne cessait pas de parler, préférant connaître le nom du visiteur et la commission qu'il avait laissée, au parallèle entre les beautés de Balbec, Paris et Monte-Carlo, je lui dis (comme à un ténor qui vous excède avec Benjamin Godard[1] : Chantez-moi de préférence du Debussy) : « Mais qui est-ce qui est venu pour me voir ? — C'est le monsieur avec qui vous êtes sorti hier. Je vais aller chercher sa carte qui est chez mon concierge. » Comme la veille j'avais déposé Robert de Saint-Loup à la station de Doncières avant d'aller chercher Albertine, je crus que le lift voulait parler de Saint-Loup, mais c'était le chauffeur. Et en le désignant par ces mots : « le monsieur avec qui vous êtes sorti », il m'apprenait par la même occasion qu'un ouvrier est tout aussi bien un monsieur que ne l'est un homme du monde. Leçon de mots seulement. Car pour la chose, je n'avais jamais fait de distinction entre les classes. Et si j'avais, à entendre appeler un chauffeur un monsieur, le même étonnement que le comte X... qui ne l'était que depuis huit jours et à qui, ayant dit : « la comtesse a l'air fatiguée », je fis tourner la tête derrière lui pour voir de qui je voulais parler, c'était simplement par manque d'habitude du vocabulaire ; je n'avais jamais fait de différence entre les ouvriers, les bourgeois et les grands seigneurs, et j'aurais pris indifféremment les uns et les autres pour amis, avec une certaine préférence pour les ouvriers, et après cela pour les grands seigneurs, non par goût, mais sachant qu'on peut exiger d'eux plus de politesse envers les ouvriers qu'on ne l'obtient de la part des bourgeois, soit que les grands seigneurs ne dédaignent pas les ouvriers comme font les bourgeois, ou bien parce qu'ils sont volontiers polis envers n'importe qui, comme les jolies femmes heureuses de donner un sourire qu'elles savent accueilli avec tant de joie. Je ne peux du reste pas dire que cette façon que j'avais de mettre les gens du peuple sur le pied d'égalité avec les gens du monde, si elle fut très bien admise de ceux-ci, satisfît en revanche toujours pleinement ma mère. Non qu'humainement elle fît une différence quelconque entre les êtres, et si jamais Françoise avait du chagrin ou était souffrante, elle était toujours consolée et soignée par maman avec la même amitié, avec le même dévouement que sa meilleure amie. Mais ma mère était trop la fille de mon grand-père pour ne pas faire socialement acception des castes. Les gens de Combray avaient beau avoir du cœur, de la sensibilité, acquérir les plus belles théories sur l'égalité humaine, ma mère, quand un valet de chambre s'émancipait, disait une fois « vous » et glissait insensiblement à ne plus me parler à la troisième personne, avait de ces usurpations le même mécontentement qui éclate dans les *Mémoires* de Saint-Simon chaque fois qu'un seigneur qui n'y a pas droit saisit un prétexte de prendre la qualité d'« Altesse » dans un acte authentique, ou de ne pas rendre aux ducs ce qu'il leur devait et ce dont peu à peu il se dispense. Il y avait un « esprit de Combray » si réfractaire qu'il faudra des siècles de bonté (celle de ma mère était infinie), de théories égalitaires, pour arriver à le dissoudre. Je ne peux pas dire que chez ma mère certaines parcelles de cet esprit ne fussent pas restées insolubles. Elle eût donné aussi difficilement la main à un valet de chambre qu'elle lui donnait aisément dix francs (lesquels lui faisaient du reste beaucoup plus de plaisir). Pour elle, qu'elle l'avouât ou non, les maîtres étaient les maîtres et les domestiques étaient les gens qui mangeaient à la cuisine. Quand elle voyait un chauffeur d'automobile dîner avec moi dans la salle à manger, elle n'était pas absolument contente et me disait : « Il me semble que tu pourrais avoir mieux comme ami qu'un mécanicien », comme elle aurait dit, s'il se fût agi de mariage : « Tu pourrais trouver mieux comme parti. » Le chauffeur (heureusement je ne songeai jamais à inviter celui-là) était venu me dire que la Compagnie d'autos qui l'avait envoyé à Balbec pour la saison lui faisait rejoindre Paris dès le lendemain. Cette raison, d'autant plus que le chauffeur était charmant et s'exprimait si simplement qu'on eût toujours dit paroles d'Évangile, nous sembla devoir être conforme à la vérité. Elle ne l'était qu'à demi. Il n'y avait en effet plus rien à faire à Balbec. Et en tous cas la Compagnie n'ayant qu'à demi confiance dans la véracité du jeune évangéliste, appuyé sur sa roue de consécration, désirait qu'il revînt au plus vite à Paris. Et en effet si le jeune apôtre accomplissait miraculeusement la multiplication des kilomètres quand il les comptait à M. de Charlus, en revanche dès qu'il s'agissait de rendre compte à sa Compagnie, il divisait par six ce qu'il avait gagné. En conclusion de quoi la Compagnie, pensant, ou bien que personne ne faisait plus de promenades à Balbec, ce que la saison rendait vraisemblable, soit qu'elle était volée, trouvait dans l'une et l'autre hypothèse que le mieux était de le rappeler à Paris où on ne faisait d'ailleurs pas grand-chose. Le désir du chauffeur était d'éviter si possible la morte saison. J'ai dit — ce que j'ignorais alors et ce dont la connaissance m'eût évité bien des chagrins — qu'il était très lié (sans qu'ils eussent jamais l'air de se connaître devant les autres) avec Morel[1]. À partir du jour où il fut rappelé, sans savoir encore qu'il avait un moyen de ne pas partir, nous dûmes nous contenter pour nos promenades de louer une voiture, ou quelquefois, pour distraire Albertine et comme elle aimait l'équitation, des chevaux de selle. Les voitures étaient mauvaises. « Quel tacot ! » disait Albertine. J'aurais d'ailleurs souvent aimé d'y être seul. Sans vouloir me fixer une date je souhaitais que prît fin cette vie à laquelle je reprochais de me faire renoncer, non pas même tant au travail qu'au plaisir. Pourtant il arrivait aussi que les habitudes qui me retenaient fussent soudain abolies, le plus souvent quand quelque ancien moi, plein du désir de vivre avec allégresse, remplaçait pour un instant le moi actuel. J'éprouvai notamment ce désir d'évasion un jour qu'ayant laissé Albertine chez sa tante, j'étais allé à cheval voir les Verdurin et que j'avais pris dans les bois une route sauvage dont ils m'avaient vanté la beauté. Épousant les formes de la falaise, tour à tour elle montait, puis resserrée entre des bouquets d'arbres épais, elle s'enfonçait en gorges sauvages. Un instant, les rochers dénudés dont j'étais entouré, la mer qu'on apercevait par leurs déchirures, flottèrent devant mes yeux comme des fragments d'un autre univers : j'avais reconnu le paysage montagneux et marin qu'Elstir a donné pour cadre à ces deux admirables aquarelles, « Poète rencontrant une Muse », « Jeune homme rencontrant un Centaure », que j'avais vues chez la duchesse de Guermantes[1]. Leur souvenir replaçait les lieux où je me trouvais tellement en dehors du monde actuel que je n'aurais pas été étonné si, comme le jeune homme de l'âge antéhistorique que peint Elstir, j'avais au cours de ma promenade croisé un personnage mythologique. Tout à coup mon cheval se cabra ; il avait entendu un bruit singulier, j'eus peine à le maîtriser et à ne pas être jeté à terre, puis je levai vers le point d'où semblait venir ce bruit mes yeux pleins de larmes, et je vis à une cinquantaine de mètres au-dessus de moi, dans le soleil, entre deux grandes ailes d'acier étincelant qui l'emportaient, un être dont la figure peu distincte me parut ressembler à celle d'un homme. Je fus aussi ému que pouvait l'être un Grec qui voyait pour la première fois un demi-dieu. Je pleurais aussi, car j'étais prêt à pleurer du moment que j'avais reconnu que le bruit venait d'au-dessus de ma tête — les aéroplanes étaient encore rares à cette époque — à la pensée que ce que j'allais voir pour la première fois c'était un aéroplane. Alors, comme quand on sent venir dans un journal une parole émouvante, je n'attendais que d'avoir aperçu l'avion pour fondre en larmes. Cependant l'aviateur sembla hésiter sur sa voie ; je sentais ouvertes devant lui — devant moi si l'habitude ne m'avait pas fait prisonnier — toutes les routes de l'espace, de la vie ; il poussa plus loin, plana quelques instants au-dessus de la mer, puis prenant brusquement son parti, semblant céder à quelque attraction inverse de celle de la pesanteur, comme retournant dans sa patrie, d'un léger mouvement de ses ailes d'or il piqua droit vers le ciel[1].

Pour revenir au mécanicien, il demanda non seulement à Morel que les Verdurin remplaçassent leur break par une auto (ce qui, étant donné la générosité des Verdurin à l'égard des fidèles, était relativement facile), mais chose plus malaisée, leur principal cocher, le jeune homme sensible et porté aux idées noires, par lui, le chauffeur. Cela fut exécuté en quelques jours de la façon suivante. Morel avait commencé par faire voler au cocher tout ce qui lui était nécessaire pour atteler. Un jour il ne trouvait pas le mors, un jour la gourmette. D'autres fois c'était son coussin de siège qui avait disparu, jusqu'à son fouet, sa couverture, le martinet, l'éponge, la peau de chamois. Mais il s'arrangea toujours avec des voisins ; seulement il arrivait en retard, ce qui agaçait contre lui M. Verdurin et le plongeait dans un état de tristesse et d'idées noires. Le chauffeur, pressé d'entrer, déclara à Morel qu'il allait revenir à Paris. Il fallait frapper un grand coup. Morel persuada aux domestiques de M. Verdurin que le jeune cocher avait déclaré qu'il les ferait tous tomber dans un guet-apens et se faisait fort d'avoir raison d'eux six, et il leur dit qu'ils ne pouvaient pas laisser passer cela. Pour sa part il ne pouvait pas s'en mêler, mais les prévenait afin qu'ils prissent les devants. Il fut convenu que pendant que M. et Mme Verdurin et leurs amis seraient en promenade, ils tomberaient tous à l'écurie sur le jeune homme. Je rapporterai, bien que ce ne fût que l'occasion de ce qui allait avoir lieu, mais parce que les personnages m'ont intéressé plus tard[1], qu'il y avait ce jour-là un ami des Verdurin en villégiature chez eux et à qui on voulait faire faire une promenade à pied avant son départ, fixé au soir même.

Ce qui me surprit beaucoup quand on partit en promenade, c'est que ce jour-là Morel qui venait avec nous en promenade à pied, où il devait jouer du violon dans les arbres, me dit : « Écoutez, j'ai mal au bras, je ne veux pas le dire à Mme Verdurin, mais priez-la d'emmener un de ses valets, par exemple Howsler ; il portera mes instruments. — Je crois qu'un autre serait mieux choisi, répondis-je. On a besoin de lui pour le dîner. » Une expression de colère passa sur le visage de Morel. « Mais non, je ne veux pas confier mon violon à n'importe qui. » Je compris plus tard la raison de cette préférence. Howsler était le frère très aimé du jeune cocher et s'il était resté à la maison, aurait pu lui porter secours. Pendant la promenade, assez bas pour que Howsler aîné ne pût nous entendre : « Voilà un bon garçon, dit Morel. Du reste son frère l'est aussi. S'il n'avait pas cette funeste habitude de boire... — Comment, boire ? dit Mme Verdurin, pâlissant à l'idée d'avoir un cocher qui buvait. — Vous ne vous en apercevez pas. Je me dis toujours que c'est un miracle qu'il ne lui soit pas arrivé d'accident pendant qu'il vous conduisait. — Mais il conduit donc d'autres personnes ? — Vous n'avez qu'à voir combien de fois il a versé, il a aujourd'hui la figure pleine d'ecchymoses. Je ne sais pas comment il ne s'est pas tué, il a cassé ses brancards. — Je ne l'ai pas vu aujourd'hui », dit Mme Verdurin tremblante à la pensée de ce qui aurait pu lui arriver à elle, « vous me désolez. » Elle voulut abréger la promenade pour rentrer, Morel choisit un air de Bach avec des variations infinies pour la faire durer. Dès le retour elle alla à la remise, vit le brancard neuf et Howsler en sang. Elle allait lui dire, sans lui faire aucune observation, qu'elle n'avait plus besoin de cocher et lui remettre de l'argent, mais de lui-même, ne voulant pas accuser ses camarades à l'animosité de qui il attribuait rétrospectivement le vol quotidien de toutes les selles, etc., et voyant que sa patience ne conduisait qu'à se faire laisser pour mort sur le carreau, il demanda à s'en aller, ce qui arrangea tout. Le chauffeur entra le lendemain et, plus tard, Mme Verdurin (qui avait été obligée d'en prendre un autre) fut si satisfaite de lui qu'elle me le recommanda chaleureusement comme homme d'absolue confiance. Moi qui ignorais tout, je le pris à la journée à Paris ; mais je n'ai que trop anticipé, tout cela se retrouvera dans l'histoire d'Albertine[1]. En ce moment nous sommes à La Raspelière où je viens dîner pour la première fois avec mon amie, et M. de Charlus avec Morel, fils supposé d'un « intendant » qui gagnait trente mille francs par an de fixe, avait une voiture et nombre de majordomes subalternes, de jardiniers, de régisseurs et de fermiers sous ses ordres. Mais puisque j'ai tellement anticipé, je ne veux cependant pas laisser le lecteur sous l'impression d'une méchanceté absolue qu'aurait eue Morel. Il était plutôt plein de contradictions, capable à certains jours d'une gentillesse véritable[1].

Je fus naturellement bien étonné d'apprendre que le cocher avait été mis à la porte, et bien plus de reconnaître dans son remplaçant le chauffeur qui nous avait promenés, Albertine et moi. Mais il me débita une histoire compliquée, selon laquelle il était censé être rentré à Paris d'où on l'avait demandé pour les Verdurin, et je n'eus pas une seconde de doute. Le renvoi du cocher fut cause que Morel causa un peu avec moi, afin de m'exprimer sa tristesse relativement au départ de ce brave garçon. Du reste, même en dehors des moments où j'étais seul et où il bondissait littéralement vers moi avec une expansion de joie, Morel, voyant que tout le monde me faisait fête à La Raspelière et sentant qu'il s'excluait volontairement de la familiarité de quelqu'un qui était sans danger pour lui, puisqu'il m'avait fait couper les ponts et ôté toute possibilité d'avoir envers lui des airs protecteurs (que je n'avais d'ailleurs nullement songé à prendre), cessa de se tenir éloigné de moi. J'attribuai son changement d'attitude à l'influence de M. de Charlus, laquelle en effet le rendait sur certains points moins borné, plus artiste, mais sur d'autres où il appliquait à la lettre les formules éloquentes, mensongères, et d'ailleurs momentanées, du maître, le bêtifiait encore davantage. Ce qu'avait pu lui dire M. de Charlus, ce fut en effet la seule chose que je supposai. Comment aurais-je pu deviner alors ce qu'on me dit ensuite (et dont je n'ai jamais été certain, les affirmations d'Andrée sur tout ce qui touchait Albertine, surtout plus tard, m'ayant toujours semblé fort sujettes à caution car, comme nous l'avons vu autrefois, elle n'aimait pas sincèrement mon amie et était jalouse d'elle), ce qui en tous cas, si c'était vrai, me fut remarquablement caché par tous les deux : qu'Albertine connaissait beaucoup Morel ? La nouvelle attitude que vers ce moment du renvoi du cocher, Morel adopta à mon égard, me permit de changer d'avis sur son compte. Je gardai de son caractère la vilaine idée que m'en avait fait concevoir la bassesse que ce jeune homme m'avait montrée quand il avait eu besoin de moi, suivie, tout aussitôt le service rendu, d'un dédain jusqu'à sembler ne pas me voir. À cela il fallait ajouter l'évidence de ses rapports de vénalité avec M. de Charlus, et aussi des instincts de bestialité sans suite dont la non-satisfaction (quand cela arrivait), ou les complications qu'ils entraînaient, causaient ses tristesses ; mais ce caractère n'était pas si uniformément laid et était plein de contradictions. Il ressemblait à un vieux livre du Moyen Âge, plein d'erreurs, de traditions absurdes, d'obscénités, il était extraordinairement composite. J'avais cru d'abord que son art, où il était vraiment passé maître, lui avait donné des supériorités qui dépassaient la virtuosité de l'exécutant. Une fois que je disais mon désir de me mettre au travail : « Travaillez, devenez illustre, me dit-il. — De qui est cela ? lui demandai-je. — De Fontanes à Chateaubriand[1]. » Il connaissait aussi une correspondance amoureuse de Napoléon[2]. Bien, pensai-je, il est lettré. Mais cette phrase qu'il avait lue je ne sais pas où, était sans doute la seule qu'il connût de toute la littérature ancienne et moderne, car il me la répétait chaque soir. Une autre qu'il répétait davantage pour m'empêcher de rien dire de lui à personne, c'était celle-ci, qu'il croyait également littéraire, qui est à peine française ou du moins n'offre aucune espèce de sens, sauf peut-être pour un domestique cachottier : « Méfions-nous des méfiants. » Au fond, en allant de cette stupide maxime jusqu'à la phrase de Fontanes à Chateaubriand, on eût parcouru toute une partie, variée mais moins contradictoire qu'il ne semble, du caractère de Morel. Ce garçon qui, pour peu qu'il y trouvât de l'argent, eût fait n'importe quoi, et sans remords — peut-être pas sans une contrariété bizarre, allant jusqu'à la surexcitation nerveuse, mais à laquelle le nom de remords irait fort mal — qui eût, s'il y trouvait son intérêt, plongé dans la peine, voire dans le deuil, des familles entières, ce garçon qui mettait l'argent au-dessus de tout et, sans parler de bonté, au-dessus des sentiments de simple humanité les plus naturels, ce même garçon mettait pourtant au-dessus de l'argent son diplôme de premier prix du Conservatoire et qu'on ne pût tenir aucun propos désobligeant sur lui à la classe de flûte ou de contrepoint. Aussi ses plus grandes colères, ses plus sombres et plus injustifiables accès de mauvaise humeur venaient-ils de ce qu'il appelait (en généralisant sans doute quelques cas particuliers où il avait rencontré des malveillants) la fourberie universelle. Il se flattait d'y échapper en ne parlant jamais de personne, en cachant son jeu, en se méfiant de tout le monde. (Pour mon malheur, à cause de ce qui devait en résulter après mon retour à Paris, sa méfiance n'avait pas « joué » à l'égard du chauffeur de Balbec, en qui il avait sans doute reconnu un pareil, c'est-à-dire contrairement à sa maxime, un méfiant dans la bonne acception du mot, un méfiant qui se tait obstinément devant les honnêtes gens et a tout de suite partie liée avec une crapule.) Il lui semblait — et ce n'était pas absolument faux — que cette méfiance lui permettrait de tirer toujours son épingle du jeu, de glisser, insaisissable, à travers les plus dangereuses aventures, et sans qu'on pût rien, non pas même prouver, mais avancer contre lui, dans l'établissement de la rue Bergère[1]. Il travaillerait, deviendrait illustre, serait peut-être un jour, avec une respectabilité intacte, maître du jury de violon aux concours de ce prestigieux Conservatoire[2].

Mais c'est peut-être encore mettre trop de logique dans la cervelle de Morel que d'y faire sortir les unes des autres les contradictions. En réalité sa nature était vraiment comme un papier sur lequel on a fait tant de plis dans tous les sens qu'il est impossible de s'y retrouver. Il semblait avoir des principes assez élevés, et avec une magnifique écriture, déparée par les plus grossières fautes d'orthographe, passait des heures à écrire à son frère qu'il avait mal agi avec ses sœurs, qu'il était leur aîné, leur appui ; à ses sœurs qu'elles avaient commis une inconvenance vis-à-vis de lui-même[3].

Bientôt même, l'été finissant, quand on descendait du train à Douville, le soleil amorti par la brume n'était déjà plus, dans le ciel uniformément mauve, qu'un bloc rouge. À la grande paix qui descend le soir sur ces prés drus et salins et qui avait conseillé à beaucoup de Parisiens, peintres pour la plupart, d'aller villégiaturer à Douville, s'ajoutait une humidité qui les faisait rentrer de bonne heure dans les petits chalets. Dans plusieurs de ceux-ci la lampe était déjà allumée. Seules quelques vaches restaient dehors à regarder la mer en meuglant, tandis que d'autres s'intéressant plus à l'humanité tournaient leur attention vers nos voitures. Seul un peintre qui avait dressé son chevalet sur une mince éminence travaillait à essayer de rendre ce grand calme, cette lumière apaisée. Peut-être les vaches allaient-elles lui servir inconsciemment et bénévolement de modèles, car leur air contemplatif et leur présence solitaire quand les humains sont rentrés, contribuaient à leur manière à la puissante impression de repos que dégage le soir. Et quelques semaines plus tard, la transposition ne fut pas moins agréable quand, l'automne s'avançant, les jours devinrent tout à fait courts et qu'il fallut faire ce voyage dans la nuit. Si j'avais été faire un tour dans l'après-midi, il fallait rentrer au plus tard s'habiller à cinq heures, où maintenant le soleil rond et rouge était déjà descendu au milieu de la glace oblique, jadis détestée, et comme quelque feu grégeois, incendiait la mer dans les vitres de toutes mes bibliothèques. Quelque geste incantateur ayant suscité, pendant que je passais mon smoking, le moi alerte et frivole qui était le mien quand j'allais avec Saint-Loup dîner à Rivebelle et le soir où j'avais cru emmener Mlle de Stermaria dîner dans l'île du Bois, je fredonnais inconsciemment le même air qu'alors ; et c'est seulement en m'en apercevant qu'à la chanson je reconnaissais le chanteur intermittent, lequel en effet ne savait que celle-là. La première fois que je l'avais chantée, je commençais d'aimer Albertine, mais je croyais que je ne la connaîtrais jamais. Plus tard à Paris, c'était quand j'avais cessé de l'aimer et quelques jours après l'avoir possédée pour la première fois[1]. Maintenant, c'était en l'aimant de nouveau et au moment d'aller dîner avec elle, au grand regret du directeur qui croyait que je finirais par habiter La Raspelière et lâcher son hôtel, et qui assurait avoir entendu dire qu'il régnait par là des fièvres dues aux marais du Bec et à leurs eaux « accroupies ». J'étais heureux de cette multiplicité que je voyais ainsi à ma vie déployée sur trois plans ; et puis, quand on redevient pour un instant un homme ancien, c'est-à-dire différent de celui qu'on est depuis longtemps, la sensibilité n'étant plus amortie par l'habitude reçoit des moindres chocs des impressions si vives qui font pâlir tout ce qui les a précédées et auxquelles, à cause de leur intensité, nous nous attachons avec l'exaltation passagère d'un ivrogne. Il faisait déjà nuit quand nous montions dans l'omnibus ou la voiture qui allait nous mener à la gare prendre le petit chemin de fer. Et dans le hall le premier président nous disait : « Ah ! vous allez à La Raspelière ! Sapristi, elle a du toupet, Mme Verdurin, de vous faire faire une heure de chemin de fer dans la nuit, pour dîner seulement. Et puis recommencer le trajet à dix heures du soir dans un vent de tous les diables. On voit bien qu'il faut que vous n'ayez rien à faire », ajoutait-il en se frottant les mains. Sans doute parlait-il ainsi par mécontentement de ne pas être invité, et aussi à cause de la satisfaction qu'ont les hommes « occupés » — fût-ce par le travail le plus sot — de « ne pas avoir le temps » de faire ce que vous faites.

Certes il est légitime que l'homme qui rédige des rapports, aligne des chiffres, répond à des lettres d'affaires, suit les cours de la Bourse, éprouve quand il vous dit en ricanant : « C'est bon pour vous qui n'avez rien à faire », un agréable sentiment de sa supériorité. Mais celle-ci s'affirmait tout aussi dédaigneuse, davantage même (car dîner en ville, l'homme occupé le fait aussi), si votre divertissement était d'écrire *Hamlet* ou seulement de le lire. En quoi les hommes occupés manquent de réflexion. Car la culture désintéressée, qui leur paraît comique passe-temps d'oisifs quand ils la surprennent au moment qu'on la pratique, ils devraient songer que c'est la même qui dans leur propre métier met hors de pair des hommes qui ne sont peut-être pas meilleurs magistrats ou administrateurs qu'eux, mais devant l'avancement rapide desquels ils s'inclinent en disant : « Il paraît que c'est un grand lettré, un individu tout à fait distingué. » Mais surtout le premier président ne se rendait pas compte que ce qui me plaisait dans ces dîners à La Raspelière, c'est que, comme il le disait avec raison, quoique par critique, ils « représentaient un vrai voyage », un voyage dont le charme me paraissait d'autant plus vif qu'il n'était pas son but à lui-même, qu'on n'y cherchait nullement le plaisir, celui-ci étant affecté à la réunion vers laquelle on se rendait et qui ne laissait pas d'être fort modifiée par toute l'atmosphère qui l'entourait. Il faisait déjà nuit maintenant quand j'échangeais la chaleur de l'hôtel — de l'hôtel devenu mon foyer — pour le wagon où nous montions avec Albertine et où le reflet de la lanterne sur la vitre apprenait, à certains arrêts du petit train poussif, qu'on était arrivé à une gare. Pour ne pas risquer que Cottard ne nous aperçût pas, et n'ayant pas entendu crier la station, j'ouvrais la portière, mais ce qui se précipitait dans le wagon ce n'était pas les fidèles, mais le vent, la pluie, le froid. Dans l'obscurité je distinguais les champs, j'entendais la mer, nous étions en rase campagne. Albertine, avant que nous rejoignions le petit noyau, se regardait dans un petit miroir extrait d'un nécessaire en or qu'elle emportait avec elle. En effet les premières fois, Mme Verdurin l'ayant fait monter dans son cabinet de toilette pour qu'elle s'arrangeât avant le dîner, j'avais, au sein du calme profond où je vivais depuis quelque temps, éprouvé un petit mouvement d'inquiétude et de jalousie à être obligé de laisser Albertine au pied de l'escalier, et je m'étais senti si anxieux pendant que j'étais seul au salon au milieu du petit clan et me demandais ce que mon amie faisait en haut, que j'avais le lendemain, par dépêche, après avoir demandé des indications à M. de Charlus sur ce qui se faisait de plus élégant, commandé chez Cartier un nécessaire qui était la joie d'Albertine et aussi la mienne[1]. Il était pour moi un gage de calme et aussi de la sollicitude de mon amie. Car elle avait certainement deviné que je n'aimais pas qu'elle restât sans moi chez Mme Verdurin et s'arrangeait à faire en wagon toute la toilette préalable au dîner.

Au nombre des habitués de Mme Verdurin, et le plus fidèle de tous, comptait maintenant depuis plusieurs mois M. de Charlus. Régulièrement, trois fois par semaine, les voyageurs qui stationnaient dans les salles d'attente ou sur le quai de Doncières-Ouest[1] voyaient passer ce gros homme aux cheveux gris, aux moustaches noires, les lèvres rougies d'un fard qui se remarque moins à la fin de la saison que l'été où le grand jour le rendait plus cru et la chaleur à demi liquide[2]. Tout en se dirigeant vers le petit chemin de fer, il ne pouvait s'empêcher (seulement par habitude de connaisseur, puisque maintenant il avait un sentiment qui le rendait chaste ou du moins, la plupart du temps, fidèle) de jeter sur les hommes de peine, les militaires, les jeunes gens en costume de tennis, un regard furtif, à la fois inquisitorial et timoré, après lequel il baissait aussitôt ses paupières sur ses yeux presque clos avec l'onction d'un ecclésiastique en train de dire son chapelet, avec la réserve d'une épouse vouée à son unique amour ou d'une jeune fille bien élevée. Les fidèles étaient d'autant plus persuadés qu'il ne les avait pas vus, qu'il montait dans un compartiment autre que le leur (comme faisait souvent aussi la princesse Sherbatoff), en homme qui ne sait point si l'on sera content ou non d'être vu avec lui et qui vous laisse la faculté de venir le trouver si vous en avez l'envie. Celle-ci n'avait pas été éprouvée les toutes premières fois par le docteur qui avait voulu que nous le laissions seul dans son compartiment. Portant beau son caractère hésitant depuis qu'il avait une grande situation médicale, c'est en souriant, en se renversant en arrière, en regardant Ski par-dessus le lorgnon, qu'il dit par malice ou pour surprendre de biais l'opinion des camarades : « Vous comprenez, si j'étais seul, garçon... mais à cause de ma femme, je me demande si je peux le laisser voyager avec nous après ce que vous m'avez dit, chuchota le docteur. — Qu'est-ce que tu dis ? demanda Mme Cottard. — Rien, cela ne te regarde pas, ce n'est pas pour les femmes », répondit en clignant de l'œil le docteur, avec une majestueuse satisfaction de lui-même qui tenait le milieu entre l'air pince-sans-rire qu'il gardait devant ses élèves et ses malades et l'inquiétude qui accompagnait jadis ses traits d'esprit chez les Verdurin, et il continua à parler tout bas. Mme Cottard ne distingua que les mots « de la confrérie » et « tapette », et comme dans le langage du docteur le premier désignait la race juive et le second les langues bien pendues, Mme Cottard conclut que M. de Charlus devait être un Israélite bavard. Elle ne comprit pas qu'on tînt le baron à l'écart à cause de cela, trouva de son devoir de doyenne du clan d'exiger qu'on ne le laissât pas seul et nous nous acheminâmes tous vers le compartiment de M. de Charlus, guidés par Cottard toujours perplexe. Du coin où il lisait un volume de Balzac, M. de Charlus perçut cette hésitation ; il n'avait pourtant pas levé les yeux. Mais comme les sourds-muets reconnaissent à un courant d'air insensible pour les autres, que quelqu'un arrive derrière eux, il avait pour être averti de la froideur qu'on avait à son égard, une véritable hyperacuité sensorielle. Celle-ci, comme elle a coutume de faire dans tous les domaines, avait engendré chez M. de Charlus des souffrances imaginaires. Comme ces névropathes qui, sentant une légère fraîcheur, induisent qu'il doit y avoir une fenêtre ouverte à l'étage au-dessus, entrent en fureur et commencent à éternuer, M. de Charlus, si une personne avait devant lui montré un air préoccupé, concluait qu'on avait répété à cette personne un propos qu'il avait tenu sur elle. Mais il n'y avait même pas besoin qu'on eût l'air distrait, ou l'air sombre, ou l'air rieur, il les inventait. En revanche la cordialité lui masquait aisément les médisances qu'il ne connaissait pas. Ayant deviné la première fois l'hésitation de Cottard, si, au grand étonnement des fidèles qui ne se croyaient pas aperçus encore par le liseur aux yeux baissés, il leur tendit la main quand ils furent à distance convenable, il se contenta d'une inclinaison de tout le corps aussitôt vivement redressé, pour Cottard, sans prendre avec sa main gantée de suède la main que le docteur lui avait tendue. « Nous avons tenu absolument à faire route avec vous, monsieur, et à ne pas vous laisser comme cela seul dans votre petit coin. C'est un grand plaisir pour nous, dit avec bonté Mme Cottard au baron. — Je suis très honoré, récita le baron en s'inclinant d'un air froid. — J'ai été très heureuse d'apprendre que vous aviez définitivement choisi ce pays pour y fixer vos tabern... » Elle allait dire tabernacles, mais ce mot lui sembla hébraïque et désobligeant pour un Juif qui pourrait y voir une allusion. Aussi se reprit-elle pour choisir une autre des expressions qui lui étaient familières, c'est-à-dire une expression solennelle : « pour y fixer, je voulais dire "vos pénates" (il est vrai que ces divinités n'appartiennent pas à la religion chrétienne non plus, mais à une qui est morte depuis si longtemps qu'elle n'a plus d'adeptes qu'on puisse craindre de froisser). Nous, malheureusement, avec la rentrée des classes, le service d'hôpital du docteur, nous ne pouvons jamais bien longtemps élire domicile dans un même endroit. » Et lui montrant un carton : « Voyez d'ailleurs comme nous autres femmes nous sommes moins heureuses que le sexe fort ; pour aller aussi près que chez nos amis Verdurin nous sommes obligées d'emporter avec nous toute une gamme d'impedimenta. » Moi je regardais pendant ce temps-là le volume de Balzac du baron. Ce n'était pas un exemplaire broché, acheté au hasard comme le volume de Bergotte qu'il m'avait prêté la première année. C'était un livre de sa bibliothèque et comme tel portant la devise : « Je suis au baron de Charlus », à laquelle faisaient place parfois, pour montrer le goût studieux des Guermantes : « *In prœliis non semper* », et une autre encore : « *Non sine labore*[1] ». Mais nous les verrons bientôt remplacées par d'autres, pour tâcher de plaire à Morel. Mme Cottard, au bout d'un instant, prit un sujet qu'elle trouvait plus personnel au baron. « Je ne sais pas si vous êtes de mon avis, monsieur, lui dit-elle au bout d'un instant, mais je suis très large d'idées et selon moi, pourvu qu'on les pratique sincèrement, toutes les religions sont bonnes. Je ne suis pas comme les gens que la vue d'un... protestant rend hydrophobes. — On m'a appris que la mienne était la vraie », répondit M. de Charlus. « C'est un fanatique, pensa Mme Cottard ; Swann, sauf sur la fin, était plus tolérant, il est vrai qu'il était converti. » Or tout au contraire, le baron était non seulement chrétien comme on le sait, mais pieux à la façon du Moyen Âge. Pour lui, comme pour les sculpteurs du XIIIe siècle, l'Église chrétienne était, au sens vivant du mot, peuplée d'une foule d'êtres, crus parfaitement réels : prophètes, apôtres, anges, saints personnages de toute sorte, entourant le Verbe incarné, sa mère et son époux, le Père éternel, tous les martyrs et docteurs, tels que leur peuple en plein relief se presse au porche ou remplit le vaisseau des cathédrales. Entre eux tous M. de Charlus avait choisi comme patrons intercesseurs les archanges Michel, Gabriel et Raphaël, avec lesquels il avait de fréquents entretiens pour qu'ils communiquassent ses prières au Père éternel, devant le trône de qui ils se tiennent. Aussi l'erreur de Mme Cottard m'amusa-t-elle beacoup.

Pour quitter le terrain religieux, disons que le docteur, venu à Paris avec le maigre bagage de conseils d'une mère paysanne, puis absorbé par les études presque purement matérielles auxquelles ceux qui veulent pousser loin leur carrière médicale sont obligés de se consacrer pendant un grand nombre d'années, ne s'était jamais cultivé ; il avait acquis plus d'autorité, mais non pas d'expérience ; il prit à la lettre ce mot d'« honoré », en fut à la fois satisfait parce qu'il était vaniteux et affligé parce qu'il était bon garçon. « Ce pauvre de Charlus, dit-il le soir à sa femme, il m'a fait de la peine quand il m'a dit qu'il était honoré de voyager avec nous. On sent, le pauvre diable, qu'il n'a pas de relations, qu'il s'humilie. »

Mais bientôt, sans avoir besoin d'être guidés par la charitable Mme Cottard, les fidèles avaient réussi à dominer la gêne qu'ils avaient tous plus ou moins éprouvée au début, à se trouver à côté de M. de Charlus. Sans doute en sa présence ils gardaient sans cesse à l'esprit le souvenir des révélations de Ski et l'idée de l'étrangeté sexuelle qui était incluse en leur compagnon de voyage. Mais cette étrangeté même exerçait sur eux une espèce d'attrait. Elle donnait pour eux à la conversation du baron, d'ailleurs remarquable mais en des parties qu'ils ne pouvaient guère apprécier, une saveur qui faisait paraître à côté la conversation des plus intéressants, de Brichot lui-même, comme un peu fade. Dès le début d'ailleurs, on s'était plu à reconnaître qu'il était intelligent. « Le génie peut être voisin de la folie », énonçait le docteur, et si la princesse, avide de s'instruire, insistait, il n'en disait pas plus, cet axiome étant tout ce qu'il savait sur le génie et ne lui paraissant pas d'ailleurs aussi démontré que tout ce qui a trait à la fièvre typhoïde et à l'arthritisme. Et comme il était devenu superbe et resté mal élevé : « Pas de questions, princesse, ne m'interrogez pas, je suis au bord de la mer pour me reposer. D'ailleurs vous ne me comprendriez pas, vous ne savez pas la médecine. » Et la princesse se taisait en s'excusant, trouvant Cottard un homme charmant et comprenant que les célébrités ne sont pas toujours abordables. À cette première période on avait donc fini par trouver M. de Charlus intelligent malgré son vice (ou ce que l'on nomme généralement ainsi). Maintenant c'était sans s'en rendre compte à cause de ce vice qu'on le trouvait plus intelligent que les autres. Les maximes les plus simples que, adroitement provoqué par l'universitaire ou le sculpteur, M. de Charlus énonçait sur l'amour, la jalousie, la beauté, à cause de l'expérience singulière, secrète, raffinée et monstrueuse où il les avait puisées, prenaient pour les fidèles ce charme du dépaysement qu'une psychologie, analogue à celle que nous a offerte de tout temps notre littérature dramatique, revêt dans une pièce russe ou japonaise, jouée par des artistes de là-bas. On risquait encore, quand il n'entendait pas, une mauvaise plaisanterie : « Oh ! chuchotait le sculpteur en voyant un jeune employé aux longs cils de bayadère et que M. de Charlus n'avait pu s'empêcher de dévisager, si le baron se met à faire de l'œil au contrôleur, nous ne sommes pas près d'arriver, le train va aller à reculons. Regardez-moi la manière dont il le regarde, ce n'est plus un petit chemin de fer où nous sommes, c'est un funiculeur. » Mais au fond, si M. de Charlus ne venait pas, on était presque déçu de voyager seulement entre gens comme tout le monde et de n'avoir pas auprès de soi ce personnage peinturluré, pansu et clos, semblable à quelque boîte de provenance exotique et suspecte qui laisse échapper la curieuse odeur de fruits auxquels l'idée de goûter seulement vous soulèverait le cœur. À ce point de vue, les fidèles de sexe masculin avaient des satisfactions plus vives, dans la courte partie du trajet qu'on faisait entre Saint-Martin-du-Chêne, où montait M. de Charlus, et Doncières, station où on était rejoint par Morel. Car tant que le violoniste n'était pas là (et si les dames et Albertine, faisant bande à part pour ne pas gêner la conversation, se tenaient éloignées), M. de Charlus ne se gênait pas pour ne pas avoir l'air de fuir certains sujets et parler de « ce qu'on est convenu d'appeler les mauvaises mœurs ». Albertine ne pouvait le gêner, car elle était toujours avec les dames par grâce de jeune fille qui ne veut pas que sa présence restreigne la liberté de la conversation. Or je supportais aisément de ne pas l'avoir à côté de moi, à condition toutefois qu'elle restât dans le même wagon. Car moi qui n'éprouvais plus de jalousie ni guère d'amour pour elle, ne pensais pas à ce qu'elle faisait les jours où je ne la voyais pas, en revanche, quand j'étais là, une simple cloison qui eût pu à la rigueur dissimuler une trahison m'était insupportable et si elle allait avec les dames dans le compartiment voisin, au bout d'un instant ne pouvant plus tenir en place, au risque de froisser celui qui parlait, Brichot, Cottard ou Charlus, et à qui je ne pouvais expliquer la raison de ma fuite, je me levais, les plantais là et, pour voir s'il ne s'y faisait rien d'anormal, passais à côté. Et jusqu'à Doncières, M. de Charlus, ne craignant pas de choquer, parlait parfois fort crûment de mœurs qu'il déclarait ne trouver pour son compte ni bonnes ni mauvaises.

Il le faisait par habileté, pour montrer sa largeur d'esprit, persuadé qu'il était que les siennes n'éveillaient guère de soupçon dans l'esprit des fidèles. Il pensait bien qu'il y avait dans l'univers quelques personnes qui étaient, selon une expression qui lui devint plus tard familière, « fixées sur son compte ». Mais il se figurait que ces personnes n'étaient pas plus de trois ou quatre et qu'il n'y en avait aucune sur la côte normande. Cette illusion peut étonner de la part de quelqu'un d'aussi fin, d'aussi inquiet. Même pour ceux qu'il croyait plus ou moins renseignés, il se flattait que ce ne fût que dans le vague, et avait la prétention, selon qu'il leur dirait telle ou telle chose, de mettre telle personne en dehors des suppositions d'un interlocuteur qui par politesse faisait semblant d'accepter ses dires. Même se doutant de ce que je pouvais savoir ou supposer sur lui, il se figurait que cette opinion, qu'il croyait beaucoup plus ancienne de ma part qu'elle ne l'était en réalité, était toute générale, et qu'il lui suffisait de nier tel ou tel détail pour être cru, alors qu'au contraire, si la connaissance de l'ensemble précède toujours celle des détails, elle facilite infiniment l'investigation de ceux-ci et ayant détruit le pouvoir d'invisibilité ne permet plus au dissimulateur de cacher ce qu'il lui plaît. Certes quand M. de Charlus, invité à un dîner par tel fidèle ou tel ami des fidèles, prenait les détours les plus compliqués pour amener au milieu des noms de dix personnes qu'il citait, le nom de Morel, il ne se doutait guère qu'aux raisons toujours différentes qu'il donnait du plaisir ou de la commodité qu'il pourrait trouver ce soir-là à être invité avec lui, ses hôtes, en ayant l'air de le croire parfaitement, en substituaient une seule, toujours la même et qu'il croyait ignorée d'eux, à savoir qu'il l'aimait. De même Mme Verdurin semblant toujours avoir l'air d'admettre entièrement les motifs mi-artistiques, mi-humanitaires que M. de Charlus lui donnait de l'intérêt qu'il portait à Morel, ne cessait de remercier avec émotion le baron des bontés touchantes, disait-elle, qu'il avait pour le violoniste. Or, quel étonnement aurait eu M. de Charlus si, un jour que Morel et lui étaient en retard et n'étaient pas venus par le chemin de fer, il avait entendu la Patronne dire : « Nous n'attendons plus que ces demoiselles » ! Le baron eût été d'autant plus stupéfait que ne bougeant guère de La Raspelière, il y faisait figure de chapelain, d'abbé du répertoire, et quelquefois (quand Morel avait quarante-huit heures de permission) y couchait deux nuits de suite. Mme Verdurin leur donnait alors deux chambres communicantes et pour les mettre à l'aise disait : « Si vous avez envie de faire de la musique, ne vous gênez pas, les murs sont comme ceux d'une forteresse, vous n'avez personne à votre étage, et mon mari a un sommeil de plomb. » Ces jours-là M. de Charlus relayait la princesse en allant chercher les nouveaux à la gare, excusait Mme Verdurin de ne pas être venue à cause d'un état de santé qu'il décrivait si bien que les invités entraient avec une figure de circonstance et poussaient un cri d'étonnement en trouvant la Patronne alerte et debout, en robe à demi décolletée.

Car M. de Charlus était momentanément devenu pour Mme Verdurin, le fidèle des fidèles, une seconde princesse Sherbatoff. De sa situation mondaine elle était beaucoup moins sûre que de celle de la princesse, se figurant que si celle-ci ne voulait voir que le petit noyau, c'était par mépris des autres et prédilection pour lui. Comme cette feinte était justement le propre des Verdurin, lesquels traitaient d'ennuyeux tous ceux qu'ils ne pouvaient fréquenter, il est incroyable que la Patronne pût croire la princesse une âme d'acier, détestant le chic. Mais elle n'en démordait pas et était persuadée que pour la grande dame aussi, c'était sincèrement et par goût d'intellectualité qu'elle ne fréquentait pas les ennuyeux. Le nombre de ceux-ci diminuait du reste à l'égard des Verdurin. La vie de bains de mer ôtait à une présentation les conséquences pour l'avenir qu'on eût pu redouter à Paris. Des hommes brillants venus à Balbec sans leur femme, ce qui facilitait tout, à La Raspelière faisaient des avances et d'ennuyeux devenaient exquis. Ce fut le cas pour le prince de Guermantes que l'absence de la princesse n'aurait pourtant pas décidé à aller « en garçon » chez les Verdurin, si l'aimant du dreyfusisme n'eût été si puissant qu'il lui fit monter d'un seul trait les pentes qui mènent à La Raspelière, malheureusement un jour où la Patronne était sortie. Mme Verdurin du reste n'était pas certaine que lui et M. de Charlus fussent du même monde. Le baron avait bien dit que le duc de Guermantes était son frère, mais c'était peut-être le mensonge d'un aventurier. Si élégant se fût-il montré, si aimable, si « fidèle » envers les Verdurin, la Patronne hésitait presque à l'inviter avec le prince de Guermantes. Elle consulta Ski et Brichot : « Le baron et le prince de Guermantes, est-ce que ça marche ? — Mon Dieu, madame, pour l'un des deux je crois pouvoir dire... — Mais l'un des deux, qu'est-ce que ça peut me faire ? avait repris Mme Verdurin irritée. Je vous demande s'ils marchent ensemble ? — Ah ! Madame, voilà des choses qui sont bien difficiles à savoir. » Mme Verdurin n'y mettait aucune malice. Elle était certaine des mœurs du baron, mais quand elle s'exprimait ainsi elle n'y pensait nullement, mais seulement à savoir si on pouvait inviter ensemble le prince et M. de Charlus, si cela corderait[1]. Elle ne mettait aucune intention malveillante dans l'emploi de ces expressions toutes faites et que les « petits clans » artistiques favorisent. Pour se parer de M. de Guermantes, elle voulait l'emmener, l'après-midi qui suivrait le déjeuner, à une fête de charité et où des marins de la côte figureraient un appareillage. Mais n'ayant pas le temps de s'occuper de tout, elle délégua ses fonctions au fidèle des fidèles, au baron. « Vous comprenez, il ne faut pas qu'ils restent immobiles comme des moules, il faut qu'ils aillent, qu'ils viennent, qu'on voie le branle-bas, je ne sais pas le nom de tout ça. Mais vous qui allez souvent au port de Balbec-Plage, vous pourriez bien faire faire une répétition sans vous fatiguer. Vous devez vous y entendre mieux que moi, M. de Charlus, à faire marcher des petits marins. Mais après tout nous nous donnons bien du mal pour M. de Guermantes. C'est peut-être un imbécile du Jockey. Oh! mon Dieu, je dis du mal du Jockey, et il me semble me rappeler que vous en êtes. Hé! baron, vous ne me répondez pas, est-ce que vous en êtes ? Vous ne voulez pas sortir avec nous ? Tenez, voici un livre que j'ai reçu, je pense qu'il vous intéressera. C'est du Roujon. Le titre est joli : *Parmi les hommes*[1]. »

Pour ma part, j'étais d'autant plus heureux que M. de Charlus fût assez souvent substitué à la princesse Sherbatoff, que j'étais très mal avec celle-ci, pour une raison à la fois insignifiante et profonde. Un jour que j'étais dans le petit train, comblant de mes prévenances, comme toujours, la princesse Sherbatoff, j'y vis monter Mme de Villeparisis. Elle était en effet venue passer quelques semaines chez la princesse de Luxembourg, mais enchaîné à ce besoin quotidien de voir Albertine, je n'avais jamais répondu aux invitations multipliées de la marquise et de son hôtesse royale. J'eus du remords en voyant l'amie de ma grand-mère et par pur devoir (sans quitter la princesse Sherbatoff) je causai assez longtemps avec elle. J'ignorais du reste absolument que Mme de Villeparisis savait très bien qui était ma voisine mais ne voulait pas la connaître. À la station suivante, Mme de Villeparisis quitta le wagon, je me reprochai même de ne pas l'avoir aidée à descendre ; j'allai me rasseoir à côté de la princesse. Mais on eût dit — cataclysme fréquent chez les personnes dont la situation est peu solide et qui craignent qu'on n'ait entendu parler d'elles en mal, qu'on les méprise — qu'un changement à vue s'était opéré. Plongée dans sa *Revue des Deux Mondes*, Mme Sherbatoff répondit à peine du bout des lèvres à mes questions et finit par me dire que je lui donnais la migraine. Je ne comprenais rien à mon crime. Quand je dis au revoir à la princesse, le sourire habituel n'éclaira pas son visage, un salut sec abaissa son menton, elle ne me tendit même pas la main et ne m'a jamais reparlé depuis. Mais elle dut parler — mais je ne sais pas pour dire quoi — aux Verdurin, car dès que je demandais à ceux-ci si je ne ferais pas bien de faire une politesse à la princesse Sherbatoff, tous en chœur se précipitaient : « Non ! Non ! Non ! Surtout pas ! Elle n'aime pas les amabilités ! » On ne le faisait pas pour me brouiller avec elle, mais elle avait réussi à faire croire qu'elle était insensible aux prévenances, une âme inaccessible aux vanités de ce monde. Il faut avoir vu l'homme politique qui passe pour le plus entier, le plus intransigeant, le plus inapprochable depuis qu'il est au pouvoir ; il faut l'avoir vu au temps de sa disgrâce, mendier timidement, avec un sourire brillant d'amoureux, le salut hautain d'un journaliste quelconque ; il faut avoir vu le redressement de Cottard (que ses nouveaux malades prenaient pour une barre de fer), et savoir de quels dépits amoureux, de quels échecs de snobisme étaient faits l'apparente hauteur, l'antisnobisme universellement admis de la princesse Sherbatoff, pour comprendre que dans l'humanité la règle — qui comporte des exceptions naturellement — est que les durs sont des faibles dont on n'a pas voulu, et que les forts, se souciant peu qu'on veuille ou non d'eux, ont seuls cette douceur que le vulgaire prend pour de la faiblesse.

Au reste je ne dois pas juger sévèrement la princesse Sherbatoff. Son cas est si fréquent ! Un jour, à l'enterrement d'un Guermantes, un homme remarquable placé à côté de moi me montra un monsieur élancé et pourvu d'une jolie figure. « De tous les Guermantes, me dit mon voisin, celui-là est le plus inouï, le plus singulier. C'est le frère du duc. » Je lui répondis imprudemment qu'il se trompait, que ce monsieur, sans parenté aucune avec les Guermantes, s'appelait Fournier-Sarlovèze[1]. L'homme remarquable me tourna le dos et ne m'a plus jamais salué depuis.

Un grand musicien[2], membre de l'Institut, haut dignitaire officiel et qui connaissait Ski, passa par Arembouville où il avait une nièce et vint à un mercredi des Verdurin. M. de Charlus fut particulièrement aimable avec lui (à la demande de Morel) et surtout pour qu'au retour à Paris l'académicien lui permît d'assister à différentes séances privées, répétitions, etc., où jouait le violoniste. L'académicien flatté et d'ailleurs homme charmant, promit et tint sa promesse. Le baron fut très touché de toutes les amabilités que ce personnage (d'ailleurs, en ce qui le concernait, aimant uniquement et profondément les femmes) eut pour lui, de toutes les facilités qu'il lui procura pour voir Morel dans les lieux officiels où les profanes n'entrent pas, de toutes les occasions données par le célèbre artiste au jeune virtuose de se produire, de se faire connaître, en le désignant, de préférence à d'autres, à talent égal, pour des auditions qui devaient avoir un retentissement particulier. Mais M. de Charlus ne se doutait pas qu'il en devait au maître d'autant plus de reconnaissance que celui-ci, doublement méritant, ou si l'on aime mieux, deux fois coupable, n'ignorait rien des relations du violoniste et de son noble protecteur. Il les favorisa, certes sans sympathie pour elles, ne pouvant comprendre d'autre amour que celui de la femme, qui avait inspiré toute sa musique, mais par indifférence morale, complaisance et serviabilité professionnelles, amabilité mondaine, snobisme. Quant à des doutes sur le caractère de ces relations, il en avait si peu que dès le premier dîner à La Raspelière, il avait demandé à Ski en parlant de M. de Charlus et de Morel comme il eût fait d'un homme et de sa maîtresse : « Est-ce qu'il y a longtemps qu'ils sont ensemble ? » Mais trop homme du monde pour en laisser rien voir aux intéressés, prêt, si parmi les camarades de Morel il s'était produit quelques commérages, à les réprimer et à rassurer Morel en lui disant paternellement : « On dit cela de tout le monde aujourd'hui », il ne cessa de combler le baron de gentillesses que celui-ci trouva charmantes, mais naturelles, incapable de supposer chez l'illustre maître tant de vice ou tant de vertu. Car les mots qu'on disait en l'absence de M. de Charlus, les « à peu près » sur Morel, personne n'avait l'âme assez basse pour les lui répéter. Et pourtant cette simple situation suffit à montrer que même cette chose universellement décriée, qui ne trouverait nulle part un défenseur : « le potin », lui aussi, soit qu'il ait pour objet nous-même et nous devienne ainsi particulièrement désagréable, soit qu'il nous apprenne sur un tiers quelque chose que nous ignorions, a sa valeur psychologique. Il empêche l'esprit de s'endormir sur la vue factice qu'il a de ce qu'il croit les choses et qui n'est que leur apparence. Il retourne celle-ci avec la dextérité magique d'un philosophe idéaliste et nous présente rapidement un coin insoupçonné du revers de l'étoffe. M. de Charlus eût-il pu imaginer ces mots dits par certaine tendre parente : « Comment veux-tu que Mémé soit amoureux de moi ? tu oublies donc que je suis une femme ! » Et pourtant elle avait un attachement véritable, profond, pour M. de Charlus. Comment alors s'étonner que pour les Verdurin, sur l'affection et la bonté desquels il n'avait aucun droit de compter, les propos qu'ils disaient loin de lui (et ce ne furent pas seulement, on le verra, des propos) fussent si différents de ce qu'il les imaginait être, c'est-à-dire du simple reflet de ceux qu'il entendait quand il était là ? Ceux-là seuls ornaient d'inscriptions affectueuses le petit pavillon idéal où M. de Charlus venait parfois rêver seul, quand il introduisait un instant son imagination dans l'idée que les Verdurin avaient de lui. L'atmosphère y était si sympathique, si cordiale, le repos si réconfortant, que quand M. de Charlus, avant de s'endormir, était venu s'y délasser un instant de ses soucis, il n'en sortait jamais sans un sourire. Mais, pour chacun de nous, ce genre de pavillon est double : en face de celui que nous croyons être l'unique, il y a l'autre qui nous est habituellement invisible, le vrai, symétrique avec celui que nous connaissons, mais bien différent et dont l'ornementation, où nous ne reconnaîtrions rien de ce que nous nous attendions à voir, nous épouvanterait comme faite avec les symboles odieux d'une hostilité insoupçonnée. Quelle stupeur pour M. de Charlus, s'il avait pénétré dans un de ces pavillons adverses, grâce à quelque potin comme par un de ces escaliers de service où des graffiti obscènes sont charbonnés à la porte des appartements par des fournisseurs mécontents ou des domestiques renvoyés ! Mais, tout autant que nous sommes privés de ce sens de l'orientation dont sont doués certains oiseaux, nous manquons du sens de la visibilité comme nous manquons de celui des distances, nous imaginant toute proche l'attention intéressée de gens qui au contraire ne pensent jamais à nous et ne soupçonnant pas que nous sommes pendant ce temps-là pour d'autres leur seul souci. Ainsi M. de Charlus vivait dupé comme le poisson qui croit que l'eau où il nage s'étend au-delà du verre de son aquarium qui lui en présente le reflet, tandis qu'il ne voit pas à côté de lui, dans l'ombre, le promeneur amusé qui suit ses ébats ou le pisciculteur tout-puissant qui, au moment imprévu et fatal, différé en ce moment à l'égard du baron (pour qui le pisciculteur, à Paris, sera Mme Verdurin), le tirera sans pitié du milieu où il aimait vivre pour le rejeter dans un autre. Au surplus les peuples, en tant qu'ils ne sont que des collections d'individus, peuvent offrir des exemples plus vastes, mais identiques en chacune de leurs parties, de cette cécité profonde, obstinée et déconcertante. Jusqu'ici, si elle était cause que M. de Charlus tenait dans le petit clan des propos d'une habileté inutile ou d'une audace qui faisait sourire en cachette, elle n'avait pas encore eu pour lui ni ne devait avoir à Balbec de graves inconvénients. Un peu d'albumine, de sucre, d'arythmie cardiaque, n'empêche pas la vie de continuer normale pour celui qui ne s'en aperçoit même pas, alors que seul le médecin y voit la prophétie de catastrophes. Actuellement le goût — platonique ou non — de M. de Charlus pour Morel poussait seulement le baron à dire volontiers en l'absence de Morel qu'il le trouvait très beau, pensant que cela serait entendu en toute innocence, et agissant en cela comme un homme fin qui, appelé à déposer devant un tribunal, ne craindra pas d'entrer dans des détails qui semblent en apparence désavantageux pour lui, mais qui à cause de cela même, ont plus de naturel et moins de vulgarité que les protestations conventionnelles d'un accusé de théâtre. Avec la même liberté, toujours entre Doncières-Ouest et Saint-Martin-du-Chêne — ou le contraire au retour — M. de Charlus parlait volontiers de gens qui ont, paraît-il, des mœurs très étranges, et ajoutait même : « Après tout je dis étranges, je ne sais pas pourquoi, car cela n'a rien de si étrange », pour se montrer à soi-même combien il était à l'aise avec son public. Et il l'était en effet, à condition que ce fût lui qui eût l'initiative des opérations et qu'il sût la galerie muette et souriante, désarmée par la crédulité ou la bonne éducation.

Quand M. de Charlus ne parlait pas de son admiration pour la beauté de Morel comme si elle n'eût eu aucun rapport avec un goût appelé vice, il traitait de ce vice, mais comme s'il n'avait été nullement le sien. Parfois même il n'hésitait pas à l'appeler par son nom. Comme après avoir regardé la belle reliure de son Balzac, je lui demandais ce qu'il préférait dans *La Comédie humaine*, il me répondit, dirigeant sa pensée vers une idée fixe : « Tout l'un ou tout l'autre, les petites miniatures comme *Le Curé de Tours* et *La Femme abandonnée*, ou les grandes fresques comme la série des *Illusions perdues*[1]. Comment ! vous ne connaissez pas *Les Illusions perdues* ? C'est si beau, le moment où Carlos Herrera demande le nom du château devant lequel passe sa calèche : c'est Rastignac, la demeure du jeune homme qu'il a aimé autrefois. Et l'abbé alors de tomber dans une rêverie que Swann appelait, ce qui était bien spirituel, la *Tristesse d'Olympio* de la pédérastie[2]. Et la mort de Lucien ! je ne me rappelle plus quel homme de goût

avait eu cette réponse, à qui lui demandait quel événement l'avait le plus affligé dans sa vie : "La mort de Lucien de Rubempré dans *Splendeurs et misères*[1]."
— Je sais que Balzac se porte beaucoup cette année, comme l'an passé le pessimisme, interrompit Brichot. Mais au risque de contrister les âmes en mal de déférence balzacienne, sans prétendre, Dieu me damne ! au rôle de gendarme de lettres et dresser procès-verbal pour fautes de grammaire, j'avoue que le copieux improvisateur dont vous me semblez surfaire singulièrement les élucubrations effarantes, m'a toujours paru un scribe insuffisamment méticuleux. J'ai lu ces *Illusions perdues* dont vous nous parlez, baron, en me torturant pour atteindre à une ferveur d'initié, et je confesse en toute simplicité d'âme que ces romans-feuilletons rédigés en pathos, en galimatias double et triple ("Esther heureuse", "Où mènent les mauvais chemins", "À combien l'amour revient aux vieillards[2]"), m'ont toujours fait l'effet des mystères de Rocambole[3], promu par inexplicable faveur à la situation précaire de chef-d'œuvre. — Vous dites cela parce que vous ne connaissez pas la vie », dit le baron doublement agacé, car il sentait que Brichot ne comprendrait ni ses raisons d'artiste ni les autres. « J'entends bien, répondit Brichot, que, pour parler comme maître François Rabelais, vous voulez dire que je suis moult sorbonagre, sorbonicole et sorboniforme. Pourtant tout autant que les camarades, j'aime qu'un livre donne l'impression de la sincérité et de la vie, je ne suis pas de ces clercs... — Le quart d'heure de Rabelais[4], interrompit le docteur Cottard avec un air non plus de doute, mais de spirituelle assurance. — ... qui font vœu de littérature en suivant la règle de l'Abbaye-aux-Bois[5] dans l'obédience de M. le vicomte de Chateaubriand, grand maître du chiqué, selon la règle stricte des humanistes. M. le

vicomte de Chateaubriand... — Chateaubriand aux pommes ? interrompit le docteur Cottard. — C'est lui le patron de la confrérie », continua Brichot sans relever la plaisanterie du docteur, lequel en revanche, alarmé par la phrase de l'universitaire, regarda M. de Charlus avec inquiétude. Brichot avait semblé manquer de tact à Cottard, duquel le calembour avait amené un fin sourire sur les lèvres de la princesse Sherbatoff. « Avec le professeur, l'ironie mordante du parfait sceptique ne perd jamais ses droits », dit-elle par amabilité et pour montrer que le « mot » du médecin n'avait pas passé inaperçu pour elle. « Le sage est forcément sceptique, répondit le docteur. Que sais-je[1] ? "γνῶθι σεαυτόν", disait Socrate[2]. C'est très juste, l'excès en tout est un défaut[3]. Mais je reste bleu quand je pense que cela a suffi à faire durer le nom de Socrate jusqu'à nos jours. Qu'est-ce qu'il y a dans cette philosophie ? peu de chose en somme. Quand on pense que Charcot et d'autres[4] ont fait des travaux mille fois plus remarquables et qui s'appuient, au moins, sur quelque chose, sur la suppression du réflexe pupillaire comme syndrome de la paralysie générale, et qu'ils sont presque oubliés ! En somme Socrate, ce n'est pas extraordinaire. Ce sont des gens qui n'avaient rien à faire, qui passaient toute leur journée à se promener, à discutailler. C'est comme Jésus-Christ : Aimez-vous les uns les autres, c'est très joli. — Mon ami..., pria Mme Cottard. — Naturellement, ma femme proteste, ce sont toutes des névrosées. — Mais, mon petit docteur, je ne suis pas névrosée, murmura Mme Cottard. — Comment, elle n'est pas névrosée ? quand son fils est malade, elle présente des phénomènes d'insomnie. Mais enfin je reconnais que Socrate et le reste, c'est nécessaire pour une culture supérieure, pour avoir des talents d'exposition. Je cite toujours le γνῶθι σεαυτόν à mes élèves pour le premier cours. Le père Bouchard qui l'a su m'en a félicité. — Je ne suis pas des tenants de la forme pour la forme, pas plus que je ne thésauriserais en poésie la rime millionnaire, reprit Brichot. Mais tout de même *La Comédie humaine* — bien peu humaine — est par trop le contraire de ces œuvres où l'art excède le fond, comme dit cette bonne rosse d'Ovide[1]. Et il est permis de préférer un sentier à mi-côte, qui mène à la cure de Meudon ou à l'ermitage de Ferney, à égale distance de la Vallée-aux-Loups où René remplissait superbement les devoirs d'un pontificat sans mansuétude, et des Jardies où Honoré de Balzac harcelé par les recors, ne s'arrêtait pas de cacographier pour une Polonaise, en apôtre zélé du charabia[2]. — Chateaubriand est beaucoup plus vivant que vous ne dites, et Balzac est tout de même un grand écrivain, répondit M. de Charlus, encore trop imprégné du goût de Swann pour ne pas être irrité par Brichot, et Balzac a connu jusqu'à ces passions que tout le monde ignore ou n'étudie que pour les flétrir. Sans reparler des immortelles *Illusions perdues*, *Sarrazine*, *La Fille aux yeux d'or*, *Une passion dans le désert*, même l'assez énigmatique *Fausse Maîtresse*, viennent à l'appui de mon dire. Quand je parlais de ce côté "hors nature" de Balzac à Swann, il me disait : "Vous êtes du même avis que Taine[3]." Je n'avais pas l'honneur de connaître M. Taine[4], ajouta M. de Charlus (avec cette irritante habitude du "monsieur" inutile qu'ont les gens du monde, comme s'ils croyaient en taxant de monsieur un grand écrivain, lui décerner un honneur, peut-être garder les distances, et bien faire savoir qu'ils ne le connaissent pas), je ne connaissais pas M. Taine, mais je me tenais pour fort honoré d'être du même avis que lui. » D'ailleurs, malgré ces habitudes mondaines ridicules, M. de Charlus était très intelligent, et il est probable que si quelque mariage ancien avait noué une parenté entre sa famille et celle de Balzac, il eût ressenti (non moins que Balzac d'ailleurs) une satisfaction dont il n'eût pu cependant s'empêcher de se targuer comme d'une marque de condescendance admirable.

Parfois à la station qui suivait Saint-Martin-du-Chêne, des jeunes gens montaient dans le train. M. de Charlus ne pouvait pas s'empêcher de les regarder, mais comme il abrégeait et dissimulait l'attention qu'il leur prêtait, elle prenait l'air de cacher un secret, plus particulier même que le véritable ; on aurait dit qu'il les connaissait, le laissait malgré lui paraître après avoir accepté son sacrifice, avant de se retourner vers nous, comme font ces enfants à qui, à la suite d'une brouille entre parents, on a défendu de dire bonjour à des camarades, mais qui lorsqu'ils les rencontrent ne peuvent se priver de lever la tête avant de retomber sous la férule de leur précepteur.

Au mot tiré du grec dont M. de Charlus, parlant de Balzac, avait fait suivre l'allusion à la *Tristesse d'Olympio* dans *Splendeurs et misères*, Ski, Brichot et Cottard s'étaient regardés avec un sourire peut-être moins ironique qu'empreint de la satisfaction qu'auraient des dîneurs qui réussiraient à faire parler Dreyfus de sa propre affaire, ou l'impératrice de son règne[1]. On comptait bien le pousser un peu sur ce sujet, mais c'était déjà Doncières, où Morel nous rejoignait. Devant lui, M. de Charlus surveillait soigneusement sa conversation, et quand Ski voulut le ramener à l'amour de Carlos Herrera pour Lucien de Rubempré, le baron prit l'air contrarié, mystérieux, et finalement (voyant qu'on ne l'écoutait pas) sévère et justicier d'un père qui entendrait dire des indécences devant sa fille. Ski ayant mis quelque entêtement à poursuivre, M. de Charlus les yeux hors de la tête, élevant la voix, dit d'un ton significatif en montrant Albertine qui pourtant ne pouvait nous entendre, occupée à causer avec Mme Cottard et la princesse Sherbatoff, et sur le ton à double sens de quelqu'un qui veut donner une leçon à des gens mal élevés : « Je crois qu'il serait temps de parler de choses qui puissent intéresser cette jeune fille. » Mais je compris bien que pour lui, la jeune fille était non pas Albertine, mais Morel ; il témoigna du reste plus tard de l'exactitude de mon interprétation par les expressions dont il se servit quand il demanda qu'on n'eût plus de ces conversations devant Morel. « Vous savez, me dit-il, en parlant du violoniste, qu'il n'est pas du tout ce que vous pourriez croire, c'est un petit très honnête qui est toujours resté sage, très sérieux. » Et on sentait à ces mots que M. de Charlus considérait l'inversion sexuelle comme un danger aussi menaçant pour les jeunes gens que la prostitution pour les femmes, et que s'il se servait pour Morel de l'épithète de « sérieux », c'était dans le sens qu'elle prend appliquée à une petite ouvrière. Alors Brichot pour changer la conversation me demanda si je comptais rester encore longtemps à Incarville. J'avais eu beau lui faire observer plusieurs fois que j'habitais non pas Incarville mais Balbec, il retombait toujours dans sa faute car c'est sous le nom d'Incarville ou de Balbec-Incarville qu'il désignait cette partie du littoral. Il y a ainsi des gens qui parlent des mêmes choses que nous en les appelant d'un nom un peu différent. Une certaine dame du faubourg Saint-Germain me demandait toujours, quand elle voulait parler de la duchesse de Guermantes, s'il y avait longtemps que je n'avais vu Zénaïde, ou Oriane-Zénaïde, ce qui fait qu'au premier moment je ne comprenais pas. Probablement il y avait eu un temps où une parente de Mme de Guermantes s'appelant

Oriane, on l'appelait, elle, pour éviter les confusions, Oriane-Zénaïde. Peut-être aussi y avait-il eu d'abord une gare seulement à Incarville, et allait-on de là en voiture à Balbec. « De quoi parliez-vous donc ? » dit Albertine étonnée du ton solennel de père de famille que venait d'usurper M. de Charlus. « De Balzac, se hâta de répondre le baron, et vous avez justement ce soir la toilette de la princesse de Cadignan, pas la première, celle du dîner, mais la seconde[1]. » Cette rencontre tenait à ce que, pour choisir des toilettes à Albertine, je m'inspirais du goût qu'elle s'était formé grâce à Elstir, lequel appréciait beaucoup une sobriété qu'on eût pu appeler britannique s'il ne s'y était allié plus de douceur, de mollesse française. Le plus souvent les robes qu'il préférait offraient aux regards une harmonieuse combinaison de couleurs grises, comme celle de Diane de Cadignan. Il n'y avait guère que M. de Charlus pour savoir apprécier à leur véritable valeur les toilettes d'Albertine ; tout de suite ses yeux découvraient ce qui en faisait la rareté, le prix ; il n'aurait jamais dit le nom d'une étoffe pour une autre et reconnaissait le faiseur. Seulement il aimait mieux — pour les femmes — un peu plus d'éclat et de couleur que n'en tolérait Elstir. Aussi ce soir-là me lança-t-elle un regard moitié souriant, moitié inquiet, en courbant son petit nez rose de chatte. En effet, croisant sur sa jupe de crêpe de chine gris, sa jaquette de cheviotte grise laissait croire qu'Albertine était tout en gris. Mais me faisant signe de l'aider parce que ses manches bouffantes avaient besoin d'être aplaties ou relevées pour entrer ou retirer sa jaquette, elle ôta celle-ci, et comme ces manches étaient d'un écossais très doux, rose, bleu pâle, verdâtre, gorge-de-pigeon, ce fut comme si dans un ciel gris s'était formé un arc-en-ciel. Et elle se demandait si cela allait plaire à M. de Charlus. « Ah !

s'écria celui-ci ravi, voilà un rayon, un prisme de couleur. Je vous fais tous mes compliments. — Mais Monsieur seul en a mérité, répondit gentiment Albertine en me désignant, car elle aimait montrer ce qui lui venait de moi. — Il n'y a que les femmes qui ne savent pas s'habiller qui craignent la couleur, reprit M. de Charlus. On peut être éclatante sans vulgarité et douce sans fadeur. D'ailleurs vous n'avez pas les mêmes raisons que Mme de Cadignan de vouloir paraître détachée de la vie, car c'était l'idée qu'elle voulait inculquer à d'Arthez par cette toilette grise. » Albertine qu'intéressait ce muet langage des robes, questionna M. de Charlus sur la princesse de Cadignan. « Oh ! c'est une nouvelle exquise, dit le baron d'un ton rêveur. Je connais le petit jardin où Diane de Cadignan se promena avec Mme d'Espard[1]. C'est celui d'une de mes cousines. — Toutes ces questions du jardin de sa cousine, murmura Brichot à Cottard, peuvent, de même que sa généalogie, avoir du prix pour cet excellent baron. Mais quel intérêt cela a-t-il pour nous qui n'avons pas le privilège de nous y promener, ne connaissons pas cette dame et ne possédons pas de titres de noblesse ? » Car Brichot ne soupçonnait pas qu'on pût s'intéresser à une robe et à un jardin comme à une œuvre d'art, et que c'est comme dans Balzac que M. de Charlus revoyait les petites allées de Mme de Cadignan. Le baron poursuivit : « Mais vous la connaissez, me dit-il, en parlant de cette cousine et pour me flatter en s'adressant à moi comme à quelqu'un qui, exilé dans le petit clan, pour M. de Charlus sinon était de son monde, du moins allait dans son monde. En tous cas vous avez dû la voir chez Mme de Villeparisis. — La marquise de Villeparisis à qui appartient le château de Baucreux ? demanda Brichot d'un air captivé. — Oui, vous la connaissez ? demanda sèchement

M. de Charlus. — Nullement, répondit Brichot, mais notre collègue Norpois passe tous les ans une partie de ses vacances à Baucreux. J'ai eu l'occasion de lui écrire là. » Je dis à Morel, pensant l'intéresser, que M. de Norpois était ami de mon père. Mais pas un mouvement de son visage ne témoigna qu'il eût entendu, tant il tenait mes parents pour gens de peu et n'approchant pas de bien loin de ce qu'avait été mon grand-oncle chez qui son père avait été valet de chambre et qui du reste, contrairement au reste de la famille, aimant assez « faire des embarras », avait laissé un souvenir ébloui à ses domestiques. « Il paraît que Mme de Villeparisis est une femme supérieure ; mais je n'ai jamais été admis à en juger par moi-même, non plus du reste que mes collègues. Car Norpois, qui est d'ailleurs plein de courtoisie et d'affabilité à l'Institut, n'a présenté aucun de nous à la marquise. Je ne sais de reçu par elle que notre ami Thureau-Dangin, qui avait avec elle d'anciennes relations de famille, et aussi Gaston Boissier[1], qu'elle a désiré connaître à la suite d'une étude qui l'intéressait tout particulièrement. Il y a dîné une fois et est revenu sous le charme. Encore Mme Boissier n'a-t-elle pas été invitée. » À ces noms, Morel sourit d'attendrissement : « Ah ! Thureau-Dangin, me dit-il d'un air aussi intéressé que celui qu'il avait montré en entendant parler du marquis de Norpois et de mon père était resté indifférent. Thureau-Dangin, c'était une paire d'amis avec votre oncle. Quand une dame voulait une place de centre pour une réception à l'Académie, votre oncle disait : "J'écrirai à Thureau-Dangin." Et naturellement la place était aussitôt envoyée, car vous comprenez bien que M. Thureau-Dangin ne se serait pas risqué de rien refuser à votre oncle qui l'aurait repincé au tournant. Cela m'amuse aussi d'entendre le nom de Boissier[2], car c'était là que votre grand-oncle faisait faire toutes ses emplettes pour les dames au moment du jour de l'an. Je le sais, car je connais la personne qui était chargée de la commission. » Il faisait plus que la connaître, c'était son père. Certaines de ces allusions affectueuses de Morel à la mémoire de mon oncle touchaient à ce que nous ne comptions pas rester toujours dans l'hôtel de Guermantes, où nous n'étions venus loger qu'à cause de ma grand-mère. On parlait quelquefois d'un déménagement possible. Or pour comprendre les conseils que me donnait à cet égard Charles Morel, il faut savoir qu'autrefois mon grand-oncle demeurait 40 *bis*, boulevard Malesherbes[1]. Il en était résulté que dans la famille, comme nous allions beaucoup chez mon oncle Adolphe jusqu'au jour fatal où je brouillai mes parents[2] avec lui en racontant l'histoire de la dame en rose, au lieu de dire « chez votre oncle », on disait « au 40 *bis* ». Des cousines de maman lui disaient le plus naturellement du monde : « Ah ! dimanche on ne peut pas vous avoir, vous dînez au 40 *bis*. » Si j'allais voir une parente, on me recommandait d'aller d'abord « au 40 *bis* », afin que mon oncle ne pût être froissé qu'on n'eût commencé par lui. Il était propriétaire de la maison et se montrait, à vrai dire, très difficile sur le choix des locataires qui étaient tous des amis, ou le devenaient. Le colonel baron de Vatry venait tous les jours fumer un cigare avec lui pour obtenir plus facilement des réparations. La porte cochère était toujours fermée. Si à une fenêtre mon oncle apercevait un linge, un tapis, il entrait en fureur et les faisait retirer plus rapidement qu'aujourd'hui les agents de police. Mais enfin il n'en louait pas moins une partie de la maison, n'ayant pour lui que deux étages et les écuries. Malgré cela, sachant lui faire plaisir en vantant le bon entretien de la maison, on célébrait le confort du « petit hôtel » comme si mon oncle en avait été le seul occupant, et il laissait dire, sans opposer le démenti formel qu'il aurait dû. Le « petit hôtel » était assurément confortable (mon oncle y introduisant toutes les inventions de l'époque). Mais il n'avait rien d'extraordinaire. Seul mon oncle, tout en disant avec une modestie fausse, « mon petit taudis », était persuadé, ou en tous cas avait inculqué à son valet de chambre, à la femme de celui-ci, au cocher, à la cuisinière, l'idée que rien n'existait à Paris qui pour le confort, le luxe et l'agrément, fût comparable au petit hôtel. Charles Morel avait grandi dans cette foi. Il y était resté. Aussi, même les jours où il ne causait pas avec moi, si dans le train je parlais à quelqu'un de la possibilité d'un déménagement, aussitôt il me souriait et clignant de l'œil d'un air entendu, me disait : « Ah ! ce qu'il vous faudrait, c'est quelque chose dans le genre du 40 *bis* ! C'est là que vous seriez bien ! On peut dire que votre oncle s'y entendait. Je suis bien sûr que dans tout Paris il n'existe rien qui vaille le 40 *bis*. »

À l'air mélancolique qu'avait pris en parlant de la princesse de Cadignan, M. de Charlus, j'avais bien senti que cette nouvelle ne le faisait pas penser qu'au petit jardin d'une cousine assez indifférente. Il tomba dans une songerie profonde, et comme se parlant à soi-même : « *Les Secrets de la princesse de Cadignan* ! s'écria-t-il, quel chef-d'œuvre ! comme c'est profond, comme c'est douloureux, cette mauvaise réputation de Diane qui craint tant que l'homme qu'elle aime ne l'apprenne ! Quelle vérité éternelle, et plus générale que cela n'en a l'air ! comme cela va loin ! » M. de Charlus prononça ces mots avec une tristesse qu'on sentait pourtant qu'il ne trouvait pas sans charme. Certes M. de Charlus, ne sachant pas au juste dans quelle mesure ses mœurs étaient ou non connues, tremblait depuis quelque temps qu'une fois qu'il serait revenu à Paris et qu'on le verrait avec Morel, la famille de celui-ci n'intervînt et qu'ainsi son bonheur fût compromis. Cette éventualité ne lui était probablement apparue jusqu'ici que comme quelque chose de profondément désagréable et pénible. Mais le baron était fort artiste. Et maintenant que depuis un instant il confondait sa situation avec celle décrite par Balzac, il se réfugiait en quelque sorte dans la nouvelle, et à l'infortune qui le menaçait peut-être et ne laissait pas en tous cas de l'effrayer, il avait cette consolation de trouver dans sa propre anxiété ce que Swann et aussi Saint-Loup eussent appelé quelque chose de « très balzacien ». Cette identification à la princesse de Cadignan avait été rendue facile pour M. de Charlus grâce à la transposition mentale qui lui devenait habituelle et dont il avait déjà donné divers exemples. Elle suffisait d'ailleurs pour que le seul remplacement de la femme, comme objet aimé, par un jeune homme, déclenchât aussitôt autour de celui-ci tout le processus de complications sociales qui se développent autour d'une liaison ordinaire. Quand, pour une raison quelconque, on introduit une fois pour toutes un changement dans le calendrier ou dans les horaires, si on fait commencer l'année quelques semaines plus tard ou si l'on fait sonner minuit un quart d'heure plus tôt, comme les journées auront tout de même vingt-quatre heures et les mois trente jours, tout ce qui découle de la mesure du temps restera identique. Tout peut avoir été changé sans amener aucun trouble puisque les rapports entre les chiffres sont toujours pareils. Ainsi des vies qui adoptent « l'heure de l'Europe centrale » ou les calendriers orientaux. Il semble même que l'amour-propre qu'on a à entretenir une actrice jouât un rôle dans cette liaison-ci. Quand dès le premier jour M. de Charlus s'était enquis de ce qu'était Morel, certes il avait appris qu'il était d'une humble extraction, mais une demi-mondaine que nous aimons ne perd pas pour nous de son prestige parce qu'elle est la fille de pauvres gens. En revanche les musiciens connus à qui il avait fait écrire — même pas par intérêt, comme les amis qui en présentant Swann à Odette, la lui avaient dépeinte comme plus difficile et plus recherchée qu'elle n'était — par simple banalité d'hommes en vue surfaisant un débutant, avaient répondu au baron : « Ah ! grand talent, grosse situation, étant donné naturellement qu'il est un jeune, très apprécié des connaisseurs, fera son chemin. » Et par la manie des gens qui ignorent l'inversion, à parler de la beauté masculine : « Et puis il est joli à voir jouer ; il fait mieux que personne dans un concert ; il a de jolis cheveux, des poses distinguées ; la tête est ravissante, et il a l'air d'un violoniste de portrait. » Aussi M. de Charlus, surexcité d'ailleurs par Morel qui ne lui laissait pas ignorer de combien de propositions il était l'objet, était-il flatté de le ramener avec lui, de lui construire un pigeonnier où il revînt souvent. Car le reste du temps, il le voulait libre, ce qui était rendu nécessaire par sa carrière que M. de Charlus désirait, tant d'argent qu'il dût lui donner, que Morel continuât, soit à cause de cette idée très Guermantes qu'il faut qu'un homme fasse quelque chose, qu'on ne vaut que par son talent, et que la noblesse ou l'argent sont simplement le zéro qui multiplie une valeur, soit qu'il eût peur qu'oisif et toujours auprès de lui le violoniste s'ennuyât. Enfin il ne voulait pas se priver du plaisir qu'il avait lors de certains grands concerts, à se dire : « Celui qu'on acclame en ce moment sera chez moi cette nuit. » Les gens élégants, quand ils sont amoureux et de quelque façon qu'ils le soient, mettent leur vanité à ce qui peut détruire les avantages antérieurs où leur vanité eût trouvé satisfaction.

Morel me sentant sans méchanceté pour lui, sincèrement attaché à M. de Charlus, et d'autre part d'une indifférence physique absolue à l'égard de tous les deux, finit par manifester à mon endroit les mêmes sentiments de chaleureuse sympathie qu'une cocotte qui sait qu'on ne la désire pas et que son amant a en vous un ami sincère qui ne cherchera pas à le brouiller avec elle. Non seulement il me parlait exactement comme autrefois Rachel, la maîtresse de Saint-Loup, mais encore, d'après ce que me répétait M. de Charlus, lui disait de moi en mon absence les mêmes choses que Rachel disait de moi à Robert. Enfin M. de Charlus me disait : « Il vous aime beaucoup », comme Robert : « Elle t'aime beaucoup. » Et comme le neveu de la part de sa maîtresse, c'est de la part de Morel que l'oncle me demandait souvent de venir dîner avec eux. Il n'y avait d'ailleurs pas moins d'orages entre eux qu'entre Robert et Rachel. Certes quand Charlie (Morel) était parti, M. de Charlus ne tarissait pas d'éloges sur lui, répétant, ce dont il était flatté, que le violoniste était si bon pour lui. Mais il était pourtant visible que souvent Charlie, même devant tous les fidèles, avait l'air irrité au lieu de paraître toujours heureux et soumis comme eût souhaité le baron. Cette irritation alla même plus tard, par suite de la faiblesse qui poussait M. de Charlus à pardonner ses inconvenances d'attitude à Morel, jusqu'au point que le violoniste ne cherchait pas à la cacher, ou même l'affectait. J'ai vu M. de Charlus entrant dans un wagon où Charlie était avec des militaires de ses amis, accueilli par des haussements d'épaules du musicien, accompagnés d'un clignement d'yeux à ses camarades. Ou bien il faisait semblant de dormir comme quelqu'un que cette arrivée excède d'ennui. Ou il se mettait à tousser, les autres riaient, affectaient pour se moquer le parler mièvre des hommes pareils à M. de Charlus, attiraient dans un coin Charlie qui finissait par revenir, comme forcé, auprès de M. de Charlus dont le cœur était percé par tous ces traits. Il est inconcevable qu'il les ait supportés ; et ces formes chaque fois différentes de souffrance posaient à nouveau pour M. de Charlus le problème du bonheur, le forçaient non seulement à demander davantage, mais à désirer autre chose, la précédente combinaison se trouvant viciée par un affreux souvenir. Et pourtant si pénibles que furent ensuite ces scènes, il faut reconnaître que les premiers temps le génie de l'homme du peuple de France dessinait pour Morel, lui faisait revêtir des formes charmantes de simplicité, de franchise apparente, même d'une indépendante fierté qui semblait inspirée par le désintéressement. Cela était faux, mais l'avantage de l'attitude était d'autant plus en faveur de Morel que, tandis que celui qui aime est toujours forcé de revenir à la charge, d'enchérir, il est au contraire aisé pour celui qui n'aime pas de suivre une ligne droite, inflexible et gracieuse. Elle existait de par le privilège de la race dans le visage si ouvert de ce Morel au cœur si fermé, ce visage paré de la grâce néo-hellénique qui fleurit aux basiliques champenoises[1]. Malgré sa fierté factice, souvent, apercevant M. de Charlus au moment où il ne s'y attendait pas, il était gêné pour le petit clan, rougissait, baissait les yeux, au ravissement du baron qui voyait là tout un roman. C'était simplement un signe d'irritation et de honte. La première s'exprimait parfois ; car si calme et énergiquement décente que fût habituellement l'attitude de Morel, elle n'allait pas sans se démentir souvent[2]. Parfois même à quelque mot que lui disait le baron, éclatait de la part de Morel, sur un ton dur, une réplique insolente dont tout le monde était choqué. M. de Charlus baissait la tête d'un air triste, ne répondait rien, et avec la faculté de croire que rien n'a été remarqué de la froideur, de la dureté de leurs enfants qu'ont les pères idolâtres, n'en continuait pas moins à chanter les louanges du violoniste. M. de Charlus n'était d'ailleurs pas toujours aussi soumis, mais ses rébellions n'atteignaient généralement pas leur but, surtout parce qu'ayant vécu avec des gens du monde, dans le calcul des réactions qu'il pouvait éveiller, il tenait compte de la bassesse, sinon originelle, du moins acquise par l'éducation. Or, à la place, il rencontrait chez Morel quelque velléité plébéienne d'indifférence momentanée. Malheureusement pour M. de Charlus, il ne comprenait pas que pour Morel tout cédait devant les questions où le Conservatoire et la bonne réputation au Conservatoire (mais ceci qui devait être plus grave, ne se posait pas pour le moment) entraient en jeu. Ainsi par exemple les bourgeois changent aisément de nom par vanité, les grands seigneurs par avantage. Pour le jeune violoniste, au contraire, le nom de Morel était indissolublement lié à son premier prix de violon, donc impossible à modifier. M. de Charlus aurait voulu que Morel tînt tout de lui, même son nom. S'étant avisé que le prénom de Morel était Charles, qui ressemblait à Charlus, et que la propriété où ils se voyaient s'appelait les Charmes, il voulut persuader à Morel qu'un joli nom agréable à dire étant la moitié d'une réputation artistique, le virtuose devait sans hésiter prendre le nom de « Charmel », allusion discrète au lieu de leurs rendez-vous. Morel haussa les épaules. En dernier argument M. de Charlus eut la malheureuse idée d'ajouter qu'il avait un valet de chambre qui s'appelait ainsi. Il ne fit qu'exciter la furieuse indignation du jeune homme. « Il y eut un temps où mes ancêtres étaient fiers du titre de valet de chambre, de maître d'hôtel du roi. — Il y en eut un autre, répondit fièrement Morel, où mes ancêtres firent couper le cou aux vôtres. » M. de Charlus eût été bien étonné s'il eût pu supposer que, à défaut de « Charmel », résigné à adopter Morel et à lui donner un des titres de la famille de Guermantes desquels il disposait, mais que les circonstances, comme on le verra, ne lui permirent pas d'offrir au violoniste, celui-ci eût refusé en pensant à la réputation artistique attachée à son nom de Morel et aux commentaires qu'on eût faits à « la classe ». Tant au-dessus du faubourg Saint-Germain il plaçait la rue Bergère ! Force fut à M. de Charlus de se contenter pour l'instant de faire faire à Morel des bagues symboliques portant l'antique inscription : PLVS VLTRA CAROL'S[1]. Certes devant un adversaire d'une sorte qu'il ne connaissait pas, M. de Charlus aurait dû changer de tactique. Mais qui en est capable ? Du reste si M. de Charlus avait des maladresses, il n'en manquait pas non plus à Morel. Bien plus que la circonstance même qui amena la rupture, ce qui devait, au moins provisoirement (mais ce provisoire se trouva être définitif), le perdre auprès de M. de Charlus, c'est qu'il n'y avait pas en lui que la bassesse qui le faisait être plat devant la dureté et répondre par l'insolence à la douceur. Parallèlement à cette bassesse de nature, il y avait une neurasthénie compliquée de mauvaise éducation, qui s'éveillant dans toute circonstance où il était en faute ou devenait à charge, faisait qu'au moment même où il aurait eu besoin de toute sa gentillesse, de toute sa douceur, de toute sa gaieté pour désarmer le baron, il devenait sombre, hargneux, cherchait à entamer des discussions où il savait qu'on n'était pas d'accord avec lui, soutenait son point de vue hostile avec une faiblesse de raisons et une violence tranchante qui augmentait cette faiblesse même. Car bien vite à court d'arguments, il en inventait quand même, dans lesquels se déployait toute l'étendue de son ignorance et de sa bêtise. Elles perçaient à peine quand il était aimable et ne cherchait qu'à plaire. Au contraire on ne voyait plus qu'elles dans ses accès d'humeur sombre où d'inoffensives elles devenaient haïssables. Alors M. de Charlus se sentait excédé, ne mettait son espoir que dans un lendemain meilleur, tandis que Morel oubliant que le baron le faisait vivre fastueusement, avait un sourire ironique de pitié supérieure, et disait : « Je n'ai jamais rien accepté de personne. Comme cela je n'ai personne à qui je doive un seul merci. »

En attendant, et comme s'il eût eu affaire à un homme du monde, M. de Charlus continuait à exercer ses colères, vraies ou feintes, mais devenues inutiles. Elles ne l'étaient pas toujours cependant[1]. Ainsi, un jour (qui se place d'ailleurs après cette première période) où le baron revenait avec Charlie et moi d'un déjeuner chez les Verdurin, croyant passer la fin de l'après-midi et la soirée avec le violoniste à Doncières, l'adieu de celui-ci, dès au sortir du train, qui répondit : « Non, j'ai à faire », causa à M. de Charlus une déception si forte que, bien qu'il eût essayé de faire contre mauvaise fortune bon cœur, je vis des larmes faire fondre le fard de ses cils, tandis qu'il restait hébété devant le train. Cette douleur fut telle que, comme nous comptions elle et moi finir la journée à Doncières, je dis à Albertine, à l'oreille, que je voudrais bien que nous ne laissions pas seul M. de Charlus qui me semblait, je ne savais pourquoi, chagriné. La chère petite accepta de grand cœur. Je demandai alors à M. de Charlus s'il ne voulait pas que je l'accompagnasse un peu. Lui aussi accepta, mais refusa de déranger pour cela ma cousine. Je trouvai une certaine douceur (et sans doute pour une dernière fois, puisque j'étais résolu de rompre avec elle) à lui ordonner doucement, comme si elle avait été ma femme : « Rentre de ton côté, je te retrouverai ce soir », et à l'entendre, comme une épouse aurait fait, me donner la permission de faire comme je voudrais, et m'approuver, si M. de Charlus qu'elle aimait bien avait besoin de moi, de me mettre à sa disposition. Nous allâmes, le baron et moi, lui dandinant son gros corps, ses yeux de jésuite baissés, moi le suivant, jusqu'à un café où on nous apporta de la bière. Je sentis les yeux de M. de Charlus attachés par l'inquiétude à quelque projet. Tout à coup il demanda du papier et de l'encre et se mit à écrire avec une vitesse singulière. Pendant qu'il couvrait feuille après feuille, ses yeux étincelaient d'une rêverie rageuse. Quand il eut écrit huit pages : « Puis-je vous demander un grand service ? me dit-il. Excusez-moi de fermer ce mot. Mais il le faut. Vous allez prendre une voiture, une auto si vous pouvez, pour aller plus vite. Vous trouverez certainement encore Morel dans sa chambre où il est allé se changer. Pauvre garçon, il a voulu faire le fendant au moment de nous quitter, mais soyez sûr qu'il a le cœur plus gros que moi. Vous allez lui donner ce mot et, s'il vous demande où vous m'avez vu, vous lui direz que vous vous étiez arrêté à Doncières (ce qui est du reste la vérité) pour voir Robert (ce qui ne l'est peut-être pas), mais que vous m'avez rencontré avec quelqu'un que vous ne connaissez pas, que j'avais l'air très en colère, que vous avez cru surprendre les mots d'envoi de témoins (je me bats demain, en effet). Surtout ne lui dites pas que je le demande, ne cherchez pas à le ramener, mais s'il veut venir avec vous, ne l'empêchez pas de le faire. Allez, mon enfant, c'est pour son bien, vous pouvez éviter un gros drame. Pendant que vous serez parti, je vais écrire à mes témoins. Je vous ai empêché de vous promener avec votre cousine. J'espère qu'elle ne m'en aura pas voulu et même je le crois. Car c'est une âme noble et je sais qu'elle est de celles qui savent ne pas refuser la grandeur des circonstances. Il faudra que vous la remerciiez pour moi. Je lui suis personnellement redevable et il me plaît que ce soit ainsi. » J'avais grand-pitié de M. de Charlus ; il me semblait que Charlie aurait pu empêcher ce duel dont il était peut-être la cause, et j'étais révolté si cela était ainsi, qu'il fût parti avec cette indifférence au lieu d'assister son protecteur. Mon indignation fut plus grande quand, en arrivant à la maison où logeait Morel, je reconnus la voix du violoniste, lequel, par le besoin qu'il avait d'épandre de la gaieté, chantait de tout cœur : « Le samedi soir, après le turbin[1] ! » Si le pauvre M. de Charlus l'avait entendu, lui qui voulait qu'on crût et croyait sans doute que Morel avait en ce moment le cœur gros ! Charlie se mit à danser de plaisir en m'apercevant. « Oh ! mon vieux (pardonnez-moi de vous appeler ainsi, avec cette sacrée vie militaire on prend de sales habitudes), quelle veine de vous voir ! Je n'ai rien à faire de ma soirée. Je vous en prie, passons-la ensemble. On restera ici si ça vous plaît, on ira en canot si vous aimez mieux, on fera de la musique, je n'ai aucune préférence. » Je lui dis que j'étais obligé de dîner à Balbec, il avait bonne envie que je l'y invitasse, mais je ne le voulais pas. « Mais si vous êtes si pressé, pourquoi êtes-vous venu ? — Je vous apporte un mot de M. de Charlus. » À ce nom toute sa gaieté disparut ; sa figure se contracta. « Comment ! il faut qu'il vienne me relancer jusqu'ici ! Alors je suis un esclave ! Mon vieux, soyez gentil. Je n'ouvre pas la lettre. Vous lui direz que vous ne m'avez pas trouvé.

— Ne feriez-vous pas mieux d'ouvrir ? je me figure qu'il y a quelque chose de grave. — Cent fois non, vous ne connaissez pas les mensonges, les ruses infernales de ce vieux forban. C'est un truc pour que j'aille le voir. Hé bien ! je n'irai pas, je veux la paix ce soir. — Mais est-ce qu'il n'y a pas un duel demain ? demandai-je à Morel, que je supposais aussi au courant. — Un duel ? me dit-il d'un air stupéfait. Je ne sais pas un mot de ça. Après tout, je m'en fous, ce vieux dégoûtant peut bien se faire zigouiller si ça lui plaît. Mais tenez, vous m'intriguez, je vais tout de même voir sa lettre. Vous lui direz que vous l'avez laissée à tout hasard pour le cas où je rentrerais. » Tandis que Morel me parlait, je regardais avec stupéfaction les admirables livres que lui avait donnés M. de Charlus et qui encombraient la chambre. Le violoniste ayant refusé ceux qui portaient : « Je suis au baron, etc. », devise qui lui semblait insultante pour lui-même comme un signe d'appartenance, le baron, avec l'ingéniosité sentimentale où se complaît l'amour malheureux, en avait varié d'autres, provenant d'ancêtres, mais commandées au relieur selon les circonstances d'une mélancolique amitié. Quelquefois elles étaient brèves et confiantes, comme « *Spes mea*[1] », ou comme « *Exspectata non eludet*[2] » ; quelquefois seulement résignées, comme « *J'attendrai*[3] » ; certaines galantes : « *Mesmes plaisir du mestre*[4] », ou conseillant la chasteté, comme celle empruntée aux Simiane, semée de tours d'azur et de fleurs de lis et détournée de son sens : « *Sustentant lilia turres*[5] » ; d'autres enfin, désespérées et donnant rendez-vous au ciel à celui qui n'avait pas voulu de lui sur la terre : « *Manet ultima cœlo*[6] » ; et, trouvant trop verte la grappe qu'il ne pouvait atteindre, feignant de n'avoir pas recherché ce qu'il n'avait pas obtenu, M. de Charlus disait dans l'une : « *Non mortale quod opto*[1] ». Mais je n'eus pas le temps de les voir toutes.

Si M. de Charlus en jetant sur le papier cette lettre avait paru en proie au démon de l'inspiration qui faisait courir sa plume, dès que Morel eut ouvert le cachet : *Atavis et armis*[2], chargé d'un léopard accompagné de deux roses de gueules, il se mit à lire avec une fièvre aussi grande qu'avait eue M. de Charlus en écrivant, et sur ces pages noircies à la diable ses regards ne couraient pas moins vite que la plume du baron. « Ah ! mon Dieu ! s'écria-t-il, il ne manquait plus que cela ! mais où le trouver ? Dieu sait où il est maintenant. » J'insinuai qu'en se pressant on le trouverait peut-être encore à une brasserie où il avait demandé de la bière pour se remettre. « Je ne sais pas si je reviendrai », dit-il à sa femme de ménage, et il ajouta *in petto* : « Cela dépendra de la tournure que prendront les choses. » Quelques minutes après nous arrivions au café. Je remarquai l'air de M. de Charlus au moment où il m'aperçut. En voyant que je ne revenais pas seul, je sentis que la respiration, que la vie lui étaient rendues. Étant d'humeur ce soir-là à ne pouvoir se passer de Morel, il avait inventé qu'on lui avait rapporté que deux officiers du régiment avaient mal parlé de lui à propos du violoniste et qu'il allait leur envoyer des témoins. Morel avait vu le scandale, sa vie au régiment impossible, il était accouru. En quoi il n'avait pas absolument eu tort. Car pour rendre son mensonge plus vraisemblable, M. de Charlus avait déjà écrit à deux amis (l'un était Cottard) pour leur demander d'être ses témoins. Et si le violoniste n'était pas venu, il est certain que fou comme était M. de Charlus (et pour changer sa tristesse en fureur), il les eût envoyés au hasard à un officier quelconque, avec lequel ce lui eût été un soulagement de se battre. Pendant ce temps, M. de Charlus se rappelant qu'il était de race plus pure que la Maison de France, se disait qu'il était bien bon de se faire tant de mauvais sang pour le fils d'un maître d'hôtel, dont il n'eût pas daigné fréquenter le maître. D'autre part, s'il ne se plaisait plus guère que dans la fréquentation de la crapule, la profonde habitude qu'a celle-ci de ne pas répondre à une lettre, de manquer à un rendez-vous sans prévenir, sans s'excuser après, lui donnait, comme il s'agissait souvent d'amours, tant d'émotions, et le reste du temps lui causait tant d'agacement, de gêne et de rage, qu'il en arrivait parfois à regretter la multiplicité de lettres pour un rien, l'exactitude scrupuleuse des ambassadeurs et des princes, lesquels s'ils lui étaient malheureusement indifférents, lui donnaient malgré tout une espèce de repos. Habitué aux façons de Morel et sachant combien il avait peu de prise sur lui et était incapable de s'insinuer dans une vie où des camaraderies vulgaires mais consacrées par l'habitude prenaient trop de place et de temps pour qu'on gardât une heure au grand seigneur évincé, orgueilleux et vainement implorant, M. de Charlus était tellement persuadé que le musicien ne viendrait pas, il avait tellement peur de s'être à jamais brouillé avec lui en allant trop loin, qu'il eut peine à retenir un cri en le voyant. Mais se sentant vainqueur, il tint à dicter les conditions de la paix et à en tirer lui-même les avantages qu'il pouvait. « Que venez-vous faire ici ? lui dit-il. Et vous ? ajouta-t-il en me regardant, je vous avais recommandé surtout de ne pas me le ramener. — Il ne voulait pas me ramener », dit Morel en roulant vers M. de Charlus, dans la naïveté de sa coquetterie, des regards conventionnellement tristes et langoureusement démodés, avec un air, jugé sans doute irrésistible, de vouloir embrasser le baron et d'avoir envie de pleurer. « C'est moi qui suis venu malgré lui. Je viens au nom de notre amitié pour vous supplier à deux genoux de ne pas faire cette folie. » M. de Charlus délirait de joie. La réaction était bien forte pour ses nerfs ; malgré cela il en resta le maître. « L'amitié, que vous invoquez assez inopportunément, répondit-il d'un ton sec, devrait au contraire me faire approuver de vous quand je ne crois pas devoir laisser passer les impertinences d'un sot. D'ailleurs si je voulais obéir aux prières d'une affection que j'ai connue mieux inspirée, je n'en aurais plus le pouvoir, mes lettres pour mes témoins sont parties et je ne doute pas de leur acceptation. Vous avez toujours agi avec moi comme un petit imbécile et, au lieu de vous enorgueillir comme vous en aviez le droit de la prédilection que je vous avais marquée, au lieu de faire comprendre à la tourbe d'adjudants ou de domestiques au milieu desquels la loi militaire vous force de vivre quel motif d'incomparable fierté était pour vous une amitié comme la mienne, vous avez cherché à vous excuser, presque à vous faire un mérite stupide de ne pas être assez reconnaissant. Je sais qu'en cela, ajouta-t-il pour ne pas laisser voir combien certaines scènes l'avaient humilié, vous n'êtes coupable que de vous être laissé mener par la jalousie des autres. Mais comment à votre âge êtes-vous assez enfant (et enfant assez mal élevé) pour n'avoir pas deviné tout de suite que votre élection par moi et tous les avantages qui devaient en résulter pour vous allaient exciter des jalousies ? que tous vos camarades pendant qu'ils vous excitaient à vous brouiller avec moi, allaient travailler à prendre votre place ? Je n'ai pas cru devoir vous avertir des lettres que j'ai reçues à cet égard de tous ceux à qui vous vous fiez le plus. Je dédaigne autant les avances de ces larbins que leurs inopérantes moqueries. La seule personne dont je me soucie, c'est vous parce que je vous aime bien, mais l'affection a des bornes et vous auriez dû vous en douter. » Si dur que le mot de « larbin » pût être aux oreilles de Morel dont le père l'avait été, mais justement parce que son père l'avait été, l'explication de toutes les mésaventures sociales par la « jalousie », explication simpliste et absurde, mais inusable et qui dans une certaine classe « prend » toujours d'une façon aussi infaillible que les vieux trucs auprès du public des théâtres, ou la menace du péril clérical dans les assemblées, trouvait chez lui une créance presque aussi forte que chez Françoise ou les domestiques de Mme de Guermantes, pour qui c'était la seule cause des malheurs de l'humanité. Il ne douta pas que ses camarades n'eussent essayé de lui chiper sa place et ne fut que plus malheureux de ce duel calamiteux et d'ailleurs imaginaire. « Oh ! quel désespoir, s'écria Charlie. Je n'y survivrai pas. Mais ils ne doivent pas vous voir avant d'aller trouver cet officier ? — Je ne sais pas, je pense que si. J'ai fait dire à l'un d'eux que je resterais ici ce soir et je lui donnerai mes instructions. — J'espère d'ici sa venue vous faire entendre raison ; permettez-moi seulement de rester auprès de vous », lui demanda tendrement Morel. C'était tout ce que voulait M. de Charlus. Il ne céda pas du premier coup. « Vous auriez tort d'appliquer ici le "qui aime bien châtie bien" du proverbe, car c'est vous que j'aimais bien et j'entends châtier même après notre brouille ceux qui ont lâchement essayé de vous faire du tort. Jusqu'ici à leurs insinuations questionneuses, osant me demander comment un homme comme moi pouvait frayer avec un gigolo de votre espèce et sorti de rien, je n'ai répondu que par la devise de mes cousins La Rochefoucauld : "C'est mon plaisir[1]." Je vous ai même marqué plusieurs fois que ce plaisir était susceptible de devenir mon plus grand plaisir, sans qu'il résultât de votre arbitraire élévation un abaissement pour moi. » Et dans un mouvement d'orgueil presque fou, il s'écria en levant les bras : « *Tantus ab uno splendor*[1] ! Condescendre n'est pas descendre, ajouta-t-il avec plus de calme, après ce délire de fierté et de joie. J'espère au moins que mes deux adversaires, malgré leur rang inégal, sont d'un sang que je peux faire couler sans honte. J'ai pris à cet égard quelques renseignements discrets qui m'ont rassuré. Si vous gardiez pour moi quelque gratitude, vous devriez être fier au contraire de voir qu'à cause de vous je reprends l'humeur belliqueuse de mes ancêtres, disant comme eux, au cas d'une issue fatale, maintenant que j'ai compris le petit drôle que vous êtes : "Mort m'est vie[2]." » Et M. de Charlus le disait sincèrement, non seulement par amour pour Morel, mais parce qu'un goût batailleur qu'il croyait naïvement tenir de ses aïeux, lui donnait tant d'allégresse à la pensée de se battre que ce duel machiné d'abord seulement pour faire venir Morel, il eût éprouvé maintenant du regret à y renoncer. Il n'avait jamais eu d'affaire sans se croire aussitôt valeureux et identifié à l'illustre connétable de Guermantes, alors que pour tout autre ce même acte d'aller sur le terrain lui paraissait de la dernière insignifiance. « Je crois que ce sera bien beau, nous dit-il sincèrement, en psalmodiant chaque terme. Voir Sarah Bernhardt dans *L'Aiglon*[3], qu'est-ce que c'est ? du caca. Mounet-Sully dans *Œdipe*[4] ? caca. Tout au plus prend-il une certaine pâleur de transfiguration quand cela se passe dans les Arènes de Nîmes. Mais qu'est-ce que c'est à côté de cette chose inouïe, voir batailler le propre descendant du Connétable ? » Et à cette seule pensée, M. de Charlus ne se tenant pas de joie, se mit à faire des contre-de-quarte qui rappelaient

Molière[1], nous firent rapprocher prudemment de nous nos bocks, et craindre que les premiers croisements de fer blessassent les adversaires, le médecin et les témoins. « Quel spectacle tentant ce serait pour un peintre ! Vous qui connaissez M. Elstir, me dit-il, vous devriez l'amener. » Je répondis qu'il n'était pas sur la côte. M. de Charlus m'insinua qu'on pourrait lui télégraphier. « Oh ! je dis cela pour lui, ajouta-t-il devant mon silence. C'est toujours intéressant pour un maître — à mon avis il en est un — de fixer un exemple de pareille reviviscence ethnique. Et il n'y en a peut-être pas un par siècle. »

Mais si M. de Charlus s'enchantait à la pensée d'un combat qu'il avait cru d'abord tout fictif, Morel pensait avec terreur aux potins qui, de la « musique » du régiment, pouvaient être colportés, grâce au bruit que ferait ce duel, jusqu'au temple de la rue Bergère. Voyant déjà la « classe » informée de tout, il devenait de plus en plus pressant auprès de M. de Charlus, lequel continuait à gesticuler devant l'enivrante idée de se battre. Il supplia le baron de lui permettre de ne pas le quitter jusqu'au surlendemain, jour supposé du duel, pour le garder à vue et tâcher de lui faire entendre la voix de la raison. Une si tendre proposition triompha des dernières hésitations de M. de Charlus. Il dit qu'il allait essayer de trouver une échappatoire, qu'il ferait remettre au surlendemain une résolution définitive. De cette façon, en n'arrangeant pas l'affaire tout d'un coup, M. de Charlus savait garder Charlie au moins deux jours et en profiter pour obtenir de lui des engagements pour l'avenir en échange de sa renonciation au duel, exercice, disait-il, qui par soi-même l'enchantait, et dont il ne se priverait pas sans regret. Et en cela d'ailleurs il était sincère, car il avait toujours pris plaisir à aller sur le terrain quand il s'agissait de croiser le fer ou d'échanger des balles avec un adversaire. Cottard arriva enfin quoique mis très en retard, car ravi de servir de témoin mais plus ému encore, il avait été obligé de s'arrêter à tous les cafés ou fermes de la route, en demandant qu'on voulût bien lui indiquer « le n° 100 » ou « le petit endroit ». Aussitôt qu'il fut là, le baron l'emmena dans une pièce isolée, car il trouvait plus réglementaire que Charlie et moi n'assistions pas à l'entrevue, et il excellait à donner à une chambre quelconque l'affectation provisoire de salle du trône ou des délibérations. Une fois seul avec Cottard, il le remercia chaleureusement, mais lui déclara qu'il semblait probable que le propos répété n'avait en réalité pas été tenu, et que dans ces conditions le docteur voulût bien avertir le second témoin que, sauf complications possibles, l'incident était considéré comme clos. Le danger s'éloignant, Cottard fut désappointé. Il voulut même un instant manifester de la colère, mais il se rappela qu'un de ses maîtres, qui avait fait la plus belle carrière médicale de son temps, ayant échoué la première fois à l'Académie pour deux voix seulement, avait fait contre mauvaise fortune bon cœur et était allé serrer la main du concurrent élu. Aussi le docteur se dispensa-t-il d'une expression de dépit qui n'eût plus rien changé, et après avoir murmuré, lui, le plus peureux des hommes, qu'il y a certaines choses qu'on ne peut laisser passer, il ajouta que c'était mieux ainsi, que cette solution le réjouissait. M. de Charlus désireux de témoigner sa reconnaissance au docteur, de la même façon que M. le duc son frère eût arrangé le col du paletot de mon père[1], comme une duchesse surtout eût tenu la taille à une plébéienne, approcha sa chaise tout près de celle du docteur, malgré le dégoût que celui-ci lui inspirait. Et non seulement sans plaisir physique, mais surmontant une répulsion physique, en Guermantes, non en inverti, pour dire adieu au docteur il lui prit la main et la lui caressa un moment avec une bonté de maître flattant le museau de son cheval et lui donnant du sucre. Mais Cottard qui n'avait jamais laissé voir au baron qu'il eût même entendu courir de vagues mauvais bruits sur ses mœurs, et ne l'en considérait pas moins dans son for intérieur, comme faisant partie de la classe des « anormaux » (même, avec son habituelle impropriété de termes et sur le ton le plus sérieux, il disait d'un valet de chambre de M. Verdurin : « Est-ce que ce n'est pas la maîtresse du baron ? »), personnages dont il avait peu l'expérience, se figura que cette caresse de la main était le prélude immédiat d'un viol pour l'accomplissement duquel il avait été, le duel n'ayant servi que de prétexte, attiré dans un guet-apens et conduit par le baron dans ce salon solitaire où il allait être pris de force. N'osant quitter sa chaise où la peur le tenait cloué, il roulait des yeux d'épouvante, comme tombé aux mains d'un sauvage dont il n'était pas bien assuré qu'il ne se nourrît pas de chair humaine. Enfin M. de Charlus lui lâchant la main et voulant être aimable jusqu'au bout : « Vous allez prendre quelque chose avec nous, comme on dit, ce qu'on appelait autrefois un mazagran ou un gloria, boissons qu'on ne trouve plus comme curiosités archéologiques, que dans les pièces de Labiche et les cafés de Doncières[1]. Un "gloria"[2] serait assez convenable au lieu, n'est-ce pas ? et aux circonstances, qu'en dites-vous ? — Je suis président de la ligue antialcoolique, répondit Cottard. Il suffirait que quelque médicastre de province passât, pour qu'on dise que je ne prêche pas d'exemple. *Os homini sublime dedit cœlumque tuerie*[3] », ajouta-t-il bien que cela n'eût aucun rapport, mais parce que son stock de citations latines était assez pauvre, suffisant d'ailleurs pour émerveiller ses élèves. M. de Charlus haussa les épaules et ramena Cottard auprès de nous, après lui avoir demandé un secret qui lui importait d'autant plus que, le motif du duel avorté étant purement imaginaire, il fallait empêcher qu'il parvînt aux oreilles de l'officier arbitrairement mis en cause. Tandis que nous buvions tous quatre, Mme Cottard, qui attendait son mari dehors devant la porte et que M. de Charlus avait très bien vue, mais qu'il ne se souciait pas d'attirer, entra et dit bonjour au baron, qui lui tendit la main comme à une chambrière, sans bouger de sa chaise, partie en roi qui reçoit des hommages, partie en snob qui ne veut pas qu'une femme peu élégante s'asseye à sa table, partie en égoïste qui a du plaisir à être seul avec ses amis et ne veut pas être embêté. Mme Cottard resta donc debout à parler à M. de Charlus et à son mari. Mais peut-être parce que la politesse, ce qu'on a « à faire », n'est pas le privilège exclusif des Guermantes, et peut tout d'un coup illuminer et guider les cerveaux les plus incertains, ou parce que, trompant beaucoup sa femme, Cottard avait par moments, par une espèce de revanche, le besoin de la protéger contre qui lui manquait, brusquement le docteur fronça le sourcil, ce que je ne lui avais jamais vu faire, et sans consulter M. de Charlus, en maître : « Voyons, Léontine, ne reste donc pas debout, assieds-toi. — Mais est-ce que je ne vous dérange pas ? » demanda timidement Mme Cottard à M. de Charlus, lequel surpris du ton du docteur n'avait rien répondu. Et sans lui en donner cette seconde fois le temps, Cottard reprit avec autorité : « Je t'ai dit de t'asseoir. »

Au bout d'un instant on se dispersa et alors M. de Charlus dit à Morel : « Je conclus de toute cette histoire, mieux terminée que vous ne méritiez, que vous ne savez pas vous conduire et qu'à la fin de votre service militaire je vous ramène moi-même à votre père, comme fit l'archange Raphaël envoyé par Dieu au jeune Tobie[1]. » Et le baron se mit à sourire avec un air de grandeur et une joie que Morel, à qui la perspective d'être ainsi ramené ne plaisait guère, ne semblait pas partager. Dans l'ivresse de se comparer à l'archange, et Morel au fils de Tobie, M. de Charlus ne pensait plus au but de sa phrase qui était de tâter le terrain pour savoir si, comme il le désirait, Morel consentirait à venir avec lui à Paris. Grisé par son amour ou par son amour-propre le baron ne vit pas ou feignit de ne pas voir la moue que fit le violoniste car ayant laissé celui-ci seul dans le café, il me dit avec un orgueilleux sourire : « Avez-vous remarqué, quand je l'ai comparé au fils de Tobie, comme il délirait de joie ? C'est parce que, comme il est très intelligent, il a tout de suite compris que le Père auprès duquel il allait désormais vivre, n'était pas son père selon la chair, qui doit être un affreux valet de chambre à moustaches, mais son père spirituel, c'est-à-dire Moi. Quel orgueil pour lui ! Comme il redressait fièrement la tête ! Quelle joie il ressentait d'avoir compris ! Je suis sûr qu'il va redire tous les jours : "Ô Dieu qui avez donné le bienheureux archange Raphaël pour *guide* à votre serviteur Tobie dans un long voyage, accordez-nous à nous, vos serviteurs, d'être toujours protégés par lui et munis de son secours." Je n'ai même pas eu besoin, ajouta le baron, fort persuadé qu'il siégerait un jour devant le trône de Dieu, de lui dire que j'étais l'envoyé céleste, il l'a compris de lui-même et en était muet de bonheur ! » Et M. de Charlus (à qui au contraire le bonheur n'enlevait pas la parole), peu soucieux des quelques passants qui se retournèrent, croyant avoir affaire à un fou, s'écria tout seul et de toute sa force, en levant les mains : « Alleluia ! ».

Cette réconciliation ne mit fin que pour un temps aux tourments de M. de Charlus ; souvent Morel, parti en manœuvres trop loin pour que M. de Charlus pût aller le voir ou m'envoyer lui parler, écrivait au baron des lettres désespérées et tendres, où il lui assurait qu'il lui en fallait finir avec la vie parce qu'il avait, pour une chose affreuse, besoin de vingt-cinq mille francs. Il ne disait pas quelle était la chose affreuse, l'eût-il dit qu'elle eût sans doute été inventée. Pour l'argent même, M. de Charlus l'eût envoyé volontiers s'il n'eût senti que cela donnait à Charlie les moyens de se passer de lui et aussi d'avoir les faveurs de quelque autre. Aussi refusait-il, et ses télégrammes avaient le ton sec et tranchant de sa voix. Quand il était certain de leur effet, il souhaitait que Morel fût à jamais brouillé avec lui, car persuadé que ce serait le contraire qui se réaliserait, il se rendait compte de tous les inconvénients qui allaient renaître de cette liaison inévitable. Mais si aucune réponse de Morel ne venait, il ne dormait plus, il n'avait plus un moment de calme, tant le nombre est grand, en effet, des choses que nous vivons sans les connaître, et des réalités intérieures et profondes qui nous restent cachées. Il formait alors toutes les suppositions sur cette énormité qui faisait que Morel avait besoin de vingt-cinq mille francs, il lui donnait toutes les formes, y attachait tour à tour bien des noms propres. Je crois que dans ces moments-là M. de Charlus (et bien qu'à cette époque son snobisme, diminuant, eût été déjà au moins rejoint sinon dépassé par la curiosité grandissante que le baron avait du peuple) devait se rappeler avec quelque nostalgie les gracieux tourbillons multicolores des réunions mondaines où les femmes et les hommes les plus charmants ne le recherchaient que pour le plaisir désintéressé qu'il leur donnait, où personne n'eût songé à « lui monter le coup », à inventer une « chose affreuse » pour laquelle on est prêt à se donner la mort si on ne reçoit pas tout de suite vingt-cinq mille francs. Je crois qu'alors, et peut-être parce qu'il était resté tout de même plus de Combray que moi et avait enté la fierté féodale sur l'orgueil allemand, il devait trouver qu'on n'est pas impunément l'amant de cœur d'un domestique, que le peuple n'est pas tout à fait le monde, et « ne faisait pas confiance » au peuple comme je lui ai toujours fait.

La station suivante du petit train, Maineville, me rappelle justement un incident relatif à Morel et à M. de Charlus. Avant d'en parler, je dois dire que l'arrêt à Maineville (quand on conduisait à Balbec un arrivant élégant qui, pour ne pas gêner, préférait ne pas habiter La Raspelière) était l'occasion de scènes moins pénibles que celle que je vais raconter dans un instant. L'arrivant, ayant ses menus bagages dans le train, trouvait généralement le Grand-Hôtel un peu éloigné, mais comme il n'y avait avant Balbec que de petites plages aux villas inconfortables, était, par goût de luxe et de bien-être, résigné au long trajet, quand, au moment où le train stationnait à Maineville, il voyait brusquement se dresser le Palace dont il ne pouvait pas se douter que c'était une maison de prostitution[1]. « Mais, n'allons pas plus loin, disait-il infailliblement à Mme Cottard, femme connue comme étant d'esprit pratique et de bon conseil. Voilà tout à fait ce qu'il me faut. À quoi bon continuer jusqu'à Balbec où ce ne sera certainement pas mieux ? Rien qu'à l'aspect, je juge qu'il y a tout le confort ; je pourrai parfaitement faire venir là Mme Verdurin, car je compte, en échange de ses politesses, donner quelques petites réunions en son honneur. Elle n'aura pas tant de chemin à faire que si j'habite Balbec. Cela me semble tout à fait bien pour elle, et pour votre femme, mon cher professeur. Il doit y avoir des salons, nous y ferons venir ces dames. Entre nous je ne comprends pas pourquoi au lieu de louer La Raspelière, Mme Verdurin n'est pas venue habiter ici. C'est beaucoup plus sain que de vieilles maisons comme La Raspelière, qui est forcément humide, sans être propre d'ailleurs ; ils n'ont pas l'eau chaude, on ne peut pas se laver comme on veut. Maineville me paraît bien plus agréable. Mme Verdurin y eût joué parfaitement son rôle de patronne. En tous cas chacun ses goûts, moi je vais me fixer ici. Madame Cottard, ne voulez-vous pas descendre avec moi ? en nous dépêchant, car le train ne va pas tarder à repartir. Vous me piloteriez dans cette maison qui sera la vôtre et que vous devez avoir fréquentée souvent. C'est tout à fait un cadre fait pour vous. » On avait toutes les peines du monde à faire taire, et surtout à empêcher de descendre, l'infortuné arrivant, lequel, avec l'obstination qui émane souvent des gaffes, insistait, prenait ses valises et ne voulait rien entendre jusqu'à ce qu'on lui eût assuré que jamais Mme Verdurin ni Mme Cottard ne viendraient le voir là. « En tous cas je vais y élire domicile. Mme Verdurin n'aura qu'à m'y écrire. »

Le souvenir relatif à Morel se rapporte à un incident d'un ordre plus particulier. Il y en eut d'autres, mais je me contente ici, au fur et à mesure que le tortillard s'arrête et que l'employé crie Doncières, Grattevast, Maineville[1], etc., de noter ce que la petite plage ou la garnison m'évoquent. J'ai déjà parlé de Maineville (*media villa*) et de l'importance qu'elle prenait à cause de cette somptueuse maison de femmes qui y avait été récemment construite, non sans éveiller les protestations inutiles des mères de famille. Mais avant de dire en quoi Maineville a quelque rapport dans ma mémoire avec Morel et M. de Charlus, il me faut noter la disproportion (que j'aurai plus tard à approfondir) entre l'importance que Morel attachait à garder libres certaines heures et l'insignifiance des occupations auxquelles il prétendait les employer, cette même disproportion se retrouvant au milieu des explications d'un autre genre qu'il donnait à M. de Charlus. Lui qui jouait au désintéressé avec le baron (et pouvait y jouer sans risques, vu la générosité de son protecteur), quand il désirait passer la soirée de son côté pour donner une leçon, etc., il ne manquait pas d'ajouter à son prétexte ces mots dits avec un sourire d'avidité : « Et puis cela peut me faire gagner quarante francs. Ce n'est pas rien. Permettez-moi d'y aller, car vous voyez, c'est mon intérêt. Dame, je n'ai pas de rentes comme vous, j'ai ma situation à faire, c'est le moment de gagner des sous. » Morel n'était pas, en désirant donner sa leçon, tout à fait insincère. D'une part, que l'argent n'ait pas de couleur est faux. Une manière nouvelle de le gagner rend du neuf aux pièces que l'usage a ternies. S'il était vraiment sorti pour une leçon, il est possible que deux louis remis au départ par une élève eussent produit sur lui un effet autre que deux louis tombés de la main de M. de Charlus. Puis l'homme le plus riche ferait pour deux louis des kilomètres qui deviennent des lieues si l'on est fils d'un valet de chambre. Mais souvent M. de Charlus avait sur la réalité de la leçon de violon des doutes d'autant plus grands que souvent le musicien invoquait des prétextes d'un autre genre, d'un ordre entièrement désintéressé au point de vue matériel, et d'ailleurs absurdes. Morel ne pouvait ainsi s'empêcher de présenter une image de sa vie, mais volontairement, et involontairement aussi, tellement enténébrée que certaines parties seules se laissaient distinguer. Pendant un mois il se mit à la disposition de M. de Charlus à condition de garder ses soirées libres, car il désirait suivre avec continuité des cours d'algèbre. Venir voir après M. de Charlus ? Ah ! c'était impossible, les cours duraient parfois fort tard. « Même après deux heures du matin ? demandait le baron. — Des fois. — Mais l'algèbre s'apprend aussi facilement dans un livre. — Même plus facilement, car je ne comprends pas grand-chose aux cours. — Alors ? D'ailleurs l'algèbre ne peut te servir à rien. — J'aime bien cela. Ça dissipe ma neurasthénie. » « Cela ne peut pas être l'algèbre qui lui fait demander des permissions de nuit, se disait M. de Charlus. Serait-il attaché à la police ? » En tous cas Morel, quelque objection qu'on fît, réservait certaines heures tardives, que ce fût à cause de l'algèbre ou du violon. Une fois ce ne fut ni l'un ni l'autre, mais le prince de Guermantes qui, venu passer quelques jours sur cette côte pour rendre visite à la duchesse de Luxembourg, rencontra le musicien, sans savoir qui il était, sans être davantage connu de lui, et lui offrit cinquante francs pour passer la nuit ensemble dans la maison de femmes de Maineville ; double plaisir, pour Morel, du gain reçu de M. de Guermantes et de la volupté d'être entouré de femmes dont les seins bruns se montraient à découvert. Je ne sais comment M. de Charlus eut l'idée de ce qui s'était passé et de l'endroit, mais non du séducteur. Fou de jalousie et pour connaître celui-ci, il télégraphia à Jupien qui arriva deux jours après, et quand au commencement de la semaine suivante, Morel annonça qu'il serait encore absent, le baron demanda à Jupien s'il se chargerait d'acheter la patronne de l'établissement et d'obtenir qu'on les cachât, lui et Jupien, pour assister à la scène. « C'est entendu. Je vais m'en occuper, ma petite gueule », répondit Jupien au baron. On ne peut comprendre à quel point cette inquiétude agitait, et par là même avait momentanément enrichi, l'esprit de M. de Charlus. L'amour cause ainsi de véritables soulèvements géologiques de la pensée. Dans celle de M. de Charlus qui, il y a quelques jours, ressemblait à une plaine si uniforme qu'au plus loin il n'aurait pu apercevoir une idée au ras du sol, s'étaient brusquement dressées, dures comme la pierre, un massif de montagnes[1], mais de montagnes aussi sculptées que si quelque statuaire au lieu d'emporter le marbre l'avait ciselé sur place et où se tordaient, en groupes géants et titaniques, la Fureur, la Jalousie, la Curiosité, l'Envie, la Haine, la Souffrance, l'Orgueil, l'Épouvante et l'Amour.

Cependant le soir où Morel devait être absent était arrivé. La mission de Jupien avait réussi. Lui et le baron devaient venir vers onze heures du soir et on les cacherait. Trois rues avant d'arriver à cette magnifique maison de prostitution (où on venait de tous les environs élégants), M. de Charlus marchait sur la pointe des pieds, dissimulait sa voix, suppliait Jupien de parler moins fort, de peur que, de l'intérieur, Morel les entendît. Or, dès qu'il fut entré à pas de loup dans le vestibule, M. de Charlus, qui avait peu l'habitude de ce genre de lieux, à sa terreur et à sa stupéfaction se trouva dans un endroit plus bruyant que la Bourse ou l'Hôtel des Ventes. C'est en vain qu'il recommandait de parler plus bas à des soubrettes qui se pressaient autour de lui ; d'ailleurs leur voix même était couverte par le bruit de criées et d'adjudications que faisait une vieille « sous-maîtresse » à la perruque fort brune, au visage où craquelait la gravité d'un notaire ou d'un prêtre espagnol, et qui lançait à toutes minutes avec un bruit de tonnerre, en laissant alternativement ouvrir et refermer les portes, comme on règle la circulation des voitures : « Mettez monsieur au vingt-huit, dans la chambre espagnole. » « On ne passe plus. » « Rouvrez la porte, ces messieurs demandent Mlle Noémie. Elle les attend dans le salon persan. » M. de Charlus était effrayé comme un provincial qui a à traverser les boulevards ; et pour prendre une comparaison infiniment moins sacrilège que le sujet représenté dans les chapiteaux du porche de la vieille église de Couliville[1], les voix des jeunes bonnes répétaient en plus bas, sans se lasser, l'ordre de la sous-maîtresse, comme ces catéchismes qu'on entend les élèves psalmodier dans la sonorité d'une église de campagne. Si peur qu'il eût, M. de Charlus qui, dans la rue, tremblait d'être entendu, se persuadant que Morel était à la fenêtre, ne fut peut-être pas tout de même aussi effrayé dans le rugissement de ces escaliers immenses où on comprenait que des chambres rien ne pouvait être aperçu. Enfin au terme de son calvaire, il trouva Mlle Noémie qui devait le cacher avec Jupien, mais commença par l'enfermer dans un salon persan fort somptueux d'où il ne voyait rien. Elle lui dit que Morel avait demandé à prendre une orangeade et que dès qu'on la lui aurait servie, on conduirait les deux voyageurs dans un salon transparent. En attendant, comme on la réclamait, elle leur promit, comme dans un conte, que pour leur faire passer le temps elle allait leur envoyer « une petite dame intelligente ». Car elle, on l'appelait. La petite dame intelligente avait un peignoir persan qu'elle voulait ôter. M. de Charlus lui demanda de n'en rien faire, et elle se fit monter du champagne qui coûtait quarante francs la bouteille. Morel, en réalité, pendant ce temps, était avec le prince de Guermantes ; il avait, pour la forme, fait semblant de se tromper de chambre, était entré dans une où il y avait deux femmes, lesquelles s'étaient empressées de laisser seuls les deux messieurs. M. de Charlus ignorait tout cela, mais pestait, voulait ouvrir les portes, fit redemander Mlle Noémie, laquelle ayant entendu la petite dame intelligente donner à M. de Charlus des détails sur Morel non concordants avec ceux qu'elle-même avait donnés à Jupien, la fit déguerpir et envoya bientôt, pour remplacer la petite dame intelligente, « une petite dame gentille », qui ne leur montra rien de plus, mais leur dit combien la maison était sérieuse et demanda, elle aussi, du champagne. Le baron, écumant, fit revenir Mlle Noémie, qui leur dit : « Oui, c'est un peu long, ces dames prennent des poses, il n'a pas l'air d'avoir envie de rien faire. » Enfin, devant les promesses du baron, ses menaces, Mlle Noémie s'en alla d'un air contrarié en les assurant qu'ils n'attendraient pas plus de cinq minutes. Ces cinq minutes durèrent une heure, après quoi Noémie conduisit à pas de loup M. de Charlus ivre de fureur et Jupien désolé vers une porte entrebâillée en leur disant : « Vous allez très bien voir. Du reste en ce moment ce n'est pas très intéressant, il est avec trois dames, il leur raconte sa vie de régiment. » Enfin le baron put voir par l'ouverture de la porte et aussi dans les glaces. Mais une terreur mortelle le força de s'appuyer au mur. C'était bien Morel qu'il avait devant lui, mais comme si les mystères païens et les enchantements existaient encore, c'était plutôt l'ombre de Morel, Morel embaumé, pas même Morel ressuscité comme Lazare, une apparition de Morel, un fantôme de Morel, Morel revenant ou évoqué dans cette chambre (où partout les murs et les divans répétaient des emblèmes de sorcellerie), qui était à quelques mètres de lui, de profil. Morel avait, comme après la mort, perdu toute couleur ;

entre ces femmes avec lesquelles il semblait qu'il eût dû s'ébattre joyeusement, livide, il restait figé dans une immobilité artificielle ; pour boire la coupe de champagne qui était devant lui, son bras sans force essayait lentement de se tendre et retombait. On avait l'impression de cette équivoque qui fait qu'une religion parle d'immortalité, mais entend par là quelque chose qui n'exclut pas le néant. Les femmes le pressaient de questions : « Vous voyez, dit tout bas Mlle Noémie au baron, elles lui parlent de sa vie de régiment, c'est amusant, n'est-ce pas ? — et elle rit — vous êtes content ? Il est calme, n'est-ce pas ? » ajouta-t-elle, comme elle aurait dit d'un mourant. Les questions des femmes se pressaient mais Morel, inanimé, n'avait pas la force de leur répondre. Le miracle même d'une parole murmurée ne se produisait pas. M. de Charlus n'eut qu'un instant d'hésitation, il comprit la vérité et que, soit maladresse de Jupien quand il était allé s'entendre, soit puissance expansive des secrets confiés qui fait qu'on ne les garde jamais, soit caractère indiscret de ces femmes, soit crainte de la police, on avait prévenu Morel que deux messieurs avaient payé fort cher pour le voir, on avait fait sortir le prince de Guermantes métamorphosé en trois femmes, et placé le pauvre Morel tremblant, paralysé par la stupeur, de telle façon que, si M. de Charlus le voyait mal, lui, terrorisé, sans paroles, n'osant pas prendre son verre de peur de le laisser tomber, voyait en plein le baron.

L'histoire au reste ne finit pas mieux pour le prince de Guermantes. Quand on l'avait fait sortir pour que M. de Charlus ne le vît pas, furieux de sa déconvenue sans soupçonner qui en était l'auteur, il avait supplié Morel, sans toujours vouloir lui faire connaître qui il était, de lui donner rendez-vous pour la nuit suivante dans la toute petite villa qu'il avait louée et que malgré le peu de temps qu'il devait y rester, il avait, suivant la même maniaque habitude que nous avons autrefois remarquée chez Mme de Villeparisis[1], décorée de quantité de souvenirs de famille, pour se sentir plus chez soi. Donc le lendemain, Morel, retournant la tête à toute minute, tremblant d'être suivi et épié par M. de Charlus, avait fini, n'ayant remarqué aucun passant suspect, par entrer dans la villa. Un valet le fit entrer au salon en lui disant qu'il allait prévenir Monsieur (son maître lui avait recommandé de ne pas prononcer le nom de prince de peur d'éveiller des soupçons). Mais quand Morel se trouva seul et voulut regarder dans la glace si sa mèche n'était pas dérangée, ce fut comme une hallucination. Sur la cheminée, les photographies, reconnaissables pour le violoniste, car il les avait vues chez M. de Charlus, de la princesse de Guermantes, de la duchesse de Luxembourg, de Mme de Villeparisis, le pétrifièrent d'abord d'effroi. Au même moment il aperçut celle de M. de Charlus, laquelle était un peu en retrait. Le baron semblait immobiliser sur Morel un regard étrange et fixe. Fou de terreur, Morel, revenant de sa stupeur première, ne doutant pas que ce ne fût un guet-apens où M. de Charlus l'avait fait tomber pour éprouver s'il était fidèle, dégringola quatre à quatre les quelques marches de la villa, se mit à courir à toutes jambes sur la route et quand le prince de Guermantes (après avoir cru faire faire à une connaissance de passage le stage nécessaire, non sans s'être demandé si c'était bien prudent et si l'individu n'était pas dangereux) entra dans son salon, il n'y trouva plus personne. Il eut beau avec son valet, par crainte de cambriolage, et revolver au poing, explorer toute la maison, qui n'était pas grande, les recoins du jardinet, le sous-sol, le compagnon dont il avait cru la présence certaine avait disparu. Il le rencontra plusieurs fois au cours de la semaine suivante. Mais chaque fois c'était Morel, l'individu dangereux, qui se sauvait comme si le prince l'avait été plus encore. Buté dans ses soupçons, Morel ne les dissipa jamais, et même à Paris la vue du prince de Guermantes suffisait à le mettre en fuite. Par où M. de Charlus fut protégé d'une infidélité qui le désespérait, et vengé sans l'avoir jamais imaginé, ni surtout comment.

Mais déjà les souvenirs de ce qu'on m'avait raconté à ce sujet sont remplacés par d'autres, car le *T.S.N.*, reprenant sa marche de « tacot », continue de déposer ou de prendre les voyageurs aux stations suivantes.

À Grattevast, où habitait sa sœur avec laquelle il était allé passer l'après-midi, montait quelquefois M. Pierre de Verjus, comte de Crécy[1] (qu'on appelait seulement le comte de Crécy), gentilhomme pauvre mais d'une extrême distinction, que j'avais connu par les Cambremer, avec qui il était d'ailleurs peu lié. Réduit à une vie extrêmement modeste, presque misérable, je sentais qu'un cigare, une « consommation » étaient choses si agréables pour lui que je pris l'habitude, les jours où je ne pouvais voir Albertine, de l'inviter à Balbec. Très fin et s'exprimant à merveille, tout blanc, avec de charmants yeux bleus, il parlait surtout, du bout des lèvres, très délicatement, des conforts de la vie seigneuriale, qu'il avait évidemment connus, et aussi de généalogies. Comme je lui demandais ce qui était gravé sur sa bague, il me dit avec un sourire modeste : « C'est une branche de verjus. » Et il ajouta avec un plaisir de dégustateur : « Nos armes sont une branche de verjus — symbolique puisque je m'appelle Verjus — tigellée et feuillée de sinople. » Mais je crois qu'il aurait eu une déception si à Balbec je ne lui avais offert à boire que du verjus. Il aimait les vins les plus coûteux, sans doute par privation, par connaissance approfondie de ce dont il était privé, par goût, peut-être aussi par penchant exagéré. Aussi quand je l'invitais à dîner à Balbec, il commandait le repas avec une science raffinée, mais mangeait un peu trop, et surtout buvait, faisant chambrer les vins qui doivent l'être, frapper ceux qui exigent d'être dans de la glace. Avant le dîner et après, il indiquait la date ou le numéro qu'il voulait pour un porto ou une fine, comme il eût fait pour l'érection généralement ignorée d'un marquisat, mais qu'il connaissait aussi bien.

Comme j'étais pour Aimé un client préféré, il était ravi que je donnasse de ces dîners extras et criait aux garçons : « Vite, dressez la table 25 » ; il ne disait même pas « dressez » mais « dressez-moi », comme si ç'avait été pour lui. Et comme le langage des maîtres d'hôtel n'est pas tout à fait le même que celui des chefs de rang, demi-chefs, commis, etc., au moment où je demandais l'addition, il disait au garçon qui nous avait servis, avec un geste répété et apaisant du revers de la main, comme s'il voulait calmer un cheval prêt à prendre le mors aux dents : « N'allez pas trop fort (pour l'addition), allez doucement, très doucement. » Puis comme le garçon partait muni de cet aide-mémoire, Aimé, craignant que ses recommandations ne fussent pas exactement suivies, le rappelait : « Attendez, je vais chiffrer moi-même. » Et comme je lui disais que cela ne faisait rien : « J'ai pour principe que, comme on dit vulgairement, on ne doit pas estamper le client. » Quant au directeur, voyant les vêtements simples, toujours les mêmes, et assez usés de mon invité (et pourtant personne n'eût si bien pratiqué l'art de s'habiller fastueusement, comme un élégant de Balzac, s'il en avait eu les moyens), il se contentait, à cause de moi, d'inspecter de loin si tout allait bien, et d'un regard de faire mettre une cale sous un pied de la table qui n'était pas d'aplomb. Ce n'est pas qu'il n'eût su, bien qu'il cachât ses débuts comme plongeur, mettre la main à la pâte comme un autre. Il fallut pourtant une circonstance exceptionnelle pour qu'un jour il découpât lui-même les dindonneaux. J'étais sorti mais j'ai su qu'il l'avait fait avec une majesté sacerdotale, entouré, à distance respectueuse du dressoir, d'un cercle de garçons qui cherchaient par là moins à apprendre qu'à se faire bien voir, et avaient un air béat d'admiration. Vus d'ailleurs par le directeur (plongeant d'un geste lent dans le flanc des victimes et n'en détachant pas plus ses yeux pénétrés de sa haute fonction que s'il avait dû y lire quelque augure), ils ne le furent nullement. Le sacrificateur ne s'aperçut même pas de mon absence. Quand il l'apprit, elle le désola. « Comment, vous ne m'avez pas vu découper moi-même les dindonneaux ? » Je lui répondis que n'ayant pu voir jusqu'ici Rome, Venise, Sienne, le Prado, le musée de Dresde, les Indes, Sarah dans *Phèdre*, je connaissais la résignation et que j'ajouterais son découpage des dindonneaux à ma liste. La comparaison avec l'art dramatique (Sarah dans *Phèdre*) fut la seule qu'il parut comprendre, car il savait par moi que, les jours de grandes représentations, Coquelin aîné[1] avait accepté des rôles de débutant, celui même d'un personnage qui ne dit qu'un mot ou ne dit rien. « C'est égal, je suis désolé pour vous. Quand est-ce que je découperai de nouveau ? Il faudrait un événement, il faudrait une guerre. » (Il fallut en effet l'armistice.) Depuis ce jour-là le calendrier fut changé, on compta ainsi : « C'est le lendemain du jour où j'ai découpé moi-même les dindonneaux. » « C'est juste huit jours après que le directeur a découpé lui-même les dindonneaux. »

Ainsi cette prosectomie donna-t-elle, comme la naissance du Christ ou l'Hégire, le point de départ d'un calendrier différent des autres, mais qui ne prit pas leur extension et n'égala pas leur durée.

La tristesse de la vie de M. de Crécy venait, tout autant que de ne plus avoir de chevaux et une table succulente, de ne voisiner qu'avec des gens qui pouvaient croire que Cambremer et Guermantes étaient tout un. Quand il vit que je savais que Legrandin, lequel se faisait maintenant appeler Legrand de Méséglise[1], n'y avait aucune espèce de droit, allumé d'ailleurs par le vin qu'il buvait, il eut une espèce de transport de joie. Sa sœur me disait d'un air entendu : « Mon frère n'est jamais si heureux que quand il peut causer avec vous. » Il se sentait en effet exister depuis qu'il avait découvert quelqu'un qui savait la médiocrité des Cambremer et la grandeur des Guermantes, quelqu'un pour qui l'univers social existait. Tel, après l'incendie de toutes les bibliothèques du globe et l'ascension d'une race entièrement ignorante, un vieux latiniste reprendrait pied et confiance dans la vie en entendant quelqu'un lui citer un vers d'Horace. Aussi, s'il ne quittait jamais le wagon sans me dire : « À quand notre petite réunion ? » c'était, autant que par avidité de parasite, par gourmandise d'érudit, et parce qu'il considérait les agapes de Balbec comme une occasion de causer, en même temps, des sujets qui lui étaient chers et dont il ne pouvait parler avec personne, et analogues en cela à ces dîners où se réunit à dates fixes, devant la table particulièrement succulente du Cercle de l'Union, la Société des bibliophiles[2]. Très modeste en ce qui concernait sa propre famille, ce ne fut pas par M. de Crécy que j'appris qu'elle était très grande et un authentique rameau détaché en France de la famille anglaise qui porte le titre de Crécy. Quand je sus qu'il était un vrai Crécy, je lui racontai qu'une nièce de Mme de Guermantes avait épousé un Américain du nom de Charles Crécy et lui dis que je pensais qu'il n'avait aucun rapport avec lui. « Aucun, me dit-il. Pas plus — bien, du reste, que ma famille n'ait pas autant d'illustration — que beaucoup d'Américains qui s'appellent Montgommery, Berry, Chandos ou Capel, n'ont de rapport avec les familles de Pembroke, de Buckingham, d'Essex, ou avec le duc de Berry[1]. » Je pensai plusieurs fois à lui dire, pour l'amuser, que je connaissais Mme Swann qui comme cocotte, était connue autrefois sous le nom d'Odette de Crécy[2] ; mais, bien que le duc d'Alençon n'eût pu se froisser qu'on parlât avec lui d'Émilienne d'Alençon[3], je ne me sentis pas assez lié avec M. de Crécy pour conduire avec lui la plaisanterie jusque-là. « Il est d'une très grande famille, me dit un jour M. de Montsurvent. Son patronyme est Saylor. » Et il ajouta que sur son vieux castel au-dessus d'Incarville, d'ailleurs devenu presque inhabitable et que, bien que né fort riche, il était aujourd'hui trop ruiné pour réparer, se lisait encore l'antique devise de la famille. Je trouvai cette devise très belle, qu'on l'appliquât soit à l'impatience d'une race de proie nichée dans cette aire d'où elle devait jadis prendre son vol, soit, aujourd'hui, à la contemplation du déclin, à l'attente de la mort prochaine dans cette retraite dominante et sauvage. C'est en ce double sens en effet que joue avec le nom de Saylor cette devise qui est : « Ne sçais l'heure. »

À Hermonville montait quelquefois M. de Chevregny, dont le nom, nous dit Brichot, signifiait comme celui de Mgr de Cabrières[4], « lieu où s'assemblent les chèvres ». Il était parent des Cambremer, et à cause de cela, et par une fausse appréciation de l'élégance, ceux-ci l'invitaient souvent à Féterne, mais seulement quand ils n'avaient pas d'invités à éblouir. Vivant toute l'année à Beausoleil, M. de Chevregny était resté plus provincial qu'eux. Aussi quand il allait passer quelques semaines à Paris, il n'y avait pas un seul jour de perdu pour tout ce qu'« il y avait à voir » ; c'était au point que parfois, un peu étourdi par le nombre de spectacles trop rapidement digérés, quand on lui demandait s'il avait vu une certaine pièce, il lui arrivait de n'en être plus bien sûr. Mais ce vague était rare, car il connaissait les choses de Paris avec ce détail particulier aux gens qui y viennent rarement. Il me conseillait les « nouveautés » à aller voir (« Cela en vaut la peine »), ne les considérant du reste qu'au point de vue de la bonne soirée qu'elles font passer, et ignorant du point de vue esthétique jusqu'à ne pas se douter qu'elles pouvaient en effet constituer parfois une « nouveauté » dans l'histoire de l'art. C'est ainsi que parlant de tout sur le même plan il nous disait : « Nous sommes allés une fois à l'Opéra-Comique, mais le spectacle n'est pas fameux. Cela s'appelle *Pelléas et Mélisande*. C'est insignifiant. Périer[1] joue toujours bien, mais il vaut mieux le voir dans autre chose. En revanche, au Gymnase on donne *La Châtelaine*[2]. Nous y sommes retournés deux fois ; ne manquez pas d'y aller, cela mérite d'être vu ; et puis c'est joué à ravir ; vous avez Frévalles, Marie Magnier, Baron fils[3] » ; il me citait même des noms d'acteurs que je n'avais jamais entendu prononcer, et sans les faire précéder de monsieur, madame ou mademoiselle, comme eût fait le duc de Guermantes, lequel parlait du même ton cérémonieusement méprisant des « chansons de mademoiselle Yvette Guilbert[4] » et des « expériences de monsieur Charcot ». M. de Chevregny n'en usait pas ainsi, il disait Cornaglia et Dehelly[5], comme il eût dit Voltaire et Montesquieu. Car chez lui à l'égard des acteurs comme de tout ce qui était parisien, le désir de se montrer dédaigneux qu'avait l'aristocrate était vaincu par celui de paraître familier qu'avait le provincial.

Dès après le premier dîner que j'avais fait à La Raspelière avec ce qu'on appelait encore à Féterne « le jeune ménage », bien que M. et Mme de Cambremer ne fussent plus, tant s'en fallait, de la première jeunesse, la vieille marquise m'avait écrit une de ces lettres dont on eût reconnu l'écriture entre des milliers. Elle me disait : « Amenez votre cousine délicieuse — charmante — agréable. Ce sera un enchantement, un plaisir », manquant toujours avec une telle infaillibilité la progression attendue par celui qui recevait sa lettre que je finis par changer d'avis sur la nature de ces *diminuendo*, par les croire voulus, et y trouver la même dépravation du goût — transposée dans l'ordre mondain — qui poussait Sainte-Beuve à briser toutes les alliances de mots, à altérer toute expression un peu habituelle[1]. Deux méthodes enseignées sans doute par des maîtres différents se contrariaient dans ce style épistolaire, la deuxième faisant racheter à Mme de Cambremer la banalité des adjectifs multiples en les employant en gamme descendante, en évitant de finir sur l'accord parfait. En revanche, je penchais à voir dans ces gradations inverses, non plus du raffinement comme quand elles étaient l'œuvre de la marquise douairière, mais de la maladresse toutes les fois qu'elles étaient employées par le marquis son fils ou par ses cousines. Car dans toute la famille, jusqu'à un degré assez éloigné et par une imitation admirative de tante Zélia, la règle des trois adjectifs était très en honneur de même qu'une certaine manière enthousiaste de reprendre sa respiration en parlant. Imitation passée dans le sang d'ailleurs ; et quand dans la famille une petite fille, dès son enfance, s'arrêtait en parlant pour avaler sa salive, on disait : « Elle tient de tante Zélia », on sentait que plus tard ses lèvres tendraient assez vite à s'ombrager d'une légère moustache et on se promettait de cultiver chez elle les dispositions qu'elle aurait pour la musique. Les relations des Cambremer ne tardèrent pas à être moins parfaites avec Mme Verdurin qu'avec moi, pour différentes raisons. Ils voulaient inviter celle-ci. La « jeune » marquise me disait dédaigneusement : « Je ne vois pas pourquoi nous ne l'inviterions pas, cette femme ; à la campagne on voit n'importe qui, ça ne tire pas à conséquence. » Mais au fond assez impressionnés ils ne cessaient de me consulter sur la façon dont ils devaient réaliser leur désir de politesse. Comme ils nous avaient invités à dîner, Albertine et moi, avec des amis de Saint-Loup, gens élégants de la région, propriétaires du château de Gourville et qui représentaient un peu plus que le gratin normand, dont Mme Verdurin, sans avoir l'air d'y toucher, était friande, je conseillai aux Cambremer d'inviter avec eux la Patronne. Mais les châtelains de Féterne, par crainte (tant ils étaient timides) de mécontenter leurs nobles amis, ou (tant ils étaient naïfs) que M. et Mme Verdurin s'ennuyassent avec des gens qui n'étaient pas des intellectuels, ou encore (comme ils étaient imprégnés d'un esprit de routine que l'expérience n'avait pas fécondé) de mêler les genres et de commettre un « impair », déclarèrent que cela ne corderait pas ensemble, que cela ne « bicherait » pas et qu'il valait mieux réserver Mme Verdurin (qu'on inviterait avec tout son petit groupe) pour un autre dîner. Pour le prochain — l'élégant, avec les amis de Saint-Loup — ils ne convièrent du petit noyau que Morel, afin que M. de Charlus fût indirectement informé des gens brillants qu'ils recevaient, et aussi que le musicien fût un élément de distraction pour les invités, car on lui demanderait d'apporter son violon. On lui adjoignit

Cottard, parce que M. de Cambremer déclara qu'il avait de l'entrain et « faisait bien » dans un dîner ; puis que cela pourrait être commode d'être en bons termes avec un médecin si on avait jamais quelqu'un de malade. Mais on l'invita seul, pour ne « rien commencer avec la femme ». Mme Verdurin fut outrée quand elle apprit que deux membres du petit groupe étaient invités sans elle à dîner à Féterne « en petit comité ». Elle dicta au docteur, dont le premier mouvement avait été d'accepter, une fière réponse où il disait : « *Nous* dînons ce soir-là chez Mme Verdurin », pluriel qui devait être une leçon pour les Cambremer et leur montrer qu'il n'était pas séparable de Mme Cottard. Quant à Morel, Mme Verdurin n'eut pas besoin de lui tracer une conduite impolie, qu'il tint spontanément, voici pourquoi. S'il avait, à l'égard de M. de Charlus, en ce qui concernait ses plaisirs, une indépendance qui affligeait le baron, nous avons vu que l'influence de ce dernier se faisait sentir davantage dans d'autres domaines et qu'il avait par exemple élargi les connaissances musicales et rendu plus pur le style du virtuose. Mais ce n'était encore, au moins à ce point de notre récit, qu'une influence. En revanche, il y avait un terrain sur lequel ce que disait M. de Charlus était aveuglément cru et exécuté par Morel. Aveuglément et follement, car non seulement les enseignements de M. de Charlus étaient faux, mais encore, eussent-ils été valables pour un grand seigneur, appliqués à la lettre par Morel ils devenaient burlesques. Le terrain où Morel devenait si crédule et était si docile à son maître, c'était le terrain mondain. Le violoniste qui avant de connaître M. de Charlus, n'avait aucune notion du monde, avait pris à la lettre l'esquisse hautaine et sommaire que lui en avait tracée le baron : « Il y a un certain nombre de familles prépondérantes, lui avait dit M. de Charlus, avant tout les Guermantes, qui comptent quatorze alliances avec la Maison de France, ce qui est d'ailleurs surtout flatteur pour la Maison de France, car c'était à Aldonce de Guermantes et non à Louis le Gros, son frère consanguin mais puîné, qu'aurait dû revenir le trône de France[1]. Sous Louis XIV, nous drapâmes à la mort de Monsieur[2], comme ayant la même grand-mère que le roi[3]. Fort au-dessous des Guermantes, on peut cependant citer les La Trémoïlle, descendants des rois de Naples et des comtes de Poitiers[4]; les d'Uzès, peu anciens comme famille mais qui sont les plus anciens pairs[5]; les Luynes, tout à fait récents, mais avec l'éclat de grandes alliances[6]; les Choiseul, les Harcourt, les La Rochefoucauld. Ajoutez encore les Noailles, malgré le comte de Toulouse, les Montesquiou, les Castellane[7], et sauf oubli, c'est tout[8]. Quant à tous les petits messieurs qui s'appellent marquis de Cambremerde ou de Vatefairefiche[9], il n'y a aucune différence entre eux et le dernier pioupiou de votre régiment. Que vous alliez faire pipi chez la comtesse Caca, ou caca chez la baronne Pipi, c'est la même chose, vous aurez compromis votre réputation et pris un torchon breneux comme papier hygiénique. Ce qui est malpropre. » Morel avait recueilli pieusement cette leçon d'histoire, peut-être un peu sommaire ; il jugeait les choses comme s'il était lui-même un Guermantes et souhaitait une occasion de se trouver avec les faux La Tour d'Auvergne[10] pour leur faire sentir par une poignée de main dédaigneuse, qu'il ne les prenait guère au sérieux. Quant aux Cambremer, justement voici qu'il pouvait leur témoigner qu'ils n'étaient pas « plus que le dernier pioupiou de son régiment ». Il ne répondit pas à leur invitation, et le soir du dîner s'excusa à la dernière heure par un télégramme, ravi comme s'il venait d'agir en prince du sang. Il faut du reste ajouter qu'on ne peut imaginer combien, d'une façon plus générale, M. de Charlus pouvait être insupportable, tatillon, et même, lui si fin, bête, dans toutes les occasions où entraient en jeu les défauts de son caractère. On peut dire en effet que ceux-ci sont comme une maladie intermittente de l'esprit. Qui n'a remarqué le fait sur des femmes, et même des hommes, doués d'intelligence remarquable, mais affligés de nervosité ? Quand ils sont heureux, calmes, satisfaits de leur entourage, ils font admirer leurs dons précieux ; c'est à la lettre la vérité qui parle par leur bouche. Une migraine, une petite pique d'amour-propre suffit à tout changer. La lumineuse intelligence, brusque, convulsive et rétrécie, ne reflète plus qu'un moi irrité, soupçonneux, coquet, faisant tout ce qu'il faut pour déplaire. La colère des Cambremer fut vive ; et dans l'intervalle d'autres incidents amenèrent une certaine tension dans leurs rapports avec le petit clan. Comme nous revenions, les Cottard, Charlus, Brichot, Morel et moi, d'un dîner à La Raspelière et que les Cambremer qui avaient déjeuné chez des amis à Arembouville, avaient fait à l'aller une partie du trajet avec nous : « Vous qui aimez tant Balzac et savez le reconnaître dans la société contemporaine, avais-je dit à M. de Charlus, vous devez trouver que ces Cambremer sont échappés des *Scènes de la vie de province*[1]. » Mais M. de Charlus, absolument comme s'il avait été leur ami et si je l'eusse froissé par ma remarque, me coupa brusquement la parole : « Vous dites cela parce que la femme est supérieure au mari, me dit-il d'un ton sec. — Oh ! je ne voulais pas dire que c'était la Muse du département, ni Mme de Bargeton, bien que... » M. de Charlus m'interrompit encore : « Dites plutôt Mme de Mortsauf[2]. » Le train s'arrêta et Brichot descendit. « Nous avions beau vous faire des signes, vous êtes terrible. — Comment cela ? — Voyons, ne vous êtes-vous pas aperçu que Brichot est amoureux fou de Mme de Cambremer[3] ? » Je vis par l'attitude des

Cottard et de Charlie que cela ne faisait pas l'ombre d'un doute dans le petit noyau. Je crus qu'il y avait de la malveillance de leur part. « Voyons, vous n'avez pas remarqué comme il a été troublé quand vous avez parlé d'elle », reprit M. de Charlus, qui aimait montrer qu'il avait l'expérience des femmes et parlait du sentiment qu'elles inspirent d'un air naturel et comme si ce sentiment était celui qu'il éprouvait lui-même habituellement. Mais un certain ton d'équivoque paternité avec tous les jeunes gens — malgré son amour exclusif pour Morel — démentit par le ton les vues d'homme à femmes qu'il émettait : « Oh ! ces enfants, dit-il, d'une voix aiguë, mièvre et cadencée, il faut tout leur apprendre, ils sont innocents comme l'enfant qui vient de naître, ils ne savent pas reconnaître quand un homme est amoureux d'une femme. À votre âge j'étais plus dessalé que cela », ajouta-t-il, car il aimait employer les expressions du monde apache, peut-être par goût, peut-être pour ne pas avoir l'air, en les évitant, d'avouer qu'il fréquentait ceux dont c'était le vocabulaire courant. Quelques jours plus tard, il fallut bien me rendre à l'évidence et reconnaître que Brichot était épris de la marquise. Malheureusement il accepta plusieurs déjeuners chez elle. Mme Verdurin estima qu'il était temps de mettre le holà. En dehors de l'utilité qu'elle voyait à une intervention pour la politique du petit noyau, elle prenait à ces sortes d'explications et aux drames qui en sortaient un goût de plus en plus vif et que l'oisiveté fait naître, aussi bien que dans le monde aristocratique, dans la bourgeoisie. Ce fut un jour de grande émotion à La Raspelière quand on vit Mme Verdurin disparaître pendant une heure avec Brichot, à qui on sut qu'elle avait dit que Mme de Cambremer se moquait de lui, qu'il était la fable de son salon, qu'il allait déshonorer sa vieillesse, compromettre sa situation dans l'enseignement. Elle alla jusqu'à lui parler en termes touchants de la blanchisseuse avec qui il vivait à Paris, et de leur petite fille[1]. Elle l'emporta, Brichot cessa d'aller à Féterne, mais son chagrin fut tel que pendant deux jours on crut qu'il allait perdre complètement la vue, et sa maladie en tous cas avait fait un bond en avant qui resta acquis. Cependant les Cambremer, dont la colère contre Morel était grande, invitèrent une fois, et tout exprès, M. de Charlus, mais sans lui. Ne recevant pas de réponse du baron, ils craignirent d'avoir fait une gaffe, et trouvant que la rancune est mauvaise conseillère, écrivirent un peu tardivement à Morel, platitude qui fit sourire M. de Charlus en lui montrant son pouvoir. « Vous répondrez pour nous deux que j'accepte », dit le baron à Morel. Le jour du dîner venu, on attendait dans le grand salon de Féterne. Les Cambremer donnaient en réalité le dîner pour la fleur de chic qu'étaient M. et Mme Féré. Mais ils craignaient tellement de déplaire à M. de Charlus que, bien qu'ayant connu les Féré par M. de Chevregny, Mme de Cambremer se sentit la fièvre quand le jour du dîner elle vit celui-ci venir leur faire une visite à Féterne. On inventa tous les prétextes pour le renvoyer à Beausoleil au plus vite, pas assez pourtant pour qu'il ne croisât pas dans la cour les Féré, qui furent aussi choqués de le voir chassé que lui honteux. Mais coûte que coûte les Cambremer voulaient épargner à M. de Charlus la vue de M. de Chevregny, jugeant celui-ci provincial à cause de nuances qu'on néglige en famille, mais dont on ne tient compte que vis-à-vis des étrangers, qui sont précisément les seuls qui ne s'en apercevraient pas. Mais on n'aime pas leur montrer les parents qui sont restés ce que l'on s'est efforcé de cesser d'être. Quant à M. et Mme Féré, ils étaient au plus haut degré de ce qu'on appelle des gens « très bien ». Aux yeux de ceux qui les qualifiaient ainsi, sans doute les Guermantes, les

Rohan et bien d'autres étaient aussi des gens très bien, mais leur nom dispensait de le dire. Comme tout le monde ne savait pas la grande naissance de la mère de M. Féré, ni de la mère de Mme Féré, et le cercle extraordinairement fermé qu'elle et son mari fréquentaient, quand on venait de les nommer, pour expliquer on ajoutait toujours que c'était des gens « tout ce qu'il y a de mieux ». Leur nom obscur leur dictait-il une sorte de hautaine réserve ? Toujours est-il que les Féré ne voyaient pas des gens que des La Trémoïlle auraient fréquentés. Il avait fallu la situation de reine du bord de la mer, que la vieille marquise de Cambremer avait dans la Manche[1], pour que les Féré vinssent à une de ses matinées chaque année. On les avait invités à dîner et on comptait beaucoup sur l'effet qu'allait produire sur eux M. de Charlus. On annonça discrètement qu'il était au nombre des convives. Par hasard Mme Féré ne le connaissait pas. Mme de Cambremer en ressentit une vive satisfaction, et le sourire du chimiste qui va mettre en rapport pour la première fois deux corps particulièrement importants erra sur son visage. La porte s'ouvrit et Mme de Cambremer faillit se trouver mal en voyant Morel entrer seul. Comme un secrétaire des commandements chargé d'excuser son ministre, comme une épouse morganatique qui exprime le regret qu'a le prince d'être souffrant (ainsi en usait Mme de Clinchamp à l'égard du duc d'Aumale[2]), Morel dit du ton le plus léger : « Le baron ne pourra pas venir. Il est un peu indisposé, du moins je crois que c'est pour cela ; je ne l'ai pas rencontré cette semaine », ajouta-t-il, désespérant jusque par ces dernières paroles Mme de Cambremer qui avait dit à M. et Mme Féré que Morel voyait M. de Charlus à toutes les heures du jour. Les Cambremer feignirent que l'absence du baron était un agrément de plus à la réunion et sans se laisser entendre de Morel, disaient à leurs invités :

« Nous nous passerons de lui, n'est-ce pas ? ce ne sera que plus agréable. » Mais ils étaient furieux, soupçonnèrent une cabale montée par Mme Verdurin, et du tac au tac, quand celle-ci les réinvita à La Raspelière, M. de Cambremer, ne pouvant résister au plaisir de revoir sa maison et de se retrouver dans le petit groupe, vint, mais seul, en disant que la marquise était désolée, mais que son médecin lui avait ordonné de garder la chambre. Les Cambremer crurent par cette demi-présence à la fois donner une leçon à M. de Charlus et montrer aux Verdurin qu'ils n'étaient tenus envers eux qu'à une politesse limitée, comme les princesses du sang autrefois reconduisaient les duchesses, mais seulement jusqu'à la moitié de la seconde chambre. Au bout de quelques semaines ils étaient à peu près brouillés. M. de Cambremer m'en donnait ces explications : « Je vous dirai qu'avec M. de Charlus c'était difficile. Il est extrêmement dreyfusard... — Mais non ! — Si..., en tous cas son cousin le prince de Guermantes l'est, on leur jette assez la pierre pour ça. J'ai des parents très à l'œil là-dessus. Je ne peux pas fréquenter ces gens-là, je me brouillerais avec toute ma famille. — Puisque le prince de Guermantes est dreyfusard, cela ira d'autant mieux, dit Mme de Cambremer, que Saint-Loup qui, dit-on, épouse sa nièce[1], l'est aussi. C'est même peut-être la raison du mariage. — Voyons, ma chère, ne dites pas que Saint-Loup que nous aimons beaucoup est dreyfusard. On ne doit pas répandre ces allégations à la légère, dit M. de Cambremer. Vous le feriez bien voir dans l'armée ! — Il l'a été, mais il ne l'est plus, dis-je à M. de Cambremer. Quant à son mariage avec Mlle de Guermantes-Brassac, est-ce vrai ? — On ne parle que de ça, mais vous êtes bien placé pour le savoir. — Mais je vous répète qu'il me l'a dit à moi-même qu'il était dreyfusard, dit Mme de Cambremer. C'est du reste très excusable, les

Guermantes sont à moitié allemands. — Pour les Guermantes de la rue de Varenne, vous pouvez dire tout à fait, dit Cancan. Mais Saint-Loup, c'est une autre paire de manches ; il a beau avoir toute une parenté allemande, son père revendiquait avant tout son titre de grand seigneur français, il a repris du service en 1871 et a été tué pendant la guerre de la plus belle façon. J'ai beau être très à cheval là-dessus, il ne faut pas faire d'exagération ni dans un sens ni dans l'autre. *In medio... virtus*[1], ah ! je ne peux pas me rappeler. C'est quelque chose que dit le docteur Cottard. En voilà un qui a toujours le mot. Vous devriez avoir ici un *Petit Larousse*. » Pour éviter de se prononcer sur la citation latine et abandonner le sujet de Saint-Loup, où son mari semblait trouver qu'elle manquait de tact, Mme de Cambremer se rabattit sur la Patronne dont la brouille avec eux était encore plus nécessaire à expliquer. « Nous avons loué volontiers La Raspelière à Mme Verdurin, dit la marquise. Seulement elle a eu l'air de croire qu'avec la maison et tout ce qu'elle a trouvé le moyen de se faire attribuer, la jouissance du pré, les vieilles tentures, toutes choses qui n'étaient nullement dans le bail, elle aurait en plus le droit d'être liée avec nous. Ce sont des choses absolument distinctes. Notre tort est de n'avoir pas fait faire les choses simplement par un gérant ou par une agence. À Féterne ça n'a pas d'importance, mais je vois d'ici la tête que ferait ma tante de Ch'nouville si elle voyait s'amener, à mon jour, la mère Verdurin avec ses cheveux en l'air. Pour M. de Charlus, naturellement, il connaît des gens très bien, mais il en connaît aussi de très mal. » Je demandai qui. Pressée de questions, Mme de Cambremer finit par dire : « On prétend que c'est lui qui faisait vivre un monsieur Moreau, Morille, Morue, je ne sais plus. Aucun rapport, bien entendu, avec Morel, le violoniste, ajouta-t-elle en rougissant.

Quand j'ai senti que Mme Verdurin s'imaginait que parce qu'elle était notre locataire dans la Manche, elle aurait le droit de me faire des visites à Paris, j'ai compris qu'il fallait couper le câble. »

Malgré cette brouille avec la Patronne, les Cambremer n'étaient pas mal avec les fidèles, et montaient volontiers dans notre wagon quand ils étaient sur la ligne. Quand on était sur le point d'arriver à Douville, Albertine, tirant une dernière fois son miroir, trouvait quelquefois utile de changer ses gants ou d'ôter un instant son chapeau et avec le peigne d'écaille que je lui avais donné et qu'elle avait dans les cheveux, elle en lissait les coques, en relevait le bouffant, et s'il était nécessaire, au-dessus des ondulations qui descendaient en vallées régulières jusqu'à la nuque, remontait son chignon. Une fois dans les voitures qui nous attendaient, on ne savait plus du tout où on se trouvait ; les routes n'étaient pas éclairées ; on reconnaissait au bruit plus fort des roues qu'on traversait un village, on se croyait arrivé, on se retrouvait en pleins champs, on entendait des cloches lointaines, on oubliait qu'on était en smoking, et on s'était presque assoupi quand au bout de cette longue marge d'obscurité qui à cause de la distance parcourue et des incidents caractéristiques de tout trajet en chemin de fer, semblait nous avoir portés jusqu'à une heure avancée de la nuit et presque à moitié chemin d'un retour vers Paris, tout à coup, après que le glissement de la voiture sur un sable plus fin avait décelé qu'on venait d'entrer dans le parc, explosaient, nous réintroduisant dans la vie mondaine, les éclatantes lumières du salon, puis de la salle à manger où nous éprouvions un vif mouvement de recul en entendant sonner ces huit heures que nous croyions passées depuis longtemps, tandis que les services nombreux et les vins fins allaient se succéder autour des hommes en frac et des femmes à demi décolletées, en un dîner rutilant de clarté comme un véritable dîner en ville et qu'entourait seulement, changeant par là son caractère, la double écharpe sombre et singulière qu'avaient tissée, détournées par cette utilisation mondaine de leur solennité première, les heures nocturnes, champêtres et marines de l'aller et du retour. Celui-ci nous forçait en effet à quitter la splendeur rayonnante et vite oubliée du salon lumineux, pour les voitures où je m'arrangeais à être avec Albertine afin que mon amie ne pût être avec d'autres sans moi, et souvent pour une autre cause encore, qui est que nous pouvions tous deux faire bien des choses dans une voiture noire où les heurts de la descente nous excusaient d'ailleurs, au cas où un brusque rayon filtrerait, d'être cramponnés l'un à l'autre. Quand M. de Cambremer n'était pas encore brouillé avec les Verdurin, il me demandait : « Vous ne croyez pas, avec ce brouillard-là, que vous allez avoir vos étouffements ? Ma sœur en a eu de terribles ce matin. Ah ! vous en avez eu aussi, disait-il avec satisfaction. Je le lui dirai ce soir. Je sais qu'en rentrant elle s'informera tout de suite s'il y a longtemps que vous ne les avez pas eus. » Il ne me parlait d'ailleurs des miens que pour arriver à ceux de sa sœur, et ne me faisait décrire les particularités des premiers que pour mieux marquer les différences qu'il y avait entre les deux. Mais malgré celles-ci, comme les étouffements de sa sœur lui paraissaient devoir faire autorité, il ne pouvait croire que ce qui « réussissait » aux siens ne fût pas indiqué pour les miens et il s'irritait que je n'en essayasse pas, car il y a une chose plus difficile encore que de s'astreindre à un régime, c'est de ne pas l'imposer aux autres. « D'ailleurs, que dis-je, moi profane, quand vous êtes ici devant l'aréopage, à la source. Qu'en pense le professeur Cottard ? »

Je revis du reste sa femme une autre fois parce qu'elle avait dit que ma « cousine » avait un drôle de genre et que je voulus savoir ce qu'elle entendait par là. Elle nia l'avoir dit, mais finit par avouer qu'elle avait parlé d'une personne qu'elle avait cru rencontrer avec ma cousine. Elle ne savait pas son nom et dit finalement que si elle ne se trompait pas, c'était la femme d'un banquier, laquelle s'appelait Lina, Linette, Lisette, Lia, enfin quelque chose de ce genre. Je pensais que « femme d'un banquier » n'était mis que pour plus de démarquage. Je voulus demander à Albertine si c'était vrai. Mais j'aimais mieux avoir l'air de celui qui sait que de celui qui questionne. D'ailleurs Albertine ne m'eût rien répondu, ou un « non » dont le « n » eût été trop hésitant et le « on » trop éclatant. Albertine ne racontait jamais de faits pouvant lui faire du tort, mais d'autres qui ne pouvaient s'expliquer que par les premiers, la vérité étant plutôt un courant qui part de ce qu'on nous dit et qu'on capte, tout invisible qu'il soit, que la chose même qu'on nous a dite. Ainsi quand je lui assurai qu'une femme qu'elle avait connue à Vichy avait mauvais genre, elle me jura que cette femme n'était nullement ce que je croyais et n'avait jamais essayé de lui faire faire le mal. Mais elle ajouta un autre jour, comme je parlais de ma curiosité de ce genre de personnes, que la dame de Vichy avait une amie ainsi, qu'Albertine ne connaissait pas, mais que la dame lui avait « *promis* de lui faire connaître ». Pour qu'elle le lui eût promis, c'était donc qu'Albertine le désirait, ou que la dame avait, en le lui offrant, su lui faire plaisir. Mais si je l'avais objecté à Albertine, j'aurais eu l'air de ne tenir mes révélations que d'elle, je les aurais arrêtées aussitôt, je n'eusse plus rien su, j'eusse cessé de me faire craindre. D'ailleurs nous étions à Balbec, la dame de Vichy et son amie habitaient Menton ; l'éloignement, l'impossibilité du danger eut tôt fait de détruire mes soupçons.

Souvent quand M. de Cambremer m'interpellait de la gare, je venais avec Albertine de profiter des ténèbres, et avec d'autant plus de peine que celle-ci s'était un peu débattue, craignant qu'elles ne fussent pas assez complètes. « Vous savez que je suis sûre que Cottard nous a vus ; du reste même sans voir il a bien entendu votre voix étouffée, juste au moment où on parlait de vos étouffements d'un autre genre », me disait Albertine en arrivant à la gare de Douville où nous reprenions le petit chemin de fer pour le retour. Mais ce retour, de même que l'aller, si, en me donnant quelque impression de poésie, il réveillait en moi le désir de faire des voyages, de mener une vie nouvelle, et me faisait par là souhaiter d'abandonner tout projet de mariage avec Albertine, et même de rompre définitivement nos relations, me rendait aussi, et à cause même de leur nature contradictoire, cette rupture plus facile. Car au retour aussi bien qu'à l'aller, à chaque station montaient avec nous ou nous disaient bonjour du quai des gens de connaissance ; sur les plaisirs furtifs de l'imagination dominaient ceux, continuels, de la sociabilité, qui sont si apaisants, si endormeurs. Déjà, avant les stations elles-mêmes, leurs noms (qui m'avaient tant fait rêver depuis le jour où je les avais entendus, le premier soir où j'avais voyagé avec ma grand-mère) s'étaient humanisés, avaient perdu leur singularité depuis le soir où Brichot, à la prière d'Albertine[1], nous en avait plus complètement expliqué les étymologies. J'avais trouvé charmant la fleur qui terminait certains noms, comme Fiquefleur, Honfleur, Flers, Barfleur, Harfleur, etc., et amusant le bœuf qu'il y a à la fin de Bricquebœuf. Mais la fleur disparut et aussi le bœuf, quand Brichot (et cela, il me l'avait dit le premier jour dans le train) nous apprit que « fleur » veut dire « port » (comme *fiord*) et que « bœuf », en normand *budh*, signifie « cabane[1] ». Comme il citait plusieurs exemples, ce qui m'avait paru particulier se généralisait : Bricquebœuf allait rejoindre Elbeuf, et même dans un nom au premier abord aussi individuel que le lieu, comme le nom de Pennedepie, où les étrangetés les plus impossibles à élucider par la raison me semblaient amalgamées depuis un temps immémorial en un vocable vilain, savoureux et durci comme certain fromage normand je fus désolé de retrouver le *pen* gaulois qui signifie « montagne » et se retrouve aussi bien dans Penmarch que dans les Apennins[2]. Comme à chaque arrêt du train je sentais que nous aurions des mains amies à serrer, sinon des visites à recevoir, je disais à Albertine : « Dépêchez-vous de demander à Brichot les noms que vous voulez savoir. Vous m'aviez parlé de Marcouville-l'Orgueilleuse. — Oui, j'aime beaucoup cet orgueil, c'est un village fier, dit Albertine. — Vous le trouveriez, répondit Brichot, plus fier encore si au lieu de sa forme française, ou même de basse latinité telle qu'on la trouve dans le cartulaire de l'évêque de Bayeux, *Marcovilla superba*, vous preniez la forme plus ancienne, plus voisine du normand, *Marculphivilla superba*, le village, le domaine de Merculph[3]. Dans presque tous ces noms qui se terminent en *ville*, vous pourriez voir encore dressé sur cette côte, le fantôme des rudes envahisseurs normands. À Hermonville, vous n'avez eu, debout à la portière du wagon, que notre excellent docteur qui, évidemment, n'a rien d'un chef norois. Mais en fermant les yeux vous pourriez voir l'illustre Herimund (*Herimundivilla*[4]). Bien que, je ne sais pourquoi, on aille sur ces routes-ci, comprises entre Loigny et Balbec-Plage, plutôt que sur celles, fort pittoresques, qui conduisent de Loigny au vieux Balbec, Mme Verdurin vous a peut-être promenés de ce côté-là en voiture. Alors vous avez vu Incarville ou village de Wiscar, et Tourville, avant d'arriver chez Mme Verdurin, c'est le village de Turold. D'ailleurs il n'y eut pas que des Normands. Il semble que des Allemands soient venus jusqu'ici (Aumenancourt, *Alemanicurtis*) ; ne le disons pas à ce jeune officier que j'aperçois ; il serait capable de ne plus vouloir aller chez ses cousins. Il y eut aussi des Saxons comme en témoigne la fontaine de Sissonne (un des buts de promenade favoris de Mme Verdurin et à juste titre), aussi bien qu'en Angleterre le Middlesex, le Wessex. Chose inexplicable, il semble que des Goths, des "gueux" comme on disait, soient venus jusqu'ici, et même les Maures, car Mortagne vient de *Mauretania*. La trace en est restée à Gourville (*Gothorumvilla*[1]). Quelque vestige des Latins subsiste d'ailleurs aussi, Lagny (*Latiniacum*). — Moi je demande l'explication de Thorpehomme, dit M. de Charlus. Je comprends "homme", ajouta-t-il, tandis que le sculpteur et Cottard échangeaient un regard d'intelligence. Mais Thorp ? — "Homme" ne signifie nullement ce que vous êtes naturellement porté à croire, baron, répondit Brichot, en regardant malicieusement Cottard et le sculpteur. "Homme" n'a rien à voir ici avec le sexe auquel je ne dois pas ma mère. "Homme" c'est *Holm*, qui signifie "îlot", etc. Quant à *Thorp*, ou "village", on le retrouve dans cent mots dont j'ai déjà ennuyé notre jeune ami[2]. Ainsi dans Thorpehomme il n'y a pas de nom de chef normand, mais des mots de la langue normande. Vous voyez comme tout ce pays a été germanisé. — Je crois qu'il exagère, dit M. de Charlus. J'ai été hier à Orgeville... — Cette fois-ci je vous rends l'homme que je vous avais ôté dans Thorpehomme, baron. Soit dit sans pédantisme, une charte de Robert Ier nous donne pour Orgeville *Otgerivilla*, le domaine d'Otger[1]. Tous ces noms sont ceux d'anciens seigneurs. Octeville-la-Venelle est pour l'Avenel. Les Avenel étaient une famille connue au Moyen Âge. Bourguenolles, où Mme Verdurin nous a emmenés l'autre jour, s'écrivait "Bourg de Môles", car ce village appartint au XIe siècle à Baudoin de Môles, ainsi que La Chaise-Baudoin[2] ; mais nous voici à Doncières. — Mon Dieu, que de lieutenants vont essayer de monter ! dit M. de Charlus, avec un effroi simulé. Je le dis pour vous, car moi cela ne me gêne pas, puisque je descends. — Vous entendez, docteur ? dit Brichot. Le baron a peur que des officiers ne lui passent sur le corps. Et pourtant ils sont dans leur rôle en se trouvant massés ici, car Doncières, c'est exactement Saint-Cyr, *Dominus Cyriacus*. Il y a beaucoup de noms de villes où *sanctus* et *sancta* sont remplacés par *dominus* et par *domina*[3]. Du reste cette ville calme et militaire a parfois de faux airs de Saint-Cyr, de Versailles, et même de Fontainebleau. »

Pendant ces retours (comme à l'aller), je disais à Albertine de se vêtir, car je savais bien qu'à Amnancourt[4], à Doncières, à Épreville, à Saint-Vast, nous aurions de courtes visites à recevoir. Elles ne m'étaient d'ailleurs pas désagréables, que ce fût à Hermonville (le domaine d'Herimund) celle de M. de Chevregny, profitant de ce qu'il était venu chercher des invités pour me demander de venir le lendemain déjeuner à Montsurvent, ou à Doncières, la brusque invasion d'un des charmants amis de Saint-Loup envoyé par lui (s'il n'était pas libre) pour me transmettre une invitation du capitaine de Borodino, du mess des officiers au Coq Hardi, ou des sous-officiers au Faisan Doré. Saint-Loup venait souvent lui-même, et pendant tout le temps qu'il était là, sans qu'on pût s'en apercevoir je tenais Albertine prisonnière sous mon regard, d'ailleurs inutilement vigilant. Une fois pourtant j'interrompis ma garde. Comme il y avait un long arrêt, Bloch, nous ayant salués, se sauva presque aussitôt pour rejoindre son père, lequel venait d'hériter de son oncle et ayant loué un château qui s'appelait « La Commanderie », trouvait grand seigneur de ne circuler qu'en une chaise de poste, avec des postillons en livrée. Bloch me pria de l'accompagner jusqu'à la voiture. « Mais hâte-toi, car ces quadrupèdes sont impatients ; viens, homme cher aux dieux, tu feras plaisir à mon père. » Mais je souffrais trop de laisser Albertine dans le train avec Saint-Loup, ils auraient pu, pendant que j'avais le dos tourné, se parler, aller dans un autre wagon, se sourire, se toucher ; mon regard adhérant à Albertine ne pouvait se détacher d'elle tant que Saint-Loup serait là. Or je vis très bien que Bloch, qui m'avait demandé comme un service d'aller dire bonjour à son père, d'abord trouva peu gentil que je le lui refusasse quand rien ne m'en empêchait, les employés ayant prévenu que le train resterait encore au moins un quart d'heure en gare, et que presque tous les voyageurs, sans lesquels il ne repartirait pas, étaient descendus ; et ensuite ne douta pas que ce fût parce que décidément — ma conduite en cette occasion lui était une réponse décisive — j'étais snob. Car il n'ignorait pas le nom des personnes avec qui je me trouvais. En effet M. de Charlus m'avait dit, quelque temps auparavant et sans se souvenir ou se soucier que cela eût jadis été fait, pour se rapprocher de lui : « Mais présentez-moi donc votre ami, ce que vous faites est un manque de respect pour moi[1] », et il avait causé avec Bloch, qui avait paru lui plaire extrêmement au point qu'il l'avait gratifié d'un « j'espère vous revoir ». « Alors c'est irrévocable, tu ne veux pas faire ces cent mètres pour dire bonjour à mon père à qui ça ferait tant de plaisir ? » me dit Bloch. J'étais malheureux d'avoir l'air de manquer à la bonne camaraderie, plus encore de la cause pour laquelle Bloch croyait que j'y manquais, et de sentir qu'il s'imaginait que je n'étais pas le même avec mes amis bourgeois quand il y avait des gens « nés ». De ce jour il cessa de me témoigner la même amitié et, ce qui m'était plus pénible, n'eut plus pour mon caractère la même estime. Mais pour le détromper sur le motif qui m'avait fait rester dans le wagon, il m'eût fallu lui dire quelque chose — à savoir que j'étais jaloux d'Albertine — qui m'eût été encore plus douloureux que de le laisser croire que j'étais stupidement mondain. C'est ainsi que théoriquement on trouve qu'on devrait toujours s'expliquer franchement, éviter les malentendus. Mais bien souvent la vie les combine de telle manière que pour les dissiper, dans les rares circonstances où ce serait possible, il faudrait révéler ou bien — ce qui n'est pas le cas ici — quelque chose qui froisserait encore plus notre ami que le tort imaginaire qu'il nous impute, ou un secret dont la divulgation — et c'était ce qui venait de m'arriver — nous paraît pire encore que le malentendu. Et d'ailleurs même sans expliquer à Bloch, puisque je ne le pouvais pas, la raison pour laquelle je ne l'avais pas accompagné, si je l'avais prié de ne pas être froissé je n'aurais fait que redoubler ce froissement en montrant que je m'en étais aperçu. Il n'y avait rien à faire qu'à s'incliner devant ce *fatum* qui avait voulu que la présence d'Albertine m'empêchât de le reconduire et qu'il pût croire que c'était au contraire celle de gens brillants, laquelle, l'eussent-ils été cent fois plus, n'aurait eu pour effet que de me faire occuper exclusivement de Bloch et réserver pour lui toute ma politesse. Il suffit de la sorte qu'accidentellement, absurdement, un incident (ici la mise en présence d'Albertine et de Saint-Loup) s'interpose entre deux destinées dont les lignes convergeaient l'une vers l'autre pour qu'elles soient déviées, s'écartent de plus en plus et ne se rapprochent jamais. Et il y a des amitiés plus belles que celle de Bloch pour moi, qui se sont trouvées détruites, sans que l'auteur involontaire de la brouille ait jamais pu expliquer au brouillé ce qui sans doute eût guéri son amour-propre et ramené sa sympathie fuyante.

Amitiés plus belles que celle de Bloch ne serait pas, du reste, beaucoup dire. Il avait tous les défauts qui me déplaisaient le plus. Ma tendresse pour Albertine se trouvait, par accident, les rendre tout à fait insupportables. Ainsi dans ce simple moment où je causai avec lui tout en surveillant Robert de l'œil, Bloch me dit qu'il avait déjeuné chez Mme Bontemps et que chacun avait parlé de moi avec les plus grands éloges jusqu'au « déclin d'Hélios ». « Bon, pensai-je, comme Mme Bontemps croit Bloch un génie, le suffrage enthousiaste qu'il m'aura accordé fera plus que ce que tous les autres ont pu dire, cela reviendra à Albertine. D'un jour à l'autre elle ne peut manquer d'apprendre, et cela m'étonne que sa tante ne lui ait pas déjà redit, que je suis un homme "supérieur". » « Oui, ajouta Bloch, tout le monde a fait ton éloge. Moi seul j'ai gardé un silence aussi profond que si j'eusse absorbé au lieu du repas d'ailleurs médiocre qu'on nous servait, des pavots, chers au bienheureux frère de Tanathos et de Léthé, le divin Hypnos, qui enveloppe de doux liens le corps et la langue[1]. Ce n'est pas que je t'admire moins que la bande de chiens avides[2] avec lesquels on m'avait invité. Mais moi je t'admire parce que je te comprends, et eux t'admirent sans te comprendre. Pour bien dire, je t'admire trop pour parler de toi ainsi en public, cela m'eût semblé une profanation de louer à haute voix ce que je porte au plus profond de mon cœur. On eut beau me questionner à ton sujet, une Pudeur sacrée, fille du Kroniôn, me fit rester muet[1]. » Je n'eus pas le mauvais goût de paraître mécontent, mais cette Pudeur-là me sembla apparentée — beaucoup plus qu'au Kroniôn — à la pudeur qui empêche un critique qui vous admire de parler de vous parce que le temple secret où vous trônez serait envahi par la tourbe des lecteurs ignares et des journalistes ; à la pudeur de l'homme d'État qui ne vous décore pas pour que vous ne soyez pas confondu au milieu de gens qui ne vous valent pas ; à la pudeur de l'académicien qui ne vote pas pour vous, afin de vous épargner la honte d'être le collègue de X... qui n'a pas de talent ; à la pudeur enfin, plus respectable et plus criminelle pourtant, des fils qui vous prient de ne pas écrire sur leur père défunt qui fut plein de mérites, afin d'assurer le silence et le repos, d'empêcher qu'on entretienne la vie et qu'on crée de la gloire autour du pauvre mort, qui préférerait son nom prononcé par les bouches des hommes aux couronnes, fort pieusement portées d'ailleurs, sur son tombeau.

Si Bloch, tout en me désolant en ne pouvant comprendre la raison qui m'empêchait d'aller saluer son père, m'avait exaspéré en m'avouant qu'il m'avait déconsidéré chez Mme Bontemps (je comprenais maintenant pourquoi Albertine ne m'avait jamais fait allusion à ce déjeuner et restait silencieuse quand je lui parlais de l'affection de Bloch pour moi), le jeune Israélite avait produit sur M. de Charlus une impression tout autre que l'agacement. Certes Bloch croyait maintenant que non seulement je ne pouvais rester une seconde loin de gens élégants, mais que jaloux des avances qu'ils avaient pu lui faire (comme M. de Charlus), je tâchais de mettre des bâtons dans les roues et de l'empêcher de se lier avec eux ; mais de son côté le baron regrettait de n'avoir pas vu davantage mon camarade. Selon son habitude il se garda de le montrer. Il commença par me poser, sans en avoir l'air, quelques questions sur Bloch, mais d'un ton si nonchalant, avec un intérêt qui semblait tellement simulé, qu'on n'aurait pas cru qu'il entendait les réponses[1]. D'un air de détachement, sur une mélopée qui exprimait plus que l'indifférence, la distraction, et comme par simple politesse pour moi : « Il a l'air intelligent, il a dit qu'il écrivait, a-t-il du talent ? » Je dis à M. de Charlus qu'il avait été bien aimable de lui dire qu'il espérait le revoir. Pas un mouvement ne révéla chez le baron qu'il eût entendu ma phrase, et comme je la répétai quatre fois sans avoir de réponse, je finis par douter si je n'avais pas été le jouet d'un mirage acoustique quand j'avais cru entendre ce que M. de Charlus avait dit. « Il habite Balbec ? » chantonna le baron, d'un air si peu questionneur qu'il est fâcheux que la langue française ne possède pas un signe autre que le point d'interrogation pour terminer ces phrases apparemment si peu interrogatives. Il est vrai que ce signe ne servirait guère que pour M. de Charlus. « Non, ils ont loué près d'ici La Commanderie. » Ayant appris ce qu'il désirait, M. de Charlus feignit de mépriser Bloch. « Quelle horreur ! s'écria-t-il, en rendant à sa voix toute sa vigueur claironnante. Toutes les localités ou propriétés appelées "La Commanderie" ont été bâties ou possédées par les chevaliers de l'ordre de Malte (dont je suis), comme les lieux dits "Le Temple" ou "La Cavalerie" par les Templiers[2]. J'habiterais La Commanderie que rien ne serait plus naturel. Mais un Juif ! Du reste cela ne m'étonne pas ; cela tient à un curieux goût du sacrilège, particulier à cette race. Dès qu'un Juif a assez d'argent pour acheter un château, il en choisit toujours un qui s'appelle le Prieuré, l'Abbaye, le Monastère, la Maison-Dieu. J'ai eu affaire à un fonctionnaire juif, devinez où il résidait ? à Pont-l'Évêque. Mis en disgrâce, il se fit envoyer en Bretagne, à Pont-l'Abbé[1]. Quand on donne dans la Semaine sainte ces indécents spectacles qu'on appelle *La Passion*, la moitié de la salle est remplie de Juifs, exultant à la pensée qu'ils vont mettre une seconde fois le Christ sur la Croix, au moins en effigie. Au concert Lamoureux, j'avais pour voisin un jour un riche banquier juif. On joua *L'Enfance du Christ*, de Berlioz[2] ; il était consterné. Mais il retrouva bientôt l'expression de béatitude qui lui est habituelle en entendant "L'Enchantement du Vendredi saint[3]". Votre ami habite La Commanderie, le malheureux ! Quel sadisme ! Vous m'indiquerez le chemin, ajouta-t-il en reprenant l'air d'indifférence, pour que j'aille un jour voir comment nos antiques domaines supportent une pareille profanation. C'est malheureux, car il est poli, il semble fin. Il ne lui manquerait plus que de demeurer à Paris, rue du Temple ! » M. de Charlus avait l'air, par ces mots, de vouloir seulement trouver à l'appui de sa théorie un nouvel exemple ; mais il me posait en réalité une question à deux fins, dont la principale était de savoir l'adresse de Bloch. « En effet, fit remarquer Brichot, la rue du Temple s'appelait rue de la Chevalerie-du-Temple. Et à ce propos, me permettez-vous une remarque, baron ? dit l'universitaire. — Quoi ? Qu'est-ce que c'est ? dit sèchement M. de Charlus, que cette observation empêchait d'avoir son renseignement. — Non, rien, répondit Brichot intimidé. C'était à propos de l'étymologie de

Balbec qu'on m'avait demandée. La rue du Temple s'appelait autrefois la rue Barre-du-Bec, parce que l'Abbaye du Bec, en Normandie, avait là à Paris sa barre de justice[1]. » M. de Charlus ne répondit rien et fit semblant de ne pas avoir entendu, ce qui était chez lui une des formes de l'insolence. « Où votre ami demeure-t-il à Paris ? Comme les trois quarts des rues tirent leur nom d'une église ou d'une abbaye, il y a chance pour que le sacrilège continue. On ne peut pas empêcher des Juifs de demeurer boulevard de la Madeleine, faubourg Saint-Honoré ou place Saint-Augustin. Tant qu'ils ne raffinent pas par perfidie en élisant domicile place du Parvis-Notre-Dame, quai de l'Archevêché, rue Chanoinesse, ou rue de l'Ave-Maria, il faut leur tenir compte des difficultés. » Nous ne pûmes renseigner M. de Charlus, l'adresse actuelle de Bloch nous étant inconnue. Mais je savais que les bureaux de son père étaient rue des Blancs-Manteaux. « Oh ! quel comble de perversité, s'écria M. de Charlus, en paraissant trouver, dans son propre cri d'ironique indignation, une satisfaction profonde. Rue des Blancs-Manteaux, répéta-t-il en pressurant chaque syllabe et en riant. Quel sacrilège ! Pensez que ces Blancs-Manteaux pollués par M. Bloch étaient ceux des frères mendiants, dits serfs de la Sainte-Vierge, que saint Louis établit là[2]. Et la rue a toujours été à des ordres religieux. La profanation est d'autant plus diabolique qu'à deux pas de la rue des Blancs-Manteaux, il y a une rue dont le nom m'échappe et qui est tout entière concédée aux Juifs ; il y a des caractères hébreux sur les boutiques des fabriques de pains azymes, des boucheries juives, c'est tout à fait la *Judengasse* de Paris. M. de Rochegude appelle cette rue le ghetto parisien[3]. C'est là que M. Bloch aurait dû demeurer. Naturellement », reprit-il sur un ton assez emphatique et fier et, pour tenir des propos esthétiques, donnant, par une réponse que lui adressait malgré lui son hérédité, un air de vieux mousquetaire Louis XIII à son visage redressé en arrière, « je ne m'occupe de tout cela qu'au point de vue de l'art. La politique n'est pas de mon ressort et je ne peux pas condamner en bloc, puisque Bloch il y a, une nation qui compte Spinoza parmi ses enfants illustres. Et j'admire trop Rembrandt pour ne pas savoir la beauté qu'on peut tirer de la fréquentation de la synagogue[1]. Mais enfin un ghetto est d'autant plus beau qu'il est plus homogène et plus complet. Soyez sûr du reste, tant l'instinct pratique et la cupidité se mêlent chez ce peuple au sadisme, que la proximité de la rue hébraïque dont je vous parle, la commodité d'avoir sous la main les boucheries d'Israël a fait choisir à votre ami la rue des Blancs-Manteaux. Comme c'est curieux ! C'est du reste par là que demeurait un étrange Juif qui avait fait bouillir des hosties[2], après quoi je pense qu'on le fit bouillir lui-même, ce qui est plus étrange encore puisque cela a l'air de signifier que le corps d'un Juif peut valoir autant que le corps du bon Dieu. Peut-être pourrait-on arranger quelque chose avec votre ami pour qu'il nous mène voir l'église des Blancs-Manteaux. Pensez que c'est là qu'on déposa le corps de Louis d'Orléans après son assassinat par Jean sans Peur, lequel malheureusement ne nous a pas délivrés des Orléans[3]. Je suis d'ailleurs personnellement très bien avec mon cousin le duc de Chartres, mais enfin c'est une race d'usurpateurs, qui a fait assassiner Louis XVI, dépouiller Charles X et Henri V[4]. Ils ont du reste de qui tenir, ayant pour ancêtres Monsieur, qu'on appelait sans doute ainsi parce que c'était la plus étonnante des vieilles dames, et le Régent et le reste. Quelle famille ! » Ce discours antijuif ou pro-hébreu — selon qu'on s'attachera à l'extérieur des phrases ou aux intentions qu'elles recelaient — avait été comiquement coupé pour moi par une phrase que Morel me chuchota et qui eût désespéré M. de Charlus. Morel qui n'avait pas été sans s'apercevoir de l'impression que Bloch avait produite, me remerciait à l'oreille de l'avoir « expédié », ajoutant cyniquement : « Il aurait voulu rester, tout ça c'est la jalousie, il voudrait me prendre ma place. C'est bien d'un youpin ! — On aurait pu profiter de cet arrêt qui se prolonge pour demander quelques explications rituelles à votre ami. Est-ce que vous ne pourriez pas le rattraper ? me demanda M. de Charlus, avec l'anxiété du doute. — Non, c'est impossible, il est parti en voiture et d'ailleurs fâché avec moi. — Merci, merci, me souffla Morel. — La raison est absurde, on peut toujours rejoindre une voiture, rien ne vous empêcherait de prendre une auto », répondit M. de Charlus, en homme habitué à ce que tout pliât devant lui. Mais remarquant mon silence : « Quelle est cette voiture plus ou moins imaginaire ? me dit-il avec insolence et un dernier espoir. — C'est une chaise de poste ouverte et qui doit être déjà arrivée à La Commanderie. » Devant l'impossible, M. de Charlus se résigna et affecta de plaisanter. « Je comprends qu'ils aient reculé devant le coupé superfétatoire. Ç'aurait été un recoupé. » Enfin on fut avisé que le train repartait et Saint-Loup nous quitta. Mais ce jour fut le seul où en montant dans notre wagon, il me fit à son insu souffrir, par la pensée que j'eus un instant de le laisser avec Albertine pour accompagner Bloch. Les autres fois sa présence ne me tortura pas. Car d'elle-même Albertine, pour m'éviter toute inquiétude, se plaçait sous un prétexte quelconque, de telle façon qu'elle n'aurait pas, même involontairement, frôlé Robert, presque trop loin pour avoir même à lui tendre la main ; détournant de lui les yeux elle se mettait, dès qu'il était là, à causer ostensiblement et presque avec affectation avec l'un quelconque des autres voyageurs, continuant ce jeu jusqu'à ce que Saint-Loup fût parti. De la sorte les visites qu'il nous faisait à Doncières ne me causant aucune souffrance, même aucune gêne, ne mettaient pas une exception parmi les autres qui toutes m'étaient agréables en m'apportant en quelque sorte l'hommage et l'invitation de cette terre. Déjà dès la fin de l'été, dans notre trajet de Balbec à Douville, quand j'apercevais au loin cette station de Saint-Pierre-des-Ifs où, le soir pendant un instant, la crête des falaises scintillait toute rose comme au soleil couchant la neige d'une montagne, elle ne me faisait plus penser (je ne dis pas même à la tristesse que la vue de son étrange relèvement soudain m'avait causée le premier soir en me donnant si grande envie de reprendre le train pour Paris au lieu de continuer jusqu'à Balbec) au spectacle que le matin on pouvait avoir de là, m'avait dit Elstir, à l'heure qui précède le soleil levé, où toutes les couleurs de l'arc-en-ciel se réfractent sur les rochers, et où tant de fois il avait réveillé le petit garçon qui, une année, lui avait servi de modèle pour le peindre tout nu, sur le sable. Le nom de Saint-Pierre-des-Ifs m'annonçait seulement qu'allait apparaître un quinquagénaire étrange, spirituel et fardé, avec qui je pourrais parler de Chateaubriand et de Balzac. Et maintenant dans les brumes du soir, derrière cette falaise d'Incarville qui m'avait tant fait rêver autrefois, ce que je voyais comme si son grès antique était devenu transparent, c'était la belle maison d'un oncle de M. de Cambremer et dans laquelle je savais qu'on serait toujours content de me recueillir si je ne voulais pas dîner à La Raspelière ou rentrer à Balbec. Ainsi ce n'était pas seulement les noms des lieux de ce pays qui avaient perdu leur mystère du début, mais ces lieux eux-mêmes. Les noms déjà vidés à demi d'un mystère que l'étymologie avait remplacé par le raisonnement, étaient encore descendus d'un degré. Dans nos retours à Hermonville, à Saint-Vast, à Arembouville, au moment où le train s'arrêtait, nous apercevions des ombres que nous ne reconnaissions pas d'abord et que Brichot, qui n'y voyait goutte, aurait peut-être pu prendre dans la nuit pour les fantômes d'Herimund, de Wiscar, et d'Herimbald. Mais elles approchaient du wagon. C'était simplement M. de Cambremer, tout à fait brouillé avec les Verdurin, qui reconduisait des invités et qui, de la part de sa mère et de sa femme, venait me demander si je ne voulais pas qu'il « m'enlevât » pour me garder quelques jours à Féterne où allaient se succéder une excellente musicienne qui me chanterait tout Gluck et un joueur d'échecs réputé avec qui je ferais d'excellentes parties qui ne feraient pas tort à celles de pêche et de yachting dans la baie, ni même aux dîners Verdurin pour lesquels le marquis s'engageait sur l'honneur à me « prêter », en me faisant conduire et rechercher pour plus de facilité, et de sûreté aussi. « Mais je ne peux pas croire que ce soit bon pour vous d'aller si haut. Je sais que ma sœur ne pourrait pas le supporter. Elle reviendrait dans un état ! Elle n'est du reste pas très bien fichue en ce moment... Vraiment, vous avez eu une crise si forte ! Demain vous ne pourrez pas vous tenir debout ! » Et il se tordait, non par méchanceté, mais pour la même raison qu'il ne pouvait sans rire voir dans la rue un boiteux qui s'étalait, ou causer avec un sourd. « Et avant ? Comment, vous n'en avez pas eu depuis quinze jours ? Savez-vous que c'est très beau ! Vraiment vous devriez venir vous installer à Féterne, vous causeriez de vos étouffements avec ma sœur. » À Incarville c'était le marquis de

Montpeyroux qui, n'ayant pas pu aller à Féterne, car il s'était absenté pour la chasse, était venu « au train » en bottes et le chapeau orné d'une plume de faisan, serrer la main des partants et à moi par la même occasion, en m'annonçant pour le jour de la semaine qui ne me gênerait pas, la visite de son fils, qu'il me remerciait de recevoir et qu'il serait très heureux que je fisse un peu lire ; ou bien M. de Crécy, venu faire sa digestion, disait-il, fumant sa pipe, acceptant un ou même plusieurs cigares, et qui me disait : « Hé bien ! vous ne me dites pas de jour pour notre prochaine réunion à la Lucullus ? Nous n'avons rien à nous dire ? permettez-moi de vous rappeler que nous avons laissé en train la question des deux familles de Montgommery. Il faut que nous finissions cela. Je compte sur vous. » D'autres étaient venus seulement acheter leurs journaux. Et aussi beaucoup faisaient la causette avec nous, que j'ai toujours soupçonnés ne s'être trouvés sur le quai, à la station la plus proche de leur petit château, que parce qu'ils n'avaient rien d'autre à faire que de retrouver un moment des gens de connaissance. Un cadre de vie mondaine comme un autre, en somme, que ces arrêts du petit chemin de fer. Lui-même semblait avoir conscience de ce rôle qui lui était dévolu, avait contracté quelque amabilité humaine : patient, d'un caractère docile, il attendait aussi longtemps qu'on voulait les retardataires, et même une fois parti s'arrêtait pour recueillir ceux qui lui faisaient signe ; ils couraient alors après lui en soufflant, en quoi ils lui ressemblaient, mais différaient de lui en ce qu'ils le rattrapaient à toute vitesse, alors que lui n'usait que d'une sage lenteur. Ainsi Hermonville, Arembouville, Incarville, ne m'évoquaient même plus les farouches grandeurs de la conquête normande, non contents de s'être entièrement dépouillés de la tristesse inexplicable où je les avais vus baigner jadis dans l'humidité du soir. Doncières ! Pour moi, même après l'avoir connu et m'être éveillé de mon rêve, combien il était resté longtemps dans ce nom des rues agréablement glaciales, des vitrines éclairées, des succulentes volailles ! Doncières ! Maintenant ce n'était plus que la station où montait Morel ; Égleville (*Aquilaevilla*), celle où nous attendait généralement la princesse Sherbatoff ; Maineville, la station où descendait Albertine les soirs de beau temps, quand, n'étant pas trop fatiguée, elle avait envie de prolonger encore un moment avec moi, n'ayant, par un raidillon, guère plus à marcher que si elle était descendue à Parville (*Paterni villa*). Non seulement je n'éprouvais plus la crainte anxieuse d'isolement qui m'avait étreint le premier soir, mais je n'avais plus à craindre qu'elle se réveillât, ni de me sentir dépaysé ou de me trouver seul sur cette terre productive non seulement de châtaigniers et de tamaris, mais d'amitiés qui tout le long du parcours formaient une longue chaîne, interrompue comme celle des collines bleuâtres, cachées parfois dans l'anfractuosité du roc ou derrière les tilleuls de l'avenue, mais déléguant à chaque relais un aimable gentilhomme qui venait, d'une poignée de main cordiale, interrompre ma route, m'empêcher d'en sentir la longueur, m'offrir au besoin de la continuer avec moi. Un autre serait à la gare suivante, si bien que le sifflet du petit tram ne nous faisait quitter un ami que pour nous permettre d'en retrouver d'autres. Entre les châteaux les moins rapprochés et le chemin de fer qui les côtoyait presque au pas d'une personne qui marche vite, la distance était si faible qu'au moment où, sur le quai, devant la salle d'attente, nous interpellaient leurs propriétaires, nous aurions presque pu croire qu'ils le faisaient du seuil de leur porte, de la fenêtre de leur chambre, comme si la petite voie départementale n'avait été qu'une rue de province et la gentilhommière isolée qu'un hôtel citadin ; et même aux rares stations où je n'entendais le « bonsoir » de personne, le silence avait une plénitude nourricière et calmante, parce que je le savais formé du sommeil d'amis couchés tôt dans le manoir proche où mon arrivée eût été saluée avec joie si j'avais eu à les réveiller pour leur demander quelque service d'hospitalité. Outre que l'habitude remplit tellement notre temps qu'il ne nous reste plus au bout de quelques mois un instant de libre dans une ville où à l'arrivée la journée nous offrait la disponibilité de ses douze heures, si une par hasard était devenue vacante, je n'aurais plus eu l'idée de l'employer à voir quelque église pour laquelle j'étais jadis venu à Balbec, ni même à confronter un site peint par Elstir avec l'esquisse que j'en avais vue chez lui, mais à aller faire une partie d'échecs de plus chez M. Féré. C'était en effet la dégradante influence, comme le charme aussi qu'avait eu ce pays de Balbec, de devenir pour moi un vrai pays de connaissances ; si leur répartition territoriale, leur ensemencement extensif tout le long de la côte, en cultures diverses, donnaient forcément aux visites que je faisais à ces différents amis la forme du voyage, ils restreignaient aussi le voyage à n'avoir plus que l'agrément social d'une suite de visites. Les mêmes noms de lieux, si troublants pour moi jadis que le simple *Annuaire des châteaux*[1], feuilleté au chapitre du département de la Manche, me causait autant d'émotion que l'Indicateur des chemins de fer, m'étaient devenus si familiers que cet indicateur même, j'aurais pu le consulter, à la page Balbec-Douville par Doncières, avec la même heureuse tranquillité qu'un dictionnaire d'adresses. Dans cette vallée trop sociale aux flancs de laquelle je sentais accrochés, visibles ou non, une compagnie d'amis nombreux, le poétique cri du soir n'était plus celui de la chouette ou de la grenouille, mais le « Comment va ? » de M. de Criquetot ou le « Khairé[1] ! » de Brichot. L'atmosphère n'y éveillait plus d'angoisses et, chargée d'effluves purement humains, y était aisément respirable, trop calmante même. Le bénéfice que j'en tirais, au moins, était de ne plus voir les choses qu'au point de vue pratique. Le mariage avec Albertine m'apparaissait comme une folie.

CHAPITRE IV[2]

Brusque revirement vers Albertine. – Désolation au lever du soleil. – Je pars immédiatement avec Albertine pour Paris.

Je n'attendais qu'une occasion pour la rupture définitive. Et, un soir, comme maman partait le lendemain pour Combray, où elle allait assister dans sa dernière maladie une sœur de sa mère, me laissant pour que je profitasse, comme grand-mère aurait voulu, de l'air de la mer, je lui avais annoncé qu'irrévocablement j'étais décidé à ne pas épouser Albertine et allais cesser prochainement de la voir[3]. J'étais content d'avoir pu, par ces mots, donner satisfaction à ma mère la veille de son départ. Elle ne m'avait pas caché que c'en avait été en effet une très vive pour elle. Il fallait aussi m'en expliquer avec Albertine. Comme je revenais avec elle de La Raspelière, les fidèles étant descendus, tels à Saint-Mars-le-Vêtu, tels à Saint-Pierre-des-Ifs, d'autres à Doncières, me sentant particulièrement heureux et détaché d'elle, je m'étais décidé, maintenant qu'il n'y avait plus que nous deux dans le wagon, à aborder enfin cet entretien. La vérité d'ailleurs est que celle des jeunes filles de Balbec que j'aimais, bien qu'absente en ce moment ainsi que ses amies, mais qui allait revenir (je me plaisais avec toutes, parce que chacune avait pour moi, comme le premier jour, quelque chose de l'essence des autres, était comme d'une race à part), c'était Andrée. Puisqu'elle allait arriver de nouveau, dans quelques jours, à Balbec, certes aussitôt elle viendrait me voir, et alors, pour rester libre, ne pas l'épouser si je ne voulais pas, pour pouvoir aller à Venise, mais pourtant l'avoir d'ici là toute à moi, le moyen que je prendrais ce serait de ne pas trop avoir l'air de venir à elle et dès son arrivée, quand nous causerions ensemble, je lui dirais : « Quel dommage que je ne vous aie pas vue quelques semaines plus tôt ! Je vous aurais aimée ; maintenant mon cœur est pris. Mais cela ne fait rien, nous nous verrons souvent, car je suis triste de mon autre amour et vous m'aiderez à me consoler. » Je souriais intérieurement en pensant à cette conversation car de cette façon je donnerais à Andrée l'illusion que je ne l'aimais pas vraiment ; ainsi elle ne serait pas fatiguée de moi et je profiterais joyeusement et doucement de sa tendresse. Mais tout cela ne faisait que rendre plus nécessaire de parler enfin sérieusement à Albertine afin de ne pas agir indélicatement, et puisque j'étais décidé à me consacrer à son amie, il fallait qu'elle sût bien, elle, Albertine, que je ne l'aimais pas. Il fallait le lui dire tout de suite, Andrée pouvant venir d'un jour à l'autre. Mais comme nous approchions de Parville, je sentis que nous n'aurions pas le temps ce soir-là et qu'il valait mieux remettre au lendemain ce qui maintenant était irrévocablement résolu. Je me contentai donc de parler avec elle du dîner que nous avions fait chez les Verdurin. Au moment où elle remettait son manteau, le train venant de quitter Incarville, dernière station avant Parville[1], elle me dit : « Alors demain, re-Verdurin, vous n'oubliez pas que c'est vous qui venez me prendre. » Je ne pus m'empêcher de répondre assez sèchement : « Oui, à moins que je ne "lâche", car je commence à trouver cette vie vraiment stupide. En tous cas si nous y allons, pour que mon temps à La Raspelière ne soit pas du temps absolument perdu, il faudra que je pense à demander à Mme Verdurin quelque chose qui pourra m'intéresser beaucoup, être un objet d'études, et me donner du plaisir, car j'en ai vraiment bien peu cette année à Balbec[2]. — Ce n'est pas aimable pour moi, mais je ne vous en veux pas, parce que je sens que vous êtes nerveux. Quel est ce plaisir ? — Que Mme Verdurin me fasse jouer des choses d'un musicien dont elle connaît très bien les œuvres. Moi aussi j'en connais une, mais il paraît qu'il y en a d'autres et j'aurais besoin de savoir si c'est édité, si cela diffère des premières. — Quel musicien ? — Ma petite chérie, quand je t'aurai dit qu'il s'appelle Vinteuil, en seras-tu beaucoup plus avancée ? » Nous pouvons avoir roulé toutes les idées possibles, la vérité n'y est jamais entrée, et c'est du dehors, quand on s'y attend le moins, qu'elle nous fait son affreuse piqûre et nous blesse pour toujours. « Vous ne savez pas comme vous m'amusez, me répondit Albertine en se levant, car le train allait s'arrêter. Non seulement cela me dit beaucoup plus que vous ne croyez, mais même sans Mme Verdurin je pourrai vous avoir tous les renseignements que vous voudrez. Vous vous rappelez que je vous ai parlé d'une amie plus âgée que moi qui m'a servi de mère, de sœur, avec qui j'ai passé à Trieste[3] mes meilleures années et que d'ailleurs je dois dans quelques semaines retrouver à Cherbourg, d'où nous voyagerons ensemble (c'est un peu baroque, mais vous savez comme j'aime la mer), hé bien ! cette amie (oh ! pas du tout le genre de femmes que vous pourriez croire !), regardez comme c'est extraordinaire, est justement la meilleure amie de la fille de ce Vinteuil, et je connais presque autant la fille de Vinteuil[1]. Je ne les appelle jamais que mes deux grandes sœurs. Je ne suis pas fâchée de vous montrer que votre petite Albertine pourra vous être utile pour ces choses de musique, où vous dites, du reste avec raison, que je n'entends rien. » À ces mots prononcés comme nous entrions en gare de Parville, si loin de Combray et de Montjouvain, si longtemps après la mort de Vinteuil, une image s'agitait dans mon cœur, une image tenue en réserve pendant tant d'années que, même si j'avais pu deviner en l'emmagasinant jadis qu'elle avait un pouvoir nocif, j'eusse cru qu'à la longue elle l'avait entièrement perdu ; conservée vivante au fond de moi — comme Oreste dont les dieux avaient empêché la mort pour qu'au jour désigné il revînt dans son pays punir le meurtre d'Agamemnon[2] — pour mon supplice, pour mon châtiment peut-être, qui sait ? d'avoir laissé mourir ma grand-mère ; surgissant tout à coup du fond de la nuit où elle semblait à jamais ensevelie et frappant comme un Vengeur, afin d'inaugurer pour moi une vie terrible, méritée et nouvelle, peut-être aussi pour faire éclater à mes yeux les funestes conséquences que les actes mauvais engendrent indéfiniment, non pas seulement pour ceux qui les ont commis, mais pour ceux qui n'ont fait, qui n'ont cru, que contempler un spectacle curieux et divertissant, comme moi, hélas ! en cette fin de journée lointaine à Montjouvain, caché derrière un buisson, où (comme quand j'avais complaisamment écouté le récit des amours de Swann) j'avais dangereusement laissé s'élargir en moi la voie funeste et destinée à être douloureuse du Savoir. Et dans ce même temps, de ma plus grande douleur j'eus un sentiment presque orgueilleux, presque joyeux, celui d'un homme à qui le choc qu'il aurait reçu aurait fait faire un bond tel qu'il serait parvenu à un point où nul effort n'aurait pu le hisser. Albertine amie de Mlle Vinteuil et de son amie, pratiquante professionnelle du saphisme, c'était auprès de ce que j'avais imaginé dans les plus grands doutes, ce qu'est au petit acoustique de l'Exposition de 1889[1] dont on espérait à peine qu'il pourrait aller du bout d'une maison à une autre, le téléphone planant sur les rues, les villes, les champs, les mers, reliant les pays. C'était une *terra incognita* terrible où je venais d'atterrir, une phase nouvelle de souffrances insoupçonnées qui s'ouvrait. Et pourtant ce déluge de la réalité qui nous submerge, s'il est énorme auprès de nos timides et infimes suppositions, il était pressenti par elles. C'est sans doute quelque chose comme ce que je venais d'apprendre, c'était quelque chose comme l'amitié d'Albertine et Mlle Vinteuil, quelque chose que mon esprit n'aurait su inventer, mais que j'appréhendais obscurément quand je m'inquiétais tant en voyant Albertine auprès d'Andrée. C'est souvent seulement par manque d'esprit créateur qu'on ne va pas assez loin dans la souffrance. Et la réalité la plus terrible donne en même temps que la souffrance la joie d'une belle découverte, parce qu'elle ne fait que donner une forme neuve et claire à ce que nous remâchions depuis longtemps sans nous en douter. Le train s'était arrêté à Parville et comme nous étions les seuls voyageurs qu'il y eût dedans, c'était d'une voix amollie par le sentiment de l'inutilité de la tâche, par la même habitude qui la lui faisait pourtant remplir et lui inspirait à la fois l'exactitude et l'indolence, et plus encore par l'envie de dormir, que l'employé cria : « Parville ! » Albertine, placée en face de moi et voyant qu'elle était arrivée à destination, fit quelques pas du fond du wagon où nous étions et ouvrit la portière. Mais ce mouvement qu'elle accomplissait ainsi pour descendre me déchirait intolérablement le cœur comme si, contrairement à la position indépendante de mon corps que à deux pas de lui semblait occuper celui d'Albertine, cette séparation spatiale, qu'un dessinateur véridique eût été obligé de figurer entre nous, n'était qu'une apparence et comme si, pour qui eût voulu, selon la réalité véritable, redessiner les choses, il eût fallu placer maintenant Albertine, non pas à quelque distance de moi, mais en moi. Elle me faisait si mal en s'éloignant que, la rattrapant, je la tirai désespérément par le bras. « Est-ce qu'il serait matériellement impossible, lui demandai-je, que vous veniez coucher ce soir à Balbec ? — Matériellement, non. Mais je tombe de sommeil. — Vous me rendriez un service immense... — Alors soit, quoique je ne comprenne pas ; pourquoi ne l'avez-vous pas dit plus tôt ? Enfin je reste. » Ma mère dormait quand, après avoir fait donner à Albertine une chambre située à un autre étage, je rentrai dans la mienne. Je m'assis près de la fenêtre, réprimant mes sanglots pour que ma mère, qui n'était séparée de moi que par une mince cloison, ne m'entendît pas. Je n'avais même pas pensé à fermer les volets, car à un moment, levant les yeux, je vis, en face de moi, dans le ciel, cette même petite lueur d'un rouge éteint qu'on voyait au restaurant de Rivebelle dans une étude qu'Elstir avait faite d'un soleil couché[1]. Je me rappelai l'exaltation que m'avait donnée, quand je l'avais aperçue du chemin de fer le premier jour de mon arrivée à Balbec[1], cette même image d'un soir qui ne précédait pas la nuit, mais une nouvelle journée. Mais nulle journée maintenant ne serait plus pour moi nouvelle, n'éveillerait plus en moi le désir d'un bonheur inconnu, et prolongerait seulement mes souffrances, jusqu'à ce que je n'eusse plus la force de les supporter. La vérité de ce que Cottard m'avait dit au casino de Parville ne faisait plus doute pour moi[2]. Ce que j'avais redouté, vaguement soupçonné depuis longtemps d'Albertine, ce que mon instinct dégageait de tout son être, et ce que mes raisonnements dirigés par mon désir m'avaient peu à peu fait nier, c'était vrai ! Derrière Albertine je ne voyais plus les montagnes bleues de la mer, mais la chambre de Montjouvain où elle tombait dans les bras de Mlle Vinteuil avec ce rire où elle faisait entendre comme le son inconnu de sa jouissance. Car, jolie comme était Albertine, comment Mlle Vinteuil, avec les goûts qu'elle avait, ne lui eût-elle pas demandé de les satisfaire ? Et la preuve qu'Albertine n'en avait pas été choquée et avait consenti, c'est qu'elles ne s'étaient pas brouillées, mais que leur intimité n'avait pas cessé de grandir. Et ce mouvement gracieux d'Albertine posant son menton sur l'épaule de Rosemonde, la regardant en souriant et lui posant un baiser dans le cou[3], ce mouvement qui m'avait rappelé Mlle Vinteuil et pour l'interprétation duquel j'avais hésité pourtant à admettre qu'une même ligne tracée par un geste résultât forcément d'un même penchant, qui sait si Albertine ne l'avait pas tout simplement appris de Mlle Vinteuil ? Peu à peu le ciel éteint s'allumait. Moi qui ne m'étais jusqu'ici jamais éveillé sans sourire aux choses les plus humbles, au bol de café au lait, au bruit de la pluie, au tonnerre du vent, je sentis que le jour qui allait se lever dans un instant, et tous les jours qui viendraient ensuite ne m'apporteraient plus jamais l'espérance d'un bonheur inconnu, mais le prolongement de mon martyre. Je tenais encore à la vie ; je savais que je n'avais plus rien que de cruel à en attendre. Je courus à l'ascenseur, malgré l'heure indue, sonner le lift qui faisait fonction de veilleur de nuit et je lui demandai d'aller à la chambre d'Albertine, lui dire que j'avais quelque chose d'important à lui communiquer, si elle pourrait me recevoir. « Mademoiselle aime mieux que ce soit elle qui vienne, vint-il me répondre. Elle sera ici dans un instant. » Et bientôt en effet, Albertine entra en robe de chambre. « Albertine », lui dis-je très bas et en lui recommandant de ne pas élever la voix pour ne pas éveiller ma mère, de qui nous n'étions séparés que par cette cloison dont la minceur aujourd'hui importune et qui forçait à chuchoter, ressemblait jadis, quand s'y peignaient si bien les intentions de ma grand-mère, à une sorte de diaphanéité musicale, « je suis honteux de vous déranger. Voici. Pour que vous compreniez, il faut que je vous dise une chose que vous ne savez pas. Quand je suis venu ici, j'ai quitté une femme que j'ai dû épouser[1], qui était prête à tout abandonner pour moi. Elle devait partir en voyage ce matin et depuis une semaine, tous les jours je me demandais si j'aurais le courage de ne pas lui télégraphier que je revenais. J'ai eu ce courage, mais j'étais si malheureux que j'ai cru que je me tuerais. C'est pour cela que je vous ai demandé hier soir si vous ne pourriez pas venir coucher à Balbec. Si j'avais dû mourir, j'aurais aimé vous dire adieu. » Et je donnai libre cours aux larmes que ma fiction rendait naturelles. « Mon pauvre petit, si j'avais su, j'aurais passé la nuit auprès de vous », s'écria Albertine, à l'esprit de qui l'idée que j'épouserais peut-être cette femme et que l'occasion de faire, elle, un « beau mariage » s'évanouissait, ne vint même pas, tant elle était sincèrement émue d'un chagrin dont je pouvais lui cacher la cause, mais non la réalité et la force. « Du reste, me dit-elle, hier pendant tout le trajet depuis La Raspelière, j'avais bien senti que vous étiez nerveux et triste, je craignais quelque chose. » En réalité, mon chagrin n'avait commencé qu'à Parville, et la nervosité bien différente mais qu'heureusement Albertine confondait avec lui, venait de l'ennui de vivre encore quelques jours avec elle. Elle ajouta : « Je ne vous quitte plus, je vais rester tout le temps ici. » Elle m'offrait justement — et elle seule pouvait me l'offrir — l'unique remède contre le poison qui me brûlait, homogène à lui d'ailleurs ; l'un doux, l'autre cruel, tous deux étaient également dérivés d'Albertine. En ce moment Albertine — mon mal — se relâchant de me causer des souffrances, me laissait — elle, Albertine remède — attendri comme un convalescent. Mais je pensais qu'elle allait bientôt partir de Balbec pour Cherbourg et de là pour Trieste. Ses habitudes d'autrefois allaient renaître. Ce que je voulais avant tout, c'était empêcher Albertine de prendre le bateau, tâcher de l'emmener à Paris. Certes de Paris, plus facilement encore que de Balbec, elle pourrait, si elle le voulait, aller à Trieste, mais à Paris nous verrions ; peut-être je pourrais demander à Mme de Guermantes d'agir indirectement sur l'amie de Mlle Vinteuil pour qu'elle ne restât pas à Trieste, pour lui faire accepter une situation ailleurs, peut-être chez le prince de *** que j'avais rencontré chez Mme de Villeparisis et chez Mme de Guermantes même. Et celui-ci, même si Albertine voulait aller chez lui voir son amie, pourrait, prévenu par Mme de Guermantes, les empêcher de se joindre. Certes j'aurais pu me dire qu'à Paris, si Albertine avait ces goûts, elle trouverait bien d'autres personnes avec qui les assouvir. Mais chaque mouvement de jalousie est particulier et porte la marque de la créature — pour cette fois-ci l'amie de Mlle Vinteuil — qui l'a suscité. C'était l'amie de Mlle Vinteuil qui restait ma grande préoccupation. La passion mystérieuse avec laquelle j'avais pensé autrefois à l'Autriche[1] parce que c'était le pays d'où venait Albertine (son oncle y avait été conseiller d'ambassade), que sa singularité géographique, la race qui l'habitait, ses monuments, ses paysages, je pouvais les considérer comme dans un atlas, comme dans un recueil de vues, dans le sourire, dans les manières d'Albertine, cette passion mystérieuse, je l'éprouvais encore mais par une interversion de signes, dans le domaine de l'horreur. Oui, c'était de là qu'Albertine venait. C'était là que dans chaque maison, elle était sûre de retrouver, soit l'amie de Mlle Vinteuil, soit d'autres. Les habitudes d'enfance allaient renaître, on se réunirait dans trois mois pour la Noël, puis le 1er janvier, dates qui m'étaient déjà tristes en elles-mêmes, de par le souvenir inconscient du chagrin que j'y avais ressenti quand, autrefois, elles me séparaient, tout le temps des vacances du jour de l'an, de Gilberte. Après les longs dîners, après les réveillons, quand tout le monde serait joyeux, animé, Albertine allait avoir, avec ses amies de là-bas, ces mêmes poses que je lui avais vu prendre avec Andrée, alors que l'amitié d'Albertine pour elle était innocente, qui sait ? peut-être celles qui avaient rapproché devant moi Mlle Vinteuil poursuivie par son amie, à Montjouvain. À Mlle Vinteuil maintenant, tandis que son amie la chatouillait avant de s'abattre sur elle, je donnais le visage enflammé d'Albertine, d'Albertine que j'entendis lancer en s'enfuyant, puis en s'abandonnant, son rire étrange et profond. Qu'était à côté de la souffrance que je ressentais, la jalousie que j'avais pu éprouver le jour où Saint-Loup avait rencontré Albertine avec moi à Doncières et où elle lui avait fait des agaceries[1] ? celle aussi que j'avais éprouvée en repensant à l'initiateur inconnu auquel j'avais pu devoir les premiers baisers qu'elle m'avait donnés à Paris, le jour où j'attendais la lettre de Mlle de Stermaria[2] ? Cette autre jalousie, provoquée par Saint-Loup, par un jeune homme quelconque, n'était rien. J'aurais pu dans ce cas craindre tout au plus un rival sur lequel j'eusse essayé de l'emporter. Mais ici le rival n'était pas semblable à moi, ses armes étaient différentes, je ne pouvais pas lutter sur le même terrain, donner à Albertine les mêmes plaisirs, ni même les concevoir exactement. Dans bien des moments de notre vie nous troquerions tout l'avenir contre un pouvoir en soi-même insignifiant. J'aurais jadis renoncé à tous les avantages de la vie pour connaître Mme Blatin, parce qu'elle était une amie de Mme Swann[3]. Aujourd'hui, pour qu'Albertine n'allât pas à Trieste, j'aurais supporté toutes les souffrances et si c'eût été insuffisant, je lui en aurais infligé, je l'aurais isolée, enfermée, je lui eusse pris le peu d'argent qu'elle avait pour que le dénuement l'empêchât matériellement de faire le voyage. Comme jadis, quand je voulais aller à Balbec, ce qui me poussait à partir c'était le désir d'une église persane, d'une tempête à l'aube, ce qui maintenant me déchirait le cœur en pensant qu'Albertine irait peut-être à Trieste, c'était qu'elle y passerait la nuit de Noël avec l'amie de Mlle Vinteuil : car l'imagination, quand elle change de nature et se mue en sensibilité, ne dispose pas pour cela d'un nombre plus grand d'images simultanées. On m'aurait dit qu'elle ne se trouvait pas en ce moment à Cherbourg ou à Trieste, qu'elle ne pourrait pas voir Albertine, comme j'aurais pleuré de douceur et de joie ! Comme ma vie et son avenir eussent changé ! Et pourtant je savais bien que cette localisation de ma jalousie était arbitraire, que si Albertine avait ces goûts elle pouvait les assouvir avec d'autres. D'ailleurs peut-être même ces mêmes jeunes filles, si elles avaient pu la voir ailleurs, n'auraient pas tant torturé mon cœur. C'était de Trieste, de ce monde inconnu où je sentais que se plaisait Albertine, où étaient ses souvenirs, ses amitiés, ses amours d'enfance, que s'exhalait cette atmosphère hostile, inexplicable, comme celle qui montait jadis jusqu'à ma chambre de Combray, de la salle à manger où j'entendais causer et rire avec les étrangers, dans le bruit des fourchettes, maman qui ne viendrait pas me dire bonsoir ; comme celle qui avait rempli pour Swann les maisons où Odette allait chercher en soirée d'inconcevables joies. Ce n'était plus comme vers un pays délicieux où la race est pensive, les couchants dorés, les carillons tristes, que je pensais maintenant à Trieste, mais comme à une cité maudite que j'aurais voulu faire brûler sur-le-champ et supprimer du monde réel. Cette ville était enfoncée dans mon cœur comme une pointe permanente. Laisser partir bientôt Albertine pour Cherbourg et Trieste me faisait horreur ; et même rester à Balbec. Car maintenant que la révélation de l'intimité de mon amie avec Mlle Vinteuil me donnait une quasi-certitude, il me semblait que dans tous les moments où Albertine n'était pas avec moi (et il y avait des jours entiers où à cause de sa tante je ne pouvais pas la voir), elle était livrée aux cousines de Bloch[1], peut-être à d'autres. L'idée que ce soir même elle pourrait voir les cousines de Bloch me rendait fou. Aussi, après qu'elle m'eut dit que pendant quelques jours elle ne me quitterait pas, je lui répondis : « Mais c'est que je voudrais partir pour Paris. Ne partiriez-vous pas avec moi ? Et ne voudriez-vous pas venir habiter un peu avec nous à Paris ? » À tout prix il fallait l'empêcher d'être seule, au moins quelques jours, la garder près de moi pour être sûr qu'elle ne pût voir l'amie de Mlle Vinteuil. Ce serait en réalité habiter seule avec moi, car ma mère profitant d'un voyage d'inspection qu'allait faire mon père, s'était prescrit comme un devoir d'obéir à une volonté de ma grand-mère qui désirait qu'elle allât quelques jours à Combray auprès d'une de ses sœurs. Maman n'aimait pas sa tante parce qu'elle n'avait pas été pour grand-mère, si tendre pour elle, la sœur qu'elle aurait dû. Ainsi, devenus grands, les enfants se rappellent avec rancune ceux qui ont été mauvais pour eux. Mais maman devenue comme ma grand-mère, elle incapable de rancune, la vie de sa mère était pour elle comme une pure et innocente enfance où elle allait puiser ces souvenirs dont la douceur ou l'amertume réglait ses actions avec les uns et les autres. Ma tante aurait pu fournir à maman certains détails inestimables, mais maintenant elle les aurait difficilement, sa tante était tombée très malade (on disait d'un cancer), et elle se reprochait de ne pas être allée plus tôt, pour tenir compagnie à mon père, n'y trouvait qu'une raison de plus de faire ce que sa mère aurait fait ; et comme elle allait à l'anniversaire du père de ma grand-mère, lequel avait été si mauvais père, porter sur sa tombe des fleurs que ma grand-mère avait l'habitude d'y porter, ainsi, auprès de la tombe qui allait s'entrouvrir, ma mère voulait-elle apporter les doux entretiens que ma tante n'était pas venue offrir à ma grand-mère. Pendant qu'elle serait à Combray, ma mère s'occuperait de certains travaux que ma grand-mère avait toujours désirés, mais seulement s'ils étaient exécutés sous la surveillance de sa fille. Aussi n'avaient-ils pas encore été commencés, maman ne voulant pas, en quittant

Paris avant mon père, lui faire trop sentir le poids d'un deuil auquel il s'associait, mais qui ne pouvait pas l'affliger autant qu'elle. « Ah ! ça ne serait pas possible en ce moment, me répondit Albertine. D'ailleurs quel besoin avez-vous de rentrer si vite à Paris, puisque cette dame est partie ? — Parce que je serai plus calme dans un endroit où je l'ai connue, plutôt qu'à Balbec qu'elle n'a jamais vu et que j'ai pris en horreur. » Albertine a-t-elle compris plus tard que cette autre femme n'existait pas, et que si cette nuit-là j'avais vraiment voulu mourir, c'est parce qu'elle m'avait étourdiment révélé qu'elle était liée avec l'amie de Mlle Vinteuil ? C'est possible. Il y a des moments où cela me paraît probable. En tous cas, ce matin-là, elle crut à l'existence de cette femme. « Mais vous devriez épouser cette dame, me dit-elle, mon petit, vous seriez heureux, et elle sûrement aussi serait heureuse. » Je lui répondis que l'idée que je pourrais rendre cette femme heureuse avait en effet failli me décider ; dernièrement, quand j'avais fait un gros héritage qui me permettrait de donner beaucoup de luxe, de plaisirs à ma femme, j'avais été sur le point d'accepter le sacrifice de celle que j'aimais. Grisé par la reconnaissance que m'inspirait la gentillesse d'Albertine si près de la souffrance atroce qu'elle m'avait causée, de même qu'on promettrait volontiers une fortune au garçon de café qui vous verse un sixième verre d'eau-de-vie, je lui dis que ma femme aurait une auto, un yacht ; qu'à ce point de vue, puisque Albertine aimait tant faire de l'auto et du yachting, il était malheureux qu'elle ne fût pas celle que j'aimasse[1] ; que j'eusse été le mari parfait pour elle, mais qu'on verrait, qu'on pourrait peut-être se voir agréablement. Malgré tout, comme dans l'ivresse même on se retient d'interpeller les passants par peur des coups, je me retins de l'imprudence que j'eusse commise du temps de Gilberte, en lui disant que c'était elle, Albertine, que j'aimais. « Vous voyez, j'ai failli l'épouser. Mais je n'ai pas osé le faire pourtant, je n'aurais pas voulu faire vivre une jeune femme auprès de quelqu'un de si souffrant et de si ennuyeux. — Mais vous êtes fou, tout le monde voudrait vivre auprès de vous, regardez comme tout le monde vous recherche. On ne parle que de vous chez Mme Verdurin, et dans le plus grand monde aussi, on me l'a dit. Elle n'a donc pas été gentille avec vous, cette dame, pour vous donner cette impression de doute sur vous-même ? Je vois ce que c'est, c'est une méchante, je la déteste, ah ! si j'avais été à sa place... — Mais non, elle est très gentille, trop gentille. Quant aux Verdurin et au reste, je m'en moque bien. En dehors de celle que j'aime et à laquelle du reste j'ai renoncé, je ne tiens qu'à ma petite Albertine, il n'y a qu'elle, en me voyant beaucoup — du moins les premiers jours, ajoutais-je pour ne pas l'effrayer et pouvoir demander beaucoup ces jours-là — qui pourra un peu me consoler. » Je ne fis que vaguement allusion à une possibilité de mariage, tout en disant que c'était irréalisable parce que nos caractères ne concorderaient pas. Malgré moi, toujours poursuivi dans ma jalousie par le souvenir des relations de Saint-Loup avec « Rachel quand du Seigneur » et de Swann avec Odette, j'étais trop porté à croire que du moment que j'aimais, je ne pouvais pas être aimé et que l'intérêt seul pouvait attacher à moi une femme[1]. Sans doute c'était une folie de juger Albertine d'après Odette et Rachel. Mais ce n'était pas elle, c'était moi ; c'étaient les sentiments que je pouvais inspirer que ma jalousie me faisait trop sous-estimer. Et de ce jugement, peut-être erroné, naquirent sans doute bien des malheurs qui allaient fondre sur nous. « Alors, vous refusez mon invitation pour Paris ? — Ma tante ne voudrait pas que je parte en ce moment. D'ailleurs, même si plus tard je peux, est-ce que cela n'aurait pas l'air drôle que je descende ainsi chez vous ? À Paris on saura bien que je ne suis pas votre cousine. — Hé bien ! nous dirons que nous sommes un peu fiancés. Qu'est-ce que cela fait, puisque vous savez que cela n'est pas vrai ? » Le cou d'Albertine, qui sortait tout entier de sa chemise, était puissant, doré, à gros grains. Je l'embrassai aussi purement que si j'avais embrassé ma mère pour calmer un chagrin d'enfant que je croyais alors ne pouvoir jamais arracher de mon cœur. Albertine me quitta pour aller s'habiller. D'ailleurs son dévouement fléchissait déjà ; tout à l'heure, elle m'avait dit qu'elle ne me quitterait pas d'une seconde. (Et je sentais bien que sa résolution ne durerait pas puisque je craignais, si nous restions à Balbec, qu'elle vît ce soir même, sans moi, les cousines de Bloch.) Or elle venait maintenant de me dire qu'elle voulait passer à Maineville et qu'elle reviendrait me voir dans l'après-midi. Elle n'était pas rentrée la veille au soir, il pouvait y avoir des lettres pour elle, de plus sa tante pouvait être inquiète. J'avais répondu : « Si ce n'est que pour cela, on peut envoyer le lift dire à votre tante que vous êtes ici et chercher vos lettres. » Et désireuse de se montrer gentille mais contrariée d'être asservie, elle avait plissé le front puis, tout de suite, très gentiment, dit : « C'est cela », et elle avait envoyé le lift. Albertine ne m'avait pas quitté depuis un moment que le lift vint frapper légèrement. Je ne m'attendais pas à ce que pendant que je causais avec Albertine, il eût eu le temps d'aller à Maineville et d'en revenir. Il venait me dire qu'Albertine avait écrit un mot à sa tante et qu'elle pouvait, si je voulais, venir à Paris le jour même. Elle avait du reste eu tort de lui donner la commission de vive voix, car déjà, malgré l'heure matinale, le directeur était au courant et, affolé, venait me demander si j'étais mécontent de quelque chose, si vraiment je partais, si je ne pourrais pas attendre au moins quelques jours, le vent étant aujourd'hui assez craintif (à craindre). Je ne voulais pas lui expliquer que je voulais à tout prix qu'Albertine ne fût plus à Balbec à l'heure où les cousines de Bloch faisaient leur promenade, surtout Andrée, qui seule eût pu la protéger, n'étant pas là, et que Balbec était comme ces endroits où un malade qui n'y respire plus est décidé, dût-il mourir en route, à ne pas passer la nuit suivante. Du reste, j'allais avoir à lutter contre des prières du même genre dans l'hôtel d'abord, où Marie Gineste et Céleste Albaret avaient les yeux rouges[1]. (Marie, du reste, faisait entendre le sanglot pressé d'un torrent ; Céleste, plus molle, lui recommandait le calme ; mais Marie ayant murmuré les seuls vers qu'elle connût : *Ici-bas tous les lilas meurent*[2], Céleste ne put se retenir et une nappe de larmes s'épandit sur sa figure couleur de lilas ; je pense du reste qu'elles m'oublièrent dès le soir même.) Ensuite, dans le petit chemin de fer d'intérêt local, malgré toutes mes précautions pour ne pas être vu, je rencontrai M. de Cambremer qui, à la vue de mes malles, blêmit, car il comptait sur moi pour le surlendemain ; il m'exaspéra en voulant me persuader que mes étouffements tenaient au changement de temps et qu'octobre serait excellent pour eux, et il me demanda si, en tous cas, je ne pourrais pas « remettre mon départ à huitaine », expression dont la bêtise ne me mit peut-être en fureur que parce que ce qu'il me proposait me faisait mal. Et tandis qu'il me parlait dans le wagon, à chaque station je craignais de voir apparaître, plus terrible qu'Herimbald ou Guiscard[3], M. de Crécy implorant d'être invité, ou plus redoutable encore, Mme Verdurin tenant à m'inviter. Mais cela ne devait arriver que dans quelques heures. Je n'en étais pas encore là. Je n'avais à faire face qu'aux plaintes désespérées du directeur. Je l'éconduisis, car je craignais que tout en chuchotant il ne finît par éveiller maman. Je restai seul dans la chambre, cette même chambre trop haute de plafond où j'avais été si malheureux à la première arrivée, où j'avais pensé avec tant de tendresse à Mlle de Stermaria, guetté le passage d'Albertine et de ses amies comme d'oiseaux migrateurs arrêtés sur la plage, où je l'avais possédée avec tant d'indifférence quand je l'avais fait chercher par le lift, où j'avais connu la bonté de ma grand-mère, puis appris qu'elle était morte ; ces volets au pied desquels tombait la lumière du matin, je les avais ouverts la première fois pour apercevoir les premiers contreforts de la mer (ces volets qu'Albertine me faisait fermer pour qu'on ne nous vît pas nous embrasser). Je prenais mieux conscience de mes propres transformations en les confrontant à l'identité des choses. On s'habitue pourtant à elles comme aux personnes et quand, tout d'un coup, on se rappelle la signification différente qu'elles comportèrent, puis quand elles eurent perdu toute signification, les événements bien différents de ceux d'aujourd'hui qu'elles encadrèrent, la diversité des actes joués sous le même plafond, entre les mêmes bibliothèques vitrées, le changement dans le cœur et dans la vie que cette diversité implique, semble encore accru par la permanence immuable du décor, renforcé par l'unité du lieu.

Deux ou trois fois, pendant un instant, j'eus l'idée que le monde où étaient cette chambre et ces bibliothèques, et dans lequel Albertine était si peu de chose, était peut-être un monde intellectuel, qui était la seule réalité, et mon chagrin, quelque chose comme celui que donne la lecture d'un roman et dont un fou seul pourrait faire un chagrin durable et permanent et se prolongeant dans sa vie ; qu'il suffirait peut-être d'un petit mouvement de ma volonté pour atteindre ce monde réel, y rentrer en dépassant ma douleur comme un cerceau de papier qu'on crève, et ne plus me soucier davantage de ce qu'avait fait Albertine que nous ne nous soucions des actions de l'héroïne imaginaire d'un roman après que nous en avons fini la lecture. Au reste, les maîtresses que j'ai le plus aimées n'ont coïncidé jamais avec mon amour pour elles. Cet amour était vrai, puisque je subordonnais toutes choses à les voir, à les garder pour moi seul, puisque je sanglotais si, un soir, je les avais attendues. Mais elles avaient plutôt la propriété d'éveiller cet amour, de le porter à son paroxysme, qu'elles n'en étaient l'image. Quand je les voyais, quand je les entendais, je ne trouvais rien en elles qui ressemblât à mon amour et pût l'expliquer. Pourtant ma seule joie était de les voir, ma seule anxiété de les attendre. On aurait dit qu'une vertu n'ayant aucun rapport avec elles leur avait été accessoirement adjointe par la nature, et que cette vertu, ce pouvoir simili-électrique avait pour effet sur moi d'exciter mon amour, c'est-à-dire de diriger toutes mes actions et de causer toutes mes souffrances. Mais de cela la beauté, ou l'intelligence, ou la bonté de ces femmes étaient entièrement distinctes. Comme par un courant électrique qui vous meut, j'ai été secoué par mes amours, je les ai vécus, je les ai sentis : jamais je n'ai pu arriver à les voir ou à les penser. J'incline même à croire que dans ces amours (je mets de côté le plaisir physique qui les accompagne d'ailleurs habituellement, mais ne suffit pas à les constituer), sous l'apparence de la femme, c'est à ces forces invisibles dont elle est accessoirement accompagnée que nous nous adressons comme à d'obscures divinités. C'est elles dont la bienveillance nous est nécessaire, dont nous recherchons le contact sans y trouver de plaisir positif. Avec ces déesses, la femme durant le rendez-vous nous met en rapport et ne fait guère plus. Nous avons, comme des offrandes, promis des bijoux, des voyages, prononcé des formules qui signifient que nous adorons, et des formules contraires qui signifient que nous sommes indifférents. Nous avons disposé de tout notre pouvoir pour obtenir un nouveau rendez-vous, mais qui soit accordé sans ennui. Or, est-ce pour la femme elle-même, si elle n'était pas complétée de ces forces occultes, que nous prendrions tant de peine, alors que quand elle est partie nous ne saurions dire comment elle était habillée et que nous nous apercevons que nous ne l'avons même pas regardée ?

Comme la vue est un sens trompeur ! Un corps humain, même aimé comme était celui d'Albertine, nous semble, à quelques mètres, à quelques centimètres, distant de nous. Et l'âme qui est à lui de même. Seulement, que quelque chose change violemment la place de cette âme par rapport à nous, nous montre qu'elle aime d'autres êtres et pas nous, alors aux battements de notre cœur disloqué, nous sentons que c'est, non pas à quelques pas de nous, mais en nous, qu'était la créature chérie. En nous, dans des régions plus ou moins superficielles. Mais les mots : « Cette amie, c'est Mlle Vinteuil » avaient été le Sésame, que j'eusse été incapable de trouver moi-même, qui avait fait entrer Albertine dans la profondeur de mon cœur déchiré. Et la porte qui s'était refermée sur elle, j'aurais pu chercher pendant cent ans sans savoir comment on pourrait la rouvrir.

Ces mots, j'avais cessé de les entendre un instant

pendant qu'Albertine était auprès de moi tout à l'heure. En l'embrassant comme j'embrassais ma mère à Combray pour calmer mon angoisse, je croyais presque à l'innocence d'Albertine ou du moins je ne pensais pas avec continuité à la découverte que j'avais faite de son vice. Mais maintenant que j'étais seul, les mots retentissaient à nouveau comme ces bruits intérieurs de l'oreille qu'on entend dès que quelqu'un cesse de vous parler. Son vice maintenant ne faisait pas de doute pour moi. La lumière du soleil qui allait se lever, en modifiant les choses autour de moi me fit prendre à nouveau, comme en me déplaçant un instant par rapport à elle, conscience plus cruelle encore de ma souffrance. Je n'avais jamais vu commencer une matinée si belle ni si douloureuse. En pensant à tous les paysages indifférents qui allaient s'illuminer et qui la veille encore ne m'eussent rempli que du désir de les visiter, je ne pus retenir un sanglot quand, dans un geste d'offertoire mécaniquement accompli et qui me parut symboliser le sanglant sacrifice que j'allais avoir à faire de toute joie, chaque matin, jusqu'à la fin de ma vie, renouvellement solennellement célébré à chaque aurore de mon chagrin quotidien et du sang de ma plaie, l'œuf d'or du soleil, comme propulsé par la rupture d'équilibre qu'amènerait au moment de la coagulation un changement de densité, barbelé de flammes comme dans les tableaux, creva d'un bond le rideau derrière lequel on le sentait depuis un moment frémissant et prêt à entrer en scène et à s'élancer, et dont il effaça sous des flots de lumière la pourpre mystérieuse et figée[1]. Je m'entendis moi-même pleurer. Mais à ce moment, contre toute attente la porte s'ouvrit, et le cœur battant, il me sembla voir ma grand-mère devant moi, comme en une de ces apparitions que j'avais déjà eues, mais seulement en dormant. Tout cela n'était-il donc qu'un rêve ? Hélas ! j'étais bien éveillé. « Tu trouves que je ressemble à ta pauvre grand-mère », me dit maman — car c'était elle — avec douceur, comme pour calmer mon effroi, avouant du reste cette ressemblance, avec un beau sourire de fierté modeste qui n'avait jamais connu la coquetterie. Ses cheveux en désordre où les mèches grises n'étaient point cachées et serpentaient autour de ses yeux inquiets, de ses joues vieillies, la robe de chambre même de ma grand-mère qu'elle portait, tout m'avait pendant une seconde empêché de la reconnaître et fait hésiter si je dormais ou si ma grand-mère était ressuscitée. Depuis longtemps déjà ma mère ressemblait à ma grand-mère bien plus qu'à la jeune et rieuse maman qu'avait connue mon enfance. Mais je n'y avais plus songé. Ainsi quand on est resté longtemps à lire, distrait, on ne s'est pas aperçu que passait l'heure et tout d'un coup, on voit autour de soi le soleil inévitablement entraîné à passer par les mêmes phases, rappeler à s'y méprendre le soleil qu'il y avait la veille à la même heure, et éveiller autour de lui les mêmes harmonies, les mêmes correspondances qui préparent le couchant. Ce fut en souriant que ma mère me signala à moi-même mon erreur, car il lui était doux d'avoir avec sa mère une telle ressemblance. « Je suis venue, me dit ma mère, parce qu'en dormant il me semblait entendre quelqu'un qui pleurait. Cela m'a réveillée. Mais comment se fait-il que tu ne sois pas couché ? Et tu as les yeux pleins de larmes. Qu'y a-t-il ? » Je pris sa tête dans mes bras : « Maman, voilà, j'ai peur que tu me croies bien changeant. Mais d'abord, hier je ne t'ai pas parlé très gentiment d'Albertine ; ce que je t'ai dit était injuste. — Mais qu'est-ce que cela peut faire ? » me dit ma mère, et apercevant le soleil levant, elle sourit tristement en pensant à sa mère, et pour que je ne perdisse pas le fruit d'un spectacle que ma grand-mère regrettait que je ne contemplasse jamais, elle me montra la fenêtre. Mais derrière la plage de Balbec, la mer, le lever du soleil, que maman me montrait, je voyais, avec des mouvements de désespoir qui ne lui échappaient pas, la chambre de Montjouvain où Albertine, rose, pelotonnée comme une grosse chatte, le nez mutin, avait pris la place de l'amie de Mlle Vinteuil et disait avec des éclats de son rire voluptueux : « Hé bien ! si on nous voit, ce n'en sera que meilleur. Moi ! je n'oserais pas cracher sur ce vieux singe ? » C'est cette scène que je voyais derrière celle qui s'étendait dans la fenêtre et qui n'était sur l'autre qu'un voile morne, superposé comme un reflet. Elle semblait elle-même en effet presque irréelle, comme une vue peinte. En face de nous, à la saillie de la falaise de Parville, le petit bois où nous avions joué au furet inclinait en pente jusqu'à la mer, sous le vernis encore tout doré de l'eau, le tableau de ses feuillages, comme à l'heure où souvent à la fin du jour, quand j'étais allé y faire une sieste avec Albertine, nous nous étions levés en voyant le soleil descendre. Dans le désordre des brouillards de la nuit qui traînaient encore en loques roses et bleues sur les eaux encombrées des débris de nacre de l'aurore, des bateaux passaient en souriant à la lumière oblique qui jaunissait leur voile et la pointe de leur beaupré comme quand ils rentrent le soir : scène imaginaire, grelottante et déserte[1], pure évocation du couchant, qui ne reposait pas, comme le soir, sur la suite des heures du jour que j'avais l'habitude de voir le précéder, déliée, interpolée, plus inconsistante encore que l'image horrible de Montjouvain qu'elle ne parvenait pas à annuler, à couvrir, à cacher — poétique et vaine image du souvenir et du songe. « Mais voyons, me dit ma mère, tu ne m'as dit aucun mal d'elle, tu m'as dit qu'elle t'ennuyait un peu, que tu étais content d'avoir renoncé à l'idée de l'épouser. Ce n'est pas une raison pour pleurer comme cela. Pense que ta maman part aujourd'hui et va être désolée de laisser son grand loup dans cet état-là. D'autant plus, pauvre petit, que je n'ai guère le temps de te consoler. Car mes affaires ont beau être prêtes, on n'a pas trop de temps un jour de départ. — Ce n'est pas cela. » Et alors, calculant l'avenir, pesant bien ma volonté, comprenant qu'une telle tendresse d'Albertine pour l'amie de Mlle Vinteuil et pendant si longtemps, n'avait pu être innocente, qu'Albertine avait été initiée, et autant que tous ses gestes me le montraient, était d'ailleurs née avec la prédisposition du vice que mes inquiétudes n'avaient que trop de fois pressenti, auquel elle n'avait jamais dû cesser de se livrer (auquel elle se livrait peut-être en ce moment, profitant d'un instant où je n'étais pas là), je dis à ma mère, sachant la peine que je lui faisais, qu'elle ne me montra pas et qui se trahit seulement chez elle par cet air de sérieuse préoccupation qu'elle avait quand elle comparait la gravité de me faire du chagrin ou de me faire du mal, cet air qu'elle avait eu à Combray pour la première fois quand elle s'était résignée à passer la nuit auprès de moi, cet air qui en ce moment ressemblait extraordinairement à celui de ma grand-mère me permettant de boire du cognac, je dis à ma mère : « Je sais la peine que je vais te faire. D'abord au lieu de rester ici comme tu le voulais, je vais partir en même temps que toi. Mais cela n'est encore rien. Je me porte mal ici, j'aime mieux rentrer. Mais écoute-moi, n'aie pas trop de chagrin. Voici. Je me suis trompé, je t'ai trompée de bonne foi hier, j'ai réfléchi toute la nuit. Il faut absolument, et décidons-le tout de suite, parce que je me rends bien compte maintenant, parce que je ne changerai plus, et que je ne pourrais pas vivre sans cela, il faut absolument que j'épouse Albertine. »

DOSSIER

DOCUMENTS

1. LA RACE DES TANTES

M. de Charlus, qui s'appelait alors M. de Guercy ou de Gurcy, fut créé dès le printemps de 1909, dans plusieurs cahiers du Contre Sainte-Beuve. *Des crayons discontinus ébauchent toute la carrière du personnage. Dans le Cahier 7, le grand exposé sur l'inversion, qui devait figurer dans* Sodome et Gomorrhe I, *était introduit quand le héros apercevait M. de Guercy endormi, pendant une réception chez la princesse de Guermantes*[1].

Les crochets aigus indiquent les mots absents du manuscrit que nous restituons. La transcription est très simplifiée ; elle ignore les passages biffés et intègre les additions.

Le comte de Guercy s'était assoupi ou du moins fermait les yeux. Depuis quelque temps il était fatigué, très pâle, malgré la moustache noire et les cheveux gris frisés, on le sentait vieux, mais resté très beau. Et ainsi, le visage blanc, immobile, noble, sculptural, sans regard, il m'apparut tel qu'après sa mort, sur la pierre de son tombeau dans l'église de Guermantes. Il me semblait qu'il était sa propre figure funéraire, que son individu était mort et que je ne voyais que le visage de sa race, ce visage que le caractère de chacun avait transformé, avait aménagé à ses besoins personnels, les uns intellectualisé, les autres rendu plus grossier comme la pièce d'un château qui selon le goût du châtelain a été tour à tour salle d'études ou d'escrime.

Il m'apparaissait, ce visage, bien délicat, bien noble, bien beau, ses yeux se rouvraient, un vague sourire qu'il n'eût pas le temps de rendre artificiel flotta sur son visage dont j'étudiais en ce moment sous les cheveux défaits en mèches l'ovale du front et les yeux, sa bouche s'entrouvrit, son regard brilla au-dessus de la ligne noble de son nez, sa main délicate releva ses cheveux et je me dis : « Pauvre M. de Gurcy qui aime tant la virilité, s'il savait l'air que je trouve à l'être las et souriant que j'ai en ce moment devant moi. On dirait que c'est une femme ! » Mais au moment même où je prononçais en moi-même ces mots, il me sembla qu'une révolution magique s'opérait en M. de Gurcy. Il n'avait pas bougé mais tout d'un coup il s'éclairait d'une lumière intérieure où tout ce qui m'avait chez lui choqué, troublé, semblé contradictoire, se résolvait en harmonie, depuis que je venais de me dire ces mots : « On dirait une femme. » J'avais compris, c'en était une ! C'en était une. Il appartenait à la race de ces êtres, contradictoires en effet puisque leur idéal est viril justement parce que leur tempérament est féminin, qui vont dans la vie à côté des autres, en apparence tout comme eux, mais portant en travers de ce petit disque de la prunelle où notre désir est intaillé et à travers lequel nous voyons le monde, le corps non d'une nymphe, mais d'un éphèbe qui vient projeter son ombre virile et droite sur tout ce qu'ils regardent et tout ce qu'ils font. Race maudite puisque ce qui est pour elle l'idéal de la beauté et l'aliment du désir est aussi l'objet de la honte et la peur du châtiment, et qu'elle est obligée de vivre jusque sur les bancs du tribunal où elle vient comme accusée et devant le Christ, dans le mensonge et dans le parjure, puisque son désir serait en quelque sorte, si elle savait le comprendre, inassouvissable puisque n'aimant que l'homme qui n'a rien d'une femme, l'homme qui n'est pas « homosexuel », ce n'est que de celui-là qu'elle peut assouvir un désir qu'elle ne devrait pas pouvoir éprouver pour lui, qu'il ne devrait pas pouvoir éprouver pour elle, si le besoin d'amour n'était pas un grand trompeur et ne lui faisait pas de la plus infâme « tante » l'apparence d'un homme, d'un vrai homme comme les autres, qui par miracle, se serait pris d'amour ou de condescendance pour lui, puisque comme les criminels elle est obligée de cacher son secret à ceux qu'elle aime le plus, craignant la douleur de sa famille, le mépris de ses amis, le châtiment de son pays ; race maudite[1], persécutée comme Israël et comme lui ayant fini, dans l'opprobre commun d'une abjection imméritée, par prendre des caractères communs, l'air d'une race, ayant tous certains traits caractéristiques, des traits physiques qui le <plus> souvent répugnent, qui quelquefois sont beaux, des cœurs de femme aimants et délicats, mais aussi une nature de femme soupçonneuse et perverse, coquette et rapporteuse, des facilités de femme à briller en tout, une incapacité de femme à exceller en rien ; exclus de la famille avec qui ils ne peuvent être en entière confidence, de la patrie aux yeux de qui ils sont des criminels non découverts, de leurs semblables eux-mêmes à qui ils inspirent le dégoût de retrouver en eux-mêmes l'avertissement que ce qu'ils croient un amour naturel est une folie maladive, et aussi cette féminité qui leur déplaît, mais pourtant cœurs aimants exclus de l'amitié parce que leurs amis pourraient soupçonner autre chose que de l'amitié quand ils n'éprouvent que de la pure amitié pour eux, et ne les comprendraient pas s'ils leur avouaient quand ils éprouvent autre chose, objet tantôt d'une méconnaissance aveugle qui ne les aime qu'en ne les connaissant pas, tantôt d'un dégoût qui les incrimine dans ce qu'ils ont de plus pur, tantôt d'une curiosité qui cherche à les expliquer et les comprend tout de travers, élaborant à leur endroit une psychologie de fantaisie qui même en se croyant impartiale est encore tendancieuse et admet a priori, comme ces juges pour qui un juif était naturellement un traître, qu'un homosexuel est facilement un assassin ; comme Israël encore recherchant ce qui n'est pas eux, ce qui ne serait pas d'eux, mais éprouvant pourtant les uns pour les autres, sous l'apparence des médisances, des rivalités, des mépris du moins homosexuel pour le plus homosexuel comme du plus déjudaysé pour le petit juif, une solidarité profonde, dans une sorte de franc-maçonnerie qui est plus vaste que celle des juifs parce que ce qu'on en connaît n'est rien et qu'elle s'étend à l'infini et qui est autrement puissante que la franc-maçonnerie véritable parce qu'elle repose sur une conformité de nature, sur une identité de goût, de besoins, pour ainsi dire de savoir et de commerce, qui à première vue décèle le frère du duc qui monte en voiture dans le voyou qui lui ouvre la portière, ou plus douloureusement parfois dans le fiancé de sa fille, et quelquefois, avec une ironie amère, dans le médecin par qui il veut faire soigner son vice, dans l'homme du monde qui lui met une boule noire au cercle, dans le prêtre à qui il se confesse, dans le magistrat, civil ou militaire, chargé de l'interroger, dans le souverain qui le fait poursuivre, race qui met son orgueil à ne pas être une race, à ne pas différer du reste de l'humanité pour que son désir ne lui apparaisse pas comme une maladie, leur réalisation même comme une impossibilité, ses plaisirs comme une illusion, ses caractéristiques comme une tare, de sorte que les pages les premières, je peux le dire, depuis qu'il y a des hommes et qui écrivent, qu'on lui ait consacrées dans un esprit de justice pour les mérites moraux et intellectuels qui ne sont pas comme on le dit enlaidis en elle, de pitié pour son infortune innée et pour ses malheurs injustes, seront celles qu'elle écoutera avec le plus de colère et qu'elle lira avec le sentiment le plus pénible, car si au fond de presque tous les juifs il y a un antisémite qu'on flatte plus en lui trouvant tous les défauts mais en le considérant comme un chrétien, au fond de tout homosexuel il y a un anti-homosexuel à qui on ne peut pas faire de plus grande insulte que de lui reconnaître les talents, les vertus, l'intelligence, le cœur, et en somme comme à toute créature humaine, le droit à l'amour sous la forme où la nature nous a permis de le concevoir, si cependant pour rester dans la vérité on est obligé de confesser que cette forme est étrange, que ces hommes ne sont pas pareils aux autres et radotant sans cesse avec une satisfaction irritante que Platon était homosexuel, comme les juifs que Jésus-Christ était juif, sans comprendre qu'il n'y avait pas d'homosexuels à l'époque où l'usage et le bon ton étaient de vivre avec un jeune homme comme aujourd'hui d'entretenir une danseuse, où Socrate, l'homme le plus moral qui fût jamais, fit sur deux jeunes garçons assis l'un près de l'autre des plaisanteries toutes naturelles comme on fait sur un cousin et sur sa cousine qui ont l'air amoureux l'un de l'autre et qui sont plus révélatrices d'un état social que des théories qui pourraient ne lui être que personnelles, de même qu'il n'y avait pas de juifs avant la crucifixion de Jésus-Christ, si bien que pour originel qu'il soit le péché a

1. La Race des Tantes

son origine historique dans la non-conformité survivant à la réputation ; mais prouvant alors par sa résistance à la prédication, à l'exemple, au mépris, aux châtiments de la loi, une disposition que le reste des hommes sait si forte et si innée qu'elle leur répugne davantage que des crimes qui nécessitent une lésion de la moralité, car ces crimes peuvent être momentanés et chacun peut comprendre l'acte d'un voleur, d'un assassin mais non d'un homosexuel ; partie donc réprouvée de l'humanité mais membre pourtant essentiel, invisible, innombrable de la famille humaine, soupçonné là où il n'est pas, étalé, insolent, impuni là où on ne le sait pas, partout, dans le peuple, dans l'armée, dans le temple, au théâtre, au bagne, sur le trône, se déchirant et se soutenant, ne voulant pas se connaître, mais se reconnaissant, et devinant un semblable dont surtout il ne veut pas s'avouer de lui-même — encore moins être su des autres — qu'il est le semblable, vivant dans l'intimité de ceux que la vue de son crime si un scandale se produisait rendrait, comme la vue du sang, féroces comme des fauves, mais habitué comme le dompteur en les voyant pacifiques avec lui dans le monde à jouer avec eux, à parler homosexualité, à provoquer leurs grognements, si bien qu'on ne parle jamais tant homosexualité que devant l'homosexuel, jusqu'au jour infaillible où tôt ou tard il sera dévoré, comme le poète reçu dans tous les salons de Londres, poursuivi lui et ses œuvres, lui ne pouvant trouver un lit où reposer, elles une salle où être jouées[1], et après l'expiation et la mort, voyant s'élever sa statue au-dessus de sa tombe, obligé de travestir ses sentiments, de changer tous ses mots, de mettre au féminin ses phrases, de donner à ses propres yeux des excuses à ses amitiés, à ses colères, plus gêné par la nécessité intérieure et l'ordre impérieux de son vice de ne pas se croire en proie à un vice que par la nécessité sociale de ne pas laisser voir ses goûts.

(Cahier 7. n.a.fr. 16647. f° 49 r°-55 r° et 52 v°.)

Le mensonge où il est obligé de vivre au milieu des autres, il vit avec lui en lui-même, puisque femme, il est obligé pour se plaire à soi-même de se croire homme ; s'il marche d'un air qu'il croit indifférent et dont la négligence voulue redouble son agitation, toujours dans le sillage de quelque panache militaire, il redresse ridiculement, d'un air de héros, des hanches de femme, il regarde d'un air de dédain ce qu'il désire, il flétrit sincèrement l'efféminement avec des intonations de coquette et une voix de fausset. Les uns solitaires, allant chaque dimanche du château où ils vivent reclus, loin du monde « méchant » jusqu'à mi-chemin d'un château voisin où leur camarade d'enfance aujourd'hui marié, fait la promenade inverse. Et là au carrefour des trois chemins, sur le talus désert, ils renouvellent l'étreinte de leur enfance, sans se dire un mot, se quittent sans s'être parlé, et quand ils se revoient dans la semaine, ne s'avouent jamais ce qu'ils ont fait, ne se l'avouent pas à eux-mêmes, et attendent le prochain dimanche, sans pluie et sans lune, comme si c'étaient deux fantômes muets de leur enfance qui réapparaissaient un instant. D'autres criant leur foi, ou du moins ne se plaisant qu'avec leurs coreligionnaires, parlant leurs langues, disant volontiers des mots consacrés, faisant les gestes rituels, d'autres corrects, barbus, bureaucrates farouches de leur vice, se tiennent vis-à-vis de tous les jeunes gens sur une réserve de demoiselle de province qui croirait impudique de dire bonjour, quelques-uns merveilleusement beaux, spirituels, nobles, recherchés dans le monde où ils passent avec une tristesse d'anges déchus, regardant sans pouvoir les exaucer les femmes se tuer pour eux, dédaigneux de la duchesse, troublés par le majordome ; quelques-uns maternels épris de dévouement, cherchant toute leur vie à faire *[un mot illisible]* un député ou à trouver du travail pour un maçon ; certains épris de direction, voulant perfectionner et conduire, professeurs de morale ou d'art, qui serrent leurs élèves dans leurs bras ; d'autres chastes, regrettant l'arrangement de la vie qui ne permet pas d'épouser le chef de gare et qui envoie aux colonies le chef de bataillon, résument le plaisir de leur vie à donner deux sous de pourboire au télégraphiste ; chez quelques-uns la femme ayant presque levé le masque viril, cherchant les occasions de se travestir, de se peindre, de montrer leurs seins ; et d'autres hideux, ostentatoires, impudiques, tenant dans une brasserie allemande la main <de> l'homme qui est à côté d'eux, relevant leur manche pour laisser voir le bracelet de leurs bras, forçant à se lever et à sortir les jeunes gens effrayés par les œillades de

1. La Race des Tantes

leur désir ou la provocation de leur haine préventive, servis avec politesse et mépris par le garçon philosophe qui connaît la vie et accepte les pourboires ; tous ambitieux de ne frayer qu'avec ceux qui ne sont pas de leur race, mais ne se trouvant sans contrainte qu'avec ceux-là ; ne voulant aimer, être aimés que de ceux qui ne sont pas de leur race mais la possibilité du plaisir étant à la fin la seule orientation du désir, finissant par se plaire à ceux qu'ils rejetaient d'abord ; par la nécessité du consentement et aussi par l'espoir d'aller au-devant d'un désir pour eux menant en notre temps une vie aussi romanesque que celle du conspirateur et de l'aventurier, secrétant autour d'eux un halo d'efféminement.

(Cahier 7. f° 50 v°-52 v°.)

Parfois dans une gare, dans un théâtre, vous en avez remarqué de ces êtres délicats, au visage maladif, à l'accoutrement bizarre, promenant d'un air d'apparent ennui, sur une foule qui leur serait indifférente, des regards qui cherchent en réalité s'ils n'y rencontreront pas l'amateur difficile à trouver du plaisir singulier qu'ils offrent et pour qui la muette investigation qu'ils dissimulent sous cet air de paresse lointaine serait déjà un signe de ralliement. La nature, comme elle fait pour certains animaux, pour certaines fleurs, en qui les organes de l'amour sont si mal placés qu'ils ne trouvent presque jamais le plaisir, ne les a pas gâtés sous le rapport de l'amour. Sans doute l'amour n'est pour aucun être une chose absolument facile, il exigerait la rencontre d'êtres qui souvent suivent des chemins différents. Mais pour cet être à qui la nature fut si marâtre, la difficulté est centuplée. L'espèce à laquelle il appartient est si peu nombreuse sur la terre qu'il a des chances de passer toute sa vie sans jamais rencontrer le semblable qu'il aurait pu aimer. Il le faudrait de son espèce, femme de nature pour pouvoir se prêter à son désir, homme d'aspect pourtant pour pouvoir l'inspirer. Il semble que son tempérament soit construit de telle manière, si étroit, si fragile que l'amour dans des conditions pareilles, sans compter la conspiration de toutes les forces sociales unanimes qui le menacent, et jusque dans son cœur par le scrupule et l'idée du péché, soit une impossible gageure. Ils la tiennent pourtant. Mais le plus souvent se contentant d'apparences grossières, et faute de trouver non pas l'homme-femme, mais la femme-homme qu'il leur faut, ils achètent d'un homme des faveurs de femme, ou par l'illusion dont le plaisir finit par embellir ceux qui le procurent, trouvent quelque charme viril aux êtres tout efféminés qui les aiment.

(Cahier 7. f° 53 v°-54 v°.)

Le Cahier 6 complète le portrait du personnage et le tableau de l'inversion.

Tout jeune quand ses camarades lui parlaient des plaisirs qu'on a avec les femmes, il se serrait contre eux, croyant seulement communier avec eux dans le désir des mêmes voluptés. Plus tard il sentit que ce n'étaient pas les mêmes, il le sentait mais ne l'avouait pas, ne se l'avouait pas. Les soirs sans lune, il sortait de son château du Poitou, suivait le chemin qui conduit à la route par où on va au château de son cousin Guy de Gressac. Il le rencontrait à la croix des deux chemins, sur un talus <ils> répétaient les jeux de leur enfance, et se quittaient sans avoir prononcé une parole, sans s'en reparler jamais pendant les journées où ils se voyaient et causaient, en gardant plutôt l'un contre l'autre une sorte d'hostilité, mais se retrouvant dans l'ombre, de temps à autre, muets, comme des fantômes de leur enfance qui se seraient visités. Mais son cousin devenu prince de Guermantes avait des maîtresses et n'était repris que rarement du bizarre souvenir. Et M. de Guerchy revenait souvent après des heures d'attente sur le talus, le cœur gros. Puis son cousin se maria et il ne le vit plus que comme homme causant et riant, un peu froid avec lui cependant, et ne connut plus jamais l'étreinte du fantôme. Cependant Hubert de Guerchy vivait dans son château plus solitaire qu'une châtelaine du Moyen Âge. Quand il allait prendre le train à la station il regrettait, bien qu'il ne lui eût jamais parlé, que la bizarrerie des lois ne permît pas d'épouser le chef de gare ; peut-être bien qu'il fût très entiché de noblesse eût-il passé sur la mésalliance ; et il aurait voulu pouvoir changer de résidence quand le lieutenant-colonel qu'il apercevait à la manœuvre partit pour une autre garnison. Ses plaisirs étaient de descendre parfois de la tour du château où il s'ennuyait comme Grisélidis, et d'aller après mille hésitations à la cuisine dire au boucher que le dernier gigot n'était pas assez tendre ou d'aller prendre lui-même ses lettres au facteur. Et il remontait dans sa tour et apprenait la généalogie de ses aïeux. Un soir il alla jusqu'à remettre un ivrogne dans son chemin, une autre fois il arrangea sur un chemin la blouse défaite d'un aveugle. Il vint à Paris, il était dans sa vingt-cinquième année, d'une grande beauté, spirituel pour un homme du monde et la singularité de son goût n'avait pas encore mis autour de sa personne ce halo trouble qui le distinguait plus tard. Mais Andromède attachée à un sexe pour lequel il n'était point fait ses yeux étaient pleins d'une nostalgie qui rendait les femmes amoureuses, et tandis qu'il était un objet de dégoût pour les êtres dont il s'éprenait, il ne pouvait partager pleinement les passions qu'il inspirait. Il avait des maîtresses. Une femme se tua pour lui. Il s'était lié avec quelques jeunes gens de l'aristocratie dont les goûts étaient les mêmes que les siens. Cachant soigneusement la secte à laquelle il découvrait maintenant qu'il était à jamais affilié, pleins de mépris et d'outrages pour ceux en qui elle était connue, ils se réunissaient pourtant avec plaisir, causant comme des marchands de leur profession et des diverses denrées, s'oubliant malgré leur horreur de la race maudite, jusqu'à dire par jeu les mots consacrés, à esquisser les gestes rituels. Qui eût pu deviner cela en ces beaux élégants si insolents qui dans un café se levaient de dégoût s'ils apercevaient non seulement de cette lie de la race, qui porte bracelets et fait des signes aux jeunes gens dans les cafés sous l'œil des garçons haineux, méprisants et philosophes qui savent la vie et acceptent les pourboires, mais de ces graves lévites du vice, corrects et barbus comme des bureaucrates, qui évitent de se mêler à ceux de l'autre race tant ils s'en croient connus et méprisés, toujours sur la réserve et la défensive, voyant dans le moindre sourire un outrage, dans la plus simple politesse la semence d'une espérance aimée, car la sympathie féconde leur désir, et d'ailleurs ils se sentent trop criminels pour croire à une camaraderie qui ne serait pas la preuve d'une secrète complicité ; réservés, impolis avec les jeunes gens comme ces jeunes filles de province qui croient impudique de parler, de dire bonjour, de sourire. Mais parfois, comme le désir d'un plaisir bizarre peut éclore une fois dans un être normal, <le> désir que <le> corps qu'il serrait contre <le sien> eût des seins de femme pareils à des roses de Bengale et d'autres particularités plus secrètes le hantait. Il s'éprit d'une fille de haute naissance qu'il épousa et pendant quinze ans ses désirs furent tous contenus dans le désir d'elle comme une eau profonde dans une piscine azurée. Il s'émerveillait comme l'ancien dyspeptique qui pendant vingt ans n'a pu prendre que du lait et qui déjeune et dîne tous les jours au café Anglais, comme le paresseux devenu travailleur, comme l'ivrogne guéri. Elle mourut et de savoir qu'il connaissait le remède au mal lui donna moins de craintes d'y retourner. Et peu à peu il devenait semblable à ceux qui lui avaient inspiré le plus de dégoût. Mais sa situation le préservait un peu. Il s'arrêtait un moment devant la sortie du lycée Condorcet en allant au club, puis se consolait en pensant <que> c'était sur son bateau que le duc de Parme et le grand-duc de Gênes <iraient> à Londres, parce qu'il n'y avait tout de même pas de grand seigneur français qui eût une situation aussi grande que la sienne, et que probablement, à cause de cela, le roi d'Angleterre viendrait y déjeuner.

(Cahier 6. n.a.fr. 16646. f° 29 r°-32 r°.)

La Race des Tantes

Ce n'est pas seulement aux autres, c'est à eux-mêmes que les uns ne se sont pas avoués ce qu'ils sont. Quand au collège ils se rapprochent fiévreusement d'un camarade qui leur raconte la nuit qu'il a passée avec une femme, ils croient seulement communier avec lui dans le désir de joies identiques pour tous deux. Et par une transposition inconsciente ils rapportent si bien à leur désir bizarre, tout ce qui dans la littérature, dans l'art, dans la vie a depuis tant de siècles élargi comme un fleuve la notion de l'amour, tant leur amour est si naturel qu'ils oublient finalement que l'objet ne l'est pas. Et sans songer que seul un homme-femme comme eux pourrait partager leur passion, ils attendent avec la foi d'une héroïne de Walter Scott la venue de Rob Roy et d'Ivanhoë. D'autres « savants » mais solitaires, n'avouent jamais. Ils fuient le monde. Et de leur château où ils vivent aussi isolés

1. La Race des Tantes

qu'une dame du Moyen Âge, les soirs sans pluie ils prennent un chemin, puis un autre où aboutit la route qui mène à la propriété d'un cousin avec qui ils furent élevés. Au carrefour ils se rencontrent et sans prononcer une parole, sur le talus obscur, ils répètent les jeux de leur enfance. Puis ils se quittent sans un mot, et les jours suivants quand ils se voient chez l'un ou chez l'autre jamais une allusion n'est faite, ils sont les mêmes que s'ils ne devaient pas dans quelques soirs se rencontrer de nouveau au croisement des deux routes, sauf un peu de froideur, d'amertume et d'hostilité. Et ils ne savent pas trop si c'est bien eux-mêmes, ces deux fantômes de leur enfance qui reviennent s'étreindre dans la campagne obscure. Puis le voisin qui a des maîtresses et chez qui survivait comme une maladie d'enfance ce goût bizarre, le perd, se marie. Et le mélancolique châtelain après des attentes inutiles sur le talus d'où il rentre le cœur gros de déceptions, remonte dans sa tour désormais pur et triste comme Grisélidis, n'ayant d'autres plaisirs que parfois, après de longues hésitations, de descendre aux cuisines à l'heure où vient le boucher, lui dire du seuil de la porte que le gigot de la veille n'était pas assez <tendre>, ou les matins de printemps où le cœur ne se contient pas d'aller demander lui-même ses lettres au facteur. Un soir de folie il a remis un ivrogne dans son chemin et rajusté la blouse défaite de l'aveugle. Et il a de grandes tristesses en songeant quand il va prendre le train à la station que si la société était autrement faite il pourrait demander la main du chef de gare, et parce que, de peur d'ennuyer, il n'ose pas suivre, en changeant de résidence, le lieutenant-colonel qui part pour une autre garnison. Mais d'autres comme des marchands aiment à se réunir le soir, après leurs affaires faites, à causer de leur profession, à se renseigner sur les denrées. Ils se cachent des autres mais se plaisent entre eux. Qui pourrait soupçonner ces élégants jeunes gens, aimés des femmes, de parler à cette table de plaisirs que le reste du monde ne comprend pas <?> Ils détestent, ils invectivent ceux de leur race et ne les fréquentent point. Ils ont le snobisme et l'exclusive fréquentation de ceux qui n'aiment que les femmes. Mais avec deux ou trois autres aussi décrassés qu'eux, ils aiment à plaisanter, à sentir qu'ils sont de même race. Parfois quand ils sont seuls, un mot consacré, un geste rituel leur échappe, dans un mouvement d'ironie volontaire mais de solidarité inconsciente et de plaisir profond. Ceux-là dans un café seront regardés avec crainte par ces lévites barbus qui eux ne veulent fréquenter que ceux de leur race, par peur <du> mépris, bureaucrates de leur vice, exagérant la correction, n'osant sortir qu'en cravate noire, et regardant d'un air froid ces beaux jeunes gens en qui ils ne peuvent soupçonner des pareils, car s'il est vrai <qu'>on croit facilement ce qu'on désire, on n'ose pas non plus trop croire ce qu'on désire. Et quelques-uns de ceux-là par pudeur n'osent répondre que par un balbutiement impoli au bonjour d'un jeune homme, comme ces jeunes filles de province qui croiraient immoral de sourire ou de donner la main. Et l'amabilité d'un jeune homme jette en leurs cœurs la semence d'amours éternels, car la bonté d'un sourire suffit à faire éclore l'espérance, et puis ils se savent si criminels, si honnis, qu'ils ne peuvent concevoir une prévenance qui ne serait pas une preuve de complicité. Mais dans dix ans les beaux jeunes gens insoupçonnés et les lévites barbus se connaîtront, car alors leurs pensées secrètes et communes auront irradié autour de leur personne ce halo auquel on ne se trompe pas et dans lequel on distingue comme la forme rêvée d'un éphèbe ; le progrès interne de leur mal inguérissable aura désordonné leur démarche ; au bout de la rue où on les rencontre, redressant d'un air belliqueux des hanches féminines, prévenant à force d'impertinence le mépris supposé, masquant — et redoublant — par une feinte nonchalance l'agitation de manquer un but dont ils se rapprochent moins vite en feignant de ne pas le voir, on apercevra toujours une tunique lycéenne ou une crinière militaire ; et les uns comme les autres on les voit avec l'œil curieux et l'attitude indifférente des espions rôder autour des casernes. Mais les uns et les autres, dans le café où ils s'ignorent encore, fuient devant la lie de leur race, devant la secte porte-bracelets, de ceux qui dans les lieux publics ne craignent pas de serrer contre eux un autre homme et relèvent à tous moments leur manchette pour laisser voir à leur poignet un rang de perles, faisant lever et partir, comme une odeur intolérable, les jeunes gens qu'ils pourchassent de leurs regards tour à tour provocants et furieux, les lévites et les élégants qu'ils désignent de rires efféminés et de gestes équivoques et méchants, cependant que le garçon de café indigné mais philosophe et qui sait la vie, les sert avec une politesse irritée, en se demandant s'il va falloir chercher la police, mais en empochant toujours le pourboire. D'autres apologistes de leur race, la glorifient jusque dans ses origines, et citent d'un air fin Platon et Socrate comme les juifs qui répètent : « Mais Jésus-Christ était juif » sans comprendre que le péché même originel a son origine dans l'histoire, que c'est la réprobation qui fait la honte.

Quelques-uns, silencieux et merveilleusement beaux, Andromèdes admirables attachés à un sexe qui les vouera à la solitude, reflètent dans leurs yeux la douleur de l'impossible paradis avec une splendeur où viennent se brûler les femmes qui se tuent pour eux ; et odieux à ceux dont ils recherchent l'amour ne peuvent contenter celui que leur beauté éveille. Et en d'autres encore, la femme est presque à demi sortie. Ses seins sortent, ils cherchent les occasions de se travestir pour les montrer, aiment la danse, la toilette, le rouge comme une fille et dans la réunion la plus grave pris de folie se mettent à rire et à chanter.

(Cahier 6. f° 37 r°-41 r°.)

Je me souviens d'avoir vu à Querqueville[1] un jeune garçon dont ses frères et ses amis se moquaient qui se promenait seul sur la plage ; il avait une figure charmante, pensive et triste sous de longs cheveux noirs dont il avivait l'éclat en y répandant en secret une sorte de poudre bleue. Bien qu'il prétendît que ce fût leur couleur naturelle il rougissait légèrement ses lèvres au carmin. Il se promenait pendant des heures seul sur la plage, s'asseyait sur les rochers et interrogeait la mer bleue d'un œil mélancolique, déjà inquiet et insistant, se demandant si dans ce paysage de mer et de ciel d'un léger azur, le même qui brillait déjà aux jours de Marathon et de Salamine, il n'allait pas voir s'avancer sur une barque rapide et l'enlever avec lui, l'Antinoüs dont il rêvait tout le jour, et la nuit à la fenêtre de la petite villa, où le passant attardé l'apercevait au clair de lune, regardant la nuit, et rentrant vite quand on l'avait aperçu. Trop pur encore pour croire qu'un désir pareil au sien pût exister ailleurs que dans les livres, ne pensant pas que les scènes de débauche que nous lui assimilons aient un rapport quelconque avec lui, les mettant au même niveau que le vol et l'assassinat, retournant toujours à son rocher regarder le ciel et la mer, ignorant le port où les matelots sont contents pourvu que, de quelque manière que ce soit, ils gagnent un salaire. Mais son désir inavoué se manifestait dans l'éloignement de ses camarades, ou dans l'étrangeté de ses paroles et de ses façons quand il était avec eux. Ils essayaient son rouge, plaisantaient sa poudre bleue, sa tristesse. Et en pantalons bleus et en casquette marine, il se promenait mélancolique et seul, consumé de langueur et de remords.

(Cahier 6. f° 35 v°-36 v°.)

Sous le titre « Le marquis de Gurcy (suite) », le Cahier 51 ébauche les deux grands moments dans la carrière de Charlus : sa rencontre avec Jupien (ici un fleuriste nommé Borniche), et sa rencontre avec Morel (ici un pianiste anonyme)[1].

C'était la fin de l'après-midi, cette heure si belle où l'air a une sorte de brillant invisible, si bien que chaque chose qui y est trempée prend quelque chose de velouté. On ressentait à regarder les moindres choses, la borne de la cour que le soleil n'avait pas encore atteinte, les fleurs qui étaient dans l'ombre et celles qui étaient dans la lumière une sorte d'exaltation, parce que les moindres couleurs rendues plus intenses par l'heure arrivaient au regard avec la sorte de justesse et d'harmonie infaillible des notes d'une mélodie. On était émerveillé que les fleurs roses du sophora fussent roses, tant les tons avaient l'air juste. En réalité je crois que cette impression de justesse était obtenue par un peu d'excès et que la lumière trempait le rose des fleurs, le brun des branches dans du rose et du brun plus clair. Et les fleurs avaient l'air de se détacher de l'air ambiant comme d'un velours invisible sur lequel elles auraient été posées et sur lequel elles faisaient une douce pression. Par-dessus les toits le clocher du couvent voisin semblait en velours pourpré et repoussait le ciel qui refluait sur ses bords comme j'avais souvent vu le clocher de Combray. Le soleil touchait encore le haut de la tour qui semblait plus haute là d'être vaguement éclairée. C'était l'heure où on s'assied devant les portes

1. La Race des Tantes

en disant : « Il n'y a pas d'air. » Et Borniche lui-même n'avait pas commencé à travailler et prenait un peu l'air devant sa porte. J'avais envoyé demander des nouvelles de Mme de Villeparisis, on m'avait répondu qu'elle allait bien, que ça n'avait rien été. Et de fait levant les yeux à une porte qui battait je vis M. de Guercy sortir de chez les Guermantes. Je le regardais traverser la cour. Il était arrivé à la hauteur de la boutique de Borniche qu'il voyait probablement ouverte pour la première fois puisqu'il ne venait jamais qu'aux heures <de fermeture>, qu'en <passant>, je le vis s'arrêter vivement, regarder du côté de la boutique, continuer son chemin, revenir de l'air de quelqu'un qui a oublié quelque chose, ou plutôt de quelqu'un qui veut avoir <l'air> d'avoir oublié quelque chose et rester un moment dans la cour, en tirant sa montre, en regardant d'un air agité, négligent, impertinent, ridicule, dans tous les sens, et en fredonnant un air. Dans le silence de cette fin d'après-midi je distinguai le refrain pourtant susurré, c'était cette même *C'est l'étoile d'amour*[1] que je lui avais entendu chanter la première fois que je l'avais vu sur la plage. Je suis persuadé qu'il ne savait pas qu'il la fredonnait mais que quand il était repris d'une agitation pareille, par une association involontaire qui fait que tant d'airs sont les leitmotive de certains états d'âme et reviennent toujours quand nous les éprouvons, se trouvant dans une disposition pareille, une mimique identique et le geste de la canne sur son pantalon qui m'avait frappé ce jour-là et de relever ses moustaches, de froisser sa rose avait ramené l'air de Delmet. Mais quelle ne fut pas ma stupeur en voyant au même moment passer sur la figure et dans les manières de Borniche une expression que je ne lui avais <jamais> vue. Lui qui avait toujours l'air si bon, commença à redresser la tête, à prendre le même air affairé et insolent que M. de Guercy, il mit ses mains dans ses poches, il sifflota, il fit une mimique qui voulait signifier que dans cette cour il voyait tout sauf M. de Guercy, puis il rentra dans sa boutique. M. de Guercy partit, au bout d'un instant il revint, il avait dû jeter sa rose, car il ne l'avait plus, resonna chez Mme de Guermantes, je ne sais s'il demanda au maître d'hôtel de lui indiquer un fleuriste mais le maître d'hôtel lui indiqua la boutique de Borniche. Il fallait que je sorte, je descendis, je voyais parfaitement

M. de Guercy et Borniche qui ne pouvaient pas me voir et causaient d'ailleurs avec trop d'animation pour penser aux autres. Sur les briques qu'astiquait si bien Mlle Borniche, le jour de cinq heures s'étendait comme une baie lumineuse et pure. Borniche était debout devant la porte de l'arrière-boutique plus obscure, toute veloutée de cette belle pénombre onctueuse des jours chauds où la batterie de cuisine brillait dans une demi-obscurité qui était déjà la nuit. M. de Guercy qui avait mis <sa rose> à sa boutonnière remettait dans sa poche une pièce de monnaie que galamment Borniche n'avait pas voulu accepter. M. de Guercy s'avançait dans la cour mais il s'arrêta encore un instant pour demander à Borniche un renseignement que je ne distinguai <pas>. J'entendis seulement le commencement de la phrase : « Vous qui devez bien connaître le quartier vous pourriez peut-être me dire » puis il baissa la voix et j'entendis seulement les mots pharmacien et marchand de marrons. Borniche que je voyais de face debout au milieu de la petite baie dorée, eut un air froissé, jaloux et digne. Il se redressa avec le dépit d'une grande coquette et d'un ton glacial, douloureux et maniéré il dit : « Je vois que vous avez un cœur d'artichaut. » Au soleil qui frappait son visage, le cerne de ses yeux s'était agrandi tout d'un coup. Car une pensée heureuse ne voletait plus sur l'étang des regards dont la solitude était arrivée en un instant à un degré d'abandon <et> de dévastation inouïs. Mais bientôt l'ivresse du commérage <noya la déception de son cœur>. Depuis ce jour, M. de Guercy changea l'heure de sa visite à Mme de Villeparisis, et il ne s'en allait jamais sans acheter une rose à Borniche. Et d'après le bien qu'il leur en dit, les Guermantes prirent désormais leurs fleurs chez Borniche. Françoise m'apprit même qu'elle avait su par le valet de chambre des Guermantes que le marquis avait trouvé du travail à Borniche « pour bien des petites choses ». Et il allait plusieurs fois par semaine lui ranger bien des petites affaires. « Ah ! c'est un si bon homme que le marquis disait Françoise, si bien, si bien, et un homme si dévot, si comme il faut. Ah ! si j'avais une fille et si j'étais riche, voilà un homme à qui je la donnerais les yeux fermés. — Mais Françoise elle serait bigame votre fameuse fille. Rappelez-vous que vous l'avez déjà promise à Borniche. — Ah ! dame c'est que lui aussi c'est un homme qui rendrait une femme bien heureuse. Lui et le marquis c'est bien le même genre de personnes. »

(Cahier 51. n.a.fr. 16691. f° 6 r°-9 r° et 8 v°-10 v°.)

> *Puisqu'ici-bas toute âme*
> *Donne à quelqu'un*
> *Sa musique, sa flamme*
> *Ou son parfum*[1]...

Et comme les fleurs du sophora, dans cette cour, ne devaient pas rester sans s'unir à d'autres fleurs de sophora fleuries bien loin d'elle<s> et qui sur les ailes des abeilles, sur les ailes du vent les cherchaient à travers Paris et les rencontreraient enfin contre le vieux mur, le seul peut-être de tout ce quartier où s'appuyait un sophora et étaient entrées résolument dans la cour, ainsi un être existait aussi rare que notre sophora, pour qui la fleur rêvée était un monsieur plus âgé que lui, gros, grisonnant, avec des moustaches noires. Il s'étiolait mélancoliquement dans notre cour. M. de Guercy y venait chaque jour comme tant d'insectes rôdent autour des fleurs quand le calice fermé ne peut les apercevoir, et il avait fallu pour qu'il rencontrât Borniche que se produisît ce jour-là dans la santé de Mme de Villeparisis cette crise douloureuse et nuptiale. À partir de ce jour M. de Guercy changea l'heure de sa visite aux Guermantes.

La digitale dans le vallon[2].

(Cahier 51. f° 7 v°-8 v°.)

L'amusement de revoir la tante de Léonie[3] me fit retourner cette année-là quelquefois chez les Verdurin. C'était l'année où ils avaient loué à Chatou[4]. Je prenais toujours le dernier train pour ne pas voyager avec tout le monde. Mais quand c'était le samedi j'avais à éviter le pianiste car comme il faisait cette année-là son service militaire, dans la musique, il n'arrivait à Paris qu'assez tard et reprenait le dernier train pour venir dîner. La tante n'attendait pas jusque-là pour ne pas avoir à se presser et à risquer « d'être rouge » en arrivant. Je venais de prendre mon billet et j'allais vers le train de Chatou quand j'aperçus dans la salle des pas perdus le marquis de Guercy qui parlait d'une façon animée à un militaire en qui je reconnus vite le pianiste. Je pris le train. On attendit le pianiste très tard ce soir-là, il ne vint pas, mais on reçut un télégramme de lui disant qu'il ne pouvait avoir de permission. Par une mauvaise chance la tante prit justement un train plus tard, le même que moi. Elle fut désolée de la dépêche et eut l'air de la croire vraie. Mais je crois bien qu'elle avait dû apercevoir son neveu, peut-être même penser que je l'avais aperçu car je remarquai ce soir-là chez elle au milieu de plis Watteau qu'elle n'arrêtait pas de draper et qui semblaient avoir subitement multiplié, un redoublement de majesté et presque un commencement d'aphasie. Quelques semaines plus tard elle demanda aux Verdurin d'amener un protecteur des arts et notamment de son neveu le marquis de Guercy. Et désormais deux fois par semaine on voyait maintenant gare Saint-Lazare un gros homme grisonnant avec une rose à la boutonnière et des moustaches noires qui arrivait en se dandinant et à qui la chaleur de la gare faisait hideusement couler le rouge qu'il se mettait maintenant sans mesure sur les *[un feuillet manquant]*

(Cahier 51. f° 9 r°-10 r°.)

2. CHARLUS ET LE CONTRÔLEUR D'OMNIBUS

Proust avait vraisemblablement retiré de la dactylographie ce passage pour la prépublication du début de Sodome et Gomorrhe II, *sous le titre de* Jalousie *dans* Les Œuvres libres *en novembre 1921. Il omit de le restaurer dans le texte définitif. Il s'agit de la passion secrète de la princesse de Guermantes pour Charlus, qui lui préfère un contrôleur (ou conducteur) d'omnibus. Pour l'insertion de ce passage dans le texte définitif voir la note 2 de la page 196.*

Si j'en avais gardé <des doutes> sur la connaissance qu'avait la princesse des goûts de M. de Charlus, j'avais été détrompé un soir où comme depuis quelque temps elle me répétait combien elle était triste, puis me parlait de M. de Charlus. Pour lui épargner fût-ce au prix d'un chagrin les déceptions qui me semblaient devoir l'attendre, je lui dis que certains hommes, et souvent les plus remarquables par l'intelligence et les plus délicats de sensibilité, ne pouvaient demander la satisfaction de leurs désirs qu'à des femmes extrêmement vulgaires, des filles, des bonnes, quelquefois des filles des rues. Et je lui dis que je craignais d'après ce que certains de ses amis <m'avaient dit>, que M. de Charlus ne fût de ces hommes-là. « Croyez-vous donc que je ne sache pas tout », me dit-elle en posant sur moi ses regards d'une dureté admirable. Puis ayant l'air de ne pas avoir compris elle-même ce qu'elle venait de dire, elle répondit à mes paroles et me demanda si je ne croyais pas que des hommes comme ceux dont je parlais ne pouvaient pas tout de même ressentir de l'amour pour une femme qu'ils admireraient esthétiquement, et si l'amour de cette femme ne finirait pas, à force de les toucher, par déclencher le leur. « L'amour est une grande force, il n'est pas indifférent qu'on se sente aimé. » Mon avis, que je tus, est que l'amour est en effet une grande force mais éloignante et qu'il n'est pas indifférent qu'on se sente aimé car cela empêche d'aimer. « Je ne sais même pas pourquoi je vous pose la question, me dit-elle, je connais tant d'exemples de femmes qui ont fini par inspirer l'amour qu'elles ressentaient. » Et elle pouvait dire vrai ; des chimères analogues à celles en lesquelles notre désir voulait croire et que notre raison nous apprit être impossibles, à la fin de notre vie, nous découvrons après une longue expérience que pour certains de telles chimères se sont réalisées. Car la diversité des circonstances et des êtres est telle dans la nature qu'il n'y a presque aucune combinaison qui ne puisse se produire, fût-elle exception en apparence aux lois qui nous semblent les plus certaines. Mais de ce qu'en feuilletant dans la collection des journaux du monde entier pendant dix ans, on y trouvera le récit d'une vie à côté de laquelle les exploits des 45, les vengeances des 13 de Balzac, et de Monte-Cristo[1], les tours de force de Sherlock Holmes, sont réalisés, il ne s'ensuivra pas que si après avoir lu ces ouvrages, nous nous décidons avec quelques amis à renouveler les exploits de ces héros, nous ne serons pas arrêtés dans la quinzaine. Dans le monde on remarquait la fébrilité de la princesse, sa crainte, elle qui était encore bien loin de vieillir, que l'agitation nerveuse où elle vivait maintenant l'empêchât de garder l'air jeune. Même un jour, dans un dîner où était invité aussi M. de Charlus et où à cause de cela elle arriva radieuse mais étrange, je m'aperçus que cette étrangeté tenait à ce que, croyant se donner bonne mine et l'air plus jeune, elle s'était — sans doute pour la première fois de sa vie — complètement peinte. Elle exagérait encore cette excentricité des toilettes qui avait toujours été un peu son défaut. Il suffisait qu'elle eût entendu M. de Charlus parler d'un portrait pour qu'elle en fît copier les atours et les portât. Un jour que coiffée ainsi d'un chapeau immense, copié dans un portrait de Gainsborough (il vaut mieux mettre un peintre dont les chapeaux fussent extraordinaires) elle revenait sur son thème habituel maintenant, de la tristesse que ce devait être de vieillir, et citait à ce propos le mot de Mme Récamier disant qu'elle saurait qu'elle n'était plus belle quand les petits ramoneurs ne se retourneraient plus dans la rue : « Soyez tranquille, ma chère petite Marie, répondit la duchesse de Guermantes, d'une voix caressante pour que la douceur affectueuse du ton empêchât sa cousine de se fâcher de l'ironie des mots, vous n'avez qu'à porter des chapeaux comme celui que vous avez là, vous pouvez être sûre qu'on se retournera toujours[1]. »

Cet amour qu'on commençait à chuchoter qu'elle avait pour M. de Charlus, joint à ce qui se découvrait peu à peu relativement à la vie de celui-ci, fut presque d'un aussi grand secours aux antidreyfusards que l'origine germanique de la princesse. Quand un esprit hésitant faisait valoir en faveur de l'innocence de Dreyfus qu'un chrétien nationaliste et antisémite comme le prince de Guermantes, avait été converti à y croire, on répondait : « Mais est-ce qu'il n'a pas épousé une Allemande ? — Oui, mais... — Et est-ce que cette Allemande n'est pas vicieuse ? N'est-elle pas amoureuse d'un homme qui a des goûts spéciaux ? » Et le dreyfusisme du prince avait beau ne pas lui avoir été suggéré par sa femme et n'avoir pas de rapports avec les mœurs du baron, l'antidreyfusard philosophe concluait : « Vous voyez bien ! C'est peut-être de la meilleure foi du monde que le prince de Guermantes est dreyfusiste. L'influence étrangère a pu s'exercer sur lui d'une façon occulte. C'est le mode le plus grave. Mais un bon conseil. Chaque fois que vous trouverez un dreyfusard, grattez un peu. Vous ne trouverez pas bien loin le ghetto, l'étranger, l'inversion ou la wagnéromanie. » Et lâchement on cessait la conversation, car il aurait fallu avouer que la princesse était une wagnérienne passionnée.

Chaque fois que la princesse savait que je devais venir chez elle, et comme elle savait que je voyais souvent M. de Charlus, elle préparait sans doute un certain nombre de questions assez savamment placées pour que je ne pusse apercevoir ce qui se cachait derrière elles, et qui devait être de pouvoir contrôler si telle assertion, telle excuse de M. de Charlus relative à une certaine adresse, à un certain soir, étaient vraies ou non. Quelquefois pendant toute la durée de ma visite elle ne me posait aucune question, si insignifiante eût-elle pu paraître, et tâchait de me faire remarquer qu'elle ne m'en posait aucune. Et après m'avoir dit adieu, la porte déjà ouverte, comme sans préméditation m'en posait cinq ou six. Et les choses allaient ainsi quand un soir elle me fit chercher, je la trouvai en proie à une agitation extraordinaire, elle réprimait difficilement des sanglots. Elle me demanda si je consentais à me charger d'une lettre pour M. de Charlus et me supplia de le lui ramener à tout prix. Je courus chez celui-ci, il était devant sa glace, en train d'effacer un peu de poudre. Il prit connaissance de la lettre — le plus désespéré des appels, comme j'ai su depuis — et me chargea de répondre que c'était matériellement impossible pour le soir même, qu'il était malade. Tout en me parlant, d'un vase il tirait à chaque fois une rose d'une nuance différente, l'essayait à sa boutonnière, et regardait dans le miroir comment elle s'accordait avec son teint, sans pouvoir arriver à se décider pour aucune. Son valet de chambre entra lui dire que le coiffeur était là ; le baron me tendit la main pour prendre congé de moi. « Mais il a oublié son fer à friser », dit le valet de chambre. Le baron entra dans une colère terrible ; seule la vue de la rougeur qui allait gâter sa mine le força de reprendre un peu de calme auquel se mêlait pourtant un désespoir plus amer encore que tout à l'heure, puisque ce n'était pas seulement les cheveux qui seraient moins légers qu'ils n'eussent pu être, mais la peau plus rouge, et par la sueur, le nez luisant. « Il peut aller le chercher, insinua le valet de chambre. — Mais je n'ai pas le temps, gémit le baron en une plainte destinée à produire un effet de terreur égale à la plus violente colère, tout en produisant moins de chaleur chez celui qui l'exhalait. Je n'ai pas le temps, pleura-t-il, il faut que je sois parti dans une demi-heure, ou je vais tout manquer. — Alors, monsieur le baron veut-il qu'il entre ? — Mais je ne sais pas, je ne peux pas me passer d'un coup de fer, dites-lui qu'il est une brute, un scélérat, dites-lui. » Cependant je sortais et je courus chez la princesse. Haletante, elle traça de nouveau quelques mots qu'elle me pria de porter encore. « J'abuse de votre amitié, mais si vous saviez pourquoi. » Je retournai chez M. de Charlus. Un peu avant d'arriver à sa demeure, je le vis qui rejoignait Jupien devant un fiacre arrêté. Le phare d'une auto qui passait éclaira une seconde au fond du fiacre la casquette et le visage d'un conducteur d'omnibus. Puis je ne pus plus l'apercevoir, car on avait fait placer le fiacre dans un coin sombre, à l'angle d'une impasse entièrement noire. J'entrai dans celle-ci pour que M. de Charlus ne me vît pas. « Donnez-moi une seconde avant de monter, dit M. de Charlus à Jupien, ma moustache n'est pas défaite ? — Non vous êtes superbe. — Tu me charries ! — Employez pas de mots comme ça, ça ne vous va pas. C'est bon pour celui que vous allez voir. — Ah ! il a l'air un peu voyou, je ne déteste pas ça. Mais dis-moi un peu quel genre d'homme est-ce, pas trop maigre ? » De sorte que je compris que si M. de Charlus n'allait pas au secours de la merveilleuse princesse folle de douleur, ce n'était même pas à cause d'un rendez-vous avec un être aimé, ou seulement désiré, mais de la présentation arrangée de quelqu'un qu'il n'avait jamais vu. « Non il n'est pas maigre, plutôt grassouillet, entrelardé, sois tranquille, il est tout à fait ton genre, tu verras, tu seras content mon petit môme », ajouta Jupien en employant à l'égard du baron une expression qui semblait aussi peu directement appropriée, aussi rituelle, que quand les Russes appellent un passant « mon petit père ». Il entra avec M. de Charlus dans le fiacre de sorte que je n'aurais dû plus rien entendre, mais dans son trouble M. de Charlus non seulement négligea de fermer la glace, mais se mit sans s'en rendre compte et pour avoir l'air à l'aise à parler sur le ton retentissant et aigu qu'il prenait quand il était en représentation. « Je suis charmé de faire votre connaissance et surtout confus de vous avoir laissé attendre ainsi dans ce mauvais fiacre, dit-il pour boucher par des paroles le vide de sa pensée anxieuse, et sans songer que ce mauvais fiacre devait sembler fort bon à un contrôleur d'omnibus. J'espère que vous me ferez le plaisir de passer avec moi une soirée, une confortable. Vous n'êtes jamais libre que le soir ? — À moins le dimanche. — Ah ! vous êtes libre le dimanche après-midi. C'est parfait. Cela simplifie tout. Aimez-vous la musique ? Allez-vous quelquefois au concert ? — J'y vas souvent. — Ah ! eh bien ! très bien, voyez comme on s'entend déjà gentiment, je suis vraiment ravi de vous connaître. Nous pourrons aller au Concert Colonne, j'ai souvent la baignoire de ma cousine de Guermantes, ou de mon cousin Philippe de Cobourg. » Le baron n'osa pas dire le roi de Bulgarie, de peur d'avoir l'air de faire « de l'épate », mais bien que le contrôleur d'omnibus n'eût absolument rien compris à cette phrase et n'eût aucune notion sur les Cobourg, ce nom princier parut encore trop voyant à M. de Charlus qui pour ne pas avoir l'air de surfaire ce qu'il offrait, se mit par modestie à le déprécier. « Oui, mon cousin Philippe de Cobourg, vous ne le connaissez pas », et aussitôt comme un riche dirait à un voyageur de troisième : « On est tellement mieux là que dans les premières », « Au fond c'est une raison de plus de vous envier, car il est assez bête le pauvre, ce n'est même pas tellement qu'il soit bête mais il est agaçant, tous les Cobourg sont comme ça. Du reste je vous envie de toutes façons, ce doit être si agréable cette vie de plein air, tout en voyant tant de gens différents, et encore dans un coin charmant, sous les arbres, car je crois que mon ami Jupien m'a dit que votre ligne aboutissait à la Muette. J'ai souvent voulu habiter par là. C'est ce qu'il y a de plus beau à Paris. Alors c'est convenu nous irons au Concert Colonne. On pourra griller la baignoire. Non pas que je ne serais très flatté d'être vu avec vous, mais on est plus tranquille. C'est si embêtant le monde, n'est-ce pas ? D'ailleurs je ne dis pas cela pour ma cousine de Guermantes qui est charmante et si belle. » De même que les érudits timides qui craignent d'être taxés de pédantisme, abrègent une comparaison savante et ne réussissent qu'à paraître plus longs, en devenant tout à fait obscurs, ainsi le baron cherchant à effacer l'éclat des grands noms qu'il citait, rendait son discours tout à fait inintelligible au contrôleur d'omnibus. Celui-ci n'en comprenant pas les termes, essayait de le discerner d'après les intonations et comme elles étaient celles de quelqu'un qui s'excuse, il commençait à craindre de ne pas recevoir la somme que Jupien lui avait fait espérer. « Quand vous allez au concert le dimanche, est-ce aussi à Colonne que vous allez ? demanda le baron. — Plaît-il ? — À quel concert allez-vous le dimanche ? reprit le baron un peu agacé. — Des fois à Concordia, des fois à l'Apéritif Concert ou au Concert Mayol. Mais j'aime mieux me dégourdir les jambes. C'est canulant de rester assis toute une journée. — Je n'aime pas Mayol. Il a un genre efféminé qui me déplaît horriblement. En principe j'ai horreur de tous les hommes de ce genre. » Comme Mayol est populaire le contrôleur comprit ce que disait le baron, mais encore moins pourquoi celui-ci avait voulu le voir, puisque ce ne pouvait être pour ce qu'il détestait. « On pourrait aller dans des musées ensemble, reprit le baron. Est-ce que tu as jamais été au musée ? — J'connais que le musée du Louvre et le musée Grévin. » Je retournai chez la princesse, lui rapportant sa lettre. Dans sa déception, elle eut contre moi un mouvement de colère dont elle s'excusa aussitôt. « Vous allez me détester, dit-elle, je n'ose pas vous demander d'y retourner une troisième fois. » Je me fis arrêter un peu avant l'impasse, et m'y engageai. Le fiacre était toujours là. M. de Charlus disait à Jupien : « Hé bien ! le plus pratique est ceci, descends le premier avec lui, et mets-le dans son chemin, et viens me rejoindre ici. Allons, j'espère vous revoir. Comment ferons-nous ? — Hé bien ! vous pourriez me faire envoyer un mot quand vous sortez pour aller manger à midi », dit le contrôleur. S'il usa de cette expression qui s'appliquait moins exactement à la vie de M. de Charlus, lequel ne « sortait pas pour aller manger à midi », qu'à celle des employés d'omnibus et autres, ce n'est point sans doute chez le contrôleur défaut d'intelligence mais mépris de la couleur locale. Continuateur des grands maîtres, il traitait le personnage de M. de Charlus comme un Véronèse ou un Racine ceux du mari de Cana ou d'Oreste, dont l'un montre le mari de Cana et l'autre, Achille comme si ce Juif et ce Grec légendaires avaient fait partie l'un du fastueux patriciat de Venise, l'autre de la cour de Louis XIV. M. de Charlus ne crut pas devoir relever l'inexactitude et répondit : « Non, ce sera plus simple que vous arrangiez cela avec Jupien. Je lui en parlerai. Bonsoir, j'ai été charmé », ajouta-t-il sans pouvoir se défaire de son

2. *Charlus et le Contrôleur d'omnibus*

amabilité d'homme du monde et de sa morgue de grand seigneur. Peut-être était-il d'autant plus mondain à ce moment-là qu'il n'était pas dans le monde ; car quand on sort de ses habitudes, la timidité vous rendant incapable d'invention, c'est au souvenir des habitudes qu'on fait appel pour presque tout ; et ainsi c'est sur les actes dans lesquels on croyait s'en affranchir qu'elles s'exercent avec le plus de force, presque à la manière de ces intoxications qui redoublent quand on interrompt l'usage du toxique.

Jupien sortit avec le contrôleur. « Hé bien ! qu'est-ce que je t'avais dit ? dit Jupien. — Ah ! il me faudrait beaucoup de soirées comme cela ! Et puis j'aime bien entendre causer comme ça, posément, un type qui ne s'emballe pas. C'est pas un curé ? — Non pas du tout. — Il ressemble à un photographe chez qui que j'ai été une fois faire faire mon portrait. C'est pas lui ? — Non plus, dit Jupien. — Farceur, dit le contrôleur qui croyait que Jupien voulait le tromper, et qui craignait, comme M. de Charlus était resté dans le vague sur les rendez-vous futurs, qu'il ne lui posât un lapin, farceur, tu vas pas me dire que c'est pas le photographe. Je l'ai bien reconnu. Il habite au troisième rue de l'Échelle, il a une petite chienne noire qui s'appelle même je crois Love, tu vois que je sais ! — C'est idiot ce que tu dis, répondit Jupien. Je ne dis pas qu'il n'y a pas un photographe qui a une chienne noire, je te dis que ce n'est pas lui à qui je t'ai présenté. — Bien, bien, c'est comme tu veux, je reste dans mon idée. — Tu peux y rester, je m'en fous. Je passerai demain te parler pour le rendez-vous. » Jupien regagna le fiacre, mais le baron énervé en était déjà sorti. « Il est bien, bien élevé, gentil. Mais comment sont ses cheveux ? Il n'est pas chauve au moins, je n'ai pas osé lui demander d'ôter sa casquette, j'étais ému comme une fiancée. — Quel gros bébé tu fais ! — Enfin nous allons parler, mais pour la prochaine fois j'aimerais mieux le voir dans l'exercice de ses fonctions, j'irais par exemple en taxi à la Muette, et là je prendrais dans son tram le coin du bout à côté de lui. Même si c'était possible en doublant le prix, j'aimerais qu'il fasse des choses assez cruelles. Par exemple il ferait semblant de ne pas voir les vieilles dames qui font signe au tramway et qui n'en auraient plus après. — Grand vicieux ! Mais ça, Coco, ce n'est pas facile, parce qu'il y a aussi le conducteur, tu comprends, il tient à être bien vu dans son travail. » Je sortis de l'impasse, je me rappelais la soirée chez la princesse de Guermantes (la soirée que, en train de la raconter, j'ai interrompue de cette parenthèse anticipatrice, mais à laquelle je vais revenir) où M. de Charlus se défendait d'être amoureux de la comtesse Molé, et je me disais que si nous savions lire dans la pensée des gens que nous connaissons, nous serions souvent étonnés d'y voir la plus grande place tenue par tout autre chose que ce que nous croyons. En quittant l'impasse, je gagnai l'hôtel de M. de Charlus. Celui-ci n'était pas encore rentré. Je laissai la lettre. On apprit le lendemain que la princesse de Guermantes, en prenant un médicament pour un autre, s'était empoisonnée, accident après lequel elle resta plusieurs mois entre la vie et la mort et se retira du monde pendant plusieurs années. Il m'est quelquefois arrivé depuis en prenant l'autobus de payer ma place au contrôleur que Jupien avait, dans le fiacre, « présenté » à M. de Charlus. Ce contrôleur était un gros homme, laid, bourgeonné, avec une vue basse qui lui faisait maintenant porter ce que Françoise appelait des lorgnons. Je n'ai jamais pu le voir sans penser à l'émoi, puis à la stupeur de la princesse de Guermantes si j'avais pu l'avoir auprès de moi et lui dire : « Attendez, je vais vous montrer la personne à cause de qui M. de Charlus résista à vos trois appels, le soir que vous vous êtes empoisonnée, la personne d'où sont venus tous les malheurs de votre vie. Vous allez la voir, elle n'est pas loin d'ici. » Sans doute le cœur de la princesse eût alors battu bien fort. Et sa curiosité eût peut-être < été > mêlée d'une secrète admiration envers un être qui avait été assez séduisant pour rendre M. de Charlus, si bon pour la princesse, insensible à ses prières. Combien de fois, qu'elle le crût femme ou homme, dans son chagrin mêlé de haine et malgré tout de sympathie, n'avait-elle pas dû lui prêter le plus noble des visages. Alors en voyant celui-ci, bourgeonné, laid, vulgaire, aux yeux rouges et myopes, quel choc ! Sans doute la cause de nos chagrins, incarnée en un corps aimé d'un autre être, nous est quelquefois compréhensible ; les vieillards troyens voyant passer Hélène se disaient : « Notre mal ne vaut pas un seul de ses regards. » Mais le contraire est plus fréquent peut-être, parce que (de même qu'inversement des femmes admirablement belles ont toujours été délaissées par leur mari) il est commun que des êtres, laids aux yeux de presque tout le monde, excitent des amours inexplicables ; c'est qu'on peut tout aussi bien dire de l'amour ce que Léonard disait de la peinture, que c'est *cosa mentale*, quelque chose de mental. D'ailleurs on ne peut même pas dire que le cas des vieillards troyens soit plus ou moins fréquent que l'autre cas (la stupéfaction devant l'être qui a causé nos peines) car si on laisse seulement passer un peu de temps, le cas des vieillards troyens se confond presque toujours dans l'autre, il n'y a plus qu'un cas. Si n'ayant jamais vu Hélène, et pour peu qu'elle eût eu le destin de vieillir longtemps et mal, si on avait dit un jour aux Troyens : « Vous allez voir cette fameuse Hélène », il est probable que devant une petite vieille rougeaude, épaissie, informe, ils n'eussent pas été moins stupéfaits que n'eût été la princesse de Guermantes devant le contrôleur d'autobus.

(N.a.fr. 16710. f° 22-38.)

3. DANS LE *JOURNAL* D'ANDRÉ GIDE

André Gide rendit plusieurs visites à Proust en mai 1921. La conversation illustre l'état d'esprit de Proust au moment de la publication de Sodome et Gomorrhe I. *Le témoignage de Gide a donné corps à l'hypothèse de modèles masculins pour les jeunes filles de la* Recherche.

14 mai.

Passé avec Proust une heure de la soirée d'hier. Depuis quatre jours il envoie chaque soir une auto pour me prendre, mais qui chaque soir m'a manqué... Hier, comme précisément je lui avais dit que je ne pensais pas être libre, il s'apprêtait à sortir, ayant pris rendez-vous au dehors. Il dit ne s'être pas levé depuis longtemps. Bien que, dans la chambre où il me reçoit, l'on étouffe, il grelotte ; il vient de quitter une autre pièce beaucoup plus chaude où il était en nage ; il se plaint que sa vie ne soit plus qu'une lente agonie et bien que s'étant mis, dès mon arrivée, à me parler de l'uranisme, il s'interrompt pour me demander si je peux lui donner quelques clartés sur l'enseignement de l'Évangile, dont je ne sais qui lui a redit que je parlais particulièrement bien. Il espère y trouver quelque soutien et soulagement à ses maux, qu'il me peint longuement comme atroces. Il est gras, ou plutôt bouffi ; il me rappelle un peu Jean Lorrain. Je lui apporte *Corydon* dont il me promet de ne parler à personne ; et comme je lui dis quelques mots de mes Mémoires :

« Vous pouvez tout raconter, s'écrie-t-il ; mais à condition de ne jamais dire : *Je*. » Ce qui ne fait pas mon affaire.

Loin de nier ou de cacher son uranisme, il l'expose, et je pourrais presque dire : s'en targue. Il dit n'avoir jamais aimé les femmes que spirituellement et n'avoir jamais connu[1] l'amour qu'avec des hommes. Sa conversation, sans cesse traversée d'incidentes, court sans suite. Il me dit la conviction où il est que Baudelaire était uraniste : « La manière dont il parle de Lesbos, et déjà le besoin d'en parler, suffiraient seuls à m'en convaincre », et comme je lui proteste :

— En tout cas, s'il était uraniste, c'était à son insu presque ; et vous ne pouvez penser qu'il ait jamais pratiqué...
— Comment donc ! s'écrie-t-il. Je suis convaincu du contraire ; comment pouvez-vous douter qu'il pratiquât ? lui, Baudelaire !

Et, dans le ton de sa voix, il semble qu'en en doutant je fasse injure à Baudelaire. Mais je veux bien croire qu'il a raison ; et que les uranistes sont encore un peu plus nombreux que je ne le croyais d'abord. En tout cas je ne supposais pas que Proust le fût aussi exclusivement.

. . . .

Mercredi

Hier soir, j'allais monter me coucher lorsque retentit un coup de sonnette. C'est le chauffeur de Proust, le mari de Céleste, qui me rapporte l'exemplaire de *Corydon* que je prêtais à Proust le 13 mai, et qui propose de m'emmener, car Proust va un peu mieux et me fait dire qu'il peut me recevoir, si toutefois cela ne me dérange pas de venir. Et sa phrase est beaucoup plus longue et plus compliquée que je ne la cite ; je pense qu'il l'avait apprise en route, car, comme je l'avais d'abord interrompu, il l'a reprise pour la réciter d'une haleine. Céleste, de même, lorsqu'elle m'avait ouvert la porte l'autre soir, après avoir exprimé les regrets qu'avait Proust de ne pouvoir me recevoir, ajoutait : « Monsieur prie Monsieur Gide de se convaincre qu'il pense incessamment à lui. » (J'ai noté la phrase aussitôt.)

Longtemps j'ai pu douter si Proust ne jouait pas un peu de sa maladie pour protéger son travail (ce qui me paraissait très légitime) ; mais hier, et déjà l'autre jour, j'ai pu me convaincre qu'il était réellement très souffrant. Il dit rester des heures durant sans même pouvoir remuer la tête ; il reste couché tout le jour, et de longues suites de jours. Par instants il promène le long des ailes du nez le tranchant d'une main qui paraît morte, aux doigts bizarrement raides et écartés et rien n'est plus impressionnant que ce geste maniaque et gauche, qui semble un geste d'animal ou de fou.

Nous n'avons, ce soir encore, guère parlé que d'uranisme ; il dit se reprocher cette « indécision » qui l'a fait, pour nourrir la partie hétérosexuelle de son livre, transposer « à l'ombre des jeunes filles » tout ce que ses souvenirs homosexuels lui proposaient de gracieux, de tendre et de charmant, de sorte qu'il ne lui reste plus pour *Sodome* que du grotesque et de l'abject. Mais il se montre très affecté lorsque je lui dis qu'il semble avoir voulu stigmatiser l'uranisme ; il proteste ; et je comprends enfin que ce que nous trouvons ignoble, objet de rire ou de dégoût, ne lui paraît pas, à lui, si repoussant.

Lorsque je lui demande s'il ne nous présentera jamais cet Éros sous des espèces jeunes et belles, il me répond que, d'abord, ce qui l'attire ce n'est presque jamais la beauté et qu'il estime qu'elle n'a que peu à voir avec le désir — et que, pour ce qui est de la jeunesse, c'était ce qu'il pouvait le plus aisément transposer (ce qui se prêtait le mieux à une transposition).

(André Gide, Journal, *1889-1939,*
Gallimard, « Bibliothèque de la Pléiade »,
1951, p. 691-694.)

BIBLIOGRAPHIE SÉLECTIVE

ÉDITIONS DE *SODOME ET GOMORRHE*

À la recherche du temps perdu, t. IV, *Le Côté de Guermantes II*, *Sodome et Gomorrhe I*, NRF, 1921 (achevé d'imprimer du 30 avril 1921).
À la recherche du temps perdu, t. V, *Sodome et Gomorrhe II*, NRF, 1922, 3 vol. (achevé d'imprimer du 3 avril 1922).
Sodome et Gomorrhe, Gallimard, « À la Gerbe », 1930, 2 vol.
À la recherche du temps perdu, t. II, *Le Côté de Guermantes* et *Sodome et Gomorrhe*, éd. Pierre Clarac et André Ferré, Gallimard, « Bibliothèque de la Pléiade », 1954.
Sodome et Gomorrhe, éd. Emily Eells-Ogée, Flammarion, « GF », 1987.
À la recherche du temps perdu, t. II, *Le Côté de Guermantes* et *Sodome et Gomorrhe*, éd. Bernard Raffalli, Michelle Berman et André Alain Morello, Laffont, « Bouquins », 1987.
À la recherche du temps perdu, t. III, *Sodome et Gomorrhe* et *La Prisonnière*, éd. Jean-Yves Tadié, Antoine Compagnon et Pierre-Edmond Robert, Gallimard, « Bibliothèque de la Pléiade », 1988.
Sodome et Gomorrhe, éd. Françoise Leriche, Librairie générale française, « Le Livre de Poche », 1993.

ÉTUDES CRITIQUES CONCERNANT PLUS PARTICULIÈREMENT *SODOME ET GOMORRHE*

Pour la bibliographie générale qui concerne Marcel Proust et l'ensemble d'*À la recherche du temps perdu*, voir *Du côté de chez Swann*, Gallimard, « Folio classique », 1989, 2011.

BEM, Jeanne, « Le juif et l'homosexuel dans *À la recherche du temps perdu* », *Littérature*, n° 37, 1980.

BONNET, Henri, *Les Amours et la Sexualité de Marcel Proust*, Nizet, 1985.

BRUN, Bernard, « Les juifs dans *Sodome et Gomorrhe* », *Cahiers Textuel*, n° 23, 2001.

COMPAGNON, Antoine, « Sodome 1913 », *Études proustiennes*, n° 6, 1987.

—, *Proust entre deux siècles*, Éd. du Seuil, 1989.

DIAMANT, Naomi, « Judaism, Homosexuality, and Other Sign Systems in *À la recherche du temps perdu* », *Romanic Review*, vol. 82, n° 2, 1991.

EELLS-OGÉE, Emily, « La publication de *Sodome et Gomorrhe* », *Bulletin d'informations proustiennes*, n° 15 et 16, 1984 et 1985.

FEARN, Liliane, « Sur un rêve de Marcel », *Bulletin de la Société des amis de Marcel Proust*, n° 17, 1967.

FREEDMAN, Jonathan, « Coming Out of the Jewish Closet with Marcel Proust », in *Queer Theory and the Jewish Question*, Daniel Boyarin, Daniel Itzkovitz et Ann Pellegrin (dir.), New York, Columbia University Press, 2003.

HUGHES, Edward, « The Mapping of Homosexuality in Proust's *Recherche* », *Paragraph*, vol. 18, n° 2, 1995.

KOSOFSKY SEDGWICK, Eve, *Epistemology of the Closet*, Berkeley et Los Angeles, University of California Press, 1990.

Lectures de Sodome et Gomorrhe *de Marcel Proust*, Évelyne Grossman et Raymonde Coudert (dir.), *Cahiers Textuel* 34/44, n° 23, 2001.

MULLER, Marcel, « *Sodome I* ou la naturalisation de Charlus », *Poétique*, n° 8, 1971.

Rivers, Julius E., *Proust and the Art of Love. The Aesthetics of Sexuality in the Life, Times, and Art of Marcel Proust*, New York, Columbia University Press, 1980.

Viers, Rina, « Évolution et sexualité des plantes dans *Sodome et Gomorrhe* », *Europe*, n° 49, 1971.

CHOIX D'OUVRAGES CRITIQUES

Bastianelli, Jérôme, *Dictionnaire Proust-Ruskin*, Garnier, 2017.

Collectif : *Proust et ses amis*, édition publiée sous la direction de Jean-Yves Tadié, avec la collaboration d'Anne Borrel, Pierre Brunel, Antoine Compagnon, Adrien Goetz, Roger Grenier, Thierry Laget, Mike Le Bas, Nathalie Mauriac, Mireille Naturel, Jean-Michel Nectoux, Mihaï Sturdza et Kazuyoshi Yoshikawa, *Les Cahiers de la NRF*, Gallimard, 2010.

Kristeva, Julia, *Le Temps sensible. Proust et l'expérience littéraire*, Gallimard, « NRF Essais », 1994 ; « Folio classique », 2000.

Laget, Thierry, *Proust, prix Goncourt. Une émeute littéraire*, Gallimard, « Blanche », 2019.

Tadié, Jean-Yves, *Proust et le Roman*, Gallimard, « Bibliothèque des Idées », 1971 ; rééd. revue et corrigée, « Tel », 1986.

—, *Marcel Proust*, Galllimard, « NRF biographies », 1996 ; « Folio classique », 2 vol., 1999.

—, *Le Lac inconnu. Entre Proust et Freud*, Gallimard, « Connaissance de l'Inconscient », 2012.

—, *Marcel Proust. Croquis d'une épopée*, Gallimard, « Blanche », 2019.

—, [sous la direction de], *Proust*, Cahier de L'Herne, 2021.

Winton, Alison, *Proust's Additions : The Making of « À la recherche du temps perdu »*, Cambridge University Press, 1977.

QUELQUES PUBLICATIONS COMPLÉMENTAIRES

PROUST, Marcel, *Les Soixante-Quinze Feuillets et autres manuscrits inédits*, édition de Nathalie Mauriac, préface de Jean-Yves Tadié, Gallimard, « Blanche », 2021.

PROUST, Marcel, *Le Mystérieux Correspondant et autres nouvelles retrouvées*, avec huit pages manuscrites en fac-similé, édition de Luc Fraisse, De Fallois, 2019 ; Gallimard, à, 2021.

NOTES

Abréviations

Carnet 1	*Le Carnet de 1908*, éd. Philip Kolb, Gallimard, « Cahiers Marcel Proust », 1976.
Corr. g^{ale}	*Correspondance générale de Marcel Proust*, éd. Robert Proust, Paul Brach et Suzy Mante-Proust, Plon, 1930-1936, 6 vol.
Corr.	*Correspondance*, éd. Philip Kolb, Plon, 17 vol. parus depuis 1970, couvrant les années 1880-1918.
CSB	*Contre Sainte-Beuve*, précédé de *Pastiches et mélanges* et suivi de *Essais et articles*, éd. Pierre Clarac et Yves Sandre, Gallimard, « Bibliothèque de la Pléiade », 1971.
CSB, éd. Fallois	*Contre Sainte-Beuve*, suivi de *Nouveaux mélanges*, éd. Bernard de Fallois, Gallimard, 1954.
JS	*Jean Santeuil*, précédé de *Les Plaisirs et les Jours*, éd. Pierre Clarac et Yves Sandre, Gallimard, « Bibliothèque de la Pléiade », 1971.

Les numéros de pages indiqués dans les notes pour chacun des titres de la *Recherche* renvoient tous à la collection « Folio classique ».

Que soient remerciés tous ceux qui m'ont fourni quelque renseignement : Claudie Balavoine, Pierre Brunel, Florence

Callu, Jean-Pierre Chambon, Jean-Louis Chrétien, Yves Coirault, Jean-Pierre Collinet, André Guyaux, Willy Hachez, Philip Kolb, Philippe Lauvaux, Jean-Louis Mourgues, Theodore Reff.

SODOME ET GOMORRHE I

Page 51.

1. L'épigraphe est empruntée à « La colère de Samson », dans *Les Destinées* : « Bientôt se retirant dans un hideux royaume, / La Femme aura Gomorrhe et l'Homme aura Sodome, / Et, se jetant, de loin, un regard irrité, / Les deux sexes mourront chacun de son côté » (v. 77-80). Le titre et l'épigraphe, choisis vraisemblablement vers 1916, font allusion aux deux cités bibliques de la Plaine, dont l'homosexualité fut châtiée (Genèse, XVIII, XVI et XIX, XIX). Proust avait esquissé dès 1909 la rencontre de Charlus et de Jupien, mais elle n'introduisait pas alors la doctrine de l'inversion, elle aussi déjà ébauchée (voir le document 1, p. 736-739 et 723-736).

2. Voir *Le Côté de Guermantes*, p. 766-769.

Page 52.

1. Voir la préparation du thème botanique dans *Le Côté de Guermantes*, p. 695-698. Proust s'inspire de *L'Intelligence des fleurs* de Maeterlinck (Fasquelle, 1907), et des travaux de Darwin. De fait, toute son information sur Darwin provient de la préface du professeur Amédée Coutance à *Des différentes formes de fleurs dans les plantes de la même espèce*, traduit en 1878. Le professeur suggère lui-même une comparaison avec les mœurs des hommes : « Étranges contradictions, étrange législation qui, dans le monde des êtres libres, aurait de fâcheuses conséquences. »

2. Cette allusion reste énigmatique.

Page 53.

1. Sur l'union mystérieuse des étamines et du pistil, voir *L'Intelligence des fleurs*, p. 39-40, et surtout la préface de Coutance : « On dirait que la plante a le pressentiment de la

venue de l'être qui doit lui apporter la vie. Elle ne demeurera pas inerte et passive [...]. Ici des étamines se retournent pour que l'insecte puisse recevoir plus facilement le pollen qu'il emportera ; là, elles se courbent et se pressent sur le chemin qui conduit au nectar ; l'on voit les styles s'arquer mollement. »

Page 54.

1. Sur la dégénérescence liée à l'autofécondation et sur les avantages de la fécondation croisée, voir *L'Intelligence des fleurs*, p. 40, et surtout la préface de Coutance : « L'autofécondation est dans ses résultats généraux une cause d'infertilité et de dégénérescence : c'est la loi de la consanguinité appliquée au règne végétal. La fécondation croisée, au contraire, est une source d'avantages pour l'espèce et la pousse dans les voies d'un épanouissement et d'une vigueur remarquables. [...] Darwin nous l'apprend, c'est l'autofécondation qui, de temps en temps, ramène dans le rang les plantes exagérées dans un certain sens par le croisement » ; et un peu plus loin : « un seul acte d'autofécondation fait tout rentrer dans l'ordre ».

2. Dans *Sodome et Gomorrhe*, Proust omet en général les considérations dogmatiques annonçant le dénouement du roman. Celle-ci était développée dans le manuscrit, et l'idée reviendra dans *Le Temps retrouvé*, p. 206.

Page 55.

1. Voir la rencontre de Guercy, futur Charlus, et de Borniche, futur Jupien, dans la version de 1909 au document 1, p. 736-739.

Page 57.

1. Proust songe-t-il aux quatuors de Beethoven, dont il fut de plus en plus amateur (voir n. 1, p. 498), ou aux passages de transition qui, dans les symphonies, préparent le retour du thème, comme au début de la Cinquième, ou dans l'allegretto de la Septième ?

Page 60.

1. Voir *Du côté de chez Swann*, p. 242 et suiv.

Page 61.

1. S'il vient de se battre en duel, quel âge avait donc le héros lors de sa découverte de l'existence de Sodome ?
2. Souvenir des bruits que Proust entendait derrière la cloison de l'appartement qu'il sous-loua en 1919 chez Réjane rue Laurent-Pichat (*Corr.*, t. XVIII, p. 331).

Page 62.

1. Proust se souvient sans doute d'une anecdote relative à Néron, rapportée par Émile Mâle afin de montrer l'influence de la *Légende dorée* sur l'iconographie médiévale. Néron « a épousé un de ses affranchis, et il veut à toute force que ses médecins le fassent accoucher ; et, en effet, par l'effet d'un philtre, il mit au monde une grenouille qu'il fit élever dans son palais » (*L'Art religieux du XIIIe siècle en France*, 1898, p. 379). Proust a souvent consulté cet ouvrage.

Page 63.

1. Allusion à un conte des *Mille et Une Nuits*, « Les Rencontres d'Al-Raschid sur le pont de Bagdad ». Le narrateur se comparera au calife dans *Le Temps retrouvé*.

Page 64.

1. La cathédrale Sainte-Croix d'Orléans, commencée au XIIIe siècle, ne fut achevée qu'en 1858. Charlus, comme Swann (voir *Du côté de chez Swann*, p. 409), n'aime pas les restaurations mises à la mode par Viollet-le-Duc.
2. On appelle Maison de Diane de Poitiers, à Orléans, un logis de la Renaissance, l'hôtel Cabu, qui fut incendié en 1940.
3. Sur l'attrait de Charlus pour les employés des omnibus, voir p. 196 (et la n. 2) et le document 2, p. 740-749.

Page 65.

1. Charlus pourrait faire allusion aux trois Médicis suivants : Léon X, pape de 1513 à 1521, Clément VII, pape de 1523 à 1534, et Léon XI, pape en 1605. Charlus descend en effet des Médicis par les Bouillon. Clément VI et Grégoire XI, qui vécurent au XIVe siècle, furent aussi apparentés aux La Tour d'Auvergne, devenus ensuite ducs de Bouillon.

Page 67.

1. Athéna protège Ulysse dans l'*Iliade*, et dans l'*Odyssée*, où elle ne se fait pas reconnaître. Au chant XIII, au retour d'Ulysse à Ithaque, elle se révèle à lui après lui être apparue sous les traits d'un adolescent. Leconte de Lisle écrivait « Athènè » dans sa traduction des *Hymnes orphiques* (1869). Dans *Sodome et Gomorrhe*, Proust consulta souvent ce volume, qui contenait aussi la *Théogonie* et *Les Travaux et les Jours* d'Hésiode, les *Idylles et épigrammes* de Théocrite, etc.

Page 68.

1. Daniel, V, xxv : « Compté, pesé, divisé. » Menace prophétique inscrite sur les murs de la salle où Balthazar se livrait à sa dernière orgie, au moment où Cyrus pénétrait dans Babylone.

2. Voici la célèbre théorie de l'homme-femme pour expliquer l'inversion : voir l'ébauche de 1909 au document 1, p. 723-736. Dans sa préface à la réédition de *Corydon*, Gide devait la critiquer : « Certains livres — ceux de Proust en particulier — ont habitué le public à s'effaroucher moins et à oser considérer de sang-froid ce qu'il feignait d'ignorer, ou préférait ignorer d'abord. [...] Mais ces livres du même coup, ont beaucoup contribué, je le crains, à égarer l'opinion. La théorie de l'homme-femme, des *Sexuelle Zwischenstufen* (degrés intermédiaires de la sexualité) que lançait le Dr Hirschfeld en Allemagne, assez longtemps déjà avant la guerre, et à laquelle Marcel Proust semble se ranger, peut bien n'être point fausse ; mais elle n'explique et ne concerne que certains cas d'homosexualité, ceux dont précisément je ne m'occupe pas dans ce livre — les cas d'inversion, d'efféminement, de sodomie » (*Corydon*, NRF, 1924, n. 1, p. 11). Avant Hirschfeld, Krafft-Ebing avait déjà introduit des degrés de l'inversion dans la *Psychopathia sexualis* en 1886 : hermaphrodisme (ou bisexualité), homosexualité, efféminement, androgynie. Vingt ans plus tôt, Karl Heinrich Ulrichs, juriste érudit et défenseur de l'inversion, avait soutenu, dans une série d'ouvrages publiés entre 1864 et 1869, que l'inversion est innée, et que chez l'inverti, l'âme d'une femme est enfermée dans le corps d'un homme. Les ouvrages de psychiatrie et de médecine légale furent nombreux après 1870 à traiter de l'inversion : par exemple Albert Moll, *Les*

Perversions de l'instinct génital. Études sur l'inversion sexuelle, préface de Richard von Krafft-Ebing, trad. G. Carré, 1893, qui notait : « En France, on désigna ce phénomène, avec Charcot et Magnan, sous le nom d'inversion de l'instinct sexuel » (p. 54). Charcot et Magnan (« Inversion du sens génital », *Archives de neurologie*, janvier et novembre 1882) traduisirent ainsi l'expression allemande *Die conträre Sexualempfindung*, « sens sexuel contraire », introduite par Westphal en 1870. Le terme d'« homosexualité », lui, était apparu en 1869 chez le Hongrois Karoly Maria Benkert (1824-1882), dit Kertbeny, que Baudelaire a connu en Belgique en 1864. Sur la préférence de Proust pour le terme d'« inversion » plutôt qu'« homosexualité », voir la préface, p. 18.

Page 70.

1. Il s'agit d'Oscar Wilde, condamné en 1895 à deux ans de travaux forcés, à la suite d'un procès qui révéla son homosexualité. Libéré, il s'exila en France, où il mourut en 1900.
2. Vigny, « La colère de Samson », v. 80 (voir n. 1, p. 51).

Page 74.

1. L'Union des gauches, esquissée dès 1898, conduira au bloc républicain soutenant le gouvernement Waldeck-Rousseau (1899-1902). La « Fédération socialiste » est en fait la Fédération des travailleurs socialistes de France, fraction possibiliste des socialistes français animée par Paul Brousse depuis 1882. Sur la Schola cantorum, voir *Le Côté de Guermantes*, n. 1, p. 77. Vincent d'Indy y enseigna la composition de 1897 à sa mort, en 1931, et en prit la direction à la mort de Charles Bordes, en 1909. Antisémite déclaré, il fut fortement marqué par l'art de Wagner, tandis que Felix Mendelssohn, compositeur juif, avait été la bête noire de Wagner.

Page 75.

1. Dans *Du côté de chez Swann*, les Iéna font partie de la noblesse d'Empire que la princesse des Laumes, future duchesse de Guermantes, ne « connaît » pas (p. 463), mais on apprend dans *Le Côté de Guermantes* qu'elle se rend désormais chez eux (p. 698 et suiv.). Félix-Potin, boulevard Malesherbes, au coin de la place Saint-Augustin, où Céleste Albaret faisait ses achats.

Page 76.

1. Allusion à la nymphe marine Galatée, qu'aima le cyclope Polyphème, Proust paraît songer au tableau de Gustave Moreau, *Galatée en plein sommeil*, envoi au Salon de 1880.

Page 77.

1. Traduction libre de la locution des « pages roses » du Petit Larousse empruntée à Virgile : « *Trahit sua quemque voluptas* » (*Bucoliques*, II, 65).

Page 78.

1. Maeterlinck décrivait ainsi le volubilis dans *L'Intelligence des fleurs* : « ceux d'entre nous qui ont quelque peu vécu à la campagne ont eu maintes fois l'occasion d'admirer l'instinct, la sorte de vision qui dirige les vrilles de la Vigne vierge et du Volubilis, vers le manche d'un râteau ou d'une bêche posé contre un mur » (p. 26).

2. Selon la tradition astrologique, c'est Saturne qui préside aux amours contre nature en général et à l'inversion, comme dans les *Poèmes saturniens* de Verlaine.

Page 80.

1. *Rob-Roy* est un roman de Walter Scott (1817) : Rob-Roy, brigand romantique écossais, favorise les amours de Diana Vernon et de Francis Osbaldistone.

Page 83.

1. Grisélidis, héroïne de légende, mise en scène par Boccace et Perrault, est le symbole de la vertu conjugale, en raison des épreuves auxquelles sa fidélité fut soumise. *Grisélidis*, pièce d'Armand Silvestre et Eugène Morand, fut représentée à la Comédie-Française en 1891 et à l'Opéra-Comique, sur une musique de Massenet, en 1901.

2. C'est Persée qui délivra Andromède, et non l'un des Argonautes. Proust, malade et isolé, se comparait volontiers à Andromède. Dans une lettre de juin 1902, il demande à Antoine Bibesco de lui pardonner un conseil, qui « reflète chez moi la disposition subjective et jalouse d'une Andromède masculine toujours attachée à son rocher et qui souffre de voir Antoine Bibesco s'éloigner et se multiplier sans qu'il

puisse le suivre. En sorte que mes conseils anti-mondains ne seraient peut-être qu'une forme inconsciente, didactique et péjorative du sublime "La pauvre fleur disait au papillon céleste : / Ne fuis pas ! [...] Je reste, / Tu t'en vas !" » (*Corr.*, t. III, p. 61). Ces vers de Victor Hugo, *Les Chants du crépuscule*, XXVII, étaient aussi cités par Coutance dans sa préface, et par Proust dans le manuscrit de *Sodome et Gomorrhe I*.

Page 84.

1. Michelet décrivait ainsi la méduse dans *La Mer* (1861) : « Quelques coquilles étaient là toutes retirées en elles-mêmes et souffrant de rester à sec. Au milieu d'elles, sans coquille, sans abri, tout éployée gisait l'ombrelle [*sic*] vivante qu'on nomme assez mal *méduse*. Pourquoi ce terrible nom pour un être si charmant ? » (« Folio classique », p. 151). « Celles-ci étaient grosses, blanches, fort belles à leur arrivée, comme de grands lustres de cristal avec de riches girandoles, où le soleil miroitant mettait des pierreries » (p. 153). Proust s'était déjà servi de cette description poétique de la méduse pour les asperges à Combray (voir *Du côté de chez Swann*, n. 1, p. 195).

2. Pour décrire la fécondation du vanillier (voir *Le Côté de Guermantes*, p. 696), Proust s'inspire d'Élie Metchnikoff, *Études sur la nature humaine. Essai de philosophie optimiste*, Masson, 1903, p. 23-24. Il s'était déjà servi de ce livre pour la « guêpe fouisseuse » dans *Du côté de chez Swann* (voir n. 1, p. 199).

3. Hugo, *Les Voix intérieures*, XI. Le poème commence ainsi : « Puisqu'ici-bas toute âme / Donne à quelqu'un / Sa musique, sa flamme, / Ou son parfum [...]. » Reynaldo Hahn avait composé sa première mélodie sur ce poème, sous le titre « Rêverie » (1888).

Page 86.

1. Tout ce nouveau développement botanique s'inspire de la préface de Coutance, en particulier ici : « Un pollen qui déterminerait une fécondation illégitime demeure inerte sur les stigmates qui l'ont reçu, comme s'il appartenait à une plante très éloignée par ses caractères. » Voir aussi *L'Intelligence des fleurs*, p. 66 : « de très récentes expériences de Gaston Bonnier semblent prouver que chaque fleur, afin de

maintenir son espèce, sécrète des toxines qui détruisent ou stérilisent tous les pollens étrangers. »

Page 87.

1. Voir *Le Côté de Guermantes*, p. 742-759. Selon *L'Intelligence des fleurs*, chez la pédiculaire des bois, les étamines « l'une, puis l'autre, viennent frapper l'insecte, leur orifice libre, et l'asperger de poussière fécondante » (p. 51).

2. Sur l'escargot, voir Remy de Gourmont, *Physique de l'amour. Essai sur l'instinct sexuel*, Mercure de France, 1903, p. 140. La défense par Gourmont des manifestations de la nature condamnées par la morale se retrouve dans *Sodome et Gomorrhe I*.

Page 88.

1. Aristophane, dans *Le Banquet* de Platon, expliquait les différentes formes de l'amour par un mythe de l'origine humaine : avant que Zeus les coupât en deux, il existait trois sortes d'êtres, l'un pourvu de deux corps masculins, l'autre de deux corps féminins, et l'homme-femme, ou androgyne. Depuis la séparation, chacun est à la recherche de sa moitié, avec laquelle reconstituer l'unité primitive. L'idée de Darwin, pour qui la division des sexes est intervenue tardivement dans l'évolution des espèces, encourage également une explication de l'inversion par un « hermaphroditisme initial ». On a prétendu que, naturalisant l'inversion, Proust l'innocentait, mais Gilles Deleuze a justement insisté sur l'ambiguïté de la doctrine proustienne : « Tout le thème de la race maudite ou coupable s'entrelace [...] avec un thème d'innocence, sur la sexualité des plantes » (*Proust et les signes*, PUF, 1970, 2ᵉ éd., p. 145). De fait, la doctrine de Proust, comme la médecine pendant le dernier quart du XIXᵉ siècle, oscille entre une conception de la pédérastie comme vice contre nature ou comme maladie, comme monstruosité de la volonté ou comme « anomalie congénitale morbide », comme perversité ou comme perversion, selon les termes de Krafft-Ebing.

Page 89.

1. Cette raison de l'abondance des invertis restera imprécise.

2. Genèse, XIX, I, et XVIII, XXI. Proust récrit librement

l'histoire de la destruction de Sodome, dont, selon la Bible, seul Loth réchappa.

Page 90.

1. L'ange à l'épée flamboyante apparaît lorsque Adam et Ève sont chassés du paradis (Genèse, III, XXIV), tandis que deux anges (sans épée) assistent à la destruction de Sodome. Sodome et l'Éden sont ainsi confondus.

2. Genèse, XIII, XVI. Dieu dit à Abraham : « Je rendrai ta race comme la poussière de la terre, en sorte que, si l'on pouvait compter la poussière de la terre, on pourrait aussi compter ta race. » Voir aussi Genèse, XXVIII, XIV : le verset, appartenant à la promesse de Dieu dans le songe de Jacob, s'applique à la descendance de celui-ci, et non à celle des rescapés de Sodome. Le détournement a pour conséquence d'identifier la postérité d'Abraham et de Jacob avec la race des Sodomites, Sion et Sodome.

SODOME ET GOMORRHE II

Chapitre I

Page 92.

1. Pour l'invitation à la soirée et les doutes du héros, voir *Le Côté de Guermantes*, p. 760.

2. Une description voisine de la lune renvoie à celle-ci p. 510. Edmond de Goncourt notait le 6 mai 1889 dans son *Journal* que l'obélisque avait « la couleur rosée d'un sorbet au champagne ».

Page 93.

1. Selon Maurice Sachs (*Le Sabbat*, Corrêa, 1946), l'aventure serait arrivée à Albert Le Cuziat, rue Jouffroy. Proust aurait fait la connaissance d'Albert — le propriétaire de l'établissement de la rue de l'Arcade que Proust fréquenta pendant la guerre, modèle de l'hôtel de Jupien dans *Le Temps retrouvé* — vers 1911 (Painter, *Marcel Proust*, Mercure de France, 1966, t. II, p. 327).

Page 94.

1. Voir *Le Côté de Guermantes*, p. 601-616.
2. Sur la grand-mère Courvoisier du prince de Guermantes, et sur la comparaison des Courvoisier et des Guermantes, voir *Le Côté de Guermantes*, p. 601-616.
3. Sur Édouard Detaille, voir *Le Côté de Guermantes*, n. 1, p. 587. *Le Rêve*, évoqué plus loin, tableau allégorique à message patriotique qu'il exposa au Salon de 1888, fut longtemps célèbre. Il est aujourd'hui au musée d'Orsay.

Page 97.

1. Thomas Huxley (1825-1895), professeur d'anatomie comparée et de biologie, est l'auteur de nombreux ouvrages vulgarisant les doctrines transformistes. L'écrivain Aldous Huxley, qui avait fait un compte rendu d'*À l'ombre des jeunes filles en fleurs* en 1919, était son petit-fils, et non son neveu. Dans le Cahier 43, en 1910, l'anecdote était attribuée à *De l'intelligence* de Taine (1870), mais si l'ouvrage décrit de nombreux cas d'hallucination, celui-ci n'y figure pas.

Page 98.

1. « Les larmes de saint Pierre » [...], v. 238-240 : « Et quel plaisir encore à leur courage tendre, / Voyant Dieu devant eux en ses bras les attendre, / Et pour leur faire honneur les Anges se lever ! » Il s'agit des Innocents massacrés par Hérode et accueillis au ciel en triomphe.

Page 99.

1. Proust fait allusion au célèbre « sonnet d'Arvers », qui commence ainsi : « Mon âme a son secret, ma vie a son mystère ; / Un amour éternel en un moment conçu : / Le mal est sans espoir, aussi j'ai dû le taire, / Et celle qui l'a fait n'en a jamais rien su. » Félix Arvers (1806-1850) publia son « Sonnet imité de l'italien » dans *Mes heures perdues* en 1833.
2. Voir, par exemple, dans *Le Malade imaginaire* (III, v), les politesses confuses échangées par Argan et Diafoirus.

Page 100.

1. Charlus reconduit le héros chez lui dans *Le Côté de Guermantes*, p. 752.

2. Pour les propositions du baron, voir *Le Côté de Guermantes*, p. 402 et suiv.

Page 101.

1. Pour la visite du héros et de sa grand-mère chez le professeur E***, voir *ibid.*, p. 439-446. Proust écrit à Gallimard en mars 1921 qu'il vient d'ajouter à *Sodome et Gomorrhe II* « des choses sur les médecins qui vous amuseraient » (*Corr.*, t. XX, p. 147). Une autre possibilité est la rivalité de Cottard et de du Boulbon, ici, p. 298-299.

2. Cette visite a eu lieu au début du *Côté de Guermantes*, et les décorations du professeur E*** y sont mentionnées p. 440 et 445.

Page 104.

1. Le récit des aventures anciennes de Charlus et de Vaugoubert, omis ici, figurait dans le manuscrit. Saint-Loup y avait fait allusion, sans donner le nom de Vaugoubert, en présentant son oncle au héros : voir *À l'ombre des jeunes filles en fleurs*, p. 463. L'ambassadeur aurait pour modèle le marquis de Montebello (1838-1907), ambassadeur de France à Saint-Pétersbourg de 1891 à 1902. Sur le roi Théodose, inspiré du tsar Nicolas II, voir *Du côté de chez Swann*, n. 1, p. 550. (Pour les aventures anciennes de Charlus et Vaugoubert, voir « Bibliothèque de la Pléiade », t. III, p. 34, var. *b* [p. 1346].)

Page 107.

1. Cette première mention de la représentation où se trouve Albertine n'est pas préparée dans le texte définitif. Elle l'était dans le manuscrit.

Page 108.

1. Bernhard, prince von Bülow (1849-1929), homme politique allemand, chancelier de l'Empire sous Guillaume II (1900-1909), ambassadeur à Rome en 1915, avait épousé Maria Beccadelli en 1886. Il passa ses dernières années à Rome, où il mourut.

2. Maurice Paléologue (1859-1944), diplomate et écrivain, ambassadeur à Saint-Pétersbourg de 1914 à mai 1917, fut élu à l'Académie française en 1928. Il portait le nom d'une illustre famille byzantine, qui occupa le trône de

Constantinople de 1261 à 1453, avant d'être dispersée par la conquête turque.

Page 109.

1. Charlotte de Bavière (1652-1722), duchesse d'Orléans, fille de Charles-Louis, électeur palatin, fut la seconde femme de Monsieur, frère de Louis XIV. Laide, célèbre pour son franc-parler et pour son énorme correspondance, qui ne laisse guère de doute sur l'homosexualité de son mari et de grands seigneurs de son entourage, elle évoque expressément Sodome et Gomorrhe en parlant des mœurs qu'elle voit à Paris.

Page 111.

1. La marquise de Brantes, née de Cessac, était la tante de Robert de Montesquiou. La grande-duchesse Wladimir (1854-1920) était née duchesse de Mecklembourg (voir n. 1, p. 122).

Page 112.

1. Les références étaient plus précises dans le manuscrit : Proust citait *La Légende de sainte Ursule* de Carpaccio et *Le Repas chez Lévi* de Véronèse, tous deux à la galerie de l'Académie à Venise.

2. Allusion à la marche avec chœur au deuxième acte de l'opéra de Wagner.

Page 113.

1. Cette digression sur la mémoire rappelle une conférence de Bergson datant de 1912, « L'âme et le corps », recueillie en 1919 dans *L'Énergie spirituelle*, volume que Proust consulta vraisemblablement pour des réflexions sur le sommeil (voir p. 530-537).

Page 114.

1. Une marquise d'Arpajon est mentionnée en février 1911 dans la correspondance de Proust et d'Anna de Noailles (*Corr.*, t. X, p. 245-246). Dans *Le Côté de Guermantes* et *Sodome et Gomorrhe*, Mme d'Arpajon, maîtresse délaissée du duc de Guermantes, est vicomtesse ou comtesse.

2. Sur Mme d'Arpajon et Hugo, voir *Le Côté de Guermantes*, p. 664-667.

Page 115.

1. Proust a souffert de troubles du langage en 1921 ; il a consulté le docteur Babinski, qui lui a fait prononcer « constantinopolitain » et « artilleur de l'artillerie » (*Corr.*, t. XX, p. 185 et 431).

2. Ce dialogue avec le lecteur, dont le ton est inhabituel dans la *Recherche*, rappelle Fielding, Sterne, ou Diderot. Proust les a peu lus.

Page 116.

1. La référence était plus précise dans le manuscrit : Proust citait *La Mère* de Whistler, sous-titré « Arrangement en gris et noir n° 1 », exposé en 1872, entré au Louvre en 1891, aujourd'hui au musée d'Orsay. On pense surtout au portrait de Montesquiou du même Whistler, sous-titré « Arrangement en noir et or » (1891), aujourd'hui à la Frick Collection de New York.

Page 119.

1. Boni de Castellane, ami de Proust, avait eu ce projet pour son château du Marais, près de Dourdan (*Comment j'ai découvert l'Amérique*, Crès, 1924, p. 193).

Page 121.

1. Voir *Le Côté de Guermantes*, p. 782, où le jet d'eau est annoncé. La description paraît inspirée par le jet d'eau du parc de Saint-Cloud, qui fut représenté plusieurs fois par Hubert Robert. Proust fait allusion à un tableau de lui, sous le titre *Les Grandes Eaux de Saint-Cloud* (*Du côté de chez Swann*, p. 95 et n. 1).

Page 122.

1. Le grand-duc Wladimir (1847-1909), oncle de Nicolas II, fit de longs séjours à Paris avec son épouse, Marie Pavlovna (voir n. 1, p. 111), qui était liée à Mme de Chevigné.

Page 123.

1. Selon Paul Morand, à qui Proust l'aurait rapporté, le mot serait du grand-duc Paul, le frère du grand-duc Wladimir, qui aurait applaudi l'actrice Julia Bartet dans ces termes (Painter, *Marcel Proust*, t. II, p. 316).

2. Lors de la mort de Monsieur, en 1701, Saint-Simon rappelle le caractère du frère de Louis XIV : « La foule était toujours au Palais-Royal » (*Mémoires*, « Bibliothèque de la Pléiade », t. II, p. 13). Saint-Cloud est peint comme une « maison de délices », où on admire un grand degré magnifique pour descendre dans les jardins, la galerie-orangerie, et la grande cascade : les rapprochements sont nombreux entre le cadre de la présente soirée et Saint-Cloud. Charlus, comme Monsieur, est d'ailleurs le plus savant de la famille en ce qui concerne rangs et cérémonies, et il partage avec lui la réputation d'inverti.

Page 125.

1. Même mot dans *Le Côté de Guermantes*, p. 308.
2. Sur l'ambassadrice de Turquie, voir *Le Côté de Guermantes*, p. 718.

Page 127.

1. Mme Henry Standish (1847-1933), née Hélène des Cars, cousine germaine de la comtesse Greffulhe, fut la maîtresse du prince de Galles. Proust, que Mme Greffulhe avait emmené au théâtre, fit sa connaissance en mai 1912. Il se renseigna peu après sur les toilettes des deux dames auprès de Mme Gaston de Caillavet (*Corr.*, t. XI, p. 154-155) ; elles lui servirent à opposer les toilettes de la duchesse et de la princesse de Guermantes (*Le Côté de Guermantes I*, p. 104). Le titre de duc de Doudeauville appartenait à l'une des trois branches de la maison de La Rochefoucauld. Le duc Sosthène de Doudeauville (voir n. 2, p. 234) avait épousé en secondes noces Marie, princesse de Ligne, décédée en 1898. Louise Radziwill, née en 1877, sœur de l'ami de Proust Léon Radziwill, belle-fille de Sosthène, deviendra duchesse de Doudeauville à la mort de son beau-père en 1908.

Page 128.

1. Proust évoquera le « rose Tiepolo » dans *La Prisonnière*, p. 380.
2. Une redoute était un lieu où l'on donne des fêtes ou des bals, et par extension la fête ou le bal.
3. Voir *Le Côté de Guermantes*, p. 770-771. L'anecdote

serait empruntée à Robert de Montesquiou, qui racontait que le comte Aimery de La Rochefoucauld, son cousin, refusa de modifier sa soirée pendant l'agonie de Gontran de Montesquiou, le frère de Robert (Painter, *Marcel Proust*, t. I, p. 208). Mais le nom du mourant, Amanien d'Osmond, rappelle celui de la comtesse de Boigne, née Adélaïde d'Osmond, et aussi le fragment 586 de Chamfort : « M. d'Osmond jouait dans une société deux ou trois jours après la mort de sa femme, morte en province. "Mais, d'Osmond, lui dit quelqu'un, il n'est pas décent que tu joues le lendemain de la mort de ta femme. — Oh ! dit-il, la nouvelle ne m'en a pas encore été notifiée. — C'est égal, cela n'est pas bien. — Oh ! oh ! dit-il, je ne fais que carotter." »

Page 129.

1. Dans une lettre de juin 1915 à Lucien Daudet, Proust se rappelle « le temps où vous m'envoyiez de fausses invitations de la Comtesse*** dans l'espoir que j'irais sans être invité » (*Corr.*, t. XIV, p. 146).

2. La duchesse lui donnera des indications pour les toilettes d'Albertine dans *La Prisonnière* (p. 34 et suiv.), mais ces « choses bien plus difficiles » semblent faire allusion à d'autres interventions de la duchesse dont il n'y a pas trace dans la suite de la *Recherche*.

3. La dernière Montmorency, d'une des plus anciennes maisons de France (voir *À l'ombre des jeunes filles en fleurs*, p. 470), fut Alix, la mère d'Adalbert de Talleyrand-Périgord (*ibid.*, p. 319), qui recueillit le titre de duc de Montmorency en 1862 (voir *Le Côté de Guermantes*, n. 3, p. 792). Louis de Talleyrand-Périgord, son fils, épousa le 17 novembre 1917 Cecilia Blumenthal, promettant de laisser au fils d'un premier lit de son épouse le titre de duc de Montmorency.

Page 131.

1. Le thème de la trahison des invertis par leur voix est fréquent chez Proust. C'est d'ailleurs un lieu commun de la psychiatrie de la fin du siècle, noté par Krafft-Ebing (*Psychopathia sexualis*, 1886). Voir la scène de la fraisette, p. 512-513.

Page 132.

1. Citation modifiée d'*Esther*, I, I, v. 83. Vaugoubert tient le rôle d'Élise, la confidente d'Esther : ainsi s'inaugure une comparaison, poursuivie tout au long de *Sodome et Gomorrhe*, entre les secrétaires d'ambassade, ou les grooms du Grand-Hôtel, et les jeunes filles de Racine, entraînant une confusion entre Sodome et Sion (voir p. 270-271, p. 357-358, et p. 538). Dans les trois premières occurrences, c'est le narrateur qui associe des jeunes garçons aux jeunes filles des chœurs de Racine ; dans la quatrième, c'est Charlus lui-même. Dans trois cas, il s'agit de tableaux pédérastiques caricaturaux, concernant Vaugoubert, Nissim Bernard, Charlus ; mais à la deuxième occurrence, le héros est seul à observer le manège des chasseurs. Proust prend soin de ne pas répéter les mêmes vers : ici, ce sont onze vers en tout, du début d'*Esther*.

2. La comtesse Blanche de Clermont-Tonnerre donna le 4 juin 1912 une fameuse fête persane dont le décor reproduisait celui des murs du palais de Suse découvert par Marcel et Jeanne Dieulafoy (André de Fouquières, *Cinquante ans de panache*, Flore, 1951, p. 109).

3. *Esther*, I, II, v. 122-124.

4. M. Wedel-Jarlsberg, ambassadeur de Norvège à Paris à partir de 1906, paraît avoir eu cette réputation (lettre de juin 1911 à Robert de Billy, *Corr.*, t. X, p. 303).

Page 133.

1. Citation modifiée d'*Esther*, I, I, v. 101-106.
2. Citation modifiée d'*Esther*, I, I, v. 90 et 92.

Page 134.

1. Alexandre Pavlovitch Isvolski fut ambassadeur de Russie à Paris de 1910 à 1917. Ibsen mourut en 1906. Les dates rendent peu vraisemblable leur coexistence dans la conversation parisienne de Mme Timoléon d'Amoncourt, la « petite dame brune ». Mme Aubernon, un des modèles de Mme Verdurin (voir *Du côté de chez Swann*, n. 2, p. 279), recevait D'Annunzio, très lancé dans la société parisienne, et c'est chez elle que *La Maison de poupée* d'Ibsen fut récitée pour la première fois.

Page 135.

1. Sur *Le Gaulois*, voir *À l'ombre des jeunes filles en fleurs*, n. 1, p. 643.

Page 136.

1. Le Grand Prix de Paris se dispute à Longchamp.
2. L'épouse du baron Alphonse de Rothschild (1827-1905), chef de la maison de Paris, régent de la Banque de France, président du conseil d'administration des Chemins de fer du Nord, membre de l'Académie des Beaux-Arts (voir *Le Côté de Guermantes*, p. 474 et 682). La duchesse de La Trémoïlle, née Marguerite Duchâtel, épouse de Louis-Charles, duc de La Trémoïlle (1838-1911), érudit, ami de Charles Haas, membre de l'Académie des Inscriptions en 1899. Sur la princesse de Sagan, voir *Du côté de chez Swann*, n. 1, p. 280. Le baron Maurice de Hirsch (1831-1896), financier israélite bavarois, s'enrichit dans les chemins de fer et consacra sa fortune à des fondations charitables ainsi qu'à secourir les Juifs persécutés.

Page 137.

1. Sur le duc de Berry, voir *Le Côté de Guermantes*, p. 721.
2. Jean de Monaldeschi, favori de Christine de Suède, fut assassiné sur son ordre à Fontainebleau en 1657.

Page 138.

1. Citation de Juvénal, s'élevant contre les Romains qui ne souhaitent plus que « du pain et des jeux » (*Satires*, X, 81).

Page 139.

1. Anne de Rochechouart-Mortemart (1847-1933), veuve d'Emmanuel de Crussol, douzième duc d'Uzès, décédé en 1878, romancière, poète, sculpteur, *yachtwoman*, chasseresse et féministe ; ou bien la jeune duchesse d'Uzès, née Thérèse de Luynes, épouse de Louis, duc d'Uzès à la mort de son frère aîné, Jacques, en 1893. Émilienne d'Alençon, la maîtresse de Jacques, treizième duc d'Uzès, est évoquée dans *Sodome et Gomorrhe* (p. 663 et n. 3).

Page 141.

1. Mme de Boigne procéda de la sorte lorsque ses soirées devinrent à la mode, sous la Restauration : « Mes invitations

étaient verbales et censées adressées aux personnes que le hasard me faisait rencontrer. Toutefois, j'avais grand soin qu'il plaçât sur mon chemin celles que je voulais réunir et que je savais se convenir » (*Mémoires*, éd. Jean-Claude Berchet, Mercure de France, 1971, t. II, p. 7).

Page 142.

1. Sur la comtesse Edmond de Pourtalès, née Mélanie de Bussière, voir *Le Côté de Guermantes*, n. 1, p. 206. La famille de Pourtalès, d'origine française, de religion protestante, émigra lors de la révocation de l'édit de Nantes et se fixa dans la principauté de Neuchâtel. Le saint-synode, collège ecclésiastique, fut institué en Russie par Pierre le Grand en 1721. Le couvent de l'Oratoire, au 145, rue de Rivoli, fut affecté par Napoléon au culte protestant en 1811.

2. Le début du paragraphe, sur la « duchesse fort noire », est une addition du manuscrit, qui a interrompu la description du comportement de la duchesse avec les invités qu'elle croise.

Page 143.

1. Ou plutôt de la Chanlivault, selon les relations de parenté définies à cette page. Voir *Du côté de chez Swann*, p. 471.

Page 144.

1. Allusion à la comtesse Greffulhe (1860-1952), qui servit de modèle aux princesse et duchesse de Guermantes, et qui était la sœur du prince de Chimay.

Page 148.

1. Sur le duc de Chartres, voir *Du côté de chez Swann*, n. 2, p. 430.

Page 150.

1. Les portraits du bourgmestre Six et de sa femme font partie de la collection Six à Amsterdam.

Page 151.

1. Citation de l'*Énéide*, II, v. 65-66 : « *Accipe nunc Danaum insidias et crimine ab uno / Disce omnes.* » « D'après un seul,

apprenez à connaître tous les autres » : Énée raconte à Didon comment Sinon, le Grec perfide, persuada aux Troyens de faire entrer dans leurs murs le cheval de bois.

Page 152.

1. Proust évoque une affaire qui a donné lieu à plusieurs procès au XIXe siècle. Le dernier duc de Bouillon, Jacques-Léopold de La Tour d'Auvergne, étant mort en 1802 sans postérité, les compétiteurs aux droits du duché de Bouillon furent départagés au congrès de Vienne, en faveur du prince de Rohan-Guéménée. Les procédures sur la possession du nom d'Auvergne aboutirent à un arrêt de la Cour de Paris en 1824, selon lequel « le droit de porter le nom d'Auvergne s'est éteint en la personne du dernier duc de Bouillon ». Une branche cadette des princes de Bouillon, celle des comtes de La Tour d'Auvergne d'Apchier, releva cependant le nom. À la mort de Maurice-César, comte d'Apchier (1809-1896), dit prince de La Tour d'Auvergne, duc de Bouillon, le nom de La Tour d'Auvergne et d'Apchier s'éteignit à son tour. Les faux La Tour d'Auvergne subsistent aujourd'hui. Charlus transmettra à Morel son mépris pour eux (voir p. 668).

Page 153.

1. Le héros a pris le duc de Bouillon pour un notaire de Combray dans *Le Côté de Guermantes*, p. 769.

2. Le vicomte d'Arlincourt (1789-1856), écrivain prolifique et « frénétique » sous la Restauration, publia après la révolution de Juillet, sous le masque de romans historiques, des pamphlets contre le nouveau régime. Loïsa Puget (1810-1889), poète et musicienne française, chantait ses propres mélodies dans les salons vers 1830.

Page 154.

1. Les Guermantes sont liés aux La Rochefoucauld (voir *Le Côté de Guermantes*, p. 714). Pour le duc de La Rochefoucauld, prétendu grand-père maternel de Saint-Loup, on songe au père d'Aimery de La Rochefoucauld, un des modèles du prince de Guermantes, et grand-père de Gabriel de La Rochefoucauld, un des modèles de Saint-Loup.

Page 156.

1. L'église de Montfort-l'Amaury possède de beaux vitraux du XVIe siècle.

Page 158.

1. « Cimetière », en italien. Allusion au *Camposanto monumentale* de Pise, dont Proust a déjà évoqué les fresques de Benozzo Gozzoli (voir *Du côté de chez Swann*, n. 1, p. 91). La duchesse de Guermantes fait ici allusion à d'autres fresques d'un maître inconnu du XIVe siècle qui a également travaillé au *Camposanto* : le « Triomphe de la Mort », le « Jugement dernier » et l'« Enfer ».

Page 162.

1. Sur cette salle de jeux Empire, cédée par le duc de Guermantes au prince de Guermantes, voir *Le Côté de Guermantes*, p. 702.

Page 163.

1. La phrase est imitée de la *Théogonie* d'Hésiode dans la traduction de Leconte de Lisle : « Et, d'abord, le Roi des Dieux, Zeus, prit pour femme Mètis, la plus sage d'entre les Immortels et les hommes mortels. [...] il était dans la destinée que, de Mètis, naîtraient de sages enfants, et, d'abord, la Vierge Tritogénéia aux yeux clairs, aussi puissante que son père et aussi sage. [...] Et puis, il épousa la splendide Thémis [...]. Et Eurynomè [...]. » Proust omet alors Dèmèter. « Puis, Zeus aima Mnèmosynè aux beaux cheveux [...]. Et Lètô enfanta Apollôn et Artémis [...]. Enfin, Zeus épousa la dernière, la splendide Hèrè [...] » (p. 31-32). Mais Proust donne à Héra son nom latin de Junon.

Page 164.

1. Lucrèce est l'auteur de la première citation, qu'on a déjà lue dans *Le Côté de Guermantes*, p. 663 (*De natura rerum*, II, v. 1-2) : « *Suave, mari magno turbantibus aequora ventis. / E terra magnum alterius spectare laborem.* » « Il est doux, quand, sur la vaste mer, les vents soulèvent les flots, de regarder, de la terre ferme, les terribles périls d'autrui. » La seconde, « *Memento, homo, quia pulvis es et in pulverem reverteris* », correspond aux paroles que prononce le prêtre en

marquant de cendre le front des fidèles le jour des Cendres, en souvenir de ce que Dieu dit à Adam, après le péché originel : « Souviens-toi, homme, que tu es poussière et que tu retourneras en poussière » (Genèse, III, XIX).

Page 167.

1. Proust écrivait dans la préface de *Propos de peintre* de Jacques-Émile Blanche (1919) : « De vieux oncles qui décident de donner un conseil judiciaire à leur neveu ont précisément fait les mêmes bêtises et de la même manière, mais s'imaginent que "ce n'était pas la même chose" » (*CSB*, p. 583).

2. C'est la seule allusion du roman au fait que l'épouse de Charlus aurait été une Bourbon. Sur le culte qu'il lui porte, voir *Le Côté de Guermantes*, p. 683-684.

Page 168.

1. Voir *À l'ombre des jeunes filles en fleurs*, p. 232-237.

Page 169.

1. Sur la source du nom d'Orgeville, voir n. 1, p. 681.

2. « L'évêque de Lisieux, qu'on transportait dans sa ville épiscopale, meurt subitement dans une prairie, on élève aussitôt en cet endroit une croix que l'on appelle *Crux episcopi*, la Croix-l'Évêque, aujourd'hui le Pré-l'Évêque, entre Lisieux et Pont-l'Évêque » (Hippolyte Cocheris, *Origine et formation des noms de lieu*, 1874, p. 166). Sur cet ouvrage d'où proviennent beaucoup des noms de lieux de *Sodome et Gomorrhe*, voir n. 2, p. 413.

3. Dans le texte de 1912, la femme de chambre de Mme Putbus était un personnage important, que le héros, après l'avoir longtemps désirée, rencontrait à Padoue. Mais elle n'apparaît plus dans le texte définitif : voir la préface, p. 22. Sur la famille Putbus, voir *Du côté de chez Swann*, n. 1, p. 372.

4. Gustave Jacquet (1846-1909), élève de Bouguereau, peintre de genre, fut aussi un portraitiste mondain. Montesquiou, son ami, rédigea la préface du catalogue de la vente après décès de ses œuvres à la galerie Georges Petit en novembre 1909 (lettre de novembre 1909 à Montesquiou, *Corr.*, t. IX, p. 213).

Page 170.

1. *Der Neffe als Onkel* ou *Le Neveu pris pour l'oncle* (1803), comédie de Schiller, reprenant, après Regnard, le thème de la ressemblance développé par Plaute dans *Les Ménechmes*. La pièce de Schiller a été publiée plusieurs fois en France sous le titre *Oncle et neveu*, et traduite sous le titre *Oncle ou neveu ?* (1892).

Page 171.

1. Le type féminin identifié à Giorgione du temps de Proust avait pour modèle les deux femmes du *Concert champêtre*, conservé au Louvre. Les historiens se divisent aujourd'hui entre Titien et Giorgione, ou supposent que le tableau fut commencé par Giorgione et achevé par Titien.

Page 172.

1. Allusion aux *Fourberies de Scapin* de Molière (acte III, scène II).

Page 173.

1. Citation modifiée des *Femmes savantes*, I, III, v. 244 : « Jusqu'au chien du logis, il s'efforce de plaire. »

Page 174.

1. Les antidreyfusards appelaient ainsi le parti de la révision.
2. Émile Loubet (1838-1929), président de la République de 1899 à 1906, pendant la révision du procès de Dreyfus. S'étant prononcé pour la révision, il fut molesté par les antidreyfusards à Auteuil, peu après son accession à la présidence. Lorsque Dreyfus fut de nouveau condamné à Rennes en 1899, Loubet le gracia.

Page 175.

1. Dans *Le Côté de Guermantes*, Saint-Loup a démenti le bruit de ses fiançailles avec Mlle d'Ambresac (p. 170).
2. Il s'agit vraisemblablement du prince Edmond de Polignac (voir *Le Côté de Guermantes*, n. 4, p. 722) et du comte Robert de Montesquiou.

Page 177.

1. « La diatribe de Charlus parlant de Mme de Saint-Euverte (Mathilde Sée) est à la lettre une diatribe de Montesquiou », écrira Jean Cocteau dans son journal en 1952 (*Le Passé défini*, éd. Pierre Chanel, Gallimard, 1983, t. I, p. 271).

2. Citation des *Déliquescences. Poèmes décadents d'Adoré Floupette*, Byzance, chez Lion Vanné (Paris, Léon Vanier), 1885, parodie des symbolistes par Gabriel Vicaire et Henri Beauclair. La seconde partie, « Scherzo », du poème « Symphonie en vert mineur », commence par ces vers : « Si l'âcre désir s'en alla, / C'est que la porte était ouverte. / Ah ! verte, verte, combien verte, / Était mon âme ce jour-là ! »

Page 181.

1. Allusion aux *Hymnes orphiques* dans la traduction de Leconte de Lisle, XXXI, « Parfum d'Athènè » : « Pallas, née unique, vénérable fille du grand Zeus, Déesse bienheureuse, au grand cœur, qui excites au combat, au nom illustre, qui habites les antres, qui traverses les hauts sommets et les montagnes ombragées, et te réjouis des bois, amie des armes, qui troubles et terrifies les esprits des hommes, qui exerces aux jeux gymniques, [...], qui poursuis les cavaliers, Tritogénéia [...] ! » (p. 109-110).

Page 183.

1. Sur cette « autre raison », qu'on ne saura jamais, voir *La Prisonnière*, p. 190, et *Albertine disparue*, p. 172.

2. L'impératrice Eugénie fut en effet dreyfusarde.

Page 184.

1. « Le titre d'abbé, titre donné au religieux qui gouvernait une abbaye, entre aussi dans un grand nombre de noms de lieux [...]. Du reste, au Moyen Âge, tous les titres des dignités religieuses ou laïques entrent dans la composition des noms de lieu » (Cocheris, p. 164). Arnay-le-Duc figure parmi les exemples.

Page 185.

1. « Le Démon de la perversité » : titre de la première des *Nouvelles histoires extraordinaires* d'Edgar Poe, dans la traduction de Baudelaire.

2. Nattier fit plusieurs portraits de la duchesse de Châteauroux, maîtresse de Louis XV, dont un pour la chambre à coucher de celle-ci à Versailles. Montesquiou, dans sa préface au catalogue de la vente après décès de Jacquet (voir n. 4, p. 169), comparait le portrait de Mme Béchevet à un « dessus de porte de Nattier » (*Têtes couronnées*, E. Sansot, 1916, p. 252).

Page 186.

1. Sur l'admiration de Swann pour Vermeer, voir *Du côté de chez Swann*, p. 291, n. 1, et p. 483, n. 1.

2. Dans une longue paperole du manuscrit, Swann confirmait au contraire la rumeur, « ayant été autrefois de la part du baron l'objet d'une cour assidue qui lui avait inspiré pour lui du dégoût, de l'irritation et du mépris » ; Proust a corrigé dans la dactylographie (voir « Bibliothèque de la Pléiade », t. III, p. 106, var. *e*).

Page 187.

1. Sur la pièce Henry, voir *Le Côté de Guermantes*, n. 2, p. 346.

Page 188.

1. *Le Siècle*, quotidien publié de 1836 à 1927, sous la direction d'Yves Guyot à partir de 1892, soutint la révision du procès de Dreyfus. *L'Aurore*, quotidien dreyfusard fondé en 1897, eut Clemenceau pour principal collaborateur. Zola y publia son « J'accuse », le 13 janvier 1898.

2. Sur l'abbé Poiré, voir n. 1, p. 190.

Page 190.

1. Le modèle des Guermantes serait ici les Greffulhe (Painter, *Marcel Proust*, t. I, p. 315), celui de l'abbé Poiré étant alors l'abbé Mugnier (1853-1944), qui connut Proust à la fin de sa vie (voir son *Journal*, éd. Marcel Billot, Mercure de France, 1985).

Page 192.

1. Sur Picquart, voir *Le Côté de Guermantes*, n. 4, p. 171.

Page 193.

1. Voir *Du côté de chez Swann*, p. 155. Charles Haas, le modèle principal de Swann, combattit courageusement en 1870, et refusa de signer la pétition pour Picquart en septembre 1898. Dans une lettre de septembre 1898, Proust demande à Mme Straus de solliciter la signature du comte d'Haussonville. Mais, comme ici Swann, il doute qu'elle l'obtienne (*Corr.*, t. II, p. 251-252).

Page 194.

1. Dreyfus fut réhabilité en 1906. Picquart, réformé depuis 1898, fut réintégré dans l'armée en 1906, et nommé général de brigade et ministre de la Guerre dans le cabinet Clemenceau (1906-1909). Charles Haas était mort depuis 1902.

Page 196.

1. Voir une variation de ce propos, p. 588. Une notation l'annonçait dès 1908 : « Je ne sais pas ce que c'est que la société des honnêtes gens mais celle des fripouilles est délicieuse » (Carnet 1, p. 55).
2. Proust retira vraisemblablement ce long récit pour la publication de *Jalousie*, extrait du début de *Sodome et Gomorrhe II* publié dans *Les Œuvres libres* en novembre 1921, avec l'intention de le restituer dans le roman. Mais il omit de le faire. On le lira au document 2, p. 740-749.

Page 199.

1. On songe à M. Courbaud, que Proust, qui redoubla la classe de seconde, eut comme professeur de lettres en 1885-1887.
2. Le marquis d'Hervey de Saint-Denis, littérateur et sinologue (1823-1892), professeur de chinois au Collège de France, membre de l'Académie des Inscriptions et Belles-Lettres. Proust a connu sa veuve : voir n. 1, p. 202.

Page 201.

1. Mgr Dupanloup (1802-1878 ; voir *Le Côté de Guermantes*, n. 1, p. 285) s'occupa activement de l'enseignement dans les collèges religieux, participa à la lutte en faveur de la liberté de l'enseignement et fut en 1850 l'un des promoteurs de la loi Falloux.

2. Proust était lié au comte Boni de Castellane (voir *À l'ombre des jeunes filles en fleurs*, p. 319).

3. Le prince de Sagan, oncle de Boni de Castellane, mourut en 1910.

Page 202.

1. Comme la princesse d'Orvillers, la marquise d'Hervey de Saint-Denis (voir n. 2, p. 199) était la fille naturelle du dernier prince régnant de Parme. Proust la rencontra en 1894 chez Montesquiou (*CSB*, p. 360). Proust indique le modèle de Mme d'Orvillers dans une lettre du 28 avril 1922 à Robert de Flers, après la parution du portrait de la princesse dans *Le Figaro* du jour, veille de la mise en vente de *Sodome et Gomorrhe II* : « M[m]es Jacques de Waru et Legrand mêlées » (*Corr.*, t. XXI, p. 146). La marquise d'Hervey de Saint-Denis, de vingt-six ans plus jeune que son mari, remariée en 1896 au comte Jacques de Waru ; et Mme Gaston Legrand, née Clotilde de Fournès, surnommée « Cloton ».

Page 203.

1. Voir *Le Côté de Guermantes*, p. 516.

Page 205.

1. La duchesse avait été changer ses souliers rouges à la fin du *Côté de Guermantes*, p. 797-799.

2. Une caricature d'Albert Guillaume, publiée dans *Le Journal* du 16 juillet 1923, correspond à la description de Proust. Elle reprend vraisemblablement un modèle plus ancien.

3. L'*Annuaire des châteaux* fut publié pour la première fois en 1887-1888, comme une extension du *Tout-Paris. Annuaire de la Société parisienne*, que Proust consultait aussi, comme son héros.

Page 206.

1. Dans un passage du manuscrit que Proust a éliminé en récrivant la dactylographie pour « Jalousie », le héros demandait à la duchesse de le faire inviter à des bals pour rencontrer des jeunes filles ; elle se scandalisait (« Bibliothèque de la Pléiade », t. III, p. 1326-1327).

Page 208.

1. Voir *Le Côté de Guermantes*, p. 769-771.
2. Sur cette réplique, voir n. 2, p. 128.

Page 211.

1. L'expression populaire « à la noix » ou « à la noix de coco » est attestée au début du XXe siècle suivant Robert et signifie « sans valeur, de mauvaise qualité ».

Page 212.

1. Bailleau-le-Pin, village d'Eure-et-Loir, canton d'Illiers.

Page 214.

1. Sur cette plaquette, voir *Du côté de chez Swann*, p. 168 et n. 1 et p. 543.

Page 216.

1. L'« écharpe agitée », en réalité une torche, sert de signal entre Isolde et Tristan, dans l'opéra de Wagner, *Tristan et Isolde*, II, I (voir *Du côté de chez Swann*, p. 280). « Le chalumeau du pâtre », III, I, un célèbre solo de cor anglais, inspiré à Wagner par un chant de gondolier vénitien, prévient Tristan à l'agonie de l'arrivée du navire d'Isolde. Dans « Journées en automobile », en 1907, Proust comparait la trompe de la voiture aux deux motifs de Wagner (*CSB*, p. 68-69).

Page 224.

1. Allusion à la scène du premier baiser : voir *Le Côté de Guermantes*, p. 504.

Page 227.

1. Proust avait d'abord cité le mot fameux du général de Pellieux, commandant militaire du département de la Seine, au procès de Zola en 1898 : « Que voulez-vous que devienne cette armée au jour du danger, plus proche peut-être que vous ne le croyez ? Que voulez-vous que fassent ces malheureux soldats qui seront conduits au feu par des chefs qu'on a cherché à déconsidérer auprès d'eux ? C'est à la boucherie qu'on conduirait vos fils, messieurs les jurés ! Mais M. Zola aurait gagné une nouvelle bataille, il écrirait

une nouvelle *Débâcle*, il porterait la langue française dans tout l'univers, dans une Europe dont la France aurait été rayée ce jour-là » (cité par Jean-Denis Bredin, *L'Affaire*, Julliard, 1983, p. 248).

2. Le peintre Georges Clairin (1843-1919), portraitiste de Sarah Bernhardt et décorateur de l'escalier de l'Opéra, signataire de la pétition lancée au lendemain de « J'accuse » de Zola, portait chez Mme Lemaire le surnom de Jotte ou Jojotte.

Page 229.

1. *L'Enlèvement d'Europe* : tableau de Boucher (1747), dont le Louvre possède l'original, et une copie qui servit de carton de tapisserie.

2. Le héros fera un troisième séjour à Balbec après son voyage à Venise, dans *Albertine disparue*, p. 259.

Page 231.

1. Les débuts parisiens des Ballets russes eurent lieu le 18 mai 1909 au théâtre du Châtelet. L'année suivante, Proust assista à la quatrième représentation, le 11 juin 1910, de *Schéhérazade* (musique de Rimski-Korsakov). Proust, qui fréquenta Nijinski et Bakst à partir de 1911, s'enthousiasma pour les Ballets russes. Sur le peintre Léon Bakst, voir *À l'ombre des jeunes filles en fleurs*, p. 717. Nijinski fut engagé par Diaghilev pour la première tournée des Ballets russes à Paris, où il interpréta notamment *Les Sylphides* ; on le reconnaît dans les pages sur le « célèbre et génial danseur d'une troupe étrangère » que Proust n'a finalement pas retenues dans *Le Côté de Guermantes* (p. 804-808). Alexandre Benois (1870-1960), peintre russe et historien d'art, fut l'un des grands décorateurs des Ballets russes pendant leurs saisons parisiennes. Son chef-d'œuvre fut *Petrouchka*, en 1911, produit d'une collaboration avec Fokine, Stravinski et Diaghilev. Stravinski vint à Paris avec les Ballets russes, pour lesquels Diaghilev lui commanda les partitions de *L'Oiseau de feu* (1910), *Petrouchka* et *Le Sacre du printemps*, qui fit sensation à Paris en 1913.

2. Misia Godebska (1872-1950) — épouse en premières noces de Thadée Natanson en 1893, puis d'Alfred Edwards en 1905 et de José-Maria Sert en 1920 —, qui était à Cabourg

en même temps que Proust en août 1907 (voir *Corr.*, t. VII, p. 261-262), serait ici le modèle de la princesse Yourbeletieff (Painter, *Marcel Proust*, t. II, p. 203-204).

Page 232.

1. Anatole France, l'un des modèles de Bergotte, trônait ainsi dans le salon de Mme Arman de Caillavet (voir *Le Côté de Guermantes*, n. 1, p. 320).

2. En novembre 1913, d'après une lettre à Jean-Louis Vaudoyer, Proust songe à louer le palais Farnèse — dans la petite ville de Caprarola, près de Viterbe —, qui appartenait au comte de Caserte (*Corr.*, t. XII, p. 314).

Page 233.

1. Sur la Ligue de la Patrie française, voir *Le Côté de Guermantes*, n. 1, p. 340.

2. Le marquis Armand du Lau, membre du Jockey Club, était lié à Charles Haas, Louis de Turenne et Édouard VII, alors prince de Galles. Le marquis du Lau et le comte de Turenne fréquentaient le salon de Mélanie de Pourtalès, avec le peintre Édouard Detaille (Fouquières, *Cinquante ans de panache*, p. 60). Le prince Giovanni Borghèse (1855-1918) avait épousé en 1902 la comtesse de Caraman-Chimay. Le duc d'Estrées (1863-1907) était le fils aîné du duc Sosthène de La Rochefoucauld-Doudeauville (voir n. 2, p. 234).

Page 234.

1. Paul Doumer (1857-1932), député radical en 1888, ministre des Finances en 1895-1896 et 1921-1922, gouverneur général de l'Indochine de 1896 à 1902. Paul Deschanel (1855-1922), député républicain à partir de 1885, président de la Chambre des députés (1898-1902, 1912-1920), président de la République de février à septembre 1920.

2. La famille du héros vendéen Charette était restée légitimiste. Sosthène de La Rochefoucauld, duc de Doudeauville (1825-1908), élu à l'Assemblée nationale le 8 février 1871, siégea à l'extrême droite, et devint l'un des membres les plus ardents du parti légitimiste et le correspondant du comte de Chambord. Député de la Sarthe de 1871 à 1898, il fut ambassadeur à Londres en 1873-1874.

Page 236.

1. Voir *Le Côté de Guermantes*, p. 175, 337, 348, 352 et 525.

2. Gilberte héritera de cet oncle après la mort de Swann dans *Albertine disparue*, p. 156.

Page 238.

1. Édouard Colonne (1838-1910), chef d'orchestre, fonda à Paris le Concert national (1871), plus tard Association des concerts Colonne, qui défendit la musique française pendant quarante ans.

2. Sur Bayreuth, voir *Du côté de chez Swann*, p. 418.

Page 240.

1. On songe à la *Baigneuse* de Falconet (1757) conservée au Louvre. Georges de Lauris décrit ainsi le salon de Mme Straus : « La courbe délicate d'un Falconet, statuette aux épaules tombantes qui ne sont plus à la mode, se détache au-dessus d'une console aux rondeurs Louis XV » (*Souvenirs d'une belle époque*, Amiot-Dumont, 1948, p. 153).

2. Une notation du Carnet 1 associe cette sensation à l'hôtel des Réservoirs à Versailles (p. 60).

Les Intermittences du cœur

Page 241.

1. Proust avait songé en 1912 à donner à son roman entier ce titre, « qui fait allusion dans le monde moral à une maladie du corps » (lettre d'octobre 1912 à Eugène Fasquelle, *Corr.*, t. XI, p. 257). Le passage qui commence ici et qui va jusqu'à la fin du chapitre I, p. 280, fut publié dans la *NRF* d'octobre 1921, sous le titre « Les Intermittences du cœur ». D'où la subsistance ici de cet intertitre.

2. Voir *À l'ombre des jeunes filles en fleurs*, p. 346 et suiv.

3. Sur la source de ce nom, voir n. 1, p. 461.

Page 242.

1. *L'Écho de Paris*, fondé en 1884, d'abord littéraire et artistique, devint un organe conservateur et catholique.

2. Joseph Caillaux (1863-1944), président du conseil et ministre de l'Intérieur en 1911 et 1912. Le directeur du Grand-Hôtel paraît songer ici à la crise marocaine de 1911, déjà évoquée dans *Le Côté de Guermantes* (n. 1, p. 558), où Caillaux fut accusé de céder à l'Allemagne, par exemple dans un article de *L'Écho de Paris* du 11 septembre 1911.

Page 243.

1. Près d'Illiers, un hameau s'appelle La Rachepelière. Voir p. 508 l'étymologie de ce nom.

Page 244.

1. Sur cette paysanne, voir *Du côté de chez Swann*, p. 241-242.

Page 247.

1. Paillard, restaurant parisien que Reynaldo Hahn appréciait, est installé depuis 1880 au boulevard des Italiens, à l'angle de la rue de la Chaussée-d'Antin.

2. Voir ce premier soir dans *À l'ombre des jeunes filles en fleurs*, p. 354.

Page 248.

1. « Les intermittences du cœur » remontent au plus ancien dans la genèse d'*À la recherche du temps perdu* : voir la préface, p. 26. Le sens métaphorique du terme d'« intermittence » avait cours dans l'essai de Maurice Maeterlinck, « L'Immortalité », repris dans *L'Intelligence des fleurs*, que Proust consulta pour *Sodome et Gomorrhe I*. Maeterlinck écrivait ainsi : « On dirait que les fonctions de cet organe par quoi nous goûtons la vie et la rapportons à nous-mêmes, sont intermittentes, et que la présence de notre moi, excepté dans la douleur, n'est qu'une suite perpétuelle de départs et de retours » (p. 290). Le sens proustien est voisin. « Si le fantôme d'une personne aimée, écrivait encore Maeterlinck, reconnaissable et apparemment si vivant que je lui adresse la parole, entre ce soir dans ma chambre à la minute même où la vie se sépare du corps qui gît à mille lieues de l'endroit où je me trouve, cela, sans doute, est bien étrange » (p. 300).

Page 251.

1. Voir À *l'ombre des jeunes filles en fleurs*, p. 511-512. Les photographies de la grand-mère du héros, prises par Saint-Loup, rappellent les photographies de Mme Proust prises par Mme Catusse à Évian, et évoquées par Proust dans une lettre de novembre 1910 à Mme Catusse : vous « par qui, le jour où vous vîntes à Évian elle voulait et ne voulait pas être photographiée, par désir de me laisser une dernière image et par peur qu'elle fût trop triste » (*Corr.*, t. X, p. 215).

Page 253.

1. Une notation de l'été de 1908 paraît annoncer la scène : « le visage de Maman alors et depuis dans mes rêves » (Carnet 1, p. 56). Proust évoque à plusieurs reprises de tels rêves de sa mère dans ses lettres. Il écrit ainsi à Mme Straus en novembre 1905, peu après la mort de sa mère : « Alors dans le sommeil l'intelligence n'est plus là pour écarter un souvenir trop angoissant pour un instant [...] ; alors je suis sans défense aux impressions les plus atroces » (*Corr.*, t. V, p. 359).

2. Léthé : fleuve de l'oubli. Dans le manuscrit, mais le dactylographe a laissé le mot en blanc, Proust mentionnait à sa place le fleuve des Enfers, le Styx, qui faisait sept fois — et non six — le tour des Enfers.

Page 255.

1. Proust avait écrit dans le manuscrit « cerfs, cerfs, succinctement, Francis Jammes, fourchette », et plus loin « Francis Jammes, cerfs, cerfs, succinctement ». La dactylographie a laissé un blanc à la place de l'adverbe « succinctement », que Proust n'a pas rétabli (voir « Bibliothèque de la Pléiade », t. III, p. 159, var. *b* et *c*).

2. Le cerf paraît un souvenir du conte de Flaubert, *La Légende de saint Julien l'hospitalier*, où un cerf qu'il abat prédit à Julien qu'il tuera père et mère (*Trois contes*, « Folio classique », p. 100). Proust nota vers novembre 1908 : « *Saint Julien l'hospitalier* le citer dans Van Blarenberghe. S'en souvenir toujours » (Carnet 1, p. 69). Il s'agit d'une allusion à l'article « Sentiments filiaux d'un parricide » (Henri Van Blarenberghe est le nom du meurtrier, que connaissait Proust ; voir *Du côté de chez Swann*, préface, p. 11), publié le 1er février 1907 dans *Le Figaro*, que Proust envisage

de reprendre dans un recueil. Il figurera dans *Pastiches et mélanges* en 1919, sans la citation de Flaubert. Le thème évoqué par la notation du Carnet 1 est celui du sadisme exercé par le fils sur la mère, peut-être de la culpabilité ressentie par Proust à la mort de sa mère. La référence à Francis Jammes paraît le confirmer. Dans une lettre de janvier 1913 à Louis de Robert, Proust disait son admiration pour le poète (*Corr.*, t. XII, p. 24). Il envoya *Du côté de chez Swann* à Jammes. La réponse fut chaleureuse : « Je reçois une lettre de Francis Jammes où il m'égale à Shakespeare et à Balzac ! » rapporte Proust à Jean-Louis Vaudoyer (*Corr.*, t. XII, p. 372). Jammes avait cependant condamné la scène de Montjouvain : nous l'apprenons par une lettre de janvier 1914 à Henri Ghéon, où Proust, après avoir cité encore les éloges de Jammes, résume dans une parenthèse : « (suit une page où M. Jammes me demande de supprimer dans la prochaine édition la scène de sadisme entre les deux femmes) » (*Corr.*, t. XIII, p. 26). Quant à la fourchette, on peut se rappeler que dans l'un des plus anciens brouillons pour les « deux côtés », le heurt d'une fourchette contre une assiette provoquait la réminiscence d'un jour d'arrivée à Combray en chemin de fer, où des ouvriers avaient frappé sur les rails, et donnait lieu à un exposé en forme de l'esthétique de Proust (voir le Document II donné dans *Du côté de chez Swann*, p. 591). Dans *Le Temps retrouvé*, la fourchette est devenue une cuiller.

3. *Aias* est la graphie grecque d'Ajax, reprise par Leconte de Lisle dans sa traduction nouvelle du théâtre de Sophocle (1877). Dans « Sentiments filiaux d'un parricide », Proust comparait le crime d'Henri Van Blarenberghe à la folie d'Ajax, massacrant bergers et troupeaux en les prenant pour les Grecs, et citait la tragédie de Sophocle (*CSB*, p. 155).

Page 258.

1. Michelet évoque ces squelettes calcaires dans le chapitre sur la méduse de *La Mer* (« Folio classique », p. 156), que Proust a mis à profit dans *Du côté de chez Swann* (p. 195 et n. 1) et dans *Sodome et Gomorrhe I* (p. 84 et n. 1).

Page 259.

1. Allusion à saint Jean Baptiste, dont Salomé réclama la tête à Hérode, d'après les Évangiles selon Matthieu et Marc.

Le directeur déforme son nom, Iaokanann, dans l'*Hérodias* de Flaubert.

Page 263.

1. Annonce dramatique de la fuite et de la mort d'Albertine, à la fin de *La Prisonnière*, p. 399, et dans *Albertine disparue*, p. 58.

Page 264.

1. Aucun duc d'Orléans ne parvint au trône en succédant à son père. Le titre de prince de Tarente appartenait à la maison de La Trémoïlle ; voir *Le Côté de Guermantes*, n. 1, p. 792.

Page 265.

1. Sur Mme de Beausergent, écrivain fictif ayant pour modèle Mme de Boigne, voir *À l'ombre des jeunes filles en fleurs*, p. 334.

Page 266.

1. L'en-tout-cas, ou en-cas, est une ombrelle pouvant servir aussi de parapluie : voir p. 348 et *Du côté de chez Swann*, p. 508 et n. 2.
2. Ce sont les appellations habituelles de Mme de Sévigné et de La Fontaine, chez Sainte-Beuve par exemple.

Page 267.

1. Bertrand de Fénelon (1878-1914), l'un des modèles de Saint-Loup, était un descendant d'un frère de l'évêque de Cambrai, l'auteur de *Télémaque*. Antoine Bibesco l'avait fait connaître à Proust en 1901, et leur amitié fut passionnée, jusqu'au départ de Fénelon pour Constantinople en décembre 1902. Fénelon mourut au front le 17 décembre 1914.

Page 268.

1. Voir *Le Côté de Guermantes*, p. 433 sur « cette porte vitrée entrouverte ».
2. Sur la statue de Duguay-Trouin, voir *À l'ombre des jeunes filles en fleurs*, p. 233.

Page 269.

1. Sur ce chasseur, voir *À l'ombre des jeunes filles en fleurs*, p. 405 et 428.

2. Marie-Madeleine de Rochechouart (1645-1704), sœur de Mme de Montespan, devint abbesse de Fontevrault en 1670. Saint-Simon dit dans ses *Mémoires* : « Ses affaires l'amenèrent plusieurs fois et longtemps à Paris. C'était au fort des amours du Roi et de Mme de Montespan. Elle fut à la cour et y fit de fréquents séjours, et souvent longs. [...] Le Roi la goûta tellement qu'il avait peine à se passer d'elle » (« Bibliothèque de la Pléiade », t. II, p. 473-474).

Page 270.

1. Du manuscrit à l'édition originale, on lit « plinthes ».

Page 271.

1. Voici la seconde apparition du thème racinien : voir p. 132-133.

2. Citation modifiée d'*Esther*, II, VIII, v. 790. Voir aussi dans *Athalie*, I, I, v. 8 : « Le peuple saint en foule inondait les portiques. »

3. Citation modifiée d'*Athalie*, II, VII, v. 661 ; Athalie s'adresse à Joas.

4. *Athalie*, II, VII, v. 669-670 ; nouvelle question d'Athalie à Joas.

5. Citation modifiée d'*Athalie*, II, VII, v. 676 ; Joas répond à Athalie.

6. Citation modifiée d'*Athalie*, II, IX, v. 772 ; une voix du chœur parle de Joas.

7. *Athalie*, I, III, v. 299 ; c'est Josabet qui parle.

Chapitre II

Page 282.

1. La description de la mer rurale provient du premier séjour à Balbec (elle figurait primitivement dans *À l'ombre des jeunes filles en fleurs*, p. 404, après « sa molle palpitation »). Proust avait préparé des fragments qu'il insérait ici et là : voir aussi p. 715-719. Ici, la référence à Elstir est

nouvelle, confirmant son influence sur la perception des ambiguïtés naturelles par le héros.

Page 283.

1. Tel fut le nom donné au chemin de fer, constitué par une voie portative de faible largeur, construit par Paul Decauville (1846-1922), industriel et homme politique français.

2. L'itinéraire du petit chemin de fer n'est pas réaliste ; ses stations se multiplient au cours du roman. Dans le brouillon pour le séjour à Balbec du Cahier 72 en 1915, Proust a esquissé deux plans, auprès de listes d'étymologies pour les noms des stations. Il ne s'est plus soucié ensuite de vraisemblance. Lors du premier séjour, la ligne passait, entre Balbec-en-Terre et Balbec-Plage, par Incarville, Marcouville, Doville, Pont-à-Couleuvre, Arembouville, Saint-Mars-le-Vieux, Hermonville, Maineville (*À l'ombre des jeunes filles en fleurs*, p. 346-347), et elle s'appelait B.C.B. (*ibid.*, p. 724). Lors du second séjour, la ligne est ici appelée B.A.G. : Balbec-Angerville-Grattevast. Mais plus tard il s'agit de la ligne Balbec-Douville par Doncières (p. 695). Cependant elle passe, entre Balbec-Plage et Doncières, par Toutainville, Épreville, Montmartin-sur-Mer, Parville-la-Bingard, Incarville, Saint-Frichoux (p. 376), puis continue vers Douville-Féterne, terminus proche de La Raspelière (p. 422). Bien d'autres stations s'ajoutent au trajet : Infreville (p. 301), Maineville ou Maineville-la-Teinturière (où monte la princesse Sherbatoff, p. 406), Hermonville (p. 679), Grattevast, Saint-Martin-du-Chêne (où monte Charlus, p. 608), le tout jusqu'à Doncières (où monte Morel) ; puis Graincourt-Saint-Vast (où monte Cottard, p. 385), Arembouville (p. 397), Saint-Pierre-des-Ifs (où monte aussi Charlus, p. 691), Amnancourt (p. 681), Bricquebec (p. 414), Maineville et Renneville (p. 418), Égleville (où monte aussi la princesse, p. 694), Saint-Mars (p. 396-397) ou Saint-Mars-le-Vieux (p. 418), Saint-Martin-le-Vêtu ou Saint-Martin-le-Vieux (p. 414), Fervaches (p. 421) et La Sogne (p. 526). Les stations se touchent presque par endroits, comme le remarque le héros (p. 303) ; la ligne a changé depuis le premier séjour et passe à présent par Doncières-la-Goupil (p. 373). On a imaginé deux lignes partant de Balbec, Balbec-Grattevast (p. 283) et Balbec-Douville (p. 695), puisque trois terminus sont mentionnés et que Grattevast est dans la direction

opposée à Féterne (p. 547). Mais Grattevast est aussi entre Doncières et Maineville (p. 651 et 659). Il vaut mieux renoncer à accorder toutes ces indications. Par exemple, que faire des différentes localisations de la villa de Mme Bontemps, où Albertine réside parfois : Épreville (p. 279), ou Incarville (p. 370), mais aussi non loin des stations de Maineville et de Parville (p. 694), où Albertine descend indifféremment ? André Ferré, dans sa *Géographie de Marcel Proust*, premier ouvrage sur le sujet (Éditions du Sagittaire, 1939), notait déjà des incohérences : La Raspelière est située dans la Manche (p. 671-672, 675, 695-696) ; la propriété, d'où l'on voit le bateau de Jersey (p. 386), serait du côté de Granville. Mais Féterne est en Bretagne (p. 260), et Falaise n'est pas loin (p. 476). Proust avait d'ailleurs songé d'abord à situer en Bretagne l'épisode marin de son roman, et Émile Mâle n'a pas été étranger à la dérive vers la Normandie (voir *À l'ombre des jeunes filles en fleurs*, préface, p. 22). En réalité, Proust se soucie moins de la géographie que du système des noms, qui se développe avec les considérations étymologiques de Brichot. Ferré notait que les noms venaient d'un peu partout en France (le nom de Féterne rappelle par exemple celui de Féternes, près de Thonon, où Proust séjourna) : il vaut mieux dire qu'ils viennent de l'ouvrage de Cocheris dont Proust s'est servi pour les étymologies générales (voir n. 2, p. 413). Quant aux noms normands proprement dits, ils sont situés en majorité dans le Cotentin et dans l'Avranchin : sans qu'on puisse tous les rapporter à un seul ouvrage, il est cependant apparent que c'est de l'érudit local Édouard Le Héricher que les étymologies normandes de Proust sont les plus voisines (voir n. 2, p. 413). C'est pourquoi — contrairement à André Ferré qui faisait l'hypothèse que les noms proustiens avaient « pu être inspirés par un séjour dans quelque Balbec réel et des promenades aux environs » (p. 108) — nous ne proposons pas un plan de la région de Balbec et un itinéraire du chemin de fer.

Page 284.

1. Voir *À l'ombre des jeunes filles en fleurs*, p. 333, où toutefois ni le héros ni la grand-mère ne se comportent tout à fait ainsi.

2. Le nom de Rosemonde est un *lapsus calami* pour celui d'Albertine.

Page 286.

1. Sur la finale en « ville », voir p. 679 ; en « tot », p. 417.

2. Proust écrivait en juin 1915 à Lucien Daudet : « La lettre de faire-part de la comtesse Mniszech m'a d'abord fait penser au temps où vous m'envoyiez de fausses invitations de la comtesse [...] dans l'espoir que j'irais sans être invité. [...], vous aimerez, je crois, dans mon livre (très Montesquiou) la lettre de faire-part de la jeune Cambremer » (*Corr.*, t. XIV, p. 146-147).

3. Citation modifiée d'une lettre de Mme de Sévigné du [11] février 1671 : « Je n'ai encore vu aucun de ceux qui veulent, disent-ils, me divertir, parce qu'en paroles couvertes, c'est vouloir m'empêcher de penser à vous, et cela m'offense. »

Page 289.

1. Sur ces « conseils », voir *Le Côté de Guermantes*, p. 584-585.

Page 294.

1. Dans *Les Femmes savantes*, Molière tourne en ridicule les idolâtres de la grammaire. Bélise dit à Martine (II, VI, v. 483-484) : « De *pas* mis avec *rien* tu fais la récidive,/Et c'est, comme on t'a dit, trop d'une négative. » Paul Souday critiqua le présent passage dans son feuilleton du 12 mai 1922 dans *Le Temps* : « M. Proust est brouillé avec les temps, les modes, et généralement avec la grammaire. Cette incompatibilité d'humeur l'entraîne à de plaisantes méprises. » Après avoir cité la phrase du liftier et le commentaire du narrateur, Souday poursuivait : « Bélise s'est gardée d'édicter une règle si fausse, et à Martine disant : *Ne servent pas de rien* ce n'est pas le *ne* qu'elle déconseille. » Proust répondit à Souday, dans une lettre qui se présente comme un pastiche du feuilletoniste : « Une des méprises qui paraît la plus "plaisante" à M. Souday est celle qui a trait à la règle de *Bélise*. Sur ce point, pourtant, M. Proust ne semble pas critiquable. Il a commencé par dire que la règle de *Bélise* n'était pas si sévère et que le liftier la poussait un peu loin. La règle est, à vrai dire, très mal énoncée par Molière. L'analyse logique et la grammaticale voudraient la révision entière, la refonte de ces

deux vers incorrects. Ils ne sont pas moins merveilleux, et dans la verve de l'ensemble qui s'arrêterait à la gaucherie du tour ? Preuve qu'il ne faut pas être trop grammairien quand on juge. Mais il y a plus. D'abord la règle elle-même, fût-elle incorrectement formulée, resterait néanmoins absurde. Qu'on dise que c'est trop de deux négatives, soit, mais d'une seule ? Alors, on ne peut plus rien nier ? Ensuite, rien est-il là négatif ? J'ai entendu, jadis, soutenir le contraire *res*. Mais surtout, le liftier du roman n'est pas plus fautif qu'Assuérus : "Que craignez-vous, Esther ? Suis-je pas votre frère ?" Et le dix-septième siècle parlait souvent ainsi "sans licence poétique". M. Benda, qui se pique d'en écrire, quand il lui plaît, la langue, imprime couramment, dans les articles de journaux : "A-t-on pas vu l'Europe ?", etc. "Est-il pas étrange que ?", etc. » (*Corr. g^{ale}*, t. III, p. 98-99).

Page 295.

1. Céleste disait *rentrer* pour *entrer* (*Corr.*, t. XVIII, p. 242).

Page 298.

1. Sur Marie Gineste, voir n. 4, p. 360.

Page 299.

1. Proust écrit au printemps de 1921 à Montesquiou : « Mon frère dit "intoxication". C'est un bon billet pour rassurer les malades » (*Corr. g^{ale}*, t. I, p. 283).

2. Au printemps de 1921, le docteur Robert Proust attribue les troubles du langage de son frère à une intoxication : « Mon frère dit : intoxication ; c'est un bon billet pour rassurer les malades » (*Corr.*, t. XX, p. 195), et Proust demande à Fernand Vandérem « le nom de la cure désintoxicante que vous m'avez tant vantée » (*ibid.*, p. 215).

Page 301.

1. L'édition originale n'a pas respecté les indications de la dactylographie corrigée, où ce paragraphe : « J'avais mal compris [...] plus jalouse que moi-même » (p. 194-197), figurait une deuxième fois plus loin, à la fin des premiers soupçons (p. 248). Voir « Bibliothèque de la Pléiade », t. III, p. 194, var. *a*. Proust a peu participé à la correction des

épreuves de *Sodome et Gomorrhe II* : « Je n'ai pu corriger les épreuves de mon livre », écrit-il en juin 1922 (*Corr.*, t. XXI, p. 243) ; et il se plaint à Gallimard de son « livre criblé de fautes » (*ibid.*, p. 310).

Page 305.

1. Sapho se jeta dans la mer du promontoire de Leucade, parce qu'elle aimait le batelier Phaon, mais était dédaignée de lui (Ovide, *Héroïdes*, XV).

2. La cousine de Bloch, ici anonyme, s'appellera Esther Lévy dans *La Prisonnière* et elle est l'amie de Mlle Léa (*À l'ombre des jeunes filles en fleurs*, p. 662). Elle représente le paradigme lesbien dans le roman ; voir aussi p. 368-369.

Page 310.

1. Le principal modèle de la marquise douairière de Cambremer est la princesse roumaine Rachel de Brancovan (la mère d'Anna de Noailles), pianiste qui aimait beaucoup Chopin. Elle accueillit Proust en août 1893 à Amphion, près d'Évian, dans sa propriété, la villa Bassaraba, à laquelle le château de Féterne doit plus d'un trait.

Page 311.

1. Le goût de l'ami des Cambremer le porte plus vers les épigones que vers les grands maîtres : Henri Le Sidaner (1862-1939) fut un suiveur des impressionnistes. Voir p. 316, où l'avocat dit préférer Le Sidaner à Monet.

Page 312.

1. Sur la terreur qu'inspire au héros ce salon de lecture à sa première arrivée à Balbec, voir *À l'ombre des jeunes filles en fleurs*, p. 350.

Page 313.

1. Sur le langage affecté de Legrandin, voir *Du côté de chez Swann*, p. 194-195 et 201-203.

2. Même remarque chez Saint-Simon, à propos de Mme de Thiange, sœur de Mme de Montespan : « Elle bavait sans cesse et fort abondamment » (*Mémoires*, « Bibliothèque de la Pléiade », t. III, p. 67).

Page 314.

1. Voir p. 508 l'étymologie de La Raspelière et la liaison avec Arrachepel.

2. Dans la cathédrale Notre-Dame de Bayeux, de style gothique normand (XIIIe siècle), quelques vitraux datent du XVe siècle. La cathédrale d'Avranches, construite au XIIe siècle, s'est effondrée en 1790, et l'église principale est Saint-Saturnin, de style néo-gothique, où subsistent des débris d'une ancienne construction, notamment un portail du XIIIe siècle.

Page 315.

1. Proust songe à l'ouvrage du chanoine Marquis, doyen d'Illiers, *Illiers*, Chartres, 1904 et 1907, qu'il avait déjà utilisé dans *Du côté de chez Swann* (n. 1, p. 105). Brichot contestera les étymologies du curé de Combray : voir n. 2, p. 413.

Page 316.

1. Les séries caractérisent la dernière partie de la carrière de Monet, qui fut l'un des peintres préférés de Proust (voir *Du côté de chez Swann*, n. 2, p. 255) : les « Meules » (1891), les « Peupliers » (1892), les « Cathédrales de Rouen » (1892-1893), enfin, de 1898 à la mort du peintre en 1926, les séries de « Nymphéas », qui approchent de la peinture pure.

Page 317.

1. Dans sa préface à la traduction de *La Bible d'Amiens* de Ruskin, Proust évoquait ces « toiles sublimes » de Monet (*CSB*, p. 89).

Page 318.

1. Proust se passionna pour *Pelléas et Mélisande*, créé en 1902, qu'il écouta souvent au théâtrophone en 1911, et qu'il pasticha en février de la même année (*CSB*, p. 206).

Page 319.

1. Les Poussin de Chantilly : notamment le *Massacre des Innocents, Thésée, Léda, L'Enfance de Bacchus*. Degas contribua en effet à la réévaluation de Poussin dans les

années 1890 : culte teinté de nationalisme, auquel Cézanne, lui aussi antidreyfusard, fut associé.

Page 320.

1. Il y a plus loin une description, très proche de celle-ci, de Mme Verdurin dans son jardin de La Raspelière : voir p. 556-557. Toutes deux rappellent des descriptions du séjour à Réveillon de *Jean Santeuil* (p. 458, 462, 490).

2. Dans *Pelléas et Mélisande*, III, III, « Une terrasse au sortir des souterrains », Pelléas s'écrie : « Ah ! Je respire enfin !... [...] Tiens ! on vient d'arroser les fleurs au pied de la terrasse, et l'odeur de la verdure et des roses mouillées s'élève jusqu'à nous. » En mars 1911, dans une lettre à Reynaldo Hahn, Proust évoque *Pelléas et Mélisande*, qu'il demande sans cesse au théâtrophone : « quand Pelléas sort du souterrain sur un "Ah ! je respire enfin" calqué de *Fidelio*, il y a quelques lignes vraiment imprégnées de la fraîcheur de la mer et de l'odeur des roses que la brise lui apporte » (*Corr.*, t. X, p. 256-257).

3. Dans sa lettre de mars 1911 à Reynaldo Hahn (n. 2, p. 320), Proust comparait aussi Debussy et Wagner, avec précaution, puisque Reynaldo Hahn n'appréciait pas *Pelléas et Mélisande* : « Cela n'a rien d'"humain" naturellement mais est d'une poésie délicieuse, quoique étant, autant que je puis supposer par comparaison, ce que je détesterais le plus si j'aimais vraiment la musique, c'est-à-dire n'étant que notation "fugace" au lieu de ces morceaux où Wagner expectore tout ce qu'il contient de près, de loin, d'aisé, de difficile sur un sujet (seule chose que j'estime en littérature) » (*Corr.*, t. X, p. 257).

Page 321.

1. C'est un cliché à propos des élèves de Chopin, qui furent légion. Camille Dubois, née O'Meara (1830-1907), élève de Chopin de 1843 à 1847-1848, « compte au nombre de celles [les élèves de Chopin] dont le talent a le mieux conservé les traditions caractéristiques, les procédés du maître » (Marmontel, *Les Pianistes célèbres*, 1878, p. 7). La marquise de Cambremer aurait pu avoir été elle-même l'élève de Chopin.

2. Lors de la soirée chez Mme de Saint-Euverte, dans « Un amour de Swann », un *Prélude* et une *Polonaise* de Chopin sont exécutés en présence des deux dames de Cambremer (*Du côté de chez Swann*, p. 456-460).

3. Allusion à « L'Albatros », des *Fleurs du Mal* : « Ses ailes de géant l'empêchent de marcher » (v. 16). Le vers de Mme de Cambremer a treize syllabes.

4. Maria, personnage qui préfigurait Albertine avant 1914 (voir la préface, p. 32), avait passé son enfance en Hollande.

Page 322.

1. La lutte contre les congrégations, qui connut plusieurs épisodes au siècle dernier, reprit en 1899, en raison notamment de l'importance croissante des établissements religieux d'enseignement secondaire. La loi sur les associations de juillet 1901 instaura pour les congrégations le régime de l'autorisation préalable, prévoyant la dissolution des congrégations non autorisées dans les trois mois. Après l'arrivée au pouvoir du parti radical en juin 1902, la lutte s'accentua et les congrégations autorisées enseignantes furent dissoutes par la loi du 7 juillet 1904. La guerre russo-japonaise de 1904-1905, provoquée par la rivalité des deux pays en Corée et en Mandchourie, se termina par la victoire du Japon. Cette victoire répandit dans l'opinion publique européenne le sentiment nouveau de la supériorité des Jaunes sur les Blancs, exalta les oppositions dans les colonies, et le « péril jaune » devint après 1905 un cliché.

2. *Manon* : l'opéra de Massenet (1884).

Page 323.

1. Proust écrivit dans son article « À propos du "style" de Flaubert », publié dans la *NRF* en janvier 1920 : « Et Flaubert était ravi quand il retrouvait dans les écrivains du passé une anticipation de Flaubert, dans Montesquieu, par exemple : "Les vices d'Alexandre étaient extrêmes comme ses vertus ; il était terrible dans la colère ; elle le rendait cruel" » (*CSB*, p. 587). La citation de Montesquieu provient de *Lysimaque* (Montesquieu, *Œuvres complètes*, « Bibliothèque de la Pléiade », t. II, p. 1237).

Page 324.

1. Chopin paraissait en effet démodé à la fin du siècle, mais il avait été réévalué à la veille de la Première Guerre mondiale : voir *Du côté de chez Swann*, n. 1, p. 456.

2. Marguerite Long rappelle que Debussy revendiquait

Chopin pour principal modèle (*Au piano avec Debussy*, Julliard, 1960).

Page 325.

1. Jean-Henry Latude (1725-1805), aventurier languedocien, envoya à Mme de Pompadour une boîte explosive de sa fabrication, puis dénonça la machination dans l'espoir d'une récompense. Il passa, en dépit de plusieurs évasions, trente-cinq ans sans jugement dans les prisons de la fin de l'Ancien Régime (1749-1784). *Latude, ou Trente-cinq ans de captivité* est un mélodrame historique de Pixérécourt et Anicet Bourgeois, créé en 1834. Le prisonnier est libéré à la dernière scène (sans commentaire sur ses yeux brillants).

2. Dans *Fidelio*, le chœur des prisonniers respirant « cet air qui vivifie » figure dans le finale de l'acte I : « *O welche Lust in freier Luft dem Atmen leicht zu heben* », « Ô quel plaisir dans l'air libre de respirer sans effort. » En mars 1911, faisant à Reynaldo Hahn l'éloge de la scène où Pelléas sort du souterrain, dans l'opéra de Debussy, Proust jugeait l'air « Ah ! je respire enfin » « calqué de *Fidelio* » (*Corr.*, t. X, p. 256-257 ; voir n. 2, p. 320).

3. Cancan est le surnom du marquis de Cambremer : voir p. 446.

Page 327.

1. Elme-Marie Caro (1826-1887), philosophe spiritualiste, professeur à la Sorbonne, conférencier apprécié du grand public, aurait servi de modèle au philosophe mondain dans *Le Monde où l'on s'ennuie* d'Édouard Pailleron ; voir *Le Côté de Guermantes*, n. 1, p. 670. Sur Brunetière, voir *Le Côté de Guermantes*, n. 2, p. 357. Charles Lamoureux (1834-1899), violoniste et chef d'orchestre, adepte de la musique classique et de Wagner, fonda en 1881 les Nouveaux Concerts, qui plus tard portèrent son nom.

Page 329.

1. Proust avait noté en 1909 ou 1910 : « Elle n'éprouvait aucun ennui d'être née Legrandin pour la raison qu'elle n'en avait gardé aucun souvenir » (Carnet 1, p. 118).

Page 330.

1. Il y a dans le catalogue de Le Sidaner quelques marines, en particulier parmi les œuvres de jeunesse.

Page 331.

1. Des cloches sont entendues dans la scène *Pelléas et Mélisande* (III, III) déjà citée à propos de l'odeur des roses (voir n. 2, p. 320) : « Il est midi ; j'entends sonner les cloches », dit Pelléas en sortant des souterrains.

Page 334.

1. Aucune femme de chambre n'est mentionnée au soir de la première arrivée à Balbec, dans *À l'ombre des jeunes filles en fleurs*.

Page 336.

1. D'autres remarques sur les rapports entre classes sociales figurent dans *À l'ombre des jeunes filles en fleurs* (p. 372-373) et dans *Le Côté de Guermantes* (p. 70) ; voir aussi plus loin, p. 588-589.

Page 337.

1. En juillet 1908, Proust intervint auprès du général Dalstein, gouverneur militaire de Paris, afin d'obtenir un sursis à Nicolas Cottin, son valet de chambre, convoqué en août pour une période militaire de treize jours (lettre à Mme Catusse, *Corr.*, t. VIII, p. 179 ; à Reynaldo Hahn, p. 187-188). Dans la lettre à Hahn, Proust songe à faire appel au général Picquart, le héros de l'affaire Dreyfus devenu ministre de la Guerre, mais il préfère réserver Picquart — et Fallières, le président de la République — pour ses propres treize jours, auxquels il est convoqué pour octobre. Bien que réduite, on continuait de qualifier de « 28 jours » la période de réserve, que la loi du 27 juillet 1872 avait fixée à quatre semaines.

Page 338.

1. Allusion au comportement du héros après qu'il a décidé de ne plus voir Gilberte, mais sans l'annoncer à la jeune fille ; voir *À l'ombre des jeunes filles en fleurs*, p. 245.

Page 347.

1. Le paragraphe qui s'achève ici représente un moment décisif du second séjour à Balbec, et le point de non-retour dans l'intrigue avec Albertine. Dans la dédicace de *Du côté de chez Swann* à Marie Scheikévitch, en novembre 1915, où Proust résume la suite du roman et présente Albertine, il cite longuement ce paragraphe (voir *CSB*, p. 560-561 ; *Corr.*, t. XIV, p. 281).

Page 348.

1. Antoine Galland (1646-1715) donna la première traduction des *Mille et Une Nuits* en français, sous ce titre, en douze volumes publiés de 1704 à 1717, pour la cour de Louis XIV. Joseph Mardrus (1869-1949), médecin et orientaliste, entreprit une nouvelle traduction de l'ouvrage, qui fut publiée de 1899 à 1904, sous le titre *Le Livre de Mille Nuits et Une Nuit, traduction littérale et complète du texte arabe*, aux Éditions de la Revue blanche. Une note des éditeurs annonçait : « Pour la première fois en Europe, une traduction complète et fidèle des ALF LAILAH OUA LAILAH (MILLE NUITS ET UNE NUIT) est offerte au public. Le lecteur y trouvera le mot à mot pur, inflexible. » Mardrus dénonçait la première traduction, « systématiquement émasculée de toute hardiesse et filtrée de tout le sel premier » (t. I, p. XVIII). *Les Mille et Une Nuits* jouent un rôle important dans *À la recherche du temps perdu*, depuis le début de « Combray ».

2. Proust pratiqua avec assiduité les *Récits des temps mérovingiens* (1840) d'Augustin Thierry, ainsi que son *Histoire de la conquête de l'Angleterre par les Normands* (1825) ; voir *Du côté de chez Swann*, n. 1, p. 58. Le troisième des *Récits des temps mérovingiens* porte pour titre « Histoire de Merowig ». Une note du premier récit décrète : « Quelque jugement qu'on porte en général sur l'adoption de l'orthographe germanique pour les noms des personnages franks de notre histoire, on sentira que cette restitution était ici une convenance inhérente au sujet. Elle contribue à la vérité de couleur dans ces récits, où j'ai mis en scène les diverses populations de la Gaule conquise ; elle forme un contraste qui sépare, en quelque sorte, les hommes de races différentes. » L'hémistiche en question figure dans « des vers de l'abbé Gauthier, sur les premiers rois de France », cités par

Anatole France dans *Le Livre de mon ami* (1885), *Œuvres*, Bibliothèque de la Pléiade, t. I, 1984, p. 496. M.-C. Bancquart les a retrouvés dans les *Éléments d'histoire de France* (1851), extraits des *Leçons d'histoire de France* (1807) de l'abbé Gaultier.

Page 349.

1. Voir p. 353 et n. 1.
2. Hostile à la poésie romantique, Bloch se moquait de Musset dans *Du côté de chez Swann*, p. 157.
3. Ce relatif n'a pas d'antécédent logique.

Page 353.

1. Toute la fin du paragraphe s'inspire des *Hymnes orphiques*, dans la traduction de Leconte de Lisle : ce sont quatre-vingt-trois courts poèmes intitulés « Parfum de... », avec un sous-titre indiquant le nom du parfum.
2. Au milieu des noms grecs, Proust donne au seul Poséidon son nom latin.
3. Circé la magicienne, dans l'*Odyssée*, transforme Ulysse et ses compagnons en porcs ; elle n'est pas à sa place parmi les dieux des *Hymnes orphiques*.
4. Proust se trompe, car le parfum d'Éos est la manne.
5. Aucun des *Hymnes orphiques* n'est adressé au Jour ; Proust songe sans doute à Hélios, dont le parfum est en effet l'encens.
6. « Parfum de Prôtogonos, La Myrrhe. J'invoque Prôtogonos aux deux sexes, grand, qui vagabonde dans l'Aithèr, sorti de l'œuf, aux ailes d'or, ayant le mugissement du taureau, source des Bienheureux et des hommes mortels, mémorable, aux nombreuses orgies, inénarrable, caché, sonore, qui chassa de tous les yeux la noire nuée primitive, qui vole par le Kosmos sur des ailes propices, qui amène la brillante lumière, et que, pour cela, je nomme Phanès. Bienheureux, très sage, aux diverses semences, descends, joyeux, vers les sacrifices des Orgiophantes ! » (*Hymnes orphiques*, V, p. 90).

Page 355.

1. On apprendra dans *La Prisonnière* qu'« Andrée avait quitté Balbec au mois de juillet », p. 374.

Page 356.

1. Voir les apparitions précédentes du thème racinien, p. 132-133 et 271. Proust cite cette fois *Athalie*, en particulier la scène II, IX, où le chœur loue Joas.

Page 357.

1. *Athalie*, II, IX, v. 788-791.
2. *Ibid.*, v. 772. Ce vers a déjà été cité ; voir n. 6, p. 271.
3. Citation modifiée d'*Athalie*, IV, II, v. 1279.
4. *Athalie*, II, IX, v. 794.
5. Citation modifiée d'*Athalie*, I, II, v. 253-254.
6. Citation modifiée d'*Athalie*, II, IX, v. 784-785.
7. *Ibid.*, v. 821-822.
8. *Ibid.*, v. 824-825.
9. Citation modifiée d'*Athalie*, III, VIII, v. 1201-1204.

Page 360.

1. Dans le manuscrit, Proust paraphrasait ici le vers d'Acomat dans *Bajazet* : « Nourri dans le sérail, j'en connais les détours » (IV, VII, v. 1425).
2. Citation de *La Juive* (1835) de Fromental Halévy, sur un livret de Scribe (voir *Du côté de chez Swann*, p. 158-159), air du chœur (II, I).
3. Il s'agit du grand air des *Brigands* (1869) d'Offenbach, « saltarelle » de Fragoletto (I, VI).
4. Céleste Gineste (1891-1984) épousa en 1913 Odilon Albaret (1881-1960), chauffeur de taxi dont Proust utilisait les services depuis 1910. Elle devint la gouvernante de Proust en 1914 et resta au service de l'écrivain jusqu'à la mort de celui-ci en 1922. Elle était originaire d'Auvergne. Marie Gineste, sa sœur aînée de trois ans, célibataire, la rejoignit à Paris en 1918, après la mort de leurs parents. Ces pages sur Marie Gineste et Céleste, tardivement ajoutées, sont évoquées par Céleste dans ses souvenirs, recueillis par Georges Belmont, *Monsieur Proust*, Laffont, 1973, p. 145-147.

Page 365.

1. Gaston Gallimard avait envoyé à Proust *Éloges* (1911) d'Alexis Saint-Léger Léger, dit Saint-John Perse, après la visite de Gide à Proust le 25 février 1916. Céleste raconte

dans ses souvenirs : « Une fois, je m'en souviens, il me lut des vers qu'il venait de recevoir ou d'acheter — j'oublie si c'était de Paul Valéry ou de Saint-John Perse. Quand il a fini je lui dis : "Monsieur, ce ne sont pas des vers ; ce sont des devinettes." Il se met à rire comme un fou. Dans les jours qui ont suivi, il m'a raconté qu'il l'avait répété partout » (*Monsieur Proust*, p. 151). Paul Morand rapporte en effet, à la date du 26 juin 1917 : « Petit dîner au Ritz avec Hélène et Proust. [...] Céleste dit des vers de Léger que "ce sont plutôt des devinettes que des vers". Proust rit aux éclats de cette formule, en montrant ses superbes dents » (*Journal d'un attaché d'ambassade*, La Table Ronde, 1949, p. 299).

2. Dans les souvenirs de Céleste Albaret, une feuille manuscrite est reproduite, où Proust avait noté ces vers : « Ici-bas tous les lilas meurent, / Tous les chants des oiseaux sont courts ; / Je rêve aux étés qui demeurent / Toujours [...]. » Il s'agit d'un poème de Sully Prudhomme, « Ici-bas », extrait de « La Vie intérieure », *Stances et poèmes* (1865), que Fauré mit en musique (opus 8, n° 3, 1877). Le même vers est de nouveau cité p. 509. Les sentiments de Proust envers Sully Prudhomme sont mêlés. Dans une lettre de septembre 1908 à Marcel Plantevignes, qu'il avait beaucoup fréquenté pendant l'été à Cabourg, Proust cite les mêmes vers « avec mélancolie » (*Corr.*, t. VIII, p. 221).

3. Céleste Albaret avait quatre frères. Le deuxième, dit-elle dans ses souvenirs, « avait épousé une nièce de l'archevêque de Tours, Mgr Nègre » (*Monsieur Proust*, p. 137), ce qui ravissait Proust et lui inspira un poème, cité par Céleste : « Grande, fine, belle, un peu maigre, / Tantôt lasse, tantôt allègre, / Charmant les princes et la pègre, / Lançant à Marcel un mot aigre, / Rendant le miel pour le vinaigre, / Spirituelle, agile, intègre, / C'est la presque nièce de Nègre. » L'évêque de Rodez n'est pas mentionné par Céleste.

Page 369.

1. On lit dans la dactylographie corrigée : « Mais sous la table on aurait pu voir [sous la table bientôt tournante *add.*] leurs pieds, puis leurs jambes et leurs mains qui étaient confondues. » L'addition interlinéaire a été mal lue et mal placée dans l'édition originale.

Page 371.

1. Ici s'inséraient les p. 194-197 dans la dactylographie corrigée.

2. Des chasseurs jumeaux du Ritz, modèles possibles des frères aux têtes de tomates, sont évoqués par Proust dans une lettre de juin 1922 à Sydney Schiff : « Un des deux jumeaux dont vous jugez la personnalité différente (elle est pareille, et d'ailleurs nulle) est parti accompagner lord Northcliffe en Suisse » (*Corr. g^{ale}*, t. III, p. 42).

3. Allusion vague à l'époux d'Alcmène, dont Jupiter emprunte les traits en son absence afin de séduire sa femme. Dans la comédie de Molière, comme dans celle de Plaute, Mercure prend les traits de Sosie, valet d'Amphitryon, et le vrai Sosie se fait rouer de coups par le faux (I, I et II).

Page 374.

1. Plusieurs lieux de la géographie proustienne d'avant 1914 se trouvent ainsi rapprochés : Balbec dans *À l'ombre des jeunes filles en fleurs*, Doncières dans *Le Côté de Guermantes I*, et bientôt la maison de campagne des Verdurin, que le scénario de 1913, à la suite des brouillons de 1909, situait dans la région parisienne.

2. Dans une lettre de la fin de 1920 à la comtesse de Maugny, Proust décrit un petit train de Savoie, qui semble le modèle de celui de Balbec : « Un bon petit chemin de fer patient, d'un bon caractère, qui attendait, le temps voulu, les retardataires, et, même une fois parti, s'arrêtait si on lui faisait signe, pour recueillir ceux qui, soufflant comme lui, le rejoignaient à toute vitesse » (*CSB*, p. 567).

Page 375.

1. Dans *Jean Santeuil*, une marquise était pareillement prise pour une cocotte (*JS*, p. 377 et 700).

Page 376.

1. Plus haut, p. 374, l'invitation est pour le surlendemain.

Page 377.

1. Proust avait écrit « jouait avec le "colley" qu'il avait » dans le manuscrit. La dactylographie a laissé un blanc, que Proust a rempli avec « chien ».

Page 380.

1. Sur la rencontre de Charlus et du musicien, l'une des scènes les plus anciennes du roman, ébauchée en 1909, à la suite de la rencontre de Borniche, un fleuriste qui préfigure Jupien, voir le Document 1, p. 736. Le musicien a d'abord été un pianiste, avant de devenir un violoniste dans le texte définitif : le modèle en était Léon Delafosse (1874-1951), que Proust présenta en 1894 à Robert de Montesquiou. Ce dernier le protégea et le lança dans le monde, jusqu'à la brouille qui eut lieu trois ans plus tard. Mais on pense aussi au violoniste polonais pour lequel se ruina le baron Jacques Doasan (1840-1907), que Proust rencontra en 1892 et qui est un des modèles de Charlus. Le premier nom du musicien fut Charley : on songe à Charlie Humphries, un jeune Anglais, ancien valet de chambre d'Henri Bardac et ami de Paul Goldschmidt (voir une lettre de décembre 1917 à Paul Goldschmidt, *Corr.*, t. XVI, p. 327-329). Dans le manuscrit, le musicien s'appelle Bobby Santois. Le personnage fut enrichi jusque sur les épreuves, prenant de plus en plus d'envergure, comme pendant d'Albertine. Dans une lettre d'octobre 1921 à Gaston Gallimard, Proust dit encore : « la première rencontre de Charlus et Morel est entièrement changée ces jours-ci » (*Lettres à la NRF*, Gallimard, 1932, p. 155).

2. Sur la visite de Morel au héros, voir *Le Côté de Guermantes*, p. 375-379.

Page 381.

1. Morel et la nièce (ou fille) de Jupien se sont rencontrés lors de la visite de Morel au héros dans *Le Côté de Guermantes* (voir la note qui précède).

Page 384.

1. Pour ces commentaires de Mme de Villeparisis lors de la première apparition de Saint-Loup, voir *À l'ombre des jeunes filles en fleurs*, p. 438.

2. Sur la parenté des Guermantes et des La Rochefoucauld, voir n. 1, p. 154.

Page 385.

1. Alfred Agostinelli était revêtu d'un caoutchouc semblable lors des randonnées avec Proust en automobile :

« mon mécanicien avait revêtu une vaste mante de caoutchouc et coiffé une sorte de capuche qui, enserrant la plénitude de son jeune visage imberbe, le faisait ressembler, tandis que nous nous enfoncions de plus en plus vite dans la nuit, à quelque pèlerin ou plutôt à quelque nonne de la vitesse » (« Journées en automobile », 1907, *CSB*, p. 66-67). Rappelons que Proust, dans le texte définitif, renonça à comparer Albertine enveloppée dans son caoutchouc avec le *Saint Georges* de Mantegna, comme il l'avait d'abord fait en 1915 (voir la préface, p. 35).

2. Vigny, *La Maison du berger, Les Destinées*, v. 323-324. Proust récitait ces vers à Marie de Chevilly en 1899, en Savoie, « au bercement de la voiture [...] sur la route assombrie dans la nuit commençante » (lettre d'octobre 1899 à Pierre de Chevilly, *Corr.*, t. II, p. 367).

Page 386.

1. Dans le scénario de 1913, Brichot porte aussi le nom de Crochard ; lors d'un brouillon plus ancien, il s'appelle Cruchot : ces variations renvoient à l'un des modèles supposés du pédant, Victor Brochard (1848-1907), professeur de philosophie ancienne à la Sorbonne, qui fréquentait le salon de Mme Aubernon. Le nom rappelle aussi celui de M. Brichet, professeur de mathématiques de Proust à Condorcet.

2. Allusion à « Un amour de Swann », qui a eu lieu avant la naissance du héros (*Du côté de chez Swann*, p. 276), et où les fidèles des Verdurin ont été présentés : Cottard, Brichot, Saniette, le jeune pianiste et sa tante. Ce retour du docteur Cottard avait été annoncé dans *À l'ombre des jeunes filles en fleurs*, p. 43-44.

Page 387.

1. Ski, diminutif de Viradobetski, comme on l'apprendra dans *Le Temps retrouvé*, sculpteur et peintre polonais, aurait pour modèle Frédéric de Madrazo, dit « Coco », habitué de Mme Lemaire. Pour la description de Ski au piano (p. 394), Proust a pu penser à Reynaldo Hahn (dont la sœur, Maria, avait épousé le père de Coco).

Page 388.

1. Brochard (voir n. 1, p. 386) souffrait d'une faible vue.

Page 389.

1. La réorganisation du haut enseignement eut lieu entre 1885 et 1896, abolissant les anciennes facultés napoléoniennes et créant les universités. Proust songe à la querelle entre les partisans des humanités classiques et ceux de la méthode, réputée germanique d'origine, qui divisa toutes les disciplines à la fin du siècle, et qui culmina entre l'affaire Dreyfus et la loi de la séparation de l'Église et de l'État. Brichot est du côté des humanités, comme Brunetière ou Faguet.

Page 391.

1. Voir, dans *La Prisonnière* (p. 187-190), les réflexions qu'inspire au narrateur la mort de Swann, annoncée à la fin du *Côté de Guermantes*, et mentionnée ici incidemment.

Page 393.

1. Il s'agit d'Octave (voir *À l'ombre des jeunes filles en fleurs*, p. 629 et 636).

Page 397.

1. Abel Villemain (1790-1870), critique, professeur à la Sorbonne, membre de l'Académie française, ministre de l'Instruction publique. Proust envisageait dans le manuscrit d'attribuer l'expression à Tocqueville ou à Mgr d'Hulst.

Page 398.

1. « Qui n'a pas vécu dans les années voisines de 1780 n'a pas connu le plaisir de vivre. » Ce mot célèbre de Talleyrand, dans une lettre à Guizot, est cité par ce dernier dans ses *Mémoires pour servir à l'histoire de mon temps*, 1858, t. I, p. 6.

2. Paul de Gondi, cardinal de Retz. Le mot de *struggle for lifer* adapte l'expression anglaise de *struggle for life*, vulgarisée par les travaux de Darwin, et apparue sous la forme *struggle-for-lifeur* dans la pièce d'Alphonse Daudet, *La Lutte pour la vie* (1889).

3. La Rochefoucauld, l'auteur des *Maximes*, fut prince de Marcillac jusqu'à la mort de son père. Le traitant ici de « boulangiste », comme un partisan du général Boulanger, Brichot paraît suggérer une équivalence — qui ne va pas de soi — entre le boulangisme et la Fronde.

Page 399.

1. L'Abbaye-aux-Bois était une communauté religieuse de femmes, située à l'emplacement du 16, rue de Sèvres, à Paris. Auprès du cloître, on ouvrit après la Révolution un asile pour les dames du grand monde, où Mme Récamier s'établit en 1819.

2. La marquise du Châtelet eut une longue liaison avec Voltaire, qui se retira chez elle à Cirey en 1735.

Page 400.

1. Dans *La Comédie humaine* (*La Vieille Fille* et *Le Cabinet des antiques*), une grande dame russe s'appelle la princesse Sherbellof (« Pléiade », t. IV, p. 931 et 1067). Dans une lettre d'août 1915 à Lucien Daudet, Proust note que « le tzar a pris comme ministre le prince Scherbatof (la princesse Scherbatof remplit le troisième volume) » (*Corr.*, t. XIV, p. 202).

2. Sans doute Agrippine, femme de Claude et mère de Néron, à qui Tacite reproche d'avoir siégé devant les enseignes romaines (*Annales*, XII, 37).

3. « Qui aime père ou mère plus que moi n'est pas digne de moi, et qui aime fils ou fille plus que moi n'est pas digne de moi », Matthieu, X, 37. En novembre 1891, Guillaume II écrivit dans le livre d'or de l'hôtel de ville de Munich : « *Suprema lex, regis voluntas* », « La volonté du roi est la loi suprême. » Quelques jours plus tard, passant en revue des recrues à Potsdam, il leur dit que, leur ordonnerait-il de tirer sur leurs frères, sœurs, père et mère, ils devraient obéir « sans un murmure ». Les deux incidents scandalisèrent l'opinion, en France, en Angleterre, en Russie, et aussi en Allemagne, où l'empereur était *primus inter pares*.

Page 401.

1. *Éloa, Poèmes antiques et modernes*, chant III, v. 47. Ce vers sert d'épigraphe au recueil de Robert de Montesquiou, *Les Chauves-Souris* [s.d.], 1892, nouvelle édition en 1907. Proust le cite dans une lettre de juin 1907 où il accuse réception du volume (*Corr.*, t. VII, p. 174).

Page 405.

1. Sur Potain, voir *Du côté de chez Swann*, p. 279. Sur Charcot, voir *Le Côté de Guermantes*, n. 1, p. 422.

2. Sur la curiosité de Cottard pour les locutions familières et les expressions « toutes faites », voir *Du côté de chez Swann*, p. 293-294.

Page 406.

1. Les comtesses et les marquises anonymes sont nombreuses dans le théâtre de Marivaux, mais il n'y a pas une seule baronne.

2. Voir *Du côté de chez Swann*, p. 250-251 et 408. Proust, comme Émile Mâle, était hostile aux restaurations à la manière de Viollet-le-Duc (voir ici, p. 572).

Page 407.

1. Brichot revient à Talleyrand, mentionné p. 398.

2. Le manuscrit ajoutait : « mâtiné de chéquard ». La dactylographie omit cette allusion aux parlementaires compromis dans le scandale de Panama en 1893.

Page 410.

1. Les Verdurin étaient déjà wagnériens dans « Un amour de Swann », *Du côté de chez Swann*, p. 418.

2. Voir p. 236, où les héros de l'affaire Dreyfus étaient les mêmes, à la différence de Clemenceau, qui ne figure plus.

3. Vincent d'Indy ne fit pas mystère de son antidreyfusisme, ni de son antisémitisme en général (voir n. 1, p. 74). Le cas de Debussy est moins simple. René Peter, ami commun de Proust et de Debussy, raconte : « D'instinct il se trouvait évidemment porté vers le parti des nationalistes, des soldats » (*Claude Debussy*, Gallimard, 1931, p. 144). Ses amis Pierre Louÿs (antidreyfusard) et René Peter (dreyfusard) étant à couteaux tirés, Debussy aurait persisté dans sa neutralité. Il aurait cependant eu de la sympathie pour Picquart, en faveur de qui il aurait signé un manifeste dans *Le Figaro* (*ibid.*, p. 150-151).

Page 413.

1. Le rapprochement entre Cléopâtre et les héroïnes de Meilhac (voir *Du côté de chez Swann*, n. 2, p. 158) est lâche. Proust rédigea un compte rendu du roman d'Henri de Saussine, *Le Nez de Cléopâtre*, 1893 (*CSB*, p. 358-359).

2. Voici le premier passage sur les étymologies de Brichot. À la fin du séjour à Balbec, le narrateur comparera leur rôle à la désillusion provoquée par l'habitude du petit train : « Ainsi ce n'était pas seulement les noms des lieux de ce pays qui avaient perdu leur mystère du début, mais ces lieux eux-mêmes. Les noms déjà vidés à demi d'un mystère que l'étymologie avait remplacé par le raisonnement, étaient encore descendus d'un degré » (p. 691-692). Sur l'ouvrage du curé de Combray que Brichot va réfuter, voir n. 1, p. 315. Dans *Du côté de chez Swann*, quelques noms de lieux étaient expliqués par le curé, lors de ses visites à la tante Léonie (p. 175-177 et 226). La source de Proust était alors le livre de Jules Quicherat, *De la formation française des anciens noms de lieu* (1867). Mais Proust ne s'en est pas servi pour les longues digressions de *Sodome et Gomorrhe*. De fait, il n'avait pas prévu ce retour du thème lorsqu'il l'avait exposé dans *Du côté de chez Swann*. Les listes d'étymologies qui apparaissent dans les brouillons de *Sodome et Gomorrhe*, au début de la guerre, proviennent de l'ouvrage déjà cité (n. 4, p. 169) d'Hippolyte Cocheris, *Origine et formation des noms de lieu* (1874 et 1885). La source de la seconde génération des étymologies de *Sodome et Gomorrhe*, datant de l'après-guerre, ajoutées dans le manuscrit et la dactylographie, et concernant les noms de lieux d'origine scandinave en Normandie, est moins certaine. L'ouvrage dont elles se rapprochent le plus est celui d'Édouard Le Héricher, *Philologie topographique de la Normandie* (Caen, 1863). On a parlé de l'ouvrage d'Auguste Longnon, décédé en 1911, *Les Noms de lieu de la France* (Champion, 1921-1929), à cause d'une lettre de la fin de 1919 à Louis Martin-Chauffier : « j'aurai peut-être dans la suite des temps un conseil à vous demander pour les étymologies. Je l'avais demandé à M. Dimier (que je ne connais d'ailleurs pas), lequel m'avait gentiment répondu en m'offrant de me mettre en rapport avec M. Longnon » (*Corr. g^{ale}*, t. III, p. 298). Mais, que cet échange avec l'historien Louis Dimier ait eu lieu avant la mort d'Auguste Longnon en 1911, ou qu'il soit question d'un de ses fils, en tout cas rien ne suggère que Proust ait eu connaissance de la matière de l'ouvrage posthume de Longnon avant sa publication (le deuxième fascicule, contenant les étymologies scandinaves en Normandie, date de 1922, comme *Sodome et Gomorrhe II*).

Il en va peut-être autrement pour un petit livre de vulgarisation du même auteur, que, comme on le verra dans quelques notes, Proust a pu consulter : *Origines et formation de la nationalité française*, avec une préface de Charles Maurras (Nouvelle Librairie nationale, 1912). Proust écrivit en mars 1922 à Martin-Chauffier : « Soyez rassuré pour les terribles étymologies que je devais vous demander. Je m'en suis tiré tout seul de mon mieux, ou plutôt fort mal. On mettra ce qu'elles ont de fantaisiste ou d'erroné sur le compte de mes ignorants personnages » (*Corr. g^{ale}*, t. III, p. 304). Si ce fut le cas, nous ne saurions dire. À part quelques étymologies isolées, il y a trois grandes leçons de Brichot dans *Sodome et Gomorrhe* : celle-ci, en train vers La Raspelière (p. 412-417), apparaît sur une paperole du manuscrit, avec des ajouts spécialisés sur la dactylographie corrigée ; la deuxième, au cours du dîner chez les Verdurin (p. 459-471 et 474-477), la plus ancienne, appartient en totalité au manuscrit, avec une seule addition sur une paperole pour l'origine de *Pont-à-Couleuvre* (p. 461) ; la troisième, à la fin du séjour à Balbec (p. 678-682), rédigée en second, figure presque en entier dans le manuscrit. La leçon qui commence ici est donc complexe et mêle les étymologies de la première et de la seconde génération, complète Cocheris par des étymologies normandes. Il faut le comparer aux p. 474-477, qui discutent les mêmes noms de manière contradictoire. Nous n'annoterons pas les étymologies isolées, ou celles dont la source nous paraît incertaine.

Page 414.

1. On trouve chez Cocheris : « Les Celtes avaient, pour désigner une élévation, les mots *dun* et *briga*. [...] Quant au mot *Briga* qui semble avoir eu la double acception de montagne et de château fort, il se retrouve sous la forme *Briga, Brigogilus* dans les plus anciens noms de la Gaule » (p. 55). D'autre part : « Les Celtes appelaient *briva* ce que les Romains nommaient *pons* » (p. 126). Quant à l'idée que *bricq* serait le vieux mot norois signifiant « pont », elle est de Proust, mais on trouve chez Le Héricher une référence à *briva*, « pont » en celte, afin d'expliquer : « Bricquebec, en patois Briguebec, Bricqueville, en patois Brigueville, [...] Brumare ("passage de l'étang"), Bruquedalle ("de la vallée"),

Bricquebost ("du bois") » (*Philologie*…, p. 8). Rappelons que Bricquebec (ou Cricquebec) était le nom de Balbec dans les épreuves de 1913.

2. « Le mot *fleur* qui sert de terminaison à tant de noms de lieu de la Normandie, a été de la part des savants l'objet de nombreuses recherches. M. Depping y voit le mot islandais *oe* (prononcez *eu*) et *oer* (prononcez *eur*), qui signifie "lieu baigné par les eaux". Il est plus logique de rattacher les noms de lieu Har*fleur* (Seine-Inférieure), Bar*fleur* (Manche), Fique-*fleur* (Eure), Vitte*fleur* (Seine-Inférieure), *Fletre* (Nord), *Flers* (Nord), au mot danois *fiord* » (Cocheris, p. 89). L'islandais *oe* est devenu irlandais chez Proust, *Fiord* ne signifie pas « port », mais « baie », « golfe » : l'interprétation de Proust peut s'expliquer par l'absence de traduction chez Cocheris.

3. « C'est ainsi que les gués, en latin *vadum*, ont été à l'origine d'un grand nombre de localités. […] On a fini, dans certains cas, par oublier l'origine de *vez*, qu'on a pris pour une source grossière de *vieil*. C'est ainsi qu'on dit *Vendin-le-Vieil* (Pas-de-Calais), autrefois *Vendin-le-Vez*, c'est-à-dire *Vendin-le-Gué* […]. On pourrait même confondre quelquefois avec *voie* certaines formes irrégulières du *vadum*. […] Les Anglais appelaient *ford* le *vadum* des Romains, *Oxford, Hereford*, etc. viennent de là » (Cocheris, p. 128-129).

4. Il faudrait lire Saint-Martin-le-Vêtu, pour se conformer à la désignation du lieu dix lignes plus haut, mais il y a aussi un Saint-Mars-le-Vieux dans la région de Balbec (p. 418 et 569), qui devient Saint-Mars-le-Vêtu (p. 573), quand Albertine s'inquiète de l'étymologie.

5. « Il y a un mot germanique *gwast, wast*, d'où *wastjan*, qui signifie "ravager", auquel doit se rattacher notre verbe *rastare*, et qui a formé en français les mots *gâter* (en picard *water*), *jachères* (du bas latin *gascaria* pour *wastaria*) et *gâtines* (du haut allemand *wastinna*) » (Cocheris, p. 64). Parmi les exemples figurent Le Vast, Sottevast, Martinvast, Hardinvast, pour le département de la Manche (p. 65). Il manque toutefois l'association avec Terregate. On la trouve chez Le Héricher : « A *rastare*, "rendre vide, vaste", se rapportent les nombreux Vast, Gast, Gastine, Gatte, Vatte, Gastel, qui indiquent des contrées défrichées, et peut-être ravagées, dévastées : […] Brillevast (*Beroldivast*), […] Sottevast (*Satowast*), Saint-Denis-le-Gast, […] les deux

Terre-Gate de l'Avranchin (de *terra vasta*) » (*Philologie...*, p. 33).

6. Cocheris donnait la liste suivante pour les noms de lieux formés sur *Sanctus Medardus* : Saint-Médard (Gers), Saint-Mard (Meurthe et Oise), Saint-Mards-en-Othe (Aube), Saint-Marc (Yonne), Saint-Mars (Sarthe, Seine-et-Marne), Saint-Merd (Corrèze), Cinq-Mars près Langeais (Indre-et-Loire), et Damas (Vosges) (p. 146). L'ordre est le même chez Proust.

Page 415.

1. « Je me contenterai d'indiquer les lieux qui certainement doivent leur nom au culte de certains dieux tels [...] Jupiter, d'où *Jeumont* (*Jovismons*) » (Cocheris, p. 139).

2. « Quelquefois la qualité du saint s'est mélangée avec un nom et a produit des mots singuliers, comme [...] *Loctudy* (Finistère), pour *Loc. Sancti Tudeni* » (Cocheris, p. 149-150). Autre exemple du même phénomène : « *Sammarcoles* (Vienne), pour *Sanctus Martialis* » (p. 149).

3. Le Héricher écrit : « Le terme topographique normand *homme*, "île" ou "presqu'île", est le *holm* scandinave, commun en son pays d'origine, Stockholm, Bornholm, etc. » (*Philologie...*, p. 46). Parmi les exemples : « Néhou, "entouré d'eaux", *Nigelli humus*, littéralement "île de Nial" (Nicolas en scandinave), Quettehou. » Il faut mentionner ici l'autre source possible de Proust, une seule page d'Auguste Longnon sur les noms de lieux normands d'origine scandinave, dans *Origines et formation de la nationalité française*, p. 52 : « *holm*, île, Le Houlme, Engohomme, Tahomme. »

4. Pour la journée en question, voir p. 303, où il est toutefois question d'Infreville et non d'Amfreville.

5. Le Héricher écrit : « *Kerke*, "église", l'allemand *Kirche*, en écossais *kirk*, reste dans les localités Querquebu, Kerkebu, Querqueville, littéralement "habitation de l'église", comme Dunkerque est "l'église des Dunes" » (*Philologie...*, p. 38). Carquetuit (Seine-Inférieure) et Carquebut (Manche) sont analysés par Cocheris, mais à propos de *luit* et de *boe* ou *beuf* (p. 88-89). Rappelons que Querqueville était le nom de Balbec jusqu'en 1913.

6. « Les Celtes avaient, pour désigner une élévation, les mots *dun* et *briga*. Nous avons plusieurs : Dun (Ariège),

Dun-le-Roi (Cher), Les Dunes (Nord), Dunet (Indre), Dun-sur-Meuse (Meuse), Duneau (Sarthe), Châteaudun (Eure-et-Loir), Dunkerque (Nord), Dune-les-Places (Nièvre), Le Donon, haute montagne de la chaîne des Vosges (Meurthe) » (Cocheris, p. 55). La liste est ici la même.

Page 416.

1. Les différentes étymologies de Douville — *Donvilla* ou *Domvilla* — sont de Proust, ainsi que la lecture *domino abbati*, peu conforme au latin et qui n'explique d'ailleurs pas le passage à *Domvilla*.

2. Brichot définira lui-même le sens du mot pouillé, p. 461.

3. À Saint-Clair-sur-Epte, en 911, eut lieu une entrevue entre Charles le Simple, roi de France, et Rollon, premier duc de Normandie, consacrant la cession de la province. On parle en général d'un traité, bien que ce fût vraisemblablement une convention verbale. Le terme de capitulaire est en tout cas impropre, qui désigne les actes législatifs émanant des rois mérovingiens et carolingiens. Le roi du Danemark ne fut pas suzerain de la Normandie conquise. Odin est un dieu de la mythologie scandinave.

4. « La vue du littoral de Douville suggère naturellement l'étymologie de *Dunorum villa* ; mais l'analogie générale, les exemples historiques, l'orthographe des chartes ne permettent pas de reconnaître d'autre radical qu'un des noms propres les plus communs parmi les Normands : Douville, c'est *Odonis villa*. Le même nom propre se retrouve dans d'autres communes du département, dans Ouville, *Ouvilla*, et Audouville, *Eudonvilla*, Hudimesnil, *Eudimesnilum*, peut-être dans Denneville, et assurément dans Doville, car on connaît pour celle-ci l'époque où elle prit son nom, et le seigneur qui le lui donna. Son nom primitif est *Escaleclif* [...]. Eudes ou Odon Le Bouteiller, seigneur d'Escaleclif et de l'Estre, partant pour la Terre sainte vers 1233, donna à l'abbaye de Blancheland l'église d'Escaleclif : c'est de cet Odon que la paroisse prit son [nom] moderne de Doville. [...] Il y a encore un Donville en Normandie : il y a trois ou quatre Doville » (Le Héricher, *Avranchin monumental et historique*, Avranches, 1845, t. I, p. 508). Un maillon paraît nous manquer entre Le Héricher et Proust.

5. Le Héricher analyse les métamorphoses du radical

celtique, *dour*, « eau » : « *Our*, et, sous cette forme, il entre dans plusieurs noms de la topographie normande : Urville (en patois Ourville), Ourville, Ouville, dite la Rivière » (*Philologie*..., p. 12). Cocheris fait dériver le nom d'Aiguemorte (Gironde) du mot latin *aqua*, « eau », mais il ne mentionne pas un changement possible en *eu* ou en *ou* (p. 22). C'est Le Héricher qui, après *our*, consacre encore plusieurs pages aux transformations du *dour* celte, et non du *aqua* latin, en *aur*, *or*, *oir*, *eur*, *ur*, *ail*, etc. (p. 11-16).

Page 417.

1. La liste des saints mentionnés par Brichot est fantaisiste. On en ignore la source. Saint Ursal doit vraisemblablement son nom à Ursus, trente-deuxième abbé de Jumièges au XIIe siècle. Saint Gofroi paraît une déformation du nom du bienheureux Geoffroy de Savigny : second abbé de Savigny, dans le diocèse de Coutances, en 1122, il mourut en 1139. Un saint Barsonor ou Barsanore aurait été abbé de La Croix-Saint-Leufroy, dans le diocèse d'Évreux, au VIIIe siècle (suivant les bollandistes, il n'a pas existé). Saint-Laurent-de-Brèvedent est une commune de la Seine-Maritime, canton de Saint-Romain. Beaubec est une ancienne abbaye de cisterciens près de Neufchâtel-en-Bray, dans le diocèse de Rouen, appelée Saint-Laurent-de-Beaubec en raison de son patron.

2. L'auteur qui se trompe paraît être Cocheris, qui écrit : « Le mot *tofta*, en anglo-saxon, est synonyme de "cour", de "masure", d'"habitation". [...] Le mot *tofta*, écrit et prononcé *tot* en Normandie, entre dans la composition des localités appelées », par exemple, Yvetot. « On peut, poursuit Cocheris, rattacher à ce mot la forme *tuit* », dont les exemples sont : Thuit, Braquetuit, Carquetuit (p. 87-88). Le Héricher, plus prudent, voyait dans *tuit* une forme de *tot*, « habitation » en vieil allemand ; il notait pourtant : « Toutefois ce *tuit* ressemble beaucoup à l'islandais *thwaite*, que M. Worsaae explique par "pièce de terre isolée" » (p. 39). Les quelques lignes que Longnon, dans ses *Origines et formation de la nationalité française*, consacre aux « traces noroises » dans les noms de lieux de la Normandie redressent la confusion et donnent exactement les traductions de Proust pour les formes noroises, et les mêmes exemples, à peu de chose près : *thveit*, « essart », « défrichement », dans Le Thuit,

Braquetuit, Regnetuit, etc. ; *loft*, « masure », « emplacement de maison », dans Le Tot, Criquetot, Yvetot, etc. (p. 52). Les mots, peu courants, « essart » et « masure » sont là.

3. Ceci renvoie à Le Héricher : « *Cliff*, "rocher en pente", se rattache par sa forme dure plutôt aux langues du Nord qu'à son congénère, le latin *clivus*, et d'ailleurs domine en Angleterre et en Normandie » (*Philologie…*, p. 36). À propos des origines scandinaves, Le Héricher complète : « *Tourp, torp*, l'islandais *thorp*, "village", resté en Normandie dans beaucoup de noms de lieu, comme Clitourps (*Klitor*), qu'on a aussi appelé *Torgis torp*, "le village de Turgis" » (p. 48).

4. Le « prêtre » romain est en fait le diacre saint Laurent, qui fut martyrisé en 258. Laurent O'Toole (1124-1180), saint Laurent, évêque de Dublin, patron de Dublin et d'Eu, fut longtemps vénéré en Normandie, où il mourut en cherchant à rencontrer Henri II Plantagenêt.

5. Selon Le Héricher, le saxon *gruna*, « marais », donne *craignes* ou *grenne*, comme dans Les Cresnays ou Grenneville (*Philologie…*, p. 38).

Page 418.

1. Jean-Baptiste Poquelin, dit Molière.

2. Purgon, le médecin d'Argan, dans *Le Malade imaginaire*, III, v, que Proust vient de pasticher : « Que vous tombiez dans la bradypepsie, […] De la bradypepsie dans la dyspepsie, […] De la dyspepsie dans l'apepsie, […] De l'apepsie dans la lienterie, […] De la lienterie dans la dysenterie, […] De la dysenterie dans l'hydropisie, […] Et de l'hydropisie dans la privation de la vie, où vous aura conduit votre folie. »

3. Francisque Sarcey (1827-1899), célèbre critique dramatique, tint une chronique hebdomadaire dans *Le Temps* de 1867 à sa mort, et que Proust a souvent raillé (*CSB*, p. 341 ; *Le Côté de Guermantes*, p. 828). Pour son bon sens et sa jovialité de représentant du public moyen, il avait été surnommé l'Oncle.

Page 421.

1. Fervaches : étymologie donnée par Le Héricher, à propos du latin *aqua* (*Philologie…*, p. 25).

2. Dans « Un amour de Swann », le nom du jeune pianiste des Verdurin n'était pas indiqué : on l'apprend seulement ici.

3. Phineas Taylor Barnum (1810-1891), charlatan américain, directeur de cirque, écrivit des Mémoires, *The Life of P. T. Barnum, Written by Himself* (1855). Une adaptation française fut publiée chez Hachette en 1899.

Page 424.

1. Cottard devrait être dans l'autre voiture (voir p. 423).

Page 425.

1. Sur Planté et Risler, voir *Du côté de chez Swann*, n. 3, p. 279. Ignace Paderewski (1860-1941), pianiste et compositeur polonais, interprète virtuose de Chopin, joua à Paris en 1888. Il négocia avec les Alliés la restauration d'une Pologne libre, dont il fut le président du conseil en 1919.

2. « Quel grand artiste périt avec moi ! » (Suétone, *Vies des douze Césars*, livre VI, 49). Le débat sur l'interprétation des dernières paroles de Néron, auquel Proust paraît faire allusion, repose sur la divergence des assertions de Tacite et de Suétone quant à l'authenticité de ses poésies. Tacite affirme que Néron n'avait fait que réunir des pièces de circonstance, composées par divers poètes de cour, tandis que Suétone prétend avoir eu entre les mains des brouillons couverts de ratures. Brichot fait allusion à l'indulgence de la « science allemande » pour le poète et l'empereur, qui inspire les articles « Nero » de la *Real-Encyclopädie* de Pauly (1848, t. V) et de sa réédition par Wissowa et Kroll (1918, Supplément, t. III).

3. *Missa solemnis*, opus 123 de Beethoven.

Page 430.

1. La formule est habituelle — « ô Chevrier », « ô Pasteur » —, dans les *Idylles et épigrammes* de Théocrite traduites par Leconte de Lisle.

2. Pampille est le nom de plume de Mme Léon Daudet, qui tenait la rubrique de la mode et de la cuisine dans *L'Action française*, dirigée par son mari. Elle réunit ses chroniques dans *Les Bons Plats de France*, Fayard, 1913 (voir *Le Côté de Guermantes*, p. 678). Mais la recette des demoiselles de Caen n'y figure pas. Élisabeth de Gramont, duchesse de Clermont-Tonnerre, que Proust cite plus loin (p. 568), écrit en revanche au chapitre « Août » de son *Almanach des bonnes choses de*

France (voir *Le Côté de Guermantes*, p. 679) : « La demoiselle de Caen, qui n'est qu'une langouste plus petite et plus fine, est très bonne grillée » (Georges Crès et Cie, 1920, p. 108).

Page 432.

1. Ronsard dédiait en 1554 ces vers à Pierre de Pascal, plus tard à Remi Belleau : « Or, quant à mon ancestre, il a tiré sa race / D'où le glacé Danube est voisin de la Thrace : / Plus bas que la Hongrie, en une froide part, / Est un Seigneur nommé le marquis de Ronsart » (*Élégies*, XVI, texte de 1584).

Page 434.

1. Sur le riche vocabulaire du professeur Cottard ayant trait aux cabinets d'aisance, voir p. 398 et 642-646.

2. Le paragraphe, ajouté sur les épreuves en 1922, paraît une allusion à un modèle réel, peut-être Eugène Fasquelle.

3. Pour décrire La Raspelière, Proust se souvient de la villa d'Arthur Baignères à Trouville, « Les Frémonts », avec ses trois vues dominant mer et arrière-pays. Mais il pense aussi à la maison de campagne de Mme Aubernon à Louveciennes, « Le Cœur volant », perchée sur une colline ; les invités, dont faisait souvent partie le baron Doasan, se retrouvaient dans le train de Saint-Lazare (rappelons que la villégiature des Verdurin fut d'abord située dans la région parisienne : Chatou, Montmorency, Ville-d'Avray ; voir la préface, p. 19 et 25, et le Document 1, p. 739). Quant à l'intérieur de La Raspelière, il rappelle le château de Réveillon que Madeleine Lemaire possédait près de Meaux et où les fleurs naturelles alternaient avec celles que peignait la maîtresse de maison. Sur l'origine du nom de La Raspelière, voir n. 1, p. 508.

Page 438.

1. Sur cette demande de Mme Cottard à Swann, voir *Du côté de chez Swann*, p. 511.

Page 439.

1. Sur ce chapitre, que le texte définitif ne développe pas, voir la préface, p. 14. En marge de ce passage, Robert Dreyfus a noté : « Terrible, quand on sait » (exemplaire conservé à la bibliothèque de l'École normale supérieure, cité par F. Leriche, p. 631).

Page 440.

1. Sur cette visite, voir *Le Côté de Guermantes*, p. 377-379.

Page 441.

1. Le jeu de mots sur « en être », ou « être de la confrérie », devient une rengaine dans la suite de *Sodome et Gomorrhe* : voir p. 471, 481, 516, 582, 602, 611, 621, etc.

Page 442.

1. Jean Fialin, duc de Persigny (1808-1872), bonapartiste dès 1834, député en 1849, soutint le coup d'État du 2 décembre 1851, avant de devenir ministre de l'Intérieur et ambassadeur à Londres.

Page 447.

1. Swann s'enthousiasmait de la « magnanimité » des Verdurin du temps de son amour pour Odette : « j'ai choisi d'aimer les seuls cœurs magnanimes et de ne plus vivre que dans la magnanimité », *Du côté de chez Swann*, p. 354. Le terme avait été mis à la mode par le philosophe Félix Ravaisson, lu par Proust lors de sa licence de philosophie à la Sorbonne en 1894-1895 (F. Leriche, p. 631-632).

Page 448.

1. Sur cette liaison, voir *Du côté de chez Swann*, p. 516, et *À l'ombre des jeunes filles en fleurs*, p. 178-179.

Page 449.

1. Quelles sont ces deux fables ? M. de Cambremer citera, de La Fontaine, « L'Homme et la Couleuvre », X, I (p. 461). Mais il fera aussi allusion au « Chameau et les Bâtons flottants », IV, X (p. 508-510). Quant à Florian, une parenthèse suggérera que la fable en question est « La Grenouille devant l'aréopage » (p. 461). Toutefois le manuscrit proposait ici une attribution différente : « Le Singe montrant la lanterne magique » pour Florian, et « Les Grenouilles devant l'aréopage » pour La Fontaine. « Le Singe qui montre la lanterne magique » est en effet de Florian (*Fables*, II, VII). Mais nulle fable, ni de La Fontaine ni de Florian, n'associe « la grenouille », ou « les grenouilles », et « l'aréopage ». Proust confondrait-il avec « Les Grenouilles qui demandent un roi »

(La Fontaine, *Fables*, III, IV) ? Il s'agirait alors d'une confusion ancienne et constante, puisqu'on trouve cette notation dès 1908 : « le singe montrant la lanterne magique, les grenouilles du Nil, l'aéropage *[sic]* » (Carnet 1, p. 111), et que, dans « Un amour de Swann », Odette se comparait déjà à la « grenouille devant l'aréopage » (p. 291 et n. 2).

2. François de Beauchâteau (né en 1645), et non Julien de Monchâteau, fut, comme Pic de la Mirandole, un enfant prodige. Proust se souvient peut-être d'un livre souvent réédité au cours du XIXᵉ siècle : Michel Masson, *Les Enfants célèbres, ou histoire des enfants de tous les siècles et de tous les pays qui se sont immortalisés par le malheur, la piété, le courage, le génie, le savoir et les talents*, 1837. Quelques pages seulement y séparent la vie des deux prodiges.

Page 452.

1. Le fondeur Ferdinand Barbedienne (1810-1892) fut l'un des spécialistes des reproductions réduites de statues antiques et modernes, destinées aux salons bourgeois.

Page 459.

1. *Essais de théodicée*, IIIᵉ partie, paragraphe 311.
2. Stuart Mill (1806-1873), philosophe anglais, auteur du *Système de logique déductive et inductive*, combattit la doctrine de l'intuition sous toutes ses formes ; empiriste convaincu, il affirmait la réalité du monde extérieur tel que nous le percevons. La thèse de Jules Lachelier (1832-1918), *Du fondement de l'induction* (1871), eut une influence considérable en France. La préoccupation centrale de sa pensée concernait les conditions de l'existence d'un monde qui se révèle à l'expérience, et la façon dont il devient objet de pensée. Par l'induction, il désignait le passage de la contingence des faits perçus à la nécessité des lois du monde extérieur. Proust l'oppose donc à juste raison à Mill.

Page 460.

1. Voici, jusqu'à la p. 471, la couche la plus ancienne des étymologies de *Sodome et Gomorrhe*, datant du début de la guerre. Elles proviennent toutes de Cocheris (voir n. 2, p. 413), qui, parmi les noms de lieux formés sur des noms

d'animaux, donne Chantepie, Chantereine et Renneville (p. 188-191).

Page 461.

1. « Le lieu dit *Pont-à-Couleuvre* désigne un terrain baigné par l'Oise entre Noyon et Salency. Aux basses eaux, on aperçoit encore les restes d'un pont que les antiquaires qualifient de romain, et que je me contenterai de qualifier d'ancien. Rien de plus naturel, au premier abord, de supposer qu'un nid de couleuvres a pu être découvert dans les interstices de ce pont, et que les habitants, en mémoire d'une trouvaille si peu agréable, aient surnommé ce pont le *pont à couleuvres* ; mais cette supposition tombe d'elle-même lorsqu'on retrouve dans un texte une forme plus ancienne, qui est *Pont-à-Quileuvre*. Que veut dire *quileuvre* ? C'est ce que je n'aurais probablement pas trouvé sans un texte latin où ce lieu est appelé *Pons cui aperit*, c'est-à-dire Pont à qui l'ouvre. *Pont-à-Couleuvre* est donc simplement un pont fermé qui s'ouvrait à ceux qui pouvaient l'ouvrir, c'est-à-dire un pont clos par des barrières, que l'on ouvrait au passant moyennant finance » (Cocheris, p. 127-128).

Page 463.

1. Il s'agit sans doute du premier président de la cour d'appel de Caen, que Proust appelle ailleurs Poncin.

2. Citation modifiée d'une lettre de Mme de Sévigné, datée du 1er octobre 1684 : « Elle a de très bonnes qualités, du moins je le crois ; mais dans ce commencement, je ne me trouve disposée à la louer que par les négatives : elle n'est point *ceci*, elle n'est point *cela* ; avec le temps je dirai peut-être, elle est *cela* [...] elle n'a point l'accent de Rennes. » Il s'agit de sa belle-fille, la femme de Charles de Sévigné.

3. Convaincu par M. de Norpois, le père du héros l'avait autorisé à entendre la Berma dans *Phèdre* et à se destiner à la carrière des lettres, dans *À l'ombre des jeunes filles en fleurs*, p. 52-53.

Page 464.

1. Sur ces fiançailles de Saint-Loup avec Mlle de Guermantes-Brassac, voir p. 673, ainsi qu'*Albertine disparue*, p. 26, et *Le Temps retrouvé*, p. 45.

Page 466.

1. Les pères conscrits étaient, à Rome, les membres du Sénat. Charles-Louis de Saulces de Freycinet (1828-1923), collaborateur de Gambetta après 1870, sénateur de 1876 à 1920, fut quatre fois président du conseil de 1879 à 1892, ministre d'État en 1915-1916, et membre de l'Académie française à partir de 1890. Le saule, en latin *salix*, se retrouve dans Saulce (Yonne) et Saulces-Champenoises (Ardennes) (Cocheris, p. 42). « Le frêne, en latin *fraxinus*, d'où *fraxinetum*, lieu planté de frênes » (p. 42), se retrouve dans Fraissinet (Lozère et Aveyron) (p. 43). Justin de Selves (1848-1934) fut préfet de la Seine de 1896 à 1911, sénateur du Tarn-et-Garonne en 1909, ministre des Affaires étrangères en 1911-1912, membre de l'académie des Beaux-Arts. « Le mot latin *sylva* ("forêt") a formé les noms de : Selve (Aisne) », etc. (Cocheris, p. 27).

2. Le « philosophe norvégien » a pour modèle un philosophe suédois, Algot Ruhe (1867-1944), traducteur de Bergson et auteur d'une vie du philosophe en anglais (Londres, Macmillan, 1914). Il avait publié un article sur Proust, « Un nouvel écrivain », *Var Tid*, Stockholm, numéro annuel de 1917. Il envoya en 1921 des nouvelles à Proust, qui les transmit à Jacques Rivière. Celui-ci répondit en novembre 1921 : « J'ai lu les nouvelles de M. Algot Ruhe. Elles sont loin d'être mauvaises. C'est dommage qu'elles soient écrites dans un français si incertain, pour ne pas dire si incorrect. On pourrait d'ailleurs peut-être en arranger le style. » Proust répliqua : « Bergson (qui m'avait mis en rapport avec lui et dont il est le traducteur, commentateur etc. exclusif) est tout indiqué pour mettre au point ces petits poèmes si vous vous les aimez. Si cela vous ennuie de déranger Bergson (qui sera sûrement heureux de se donner de la peine pour Ruhe mais qui est tellement absorbé dans Einstein qu'il en a renoncé à ses cours), je suis tout disposé à faire ce travail de mise au point. (J'espère que cet éminent Suédois ne se reconnaîtra en rien dans le philosophe norvégien de *Sodome et Gomorrhe II* mais j'en tremble) » (Marcel Proust-Jacques Rivière, *Correspondance*, éd. Ph. Kolb, Gallimard, 1976, p. 211-213).

Page 467.

1. Émile Boutroux (1845-1921), philosophe et professeur à la Sorbonne en 1885, eut Bergson pour élève.

Page 468.

1. Henry Houssaye (1848-1911), historien et critique, spécialiste de l'époque napoléonienne, fut élu à l'Académie française en 1894. « L'ancien haut allemand *Hüliz* (allemand moderne *Hülse*) qui s'est transformé en bas latin en *Hulsetum*, "lieu planté de houx" », a donné en particulier La Houssaye (Eure) et Houssaye (Oise, etc.) (Cocheris, p. 44). Wladimir d'Ormesson (1888-1973), diplomate et écrivain, était lui-même fils de diplomate. « L'orme. Cet arbre qui a été l'objet d'un culte tout particulier en France, se retrouve sous différentes formes. Le latin *ulmus* ("orme"), d'où *ulmetum* », a fourni en particulier Ulm (Allemagne) et Ormesson (Seine) (Cocheris, p. 41). L'orme est chanté par Virgile, notamment dans les *Géorgiques*, livre II. Antoine de La Boulave (1833-1905) fut ambassadeur en Russie de 1886 à 1891. « Le bouleau. Du latin *Betula*, les Gallo-Romains avaient fait le collectif *Betuletum*, la Boulaye » (Cocheris, p. 40). Charles-Marie Le Pelletier d'Aunay fut ambassadeur à Berne en 1907. Sur *Alnus* et Aunay (Nièvre), voir Cocheris, p. 38. Edmond Renouard de Bussières (1804-1888) fut ambassadeur à Naples. Sur *Buxus* et Bussières (Nièvre), voir Cocheris, p. 44. L'origine du nom Albaret ne figure pas dans l'ouvrage de Cocheris. Sur Céleste Albaret, voir p. 360 et n. 2. Armand-Pierre, comte de Cholet, avait été le lieutenant de Proust pendant son service militaire à Orléans. Cocheris voit « Le chou (*Caulis* d'où *Cauletum*), dans : Cholet (Maine-et-Loire) » (p. 52). Henri de Lapommeraye (1839-1891) fut critique, professeur d'histoire et de littérature au Conservatoire de musique et de déclamation en 1878, conférencier habituel de l'Odéon. « Le pommier, *pomerium*, d'où *pomeretum*, qui signifie "pommeraie" » a donné en particulier Pommeraye (Calvados, Vendée, etc.) (Cocheris, p. 45).

2. Porel (1843-1917), comédien, dirigea le théâtre de l'Odéon de 1884 à 1892, puis le théâtre du Vaudeville de 1893 à sa mort. Il fut le mari de Réjane de 1893 à 1905. Proust, qui se lia avec Jacques Porel, leur fils, au lendemain de la guerre, s'installa au-dessus de chez lui et de sa mère, en 1919, quand il dut quitter le boulevard Haussmann.

3. Étymologies données par Cocheris (p. 144). Saint-Frichoux est dans l'Hérault, et Saint-Fargeau dans l'Yonne.

Page 470.

1. On lit dans le manuscrit : « etarder ». « Pétarder » serait-il le mot de Ski ?

2. À propos de la racine sanscrite *av*, signe du mouvement, Cocheris écrit : « Il y a l'*Av*ario, aujourd'hui l'*Av*eyron, affluent du Tarn [...]. La forme *ewe* est conservée dans le mot évier où se jettent les eaux des cuisines, et dans l'adjectif *eveux*, qui signifie "humide". [...] La forme *ève* entre dans la composition de certains autres noms, tels que [...] Lod*ève* (Hérault) » (p. 8). D'après les lois de permutation, « on arrive à reconnaître sans crainte de se tromper, le mot *eve*, *ave*, *ive* », par exemple dans Saint-Pierre-des-*Ifs* (Eure) (p. 9). « En breton, *fier* signifie tantôt "rivière", tantôt "fleuve", aussi trouve-t-on en Bretagne » : Ster-laër, Ster-pouldu, Sterbouest, Ster-en-Druchen (p. 13).

3. La locution familière « les yeux bordés de jambon » désigne des yeux aux paupières rougies, enflammées.

Page 471.

1. *La Chercheuse d'esprit* : opéra-comique de Favart (1741). Une adaptation en fut donnée en 1888 au théâtre de l'Alcazar, et en 1900 à l'Opéra-Comique.

2. La réflexion rappelle Gabriel de Tarde (1843-1904), qui, appliquant Darwin à l'évolution sociale, faisait, dans *Les Lois de l'imitation* et dans *La Logique sociale* (1890 et 1895), de l'innovation et de l'imitation les deux principes gouvernant les sociétés humaines.

Page 473.

1. À la suite de Porel, Émile Marck et Émile Desbeaux dirigèrent l'Odéon de 1892 à 1896. Paul Ginisty et André Antoine leur succédèrent. Mais Antoine, qui introduisit Ibsen en France, démissionna avant la fin de l'année, et Ginisty, qui introduisit Tolstoï, demeura seul à la direction de l'Odéon jusqu'en 1906, où Antoine lui succéda jusqu'en 1914. Le roman de Tolstoï *Résurrection* (1899) fut adapté à la scène par Henry Bataille, et donné pour la première fois à l'Odéon en 1902. Cette adaptation fut reprise au théâtre de la Porte-Saint-Martin en 1905. Edmond Guiraud monta *Anna Karénine* au théâtre Antoine en 1907.

2. Il n'a pas encore été question d'un portrait de Favart. Le

peintre suisse Jean-Étienne Liotard fit en 1757 un portrait au pastel de Favart, que Proust vit peut-être chez Georges Pannier.

Page 474.

1. Jeanne Samary (1857-1890) excella dans les emplois de soubrette (voir *Du côté de chez Swann*, n. 2, p. 138). Elle créa la Suzanne du *Monde où l'on s'ennuie* de Pailleron. La Zerbine est un personnage de soubrette dans le répertoire comique, mais il n'y a pas de soubrette dans *La Chercheuse d'esprit* de Favart. Dans *Le Capitaine Fracasse* de Théophile Gautier, livre cher à Proust, Zerbine est le nom de la soubrette du marquis.

2. Le Tranche-Montagne et le Pédant sont des personnages du répertoire comique et du roman de Gautier, lequel fut adapté deux fois à la scène : sur un livret de Catulle Mendès, le compositeur Pessard tira du roman un opéra-comique, représenté au Théâtre lyrique en 1878 ; Émile Bergerat en fit une pièce, donnée à l'Odéon en 1896.

Page 475.

1. L'association de Balbec et Dalbec est de Proust, qui combine les analyses de Cocheris pour *hec* et *dal* (voir n. 1, p. 476, et n. 2, p. 476).

2. Louis II d'Harcourt fut évêque de Bayeux de 1460 à 1479. Comme il avait été archevêque de Narbonne auparavant, il fut honoré par le pape du titre de patriarche de Jérusalem. Les templiers possédaient plusieurs commanderies dans le diocèse de Bayeux. La baronnie de Douvre relevait en effet de lui, ainsi du reste que la baronnie de Cambremer. Douvre, dans le Calvados, canton de Caen, est sans rapport avec les rois d'Angleterre.

Page 476.

1. « Les Germains avaient, pour désigner un *ruisseau*, un *petit cours d'eau*, un mot dérivé du sanscrit *pay* ("se mouvoir", "couler"), que les Persans écrivent *Bak* et qui a pris en haut allemand et en allemand moderne la forme *bach*. Les Anglo-Saxons le prononçaient *beec, bekke*, les Hollandais, *beek, beeke*, les Suédois et les Danois *back*, et les Normands l'écrivent *bec* » (Cocheris, p. 14).

2. Comparer aux p. 413-414 où les mêmes noms étaient

analysés. Brichot contestait alors l'analyse du curé, qui faisait dériver Bricqueville, Bricquebosc, Bricquebec, Briand, de *briga*, « hauteur », « lieu fortifié » en celte. Brichot ne condamne plus cette analyse et ne tranche plus entre *briga*, « hauteur », ou *bricq*, « pont », pour l'origine de ces noms.

3. « Le mot *bach* est la forme germanique de *bec*, nous avons l'Offenbach [...] ; l'Osterbach [...] ; il se retrouve aussi dans beaucoup de noms de lieu de l'Est, sous la forme *pach* », et de donner Ranspach et Aspach comme premiers exemples (Cocheris, p. 15).

4. « En Flandres et surtout en Alsace, la vallée est représentée par les mots d'origine germanique *thal* et *dal*. » Exemple : Rosendal. « On en rencontre même en Normandie où se trouve le lieu-dit Darnetal » (Cocheris, p. 60-61).

5. « Le haut allemand *felise*, qui a produit *fels* en allemand moderne et *fâlije*, "carrière de pierres" en wallon, a produit : Falaise (Ardennes, Calvados) » (Cocheris, p. 57).

Page 477.

1. Elstir s'appelait Biche du temps d'« Un amour de Swann » (*Du côté de chez Swann*, p. 310, *À l'ombre des jeunes filles en fleurs*, p. 610). Ici, Proust écrivait Biche dans le manuscrit et la dactylographie corrigée ; il n'est donc peut-être pas responsable du passage à Tiche dans l'édition originale.

2. Sur les cheveux mauves des portraits d'Elstir, voir *Du côté de chez Swann*, p. 311.

3. Paul Helleu (1859-1927), portraitiste de la société de Paris et de Londres, se rattachait par son style au XVIIIe siècle. Degas le surnommait le « Watteau à vapeur ». C'est un des modèles d'Elstir, qui, comme lui, peint des fleurs et des marines. Montesquiou, qui présenta Helleu à Proust dans les années 1890, lui consacra une étude : *Paul Helleu, peintre et graveur*, Floury, 1913.

Page 482.

1. La souche des Guermantes dans la maison de Brabant, alliée aux Carolingiens, est suggérée dès *Du côté de chez Swann* (p. 264). Le titre de damoiseau avait été adopté par les seigneurs de Commercy, qui étaient les seuls à s'en servir. Montargis était encore le nom de Saint-Loup sur les épreuves de *Du côté de chez Swann* en 1913. Le titre de

prince d'Oléron prépare l'adoption de la nièce de Jupien, qui s'appellera Mlle d'Oloron (voir *La Prisonnière*, p. 299). Elle épousera Léonor de Cambremer, dont le prénom est une anagramme d'Oléron. Viareggio est une ville de Toscane ; le maréchal Oudinot était duc de Reggio. La bataille des Dunes fut remportée en 1658 par Turenne sur l'armée espagnole, aux alentours de Dunkerque.

Page 484.

1. Cette « lustrine verte », encore longuement analysée dans le manuscrit de *Sodome et Gomorrhe*, aurait constitué une réminiscence de plus préparant *Le Temps retrouvé*. Elle était annoncée dès 1908 : « Peut-être dans les maisons d'autrefois un morceau de percale vert bouchant un carreau au soleil pour que j'aie eu cette impression » (Carnet 1, p. 63). Il ne reste plus que des allusions dans le texte définitif, ici et p. 490.

Page 486.

1. Sur les adjectifs de Mme de Cambremer, voir p. 665.

Page 487.

1. Proust tient son information d'un article de Ferdinand Bac, « Notes et souvenirs sur Guillaume II », paru dans *La Revue de Paris* en pleine guerre, le 1er avril 1916. Ferdinand Bac rapporte le récit de deux ducs français que le Kaiser avait reçus à bord de son yacht, pendant la semaine sportive des régates de Kiel, en 1907 : « Vous ne m'avez pas encore demandé, *Monseigneur* — il dit *Monseigneur* à tous les *ducs* français —, comment je considère la question de l'Alsace-Lorraine. »

Page 488.

1. La famille allemande des Hohenzollern est mentionnée à partir du XIe siècle. La ligne de Franconie donna les rois de Prusse à partir du XVIIIe siècle, et les empereurs allemands à partir de 1871. « Cette famille, venue de Souabe, n'est pas plus ancienne que la mienne », disait Bismarck.

2. Le Hanovre devint un royaume après le traité de Vienne. En 1866, lors du conflit austro-prussien, il fut envahi par la Prusse, et annexé à la suite de la défaite de Sadowa.

Il garda longtemps un esprit séparatiste. Georges V, qui en était le roi depuis 1851, fut dépossédé de ses États sous le règne de Guillaume Ier et le gouvernement de Bismarck, et mourut en 1878. La spoliation n'a donc pas été le fait de Guillaume II. En revanche, ce dernier a détourné la fortune mobilière des Hanovre, qui leur avait été restituée en principe, par une convention de 1867 (affaire du Guelph Fond, 1897). Le cousinage entre les Guermantes et les Hanovre est difficilement explicable.

3. « On peut douter chez vous de mon sincère désir de m'entendre avec la France. On a tort. *C'est un désir confiant et formel.* » Et : « On dit chez vous que je suis théâtral, et que je change d'uniforme dix fois par jour à propos de tout ou à propos de rien. Mais c'est une critique de démocrates qui ne comprennent rien aux obligations d'un chef d'État dans une monarchie » (Ferdinand Bac).

4. Hugo von Tschudi (1851-1911), historien d'art allemand, dirigea la Nationalgalerie de Berlin de 1896 à 1907. Partisan de l'impressionnisme, il publia un livre sur Manet en 1902. Mais Guillaume II n'appréciait pas cette peinture. Tschudi réunit des fonds privés afin d'acheter des toiles de Manet, Renoir et Degas, et dut abandonner son poste peu après.

5. Toujours à propos de l'Alsace-Lorraine, l'empereur se serait exprimé ainsi, selon Ferdinand Bac : « *Moi, personnellement, je n'aurais jamais annexé* ; j'aurais demandé une autre sorte d'indemnité. Aujourd'hui nous serions amis. *Mais ce n'est pas un coup de chapeau que je veux, c'est une poignée de main.* (Cette phrase, il l'a répétée plusieurs années à presque tous les Français qu'il a rencontrés.) »

6. Le prince Philipp von Eulenburg (1847-1921), confident de Guillaume II, ambassadeur à Vienne de 1894 à 1902, fut accusé d'homosexualité en 1906 ; plusieurs procès suivirent en 1907 et 1908. L'affaire Eulenbourg joua un rôle important dans la genèse d'*À la recherche du temps perdu* en 1908 : voir la préface, p. 17. Cette allusion aux années 1907-1908 est incohérente par rapport à la chronologie du roman, qui voudrait que le second séjour à Balbec ait lieu vers 1900, peu après l'affaire Dreyfus, aux retombées de laquelle les allusions sont fréquentes.

Page 489.

1. L'*Almanach de Gotha* — annuaire diplomatique et généalogique publié à Gotha à partir de 1763 — range, après la première partie consacrée à la « Généalogie des maisons souveraines d'Europe », en deuxième partie la « Généalogie des seigneurs médiatisés d'Allemagne ». *Durchlaucht* (« Altesse sérénissime ») est une qualification concédée aux chefs de ces familles princières par décision de la Diète germanique du 13 août 1825 : les familles médiatisées, auparavant co-États du Saint-Empire romain, se sont ainsi vu reconnaître un rang et un titre conformes à leur droit d'égalité de naissance avec les maisons souveraines. Les princes ont reçu la qualification de *Durchlaucht*, et les comtes princiers celle d'*Erlaucht* (« Comte illustrissime »). Certaines de ces familles ne sont pas spécifiquement allemandes : les Croÿ, comme les Guermantes, sont à la fois ducs en France et princes médiatisés en Allemagne, et à ce dernier titre, se trouvent dans la deuxième, et non dans la troisième partie du *Gotha*, laquelle contient les maisons ducales et princières qui n'ont pas exercé de souveraineté immédiate. Sur les princes médiatisés, voir *Le Côté de Guermantes*, n. 1, p. 359.

2. À l'exception de quelques souverains régnants (ducs de Lorraine, de Savoie), l'altesse n'était pas reconnue en France aux princes étrangers, notamment à ceux de la maison de Lorraine-Guise, sauf au chef de leur maison (Saint-Simon, *Mémoires*, « Bibliothèque de la Pléiade », t. I, p. 517-518). Dans tout le passage, le modèle des prétentions des Guermantes est la maison de Lorraine.

3. Saint-Simon dénonce cet abus chez le cardinal de Bouillon et le prince de Monaco, mais au cours de leur ambassade à Rome, et non à la cour de France (*ibid.*, t. I, p. 597). Pour les cadets de Lorraine, établis à la cour, il s'agissait seulement de prétentions (*ibid.*, t. I, p. 517-518).

4. Nette allusion à une relation de Saint-Simon, en 1698, concernant les prétentions du duc de Lorraine, qui, comme duc de Bar, devait l'hommage à la couronne de France : « Sa justice principale à Bar s'avisa, dans l'ivresse de ces grandeurs nouvellement imaginées, de nommer le Roi dans quelques sentences *le roi très chrétien*. L'avocat général d'Aguesseau représenta au Parlement la nécessité de réprimer cette audace, ce furent ses propres termes, et d'apprendre

aux Barrois que leur plus grand honneur consistait en leur mouvance de la couronne. Sur quoi, arrêt du Parlement qui enjoint à ce tribunal de Bar diverses choses, entre autres choses de ne jamais nommer le Roi que *le Roi* seulement, et ce à peine de suspension, interdiction, et même privation d'offices : à quoi il fallut obéir. M. de Lorraine en fit excuse et cassa celui qui l'avait fait » (*ibid.*, t. I, p. 567). L'appellation « le roi très chrétien » servait à désigner le roi dans les textes diplomatiques internationaux. Les « grandeurs nouvellement imaginées » par le duc de Lorraine consistent justement à se faire donner de l'altesse royale par ses sujets.

5. Allusion probable à Élisabeth, demoiselle de Commercy, fille du prince de Lillebonne, de la maison de Lorraine, qui épousa en 1691 Louis Ier de Melun, prince d'Épinoy. La princesse d'Épinoy est un personnage important des *Mémoires* de Saint-Simon. Retz était damoiseau de Commercy par héritage maternel. Il avait vendu cette seigneurie à la princesse de Lillebonne en 1665, qui la fit ériger en principauté par le duc de Lorraine contre cession des droits de souveraineté.

Page 490.

1. Mme Verdurin fait allusion à un célèbre mot attribué au chevalier de Panat, après la Restauration, sur les anciens émigrés qui n'avaient « rien oublié ni rien appris ».

2. Le héros s'était promis de demander à Mme Verdurin si Vinteuil avait laissé d'autres œuvres que sa sonate, comme on l'apprendra au chapitre IV, p. 698-699. Voir aussi « Bibliothèque de la Pléiade », t. III, p. 368, var. *a* [p. 1555], où il se rappelle après le dîner ce qu'il voulait demander à Mme Verdurin.

Page 493.

1. Le duché d'Aumale était dans la maison de Lorraine-Guise et passa par héritage dans celle de Savoie-Nemours. Louis XIV l'acheta pour son fils légitimé, le duc du Maine. Il n'est donc pas à proprement parler entré dans la maison de France, même si le titre en échut à Louis-Philippe d'Orléans, en 1822, du chef de sa mère, fille du duc de Penthièvre, qui était l'héritier des fils légitimés de Louis XIV. Louis-Philippe titra duc d'Aumale son quatrième fils, Henri.

Page 494.

1. Charlus ne précise pas en quelle qualité ; en principe, les ducs avaient la préséance sur les princes étrangers non souverains, c'est-à-dire essentiellement les cadets de Lorraine, mais ceux-ci remettaient constamment cette matière en question. À l'enterrement de Monsieur, duc d'Orléans, les carrosses étaient réglés à l'avantage des duchesses sur les princesses lorraines, mais, pour la première fois, et pour éviter les querelles, le roi ordonna que seules les princesses du sang donneraient l'eau bénite (Saint-Simon, *Mémoires*, « Bibliothèque de la Pléiade », t. II, p. 21-22).

2. La maison de Croÿ descend des anciens rois de Hongrie. Signalée dès le règne de Philippe-Auguste, elle contracta de nombreuses alliances avec plusieurs maisons royales. Les prétentions princières de la famille sont condamnées par Saint-Simon (*ibid.*, t. IV, p. 689-691).

3. Saint-Simon relate plusieurs épisodes de querelles entre duchesses et princesses étrangères, notamment entre la duchesse de Saint-Simon et Mme d'Armagnac (maison de Lorraine) ; et entre la duchesse de Rohan et la princesse d'Harcourt (maison de Lorraine), à laquelle Louis XIV enjoignit de demander pardon à la première, Mme de Maintenon ayant toutefois obtenu que ce ne fût pas chez la duchesse (*ibid.*, t. I, p. 581-588).

4. Louis (1682-1712), dauphin de France, petit-fils de Louis XIV, père de Louis XV.

5. La baguette portée par l'huissier est signe de ses fonctions.

6. Voir n. 1, p. 482. Le cri des ducs de Brabant était « Brabant au noble duc ! », ou « Limbourg à qui l'a conquis ! » comme l'indique le duc de Guermantes (voir *Le Côté de Guermantes*, p. 791), qui évoque aussi la parenté des Guermantes et des ducs de Brabant.

7. Louise-Chrétienne de Savoie-Carignan, femme du prince de Bade, est évoquée par Saint-Simon (*Mémoires*, « Bibliothèque de la Pléiade », t. I, p. 580). Mais Proust paraît songer aux prétentions de la duchesse de Hanovre-Brunswick, qui contraignit le carrosse de Mme de Bouillon à se ranger pour laisser passer le sien (*ibid.*, I, p. 49). Les Bouillon se vengèrent en battant les gens de Mme de Hanovre, et le roi refusa de se mêler de la querelle.

8. L'épisode relaté par Charlus constitue une transposition d'un « célèbre mot d'Henri IV », rapporté par Saint-Simon, concernant la préséance des princes du sang sur les princes étrangers (*ibid.*, t. I, p. 666). Le passage est cité par Proust dans une lettre d'octobre 1910 à Charles d'Alton : « D'autre part *La Revue de Paris* a publié dans les derniers numéros des *Mémoires* du marquis de Saint-Maurice, envoyé de Savoie à la cour de Louis XIV, le petit-fils je pense de ce duc de Savoie qui hésitait avec Condé dans une porte quand Henri IV cria à Condé : "Entrez mon neveu, M. de Savoie sait trop ce qu'il vous doit." Fort Aimery comme vous voyez » (*Corr.*, t. X, p. 188). Aimery est le comte de La Rochefoucauld, un modèle du duc de Guermantes (voir n. 2, p. 154).

Page 495.

1. La configuration de parenté est plausible. Le prince de Hanovre (1660-1727), monté sur le trône de Hanovre en 1698, fut appelé au trône anglais en 1714, et devint roi d'Angleterre sous le nom de George Ier, chef de la dynastie encore régnante. Il était le cousin de Wilhelmine de Brunswick, épouse de l'empereur Joseph Ier, roi de Hongrie dès avant la mort de son père Léopold Ier, et dont la tante, Éléonore d'Autriche, avait été la femme du roi de Pologne Michel Wisniowiecki, avant de devenir duchesse de Lorraine en épousant Charles IV. Par ailleurs, la mère de George Ier de Hanovre et d'Angleterre était princesse palatine.

2. Citation d'Horace, *Odes*, livre I, I : « Mécène, issu d'ancêtres royaux ».

Page 496.

1. Il s'agit de la *Première sonate* pour violon et piano, opus 13 (1875), de Fauré, chef-d'œuvre de la nouvelle musique de chambre française, en effet antérieure de plus de dix ans à celle de Franck (1886), à laquelle elle est souvent comparée, cette dernière ayant été l'un des modèles de la sonate de Vinteuil (voir *Du côté de chez Swann*, n. 1, p. 308). Le quatrième mouvement, allegro finale, commence par l'exposition d'un thème ample et chaleureux, dans le style lyrique de Schumann : la comparaison est courante.

2. Proust écrivait à Gide en juin 1914 : « je suis convaincu que c'est à son homosexualité que M. de Charlus doit de comprendre tant de choses qui sont fermées à son frère le duc de Guermantes, d'être tellement plus fin, plus sensible » (*Corr.*, t. XIII, p. 246).

Page 497.

1. *Fêtes* est le second des trois *Nocturnes* pour orchestre de Debussy (1899). L'exécution au violon d'une œuvre à l'orchestration si complexe paraît invraisemblable.
2. *Robert le Diable* : drame musical de Meyerbeer sur un livret de Scribe (1831). Une scène analogue avait lieu dans le roman d'Henri de Saussine, *Le Prisme* (1895).
3. L'auteur du « morceau maudit » est vraisemblablement Domenico Scarlatti (1685-1757), connu pour la liberté et la virtuosité de ses pièces pour le clavecin.

Page 498.

1. La passion de Proust pour les derniers quatuors de Beethoven, spécialité du quatuor Capet, est connue (voir *À l'ombre des jeunes filles en fleurs*, p. 174 et 464). « Et ce que je connais de plus beau en musique, l'enivrant finale du *Quinzième Quatuor* de Beethoven est le délire d'un convalescent qui mourut, d'ailleurs, peu après », écrivait-il à Montesquiou au printemps de 1918 (*Corr. g^{ale}*, t. I, p. 245).

Page 499.

1. Rose-Croix : mouvement intellectuel et esthétique qui réunit des écrivains et des artistes à la fin du XIXe siècle, en particulier Péladan.

Page 500.

1. « Leur » serait plus cohérent : voir p. 396.

Page 501.

1. Proust pourrait faire référence à ce passage sur le christianisme de Charlus, ajouté sur épreuves, dans une lettre à Gallimard du 18 janvier 1922 (*Corr.*, t. XXI, p. 38). D'autres additions tardives sur la piété du baron figurent p. 605-606 et 648.

Page 502.

1. Les enfants de Cottard n'ont pas encore été mentionnés, et n'ont pas leur place au dîner chez Mme Verdurin : ils subsistent d'une rédaction antérieure.

2. Célestine Galli-Marié (1840-1905), chanteuse qui débuta à l'Opéra-Comique en 1862, connut un grand succès jusqu'en 1885. Elle créa *Mignon* d'Ambroise Thomas en 1866, et le rôle titre de *Carmen* en 1875, à l'Opéra-Comique.

3. Speranza Engally débuta à l'Opéra-Comique en 1878 dans le rôle d'Éros de *Psyché*, d'Ambroise Thomas. Cottard joue sur les noms des deux artistes.

Page 503.

1. Charles Bouchard (1837-1915) était membre de l'Académie de médecine, comme le père de Proust, chez qui fréquentaient les deux autres médecins évoqués quelques lignes plus loin : Gabriel Bouffe de Saint-Blaise et Maurice Courtois-Suffit. Le docteur Bouffe de Saint-Blaise céda son fauteuil à Proust lors d'une soirée chez le docteur Robert Proust, le 28 janvier 1922 (*Corr.*, t. XXI, p. 50).

2. L'expression familière « C'est là que les Athéniens s'atteignirent ! » désigne un moment dramatique : « C'est alors que rien n'alla plus ! »

Page 505.

1. Le trional, découvert en 1890, fut le somnifère habituel de Proust jusqu'en 1910. Il en prenait dès l'âge du service militaire (*Corr.*, t. XVII, p. 50).

Page 506.

1. Le 8 décembre 1921, après avoir dîné à minuit au Ritz, Proust, suivant une lettre à Walter Berry, but « une bouteille entière de Porto du Ritz en rentrant », du « "345" (c'est le numéro de ce vin) » (*Corr.*, t. XX, p. 570).

Page 508.

1. Proust s'inspire ici de la monographie du chanoine Marquis, curé d'Illiers ; voir n. 1, p. 315. Les Arrachepel ont donné leur nom à la propriété de La Rachepelière, ou de La Raspelière, près d'Illiers.

2. Ces descriptions sont fantaisistes, surtout la deuxième.

Proust s'inspire du *Nouvel Armorial du bibliophile* de Joannis Guigard (1890, 2 vol.), dont il s'est beaucoup servi pour les devises des livres de Charlus (voir p. 605).

Page 509.

1. Selon le chanoine Marquis : « Eudes, qui vivait fin du XIe siècle et commencement du XIIe siècle, comme nous l'apprend une charte de Saint-Père, était connu pour son audacieuse bravoure. Il a donné son nom à son château, et ce nom signifie : "Qui arrache les pieux" » (p. 466).
2. Sur les fables de M. de Cambremer, voir n. 1, p. 449.
3. Molière emploie le mot dans *Sganarelle ou le Cocu imaginaire*, et aussi dans *L'École des femmes*, V, IX, v. 1762 : « Si n'être point cocu vous semble un si grand bien […]. »

Page 514.

1. Proust écrit « Uxelles ». Il s'agit de Nicolas (1652-1730), marquis d'Huxelles, maréchal de France, « glorieux, selon Saint-Simon, jusqu'avec ses généraux et ses camarades et ce qu'il y avait de plus distingué, pour qui, par un air de paresse, il ne se levait pas de son siège » (*Mémoires*, « Bibliothèque de la Pléiade », t. II, p. 303-304). Sur les « autres côtés » de la personnalité du maréchal qui intéressaient Charlus, voir *La Prisonnière*, p. 292.
2. Ces quelques répliques, ajoutées sur épreuves en 1922, s'inspirent d'une anecdote favorite de Montesquiou, rapportant un mot de Lady Sassoon, seconde fille de Gustave Rothschild : « Vous n'auriez pas un vieux gentilhomme à me recommander, pour une place de concierge ? » (« Les Cahiers secrets de Robert de Montesquiou », *Mercure de France*, 15 avril 1929).

Page 517.

1. Proust avait écrit « infesté de rastaquouères » dans le manuscrit. La dactylographie a laissé un blanc, que Proust a rempli avec « moustiques ».

Page 518.

1. L'imminence de la mort de Bergotte était annoncée dès *Le Côté de Guermantes*, p. 454.
2. Mme Verdurin parle de Swann à l'imparfait, comme s'il

était déjà mort ; voir également les p. 571, 605, 619-620 qui donnent la même impression. Sa mort, mentionnée incidemment p. 391, sera commentée après coup dans *La Prisonnière*, p. 187.

Page 520.

1. Est-ce une allusion à la future liaison de Saint-Loup et Morel, que le narrateur apprendra dans *Albertine disparue* ?

Page 522.

1. Voir n. 1, p. 389.

Page 523.

1. David : nom du roi de pique.

Page 525.

1. Allusion à une tradition médiévale concernant Virgile, lequel a aussi été connu comme magicien, notamment dans la région de Naples, où il avait été enterré. On lui attribuait la création de bains miraculeux à Pouzzoles, mais sa réussite auprès des malades suscita la jalousie des médecins de Salerne. Ceux-ci se rendirent à Pouzzoles et saccagèrent l'installation thermale. Au retour de leur expédition vengeresse, ils périrent en mer au cours d'une tempête. L'anecdote relatée par Proust, qui figure dans la *Cronica di Partenope*, composée à Naples dans la seconde moitié du XIVe siècle, est donnée en appendice du livre de Domenico Comparetti, *Virgilio nel medio evo*, Livourne, 1872. L'ouvrage a été traduit en anglais en 1895, mais pas en français.

Page 527.

1. S'agit-il de Brichot, qui sera amoureux de Mme de Cambremer (voir p. 670) ?

Chapitre III

Page 530.

1. Le passage sur le sommeil et les rêves (p. 530-537) — moins la description de l'attelage du sommeil (p. 530-533), qui fut ajoutée sur épreuves en 1922 —, est l'écho, selon

Edmond Jaloux, qui y aurait assisté, d'une conversation entre Proust et Bergson, sur l'insomnie et les narcotiques (Edmond Jaloux, *Avec Marcel Proust*, Paris-Genève, La Palatine, 1953, p. 18-19). Cette conversation eut sans doute lieu en septembre 1920, lors de la réunion du jury du prix Blumenthal, qui fut attribué à Jacques Rivière (Painter, *Marcel Proust*, t. II, p. 404). Mais Proust paraît aussi répondre à une conférence de 1901 de Bergson, « Le Rêve », recueillie dans *L'Énergie spirituelle* en 1919. Selon Bergson, qui mentionne Freud parmi l'abondante littérature sur le rêve du XIXe siècle, les éléments constitutifs du rêve sont des sensations réelles auxquelles le souvenir inconscient imprime une forme. Des réflexions voisines sur le sommeil profond se sont aussi ajoutées tardivement ailleurs dans *À la recherche du temps perdu*, ainsi à Doncières (voir *Le Côté de Guermantes*, p. 144-154) ou dans *La Prisonnière* (p. 112-117). Dans *Sodome et Gomorrhe*, le thème du sommeil apparaissait déjà dans « Les intermittences du cœur » (p. 246-277). Notons que Rivière, à qui on demandait si Proust avait connu Freud, répondait en 1923 : « De nom seulement ; je crois pouvoir affirmer qu'il n'avait jamais lu une ligne de ses ouvrages » (*Quelques progrès dans l'étude du cœur humain*, Gallimard, « Cahiers Marcel Proust », 1985, p. 192).

2. Proust s'oppose à Bergson, qui rattachait les éléments du rêve à des sensations visuelles, auditives, tactiles, par exemple aux bruits de la chambre. C'est, disait-il, « avec de la sensation réelle que nous fabriquons du rêve » (*Œuvres*, PUF, 1959, p. 884).

Page 531.

1. « En quelques secondes, écrivait Bergson, le rêve peut nous présenter une série d'événements qui occuperait des journées entières pendant la veille » (*Œuvres*, p. 894).

2. La description du char du sommeil, ajoutée sur épreuves en 1922, était ébauchée dans le Cahier 59. Proust avait noté en marge : « Penser à mettre cette dictée dans mon testament. » La notation confirme l'importance que revêtait alors à ses yeux le thème du sommeil et du rêve, lié à l'anticipation de la mort. On peut associer ces réflexions à l'empoisonnement dont Proust, s'étant trompé dans les doses de ses médicaments, fut victime à l'automne de 1921, et qui faillit lui coûter la vie.

Page 534.

1. Le véronal est un barbiturique, introduit en Allemagne en 1903, que Proust prit à partir de 1910 (*Corr.*, t. X, p. 51, lettre à Montesquiou de février 1910), et dont il abusa après avoir renoncé au Trional ; il se plaignait dès 1915 qu'il lui faisait perdre la mémoire (*Corr.*, t. XIV, p. 78, lettre à Lucien Daudet de mars 1915).

2. Sur le philosophe norvégien, voir n. 2, p. 466.

3. Voir n. 1, p. 467. Boutroux était lui aussi membre du jury du prix Blumenthal, lors de la réunion de septembre 1920 où Proust et Bergson auraient échangé des idées sur le sommeil (voir n. 1, p. 530).

Page 535.

1. Citation des *Fleurs du Mal*, XXXIX : « Ta mémoire, pareille aux fables incertaines,/Fatigue le lecteur ainsi qu'un tympanon. »

2. Bergson évoquait Plotin dans la conférence sur « Le Rêve » (*Œuvres*, p. 887).

Page 536.

1. C'était en effet la position de Bergson : « Oui, je crois que notre vie passée est là, conservée jusque dans ses moindres détails, et que nous n'oublions rien, et que tout ce que nous avons perçu, pensé, voulu depuis le premier éveil de notre conscience, persiste indéfiniment » (*ibid.*, p. 886). Le rêve est ainsi conçu comme la résurrection du passé, d'un passé aboli.

2. Pour Bergson, dans une autre conférence recueillie dans *L'Énergie spirituelle*, « L'Âme et le Corps », l'hypothèse de l'immortalité de l'âme résulte de l'observation que nous possédons aussi les souvenirs que nous ne nous rappelons pas, ce qui suppose que la vie mentale ait une extension plus grande que la vie cérébrale et pose la question de la survie de la vie mentale à la vie cérébrale (*Œuvres*, p. 859). L'essai de Maeterlinck, « L'Immortalité », recueilli dans *L'Intelligence des fleurs*, passait de manière analogue à l'idée d'immortalité depuis celle d'intermittence du moi (voir n. 1, p. 248).

Page 538.

1. Après l'addition de la dactylographie sur le sommeil (p. 529-538), l'édition originale a omis un passage, non biffé par Proust, faisant référence à cette toque (le héros a aperçu la toque et le voile de la princesse de Luxembourg, et il s'est renseigné sur eux auprès de Charlus, qui lui a appris qu'ils venaient de chez les sœurs Callot) : voir « Bibliothèque de la Pléiade », t. III, p. 368, var. *a* [p. 1555-1556]. Georges Gabory avait été chargé chez Gallimard de corriger les épreuves, et notamment de signaler à Proust les doublons, mais Proust fut mécontent de son travail, *Corr.*, t. XXI, p. 48 et 310.

2. Citation d'*Esther*, I, 2, v. 125. Élise s'adresse au chœur, mais Proust attribue le vers à Josabet dans *Athalie*. Il s'agit de la quatrième et dernière apparition du thème racinien dans *Sodome et Gomorrhe* (voir n. 1, p. 132).

3. Citation d'*Esther*, I, 1, v. 112. Esther s'adresse au chœur, mais Proust attribue de nouveau le vers à Josabet dans *Athalie*.

Page 540.

1. Dans l'*Odyssée* (XIX, v. 474), la vieille nourrice est la première à reconnaître Ulysse, lors de son retour à Ithaque sous un déguisement, grâce à la cicatrice d'une blessure ancienne, qu'elle aperçoit en lui lavant les pieds.

Page 541.

1. Allusion à la restauration par Viollet-le-Duc et Lassus de Notre-Dame de Paris, dont les sculptures, en particulier, avaient été décapitées pendant la Révolution. Commencés en 1844, les travaux ne furent achevés qu'en 1864. Sur la méfiance de Proust pour les restaurations, voir p. 570-573 et *Du côté de chez Swann*, n. 1, p. 251.

2. Allusion probable à la nouvelle d'Edgar Poe, *La Lettre volée*. Proust l'évoquait dans une lettre de mai 1911 à Mme Straus, à propos d'un dessin de Monnier qui avait disparu : « J'espère surtout que c'est comme dans *La Lettre volée*, qu'il nous crève les yeux et que je vais l'apercevoir » (*Corr.*, t. X, p. 292).

Page 542.

1. Voir *À l'ombre des jeunes filles en fleurs*, p. 484.
2. Voir *Le Côté de Guermantes*, p. 253.

Page 543.

1. Marcel Plantevignes notait la similitude de ton de la lettre de Charlus à Aimé, et d'une lettre qu'il avait reçue de Proust en août 1908, peu après leur rencontre à Cabourg : « Monsieur, tandis que vous me prodiguiez avec une ténacité et une insistance qui m'inquiétaient parfois, parce que je me demandais si un jour elles ne friseraient pas la bassesse, des marques du plus sincère attachement, j'étais bien loin de me figurer que vous vous apprêtiez lâchement à me poignarder dans le dos. Ayant toujours fort peu apprécié ces mœurs de la Renaissance, je viens aussitôt vous en dire mon mépris et que je ne vous reverrai jamais. Vous avez maladroitement gâché une amitié qui aurait pu être fort belle. Et je n'éprouve pas de regrets à ne pas même vous dire adieu » (*Corr.*, t. VIII, p. 208 ; Marcel Plantevignes, *Avec Marcel Proust*, Nizet, 1966, p. 98). Le destinataire rapporte qu'il ne comprit rien à cette lettre, mais qu'elle faillit provoquer un duel entre Proust et son père, selon un scénario qui n'est pas non plus sans rappeler le duel fictif envisagé ici par Charlus pour sauver l'honneur de Morel (p. 635-646 ; voir n. 1, p. 635).

Page 548.

1. La description de la traversée de la forêt de Chantepie reproduit celle de la traversée des bois de Chantereine et de Canteloup, lors du premier séjour à Balbec : voir *À l'ombre des jeunes filles en fleurs*, p. 422-423.
2. Les Océanides, filles de l'Océan et de Théthys, forment, dans *Prométhée enchaîné* d'Eschyle, un chœur qui compatit aux souffrances du héros.

Page 550.

1. Sur la transformation qu'apporte l'automobile au sens de l'espace, Proust avait publié, à la suite de ses excursions en Normandie avec Agostinelli pendant l'été de 1907, un article, « Impressions de route en automobile », dans *Le Figaro* en novembre 1907, repris dans *Pastiches et mélanges*

sous le titre « Journées en automobile » (*CSB*, p. 63-69). On y trouve l'ébauche du texte sur les trois clochers de Martinville, qui figure dans « Combray » (*CSB*, p. 64-65 ; *Du côté de chez Swann*, p. 269-271). Cet article est aussi à l'origine des pages sur l'automobile dans *Sodome et Gomorrhe*. Le thème sera développé p. 560-562. Les réflexions de Proust sur la manière dont l'espace et le temps sont vaincus par la vitesse sont voisines des pages de Maeterlinck, publiées sous le titre « En automobile » et recueillies dans *Le Double Jardin* (Fasquelle, 1904). Proust les pastiche dans *La Prisonnière*, p. 396-397. Sur la lutte de l'espace et de la vitesse, Maeterlinck notait : « [Les arbres] murmurent à mes oreilles les psaumes volubiles de l'Espace qui admire et acclame son antique ennemie, toujours vaincue jusqu'à ce jour mais enfin triomphante : la Vitesse » (*Le Double Jardin*, p. 62).

Page 551.

1. L'automobile paraît annoncer la révélation qui aura lieu à la fin d'*Albertine disparue* : les côtés de Guermantes et de Méséglise peuvent se rejoindre.

2. Proust écrivait dans « Impressions de route en automobile » : « Du plus loin qu'elles nous apercevaient, sur la route où elles se tenaient courbées, de vieilles maisons bancales couraient prestement au-devant de nous en nous tendant quelques roses fraîches ou nous montraient avec fierté la jeune rose trémière qu'elles avaient élevée et qui déjà les dépassait de la taille » (*CSB*, p. 63). Maeterlinck, lui, disait : « On croirait qu'ils [les arbres] accourent, rapprochent leurs têtes vertes, se massent, se concentrent devant le phénomène qui surgit, pour lui barrer la voie » (*Le Double Jardin*, p. 61).

Page 554.

1. Allusion à la villa que l'empereur Hadrien se fit construire près de Tivoli, et dont les monuments rappelaient les sites qui l'avaient frappé dans ses voyages.

Page 555.

1. Il faut lire « lundi » : voir p. 551 et 556.

Page 557.

1. Dans ce passage, la description de La Raspelière, proche de celle qu'en faisait plus haut la vieille Mme de Cambremer (p. 319-320), vient de *Jean Santeuil*.

Page 559.

1. Le *wattman*, par un faux anglicisme, est le conducteur d'un véhicule automobile.

Page 560.

1. Sans doute Beaumont-en-Auge, près de Pont-l'Évêque, et de la villa de Mme Straus à Trouville : voir une lettre d'août 1917 à Mme Straus, *Corr.*, t. XVI, p. 205.

Page 561.

1. « D'une famille quelconque » : nous corrigeons un bourdon de l'édition originale (« d'une grande famille »).

Page 562.

1. Ce « il » semble désigner l'automobile, que Proust met parfois au masculin, comme on faisait aussi au début du XXe siècle.
2. La « mesure de la terre » traduit littéralement le mot grec *géométrie* qui précède.

Page 563.

1. Voir *La Prisonnière*, p. 122-127, où le héros fera confiance au chauffeur pour surveiller Albertine.
2. En 1868, Pernet père appela une rose Baronne-de-Rothschild, d'après la femme du baron Alphonse de Rothschild (voir n. 2, p. 136). En 1864, Philippe Noisette appela une rose Maréchal-Niel, d'après le maréchal (1802-1869), et non d'après sa femme.

Page 566.

1. Il s'agit de la nièce de Jupien, et non de sa fille. On la retrouvera dans *La Prisonnière* (p. 40 et 299). Dans *Le Côté de Guermantes*, le narrateur avait relevé semblable méprise chez sa grand-mère (p. 61). Proust a en fait hésité dans les brouillons entre fille et nièce.

2. Sur Morel et la nièce (ou fille) de Jupien, voir p. 381, et *Le Côté de Guermantes*, p. 375-379.

3. Camille Stamati (1811-1870), pianiste et compositeur grec naturalisé français, virtuose réputé.

Page 567.

1. Proust avait néanmoins cherché à obtenir une transcription au piano d'un quatuor de Beethoven pour son « pianola ». Il écrivit en décembre 1917 à Mme Straus : « Malheureusement on n'a pas les morceaux que je voudrais jouer. Le sublime quatorzième quatuor de Beethoven n'existe pas dans leurs rouleaux. À ma réquisition ils ont répondu que "jamais un seul de leurs quinze mille abonnés depuis dix ans ne leur avait demandé ce quatuor". Je n'ai pas démêlé s'ils en tiraient une conclusion fâcheuse à l'égard de leurs quinze mille abonnés ou bien du quatorzième *Quatuor* » (*Corr. g^{ale}*, t. VI, p. 182-183). Sur la passion de Proust pour le *Quinzième Quatuor* de Beethoven, voir n. 1, p. 498. L'incohérence qui fait ici de Morel un pianiste s'explique par le fait que le musicien fut d'abord un pianiste, avant de devenir un violoniste dans les cahiers datant de la guerre (voir n. 1, p. 380).

Page 568.

1. Citation approximative de *La Comtesse d'Escarbagnas* de Molière. La comtesse dit à la scène 4 : « Tenez, c'est un billet de Monsieur Tibaudier, qui m'envoie des poires. » M. Tibaudier, amoureux de la comtesse, se déclare à elle grâce au nom des poires qu'il lui offre : « je conclu[s] ce mot en vous faisant considérer que je suis d'un aussi franc chrétien que les poires que je vous envoie, puisque je rends le bien pour le mal, c'est-à-dire, Madame, pour m'expliquer plus intelligiblement, puisque je vous présente des poires de bon chrétien, pour des poires d'angoisse, que vos cruautés me font avaler tous les jours. » Proust attribuait ce mot à Montesquiou dans l'article qu'il lui consacra en 1905, intitulé « Un professeur de beauté » (*CSB*, p. 514).

2. Proust emprunte les noms de poires au livre d'Élisabeth (et non Émilie) de Clermont-Tonnerre, amie de Montesquiou et de Proust, *Almanach des bonnes choses de France* (voir n. 2, p. 430), qui disait de « la Doyenné du Comice, vert

pâle blondissante, éclairé de carmin » : « C'est la meilleure des poires, mais son poirier en est avare » (p. 142).

3. La duchesse de Clermont-Tonnerre écrit « Virginie-Ballet ». Charles Baltet était un horticulteur réputé, spécialiste de la culture du poirier, auteur de nombreux ouvrages.

Page 572.

1. Au cours de l'été de 1907, lors de ses excursions en automobile, Proust visita l'église de Norrey, à Bretteville-l'Orgueilleuse, entre Caen et Bayeux, ainsi qu'il le dit dans une lettre d'octobre 1907 à Antoine Bibesco (*Corr.*, t. VII, p. 297). Proust mêle ici le nom de ce village et celui de Marcouville, près d'Illiers. Quand il se rappellera plus tard leur visite, le narrateur parlera de Bricqueville-l'Orgueilleuse (voir *Albertine disparue*, p. 61).

2. Albertine, s'élevant contre les restaurations, est une disciple d'Elstir : le thème sera rappelé dans *La Prisonnière*, p. 157. Elstir exprime ici l'opinion d'Émile Mâle, à qui Proust écrivait en août 1907, de Cabourg, préparant les excursions en Normandie qui sont à l'origine des pages sur l'automobile dans *Sodome et Gomorrhe* : « les monuments restaurés ne me donnent pas la même impression que les pierres mortes depuis le XIIe siècle par exemple, et qui en sont restées à la reine Mathilde » (*Corr.*, t. VII, p. 250).

Page 575.

1. Il s'agit du « servant emplumé de superbes cheveux noirs », aperçu à Rivebelle lors du premier séjour à Balbec (*À l'ombre des jeunes filles en fleurs*, p. 541).

Page 578.

1. Citation modifiée d'une lettre de Mme de Sévigné à sa fille du 27 mai 1680 : « sa main est un creuset qui fond l'argent. »

Page 579.

1. Voir plus haut, p. 92, cette description de la lune comme d'un fruit.

Page 588.

1. Benjamin Godard (1849-1895), auteur d'opéras à succès — dont *Jocelyn* (1888), célèbre pour sa berceuse —, représente ici la musique facile.

Page 590.

1. L'édition originale a omis ici une phrase de l'addition de la dactylographie corrigée où figure ce développement sur Morel et le chauffeur dans une longue paperole : « Ils emmenaient ensemble de petites filles de douze ans dans les bois, et Dieu sait alors ce qui se passait. » Suivaient immédiatement, avant l'addition sur les promenades du héros et d'Albertine après le départ du chauffeur, et sur l'aéroplane aperçu par le héros (p. 591-592), les p. 592-596, sur Morel, le chauffeur et le cocher des Verdurin. L'édition originale n'a pas respecté l'ordre confus des additions de la paperole, que l'on dactylographia fautivement chez l'éditeur avant d'envoyer la copie à l'imprimeur.

Page 591.

1. Les modèles probables des aquarelles d'Elstir sont *Hésiode et la muse* et le *Poète mort porté par un centaure* de Gustave Moreau, que Proust a pu voir au musée Gustave Moreau. Sur les aquarelles à sujet mythologique vues par le héros chez le duc et la duchesse de Guermantes, voir *Le Côté de Guermantes*, p. 577.

Page 592.

1. L'aéroplane s'élançant près de la mer et les larmes du héros font songer à la mort d'Agostinelli au large d'Antibes en 1914, tandis que le cheval qui se cabre annonce l'accident de cheval dont mourra Albertine. Proust avait supprimé les larmes du héros à la vue de l'aéroplane sur la dactylographie. Elles sont toutefois restées dans l'édition originale (voir « Bibliothèque de la Pléiade », t. III, p. 417, var. *b* et *c*).

Page 593.

1. Sur ces amis des Verdurin qui devaient intéresser plus tard le héros, on ne saura jamais rien de plus. Mais le manuscrit mentionnait ici un avocat admirateur d'un peintre de second ordre, sa femme et son beau-fils (« Bibliothèque de

la Pléiade », t. III, p. 418, var. c) ; or, après un déplacement dans la dactylographie, cet avocat, admirateur de Le Sidaner, est déjà apparu comme ami des Cambremer, p. 309-312 et 328-330.

Page 594.

1. Voir *La Prisonnière*, p. 122 et suiv.

Page 595.

1. L'édition originale a omis ici un développement sur le caractère de Morel qui figurait dans l'addition de la dactylographie corrigée : voir « Bibliothèque de la Pléiade », t. III, p. 419, var. *d*.

Page 596.

1. « Travaillez, travaillez, mon cher ami, devenez illustre » : lettre de Fontanes à Chateaubriand du 28 juillet 1798, citée dans les *Mémoires d'outre-tombe*, livre XI, chap. 3. Le marquis Louis de Fontanes (1757-1821), grand maître de l'Université sous l'Empire, écrivain médiocre, s'était lié avec Chateaubriand en exil à Londres, après la Terreur.

2. Allusion possible aux lettres de Napoléon à Joséphine, publiées par exemple sous le titre : *Tendresses impériales*, suivies du *Dialogue sur l'amour*, E. Sansot, 1913 ; ou encore à l'apocryphe : *Quarante lettres inédites*, lettres à une dame de Valence prétendument écrites en 1791, Ponthieu, 1825.

Page 598.

1. Rue Bergère : siège du Conservatoire national de musique et de déclamation jusqu'en 1913, où il fut déplacé rue de Madrid.

2. L'édition originale a omis ici un autre développement sur le caractère de Morel qui figurait dans l'addition de la dactylographie corrigée : voir « Bibliothèque de la Pléiade », t. III, p. 421, var. *a*.

3. Les pages 590-593, sur les promenades du héros et d'Albertine après le départ du chauffeur, et sur l'aéroplane aperçu par le héros, auraient dû être insérées ici, suivant les indications de la dactylographie, non respectées par l'édition originale.

Page 599.

1. Voir *Le Côté de Guermantes*, p. 508-509, où il s'agit d'ailleurs d'une satisfaction fugitive qui mérite peu le nom de possession.

Page 601.

1. Une lettre de mai 1916 à Lucien Daudet paraît liée à la description du nécessaire d'Albertine : « la jeune fille dont je t'avais parlé m'avait demandé un petit nécessaire qu'on emporte avec soi, avec montre en émail bleu, etc. Mais j'ai pensé que ce serait si cher chez Cartier, que je le fis faire chez***. Or, tu as peut-être lu dans *Madame de Castiglione* de Montesquiou que la marquise Casati a des choses de ce genre avec miroir, etc. de chez le bijoutier que tu aimes moins. Peux-tu me dire exactement ce que c'est (chez l'un ou chez l'autre). Une jeune fille peut-elle l'emporter en auto ? — à dîner ? — à cheval ? — à la campagne ? » (*Corr.*, t. XV, p. 111). Proust fait allusion à *La Divine Comtesse. Étude d'après Mme la comtesse de Castiglione* de Montesquiou, préface par Gabriele D'Annunzio (Manzi, Joyant et Cie, 1913). Le bijoutier de la marquise Casati était Lalique.

Page 602.

1. Plus loin, la station où monte Charlus est Saint-Martin-du-Chêne (p. 608 et 618).

2. Robert Dreyfus nota dans la marge : « ressemble au Baron Doazan plus qu'à Robert [de Montesquiou] » (exemplaire conservé à la bibliothèque de l'École normale supérieure, cité par F. Leriche, p. 653). Le baron Doazan (1840-1907), habitué du salon de Mme Aubemon, est un autre modèle de Charlus, en particulier pour sa corpulence.

Page 605.

1. Pour les devises des livres de Charlus, ici et plus loin (p. 634, 638-639, 642), Proust s'inspire de l'ouvrage de Joannis Guigard, *Nouvel Armorial du bibliophile. Guide de l'amateur des livres armoriés*, 1890, 2 vol. Marcel Plantevignes raconte que son père lui en avait fait cadeau durant l'hiver de 1909-1910. Proust, dit-il, le lui emprunta aussitôt pour plus de six mois. De fait, Proust le consulta encore après la guerre, ainsi que le montrent des notations nombreuses des

cahiers d'additions. « Pas toujours dans les combats » : la devise la plus voisine chez Guigard est celle des Lubersac, famille dont Proust connaissait plusieurs membres : « *In prœliis promptus* » (t. I, p. 321). Et « Rien n'est acquis sans effort » : c'est la devise du cardinal de Retz (t. I, p. 289).

Page 611.

1. Selon Littré : « On dit souvent dans le peuple "corder" pour : être, vivre en bonne intelligence. [...] ce semble être une apocope de "accorder". »

Page 612.

1. Le titre exact du livre d'Henry Roujon (1853-1914), écrivain et critique littéraire, directeur des Beaux-Arts en 1891, membre de l'Académie française à partir de 1913, est *Au milieu des hommes* (J. Rueff, 1906). Il s'agit d'un recueil d'articles.

Page 614.

1. Fournier-Sarlovèze, ancien préfet, fondateur de la Société artistique des amateurs ; son fils, Robert, fut maire de Compiègne (Fouquières, *Cinquante ans de panache*, p. 109).
2. Allusion possible à Gabriel Fauré, élu à l'Institut en 1909 et directeur du Conservatoire de 1905 à 1920.

Page 618.

1. Proust écrivait en octobre 1917 à René Boylesve : « parce que j'admire l'immense fresque des *Illusions perdues* et *Splendeur et misère [sic]*, cela ne m'empêche pas de placer au moins aussi haut *Le Curé de Tours*, ou *La Vieille Fille*, ou *La Fille aux yeux d'or* et d'égaler l'art de ces miniatures à la fresque » (*Corr.*, t. XVI, p. 266).
2. Charlus se souvient confusément de la rencontre, vers la fin d'*Illusions perdues* (« Folio classique », p. 759 et suiv.), afin d'introduire *Splendeurs et misères des courtisanes*, de Lucien de Rubempré, au moment où celui-ci s'apprête à se jeter dans la Charente, et du faux chanoine Carlos Herrera, alias Vautrin, qui rend au jeune homme le goût de vivre. La calèche où ils sont montés passe bientôt, sur la route d'Angoulême à Paris, devant la gentilhommière des Rastignac, que Lucien signale à son compagnon de voyage. Vautrin

fait arrêter afin de regarder la maison. S'il a connu autrefois Rastignac à la pension Vauquer (dans *Le Père Goriot*), et s'est intéressé à lui, c'est Rubempré qu'il aimera. Dans « Tristesse d'Olympio » (*Les Rayons et les Ombres*, XXXIV), Hugo revoit avec mélancolie les lieux du début de son amour pour Juliette Drouet. Proust songeait à l'allusion à Balzac dès 1908 (voir la préface, p. 15). Revenant sur cette scène dans le *Contre Sainte-Beuve*, il était plus explicite : « le plus beau sans conteste est le merveilleux passage où les deux voyageurs passent devant les ruines du château de Rastignac. J'appelle cela la "Tristesse d'Olympio" de l'Homosexualité : *Il voulut tout revoir, l'étang près de la source* » (v. 13 ; voir *CSB*, p. 273-274).

Page 619.

1. L'« homme de goût » était Oscar Wilde. Dans « The Decay of Lying » (« Le déclin du mensonge »), dialogue recueilli dans *Intentions* (1891 ; trad. fr., Stock, 1905), Vivian, porte-parole de l'auteur, dit : « L'une des plus grandes tragédies de ma vie est la mort de Lucien de Rubempré. » Proust se sert du mot de Wilde pour définir l'esthétisme, comme dans le *Contre Sainte-Beuve* (*CSB*, p. 273), y compris le sien, par exemple dans une lettre de mai 1908 à Robert Dreyfus : « (comme Oscar Wilde disant que le plus grand chagrin qu'il avait eu c'était la mort de Lucien de Rubempré dans Balzac, et apprenant peu après par son procès qu'il est des chagrins plus réels) » (*Corr.*, t. VIII, p. 123).

2. « Esther heureuse » était dans l'édition de 1844 le titre de la première partie de *Splendeurs et misères des courtisanes*, remplacé par « Comment aiment les filles » dans l'édition définitive. « À combien l'amour revient aux vieillards » et « Où mènent les mauvais chemins » sont les titres des deuxième et troisième parties du même roman, « La Dernière Incarnation de Vautrin » en étant la dernière.

3. Rocambole est le héros d'une trentaine de romans de Ponson du Terrail (1829-1871). Il est le type du personnage aux aventures invraisemblables et incroyables, « rocambolesques ».

4. La même expression est déjà associée à Cottard dans *Du côté de chez Swann*, p. 294. Elle désigne le moment où il faut payer une note, s'acquitter d'une dette.

5. Sur l'Abbaye-aux-Bois, voir p. 399 et n. 1.

Page 620.

1. Devise adoptée par Montaigne, et commentée dans une addition de 1588 à l'*Apologie de Raimond Sebond* (*Essais*, II, « Folio classique », p. 287).
2. « Connais-toi toi-même. » Devise gravée au fronton du temple d'Apollon à Delphes, et adoptée par Socrate.
3. « L'excès en tout est un défaut » : Cottard adapte un autre adage grec, « Rien de trop », souvent associé au précédent pour résumer la sagesse antique (F. Leriche, p. 655).
4. Proust citait Hutinel dans le manuscrit. La dactylographie a laissé un blanc, que Proust a rempli avec « Charcot et d'autres » : voir « Bibliothèque de la Pléiade », t. III, p. 439, var. *a*. Henri Hutinel (1849-1933), médecin, était professeur de clinique infantile.

Page 621.

1. « *Materiam superabat opus* », « Le travail surpassait la matière » (Ovide, *Métamorphoses*, II, 5). Paul Souday avait cité le mot d'Ovide dans son compte rendu de *Du côté de chez Swann*, dans *Le Temps* du 10 décembre 1913, l'attribuant à Horace. Proust, irrité par les critiques de Souday sur ses fautes de français, lui répondit : « Je vous assure que si le "vieil universitaire" que vous proposez d'adjoindre aux maisons d'édition n'avait à corriger que mes fautes de français, il aurait beaucoup de loisirs. Permettez-moi d'ajouter [...] qu'il pourrait en employer une partie à vérifier vos citations latines. Il ne manquerait pas de vous avertir que ce n'est pas Horace qui a parlé d'un ouvrage où *materiam superabat opus*, mais Ovide, et que ce dernier poète avait dit cela non pas sévèrement, mais en manière d'éloge » (*Corr.*, t. XII, p. 381).
2. Rabelais, qui fut assigné à cette paroisse, est appelé le Curé de Meudon. Ferney fut la retraite de Voltaire. La Vallée-aux-Loups est la maison de Chateaubriand, près de Sceaux. Les Jardies est la maison de Balzac à Ville-d'Avray. La Polonaise est Mme Hanska, que Balzac épousa. Un recors est un agent préposé à l'exécution des ordres de justice.
3. Dans son article sur Balzac de 1858, Taine insistait sur le côté malsain de *La Comédie humaine* : « Ses médecins n'ont pas de plus grand plaisir que la découverte d'une

maladie étrange ou perdue ; il est médecin et fait comme eux. Il a décrit maintes fois des passions contre nature, telles qu'on ne peut pas même les indiquer ici. » Il citait en note : *La Fille aux yeux d'or, Sarrasine, Vautrin, Une passion dans le désert (Nouveaux essais de critique et d'histoire*, Hachette, 8ᵉ éd., 1905, p. 62). Proust mentionne les mêmes titres, et ajoute *La Fausse Maîtresse*, où deux amis sont amoureux de la même femme mais sans rien d'équivoque. *Sarrasine* (et non *Sarrazine*) aborde le travestissement et l'inversion, *Une passion dans le désert* la bestialité, et *La Fille aux yeux d'or* l'amour entre femmes.

4. Écho possible du début de l'article du 9 mars 1857 de Sainte-Beuve sur Taine, que Proust connaissait : « N'ayant pas encore le plaisir de connaître personnellement M. Taine » (*Causeries du lundi*, Garnier, t. XIII, p. 249 ; voir D. Galateria, « Contre Taine. Sur une source théorique de la *Recherche* », *Bulletin d'informations proustiennes*, n° 29, 1998, p. 37).

Page 622.

1. Allusion probable à l'impératrice Eugénie (voir n. 2, p. 183).

Page 624.

1. Dans *Les Secrets de la princesse de Cadignan*, Balzac décrit ainsi la robe de la princesse lors de sa seconde rencontre avec d'Arthez : « Elle offrit au regard une harmonieuse combinaison de couleurs grises, une sorte de demi-deuil, une grâce pleine d'abandon, le vêtement d'une femme qui ne tenait plus à la vie que par quelques liens naturels, son enfant peut-être, et qui s'y ennuyait » (« Folio classique », p. 276). Dans sa préface à *La Bible d'Amiens* de Ruskin (1904), Proust comparait la manie de la citation de Ruskin au fétichisme d'« un de nos contemporains les plus justement célèbres » — Montesquiou, qu'il ne nomme pas — qui aime à retrouver « dans la toilette d'une de ses amies : "la robe et la coiffure mêmes que portait la princesse de Cadignan le jour où elle vit d'Arthez pour la première fois" » (*CSB*, p. 135).

Page 625.

1. Mme d'Espard est l'amie et la confidente de la princesse de Cadignan. De fait il y a un lien entre les personnages de

Balzac et ceux de Proust : la princesse de Cadignan avait pour modèle Cordélia de Castellane, dont la fille était Mme de Beaulaincourt, elle-même un modèle de Mme de Villeparisis, tante de Charlus.

Page 626.

1. Paul Thureau-Dangin (1837-1913), d'abord journaliste, puis historien, catholique et conservateur, élu à l'Académie française en 1893, est l'auteur d'une *Histoire de la monarchie de Juillet*, 1884-1892. Gaston Boissier (1823-1908), auteur d'ouvrages sur l'archéologie et la littérature latines, fut professeur d'éloquence latine au Collège de France, élu à l'Académie française en 1876.

2. Boissier : confiseur situé au 7, boulevard des Capucines. La confusion de Morel entre le latiniste et le confiseur fut inspirée à Proust par un sac de chocolats que Paul Souday lui envoya en 1921 pour le nouvel an (*Corr.*, t. XX, p. 37-38).

Page 627.

1. Proust avait habité au 9, boulevard Malesherbes avec ses parents jusqu'en 1900. Ses grands-parents maternels habitèrent au 40 bis, rue du Faubourg-Poissonnière.

2. Sur cette brouille avec l'oncle Adolphe, voir *Du côté de chez Swann*, p. 144.

Page 632.

1. Allusion possible aux sculptures de la façade de la cathédrale de Reims, dont Proust, dans *Le Temps retrouvé*, regrette la destruction pendant la guerre de 1914-1918. « C'est un type de jeune Champenois idéalisé », écrivait Viollet-le-Duc d'une tête d'ange de la cathédrale de Reims, dans l'article « Sculpture » de son *Dictionnaire raisonné de l'architecture française*, t. VIII, 1866.

2. L'édition originale a omis une phrase du manuscrit et de la dactylographie corrigée : « Il était hellénique et français, mais humain. » Voir « Bibliothèque de la Pléiade », t. III, p. 448, var. *c*.

Page 634.

1. Proust s'inspire de la devise de Charles Quint citée par Guigard : « Plus Ultra Carol'Quint » (t. I, p. 67).

Page 635.

1. Le duel fictif de Charlus n'est pas sans rappeler le duel que Proust faillit avoir avec le père de Marcel Plantevignes, à Cabourg, pendant l'été de 1908, à la suite de la lettre que nous avons citée n. 1, p. 543. Le jeune homme montra la lettre à son père, qui rendit visite à Proust. Celui-ci, sans donner d'explication et se contentant de répéter : « Ce jeune homme est assez grand garçon pour se rendre compte de ce qu'il fait et de ce qu'il dit », voulut, comme le fils était mineur, se battre en duel avec le père, et il demanda au vicomte d'Alton et au marquis de Pontcharra de lui servir de témoins. L'explication vint enfin : « Ayant rencontré sur la digue une dame qui m'insinua que Proust avait des mœurs spéciales, j'avais paraît-il acquiescé », apprit Marcel Plantevignes, qui put enfin s'excuser (*Avec Marcel Proust*, p. 98-115).

Page 637.

1. Premiers mots de la chanson populaire *Viens Poupoule*, par Henri Christiné et Trebitsch, créée par Félix Mayol au café-concert « L'Eldorado » en novembre 1902.

Page 638.

1. « Mon espoir. » Citation incomplète de la devise du roi Henri III : « *Spes mea Deus* » (Guigard, t. I, p. 19).
2. « Il ne décevra pas les espérances. » Citation de la devise de Marguerite de Valois, première femme d'Henri IV (Guigard, t. I, p. 92).
3. Devise du duc d'Aumale (Guigard, t. I, p. 41).
4. Cette devise ne paraît pas figurer dans l'ouvrage de Guigard.
5. « Les tours soutiennent les lys. » Citation approximative de la devise des Simiane (famille de la petite-fille de Mme de Sévigné) : « *Sustendant lilia turres* » (Guigard, t. II, p. 440). « D'or, semé de tours d'azur et de fleurs de lis du même », disait Guigard. Signifiant que les seigneurs sont les soutiens des rois, cette devise est « détournée de son sens » pour représenter la mission des hommes mûrs auprès des jeunes gens.
6. « La fin appartient au ciel. » Devise d'Henri III (Guigard, t. I, p. 20).

Page 639.

1. « J'ai l'ambition d'un immortel. » Citation approximative de la devise de Charles de Lorraine : « *Non est mortale quod opto* » (Guigard, t. I, p. 319), qui altère elle-même un vers d'Ovide : « *Non est mortale quod optas* » (*Métamorphoses*, II, v. 56).

2. « Par les ancêtres et par les armes. » Devise du comte d'Angivillier, directeur des bâtiments de Louis XVI (marquis selon Guigard, t. II, p. 15), et aussi de Daniel de Montesquiou, seigneur de Prichac, lieutenant-général des armées du roi (1634-1715) (Guigard, t. II, p. 364).

Page 642.

1. Cette devise, en effet celle des La Rochefoucauld, n'est pas citée par Guigard.

Page 643.

1. « Un tel éclat venant d'un seul. » Citation approximative de la devise de Louise de Lorraine, veuve d'Henri III : « *Ab uno tantus splendor* » (Guigard, t. I, p. 90).

2. Variation de Proust sur un cri célèbre, celui de François Ier : « Mort à autrui, à moi vie. » Nombreux sont les cris qui associent les mêmes mots : « *Mors mihi vita est* », « Mourir pour vivre », « *Mors et vita* », etc.

3. Sarah Bernhardt créa en mars 1900 le rôle titre du drame d'Edmond Rostand, et elle y remporta un énorme succès.

4. L'acteur Mounet-Sully (1841-1916) devint sociétaire de la Comédie-Française en 1874. Il jouait le rôle titre de la tragédie de Sophocle *Œdipe roi* au début du siècle. Mais le spectacle avait lieu l'été au théâtre antique d'Orange et non aux arènes de Nîmes.

Page 644.

1. Allusion à la leçon d'escrime du *Bourgeois gentilhomme*, II, III. Contre-de-quarte : manière de parer un coup d'épée par un cercle exécuté de droite à gauche.

Page 645.

1. Le duc de Guermantes arrange familièrement le col du pardessus du père du héros dans *Le Côté de Guermantes*, p. 78.

Page 646.

1. Le mazagran est un café additionné de rhum, le gloria, un mélange de café sucré et d'eau-de-vie ou de rhum. Dans *Le Voyage de M. Perrichon*, M. Perrichon boit « Trois gouttes de rhum dans un verre d'eau » (II, 5).

2. Proust avait écrit « Un "Cointreau" serait aussi assez convenable au lieu » dans le manuscrit. La dactylographie a laissé un blanc, que Proust a adapté en répétant « gloria ».

3. « Il a donné à l'homme un visage tourné vers le ciel » (Ovide, *Métamorphoses*, I, 85).

Page 648.

1. Livre de Tobie, XI. L'archange Raphaël ramène le jeune Tobie à la maison de son père, Tobit (Proust ne distingue pas l'orthographe des deux noms), qui est aveugle, et le fils rend la vue au père. Charlus comparera encore Morel au jeune Tobie (voir *La Prisonnière*, p. 311).

Page 650.

1. Sur cette maison de « plaisir », voir p. 285.

Page 651.

1. Grattevast est maintenant sur la ligne de Balbec à Douville-Féterne, alors que cette station était auparavant située sur un autre embranchement : voir p. 547.

Page 654.

1. Proust accorde selon le sens (syllepse de nombre).

Page 655.

1. On ne sait à quelle église songe Proust. Mais il a évoqué dans *Du côté de chez Swann*, en s'inspirant d'Émile Mâle, la représentation d'Aristote et de Virgile auprès de courtisanes dans l'art gothique (n. 1, p. 232).

Page 658.

1. Sur cette habitude de Mme de Villeparisis, voir *À l'ombre des jeunes filles en fleurs*, p. 368-369.

Page 659.

1. Proust a emprunté le nom à l'ouvrage de Guigard (t. II, p. 465) : Louis de Verjus (1629-1709), comte de Crécy, conseiller d'État, membre de l'Académie française, portait : « D'azur, au lion d'or, au chef d'argent, chargé d'une branche de verjus, feuillée et tigée de sinople couchée en fasce. »

Page 661.

1. Sur Constant Coquelin, voir *Du côté de chez Swann*, p. 137.

Page 662.

1. Proust développait les transformations du nom dans le manuscrit. La dactylographie omit le passage (voir « Bibliothèque de la Pléiade », t. III, p. 470, var. *b*).

2. Fondé en 1828, installé en 1856 boulevard de la Madeleine, le Cercle de l'Union fut le cercle par excellence sous le Second Empire. La Société des bibliophiles françois, fondée en 1820, comprenait principalement des aristocrates.

Page 663.

1. Le comté de Montgomery fut annexé au comté de Pembroke en 1630. La maison de Buckingham-et-Chandos figure dans le *Gotha* sous ce nom. Arthur Capel, homme politique anglais, comte d'Essex en 1661, gouverna l'Irlande de 1672 à 1677 ; arrêté en 1683 lors du complot de Rye House, il se suicida dans la tour de Londres. Proust connaissait Berthe Capel, dont le père, Arthur Capel, avait été un de ses témoins — l'autre étant Armand de Guiche — quand il se présenta au Polo-Club de Paris en 1908 : voir une lettre d'août 1912 à Armand de Guiche, *Corr.*, t. XI, p. 172.

2. M. de Crécy avait bien épousé Odette, et elle l'avait ruiné, comme Charlus l'apprendra au héros dans *La Prisonnière*, p. 288-289.

3. Émilienne André, célèbre cocotte, après être passée par le Conservatoire de musique et de déclamation, présenta des lapins savants sur la scène des Folies-Bergère et publia un recueil de poèmes, *Sous le masque*, en 1918. Elle avait été la maîtresse du duc Jacques d'Uzès, qui s'était ruiné pour elle et était mort en 1893 au Congo, où sa famille l'avait envoyé pour le séparer d'elle (voir n. 1, p. 139). Quant au

duc d'Alençon, il s'agit de Ferdinand (1844-1910), petit-fils de Louis-Philippe.

4. L'allusion à Mgr de Cabrières a été ajoutée aux épreuves après la mort du prélat le 20 décembre 1921, comme Proust le suggère dans une lettre à Gallimard du 18 janvier 1922, *Corr.*, t. XXI, p. 38.

Page 664.

1. Jean Périer (1869-1954), qui débuta en 1892 à l'Opéra-Comique, créa en 1902 le rôle de Pelléas. Proust a déjà évoqué le jugement des aristocrates de province sur *Pelléas et Mélisande* (voir p. 318).

2. *La Châtelaine*, comédie d'Alfred Capus (1858-1922), journaliste et auteur dramatique, élu à l'Académie française en 1914, directeur politique du *Figaro* en 1914. La première eut lieu, non pas au théâtre du Gymnase, mais au théâtre de la Renaissance, le 25 octobre 1902. Les trois acteurs cités ne semblent pas avoir joué dans la pièce de Capus.

3. Peut-être s'agit-il de Simone Frévalles, qui joua notamment au théâtre de la Porte-Saint-Martin. Marie Magnier (1848-1913) fit ses débuts au théâtre du Gymnase en 1867 ; elle joua aussi aux théâtres du Palais-Royal, du Vaudeville, des Variétés, de l'Odéon. Louis Baron, dit Baron fils (1870-1939), fils du grand acteur Baron (1838-1920), premier prix de comédie du Conservatoire en 1893, joua aux théâtres de l'Odéon, du Vaudeville, des Nouveautés et du Palais-Royal.

4. Yvette Guilbert (1867-1944) commença vers 1885 une grande carrière de chanteuse de café-concert.

5. Ernest Cornaglia (1834-1912) créa *L'Arlésienne* d'Alphonse Daudet au théâtre du Vaudeville en 1872, et entra au théâtre de l'Odéon en 1880. Émile Dehelly (1871-1969), premier prix de comédie du Conservatoire en 1890, débuta à la Comédie-Française en décembre de la même année, dans le rôle d'Horace de *L'École des femmes*.

Page 665.

1. Voir p. 486. Proust évoquait ce trait du style de Sainte-Beuve dans une note de sa traduction de *Sésame et les lys* : « Chez un Sainte-Beuve le perpétuel déraillement de l'expression, qui sort à tout moment de la voie directe et de

l'acception courante, est charmant, mais donne tout de suite la mesure — si étendue d'ailleurs qu'elle soit — d'un talent malgré tout de second ordre » (*Sésame et les lys*, Mercure de France, 1906, p. 94). Proust ne dédaignait pas les gradations de ce genre, comme « j'ai été stupéfait, émerveillé, confondu », dans une lettre à sa mère d'octobre 1904, *Corr.*, t. IV, p. 308.

Page 668.

1. Pour le frère fictif de Louis VI le Gros (1081-1137), un Capétien, le prénom d'Aldonce eût été inconcevable, à une époque où la dévolution du nom obéissait à des règles strictes, sauf s'il s'agissait d'un bâtard, auquel n'aurait su revenir le trône. Proust doit se souvenir que Louis le Gros, aîné des enfants de Philippe Ier et de Berthe de Hollande, et le seul fils issu de leur mariage, avait un frère consanguin, mais puîné, Philippe de Mantes, issu de Bertrade de Montfort, que Philippe Ier avait enlevée après avoir répudié Berthe. Bertrade essaya d'imposer son fils au détriment de l'aîné.

2. Le roi, dit Saint-Simon dans ses *Mémoires*, drapa six mois à la mort de Monsieur, en 1701 (« Bibliothèque de la Pléiade », t. II, p. 21).

3. Aucun caractère plausible. Les deux grands-mères du roi et de Monsieur sont Marie de Médicis et Marguerite d'Autriche, dont la postérité est exclusivement royale à l'époque de la mort de Monsieur.

4. La maison de La Trémoïlle, fondue au XVIIe siècle dans la maison de Montmorency, tirait son nom d'un fief du Poitou, mais son origine dans les anciens comtes souverains de Poitiers est incertaine. Les La Trémoïlle étaient devenus les héritiers des rois de Naples de la maison d'Aragon en 1605, ce qui leur valut la reconnaissance par Louis XIV de la dignité princière. Une longue digression des *Mémoires* de Saint-Simon traite des prétentions de la maison de La Trémoïlle sur le trône de Naples (« Bibliothèque de la Pléiade », t. III, p. 45-54), et on y trouve une allusion dans *Le Côté de Guermantes* (n. 1, p. 792).

5. Uzès fut érigé en duché-pairie en 1572 en faveur de la famille de Crussol. Saint-Simon mentionne l'ancienneté de cette pairie (« Bibliothèque de la Pléiade », t. I, p. 122).

6. Les Luynes ne se sont en effet illustrés que depuis

Louis XIII : Charles d'Albert (1578-1621), ministre et favori du roi, fut fait duc et pair après la paix d'Angoulême en 1619. Il avait épousé en 1617 Marie de Rohan. Son fils, Louis-Charles, épousa Louise-Marie de Séguier, puis Anne de Rohan.

7. La mort du maréchal de Choiseul en 1705 éteignit le duché-pairie. Les Harcourt prétendent se rattacher à Bernard, premier ministre de Guillaume Ier, dit Longue-Épée, qui gouvernait la Normandie au début du Xe siècle. La maison de La Rochefoucauld est une des plus illustres de France, originaire de l'Angoumois. Les Noailles, originaires du bourg de Noailles en Corrèze, font remonter leur filiation au XIe siècle. Louis-Alexandre de Bourbon (1678-1737), comte de Toulouse, second fils légitimé de Louis XIV et de Mme de Montespan, épousa en 1723 Sophie de Noailles, veuve du marquis de Gondrin. Le mariage, d'abord secret, fut ensuite déclaré : « Le monde, écrit Saint-Simon, qui abonde en sots et en jaloux, ne lui vit pas prendre le rang de son nouvel état sans envie et sans murmure » (« Bibliothèque de la Pléiade », t. VIII, p. 659). Ce fut donc tout le contraire de ce que suggère Proust. Les Montesquiou-Fezensac sont une illustre maison issue des anciens comtes de Fezensac. La maison de Castellane, issue de Thibaut, comte d'Arles et de Provence au XIe siècle, se divisa en plusieurs branches à partir du XIIIe siècle.

8. Charlus oublie pourtant les Rohan, les Polignac, les Durfort de Lorges, les Gramont, les Maillé, etc., toutes maisons ducales d'extraction féodale. Les Castellane, les Noailles, les Montesquiou sont de moins haute noblesse, mais Proust privilégie les familles dont il connut des représentants. La hiérarchie n'est nullement celle de Saint-Simon.

9. D'après le marquis de Cambremer, les Cambremer sont alliés aux Arrachepel et, par eux, aux Féterne (p. 508). Dans *Le Côté de Guermantes*, le duc de Guermantes parle d'une de ses cousines « royaliste enragée, [qui] était la fille du marquis de Féterne, qui joua un certain rôle dans la guerre des Chouans » (p. 727). Ainsi, quoi qu'en dise Charlus, les Cambremer cousinent avec les Guermantes.

10. Le duc de Guermantes s'en était déjà pris aux faux

La Tour d'Auvergne pendant la soirée chez la princesse de Guermantes : voir n. 1, p. 152.

Page 669.

1. Parmi les romans de Balzac que Charlus citait plus haut, deux appartiennent aux *Scènes de la vie de province* : *Le Curé de Tours* et *Illusions perdues* (voir p. 618).

2. On aura reconnu les héroïnes de trois *Scènes de la vie de province* : Mme de La Baudraye dans *La Muse du département*, Mme de Bargeton dans *Illusions perdues*, et Mme de Mortsauf dans *Le Lys dans la vallée*.

3. Voir une annonce possible de cet amour fou, p. 527 et n. 1.

Page 671.

1. Mme Verdurin avait pourtant séparé Brichot de la blanchisseuse, p. 389.

Page 672.

1. Sur la géographie de Balbec, voir n. 2, p. 283.

2. Berthe de Clinchamp, dame de compagnie de la duchesse d'Aumale, tint ensuite la maison du duc, dont elle était fervente. Elle écrivit, après sa mort, *Le Duc d'Aumale, prince, soldat*, Tours, 1899. Sur le duc d'Aumale, voir *Du côté de chez Swann*, n. 1, p. 371.

Page 673.

1. Ces fiançailles de Saint-Loup ont été évoquées p. 464.

Page 674.

1. « *In medio stat virtus* » : « La vertu est au milieu. »

Page 678.

1. Dans le Cahier 72, rédigé pendant la guerre, c'était en effet Albertine que les étymologies intéressaient, mais dans le texte définitif, c'est le héros qui a interrogé Brichot.

Page 679.

1. Brichot a déjà discuté la terminaison normande *fleur* : voir n. 2, p. 414. La discussion de la terminaison *bœuf*, que Cocheris traduisait par « demeure » (p. 89), est nouvelle. La traduction de Proust est conforme à Longnon, *Origines*

et formation de la nationalité française : « *budh*, "baraque", "cabane" » comme dans Criquebeuf, Elbeuf, Quillebeuf (p. 52).

2. « Le gaulois *pen* [...] rappelle les Apennins autrement dit les Alpes Pennines ainsi que les lieux dits : [...] *Pennede-pie* (Calvados) [...] *Penmarck* (Finistère) » (Cocheris, p. 58).

3. Voir n. 1, p. 572.

4. « Les noms de lieu romans, formés à l'imitation des noms de village datant de l'époque franque, offrent la combinaison d'un nom propre d'origine noroise avec le mot *ville*, qui avait alors le sens de village ; ils sont relativement nombreux et nous indiquons en note quelques-uns des plus caractéristiques », c'est-à-dire « Amfreville (ville d'Asfridr), Fréville (ville de Fridr), Tourville (ville de Torf) » (Longnon, *Origines et formation de la nationalité française*, p. 52-53). Les exemples de Proust n'en sont pas moins inspirés de Cocheris : « Hermonville (Marne), de *Herimundivilla*, c'est-à-dire "domaine d'Herimund" » (p. 171).

Page 680.

1. Dans *Origines et formation de la nationalité française*, Longnon mentionne en note « Aumenancourt, *Alamannorum Cortis* » (p. 24), comme exemple d'établissement barbare dans les environs de Reims. Comme traces du passage des Saxons en Gaule, et de leur établissement dans l'île de Bretagne, il cite l'Essex, le Wessex, le Sussex et le Middlesex (p. 39). « Un autre témoignage des colonies mauresques de notre pays réside dans le vocable Mortagne, encore porté par divers lieux de notre pays et qui représente une appellation latine, *Mauretania* », écrit-il (p. 25). À propos de l'influence wisigothique en France, il mentionne, « de forme absolument romaine », « les noms *Villa Gothorum* et *Gothorum Villa*, "village de Goths", devenus en langue vulgaire, selon les contrées, Villegoudou, Goudourville, Goudourvielle et plus au nord Gourville » (p. 31).

2. *Homme* a déjà été discuté par Brichot : voir n. 3, p. 415 ; *thorp* également : voir n. 3, p. 417. La combinaison paraît une invention originale de Proust. Brichot se souvient du vers qui conclut *Le Mérite des femmes* par Gabriel Legouvé (1800) : « Tombe aux pieds de ce sexe à qui tu dois ta mère ! »

Page 681.

1. « Orgeville (Eure), de *Otgerivilla*, c'est-à-dire "domaine d'Otger" », selon Cocheris (p. 171).

2. Les étymologies d'Odeville-la-Venelle, Bourguenolles, La Chaise-Baudoin constituent une addition tardive.

3. « Quelquefois, écrivait Cocheris, les titres de *saint* ou *sainte* étaient remplacés par celui de *dom* (*domnus* et *domna*) » (p. 154), et il citait *Doncières* (Meurthe), de *domnus Cyriacus* (p. 155).

4. Il s'agit sans doute d'une variation d'Aumenancourt (p. 680) et d'Amenoncourt (p. 285).

Page 682.

1. Le héros a déjà présenté Bloch à Charlus dans *Le Côté de Guermantes*, p. 528.

Page 684.

1. Proust s'inspire de la traduction des *Hymnes orphiques* par Leconte de Lisle, qu'il a déjà utilisée (voir n. 1, p. 353). Il s'agit de l'hymne LXXII, « Parfum de Hypnos. Le Pavot » : « Tu enveloppes les corps de doux liens [...] car tu es le frère de Lèthè et de Thanatos » (p. 145-146).

2. Invective homérique : Agamemnon traite ainsi Achille, ou Ulysse Thersite.

Page 685.

1. Il s'agit d'*Aidôs*, fille de Zeus : « *Aidôs* et *Nèmèsis* délaissant les hommes et rejoignant les Immortels » (*Les Travaux et les Jours* d'Hésiode, traduits par Leconte de Lisle, p. 63). Dans une lettre d'octobre 1915 à Mme Catusse, il dénonce la « pudeur » des parents d'André Bénac, qui refusent de rendre publiques les lettres de leur fils, mort au front : « Hélas, les familles, sauf de rares exceptions, pensent à leurs "pudeurs" à elles qu'elles devraient immoler au renom du mort » (*Corr.*, t. XIV, p. 242).

Page 686.

1. Charlus s'est déjà renseigné sur Bloch auprès du héros, lors de la matinée chez Mme de Villeparisis, où il a donné libre cours à ses fantasmes antisémites (voir *Le Côté de Guermantes*, p. 405-407).

2. Proust s'inspire toujours de Cocheris : « Les localités qui portent le nom de Le Temple sont d'anciennes préceptoreries dépendant de l'ordre du Temple ; celles qui s'appellent La Commanderie ont été pour la plupart créées ou possédées par les chevaliers de l'ordre de Saint-Jean-de-Jérusalem, autrement dit de Malte. Dans le Périgord, les lieux dits La Cavalerie rappellent d'anciens domaines du Temple » (p. 165-166).

Page 687.

1. Le Prieuré et L'Abbaye (Cocheris, p. 165), Le Monastère (p. 163-164), La Maison-Dieu (p. 157 et 168), les titres d'abbé et d'évêque dans les noms de lieu (p. 164-165).

2. *L'Enfance du Christ* : oratorio, opus 25, de Berlioz (1850-1854), au programme des Concerts Colonne un Vendredi saint, le 28 mars 1902, avec la *Cantate de Pâques* de Bach et *L'Enchantement du Vendredi saint* de Wagner.

3. *L'Enchantement du Vendredi saint* : dans sa dédicace de *Du côté de chez Swann* à Jacques de Lacretelle en 1918, Proust citait cette page de la première partie de l'acte III de *Parsifal* (voir *À l'ombre des jeunes filles en fleurs*, p. 311) comme l'un des modèles de la sonate de Vinteuil, lors de la soirée chez Mme de Saint-Euverte (voir *Du côté de chez Swann*, n. 1, p. 308). Il s'agit d'un des morceaux favoris de Proust.

Page 688.

1. Pour les remarques sur les rues de Paris (p. 688-689), Proust s'inspire du tome IV, *IVe arrondissement*, de l'ouvrage du marquis F. de Rochegude, *Promenades dans toutes les rues de Paris*, Hachette, 1910, 20 volumes. Proust cite d'ailleurs le nom de Rochegude quelques lignes plus loin. « La rue Barre-du-Bec avait été ainsi nommée parce que l'abbaye de Notre-Dame-du-Bec-Hellouin en Normandie y avait sa barre de justice » (p. 118).

2. Rue des Blancs-Manteaux : « Louis IX y établit en 1258 des frères mendiants, dits Serfs de la Sainte Vierge, qui étaient porteurs de longs manteaux blancs » (Rochegude, p. 105).

3. Selon Rochegude, c'est la rue Ferdinand-Duval qui « s'appelait encore, en 1900, rue des Juifs » (p. 95). Mais la rue dont le nom échappe à Charlus est la rue des Rosiers, que Rochegude décrit en ces termes : « Aujourd'hui elle est presque entièrement

habitée par les juifs (enseignes israélites, caractères hébraïques sur de nombreuses boutiques, boucheries juives, fabriques de pains azymes, etc.). Il est très curieux, pour ceux que la physionomie des rues intéresse, de visiter cette rue un samedi. On y entend parler toutes les langues et on y rencontre à chaque pas le type sémite. C'est le ghetto oarisien » (p. 104).

Page 689.

1. Rembrandt, qui n'était pas juif, a vécu dans le quartier juif d'Amsterdam. Il eut pour voisins et amis des rabbins orthodoxes, adversaires de Spinoza. Plus âgé que le philosophe, la question a souvent été posée de savoir s'il l'avait connu et même peint. Rembrandt a en tout cas souvent pris comme modèles les habitants de son quartier et il a fait de nombreux dessins de la synagogue.

2. Rochegude écrivait, au sujet de l'église évangélique des Billettes, située au 22, rue des Archives : « Là jadis s'élevait dans l'ancienne rue des Jardins (*vicus jardunarium*) la maison du juif Jonathas, qui fut accusé et convaincu d'avoir fait "bouillir Dieu" en brûlant une hostie consacrée, qui, dit-on, fut sauvée miraculeusement, et fut conservée jusqu'à la Révolution par l'église Saint-Jean-en-Grève. La maison du juif où le crime et le miracle avaient eu lieu (1290) revint de droit, après l'exécution de Jonathas, au domaine de la couronne » (p. 110). Rochegude ajoute que la rue s'appela longtemps : « Rue où Dieu fut bouilli ».

3. Rochegude écrivait, au sujet du n° 47, rue Vieille-du-Temple : « C'est devant l'hôtel du maréchal de Rieux, près de la poterne Barbette, que le duc d'Orléans, sortant de souper chez Isabeau de Bavière, sa belle-sœur et maîtresse, fut assassiné par les gens de Jean sans Peur le 23 novembre 1407 » (p. 103-104). Il complétait un peu plus bas, à propos de l'église des Blancs-Manteaux : « C'est dans la première église que fut déposé le corps de Louis d'Orléans, assassiné par Jean sans Peur qui vint s'agenouiller devant sa victime en simulant une profonde douleur » (p. 107).

4. Sur le duc de Chartres, voir *Du côté de chez Swann*, n. 2, p. 430. La parenté de Charlus avec ce petit-fils de Louis-Philippe n'est pas claire. Quant à Henri V, il s'agit du comte de Chambord, déjà évoqué par Charlus dans *Le Côté de Guermantes* (p. 406).

Page 695.

1. Sur l'*Annuaire des châteaux*, voir n. 3, p. 205.

Chapitre IV

Page 696.

1. « Au revoir » en grec : mot à mot, « Réjouis-toi ».

2. « Les Intermittences du cœur II », titre du chapitre IV en 1918 (voir la préface, p. 31), définissait une symétrie avec « Les Intermittences du cœur I », à l'ouverture du séjour à Balbec (p. 241-280). Ici, le héros revoit la scène de Montjouvain, entre Mlle Vinteuil et son amie (*Du côté de chez Swann*, p. 242-250). Si « Les Intermittences du cœur I » rappellent des rêves que Proust fit de sa mère en arrivant à Cabourg en juillet 1908 (voir la préface, p. 26), « Les Intermittences du cœur II » font songer à son départ précipité de Normandie, le 4 août 1913, en compagnie de son chauffeur et secrétaire, Alfred Agostinelli : arrivé à Cabourg le 26 juillet, il se décida à reprendre le train pour Paris au cours d'une excursion à Houlgate.

3. Le revirement du héros vers Albertine a lieu au soir du 14 septembre, comme on l'apprendra dans *La Prisonnière*, p. 374. Il est à Balbec depuis Pâques, p. 241.

Page 698.

1. L'idée qu'Incarville est la dernière station avant Parville paraît nouvelle, et contraire à des indications antérieures ; voir en particulier p. 692-693, où M. de Montpeyroux et M. de Crécy y rendent visite aux voyageurs du train.

2. Le héros avait oublié d'interroger Mme Verdurin sur Vinteuil lors de son premier dîner à La Raspelière, p. 339.

3. Trieste se substitue à Amsterdam, qui, dans les esquisses, était le lieu du rendez-vous d'Albertine et de Mlle Vinteuil. Sur Albertine et la Hollande, voir n. 4, p. 321.

Page 699.

1. Dans *La Prisonnière*, Albertine dira qu'elle avait inventé cette amitié en croyant « bêtement se rendre intéressante » aux yeux du héros, p. 323.

2. Dans l'*Odyssée*, Homère dit seulement que dans la

huitième année après le meurtre d'Agamemnon, son père, au retour de Troie, Oreste se vengea de Clytemnestre, sa mère, et d'Égisthe, l'amant de celle-ci (III, v. 306). Selon la légende ultérieure, toutefois, Oreste aurait été sauvé de la mort lors de l'assassinat d'Agamemnon, ou par sa nourrice Arsinoé ou par sa sœur Électre.

Page 700.

1. Proust se trompe : à l'Exposition universelle de Paris, en 1889, les appareils les plus sophistiqués furent présentés au pavillon de la Société générale des téléphones, notamment un commutateur pour 3 000 abonnés. Les grandes curiosités furent le phonographe d'Edison et quatre salles d'audition reliées par téléphone aux principales scènes parisiennes de musique. Cette dernière invention se répandit sous le nom du « théâtrophone » cher à Proust (voir n. 1, p. 318).

Page 701.

1. Un « lever de soleil sur la mer » avait été donné par Elstir au patron du restaurant de Rivebelle (*À l'ombre des jeunes filles en fleurs*, p. 563).

Page 702.

1. Le héros apercevait un lever de soleil, depuis le train, lors de sa première arrivée à Balbec (*ibid.*, p. 337-338). Proust déplace ici des éléments de la description d'alors : voir n. 1, p. 716.

2. Allusion à l'origine des soupçons du héros sur les mœurs d'Albertine, lors de la danse avec Andrée : voir p. 297. Mais le casino était alors à Incarville et non à Parville.

3. C'est Andrée qui pose ce baiser dans le cou d'Albertine, p. 308.

Page 703.

1. « Une femme que j'ai dû épouser » : il vaudrait mieux ici : « une femme que j'aurais dû épouser », car le mariage n'a pas eu lieu.

Page 705.

1. L'Autriche paraît se substituer à la Hollande comme lieu mythique de l'origine d'Albertine : voir n. 3, p. 698.

Page 706.

1. Voir p. 376-378.
2. Voir *Le Côté de Guermantes*, p. 507.
3. Voir *Du côté de chez Swann*, p. 556.

Page 707.

1. « Les cousines de Bloch » : ou plutôt la sœur et la cousine de Bloch, comme p. 305-306, 356, 368.

Page 709.

1. Dans *Albertine disparue*, le héros commandera un yacht et une voiture (une Rolls-Royce) pour Albertine. La lettre où il lui fait part de leur commande s'inspire d'une lettre à Alfred Agostinelli, datant du 30 mai 1914, le jour même de la mort du jeune homme (*Corr.*, t. XIII, p. 217).

Page 710.

1. Proust notait cette conception de l'amour dès le deuxième feuillet du Carnet 1, au début de 1908 : « Je ne vous aime pas, si je vous vois je vous aimerai ; ruse. Pas chercher à posséder par impuissance de plaire et de donner du bonheur. Chartres. Souffrance d'avoir été un ridicule = amour. Si peut être dissipée en me donnant beau rôle plus amour. Ou peut-être possibilité car plus de haine » (Carnet 1, p. 48). Le principe sera rappelé dans *Albertine disparue* : « J'avais dit autrefois à Albertine : "Je ne vous aime pas" pour qu'elle m'aimât. »

Page 712.

1. Les deux courrières sont déjà apparues aux p. 360-366.
2. Sur ce vers, voir n. 2, p. 365.
3. Robert Guiscard (vers 1015-1085) fut un des aventuriers normands qui fondèrent le royaume de Naples. Quant à Herimbald, Proust l'a déjà évoqué p. 692.

Page 716.

1. Certains éléments pour la description de l'aube, p. 716-718, sont empruntés au récit de la première arrivée en train à Balbec dans *À l'ombre des jeunes filles en fleurs* (voir p. 339).

Page 718.

1. Voir Baudelaire, « Crépuscule du matin », *Les Fleurs du Mal*, v. 25-26 : « L'aurore grelottante en robe rose et verte / S'avançait lentement sur la Seine déserte ».

DOCUMENTS

1. La Race des Tantes

Page 723.

1. Bernard de Fallois a proposé un montage des extraits des Cahiers 7 et 6 donnés ici, sous le titre « La Race maudite », dans son édition du *Contre Sainte-Beuve*, Gallimard, 1954, chap. XIII, p. 254-266.

Page 725.

1. Vigny qualifiait de « race maudite » la noblesse, dans son *Journal* en 1852 (« Bibliothèque de la Pléiade », 1948, t. II, p. 1260). Et dans *Stello*, il comparait cette « caste de parias » à Israël : « race aujourd'hui rayée du livre de vie et regardée de côté, comme la race juive » (chap. XXXIX).

Page 727.

1. Allusion à Oscar Wilde (voir n. 1, p. 70).

Page 735.

1. Balbec s'appelait Querqueville jusqu'en 1913.

Page 736.

1. Les extraits du Cahier 51 donnés ici ont été publiés dans *Matinée chez la princesse de Guermantes*, éd. Henri Bonnet et Bernard Brun, Gallimard, 1982, p. 50-56.

Page 737.

1. Refrain de *L'Étoile d'amour* (1899), chanson de Paul Delmet (1862-1904).

Page 739.

1. Victor Hugo, *Les Voix intérieures*, XI, première strophe.
2. Sur la digitale, voir la préface, p. 13.
3. Cette Léonie serait la femme de chambre de la baronne Putbus ; sa tante est aussi celle du pianiste des Verdurin.
4. La villégiature des Verdurin fut d'abord située près de Paris, avant de l'être près de Balbec dans le texte définitif. Pour la rencontre du pianiste, voir le texte définitif, p. 379-383.

2. *Charlus et le Contrôleur d'omnibus*

Page 741.

1. *Les Quarante-cinq* et *Le Comte de Monte-Cristo* par Alexandre Dumas, ainsi que l'*Histoire des treize* de Balzac, comprenant *Ferragus*, *La Duchesse de Langeais* et *La Fille aux yeux d'or*.

Page 742.

1. Dans une lettre de mai 1912 à Mme Gaston de Caillavet, Proust rapporte un mot semblable de Mme Standish à Mme Greffulhe : « L'autre prenant à son compte le mot de Mme Récamier (?) disait qu'elle saurait qu'elle ne serait plus belle quand les petits ramoneurs ne se retourneraient plus sur son passage. Et Mme Standish lui répondit : "Oh ! n'ayez pas peur ma chère, tant que vous vous habillerez de cette manière-là, on se retournera toujours !" » (*Corr.*, t. XI, p. 157). Proust se souvient d'un récit de Sainte-Beuve sur le mot de Mme Récamier : « À une femme qui la revoyait après des années, et qui lui faisait compliment sur son visage : "Ah ! ma chère amie, répondait-elle, il n'y a plus d'illusion à se faire. Du jour où j'ai vu que les petits Savoyards dans la rue ne se retournaient plus, j'ai compris que tout était fini" » (*Causeries du lundi*, 3e éd., 1857, t. I, p. 132-133).

3. *Dans le* Journal *d'André Gide*

Page 750.

1. On lit « pratiqué » dans le manuscrit.

RÉSUMÉ

SODOME ET GOMORRHE I

Découverte de la vraie nature de Charlus. J'ai différé de la rapporter (51-52). J'attends l'arrivée du duc et de la duchesse de Guermantes afin de m'assurer que je suis bien invité ce soir-là chez la princesse de Guermantes (51-52). Le petit arbuste de la duchesse et la plante rare exposés dans l'attente de l'insecte qui les féconderait (51-52). Arrivée de Charlus, qui rend visite à Mme de Villeparisis à une heure inhabituelle (52-53). En guettant la venue de l'insecte, réflexions sur les lois du monde végétal (53-54). Charlus sort de l'hôtel (53-54). Sa rencontre avec Jupien (55-56). Scène de la double parade amoureuse (55-56). Jupien quitte la cour, Charlus derrière lui (57-58). Le bourdon entre dans la cour (57-58). Retour de Charlus et de Jupien (57-58). Conjonction aussi providentielle que celle du bourdon et de la fleur (58-60). Mon imprudence et mes précautions pour les épier (58-60). Ce que j'entends (61-62). Longue tirade où Charlus révèle les particularités de son comportement amoureux (62-64). Par cette scène, sa vraie nature m'apparaît (66-67). C'est une femme (68-69).

La Race des Tantes. Malédiction qui pèse sur elle (68-69). Sa franc-maçonnerie (70-71). Les organisations d'invertis que les solitaires finissent par rejoindre (73-74). Classification des invertis (75-77). Les prosélytes (75-77). Les féminins (75-77). Leurs relations avec les femmes

Résumé

(77-78). Les solitaires (79-81). Histoire exemplaire d'un inverti (79-81). Transferts et récidives (82-83). Charlus est un homme exceptionnel (83-84). La rencontre de Charlus et de Jupien est un miracle de la nature, comparable à celui de la fécondation des plantes (84-86). Je m'explique la scène que m'avait faite Charlus (86-87).

Charlus devient le protecteur de Jupien, au grand attendrissement de Françoise (87-88). Les invertis ne sont pas aussi rares que je l'avais alors pensé (88-90). Nombreuse postérité des sodomistes honteux (90-91). J'ai manqué la fécondation de l'orchidée par le bourdon (90-91).

SODOME ET GOMORRHE II

Chapitre premier

Soirée chez la princesse de Guermantes. L'arrivée. Description de la lune (92-93). Ma crainte de ne pas être invité (92-93). Aventure du duc de Châtellerault et de l'huissier (93-94). Une innovation originale des réceptions de la princesse (93-94). Beauté et gentillesse de la princesse (94-95). Présentation du duc de Châtellerault (95-97). La malade d'Huxley (97-98). L'accueil de la princesse (97-98).

Dans le jardin. Je suis à la recherche de l'invité qui me présentera au prince (98-99). Jacassement de Charlus et du duc de Sidonia (98-99). Pourquoi j'hésite à m'adresser au baron (99-101). Le professeur E*** s'accroche à moi, se fait confirmer la mort de ma grand-mère (99-101). Conversation médicale rappelant Molière (102-103). M. de Vaugoubert (103-105). Ses goûts en amour et les effets de sa continence (105-106). J'espère me faire présenter par lui au prince, mais Vaugoubert me laisse avec sa femme (106-107). Laideur de Mme de Vaugoubert, son allure hommasse (107-109). Elle incarne le type de la femme de l'inverti (107-109). Plaisirs anticipés et réalité retardée des fêtes de ce genre (109-110). Charlus en représentation sur le grand escalier (110-111). Mme de Souvré, son amabilité, sa manière de ne pas me présenter au prince de Guermantes (111-112). Mme d'Arpajon, difficulté à retrouver son nom (112-114). Digression sur la mémoire et le sommeil (114-115). Mme d'Arpajon feint de ne pas entendre que je lui demande de me présenter au prince (115-116). Impolitesse de Charlus à qui Mme de Gallardon présente le jeune vicomte de Courvoisier (116-118). Je demande à Charlus de me présenter au prince (116-118). Je le fais maladroitement et il refuse (118-119). M. de Bréauté accueille enfin avec satisfaction ma demande et me présente au maître de maison (118-119). Accueil réservé mais simple de celui-ci (119-120). Différence entre le prince et le duc (119-120). Le prince entraîne Swann au fond du jardin (120-122). Le jet d'eau d'Hubert Robert (120-122). En arrosant Mme d'Arpajon, il provoque l'hilarité du grand-duc Wladimir (122-123). Brève insolence de Charlus à mon égard (123-124). Son avis sur l'hôtel de la princesse (123-124).

Dans l'hôtel. Causerie avec la princesse (124-126). Entrée du duc et de la duchesse (124-126). L'ambassadrice de Turquie (124-126). Les yeux de la duchesse de Guermantes (127-128). Le duc et la duchesse sourient à présent de mes craintes de ne pas être invité (128-130). Mes progrès dans l'art mondain (128-130). La voix de Vaugoubert, caractéristique des invertis (130-131). Confidences de Charlus et de Vaugoubert (131-132). Les secrétaires d'ambassade et les chœurs de Racine (131-132). Offres de Mme d'Amoncourt à Mme de Guermantes (133-135). Réserves du duc de Guermantes (133-135). Comparaison des salons de la duchesse et de la princesse (136-137). Mme de Saint-Euverte recrute pour sa garden-party (137-139). Comment elle a réalisé une véritable transmutation de son salon (139-140). Elle fait ses invitations verbalement (140-141). Tracas de la duchesse de Guermantes (140-141). Une duchesse à demi tarée (141-142). Insolence de la duchesse de Guermantes envers Mme de Chaussepierre (141-142). Conjectures de Vaugoubert sur un Sodome diplomatique (144-145). Conjectures variées au sujet de la conversation de Swann avec le prince de Guermantes (144-145). M. de Vaugoubert maltraité par la duchesse de Guermantes (145-146). Situation mondaine de M. de Froberville (146-148). Le duc de Guermantes juge sévèrement le dreyfusisme de Swann (146-148). La duchesse refuse de faire la connaissance de sa femme et de sa fille (152-153). Sourire de distinction désuète commun à Mme de Lambresac et aux amies de ma grand-mère (152-153). Ressemblance du duc de Bouillon et d'un petit bourgeois de sa génération (153-154). Un musicien bavarois salue la duchesse (154-156). Il est durement accueilli par le duc (154-156). La duchesse n'ira pas à la garden-party Saint-Euverte (156-157). Malveillance de M. de Froberville envers Mme de Saint-Euverte (156-157). Beauté des deux fils de Mme de Surgis, la nouvelle maîtresse du duc de Guermantes (158-159). Le nihilisme de Mme de Citri (158-159). Charlus absorbé par la contemplation des jeunes marquis de Surgis (161-162). Je lui apprends qu'ils sont frères (162-163). Swann : combien il a changé (162-163). Arrivée de Saint-Loup (165-166). Il approuve son oncle d'avoir des maîtresses (166-167). Réflexions sur l'oncle et le neveu (166-167). Saint-Loup fait l'éloge des maisons de passe (167-169). Il évoque l'une d'elles, que fréquentent une jeune Mlle d'Orgeville et la femme de chambre de la baronne Putbus (167-169). Amabilités de Charlus pour Mme de Surgis (169-170). Illusions de Saint-Loup sur son oncle (170-171). Changements de Saint-Loup depuis sa rupture avec Rachel (170-171). Charlus se fait présenter les deux fils de Mme de Surgis par leur mère (171-173). Swann s'approche de Saint-Loup et de moi (173-174). Changement d'attitude de Saint-Loup dans l'affaire Dreyfus (174-175). Le visage de Swann (175-176).

Conversation entre Swann et le prince de Guermantes. Je me joins à Charlus et à Mme de Surgis (175-176). Charlus exerce sa verve insolente contre Mme de Saint-Euverte (176-178). Mme de Saint-Euverte me charge pourtant de lui amener Charlus le lendemain (178-179). Swann me raconte, avec plusieurs intermèdes et interruptions, sa conversation avec le prince de Guermantes (179-180). Propos de Swann sur la jalousie (179-180). Conversation de Charlus avec les jeunes marquis de Surgis (180-182). Regards de Swann sur le corsage de Mme de Surgis (182-183). Comment le prince de Guermantes en est arrivé à se convaincre de l'innocence de Dreyfus (182-183). Histoire du nom de Surgis-le-Duc (183-184). Les aventures de Mme de Surgis : hauts et bas de sa situation mondaine (184-186). Flatteries de Charlus à son égard (184-186). Allusions de Swann à la vie amoureuse de Charlus (186-187). Retour à la conversion du prince au dreyfusisme (186-187). Je refuse un souper en cercle restreint après la soirée, me souvenant de mon rendez-vous avec Albertine (188-190). Comparaison des différents ordres de plaisirs (188-190). Fatigue de Swann (188-190). De son côté, la princesse de Guermantes s'était aussi persuadée de l'innocence de Dreyfus (190-191). Sympathie de Swann pour ceux qui partagent son opinion sur Dreyfus (191-192). Il les trouve tous intelligents (191-192). Limites du dreyfusisme de Swann (192-193). Son invitation à voir Gilberte me laisse indifférent (192-193). Passion secrète de la princesse de Guermantes pour Charlus (193-195).

Départ et retour. Le duc et la duchesse me raccompagnent (196-197). Le duc dit au revoir à son frère : attendrissement et gaffe (197-199). Tableau de l'escalier en quittant l'hôtel (200-201). Dernière apparition du prince de Sagan (201-203). Arrivée tardive de Mme d'Orvillers (201-203). Amabilité de la duchesse pour Mme de Gallardon (203-204). Retour avec les Guermantes dans leur coupé (204-205). Mes deux désirs : Mlle d'Orgeville et la femme de chambre de la baronne Putbus (205-207). La duchesse refuse de me présenter à la baronne Putbus (205-207). Les Guermantes se préparent à aller à une redoute malgré la mort de leur cousin d'Osmond (207-208).

Visite d'Albertine après la soirée. Albertine n'est pas arrivée (208-209). Françoise et sa fille, installées dans la cuisine (208-209). Leur langage (208-209). Considérations de géographie linguistique (209-211). J'attends la venue d'Albertine (213-213). L'irritation due à l'attente tourne à l'anxiété (213-213). Appel d'Albertine au téléphone (216-217). Je cherche à la faire venir sans le lui demander (216-217). « Ce terrible besoin d'un être » : comparaison de mes sentiments envers Albertine et envers ma mère (217-218). Les mystères d'Albertine (218-220). Comment Françoise annonce Albertine (220-221). Antipathie de Françoise pour Albertine (220-221). Visite de celle-ci (223-225). Baisers, cadeau du portefeuille (223-225). J'écris ensuite à Gilberte, sans l'émotion d'autrefois (223-226). Conversion du duc de Guermantes au dreyfusisme : les trois dames charmantes (226-227).

Visites avant le deuxième séjour à Balbec. Je vois d'autres fées en leurs demeures (227-229). Considérations sur l'histoire des salons (229-230). Le salon d'Odette, cristallisé autour de Bergotte, devient l'un des premiers (231-232). Une raison en est l'antidreyfusisme d'Odette (231-232). Une autre, sa discrétion (234-235). Mes plaisirs dans les salons, en particulier celui de Mme de Montmorency (238-239).

Les intermittences du cœur. Deuxième séjour à Balbec. L'accueil du directeur du Grand-Hôtel (240-242). Ses barbarismes (240-242). Motif du second séjour : l'espoir de rencontrer chez les Verdurin la femme de chambre de Mme Putbus (242-243). Saint-Loup m'a recommandé auprès des Cambremer (243-244). Espoir de rencontrer aussi de belles inconnues (244-246). Comparaison avec la première arrivée à Balbec (244-246). Tics de langage du directeur (246-247). « Bouleversement de toute ma personne » : la présence de ma grand-mère m'est rendue au moment où je me déchausse (246-247). Doctrine des intermittences du cœur (247-248). Je comprends pour la première fois que je l'ai perdue pour toujours (248-249). Mes remords des chagrins que je lui ai causés, en particulier lors de la photographie prise par Saint-Loup (249-251). Souffrance du deuil (251-252). Un rêve (252-253). Le réveil et les souvenirs déchirants (255-256). Albertine est à une station voisine, mais je ne désire plus la voir, ni personne (256-257). Rappel du plaisir de l'arrivée, avant le bouleversement (257-259). Mme de Cambremer est passée (259-260). Sa renommée dans les environs (260-261). Refus d'une invitation chez elle (261-262). Mon chagrin est pourtant moins profond que celui de ma mère, qui est devenue semblable à ma grand-mère (262-264). Rencontre de Mme Poussin (266-268). Le nouveau chasseur à la porte de l'hôtel (268-269). Comparaison du personnel de l'hôtel et des chœurs de Racine (269-270). Les souvenirs de ma grand-mère me font souffrir (270-272). Révélations de Françoise sur les circonstances de la photographie prise par Saint-Loup (272-273). Révélations du directeur : les syncopes de ma grand-mère (276-277). Nouveau rêve sur elle (276-277). Je m'habitue au souvenir douloureux (277-278). Je fais enfin venir Albertine, que je désire revoir (277-278). Éblouissement des pommiers en fleurs (278-279).

Chapitre II

Reprise d'intimité avec Albertine et premiers soupçons. Mon chagrin diminue, Albertine recommence à m'inspirer un désir de bonheur (279-281). Description de la mer rurale (281-282). Retour du chagrin dans le petit train que je prends pour aller chercher Albertine (282-283). Je renonce à la rejoindre (283-285). Un faire-part envoyé par les Cambremer (285-286). J'envoie Françoise chercher Albertine (286-287). Première visite d'Albertine à Balbec (286-287). Mise en garde de Françoise contre Albertine (287-289). La princesse de Parme au Grand-Hôtel (287-289). Les amies d'Albertine (289-290). J'envoie le liftier la chercher quand j'ai besoin d'elle (290-291). Les manières et le langage du liftier (291-293). Un soir, le liftier revient sans elle, annonçant qu'elle viendra plus tard (295-297). Comment naîtra ma cruelle méfiance à l'égard d'Albertine (295-297). La « danse contre seins » : remarque de Cottard tandis qu'Albertine danse avec Andrée (297-298). Rivalité de Cottard et de son confrère du Boulbon (298-299). Retour au soir où Albertine ne vint pas, malgré l'annonce du liftier (299-300). Attente et angoisse (299-300). Curiosité douloureuse pour la vie d'Albertine (300-302). Comment elle me sacrifie sa visite à une dame d'Infreville quand je lui propose de l'accompagner (302-303). Au casino de Balbec : la sœur et la cousine de Bloch, qu'elle observe dans la glace (306-307).

Colères contre Albertine, suivies de trêves (306-307). Je construis le caractère d'Albertine d'après le souvenir de celui d'Odette (307-308).

Visite de Mme de Cambremer, tandis que je suis sur la digue avec Albertine et ses amies (308-310). L'attirail de la vieille Mme de Cambremer (310-311). L'avocat, amateur de Le Sidaner, qui l'accompagne (310-311). Les deux politesses de la jeune Mme de Cambremer (311-312). Avec elle, je parle comme Legrandin (312-314). Le coup d'œil de La Raspelière (314-315). Les étymologies du curé de Combray (314-315). Partis pris esthétiques et snobismes de la jeune Mme de Cambremer (315-316). Son hostilité contre sa belle-mère (320-321). Évolution des doctrines artistiques (321-323). Retour à la mode de Poussin et de Chopin, pour le plaisir de la vieille marquise (324-325). Comment la jeune Mme de Cambremer prononce certains noms (325-327). Elle a perdu le souvenir d'être née Legrandin (328-329). Les amabilités de l'ami des Cambremer, amateur de Le Sidaner (329-330). Invitation des Cambremer (329-330). Leur départ, humiliation du premier président (330-332).

Albertine monte avec moi dans ma chambre (333-334). Air d'abattement et d'inquiétude du liftier (333-334). Sa cause : l'absence du pourboire habituel (334-336). Propos sur une révolution (336-337). Le personnel de l'hôtel et l'argent (336-337). Protestations calculées de froideur pour Albertine et d'amour pour Andrée (337-338). Le « rythme binaire » de l'amour (338-340). Ayant dit à Albertine l'indifférence qu'elle m'inspire, je peux ressentir de la tendresse et de la pitié pour elle (340-341). Albertine me donne l'heure qu'elle aurait dû passer sans moi (342-343). Elle nie avoir eu des relations avec Andrée (342-343). Réconciliation et caresses (346-347). J'aurais dû la quitter dans cet instant de bonheur (346-347). Tranquillisé, je vis davantage auprès de ma mère (346-347). Lecture des *Mille et Une Nuits* (347-349). Promenades avec Albertine (349-350). Brefs désirs d'autres jeunes filles (350-351). Désirs et déceptions (351-352). Jalousie pour Albertine et soupçons renouvelés tandis que la saison bat son plein (352-354). Elle et Andrée calculent leurs propos en vue de détruire mes soupçons (354-355).

Scandale provoqué à l'hôtel par la sœur de Bloch et une actrice (355-356). Il est étouffé grâce à la protection de M. Nissim Bernard (355-356). La cause de sa fidélité au Grand-Hôtel : il entretient un jeune commis (355-356). Les chasseurs et les jeunes israélites d'*Esther* et d'*Athalie* (356-358). Amitié avec deux jeunes courrières, Marie Gineste et Céleste Albaret (360-361). Leur langage (360-361). Gloussements de la sœur de Bloch et de son amie au passage d'Albertine (365-367). Nouveaux motifs de soupçonner les mœurs d'Albertine (365-367). Une inconnue aux yeux rayonnants (367-368). Impolitesse suspecte d'Albertine avec une amie de sa tante (369-370). Suspension de ma jalousie pour les femmes qu'Albertine a pu aimer (370-372).

M. Nissim Bernard et les frères aux têtes de tomates (370-372). Je suis invité chez les Verdurin (372-373). Albertine et moi allons rendre visite à Saint-Loup à Doncières, par le petit train (373-374). Les réceptions des Verdurin à La Raspelière (373-374). Dans notre compartiment, une grosse dame vulgaire et prétentieuse (374-376). L'attitude d'Albertine à l'égard de Saint-Loup excite ma jalousie (376-377). Discussion après le départ de Saint-Loup (378-380).

Première rencontre de Charlus et de Morel. Apparition de Charlus, bien vieilli, sur le quai de la gare de Doncières, attendant le train de Paris (378-380). Je cause avec lui (378-380). Le baron me demande d'aller parler à un musicien et je reconnais Morel (380-381). Charlus nous rejoint, il ne connaissait pas Morel (380-381). Charlus ne monte pas dans le train de Paris (381-382). Changement de nos perspectives sur les êtres (382-384). Retour avec Albertine en caoutchouc (384-385).

Soirée à La Raspelière chez les Verdurin. Je me rends à La Raspelière, par le petit train, au mercredi de Mme Verdurin (385-386). Les « habitués » du petit train : Cottard, Ski, Brichot (385-386). Portrait de Brichot (387-389). Évolution du salon Verdurin vers le monde : le « temple de la musique » (390-391). Saniette (393-394). Ski (394-395). La princesse Sherbatoff, fidèle type (398-399). Cottard et les mercredis (402-403). La jeune fille inconnue de Saint-Pierre-des-Ifs (407-408). Morel a lâché l'avant-veille (408-410). Mme Verdurin a invité les Cambremer, de qui elle est locataire (408-410). Comment elle a préparé les fidèles à cette invitation (410-411). Propos des fidèles sur les Cambremer (411-412). Premiers commentaires de Brichot sur les noms de lieux de la région et les étymologies (412-413). La princesse Sherbatoff est la grosse dame vulgaire de l'autre jour (419-420). Morel, retrouvé, viendra ce soir avec un ami de son père (420-421). Nouvelle de la mort de Dechambre, l'ancien pianiste favori de Mme Verdurin (420-421). Arrivée à Douville-Féterne, poursuite en voiture vers La Raspelière (421-423). Mme Verdurin et la mort des fidèles (423-424). Beauté enivrante du paysage ; émotion (424-425). Arrivée à La Raspelière, accueil de M. Verdurin (427-428). Dechambre renié au profit de Morel (428-431), attendu avec un prétendu ami de sa famille : le baron de Charlus (428-432). Les mœurs du baron sont mieux connues dans le clan Verdurin que dans le faubourg Saint-Germain (428-432). Erreurs courantes sur la situation véritable des gens (432-433). Un éditeur de Paris (433-435). Indifférence des Verdurin aux beautés de la nature (433-435). Leur intelligence du pays pourtant (435-436).

Entrée de Morel et de Charlus (436-437). Évidence de la nature féminine de celui-ci (437-438). Les « mères profanées » (438-440). Morel me demande de mentir aux Verdurin sur son origine (440-441). Son impolitesse une fois qu'il a obtenu satisfaction (441-442). Première ébauche de son caractère (442-444). Arrivée des Cambremer (444-446). Comportement bizarre de Cottard (444-445). Le marquis de Cambremer est vulgairement laid (445-446), sa femme est hautaine et morose (445-448). Présentations (448-449). Les fables de M. de Cambremer (449-450). Mme de Cambremer déforme les noms (449-450). Mme Verdurin et le protocole (449-450). Le jardin des Cambremer (450-451). Le goût de Mme Verdurin est meilleur que celui de Mme de Cambremer (450-451). Brève méprise de Charlus, qui prend Cottard pour un inverti (451-453). Dureté des invertis pour ceux à qui ils plaisent (453-454). Alliance de culture et de snobisme chez Mme de Cambremer (458-459). Autres étymologies de Brichot (459-461). Pourquoi M. de Cambremer s'intéresse à mes étouffements (461-462). Rappel de l'opinion hésitante de ma mère sur un mariage avec Albertine (462-463). Propos de Mme de Cambremer sur le mariage de Saint-Loup (463-464), et sur Charlus (464-466). Nouvelles étymologies de Brichot (466-467). Le philosophe norvégien (466-467). M. Verdurin torture Saniette (470-471). Encore des étymologies (474-475). Conversation sur Elstir (476-477). Mme Verdurin lui préfère Ski (330). Son mariage, sa bêtise (477-479). Explication de M. Verdurin à Charlus sur leur faute de protocole (480-481). Le rire de Charlus, son insolence (480-481). Les roses d'Elstir (481-483). Charlus souligne un geste de politesse esquissé par M. de Cambremer (483-484). Mon enthousiasme pour le morceau de lustrine verte (484-485). Sévérité des Cambremer pour le goût des Verdurin (484-485). Je lis la lettre de la vieille Mme de Cambremer, apportée par son fils : la règle des trois adjectifs (485-487). Prétention de Charlus au titre d'Altesse (487-488). Ironie que cache l'amabilité apparente des Verdurin pour Brichot (489-491). L'esprit de clan (491-492). Souffrances que provoquent chez Brichot les pointes des Verdurin (492-493). Mme Verdurin se défend d'être méchante avec Saniette (492-493). Anecdotes historiques dont Charlus illustre ses prétentions (493-494). Qualités artistiques que l'inversion de Charlus ajoute à la race Guermantes (494-496). Snobisme musical de Mme de Cambremer, et gaminerie de Morel, qui joue du Meyerbeer pour du Debussy (497-498). Couplets de Brichot (497-498). Dévotion de Charlus pour l'archange saint Michel (500-501). Cottard et Morel jouent à l'écarté (501-502). Jeux de mots de Cottard (501-502). L'identité du professeur Cottard révélée à M. de Cambremer (502-504). Somnolence de Mme Cottard (504-505). Les somnifères (505-506). Éloge de Cottard par Mme Verdurin (506-508). Les armes des Arrachepel (508-509). La partie de cartes (509-510). Conversation avec Mme Cottard (510-511). Charlus révèle sa nature en exprimant sa préférence pour la fraisette (511-512). Sa première escarmouche avec Mme Verdurin, son insolence (512-514). Mme Verdurin ne comprend pas que Charlus soit le frère du duc de Guermantes (514-515). Elle me dissuade d'aller chez les Cambremer (514-515). Elle m'invite au prochain « mercredi » avec ma cousine et mes amis (515-517). Elle dénigre Swann auprès de moi (518-519). Comparaison entre l'esprit de Swann, de Brichot et des Guermantes (518-519). Mme Verdurin me propose même de m'établir à demeure chez elle avec ma cousine (519-520). Elle propose de recommander Saint-Loup où il faut (519-520). Nouvelle rage de M. Verdurin contre Saniette (520-522). Mots de Cottard qui gagne aux cartes (522-523), et adieux (523-524). Dehors (523-524). Rivalité de Cottard et de son confrère du Boulbon (524-526). En voiture jusqu'à Douville-Féterne (526-527). Le pourboire de M. de Cambremer (526-527). En train (526-527). L'au revoir de Mme de Cambremer (526-527). Le plaisir que prend M. de Cambremer aux foucades de sa femme (527-528).

Chapitre III

Réflexions sur le sommeil. Au retour de la soirée, bavardage du chasseur louche qui remplace le liftier (529-530). Les habitudes de sa sœur (529-530). Mon sommeil quand je reviens de La Raspelière (530-531). L'attelage du sommeil (530-531). Temps du sommeil et temps de la veille (532-534). L'effet des hypnotiques sur la mémoire : désaccord avec Bergson (534-535). Sommeil et mémoire (535-536). Le réveil après les sommeils profonds (536-538).

Charlus dîne au Grand-Hôtel avec un valet de pied (536-538). Le baron compare les chasseurs et les chœurs de Racine (538-539). Le valet de pied lui propose de le mettre en rapport avec le prince de Guermantes (539-540). Les domestiques reconnaissent le valet de pied comme tel (539-540). Conversation du héros avec Aimé sur Charlus (540-542). Aimé ignore l'identité du baron, est surpris quand il l'apprend (542-543). Lettre étrange et passionnée que le baron avait écrite à Aimé (543-544).

Promenades en automobile avec Albertine. Albertine se remet à la peinture (545-547). Chaleur (547-548). La forêt de Chantepie (547-548). Après une toque et un voile pour Albertine, je commande une automobile (548-549). Fierté d'Aimé (548-549). L'automobile supprime les distances et modifie même l'art (549-551). Visite aux Verdurin (551-552). M. Verdurin connaît la région (552-553). Beauté des « vues » de La Raspelière (553-555). La campagne renouvelle les charmes de la mondanité (555-556). Mme Verdurin avait besoin de voir du monde (556-557). Elle veut nous garder à goûter, revenir avec nous (557-558). Je refuse, non sans impolitesse, ses propositions (557-560). Effet de l'automobile sur l'espace et le temps (558-561). Comparaison avec le chemin de fer (561-562). Autres clients du chauffeur : Charlus et Morel (562-564). Un de leurs déjeuners dans un restaurant de la côte (562-564). Plaisir « sadique » que donnent au baron les projets de Morel de dépuceler une jeune fille (564-565). Conseils musicaux de Charlus à Morel (566-568). Les poires (568-569). Aux bontés de Charlus, Morel répond par une dureté croissante

(568-569). Quand Albertine peint, je me promène seul, mais ma pensée est tout occupée par elle (569-570). Pourquoi tout sacrifier à des fantômes ? (570-571). La nature paraît me donner le conseil de me mettre au travail (570-571). Les petites églises normandes (570-571). Opinion d'Albertine sur leur restauration (571-573). La vie de couple amoureux (573-574). Boire du calvados ou du cidre en voiture (573-574). Ma jalousie pour Albertine ne guérit pas (574-575) : le garçon de l'hôtel de Rivebelle (574-575). Calme provisoire des promenades solitaires (575-577). Vœu de quitter Albertine (575-577). Les remontrances de ma mère ont sur ce vœu un effet contraire (577-578). Rendez-vous du soir avec Albertine (578-579), et inquiétude chaque matin de l'emploi de sa journée (579-581). J'espace mes autres relations : Saint-Loup, que je redoute qu'Albertine rencontre (581-582), et Saniette (582-583). Le manque d'audace de celui-ci (583-585), son indiscrétion (585-586). Curiosité d'Aimé pour le pourboire du chauffeur (586-587). Le message du liftier, qui appelle le chauffeur un « monsieur » (586-587). La leçon de mots que j'en retire (587-589). Amitié pour les ouvriers, et objections de ma mère (589-590). Le chauffeur quitte Balbec avant la morte saison (589-590). Je n'ai plus de plaisir avec Albertine (590-591). Rencontre émouvante d'un aéroplane au cours d'une promenade solitaire (591-592).

Machinations de Morel pour faire congédier le cocher des Verdurin, aussitôt remplacé par son ami le chauffeur (591-592). Changement favorable de l'attitude de Morel à mon égard (594-595). Les contradictions de son caractère, où domine la laideur (595-596). Son respect absolu pour le Conservatoire (596-598).

Charlus et les Verdurin. Charme, dans l'été finissant, des préparatifs pour les soirées à La Raspelière (596-599). Les remontrances du premier président contre l'oisiveté (599-600). Voyage nocturne vers La Raspelière (600-602), avec Albertine (600-602). Le nécessaire de chez Cartier (600-602). Charlus, nouvel habitué des Verdurin (602-603). Les fidèles sont d'abord gênés de voyager avec lui (602-603). Les devises de ses livres (604-606). Sa piété (604-606). Les fidèles le rejoignent enfin (606-607), et prennent plaisir à sa conversation (606-607), où il n'hésite pas à aborder « certains sujets » avant l'arrivée de Morel (607-608). Illusions de Charlus sur le secret de sa vie amoureuse (608-609). Allusions de Mme Verdurin en son absence (609-611). Il devient momentanément le fidèle des fidèles (609-611). Animosité de la princesse Sherbatoff envers moi, à la suite d'une rencontre avec Mme de Villeparisis dans le train (612-615). Un grand musicien favorise les relations de Charlus avec Morel (615). Valeur psychologique du « potin » (615-616). Cécité de Charlus pour les véritables sentiments des Verdurin à son égard (615-616). Discussion entre Charlus et Brichot sur Balzac et Chateaubriand (617-619). Interruptions de Cottard (619-620). Éloge du côté « hors nature » de Balzac par Charlus (620-621). Ses regards sur les jeunes gens (621-622). Discrétion de Charlus sur son sujet favori en présence de Morel (621-622). Les toilettes d'Albertine, inspirées par le goût d'Elstir, sont appréciées de Charlus (622-624). Celui-ci les compare aux toilettes de la princesse de Cadignan (624-625). Considération admirative de Morel pour mon grand-oncle et pour son hôtel du « 40 *bis* » (625-626). Mélancolie de Charlus qui s'identifie à la princesse de Cadignan (628-629). La conduite de Morel envers Charlus me rappelle celle de Rachel envers Saint-Loup (630-632). La méchanceté affectée de Morel avec Charlus, et pourtant son désintéressement apparent (632-633). Maladresse de Charlus qui veut lui faire changer son nom en Charmel (633-634). Bassesse de nature, neurasthénie et mauvaise éducation de Morel (634-635).

Le duel fictif. Douleur de Charlus un jour que Morel refuse de rester avec lui après un déjeuner chez les Verdurin (634-635). Il invente un duel pour venger l'honneur de Morel (635-637). Il espère le faire ramener par moi, et m'envoie chez Morel avec une lettre (637-638). Devises des livres donnés par Charlus à Morel (638-639). Morel, inquiet pour sa réputation, me suit (639-641). Charlus, triomphant, dicte les conditions de la paix (639-641). Morel ne doute pas que d'autres convoitent sa place auprès de Charlus (641-642). Charlus s'enthousiasme à l'idée du duel (642-643), mais Morel parvient à l'y faire renoncer (642-643). Cottard, témoin effrayé, puis désappointé (643-645). Charlus se prend pour l'archange Raphaël auprès du jeune Tobie (647-649). Les demandes d'argent de Morel auprès de Charlus (649-650).

Les stations du petit train. Souvenirs qui s'y rattachent. Maineville : le Palace qui est une maison de prostitution (649-650). Mésaventure qui y arriva à Morel (651-653). Ses cours d'algèbre en pleine nuit (653-654). Le prince de Guermantes lui donna dans le Palace de Maineville un rendez-vous dont Charlus eut vent (653-654). Charlus et Jupien s'introduisent dans la maison (654-655). On leur montre Morel avec des femmes, prévenu mais terrifié (655-656). Seconde déconvenue du prince de Guermantes : Morel aperçoit chez lui une photographie de Charlus, et s'enfuit (656-658). Grattevast : le comte de Crécy (658-659). Les dîners que je lui offre (659-660). Épisode des dindonneaux découpés par le directeur (660-662). Je n'ose pas dire à M. de Crécy que Mme Swann était connue sous le nom d'Odette de Crécy (662-663). Hermenonville : M. de Chevregny, provincial féru de Paris (663-664). De nouveau la règle des trois adjectifs de Mme de Cambremer (664-666). Griefs de Mme Verdurin contre les Cambremer : ils ont invité les seuls Cottard, Charlus et Morel à un dîner élégant (666-667). Effet des prétentions nobiliaires de Charlus sur Morel (667-668), et grossièreté de celui-ci avec les Cambremer (668-669). Mme Verdurin fait cesser les visites à Féterne de Brichot, amoureux en secret de Mme de Cambremer (669-671). Les Cambremer ne peuvent avoir Charlus au dîner qu'ils donnent à M. et à Mme Féré (671-672). Nouvelle insolence de Morel à leur égard (672-673). Les Cambremer soupçonnent une cabale des Verdurin (672-673). Raisons de la brouille données par les Cambremer : le dreyfusisme de Charlus (672-673), et la familiarité des Verdurin (673-674). Longueur apparente du trajet jusqu'à La Raspelière (674-676). Caresses en voiture (676-677). Allusions de Mme de Cambremer au « drôle de genre » d'Albertine (676-677). Les plaisirs de l'imagination et de la sociabilité, au cours des voyages à La Raspelière, me font souhaiter de rompre avec Albertine et de mener une nouvelle vie (677-678). Dernières étymologies de Brichot (678-680). Brèves visites, aux stations du retour, tandis que je tiens Albertine sous mon regard (681-682). À Doncières : Saint-Loup (681-682).

Un jour d'un long arrêt, où Bloch me demande de descendre saluer son père, je refuse pour ne pas laisser Albertine avec Saint-Loup (681-682). Interprétation erronée de ma conduite par Bloch, qui me prend pour un snob (682-684). Fatalité de tels malentendus qui détruisent des amitiés (682-684). Silence de Bloch à mon sujet, lors d'un déjeuner chez Mme Bontemps (684-685). Intérêt de Charlus pour Bloch (686-686). Tirade antisémite de Charlus (686-687). Gratitude de Morel envers moi, qui n'ai pas rattrapé Bloch (689-690). L'habitude et la mondanité ont vidé de leur mystère et de leur poésie tous les noms de lieux sur le trajet du petit train, et les lieux mêmes (690-691). Charme et dégradante influence de la connaissance du pays (694-695). Le mariage avec Albertine apparaît comme une folie (695-697).

Chapitre IV

Les intermittences du cœur II. Je me prépare à rompre avec Albertine (695-697), je veux me libérer pour l'arrivée d'Andrée (697-698). Mais au retour de La Raspelière, dans le petit train, peu avant de me quitter, Albertine me révèle qu'elle connaît intimement Mlle Vinteuil et son amie, qu'elle doit rejoindre bientôt (698-699). Réminiscence cruelle de la scène de Montjouvain (701-701). Je demande à Albertine de ne pas me quitter ce soir (701-702). Désolation solitaire dans ma chambre jusqu'au lever du soleil (701-702), et certitude des mœurs gomorrhéennes d'Albertine (701-702). Je la fais venir (702-703), j'invente une raison de mon chagrin : je viens de renoncer à un mariage (702-703). Ma jalousie se fixe sur l'amie de Mlle Vinteuil (705-706) ; je veux empêcher Albertine de la rejoindre (708-708). Projet de la faire venir à Paris, dans l'appartement de mes parents, qui seront absents (708-708). Les objections d'Albertine (708-710), puis sa brusque décision de partir avec moi le jour même (711-712). Effets de ce départ brusqué : visite du directeur, objections anticipées de M. de Cambremer (711-712). La vérité de l'amour est en nous et non pas hors de nous (712-714). La créature aimée, elle aussi, est en nous (715-716). Description du lever de soleil (715-716).

Ma mère, alertée par mes pleurs, entre dans ma chambre (716-718), elle est devenue toute semblable à ma grand-mère (716-718). Image horrible d'Albertine avec Mlle Vinteuil à Montjouvain (718-719). « Il faut absolument que j'épouse Albertine » (719-720).

deuxième et dernier séjour à Balbec. – Arrivée à Balbec. – Les intermittences du cœur. 92

Chapitre II : Les mystères d'Albertine. – Les jeunes filles qu'elle voit dans la glace. – La dame inconnue. – Le liftier. – Mme de Cambremer. – Les plaisirs de M. Nissim Bernard. – Première esquisse du caractère étrange de Morel. – M. de Charlus dîne chez les Verdurin. 280

Chapitre III : Tristesses de M. de Charlus. – Son duel fictif. – Les stations du « Transatlantique ». – Fatigué d'Albertine, je veux rompre avec elle. 529

Chapitre IV : Brusque revirement vers Albertine. – Désolation au lever du soleil. – Je pars immédiatement avec Albertine pour Paris. 696

DOSSIER

Documents :
  1. La Race des Tantes 723
  2. Charlus et le Contrôleur d'omnibus 740
  3. Dans le *Journal* d'André Gide (mai 1921) 749
Bibliographie sélective 752
Notes 756
Résumé 872

Préface d'Antoine Compagnon 7
Note sur le texte 45

SODOME ET GOMORRHE

I

Première apparition des hommes-femmes, descendants de ceux des habitants de Sodome qui furent épargnés par le feu du ciel. 51

II

Chapitre premier : M. de Charlus dans le monde. – Un médecin. – Face caractéristique de Mme de Vaugoubert. – Mme d'Arpajon, le jet d'eau d'Hubert Robert et la gaieté du grand-duc Wladimir. – Mme d'Amoncourt, Mme de Citri, Mme de Saint-Euverte, etc. – Curieuse conversation entre Swann et le prince de Guermantes. – Albertine au téléphone. – Visites en attendant mon

DU MÊME AUTEUR

Dans la même collection

À LA RECHERCHE DU TEMPS PERDU. *Édition établie sous la direction de Jean-Yves Tadié.*
- I. DU CÔTÉ DE CHEZ SWANN. *Édition d'Antoine Compagnon.*
- II. À L'OMBRE DES JEUNES FILLES EN FLEURS. *Édition de Pierre-Louis Rey.*
- III. LE CÔTÉ DE GUERMANTES. *Édition de Thierry Laget et Brian G. Rogers.*
- IV. SODOME ET GOMORRHE. *Édition d'Antoine Compagnon.*
- V. LA PRISONNIÈRE. *Édition de Pierre-Edmond Robert.*
- VI. ALBERTINE DISPARUE (LA FUGITIVE). *Édition d'Anne Chevalier.*
- VII. LE TEMPS RETROUVÉ. *Édition de Pierre-Louis Rey, Pierre-Edmond Robert et Jacques Robichez, avec la collaboration de Brian G. Rogers.*

LES PLAISIRS ET LES JOURS. *Édition de Thierry Laget.*

UN AMOUR DE SWANN. *Édition nouvelle, présentée et établie par Jean-Yves Tadié.*

LE MYSTÉRIEUX CORRESPONDANT ET AUTRES NOUVELLES RETROUVÉES. Avec huit pages manuscrites en fac-similé. *Édition de Luc Fraisse.*

COLLECTION
FOLIO CLASSIQUE

Éditions révisées

1151   E.T.A. Hoffmann : *Le Magnétiseur et autres contes*. Traduction de l'allemand d'Olivier Bournac, Henri Egmont, André Espiau de La Maëstre, Alzir Hella et Madeleine Laval. Édition d'Albert Béguin. Préface de Claude Roy.

1024   Honoré de Balzac : *La Vieille Fille*. Édition de Robert Kopp. Nouvelle mise en page.

1437   Émile Zola : *L'Œuvre*. Édition d'Henri Mitterand. Préface de Bruno Foucart. Nouvelle mise en page.

2658   Marcel Proust : *Le Côté de Guermantes*. Édition de Thierry Laget et Brian G. Rogers. Nouvelle mise en page.

693   Jean de La Bruyère : *Les Caractères*. Nouvelle préface de Pascal Quignard. Édition d'Antoine Adam.

728   François de La Rochefoucauld : *Maximes et Réflexions diverses*. Édition de Jean Lafond.

1356   Sébastien-Roch-Nicolas Chamfort : *Maximes et pensées*. Caractères et anecdotes. Préface d'Albert Camus. Édition de Geneviève Renaux.

2736   Émile Zola : *Lourdes*. Édition de Jacques Noiray.

3296   Émile Zola : *Rome*. Édition de Jacques Noiray.

3735   Émile Zola : *Paris*. Édition de Jacques Noiray.

3319   Charles Baudelaire : *Les Fleurs du mal*. Édition collector illustrée. Photographies de Mathieu Trautmann.

3512   Gustave Flaubert : *Madame Bovary*. Édition collector. Préface d'Elena Ferrante.

2599   Hans Christian Andersen. *La Petite Sirène et autres contes*. Édition et traduction de Régis Boyer.

2047   Marcel Proust : *Sodome et Gomorrhe*. Édition révisée et augmentée par Antoine Compagnon. Nouvelle mise en page.

380	HONORÉ DE BALZAC : *Le Cousin Pons*. Nouvelle édition annotée par Isabelle Mimouni. Nouvelle préface d'Adrien Goetz. Postface d'André Lorant.
2089	MARCEL PROUST : *La Prisonnière*. Édition de Pierre-Edmond Robert. Nouvelle mise en page.
2139	MARCEL PROUST : *Albertine disparue*. Édition d'Anne Chevalier révisée par Pierre-Edmond Robert. Nouvelle mise en page.
2203	MARCEL PROUST : *Le Temps retrouvé*. Préface de Pierre-Louis Rey. Édition de Pierre-Edmond Robert. Notes de Jacques Robichez, avec la collaboration de Pierre-Edmond Robert et Brian G. Rogers. Nouvelle mise en page.
2358	VOLTAIRE : *Romans et contes*, tome II. Édition de Frédéric Deloffre et Jacques Van den Heuvel. Postface de Roland Barthes.
5274	JULES VERNE : *Voyage au centre de la terre*. Édition de William Butcher. Illustrations de Riou.
5879	EDGAR ALLAN POE : *Le Scarabée d'or*. Traduction de l'anglais et préface de Charles Baudelaire. Édition de Jean-Pierre Naugrette.
6249	VICTOR HUGO : *Bug-Jargal*. Édition de Roger Borderie.
1536	OCTAVE MIRBEAU : *Le Journal d'une femme de chambre*. Édition de Noël Arnaud, révisée par Michel Delon.
3302	ÉMILE ZOLA : *La Curée*. Édition d'Henri Mitterand. Préface de Jean Borie.
2070	ÉMILE ZOLA : *Une page d'amour*. Édition d'Henri Mitterand.
3218	ÉMILE ZOLA : *Au Bonheur des Dames*. Édition d'Henri Mitterand. Préface de Jeanne Gaillard.
3128	FÉDOR DOSTOÏEVSKI : *L'Adolescent*. Traduction du russe par Pierre Pascal. Préface de Georges Nivat.
669	JULES VALLÈS : *L'Insurgé*. Édition de Marie-Claire Bancquart.

*Tous les papiers utilisés pour les ouvrages
des collections Folio sont certifiés
et proviennent de forêts gérées durablement.*

*Impression Grafica Veneta
à Trebaseleghe, le 27 mars 2026
Dépôt légal : mars 2026
1ᵉʳ dépôt légal dans la collection : février 2022
securitedesproduits1@madrigall.fr
Gallimard – 5, rue Gaston Gallimard – 75007 Paris*

ISBN 978-2-07-296771-9 / Imprimé en Italie

688439

Dernières parutions

7403　DELPHINE DE GIRARDIN : *La Canne de M. de Balzac*. Édition de Martine Reid.

7430　JORIS-KARL HUYSMANS : *Marthe* et *Les Sœurs Vatard*. Édition de Francesca Guglielmi.

7443　ANONYMES : *Les Folies Tristan. Un épisode de la légende de Tristan et Yseut*. Édition bilingue et traduction de l'ancien français par Mireille Demaules.

7444　GERMAINE DE STAËL : *Dix années d'exil*. Édition de Philippe Roger.

7446　VICTOR HUGO : *Les Misérables*. Version abrégée. Édition de Lou Nicole et Antoine Ginésy.

7454　COLETTE : *Chéri* et *La Fin de Chéri* suivis de *Chéri*, comédie de Colette et Léopold Marchand. Édition de Corentin Zurlo-Truche.

7455　COLETTE : *La Maison de Claudine*, *La Naissance du jour*, *Sido*. Édition de Corentin Zurlo-Truche. Préface de Martine Reid.

7469　JORIS-KARL HUYSMANS : *En ménage* et *À vau-l'eau*. Édition de Pierre Jourde.

7484　HONORÉ DE BALZAC : *Le Père Goriot*. Édition d'Isabelle Mimouni.

7516　ANONYMES : *Le Roman de Renart*. Édition de Sylvie Lefèvre. Traduction de Roger Bellon, Dominique Boutet, Sylvie Lefèvre et Armand Strubel.

7521　GEORGE ORWELL : *Dans la dèche à Paris et à Londres*. Édition et traduction de l'anglais de Véronique Béghain.

7530　JACOB ET WILHELM GRIMM : *Contes*. Édition de Véronique Gély. Traduction de l'allemand de Jean Amsler, Max Buchon, Lilas Imbaud et Marthe Robert.

7568　MAURICE LEBLANC : *813*. Édition d'Adrien Goetz.

7582　BRAM STOKER : *Dracula*. Édition et traduction de l'anglais d'Alain Morvan.